天下卿颜

TIANXIA
QINGYAN

LINGQIANYE
WORKS

凌千曳 上

著

完结篇

青岛出版社
QINGDAO PUBLISHING HOUSE

图书在版编目（ＣＩＰ）数据

天下卿颜：完结篇 / 凌千曳著. -- 青岛 ：青岛出
版社，2018.6
ISBN 978-7-5552-6639-6

Ⅰ．①天… Ⅱ．①凌… Ⅲ．①言情小说－中国－当代
Ⅳ．①I247.5

中国版本图书馆CIP数据核字(2018)第012606号

书　　名	天下卿颜：完结篇
著　　者	凌千曳
出版发行	青岛出版社
社　　址	青岛市海尔路182号 （266061）
本社网址	http://www.qdpub.com
邮购电话	010-85787680-8015　13335059110
	0532-85814750（传真）　0532-68068026
责任编辑	郭林祥
责任校对	耿道川
特约编辑	李文峰
装帧设计	苏　涛
印　　刷	三河市南阳印刷有限公司
出版日期	2018年6月第1版　　2018年6月第1次印刷
开　　本	16开（700mm×980mm）
印　　张	42
字　　数	594千字
书　　号	ISBN 978-7-5552-6639-6
定　　价	99.80元（全二册）

编校印装质量、盗版监督服务电话　4006532017　　0532-68068638
建议陈列类别：畅销·古代言情

天下卿颜

完结篇

目录【上】

天下卿颜

完结篇

目录【下】

看尽天红浑漫语

　　玉笙在得知我与奕析之事后，甚是欣慰，她道："小姐这一路下来都过得太苦。王爷待小姐是真心的，小姐终于苦尽甘来了。"我忍不住微笑，多少年了，这丫头一直都没有改口，按照颜府中的旧制叫我小姐，有时听见她叫我小姐，恍惚像是又回到了当年，十五六岁如娇嫩花苞般的年纪，我还是个对世事懵懂无知的深闺少女。

　　云嬗的反应则是淡淡的，她那日来辞别我，说她在北地生长，到底还是不习惯长久留在胤朝，我只能任由她去了。萧家人丁寥落，但毕竟还有几个人在，云嬗回去也是好的。

　　因为做了长留在宁州的打算，韶王下令重整了宁州的府邸，他前两年为战事奔波，府邸被长年空置，如今是要好好整修一番了。王府中服侍的人极为精简，全部是严谨可靠之人，对我和奕析的关系皆是默认，对外是守口如瓶。说实话，经历了这么多，我也看淡了，并不在乎什么名分，我曾先后被封作娉妃、公主和王妃，但是这哪一个身份又长久了？人生一世，数十年光阴，能和真心喜欢的人在一起，才是最要紧的。

　　我握着奕析的手，对上他温雅的笑意，于我而言，昨日已过，最重要的是现在。

　　原以为这一路走下去注定了孤苦伶仃，却想不到他与我还能在一起。

　　日借轻黄珠缀露。困倚东风，无限娇春处。看尽天红浑漫语。淡妆偏称泥金缕。

　　一阵疾风吹过，嫣然桃花瓣从窗口纷乱地飞入，落上墨迹犹湿的薛涛笺，几瓣轻盈地浮在徽砚中一汪乌沉沉的墨池上。

　　往事不堪回首，若是还有难以割舍的，怕也是只有他了。人生寥寥数十载，我们却数次缘差一线地错过，但是我此刻还是庆幸上苍的厚待，在我们蹉跎了漫长的岁月后，上苍最终让我们的生命交汇相遇。

看着他温和清宁的目光，一颗心渐渐堕入柔软中。北地的仲春，天气依然冷冽，几株早绽桃花匆匆地开了又谢，在犹寒的风中恍如点点艳冶的胭脂抖落。开花未落子，桃花俏媚如红颜，是飘零憔悴的不祥之兆。可是于我而言，与他在一起的每刻，即使窗外之景凋落，和煦的春光已是烂漫了一天一地。

到了轩彰八年四月底，日影浅薄，缕缕清光轻柔得如新抽的洁白蚕丝，纤纤地抖落些如月色初上的迷蒙。王府书房中，奕析意态慵懒地靠在黑檀木榻上，膝盖上覆着一袭莲紫苏织金薄锦。我从外面走进去，心知他伤势早已无碍，不过是借静养的托词回绝一些官员的频繁拜访，还有就是懒。我缓步踱入，见状打趣道："养病，养病，养出越来越大的懒病。"

奕析见我笑他，倏然从软榻上直起身，扑上来抓我的痒处。我被他挠得直求饶。就在这时，有名梳双鬟髻婢女在帐外禀报，"王爷，有从帝都来的使者求见。"

帝都派来的使者？奕析看了我一眼，命婢女将人领进来。我瞧了瞧外边，问道："我是不是要回避一下？"

我刚直起身，却被他一把拉住又坐回榻上，奕析扬扬眉毛道："你回避什么？要回避也是别人回避。"他从身后伸开双臂轻拥着我，在耳轮上印下温软的一吻，声音低迷道："是不，夫人？"

"你给我好好躺着。"我微微赧然推开他，啐道，"谁是你夫人？我可不是你夫人。"

奕析闻言蹙额，踢掉膝上的薄锦作势要起来，"偏不好好躺着。"

我被他的孩子气逗得一乐，轻轻按住他的肩膀哄他躺下。

这时，就看见那婢女领着一名身着海蓝色四品官袍的官员进来，奕析托词说衣着不修、病容憔悴不愿见人，令人搬了椅子，让那名使者就坐在帐外说话。

使者先是不敢坐，恭敬地向奕析作揖拜见。说起他在弥杉受伤一事，道："听闻王爷受伤，太后和皇上都十分挂念。"

"让母后和皇兄如此担心，小王真是万分愧疚。"奕析不咸不淡地说着场面话，"大人此次返帝都，尽可以回禀太后与皇上，就说本王伤势已无碍，勿再挂念。"

"卑职还有一事。"使者慎重地顿首，"王爷不愿回帝都养伤，皇上念及漠北偏远之地无名医圣手，所以从太医院选了擅长治疗外伤的太医五人，已一道随卑职抵达宁州。"

"皇兄对手足的关爱，臣弟铭感五内，大人和五位太医一路风尘仆仆北上，本王定会奉为王府上宾款待。"虽感到一丝意外，奕析依然笑道，"但是本王说过伤势早已无碍，还是请大人回帝都的时候，将随行而来太医一同带回。"

"王爷宅心仁厚，若是体恤卑职，就千万免了卑职这趟差事。"使者惶恐地再拜，恭恭敬敬地说道，"上头说了若是王爷不收，定是太医无能，入不得王爷的眼，也不用回帝都皇城了，直接往西流放到琉球一带。"

奕析的声音微微一紧，问道："这不可能是皇兄的意思，是谁出的主意？"

使者道："是慧妃娘娘。"

"慧妃？"奕析略略沉吟，我不知道他心里怎么想的，竟突兀地冒出来轻飘飘的一句话，"她倒是长久，还没失宠呢？"

这不是什么好话，我闻言用手肘轻轻地顶了他一下，说道："好端端的，你咒她做什么？她才二十几岁，尚是绮年玉貌的时候。"

"你那慧妃表妹厉害着呢。"奕析颇含深意笑着，戏谑地说道，"我不过随口一说罢了，她哪有那么容易失势。"

韶王虽是笑言，但那使者却惊得愣住，他干笑两声道："慧妃娘娘姿容绝丽，颇有才学，得皇上赐予封号'慧'，此乃六宫侧目的殊荣。更为皇上诞下一双儿女，当然是圣眷不衰，圣眷不衰……"使者说着用衣袖揩过额角，似乎是在冒冷汗。

慧妃，如今多少年过去了，我时常听见有人提起慧妃，却没有人再提起紫嫣。渐渐淡忘了她的容貌，不过她眉梢眼角的那些桀骜依然清晰。

紫嫣一向是锋芒毕露的女子，其才智和见识远胜于一般的男儿，从她擅长的草书中就可以窥见一斑，通篇的铁画银钩，每个字的横竖撇捺，必挥洒得如剑刃出鞘般锋利。

圣眷不衰，这四个字，如今我听来格外平静，想到若是当年没有耶历赫索婚一事，我已嫁入东宫，日后再顺理成章地成为奕槿的嫔妃，后宫纵有三千殊色，但凭他对我的宠爱，身居四妃之位也不无可能，或许圣眷不衰的人会是我。可是，以紫嫣高傲要强的性格，既然决定放手一搏，她又怎么容得下我？若真的到了反目成仇的一日，我们之间又该如何共处？只要我们身在宫中，就必会有姐妹之情决裂的时候，想到这里我就觉得冷汗涔涔。

面对使者的局促，奕析说会留下那些太医，命人带他前去府上客房休息。

看着使者离去后，我迟疑了一下，还是问道："紫嫣这些年来过得如何？"

奕析轻轻挑眉，语气中微带着一丝不易察觉的讶异，说道："你倒还记着她。"

当年紫嫣用计离间我和奕槿，逼得我心灰意冷远嫁北奴。曾经我是怨过她，我想不通，我一直剖心以待的妹妹，要这样算计我，长久以来，紫嫣是落在我心头的一根刺。但如今，这么多年过去了，很多事情也都看透了，我也能平静无澜地谈起她了。

我悠悠笑道："到底做了十数年的姐妹，纵然当年她算计我，时至今日，我又何必再记恨她。我记得我爹曾跟我说过，紫嫣有一个女儿是吗？"

奕析轻轻颔首，说道："慧妃早年是有过一个女儿，封为颐清公主，生得玉雪可爱，皇兄极是喜欢，赐予小字娉婷，只是颐清公主福浅命薄，未满周岁就不幸夭折。"

听到这里，我心头猛地一跳，不由泛起一阵悲苦。我曾经就失去过孩子，推己及人，我失去的是一个不足月的胎儿，而紫嫣失去的是她怀胎十月生下来的，活生生的婴孩，其哀痛之情岂不胜过我数倍。

奕析道："自颐清公主殁了之后，慧妃多年未有过生养，直到去年才诞下一名皇子，也算是有所弥补。"

我点头，失女之后复得一子，于紫嫣而言亦是安慰吧，况且紫嫣又向来争强好胜，我想了想，又问道："那么薛家怎么样了？"

奕析用手支着下颌，他料不到我会突然这样问，缓缓地道："薛家四年前就倒了，当年被判的是通敌谋逆的罪名，主谋是薛冕的长子薛旻玟。"

听到薛旻玟为通敌主谋时，我倒也不怎么吃惊。当年被我困于耶历赫的军营中，阴差阳错让我发现耶历赫与薛旻玟之间的密函，我当初跟奕析略略提过，后来也不了了之，现在想来，恐怕是确有其事。

奕析道："据说此事是薛旻玟一人所为，而其父薛冕一直被蒙在鼓里，事发当日，也是薛冕及时举发才免了祸事。薛冕为家门出逆贼而痛苦不堪，但求一死。皇兄初登大宝之时，根基不稳，其中薛家出力颇多，皇兄或许念着当年的旧情，在将薛旻玟等人正法后，对薛冕及其府中女眷网开一面，仅仅是下旨流放到西川罢了。"

我静静地听着，叹道："皇上到底还是感念旧情，给薛家的人留了一条生路。"

奕析却是叹息，摇了摇头，说道："可是就在流放到西川途中，薛家的人无论男女老幼都死了，他们被无辜连累卷进西川诸小国间的一场动乱中，最惨的是薛冕连尸首都没有找到。"

我莫名觉得心底生出一股寒意，如同被一阵冰雹击打在心壁上。蓦然想起了当年，那个年仅十五岁，青稚未脱的女孩，对着帝都城的巍巍城楼，字字沁血起誓，"我发誓一定要用薛冕的首级，来祭奠父母在天之灵。"细亮的声音中浸透了与年龄不相称的怨毒，我当时一抬头，就看见她一双被悲恸冲刷得清冷的眸子，那样的清冷就像是月的背面，再多的日光也是照不亮了。

一个令人惊惧的猜测在我心底来回滚动，几欲冲上喉头，却是被我硬生生地压了下去，薛氏满门葬身西川，莫非……莫非……是紫嫣？

我想起她起誓时，脸上满是狠绝的表情，或许在那时，我就已隐隐感觉到迟早会有这么一天。

自我离开帝都，我与紫嫣已阔别将近九年了。记忆中她依稀还是当初容颜殊美、聪慧迫人的小女孩。这么多年的光阴匆匆流逝，恍若指间的流沙，几重宫阙中不见刀光、不见剑影，但暗藏腾腾杀机，多年历练下来，当初及笄之年的小女孩，应是长成心智如同妖魅般的女子。

"等了这么多年，终于如妹妹所愿了。"我的声音说不上悲喜，淡淡地道，"想来如今的林家应是显赫无比，所谓的鲜花着锦、烈火烹油，就是如此。"

奕析道："桁止素来在军中颇有威名，但这些年，林家有个极出挑的人物，此人名为林庭修，你可听说过？"

"林庭修？"我略略一思索，对于此人，我确是有些印象，紫嫣曾在林氏诸子弟中挑选出资质上乘的少年，接到林府悉心培养，未雨绸缪，将来壮大整个林氏，而林庭修就是被紫嫣选中的两兄弟之一。

奕析道："此人年轻有为，仅仅二十的年纪，就已经官至三品都转盐运司运使，深受圣上宠信，照这样的势头，日后拜相也不是没有可能。"

早年在帝都中，我与林庭修见过寥寥几面，我当时就觉得这孩子胆识气度皆不俗，林家能出这样一个人物我倒是不觉得奇怪。

我浅浅勾唇而笑，"紫嫣看人的眼光向来不错，林庭修果然可扶持。紫嫣是他的姑姑，又对他有恩，庭修日后定能对她忠心不二。"

奕析将手覆在我的手背上，他的手心温暖，我知道他在宽慰我，往事莫要想太多，我道："现在想来也罢了，她如今远在帝都，我们姐妹一场，或许今生都不能相见了。不过这样也好，我们各走各的路，我不会后悔，希望她也不会后悔。"

菡儿熬过了难挨的冬天，却熬不过这个春天，诞下沈仲的遗腹子后，她像是被抽干了所有的精神气力，一切支撑的信念在孩子落地的那刻全部崩塌。

她走后，她的女儿未满月就已无父无母，无父何怙、无母何恃。沈仲孤身一人没有兄弟姐妹，可怜的孤婴无人可以照顾收养。

对沈仲和菡儿，我心中始终存着愧疚，与奕析商量之后，我们决定收养沈家遗孤，也算是一种补偿，让我心中多多少少好受些。

乳娘将那个孩子抱给我和奕析看，杏黄的棉布襁褓中裹着一个小小的孩子，因胎中不足，她显得格外的弱小，不住挥着胳膊细声啼哭。全身的皮肤红红皱皱的，尤其是额头这边，几根稀疏的胎发下，皮肤薄得可以清晰地看见根根血管，里面一线细若游丝的血在流动。

自从两年前流产失子后，我看见浑身通红的婴儿就会无端害怕，害怕想起在繁逝的日子，想起一夜夜纠缠不断的梦魇中那个浑身是血、扯着我的衣角叫我母亲的孩子。

乳母小心地将孩子递给我时，我不但没有伸手去接，反而怔怔地后退了一步，脸色亦是在一瞬间变得苍白。乳母被我的样子吓了一跳，动作也一时僵滞在那里。

奕析察觉到我的恐惧与抵触，他知道我的心结所在，双手温柔地覆上我的肩膀，低声附在我耳边劝道："颜颜，别勉强自己。我们将这个孩子托给其他人，一样可以给她最好的照顾。"

我摇摇头，深深地吸了口气，拼命克制住双手的颤抖，从乳母手中小心地抱过孩子，那孩子极轻，抱在怀中几乎没有什么分量，隔着襁褓我感觉到她软得像棉花的幼小身躯。我抱着她，她倒安静得也不哭不闹，一侧红皱的小脸贴着我素锦质地的衣襟。

"我不想托给别人。"我看着怀中的孩子，那么小，那么脆弱，抬眸朝奕析道："我们收她做女儿好吗？"

"好，你说的我都答应，"奕析应得十分爽快，俯下身用指尖轻轻抚过孩子幼嫩的脸庞，他显然十分喜欢孩子，又说道："从此她就是我们的义女。"

我含笑点头。

"小丫头你以后就是韶王府的郡主了。"奕析从我怀中抱过孩子，朝我说道："既然如此，过些时日，我就上书奏请赐予她皇室玉牒，这样可好？"

我不由感慨奕析的细心和体贴，但他抱孩子的动作有些笨拙，不知道是哪里下手重了，硌痛了孩子，孩子突然就放声哭出来。

我抱过啼哭的孩子，柔声哄着，她才慢慢安静了下来。若能将沈仲和菡儿唯一的孩子抚养成人，我也算是对得起他们了。况且，为孩子计远，她若是能托身于皇族高氏，就相当于一生有所依靠。

韶王收养义女的消息传开后，许多人都心生疑惑，说韶王年轻尚无家室，为何会无故无故地收养一名婴孩做女儿。因此私下常有流言，各种各样的猜测都有，到最后竟越传越离谱，有些谣言还说得有板有眼，说这个女婴实为韶王亲生，因为其母身份低贱，大概出身不是什么正经人家，按皇室礼法不能收入王府，但所生之女毕竟是皇家骨血，不可遗弃，也只能对外宣称是义女。

我事先未料到，奕析仅是收养一个义女竟会惹出这么多流言。但仔细想想也是，毕竟奕析贵为亲王，身份特殊，引人注意也是难免的。我刚刚将孩子哄睡着，看到奕析，忍不住取笑他，"唉，倒是拖累王爷折损了名声。想当年王爷何等的清誉，如今竟被人错认是负心薄幸之人。"

奕析却是仅是付之一笑，"我并不在意这个，既然如此，也懒得去分辩什么，将错就错罢了。"

渐至五月中旬，暮春的轻寒之意犹在，转眼又是春深夏浅时节。云嬗回去时，我特意去送了送她，我们好歹有些亲戚情分，更何况她又照拂了我多年。

云嬗和丹姬曾是密宫中的人，直接为老汗王耶历歌珞所驱使，如今耶历歌珞已死，她们也就没了束缚，成为漂泊无根的自由身。

我问云嬗，萧家还有些什么人在？

云嬗只是神色暗淡地摇头，说当年老汗王下令屠灭萧家满门，萧家几乎没什么人在了，如今除了还有个哥哥，她就只有一位阿祖。

我知道云嬗口中的阿祖，是她的祖母，北地这里的习俗，无论祖父祖母，都称作阿祖。而她的阿祖，亦是我母亲的娘，我的姥姥。我曾与云嬗一起去见过她一面，阿祖年逾七十，相貌老得很厉害，眼睛早年就瞎了，满脸的褶皱深如沟壑，几乎将一双凹陷的盲眼埋了起来，如今耳朵也聋得很，神志亦是一时清醒、一时糊涂。我当时叫了她多次阿祖，老人摸摸索索握着我的手，她不认得我，一直都以为我是云嬗。

多次之后，我也就罢了，我的母亲离开她多年，阿祖或许连有我这个外孙女都不知道。如今她年事已高，意识昏厥，我又如何让她认得我。

我对着云嬗道："我记得很小的时候，母亲曾带我回南国慕容家归省。但那时年纪太小，我几乎忘了慕容府的姥姥、姥爷是什么模样。等到我大概十岁之后，母亲再也没有归省一次，几乎与慕容家断绝了联系，我那时就觉得很奇怪，母亲是生性温和的人，却与娘家慕容府彼此冷淡。而我那时根本想不到，原来慕容府中的两位老人，其实不过是她为捏造假身份而刻意安排的。"

云嬗轻轻抚着我的手背，以此来安慰我。

我问道："阿祖风烛残年，也不知何时会去。你一个女子到底要有所依傍，如今你的兄弟在何处？"云嬗跟我提起过，她的哥哥名为萧隐，对于此人，我略有些印象，当年就是他助我逃出耶历赫的军营，那时萧隐曾问我，浣昭和浣沁两位夫人可有后人在，如今想起真当是感慨，当年无论如何都想不到，我们之间竟有这样的渊源。

云嬗轻叹一声，"我与哥哥一别数年，来往极少。但你放心，我就算一人也能照顾得了自己。"她说着话时神色淡淡的，却有一种说不出的孤寥。

丹姬自离开密宫后，择了一处居处隐居起来，除研究医术之外，就是养些药草药虫。因云嬗的关系，她有时会来看看阿祖，给阿祖身上的七疼八痛弄点药，缓解一时。我与她偶尔遇上，她对我也是一贯的冷淡，那种冷淡有些特别，好像包含着一丝若有若无的敌意和戒备。

我对此素来敏锐，曾旁敲侧击地问过云嬗，云嬗却是劝我别在意，她与丹姬同在密宫多年，她待人向来如此。

云嬗浅笑道："丹姬的性情是有些古怪，我和她相与多年，也不怎么觉得了。你一说，我倒想起来，丹姬的师父璃珩也是个怪僻的人，她长年跟在师父身边耳濡目染，养成这样的脾气倒也不奇怪。不过说起来，当年璃珩倒是与浣昭夫人相交甚深。"

我隐隐嗤笑一声，问道："或许是我多心，那我再问一句，丹姬出身哪个族姓，可有什么来历？"

云嬗思索片刻，两道纤纤的细眉微蹙起来，还是摇头道："这个……我倒是不知道。"

我笑得云淡风轻，说道："算了，我也不问了。"

送了云嬗之后，难得来边境一趟，我与奕析并没有立即返回宁州，而是一起去了弥杉，也算是凭吊我的母亲。两国战事结束后，经过多次合议，如今弥杉已被划入胤朝境内。到了弥杉城外，极目远眺，风沙漫漫，天空亦是苍黄溟蒙的颜色，处处显出大漠独有的一派悲凉和辽阔，若是从这里再往前，就是北奴的领地。

看着如今宁静的景象，令人想不到的是，就在数月之前，这里刚刚发生了一场激烈的战争，死伤无数，血染黄沙。

当初也是在这里，我母亲的骨灰随风而散，从此追随大漠的风沙，在天地间无拘无束地流浪。

我想起无数往事，静默地合着双眸，我不知道她在哪里，伴着滚滚的沙砾，还有耳畔呼呼的风声，或许她正在我身边，在虚空中幻化出她生前清婉若莲的淡淡剪影。

我们紧紧地牵着彼此的手，一步一步地走着，想到当初弥杉一战，我将母亲的骨灰抛向空中，耶历歌珞深受刺激，情绪失控，甚至不顾自己一军统帅的身份，疯癫地徒手去抓四处飞舞的骨灰，那种近乎痴狂的情态，令在场的每一个人都愕然动容。

如今回想起来，我们皆是感慨，奕析叹道："看来歌珞汗王对浣昭夫人用情极深。"

他虽是无心之语，我听着却黯然，叹道："傻瓜，可是他们最后反目成仇了。"

我将母亲生前的事说给奕析，我们能走到今日这一步实属不易，两心相悦，那就也应是两心相诚，我亦不想再对他有所隐瞒。

奕析只是静静地听着我说，在得知我母亲的真实身份后，他也没有表现出过多的惊讶，只是浅笑着说："那是上一辈人的恩怨，如今他们都已离世，往日种种也都烟消云散了。"

说罢，他握紧我的手，字字出于肺腑地说道："往事已矣，如今我在乎的，只是能与你一世执手，不再分离。"

我听得心头一片温热，暖如春风拂面一般，他所言，亦是我想说的。

他拥我入怀，我的手臂圈在奕析腰间，侧脸贴着他身上柔软服帖的衣料，他亦是抱紧我，我带着一丝娇羞轻轻道："我自然信你。"

北地气候偏寒，五月之后，樱花始开。王府后面连着一处规格小巧的别苑，如今那里的寒绯樱正盛开得如欲坠轻云，轻薄如绡的花瓣在枝头层层密密，深深浅浅的粉霞绯红簇拥，柔枝一脉慵懒地低垂着。

满月之后，我与奕析的小女儿养得白嫩了许多，不像刚刚交到我手上时的干瘦弱小，浑身的皮肤红红皱皱的。现在她被裹在赤红丝线石榴鹅黄底的襁褓中，黑亮的眼睛间或一转，益发透出几分圆润可爱。

乳母喂奶之后，将小郡主放在香楠木坠落数串精致银铃的摇床上，卿卿哝哝哼了半日的眠歌，她还是睁着眼睛，偶尔从小嘴中发出咿呀声不肯入睡。

室外一派春光熙和，心情亦是舒畅，我亲自抱着小郡主出去透气，她待我也不生疏，安静地伏在我怀中。

我感觉怀中那个小小的身躯软得如粉团，看着眼前一带轻绵如云的浅绯烟霞，不觉间心中溢出淡淡的欣喜与温馨。侍女生怕我累着，将摇床仔细地搬出来，放在花事正繁盛的樱树下。

甜香细细，隐约地染着凉露的清新。我见她眼睑耷拉，微有些倦意，于是轻轻地将她放在摇床上，动作极缓地推着，生怕惊扰着她沉然酣眠的梦境。

奕析此时身着白玉蛟纹锦衫，束发亦不用玉冠而是银帛罗巾，在脑后垂下两道飘逸轻扬的丝绦，意态娴雅悠然。他俯下身看小郡主睡到半酣时鼓起粉嘟嘟的腮帮，说道："好像比刚来时长胖许多了。"

"是胖些了。"我浅笑，轻推摇床道："王爷可别忘了给小郡主取名的事。"

流樱若雨，花落无声。我伸手小心地为她掖紧锦茜红明花锦缎被子，几瓣娇柔的寒绯樱轻盈若蝶地飞落在锦茜红缎子上，浅绯花瓣衬出明艳的颜色。他闻言抬头，目光清和地看着我，几剪素风吹偏了鬓角的发丝，丰神如玉中依稀留着年少时的落拓。那样静好宁和的画面，就像一对尘世间最普通的夫妻守在爱女床边。

"那么……"奕析略略沉思，抬头看到漫天飘舞的娇娆樱花瓣，说道，"就名为樱蕊如何？"

我闻言扑哧笑出声。

奕析俊面疑惑地看我，问道："难道不好？"

"很好听的名字。"我的手指滑过婴儿柔润的脸颊，抬眸道，"不过我不喜欢这个蕊字？"

"蕊为花中之心，最为娇弱尊贵。然而字义虽好，字形却不好。"我凭空写了一个蕊，继续道，"你看，这心都操碎成三瓣了。我希望她一生平安无忧，不要有那么多心事可操。"

女子心思过重，于己于人都不是幸事。这话是爹爹曾经说的，我当时不信，总觉得是爹爹的迂腐偏见。但经历了这么多事后，渐渐有些懂了。表妹紫嫣争强好胜，难道我就不是吗？也许从一开始我能愚笨一些，软弱一些，无知一些，也就不会有种种事端。蕊，草本之下三个心，这个字我是不会用的。既然收养了这个孩子，我视她如己出，凭着一个母亲质朴的拙心，自然不希望她一生心思负担过重，拥有普通人的平安喜乐就好。

"颜颜，我懂。"奕析与我心意相通，他又一向最顺着我，问道，"那么你觉得什么名字好？"

"嗯，流樱若雨，取其中二字，就叫樱若好了。"我笑道。

奕析轻柔地握着我的一只手，他的掌心有让人安适依赖的温度，"都依你。"

樱若因胎中不足，而自幼身体孱弱。接到王府后悉心照顾调养，已比刚来时好了很多，可是时有小儿惊风之状，夜间常啼哭不止。

细长的钧窑美人觚中插着清晨新折的素馨花，洁白的瓣儿上凝露涟涟。我身着玉色轻烟纱外裳，系着浅碧色千叶缱绻细褶百合裙，腰间束叠翠丝缎在裙裾上结一枚细致的如意结，面上依然覆着一袭纯白的鲛绡。修长的手指拂过一排墨香盈溢的书籍，我将一卷《渌水堂集》放回书橱中。

我缓步走到外间，看见玉笙正守在樱若床侧，身边放着各色丝线整齐的笸篮。她低头在膝上的一方蓝缎上绣几针，又不时地低咬着哄躺在小床上的樱若。

玉笙见我到了，将手中绣着的东西给我看，欣然问道："小姐，现在天气渐热了，这个花样给小郡主做肚兜可好？"

我看着那细密的线脚，湘绣针法绣出并蒂海棠锦春图案。因孩子肌肤娇嫩，不用金线银线，然而水红棉线之上自有明光烨然而生，称赞道："你的手艺自然是好的，有这样一位巧手的姑姑，樱若也算有福。"

玉笙微微赧然，低头道："这个姑姑，玉笙怎么敢当？"

"你对她这么好，将来喊声姑姑也是应该。"我挨着樱若的小床在墩子上坐下，樱若用粉嫩的小手抓着下巴，一副恹恹欲睡的模样。我轻轻握着樱若的一只手，真的很小，小到完全可以被我的手包住。

看外面天光明亮，我有些无奈笑道："这个时候睡足了，晚上又要哭闹了。"

玉笙捻线绣完一针抬头，抿嘴笑道："小姐，您这可是嫌小郡主烦了？听府上的老母亲说，您小时候也常哭闹，夫人事事亲力亲为，可没有嫌烦过。"

听她笑语如常，我却对面前这人生出一丝愧疚。玉笙在我身边尽心尽力服侍了十几年，尊我如主，却待我如亲。早年在帝都时，我就想着为玉笙配户好人家，相夫教子，平静地过日子，好过作为我的陪嫁侍女远赴北奴，去过前途莫测、颠沛流离的生活。但她当时执意不肯让我孤身而去，说有自小一处长大的人陪伴，再艰难的路也会好走一些。在北奴五六年，对她而言是耽搁了。

想到玉笙年纪比我大上好几岁，现已是近三十的老女，至今未寻得个归宿，这怎么不是压在我心头的一块旧病。我的确舍不得玉笙，毕竟我身边难得有如此忠心耿耿的人，但是要我为一己之私，一直误着她我却做不到。

今日略略地将我的意思再向她提了提。

玉笙听完，兀自飞针走线含着笑意道："小姐，您这是第几次要撵我走了？"

我有些好气道："我怎么会撵你走，只是不想你一再地耽搁着，你少拿这种话来搪塞我。"

"小姐，玉笙真的不想离开你。"玉笙握着我的手，目光恳切地说道："玉笙到这个年纪了，对花嫁没有什么心思，现在就想好好地陪在小姐身边，服侍小姐，这样不好吗？"

"好好，你一向就是对我太好。"我亦是握紧她的手，当初在颜府，母亲将她调到我身边服侍日常起居，就是看中了她的敦厚忠实，虽然木讷寡言但却是个耐苦沉稳的人。我的指尖划着裙衫上柔密的千叶绣纹，无意间说道："我是想为你寻着一个终身的归宿，万一我不长久，你也好有个依傍……"

"小姐！"玉笙有些发急地打断我，面色微红道："您说话怎么连个顾忌都没有？"

我守在樱若床边，看着她恬静安睡的小脸，再看玉笙一脸的严肃，忍不住笑道："瞧你发急的样子，我不过随口说说罢了。"

正当这时，轻快地跑进来一个十五六岁的小丫头，绾着姑娘家常梳的双鬟髻，发间的银钗上摇着一颗明闪的坠珠，身着桂子绿瑞锦襦裙，容颜不甚美丽倒也清秀；眉目间一派小女孩的娇憨可爱。她是韶王府上的一名婢女，名唤碧桃儿，年纪虽小却聪明伶俐，而且还会几下子功夫，与府上一般的侍女不同。

碧桃儿甜甜地请了安，转眼间就跑到玉笙身侧，高声赞道："玉笙姐姐的手真巧，这双海棠绣得跟刚刚采来的一样。"她眼神中又是惊叹又是羡慕。

碧桃儿尚是小孩子心性，对我和奕析甚为忠心，而且身份特殊。时而调皮不守规矩了，我也不与她计较。

玉笙本是内向喜静的人，不像碧桃儿那般开朗热情，低声道："碧桃姑娘还小，刺绣这东西只要多练练手就会做得好了。"

碧桃儿闻言扁扁嘴道："绣成后虽好看，但绣的时候那一针一针，密密麻麻得要将人的眼给看花。"

玉笙掩唇而笑，"小姐您听听，这碧桃姑娘的话跟您小时候说的一模一样。"

我亦是笑，闲闲地问道："王爷哪去了？"

碧桃儿俏眸轻眨，说道："回夫人，王爷在宁州府镇兵指挥长史大人府上。"

我以手轻抚前额，记得奕析好像今晨的时候说起过，我偏是忘了，随意问道："长史大人有什么要紧事需商量吗？"

碧桃儿摇摇头，忽然她眼神一亮，慧黠笑道："夫人如果想知道，碧桃儿马上想办法给您去打听。"

其实我只是随口一说，且不说宁州府的事我不关心，就算关心，而且我也不相信这个乳臭未干的黄毛丫头真能打听到什么。

我清浅笑出一声，半开玩笑道："碧桃儿别去，先不说这宁州府你进不进得去，就算进去了，万一让王爷撞见，还以为我处处辖制着他呢。"

此言一出，室中三人都笑了。也许周围大人的言笑打搅了樱若睡觉，她突然睁眼醒了，皱着粉粉的小鼻子啼哭起来。

"樱若，乖，不哭。"我低声哄道，温柔地将樱若从小床上抱起，一手托着她柔软的身体，一手轻慢地隔着襁褓拍她的后背。

就在这时，一把清朗的男声传了进来，"谁要处处辖制着本王了？"话刚落，人已至，我一抬首，就看到奕析含笑站在我面前，丰神如玉。

碧桃儿是个活灵活现的性子，此时见奕析问，立即喋喋不休地跑出来一大堆话，"夫人问王爷哪去了，奴婢就回禀去见长史大人，奴婢还说了夫人若不放心，就让奴婢去看看，夫人就说别去，让王爷看到不好，觉得夫人在处处辖制……"

"碧桃儿。"我听得实在烦，出言打断了她，那个小丫头虽然爱说话，但也是个懂得察言观色的，调皮地吐吐舌头，立即闭上了嘴。

奕析眉眼间的笑意如春，熠熠生辉，也不顾尚有人在，附在我耳边温温地道："我觉得没什么不好，如果可以，我倒是情愿被你一直辖制着。"

我的脸颊飞起一抹绯然之色，轻轻推开他，嗔道："当着人前，别老说这么不正经、上不了台面的话。"

玉笙和碧桃儿哪里看不明白，都掩面窃窃地笑。见状，玉笙老早抱起樱若，和碧桃儿两人一起出去了。

我看着奕析，装作尚未消气的样子，道："碧桃儿这小丫头，太爱说话了，整天唧唧喳喳，吵得我脑仁疼。"

奕析仅是笑笑，他知道我是不高兴碧桃儿刚刚的多嘴，劝我道："这么大的人了，还做了娘，别老跟小丫头计较。"

我倚在奕析怀中，看着室外晃晃的天光，庭院中蔓延开一壁的绿意欣欣，突然之间，玩心大起，我带着三分嬉笑、三分认真地说道："小丫头等着明天来缝她的嘴，她刚不是夸玉笙的海棠绣得好吗，叫玉笙给她绣一朵在嘴上，看她还这么多话不？"

奕析闻言，狠狠地捏了一下我的鼻尖，佯作是含了薄怒的样子，说道："颜颜，你这话说得真坏。更何况，玉笙那种软绵绵的性子如何扎得下去，你怎么不自己去？"

"哎。"我的下颌抵着奕析的肩胛，咯咯地笑倒在他怀里，道："还说我，你自己岂不是比我更坏。如果让我绣，就不是并蒂海棠了，小丫头到时候更有的哭了。"

奕析想到我向来不擅长针黹，刺绣的功夫更是稀松，亦是忍不住笑了出来。

我们这样玩闹了一阵，奕析忽然正色道："好了，不闹了，我可是有正事要跟你说。"

奕析按着我的肩膀让我好好坐着，我却是赖在他怀里不肯起来，指尖漫不经心地玩着他的一缕头发，慵懒地拖长声音道："什么正事呀？"

奕析拿我没办法，只好说道："帝都传来的消息，皇兄已下诏巡视漠北边境，十六日起程，路途从简，最快月底可至，如今已知会了沿途的府衙。"

"什么？"我惊得一下从奕析怀中起身，"皇上……要来边境巡视？"我不太习惯叫奕槿为皇上，好半天才挤出生涩的一句话。

奕析点头，说道："这事想来也奇怪，如今战事结束已有五个多月，合议诸事已妥，边境亦是一片风平浪静，大胤和北奴划定边疆，各安其政，约定十年间不起兵戈。当初两国会盟之时，皇兄尚且不来，为何会偏偏选在这时候北上巡视？"

我脸上亦是狐疑的神色，反复思量一番，也说不出个中缘由，我当年跳下鹰断崖后，搜寻我的人在鹰断崖底的急流中捞到一具女尸，尽管被泥沙冲得面目全非，但是从衣饰上，能证明这就是宜睦公主的遗体。

几乎所有的人都认为颜卿死了，包括奕槿。这时，我的心间清凌凌地闪过一个念头，又被我生生地压了下去，不可能的，奕槿绝不可能知道我还活着。

奕析眉宇间笼着一层薄薄的忧色，说道："尽管过了八年，皇兄他未必能忘了你。颜颜，我……"

我止住他再说话，将柔软的掌心覆在他的眉上，一字一字坚定地说道："自从决定和你在一起之后，我未曾有一刻后悔过，如今是，将来亦是。我也想过，或许这条路并不平顺，但是能与你一起，不管今后要面对什么，我亦是无惧无悔。"

听我如此说，他极是动容，说道："颜颜，你说得极是，既来之则安之，但求两心一致，又何所畏惧。"说话间，他已是紧紧地拥着我，我也紧紧抱住他，侧脸贴在他的胸前，能清晰地感受到他身上熨帖的温度和清宁的气息。

碧水青山总长隔

高奕樘此次出宫名为北巡，为避免不必要的劳民伤财，并不是一路鸾凤赤方扇、玉珞金步辇，而是尽量低调，仅仅知会了沿途的地方府衙。

这段日子，我不宜露面，以免招致不必要的风波。正好云嬗传来消息，说阿祖的病势骤然加重，我决定去看看阿祖，与云嬗做伴，也顺道避避眼下的情势。我见到阿祖的时候，阿祖正迷迷糊糊睡着，丹姬来看了看阿祖，只是说不碍事，左不过就是喝几服药再休养休养，毕竟人老病多，天命所致，非医者之力能改变。

丹姬见到我时，依然是疏远的样子，我们极少说话，但是那日，她经过我身边，轻飘飘地撂下一句话：你跟韶王原本是天高皇帝远，如今倒好，皇帝到跟前来了。她话音极淡，但分明含着一丝嘲讽之意，我蓦地回首，却发觉她又恢复了往日一贯万事不上心的清冷神色。

我倒是不在意，她的话中是否含着嘲讽，令我暗暗惊讶的是，高奕樘出巡之事，到现在为止，仅仅知会了沿途需要接驾的省府衙门，像宁州、集州等边境一带都尚未得到消息，她是如何得知的？对此我没有太留心，此事也不了了之。

后来的一段日子，外面的消息陆陆续续地传来。皇上亲自率领命检校少傅、奉国军节度使、前制置使检校太保、殿前都指挥使等官员，查看了雪涵关外的龙吟台墟址遗迹，故地重游唏嘘不已，二十年的龙吟会盟之耻最终湔雪，并嘉赏与宴请在北奴之战中有功的将士。

皇上素来与韶王感情亲厚，此行未携宫眷嫔妃，倒免了避嫌的顾虑，阔别后为畅叙兄弟之情，皇上未居于宁州行宫，而是居于韶王府上。随后的日子倒也是风平浪静，长日悠悠，闲闲无事，我不能见奕析，也不能见樱若，日子过得清闲却也冷清。

一日闲来无事，我与云嬗两人骑马出去，策马跑出五六十里，直到临近胤朝与北奴交界的柯尔，眼前出现大片广袤贫瘠的戈壁，稀稀落落的有几方土色毡布围成的人家，长相粗陋的骆驼刺之类乱草杂生。此时风沙少，一眼看去远处地平线上戳出几处突兀的尖锋，满目漠漠苍黄中如异景叠现，庞大的罩积山脉在一派荒凉中蜿蜒横亘。我若是没有看错，那几处突出的尖角就处在鹰断峰、擎帘峰一带。

过了云坪山繁逝，我与云嬗继续骑马往南而去。闷得久了，出来一趟，整个人也觉得舒展轻快许多。

"颜卿，你看。"云嬗惊奇地指着鹰断峰。

我顺着她的目光看去，只见那里甲胄林立、铁戟冷光。身披铠甲、面容肃重的侍卫密不透风地包围着鹰断峰，将鹰断峰所有的通道全部封锁。

"怎么回事？"我心中疑惑，如此森严的守卫，莫不是这鹰断峰出了什么事？

我们骑马跑近了些，疑惑之意更深。此处乃荒凉之地，人烟稀少，现在外围密匝匝挤满了围观的百姓，我们跨在马上俯视，倒也是呈现挨挨挤挤的人头攒动情状。

我极目望向模糊在云气缥缈的山峰间一点隐约白色缟素飘扬，看那些侍卫如此严肃郑重，难道是有什么不凡的人在鹰断峰中？

我和云嬗相觑了一眼，云嬗是个伶俐的人，她朝着一个满脸络腮胡子的男人软软地喊了声大哥，然后问道："大哥，好多拿刀持剑的人，那里出了什么事吗？"

边民粗野，那男人正顾着拼命地往里面挤，好让自己多看到一点，哪有空理睬别人。见有人问他，嫌烦都来不及，张口就要骂，但一回头，看到云嬗生得秀美，竟一时有些愣住。

云嬗笑了笑，信口胡诌道："这位大哥，我跟我家夫人骑马路过这里，见这么多人，不知出了什么事呀？"

那男人缓过神来，大掌一拍头道："姑娘，我也是跟着看热闹的人。啧啧，不过听里面的人说是当今皇上在鹰断峰上祭奠已逝的宜睦公主。"

宜睦公主，这四个字重重地落在心上。我心神一惊，握不住缰绳差点从马背上滑下来。

"哎哟，夫人，骑了半天马您累了。"云嬗机灵地在我手肘处虚虚地扶了一把。

我眼神定定地直盯着半插入空的山鹰，一块棱角分明的巨石浮在云色缭乱中，此石为鹰喙，正如其名，峭拔尖锐得如飞鹰的利喙。

这么说来，奕槿正在鹰断峰祭奠宜睦公主，也就是我。现已是七月，我心中暗暗掐算一番，今日正好就是我两年前坠崖的日子。时间过得真是快，一晃眼颜卿已过世两年。

我感觉指尖有些发冷，山麓中尚有些凉意的风兜头一吹，心头仿佛有一记惊雷落地，整个人都怔住。

当初我和奕槿百般想不通，为何奕槿偏偏选在这个时候北上，想不到竟是因为宜睦公主的忌日将近，他是想来祭奠我吧。回想去年这时正处于两国交战，此地战火弥漫，而今年已是安泰景象。

那男人见云嫱生得美，又肯主动搭讪，聊得意犹未尽，"这位姑娘，你没见过这阵势，咱们的皇上排场真是大气。"说着谄笑着去摸云嫱所骑马长颈上顺滑的鬃毛，他惨叫一声，冷不丁地手背上裂开一道马鞭抽出的红痕。

对于这种纠缠不休的男人，云嫱也不是一个善茬儿，瞪目骂道："什么咱们的皇上？是你的皇上！我们可不是胤人！"

我轻咳一声，示意云嫱别过于招摇。

"颜卿。"云嫱侧目看了我一眼轻唤道，小心地观察着我的神色，而我却是顾自看着地上的人。

那男人挨了云嫱一鞭，那样霸气的力道不是一名寻常女子能有，像是练过功夫的样子，那男人心知眼前的女子应是有些来历，故吐口唾沫，快快地咽下这口气不敢计较，转头与另一围观的人交谈起来。

"这天子的仪仗就是气派，我是从晋平城一路追着来看的。"

"你这贼眼睛倒是有福气；宜睦公主不是当今圣上的皇妹吗？看来皇上对自家妹妹还真是好。"

"对呀，就算是公主中最最出名的嘉瑞公主，一生为边境和睦做了多少事情，也不见得先帝曾这样隆重地从帝都到漠北来，亲自去祭奠她呀！"

一个商人模样的男子尖刻地揶揄道："什么皇妹？你们有听过先帝的哪一个公主封号是宜睦，定是哪个王府侯府的什么郡主翁主，封了公主后才嫁到北奴去的。"

人群中传出两声干笑，"嘿嘿，不是亲妹的话，事情就说不清楚了，说不定是旧日的相好。"此言一出人群顿时哄然笑开。

有个极力压着战栗、但又严肃的声音恐吓道："乱嚼皇家的事，你们都不要命了。"

我听着心中一片安澜，草根百姓就是喜欢捕风捉影，把皇族的事当成茶余饭后的聊资。对颜卿是美赞也罢，诋毁也罢，淡忘也罢，我亦是全然不在乎了。

然而，忧色渐渐凝上眉间，恍如苍苍苇叶上坠着一痕洁白的清霜。奕槿难道你还没有忘记我吗？可是我却已经不想再记起你了。

我仰首看着山峰间白绫猎猎翻飞，那白色缕缕游丝般盘桓而上，隐约有哀恸的梵音拂拂，穿透九重云霄传来。当初我尚在北奴时，奕槿就曾派出人来找我。耶历赫向来警惕，觉察到异样之后，他令我搬离繁逝，甚至不惜被群臣非议，将我藏在北奴最机要的内核——密宫之中，就是不想奕槿找到我。

那个被峰下急湍逆流冲走的尸体，身上所带的信物足以证明她是颜卿。颜卿死了，幸好是死了，否则奕槿不会放弃找我。我从喉间笑出一声，八年前，你做你的九五之尊，继承生来高贵的血统中注定的"将崇极天之峻，永保无疆之休"荣极。我做我的和亲公主，此生就算是"半世浮萍随逝水，一宵冷雨葬落花"凄苦零落，我们亦是两不相干，两不相干！

我与他早已退出彼此的生命，变成了彻彻底底的陌路人，我做什么，轮不到他来管。只是他贵为帝王，我与奕析要立身在世间，难道也无需他的谅解？

"颜卿，你在想什么？"云嬗握着我的一只手，将力道紧了紧。

此时喧阗吵闹的人群中忽然安静下来，一行仪仗逶迤地下来，前方张着三十六面云幡金幢龙虎旌旗，煌煌焕彩翠华宝盖上皆饰以缟素。一个身着紫蟒青云服的人大步走出来，面庞方棱，态度倨傲地指着我们呵斥道："大胆刁民，此处乃是宜睦公主祭地，皇上都是弃辇徒步，你怎敢如此狂妄地骑在马上，对皇上和公主大不敬！"

"这么凶煞的样子，可惜可惜，是个公鸭嗓子。"云嬗笑声清灵，凑近我耳边轻声道："要是他知道你就是宜睦公主，还敢让你下马吗？"

那太监怕是听到了有人骂他公鸭嗓子，一时间气得垂在脸颊上两边肉抖动，拉扯着声音道："放肆，放肆！"

"算了，还是不惹事为好。"我看了一眼渐渐临近的仪仗，下手勒转马头，"我们走吧。"还好这里攒动的人多，隔得那么远他应该看不清我们。

就在那刻，太监忽然中魔障般噤声，一截亮刃刺入臃肿的身体又利落地抽出，鲜血迸溅。"啊！"一见到杀人，惊惧的惨叫声此起彼伏，霎时围观的人慌张地抱头四窜，场面混乱成一团。

三教九流的人群四处逃窜，混乱不堪。隔得虽远，我看得清楚，太监身边的侍卫刚才还像铁雕般站着，出手如此干脆利索。其他侍卫见情况惊变，唰唰地抽出随身的兵刃。

我看着那些人，抬头看时蓦然一惊。临近山麓的地方原本整齐罗列的白绫仪仗已被肆意冲乱，寒光忽现，隐隐可以感觉杀意弥漫，这应该是一场有预谋的暗袭。

混战时刀剑无眼，挤在最前面的几人被斜刺中飞出的刀刃活活砍死，在强烈的血腥气味刺激下，攒动的人群愈加惊恐不安。云嬗脸上笑意收敛，警觉地伸出一臂护在我身边，沉声道："颜卿，我们快走。"

"可是……"我犹豫道。

云嬗截断我的话道："这里的侍卫都不是武功泛泛之辈，而且动静那么大，宁州城中的援兵很快就到。倒是我们久留这里，一旦暴露身份就完了。"

"慢着……"我勒紧缰绳，鞍下的马痛苦地嘶鸣一声，缠着缰绳的指骨勒得发白，"奕析……高奕析是不是也在那里？"

听闻这话，云嬗的脸色亦是蓦地一白，但惊惶的神色旋即就不见了，她道："韶王自己的功夫就不弱，想来也不会有事。这里刀剑无眼，眼下离开这里才是最要紧的。"

先前围观的百姓抱头四窜，互相踩踏间携带的物什零零落落抛掷一地。我与云嬗原本在人群边缘，现在一下子被卷入逃散的人流。面对这样纷乱的场面，我驾驭的马显然有些躁动不安，粗气阵阵，铁蹄不住地刨着疏松的沙土，左突右冲，一时间竟是寸步难行，我险些就被撞下马去。

混乱中一人鬼鬼祟祟地欺近我身后，我心下大惊，听见啪的鞭声在空中爆开，云嬗快如闪电地出手，那人脸上结实地挨了一记，喉咙中发出连连惨叫。看服饰那人应是这一带的百姓，他欲逃离这里，看我骑的马就起了歪心，想要抢夺过来自己逃命。

云嬗收住鞭势，不屑地朝着那人骂道："活该。"

"云嬗。"我低喊道，与她一同翻身下马。远远地望见那一抹明黄色，我没来由地觉得些许心虚和害怕，尽管置身人潮，但我们两人这样高骑在马上实在过于显眼。云嬗会意，坐在马鞍上的身体柔韧地后倾，舒展双臂抱住我滚到一边，顺势飞起足尖狠准地踢中马后腿肌腱。那马匹痛苦地嘶鸣，脱离了缰绳的驾驭，登时野性大发地朝前跑去，坚实的铁蹄落处，人群皆被惊吓得躲闪，我心知她此举是想借马来开道。

"颜卿，我们走。"云嬗当机立断道，她是自幼练武的人，身形轻盈灵活，轻易地打退了前面挡路的几人，带着我从拥挤的人群中逃了出去。

等到了稍稍空阔些的地方，我们两人又翻身上马。这时，我忍不住回望了一眼，刀光剑影带起的劲风飒飒，明黄色赤龙踏云仪镂整依然屹立不动，前来护驾的胤军如潮水般地涌到山麓，将乱党纷纷斩于马下。

我手心微微有些汗意，握紧缰绳，策马远去。

浸洇在夕阳余晖中的丝云收敛了最后一照暖色，夜色渐深，吱嘎一声后，紧闭的后院小门就被推开。走进院中后，黑森森的小屋中微弱地亮着几点光亮，再往前豁然明亮了许多，一排琉璃风灯顺着回廊延伸，室内的灯光透过螺钿花纹格子窗映出来。

我轻车熟路地摸到墙根处的一扇窗，攀住楹木从窗子翻进屋中。里面伺候的侍女被我吓了一跳，惊慌失措地尖叫出声，手中端着的漱盂匙箸等物什砰砰地落了一地。

旁边机灵些的碧桃儿已认出我，极快地伸手堵住那名侍女的嘴，不让她惊动守在外面的护卫，然后两人默然退了出去。

"怎么回事？"是奕析的声音，听起来慵慵的，似乎是要出来看看。

我瞧见落地的东西里似乎有装药粉的瓷瓶之类，霎时心里一揪，愈加焦急，像是火烧一般，顾不得什么就快步跑进去。我们两人猝不及防地撞在一起，因跑得太急，又没有什么防备，我的额角重重地磕到了奕析的下颌，我全然顾不上，就一头扑进他的怀里，奕析尚未反应过来怎么回事，如是被撞得疼了，听他闷闷地哼了一声。

我连气都喘不上来一口，就连声问道："我看到今天有人在鹰断峰行刺，你有没有受伤？是不是伤到哪里了？我刚好像看到碧桃儿她们拿着药的？"

奕析一只手按住心口，两道俊秀的眉毛一点点纠结在一起，如是忍着剧痛的样子，却是说不出半句话来。

我被他的样子吓住，心头一酸，差点没落下眼泪来。就在这时，只听见他有气无力地慢慢说道："我本来无事，只是你刚刚那下撞得太狠，恐怕就有事了。"

"你……高奕析。"我气得杏眸圆瞪，霎时间眼泪都逼了回去，我怎么听不出奕析是在打趣我，亏我刚刚急得哭出来。

我一脸的羞恼，背过身去不理他，奕析笑着，一双手臂从背后将我整个人圈住，温润的唇贴着我的耳垂，轻声慢语地哄我，"颜颜，你莫生气。"

我不肯给他好脸色看，在他怀里左右扭动，挣扎个不停，神色娇煞地说道："你刚刚惹我，别又来讨好我，我急得不管不顾，连夜来看你，你倒好……"

"我哪有骗你，不然你自己看，我下巴这里痛得很，可不是被你撞的，明天起了瘀青，别人若问起来，你说我该怎么说？"奕析制止我的乱动，他微微仰起下颌给我看，赫然有一处红印。

我看到他下颌的红印，突然就安静下来，但想起先前他戏我之事，我噘着唇，赌气地说道："我何必管你这么多，别人若问起来，你爱怎么说怎么说去。"

奕析闻言，笑声清朗，"我若说是被夫人整治的可好？"

我没好气地横了他一眼，轻轻地啐道："好个不正经的人，谁是你夫人？谁又整治你了？"

奕析用指尖极轻地弹了一下我的额角，我痛得哎哟一声，他携着我的手让我乖乖坐下，然后在房中的红木橱中第三格翻找，从中取出一个瓶身细长的白色瓷瓶，倒了些琥珀色的液体在手心，然后轻轻地为我揉着额角。

他的口气似是有些责怪，"自己的额头碰红了一大片，还只顾着赌气。"

被他这么一说，我确实感到额角有些疼，应是刚刚和他撞在一起时，磕碰到了。奕析一下一下地给我揉，动作极是轻柔。

他问道："这么晚怎么还来？不怕遇到危险吗？"

我摇头，他身上穿着月白挑绣青菊的衣衫，我将脸贴上去感觉格外的柔软，连说出来的话也是温情绵绵的，"我担心你嘛，今日有人在鹰断峰行刺，你当时也在，我就怕你有一星半点的闪失，夜里我越想越怕，无论如何都等不到早上了，哪里管它危不危险，只想着看看你是否安好，我才能将悬着的心放下。"

奕析怜惜地点了一下我的鼻尖，将我拥得更紧，道："真是个傻丫头。"

我扑哧一笑，仰起头，柔和的烛光映着我的脸庞，衬得细腻的肌肤愈加光洁如璧。因今日突袭之事，皇上已前往宁州行宫，并不在王府停留，所以我才会想到冒险来一趟王府。

奕析拿我没办法，他将左手的袖子一点点卷起，里侧洁白的绷带露了出来。

我看得心疼，用手去碰时，也是极轻极轻，唯恐弄痛了他。我问道："痛不痛，怎么伤到的？"

奕析将袖子放下，揽着我的肩膀如是在安抚，说道："你别担心，只被箭矢擦过伤了表皮而已，养几天就好了。刺客有备而来，事先在鹰断峰设下埋伏，命弓箭手藏身在草丛中伺机而动，我当时正在皇兄身边，有所警觉时箭已射出，我为皇兄挡了一下，不过所幸只是被箭头稍稍划过手臂，小伤而已，不碍事的。"

我听他云淡风轻地讲来，但我岂会不知，当时的情况有多危急险恶。

我们静静相偎良久，我看着烛台上淌下一痕若红泪般温软湿绵的烛油，一只纤白伶仃的小飞蛾栽在慢慢凝结着的绛脂中，拼命地扑打着双翅，终于颤颤巍巍地逃了出来。

我看着跳跃的烛火久了，觉得眼睛发花，奕析似是无意地提起道："颜颜，今日皇兄也在鹰断峰，你怎不问他是否安然无恙？"

我想到他刚才假装受伤骗我之事，故意摆出一副若有所思的神情，却不说一个字，逼得他快要按捺不住的时候，才吞吞吐吐地冒出一句，"你若让我问，我便遂了你的心。皇上……今日如何？可有被刺客伤到？"

奕析不禁哑然失笑，揽住我肩膀的手臂紧了一紧，说道："夜深了，也别闹了，早点歇下，明早我再送你出去。"

我倚在奕析怀里，温顺地点头，嘴里却不依不饶地道："想我是偷偷地来，又悄悄地走，见你一面倒是真的不容易。"

奕析捏一下我的鼻子，笑道："你倒也学得油嘴滑舌起来。"

我一把拨开他的手，"近墨者黑罢了。"嬉笑一番后，我们便不再闹了，安安分分地歇了下来。

北巡结束后，皇上圣驾返回帝都。这于我、于奕析都是松缓了悬在嗓子眼的一口气。许久后的一日，我们去了鹰断峰，沿着崎岖的山道，山间露气潮重，蒙蒙地扑在皮肤上，混着林卉散发的苍润冷冽之息，越往上就觉得越发幽冷。

飒飒的风声穿过深林，又在周身呼啸而过，隔着密密草叶听见丛中深泉滴落的声音。整座鹰断峰几乎是笼罩在一种烟锁雾绕的沉凝中，不仅人迹罕至，鸟兽亦是极少，除了风声和泉水声，不太能听到其他的声音。

于我而言，却是故地重游，当初芙娜逼着我为耶历赫殉葬，我不愿死后仍被束缚，所以选择在鹰断峰一跃而下，在激流中粉身碎骨，也不愿成为耶历赫的陪葬品，生生世世地禁锢在暗无天日的王陵中。

从我现在的位置看去，再往前，就是峰顶那块峭拔的鹰喙石了。看得出来，此处被刻意地修整过，显得十分洁净，不像其他地方植被密生、裸岩散乱。

我环顾四周，这里跟两年前差别不大，不同之处就是石前立了一座约有一人来高的石碑，要将这么大的石碑分毫不损搬到峰顶，想来是费了不少周折。

这石碑是谁所立，为谁而立，我和奕析相视一眼，心照不宣。

石碑上镌刻着一篇悼文，应是出自奕槿的笔墨，我看下来，上面写着：怀思慕之忉怛兮，兼始终之万虑。嗟隐忧之沈积兮，独郁结而靡诉……意惨愤而无聊兮，思缠绵以增慕。夜耿耿而不寐兮，魂憧憧而至曙……彼城阙之作诗兮，永缅邈而两绝。长含哀而抱戚兮，仰苍天而泣血……

句句读来哀恸至深，字字念出宛若泣血。令人无法直视，可见作这篇悼文的人，伤心哀痛到了何等地步。

我们两人携手立于碑前，皆是默然无言。

"整整八年了，看来皇兄还是忘不了你。"奕析的叹声沉沉。

我亦是叹息，伸手去触摸石碑上凹凸的纹理，其中似乎有一行小楷是：轻装照水清裳立，娉婷缥缈美人幽。

娉婷，我的指尖落在这两个字上。心间灵台清光淡淡地映出往事剪影，当年奕槿赐给我的封号"娉"就是出自这两句诗。

多少年过去了，我想不到那个如今远在帝都的人，他对我，竟是如此执着！

"颜颜。"奕析轻柔地唤我，神色间已然含着罕有的郑重，说道："这些日子，我一直在想，如果当年没有耶历赫夺婚一事，往后的事又会怎样？我们是否还能走到一起？"

我料不到他会这样问，一时愕然，张口无言。

如果当年没有耶历赫夺婚一事，那么所有的事情，会是现在的样子吗？不仅是奕析，这段日子来，我也在反复思量着这个如果。

如果当年不是耶历赫，我会顺理成章地进宫，成为圣上钟爱的娉妃，或者拥有比这个更显赫的地位，四妃之一，皇贵妃，甚至皇后。但有一点是肯定的，我一辈子都将是眼前这人的皇嫂，此生绝无可能。

"要是真的有这个如果……"我微微垂眸，如实答道，"我会入宫吧，成为宫中的女人。"

我说得不错，当年圣旨已下，入宫成了定局。紫嫣或许说得没错，我嫁给奕槿时，并非是全部的真心，但是当年，我的确认真地想过，要与这个人共此一生。因为他的身份，他是太子，是将来的帝王，所以我知道得到全心全意的爱只是一个奢求。退而求其次，在所有的感情中，我独享一份出类拔萃的喜欢也就足够了。

正是因为如此，当我知道要与自己的妹妹共侍一夫的时候，我仅是默然接受，还能若无其事地说出，这样也好，我们姐妹两人将来也能彼此照应。

现在看来，当年的我们，紫嫣太清醒，她能清醒地说出嫁入宫廷完全是为了林氏家族；而我太天真，我以为我与紫嫣不同，我应是爱着高奕槿，亦信任着他。最终天真的人输得一败涂地。

我的眼神清亮如冰雪，看着奕析，问道："你知道当年我为何会写下《请嫁疏》，自请和亲北奴吗？"

奕析略一思索，道："我记得是颜相来劝的你。"

"当年是爹劝我，但这不是全部。"我摇头，八年前的记忆一点点浮现出来，那段记忆空洞而干涩，像是纷繁芜杂过往消尽了感情的色泽后，最终褪色成一片茫然的苍白，无悲无喜，如同在讲别人的故事。

"当年我逃出玉致斋，去东宫找他，无意撞见他与紫嫣的对话，他亲口说出对我动情，是因为我曾抽中凤签，是相师断言会为他带来祥瑞的女子。当时我正当年少好胜，听得这样的话，心也就灰了大半。"

"再后来，他为玉饰之事，而疑我与耶历赫有过私情，当他说出'你北上是为了找我还是找他'的时候，我就死心了，我们之间也就没什么可挽回的了。"

我抬首仰视着昊昊苍天，有清疏的阳光萧萧落落地从云间漏下来，我悠悠地一笑，"说到底，还是信不过彼此，我因凤签疑他，他因玉饰疑我。"

城阙烟尘起，华幢犹蔽日。当年崇华殿上掷碎凤来仪决然离去，和亲的翠华宝盖鸾轿迤逦地驶出帝都，我们此生的轨迹注定了擦肩而过之后就只能渐行渐远，直至形同陌路。帝都或是奕槿，于我而言都已太遥远。我与他之间的距离不仅仅是八年时间，其中相隔着太多的人与事，无论如何都回不去了。

恋人因猜忌而决裂，多年的姐妹选择背叛。爱情，姐妹情，一下子变得如此不堪。而亲情呢，我这世上唯一的至亲，爹爹只看得到自己心中的大义，极力地劝说我应允出嫁，和亲北奴。

"当年我为何要走？"我微合着双眸，回想当年那种深入骨髓的绝望，如今又锐不可当地涌现出来，"什么眷念都没有了，我还留在帝都干什么？倒不如远走，大家都落得清静。"

我的唇角晕染开恬淡的笑意，勾画细致娟丽的"娉婷"两字上蕴满了沁凉的山间冷露，触手之处这石碑如同纹理细腻的玉石，生出一丝一丝的幽寒。

无缘之人，注定难以走到一起。十五岁时，我离太子妃仅差一步；十六岁时，我离娉妃仅差一步。

想到这里，我清冷地咬牙，像是要将全部的前尘羁绊尽数咬断，冷然说道："也许他心中还有我，可是于我而言，该断绝的早已全部断绝！"

是的，可以如此决绝，这才是我。

奕析叹息，眉宇间那抹黯然的神色如秋夜的雾霭沉沉，说道："患得患失，或许我心里是真的在害怕，害怕你有一日会离去，害怕眼前的一切都是一场梦。你离开帝都八年了，离你假死北奴也已经两年了，可是，无论你是生还是死，皇兄心中唯一爱着的都只有你。"

"你或许根本想象不出，皇兄提起颜颜两个字时……那种神情混合着温柔、欣然、悔恨、悲戚的磅礴与复杂……若非爱到了骨子里，是不会……"

我打断了他，朝着虚空清冷地笑道："耶历歌珞爱我的母亲也是爱到了骨子里，他们最后又如何，还不得善终罢了。"

"要痛的已经痛过了，要伤的已经伤过了，当年我走投无路，选择割腕自尽来了断此生，多年来折磨得自己痛苦不堪。我自问没有什么对不起他，自问没有什么欠着他，恩断义绝，我们两人今生今世都不相干了。"

我的眼眸中漾起浅浅忧伤，我自然知道他在深忧什么。心中莫名生出因缘错落之感。回忆那段如璀璨蜀锦般的年少时光，芊绵柳色青、裁花细若雨的皇宫千鲤池畔，我与他相识最早，命运峰回路转，结缘却是最晚。

想到这里，对于上天，我依然是心存感激，让我们可以苦尽甘来，坦然相对，执手此生。可是又有些恨天意弄人，何来那么多曲折、那么多艰辛，让我们在结爱的一刻，身后已背负了太多的人事，早已不是烂漫无忧的小儿女心肠。

"于我而言，你是最重要的。亦既见止，我心则夷；情牵一世，唯君而已。"

我堵住他的欲言又止，温顺地伏在他怀中轻轻说道，玉颊绯然。我的性格倔强，素来有主见，不肯轻易相信一个人，可是我对眼前这个人却是从未有过的依赖。

"我心亦是。"奕析亦是抱紧我，温润清凉的唇瓣轻点我的眉心，眼神潺湲地凝视我的脸庞。

"我应该恨耶历赫，因为他差点毁了你，可是颜颜你知道，我心中竟又有些抑制不住地想要感谢他，如果当年不是他横身插入，破坏了你与皇兄的婚事，或许就没有以后的事，或许也没有我们今日之缘。"奕析脸上露出些微的痛苦，他道："颜颜，我知道我不该这样想，我不该这么自私，我只希望你能平安喜乐地活着，哪怕与我无关。"

听到这一句，我眼眶发红，想要佯装怒容，却怎么也生不起气来，惹得自己落了不少眼泪，温热地淌进他的领口中，认真地道："又在胡说了，若是这平安喜乐与你无关，我宁愿不要！"

奕析看着我泪光涟涟的脸庞，曲起手指刮我的鼻子笑道："呵，你倒是越发爱哭起来了。"

"还不是你招惹的。"我没好气地啐道，含泪凝笑地看着他，一时野蛮劲上来，扑在他修削的下颌咬了一口。

奕析痛得有些皱眉，顺势在我柔软的唇瓣上落下极轻的一吻，我羞得转过脸去，脸颊如初生的薄霞绯红，幸好这里只有我们两人，没有任何人看见。

我们两人亲密相拥，将话说开之后，我们之间再无芥蒂。我贴着他的心口，听到他笃定的心跳，而我的心亦是，坚若磐石。

我神色慵慵地打量着那座石碑，双眉却一点点蹙了起来。

奕析以为我有什么不适，关切地问道："可是身体不舒服吗？"

我幽幽地叹道："我尚在人世，却被人立了个悼亡碑，我心里怎么舒坦？"

"别打那石碑的主意，为了将它运上这悬崖峭壁，耗费了多少力气。"奕析弹了一下我的鼻子，说道，"你若端了它，可是要连累不少人被问罪的。"

我朝他眨了一下眼睛，扑哧而笑，如来时一样，两人携手下鹰断峰去。

曾是惊鸿照影来

　　自从与奕析剖心交谈后，我觉得在心境上豁然开朗，将往日的心结一一打开，我们两人的心亦是更贴近一步。我满心的欢喜，心间仿佛也次第盛开着一朵一朵娇艳的花，将一颗柔软的心塞得满满，那是一种快要溢出来的甘甜。

　　亦如这室外煦暖的阳光，那样毫不掩饰地明媚着。

　　玉笙见到我如此，感慨道："多少年了，都没再见到小姐这样满心欢喜过。"她激动地顿了顿，"小姐跟王爷……真好。"

　　真好。我咀嚼着这个好字，那是一种说不出的甜蜜与幸福，满满溢在心间。然而简简单单的一个好字中已经包含了所有。他的出现照亮了我整个生命，难道就不是"好"？能每日看着他，能听着他说话，能有一个他让我牵肠挂肚，难道就不是"好"？暖风徐徐吹绽了一树樱花，枝头上冰云如绡、凝粉含绯的花瓣，流樱若雨，翩飞若蝶，搅乱了漫天璀璨流丽的天光，与他一起看着小女儿熟睡时酣然可爱的小脸，难道就不是"好"？

　　在快乐和欢愉中，这个充满暖阳的夏日也终要过去。北地的秋来得比别处快一些，也清冷一些。几场绵绵秋雨之后，空气中已附上层薄薄的寒意。我换上身纯白云水潇湘裙，一脉堇色鸳鸯玉带在裙裾上轻飘。不梳髻也不上妆，任一头如墨云般的长发披落着。

　　玉笙在一旁做着针线，我则是神色悠闲地拿着一个四角坠了穗子的绣球，逗着樱若玩。面前一把粉青色菊石壶中装着的是今年新酿的樱桃酒，一把钧窑白釉壶中装的是梅子酒。

　　我拿着一只玲珑雅致的小金樽，先倒了杯樱桃酒尝尝，入口清冽甘香。瞥见放在摇床上的樱若，眼睛炯炯有神地盯着我手中的酒樽看，咿咿呀呀地朝我伸出两只肉绵绵的小手。

看着樱若这样一团玉雪可爱的模样，我脸上浮起一个母亲和蔼的笑容，不管她听不听得懂，趴在摇床边问道："小丫头，是不是想喝酒了？"用手指尖蘸了一点酒，轻轻地涂在她娇嫩的唇上，樱若咯咯地笑着，伸出粉粉的小舌头将酒液舔进嘴里，呷呷的声音像是在细细品尝一样。

我笑得愈加开心，这孩子还是个酒精儿，于是又拿着梅子酒照着原样喂给她喝，樱若呷呷小嘴，越尝越觉得有味道。

玉笙看着我们两人，不由得无奈，柔声劝道："小姐，别给郡主喝了，一会儿要是醉了怎么办？"

我轻轻推着摇床，让樱若睡觉。抬头在极远处看见碧桃儿和景平两人在院门口说话，不知景平是有句话冲撞了碧桃儿还是别的，只见她一跺脚，一脸闷气匆匆地跑了回来，鼻尖上沁出细小的汗珠。

我心里一片了然，却也不管，忽然想起前些日子府中下人们在议论的事，闲闲地问道：·"碧桃儿，你知道玉阴侯府贺氏的那位小姐是谁吗？"

碧桃儿此时正挨在玉笙身边，看着缎面上齐整的针脚，见我问了蓦然抬头，有些结巴道："玉阴侯府的小姐，好像闺名……是……是丽殊，我曾听太后唤贺小姐殊儿。"

我笑而不答，当年我还是身份矜贵的相府千金时，对于玉阴侯这个名字也是不陌生的。在帝都城中也是称得上门第显赫，贺穆世袭侯位，其原配正妻是王氏第三女，也就是当今太后的亲妹，当今圣上的姨母。

碧桃儿吐吐舌头，说道："我听说这位贺小姐，是玉阴侯唯一嫡出的孩子，自小被父母当成眼珠子一样捧在手心里爱护着，不过被侯爷夫人宠得过头了，一身任性蛮横的脾气，比王府中出来的郡主都要傲上三分呢。"

我心想，这个殊儿的性格跟端雯是极像，都是被父母娇惯出来的，不过也不奇怪，两个人毕竟是表姐妹。

我呵呵笑道："这般厉害？"

一句随意的玩笑话，倒是将碧桃儿给唬了一跳，她急道，"夫人您千万不要听那些嘴上没毛的人乱讲话，闲下来就爱乱嚼舌头！"

"这殊儿小姐不是太后的亲外甥女吗？跟王爷应该从小就认识了，半个表兄妹，半个青梅竹马。"我没来由地说了一句。

碧桃儿杏眸圆睁，她是向来直爽的脾性，惊声道："夫人从何听来？谁在乱嚼什么青梅竹马？连影子都没有的事。"说罢，她又急得跺脚道："再说了，王爷躲这位大小姐都来不及呢。"

看着碧桃儿一脸认真的样子，我不禁哑然失笑，"瞧你说的，人家毕竟是个女孩儿，都被你说成老虎了。"

玉阴侯夫人是太后的妹妹，奕析的三姨母，想来曾在宫廷中行走密切。奕析和表妹殊儿大概年幼时就相识，长大后会顾忌着男女之分，心生爱慕应该也是小时候的事了。

这倒让我想起了从前的婉吟，都是落花有意，流水无情，可惜婉吟最终自缢而死。不过贺丽殊跟当年的婉吟不同，正是玉阴侯府跟当年的嘉叶公主府不同，玉阴侯府是有实权的尊荣富贵，嘉叶公主府却是挂着一个虚名。

碧桃儿一张娇俏的小脸苦巴巴的，她说道："以前我还在宫中的时候，就听说侯夫人希望能亲上加亲，不过太后的态度却是有些冷淡，一直推托。我思忖着太后是不怎么喜欢这个外甥女，但是碍着侯夫人的面子，殊儿小姐现在赖在闺中又不肯嫁，所以这事一直僵着。"

"你说太后不喜欢这个外甥女？"我问道。当今太后出身王氏，王家有四个女儿，太后的长姐，也就是奕樘的生母温懿太后早已薨逝，其小妹御史夫人前些年也殁了。如今，太后仅还有玉阴侯夫人这一个亲妹，她待人一向温和宽厚，对姐妹也应是极好，倒不能爱屋及乌地喜欢其妹的女儿。

碧桃儿一双乌盈盈的眼睛滴溜溜地打转，想了想，扁着嘴说道："因为太后不喜欢，所以这事也就搁下了。但是大概从去年起，贺小姐突然就一病不起了，病得还挺有来头。这下侯夫人可顾不上了，忙不迭地又进宫去求太后。"

"哦，这样。"我应了一声，在金樽中斟了梅子酒，一汪清透润泽的浅碧色，入喉后清冽，没有樱桃酒的甘甜倒带着一丝难以寻味的酸涩。

"嗯，碧桃儿对王爷忠心，也必定对夫人忠心。有句话……我照实禀报了，夫人可不要嫌我冒犯。"碧桃儿微微地犹豫一下，还是说道："前段日子皇上北巡，曾跟王爷顺口提了提此事，虽没有明说，但好像有这么点意思。"

玉笙手中拈着针，在缎面上将一线银丝缓慢地抽出来，她一直安静地做着自己的事情，"不管怎样，只要王爷待小姐的心是真的就足够了。"

我唇角扬着一抹笑，玉笙不愧是跟在我身边最久的人，也最能明白我的心意。

入秋之后，夜间露气也越发潮重，在夏夜里欢鸣不倦的虫声稀稀拉拉下去。每个月的月亮都会圆，不过这次的月终于圆得圆满了。我看着夜空中一轮清寂的圆月，仿佛浸洇在苍莽深远的海水中般，所谓静影沉璧，大概如此。

我蹑手蹑脚地走过去，踮起足尖将一件石青色薄锦披风披在奕析身上。奕析握住我放在他肩上的手，顺势将我揽在怀中，我温柔地倚在他身上，伸手为他仔细地将披风的带子结上，低首蹑隙，头顶的发丝茸茸地触到他的下颌。

奕析笑着拥紧我的肩膀，说道："娘子，真是越来越乖顺贴心了，夜深了，晓得来为夫君送件衣裳。"

"开口就没好话。"我软软地娇嗔道，将头靠着他的肩膀上，"谁家都有娘子，谁家的夫君都是这样叫的，就连宫妃的封号中也有一个是娘子。这娘子的称呼未免俗气了，我可不喜欢。"

"那请问应该如何称呼？"奕析挑一挑好看的眉峰，摆出虚心受教的样子，突然邪邪地一笑，提议道，"莫不如像戏文里唱的，情哥哥来爱妹妹？"

"老大的人，越发没个正经了。"我刮刮他的脸皮，这张脸越发厚了，嘴里老是念着不正经的话。我忽然想到白天的事，收敛了笑意，板起脸来，说道："说起妹妹？你倒是不打自招了，你自己说，你那玉阴侯府的表妹是怎么回事？"

"殊儿？"听见这个名字，奕析显然有些惊讶。

"殊儿。"我故意拖长了声音，半含酸意地说道，"还叫人家小名呢。"

奕析英挺的鼻尖轻点一下我纤秀的鼻尖，笑道："你这话酸得很。殊儿是三姨母的女儿，小时候倒是见过几面，现在连印象都没了。只是玉阴侯夫人想极力促成这桩婚事，但是母后始终没有答应，而我和殊儿只有亲戚情分，再无其他，自然也不会答应。"

奕析的回答在我意料之中，我虽是板着脸，却抑制不住笑意从眉梢眼角间悄然流露，嘴上仍是不依不饶，"只有亲戚情分吗？我不信，不然贺小姐怎么会痴缠上你？"

面对我的强词夺理，奕析此时的脸色有些无辜，有些无奈，更多的是头疼，连连讨饶道："好了颜颜，别闹了，说起她我就头疼得很。我一直视你是今生唯一，你难道还不懂我？"

他话中的唯一，让我听着心中仿佛一股洋洋的温暖穿过心间，在心湖上漾开一圈一圈美丽的涟漪。他的心，我怎会不明白。

"好了，不闹你了。"我握着他的手，指骨修长，指尖薄削。我抬眸看他，似乎还有一缕淡淡愁绪留在脸上，婉娩地问道："怎么，可有心事？"我了解他，若是孤身一人静静地站着，定是心中有些事。

他神色爱怜地抚着我的发丝道："今日刚刚传来的消息，母后在阴山行宫病倒了。"

听到太后病倒的消息，我极轻地应了一声，太后身体向来羸弱多病，我是知道的。太后病中好静，而宫中诸事繁杂，所以一直以来，清静不得，故太后迁出皇宫，常年在行宫中养病，我更知道太后不是别人，她是奕析的生母，感情深厚自不必说。

"那你要回帝都去吗？"尽管喉头塞满了千转万弯的艰涩，我看着他一脸忧色，还是问道。

"母后病重，无论如何我都要回一趟帝都。"奕析携着我的手，在寂静如斯、积水空明的庭院中走着。他看了我一眼，有些不忍地背过脸去道："颜颜，毕竟母后是我的生母啊。"

"孝为人本，这个道理我岂会不懂，父母疾痛缠身，做子女的理应常守病榻，殷勤侍奉。"我握紧他的手，但还是忍不住嘟起嘴道："再说太后可是你的生母。"

奕析抱住我，他温润的呼吸覆在肌肤有熏然的暖意，"这话说得一股子酸味，难道你连这种醋都吃吗？"

我冲他促狭地挤着眼睛，用笑意将方才的落寞遮掩了去，说道："你真当我气量狭小？"

此刻携手这样走着，我们都没有说话，他的一个眼神我就懂得。心中感觉像开启的一坛新酿樱桃酒般的清醇甜美，那一点樱桃酒的酸涩凝在舌尖，又让我觉得有些摸不到底的空茫。不管怎样，我想这刻永远是我人生中最静好宁谧的时光。

离别在即，我满心的不舍，但为了不给奕析徒增烦恼，我还是尽量使自己看上去言笑晏晏，神色如常。那晚我一直辗转难眠，次日却是醒得极早，一番洗漱梳理之后，与奕析两人一道用了些饭食。清晨的饮食以清淡落胃为好，用砂锅煮的紫玉百合粥，配着桂花辣酱芥、蜜汁辣黄瓜、清炖蕊黄鸭掌等几道清爽的小菜。

我用瓷匙拨弄着镂花碧碗中的紫玉百合粥，粥煮得极好，软糯香甜。我喝了半碗，却是有些心不在焉，无意间瞥见窗外飒然的秋意，想到帝都城中应是夏末秋初的景象，一时有所触动地问道："太后有说是什么病吗？"

奕析听我这样一问，答道："不好说，母后身上的宿疾年年都要发作几次。"

我曾经在太后身边做过校勘女官，知道她总有心口郁痛、虚弱盗汗的毛病，常常在入秋气候干燥之时发作，现在看时间也是差不多。她当年尚是皇后之时，中宫之权旁落在薛氏贵妃的手上，名义上执掌凤印，实际上与被架空没什么区别。现在贵为太后，也是多年病体恹恹，实在拿不出什么心力去统辖整治六宫。

"我记得太后常犯心口痛的毛病，静养了那么多年，能抛的俗务都已经抛开了，看来还是没有什么起色。"我轻叹着说道。

"母后是年轻时落下了病根，一时半会怕是好不了。"奕析蹙眉，似有深深的忧虑镌刻在眉心，他道："据说前些年调养得已经大好了，没想到今年又会犯病。"

我看他是目光中溢满温柔恬和，将一筷鲜菇菜心夹到他碗中，柔声宽慰道："你别担心，太后不会有事的。"

我又夹了一筷玉掌首乌给他，看他将我夹的菜全风卷残云般吃尽了，我心中亦是涌出些欣然。有些心疼地伸手去抚他的眉心，他一把抓住我的手，暖暖地包在掌心中。

我双颊微微发烫，将手收了回来。

奕析看着我的赧然，笑出一声后问道："你有没有觉得昨夜特别安静？"

我被问得一蒙，不知道他所说的安静为何意。

"一晚上都没有啼声。"奕析吃饱后，神色懒懒地说道。

樱若因胎中不足，满月之后，夜间常常啼哭不止，这令我和照顾她的乳母异常头痛，我细细一想，昨夜倒是难得的安宁。

"呵呵。"我用瓷匙敲着碧玉碗沿，发出清脆的声响，清丽的笑意绽开，"想来是昨天多给她喝了些酒，小丫头莫不是醉了？"

奕析略带薄责地刮一下我的鼻尖，说话的口气却是爱溺，"你呀！自己贪杯好酒，为夫可管不了你，可是莫把女儿带坏了，这么小就给酒喝，将来养出一个小酒鬼怎么办？"

我咯咯笑着伏在他手臂上，脸上扬起一派小女人的娇憨问道："小酒鬼怎么了？"

奕析即日就起程，我开始为他细细打点返回帝都的事宜，准备东西时生怕不周全而遗漏了什么，万一路上又不容易添置，岂不麻烦了。

"这些书是王爷平日里爱看的，带上闲来能翻翻解闷。还有王爷素来挑剔，用不惯别人的东西，各色各样的物什，尽量检点着仔细……"

碧桃儿素来说话没什么顾忌，见我唯恐落了这个丢下那个的情态，声音软软地说道："夫人怎么不将王爷平日里睡惯的床也带上，好让王爷路上睡得更加安稳一些。"

她当时正帮着我在收拾上路的衣服，看着满满一摞整齐的冬衣笑出来，口气中带着些孩子气道："我若是夫人，就一件冬衣也不给王爷带，逼着王爷要赶在入冬前回来。"

我正顾自忙着，丢了个薄责的眼色给她，没怎么搭理她这孩子气的话。不过有碧桃儿说说笑笑地在身边陪着，将临别将至的怅然倒是稍稍冲淡一些。后来才知道太后这次的病来势汹汹，而奕析告诉我时故意轻描淡写，仅是不想让我担心。

因着太后这场病，倒是冲乱了皇室亲贵之间的中秋团圆家宴。前往帝都的那日，我送他到宁州城与集州城的交界之处。东西都已经准备齐全，想想是不会缺了什么。巍峨高大的城墙之外，种着长势郁郁的杉树，那些冷绿的枝叶，在萧瑟的风中硬挺挺地伸展着，天空是难得的碧蓝，晴空浩远，一碧万顷，像是冲洗后般涤荡尽了绵柔的云丝。

一路的车马颠簸，我们的手也一路紧紧地握着。我问道："帝都此行，我不能随你同去，你记得好好顾着自己的身体。"

奕析轻笑着让我放心，"我自会妥善处理好一切。"

我伏在他膝上，念及太后的病，不由想到以前在宫中，温柔宽厚的她对我的种种照拂，甚至还有一次救命之恩，那是我一直亏欠着太后的。想到我与奕析现在的关系，太后是他的生母，我亦视为至亲长辈，忍不住道："从前太后待我极好，若非我现在的身份不宜被人所知，我真希望能随你侍奉在太后身边，尽晚辈的一份心。"

"颜颜，不必自责。"奕析宽慰我道，温热的掌心压着我的手背，"若母后能知晓你的心意，定然会倍感欣慰。这次若不是母后病得这么急，我倒想带着你同去拜见母后。不过也罢了，我们还来日方长。"

我轻轻咬唇笑出来，"你就会拿话让我舒心。"

离别之际，我正细细地叮嘱一些路上还有抵达帝都后的事情，活泼爱动的碧桃儿跑来跑去，没一刻安静。见我愁绪黯淡，她嬉笑着道："夫人，你一千个放心，一万个放心。"

"是吗？"我轻挑眉道。

碧桃儿郑重其事地道："碧桃儿一路都会帮您看紧了王爷，十四岁以上、四十岁以下的女人一概休想接近。"

我看着碧桃儿一脸的自负，扑哧一笑，存心调侃她道："碧桃儿，我记得你不是十七吗，岂不是也是十四以上四十以下？"

"哎哟，我这不是打了自己的嘴巴。"碧桃儿一张秀美的小脸皱瘪瘪，冲着景平道："景平哥哥，我想去，可是我又不想夫人心里不舒坦……那我还是留下吧。"说话时那神色可怜兮兮。

景平明明是舍不得，却非要摆出满不在乎的模样，"那你就留在宁州吧，陪着夫人，我跟王爷去帝都。"

碧桃儿瞪着一双黑白分明的大眼睛，气鼓鼓地哼了一声，不再理会景平。

我被这两人的情状逗乐了，那般单纯无瑕的喜欢，还有那份无须隐藏的快乐，让我心底也生出一丝歆羡，笑道："好了，好了，跟你玩罢了。"我伸手轻轻捏了一下少女柔滑粉白的脸颊，笑道："你一道去吧，若是留下来，我看你天天苦着一张脸，倒不忍心了。"

碧桃儿年轻怕羞，一张脸益发红得要渗出血来，一跺脚背过身去了。

暮寒垂天生，长亭接短亭。离亭黯黯，恨水迢迢。送得再远也终有分离的时刻，更何况依恋难舍的送路远了，寥然孤独的归途也就长了，到时候一步一回首，痛苦煎熬之情就更难挨了。

奕析俯身轻点一下我的面颊，情意深切道："颜颜，你好好保重。母后身体无恙了，我就马上回来。"

黝黑细致的羽睫上盈盈地滚满了我此刻的情绪，那般沉重几乎让我的眼睑抬不起来，伸手为他抚过衣袍上的褶纹，亦是在抚平自己的一颗心，上面刺绣细密的针脚硌得指尖有些发疼。口中像是嚼着一大片艾叶，连笑意都是苦的，我强颜道："你还怕我会照顾不好自己吗？倒是你，万般注意着些。"

"我会的。"奕析吻了我的手心，是温润绵柔的触感，"答应你的事又怎会做不到？"

车轮辘辘的滚动声，像是某人在低低地呜咽着，听得人肺腑都要被一点点地揪了起来。连绵的杉树尽头的天陲之处，似乎有瓦蓝色的疏烟淡淡升起，如同轻软的云朵被水浸泅了般，一行秋雁振翅划过薄烟正向南飞去。

他走后已经十余天了，时间不经意地流逝，蒙染着秋雾迷离沉郁的微苦。

别后不知君远近。既是快马加鞭而去，他现在应该在帝都城了，或许正为着太后的病而心字凝愁，抬头看着同一轮清蟾，沁凉的夜露是否沾湿了衣衫鬓角。

触目凄凉多少闷。离别的惆怅在心中慢慢地绵延成了思念的悠长，这思念如同纤细的蚕丝将一颗心裹紧，勒得我有些窒息般的疼痛。

渐行渐远渐无书，水阔鱼沉何处问。他可知道这句是我最不敢看的，那日他说害怕失去，难道我就不怕？我也许比他更加战栗地拥紧现在的一切。

夜深风竹敲秋韵。北地气候渐现肃杀之意时，帝都城中应还是萧飒秋景，到底还是有些凉了，他一向不懂得照顾自己，可记得加件衣裳？

似乎眼前又看见那日，碧蓝的空中大雁划破暮霭向南飞去。罢了，故欹单枕梦中寻，倒是生出不少的痴念，却只怕梦又不成灯又烬。

想着我和奕析能走到今日，一步一步皆是艰辛，但最终我们抛下了所有的顾虑与负累，相许结爱一生。想到他，我的眼神恍若映着融融的暖阳，亦是一点一点明媚起来。

依既剪云鬓，郎亦分丝发。觅向无人处，绾作同心结。结发为夫妻说得大概如此。

想起闲来读书做伴，那时的天气也是极好，日色镕金，暮云合璧。一阵清风将书册吹得哗啦啦地翻过，我正要去按住，他竟快我一步，我的手就覆在他的手背上。晕生双颊，我指间握着一支笔，感觉到他清宁和煦的目光，就连下笔之处，亦多了几分婉和腴润。

人生最好得一知己。我想到那日，我与他听府上歌女唱一曲《长亭怨慢》，眉清目秀的小歌女唱到"韦郎去也，怎忘得、玉环分付"。他开玩笑说，若是韦郎不来，请玉箫用并刀剪了哀情愁思吧。我就笑他，怎么忘了下句是什么，"算空有并刀，难剪离愁千缕"。他当时神色认真说道，韦郎让玉箫空等，而我绝不会让你等。我莞尔笑着，我相信，我想就算是以锋利著名的并刀，怕是也剪不断我系在他身上千丝万缕的情思。

橙红柔和的烛光流水般暖暖地漾满了一室，那样的温暖就好像他在身边一样，目光徐徐地拂过屋中的摆设，心中却仍是空落落的。再往深处想，一时几乎要落下泪来，我用绢子拭去。我答应过他不再落泪了，照顾爱惜自己，等着他回来。

樱若应是吹到了冷风，傍晚时只是精神恹恹的，入夜竟烧了起来，小脸都红了，一直痛苦地啼哭着。请来大夫看过之后，到后半夜才渐渐好了一些。我整夜抱着她在房中来回踱步，看她一张小脸难受得皱起来，不时俯下身用额头去试她的体温，看看热度到底退了没有。

她不是我的亲生女儿，可是我想我待她的心，已和亲生女儿别无二致了。而樱花是极娇妍美好的花，但愿她一生平安喜乐。以前我不懂，现在发觉这平安喜乐四个字才是人一生最值得珍惜的。

听得沙沙的声音，像是有什么东西打落在窗户厚实的绵纸，原来宁州城入冬之后的第一场小雪在静谧的夜中落了下来。

撒盐似的小雪落了半夜，到了第二天午间的时候就差不多全化了。不过下了一场雪后，这气候是一天冷过一天了，在房中的角角落落开始生起了暖炉，裘毛大氅、白狐手抄这些东西经过夏日的暴晒清理慢慢地也用上了。

几支插在汝窑美人觚中的早梅，被房中氤氲回流的暖气熏得花瓣都耷拉下来。我倚着茜素青彩纹的引枕，一袭素缎如绵云轻浅地流落在膝上，我手中拈着银针，细心地绣出岁寒三友的图案。

尚养在深闺时，我独爱读书，却不喜这种费心费时的事情，爹爹就特别不满我这个样子。现在想来，或许是从前的心总定不下来，不安于是女子，不安于终日被拘于闺阁之中。但如今，心境平和，针线之事倒是可以慢慢地做上手了。

樱若长得很快，转眼间那个襁褓中的小婴儿已经长得这么大了。现在正由乳母一左一右地两边搀扶，跌跌撞撞地学着走路。樱若身上穿着大红色四喜如意棉袄，裹得明艳艳的一团，那蹒跚迈着小步子的模样实在可爱。

她一双明亮的眼睛向四周看着，小嘴嘟嘟，像是走累了。在离我一尺的地方，直接一屁股坐在房中猩红织金的毛毯上。韩乳母叫了声小祖宗，匆忙跑去将她从地上抱起来。

"樱若，到这里来。"我温和笑着朝樱若伸出一只手，招她到我这里来。

樱若竟然自己站了起来，跌撞着扑进我怀中，她双眼闪闪地看着我，令我出乎意料的是，她嗫嚅着小嘴含糊地叫了一声母亲。尽管她叫得含混不清，可是这声母亲真真的让我喜出望外了，想不到当年的失去之后，我竟然还有福气听孩子叫我一声母亲。

我将樱若抱起来放在膝上，吻了一下她光洁柔嫩的额头，"囡囡乖，你刚才叫我什么？"

乳母更是笑得合不上嘴，一拍手朝我贺喜，高兴得有些忘乎所以，"啧啧，就说这孩子早慧吧。尽管小郡主不是王爷和夫人亲生的，但是自小就养在王爷、夫人身边，你们又是何等顶尖的人，小郡主自然也是沾了不少灵气的……"

玉笙向她使了个眼色，她才发觉一时太高兴，把话说得有些过头了，快快地闭了嘴。

我正在逗着樱若玩，懒得跟她计较。

照顾樱若的乳母姓韩，她身体康健，乳汁充沛，而且育有三子，照顾年幼的孩子极有经验。最要紧的是她心性质朴、老实可靠，而且对外口风又极严，不该说的话一个字都不说，而且她是奕析曾经一名旧部的内人，这也是我当初挑中她的原因。

韩乳母初来时话不多，但如今处得久了，发觉我是个好相处的性子，此时又见我心情甚好，眉梢眼角都是笑意，她笑呵呵地说道："眼见着这姑娘都这么大了，夫人您跟王爷是时候为郡主添个弟弟妹妹了。"

我笑而不答，顾自抚着樱若头顶的发丝。

韩乳母双眼笑得弯弯，思忖着道："可是您跟王爷在一起已有大半年，照理说应该有了。"

我笑着道："这哪里是强求得来的，看天意吧。"

韩乳母是生养过的女人，缠上这事要揪着说个不休，她摆出极有经验的样子说道："夫人这话不太对，生男生女是要看天意的，这有没有孩子是看夫妻两人……"

旁侧的玉笙听得脸红了大半，房中站着另外两个年轻的小侍女青汀和青萍，也都是用帕子遮着脸羞得背过身去。我听着都觉得赧然，更何况尚是姑娘家的她们。

我让乳母抱着樱若睡觉，就遣她下去，心中却不知怎么了，老觉得有一层薄薄的云翳积着，云间洇满了水让我觉得有些压抑。我曾经失去过一个孩子，那是烙印在生命中无法抹去的隐痛。而现在我会拥有跟奕析的孩子吗？

看鹅毛般的雪花纷扬地飘旋着落下，很快地屋檐上、地面上、树杈上就积起棉花一样松软洁净的白色。寒气是益发的重了，又是一个银妆素裹的冬天。

不知奕析在帝都城中还好吗？他现在应该陪在太后身边吧，是跟太后说着话，还是陪着太后在院子里散心？太后极疼爱这个她跟先帝唯一的儿子，想来见到他会十分的欣喜，说不定身上的病都能去了三分。

我每天都要想上他好几次，想着他的样子，想着脾性有些慵懒的他今日穿得怎么样，想着素来挑剔的他近来吃得好吗，也不知他一日中有多少时间在想我。

不过有忠心不二的景平和碧桃儿跟在他身边，这是让我最放心的了。

我站在窗子底下，看着窗外一派韵致纯然的雪景，吟道："帘外雪初飘，翠幌香凝火未消……"

那个叫青汀的侍女听了玉笙的话，来给我送手炉，她接着我的话道："独坐夜寒人欲倦，迢迢……"她皱皱眉，后面的就背不出来了。

我将手炉笼在衣袖中，看了一眼青汀，生得倒也是嫩脸修眉，不过这模样比起碧桃儿还差了一截，但难得她还懂些诗词。

青汀看到我摊在软褥上的一方素缎，上面用针线钩出的岁寒三友图案初具形状，她赞道："夫人的手真巧。"

我忍不住笑出声，知道这小丫头是故意在讨巧，说道："我的手称不上巧，你玉笙姐姐才是真正的绣娘，一手好针线呢。"

"谁说夫人的针线就不好了？"青汀脸有些红，想了一会儿伶俐地说道："现在我们这里天气冷了，也不知道王爷那里怎么样。若是夫人能亲手为王爷做件衣裳，王爷看到了，不知道能高兴成什么样。"

我看着窗外，不作出什么反应。心中清楚这青汀是在恭维我，不过她说的为奕析做件衣裳，倒是说得让我有些心动了，若是能让他穿上，这上面的一针一线都是我细心缝上去的，每一针每一线都是情意，岂不是很好？

想来这些日子闲得也无聊，倒不如以此来打发时日。青汀和青萍她们两个忙不迭地去准备，一壁地抱来了宝蓝色、澈蓝色、玉涡色、银灰色、莲青色、纯白色等衣料，堆满了一张大炕，我细细地在布匹堆里翻着挑选，都是上好的质地，触感也十分舒适，织得那么细密穿在身上也暖和。

玉笙听闻此事，极为讶异，她一边为我看着什么样的料子合适，一边嘴里絮絮叨叨地说着往事，道："小姐怎么忽然会有裁衣的兴致？往日不是最嫌这个吗？我记得当年老爷常训导小姐，要小姐多练练女红，这才是闺中女儿该做的事……"

我软软地弹出一句话，打断了玉笙，"好了好了，我讨饶还不行吗？我的玉笙好姐姐，多少年前的事，就别拿出来编派我了。"

室内气氛其乐融融，我说罢，旁边的人都忍不住笑起来。我在那堆锦缎中翻来找去，觉得这个好，又觉得那个也好，挑得我眼花，玉笙则是劝我用银灰色，她说这个颜色普通家常，但是雅正大气。

我听玉笙的选了银灰，她在一旁帮衬着我，时而点拨着我应该注意什么。

"哎，小姐，"玉笙制止我道，"先别忙着剪，把尺寸都先量齐全了。"

她未说完，我早已经一剪刀下去了，锋利的刀口划出一个弧度，将整块布料裁开。

玉笙一边为我帮忙，一边说道："小姐，这万一做出来不合身怎么办？"她说着眼神示意了杵在后面的青汀，青汀立即会意，"知道了，奴婢立即去拿件王爷的旧衣来。"

青汀还没有将旧衣找来，我已将布匹裁下大半，此时再改也来不及了，我与奕析日夜不离，彼此熟悉至极，他的身量我自是清楚。我摆摆手道："不用找了，尺寸难道我还不清楚吗？"

言毕，好几个小丫头都赧颜，掩着嘴窃窃地笑。

玉笙将我垂在胸前的一缕发丝拂到脑后，几分笑几分教训道："小姐呀，你说话真是越来越没顾忌了。"

我一连好几日都待在房间中，不停地缝着那件衣服。我一点也不感觉烦倦，心中毫不掩饰的欣喜就像暖炉中烧得红亮的炭火，要盈满了爆开来一样，指尖饱含温情地抚过领口、衣袖、前襟，唇角绽开那种为人妻后独有的幸福欢愉的笑意，一次又一次地想象着他穿上这件衣服的样子。我在袖口、襟前的地方用银色丝线挑绣了疏疏的行云流水，在阳光下映出清灵的光泽，有些隐约看不出来。宛若那份情意爱到浓了，深了，最后也就化作轻绵微雨融入一些细末中。

玉笙帮我将做好的衣服浆洗后，仔细地抚顺了再挂起来。她见我眉梢眼角都是笑意，踌躇着还是说道："小姐，我把它跟王爷以前冬日里穿的旧衣比对过了……好像有些大，袖子那里又不够长。"

我还未说什么，一旁在收拾着东西的青汀，闻言哧哧地笑道："玉笙姐姐，只要是夫人亲手做的，王爷无论如何都会穿的。"

玉笙听了一愣，随即笑道："也是，也是。"

我冲着青汀佯装怒气道："青汀，你真是多嘴！"脸上却没有什么严厉之色，青萍和青汀两个相视而笑，说着话互相推着跑了出去。

接连几场大雪之后，气温骤降。王府后院中的梅树都适时开了花，我每日清晨起来推开窗就可以看到，冷幽砭骨的寒风中翻卷着淡远的花香，令人心神一清。后院中种的都是玉蝶梅，树叶褪尽的枝头上紫白的花瓣挨挤着，仿佛一双双蝴蝶儿栖落在高高的枝头，舒展着嫣紫粉白的翅膀去感受冬日中那最和煦的一束阳光，去承接那最清新的一场落雪。

满枝的花间透出一线碧蓝天空，花瓣上摇摇欲坠的白雪，真有一种"园林一雪碧清新"之感。

从帝都千里迢迢传来的家信亦是在那刻收到，他的字密密地写满了四张素心笺。他说太后的身体渐渐好转。字里行间溢满他的关心，对我的、对樱若的。其实于我而言最重要的，是他在信中说他很快就回来。

我披着一件霞绯色云锦累珠披风走在梅林中，娇妍的霞绯色此时才能衬出我欲言还休的心情。我怀中抱着樱若，眼前一派盛好的花势，让我想起当初为樱若起名时，是在暖云薄绡般的绯红樱花下。有他在，生命中那些盛放的繁花一路从暖春烂漫到了严冬，一直都未停歇过。

我折了一枝紫白的梅花给樱若，自从她那次含糊地叫出一声母亲之后，就再也不曾开口。若不是玉笙她们都听见了，我都要以为那是幻觉。明知樱若现在离会说话尚早，我还是一遍一遍地教她说着爹爹，希望奕析回来的那刻，就可以听见樱若那娇嫩嫩的声音亲口喊他一声爹爹。如果真的是那样，我不晓得他会有多高兴。我待樱若视如己出，他亦是，疼爱孩子的心他不会比我少。

想到孩子，不由眉间郁郁，我还是有一个心结未消。

那日韩乳母说的话虽无心，我却是听到了心里。我与奕析在一起将近一年，因感情极好，几乎是日夜不离，按理说会有孩子，可是我迟迟未有动静，我以前总觉得是时候未到，也没怎么将子嗣之事放在心上。前些日子骤然听得乳母提起，才唤起了我心中最深处的隐忧。

当年在北奴，我曾小产过，那种从身体里剜掉一块血肉的痛苦，令我至今都不敢回忆，只怕一回忆，那种悲恸欲绝又会将我兜头兜脑地覆盖，逼得我无处可逃。但是如今，我越想害怕，越想越不敢想，我一直未能有妊，莫非是当年伤到了身子？

我为此连日来坐立不安，饮食上也没什么胃口，奕析远在帝都，和我隔着万里迢迢，我心里的担忧和畏惧也不知道跟谁说，唯有跟着我最久的玉笙，隐隐猜出一两分我的心事。

我私下见了好几位医者，宫中的民间的都有，但对于我的情况，皆是摇头。最近的一次，是我乔装成普通的妇人，带着玉笙同去集州城拜访一位大夫，据说是擅长诊断女子生育一类的病症。

那日我是大清早就匆匆赶去，回宁州时已是入暮时分，天黑后，天气一下子冷得很，马车在坑洼的路上颠簸，我撩起小窗，看着天幕如墨深沉，天陲之处若有若无地升起暗红的疏烟，像是笼罩在冷光铁戟上的一层浮锈。远处萧萧树影，宛如一大团一大团纠结的墨水，伴着车轮辘辘，我觉得心神愈加忧戚烦乱。

我想起刚刚与大夫说的话，那人有些门道，一把脉就觉出了问题，"夫人，容在下冒昧地问一句，您是否小产过？"

我点头，确实如此。

"据脉象看，夫人当初小产并不是由于自身怀不住胎，而是受到外力重创，使得胎死腹中，不幸小产。"

我依然点头，表面上平静，但我的心却是痛得如被利刃划过，那个充斥着刀光剑影、血腥残酷的夜晚又一点点清晰地浮现在眼前，那么多的血，满目猩艳淋漓的血，那是我一生中见过的最多的血，有别人的……也有我的。从身体深处不断涌出的鲜血，濡湿了整条裙子，我昏倒在地上，身子好像就是浸泡在血中，当时意识模糊的我，渐渐地有一种要溺死在自己的鲜血中的错觉。

我打了一个寒战，若仅是因为我自己身子虚弱怀不住孩子，我还不至于如此痛苦，那些痛苦郁积在心中烂成一个可怖的疮疤，那个孩子是死于非命啊。

"请问夫人当时胎儿的月份，已有多大？"

我答道："已有六月。"

大夫的眼神是掩饰不住的震惊和惋惜，"那真是可惜了，六个月大的胎儿有些生下来，说不定都能养得活，夫人请节哀。"

我不想听这些话，迫切地问道："大夫，那次小产……对我如今可有影响？"

大夫的神色变成难言的隐晦，斟酌着字句说道："这个也不好说，毕竟小产之时，胎儿月份越大，对母体的伤害也越大。夫人的孩子当初已有六月，被外力所伤、强行流产，只怕是伤到了根本……更严重些，若是损伤了太阴内腑，怕是难再有妊……不过，世事并无绝对，好好调养，说不定子嗣一事尚有希望。"

　　我心里绝望得很，这段日子来，我拜会过的每一个医者几乎都这样说，其实我隐约也猜到了，当年流产之后，一来我身体折损得厉害，二来我因失子而哀恸过度，亦是伤了心神，那时万念俱灰，因心里太苦而糟蹋自己的身体，不肯好好养着，谁想得到竟给今日埋下了这样的病根和隐痛。

　　我想要独自静一静，屏退了所有人，连玉笙也不让跟着。我孤零零地撑着一把乌木青油布伞，黑沉沉的天空下着雪，刚开始是雪霰子，后来变成大片大片的雪，纷纷扬扬地飘舞着。我漫无目的地走着，其实我要去的并不是这个方向，但如今我心乱如麻，只是需要一条路让我不停地走下去，直到让我精疲力尽，没有力气去想任何的事，到最后，我感觉压在伞上的重量一点点沉了起来，伞面全白，积了层厚厚的雪，猛然惊觉，原来我已在雪中走了那么久。

　　奕析跟我说过，紫嫣曾失去一个不足周岁的女儿，她后来多年不孕，最后终于复得一子，算是弥补子嗣上的缺憾。

　　而我，会如她一般的幸运吗？

片言谁解诉秋心

　　这些天我心事颇重，故有些失魂落魄的。前段日子我整颗心都被思念占据得满满，掐指算着他何时回来，那种满怀着希冀和期盼，又含着一丝焦虑和苦涩的心情，就像是世间一个等待夫君归来的平凡妻子。如今孩子的事重重压在我心上，一下子就让我郁郁寡欢起来，与之前判若两人，玉笙明白我的心结所在，可是又不敢挑破，只是越发心细地服侍在我身边。

　　奕析抵达王府已是临近入暮时分，那时跟从在他身边的只有景平和碧桃儿两人，三人三马，所有的行李和剩下的侍从都还抛在后面。

　　碧桃儿将缰绳一甩，冲进门就像只声音清亮的碧翎鸟般喊出来，她粉面微红犹带着吁吁的喘息，"原本是要明天才抵达的，可王爷非要先乘一骑快马回来……幸好在入夜之前赶到了……否则……什么行李都不带，没粮没衣的，我们还不困死在荒郊野外！"

　　这晚，我和奕析，还有景平、碧桃儿、玉笙，不分主仆地一起用了晚饭。我恹恹着说没有什么胃口，奕析亦是觉出我有些不对劲来。

　　众人都是闷声不说话，碧桃儿却是个爱说爱讲爱多事的主儿，她夹起一大块喷香的红烧肉往嘴里塞，一边直夸着王府中的厨子手艺好，一边眼珠滴溜溜地看着我，咯咯笑道："夫人胃口不好，怕是有喜了吧？"

　　碧桃儿无心的一句玩笑话，正好结结实实地戳在我的痛处上。我正喝着一杯茶，一大口微苦的茶水呛在喉咙里，扯得底下的肠子都泛出苦味来了。

　　一旁玉笙使劲地给碧桃儿使着眼色，奕析那时看我的脸色都变了，可是她还浑然未觉。

　　我将绢子压在唇上，勉强忍下要溢出来的几声咳嗽，推说不舒服就匆匆地离开了。

回到房中，仅有一星灯光在赤金蟾蜍绕足烛台上晃着，那隐晦的光亮如隐在乌云后的初月，也如我此时黯淡的心绪。我靠在一个茜葱色丝缎软靠上，盯着屏风底上镂着满满的佛顶莲花，花瓣重重相叠，蕊心缕缕相勾，看得我眼睛也渐渐生出一阵酸痛，无端竟有一滴泪温温地洇湿了腮畔柔软如云的缎面。

这时，一双掌心温热的手放在我的肩膀上，他已悄然无声地走到我的身后。清俊如玉的面容中犹带着羁旅后一点落拓的风尘，可是眉目中更多的是对我倾注的疼惜与担忧。

奕析进房时在门口滞留许久，我想玉笙已经将全部事情告诉了他。

"颜颜。"他在我身边挨着坐下，看着我此时柔肠欲断的样子，嘴唇嚅动一下却是惘然着不知怎么开口。

我伏在他的手臂上，抑制在喉间的那声呜咽压得低低的，亦是一句话也说不出来。

"颜颜，我真恨自己，两年前在北奴的时候，如果我知道后来发生的事，我绝不会让你一个人留在虎狼环伺的地方。"奕析看着我，眼中有忧愁的莽雾升起，那么浓重的雾气遮住了原本纯澈清明的眸子。

我心中一苦，宛如被浸在黄连汁中，沤得满心都是苦的，眼底一行泪亦是怔怔地流了下来。我知道他指的是当初在北奴境内，他冒着奇险截下我的马车，劝我离开北奴，可我却执意不肯，说了很多伤他的话，逼着他离开。可是，就在那夜，绮娅派人来暗杀我，慌乱之中，我从繁逝的台阶上失足滚下，才有了后来的落胎一事。

"不是你的缘故。有些事或许命中注定……"我幽幽叹道，叹息声一如寒风穿梭过萧萧瘦竹的凄凉。

看他这般自责，我难过之余亦是心疼，想要说些什么，可话到唇边却是如此的艰涩，像一把钝刀来回磨砺着唇舌温软的血肉，一口作呕的血腥直要从齿缝间沁出来。其实后悔的人岂止是他，还有我。

我们悒悒无言，他将我紧紧地抱在怀中，手臂的力度收紧在胸腹间勒出清晰的痛感，也是在那样的痛感中我知道他是如此在乎我，越是在乎就越是自责。

我笑得极苦，也极无奈，眼底的一行泪逐渐风干，泪干后脸庞似乎有些紧绷的痛感，我问道："我们就一直这样吗？"

我的话音很轻，细若蚊呐，但是落在奕析的耳中，却是如同一记惊雷。

他双手扶着我的肩膀，他的一双眼睛清明淡淡若月晖，直视着我眼底那一丝欲盖弥彰的躲藏，他正色问道："颜颜，你为何会有此一问？"

我垂眸，宛如薄玉的眼睑柔柔地覆在温润的眼珠上，说道："我今生怕是再难生养，你与我在一起，岂不是我害了你？"

"颜颜。"奕析满脸疼惜地看着我，说道："我们都还年轻，来日方长，对于子嗣之事，你又何必自寻苦恼？譬如你的母亲，浣昭夫人也曾受过重创，武功尽废，最终不是又有了你？由此可见世事自有机缘，无绝对之说。"

我明白他是在安慰我，可是我却抑制不住心底的怆然，怔怔良久，我才失神地道："奕析，突然晓得自己子嗣无望对我的确是一个打击。但你不在的这些日子，我也想了很多，我们能这样过下去吗？我们能永远在一起吗？"

我看着奕析的神色如被夜幕笼罩，一分一分地紧张沉凝起来，我伸手轻轻按着他的唇，不让他说话，而是听我说完。

"我们如今在一起，是只看着眼下，并未多想以后。"我道："你想过吗？若是皇上知道我们的事，我们又该如何自处？"

如今的我，在世人眼中，只是一个已死之人。宜睦公主两年前就殁了，这世上再也不该有颜卿这个人了。可是我却活着，没有任何身份地活着，这也注定了我永远不能正大光明地站在奕析身侧，成为他名正言顺的妻子。

胤朝历来民风保守，要求女子在出嫁后从一而终，如果丈夫不幸早逝，其妻就要守节到老。我先前嫁给过耶历赫，现在又与奕析互许终生，在世人眼中，原本就有违闺训，礼法不容。

如今这些礼法规矩，我统统都不看在眼里。但是，我和奕析真正的难关，是奕槿。奕槿对我执念太深，多少年都不肯放下。

我曾经在心底小小地奢求过，或许奕槿会谅解我们。但是自从奕槿北巡之后，我才真真切切地明白，希望他的谅解和放手仅是我的一点妄想。

尽管我当年跟他恩断义绝，尽管我后来成了耶历赫的王妃，尽管我最后坠崖而亡，奕槿始终将我当成他的女人。既然视为己有，岂能容忍他人沾染？

我简直不敢想，若是他知道我当年是假死，后来又和他的亲弟弟在一起，他会是何等的震惊和盛怒。他是九五之尊的帝王，翻手为云，覆手为雨。只怕是，纵然天下再大也没有我们的容身之处。

奕析的心怕是与我想到了一处，他的笑意甚是惨淡，"若真有那一日，皇兄定不会原谅我们。"

我感觉有一把丝弦勒住了五脏六腑，正在越收越紧，抽出尖锐的疼痛，"奕析，你知道的，我不在乎世人怎么看我，我也不在乎什么名分。只要能与你一起，哪怕一辈子隐姓埋名我也不怕，可是……"

"可是你到底是皇家的人，命中注定是胤朝的亲王，难道真的要为我而一辈子不婚不娶，拖过今年，再拖明年，到时候太后不会逼你？皇上不会逼你？你若是回回推却，太后和皇上又岂会不生疑心？"

我舌尖生生地一涩，似乎压抑在心腑的一口血要直逼喉咙，迫使我说不出话来，但是我还是将心意一狠，几乎僵直着舌头，说道："如今我已晓得我这辈子难有生养，既然如此，我们两人倒不如……"

"颜颜！"奕析的声音是从未有过的急迫和惶恐，他截断我的话，不让我再往下说。他目光灼灼地看着我，那般明亮，那般炙烫，迫得我无处可逃，许久，他喑哑道："颜颜，这样的话以后别说了。你知道的，这于我而言，不啻万箭穿心。"

听到万箭穿心四个字，我亦是满心满肺的痛，又何尝不是万箭穿心？

一时间，我们两人皆是默默的，似乎有庞大而无形的沉郁在我们之间悄悄筑起了城墙。我长久地维持一个姿势不动，觉得腰背酸疼，转了个身，把软枕带着挪了位置。

忽然间，两串嫣红珠子从丝缎靠垫下滑出，发出叮琮声落在地上。我低头一看，是前些天乳母教我打的珠络子，用细如胎发的金丝将红玉珠子穿起来，这种红玉凝光如血，颗颗珠子不是浑圆，色泽形状都如红豆般，人又称这种红玉为相思子。我用金丝细细地绾成同心扣，做好后就一直塞在了软枕底下，想着等到奕析回来，我就亲手送给他。

奕析看到了，俯身将珠串捡起来，红殷殷的珠子映着手心白皙的肌肤，每颗珠子中都好像注入了莹洁的光辉，有种说不出的夺目。

我心里满是凄然，极力地将涌到眼眶的泪水逼了回去，他看着我倔强冷清的侧脸，一时难以开口，只是默默地将那串相思子塞回软枕下。

夜似乎已经深了，烛台上的一簇火苗兀自摇曳，这样渺小的一盏灯只照亮了我们半个了侧脸，另半边浸在各自的黑暗中，以前觉得静静地和他在一起，是最安好宁和的时光，没想到这刻竟然会静到如此的难挨。

这些日子，玉笙将我和奕析之间的不和看在眼里，她晓得我的性子，知道劝我未必肯听。只是有时说上一两句，那天我抱着樱若，拿着个五彩斑斓的布老虎逗着她玩，樱若咯咯直笑，乐得扑上前，像是要来抓取，快周岁的婴儿渐渐有些力道，我想不到她抓得那么急，一时没拿稳，布老虎掉了下去。

玉笙俯身将玩偶捡起来，顺势道："小姐，我劝你别跟王爷怄气了。"

我慵懒地斜了她一眼，说道："你是谁的人，又是帮着谁说话，我哪有怄气了？"怀中的樱若一下子失了目标，挥舞着一双肉鼓鼓的小手，要来抓我耳垂上的银折针坠子，我轻轻捏着樱若的手，不让她乱动。

玉笙撇撇嘴，又说道："小姐，您跟王爷相识八九年，能有今日委实不容易，现在何必要彼此置气？玉笙一直跟在您身边，这些年看得清楚，小姐您的脾气倔强，王爷就时时忍让着您，您若是任性起来，王爷就事事迁就着您……"

我摆摆手，不让她再说，恰巧这时候樱若玩得累了，软绵绵地靠在我的身上，眼睛似合非合，小孩子快要睡着的时候，最受不得惊，若是醒了，定是要哭闹的。玉笙也就闭上了口，看我哄着樱若慢慢睡着。

在严寒中凝滞的雪花落了又停。几日过去，我的心情也渐渐平复了些，但终究还是难以抚平。一天，我正躺在樱桃木湘妃软榻上，闷闷地剥着一个蜜橘，这是江广之地产的蜜橘，色泽橙黄，饱满得像是要破开，指甲陷入肥厚多汁的橘皮中，附在橘肉上洁白的丝丝络络就嘶地散开。

可是我剥了橘子并不吃，伸手将橘皮和橘肉一并扔在了面前的火炉中，炉子里燃着几块红亮的炭，在人脸上投射着一抹橙红洋洋的暖色，迎面有清香醺冽的气息扑来。

奕析不知什么时候来了，一直在旁边静静地看着我，看我已将盛在小竹篮中的蜜橘剥了一半，还是没有收手的意思，顾自先将剥下的橘皮一扔，再将橘肉一瓣瓣地撕下来扔进去。

我此刻精神不济，不想开口说话。忽然间，奕析快若游龙般地出手，在火炉口将一瓣橘肉稳稳当当地接住了。

我被他的举动一惊，要知道他当时的手离那块正烧红的炭连半寸距离都不到了。

他不管我脸色都变了，依然是孩子般欢欣的笑意，将橘肉咬了一口，啧啧赞道："很甜。"

我心里担心他，又不满他刚才莽撞的举动，话语中三分关切掺和着三分揶揄道："你怎么连火中取栗的事都做？"

奕析闻言挑挑眉毛，朝我勾唇一笑。我还未反应过来，他冷不丁将半瓣橘肉塞到我嘴里，问道："甜吗？"

我将嘴中冰凉的东西咽了下去，蜜汁充溢在舌齿间，果然很甜，还带着他口腔中独有的清新温润。

我知道他此举是为了让我开口，可是心里仍有些恼他。但是恼归恼，我将他的右手捧在手心里，翻来覆去仔细地看，"有没有烫到？"

他答道："没有。"

我轻轻松了口气。

"傻瓜。"他看着我，示意我让些位置给他，好与我一同躺在软榻上。我没好气地瞪了他一眼，微微侧过身，他见我温顺听话，倒是越发得脸起来，双手在我肩膀处一圈，将我揽在怀中，我用手肘轻轻撞了一下他的胸口，也就随他去了。

我将头靠在他的肩上，指尖抚过衣袍前襟熟悉的针脚，庄雅的银灰色。他现在穿的衣袍，正是当初我给他缝制的那件。真的看他穿在身上了，心中像是欲放的花苞开出一朵一朵纤小的感动与欣喜。

"可是我做的那件？"我问。

奕析低头轻吻了我的鼻尖，故意拖长声音，带着一丝抱怨道："颜颜，你现在才看见。"

我上下打量了一下，玉笙说得没有错，这件冬衣腰身做得的确有些大了，而且袖子那里又不够长，穿在身上并不十分合身。我当年尚在闺阁时，就懒于针黹之事，刺绣裁衣原本就非我所长，况且多年不碰，果然愈加生疏了。

我为自己的手艺而叹息，闷闷地道："做得太丑，以后还是不要穿了。"

奕析摸着下颌，笑道："你亲手为我而做，岂有不穿的道理？"

"这话才傻。"我啐道，突然想到那日青汀咯咯地笑着说出的话，只要是夫人亲手做的，再难看王爷也会穿。我仰首，漫不经心地道："一件衣服而已，有什么要紧的，你不穿我也不会说什么。"

奕析对此不予认可。

我忍不住扑哧笑出声，"小女子如此拙劣的手艺，让旁人见了岂不是要笑。若是连累王爷被人笑，我还不如一剪刀剪了它。"

奕析的笑意带着几分促狭，故意重重地叹了口气，说道："话说我家这位贱内，相貌是没话说，聪敏也没话说，只是在女人家的事情上笨了些。不过嘛，人无完人。"

"韶王殿下。"我以旧日的称呼叫他，别过脸，一副生气的样子。

但我心里却明白，他是有意在逗我笑。他永远都是这样，就像玉笙说的，容忍我的倔强，迁就我的任性，在我心绪低落时变着法逗我开心。我躺在他怀中神思一个恍惚，满心如烛火盈盈般开出欢喜之花，就一朵朵被掐灭了。我想到不能生养的事实，看着身侧俊美无俦、丰神如玉的年轻男子，越来越浓烈的愧疚卷着艰涩像浪潮一样拍打在心壁上。

我咬咬牙，亦是咬住自己的心，问道："奕析，我们这样在一起，真的好吗？我或许今生都不能有所生养……"

奕析将一根手指压在我的唇上，爱怜地嗔道："又开始说傻话了。"

我拨开他的手，那样的每一个字都像滚烫的热油在喉咙中滚动着，我最终还是说出口，"你去娶别人吧。"

想到我终其一生都不能为我最爱的男人诞下子女，一颗心像是辗转着滚在密密的针毡上，挑细的针尖刺入绵软的血肉，霎时又尖锐地疼痛起来。

"颜颜，你在说什么？"奕析握在我肩上的手力道大了一些，我看到他的眼睛就知道他真的有些生气了。

我长长地舒出一口气，也是在抚慰自己，"我知道自己在说什么。你是清楚的，眼下我难以生育已是事实，你若是此生此世都只与我一人在一起，就不会有自己的孩子了。"

奕析正视我的眼眸，神色极其认真地说道："颜颜，于我而言，你是我此生最要紧的人。我并非不看重子嗣，但是，若要在子嗣和你之间做一个选择，我选你。纵然此生无后而终，我亦是不会后悔。"

"你这才是孩子气的傻话。"我听着他的话，一股酸热从鼻间慢慢扩散开，灼得眼眶已经有些潮了。

奕析扶着我瘦削的肩膀，眸底凝着异样的光辉和神采，他说："颜颜，我想过了，或许人生就没有什么圆满的吧。譬如天上明月，一年能有几回圆满，总是残缺的时候多。我原本以为，今生与你再无可能，但因缘际会，让我们终能在一起。此生能有你，我已是万分感激上苍，我何敢再要太多，奢求事事圆满？"

我被奕析的话说得一怔，或许人生就是如此，哪有事事圆满？

此时，我的心中如同被滚油相煎一般。都说女子天生善妒，尤其对倾心所爱的男子，都是想着要自私地霸占他的一切，他的怀中只能抱着她，他的唇只能吻她，如何容得下他去跟别的她燕好。

我想我的心思也这样，一生一世一双人，我是完全属于他，他亦是完全属于我。

扪心自问，我是否能容得下他跟别的女子耳鬓厮磨，当看着他们的麟儿出世时能否做到不嫉妒？如果真的有那么一天，尽管奕析还是一如今日地爱我，可是他的心、他的人是注定要分了去的。就算奕析还是全副心思地待我，就算那个女子安静沉默，不争不抢，可是我还是必须要接纳奕析跟别的女人的孩子，这或许比让我接纳樱若来得更难，这个孩子会时时刻刻地提醒我他生母的存在，提醒我的夫君是与她共有。

我苦笑，也许我真的不是什么大度的女子。

我容不下，也忍不下，私心、妒心我都有。可是理智却让我清醒，我不可以这样，仅仅为了守护自己的唯一，就自私地让他失去做父亲的权利。我爱他不是吗？既然爱他，难道就不该为他着想？

我几乎是有些恨这样的自己了，"只要你平安喜乐地活着就好，尽管这平安喜乐与我丝毫无关。"这话他说得出，我却说不出！

"以后都不许再说这样的话了。"奕析堵住我的嘴。

"你以为我就不难受吗？"我忍下委屈，浅浅地叹道，"不是我想逼你，迟早太后也会逼你。"

以前我尚在凤仪宫中时，看得极其分明。太后嘴上虽不说，可是眼里心里却是疼极了这个小儿子，说不定比疼端雯的心都要多几分。以太后精明挑剔的品位，玉阴侯府的大小姐贺丽殊，这等空有一副好模样，脾气却自小被娇惯得任性蛮横的女子，是入不了她老人家的眼的，不过碍着侯夫人亲妹的颜面，总不好断然拒绝，但是太后冷淡的态度却说明了一切。太后自然会另外挑选品貌皆属上乘的女子，留给儿子韶王做贤内助。

"你老实说，这次回帝都去，太后有没有对你表露这个意思？"我神色忽地一改，咄咄问道，"是何方神府仙洞里面的仙女？"

"什么仙女？"奕析嗤地笑出，掐我的鼻子道，"醋劲不改。"他思索了一下道："我们两人之间也没有什么好隐瞒的，这次回去母后确实是有这个意思。"

他问道："你可知道瑛和侯庞氏吗？"

我点头，这般显赫的家族我怎会没有听说过。庞氏是胤朝开国以来封的唯一一个异姓王，原赐世袭瑛和王。后来在丰熙年间，瑛和王庞旌主动请旨降为瑛和侯，丰熙帝准了这道奏章。庞氏是位于胤朝西北边境雍州的名门望族，世代为镇守胤朝西部的要隘雍州立下赫赫功劳，庞氏子弟皆是品貌超群、才华横溢，堪比谢家之宝树。我朝五公主端仪的驸马就是庞氏中长子庞裕。长子是帝王家的女婿，次子名为庞雍，二十余岁就是名满天下的才子。

我听着他往下说，只见他双眉微拧，说道："母后十分中意庞氏的六小姐，她闺名唤作庞徵云。"

我想，庞家的子弟都这般出类拔萃，女儿自然也不会逊色。瑛和侯府的庞徵云，玉阴侯府的贺丽殊，两位都是尊贵的公侯小姐。

"庞徵云，听着名字就是一个顶尖的人儿。"我不冷不热地说道，"瑛和侯府更是一门的尊荣显贵，太后真是千思万虑地为你谋到了一个极好的姑娘，你当时有没有谢恩啊？"

"又开始泼酸醋了是吧。"奕析促狭一笑，猝然将我压倒在软榻上，他侧身欺了上来，追问我道："你说我有没有谢恩？"

我只顾着抿嘴笑，故意将头偏到一边不理会他。

奕析突然就哈哈地笑起来，我被他的笑声一惊，问道："你笑什么？"

奕析扑上来就抓住我的两只手，我正疑惑着，他抢先一步开口道："颜颜，我想问一下，当初你说过的话还算不算数了？"

我被他突如其来的话弄得一头雾水，不知他所指何事，而他宛如墨玉温华的眼眸此刻闪着星辰般的光亮，更加让人难以琢磨。

我不知道他葫芦里卖的什么药，才慢吞吞道："算……算数……"

"说起婚娶之事，我倒是想起来了，"奕析看着一脸急切的我，有意卖着关子，他道，"你记不记得当年在帝都丞相府中，你说过要将你的妹妹……对了，那个女孩子叫颜凝玉是吧，你说要将颜凝玉许配给我的。"

我想起来了，的确是有这样的事。当年我曾问奕析凝玉长得像不像我，好像也曾说了要将凝玉许给他的话。那时我嫁入东宫在即，我心中明了韶王对我的情意，可是我已是注定了要成为他的皇嫂。我当时那样做，就是想让他对我死心，毕竟他是我夫君的弟弟，有这样的一份感情在，在将来的日子里，于我于他都是隐藏的祸患。

现在回想起来，只觉得世事变化莫测，厚重的沧桑感覆上心头。那时的我，又怎么可能想到我们两人还会有今天。那时极力回避着的一份情意会成为我今生最大的眷恋。

他用手摸摸我的耳垂，指间灵活地绕着我的一缕青丝，唇角的那抹笑意就更加深刻了，"想想现在她也差不多长成了，你是不是也可以履践当年的承诺了？"他说着还把毛茸茸的发丝拂到我的脸上。

那般痒痒的触感直让我想打喷嚏，心中却是明镜一样，他这是故意在耍着我玩。不过我也生不了他的气，我连日来心情沉郁，他就是想逗着我笑笑。

我恨得牙痒地一把推开他，冷着脸笑道："韶王，如果我所知道的不差，我那位凝玉妹妹早已进宫，现在都封作静妃了。"

我彼时换了一副戏谑的口气："你现在若想要，我可做不了主了，问你皇兄要去吧！"后面那几个字咬音咬得极重。

高奕析居然到这时还装得惘然不知，笑得眼睛都眯了，还连连无辜地叹道："这怎么好意思向皇兄开口呢。唉唉，还是算了吧。"

看到他这般样子，我忍不住随手抓起榻上的一个六合云纹香袋丢向他，他一把接住了，拿在手心中看，那笑意越发浓郁起来，"这香袋上的花纹不就是用来配这身衣服的？你倒好，怎么不早拿出来？我来的时候青汀还说，穿这身衣服还少了些什么？"

我瞪了他一眼，作势要拿回来，道："少这般没脸没皮的，谁说是给你的？"

"那我也要拿下了。"奕析的身手比我敏捷许多，轻轻躲开，自行将香袋系在点饰珠片的银白色腰带上，赌气一般地说，"难不成还给你，眼睁睁地看着你把它送给别人？"

我笑他这种孩子一样的心思，手指间绞着一条碎珠银线流苏的帕子，他刚才是胡乱一系，带子系得并不平稳，我亲手为他解下来又好好地打了个络子，再系上。

想到他刚才这样耍我，说道："我不是还有一个颜芳芷妹妹吗？那小丫头更没出息，当年你几颗樱桃就收买了她，但现在也出落成大姑娘了。"

我抬头，笑吟吟地道："你拉一车的樱桃当成聘礼上颜府提亲，她说不定马上就兴高采烈地答应了。"

"颜颜。"奕析低低地挤出两个字，来抓我腋窝下的痒处，"今天要好好教训你，看你还说不说这种话了？"

我素来最经不得痒，左躲右躲着连声求饶。奕析忽然停下动作，眼眸凝视着我，双手捧住我的头向上托，他俯身深情地吻住我的唇瓣，舌尖深深地汲取我口中的芬芳，甜蜜缠绵后，他放开晕生双颊的我。

奕析飞快地凑近我的耳边，轻声将一句话送入，"今生此世，唯你足矣。"

"能与你执手一世，已是今生最大的满足。我又怎能太贪心，对事事都苛求完满？"

几日来郁结的心病在这刻烟消云散。我转过头，看他的眼神如惴惴的小鹿般又惊又喜。

那种毫不掩饰的喜悦和欢欣如同蕴满能量的火山般喷薄而出。今生此世，唯你足矣。仿佛是这世间最灼热的岩浆，在我心中烙下最深刻、最永久的烙印。千载万载繁花盛放不倦，那些丰润妍丽、幽香沁鼻的花瓣，在心中化作潋滟嫣然的香泉，喷涌着我的快乐、满足、幸福，永不枯竭。

在喜忧参半中，新年将近，很快就要是轩彰九年了。天气越冷，喜庆的气氛也越发浓了起来。我命人将王府中里里外外的居室都打扫干净，将五福彩丝八角灯悬挂上，几个小厮正跑着腿忙里忙外地贴"福"字。

这不是我与奕析同度过的第一个除夕，当初随军征战，我们就在军营中一起简单地过了两个除夕。但这却是我们在一起后，度过的第一个除夕。看着轻盈的雪花落在廊间一字排开的红灯笼上，我不禁想起离开帝都后的那些年，前四年我在繁逝中养病，那段日子我的病情时好时坏，半条命就像搁在阎王殿门口，不知何时会被修罗召了去。那时的除夕，一来不能团圆，二来徒添伤感，于我而言跟平常的日子没什么两样，说不定心绪比平常日子还要坏一些。

后来又命途多舛，多年在风口浪尖上沉沉浮浮。我唇角绽开一丝笑，今年终于可以安定地过个除夕，并且与我心之所系的那个人。

虽然有时念及心里还是会有些难受，可是我的心结终究还是打开了。最重要的是我和他的现在，最珍贵的是我与他的将来。

辞旧迎新的夜晚，噼噼啪啪的爆竹声喧闹不断，烟花映亮了半个深湛的夜空，空气中弥漫开一股浓烈的火硝味。

我与奕析怀中抱着樱若，三人挤在一扇窗户前看着外面的烟火。我们身后一张红木大圆桌上堆满了各色佳肴和美酒，有动过的，也有没动过的。此刻就只有我们三人，清清静静但又热热闹闹着。樱若头上扎着两个圆圆的鬏鬏，眉心还用胭脂点了一个大红圆点，身上水红色的弹花棉袄，打扮得像年画中红火红运的小福星。

樱若此时是奕析抱着，我一如娇羞可人的小妻子含笑地倚在他身边，温柔地看着他，看着女儿，不时脉脉地抬头与他低哝几句。当有爆竹声响起时，我就轻轻地用手堵住她的耳朵。樱若小脸彤红，目不转睛地抬着头，口中发出咿咿呀呀的声音，手舞足蹈地指着天空中那些或是宝蓝，或是橘红，或是明黄的火焰。

"樱若好像很喜欢烟花。"奕析朝正依偎在他身边的我道。

我微微抿唇，露出雪白的贝齿两点，"我也很喜欢。"

就在这时候，樱若忽然开口喊了一声爹爹，再喊了一声母亲。奕析听得微微一愣，我却是喜得一颗心柔软得如绕在指间的发丝，不枉费在那段奕析离开的日子里，我教她说了那么多次的爹爹。

樱若的这声母亲叫得比上次口齿清楚了些，她叫完就一头从奕析那里扑到我的怀中，我心想着，或许这孩子与我有缘。我们不是血亲，却在因缘际会中结了一段母女缘。更或许是上天给我的补偿，就算我此生都无法再有自己的孩子，上天已早早地安排了这个孩子来到我与他身边，让她做我们共同的女儿。

能如此豁达地想，我也不觉得有缺憾了。他都能想得开，我又何必将自己困在沟壑里久久难以释怀？那些留不住的也就罢了。

先让樱若睡下之后，我和他相对坐着，又共饮了好几杯酒。其中有坛窖藏已久的梅子酒，入口尚清醇，滚下喉间的时候却像一路燎原的火在烧。我抬头看见他的目光暖得如两池漾漾碧碧的春水，由内而外地散发着恬淡自若的气息，明澈的瞳仁中映出了两轮我的小小剪影。

我今日着意梳妆了一番，细腻芬芳的茉莉香粉抹开面目，胭脂轻点嫣粉色的朱唇，螺子黛淡扫纤纤翠眉。身着晚霞紫系襟暗纹缎袍，袍间绣着枝叶缠绵的鸢尾，搭了一条玉白色妆缎狐胶，底下徐徐地曳开堇色罗靡子裙。柔韧的墨丝绾成半翻髻，簪着一支翡翠七金钗，细细垂下一缕银丝流苏，九玖碧玉珠散乱地埋在发髻间，隐约闪动。在他不在的那段日子，我谨记着他说的那声保重，弃捐勿复道，努力加餐饭。现在身体丰润了许多，没有以前那么单薄，为的就是他来时好看见一个姿容烨然的我。

再是一杯清酒饮下，我双颊微红，这酒的后劲果然大，脸颊顺着脖颈都渐次烫了起来。奕析握住我的手，说道："跟我来，有样东西要给你。"

"什么东西？"我轻合眼眸，笑着问道，"从帝都带来的吗？"

奕析点头，"当初费了好大的劲，才带回的宁州。"

他握紧我的手领着我走出去，夜空新晴，玉蝶梅拥雪而开，绽放满庭沁神的清馨。宁谧的夜晚，折射着一片清明的雪光，嫣紫粉白的梅花瓣在枝头若蝶翩然欲飞。梅树枝枝杈杈的乱影交叠着，将我的发髻一点勾住，我弄不开，奕析小心地帮我解开缠在枝间的发丝，又细心地为我绾好头发。

积满落雪的地上，他走在前面，我在后面跟着他。我看着地上踏出坑洼的足印，抬头看见他俊美如玉的侧脸和有山岳般弧线的身影。

"到底是什么？"我明知他不肯说，还是问道。

奕析温暖的掌心中包着我的手，牵着我踏在雪地上。

我伸手攀折了一枝紫白花瓣簇簇挨挨的梅在手，放在鼻下轻嗅，清凌凌地笑道："你不说我就不走了。"穿过梅林，这条路好像是通向王府中那间养花暖房的方向。

我指尖掐了一朵正花开嫣然的玉蝶梅，眼眸水灵灵地望着不远处的一间房屋，问道："难不成是什么稀奇花草吗？"

奕析思索一下，说道："这个……会发光的。"

"萤火虫。"我不假思索地脱口而出，转念想想现在的天气哪来的萤火虫，回忆道，"我想起小时候，桁止表哥曾给我捉了一大布袋的萤火虫，还骗我说是他摘来的星星。"

那时我大概才五六岁，我与桁止跟随各自的母亲前往寺中。寺庙建在山中，记得那里草木茂盛，昆虫杂多。我曾天真地说要星星，桁止为此一人在山坡上待了大半夜，捉来整整一袋的萤火虫，兴冲冲地跑来送给我，还骗我说是星星。可是他不晓得，他失踪了大半夜，都快让浣沁姨母急疯了，最后由母亲做主，将那些发光的星星都放生了。

现在想起来这些事真是感慨，单纯无忧的小时候真是最值得怀念。旧时光阴如燃烧后的灰烬，飘散在岁月的罡风中，很多旧日的人都已经不在了。

"不是。"奕析捏捏我的手心,让我回过神来,他有意戏谑我道,"你记得的是萤火虫呢,还是桁止的星星呢?"

我知道他话中有话,也不跟他计较。而是亲密地挽着他的手臂,玉华聚云屐的鞋尖踢着足下松软的积雪,我低头娇嗔道:"表哥送我的可是星星,你岂不是应该摘月亮给我?"

奕析笑而不语,牵起我的手朝那间暖房跑去,我一只手小心地提着裙裾,此刻又是在雪地中,跑起来一脚踩得深一脚踩得浅,有种步履维艰的感觉。可是能这样握紧着他的手,与他同步而行,再艰难我也不愿意放开。

临近花房门口的时候,奕析却止步,非要用锦绢把我的眼睛蒙上。

我不肯,故意找了个由头推托他道:"好半天才梳好的头发,你莫给我弄乱了。"未让他来得及说话,我用手掌将眼睛一遮,俏皮地道:"这样不是看不见了?"

奕析拿我没有办法,在他领着我走近花房的刹那,我就感觉一股温热潮润的暖气扑来,那股暖气拥得周身都麻酥酥的舒服。这间花房四壁封闭,底下接了供暖的地龙,为了保暖木质墙壁上密实地封了层铁皮。外面是雪落后的寒冬,这里却是温暖如春。

我睁开眼睛,这间小小的花房中没有点灯,可是这里并不是漆黑一片。令我惊讶的是,冥暗中微弱地闪着一簇一簇银白和幽蓝的光芒,那些梦幻般的光芒并不是静止,而是恍若翅膀振动。我不由惊讶,纯金丝笼子中关着的竟然是珍贵的夜光蝶,薄如鲛绡的蝶翅轻颤着,清晰得可以看到翅膀上丝丝翅脉,沿着纤细的纹路光华流转。我凑近了看,融融的幽光宛转地折映入眸心。

我们的手指根根相扣着握紧,就像我们结心的那晚执手将烛火点亮,我们用紧扣着手一同去开启金丝笼子的笼门,里面的夜光蝶飞了出来,如同一团团的莹光在空中旋舞,蝴蝶振翅的时候,仿佛有细若纤尘的银粉抖下。

我们相依着坐在地上,手依然紧紧地握在一起。里面花香被暖气熏得愈加浓郁,直要叫人迷醉下去。看着漫天令人惊艳的流光溢彩,一只幽蓝的蝶栖落在一枝嫩黄花蕊高舒的水仙上,洁白的花瓣上映着迷离的蓝光,无数明明灭灭的星芒在香气氤氲的花间穿梭。

人如花中仙,心境豁然明澈,眼前的一切宛若曼丽美好的幻境,带着一点恍惚的不真实。

我靠在奕析身上,想起前些日子他无端端就封了花房,轻嘟樱唇道:"这些日子不许我来,原来是藏了这个。"

奕析解释道："一天之前还尚是蝶蛹，你来了也看不到什么。"

"情意呢，难道也看不到？"我看着身边的他，笑意自眼角一直漫延到唇畔。我终于明白过来他话中的意思，相比萤火虫的星星，那么眼前的如此华美绚丽的夜光蝶不是月亮？

"怎么，是不是月亮？"他伸展双臂从身后拥住我，绵润的嘴唇抵着我耳轮轻喃。

他熏暖的气息拂在我耳后，在肌肤上激起战栗似的微痒，一如我此时因着铺天盖地的幸福包裹而战栗着的心。我轻侧过头，一双剔透的眸子含情凝睇与他对视，说道："是，可是月亮只有一个，我骤然得了那么多，是不是太贪心？"

"不会。"他温润柔软的唇轻点我鸦翅般的睫毛，宛如暖意漾漾泉流温润地淌过心间。我感觉全身的毛孔都张开着，正在极力汲取着他身上独有的清新气息。

这是我来到北地后，过得最愉悦欢欣的一个年。因为与奕析一起，就算外头寒天冻地，我心里亦是暖融融的，有他在，就是我的四时明媚。奕析早年也是个耐不住性子的人，这些年因年岁渐长，倒也安分了许多。我们打扮成当地的平头百姓，就像是这世间最普通的一对夫妻，感情和洽，偕同出游。

去街头巷尾看庙会，追着舞龙舞狮的队伍，上元节的时候挤在人群中看各色各样的花灯，我们自幼都是在富贵中长大，民间的花灯一概是样式单一，看来看去不过是嫦娥奔月、白兔蝴蝶之类，其做工亦是比不上官中的精细雅致，但是却有一种难言的质朴之感，这或许就是凡尘里的快乐，平实不加修饰。

转眼间，樱若再有一月就满周岁了，我是看着樱若一点点长起来的，当初刚刚交到我手上时，因为早产，皮肤又红又皱，尖细的哭声像是一只柔弱的小猫，如今白雪可爱，粉团捏就一般，令人一看就心生怜爱。

樱若名分上是韶王的义女，但是外人都猜测其实是韶王私生，对此，奕析也不辩解，带着一点将错就错的意图，放任别人怎么想去。宁州及附近的集州、晋平、锦溪、通州一带的官员，陆陆续续地送来了恭贺小郡主华诞的寿礼。我一概是不去看，一来是我懒，二来那些人都是存着奉承韶王的意思，也觉得烦。

樱若是韶王府上唯一的郡主，又得当今圣上亲赐封号"韵淑"，身份自然是矜贵。随着她周岁礼将近，一切事宜都陆续地准备下来。

我却有一事悬在心上，要知道樱若的诞辰就是她生母蓊儿的忌日。我暗中令人在宁州寺中为蓊儿安排了周年祭事，但愿她在天之灵得到安慰。

轩彰九年三月初，天气依例是阴阴的冷。山麓的积雪被扫开到一旁，在车马劳碌中扑满尘灰，失了洁白原貌，一派恹恹不振的黯淡。到了这个时候，寺中的白梅也开到败落了，因着倒春寒，桃树抽了些青青的芽还未绽苞，看上去直觉得景象零落萧疏。

寺内梵呗声声，香烛袅袅，我的神容宁静如许，想到沈仲和菡儿的在天之灵，或许正看着他们的女儿，亦是能有所安慰。我怀中的樱若，今天难得地乖，不哭也不闹腾，细嫩的小指头时而还伸进嘴中呷巴。这个还懵懂的孩子，如何想得到她的生身父母都已经离她远去了？如何想得到她生下的那刻，也就是菡儿力竭气绝的那刻？

世间最难得是无忧，可是我知道人不能一直懵懂下去，懵懂过头就会是无知。但是现在我宁愿还尚稚弱的樱若无忧无知一些，不必去沾染如此的悲伤。

宁州寺的法事完了之后，我带着樱若回去。恰好瞧见府上特别热闹，才得知是帝都皇宫快马加鞭送来了韶王府郡主周岁贺礼。

我进去时，正厅中摆着好几口红花木雕花箱子，装饰得极为富丽堂皇，其中敞开的一口溢出华贵的金玉光泽闪亮，有些刺花人的眼。奕析将一份红笺礼单递给我看，上面各色贺礼林林总总，我飞快地扫过一眼就搁在旁边。

这些都不重要，重要的是樱若作为七王义女，赐封韵淑郡主的那道圣旨。这皇室赐予的韵淑封号，也就意味着樱若从此就是帝王高氏的人。我与奕析眼下的情况并非长远之计。我认真想过了，我们若真的要到全然无顾无忧地厮守一生，必定还是要经历些艰辛。前途是好是坏，于我们二人而言，皆是惘然未知。

"爹爹！"樱若如今能将爹爹两个字叫得特别利索，她那双乌溜溜的眼睛一看到奕析，就欢呼雀跃地挥舞着两条短短的手臂，一个势头要猛地扎进奕析怀里。

奕析也极是喜欢她，一把将她高高抱起，笑吟吟地道："爹爹抱吧，莫让你母亲累着了。"

我看着眼前融洽温馨的一幕，父女和乐，一副心肠皆化作了柔柔的春水。念及前事，欢喜之余，亦是有一丝若有若无的涩，如果我能与奕析有自己的孩子，那该有多好，那或许就是我人生最大的圆满了。

我神色间似含着一分落寞，感觉到奕析的目光朝我看来，我将头低下，装作意态闲闲地在贺礼间翻检，拿起一把湘南白玉柄扇子，触手温凉，将方才的落寞不着痕迹地掩饰过去。

奕析逗着樱若玩了一阵，将她交给乳母抱着，仔细瞧了瞧我的脸色，关切地问道："出去了一天，可是累了？"

我摇摇头，朝他莞尔一笑，随手将扇子扔在一边，朱唇下微露皓齿雪白，笑而不语。

他正想说什么，忽然有人上前禀报。我见他转过身去跟那人说话，百无聊赖地打开一个冰蓝色锦缎盒，就在打开的刹那，我瞬间惊得怔住。

静静卧在素白细绸里衬上，是一枚雕琢成莲花状的玉饰，这玉的质地极好，色泽洁白无瑕，玉里头清润润的仿佛一汪水色莹动，使得每一片莲花瓣都盈盈欲滴了。

我认得这枚玉饰，当年奕橪曾将它赠予我，后来我为一时之计转赠给芙娜，最后又负载着阴谋和算计重回奕橪手上，被耶历赫借此来离间我与奕橪的关系。

玉饰本是玉饰，纵然雕刻得再鲜活动人，总归是一件死物罢了。它无感无情亦是无知，我那时只觉得失望，算不得刻骨铭心，但也是山盟海誓过的感情，可以毁在一枚小小的玉饰之上。现在再看到它，莫名地也觉出一分厚重与沧桑。

最初的惊愕退去，我开始冷静地上下端详了这枚玉饰。看到莲心的位置，终于缓缓地舒了口气，虽十分相似，却不是当年的那枚了。当初奕橪送我的是九莲子，而这枚是十莲子，两者仅有纤毫差别。

我不禁感叹自己真是糊涂了，当年在冀山行宫，我与奕橪决裂之时，莲花玉饰，不是被我亲手抛进那一面冷湖中了吗？湖底深葬，但并非不见底，就算被千方百计地找到了，以奕橪的性格，也不可能将其赐予一名宗室的郡主。

是我多心了，这也许仅是个巧合吧。

"你在看什么？难得居然能盯那么久。"奕析处理完自己的事，将头饶有兴趣地凑过来看。

我将那枚玉饰往贺礼堆里随手一扔，笑意柔婉地攀上他的肩膀，说道："外人送给小郡主的贺礼无非就是些金玉宝器，我想问你这位爹爹的贺礼呢？皇宫中出来的东西大抵就是这样，除了金贵之外也没什么其他，毕竟是君与臣之间。但是论到是父亲给女儿，可不能随便拿样物什来敷衍了。"

奕析促狭一笑，双手箍住了我两侧的腰身，我感觉整个人紧贴在他身上，又被托着往上，快可以与他平视了，他的身量原本就比我高很多，如此一来我几乎是要凌空了，只有足尖踮着地面。

我推搡了他一下，惊道："快放我下来！"

奕析将脸埋到我的脖颈间，百般赖着不肯起来，温热的呼吸喷在肌肤上惹得我直发痒，我忍不住咯咯笑着。

"你刚还问我送樱若什么贺礼？"奕析故意使坏，涎着嘴脸，说道："你是我最心爱的女人，我肯让你给樱若做娘，这难道不是最好的贺礼？"

"好你个韶王，竟敢拿我来打趣。"我娇声薄怒道，用尖尖的指甲去戳他的额角，他闹不过我，又连连求饶，两个人转眼就笑作了一团。

樱若的周岁生辰举办得家常却也热闹。她还不能独立地行走，在乳母两侧的牵扶下，蹒跚地迈着步子，踩着绵软的羊毛厚毯子上，摔倒了也不痛。我放任樱若在堂下玩，满周岁后她越发来得机灵调皮，步子还不稳健，更多时候却喜欢满地追着人爬。

阿奴是当年我从北地带出来的，生得痴傻无比，一副憨笨的心性。这时也高撅着屁股趴在地上，逗着樱若玩。

我和奕析两人挨着彼此而坐，有时偶尔低哝几句，更多时候却是不说话，只是静静地看着彼此，或是目光柔和地看着正在堂下玩耍的樱若，难得这般静谧安好的时光。

樱若如今正是活泼好动的时候，看着面前的阿奴，她作势要咬阿奴的耳朵，阿奴虽愚笨，但是动作十分灵敏，让樱若扑了个空，这样来回几次后，樱若就恼了，不再理会阿奴。

这时，侍女青汀正好从她身侧走过，樱若一双晶亮的黑眸子盯着青汀，伸出肉绵绵的小手去抓青汀的裙角。青汀还是个姑娘家，被人冷不防掀开裙子一角，顿时羞臊极了，口中连连低求着小郡主放手，俯下身要将裙角从樱若手中抽回来，但因着樱若还是小孩子，不敢用大力气，急得汗都要冒出来了。

樱若懵懂无知，一时只觉得新奇罢了，却是益发不肯放手，"呜……呜……母亲……"

我见了青汀的窘状，施施然走下去为满脸涨红的她解围。将樱若从地上抱起，瞧着她一张粉嘟嘟的小脸笑道："幸好是个小丫头，若是个小子，这么小就喜欢往人家姑娘的裙下钻，长大后还得了。"

奕析站在身后，将手轻放上我的肩膀说道："你跟她说话，她现在哪里听得懂。"

樱若甜甜地喊了声爹爹，就挣脱着扑进他的怀中，腻在他身上一会儿，又闹着要将她放下，顾自撒欢地爬去了。

我与奕析相视一眼，目光相触的一刻恍若时光都要温柔地凝住，我眼中倒映着他，他的眼中倒映着我，剪影双轮，淡淡生辉，我满心欢喜地希冀着，若是能一辈子这样，该有多好。

玉容犹沾玉壶雪

轩彰九年开春后，北地气候就一直滞于阴寒。到了四月底，未见回暖，而是陆续落了几场雪霰子，日头隐在郁青青的层云后，冷绿松柏在飒飒颤动，城门萧然之下一派清寒冷峻的风骨。

然而在这时，韶王府中却来了一个我意想不到的人，五公主端仪。

当年的颜卿曾是皇后身边的文书女官，丰熙先帝的端淑、端仪、端雯三位公主都是见过的。端仪生母琳妃早亡，论容貌至多是中上之姿，而且不甚得父皇宠爱。她的夫家是赫赫有名的瑛和侯庞氏，因为是九公主端雯当年拒嫁，这段皇室与庞氏的联姻才落到了她身上，所以免不了受到拾了端雯恩惠的诟病。

因为当年我与五公主之间就没有来往，所以印象极淡，只是模糊记得她在薛贵妃面前特别拘谨，又掩不住几分跋扈，与端雯争闹占得上风时又是一副小人得志的势利模样。

一日在书房中，我正拿着一枚小巧的青玉雕花篆字镇纸逗樱若，她口中咿咿呀呀地咕哝着喊"母亲"，肉鼓鼓的小手抓得直笑。

抬头正好看见碧桃儿笑着走进来，"夫人，是五公主到了。"碧桃儿在我面前说话向来没有什么忌讳，她啧啧叹道："哎，我还是第一次见到皇家公主的排场。"

我心里笑她不是连天子的亲临都见过了吗，但嘴上还是淡淡说道："这不算什么，九公主那排场才是大的。"

左右闲来无事，我将樱若放到玉笙手里，起身道："那我们就去看看这位五公主。"

话虽这样说，我自然不可能正大光明地出现在端仪面前。只是隐在一重帷幔后，远远地看到了堂中坐着的人，端仪穿着一身水红底孔雀纹大红锦袄，发髻间累累珠珞淅沥，出嫁多年的她较之从前丰腴了许多，眉目间一抹精悍之色。

端仪身后站着四名侍女，皆是十五六岁的年纪，生得明眸皓齿，嫩脸修鼻，看得出来颇有几分妩媚的姿色。

可是令我惊讶的并不是五公主身后四名美貌的少女，而是她的身边还跟着一名身着常玉色织锦缂花锦袍的侍童，黑亮的头发束着一顶精巧的金冠，白玉蛟纹腰带上垂着平金刺线荷包和一枚极好的珊瑚色红玉。看他面相生嫩，应该只有十四五岁的样子，生得唇红齿白，眉清目秀，只是从一进来就默默地低垂着头，一副温顺听话的模样。

我看着那少年，越发觉得奇怪，看他对端仪那种谦卑的神态，像是一名侍童，但是看他衣饰华丽不凡，倒是如一位王孙公子。我思索着端仪嫁到庞家九年，并无所出，但是庞家诸位子侄，也没有一个与眼前的这位年纪相当。再说了，就算是有，好歹叔嫂有别，端仪怎么能堂而皇之地带在身边。

端仪天生是一双斜挑入鬓的凤眼，如今眯起来益发显得细长，她呷了口茶，落落大方地介绍道："七弟，这是甘霖。"

她笑吟吟地朝着奕析说完，回首对着那少年，就摆出一副严厉的口气，喝道："甘霖，还不快向韶王殿下行礼！"

那个叫甘霖的侍童到底年纪小，被端仪的气势一惊，谨慎地碎步上前行了一礼，轻声细语道："奴才参见韶王殿下。"他生得身量清弱，眉目娟秀颇有楚楚可怜的女儿之态。

我看到这样一幕，才猛然惊觉过来。想起往日听到的一些隐秘的传言，据说端仪公主言行无忌，行事放诞，喜好年轻貌美的男童，今日一见，想不到这些流言竟是真的。

奕析亦是猜到了那名侍童的身份，我想他心里应是厌恶的，但是表面上看不出分毫，言笑如常说道："五皇姐这几年过得倒是自在。"

端仪笑时眉目弯弯，露出一点贝齿，她似是四下打量，说道："自在倒谈不上，横竖就这样罢了，倒是七弟你年纪也不小了，为何还不肯娶一位王妃，也好让王府有个正式的女主人？"

奕析不咸不淡地道："小弟之事，有劳皇姐挂心了。"

端仪眼中透着精明，她怎会听不出奕析仅是略施敷衍，说道："前些日子，为姐在帝都听得太后说起过。听太后当时的口气，似乎极看得起瑛和侯庞家的六小姐，也正是你姐夫君庞裕的妹子，闺名微云。"

"太后择人眼光极好，为姐看这位庞家六妹妹，模样不用说，性情自是聪慧温婉，贤淑知礼，他日嫁人，定为贤内。"端仪话锋一转，朝着奕析道，"若给七弟做正王妃，不仅门第般配，家世般配，更好的是，人也般配。"

奕析笑意疏离，道："听皇姐今日的口气，倒是特地来为自己的小姑说媒的。"

端仪将话头更进一步，道："你若允了，微云妹妹不仅是我的小姑，将来更是我的弟媳，岂不亲上加亲，好事成双？"

"小弟多谢皇姐，只不过我无心这位六小姐，还望六小姐将来能觅得良配。"奕析委婉地回绝了端仪。

端仪倒是也没再说什么，神色慵慵地说道："七弟的义女可是刚刚满周岁了？皇兄还赐予她韵淑郡主的封号，七弟可知道，外头不少人在说，这位韵淑郡主实为你亲生，不过是因其生母的身份不太磊落，故只能对外宣称是义女？"

奕析付之一笑，说道："外头的流言，我向来是不在意的。我待郡主是亲生，那便是亲生，何必管别人说什么。"

"这话说得我倒喜欢。"端仪唇角一挑，指尖的玲珑点翠菱花指套一下一下地点着桌面，端仪敢公然带着男宠在身边，可见其行为出格放肆到了何等地步，自然对他人的指戳不屑一顾。奕析无意间的一句话，倒是正对了她的胃口。

端仪笑意微地一收，说道："为姐看这府上别说侧妃，连个侍妾、姬人都没有，成什么样子？我身边跟着的几位侍女，模样都是不错，年轻可爱，七弟若看着哪个顺眼，为姐就把哪个送给你，也不图你的人情，笑纳之即可。"

奕析用茶盏慢慢剔去一点浮沫，看都未看端仪口中的侍女一眼，说道："皇姐身边的人自然是挑尖的，但皇姐多年调教出来不容易，小弟也无意纳妾，此事还是罢了。"

端仪今日不轻不重地碰了两回软钉子，微微眯着眼，倒有些恼意，说道："你倒是好，姐姐说门亲给你不要，送个妾给你也不要。"

"莫非真的像外面说的那样，你一心只在小郡主的生母身上，旁的人都入不得眼了？"端仪微微侧过脸，银凤镂花长簪垂下的累累珠珞沙沙地打在鬓角。

端仪这话问得颇有几分试探的意味。

奕析不答反问："皇姐为何有此一问？"

端仪用长长的指甲拨弄着润白的茶盖，说道："我不跟七弟绕圈子了，我本是要回雍州庞家，但是绕道来了宁州。不为别的，就是受皇兄和太后所托，特意来问一问七弟，对娶亲一事究竟是个什么主意？七弟若要一辈子不婚不娶，这是断断不可，到底你是亲王的身份，下面多少眼睛盯着，岂不是要被指指戳戳死了，到时候不止你，连带着整个皇家的颜面都挂不住。"

"再者，退一步讲，就算皇兄能任由了你，太后那一关是横竖都过不去的。七弟如今一推再推，若是他日一道圣旨下来，你还能抗旨不成？"端仪顿了一顿，她朝向奕析接着道，"今天皇姐问你一句话，既然七弟真的不想成婚，但好歹说出个所以然来，你这是为何？"

端仪是个心思精明的人，眼睛里哪容得沙子，她既然这样问了，就势必难再敷衍过去。此时我的心亦是替他悬着，不知他该怎样回答。

奕析修长的手指一下一下地点着纹理致密的檀木桌面，良久，开口道："今日若小弟不说，皇姐亦是不肯罢休？"

"不然为姐在皇兄和太后那边就回不了话了。"端仪一笑，话音中藏着一分咄咄的气势，"今日不管如何，七弟都得给出个缘由来。"

奕析清朗而笑，一改先时的推诿，直爽说道："既然如此，小弟也没什么好瞒着皇姐了。外头传言非虚，小弟是有心仪之人，只可惜给不了她名分……"

我一听这话，惊得险些咬到自己的舌头。

奕析还在接着说，"就算她为我生下一个女儿，但是也不得不委屈着她。"

端仪显然是惊愕得不行，道："你如今倒是亲口承认了，原来外面的传言竟是真的。我道是为何，你好端端的，怎么会突然冒出一个义女出来？"

端仪并不想点到而止，敏锐地进一步追问道："那女子是何身份？"

奕析的声音平静无波，道："没有身份。"

端仪仍旧不依不饶地道："就算一介庶民罢了，好歹说出个姓甚名谁。"

我此时躲在幕后，对于前面的形势半分都左右不得，顿时一阵发急，端仪不是能轻易糊弄过去的人，唯恐奕析一个不慎，让她抓住了一星半点的漏洞。

奕析略略沉吟，说道："姓秦，其名不知也罢。"

端仪的眼睛眯了起来，含着一抹意味深长的笑，声音被刻意拖长后透出几分古怪，"怪道是哉，秦……娘子？"

我一愣，自然晓得奕析不过是随口胡诌，但转念一想，当初我跟随着他在军营中，所用的化名正是秦宴。

端仪如是在试探，问道："这位秦娘子如今可在府上？能否让为姐一见？"

奕析简单地抛出两个字，平静得没有一点情绪，"不能。"

被直截了当地拒绝，端仪倒是不恼，她似是在拿捏着说话的分寸，忽然笑了一声，感慨道："怪哉，就算你如今得了个可心的，但男人三妻四妾乃是常事，弱水三千，若只取一瓢饮，何足哉？就拿你那位六王哥哥来说，府上养的姬妾多了去了，前些日子还求我要一个人，我说他莫贪心不足，瞧见个平头正脸的就是好的，这下打主意打到我这里来了。"

说话的两人心里都跟明镜似的，端仪既然这样说，也就表示她肯退一步。

奕析仅是浅浅笑道："怎么六哥可是惹到皇姐了？这么拿话揶揄他。"旋即又收敛了笑意，"皇姐此回来，应该不仅仅是为了替皇兄和母后带句话吧？"

"不知皇姐还所为何事？"

端仪默然不语，眼风却是暗藏锐芒扫视了一下四周，我唯恐被看见，携住碧桃儿刻意往后一躲，只听见她道："可否令所有的人都退下？"

屏退众人后，端仪一双白皙的手交叠着放在玫瑰红云霞衫子上，其上细细金丝攒成繁密的千叶宫花，被数根纤纤的手指摩挲得窸窣作响，微弱地揉碎进她压低的声音中，"七皇弟，你自从北伐一战后，就不太理会政事，你可晓得如今滇南的形势？"

刚刚闲话家常，奕析脸上是流云轻浅的笑意，带着一分漫不经心，现在忽闻端仪说了这么一句，倒是立即收了闲适无谓的笑意。

"皇姐此言何意？"奕析神色肃然地问道。

端仪所言的滇南，正是定南王的封地。定南王乃承运帝之第六子，丰熙帝之弟。当年承运帝将滇南一州作为封地赐予他，不仅赋税优免，并且在封地境内能自主地调配军队，定南王长年来镇守南面门户，掌握一方兵力，位高权重，是一个令丰熙、轩彰两帝忌惮的人物。

丰熙帝晚年时，曾对滇南日渐脱离朝廷控制而感到不满，但是碍于定南王劳苦功高，又不能贸然违逆先帝意志，所以迟迟未采取实质性行动。

端仪慢条斯理地说道："定南王叔素来不服朝廷管辖，仗着既是王叔又是功臣的身份，行事放恣，对帝都派往滇南的使节大臣，甚至都敢任意殴打，加以软禁。定南王叔虽匡正社稷有功，但臣毕竟是臣，如此僭越犯上，是为帝王所恶。现在皇兄对滇南虽未有所动作，是顾忌着王叔手上十五万重兵，但是今后……"

奕析止住端仪再往下说，他道："定南王一向对朝廷忠心耿耿，怎会有不臣之心？况且殴打、软禁使臣之事，要待查明方可下定论，若是有小人从中作梗，谗言惑上，若轻易信之，朝廷岂不是要愧对一代功臣，错失一位良臣？"

端仪年近三十，但常年浸淫在富贵中，容貌保养得相当好，狭长的眼眸似含着一丝精光，说道："于皇兄而言，眼下北边的忧患已除，这南边是断然容不得他坐大了。"

奕析深敛一口气，问道："皇姐到底想说什么？"

端仪笑而不语，一抹玩味的笑意自唇角隐晦地晕开，她偏不直言，而是慢慢地绕着圈子，"七弟，姐姐想起小时候的一件事来，不知你是否记得？"

"何事？"奕析话中带着一丝疑惑。

"定南王叔一生功勋，却膝下无子，实乃此生最大憾事。"端仪神色沉然道，唇际沁凉的笑意依然不减，似是感叹，"大概是因着这个缘故，所以小时候在皇宫王叔格外疼你。我记得那时就有父皇身边的近臣进言，让父皇将七殿下过继给定南王，从皇室迁到宗室，依然是高姓子弟，却圆了王叔一桩夙愿，增了皇族之间的情谊……"

"皇姐你这话是什么意思？"奕析冷然出声打断道，端仪刚刚提起定南王的时候，我就觉得奕析神色有异，没想到其中竟有这样的隐情。

"呵呵。"端仪看着奕析干笑两声，依然平静地自顾往下说："可是，父皇毕竟还是舍不得，以帝都中皇嗣不足为由退了此谏，最后不了了之。"

"皇姐记性真好，我都快不记得小时候的事了。"奕析敷衍道。

"你忘了倒也不相干，但此事，若记性有些好的，恐怕不会忘，若是忘了，被有心之人加以提点，亦是能想得起来。譬如我，譬如……"

后一个譬如，端仪迟迟不说下去，如是在饶有兴趣地等待着什么。

端仪在含笑盈盈地等，可是奕析未必能顺着她的话往下说，他扬一扬俊秀的眉峰，索性挑破了说道："皇姐今日想说什么，倒不如全抖搂出来，何必藏着掖着。"

"皇姐无非就是想说，如今定南王叔坐拥滇南，隐隐显出与朝廷分庭抗礼之势，而我和定南王叔之间有过旧日的一段渊源，险成父子，必会引人生疑，遭人猜忌……"

端仪脸上露出些微惊忧的神色，低低地叫了一声打断奕析的话。

今天端仪描画了极精致的眉，看去一张明艳的脸庞竟是眉目如画，说道："七弟不要误会，皇姐今日不过好意提醒你一句，好歹万般谨慎着些，莫要在这个时候，落了别人的口实，反倒不好了。"

奕析清朗地笑着，"小弟先谢过皇姐的好意。只是当初我征战北奴时被箭所伤，这些年一直落下旧症，本就不怎么留意朝中之事。况且皇兄一向睿智，洞察入微，自然能分得清哪些是忠言直语，哪些是谗言佞语。"

端仪的脸上掠过一丝水纹般细微的表情，须臾已了无痕迹，垂首抿茶的时候，翻起的衣袖遮住了小半边脸，幽幽地从朱唇中送出一句话，"先有疑心，然后才能听得进谗言。"

她的话音很淡，却是无端令人觉得悚然。

奕析付之一笑，说道："今日听皇姐一言，倒是犹如醍醐灌顶。"

端仪用手抚了一下侧脸，小半边脸颊在清冷的光晕中肌理红润生津，她的目光在奕析脸上来回逡巡，随即长长地笑出一声，尾音带着颤，显出一抹俏煞，她说道："我有一会儿没看到霖儿了，有些想他，今日不如就先告辞了。"

这时，端仪已是施施然起身，临走时又加一句话道："七弟若旧伤未好，就好好地在王府养着，千万莫为姐姐几句话而堵心。"她刻意在旧伤两个字上落重了口气，说罢，便走了出去。

看到一抹孔雀红艳丽的身影渐渐远去，我不冷不热地轻轻击掌几下，从帷幕后慢步走出，"今日才算是见识了……端仪公主。"

奕析叹道："庞家子弟素有贤良之名，到这一代却是日渐不济了。"

我听着他的话，心里亦是明白几分。老瑛和侯过世后，其长子庞裕，亦是端仪所嫁的夫君袭了爵位，庞裕为人软弱无用，而端仪是何等精明强悍的性格，略施手段，就完全控制了丈夫，族长庞裕在她手里，被拿捏得要圆就圆，要扁就扁。她在庞家九年，多年来势力渗透，庞家的族权渐渐地被端仪握在了手里。她是帝女，公主的身份令人不可小觑，庞氏中人敢怒不敢言。故而这两年来，端仪愈加恣睢妄为起来，连男宠都敢光明正大地带在身边。

丰熙帝的那些公主中，端淑软弱胆怯，端雩跋扈寡谋，只有端仪心智老练，是真正的狠角色。

方才端仪的一番话，实则暗藏机锋。当前情势，定南王是个烫手的芋头，朝中人人自危，不敢沾染，而端仪三番两次地暗示奕析曾经与定南王有故，其用心险恶，我现在想起都觉得心间一阵刺麻般的惧意。

奕析和端仪非一母所出，论手足之情，远比不上奕析和端雩。我不知这位五公主，如今是敌是友，她今日来是像她自己所言，仅是好意提醒奕析，还是另有居心？

就在这时，奕析则是温柔地握住我的手，说道："五皇姐自下嫁后，脾性素来乖张，倒是见怪不怪了，她说的那些话，你也莫放在心上。"

我含着一抹柔婉的笑意，点了点头。

当初我的母亲历尽恋人反目，阅尽世间芜杂，在身心俱疲之际，她选择了逃避。

我以前只知道父母相敬如宾，夫妻之间极少有亲密相爱的迹象，现在我才明白她当年嫁给父亲，仅仅是因为她累了，钩心斗角的生活让她累了，那份注定崎岖的爱让她累了。她嫁给一个爱她的人，相夫教子，过正常人的生活，仅此而已。如远行的候鸟般，累了拣一段寒枝栖息，而她就像那只候鸟，颜家只能是她短暂停驻的寒枝，不是留住她一生的旖旎之境。

但是奕析，他于我而言不是寒枝，而是一生眷恋的旖旎之境。

奕析已二十又六，王孙贵族，在这个年纪，都已是妻妾双全，儿女成群。可是奕析仍是孤身一人，膝下仅有一名身世不明的义女。这令高家皇室十分心焦，尤其是这两年来，太后和皇上对于迎娶王妃之事，催促得越发厉害了。

早些年少的时候，奕析总推说不喜束缚，不愿过早娶妻。后来担当北伐一战的主将，辗转征战，更是将此事拖了下来，如今年岁渐长，太后和皇上再容不得他推三阻四，毕竟一位亲王若是不肯娶亲，必遭人非议和诟病，损了整个皇族的颜面，故而一次比一次逼得紧了。

瑛和侯庞家的六小姐庞徽云，是太后心仪的七王妃人选。而玉阴侯贺家的贺丽殊，多年来爱慕韶王，并为此抑郁成病，亦是尽人皆知。玉阴侯夫人到底是太后的亲妹子，太后就算再不中意，好歹也要给自家姐妹留着两分面子。太后略微透出一个意思，贺丽殊若是要嫁给韶王，并非不可，但只能居于侧妃之位，正妃必须是庞家的小姐。

奕析时而愁眉不展，似有郁结，想必是为了此事。但他从不跟我说这些事，我晓得，他是为了不让我心烦，所以总是一个人默默承担着。但是我心里如何不清楚，他目前进退两难的处境。端仪公主此番来，就是一个预兆，他的婚事是再容不得他拖下去了。

那日奕析随口杜撰了秦娘子，承认韵淑郡主是与其私生，因心系一人故不愿娶亲。奕析这样说，不仅是因为外面早有这样的流言，而且已传得沸沸扬扬，也是因为端仪逼得太紧，由不得他不拿些无关紧要的话搪塞过去。

自端仪公主走后，一时间，关于秦娘子的猜测和传言，犹如狂长的春草般蔓延开来，外头对这位秦娘子众说纷纭，原本就是空穴来风的事，经过悠悠众口，倒是被传得有板有眼起来，有人说这位秦娘子是如何的天纵美貌，故而将韶王迷得七荤八素，连庞家这么好的亲事都不要，还为了她一再违抗皇上和太后的意思。还有的说，这位秦娘子身份极其低微，恐怕连一介庶民都不是，或是出身奴籍、贱籍，甚至是乐籍、娼籍，这个谁又说得准，不然韶王这般看重她，又有一个女儿，为何连个名分都没有。

我倒是不在意别人如何看我，惊羡也罢，鄙夷也罢。只是外头传得这么热闹，迟早会惊动了帝都那边。

时入夏初，天气也渐渐暖和起来。夜间仍是透着凉意，一夜月色不明，遥遥看去，远处暮色寒山间吐纳出无数晦暗星子光芒。庭院杂植葳蕤花木，在墙上映着一壁的疏影萧疏，风移影动，淡如泼墨。

我端着刚刚煮好的雪蛤枸杞莲蓉汤，去书房找奕析。刚一进去，看着他面朝着书桌，背对着我立着，似在凝神思索着什么，我进来时脚步极轻，而他正在出神，故没有察觉到我。

我动作轻缓地将汤放下，提起裙裾，蹑手蹑脚地上前去。一时玩心大起，伸出双手去蒙他的眼睛。不过他身量比我高，此刻又是背对着我，尽管我踮起脚，想够到眼睛，还是有些力不从心。

"颜颜。"一直安静着的他陡然出声道。

我瞬时一惊，伸出的双臂顺势圈住他骨骼分明的肩膀，纤秀玲珑的身体贴着他的后背，嗔笑道："你以前常吓唬我，就不准我吓唬你一次吗？"

奕析握住我放在他肩上的手，我能感觉到他掌心温热干燥的纹理，他看到我放在矮几上的汤，笑得越发温雅，说道："颜颜，你来了。"

我眼睛的余光瞥见书桌上散落的几张信笺，纸质坚密，色白如玉，是皇室专用的玉帛纸，一看就知道应来自帝都皇宫，我柔声问道："在忧烦什么？还是为了太后和皇上逼你纳妃的事？"

奕析无可奈何地笑着，他对我从来都是坦诚相待，什么都不瞒着我。

我未说什么，心里却叹了一声，恍若蝴蝶忧悒垂落着双翅。当初我就隐约想到过迟早会有这么一日。

"现在帝都中只是来信来人，劝说你应允此事。若是他日，圣旨一下，你难道要抗旨不成？"

奕析极体贴我的心思，在我眉心落下一吻，将那声宽慰稳稳地送到我的耳中，"颜颜，你别担心，一切有我。"

我嫣然一笑，我自然愿意相信他，他是我的良人，是我今生依托的乔木。我抱住他，像是寻求庇护般将头深深埋在他服帖绵软的衣料间，鼻息间淡淡清润气息缭绕，轻轻道："我明白。"

"若真有万不得已的一日，"奕析看着我，脸庞蓦地迸发出一种少年人的热切和冲动，一句话不管不顾地冲口而出，说道："我大不了不要这王位，同你一道去隐居，抛开身份的束缚，逍遥世俗之外，闲来携手游历天下，不枉此生。"

我霎时被他的话一震，如是一道雷电直劈心底，整个人都惊得呆住，唯有一瓣心尖在余震中巍巍地战栗着。

"你说什么？你不要……王爷的身份了？"我一仰首就对上了他深若墨玉的眸子，里头仿佛盛着两泓清秋潭水，那般深情，那般笃定，如是下定了此生此世最大的决心。

出乎意料地他摘了指上的一枚细琢夔龙的扳指，叮玲一声放在质地坚密的檀木书桌上，我认得那枚扳指，是丰熙先帝赐予每一位皇子的，象征着皇室的身份和血统。

我怎不明白他此举的用意，他将这枚戴在手上二十多年的扳指取下，也就意味他下定决心要放弃自己的身份。

他颔首，用他的额抵着我的额，"皇族中最难能可贵的是亲情，在我心中母后和九妹都是极重要的人，天家富贵和王侯爵位对我而言反倒无足轻重，若不是迫不得已，我是不想离开母后和妹妹。"

"我懂。"我艰涩地点头。

"你我定情之时，我就料到会有今日。我当初没有带着你远走，而是选择留了下来，我心中总期许着有一线转圜的余地，让我们栖身世间，而不是被逼迫到要双双隐没林泉，与深处帝都的人参商永不见。"

我明白，奕析口中"那一线转圜的余地"是什么，那同时亦是我在期许着的，那就是希望奕槿能放开执念，容下我和奕析两人的感情。

奕析长长叹道，视线投向南边的方位，"只是越到后来，我就越清醒地发现，这个期许，仅是一个奢望罢了……"

我满心凄然地道："真的仅是奢望而已……我当然想与你相守一生，只是因此要你与母亲和妹妹诀别……我又怎么忍心……"

我的舌尖如是僵硬地凝住，肺腑间腾涌起一股巨大酸涩之意，逼着眼泪发疯一样地朝眼眶涌去，我固执地将眼泪逼回去，清光点点盈睫，我睁大盛满星芒般碎泪的眼睛看着他。

世事难两全，我真的从来未曾想过，要爱得那么自私，让他在至亲与至爱之间做出抉择。

看着他为难，我不想，不愿，也不忍。

"太后是我的生母，她终会谅解我们的。"奕析伸手捧住我泪光莹然的尖尖小脸，修长的指端拭去我湿黏的泪痕，语调中带着平日里一贯的云淡风轻，又带着三分笑谑，"颜颜，就算赐婚的圣旨下来，我大不了带着你逃了，哪怕是落荒而逃。"

这声颜颜中唤得多少有几分宠溺的味道，经他口中说出，带着一种有血有肉的鲜活之感。同时，我心底的那股任意与豪狠被激发出来，冲开了两道纠结的细长眉，抑制不住地想爽利地笑出一声，只要我们的心长在一起，我还有什么可担忧畏惧的。

"你可会后悔？"我展颜一笑。

奕析存心不答，拖长了声音道："后悔……怎么会不后悔？"

我用目光狠狠地剜了他一眼，他忽地扑上前紧紧箍住我，在我的唇瓣上用力一啄，笑道："就算后悔也是七老八十以后，埋怨你这个发秃齿摇的老妪当年拐走本王，让本王少享了半辈子的亲贵清福。"

"有这般死皮赖脸的人吗？我若是成了老妪，你难道不是须发皤然一老叟吗？"我听他这样说，竟也是扑哧一笑，毫不示弱地讥讽回去。

奕析本是清朗的男子，笑起来时愈加丰神如玉、湛湛若神，他执起我的双手说道："先不烦忧这些事，现在是一年中最明媚的好时光，倒不如我带着你四处走走，做一对世俗里最平凡的夫妻，情意和洽，偕同出游。"

我听得心头蓦地一热，和他做一对世俗里最平凡的夫妻，这亦是我所殷殷期许的，一时间心底仿佛涌出了万分柔情蜜意，宛若细细柔柔的蚕丝般将我包裹住了，倚在他怀里，不觉间，已是含情脉脉，"我都听你的，只要与你在一起，不管怎样，日子都是好的。"

绮陌彤彤花照尘

我和奕析在一起已有一年，因我的身份不便显露于人前，所以我们极少一起出游。如今他提起来，我自是欢喜。我们简单打点行装，随行之人亦不多，玉笙自是要跟着我，奕析身边的仅带了景平和碧桃儿，还有未满一岁半的樱若。

从宁州城过集州城，不消四五日工夫，已抵达顺州境内。在此短暂驻留，时至七月末，骄阳似火，外头的天气尚燥热。顺州地处偏北之处，邻近有云昆、三堠等数道川泽环绕，水汽润泽氤氲，在这里即使是伏暑天里也是清凉宜人。

顺州一带景致极好，城围四周堆叠着一圈层峦奇岫，城中平原仿若一弓浅浅碗状。沃野绵延千里，在呈现赭红色的土壤间郁郁葱葱生着各种作物，白的是棉，红的是高粱，交错着好像铺在地上一大块色泽绚丽的织锦，看这般茁壮的势头又是一个谷粮满廪的丰年。时令正好，缓坡上，丛丛晚素馨、朱槿、红蕉剑兰、玉仙等欣欣向荣地开着，瑶花簇新绽芽，萱草葳蕤丛生，燕草如碧丝，秦桑低绿枝，到处一派嘉花幽木的景象。

想到百年前庞氏先祖，追随雄心壮志的圣祖皇帝拾掇旧山河，途经此地曾感慨是风调雨顺、天地英韵，造就出这方不输南国的钟灵毓秀之地，顺州得此名也是这个缘由。圣祖皇帝破祖宗规矩，赐封异姓为王，庞氏先祖即为瑛和王，世袭王位，当时圣祖赐予庞氏的封地，顺州也包括其中。直到丰熙年间，庞氏后人自行上疏退居侯位，顺州归还朝廷，距今也不过数十年。

我此时心情甚好，感觉在数剪徐徐惠风中，长久滞留在胸臆间的一股浊闷之气像是被涤荡干净，整个人都舒展清扬起来。

我穿着质地轻薄的浅绯烟纱对襟长裙，纤细如发的银线在罗裙上蒙蒙晕染出洁白的梨花瓣。我如今改梳了妇人的发髻，将如墨秀发尽数梳起，仅有几朵清简雅致的珠花埋在墨云间，宝髻松松绾就，铅华淡淡妆成，褪去了少女的青涩和娇嫩，却愈加透出几分少妇纤丽轻妩的韵致。

奕析亦是一身银白刺绣灵芝袍，衬貂白笼巾束发，一副平常富贵读书人家公子的儒雅装束，我与他携手并肩走在阡陌间，俨然是一双外出游玩赏景的少年夫妻。白袍绯裙，环佩琮瑢，衣袂飘飞，临风欲仙。我们言谈晏晏，轻侬软语，或仅是脉脉含笑，像是一双画都画不出的璧人。

漫目看去，皆是一派醉心的景色，但是让我留恋的，却是只有身边的他——与我携手而走的人。人生的盛大和美好，一下子变得触手可及，执子之手，与子偕老，这应是人世间最平淡，亦是最令人神往的爱情。想到这里，我不由握紧他的手，他的体温暖暖地贴着我掌心的肌肤。生出一种恍惚的错觉，好像我们的手生来就是为了交握在一起，十指相扣，甚至掌心每一道蜿蜒的纹理都能惊人地吻合。

我看向四周，到处都是繁盛蓬勃之景。玉笙抱着咿呀声不停的樱若，保持一箭之距跟在我们身后，碧桃儿和景平在更远些的地方尾随着。

陌上花开，浸洇着花香的熏风拂拂吹过，那清冽舒畅的感觉使人仿佛身处缓和的水流，萱草中摇曳着一团团轻盈如绡的浅紫花瓣，隐约跳动着如零落的星子，足尖踏上去，那薄薄的浅紫花瓣像惊散的蝴蝶般纷纷飞起。

阡陌狭窄，仅容得一人通过。我们就像是一对熟稔至极的夫妻，奕析自然地走在前面，我在后面跟着他，而他紧紧地牵着我的手，带着我小心地一步一步地走。我感到手掌被暖融融地包裹着，抬首就看到他背脊的弧度宛如山岳，还有小半边清俊的侧脸。

我的目光如蝴蝶般凝在他身上，觉得心头发烫，那种绵绵不绝的情意，如同最温暖的火种，从我们两人十指交握的双手，一路灼灼熨帖地燃到了我的心里。

我是这般地爱着这个人，这般地依赖着这个人，心甘情愿地将我的一生都交到他的手上。

我正出神，走在前面的奕析兀地停了下来，我来不及反应，嘤咛一声，整个人撞在了他身上，夏日里的衣衫单薄，我的脸猛地贴住了他的背，一瞬间，清晰地感觉到他轮廓硬朗的肩骨，还有身上独有的清宁温润的气息。

我的双颊不由得红了，仿佛是汪了一抹嫣红娇妍的胭脂。

奕析回过头来看我，似是薄责似是亲昵的口气，"你呀老是走神，不肯好好走路。"

我怎么看不出他眼中一闪而过的狡黠之色，他分明就是故意的，他偷偷地用眼角的余光来看我，瞧见我走神了，就故意地停下来，我装作生了气，啐道："你老爱这般欺负我。"

他笑意滟滟，越发贫嘴起来，"我何时欺负你了？"

就在这时，我听见头顶处似乎有清脆的笑声，眼角余光中一道红影飞快掠过，定睛细看竟落到奕析怀中，是几枝新折玉仙花，红艳艳娇滴滴的，根部还用系发的红丝线绾成个结绑住。

奕析一时想不到，显得有些失措。

我抬头朝右看去，那处深褐遒劲的枝条上空悠悠晃着一只藤条秋千，稀稀拉拉的谈笑声传来，茂盛伸展的树冠掩映下，露出两名少女娇小的身影，她们大概十四五岁的年纪，浑圆的眸子都是漾着一汪水般的晶亮，新奇地打量着我们。

庞氏本府落在西北边境雍州，雍州邻近多个西域小国，百年间设立互市，商贸来往，人员流动，民风趋于淳朴开放，而顺州曾多年是隶属庞氏的封地，近十年内才归入朝廷，其民风民俗自然受庞氏影响。

我看着她们羞涩地躲在树冠后，忸怩地探出脑袋飞快地看奕析一眼。我眼见了，心中倒也不恼，她们年纪尚小不懂事罢了。

我饱含醋意地斜了奕析一眼，果然瞪得他浑身不自在，我微微噘嘴，朝他酸溜溜地甩出一句话，"韶王殿下，丰神俊朗，翩翩如玉，故时常招来蜂围蝶绕，倒是也不奇怪。"

"你少胡乱冤枉我。"奕析见我沉下脸，作势要扔了手中那花。

我上前一步止住他的动作，学着他往日调侃我的口气，音色软软地劝道："人家小姑娘还趴在树上，你若扔了，她觉得伤了脸面一时想不开，寻死觅活一头跳下来，你可怎么办？"

我又压低了声音，咬着耳根说道："要知道，当初的韶王可害得我那凝玉妹妹哭得死去活来。"

"多少年前的旧账了，你还要翻出来跟我算一算。颜颜最近真是醋劲越发见涨，心眼也越发见小了。"奕析神色无奈，笑道，"不能扔，我送你如何？"

我正眼都不肯看玉仙花，那红色仅是艳丽而不纯粹，挑剔地嗤笑道："这么艳俗的花，我可不要。"

玉笙见我们站在远处不走，说话的情景像是在拌嘴。她抱着樱若来劝，奕析看到女儿，便想到要樱若来解围，喜笑颜开地道，"樱若最听话，爹爹就把这花送樱若好了。"

樱若侧过白嫩的小脸看了我一眼，乌溜溜的眼珠透出一股子摄人的机灵伶俐。她两条细眉毛拧着，粉粉的腮帮子鼓着，一张小脸渐渐涨得彤红彤红起来，像是想要说什么却又说不出来，最后居然憋出两个含糊的字，"艳俗。"

　　樱若虽口齿不清，但在场之人都听得分明，被她的惊人之语齐齐地震了一下。樱若说出这两个字后，后面的话就说得顺溜起来，瞪着眼睛道："娘亲不要，樱若也不要。"

　　说着将头摇得像拨浪鼓一般，小脑袋上的头发梳成两根辫子，尾梢上各坠着一颗莹白的珍珠，随着她摇头的动作一荡一荡地摇晃，其稚子情态娇憨可掬，令人忍俊不禁。

　　一路来有樱若在身边，倒是添了许多乐事。顺州这里正当一年中最好的风光，风调雨顺、秀景和宜，我极喜欢此处的风物人情，决定在这里潇潇洒洒地游玩几日。

　　客栈中行李往来，鱼龙混杂，我和奕析都不喜嘈杂，所以在顺州城东郊外租赁一处房屋，三进院落，远离集市，除山林间风声树声、鸟鸣虫啾外，人声罕至。背后枕着一脉常年积翠绵连的山岭远岫，林木繁荫，环境清幽。这原本是城中一户富贵人家消夏的私宅，后不知为何闲置下来。

　　在顺州的日子，想来是十年风雨颠簸、大起大落后，我人生中最恬和、最安宁的一段日子。人生就像逼仄成一线的水流越过巉岩沟壑，最终化作一派潺湲的溪流，前途应该是豁然开朗的吧？

　　常言道"大难不死必有后福"，我不知死过几次，不过不求后福，只求换得与他后半生的平静安宁也就足够了。早迎朝霞，晚送夕照，描眉点唇，出双入对。顺州一带秀丽的山水几乎都被我们游玩过了。我们约定好，绝口不提帝都，就这样清清静静地过一段日子。

　　日光澄静的午后，庭院中一株粗壮古木撑开阴凉，我还会执一卷墨香清淡的诗集，闲闲地读给怀中的樱若听，而樱若左右扭动着肥嘟嘟的小身子，一刻都不肯安分，她根本听不懂我在说什么，将一根指头放在嘴里吮吸，笑起来时露出上下四颗嫩白的牙齿。

　　那时奕析就在旁边静静地看着我们，或是品茶或是作画写字，我们偶尔脉脉含笑低语几句，更多时候是相视一笑，就明了对方的心思，他若是倦了，我会蹑手蹑脚地走到身后，为他披上一件外裳，现在天虽热，但是穿着轻薄的夏衣，坐在阴凉的院子里打盹，免不了要着凉。我喜欢现在的生活，相夫教子的生活，说的应该如是。

　　想当年我尚是养在深闺懵懂无忧的少女，我素来不喜针黹，唯喜读书，最爱文经武纬，历法典籍，诗词歌赋次之，而爹爹推崇的女贤女德之流更次之，爹爹膝下无子，也不打算将我假充男儿教养，极厌恶我这种不合闺阁规矩的举动，可是母亲却是心态平和宽容，淡淡笑着说出一句戏言，她只是还未遇到一个降得住她的人罢了。

　　母亲毕生所求的安宁，也就是一个相夫教子，是尘世间女子皆有的卑微愿望。她与耶历歌珞一生拘泥于执念，爱过，恨过。但爱得、恨得都不纯粹，注定不得圆满，相比之下，我却要幸运很多。

我愿意为他学会裁衣，学会烹饪，学会作为妻子应该做的一切，好像就是应了母亲当年的那句戏言，我遇到一个降住我的人也降住我的心的人。

天朗气清，日色如金，山腰的一泓澄澈的湖水如美人玉面，些微乳白烟雾缭绕中，一痕绰约青山如女子不染而墨的双黛，颦着似喜非喜胃烟眉，如此景致，娟娟可爱。碧色隐隐间，勾勒出几座房顶模糊的轮廓，看来空寂的野外还有人家居住。

我与奕析携手而走，宽大的衣袖在风中追逐着缠绕在一起，踏着清新湿润的草叶，时而足尖还踢翻起潮潮疏松的软泥，赫红的泥土卷着纤白的草根，衣襟处沾着清晨犹寒的露水，凉凉的衣料贴着肌肤，让由他的掌心传来的温热更加明晰，整颗心就这样温温地熨帖着。

他是能为我遮风挡雨的人，而我也愿意全心全意信任他，信他具有为我安排今后生活的能力。一直以来，因为我倔强要强的心性，活得都太累太疲惫。在王府中彼此坦诚相对的那日，他朝我伸出一只手，那双如皓月般的眸子，纯澈到不染纤尘，又广博深厚得似乎能包容下我的所有。

当他说出让我来为你背负一切的时候，我像是被瞬间击中软肋般，怔怔地看着他，直到泪水漫溢而出，心中全部的设防顷刻溃不成军，一生渴求就是可以依靠的肩膀，当真正出现时，良音久待竟成惊，我一时不知所措。

看着他，我心底柔软得像是被春风春水浸泅透了，用指尖理了理鬃角松散的发丝，我们信步走到一面静如琥珀的湖泊边，一根打入湖泥的黝黑木桩上拴着一叶小船，那小船正好泊在湖岸一段凹陷处，静静地浮在水上，野渡无人舟自横。

我的目光落向隐在晨雾靉靆间一段深色的影子，婉转道："夫君你看，那里似乎还有人家。"

奕析细眯了一双俊眸朝我指的方向看，问道："娘子，可是走得累了，要不我们去向主人家讨个歇脚的地方？"

"不累。"我娇嗔着乜了他一眼，示意他看湖边。

奕析立即领会了，牵着我一起向系在湖边的小船走去，多年身在北地，我很久不曾划船，想当初我随母亲回南国省亲，南国水泽蔓延千里，划船和泅水的本事都是在那时她教给我的，多年不练，我觉得倒是生疏很多。

我试了下划桨，木桨的纹理缝隙间生着墨绿的薜草，触手觉得有些凉凉的黏稠，我用力向岸边一推，木潮绳朽让人觉得颇沉，奕析解开木桩上的绳子正要来帮我的忙。

正在这时，原本寂静的空间，骤然插入低浑的男声，"七殿下多年不见，你倒是好，一见面就不声不响地霸了我的船。"

我听得心中震惊，猛地抬头看见岸上立着个年纪约二十五六的男子，穿着当地人家自制的蓝色土布裁成的衣衫，衣着粗陋却也齐整干净，他高额隆鼻，眼窝陷得很深，唇略厚外翻，并且紧紧抿着，生得还算形貌俊伟。若不是气度清朗不俗，貌似是从王族侯门中出来的公子，否则这样一身打扮，我真的要把他当成进山采药的平头百姓了。

与我不同的是，奕析对这个突如其来的人，反应格外镇静，唇边噙着一抹似笑非笑朝他道："庞二公子。"

我登时明白过来，同时暗暗惊讶于这名看似普通的男子，竟然是瑛和侯庞裕的弟弟，庞家二公子庞雍，亦是胤朝颇有名气的才子，受到诸多待字闺中的官宦小姐的青睐。

庞雍这个名字我并不陌生，在闺中时就听说过，只不过从未见过他本人，今日一见竟是如此风尘落拓。

我听他们说话的口气，似乎之前就已熟识，此次意外相见实乃故人重逢，不胜自喜。我坐在船尾，而奕析在船头，中间隆起竹篾船舱将我娇小的身影完全挡住，庞雍满怀欣喜地纵身跃到船上，直到狭长的船身剧烈地颠簸一下，我哟地轻呼一声，他才发觉这里除奕析外，还有另一个人。

为了省去不必要的麻烦，我每次外出都蒙着面纱，并不会让人看到我的容貌。

刚才，船身猛地晃荡一下，覆在脸上的面纱如轻云软烟般浮起，掀开的一角隐约露出小半边脸。庞雍看着我顿时惊愕得愣住，竟然一直怔忡地盯着我看，我心里觉得毛毛的发刺，但是他的目光却是凝滞着不能移开半寸。

我一身妇人的打扮，与奕析言行甚是亲密，明眼人一看，就能察觉出我和奕析的关系非比寻常。他与奕析有过旧交，就算素不相识，这样唐突地直视人家的妻子，也是大大有失礼仪。

"烟烟……"他失神着，干燥的唇片翕合，吐出两个字来。

我听到那两个字，心中瞬间像是被无端的忧虑击中，却又说不出来是什么，僵硬地朝他点头回礼，一时竟也是愣住不知如何应对。

庞雍倒是极快从失态中反应过来，干笑两声，将方才的尴尬遮掩过去。

这时，船忽地上下沉浮，他已抽身返回岸上，若无其事地朝奕析大声喊道："七殿下，请问这位是……"

奕析不假思索地回答："区区贱内。"

听闻，庞雍的脸色果然一变，从未听说过韶王娶妻，此时又何来的贱内？但是，庞雍即刻又是神色如常，想必这些日子来关于韶王府上的谣言，他应略有耳闻。

庞雍的口气中带着三分试探三分迟疑，"莫非这位就是当下传得沸沸扬扬的……秦娘子？"

我的面容隐藏在一袭白纱之下，他们自然看不到我听见"秦娘子"三个字时，脸上一掠而过的窘迫和不自在。

奕析倒是大大方方地承认，说道："正是。"

庞雍倒是洒脱之人，笑道："原先外头一直在盛传，皇上要将我庞家的六小姐许婚给王爷，想不到王爷竟已有了今生的知己。"

"同庞家的这桩婚事，太后极是喜欢，但我并无此意。"奕析慵懒地倚在半人高的船舱，长身玉立，他不想过多地提及此事，于是将话头绕到旁的事上，笑道："前些年听闻二公子在正值春风得意之际中断仕途，弃官而去，后渐渐淡出文坛，不知踪迹。我当你去了哪里，原来是拣了个好地方，过起闲云野鹤的逍遥日子来了。"

庞雍舒眉，自嘲地道："闲云野鹤倒是真的，我现在一个孤家寡人嘛，不过不得逍遥罢了。"

我远远地坐在船尾，偶尔听见几句只言片语，但听奕析与他说话的口气，两人似乎不仅有旧谊，而且交情匪浅。

"在这个当下放弃兵权，七殿下正是明智之人。"庞雍朗声笑道，大有一种指点江山的豪气，"要知道宗亲不领要职是当年圣祖皇帝留下的祖训，可后来胤朝屡屡发生外戚擅权，在过去数十年间，权倾朝野的王氏和薛氏就是极好的例子，此种情势下，为了从强大的外戚手中夺回实权，先帝就曾一度破了这个皇室成员不得掌握实权的祖训，对其弟定南王赐予兵权，将整个滇南划为封地，就连当今圣上，对几位宗室兄弟也是委以重任。"

"林桁止将军名为胤朝大将军，统辖全国各路兵马，可实际在手中的兵力不会超过十五万，而且分散在各个关隘。你看现在，定南王拥兵自重，与帝都势如绷弦。皇上隐忍这位亲叔叔多年，卧榻之侧岂容他人酣睡，此乃帝王心性，皇上对其定是欲除之而后快。可是执掌实权的诸位亲王，现都只是盘桓观望，一副隔岸观火的暧昧态度。你尽早甩开这个烫手的芋头，是为明智之举。"

奕析听他一番长篇大论，仰天一笑，语调淡淡，"可是，我现在连闲散宗室也不想当了。"他的话让人听了觉得三分当真三分掺假，"就像你一样，找个幽静的地方隐居起来，不要兵权也不做王爷了。"

庞雍似乎极了解奕析的性格，严肃冷僻分析道："七殿下跟我不一样，我不做官，放弃不过是一个职务，说穿了也只是身外之物罢了。而七殿下若不做王爷，放弃的却是皇族的身份，不是说不要就能不要的。"

"有人愿意主动放弃兵权，皇上求之不得。若是七殿下选在这时候一走了之，外界定然会掀起轩然大波，说不定还会传出当今圣上气量狭小不肯容人，甚至恶意排挤手足的谣言，这种话传到那些正摇摆不定的诸位王爷耳中，不正是让他们倒向定南王那里吗？这是其一，还有……"

"你不用说了，这些我都知道。"奕析出声截断他的话，他面容沉俊，缓缓道，"真到我去意已决的那日，任谁都留不住。"

去意已决，任谁都留不住了。我听得手中攥紧了生着滑溜藓草的木桨，墨青的汁液都被我掐得渍浸手心，心中感觉一阵滚滚热流涌起，我们的心到底了是长在一块了。他绝口不提他放弃王爷的身份要面对的重重险阻。就算他不说，我心中亦是明了。我们就像做了多年夫妻，彼此保持着心照不宣的默契。

庞雍道："皇上现在两头为难，当下乃用人之际，林氏依附皇室，可是皇上恐其重蹈先前王氏和薛氏外戚专权的覆辙，心存顾忌，又不能放开手脚任用。"

奕析笑出来，"你虽弃官不做，可对于局势却能了然于胸，隐居了，还这么牵挂着外面的事，难怪你说不得逍遥。而且，你别这般云淡风轻地谈论，你们瑛和侯庞氏多年盘踞雍州等地，实力不容小觑。庞家是选择效忠朝廷，还是投身滇南？"

"七殿下错了，庞氏是外姓却不是外戚，况且庞雍在家族中仅是一介闲散子弟，对于族中事务亦是说不上话。再说了，庞家今时不同往日，在迎得端仪五公主下嫁之后，往往是自顾尚且不暇，怕是……"

庞雍的声音渐渐地低微下去，后半句散落在邈邈之中，大概只有奕析听清楚了。不过那言语中隐着一抹尖锐的嘲讽和难言的苦涩，我还是可以感觉得到。庞家的事我略有耳闻，听庞雍的口气，似乎对端仪公主这位嫂子极为不满，甚至带着一丝不屑。

"闲云野鹤，但不得逍遥。七殿下说得极是。"庞雍喟然叹道，"但我前些日子化作布衣入了一趟帝都，有些事不想听到也难。"

奕析用手指轻轻敲着竹篾制成的舱顶，神色闲闲地道："那你倒是说说，在帝都的所闻所见还有什么？"

庞雍不知是依仗着出身于赫赫有名的瑛和侯庞家，还是自恃文采清高，一次一次谈论皇上，丝毫无所顾忌，"当今圣上与先帝一样喜好追求道术，圣上登基多年，后宫经历多次选秀，无奈子嗣不盛，听一名道士道皇城正西乃是八卦离位，离属火，而此处正是御苑中的扬碧湖，水扑离位之火，导致皇宫子嗣香火不盛。所以皇上采纳道士进谏，下令将扬碧湖填成土丘，在其上建道观，内设一座三丈高福寿绵延青铜大鼎，注入明脂桐油，不分昼夜地燃起熊熊火焰，方可保佑皇族子孙香火旺盛。"

奕析听闻，蹙眉道："皇兄就这样将扬碧湖填了？毕竟术士之言不可尽信。"

庞雍道："朝臣们也不敢为此上奏，唯恐触怒龙颜，被治一个诅咒皇室断绝香火的罪名。"

奕析神色淡然地听着，转过头与我相顾一眼，只是不置一词。

"而且那人也不是你口中的术士，据说与谪仙人清虚子有些关系，所以皇上才会如此信任。"庞雍道，"还有件事，宜睦公主过世三年，圣上亲临漠北悼亡，仍是思念不已，竟然想到了唐明皇在杨妃死后命道士寻觅芳魂的旧事，相信道士有排空驭气、升天入地的本事，能够精诚致魂魄，蓬莱仙境重相逢。为此朝野私底下议论纷纷，只是无人敢面谏罢了。"

我听得怔怔的，手心不知是汗还是那滑腻黏稠的苔藓，一时捉不住那木桨，扑通掉入水中，激起一圈四散的漾漾水花。

奕析和庞雍听到响动，朝我看来时，我正兀自低头用绢子擦拭着手掌，神色一派平静。其实扪心自问，无论是奕槿以九五之尊的身份亲自上鹰断峰凭吊，还是他效法唐明皇求魂魄相见，或是在我"死后"他为我所做的种种，我都不曾有一丝一毫的感动，于他我的心早已凝结成一面冰冷坚硬的湖，任何石子都不能够激起波澜。

过去种种，我不会恨他，只求彼此的人生不要再有牵连，可是，他竟会这般偏执！

我忍不住冷笑，他为何变得如此糊涂，相信会有什么魂魄相聚，只怕他"上穷碧落下黄泉"，最终还是"两处茫茫皆不见"。

"算了，不说这些事了。"奕析避而不谈此事，神色凝霜般清冷，道，"说说你怎么会在这里。"

"七殿下想说什么呢？"庞雍微微仰头，哑然道，"这里是顺州，十多年前尚是瑛和王庞家的封地，庞家从王爵退居为侯爵后，顺州重归帝都，现在庞家的人出现在顺州，会被人怀疑居心叵测吗？七殿下觉得我应该避嫌吗？"

奕析似乎一点都不介怀庞雍说出这般含讽含刺的话，平和说道："顺州，因风调雨顺而得名，宛然北国土地上的一个江南。坦诚而言，这里每一寸土地城郭，都是百年前全靠庞氏先祖浴血沙场打下来的。"

"你这话说得倒是不失公允。"庞雍淡淡道。

当我再次抬头的时候，庞雍已经飘然远去，奕析从船头晃荡着朝我走来，见到我根本不看他，我的眼睛盯着那身土布蓝衫渐渐地缩成一点，最后隐没在苍苍林木的墨绿中。

奕析竟然轻松地笑我道："你这个小气的女人，庞雍刚才不就是盯着你多看两眼，你这会儿要盯着看回来。"他弯腰附在我的耳边，故意压低声音，"倒是奇怪，他如何知道你叫颜颜。"

"少说这般不正经的话。"我没好气地横了他一眼，"你向来耳尖，难道就没听出他方才唤的像是'烟烟'吗？烟火的烟。"

"当初庞二公子弃官，是因其生性散漫与波云诡谲、瞬息万变的官场格格不入。"奕析挨着我身侧坐下，淡淡地说道。

我没怎么听奕析的话，心中却掂量得十有八九。庞雍口中的那人定与我容貌极像，不然怎会看错，要说这世间，与我生得最像的人唯有紫嫣。莫非庞雍在失神的瞬间，唤出的不是"烟烟"，而是"嫣嫣"，慧妃林紫嫣。佳人才子相逢时，君未娶而卿已嫁，不可不谓人生大憾。我深深敛息，我了解紫嫣的性格，她永远都是太清醒，太明白自己想要什么，一个人若是心冷肠硬，就从不会觉得有过遗憾，莫说她慧妃的身份迫使她对这份情愫视而不见，就连她的心也会迫使自己对这份情愫视而不见。

不再去想她，我闲散地说道："听二公子的口气，他似乎不满端仪公主这位长嫂。"

奕析点头，云淡风轻地道："我知道他们素来不和。"

关于端仪的风评我听闻过不少，前不久亦是见过她本人。其实奕析应该也了解这位皇姐，据说现任瑛和侯庞裕懦弱惧内，而其妻性格强势，惯用手腕，庞氏表面上庞裕是族长，可是实际上做主的却是端仪。端仪贵为公主，行为不甚检点，以前与几位小叔子之间就有诸多流言，近年来行为愈加乖张，在身边豢养美貌男童，公然出入，无所顾忌。这无疑会让庞裕和整个庞家都无比难堪。

"二公子更不满的，似乎应该是朝廷吧。"我似笑非笑地猜测道。

他倒是不以为然，"庞雍从来都是这样桀骜的脾气。"

我道："自古同姓封王，异姓封侯。大胤开朝百年来，庞家是唯一的异姓王，退居侯位也不过是十数年前的事情，其间是非曲折，岂是表面上看来那么简单，也不是局外之人能说得清的。因此庞家之人若是心存怨怼，也可理解。"

那老瑛和王庞旌，正值盛年却无疾而终，其长子庞裕上疏陈情，表明多年以异姓居于王位，除感戴皇家天恩隆重，更常惴惴不安，唯恐德不处其厚，功不受其恩，恳请革除王之封号。先帝极为感慨，几番挽留后就准了这道奏折。无声无息中，掌握在庞氏手中的兵权最终还是被富贵荣荫化解了大半。

我看着他，黝黑的眸心透出一抹清亮的剔透，我方才无心之语，但是言辞间却暗中指向丰熙帝，丰熙帝毕竟是奕析的父皇，我这样说难免令他心中不自在，解释道："我的话你听了别放心上，我绝无存心诋毁先帝的意思。"

奕析却是无心听我说这些，他对前朝的盘根错节根本不感兴趣。目光追逐着湖面上一片袅袅氤氲着的烟波浩淼，天陲泼墨织锦的朝霞褪尽，厚密的云层间漏出纤细的缕缕光柱，还未驱散湖面的白雾，他讷然道："我记得当年浣昭夫人在颜府的旧居名为绮霜阁，阁前一面湖水，不知如今的湖上是否还有那么多的雾气？"

我被问得一时愣住，绮霜阁是母亲生前在丞相府的旧楼，他为何会无端端地提起来？

"你忘了吗？"奕析看着我眼中的茫然，追思过去道，"浣昭夫人过世后，父皇曾整夜燃着安魂香守在绮霜阁外，为的就是能在七七还魂之期再见浣昭夫人一面。"

"我记得。"我一字一字吐出，声音干涩，我怎么会不记得？当年桁止身陷囹圄，性命堪虞，无计可施之下，我假装成母亲的魂魄，以她的身份请求丰熙帝搭救桁止。就在那里，我遇到在暗中保护丰熙帝的奕析，也幸得遇见的是他，才让我在那惊心动魄的一夜，得以全身而退。

"父皇对母后是敬重，对薛母妃是顾忌她的家族，倾心所爱的唯有浣昭夫人一人。你真的无法想象那种爱深到怎样的程度，父皇在绮霜阁外近乎固执地苦等了七夜，唯求能见最后一面。父皇当年沉疴缠身，力排众议，留下旨意不与先母后合葬，而是在皇陵另居别室，随棺入葬的唯有夫人生前的一件旧衣。"

奕析胸臆间溢出一声无奈的叹息，声音竟微微发颤，他直视我的眼睛，一句话在喉间凝滞良久终于说出，"父皇相信会有生魂再聚，皇兄也相信，你离开多年，他却对你未曾一日忘怀，他对你的感情，不会比父皇对浣昭夫人少……"

听他这样说，我心中仿佛被利锥击中般猛地一痛，凄恻道："真的不会少吗？"

我倚着奕析手臂，侧脸贴在他的衣袖，轻柔服帖的料子，无一丝刺绣痕迹，我再抬头看他时，紧咬着发白的下唇，幽幽道："她不愿入宫，先帝至少还能放了她，放她去跟别人成婚生子，放她去过安静平和的生活。"

可是奕槿能放了我吗？像丰熙帝放了浣昭一样放了我？当年我选择坠崖，不仅是不愿为耶历赫殉葬，而且也是为了让奕槿从此死心，放弃派人来找我。我用假死欺骗过他，而现在与我结发之人，不是旁人，而是他同父异母的亲弟弟。我苦笑，若是有朝一日，他得知真相，怕是不会放过我们吧。

"颜颜……"奕析轻声唤我道。

"你之前说过你患得患失，其实患得患失的人也是我，我害怕失去你，害怕失去现在拥有的一切。"我堵住他的话，眼神一如从前的执拗倔强，唇边绽开的笑意如回风舞雪，"无论如何，我永远不会离开你。结爱同心，生死不弃，我们连死都不惧，今后千难万险，我们都一路同行。"

我伸开双臂紧紧抱住他，隔着夏日轻薄的衣料可以明显地感觉到彼此的体温，这让我感觉心安和踏实，我说出的每句话皆是我的肺腑之言。心中溢出决然之意，我与奕析之间，最终，圆满也好，玉碎也好，我都不会离开他。

"你明明答应过我的，不提这些事，怎么又说话不算话。"我伏在他膝上娇嗔道，一把青丝柔顺宛转地流泻在他飘逸的衣袍间，纤修的指尖勾落面纱，扬起一张濯尽铅华的清颜素靥。

"好，我都答应你。"奕析亦是拥紧我，明澈如镜的水面映出两人亲密依偎的剪影，恍若玉树琼苞相依。我久久看着，直到风吹过时水纹荡漾着模糊了倒影。不知不觉中，我们坐着的小船悠悠地漂荡到湖心，山间湖水至清至寒，澄碧见底。

此时日头渐高，阳光驱散了山林间游弋的岚烟，远处一带隐隐约约的黛影被阳光冲刷得清晰起来，露出一排苍翠盎然的屋顶，其上覆着整齐的竹片瓦楞，隐约还看得见蓝布粗衣的人影。

我们并排坐着，一左一右闲散地推着船桨。湖上四面开阔，燥闷的热风被清寒的湖水浸润得冷冽舒畅，令人心旌神驰，真当有种叙舟一长啸、四面来清风的豁达意境。

奕析感慨道："庞雍真会挑地方，我们日后不如也寻个这般清幽的去处，那可真是素衣莫染红尘，潇洒不问世事，一蓑一笠任平生。"

这何尝不是我想要的，想那淡烟融月，清风溅水，风动幽花，流芳满径。我们在人间寻得清静去处，结庐厮守，闲来迎风举觞，酣畅淋漓，抚琴弄筝，环佩和鸣。携手笑傲云霓，兴寄烟霞，又是何等的人生快事，得此，想必此生亦是无憾了。

我枕着他笑道："何必巴巴地羡慕人家，我们不如就在这里造起一座竹屋来，就像前人说的夏宜急雨，有瀑布声；冬宜密雪，有碎玉声。"

说到这里，我素白的面颊微微酡红，细声娇软道："夫君，我们做一对神仙眷侣，双宿双栖，岂不比他自在上百倍？"

奕析指尖抚着我的长发，他凝视我一字一顿认真说出："颜颜，我不贪求，此生唯你足矣。"唇瓣胶合随即而来轻柔细密的吻，我感觉仿佛堕入一池旖旎的春水，温暖潺湲的水流在身侧柔柔地流淌而过，我合上双眸。

北阙青云不可期

　　我们南下之途，原本在顺州时暂作停留，现在因为我身体微恙倒是耽搁下来。我与云嬗已多时不再联系，如今她忽然托人传来消息，说是阿祖不行了，恐怕这两日就要去了。那个帮云嬗传话的人，一开始去了宁州的韶王府，辗转多时，万分不容易才找到了我。

　　得知这个消息，我心里像是塞了团浸水的棉花，说不上多悲痛，只是觉得难受。我宽慰自己，阿祖七十余岁，常年病痛缠身，天命所致，迟早都是要到这一日。但阿祖与我有血缘之亲，一想到老人要去了，我还是难过的。

　　奕析未说什么，只是立即安排好行程，与我一起回去。我赶去见阿祖最后一面，奕析执意要陪着我一同前往，我却是不肯让他去。

　　自从两年前战事结束，胤朝和北奴会盟之后，边境和睦，两国修好，建立了互市买卖，双方商旅来往频繁，极为热闹，有产自中原的茶叶、绸缎、瓷器，还有产自北地的牛羊、皮张、奶酪。随着贸易的往来，两国百姓和平相处，不像以前那样互相仇视，如今是北地有胤人，南边亦是有不少北人。

　　我去看望阿祖是要进到北奴境内，原本奕析陪我一道去也未尝不可。只是由于奕析身份特殊，我唯恐他有一星半点的闪失，故不愿他同行，但是最后还是拗不过他。

　　我见到阿祖的时候，阿祖的意识已是混混沌沌了，出气多进气少，大多数时间是人事不知地睡着，极偶尔的时候，会清醒一下。阿祖的眼睛早年就瞎了，如今耳朵也是聋得一丝声音也听不见，身体干瘦得脱了形，犹如一张干枯的皮包裹着一副骨架，里面绵软的血肉已在岁月中消磨殆尽。头发快脱落光了，剩下几绺稀稀疏疏的白色毛发，整个人显出一种近乎恐怖的衰老之态。

　　我看着阿祖如今的样子，她当年能生出一对如花美眷的女儿，自己也应是个美人吧。如今哪里还看得出一分当年的秀美之色，我不由觉得心惊，人生一世，纵然生得倾世美貌，颠倒众生，到了垂暮之年，还不是这般的光景。

阿祖枯瘦的手指，攥着我的手，我唤她姥姥，她听不见，口中含含糊糊地叫着我，云嬗，云嬗。

我叹了口气，看来阿祖依然不认得我，不过也罢了，阿祖现在神志不清，恐怕就连我母亲站在她面前，她亦是认不得了。

阿祖是在那天晚上咽的气，油尽灯枯，命数已尽，倒也没什么痛苦。阿祖的身后事一概是先前就预备下了，所以按部就班，处理得倒也顺利。云嬗为阿祖披着重孝，我并没有戴孝，仅是换了一身素服，将发簪换成了银饰，以示哀思。

奕析将手放在我的肩上，我回首去看他，一张不着脂粉的脸，素净若初雪，他示意我不要难过，我却是平静地摇头。多年来，经历世间坎坷，悲欢离合，我已慢慢懂得了平静地去承受，而不是放纵自己一味地沉溺在悲痛中，自伤自怜。

阿祖去了之后，在人世间与我有血缘之亲的人，也就又少了一位。

这时正好南边有点事，需要奕析回去。我想守过了阿祖的头七再走，也算是尽了一点微薄的孝心，于是我劝奕析先去，也就这几日工夫，过了头七，我就回去同他团聚。奕析先是不肯，我好言好语地劝他，最终还是答应了。奕析到底还是不放心，他令碧桃儿留下陪着我，碧桃儿会功夫，而且是个女孩儿，留在我身边倒也没什么不便。

我感叹他对我的心思体贴入微，时时为我着想，于是点头应允了。

那日送奕析走的时候，他因不舍，临别之时，亦是同我絮絮地说了好些话，无非就是保重身体、留心寒暖和饮食之类的琐碎之言，身后的碧桃儿哈欠连连，一副昏昏欲睡的样子。

"公子。"碧桃儿瘪着嘴叫道，因是在北奴，为了掩饰身份，权衡之下称他为公子，"我看倒不如将夫人带回去吧，省得公子您日夜悬在心上。"

碧桃儿是小孩子心性，偶尔说几句怨言，我和奕析都是一笑了之，不认真与她计较。

奕析捧着我的脸庞端详，眸底尽是绵绵情意，他的目光后又落在我的小腹处，最终轻轻地吻了一下我的前额，带着随行之人策马离去。

我久久立在原地，看着他线条俊朗的背影，直到缩成一点后消失不见。蓦地转身，才发觉云嬗站在离我不远处，仍是素白麻衣，一身重孝，不知道她站了多久，一双眼神却是定定地凝在远处，似有所视。

萧隐抵达的时候，正好是阿祖过世后第四天。说实话，我根本想不到会再次见到萧隐，当初他救我逃出耶历赫的军营，如今想来也有九年了。

萧隐的模样跟旧时并无多大改变，五官俊挺，气质温文，经过岁月磨砺，益发透出成年男子的成熟和稳重，只是他的神情眉字间，却始终含着若有若无的萧索之意，令人感到一种莫名的沧桑。

他是云嬗的哥哥，论亲戚，他亦是我的哥哥。

阿祖过世后五日，云嬗去收拾阿祖生前的一些遗物，我和萧隐两人守在灵堂中，雪白的帷幔垂落，正中还放着阿祖的遗体，阿祖生前就形容枯槁，没有什么人色，如今魂魄离体，整个人看上去更是透出一种僵硬如铁的诡异色泽。

我面前生着一个火盆，我和萧隐两人皆是默不作声，只是一张一张地将冥纸投入跃跃跳动的火焰中。

火光映在萧隐苍白的脸上，透出一点柔和的暖色，他忽然问我："阿祖生前可认得你？"

我摇首，淡淡地说道："阿祖只是一直叫我'云嬗'。"

萧隐似是在宽慰我，"阿祖的神志老早就不太清楚了，除了云嬗，旁的人统统不认得了。"

我浅浅一笑，示意并不介怀，手中有一张冥纸燃成灰烬的时候，我道："听云嬗说，萧隐哥哥这些年都在外奔走，你们见面亦是极少。"

萧隐笑得有些落寞，"人之一世，劳劳碌碌罢了，只怕奔劳一生，亦是无所得。"

我抬眸看了萧隐，他如今年纪未满三十，但不知为何，我总觉得他的神色和言语甚是苍凉萧然，明明正值壮年，心境却是犹如暮年之人。

我对萧隐的事并不深问，于是道："萧隐哥哥此时回来也好。如今阿祖刚刚过世了，云嬗毕竟是个女子，无依无傍，哥哥如今能在她身边照拂一二，想来倒是极好。"

萧隐默然不应，只是一张一张地将冥纸投到火盆里，脸色依然苍白，如是没有什么血色。

我暗中叹了口气，想起当年萧隐并不是这般消极的样子，几次见他，脸上总是含着浅浅的温和无害的笑意，潇洒不羁，来去由心，是何等的快活自在。但如今，我看他像是心神有过重伤，故而恹恹不振，透出一分万念俱灰的情状来。

但是他既不说，我便不会挑破。人生皆苦，命途颠沛，每个人或许都有一段不堪触及的往事，倒不如给彼此留个余地。

灵堂中本来就压抑，我用尽量轻松的语调，问道："萧隐哥哥，我记得你养了一只鹰，名字好像是'啸风'，以前一直带在身边，如今在哪里？"

萧隐的眼珠木刻般地动了一下，哑声道："啸风死了。"

闻言，我心头一沉，我提及啸风，本意是为了开解他，倒是不慎提起了一件伤心事。

萧隐的笑意如冬日里惨淡的日光，"一转眼十多年了，啸风虽通灵至极，但到底是禽鸟，哪有像人这样长的寿命，自然是不在了。"

我看他的情绪似是低落，温声道："哥哥莫难过。"

萧隐叹了口气，说道："你不必劝解我，啸风算是活得长了。这世上的走兽禽鸟大多数只有十数年的寿命，但人有时却能活到百年。都说禽兽无知而不苦，人有灵而方知苦，但是人的一世这般长久，终归是要多受些苦楚。"

我听到觉得悚然，萧隐此言竟流露出一番轻生避世的意味。

我正欲出言，萧隐却是极快地收敛起先时沉郁神色，转而笑道："你如今可是跟韶王一起？"

我料不到他会突然这样问，但这是事实，我无可否认地点头。

萧隐眉峰微蹙，说道："韶王是胤朝的亲王，他可知道你的母亲的真实身份是……"

"他都知道的。"我的声音轻缓却字字笃定，"但是他并不在意，我也不在意，我们在意的唯有彼此。"

我对面那个神情落拓的男人，似是在叹息。

"只是……"他话头一偏，"你们可有想过将来？"

我仅是摇头，将一沓淡黄的纸扔在火盆里，火势猛地蹿了一下，说道："我们如今且顾眼下，走一步看一步罢了。"

萧隐将目光从我身上挪开，似是惋惜，说道："你不会觉得苦吗？你本是自由身，却为了韶王一辈子掩藏身份，小心谨慎地活，不能显身于人前。"

我未言，却朝他婉婉一笑，虽是脂粉不沾，但脸庞却散发着异样神采，就算是圣檀心、吴嫩香这般的胭脂圣品，也点抹不出来的好气色。这世上最美的女人，不是拥有一副绝好皮相的女子，而是拥有一份完满爱情的女子。就如同现在的我，在倾心爱着，也被他倾心所爱，这份爱令我的美如是注入了灵魂般，变得鲜活无比、娇妩至极。

"我和他相识十年，现在能走到一起，想想就觉得不容易。我从未有这般肯定过自己的心意，人生能有多少个十年，偏偏我们就相识了十年。我不在乎名分，也不在乎世人怎么看我，我只晓得，我对他是真心，而他对我亦是真心。"

我和萧隐是旧识，又是血缘较近的亲戚。我朝他说了这一句话，他的眉心立刻深皱起来。

灵堂中唯有我们两人，但他还是压低声音道："韶王愿意为你放弃亲王之位？"

我静静颔首，将掌心覆在心口的位置，说道："他待我的心素来至真至诚，无论前路再苦再难，我都会一生一世追随他。"

　　萧隐的神色有一时的怔忪，如是触动了心底积藏的隐晦心事，恍若瞬间神思都要飞了出去，良久，才愣愣地开口道："你们这样真好。"

　　失神片刻，他脸色恢复成先前的无悲无喜，漠然道："两人相爱，心就维系在彼此身上，如此一来，才会有所顾忌。不过，这样也好，无所顾忌的人往往无所牵绊，仿佛这世间的任何事，任何人，都不值得那人看一眼。"

　　我听得萧隐似乎话中有话，瞅见他神色淡漠，踌躇一番，还是道："萧隐哥哥是否有心之所系之人？"

　　"有。"萧隐平缓地吐出个字，我不禁惊讶于他的坦诚。

　　"你能抛舍全部去爱着一个人，但她不能。"他将手掌挡在眼前，火焰穿过狭长的指缝，细细地揉碎融入他此时晦涩的神色，话语轻得如柳枝拂春水般不着力道，"她被太多的事情牵绊住，看不清自己真正要的是什么。宁可在尘世中活得辛苦，也不愿做自由自在的仙女。"

　　我想要追问，皆被他一句看似云淡风轻的话挡了回去。说起往事，他脸上不曾有丝毫哀戚与惋惜，像是一切都看透了，一切都看淡了。

　　他既然言尽于此，我暗自缄口，无需再问什么。

　　灵堂中燃着香烛，又烧了半天的冥纸，烟火之气逐渐浓重起来，我许是这两日饮食不调，肠胃有些不舒服，忽然间觉得一阵干呕涌上喉咙来。

　　我用绢帕掩唇，深吸了几口气，极力抑制住了。

　　萧隐见我似有不适，就劝我回去休息，他一人在灵堂守着。我没有推却，跟他道了声别，就走了出去。

　　这些日子，天气尚好，天空是明净的湛青色，空中漫卷着丝丝缕缕的羽云，像鸟展开的翅膀上整齐挺拔的翎毛。

　　我出去时，迎面而来一道纤细清影，差点与我撞上，我一抬头，眼中映入一双眸子如同明湛天际的孤亮寒星，眸中的墨色极淡，如是均匀地勾兑了水色一般。

　　"丹姬。"我定了定心神。

　　她难得朝我一笑，那笑意亦是如最迷蒙的月光一样淡，说道："阿祖生前的有些东西还在我那里，我来找云嬗跟着我去取，但找不到她人，你能和我去一趟吗？"

　　丹姬所居的药阁离阿祖的住所不远，大概在西南方向，徒步走去半盏茶的工夫就到了。看外面是极简朴的竹屋，进到里面倒是极宽敞。而且此处清静，倒是潜心研究医理的极好之处，更好的是，背靠着常年水泽湿润的紫木山，便于采集各种药草、捕捉动物。屋内贴墙而置一排紫檀木药斗子，上面码放着密密麻麻的药屉，还有就是书橱中一册册一卷卷繁冗的医书。除了药斗子和书橱，屋中的摆设极少，真是能简则简，稍稍能看得上眼的，就是窗下放着一张竹制长椅，上面流云细琢，翠色横生，铺着柔软的白狐裘，应是丹姬日常小憩所用。药香冲淡，熨帖微苦，若不是亲临此处，半分也想不出这里的主人竟是一名年轻女子。

阿祖生前的东西无非就是一些药罐、瓷碗，都是很陈旧的样子，尤其是药罐被长年烟熏得看不出原本的颜色。我知道阿祖的药都是在丹姬这里熬制，原本拿了就能走，丹姬说天色尚早，劝我在药阁中坐一坐。

我想来倒也觉得无妨，反正过一会碧桃儿就会来找我。我看着丹姬将晒好的草药一一分开，仔细挑拣。这些药材并不珍贵，都是半夏、细辛、栝楼、五灵脂等一些稀松平常的东西。

她倒茶给我，我仅是捧在手心里，看着她一身素衣缥缈，俯身侍弄草药的时候，配着她出众的品貌，那场景倒是清简雅致，如一幅笔致韵然的水墨画。

这时，丹姬轻轻地一叹，没来由地说了一句，"世上的药材多得不计其数，但终归不是用来救命的，就是用来要命的。"

我心头一跳，不知她为何会忽然说出这样的话来。

丹姬清冷一笑，她取了一些色若黑珠子的药材放进研钵里，开始一点点研磨，她如是自言一般，说道："这间药阁的主人原本是我的师父璃珩。"

我坐在麂皮墩子上，静静地听她说。

她捣着药，垂下一帘黯黑细致的睫毛说道："想起来，当年的璃珩师父与浣昭夫人相交甚深。"

我本是漫不经心地听着，但见她提起母亲，倒是留意了几分。

"璃珩师父对于制药制毒表现出超凡的才华，不过她为人狷介阴冷，怪僻幽戾，是个难以亲近的主儿。"丹姬不咸不淡地说着。

"哦？"我讪讪地笑，莫说璃珩，丹姬亦是，都是一副令人难以亲近的脾性，或许是因为长久面对着这些死气沉沉的药材，沉浸在呆滞空洞的医书的缘故。

"说个有趣的事吧。"丹姬抬首，眼底泛出一痕幽暗的光芒，她幽幽说道："璃珩是极自负的一个人，她若要制什么解药，定先将毒药吃下，然后在毒发前的一段时间配出解药。"

"后来呢？"我听得眉心一下跳动，世间竟有对自己这样狠的人，这普天下恐怕也找不出第二个人有这般的胆魄，她是在以性命相搏，将生存的契机压缩成一线，逼迫自己激发出最大的潜能。

丹姬没有直接回答我，问我道："你可知道素魇？"

素魇，倒是一个雅致的名字，不过我并未听闻过，我朝她摇摇头。

丹姬娓娓地说道："素魇是一种至阴至毒的毒药，正如它诗意的名字一样，它不是什么见血封喉的毒药，相反，它毒发缓慢，甚至温和，不会立即置人于死地。最可怕之处就是对人的折磨，素魇毒会慢慢折磨你，让你每日都苟延残喘地活着，你明明知道无药可救，却总是妄想有一线生机，素魇不仅是对身体的折磨，更是对人心的折磨，最后让人在身心都不堪重负下死去。"

"据说此毒无人能解，一旦发作，每时每刻就像是有无数把小刀，在身体的各个关节里面搅动，极为痛楚酷烈，就算剥骨敲髓之痛，也不过如此。素魇是密宫中的一种毒药，但是由于它过于阴狠歹毒，有损配制之人的阴骘，后来被列为禁药。知晓它配制方法的唯有寥寥几人，就算是我的师父璃珩之前亦是不知道，后来想尽办法才弄到了素魇的配方。"

尽管她说得恐怖至极，我倒是不关心什么是素魇，问道："你的师父璃珩后来怎样了？"

"死了。"丹姬提起师父的死讯时，口气依然冰冷，没有丝毫的温度，她说道，"最后一次，当她配制至毒之药素魇的解药的时候，因忍受不了素魇发作的痛苦而举剑自戕，其实她只要再熬一会儿，解药就配出来了。"

我默然无言，许久，才幽幽叹道："璃珩不是死在素魇上，而是死在自负上。可见一个人如果过于高估自己，他的下场不会很好。"

听闻我的话，丹姬神色似有一瞬间的震动，她一时琢磨不透我的后半句话，是无心之言还是意有所指。

我坐得有些乏了，这时恰好听到外面有清脆的女声传来，正是碧桃儿来找我，于是我向丹姬告辞，离开了她的药阁。我走时，丹姬顾着忙自己的事，她将刚刚研磨好的药汁用细纱过滤，半句话也未说，论待客之道，这是极其失礼的。但是我知道她的脾性素来如此，也不放在心上。

然而在我转身离开的刹那，丹姬抬起一双明澈的眼睛看着我，意味深长的，眼底沁出一抹俏煞。

阿祖头七将满，我亦准备离开。碧桃儿倒是开心，叽叽喳喳围在我身边说话，还提起了樱若，说这些日子不见，是否又长大了，我笑她是孩子气，虽说樱若正在长身体，但也不会长得这么快。

这日丹姬请我去药阁，我没觉得什么不妥，倒是去了，我这次离开，今后怕是再难与丹姬和云嬗见面了。

药阁里面依然充盈着淡淡的药香，角落里正用银吊子熬着汤药，丹姬用铁钎拨了拨炭火，那火苗一下子旺了起来，亮红的小蛇般咝咝地舔着银吊子的底部。

丹姬感慨道："你似乎挺疼爱那个名为樱若的小女孩。"

我不知丹姬为何会忽然提起这个，随意答道："樱若年纪尚小，正是需要人疼爱关心的时候。"

我无论如何都想不到，丹姬后面说出的一句话，她目光悠悠地落向虚空的某一处，说道："如果当初你的孩子可以生下来，大概也这般大了吧。"

骤然听她提起我未足月就早殇的孩子，心像是被粗糙的手大力地搓捏了一把。

我清楚丹姬性情怪僻，不同常人，但我却不知道她为何要在此时，故意来揭我的旧伤。震惊之余，我极力克制，使自己的神色保持平静，说道："你错了，他若是活得下来，应是要比樱若年长一岁。"

丹姬一双明眸中沁出琥珀般的色泽，此刻竟是氤氲着难以言喻的平和与静美，如两朵雪莲骨朵绽放在眸心，她口中吐出的话亦是轻飘飘的，烟一般，不着任何力道，但于我而言，却像是一把利刃直直地刺在我的心口上。

"幸好未活下来，不然于你亦是徒增烦恼罢了。"

"丹姬！"我霍然立起，大声喝止。我容忍得了她待人冷漠，喜怒无常，但我无法容忍她一次次刻意挑衅，将我心头已长好的疮疤又狠狠地剥开来，剥得鲜血淋漓。

我不想久留，索性拂袖离去。出乎意料，丹姬迅速出手，猛地隔着衣袖拽住我的手腕。

"放手！"我眉间漾起薄怒，使劲将手狠狠地抽回。

丹姬脸上是一掠而过的错愕，用手将信将疑地指着我道："你……有了……身孕？"

丹姬师承璃珩，果然于医术上甚是精通。刚才她来抓我的手腕，触及脉搏仅是瞬间，已然判断出我怀有身孕。

她的判断不错，我近来老感觉肠胃不适，时而会干呕，起初并未在意，以为是饮食不调，也没往身孕上面想。但是一连数日，皆是这般，奕析一向对我极为体贴关心，回到宁州后，命王府上的御医为我把脉，才得知竟真有了身孕。对此，我简直不敢相信，医者反复确认后，我方才又惊又喜地接受这个事实。

我淡淡一笑，将手收回，说道："本来以为我今生于子嗣已是无望，想不到还有今日。"

"颜卿，你可不可以……"丹姬的眼神迸射出阴戾的目光，喝断我的话，一字一顿道："不——要——生——下——这——个——孩——子！"

　　我霎时震惊，努力使自己平静下来，但还是忍不住朝她怒喝："丹姬你在说什么？我怎么可能不要这个孩子！"

　　丹姬从未婚嫁，她怎么知道这个孩子对我有着何种的意义，她又怎么理解这是我人生中最珍贵的失而复得！

　　丹姬仅是木然地重复说了一遍，"不要生下这个孩子。"

　　我愕然看着她，质问道："丹姬，你知道你现在说什么吗？"

　　丹姬冷笑出声，一双浸着怨毒的眼睛看着我，声音冷冽得像撒下的一把发着寒芒的冰刺，"颜卿，你如今过得很幸福，也很得意吧，现在又有了孩子，老天爷连最后一点缺憾都补偿给你了。你是否还记得，你害死了多少人？又有多少人因你而死！"

　　这般凌厉的质问，令我悚然大惊，定了定神，道："丹姬，你究竟想说什么！"

　　"这两年来，你可有过一丝半毫的愧疚，还是你向来都心肠冷硬，根本不把别人的性命放在心上！"丹姬眸底闪过隐秘的神色，燃起的一线光亮如潮潮的夜雾暗卷月华，她笑起来，"呵呵，绮娅倒是可怜，一辈子争强好胜，到头来还是死在你的手里？不仅她，芙娜也是……"

　　仿佛有道寒意贴着我的头皮刮过，一个令我心生惧意的猜测，霎时呼之欲出，我看着面前的女子，错愕道："你是翁戎家族……的人？"

　　我先时怀疑过丹姬的身份，曾经有意无意地向云嬗探听，但是云嬗亦说不清楚，毕竟整个北奴密宫中的人身份庞杂，除了密宫的主人，无人知晓他们的来历。

　　看她坦然承认，我倒是冷静下来了，淡声说道："我不管你是不是姓翁戎，但是我要告诉你，当年绮娅害我失子，我的确想过要她死，来为我无辜的孩子偿命，但她最终是死在自己刚烈过头的性子上。至于芙娜，杀她的人是耶历弘，是耶历弘下令将她一箭钉死在地上……"

　　看到丹姬朝我走近一步，我警惕地后退，与她隔开一定距离。面前这位清素如莲的女子，令我心神一阵凛然，双手交叠，不由自主地护住小腹，唯恐她伤到我的孩子。

　　她冷眼看着我，咄咄逼人道："颜卿，看来你很重视这个孩子，爱护之情，远远要超过你之前失去的那个，是因为他们的父亲不同吗？"

　　"够了！"我怫然盛怒，道，"丹姬，我对你已是忍无可忍了！"

　　"哈哈，芙娜说得不错，你就是一个心硬如铁的人。"丹姬忽然仰首狂笑一声，那笑意中深敛着讥诮，"阿祖死的时候你不曾流一滴眼泪，那个人死的时候你也不曾流一滴眼泪，你会为谁流眼泪？如果韶王死了呢……"

"闭嘴！"我神色严峻地斥断她，容不得任何人诅咒奕析。

那个人，丹姬口中的那个人，我敏锐地觉察到她指的应该是……想到这里心间一个激灵，我霍然举起一只手直指她的方向，素白宽大的衣袖携着气流猛地一翻。

"你认得耶历赫！"我震惊地掩住口，唇舌间不自觉地滑过一个名字，一个在我生命中湮灭多年的名字，我遽然冷笑，心里明镜似的了然，"就算我杀了绮娅又如何？就算我杀了芙娜又如何？就算你是翁成家族的人又如何？你恨透了我，也不过只是为了一个人……"

我话音顿了顿，眸底濯濯清辉，低声喝问道："你与耶历赫究竟有何渊源？"

"这个你没有必要知道。"她的回答干脆利落，几乎从齿缝中撕扯出道，"但是因为你，他死了。"

"时至今日，你终于坦白了。"我垂眸道，想起与此前后相关的种种，在脑海中浮光掠影闪过，在此刻豁然明朗起来，我肺间倒抽入一口寒气，"你们一开始就认识吧，多年前我逃出北奴军营，而耶历赫率领黑甲士对我紧追不舍。我当时就诧异，我们不过萍水相逢，而你又是极冷淡的性子，为何要冒险助我逃走？"

"是的。"丹姬倨傲地看向我道，"那时你一定不会想到，其实我是有意放走你的，我不想让他找到你。"

我感觉心腑间像是被缠绕上无形无质的丝线，渐渐地收紧，惊声道："那么北奴王陵倒塌，也是你在暗算我。"

丹姬点头承认时，脑后半匹乌亮柔细长发顺着脖颈的弧度滑落，遮去了她大半清丽的面容，她的回答没有一丝一毫回避，冷笑道："你猜得不错，我不惜冒着奇险，在老汗王眼皮底下偷出王陵的图纸给你。我知道你一定会去，所以我故意改动了几个地方。"

"你想让我死在王陵中吗？"纤长的手指在袖笼中一根根收紧，我竭声问道。

"是的，为的就是让你给他陪葬！芙娜当初做不到的，我来为他做到！"丹姬冷冷地迫住我的视线，一字一句都像是从唇齿间酷烈地撕扯出来，连带着翻出新鲜染血的皮肉。

我心神一错，好像当初在繁逝，芙娜也是这样对我说的。她一步步地逼近我，我被她此时散发的气势震慑，一晃神趔趄着朝后退了一步，后背蓦地撞上一张流云细琢翠色横生的竹制圈椅，身体微倾着跌坐在柔软的狐裘上。

她用双手箍住我两侧肩膀，修长的指甲隔着衣衫要掐进我的肉里。她俯身靠近我，微凉的鼻尖几乎都要贴在我的脸上，她失去理智地低吼道："他为你做过那么多，你永远陪着他难道不应该吗？"

我想起当年初见她时，记起最初那一眼的惊艳，在那个隐晦龌龊的土窑子中，唯有她一人，出尘独立着，容颜清雅绝俗，由内而外散发着疏离傲然的气质，肤色洁净宛若白雪之色，整个人宛如一枝纤尘不染的雪莲花。

现在看她双目隐赤，像是纯白雪莲花上浸染了一袭触目惊心的血色，她近乎狂癫地死死将我的身体扣在座位上，冰凉如铁的手指慢慢滑向我的脖颈。

"多年来就算他掏心掏肺地对你，你却是仍然连正眼看他都没有过。为什么一个人的心可以这样冷，这样狠？你漠视他对你的感情，肆意地践踏他对你的好。你若是真的生性冷酷，对任何人都如此也就罢了，可是为什么，你一转身就可以接受韶王，看到韶王为你受伤，你马上就心痛了，看到韶王对你好，你马上就心软了？可是为什么！为什么你对他就可以那样铁石心肠，一点都不能被打动？"

"你这个疯子！其实我早就应该想到了。"我一时心底激起满腔怒意，不知从何而来的力气，竟硬生生地将丹姬铁钳般的手从肩膀上掰了下来。

"哈哈，"丹姬冷睨着我笑道，"你是该早想到了，王陵为何会无故崩塌，而那个意欲置你于死地的人，是我。"

我略略攒眉，当时奕析身受箭创，命悬一线，全部军医都束手无策，唯有这位来自密宫的神秘女医者丹姬，尚有回天之力。那时我心中就算有再多的猜忌也都要压制着，心如激雷也要面若平湖，一旦惹怒了她，她会让奕析死得更快。

"我一直感觉得到你对我心存怨怼。"我神色清淡如烟，"但是一直以来，我并不想和你走到相见如仇的一步……只是如今……"

"你想杀我吗？"我叹息一声道，黝黑的眸心中堪堪映入跃动的灯火，眼神清冷剔透宛若凝结的寒冬冰潭。

丹姬笑出一声，猛然喝止，她的目光瞥过我的犹平坦的小腹，现在的她犹如盘踞着的咝咝吐着火信的毒蛇，磨着牙准备随时扑向它的猎物。她的声音温软恬然，却浸渍着嗜血的毒汁，"我原来不想，但是我现在忽然改变主意了，我要在你最幸福的时候毁了你。"

我的瞳仁骤然张大，右手下意识地护在身前。自她朱唇中溢出的一句话，轻飘得似无一丝的重量，却仿若生着尖锐的利爪般将我的心狠狠地提了起来。

"逝者已矣，就算你如今杀了我，耶历赫也活不过来了，绮娅和芙娜亦是。你何必非要让自己深陷在仇恨的执念里！"我眼神一黯，纤修的身体犹如一竿皑皑覆雪的青青细竹，却由内而外地透出一股子坚韧。

不由错神恍惚，我与耶历赫之间，那是多少年前的恩怨了，竟然还能牵连至今。

我不爱这个用强势掠夺了我的男人，尽管我曾经嫁给他，尽管我曾经怀过他的骨血，可是我对他从未有过一丝关乎情爱的好感。我永远不会忘记，是他开启了我一生的苦难。诚然，记忆中某些零星的片段中，他对我是很好，倾尽一切的好，可是这都不是我要的，他却强行给我。

我不曾爱过他，多年来他恨不得把什么都给我，可是我唯一所求的，就是求他不要爱我。念此，我忍不住苦笑，耶历赫一生最失败的就是他爱我，只要他愿意退一步，那么我们都皆大欢喜，放了我，亦是放了他。

丹姬修削的指尖寒芒迸射，电光石火间，两枚银针已抵住了我的咽喉，这种银针纤细偏长，是供医者针灸之用，能治病救人，但在一名身怀武功的医者手中，亦能用来杀人。

刹那间，药阁之中的空气仿佛沉凝得要沁出水来，那般死寂，直到寂灭的一刻。而墙角的银吊子里面的药已经熬好了，灼热的蒸汽将盖子顶得一下一下跃起。

我被丹姬牢牢地扣在竹椅上，而她手中的利器正抵着我的要害。窗外日头尚好，满世界的清光，从窗格漫溢进来，将一张背光的脸冲刷得模糊了轮廓，唯剩了下颌那尖尖的一勾柔和清嘉的弧度，我朝丹姬清苦地笑着，那笑意亦是被冲得恍恍惚惚不太真实。

"你真的非要杀我？"

这真是弦绷欲断的一刻，我的生死在她的一念之间。

"住手！不可杀她！"有男子焦虑不安的声音传来，随即进来一个令我万万意想不到的男人，耶历弘。

他怒视着丹姬，几乎是气急败坏地说道："丹姬，我们之前说好了，孤可是要活生生的人，你不能杀她！"

丹姬连根小手指也没有动一下，孤傲的眼神中隐着一抹古怪，似笑非笑地道："是吗？"

耶历弘被她挑衅得暴跳起来，厉声要挟道："你今天若是杀了她，就别怪孤翻脸不认人，赦免翁戍一族的事，更是想都不要想！"

我听得心头猛沉，不禁冷汗潜潜，果然，丹姬和耶历弘之间有过秘密的协定，我今天怕是入了他们的套，我之前一直懵然不知。

耶历弘一双鹰眼阴冷狂狷，他伸出一只手臂，直直地指着丹姬，低低地威吓道："把颜卿给我，不然你晓得后果是什么，孤说得出做得到！"

我觉得周身罩着一股凛冽寒意，冷眼看着对面的男人，只令我感到无比的激愤和蔑视，早在北奴的时候，我就察觉到，耶历弘心术不正，对我一直怀有不轨之心，但是慑于其兄耶历赫的威压，才不敢有任何逾矩。当年耶历赫一死，他最先想到的就是将我占为己有，但是芙娜执意逼我殉葬，他不想得罪了翁戎家族，所以才不了了之。

想不到，时至今日，他仍然是不死心。

丹姬略带嘲讽地哼了一声，将搁在我脖子上的银针慢慢放下，将我让给耶历弘。耶历弘见丹姬依言放了我，一时欣喜若狂，急不可耐地要将我一把纳入他的势力范围之内。

耶历弘那一双热辣辣的眼睛，肆无忌惮地在我身上游走，丝毫不掩饰他强烈的占有欲望，尽管是目光触及，我仍是感到一阵说不出的恶心，而他的声音令我无比生腻，"嫂嫂，这回你终于落在我手里了。"

他捉住我的一只手腕，将我牵引到他身边，见我没有反抗，越发大胆起来，另一只手臂攀上我的肩膀，要将我揽入怀中。

我蹙眉，对于陌生男子气息的迫近，觉得反胃得厉害，恨不得当下就一巴掌扇在他令人憎恶的嘴脸上。

我冷笑，"你可是要带我去鄂都？"

耶历弘见我反应平静，以为我屈从于情势的逼迫，所以放弃抵抗，选择了认命。他作势要来摸我的脸颊，急吼吼地说道："嫂嫂，你要是做了孤的女人，孤一定不会亏待你，孤一定会比大哥对你都要好。"

他居然还有脸提起耶历赫。

我将头一偏，不着痕迹地避开他的手，不经意地，我眼角的余光瞥见身后的丹姬，神色间极快地掠过一丝鄙夷和愤恨。

我任由他抓着我的手腕，强行忍住彼此肌肤相触时，那种生厌到恶心的感觉，朝着耶历弘轻妩一笑，柔柔软软地问道："合罕可喜欢我？"

耶历弘喜得眉毛都要根根飞起来，口不择言地道："喜欢，当然喜欢！嫂嫂……不，今后你就是孤王最宠的爱妃了。"

我眼眸流转，细声慢语地说道："先时丹姬推我的一下太狠，像是扭到了脚，现在不能走路了，合罕可以背我吗？"

耶历弘被我刚才的一笑，冲昏了头，我这样说，他简直求之不得，飞快地转过身，将后背亮给我。

一双柔若无骨的玉纤藏在宽大的衣袖里，指腹抵到了一个坚硬硌手的物什。我有十年凌波舞的功底，又经过他人悉心指点，身上怀有功夫，若与他正面抗争，是断断不敌，但是他现在毫无防备地背对着我，拿下他倒也是轻而易举。

耶历弘败就败在他的蠢和好色上，我身法轻盈无比，移形换步，只是眨眼之间，药阁中所有的人都未反应过来，我已将一柄匕首抵在耶历弘的脖子上，那一片薄削的寒芒直指着他颈部青紫色的血管，只要稍稍用一分力道，他就会颈血四溅，命丧黄泉。

耶历弘感到脖子一阵凉意，神情已是大大的骇然。

丹姬欲扑身上前，奈何离我们有些远，我手中握紧匕首，轻巧地和耶历弘换了个位置，丹姬那一掌竟收不住，硬挺挺地打在耶历弘身上。

丹姬的掌力不轻，耶历弘被打得闷哼一声，但更令他害怕的是如今架在他脖子上的匕首，他的神色甚是惊惶，求我道："嫂嫂，快放了我，这等利器可不是闹着玩的。"

"我自然不会跟你闹着玩，你不是很喜欢我吗？若是能死在我手里，算不算死得其所？"我秀眉一横，我可不是一般心性柔弱的女子，骨子里透着一股狠辣，说得出就做得到。话音刚落，锋刃就在他的脖子上压出了一道长长的血痕。

那一刀我避开了要害，但是耶历弘看到鲜血流出，渐次染红了整段脖子，他一个堂堂七尺有余的魁梧男子，竟也是骇得抖了一下。

丹姬轻挑一双修狭眸子，眼光充满了不屑，她在我们面前三步的位置站住，"颜卿，你要做什么？"

眼下的情势对我不利，我一刻都不敢多留，拖着耶历弘朝药阁外挪去，轻蔑地笑道："我不过是借这位尊贵的合罕一用。"

眼见着我的后背要碰到那扇门了，丹姬猛地一下冲上前，但她并未冲着我，而是冲着墙角正在沸腾的银吊子，滚烫的药汁倾洒，更要命的是，火炉子亦是被强劲的力道打翻，里面红亮的炭火骨碌碌地滚了出来。

我震骇地瞪大眼睛，这间药阁应是事先被丹姬动过手脚，门窗桌椅一触及那些炭火，就腾起火焰燃烧了起来，药阁中到处都是成卷成捆的医书，还有晒干的药材，再加上入秋后，原本就天干物燥，火势蔓延得极快，不一会儿，满目看去尽是熊熊火光。

耶历弘的脸色变得更加难看了，他难以置信地看着丹姬，喝问道："你这是做什么！想把孤王也一起烧死在里面吗？"

"你难道不该死吗？"丹姬看着耶历弘，眼光极其森冷，她用手指着我，又用手指着耶历弘，"你兄长的死，你有份，颜卿也有份，今天你们两个谁都活不了！"

丹姬的唇角衔着一抹孤傲的笑意，眼神中迸射而出阴戾如刀的怨毒，她放浪形骸地大笑，"如今门窗都已被封死，我们一个也逃不出去。你，我，还有颜卿，我们索性今日就同归于尽！"

听到同归于尽，我浑身上下打了一个寒战。

耶历弘到底是剽悍的北人，他敏锐地察觉出我刀锋一抖，企图摆脱我的控制，回身一掌向我的肩头袭来，我斜身一避，为逼得他后退，极快地劈向他面部的要害。

情急之下，我一时抓不稳，匕首脱手而出，锋口朝下地坠落，极其巧合的是，正好落在耶历弘的脚上。这把匕首原本就锋利得削铁如泥，再加上下坠的力道，一下子洞穿了耶历弘的整个脚掌，直直地钉在地上，霎时间，血流如注，耶历弘痛得连连惨叫。

他借着因剧痛而爆发出来的强猛力道，将我一把掼倒在地上，眼下火越烧越大，火舌肆意舔舐着这座竹木所制的屋子，烟气也逐渐浓重了起来，直侵口鼻。

耶历弘顾不上他脚的伤势，也压根没看我一眼，就一瘸一拐地拖着腿，发疯般地寻找出口，那种狼狈至极的样子，如同一头关在笼子里的困兽。

我被耶历弘的力道一掼，猛然跌倒在地上，感觉到空气的灼热感在一点点上升，熊熊火势即将迫至眼睫，但是令我更恐惧的是，小腹处传来一阵阵痛楚。

一个可怕的念头闪电般地击中我的心头，孩子，我的孩子！

丹姬仅是冷冷看着，像是一个冷眼旁观的局外人，更像是一位残忍的神祇，含着阴毒的笑意欣赏着一出她亲手安排的死亡的戏剧。

片刻工夫，药阁中的书橱和药斗子全部燃烧了起来，脆弱的纸张被火一舔就成了灰烬，无数干制的药材在火中烧得哔哔啵啵地直响。张牙舞爪的火舌嚣张地盘旋而上，如同巨蟒吞吐着猩红的火信子，炽热的热浪层层逼近，几乎要灼伤皮肤。

我心里惊怕不已，面容透着失血般的苍白，前额沁出大颗大颗冷汗，我一手按着阵阵隐痛的小腹，拼命地让自己站起来。

丹姬狂笑了一阵，她冲上前，眼睛里蕴满了令人凛凛生寒的怨和毒，仿佛两柄利剑，她一把将我揪起来，她早已失去理智，整个人完全被一个疯狂的灵魂所控制，她死死地拽着我朝火势凶猛的地方跑去。

木头爆出滋滋声，那些不堪重负的书橱成片成片地倒下，在地上重重地砸出无数明明灭灭的火星。而丹姬将指甲狠狠地掐进我的皮肉，拉着我跟跟跄跄地往里面走，其间不断掉落着燃烧的木块和乱蹿的火球，擦着我们的衣角和发丝滚落。

四周尽是浓烈的火苗和厚重的烟尘，逼得我喘不过气来，我感觉心肺越来越痛，呼吸也越来越困难，我脚下一软，跌倒在地。

这时，一截已烧得炭黑的木头残片脱落，恰好掉在我的身侧，点点火星四溅迸射。我一动也动不了，火苗渐渐逼近我垂落的袖口和裙裾，将单薄的衣料燃得寸寸成灰。

我吃力抬头，看向丹姬，她俏生生地在烈火之中，依然是狂笑不止，好像一点都不畏惧将要葬身火海，而是不停地笑着，不停地旋舞着，那种癫狂简直到了极致，我心神一错，生出一个离奇的念头，仿佛是看到了凤凰浴火。

火势越来越猛，空气仿佛融化成了一种奇诡的流质，而丹姬一张素若白莲的脸，在火光中被扭曲得异常可怖。

我感到一阵阵目眩，那种将要窒息的痛苦慢慢地扼住了我的咽喉，在我心神濒临枯竭的一刻，我听到这间竹屋砰的一声巨响，像是从外面破开了一个口子，两道快如劲风的身影冲了进来，竟然是萧隐和云嬗。

"丹姬，你简直是疯了！"像是云嬗的声音。

眼下情势紧迫，我几乎快要昏迷过去，萧隐一时顾不上男女之防，将我横身抱起，准备带着我离开烈火肆虐的药阁。

我感到小腹处的疼痛越来越明显，宛若刀绞，我的手指死死地攥着覆在小腹上的那层衣料，口中喃喃不清地重复着，"孩子……孩子……"

我害怕，真的好害怕，我会再次失去我的孩子，这个孩子属于我和奕析，是何其珍贵。

萧隐紧紧抿着唇，安慰我道："你坚持住，我马上带你出去。"

丹姬好不容易谋划到这一步，哪能眼睁睁地看着我被人救走，她动作迅疾，欺身而上，欲拦下萧隐。

萧隐此时抱着我，施展不出任何回击的招数。同是出自密宫的女子，云嬗的武功不在丹姬之下，出手挡下了她的进攻。

丹姬幽幽地道："你们兄妹非要跟我作对？"

此时，整间药阁已是摇摇欲坠，仿佛下一刻就要坍塌，到时候全部的人都要葬身在里面。云嬗不欲与丹姬纠缠，大声朝着萧隐道："如今她疯了，我们快点走！"

"跟我作对的人，谁也活不了！"丹姬一声厉喝，霎时间，她的速度快得惊人，竟然绕过云嬗，径直朝着我和萧隐的方向追来，掌底似有两道纤细的寒芒闪动，被她的劲力催发后，挟着一股凌厉霸道之势朝着我身上的要害，破空而至。

萧隐侧身避开，因躲避得太急，他的后背猛然撞在一座燃烧的书橱上，瞬间无数火球雨点般地坠落。萧隐俯身将我护住，为我尽数挡下了那些灼热的火球。

我感到右臂像是被两道极细的气流划过，但并不觉得多么疼痛，素衫挑破，用手一拭，竟有猩艳的血丝半凝在白皙如玉的掌心。

因之前吸入太多烟尘，我的心神耗竭到极限，昏了过去，在我不省人事之前，我看到丹姬的表情狰狞与神魔无异，她口中发出一连串梦呓般的诅咒，极轻，却是字字诛心，一声一声地传到我的耳中，"你会死……你一定会死……"

谢欲荼蘼嫣香碎

我再次清醒时人已在韶王府上，我未完全睁开眼就将手摸索着探向小腹。我极害怕像上次那样，等到我醒来时，孩子已经永远地失去了。

"颜颜，别怕，孩子还在。"奕析紧紧地握住我颤抖着的手，他将我轻轻托起放在柔软的靠垫上。

我闻言，心中酸楚得快要哭出来，直到确认那个小生灵还安然在我腹中，我的身子疲软地倒在靠垫上，方才缓缓地舒出口气。

"大夫已经看过了，孩子好好的，一点事都没有。"奕析爱怜地看着我，极其珍视地捧着我的脸，在我眉心落下缱绻的一吻。

我看着多日未见的奕析，眼眸中盛满了莹莹欲落的清泪。他语气里满是疼惜和爱昵，可是他又如何想得到，我那时的惊惧和害怕，唯恐错失了我们的这个孩子，这个弥足珍贵的孩子。

丹姬在大火中殒命，而耶历弘最后还是逃了出去，他为此恼羞成怒，下令铲平药阁，将丹姬碎尸万段，挫骨扬灰。其实他多此一举，药阁，连带着里面无数的医书典籍和珍贵的药材，都燃成了一片灰烬，而丹姬亦是随着药阁烧成了灰，又何必再挫骨扬灰。

因为萧隐的极力相护，在那一场劫难中，我几乎没受什么伤，右臂上的两道划伤极浅，上药后不日便痊愈。我原本担心耶历弘不会善罢甘休，许是会千方百计地要找到我，但是一连数日过去，北奴那里仍是一点动静也没有，他的脚伤估计不轻，因为匕首洞穿了整个脚掌，日后落下残疾也说不定。

自从出了此事后，奕析总是寸步不离地陪在我身边，唯恐再发生什么意外。与此同时，我的心绪也渐渐平复下来。我已经怀有两月身孕，如今要好好调养，一丝一毫都马虎不得。

我极其珍视这个孩子，因为，他是我和奕析的孩子。那次惨烈的流产，对我的身体损伤极深。在很长的一段时间，我对子嗣之事心灰意冷。我向他坦言道，他若是一生都只要我一人，可能这辈子都不会有自己的孩子。

我甚至劝他去接受别的女子。只是，那些深明大义的话从我口中说出，都是半含醋意半含苦涩，一股子赌气的意味。那时，连我都要为自己如此狭小的气量而惊讶，我曾在相国府受过最好的闺阁教育，自小就诵读《女诫》、《内训》、《闺阁训言》等书，教诲自己身为女子理应恪守闺礼，嫁为人妇之后更应该温良恭俭，为夫君开枝散叶，心性沉厚，不骄不妒。

当奕析为了宽慰我，郑重起誓此生唯颜颜足矣的时候，我除了感动，内疚，不可原谅地，心中居然还有过一丝释然。那一刻我真是恨极了我的自私偏狭，他为我做过那么多，我坦然接受了他宽博如海的爱情，为什么就不能为他做出一点牺牲和让步。

如今，这些缠绕在心头的纷乱纠葛统统消散，如同万道阳光刺穿重重阴霾，一切真的就开阔明亮起来。奕析的出现给了我新生，而这个孩子给了我人生的圆满。

我将右手轻柔地覆在小腹上，而左手自然地托住后腰，形成保护腹中胎儿的动作，就像是初次有孕般，我怀着满心憧憬和忐忑，还有对孩子殷殷的期待之情。

这个孩子真真是意外之喜，亦是上天赐予我和奕析的最珍贵的眷顾，尤其于我而言，能有今日，过往的种种苦难和艰辛，我真的一点都不怨，一点都不恨。

想到这里，我枕着他的臂弯，眼眸濡湿。

奕析只是温柔地吻着我的秀发，以熟悉的姿势拥我入怀。

我还是忍不住眼中溢满的泪水，紧紧攥住他的衣襟。世事变幻，因缘际会，回首昨日凄惶，怎能意料到还有豁然开朗的今日。

初秋夕暮，余热消散，庭院中一株遒劲粗壮的柏树葱茏的枝枝叶叶伸展开一壁的习习阴凉，清风徐缓，将滞留在院中的炎热都吹散了。

我倚在一张梅花样式长榻上，玉片芙蓉细簟清凉舒适，刚刚梳洗的长发随意披散在两肩，发梢犹自带着湿意，未拿簪子绾着，随它一路迤逦地垂落在地上。

奕析陪在我身边，偶尔逗着我说几句开解的话。

这几日来不知为何，我害喜害得厉害，刚刚用过晚膳，不消一刻就全部吐了出来。此时，玉笙端着一碗红枣银耳上来，红枣温和，银耳养胃，我从来喜好甜腻食物，现在玉笙却不敢放过多糖，而是浇了蜂蜜，还是清淡些为好。

我用小银勺搅动着碗中一汪清亮浓稠的汤汁，玩笑般地叹道："看来不是个听话的主儿。"

玉笙笑道："小姐现在身体还算轻盈，等到六七月身子沉重起来，小腿酸痛难耐，两只脚背都浮肿得高高的走不了路，那才是真真叫苦的时候。"

要是能平安诞下这个孩子，再苦又怕什么。我这些日子来，虽常常害喜呕吐，但胃口着实比以前好了很多。我身体一直过于纤瘦，我想要自己丰腴些，健壮些。那个在我体内的小生命，他生长就要从我身上汲取养分和能量，直到破啼的一声哭喊，我一直希望着可以给他最好的，他和他的父亲都是我此生最珍视的人。

能这般想着，我的胃口亦是极好，一会儿就将碗中的银耳吃下大半，这时，隐隐听见旁侧有玩闹声传来。

"怎么回事？"我问玉笙道。

玉笙去看了，随即笑吟吟地走回来，说道："小姐，是小郡主在跟景侍卫闹着玩，小郡主正是淘气的时候，要景侍卫给她当大马骑，景侍卫不肯，小郡主就哭闹起来，现在正玩得开心呢。"

我闻言忍不住扑哧一笑，景平在奕析尚是皇子的时候，就跟随在身边，主子身份高贵，他自然不会比他人矮一等，何时受过这般委屈。不过樱若近年来，也是越大越骄纵任性。

我挥手示意玉笙将樱若带来，不可这般胡闹着，玉笙立即去了。

此时，我转眸看向身侧的奕析，用一指点着他的额头佯作埋怨道："你倒是管管樱若，以前老喜欢钻到侍女们的罗裙底下，你说反正是个小丫头，不顾忌什么。现在倒好，成天叫着让人给她当马骑，你难道还是不管？"

"小孩子淘气罢了。"奕析笑道，"难不成你让我捉她起来打一顿屁股？"

我没好气地横他一眼，眼角的余光看见玉笙抱着樱若来了，樱若不安分地扭着小身子，挣脱了玉笙，蹒跚着一步一步扑进我的怀中。

樱若抬起头，露出一双新月般晶亮的眼睛，稚嫩的声音甜甜唤道："娘。"

她生得白胖嘟嘟的，穿着件杏子黄薄襦子，头顶绑着根冲天鬏鬏，细碎的头发蹭着我的脸颊和衣衫，她笑起来两靥有一双浅浅的酒窝，那情状无比娇憨可爱。

"父王。"樱若这小丫头年纪虽小，却是格外伶俐灵透，我正要将她抱到膝上，一眨眼她却钻进奕析怀中，撒娇地抱着他的腿。奕析将她抱起时，肉嘟嘟的双臂一张，顺势搂紧了他的脖子。

"这个小人精儿，两头都不得罪。"我颦颦眉，口中嗔怪着，却是满心欢喜地捏了一下她白嫩的小脸。

樱若咿咿呀呀地蹭着黏着几乎将身子挂在奕析的脖颈上，奕析将她从脖子上拖下来，正色道："樱若刚才胡闹着要人当马骑，娘生气了，要捉你打一顿屁股。"

奕析说罢朝我促狭一笑，我狠狠地瞪了他一眼。

第八章 谢欲荼蘼嫣香碎

樱若应该还听不懂这些话，但是从奕析严肃的神色中像是明白了些什么，她转过脸面朝我，水灵灵的乌眸像是小鹿般楚楚可怜，她攀上我的膝盖。她现在还太小，说话不太利索，只是重复咿唔着几个词，"樱若……很乖……听话……"

见此我怜爱不已，轻柔地将她抱起放在膝上，逗着她玩。樱若比以前分量重多了，想到她当初早产，生母菡儿生下她后就力竭而亡，她被交到我手上时浑身皮肤通红，异常孱弱瘦小，而现在的她红润健康，人虽小但好动活泼，爱笑爱闹，身体中却像是天生充满着一股子活力。

奕析不想我太累，正想将她抱走时，樱若却睡着了，小小温软的身子靠在我的怀中，像是柔顺慵懒的小猫儿，那双蜷曲的小爪子还抓紧着我的衣带，让我感觉被依赖时莫名地安心和宁静。

命人将樱若抱去安寝后，我将下颌搁在奕析肩上，呶呶低语道："我希望我们的孩子也能像樱若这般活泼健康，无忧无虑，玩闹累了就安稳地睡着，不要去烦忧什么。"

奕析的指尖轻轻抚过我未经描画的双眉，"会的，无忧无虑，我希望你亦能如此。"

他的话永远让我心疼，我心中默算起来，等到孩子出世的时候，应该是轩彰十年的春天，那时春光烂漫，桃李芳菲，山清水秀，就连空气里也弥漫甜馨的气息，随处都是一派生机勃勃的景象，他就降生在最明媚最温暖的春光中，希望从生命伊始就得到上天的眷顾和庇佑，一生平安，无忧无虑，莫再像我这般。

我想着忍不住眼泪涌出，奕析看着我眼底的晶莹道："好端端的，为什么又哭了？"

徒倚怀感伤，垂涕沾双扉。

"没什么？"我将脸贴在他的胸前，他身上纯软轻薄的衣料将泪水瞬间吸干，良久我低低地道，带着一丝恍然失神，"就是心里发酸得想落泪，我好怕自己是在做梦，好怕醒过来之后会什么都没有。"

"傻瓜。"奕析刮了一下我温润的鼻尖。

我由着他刮，越重越好，痛了才让我觉得这不是梦。我突然觉得自己很傻，多年来我已经学会了独自吞咽苦难。但是当盛大的恩赐摆在面前，我却是不知所措了。

晚风沁凉，清人心肺。此时整个夜空湛蓝得近乎纯粹，静谧宁和，一钩细细的蛾眉月悬在天际，一道银河清浅地横亘在丝绒般的天幕，两侧散落的点点星子宛如碎钻，有两颗星的光芒格外的明亮。迢迢牵牛星，皎皎织女星。

想到河汉清浅，却是脉脉不得语，最终遥遥相望着，泣涕零如雨，一宵冷寂。我抬头看着奕析清逸俊秀的脸，而我此生最珍爱的最珍贵的都在身边，触手可及，想来我真的要幸运很多。

我每日服用安胎之药，加之温和饮食调理脾胃，害喜的症状已缓解很多。也是亲子间心脉相通的缘故，我感觉得到腹中的小生灵正健壮地生长着，甚至可以感觉他那颗小心脏在有力地搏动。许是心境通泰，又留心保养的缘故，这些日我引镜而视，发现气色变得红润，就连原本尖尖的下颌变得圆腴起来。

两个余月的身孕尚是不显山不露水，我如今体态依然纤纤，未到臃肿起来的时候。这些日子因心情安适，再加上闲闲无事，我开始学着做些厨房的事情，炒几道素净家常小菜，调制羹汤，玉笙在旁从从容容地指点着我，从最初的生疏到娴熟，渐渐地也觉出几分别致乐趣来。

玉笙甚是感慨，又忍不住打趣我，"小姐，学会了裁衣，做菜手艺也渐渐好起来了，这算是应了当年夫人一句无心的玩笑话，找到一个降得住你的人了。"

"多嘴。"我佯作愠怒地横了她一眼。

情意到了至深处、至浓处，并非是淡了，而是丝丝缕缕地融入寻常生活的细枝末节中。这些日子来，我精心为他配菜，细细地叮嘱他哪些强体健胃，应多食些，哪些食性过寒或过热，多食无益。

奕析见我这般，亦是动了心肠地说，想不到我们还有今日。我含情凝睇，明澈的眸中尽是情意，我们还有一生。我闲时爱小酌，这是前些年养成的习惯，如今有了身孕，奕析是说什么都不让沾了。我虽明白孕中忌酒这个道理，但还是熬不住嘴馋，奕析拿我没办法，只准我偶尔饮些薄香甜腻的樱桃酒，其他一概不准沾。

我看着他将我做的菜统统吃完，心里也甚是欣然，端起白玉小杯中的樱桃酒抿了一口，那馥郁的甜香直要醉到心里去。今日，我不留心让樱若多尝了几口，现在这小丫头，粉嘟嘟的两颊绯然通红，真像颗饱满的樱桃一样，让人不由得想亲亲她柔软的小脸。

樱若闭着眼睛，像是睡着了，但嘴里还咿咿呀呀地说着什么，不知是不是醉了。乳母将樱若抱去睡觉后，奕析忍不住说我，虽是薄责，但眼里满是笑意，跟着你这样的母亲，樱若日后定是小酒鬼无疑了。

我用余光瞥他，倒在他怀里咯咯地笑，我还要生个小酒鬼出来呢，看你到时候怎么办？

院中唯有我们两人，奕析一把将我横抱起，咬着我的耳朵道，回房再好好收拾你。我嘴里连声嗔怪他使坏，双臂却是不由得地搂紧了他的脖子，将被微薄的酒气熏得嫣然发烫的脸，贴在他清凉如玉的侧脸上。

待到三个月时，我感到身上已好了很多，不似头两个月老是害喜，无论吃什么东西，肠胃都承受不住。如今好些了，胃口亦是好了许多。早年我怀第一个孩子的时候，那时尚在病中，本就不适宜有孕，因母体羸弱，导致胎象不稳，时时有滑胎之兆，后来胎儿的月份越大，对母体的拖累也越大。

但如今这个孩子来的时候，我体质康健，再加上心境宁和，所以这个孩子在我的腹中，生长得格外安稳。

玉笙亦是感慨得很，她说："想当年小姐刚刚有喜的时候，就老是觉得小腹那里隐隐坠痛，繁逝上下的人都提心吊胆，唯恐小姐有个闪失。想想那时候，多少进补安胎的药喝进去，但小姐的容色还是一日比一日苍白憔悴。随着肚子慢慢变大，小姐却是越来越瘦，小腿和脚背也都浮肿得厉害，到后来连路都走不了。"

玉笙停了一停，又说道："真是想不到，小姐如今也是怀着身孕，但是气色却是一日比一日好，身子也丰腴了好些。看来小姐肚子里这位小祖宗，真是小姐的福星。"

我将手轻轻地搁在小腹上，笑而不言。奕析却是涎着脸皮来讨功劳，说道："若她肚子里这位是小福星，那我岂不也是功不可没？"

我悄悄一笑，啐道："世上竟有这般没脸没皮的人，都要当人家爹爹了，说话还这般不正经。"

奕析又用旧招，来捉我的痒处，我被他闹得连连求饶，"好了好了，你是我的命里福星……"我故意拖长了声音，"也真真是我命里的冤家煞星……"

结发在人间，相爱两不疑。我与奕析应如是了。

秋阳甚好，天倒有些短了。午后我时常觉得困倦，歇了后就发懒，不想起来。如今天气尚暖，身上盖着一袭莲紫苏合欢薄被就不觉得冷，颈下掖着洁白柔软的天鹅绒枕垫，亦是舒适。我如今清铅素靥，若是不出去，连发髻也懒得梳，任由秀发随意披散着，蓄发那么多年，如今发早已逶迤垂地。有时依靠着软枕，闲闲翻几页书，眼前高高地悬着一顶湖碧色秋罗玉纱帐子，流金般的日光透过薄纱落在摊开的书页上，无数揉碎的金色光斑，晃得有些刺眼，看得索然无味了就合眸浅憩，书撂下在一旁自有人来收拾。

奕析有时无事，也陪我这样懒懒地窝着，他指间常绕着我的一缕发细细赏玩，说极喜欢我脂粉不沾的素雅样子，我有时笑他懒，他亦是拿这话来取笑我，我只管拿眼睛瞪他，说，又没正形了，我是在好好养胎，难不成你也是。长日悠悠的午后，我们两人时而低哝一句，时而顾自合眼休憩，倒是过得舒适。

我自然晓得老是懒洋洋不肯走动，对腹中胎儿亦是不好。时常在庭院中信步走走，有时兴致来了，就在红木书桌上铺开一张宣纸，平心静气地练字。

孕中忌香，我偶尔还是会点檀香，清心冥神，静寂沉思。手握深紫狼毫，写着我擅长的行书。我自幼习字，功底子极好，但是长年不练，已荒废了不少，下笔有些生疏，最后几个字还写得浮了，形神风骨俱失。

我写满一张宣纸，其上墨迹酣畅淋漓。写第二张的时候，方才感觉写得顺手顺心了一些。我手腕轻动，字迹中透出劲拔、潇洒。我的字当年只能算是秀雅娟致，经历多年磨砺，早已不是当年纯稚少女的心境，方有这种遒美清劲的风骨。

练字令人心境悠然，气定神闲。而我对自己的书法，亦是颇有自信。

蓦然间，饱满盈润的笔尖突兀地点破洁白的纸面，生生地将最后一笔偏离了分寸，蘸满墨汁的毛笔忽地滑落，险些滚上我的裙衫。

"小姐，你怎么了？"玉笙急得箭步冲上来，扶着我问道。

"没事，只是有些累罢了。"我示意玉笙无事，刚刚我感到右臂一时无力，竟握不住笔，瞬间又好了，就像是出现了错觉一般。我想应是许久不再练字，一时写得久了些，有些累了吧，如此想来，我也不觉得有什么可在意的。

如今樱若一岁半，正好是刚刚会走会跑的时候，她原本就好动，如今淘气的性子也渐渐显露出来。王府中就这么一个孩子，我和奕析又是当成眼珠子一般疼爱着，倒是将这个孩子惯得越发任性顽皮起来。

一日，我在书房中，看到笔架上林立的笔三三两两地落在桌上和地上，一张砚台打翻了，里面乌黑浓厚的墨汁四处流淌，将书桌上放着的书籍和信笺都染成墨色，就连那枚常用的青玉雕花篆字镇纸，亦是泡在墨水中，透出发黑的颜色。我这两日写好了几张字，奕析素来会讨我开心，他认真地说要装裱起来，我嫌他是在奚落我。后来这字就暂时挂在书房的木架上，如今我一眼看去，上面尽是小小的巴掌印，斑驳凌乱。

我就知道是樱若这丫头闯的祸，定是看顾她的仆人拗不过她，抱着她来书房里面玩，一不小心打翻了砚台。我让玉笙将樱若抱来，樱若是个鬼精灵的孩子，一看到我就一头扎进我的怀里撒娇，她还不大会说话，就噘着小嘴一直甜甜地喊我娘。

那般脆甜娇软的童音，真真是令我一分气都生不起来。我看了她的一只小手，上面果然有没洗干净的墨迹，对比着字上面小小的手印，倒是让我抓了个人赃俱获。

我微微板下脸道："樱若，你老实说，是不是来过父王的书房了，你看看，这里一副乱糟糟的样子。"

櫻若当我是在逗着她玩，笑得露出四颗细白的牙齿，奶声奶气地叫我，"娘……娘……"

我轻轻地抚着她前面一层薄薄的额发，说道："櫻若，你要记着，不能乱动父王书房里的东西，万一弄坏个要紧的东西……"

櫻若是个闲不住的性子，在我的怀里一刻都不肯安分，玉笙看不过了，朝我说道："小姐，郡主还这么小，未必听得懂您说话。"

她一只小手来抓我发簪上垂落的一溜碎金的流苏，这孩子自小就这样，看到摇摇晃晃的东西就要伸手来抓，我一把握住她的小手，包在掌心里，正色说道："櫻若，今后不可再这样任性闯祸了，不然……"

櫻若一双乌溜溜的眼睛看着我，里头仿佛沁着一汪明净的水，她年纪虽小，但是自幼灵气十足，像是在等着我说这个不然。

我点着她柔嫩的小脸，缓缓地道："不然……就让你父王教训你。"

櫻若霎时就苦了脸，扁着小嘴，一副委委屈屈的可怜模样。玉笙倒是笑得弯了腰，直说我，"小姐自己不想当恶人，非推给王爷，王爷倒是真真冤枉了。"

一日我正在歇中觉，奕析那天不在，倒省得他吵我。眼睛迷迷糊糊地闭着约莫过了一个时辰，倒是再也睡不着了，随意拿了卷晚唐诗集，靠在软枕上闲闲地翻看。我百无聊赖，用来解闷而已，倒没怎么用心看，不知这样过了多久，觉得眼皮又重了起来，执书的手朝着一侧垂落，那本诗集亦是悄无声息地掉在地上。

含粉凝露的花瓣密密簇簇拥挤在枝头，映着碧空朗日，阳光浅薄如纱，晕染一点点樱花的色泽。漫目蕴满勃勃生机的洁白绯红，那般灵动的色泽，仿佛一幅墨迹酣畅的水墨画，笔锋勾勒出的每片樱花瓣饱满盈润，都鲜活到要呼之欲出。

我手执一卷书漫意看着，数剪惠风，流樱若雨，花瓣悠悠地坠落在我舒展开的裙裾上。幽香袭面，飘逸的衣袖翻飞若流云回雪，浅浅地盈动着甜馨的气息。远处传来小女孩清灵稚嫩的笑声。櫻若，我喊出一声，翩跹的花雨中我寻找着那个小小的身影，迤逦委地的洁白裙衫不时被莫名的东西钩到。

绵延成片的樱树中，我提着衣裙兜兜转转还是待在原地，不禁焦急起来，再次喊道，櫻若。这时，忽然眼前闪过一团娇小的红影，我伸手一把抓住她，既惊又喜地道："櫻若怎么这般淘气，母妃喊你也不应声。"櫻若黑水银般的圆圆眼珠看着我，一根白嫩的指头吮在口中，就这样冲我咧嘴笑，撒娇道："母亲，我痒，牙牙痒。"她说着伸开一双小小的手臂，小鸟依人地扑入我的怀中。

我爱怜地抱着怀中温热的娇小身躯，软语安慰着她，"櫻若现正出牙，牙龈发痒是正常的。你乖乖地不要用指头去抓。"樱若越发娇懒地赖在我怀中,她双颊晶莹红润,欢快地拍手道:"母亲,母亲,你读给樱若听的诗樱若全都会背了。"我微微一愣,看着赖在怀中的孩子,憨态可掬,不停声地喊着母亲,母亲。

此时,她的声音陡然一变,依然是清脆纤细的童音,却分明换成了男孩子的声音。樱若抬起脸时,小脸上天真可爱的神色消失殆尽,悲伤凄恻地道:"母亲,母亲,你对她真好;你对这个跟你毫无血缘关系的小女孩真好,可我是你血脉相连的亲生骨肉,你对我会有这么好吗?你对我会有这么好吗?"

我怀中抱着的躯体骤然缩小,缩小到只有六个月的胎儿,原本穿在樱若身上的那件小红薄衫,骤然化作他浑身上下的淋漓鲜血,顺着苍白灰暗的皮肤滴淌下来,他的身子那么小那么软,脆弱到仿佛会一碰就碎,连我的手臂轻轻抱他的力道都承受不住。

我连声尖叫,惊颤着连连后退,他从头到脚都浸在鲜血中,他张开血肉模糊的两只小手,跟跄着要扑上来抓紧我的裙角,他将一根指头塞进口中,像樱若那样冲我咧嘴笑,"母亲,我痒,牙牙痒。"

我整个人像是中了魔障般僵硬在原地,这时,他头顶破开一个深不见底的窟窿,血液从那里汩汩地流出来,那张小小的脸酷似耶历赫,我根本无法抗拒他,任他双手蜷曲成拳头攥紧我的衣襟,扬起一双染血的眼睛看着我,母亲,你会教我读诗吗?你会对我这么好吗?

我嘴唇翕合,却发不出一丝声音。抬头,洁白绯红的樱花瓣依旧纷纷乱乱,飘落在我身上,顷刻化作殷殷碧血,触目惊心地开遍白色的裙裾。意识混沌中,我感到身体深处撕裂般剧痛,这止不住的血竟好像是从我自己身体里流出来似的。

母亲,他浑身是血地朝我爬过来,口中喊着,母亲,我伸出手去触碰他,然而他面朝我凄然一笑,就渐渐消失。那时四周遽然变暗,无数樱花瓣兜头兜脸地朝我倾覆而下,无尽的血从我身体中流走,渐渐干涸……

我骤然惊醒,身子竟直直从床上挺起,半幅锦被从身上滑了下去。我不知道奕析何时来的我身边,他一把抱住颤抖不已的我,声音轻而急切,"颜颜,颜颜,可是被梦给魇住了?"

我惊魂甫定,后背上尽是沁凉的汗水,一抬头就撞入奕析焦急万分的脸,他将我温柔地抱在怀中,道:"你梦到什么了,怎的脸色一下子变得这么差?"

我依靠在奕析肩膀上,顿时觉得在梦境中狂跳不止的一颗心,终于渐渐安定下来,长长地吐出积在胸臆间的一口气,原来只是个梦,不过好生奇怪,我为何会突然做这种梦？

我脸上的神采慢慢恢复了，朝他绽开笑颜，说道："没梦到什么，或许是睡得太久，一下子魇住了醒不过来，故而吓出了一身冷汗。"

奕析刮刮我的鼻子，口气中的怜爱显而易见，"叫你天天这般懒，倒不如趁着现在身子轻，多出去走动走动。"

我看着他，披散的长发软软地贴着脖颈的弧度，不由得扑哧一笑，说道："妾身一切依从夫君的意思，夫君说什么就是什么。"

我这一声夫君喊得他甚是满意，低首在我唇上轻轻啄了一下。

我赧然一笑，见他似是有事要说，问道："怎么，有什么事吗？"

他道："母后命人从帝都传了信过来。"

如今我已是见怪不怪了，懒懒用指尖挑着一缕黑滑的发丝，随口问道："又是劝说你答应庞家的这门亲事？"

"不是。"奕析靠得近了些，贴着我的耳畔道："母后这回变了个意思，她说若我当真喜欢这位秦娘子，母后倒能考虑一下这桩事。"

我本是睡得有些迷糊，但被这句一激，如同凉水浇头，骤然清醒无比，一骨碌从他怀中脱身而出，失声问道："什么？太后竟这么说？"

相比于我，奕析倒是平静许多，说道："母后如今也不逼着我娶庞家六小姐了。母后命人传话过来，令我即刻携秦娘子前往帝都，让母后见上一面再做定论。"

我定了定神，先时纷乱冗杂的思绪渐渐清晰起来。这些年来，为了迎娶正妃之事，奕析一直与太后僵持不下。太后年年逼着他娶妻，他却回回推拒，说什么都不肯。母子两人拧到最后，居然还是太后先服了软，做出了让步。

想必前些日子的传言，太后即使远在帝都，亦是有所耳闻。故而太后亲自下令，命奕析带着这位在传闻中煞有其事的秦娘子，即刻赶赴帝都，面见太后。至于太后所说的再做定论，明眼人一看就知道，太后的态度几乎已是默认了，韶王就算是娶一个庶民出身的女子，也要比一辈子不婚不娶来得好些。

奕析和我原本是打定了退隐的主意，料不到这时陡生一事，竟是峰回路转。

我脸上带了些恍惚的神色，问道："如今太后要见我们，那我们呢，是见还是不见？"

奕析握在我手上的力道微微一重，一时亦是张口无言。我晓得他的为难，我也晓得他的无奈，他与我一样在犹豫着，迟疑着，我们接下来的路该怎么走？

我面如平湖，却是心神激荡。太后不是别人，她是奕析的亲娘啊，当初他对我说出放弃王位、远走高飞的时候，尽管他掩饰得极好，但我依旧看得出在他眼眸深处，藏着的那一分浓烈的郁痛和愧疚。我们这样一走，此生远离帝都，亦是他与生母的永诀。

他不在意荣华权势，说不要就不要了，但他是重情之人，二十多年的母子情却是不能说断就断。他心里放不下我，但我又怎么忍心，逼着他在至亲和至爱之间做出一个抉择。

我咬了咬下唇，撕扯出些微的疼痛，说出的每一个字都是下了极大的决心，"我跟你一起去帝都参见太后。"

奕析的眼神如激流一荡，甚是震愕，清朗的嗓音中带着一丝难言的喑哑，看着我的目光，蕴满了错落的疼惜，"颜颜，我知道以你的本意，帝都是此生此世都不愿再踏进一步。你是为了我才如此说，你能这般为我想，我已是知足，但是不要这样勉强自己。"

我的心思却是清明无比，极其认真地道："我想过了，与其一辈子藏着躲着，倒不如这一回坦然面对。"我握住他的手，轻轻地放在我的小腹上，想到孩子，我的笑意温婉，扬起的眼角是柔和的弧度，"如今我有你，又有孩子，自是什么都不怕的。"

奕析被我的话触动了柔软心肠，他紧紧地抱着我，身体的贴合无一丝缝隙，极其亲密无间的样子，他的下颌抵住我头顶浓密的发丝，"你和孩子，是我今生最珍视的。"

我温顺地伏在他怀中，长长地吐纳一口气，道："你说太后会谅解我们吗？"

奕析说话的口气如同清茶般淡远幽眇，"她是我的生母，她会明白一切，也会谅解我们。颜颜你知道吗，就算全天下不谅解我们，只要母后谅解，于我而言，就足够了。"

我闻言，婉然笑了。

既然我们拿定了主意，趁着我此时胎气稳定，而且走得了路，进京面见太后一事，也就事不宜迟，要立刻动身。我同意去见太后，不仅仅是为了奕析，而是我隐隐约约觉得，或许所有的事情都要有一个了断，或许是腹中的孩子，那种属于新生命独有的蓬勃朝气，给了我前所未有的勇气。

我不是什么消极的人，如今为了他，为了孩子，我更是要将一切都往好的方面想。但求两心一致，便是无所畏惧。

我与奕析打算从宁州城一路南下，路经集州、顺州、金莱，渡船过景江，最后抵达帝都。想到自丰熙十七年，我封作宜睦公主远嫁北奴和亲，至今暌违帝都已有九年。九年了，那座巍峨煌丽都城的棱棱角角，于我而言是自小生长于此的熟悉，还有经历九年风雨霜雪涤沥后的陌生。

玉笙是跟在我身边十多年的人，多少伤心失意的日子都是她陪在我身边，她为了我甚至错过了女子最好的花嫁之年。玉笙除我之外，再无其他依靠，我老早就下定决心，此生绝不抛弃玉笙。

我们一行到了顺州，此时我已无前些日子悠哉出游的兴致，倒是满心想着面见太后之事。奕析看得出我的心事，所以这一路的行程并不太急，时而携着我外出走走，松缓心境。如今已入了秋，顺州这里依旧是一派明媚的风光，秋阳渐歇，流金般灿灿的日光宛若一匹上好的丝绸，兜头兜脑地将这一带的风物都罩了起来。

奕析看着我略微垂眸，半扇细长黝黑的羽睫覆在眼睑上，他问道："可是在想此行面见太后的事？"

这么多年过去，我快记不清太后的模样了，朦朦胧胧记得她安静柔和，言辞举止间，流露出一派高门深府中陶冶出来的优雅高贵的气质风度。

奕析用手臂轻轻一拢我的双肩，他给我的目光平和而笃定，缓缓透进我的眼眸，来抚慰我心中的一丝隐忧，"你别担心，母后待人一向极好，怎会为难你？"

我轻轻点头，这个温柔婉默、沉静如水的女子，曾在帝都给予我不少照拂，甚至有一次连我的命都是她救下的。我对她一直怀有对长辈的敬畏之意，想到此番相见，心中又添了几分忐忑与畏惧。

她到底是奕析的生母。

这般的忐忑不安的心境，就像一个初到夫家的新嫁娘子，如今要上堂去拜见璋姑，怎能让我不觉得紧张？我开始问起太后的喜好，奕析事无巨细地回答我，我一一留心记下。尽管我曾在太后身边近身侍奉，可是年月久远，如今差不多忘了。

我想起太后冬春两季犯心口郁痛的旧疾，每次她都服用极苦的汤药，每次服药后舌根发痛，几乎味觉全失，痛苦异常。我数日来翻寻医书，终于寻到一个方子：先将药材用纸包着在蒸汽里蒸透了，用钵子细细地研磨成粉，掺水搓成龙眼大小的丸子，用三分清醇甘露勾兑一分蜜胶，在搓成的丸子上均匀摊上一层，就可减轻苦味。我将这个说给奕析听，让他到时劝太后一试，说不定可缓解服药之苦。

尽管离抵达帝都还有好长一段时日，我已在悉心思量着，到时候面见太后应是怎样的装扮，素简些还是郑重些？发髻自然应梳成妇人的样式，将长发尽数绾起，这样才显得已为人妇的端庄和成熟。嫣粉、樱子红这种闺中女儿穿的颜色，定是不能穿了，银白、银灰素过了头，水红、桃红又过于明艳，魏紫、铁锈红显得沉闷，姚黄显得跳脱，豆绿显得呆板，总之什么都乱了，什么都觉得不对。

这些天，奕析常常为了这些事笑我，有时将手指曲起来刮一下我细腻微凉的鼻尖，"无论怎么都好，母后是世间最温柔善良之人，当年母后就极喜欢你，如今也一样。"

他说着还拿话打趣我，"丑媳妇终归是要见公婆，何况，媳妇你美若天仙，哪里丑了？"

这不是什么好话，我横了他一眼，却禁不住眼波含娇含俏，柔若明媚如丝的春光。

"一片真心抵万金。"奕析将我一双柔若无骨的手裹在掌心，在我耳畔喃喃低语，唇齿间冲撞着温润的气息，他的眼神亦是极其认真，"相信我，颜颜，你真的很好。"

我扑哧笑了，也只有这个人，在看透我的本心本性后，依然能说出我很好。

这段日子来，秋凉渐至，早晚得添一件衣裳，不然会觉得寒气浸浸。但是，日头倒是极好，漫目向窗外看去，外头天气正清朗明丽，漫漫的金色日光勃勃蓬盛，铺天盖地宛如一大匹织锦绸缎，被菱花状的窗格剪裁成了丝丝缕缕漫溢进屋子来。

浮生岁月难得静好，花开花落，云卷云舒，流水无归期，燕鸟似曾回。若是光阴一直如此安谧宁和，此生也不枉度。

我与奕析携手沿着青茵小径漫意走着，缰绳随意地放着，那两匹训练有素的良驹就会温驯地跟在我们身后，马蹄嗒嗒地踢着潮润的泥土。他走在我右侧，一手牵着我，另一只手自然地圈成一个保护的弧度，而我倚在他身边，唇角始终含着一丝清浅的笑意。我不时地抬眸看他，侧脸俊美如斯，有着玉石质感的温润与坚挺。一直以来，我都活得太累，只因为我心性倔强要强。而我现在宁愿自己无知些，愚钝些，做个娇憨幸福的小女子，无忧无虑地被人小心保护着，捧在手心疼爱着，可以全心全意依赖着。而这种保护、疼爱、依赖，他都慷慨到毫无保留地给我了。

碧草葳蕤，野芳清馨，不说去哪里，唯是静静地享受此刻时光。

在我们前边，樱若刚刚学着会跑，还是跟跟跄跄的。碧桃儿和景平两人都跟在她身边，一面提心吊胆地护在左右，一面连声劝道："小郡主，慢些，您慢些，当心脚下。"

樱若穿着一身樱子红薄衫，衣袖领口处用稍重的绯红绣着瓣瓣含苞半开的樱花，那般娇嫩的颜色衬得她一张小脸愈加粉润雪白，绯红的身影如同流连飞舞在茵茵草地上的蝴蝶。抬手时衣袖溜下露出一截雪藕样的小手臂，胖鼓鼓的腕上套着串九只小银铃的镯子，雕琢得精致细巧，她手臂欢快地挥舞着，铃铛就清脆地叮叮玲铃响，像是溪水出涧时发出的灵动的声音。

"母妃。"樱若跑得有些远了，她忽然回过头甜甜地唤了我一声，又咯咯笑起来。

我心情欢欣轻松，亦是道："樱若，当心点玩，莫摔着自己。"

樱若跑得有些累了，双手收在胸前一掬，朝景平做出骑马的样子，看样子又要景平趴下给她当马骑。在府上也就罢了，现在好歹是光天化日之下，景平像是推推拖拖地不愿意，樱若就耍起性子来，扑倒在地上沾得一身尘土，碧桃儿要将她从地上抱起，她尖叫着不肯，弄得那两人俱是为难。

我与奕析早已商量妥当，促成他们两人，并让碧桃儿用回原来的名字，脱离奴籍，今后自在地生活去，也不愧对他们跟着我们一场。

我的手无意识地贴上小腹，心底犹然而出一股母性的傲然，是我给了腹中那个小生灵生命，但他的存在同时也安抚了我的心。

天光云影，明媚如画。远远望去，漠漠平原。顺州城外，高峻嶙峋的城墙掩在郁郁森绿中，倒是脱去了几分肃穆险拔。想到初到顺州时，酷暑未过，风景虽好，但是一到午间炎炎日头晒得整个人也是恹恹的。不如现在入了九月，凉风渐至，秋高气爽，清秋暖阳之景别有一番风致。

我的目光掠过远处缓坡，那里有青葱妍丽的衣裙相逐着飘过，应该是顺州城外的年轻姑娘们，结伴入山采集药材。她们都是十五六岁的年纪，青春年少，嫩脸修鼻，正是女子一生容颜最盛，也最纯真烂漫的时候。

此时，有声音悠悠邈邈传来，隔得远了，但听得出是少女娇脆的嗓音间，藏着三分怯怯的青涩，隐约地几句传来，"……眼波转，玉颜娇，木鱼死，佛珠僵。想那容颜如花，似锦年华，莫付了青灯黄卷，猛把青衫撒下，不如早早地蓄了青丝发，去嫁个俏冤家……"

我听闻仅是莞尔一笑，这首《还俗歌》在此处百姓间流传颇广，但究竟是何人所作倒是不详。顺州地处靠北，民风淳厚开放，这里土生土长的人都性情纯然，如天然之花木不加娇饰。这倒也并不奇怪，但是在帝都是万万不能的。

奕析沉思道："好像唱的是《还俗歌》，我听庞雍提起过一次。"

"可是出自庞才子的手笔？"我随意接口问道，歌词浅白，直指人心。我心中竟然莫名有些感慨，红颜娇美，任何春花秋月都不能夺其一分光辉，想那摒弃红尘的世外之人，都可以早早地蓄了头发，嫁个俏冤家。可是有些人不是世外之人，却陷于尘世囹圄，要不得那份洒脱无忌了。

"我倒觉得是出自庞雍之手。"奕析答道，他饶有兴趣地说，"上次我们说过在这里寻一个好去处，从此就做一对神仙眷侣。"

"这地方早让庞雍捷足先登了，我可不要。"我摇头道，"日后可不准你一直去找那庞二公子了。那人口是心非的，说要过闲云野鹤的逍遥日子，心里却老是放不下帝都那边的事，时不时就说起来帝都如何，天下局势如何，你跟他一起也学得个近墨者黑。"

奕析抓住我的一只手，笑着揶揄我道："就知道你是个小性子，女人的醋都挨个吃遍了，现在开始轮到男人了。"

"我只不过是劝一句，你就将爱耍性子、爱吃醋的罪名给我安上了。"我佯作微恼，唇角的笑意却是怎么都遮不住，踮起足尖附在他耳边轻声问："可是犯了七出吗？"

"犯了七出，我也舍不得休了你。"奕析笑着使坏，顺势揽住我的腰，我一时站不稳软软地贴在他身上，足畔杏黄缕鱼尾散花裙亦是贴紧了他的白绸玉阳衫子。

我面色一赤，在他胸口轻捶一下，啐道："越发贫嘴滑舌了。"

樱若此时骑在景平背上，套在手腕上的银钏轻灵得打玲作响，碧桃儿护在她左右，唯恐她摔下来伤到，三人正闹得不亦乐乎。

"颜颜，你看樱若的样子。"奕析笑道，"等到她长大些，我这当父亲的一定要教她骑马。"

我唇角抿着一抹和雅的笑意，看着这般明媚的好天色，心胸一下子变得豁达开阔起来，牵过身后马的缰绳，说道："夫君，好久不曾骑马，今日倒有些心痒。"

奕析一贯是依着我，他动作利落地翻身上马，朝我伸出一只手，示意我把手给他，"颜颜，来，我带着你。"

"谁要你带着我？"我却是不去接他的手，俏皮地朝他一吐舌头，自行上了另一匹马。我伸手指着远处一株枝叶茂盛的大树，神色一如十六岁时的任性，说道："我们今日来比比，看谁先跑到那棵树下。"

奕析闻言，微微蹙了眉，劝我道："颜颜，你如今怀着身孕，莫要这么任性。"

我脾性向来执拗，话已经说出口了，哪里还有收回的道理，再者我仗着身孕平稳，益发不依不饶起来，带着几分胡搅蛮缠的意味，"我偏偏要比，难道韶王殿下怕输给我这小女子吗？"

奕析颇为无奈地看着我，随即，朗声笑道："比就比，不过到时候输了你可不许哭鼻子。"

"韶王殿下别把话说得太满，谁说我就一定输了？"我不服地道。我的骑术是大将军林姨父所教，纵然不是挑尖，自是不会差到哪里去，话音刚落，我一扬鞭抽在马臀上，座下的马犹如离弦之箭，疾速地射了出去。

奕析亦是清喝一声，策马赶了上来，草势芊绵，郁郁茵茵，马蹄落地，疾若雨点，溅起点点泛着清新草腥味的泥尘。驭马而奔，迎面的风如篦子般密密地梳进丝丝缕缕的发，那瞬间，仿佛一股清凉之意徐徐汇入全身的肺腑经络，竟是说不出的洒脱和潇然。

奕析骨子里也是好强的性子，他不肯让着我，但又不想我输得太难看，一直都是仅仅领先我半个马身跑在前面。我快他也快，我慢他也慢，我怎么看不出来他暗中施展的小小手段，一霎时，胸臆间溢出一把非得分出高下的豪情。

我眼见着离那棵约定的大树越来越近，抓着缰绳的手猛然下了几分力道，俯下来将身子贴着马背，恍若一时驾驭不住马匹，整个人竟是微微地朝着一侧倾去，似有坠马之势。

"颜颜！"奕析眼角的余光瞅到我这里，果然脸色大变，当机立断地勒住马前行的势头，掉头来察看我的情形，唯恐我有个意外。

我见他果然中计，眼眸中波光流转，抬首朝他倏然俏皮一笑，双腿用力一夹马肚子，早已驭马奔出了老远。

奕析当即反应过来，知道是我故意设套给他，再扬鞭赶上，哪里还来得及。而我，早在树下含着一脸慧黠的笑意等他。

奕析看到我，一张俊美的脸板着，做出一副气鼓鼓的样子，说道："好你个小女子，居然耍诈。"

我一脸天真无辜地看着奕析，口齿伶俐道："韶王殿下可是第一日才认得我，焉知我不会耍诈？"

我的笑意愈加轻妩娇媚，故意去挤对他，"王爷还是带过兵的人呢，怎么就不晓得兵不厌诈的道理？"

"多少年了，还是这样伶牙俐齿，满脑子鬼主意。"奕析看着我一番得意的小模样，他的神情颇是无奈，转而换上一副淡淡薄责，又带着抑制不住的怜爱的口气，"你真当我看不出来，还不是担心你有个万一。这么大的人了，还这么好强，拖着孩子与你一起淘气。"

我静静地听着，他的话隐隐含着责怪，但更多的是密密绵绵的情意，快要将我一颗柔软的心浸洇透了。我轻轻嗫着淡珠色的唇，说道："夫君说得是，小女子这厢知错了。"

奕析的背后是烂漫到如火如荼的阳光，他那清远峻拔的眉目，含笑间睫毛都镀上一层璀璨的金色，温和地说道："出来很久了，咱们回去吧。"

他一如先时那样将手递给我，手指修长，掌心有着清晰而凛冽的纹路，说道：

"这回不许顽皮了，我带着你回去。"

我眸光冷冷地看他，坐在马上不肯动，而是不疾不徐地抚摸着马脖颈处光滑如缎的皮毛。

迎面清风朗朗，我身上宽大的裙裾平展地铺在马背上，在风中吹得舒展开宛如一双翩然欲飞的翅膀。

奕析看着我，无奈地哄我道："颜颜，听话。"

我莞尔一笑，将右手轻轻地放在他的掌心里，正准备身下一用劲，跳到他的马背上，就在这时，毫无预兆地，我蓦然间感觉右臂像是被抽离了每一分力气，一时绵软地使不上任何力气，我竟眼睁睁地看着奕析的手一寸寸从我的手心滑脱，而我的身体也慢慢向后倾去。

奕析原本以为我是故技重施，但是听我骤然发出一声尖叫，情知这回是真的事态不妙！

"颜颜！"我听得他低低地唤我的名字，声音中是掩饰不住的惊惧和担忧。

我看不清别的，只觉得人影迅疾在眼前交叠闪过，下坠的身体猛地被托住，稳稳地落在一个坚实的怀中，我的后颈靠在他的手臂上，仰头漫天晃晃金色的阳光刺人眼目，等到能看清时，眸中撞入奕析那忧急万分的神色。

我朝他微微哂笑，将头舒服地枕在他的臂弯，"我没事。"

"我当然知道你没事。"奕析这下彻底沉了脸，说道，"刚刚才说了你，这下马上又犯了。"

"我真的觉得手臂一下子没有力气了……"我少见过他有怒容，伸手去抚他此刻绷直的面庞，谁知手抬到一半，那骤然无力的感觉又毫无预兆地袭来。

"啊……"我的手像是折断翅膀的蝴蝶，陡然狠狠地打落在衣衫上。

"颜颜，你……"奕析握住我的右臂，看着我的眼神瞬间凝重起来。

我低头看，顺着洁白的袖管，嫣红的血正蜿蜒地流淌而出，片刻就洇湿了整只衣袖，顺着张开的手一滴滴落在裙裾上。

岂奈匝地风云起

　　我蜷缩着躺在床榻上，奕析轻轻地将我从背后托起，一侧衣袖从肩膀处褪下，白皙莹洁的右臂上横亘着两道深紫色的瘀青，顺着狭长的伤口，诡异的黑色触目惊心地扩散，如同墨汁在洁白宣纸上晕染开。

　　我记得是那次在失火的药阁中，被丹姬使出的银针所伤，但只是皮外轻伤而已。当时也没怎么多留心，不知今日早已愈合的伤口为何会突然崩裂。

　　奕析隐隐猜出几分不妙，请大夫替我诊治，但是他们都摇头说不知我身患何症。我刚开始只是觉得右边的臂膀没有力气，后来整条右臂的骨骼都隐隐作痛起来，如同有细小的刀片在关节里来回剐着，到了大约四五日后，这种痛楚蔓延到了全身的骨骼。对于我的病症，全部大夫统统束手无策，这时，我才觉出事情的严重性来。

　　云嬗得知我出事的消息，快马加鞭地赶至，而萧隐在守过了阿祖的三七，就离去了，行迹缥缈杳然不知音讯。云嬗来时，因着接连骨痛发作，我的精神亦是恹恹不振，意识昏昏地倚着软枕合眼浅憩。云嬗俯身仔细察看我的伤势，尽管未说什么，但我还是感觉得到，她脸上的那种掩饰不住的震惊和忧惧，从眉梢眼角里流露出来，而奕析的神色亦是如覆霜雪的凝重。

　　他们似乎是刻意在回避我，互相交换眼神就走向外室说话。

　　我躺在榻上，感觉整个人抽搐似的一阵发冷一阵发热，身下柔软密实的细鹅绒毯子，捂得背上渗出密密的汗，接着濡湿的薄衫子贴着脊背一阵寒森森发冷。

　　我那时神志有些迷糊，心底却骤然而生不祥的预感，我知道这次的事绝不是伤口崩裂那么简单。疲惫地合上眼睑，眼前就浮现出那日的情形，在失火的药阁中，那一抹身影清煞孤绝，熊熊烈火映在她身上，尽是诡异的红色，猩艳而且残忍，原本一张清若雪莲的脸，表情狰狞与神魔无异，她口中发出一连串梦呓般的诅咒，极轻，却是字字诛心，一声一声地传到我的耳中，"你会死……你一定会死……"

我仿佛看到身后渐渐沉熄下去的落晖漫意地渲染出此时的暮色四合，残阳如血，霎时间漫目的天光云影瞬被搅得浑浊。

我瞬间惊梦般坐起，松垮的寝衣顺着身体滑落。一壁清远的烛光柔和如萤，浅浅地映出几名立于一帘垂落委地的帷幔后黛色的人影，传出刻意被压低的声音，我听不清楚他们在说什么，不知是谁幽幽启唇吐出两个字："素魇。"

素魇！

霎时，我全身都惊栗得颤抖起来。

素魇！丹姬倾尽全力给我的最后一击，居然是素魇！

我的心间像是压着千年玄冰般一阵一阵地发冷，整颗心都要被那样的负压生生碾碎。

当初丹姬在药阁中对我说的话，字字清晰地浮现出来。

她嫣然的朱唇轻轻翕合，声音柔曼而婉转，"素魇是一种至阴至毒的毒药，正如它诗意的名字一样，不是什么见血封喉的毒药，相反地，它毒发缓慢，甚至温和，不会立即置人于死地。最可怕之处就是对人的折磨，素魇毒会慢慢地折磨你，让你每日都苟延残喘地活着，你明明知道无药可救，却总是妄想着有一线生机，素魇不仅是对身体的折磨，更是对人心的折磨，最后让人在身心都不堪重负下死去。"

"据说此毒无人能解，一旦发作，每时每刻就像是有无数把小刀，在身体的各个关节里面搅动，极为痛楚酷烈，就算剥骨敲髓之痛，也不过如此。素魇是密宫中的一种毒药，但是它过于阴狠歹毒，有损配制之人的阴鸷，后来列为禁药。知晓它配制方法的唯有寥寥几人，就算是我的师父璃珩之前亦是不知道，想尽办法才弄到了素魇的配方。"

我怔怔地坐着，身体上每处骨骼像是被粗粝钢锉狠狠地刮着，一刀又一刀，似乎要将我身上每一寸的血肉都刳干殆尽，不知是体内的素魇发作，还是错觉，那刻我的心真的绞痛得将要昏厥过去。

我又想起在那日，丹姬的神色如同仅仅是在讲述奇闻轶事，她说她的师父璃珩是一个极为自负的人，她若要制解药，定先将毒药服下，然后在毒发前的一段时间配出解药。

她的语调冷冷清清，提起她的授业之师竟没有一丝情绪起伏，她说最后一次，当璃珩配制至毒之药素魇的时候，因忍受不了素魇发作的痛苦而举剑自戕，其实璃珩只要再熬过一会儿，解药就配出来了。

我当时就觉得丹姬无端地提起璃珩，提起密宫的禁毒素魇，似乎有所暗指。我未曾多思，怎想得到她竟然暗示我会有今日。

我的唇角溢出一抹清苦的笑意，原来丹姬一直处心积虑地想要杀我，从她擅改图纸致使北奴王陵崩塌，到后来她放火烧了药阁要与我同归于尽，再到至毒的素魇，她一直都想要杀我，只是我浑然不觉。

素魇过于刻毒，制此药者必损其阴骘，而丹姬，她竟然什么都不管不顾。那个生性冷狷阴戾的女子，她究竟有多恨我，恨到非要置我于死地，甚至还要我受尽折磨，不得好死？

沉沉昏厥中，我又看到那双眼睛，丹姬的眼睛，眸心中那抹诡异的琥珀色泽漾如水波般流转。

她冷笑着诅咒我，"你会死……你一定会死……"

我恍惚着，感觉像是回到那日，在压抑逼仄的药阁中，她一步步地迫近我，她用双手箍住我两侧的肩膀，手指冰凉如铁，渐渐在我的脖颈处收紧。

她失去理智地低吼："他为你做过那么多，你永远陪着他难道不应该吗？"

我怔怔地坐着。那刻，冰凉的触感缓缓蔓延上锁骨，就像是她的手指，猝然间我仿佛是被股巨力紧紧扼住了脖子，我想哭想叫喊都是无济于事，那刻近乎是要窒息。

"咳咳。"一阵猛烈的咳嗽顺着喉咙翻腾而出。

"颜颜！"奕析在那里听到了我这边的响动，疾步冲了进来，他神色焦急，一把扶住我摇摇欲坠的双肩。

我顾不得他，双眸如寒钉盯住云嬺，张口时的声音竟如残损的风铃般刺耳，"你们说，真的是素魇吗？"

云嬺仅是愣愣地看着我，她和丹姬一样，都是从北奴密宫中出来的人，只要她说是，就一定是了。她回避开我的目光，脸色异常煞白，双唇翕合，细如蚊呐地吐出一个字："是。"

在那个轻轻的"是"脱口而出的瞬间，我感到眼前一阵失明般的晕眩和黑暗。

我不可抑制地尖叫出声，撕心裂肺的痛楚之际，我如同中了魔障一样，用双臂抱住头，纤瘦的手指根根深入浓密的秀发，悲痛至极地揪紧了发丝，那股狠劲和疯劲像是要将头发连皮带血扯下来一样。

奕析紧紧地将我箍在怀中，压制着我近乎疯癫的尖叫和乱动，他用嘴唇抵住我的耳侧蓬乱发丝，忧急地道："颜颜，颜颜，你冷静一点！"

"素魇，真的是素魇？"我浑身仿佛寒风中打转的枯叶般颤抖着，情绪激动到根本无法克制，素魇此刻就像一道浸透了怨毒诅咒的符咒，将我兜头兜脸套住，而丹姬正冷笑着看我，含着怨毒的眼眸中沁出一抹凛冽杀意。

奕析脸色苍白，宛如坚玉，他拥紧惶然无助的我，温热的手掌揩去我额头涔涔冷汗，轻柔安慰道："颜颜，你不要这样，素魇又如何，总会有办法。"

我霎时泪流满面，口中喃喃地重复着两个字，"素魇……素魇……"

"王爷你……的确不知道素魇的厉害。"云嬗顿了一顿，还是开口说道，她的眼睛黑白分明，透出仿若经雪水冲刷后的澄明和清冷，"丹姬是抱着必死之心，她焚毁了整个药阁，也就焚毁了药阁中关于素魇的全部记载，老汗王死后，密宫也分崩离析，只怕这世间再无人知道素魇，何谈解毒之法……"

我笑得异常凄凉，幽幽道："孩子是不是一定保不住了……"

"颜卿，你自己都……"云嬗一时发急。

我失神着，其实我也觉得自己问得真傻，身中素魇，我自己的命都保不住，更何况腹中刚足三月尚未成形的孩子。云嬗的话虽极轻，却是一个字一个字地捶打在我的心里。全身的肋骨都在一根根收紧，被勒得剧痛，逼得一口凝结已久的血气汹涌着要翻滚上来。奕析觉察到我的异样，死死将我扣在怀中，不让我挣脱。

"罢了，我都知道了。"我用孱弱的手指颤巍着揪紧心口，力气早已抽离殆尽，只感觉有泪水大颗大颗地溢出眼眶，几缕乱发混着泪黏湿潮热地贴着脸颊。

云嬗见状默然出去，屋中剩下我与奕析两人。

我终于抑制不住，流下大颗大颗的眼泪，声声恍若泣血，"为什么？这都是为什么？"这头顶上的潆潆上苍当真是心性凉薄，喜怒不定，它翻手为云覆手为雨，赐予了我美好而盛大的一切，却又在顷刻间将其毁灭。

为什么？这都是为什么？

前半生风雨漂泊，荆棘遍地。一路走来再艰辛再痛苦，我都不怨了，我都不恨了。此生命途多舛，我所求的唯是与心爱之人结庐尘世，厮守终老，一辈子平平淡淡地过去，除此之外无欲无求。可是为什么，为什么上苍连我这样卑微的愿望都要摧折，昊昊苍天，琼琼碧落，你当真如此残忍，如此无情？

奕析的声音低迷淡远，我知道他现在亦是在极力克制着悲恸，我已是濒临崩溃，但是他不能，他要保持镇静，柔声道："颜颜，会没事的，一定会没事的……"

我抬眸泪眼迷蒙地看他，隔着漫漶的眼泪，他的面容明明近在咫尺，触手可及，却令我感觉远在天涯。渐渐地，声音微弱下去，我蜷缩在他的臂弯中泣不成声。

丹姬说过，素魇之毒，无药可解。就连她那个天赋卓著的师父璃珩，亦是死在素魇之毒上，听丹姬说璃珩似乎已经找到了素魇解药，先不论真假，若是真的有解药，也肯定在丹姬手中。她当真是个心性狠绝冷酷的女子，将药阁焚毁，她是铁了心要我死，要跟我同归于尽，她已葬身火海，就绝不会让我有一丝一毫的生机。

无论再怎么寻医问药，奕析和云嬗也只能眼睁睁看着我的身体一日日地虚弱，直到心脉气血枯竭。

几日后，我长久担心着的事终于发生了。那时，裙裾上蔓延开猩红的血迹，在我身下蜿蜒成河，仿佛大朵大朵盛绽到残败的艳红落花，身体的剧痛让我昏厥过去。等到我再次醒来的时候，不用问，我就知道已经发生了什么事。

我再度失去了孩子，这个我和他都极其珍视的孩子。

得知孩子不在时，我睁着空洞的眼睛，心里无限的悲苦将柔肠寸寸绞碎，却是一滴泪都流不出来。我的眼角如被滚水烫灼般火燎火烧地发痛发涩，被咸苦的泪水浸透时，就像是在被锋利的刀子切割着般，终于干涸到连一滴眼泪都流不出来了。

我想起我失去第一个孩子时，我睁开眼看着头顶悬着轻盈的纱幔，纱幔恍若有重量，沉沉像是要铺天盖地地覆压下来，逼迫着我，给我一种无处遁逃的错觉。身体如一团棉花般绵软，整个宫室中弥漫着浓重的草药味、血腥味，服侍我的宫人们都跪在一边低低垂头啜泣着，像是在哀悼那个早殇的小小亡魂。只是现在，悲恸欲绝地守在我床边、目不交睫地等待我醒来的人，却换成了奕析。

恍恍惚惚，像是尘封多年前的画面顷刻间在眼前重现，它们交叠着，又分离，分不清是梦境还是现实。

我的目光慢慢地掠过房中摆放的物什，湖碧色秋罗玉纱帐子垂下半帘，一侧松松地用银钩挑起，莲紫苏合欢薄被，我的颈下掖着几个洁白柔软的天鹅绒枕垫。以前我不好动，那时就慵懒地坐在榻上翻几页书打发时光，红木书桌上漫意摊开三尺素白的宣纸，酣畅的墨迹淋漓未干透，饱满的笔尖在纸上峰回路转，我执笔写着向来擅长的行书，那个时候，孩子还在，他还在。

暮色渐深的夏日，我新洗了长发，看着樱若玩闹，将下颌搁在奕析的肩窝上，呦呦低语道："我想让我们的孩子也能这般活泼健康，无忧无虑，玩闹累了就安稳地睡，不要去烦忧什么。"

我心中怀着将为人母的满足，掐算着孩子出生的时日，应该是轩彰十年的春天，想象着他就降生在最明媚最温暖的春光中，希望从生命伊始就得到上天的眷顾和庇佑，一生平安无忧，莫再像我这般。

汤药苦涩难忍，为了他我都尽数喝了下去。有孕以来，我一直犯恶心脾胃不佳，但为了他，我努力多吃些，想要自己丰腴些，让他可以从我身上汲取养分和能量，我希望一开始就能给他最好的。

只是如今，他不在了，孩子不在了。

我眼神空洞地看向奕析，一排贝齿紧紧咬着下唇，直到唇色发白沁出血丝，却倔强地不肯让一声呜咽从喉间溢出。

"孩子死了。"良久，我怔怔地道。我想我此刻的面容定然苍白如纸，没有一丝血色。

"颜颜……"奕析握紧我羸弱到抬不起来的手，说话时有沉重如扇的鼻音，他，这个男人，在我昏迷之时一定为我哭过。我看着他，他眉宇间隐隐有憔悴支离的神情，如玉璧微裂，仅仅是短暂数日，一贯疏朗俊逸、明如皓月的他，清减消瘦了很多，眼眸中灵玉的纯澈温华也消磨殆尽，神色间透出难言的疲惫和颓废。我知道失去这个孩子，他的悲痛，绝不会比我少。

"孩子死了。"我麻木地重复，再一次我尝到了什么是心如死灰的滋味，"对不起，我没能保护好他……"

"颜颜，你不要这样说……"奕析的头耷拉下来抵住我的床沿，狠狠捶打他自己，深切自责道，"不是你的错，是我的罪孽……阿祖过世，我为什么要提前回来，为什么要留你一个人在那里……若我能陪着你，就不会让别人乘机对你不利……是我的罪孽……"

我第一次看到他如此失态的样子，他的哀恸，比我自己身上的伤痛更能让我痛千倍万倍。我挣扎着从床上坐起，将那低泣的头颅放在我的膝上，而我抑制已久的泪，也在那漫漫长夜、耿耿星河之际流个痛快。

从我知道有这个孩子，直到失去，其实还不足一个月，短暂得不足一个月。

在孩子离去的时候，我尚沉浸在二度失子的痛苦中不能自拔，而我的生命也正在渐渐枯竭。奕析为我延请名医，焦头烂额，还是不能阻止死亡阴影正在慢慢迫近，覆盖在我身上。

我意识时而混沌，但心中却是澄明一片，知道他们所做的一切，都是无济于事罢了。

我不禁凄清苦笑，素魇若是能让我立即死，倒还是丹姬对我仁慈了。

而它最可怕的，恰恰就是对人的折磨，我曾听丹姬说过，素魇为天下至毒，是因为它不仅是一味毒药，更像是一颗浸渍着怨毒的人心。我现在的感觉仿佛我就是一只被猛兽捉住的猎物，但是猛兽不想让猎物立即死，而是用利爪恣意地玩弄着，它刻意地网开一面让猎物逃跑，当猎物以为有一线生机之时，随即被追上来的利爪扑住。这样来回几次，最大限度地让猎物感到惊惧惶恐，将濒临死亡的进程刻意放慢，直到它玩腻，意兴阑珊了，猎物也被利爪刨得遍体鳞伤，奄奄一息了，它再使出致命一击准确地咬断猎物的咽喉。

我现在就像是那只惶然无助的猎物，而丹姬就是将我玩弄在利爪之上的猛兽。

丹姬虽然已经死了，但我现在合上眼，就能看见她那张清素宛若雪莲花的面容，深不见底的瞳孔里面犹如盘踞着嗤嗤吐着火信的毒蛇，"我原来不想，但是我现在忽然改变主意了。我要在你最幸福的时候毁了你。"

"原来你并不是对每个人都冷心冷肺，我还以为你向来只会漠视和践踏他人对你的好……"

丹姬幽幽哀伤地说着，瞬间她阴戾的眼神雪亮如刀，"为什么你对他就可以那样铁石心肠，一点都不能被打动？你索性冷硬到底，对所有人都是如此，可是你却一转身就可以接受韶王……"

"他为你做过那么多，你难道不应该永远陪着他吗？"

我耳中充斥着丹姬的声音，或是嘲讽冷诮，或是疯癫嘶吼，嘈杂声全部搅混在一起，最后隆隆庞杂中一声尖锐刻毒的诅咒，如一截锋刃刺亮挑出，"你会死……你一定会死……"

我现在总算是明白了，丹姬最后说的那句话是什么意思，她苦心孤诣炮制了素魇，为的就是让我死，让我受尽折磨再死。

而她，丹姬，若是人死后真的有灵，她一定栖身在某处窥视着我的痛苦，在她生前那句诅咒应验的刹那，肆意地仰天狂笑，形如疯癫，颜卿，这是你的报应，报应。

素魇之毒发作时难以忍受，我感觉就像有无数把锋利的薄刃，贴着每一处骨骼来回狠狠地剐着，又像是被密密的蛆虫啃咬着，啮噬着，那时我感觉浑身上下的骨节都要一寸寸地裂开，而骨骼尖锐锋利的断面，随时都要刺戳穿肌肤，将我整个人赤条条地凌迟割裂。

但是身体上的痛楚和煎熬，再痛也痛不过我此刻内心的痛。心中的支撑在瞬间崩塌，我身体底子原先不是很好，现在加上小产，以及身中素魇之毒，摧枯拉朽地，不可抵挡地，我整个人日渐消瘦下去，仿佛被熊熊烈日曝晒的花儿，润泽丰盈的花瓣渐渐地失水枯萎，直到焚烧成一把浓黑的灰烬。那时，我的生命大概就要到尽头了。

我躺在床榻之上，心冷成灰，凄凉笑着，孩子先我一步而去，而我现在不知能不能熬得过他的头七，也要随着他去了。

我睁大眼睛，空茫地盯着头顶花旋式的繁复罗帐，人沉沉地想睡去，隐约听见室外有声音传来。

"真的没有任何办法了？"是奕析在急促地问。

云嬗说道："素魇出自密宫，当初老汗王自知败势已定，拖了整个密宫的人给他陪葬，唯有我和丹姬侥幸逃过一死。原本知道素魇的人就寥寥无几，如今丹姬已死，她又一把火烧了药阁，恐怕从此素魇就要湮灭于人世了，包括解毒之法……"

良久的静默之后，突然间，云嬗如是想起来什么，声音透着难以掩藏的激动，"医术上能与当年的璃珩相当的还有一人。"

"是谁？"奕析追问。

"清虚子。"云嬗缓缓吐出一个人的名字，她的话音在颤抖，"清虚子在入道之前本姓为萧，早年与浣昭夫人一起叛离了密宫，但他是夫人的堂兄，只要能找到他，他一定会竭尽所能来救夫人的女儿。"

云嬗说到这里，又一分一分地黯淡下来，咬牙道："只是清虚子历来漂泊不定，又有谁清楚他的行踪？早些年萧隐哥哥倒是还与他有些来往。可恨的是，如今哥哥亦是不知所终，老天真的一条路都不肯留下……"

奕析想尽办法挽留我的性命，但是这一切都是无济于事，我明明清楚是这样的结果，但却会抱着一丝残破微弱的希冀去尝试，希冀着上天的一分垂怜，然而每次那些希冀都会像泡沫般破裂。

素魇日夜不断发作，越来越频繁，越来越剧烈，当真是唯有一死才是我的解脱。

奕析不离不弃地守在我身边，我知道他此刻的悲恸绝不会比我少，只会比我更甚，他同样失去了亲生孩子，现在更要面临失去我。对于世间的每个男人，人生中最痛苦的莫过于丧妻失子，现在他就要面对如此残酷的现实。他是如此长情痴心之人，又如何能扛得住，念及此处，我的眼泪就忍不住要滚滚地流落。

奕析从未放弃救我，其实我自己也舍不得放弃，我舍不得离开他，就算是要日日忍受侵骨凌迟的痛苦，我也是舍不得，甚至每日每夜都舍不得再合上眼睛，能多看他一眼就是一眼。

轩彰九年十月，正是天高宇清、秋风送爽之际，怎奈这一季的秋凉来得那般迅疾。

一辆马车辘辘地开出顺州城，我身体完全包裹在一袭轻软柔密的银针狐裘下，领口处用云锦累珠珞松松地绾了，我现在身子格外虚弱，尚在小月中，丝毫受不得风。奕析将我整个拥在怀中，尽量地让我躺得舒服，少些车马颠簸。

我们此时要去的地方，是与顺州城邻近的金莱城，金莱城的规格相较顺州还要小些，自然景致、经济不如顺州，两城间贯穿着一道云昆水泽，那水势从顺州出城再流淌入金莱境内。

此去金莱城，目的仅有一个，就是去见近些年声名鹊起的女神医。我不知道奕析通过何种渠道得到的消息，其实我心知此举无用，这种人很可能不过是江湖术士而已，怎么会有能耐应对得了素魇。

尽管如此，我还是不忍心拂逆奕析的心意。毕竟他想要救我，焦心焦虑地想要救我。他失去了此生第一个孩子，现在又面临着失去我。这段日子来，我已被小产、素魇折磨得身心俱疲，生命被损耗到极限，而他承受的打击亦是接二连三。

但是他从未说，一直在我面前强撑着。妾本丝萝，愿托乔木，而他就是我的乔木，他要给我保护、疼惜、依赖。我已崩溃，我知道他现在就算耗尽气力也不允许自己倒下，他要镇定，他要冷静，就算内心疼痛到了极致也要朝我安心地微笑，仿佛他的笑能给我近乎被至毒素魇蚀空耗尽的身体注入一丝温热。

在金莱城中东北一隅，几椽旧屋围成一个院落，样式古朴，因着多年风雨侵蚀，白色墙皮剥落不少，黑漆正门无声无息地敞开一扇。门楣上没有悬挂牌匾，看不出任何医馆的痕迹，朝敞开的门里面看，小小的院子拾掇得十分干净，三间尚算雅致的房屋，院中再无其他花木，只见茵茵草地上用细碎的白色石子铺出一道洁净小径，直通向一间寻常模样的正房。院子东侧用木杆和破损的竹篾搭成一个简易棚子，用来堆放杂物和柴火，而那面白底蓝纹写着"悬壶济世"的幡子，像是被废弃一样扔在那里。这样的情景令我不解，旋即自嘲道，或许女医这种江湖术士，当真只是个江湖术士。

奕析倒是不在意，将我轻柔地从马车上抱下，令其他随从在门外等候，绝不可轻慢。他扶着我，仅我们两人沿着白石小径走了进去。

院子里头很静，我听得到斗篷后裾拖曳过碎石地面发出的窣窣的声音，看到奕析一脸正色，我不想问，也懒得问，他曾经顺了我那么多次，今日我无妨就顺着他。

忽然，沉寂中传来女子嘤嘤的抽泣声，我们与奕析相视一眼，闻声走近后，发现原来是个女孩子正坐在台阶上，将头埋进双膝间。我看她年纪大概十六七岁，身量娇小，身着月白蝶纹束衣，发绾双鬟，看不清容貌，但看脸庞和脖颈的线条生得极其秀颀圆润。

她感到有生人走近，蓦然抬起头，我暗自一惊，这种古旧的小院子中，难得有这样一位标致俏丽的女孩子，虽不是很惊艳，眉目间却别有一种超脱年纪的恬静和婉丽，泪光涟涟的双眼因哭泣而红彤彤，我看见她右眼角外侧有一颗漆点般的痣，痣生眼角，堕泪痣乃是不祥之兆，但却分毫无损她的容貌。清秀的面庞，因这颗痣将眼角弧度拖得微微上扬，平添几分别致的妩媚。

"你们是谁？"她止住哭泣，声音稚嫩地问道。

我莞尔笑笑，她看起来像是单纯无害的样子，奕析和颜悦色道："小姑娘，你为何哭？这里的主人在吗？"

"我为何哭，可不能告诉你。"她依然是抱膝坐在台阶上的姿势，冲着奕析狡黠一笑，扑闪着犹沾着点点碎泪的明眸，恍若蝶翅，目光落在我身上，问道："你们是来找主人的吧。是这位姐姐病了吗？"

我此时恹恹无力地靠在奕析身上，见她正目不转睛看着我，亦是虚弱地朝她笑笑。

她看了我半晌，嗖地起身拍拍白绫子裙上的尘土，边朝里面跑边嚷道："你们等着，我去向主人通报。"

我正诧异，奕析已扶着我走进那间正房，房间里面收拾得格外干净，前边应该是会诊之处，而后面方是居住的厢房，用屏风隔断，正中放着一张磕碰掉不少油漆的桌子，上面放着一只病人用来搁手的蓝布垫子，其他的就真是别无长物了。

我微微一哂，笑道："你别病急乱投医，让人家哄骗了，莫不真是个江湖术士。"

"姑娘人虽来了，可却不是诚心啊。"人未至，却听得女子清丽的声音传来。抬头只见一道窈窕人影翩翩然从屏风后走出，她身着银灰色的道服，宽宽松松，却遮掩不住她原玲珑的体态，脸上自鼻子之下被面纱覆盖住。

我看到她右眼角外侧的那颗堕泪痣，墨如漆点，像是女子上妆时刻意拖长的眼线，一脉妩媚风情，我看着她熟悉的眉眼，不禁哑然，忍不住笑道："你穿着侍女的衣服，是个爱哭鼻子的小丫头，你穿上这身道服，就成了女神医了吗？我是病着，可是我的眼睛可不瞎，覆层面纱我难道就认不出你来？"

奕析看着那颗堕泪痣，也是认出她来，"你不就是刚才……"

她霎时咯咯一笑，伸手将面纱扯落，露出一张清秀白皙的脸庞来，正是刚才坐在台阶上呜呜哭泣的小姑娘，短短片刻工夫，不知她用了何种办法，原本红肿的双眼竟已恢复正常，一点都看不出哭过的痕迹。

奕析以为她是有意捉弄，容色忧急道："小丫头，你莫要闹着，我们找你家主人真的有急事。"

"你们怎么那么有眼不识泰山啊。"她噘起红润的小嘴，作出一副不耐烦的神色，"真佛就在眼前，居然还眼巴巴地要我去请。我今日原本是要走了，正好撞上你们，也算是有缘，就当这是最后一次行医吧。"

奕析满腹狐疑，正要再问，我轻轻拉他的衣袖止住，轻轻道："你看她哭红的眼睛，片刻工夫就调理好了，大夫应该就是她吧。"

我正面对她坐下，可是现在根本坐不稳，身体绵软地靠着奕析，朝她缓缓地伸出一截纤细晦白的手臂。

她倒是不着急把脉，用双手托腮，一双黑白分明的剔透清眸仔细打量着我，露出些孩童天真稚气的神色，轻扇鼻翅笑道："我就说你不诚心了，我是医者都脱了面纱，你作为问症之人倒是不肯露出庐山真面目了。"

我看着她，眼前的女子模样清秀俏丽，仪态清贵脱俗，不像是江湖落草之人，倒像是官宦人家深闺中养出来的大小姐，明明就是十六七岁的年纪，然而举止谈吐间却自然流露出久经世事的老练和透辟。

我正思忖着言辞来解释，她忽然冲我摆摆手，"你可千万不要说什么病容丑陋、不堪入目的话来推托，我看得出你生得极美，即使在重症缠身之际亦是极美。"

奕析的手放在我肩膀上，我淡淡笑道："我真的不便除下面纱，还请女医见谅。"

"算了，你不想，我也就不为难你，就当我今日没有眼福吧。"她粲然一笑，终于将两指落在我搁放已久的手腕上。

她的手指薄削而冰凉，脸上的笑意渐渐收紧，清浅的眼眸中透出凝重之色，她的声音一改刚才插科打诨时的轻松，道："你刚刚小产过？"

我勉强点点头，小产的伤痛在我心中并未淡褪。被她无心再次提起时，我背过脸去，不让漫溢上眼底的激荡情绪显露出来，只有奕析感觉到我双肩一时轻微的抽动。

女医的两指依然不曾离开我的手腕，她遽然惊得低呼一声："素魇！"

我简直不敢相信自己的耳朵，感觉脑海中有道电光划过，黢黑的四周骤然亮堂了一下，一般的大夫连我身染何症都说不出来，她竟然瞬间就可以报出素魇的名字！

奕析激动不已，声音颤抖着道："的确是素魇！你知道这种毒，那么你能救我的妻子吗？"

"妻子？"女医口中轻轻地咦了一声，"你们看上去郎才女貌，一双好般配的璧人，她是你的妻子倒也不足为怪。"

奕析此时一心系在我身上，别的听不进去分毫，追问道："能不能救？"

女医神色愣愣，歉然笑道："不能救，很抱歉，我无能为力。"

一句根本没有转圜余地的话语，奕析眼中燃起的希望猝然熄灭，"真的不能吗？"

我早已料到是这样的结果，冷静地将手收回袖笼中，"你没必要抱歉，其实我也知道是无药可救的。"

她诧异地看着我此刻出奇的冷静，眼眸中流转着的那抹清煞和淡定，清清冷冷的，宛如秋日里清粹冷冽的白霜，又宛如入冬时初绽的一瓣孤洁新雪，一点都不像是个将死之人。

"你不怕死吗？"她目不转睛地盯着我，似是自言道："不过我想你应是很怕死，是不是？"

"真的……毫无办法？"奕析声音中难掩绝望。

"是，我很怕死。"我浅笑，若是孑然一身，死了也就罢了，扰扰尘世间，最舍不下的却唯有他。

她右眼角的堕泪痣，墨如点漆，深潭般黝黑森森得不见底，就像是她的第三只眼睛，她凝视我良久，长叹一声，"我还是那句话，无能为力，但是……"

听得她口气中的转折，我心间忽地一跳，仿佛是被雨点打得微颤的树叶，她道："你们……也许可以去找清虚子，我的师父。"

我霎时怔住，眼前这个容颜秀婉的女孩竟然会是清虚子的徒弟！

"呵呵，你到底还是怀疑我的身份吧？"她笑着看我一时的失神，玉纤托腮时扬起的衣袖遮去小半边清秀的脸，宛若澄明水墨画中娴静俏媚的女子，眼角一滴黛色的堕泪痣尚还是墨迹簇新，"我看上去这样年轻，又不是很有慧根的样子，怎么会是清虚子的弟子呢？但世事本就不容易料定，难道只有玉修师弟才配得上做师父的弟子？"

听她提到玉修，我心间水纹波动一下，玉修正是我入道多年的父亲的道号，父亲论年纪要比眼前的小女孩整整大了一辈，可是她竟然可以毫不客气地称呼为师弟。

"我相信你。"我的目光缓缓地落在她的银灰道袍上，衣襟处绣着羽翎纤毫毕现的展翅仙鹤，跟清虚子所着服饰一模一样。其实我并不怀疑她的身份，能有这样一番出尘绝俗的容貌和气度，她绝不是一个普通人。

"其实信与不信都随你们。"她略仰下颔，朝我笑道，"我是看着这位姐姐似与我有缘，方才自报了师门。"

我看着她，并不多言语。

她不理会我们此刻古怪的神情，微微蹙眉，正色说道："我以前听师父在无意间提起过，师父不曾多说，我也不曾问，只知道师父耗时多年寻求此毒的化解之法，也不知他如今可有结果。"

"是吗？"我沉吟道，素白的指尖轻点着桌面，她说得倒是一分不差。我无意间看向她的手，素指若削葱根，莹白圆润如贝，不曾留指甲，我记得作为医者的丹姬的手也是这般。

"我学识有限，是真的爱莫能助，但是……"她叹口气，从容不迫地接着道："如果你们能找到师父，或许尚存一线生机。"

"那么……你可知道你师父在哪里？"奕析的焦虑与忧急完全表露在脸上，与她此时的平静形成鲜明反差。

我朝她虚弱笑道："先不论你说的真假，但清虚子早已销声匿迹多年，我又上何处去找他？"我自从远嫁北奴前在帝都见过清虚子后，这近十年来都不曾听说过他的踪迹了。

"师父……"她的声音滞一滞，揉着眉心道，"其实我也说不出师父的去处。"

"不过当今圣上应该知道。"她略敛道袍衣襟，云淡风轻地道，"因为师父曾说过，应故人之约，愿向胤朝称臣十年。"

听此，我与奕析皆是神色惊变。

我回头看他时，我们的目光正好碰撞在一起，他眼中的光芒复杂变幻着，而我一时心间如惊雷霎时炸开，垂首时密密的额发挡住我此刻眼底的不平静。

女医一双明眸如晨出雾霭淡薄，瞥过我们，依然顾自说："当今圣上尚滞留上阳古都，眼下还是轩彰九年，十年之期未满，我估算师父应是随皇伴驾吧。"

我黝黑的瞳仁一紧，眸心瞬时逼仄成两道清越的光芒，"我不可能去求他。"

话脱口而出之际，我猛地错觉，奕析握着我的肩膀的手似乎加重了几分力道。

"你不愿去求我的师父？"她轻挑嫣色的唇角。

"我不可能去求他。"我的神色冷冽如冰，将刚刚的话只字不差地重复了一遍，说完便起身离去。

"颜颜！"奕析立即跑上来追我，伸手拽住我的手腕。

"你放开。"我心中登时乱糟糟一片。

"颜颜，你冷静一下，有什么事我们回去再商量。"奕析此刻的心情不比我平静，但毕竟他还是极有分寸的人，这里是别人的地方，眼多嘴杂，我们两人实在不好说话。

我点头，顿时温顺下来，任由他将我抱上马车。

马车依旧一路颠簸，我默然低首，手指痉挛着紧紧地揪住外裳领口系着的云锦累珠珞，白齿啮着淡无血色的下唇，一袭宽松的银针狐裘下我的身量纤瘦娇小得几乎不占任何地方，一双眸子湛湛，却是清冷地难以接近。

"颜颜……"奕析清俊的面容煞白，踌躇着正欲开口。

我冷冷地打了个哆嗦，齿间险些在发白的唇扯出一痕血丝，双手捂住耳朵拼命地摇头道："我不听，我不要听，我知道你要说什么……"

"颜颜……"

"你相信清虚子会有那种回天之力？他的医术说到底不过就是出自密宫一脉，怎有能力与执掌药阁的丹姬抗衡？"我咄咄地质问，根本不给奕析开口的机会。

我抬眸，眼中露出琉璃般透明的光，深吸口气说道："我宁愿死了，也不会去求清虚子，去求你的皇兄……"

我话说出口，就已经是说绝了，断然不留下一丝转圜的余地。

刹那间，狭隘的空间中气息凝结。

他看着我，我也在看他，看着他温若墨玉般的眸中映出一双苍白羸弱的剪影，宛如绽开在虚无中的花，带着残艳的不完整。

"可是颜颜，如果皇兄……"

"没有如果……"我将头枕到一侧，避开他的目光，冷冷地打断道："先不论清虚子如何，他定然不会原谅我们。"

我说得一点都不错，时至今日，其实奕析也看得透彻了，根本就不会存在那个微茫的如果。

我不禁苦笑，曾经也是天真地做这般想。我一直知道奕槿放不下我，颜卿死了，原本最后的念想也该断了，可是谁会想到他的脾性竟会如此偏执固拗。

在颜卿坠崖两年后，他力排众议，纡尊降贵，圣驾亲临漠北，徒步攀上鹰断峰祭奠亡灵，抒发哀矜悲恸之情。

我至今记得孤身上鹰断峰时，那篇痛彻心扉、字字如血的悼亡赋。怀思慕之切怛兮，兼始终之万虑。嗟隐忧之沈积兮，独郁结而靡诉……意惨愤而无聊兮，思缠绵以增慕。夜耿耿而不寐兮，魂憧憧而至曙……念吾爱妻颜颜辞世多年……芳魂无知，香魄无感……或心怀前尘怨怼不平……辗转反侧竟无一日然入梦……

随后，他听从术士荒谬之言，相信真会有精诚致魂魄，蓬莱仙境重逢，不惜大兴土木，修建宫室，就是为了能与颜卿的生魂再次相见。

如此种种，我能如何说，还能说些什么。

爱与恨之间，犹如水涨船高。爱得越深，恨意反噬亦是越深。

奕析的面容冷静，透着清寒的雪光，他扳过我的肩膀让我正视他的眼睛，说话竟有些凝噎，"颜颜，如果有万分之一……甚至一点点的希望在……我都想要去试……因为我真的不想你死……"

我身体颤抖着，紧咬着下唇不说话，只顾着一壁地摇头，嗫嚅道："傻瓜。"

他掌心的肌肤贴着我的脸，时而燃烧般的灼热，时而淬入冰水的寒冷，眼神剧痛，喃喃道："我希望你活着……看着你平安喜乐地活着……"

听他说出这样的话来，我怔住，心像被无数细细的丝弦抽得紧紧，忍不住落下一滴泪来。

"傻瓜，我说过的，若是这平安喜乐与你无关，我宁愿不要！"我逼住眼眶中盈盈闪动的泪水，扑上前圈住他温热的脖颈，将急促的呼吸埋入他的清新发丝间，"其实女医说得对，我怕死，真的很怕死，若是我现在是孑然一身，死了也罢了，也落得清净和解脱。贪恋尘世，只因为尘世中有你在。若是人生的平安喜乐中无你，我跟死了又有什么区别？"

亦既见止，我心则夷。情牵一世，唯君而已。十六字誓言，字字分明地烙印进每一寸血肉，每一分肌理。

我凄恻地笑着，丹姬既然铁了心置我于死地，就不会让我有任何生机。且不说清虚子如何，我已不愿去冒这个险。现在的我已然不是当年骄傲勇敢的颜卿，觉得世间万物皆是事在人为。这么多年下来，我累了，经不起颠簸与折磨，许多事我也再没有心力去面对了。

"颜颜……"

"不要说了，真的不要说了……"我躺在他怀中，将冰凉的手覆上他清俊英挺的面庞，声音渐渐地低微下去，"不要再找任何人来救我了，既然时日无多，我也不想再浪费与你在一起的光阴，我累了，你就这样让我看着你，直到合上眼睛吧。"

那日，我执意要回避了奕析，独自又去了金莱城。

我由玉笙小心地搀扶着，进入那几椽旧屋围成的院落，走过白石子漫的小路。看到正房的青石板台阶上，那女孩子正抱膝坐着，黑油油的好头发梳成粗粗的辫子，重重地垂在胸前，右眼角生着极小一颗漆点般的墨痣。这回她可没哭，只是愣愣地出神，旁侧散落着绸布裹好的包裹，像是要远行的样子。

她看见我，笑时眼睛宛若两弯新月，"这位姐姐，你来了。"

"你好像早知道我会来，在这里等着吧。方才莽撞而走，让女医见笑了，"我用绢子掩唇，忍下喉间咳嗽，示意身边的玉笙将一包东西递过去，说道："这是诊金，还请收下。"

"我是在等你呀。"女医容颜清秀，嗤声笑道："正愁着如何上路，你倒好给我送盘缠来了。"

"那倒是真巧了。"我淡淡道。

女医口上虽这样说，却不肯伸手去接，玉笙僵在那里，竟一时有些尴尬。她正色道："给你家夫人拿回去。方才只不过说笑罢了，看过后只说了无能为力，还能好意思收下诊金？要是真这样，臊得脸都没了。"

这时，她落落然起身，扶我走进里面去。在那扇隔断的屏风后，她让我倚在一张半旧的软榻上，缓缓撩起右侧袖子，右臂上两道被箭矢割开的伤口原本早已愈合，自从上次崩裂后，表面的伤好了，可是那处莹洁肌肤下淤积着黑血，依然高肿得乌紫。

"你为什么不愿去找家师？"她凝眉看着我的伤势，扬扬手让在旁边杵着的玉笙端来些洁净的绑带。

我默然不答。

"看你那日反应，应该早年就与家师结识？"她不疾不徐地猜测。

"不认识。"我顾自低头，生硬答道。

"罢了，世上那么多人，若有心不认识，就是不认识了。"她低低自言，深敛呼吸，指间执起一片薄如柳叶的小银刀，疾电般豁然出手，锋刃挑破肌理，仿佛撕碎脆弱的白纸，一汪黏稠浓墨的黑血滴进早准备好的白瓷盂中。

我紧闭双眸，手指攥着白绢子，一时额头痛得沁出涔涔细密的汗珠，咬牙任由她将瘀血沥尽了。

"我能做的仅此而已。"她用手背揩拭额角，拿绷带利索地给我包扎起来，挑唇笑道，"我看这位姐姐应该不是寻常人。"

"不是，不过你似乎也不是。"我将一缕洇湿的发丝钩到耳后，亦是浅笑晏晏，"我们见了两面，不敢妄求你告知真实姓名，只消说个如何称呼吧。"

她微微抿着唇角，将那把小银刀扔进正滚得冒泡的一盆烧酒中，黑色的血迹骤然朝四周化散开去。她幽幽叹道："一介畸零之人，何来名字？"

我抬眸，只见她笑意中染着几分年少轻狂，轻轻一击掌道："呵呵，对了，早些年，有人死皮赖脸地求着要给我塑像，那泥像身披白纱捧着净瓶，直唤我是'菩萨'。"

我眼风淡淡地扫过她的面庞，青稚素丽，怎么看都不会超过十八岁，说道："你年纪应该不大。"

她颇是不以为然，道："这容貌体态上表现出来年纪又是如何说得好，有些人七老八十了，心里却愚钝得未经教化也是有的。我不大在意人家问起我的年纪，我却不敢问这位姐姐，这位姐姐看面貌似乎尚与我年纪相仿，但是这双眼睛，倒让我不敢贸然去猜去问了。"

"我怕是没有七老八十的命了。"我眼神淡然道，玉笙仔细地将衣袖放下，生怕动到我的伤口，又小心地将我扶了起来。

"我说过，是觉得跟你有缘才自报了师门。"她倚着屏风秀顾而立，"世事变幻若白衣苍狗，我们说不定日后还能再见。"

"我也许已经没有日后了。"我朝她回首，恻然笑道，"最后求女医，请不要将遇见我和那位公子的事告诉别人。我是为你着想，毕竟你也是逍遥自在的人，莫为旁人的事给自己多添些烦劳。"

"我知道了。"她转身隐入屏风后，"但彼此互惠，也请你不要把在金莱城见到我的事告诉他人。"

离开金莱城，我胸臆间隐隐作痛，方才她说世事变幻如白衣苍狗，那女孩子不知是确实有阅历，还是虚然应景之叹，以我现在的心境，不会有人比我更了解这句话。

琼台楼阁，琪花瑶草，一生追逐的旖旎之境，在瞬间就崩落。

不知有多久了，我都不曾感觉到这样绝望和无助。生命中一切盛大而隆重的美好，与我此生挚爱的人，远离尘世纷扰，寻个清静去处，结庐厮守。淡烟融月，风动幽花，落红满径，绿蚁焙酒，与他携手，走过的四季皆是明媚如画。而他一直温雅朝我笑着，我们共同养育膝下一双儿女，融融天伦之乐。顺州城游玩之时，满目欣荣景色，笑语声声言犹在耳。我原以为都让我握在掌心，此刻如同断线的纸鸢，失魂落魄地湮灭在风中。

现在看来，一切的一切，竟成痴妄。

素魔毒发时，身体仿佛是被冰冷的恐惧攫住，无数把锋利的薄刃贴着每一处骨骼来回狠狠地剐着、剔着。那种强势的力道好像要将我的每一寸血肉都碾碎。接连着日夜不休，一刻安寝的工夫都没有。

更漏声长，夜不能寐，心腑剧痛起来，浑要搅得寸寸柔肠断。我有时会绝望地想，一切恩爱，无常难得久，生世多畏惧，命危于晨露。若是一开始就不曾拥有，就不会畏惧失去，患得患失，乃是一切人生至苦根源。人如果一直在痛苦中沉沦，痛到极致也便麻木，世间最残忍的莫过于将其置于幸福的云端，随即被推入痛苦的炼狱。

不曾拥有，也就无畏失去。

想起我们再相逢那日，潺湲清凉的溪水漫上脚踝，我伶俜立于水中，他风姿潇洒地策马而过，若是那惊鸿一瞥不曾认出我，就不会引出那场邂逅日后种种；我若是不曾遇见他，我也许还继续和玉笙扮作平头百姓，日出而作日落而息，将一生都平淡地消磨过去。

可是打心自问，如果真的能够重来，我能否就舍得下他。是的，我舍不下，就算明知是飞蛾扑火，光明与火热只有一瞬间，也要成全这种壮烈。

这些日子来，因女医为我放出毒血，素魔发作不似先前那般频繁，但此举除了减轻些痛苦，毫无作用。

不可抵挡地，我的身体日渐消瘦下去。

樱若被侍女抱着在一旁，圆圆的杏眼出神地盯着我，手指含在嘴里。

我舍不得这个无父无母的可怜孩子，原本以为可以照拂她长大，怎想是不能够了。我轻抚她的额头，忍了悲痛，慈爱道："母亲不能照顾樱若了，但你今后要乖乖地听玉笙姑姑的话，好吗？"

"母亲。"樱若神情讷讷地不说话，她素来机灵，虽然听不懂，但是极会看周边大人的脸色。

"小姐。"玉笙眼睛红肿着，忍不住伏在我床畔哇哇地痛哭起来。

"玉笙。"我伸手摸摸她的发丝，叹道："竟是我一直耽误了你，你以前固执说不嫁，我都随了你，现在想想真是误了你一生一世。"

"小姐，怎么又提起这些事来了。"玉笙抬头看我，泪眼蒙眬。

我眼底亦是蒙蒙地晕开湿意，"我早说过，万一我不长久，留下你孤身一人，你下半世又能依傍着谁？"

"呸呸！什么不长久，小姐，你怎么说出这种不吉利的话来……"玉笙瞪眼急了，忙着来堵我的嘴。

"你是个女人家，好歹是要有个归宿。玉笙，我这回是认真动了心，你莫再拂逆我的意思……"我狠狠心，说道，"我决定将你嫁给原先韶王手下的徐碣副将军。"

玉笙怔住，咬着绢子半晌说不出话来。

我神色动容，掏心掏肺地说道："玉笙，你不离不弃地跟着我那么多年，我们名分上虽是主仆，但是你待我之情如同亲姐妹。其实论情论理，我都该早早地为你寻个好归宿，你不愿嫁，我何尝没有过私心，我身边也就你这个可靠的人，自然也离不了你……"说到这里我不禁哽咽难言。

玉笙含泪道："既然这样，小姐就留着我吧，我不想嫁……"

玉笙跟着我，此生已足够孤苦凄清，现在我不得不为她着想。想到这里，我逼自己将口气硬下几分，"以前也就罢了，我总想着，只要有我在一日，我就必定能照拂你一日，现在我来日无多，我实在不放心让你孤苦伶仃地生活，徐碣好歹是个知根知底的人，他三十余岁，与你相仿，本性忠实可靠，虽不算极挑尖，但你若是嫁给他也不算是所托非人，你为何不答应？"

我扶着她两侧肩膀，"玉笙，碧桃儿服侍我一场，我尚且要为她谋个好归宿，更何况是你……"

我说着有些气息急促，玉笙忙抚着我的后背为我顺气，带着哭声道："小姐，我不嫁……任他再好，我也不嫁……就让我陪着小姐……"

她眼中都是泪光，坚定道："小姐若是去了……我也随着小姐而去……"

"胡闹！"我霎时怫然作怒，苍白的唇瓣颤颤着，喉间几乎要呕出一口血来，"你们一个个都要我不得安心吗？他发誓说要随我去，你现在也是。我都这般光景了，你们非要气得我再添些堵心劳神的病症，真真的是让我连最后的安宁都不得吗？"

樱若被我此时的怒气吓了一跳，竟也是嘤嘤地哭泣起来。

"小姐……"玉笙早已是泣不成声。

一旁静默着的侍女此时挡住她，叹息道："玉笙姑娘，冲着夫人的这份心，你就应了她吧，她……"

玉笙泪水汹涌地看着我，嘴唇哆嗦着说不出一个字，哭泣着掩面跑了出去。

那日之后，我就不曾再见到玉笙，心中的忧急自不必说。奕析四处为我寻找她的踪迹，我顿时心中又气又悔，气的是那丫头向来温婉体贴，怎这回偏偏就这么不明白我的心，偏偏就这么折磨我。悔的是我虽为着她好，但自己着实逼得急了些。这些日子来，她为我的事已是心力交瘁，现在我再逼她，她一时承受不住了，就私自逃出去决意要躲着我。

我心中难受，为着玉笙的事，暗自落了好几回眼泪，原本就萎靡的精神渐渐不济下去。整日祈求玉笙平安无事，不然我就算是死了，也是于心不安。

可是眼见着我一日日不行了，玉笙到底还是没有找回来。

她从前性子懦软，但是这些年一直跟着我，竟把我倔强的心性学足了，她不想让我找到她。她现在也许正躲在什么地方，但一定离我不会很远，这个傻姑娘。我有时抹着眼泪，对去找她的人说，如果找到玉笙，就说我不逼着她嫁人了，只求她看在我的分上好好活着，莫做出伤害自己的事来，她若是还有殉主的心思，就休怪我阳世阴间都不会认她。

花落人亡两不知

一日，我精神略略好些，披着一身绘满团玉梨花的系襟纱衣起来，站在一面落地铜镜前，镜中映出的人影形销骨立。

我素来体态纤纤，多年来都不见得丰腴。而现在，简直瘦得脱了形，手腕上戴的那串凝光如血的相思子，绕着腕缠了两匝还是松垮垮。越蓄越长的头发一直逶迤地垂落到地上，面色苍白若鬼魅，原本的秋水双眸黯淡无光，深深凹陷下去，而两侧脸上的颧骨和颈下的锁骨高高地凸起，像是随时要戳破那层晦白到透明的薄薄皮肤。

昔日芙蓉花，今成断根草。如此颓败的容颜，还是从前的颜卿吗？

我看着镜中，她还是从前的颜卿吗？

镜中映出两人并肩而立的俪影，而他依然丰神如玉。

既然时日无多，我就不能再哭了，我要他记住的是我笑的模样。

我用手轻抚一下脸庞，下颌尖尖，整张苍白的小脸几乎都要埋入如云如墨的发丝中，努力挤出笑意问奕析道："我现在的样子是不是很难看？"

奕析怜宠地抚着我的鬓发，似是沉醉般喃喃道："不是，颜颜永远是最美的。"

我正要笑他，他却是郑重其事地将我的手引向他的胸前，抵住心脏的位置，"颜颜的样子永远印在这里。"

我笑着，掌心可以感觉到那笃定的跳动，其实我早就知道，他爱的不是我的貌，无论是我过去容颜鼎盛，一颦一笑倾醉天下；还是我现在形容枯槁，身体瘦削，憔悴不堪；还是我日后一朝春尽红颜老，变成鸡皮鹤脸、发秃齿摇的老妪，他都会一如既往地爱我，物换星移，然情不移。人世间，不因容貌而偏移分毫的爱才是最珍贵的。

我环视四周想到当年结爱之时，竟是恍如昨日。

我在梳妆台前坐下，总不愿意看到自己如此憔悴。最后一次添妆画靥。我手执螺子黛，仔细地描过左眉。也许是多时不曾上妆的缘故，我描眉的手法已不太熟练，用左手托着微颤的右腕，记得我在他面前从不刻意修饰容貌，永远是自然散漫的样子。

奕析握住我的手，将螺子黛拿在手中，一手轻轻支着我的下颌，凝着心神，为我描画右眉，慢慢地，描出新裁柳叶般的双眉，顷刻间黛眉含春，流露出情谊婉转。圣檀心的胭脂，宛如一汪嫣红的软玉卧在碧玺海棠纹圆盒中，蘸清露在玉碟中细细研开，珊瑚色晕染上苍白双颊，嫣绯色点上同样苍白的双唇。

我引镜自视，只觉得面庞上虚虚地浮着一层红粉，却抹不出昔日的娇妍鲜嫩。我将前边的发丝绾成流苏髻，斜插上一支样式简约的白玉长簪，任髻后一把青丝逶迤委地着。

为君生得如花美眷。

为他，我描翠了双眉，为他，我点红了绯唇，为他，我绾起如墨青丝。

这一生的美，纵然能倾倒了天下，颠覆了苍生，却唯为他一人绽放。我倚在他怀中，原本以为这会是我一生停泊的港湾，可是千般不舍万般无奈，却终要离开。扰扰尘世，我既然为寻他而来，就让这美如烟花般寂灭在他的怀中，有始有终吧。

他扶着我走出房间，迎面袭来清爽的空气，心神开阔起来。四周繁木撑开阴阴郁郁，院落中簇簇幽花绽开香瓣，远远看去，城外横亘着一痕高低起伏的峻岭，峰顶常年有淡紫色的暮霭缭绕，叆叇若绵绵轻纱。

我隐了泪意，我们的手指交织着握在一起，我是真的想与他此生不离不弃，圆满了当初携手笑傲云霓、兴寄烟霞的承诺，却是不能够了。

"颜颜，我绝不会让你离开我，绝不会……"奕析握紧我枯瘦如柴的手，那瘦骨嶙峋的手早已不是原先温若良玉的一双纤纤柔荑。

我的脸紧紧贴着他的纯白绸衫料子，眼角隐约有泪，鼻尖微凉，我还是忍不住哽咽道："傻瓜，如果我死了……"

奕析用双臂圈住我，将下颌抵着我的额发，这是我们最熟悉的亲密举动，他温柔而且坚决地道："你死了，我亦是死了。我们等不到天荒地老，但是你离开我的那刻，于我而言已是天塌地陷了……"

"你莫说这样子的话。"我急得用手捂住他的唇，低低垂泣道："我不要你为我这样……你待我这般，我待你的心难道不是这般……我宁愿你好好的……"

我终于忍不住，泪珠簌簌地顺着脸颊滑落，一滴滴落在纯白衣衫上梨花饱满的蕊上，颗颗晶莹得如沾惹在丝蕊上的晨露，"我不忍心……我让你苦等了那么多年……原本我以为可用下半生来偿还……我真的不忍心让你空耗一生……"

"颜颜……其实我宁愿耗尽一生来等你的……等着你……心中始终埋着微薄的念想……想着你回头看我的一日……如果你不在了……"

我抬眸清光涟涟，凝噎道："你非要说这样的话来让我揪心？"

奕析有些急促道："那你要我说什么？要我答应你什么？我做不到，真的做不到……我做不到在你离开之后好好地活着，做不到依你所言娶一个温良贤德的妻子，做不到心中有你，却若无其事地去跟别人生活，做不到……"

奕析凄恻笑道："我倒不如现在就向你坦白，何必仅仅为了让你安心，而虚与委蛇地哄骗你？"

我深吸口气，平复着胸口的剧烈呼吸，心底翻滚起的柔情蜜意生生地将一颗心堵住，我低声泣道："也许你不应该遇见我，终归是我误了你……若是你的生命中没有我……也许你会更好……"

奕析笑着，如同一树覆雪琼苞携着清香漫卷，一字一字坚定如铁，他道："你不许我犯傻，自己怎么犯起傻来……就算此生重来，我还是要选择遇见你，千鲤池旁的初见，我从未后悔，难道你后悔了吗？"

刹那，心间像是喷薄出盛开出一朵一朵柔软润泽的樱花般，整个心湖都荡漾着流樱凝粉含娇的颜色。

无忧无虑十五岁的年纪，芊绵柳色青，裁花细若雨，皇宫的千鲤池畔，同样年轻的他站在那里如同神仙少年，俯身为我捞起那条锦鲤。

帝都城皇宫，刀光剑影，我舍弃他的感情，投向他的皇兄。我嫁为人妇，此生注定与他无缘，新婚之夜那漫天纷纷飘舞嫣红的花雨，臻于至境的《之子于归》是他赠上的新婚贺礼，"我不曾怨过你，只要你开心就好了。"

虎狼环伺的北奴境内，他已脱身后却为我冒险折回，说出，"你离开北奴后，去留自便，我绝不会为了一己之私而强留你。"颜卿曾得到过多少个男人的爱，但是他们所做的，都是用强势把我留在身边，永远不及他，他给我的爱如此宽厚广博。

北奴王陵中，他陪我取回母亲的骨灰。为救我舍身挡下致命的一剑。那时，离死仅有一步之遥。他艰难醒来后，见我为他伤神垂泪，自己虚弱不堪，居然还能说出玩话逗我笑，"当初徐妃见眇了一目的梁元帝，还是半面妆。我如今双目俱全，你怎么弄成这样来见我了。"

我决意回避他，沈宅外，落雪垂暮时的相逢，他的衣袍上悠悠有白芒栖落，终于说道："颜卿，从丰熙十六年到轩彰八年，我待你心意，你难道不明白？"

虚掷多少岁月，空耗多少年华，峰回路转之后，终能将毕生的挚爱拥入怀中，他有些激动地抱着我问道："颜颜，真的吗？天知道我等这句话等了多久，我怕我要疯了，可是我又不能疯。你决意了这辈子要当不为情动的冷心人，那我就决意了此生都孑然一身，好好地守在你身边。"

　　曾记得他将脸埋在我温软的脖颈间，轻轻地叹息，眉宇间那抹黯然的神色如秋夜的雾霭沉沉，说道："患得患失，或许我心里是真的在害怕，害怕你有一日会离去，害怕眼前的一切都是一场梦。你离开帝都八年了，离你假死北奴也已经两年了，可是，无论你是生还是死，皇兄心中唯一爱着的都只有你。"

　　我曾经绝望地以为我命中无子，"今生此世，唯你足矣。"他痛惜地说，"我可以不要王位，不要子孙，但是让我放弃你，我却是做不到。"那样从心底爆发出的声音，一声声地震痛我的耳膜。

　　他陪我走过的岁月竟如此漫长，十年啊，漫长的光阴，却又如同一场镜花水月的梦，我们最终还是没走到尽头，就要破灭了。

　　"我希望你能平安喜乐地活着，尽管那平安喜乐与我丝毫无关。"他这样对我说着，你的心意我早已明了，可是傻瓜，你让我说多少遍你才能明白，"这平安喜乐若是与你无关，我宁愿不要。"

　　颜卿生命中那场最盛大最恢宏的明媚，都是你给的。

　　浮生长恨欢娱少，幸福永远都是天际烟花，艰难痛苦在黑暗中蛰伏多时，而惊艳华丽地绽放唯有一瞬。

　　"我不后悔，就算能够重来。千鲤池畔，我还是要遇见你。"我用尽全身的力气，紧紧地抱着他，这刻仿佛天地万物都遁隐无踪，"若是有后悔，后悔的也是我那时的摇摆不定……我宁愿一开始爱的人就是你，就是你……"

　　"颜颜……"奕析唏嘘道，"我从一开始爱的人就是你。"

　　我们的手紧紧交握在一起，手腕上两串相同的玉珠链亦是缱绻依偎，那是我亲手所编制的，细如胎发的金丝将红玉珠子串起，细细绾作同心结。这种红玉凝光如血，颗颗珠子不是浑圆，色泽形状都如红豆般，人称这种红玉为相思子。

　　我笑着，亦既见止，我心则夷。情牵一世，唯君而已。我蜷缩着倚在他的怀中，这是我最贪恋的，让他给我保护、疼爱和依赖。

　　我真的太累了，太累了。可是我是幸运的，能够躺在挚爱之人怀中走向生命终结，这一生，永远都是我欠他的多，我想偿还，可是命运却不肯给我机会，就让我这样欠着他吧。

　　此生的情债我拖到来生再还，那时我们一定不要再有那么多顾虑，那么多阻碍了，我愿意为他浣衣做饭，愿意为他生儿育女，愿意为他操持家业，我还要与他"执子之手，与子偕老"，不离不弃，最终携手走向属于我们最璀璨、最美丽的黄昏。

　　天光在眼眶中混混地搅动着，是生命消耗到极限了吗？灵魂或许正丝丝缕缕地逃逸出我的身体，留下一具冰冷的躯壳。我看不清他的脸庞，只感觉到他温暖有力的臂膀牢牢地将我拥在怀中，拥紧此生至爱。

执子之手，与子偕老。怕是我今生都无法企及的奢望了。

夜色迷蒙，幽如鬼魅。

盛夏已过，蓬勃如云的素馨花开到荼蘼，最终凋残满地。更露沁凉，洇湿那雪白的花瓣，犹如一双一双雪白的翅膀，羽翼上覆着滚滚泪珠般的寒露，在这个霜华浓重的秋夜，再也飞不起来。

糊窗的绵纸上模糊地映出一抹纤细孤挑的人影，身上披满落寞的月光，如一盏风间的秋灯。那影子凝神看着床榻上的女子，容颜绝美，世无其二。她合着双眸，宛若熟睡。

那影子动了，一痕黛色缓缓地拖曳过窗棂上的绵纸，幽幽的声音恍若散落在枕边的呢喃，"在他身边，你一样会好好的……"

夜深沉了一重，听得那纷纷扬扬雪白的羽坠地的声音，宛如初冬时，一场纯粹而脆弱的新雪，落地就融化了，湮没了，吞噬了。

冷寂中，一声惊惧的叫喊让人撕裂心肺，"夫人不见了！"

人生参商不相见

　　胤朝上阳古都，行宫。

　　上阳行宫最初是由西胤时元始帝所建，为历代帝王和宫眷亲贵避暑之处，自建国以来陆续添置亭台楼阁，其规格虽不比帝都皇宫倒也是盛大。

　　上阳行宫依傍东鸠山脉而建，景致极好。行宫中垂檐绕柱，萦砌盘阶，遍地种植嘉木名花，欣欣向荣，有薜荔、蘅芜、玉蕤、清葛、金娥、剑兰、佛见笑之类。雕梁画栋间凉风幽柔，清芬满殿。更有飞泉激溅，清溪泻雪。正当入秋之际，满圃菊花势头繁盛，喷火蒸霞，皎洁明丽，开得如锦如绡。

　　沿着一脉青碧蓼汀，层层堆叠的假山石上有亭峭然孤出，临风其上。亭外，一池秋芙蓉正开得好，或粉白，或晏紫，摇曳生姿，翠玉圆叶团团簇簇着。亭中，青铜鼎中溢出缕缕麝脑清香，雉尾罗扇屏列两侧。

　　有两人正在对弈，后方立侍皆是屏息敛神。一方白玉棋盘上，由金丝掐出纵横经纬。手执白晶子的那人生得眉骨精奇，眼睛漆亮如黑曜石，目光矍铄，飘逸的银灰道袍浅绣展翅仙鹤，一派仙风道骨。

　　手执黑晶子的那人面容俊美如神祇，此刻微锁的眉宇间流露出清贵雍雅，金冠束发，身着明黄色缂金九龙缎袍，下襟绣着江牙海水五爪龙纹。他端然坐在那里，眼梢衔着宁远与疏离，自然有种令人俯首称臣的高华气质。

　　"道长，朕自认为对定南王叔已是仁至义尽。他定要一意孤行，逆天而为，朕也是容不得他。"奕棋面容沉静，将一颗黑晶子落在西南角隅，骤然间镇守那一角的白子尽数倾覆。

　　"滇南实为皇上心头大患，是应尽快戡除。"清虚子捋着白髯道。

　　"王叔暗置党羽，这些年更是明目张胆地招兵买马，扩充滇南军需，这些难道朕会不知？只是那时初登大宝，根基未稳。亦念在王叔为父皇手足，戎马半生，功勋彪炳。不过现在时机已到……"奕槿清朗的眸中掠过一线决然。

"皇上先前下旨填埋扬碧湖，修建道观。更甚者不顾群臣非议，命本道殷觅已逝的娉妃芳魂，求与其再逢。现在酷暑已过，皇上在今年祭奠宜睦公主后，仍滞留上阳不回帝都。如此之举让天下人以为皇上荒唐昏厥，以此屏蔽和壅塞定南王耳目。"

奕槿两指间夹着一颗黑子，沉吟道："道长，填埋御苑中的扬碧湖也就罢了。后两件事，就算不为施障目之计，任他天下人诽谤荒唐昏厥，朕也会这样做。"

那颗光泽幽黛剔透的黑子落在纵横金线的节点，年轻的帝王将目光投向亭外的一池盛开的秋芙蓉，凝粉含白，风姿嫣然。

一时思绪曳若流波，多少年前，也就是在这样宁谧恬静的秋日，他曾为她采下一枝秋芙蓉，漫然笑着，轻妆照水清裳立，娉婷缥缈美人幽。

当那道期盼许久的圣旨终于降下，他也曾轻柔地将她拥入怀中，附在她耳畔道，娉婷袅娜，用娉为你作封号好吗。

那一季秋末的芙蓉颓败后，即使花年年再开，但最终还是无法回到从前了。

清虚子淡然看着奕槿此刻的出神，"皇上，此次要应对定南王，可想好人选了？"

奕槿恢复一贯冷清的神色，说道："本来林桁止将军是最好的人选，可是道长知道，朕并不想用他。现林氏声势显赫，比当年薛氏有过之无不及。林桁止的确是难得的将才，若是此次剿灭滇南有功，现在舒皓年纪尚小，朝臣皆见风使舵，日后定纷纷上旨请朕立舒皓为储君，那时朕必会陷入两难。"

"皇上对林氏怀有戒心。"清虚子道，手底巧妙设下一双连劫伏兵，不着意地杀掉一片黑子。

"七弟在北奴一战中受过箭伤，据说那箭势深入心腑，近乎丧命，仔细调养后还是落下旧症，时时复发，这些年也懈怠下来了。"

奕槿静观棋局，看着黑子沦陷，却是气定神闲，从容地从玉钵中拈起棋子，"七弟与王叔关系不同一般，但朕早说过王叔是王叔，他是他。王叔有逆反之心，他若是安分守己，绝不会因王叔之事而迁咎他。可是不知七弟如何作想，前些日子主动上疏解除兵权，不仅如此，还隐隐透出几分退意。"

"依着他，不妥。不依他，只怕人去不中留。母后近来凤体违和，还是等母后精神清爽些，问问母后吧。"奕槿蹙眉道，一本品蓝锦面的奏折啪地丢在石桌上，哗啦啦被风吹着摊开，露出清隽劲拔的字迹。

这时，有个茜青色服饰的小太监垂首快步朝亭中跑来，喘息下跪道："禀报皇上，行宫外有名女子求见。"

奕槿听此毫无反应，仅是舒眉，顾自落子。

倒是身侧官阶较高的太监浊公公，霍然上前一步横眉训道："大胆奴才！皇上正和谪仙人下棋，怎这般没眼色！什么有名女子求见，简直胆大包天！皇上贵为九五之尊怎是想见就见！还不将那人以惊扰圣驾的罪名乱棍打出去！"

被浊公公这般疾言厉色教训一顿，"皇上饶命！"小太监扑通跪在地上重重磕头，战栗着道："回禀皇上……那女子自称名为玉笙……说今日非要见到皇上……"

玉笙！

奕槿霎时愣住，桌上的黑晶白晶的棋子被尽数拂落，疾步就向行宫正门跑去。

"皇上！"浊公公急得跺脚，他服侍奕槿多年，奕槿性格素来温和，何时看到他如此浮躁失态的样子，忙不迭也跟着追了上去。

上阳行宫的三重朱门外，静静停着一辆双辕马车。

在马车旁，一名三十余岁相貌普通的女子，静静地站在马车前。

秋日的天空是纯净的湖水蓝，浅浮的白云薄若碎玉，清光缕缕自云端垂落，柔曼的姿态恍若万匹绸缎迎风飘扬飞散。

那名自称玉笙的女子，看着从朱红深门中冲出的明黄色身影，他高俊疏朗的眉目间夹带的神色是那般急切，那般惊惶，还有一丝无法掩饰的失措。她正踌躇着如何开口，"皇……"半句话卡在喉头，竟被大力地一把推开。

在奕槿挑开半幅棉帘，骏黑的瞳孔霎时紧缩，时间仿佛就在那刻瞬间定格！

入秋时分，清疏的阳光肆意泼洒，竟微微地有些刺人眼目。

逆着光，马车中躺着一个人，她双眸合着，倦淡的面容，宛若熟睡，肌肤苍白得近乎透明，幽致的羽睫如墨蝶般覆盖其上，纤纤羸弱的身体如新雪初绽将融，一袭支离病容之下的她，依然美得摄人心魄。仿佛有极淡极浅的光芒轻柔地萦绕在她周身，因着那纤羽般缥缈的细光，她明明近在咫尺，却是带着恍恍惚惚的不真实，好像下一刻就会错弥消散。

"颜颜……"奕槿眼光定定地锁在她身上，喃喃怔忪道。

从丰熙十七年末到轩彰九年，九年了，漫长的九年中，历经生离，死别，怎会想到今日还能再相逢！

行宫外守卫的禁军甲胄鲜明，执剑握戟，其气势凛然生威。看着他们年轻的帝王，木然的神色中闪过一丝惊动。

"颜颜！"静寂中蓦然爆发出竭力嘶喊，一时间狂喜、愧疚、惊愕、内疚自他的眼底剧烈翻滚。

而马车中，她依然恬静，宛若熟睡。

上阳行宫内，明烛高烧，烛光晃晃摇曳，映出行宫内宫人鱼贯出入的身影，步履纷杂。明黄帐子虚虚地撂下半帘，赤色龙纹盘旋的锦被外露出一截纤细的手臂，苍白如纸的肌肤上青紫的经脉清晰可见。清虚子将两指收回，神色凝肃。

奕槿等不到清虚子开口，就急切地问道："道长，她为何昏迷不醒？"

"她曾服用大量续命的药物，也有人为她放出过毒血。"清虚子回答时，面无波澜，"素魇。"

"什么素魇？"奕槿沉声问，"朕只想知道她到底有没有救！"他看着那张埋在锦绣之下毫无血色的脸，下颌削尖，小得不盈一握。

"是素魇。"清虚子低声重复一遍，世间万般事皆不动容的谪仙，此刻竟微微愣神。他倦然闭上眼，淡淡吐出八个字："素魇之毒，无药可解。"

"道长！可是……朕要她活着！"奕槿面色大变，随即一字一字地压低声音吼出。

"本道力之不及。"清虚子喟然叹道，蒙昧光影中勾勒出他面部清绝冷峻的轮廓。

"朕要她活着！"

"素魇！皇上，您若是足够仁慈，不如现在就让她死了，何必多受这折磨和痛苦。"清虚子面沉如水。

奕槿俯身在榻前，像是要抚一下她松散的鬓角，然而伸出的手指在半空屈起，骨节收紧时碰撞出咯咯的声音。

他凄然一笑，眼底蔓延开的悲恸如金摧玉碎，"道长，现在不是朕在命令你。而是……我在求你……"

高高在上的帝王，此刻用的是"我"，而不是"朕"。

"人生至苦，莫过于沉溺执念。"清虚子神色淡漠地看着半蹲在榻前的奕槿，正好是居高临下的视角。兀地有个错觉，如果清虚子能救，或许高奕槿甚至会不惜牺牲九五之尊的高贵，为了她，而向他跪下。

奕槿眼底凄然之意更深，如雾如暮，"我已失去她一次，不想再失去第二次。道长你知道吗？九年了，我们生离一次，死别一次。漫漫三千日夜，我曾无数次设想梦境再逢，唯独没有料到还会有今日，你让我如何放手？"

清虚子顾自捋须，那双眼眸墨亮若黑曜石，流转出看破红尘的悲悯，"居然在有生之年，居然还能见到素魇重现于世。是上苍冥冥中安排，还是斩不断的孽缘、逃不过的劫数？"

"道长，为何如此说？"奕槿问。

清虚子摇头道："尽是些前尘往事，多年前曾有位故人将素魇之毒的配方给了本道，望本道能找出化解之法，不过想来亦是惭愧，耗尽半生心力，而未得完果。"

"道长，你能救？"奕槿素来头脑冷静，在忧心如焚之下仍旧听出清虚子话中含有转机，见他虚辞敷衍，于是又问道："道长曾说过为应故人之约，愿向胤朝称臣十年。这'故人'可是同一人吗？"

清虚子道："不是。"

奕槿屏息："那么曾对道长赠以素魇的'故人'尚在人世吗？"

"不在了。"清虚子淡淡道，"'故人'都不在了。"

奕槿眼中遽然燃起的希望冷下一分，"道长，你能否救她？能否救她！朕再说一遍，只要能救她，朕将不惜任何代价。"

十二重紫红米珠帐帘，垂落三尺长的明黄色穗子委地。

她躺在一床锦绣之间，纯粹洁白，宛如一团正在消融的雪，清灵的滴滴答答，渐渐地融入那更漏声声中，然而正在流逝的是她稀薄的生命。

奕槿看着她，眼神登时剧痛。上邪何其残忍，九年前带走她，九年后她回来，却是要他目睹她的死亡。看到她第一眼，他是何等的欣喜若狂，可是她中毒垂危，凛冽地如冰雪湃头，寒彻入骨，刺痛入心。

"愿尽力一试。"清虚子将双手屈起抵住额头，闭眼，紧蹙眉心答道。

一簇幽蓝的火焰舔着细如牛毫的银针，微微透出红亮针尖浸入一汪浅碧色的药汤中，水面猝然腾出一缕白烟。映着暖黄晕染的烛光，当药汁沥干时，原本银白的针尖透出隐约的碧色。

清虚子黑曜石般的双眸静冷，高凸的眉骨渐渐有沉肃凝结，银灰道袍下缓缓抬起一只筋骨分明的手，将淬过药汁的银针度入手臂上的曲泽、青灵、天泉数穴。

寂无人声，十二重紫红米珠垂帘轻微拂动，澄明泥金地砖上映出的倒影，一漫一漫地晃若流波，地砖上绘着婉约曼丽的莲花纹，盈盈嫩黄的芯蕊仿佛在刹那注入一丝灵动。眼神一错，地面上像是满满盛开着一池摇曳生姿的秋芙蓉。

轻妆照水清裳立，娉婷缥缈美人幽。

隔着珠光帘幔，奕槿的眼神牢牢地锁着躺在床榻上纤细的人影，九年来他朝思暮想的人，单薄的身体覆在锦被下瘦弱到看不出来，露出一张素白尖尖的小脸，下颌的弧度是令人心疼的瘦削，一把青丝软软地垂在枕边都要将整张脸掩埋。

"颜颜。"奕槿怔怔地出神，九年来这个早已铭刻入骨的名字，不知在心间流转过多少遍。独处无聊时唤过，梦境阑珊时唤过，相思噬心时唤过。然而此刻，他双唇翕合竟发不出声音，一直沉抑阴郁的内心忽然有种孤寂、荒凉、狂癫喧嚣着，撕扯着，歇斯底里着要破体而出，他将目光蓦然转向窗外。

夜色黏稠深暗，凌空散落下一片月光亦是空洞，诡异得像是在暗处蛰伏着的猛兽，青面獠牙，喷出浓烈的腥气，而此刻苍白的月光就是獠牙间闪着的一抹幽森，令人心生寒噤。

奕槿闭上眼，俊朗淡倦的面容渐渐沉入疲惫暗影中。

听见衣衫窸窣摩擦的声音，奕槿睁开眼，神情淡漠地瞥过跪在脚边的女子，她发髻蓬乱，双眼红肿，满脸凌乱潮湿的泪痕。

此时的奕槿看起来颓然而孤独，声音中依然维持着作为帝王应有的疏离清贵，透出淡淡的压迫，问道："玉笙，你们这么多年究竟在哪里？"

"我……我们……"玉笙含泪跪着，才三十出头的人现在憔悴苍老得像是四十，她喉间哽塞着竟说不出完整的话来。

"为什么朕找不到你们？"

奕槿自从最初瞥过玉笙一眼之后，目光就一直落在昏迷不醒的颜卿身上，看都没再多看她一眼，可是玉笙依旧感到头顶笼罩着那凛冽迫人的目光，像是要将她分条缕析地看透，容不得半句谎言。

当年北奴先是传来耶历赫死于宫闱政变，紧接着传来宜睦公主颜卿被逼生殉，在鹰断峰上香消玉殒。当那道快马加鞭的密函放在龙案上的时候，他霎时感到天崩地裂，痛不欲生，那种无可抑制的崩溃仿佛生生要将他逼得发疯。

颜卿死了，北地官员呈上来的奏折上这样回禀，他不信；颜卿死了，他亲自派往北奴的密探亦是这样回禀，他不信；当鹰断峰的急湍逆流中，捞出一具被泥沙冲得面目全非的女尸，尸体衣着及所佩饰物足以证明颜卿的身份，他还是不信。甚至，他不惜耗费大量人力物力，命人将邻近北地边境的百姓全部盘查，为的就是心中那簇不肯熄灭的微弱希冀，但最终徒劳无功。

"她当年是假死……她不想让朕找到她吗？"奕槿问道，那声音冷冷清清，听不出一丝情绪的浮动。

"是的……"玉笙垂头细声回答，尽管他的目光根本不在她身上，玉笙还是不敢看他，干枯如柴的十根手指绞着衣角道："小姐……她不想让皇上找到。"

"她说到底还是在怨朕……她宁愿此生不相见……"奕槿眼底弥漫开一片烛火照不亮的漆黑，蕴含着无尽的悲怆。

她跪在地上，颤颤巍巍的像是枯瘦飘黄的落叶，齿间冷冷地打着哆嗦，"奴婢不知……"

"她在怨朕……"奕槿面朝帐中，良久怅恨道："怨朕当年放她远嫁，可是她可知道……我……我那时的无奈与痛苦……"

奕槿清苦淡笑，唇际的笑意如缥缈的云月之涯，氤氲，幻灭，错散。

而往事，流水般覆上心壁，不可抗拒。

当年大胤北部边境岌岌可危，耶历赫命人传来书信，欲解燃眉，唯有颜卿。他那时也曾是惊愤万分，但丰熙先帝尚健在，先帝旨意已下，他身居太子之位，根本无法，也无力拂逆先帝的意思。

"下旨的那是朕的父皇……父皇啊……朕身为人子……位居储君……生来就有太多的迫不得已……"

但是，他不是没有反抗过，不是没有争取过，为的唯是将她留下。可是那时年少的她，却根本不能谅解他，在他耗尽心力、费尽心思时，她竟然主动呈上《请嫁疏》，仅仅二三百字就将他所有的努力全部抹杀。

在他看到她亲笔所书的《请嫁疏》时，一向温雅和静的他却是仰天狂笑，举剑将其挥成白雪般零落的碎片，当她去意已决，他的执着简直可笑。在凌厉剑光中片片绞碎不是她的折子，而是他的一颗心。

可是情思千丝万缕，岂是说斩断就能斩断。她出嫁前夕，冥山行宫中，他踏着孤影而来，原是心怀怨艾，面对楚楚病弱的她，他放下了所有，包括身份、尊严、骄傲，只为了做最后的挽留。可是她心性也是倔强，对他唯有冷言冷语。

崇华殿上，她掷碎凤来仪决然离去，他已隐隐感觉，也许他与她之间穷尽此生，都已无法挽回。远嫁的仪仗逶迤千里，最终消失在充泪刺痛的眼眶中。

"她的心性真真倔强，那时，我最恨的就是她的倔强任性，她明明知道我对她的感情，却非要说出绝心绝意的话来伤我的心，也伤她的心……"

回想当年，十六岁时的她身着红茜纱嫁衣，臂间挽着宛如云霞的金色披帛，恍若天人仙子，累累白玉珠珞下遮掩的面容，朝他嫣然浅笑。经历那么多曲折，他终于能将她拥入怀中。她是他此生的最爱，可是不得已……

"当年，我让她屈居侧妃的位子，尽管有些缺憾，可是相信此情比金，只要她留在我身边，终有一日可以补偿……"

那晚，礼节已成，只欠花烛。他离她，仅仅是一步之遥，然而，谁会料到那短短一步埋着一生错失的隐痛。

前一刻，她还身着嫣红的嫁衣躺在他怀中，莞尔浅笑，娇媚俏妩，她的美唯为他一人而绽放。而下一刻，她却披着同样嫣红的嫁衣，含恨隐泪一步一步地远离了他，走向另一个男人。可是他，却无能为力。

前一刻，他是她名正言顺的夫君，十指交握着写过合卺帖，通明如炬的龙凤双烛下，盟誓白头之约。而下一刻，他却成为她的皇兄，她是他的皇妹，宜睦公主，他握着她冰凉毫无温度的手，亲自将她送上北奴迎亲的凤辇。可是他，却无能为力。

前一刻……下一刻……

人生有无数种可能，只是对于已经错过的，没有如果。

"朕那时绝望地想，也许有些东西错过了，就是永远错过了。"

当年，她走后，他朝着晦暗浑浊的苍空嘶声大喊，气血剧烈翻腾，登时想要跃上一匹马去将她追回。可是，身后密密麻麻跪满了人影，乌云般黑压压，黑压压的像是他肩上背负的责任，那份沉重的责任迫使他不能冲动，也不能任意妄为，那刻握紧缰绳的手，终于虚弱地瘫软下来。

一袭嫁衣嫣红如血，轻盈如云的尾裙长摆委地，缓缓地曳过十里猩红锦铺成的红毯，她每走一步，每一步都仿佛踏在满地锋棱尖利的琉璃碎屑上，而那热烈到荼蘼的红色是从她足下流淌出的鲜血，才会有如此惊心动魄的颜色。

"国仇家恨若是压在一名将士的剑锋上，是虽死犹荣的骄傲。可是要压在她一袭嫁衣之上，又要她情何以堪。"

玉笙直直地跪在地上，光洁的地面上映出她木讷得如同泥塑的脸。空寂的宫室中，唯有奕槿绝望而悲痛的声音，带着毛糙的沙哑，一声一声像是粗粝地割着心弦。现在的他不是东胤皇朝年轻的帝王，而是失去此生至爱后悲恸欲绝的男人。

"皇上……"她嗫嚅双唇，瞪大通红的眼睛，看着与生俱来就让人仰视的男人，她不知道说什么。他就像羽翎绚美华丽庞大的神鸟，消磨尽了令人不敢逼视的璀璨光芒，颓然地耷拉着一双垂天之云的翅膀，渐渐地陷入俗世悲哀的烟尘中。

须臾，奕槿恢复冷静，出人意料地伸手虚扶，让玉笙起身。

他的眉心透出深刻的倦意，闭眼喃喃道："朕什么也不问了，这九年来，她究竟去了哪里？发生了什么事？朕都不问了，最重要的是现在颜颜终于回到朕身边了，这就足够了。"

"九年来，小姐的确是在怨你！"玉笙鼓起勇气，蓦然抬头直视奕槿。

"先北奴王对小姐很好，但是小姐对他一直冷淡，就算当年怀有他的子嗣，也不见小姐对他热络起来半分。"

空气如熔岩般黏稠，此刻起了一丝轻微的变化。

"小姐说过，感情于她是先入为主，而不是后来居上……所以当年北奴王对小姐掏心挖肺的好，小姐也是不爱他……"玉笙低垂着头，胸口鼓点般一阵胆战心惊，刚才的勇气像是耗尽了，紧咬着双唇，细如蚊呐道："小姐对皇上的心若是死了，也就不会有怨了……"

爱恨同源，无爱亦是无恨。

"朕知道了。"奕槿淡然说道，扬手抵住前额，手掌的阴影覆住挺拔的眉骨间清俊的双眼，令人看不清他此刻的神情。

奕槿似是不在意，背朝她挥挥手就让她下去。

"奴婢告退。"玉笙轻声道，收敛衣衫，屏息退出去。

她悄然走出窒闷的宫殿，抬首看着成片宫殿的屋脊如同山岳延绵起伏。夜愈深，仿佛一切都要被消融在无尽夜色中，寒风带着某种猛兽的腥气，冷冷地贴着头皮剐过，一片渐欲朦胧灯火幢幢中，像是有什么正蛰伏着，蠕动着，居心叵测。

高耸的宫墙，错杂的枝桠间，漏进来的月光清白森然。她将手慢慢地探向耳后，哧地轻轻一撕，削修指尖拈着一张薄如蝉翼的物什，如是一张接近透明的面皮。斑驳昏冥的月光下，立着一道清丽孤挑的身影，一头柔魅长发迎风吹散，扬起的发丝间隐约闪出一缕幽淼的眼神。

遽然间，一帘垂落的玉珠如雨中梨花被无风打散，清虚子的声音，透着倦意，如同摆渡时漾开的圈圈波纹，凭借内力悠悠地踱了出来。

第一日。

"素魇之毒，无药可解。不知世上是否还另有高人在，但本道医术仅止于此。此间生死，唯有尽力一试。"

"朕说过，只要她活着，朕不惜任何代价。"奕槿的身体僵硬挺直，恍若一尊俊美英挺，却毫无生气的玉雕，一字一字坚定地说出。

第三日。

"就算本道此刻能救她，她亦是活不长了，今后无多的时日，也要靠着药物续命，日日忍受素魇噬心噬骨的痛苦。"室内一直贯穿着清虚子悠绵如水的内息，一声哀叹沉沉，如同流水霎间冰凝一样覆上心头。

"只要她活着，朕不惜任何代价。"

第六日。

"此药甚毒如烈马难以驾驭，剂量若少，对体内素魇是助纣为虐，她必死无疑；剂量若多，一旦药性反噬，就会损伤心智，她就算能清醒，心智也将形同幼女一般。"

"只要她活着，不惜任何代价。"

整整六天的水米不进，奕槿高俊的身躯中透出疲乏，双唇干裂翘皮，眼眸也不如往日般清朗明澈。

随身伺候的内侍皆是神色惴惴，却是谁都不敢劝一句话。服侍过两代帝王的浊公公亦是心明，但凡事涉婷妃颜卿，旁人是连半句话也不敢说。于丰熙帝而言，是浣昭夫人，于轩彰帝而言，是颜卿。

奕槿坐在床榻旁，宽大的掌心完全包裹住她的小手，她的左手腕内侧有一道深褐的痕迹，想必是她当年拒婚时割腕留下。奕槿眼中满是疼惜，时隔多年，那道疤痕依然清晰，她当初到底割得有多深，她对他的绝望和怨恨到底有多深？她真真是性情刚烈的女子，对自己都能这般狠心，他的唇不自主地温柔覆上那道痕迹。

她神情恬静，容貌娇妍，若不是面色和双唇是咄咄逼人的苍白。他会认为她正安然睡着，在他温煦如春光的眼神中安然睡着，他将她微凉的手紧贴住自己的脸，他要看着她，他要看着她醒来，他要她明眸中的第一缕目光能落在他身上。

她将头软软地靠在一侧，素白寝衣微微敞开的领口，隐约可见里面轮廓细致的锁骨，浓密墨丝下露出一段纤细的脖子，几缕发丝拂到她温润细腻的鼻尖，说不出的娇柔俏妩。一袭素颜的她，依然是十六七岁时的模样，宛如一朵纤弱洁白、不染纤尘的花，就这样伶俜孤洁地开着，无论是迎风欲折的娇弱，还是花瓣下细刺的倔强，都同样的令人心疼。

奕槿伸手，温柔地为她将那缕发丝捋到耳后。情不自禁地，指尖流连过她的面庞和脖颈，双眉和眼睑，还有鼻梁，驻留在她苍白柔软的唇瓣上。

颜颜，你为什么还不醒。奕槿凝视她，俯下身，清凉的薄唇将要覆上那双苍白的唇。不着意间，鸦翅般的睫毛微微地轻颤。

奕槿看到自己的身影遽然映在两汪若清潭冷然的双眸中。

"颜颜！"奕槿登时喜极，喉间发出的声音竟有些嘶哑。

"你终于醒了！"

她悠悠转醒，直感觉头疼欲裂，唇齿间充溢着苦涩异常的汤药气息。时间如浮光掠影自脑海依稀闪过，仿佛经历了一场无尽梦魇的折磨。再次醒来时，整颗心好像是被骤然掏空，那种空空荡荡、无所归依的感觉令她身上猛然一阵抽搐似的发冷。

"我不认得你。"她的身体依然虚弱，甚至连将奕槿的手推开的力量都没有，但谁都看得出她眼神中全然陌生的戒备和冷漠。

"颜颜，你是赌气？还是真的不认得我了……"奕槿哑声问道，刚刚燃起的希望，就像是被猝然投入冰水的炭火，熄灭时咝地冒起一丝白烟。

"你是谁？"一双水意荡漾的眼睛中蕴满疑惑和惊愕，她开始转头看向房间的别处。

奕槿霎时惊得怔住，他想起清虚子说过的话，若是药性反噬，就会损伤心智，她就算能清醒，心智也将形同幼女一般，说的想必就是她现在这样。

奕槿看她吃力地像是要从床上支起身子，无奈她根本使不出一丝力气。他见此伸展手臂轻轻托住她的后背，将她扶起来。他侧身坐在床旁，双臂自然环成保护的弧度将她圈在里面。

"你别……不要碰我……"她的神情如同受惊的小鹿般无辜，似乎十分抵触被他碰到身体，试图推开他，可是她的力气于他而言，微弱得就像小猫一样。

奕槿笑着，看到她这般，忍不住想起当年。在集州时，他对那个在青阳寺中偶遇的小仙子一见倾心，欲俘获佳人芳心，而那时年少青稚、情窦未开的她，对他的殷切却是百般推阻。看到她现在生涩地反抗，他心神恍然一错，竟如同往日旧事重现般。

"颜颜，莫闹。"奕槿温柔地去抓她的手腕，纤细光滑的肌肤令他一时捉不住，她呀地身体一歪，仰面倒在他屈起的膝盖上，一头墨黑青丝如瀑，尽数倾泻在他的身上，仿若一匹上好柔滑的墨色丝绸，呈现极婉约的姿态一直迤逦垂落到地上。

"你……"她看着他清和宁淡的笑容，小小的身子蜷缩在他怀中略略安静了些。

"颜颜，你真不记得我了？"奕槿朝她笑时，眼神和煦温暖得如凝着一天一地的明媚春光，俯身漫意轻点她的鼻尖，他身上清新的气息幽若深涧泉水，"我是你的夫君。"

她看他的眸色清冷，咬着唇却不说话。

奕槿将她揽入怀中，手臂间加了力道，禁锢住她的挣扎，薄唇抵住她的耳畔，轻声的呢喃柔和中带着几分霸道，"你不记得了吗？我们九年前就已经成婚，你是我的妻子。"

当颜卿再次清醒的时候，奕槿感觉到她似乎变了。不再是九年前与他诀别的颜卿，那时的她眼眸中深埋着冰雪般凛冽的决然，朝他凄艳一笑，然后不可挽留地离开帝都，离开他的生命。而现在的她，更像是十年前初见时的颜卿，那双水灵灵、大而有神的眼睛，清澈明晰得未被一丝杂质浸染过。

她不记得了，流逝的过往无论是旖旎美好，或不堪回首，她统统不记得了。恍如银盘上细细的金色流沙，所有斑驳的痕迹被尽数抹去，抹去后依然平滑如镜，所有的事情没有开始，也没有终结，就像未曾发生过一样。

曾经亲密相处多时，奕槿亦是有几分了解颜卿，她形貌柔弱，心性却刚烈，连许多男子都不及她。就算当年他能找到她，她未必就愿意跟他回宫，他若是敢强逼，她死给他看亦是不无可能。

想到这里，奕槿由衷地感到从肺腑间溢出的狂喜，生命中的错过可以重新寻回，不禁感谢上苍最珍贵的恩赐，感谢再次给了他纯粹得宛如一张白纸的颜卿。

现在他高居帝位，执掌六合，君临天下。曾经嚣张到不可一世的北奴，已被横扫到漠北二万四千里之外，此次面对平定滇南定南王叛乱，他亦是胸有成竹。一切都跟九年前不一样了，他有足够的力量去保护他想要保护的人。

他畏惧的唯有生死永诀，却无惧重来。他对她的感情一如当年那般浓烈和炎热，一分都未曾褪色，一分都未曾冷却。

奕槿眼眸中犹如有璀璨的焰火跃动，那颗僵死的心瞬间鲜活起来，失去颜卿原本是他一生都不可触碰的隐痛，没想到命运峰回路转，还能等到这一日，让他能再次将此生的至爱拥入怀中的这一日。

他们曾经因为彼此误解，家国情势，遭人设计而错过。但现在，不存在任何事、任何人能使他们分离。

那次错失之后，这次，无论如何，他都绝不放手。

守在床榻旁，奕槿神情宁静，墨色眼底晕开一片清澄，如同素璧皎然，道："颜颜，不要紧，你不记得以前的事，我会慢慢说给你听。"

她整个身体覆在锦被下，唯余张小小削尖的脸搁在外面，她犹尚羸弱，轻声问道："我们真是夫妻吗？"

"是，你是我的妻子。早在丰熙十七年我们就已成婚。"奕槿温和浅笑，坚定答道，声音中是说不出的宠溺，"促狭的小丫头，疑心这还有假？"

"颜颜，你若不信可问玉笙。"奕槿指着侍立一旁垂首的玉笙，"她是你的近身侍女，你难道也认不得她了？"

玉笙本是默默站着，忽地见到奕槿用手指着自己，惶然将头抬起。

她在绵软的鹅绒枕微微支起脖子，含惑的目光在玉笙脸上逡巡，当那双清粹幽凉的眸子触及玉笙的眼睛时，玉笙飘忽的神色似乎闪过一丝极轻微的震动，她随后摇头，"不认得。"

"小姐，玉笙陪伴您十数年，你认不得玉笙了？"玉笙走上前，声音中压抑着一线激动，余光瞟过奕槿的表情，"皇上所言属实，小姐您早在九年前就嫁给皇上了。"

她面容苍白怯弱，倦意的目光落在锦被上金银丝线精细绣成的回旋龙纹，一鳞一爪，栩栩如生，良久问道："那么，我是谁？"

见到颜卿终于肯主动对她说话，玉笙眼睛被点亮般，颤颤地道："小姐，您是前朝颜相的女儿，生母慕容氏敕封郑国夫人，您的闺讳……"

"咳。"奕槿不着意地轻咳一声，玉笙看他的神色蓦然冷冷一激，话刚到一半遽然就再没有说下去。

"你接着说……"她道。

玉笙将头垂得低低的，小心翼翼地侧眼观察奕槿的脸色，见他两道挺拔的剑眉紧蹙着，眉心似有忧惧和担心如同云雾萦绕。骤然间，他眸心霎然清亮，像是下定极大的决心。

奕槿朗声而笑，看着满脸疑惑的她，"你的闺名是颜清……羽。"

玉笙神情紧张地在旁听着，一颗心被细线高高地提起。听到颜清羽三个字，感觉脑中如有焦雷炸开。

奕槿此刻的眼神复杂而且深远，表面一层清澈掩盖下的幽深，令人不敢看，也看不见底。

玉笙感觉心中有种惶恐惊涛骇浪般汹涌地漫上来。宜睦公主早在轩彰六年就卒于北奴，天下皆知，这世上已不再有颜卿这个人，而她又如何能用回旧日的身份。

"颜相是你的义父，你确实是丞相的女儿。"

她口中极轻地唔了一声，余光淡然瞥过玉笙，"是不是？"

"是。"玉笙有些颤巍地站不稳，低头心虚地不敢触到她的目光。

奕槿的目光却是一如往日的澄明坦然，此举多半是出于为她着想，当然也免不得存着一分私心。他不想再让她记起，那些于他于她都是痛苦的回忆。漫长的九年中，他在帝都，孤独地身居帝位，高处不胜寒，独咽至苦相思；而她在漠北，北地雪虐风饕，颠沛流离，她活得亦是艰辛，漫长的九年就像一个支离破碎、身心俱疲的梦境，现在往日梦魇终于如阴霾散去，他想忘了，她亦是不必再想起。

不如就让那九年尽数被抹去吧。

他不曾骗她，他唤她颜颜，这确实曾是旧日的称呼。只是他在她原来的闺名后加了一个字，她的身份较之往日却有了细微的不同。

玉笙心怀惴惴地看她，她对奕槿的态度似乎不再是像刚醒时那般陌生和戒备。

再说了一会儿话，她忽地揪紧胸口猛然咳起来。尽管清虚子的落针施药起了暂时的效果，可是她现在的身体，依然虚弱得像是稀薄的浮云，一丝微风都能将她吹得消散了。

奕槿从身后温柔地抱着她，轻抚后背为她顺气，若春水般的目光将她整个都暖暖地包裹其中，那神情如同一个世间平凡的丈夫心疼他至爱的小妻子。

奕槿的声音醇厚得令人心安，"你现在想不起我不要紧，什么都不要紧，于我而言唯有你才是最重要的。"

他微颤的声音仿佛带有少年时独特的激扬，"等到你身体好些，我会亲自带你去趟集州，当年我们就在青阳寺初次相见。你知道吗？那日你手中的凤签正好落在我的发冠上，我抬头就看见了你，恍若碧落仙子，清颜出尘，你那时的模样我一辈子都铭刻于心。"

"我还要带你回帝都，带你去看丞相府，我一直命人好好封存颜氏府邸，也许在那里，你能记起些什么。"

奕槿眼神闪烁而迷离，情意如春柳脉脉，垂首去吻她的唇，她浅绯唇瓣，如被细雨浸湿的樱花，芬芳嫣然的温软，引人想要一亲香泽。她却是抵触他的气息，将头一撇，躲开了。

奕槿倒也不恼，哈哈笑道："算了，我不会强迫你。我们将来还有一大段路，我会等你，直到你重新接受我的那天。"

秋意愈深了，今年满池秋芙蓉萎谢凋零的时候，在如斯凛冽的寒冬之前，她却已是回来。

酷暑已过，原本早该返回帝都，却因为她，奕槿在上阳行宫中多驻留了一段时日。此番龙御返京时，皓空晴好，了无丝云，如一汪青碧琉璃，在清寒的风中渐渐透出深邃而坚硬的质感。

蓼汀亭上，奕槿臂弯间揽着她，她容颜消瘦得犹如秋寒时一抹凉露，露出弱不禁衣的姿态。她清铅素靥，不染脂粉，身姿纤纤得若迎风欲折。

"颜颜，你记得冥山行宫中的秋芙蓉吗？"奕槿朝她道，放眼亭外，碧色沉沉的大圆叶子满满地平铺了一池，其间一朵一朵或粉白，或晏紫的芙蓉花伶仃地开着。

她凝神看着，依然是摇头。

奕槿轻笑，他对她的耐性超乎寻常，有她在，满目秋凉亦是蓬勃春色，他轻吻她额角的碎发，吻得气息渐浓，覆在她耳畔低喃，一字一字透着铿锵的坚定，"跟朕回帝都，朕要你做朕的皇后。"

她淡淡地，对于奕槿心间那满得将要溢出的热忱却是没有回答。她周身裹在一件雪色暗金斗纹锦鹤羽大氅中，亭外四角都悬着轻软挡风的珠灰鲛绡。略微有风吹过，奕槿更是紧紧地包住她，生怕她被一丝风吹到。

浊公公手执拂尘侍立旁侧，他是侍奉两代君王的老人了，资历深厚，也只有他能在皇帝面前说上一句话。他容色镇静地劝道："皇上，老奴心知皇上疼爱颜姑娘，但在此时就赐予皇后之位恐怕不妥。立后不仅是皇上家事，更是国事。此事可循序渐进，不可贸然为之，还请皇上三思。"

奕槿闻言，圈住她的手臂一松，用手抚着下颔沉吟道："你说得倒也有道理，毕竟眼下滇南不宁，还有母后那里……"

浊公公再次进言道："皇上，您的凤座犹尚虚位以待，不妨先封颜姑娘妃位，立后之事再从长计议，方才是妥当的方法。"

"暂先如此吧。"奕槿颔首，似有歉意地看着她，而她的眼中依然一片淡泊。

凤仪宫中，那一双出自薛门的姐妹曾被两立两废。自从第二位薛皇后薛旻茜被废黜后，他不顾朝臣进谏、太后劝说，就任由凤仪宫空着，再也无人入主。其实从她离开后，他心中的皇后之位始终空着，因为她是他唯一承认的妻子，是他此生的至爱，是他无法割舍的魂牵梦萦。

湖心起风，吹得那密密簇簇的碧色荷叶如层层波纹推动，偶尔露出底下清涟涟的流水。

"颜颜，有样东西要给你。"奕槿看她的眼神宁和，平摊的掌心中赫然多了一物，是只金镯，凤来仪，千足纯金打造，略阔，上面雕琢着繁复却流畅的纹路，依稀是凤凰遨游，两端镶祖母绿宝石。

曾经，在凤仪宫皇后浅笑着，亲自将凤来仪从腕上褪下，赠送与颜卿，那是他们的最初。

曾经，集州的相遇，让他认定她就是今生最爱。接她回来帝都的途中，他又将凤来仪再次赠她，那是他们的结爱。

曾经，崇华殿上，朔风猎猎，她身披一袭火红嫁衣，掷碎凤来仪决然离去，那是他们的缘灭。

奕槿出神地看着安静躺在掌中的金镯，未想到这件毫无生命可言的物什，竟如此痕迹鲜明地刻录着他们一路走来的情缘恩怨，祖母绿宝石深邃的碧色中仿佛沉淀的是他们的往昔。

相识十年来，几经变故。凤来仪，昔日耀目的金色光泽依旧。当年被颜卿掷碎的那颗金镯上的祖母绿宝石，现在已重新镶好，只是新镶上去的宝石碧色略浅了一重。

细看之下，仍有差别，这是唯一的缺憾，至少它还是大体完整，而他重新寻回了颜卿，蹉跎九年虽有缺憾，所幸生命还是大体完整。

颜卿倚在他温暖坚实的怀中，淡淡地看着凤来仪，现在的她，体会不到这只小小的金镯上所承托的厚重。

"颜颜，凤来仪原先就是属于你的。"奕槿激动地说道，他握住她的一只纤细的手腕，正要将凤来仪套入。动作一滞，他眉心微蹙，原来颜卿的左腕上戴着一串红玉珠，颗颗凝光如血，色泽形状若相思子，并用细如胎发的金丝绾作同心结。

奕槿想将她腕间的相思子解下，可是那同心结绾得过于繁复，一时难解。但她这段日子消瘦得多了，相思子松垮垮地一捋就从腕上褪下来，否则无论如何都是拿不下来的。

奕槿亲手将凤来仪套上她的手腕后，他的手竟有一丝的颤，套上后方才觉得松口气，好像这样套住的不仅是她的手腕，而且是她的人。

略阔的金镯遮住了那道深褐色的伤疤，而摇曳的光泽衬得她的肌肤愈加苍白透明，她疲倦地合上眼，任由他温热的吻细细地落在她的眉眼上。

冰雪林中著此身

漆黑浓郁的夜幕，骤然划过刺目冷光，照亮了在僻静阴暗长廊中林立着的鎏金蟠龙柱，面目狰狞，煞气深重。

阴郁凝滞，灯影幽魅。

女子挽着绣纹繁复的宫裙下摆跑着，纤细柔弱的身影，脚步声错乱急促，心急如焚，像是半刻都耽搁不得。

她咬着下唇，眼底迸出一抹坚毅，她心中仅剩下一个念头，快……要快……她一定要阻止……

浓墨黏稠的夜空，猝然间被一道清寒的电光割裂，雕刻着狰狞龙首的金柱后，缓缓踱出一个人，黑暗中看不清面容，她倚着柱子站在那里，那般孤洁清傲、高贵疏离的气质，仿佛是与生俱来。

深宫冷夜，廊外淅淅沥沥地飘起了雨丝。

她此刻的声音就如同纷乱的雨，清冷彻骨，"不要去，暮语。"

廊外，细密的雨丝丝如刀，而她轻柔地唤着那女子闺中的名字。

那名在黑暗中疾行的女子脊背僵直，定定地盯着她，胸口剧烈起伏着，"不！我一定要去！"她朝她高声喊道。

而她，依然清冷，缓声道："来不及了。"

"我要阻止这一切……我做不到眼睁睁地看着你们杀了他……我做不到……我要救他……"身躯柔弱的她瞬间像是失去理智，声音颤抖，逼出全身力气，想要绕过那名拦住她的女子冲过去。

啪，一记清脆的耳光惊雷般乍响。

她踉跄地跌倒在地上，额角覆着几缕散乱的发丝，那般柔弱仿佛能被暗夜瞬间吞噬。

蟠龙金柱旁的女子身形站得挺直，压低的声音遽然凌厉，"暮语，你要晓得你现在的身份！"

阴寒如幕，雨丝肆虐，她站在风口，渐渐地淋透了半边肩膀上的衣衫，冷冷道："你此刻若是去了，你的家族容不下你，皇兄也容不下你！"

"不要！不要杀他……求求你……"她狼狈地跪倒在地上哽咽，霍然抬起一双被泪水冲刷得异常清亮的眼眸，裂帛般地嘶喊道，"……他……毕竟也是你的亲哥哥……你又怎么能忍心做出残害手足的事情……"

恍惚间，那女子挺直的身形微微地摇晃一下，却即刻恢复冷静，她的目光穿过蒙蒙雨雾射向一座静伏在黑暗中的宫殿，她知道，隐藏在此刻宁谧之下，是有怎样惊骇的暗流涌动。

夜雨潇潇，苍莽无声。

最终，她的语气是一贯的冷冽疏淡，"你听着，今夜，若是皇兄赢了，整个王氏的荣华权势会比之前更宏盛；但若是晋王赢了，你的家族就连身家性命都保不住。你睁大眼睛看清楚，你是谁的女人，你这一辈子的生死荣辱究竟维系在谁的身上！"

那名柔弱单薄的女子跪在地上，一时间泣不成声。

雨势渐疾，由最初的淅沥变成滂沱，肩膀上洇湿的痕迹蔓延成一大块，附在身体上是沁入心肺的寒冷，她站在金柱旁，冷眼瞥过痛哭的女子，随后淡漠地看向串联成珠的雨幕，"还有……暮语你错了，在皇族之中，唯有同母所出的才有可能是手足……"

她渐行渐远，她的身影也融入一片漠然的阴暗中。

胤朝，帝都城。

阴晦的空中雪花肆虐飘旋，苍白地、缓缓地覆盖这座皇城中的九重宫阙。四周攒聚的宫室间，隔着厚厚的窗纱挑出无数蒙昧亮光。殿宇森繁林立，然而，在暮雪皑皑渲染出的宁谧安和中，承运一朝经历着内忧外患，沉疴难挽，正走向风雨飘摇的末年。

承运十三年末，胤朝锦溪、盛庸、通州的三处门户尽数被北奴强虏攻破，对于帝都城来说犹如铁齿被断，四十万铁骑指日挥戈南下，岁暮寒雪，冷风砭骨，渐渐在空中搅动成凛冽阴寒的激流，势如绷弦，剑拔弩张，而那铮铮铁蹄眼看着就要踏碎这富庶荣荫、花柳繁华之地。

当朝太子与手握重兵的晋王素来失和，对峙多年，冰冻三尺非一日之寒，对峙呈愈来愈烈之势终于演变成一场宫廷政变，外有强旅逼近，内生萧墙之乱。

承运帝溘然病逝，太子高旖桢临朝执政，改年号为丰熙，新君于御龙台即位，加冕为大胤第六代君王。

太极宫，九道鎏金蟠龙盘绕的龙案前，容颜清俊的男子身着荻青色龙袍，黑色平冕垂下东白珠十二琉，右手支颐，双眸浅暝，融融的珠辉映着他此刻微倦的神色。

虎纹狰狞的青铜鼎中炭火荥荥，温煦如春。龙案上，骤然而起的风将一封奏折吹翻开几页，淋漓的墨迹印在雪白的玉帛纸上，竟是触目惊心的分明。

寂静中，丰熙帝睁开眼，淡淡问道："找到公主了？"

那时的浊公公年纪尚轻，还是个面目清秀的小太监，上前一步垂眉答道："回禀皇上，找到嘉瑞公主了，现正朝太极宫过来。"

丰熙帝轻唔一声回应，手掌抚眉陷入深思，良久，喉间沉沉地唤出一声，"尘儿……"

旁侧侍立之人皆是噤若寒蝉，嘉瑞公主闺讳高旖尘，方才皇上唤的正是她的小名。丰熙帝的近身浊公公此刻如站针毡，额角慢慢沁出细密的汗珠。

皇妹嘉瑞公主离宫半年的事情，经丰熙帝竭力掩饰，宫中所有人皆不知，只道是公主玉体染恙，缠绵病榻，在云韶殿休养至今。而他作为帝王心腹，却清楚地知道嘉瑞公主早在半年前离宫，踪迹杳然。

想起当初公主与皇上决裂一幕，至今还是心有余悸。

浊公公低着头，不敢去看丰熙帝阴郁的脸，而现在，嘉瑞公主回来了……他也不敢去看摊开在龙案上墨迹鲜亮的奏折……

丈高朱漆殿门吱呀一声被推开，隐约听见积在门楣上的雪簌簌抖落的声音，来人步履极轻，像是走得熟极了，轻邈如烟的身影穿过数重幽寂透迤的帷幔，绕过紫檀木嵌寿双字屏风，缕缕迷蒙的光线中，渐渐勾勒出一道纤幽孤然的人影。

丰熙帝坐在龙座上，居高临下地看着她，瞳孔略微紧缩。

宽大的风帽边沿绲着一圈轻软茂密的白毛，微微露出宛若新月弧度的下颌。她抬头，眉目间衔着一抹温婉清幽的淡泊，冰姿雪容，清傲出世，那种生在骨子里的高贵雍容不言而喻。黯淡了刹那芳华，素色氅衣下竟是令人屏息的绝世容颜，也唯有这样的容颜，才配得上与慕容浣昭并称为天下第一美人。

"旖尘……"丰熙帝道，英俊疏朗的脸上无一丝情绪。

"皇兄。"嘉瑞轻轻道，淡然的眼神清粹剔透，风帽褪下时松松地落在肩胛处，纯净的颜色如白玉堆雪。

丰熙帝紧紧地盯着她——这个与他同母所出的胞妹，一字一字从牙缝中阴沉地扯出，"离宫半年，你终于回来了。"

"母后染疾，我岂有不回的道理？"渐浓的魅色中，嘉瑞公主呵气如兰，她浅笑着，"皇兄的太医院中养的莫不是酒囊饭袋，一个个都不中用了？还是哪个聪明人给皇兄出的好主意，张贴皇榜，问医天下？"

嘉瑞话说得极缓，却在聪明人三个字上咬重语音，看似漫意的话中，有淡淡的嘲弄和轻蔑，如水面浮冰峭然孤出。

"你去过天颐宫了？"丰熙帝神色中闪过一丝错愕。

"尘儿还参见了母后，母后身体康健，一切安好。"嘉瑞轻声说着，她仰起下颌，清澄的眸子直视坐在龙座的那个人，她的哥哥，"请问皇兄，你此举究竟寻的是名医，还是我？"

"旖尘……"

等不到皇兄回答，嘉瑞一张俏脸上的神色转瞬间已冷下几分，咄咄道："皇兄你知道吗？天下人都道当今太后重症缠身，时日无多。你是算准了我一定会回来，母后病重，我无论如何都会回宫。可是皇兄你骗我！你居然用母后的病情……来骗我！"

"嘉瑞！这就是你对皇兄说话的态度！"丰熙帝高旖桢重重一掌拍在案上，白釉粉瓷茶盏忽地震起，这声他唤的是她的封号，抬手指着殿中那人怫然道，"半年不见，你的脾性是越来越傲慢乖张！"

"皇兄，我的脾性素来如此……"高旖尘轻而无声地笑着，后半句话幽幽从朱唇吐出时被刻意压低了几分，如同浸淬了冷冷霜雪，素手扬起直指龙座上的人，"不是我越来越傲慢乖张，而是哥哥越来越容不得我，就像当初容不得晋王一样……"

尖锐的噼啪一声，玉器掷碎在地上。

听到晋王二字，丰熙帝额角隐隐有青筋暴起，霍然扬袖将碎玉尽数拂落，厉声责道："朕说过，不准再提他！"

嘉瑞的容色却是一如刚至时的安澜平静，唇际衔着那抹轻嘲的笑意还未隐退，漫然道："呵呵，我忘了，皇兄已经下旨削去了父皇赐予晋王的敕封，后世皆只能以'隐'称之。"

"嘉瑞，你够了！朕的好妹妹，你当初又做了什么，暗中拖皇兄的后腿？抛下公主的身份跟一个来历不明的人私奔？令整个皇室颜面扫地？"丰熙帝身体略前倾，大声质问道，他双掌撑于案上，两道剑眉紧蹙在眉心拧成小小的川字，清楚地昭显着这已是他忍耐的极限。

"皇兄……"嘉瑞的声音中蕴着一丝恼怒。

紫檀嵌寿字双字屏风的镂空间漏着黯淡的暮光和微明的雪光，在坚密如镜的地面上绘出寿字瘦狭的影子，连绵不断地蔓延像是无穷无尽的福祉。他看着嘉瑞，居高临下地看着她，他的皇妹，嫡亲的妹妹，而她此刻也在以同样桀骜清冷的眼神回视他，那纤纤疏影生生地割裂了半个寿字。

丰熙帝素来看重这个妹妹，不仅是因为同母所出分外亲厚，更是因为她的聪慧机智、谋略手腕令他不得不佩服。半年前，就是他们兄妹联手，干脆利落地剪除了晋王，剪除了这个阻止他登上皇位的最大隐患。

他一直都觉得她跟他很像，雷厉风行的做事风格，还有掩藏在一袭温雅柔和外表下，那凌厉决然的心性更是如出一辙。

但是，她到底与他不同吧。他莫名地感到心口一阵窒闷，半年前，是她，帮助他将晋王鸩杀于观贤殿，并以迅雷不及掩耳之势一举诛灭其党羽；半年前，也是她，利用他的信任盗取令符，擅自救走晋王府中原本等待处决的一干亲眷。

冗长的寂静后。

丰熙帝坐回龙椅上，带些疲惫，长长叹息道："算了，半年前的事情就都不要再提了，你既然已经回来，朕也不想追究你什么。"

"皇兄所言甚是，半年前的事，做都已经做了，还提它做什么。"嘉瑞冷然笑道，意有所指，眼光悠冷地扫过她的哥哥，"皇兄的意思，是想说说眼下的事吗？"

丰熙帝深吸口气，霎时幽凉的气息直冲脑门，他真的什么都瞒不过事事都洞若观火的她，半晌讷言道："你……都知道了？"

"知道……呵呵……"嘉瑞笑靥晏晏，顾自慢步走近巨大的龙案，玉葱般的手随意拿起那本被风吹得摊开的奏折，"旖尘虽贵为公主，到底不过一介养在深闺的弱质女流，家国大事自然不知，但是此事关乎旖尘我又怎会不知？"

"公主，您这……"浊公公的神色一时惶恐，想出言劝阻却是语塞，按照祖制，嘉瑞以公主身份任意翻阅奏折是断断不合规矩！

"滚出去。"嘉瑞冷冷瞥过浊公公一眼，话语虽轻，但这位公主凌厉的威势已让他在心中打了个寒噤，见到丰熙帝朝他微微颔首，他就低垂着头碎步退了出去。

此刻，太极宫中仅剩下丰熙帝与嘉瑞兄妹两人。

殿外昏冥的天光倏然亮了一下，随着宫门的合拢又暗了下去，然而嘉瑞却是分毫都未被打扰，清泠双眸直直地盯住她的皇兄，一字一字顿音道："北奴王歌珞已派信使入帝都，宣言若和亲非嘉瑞公主不可，皇兄莫非觉得旖尘不应该知道？"

闻言，丰熙帝放在纯金镂空龙首扶手上的手掌握得紧了些。

"皇兄，眼下我朝国运坎坷，近年历经天灾内乱，元气大伤。旷日来与北奴周旋苦战，胤军皆是疲惫，议和无疑是最好的法子，而两国联姻又是议和最直接最有效的方式。"嘉瑞平静地说着，像是在说一件与她全然无关的事。

"尘儿你……"丰熙帝想要说什么，却被她的眼神挡了回去。

"皇兄想说什么？"嘉瑞看向他的眼神剔透明净，容不下一丝娇作和掩饰，"要说些大义给旖尘听吗？是舍一己之私，全天下之义？还是说要对得起身为皇族的责任？"

"但是，如果旖尘真的不肯回来呢？那皇兄又打算怎么办，是继续派人找我，还是索性找个人嫁去北奴蒙混过关？"

这时，她手中的折子无声无息地落在地上，她俯身去捡时遽然笑出来，如一枝白梅凌雪初绽，抬首时竟已换作一脸寻常女孩儿的娇憨纯然，问道："若是要远嫁北奴，哥哥，一定不会挽留旖尘，是不是？"

她轻声慢语问出的是不是，竟带着一丝令人不易察觉的颤意，像是存着一分希冀般，面对亲兄长时的沉默，狐裘袖子下纤指根根收紧，眼中的神色究竟还是冷了下去。

高旖桢漠然道："是。"

嘉瑞冷笑着，短促地喝出一声："果然。"

"妹妹，你看这偌大的宫中有多少人，父皇膝下的皇子公主就有近四十人，但是，你和母后是皇兄最亲近的人。"高旖桢立起身，看着她，动了几分真切心肠，"你以为皇兄会真的会让唯一的胞妹轻易嫁到北奴去？"

"胞妹？至亲的亲人？"嘉瑞眼底似有淡淡的涩意，延伸到唇角漫开一勾苦笑，她幽然合眸叹道，"尘儿……怕是猜到了皇兄的意思。"

聪颖如她，怎会想不到。

高旖桢紧抿着唇，挺拔的眉宇间渐渐凝出一抹坚毅狠绝之色，"妹妹，你自小就比谁都聪明，一直以来你也帮过皇兄很多……"他的声音如冰泉渡浅滩，骤然阴冷，"此次，我们就联手剪除这个北部大患！"

狂虐的寒风扑在窗格上飕飕作响，兼着雪霰子打着木棉窗纸的潇潇簌簌声，使锋利的寒意直逼人心。

这刻，嘉瑞轻轻击掌两下，毫无预兆地笑出声来，空阔高远的殿梁上萦绕着女子清脆如铃的笑声，空灵中透出几分诡异。她扶着龙案一角，霎时竟笑得有些喘不过气来，"皇兄是要尘儿去北奴做你的内应，然后我们兄妹联手，里应外合，诛杀歌珞，攻破北奴是吗？好计谋！好计谋！真的好计谋！"

嘉瑞一手颤颤地支在龙案上，一手拂着心口，冷冷地连声说了三次好计谋。

丰熙帝神色中流露出无奈，浓黑的双眉如群峰叠皱，他揉着眉心解释道："尘儿，你乃皇朝公主，金枝玉叶之身，皇兄断断不舍你久居蛮荒之地，可眼下正是情势危急，不得已而出此下策，你但宽心，若天佑我朝，大势扭转，事成之时，皇兄自会亲自北上将你接回胤朝。"

"事成之日，皇兄将亲自北上接我返朝？"嘉瑞默默地将他的话重复了一遍，盈然如波的一双眸子中是说不出的嘲讽，"嘉瑞斗胆敢问皇兄，那时会不会还有旌旗襄举，锦铺十里，更有群臣相迎，百姓夹道？再斗胆问一句，那时的嘉瑞算是什么，是巾帼英雄？是凯旋归朝？斗胆最后问一句，就算真的有那一天，皇兄你难道真的会将此当成盛事宣扬天下，弄得尽人皆知，来庆祝以操纵裙带、玩弄床笫这等卑劣低下的手段所夺来的胜利？"

嘉瑞口齿素来伶俐，通通畅畅地说下来一大段，刚开始高嫡桢还能勉强忍耐，但听她说到操纵裙带、玩弄床笫那尖刻犀利的八个字时，一贯淡定从容的他，脸色刹那气成了铁青，而笼在脸上的寒意更深了一层。

那八个字如同轰然巨石毫不留情地击碎了他维持的冷静，厉声训斥道："高嫡尘！你要知道你在说什么，朕不仅是你的皇兄，更是这天下的皇帝！你作为臣妹竟如此出言不逊！"

"是的！你是我的皇兄，更是高高在上的皇帝。"嘉瑞此刻全然无畏地直视他迫人的眼睛，抬起半边的脸，凛然喊道："可是我的哥哥，还有这高高在上的皇帝，他只是把我当成一场权谋斗争中的棋子，棋子而已，可以任意支配，可以任意牺牲！"

"朕说过你是朕的妹妹！"丰熙帝蹙眉，他高声喝道。

"尘儿一直当你是哥哥，只是……只是皇兄从未当我是妹妹。"嘉瑞似乎感到有些力竭，她疲倦地蹲下来，将两只手掌撑在地上，隔着厚实的狐裘依然可以感觉到她双肩的耸动，银牙咬紧声声如切冰碎雪，抬首时眼角晕开一抹清光涟涟，"皇兄记得那晚吗？观贤殿政变，是我们联手杀了晋王哥哥！祸起萧墙，皇储相残，父皇身染沉疴，因那晚深受刺激而猝然病逝……"

嘉瑞说到这里时再也说不下去，冷冷双眸中郁结着痛苦之色，连哭泣也是极力克制着，她跪倒在地上，双手紧紧抓住皇兄龙袍的下摆，喉头艰涩地哽咽道："我忘不了那晚……承运十三年十一月廿四……父皇是被我们给活活激死的……那晚晋王一脉党羽被尽数诛灭；我也忘不了我们一起登上养心殿时，父皇那时看着我的表情，半年来我闭上眼就会想起，父皇那双灰白浑浊的眼睛盯着我，他的手死死抠着床沿，剧烈喘息着指着我们却一个字也说不出来……"

高嫡桢看着嘉瑞，那般恍惚无措，哪有半分往日清冷自持的气度，他不由叹息，父皇的死一直是她难解的心结。

太极殿中，沉沉的香气几欲熏得人发晕，他低低说着："尘儿，你自幼读过很多书，论见识和气度远非一般闺阁女子能比，今日又何必拘泥于此等短见。"

嘉瑞跪在地上，以手抵住心口，恻然道："我倒痛恨如此，若愚笨无知，就不至于看得那么透。"

"尘儿，过去的你可不是这个样子，想当初你自信满满地说过要帮助皇兄。"高滴桢将手放在她的肩膀上，发自肺腑地说道："那么尘儿，你再帮皇兄最后一次，最后一次。等此事过去后，你要怎么样皇兄都能答应你，你若想和那个人在一起，皇兄就将他正式封为驸马，你若厌倦宫中生活枯燥，皇兄就准你出宫游历天下名山大泽，可好？"

高滴桢静静地等待着她的回答，而她却依然是僵硬地沉默着。

"滴尘谢过皇兄。皇兄待滴尘真好，只是这好却来得迟了些。"嘉瑞面无表情地听着，蓦然朝他一笑，那神情明净纯粹，她轻轻咬着唇，"所以我不愿意。"

她的话语极轻，却带着斩钉截铁的坚决。

"为什么？"高滴桢刻意压低的声音中藏着雷霆之怒。

"因为……"嘉瑞柔唇间淡淡吐出，"我已怀有身孕，先不论我是否情愿，但试问北奴王还会要我这样的女子吗？"

"你居然和他已经……"高滴桢感觉额角暴出的历历青筋悚然一跳，激怒交加之下，他遽然起身，想要扬手给嘉瑞一巴掌，手扇到半空，却生硬地被一只纤纤玉手挡下来。

"滴尘不值得皇兄动怒，也不值得皇兄掴一个巴掌。"嘉瑞平静地说着，就慢慢地退了出去，回首凄然一笑，"今日皇兄说的话，滴尘回去自会好好思量，趁天色未全黑，滴尘再去看看母后吧。"

高滴桢错愕之时，她已离去，于是他整个身子重重地颓然地落回龙椅上。

日影稀薄，疏疏地斜披在鎏金殿顶上，宫室间开着几簇胭红的早桃，原本就不精神的红色被未化的残雪映得模模糊糊。

一名青衣小婢在前边带路，嘉瑞拢紧身上的羽缎鹤氅，跟着慢慢走。她浅笑，这宫中举目看去倒是一切都未变，不过想想这感慨也是没来由，十数百年都如此，短短的半年又会有什么变化。

宜芬宫。

在侍婢左右护持下踏进门，嘉瑞略迟疑一下，还是走了进去。殿中的光线有些暗，透进来的蒙蒙亮光在空中虚浮着。里面的器具玩物依旧，不见得件件都是上好珍品，也体现出主人一番别致的清玩雅趣。

嘉瑞挥手让随从退下，宫中在一阵沙沙的脚步声后就静寂下来，她的目光在此漫意流连片刻。转转绕绕了一会儿，她走近一间僻静的屋子，里面陈设极其简单，像是平常囤积杂物之处，一张黄木桌案上亮着一对蜡烛，一双蓬蓬跳动的白芒，犹如寒冬从嘴里呼出的一大口白气，紫铜烛台压着些薄脆的白纸，除此之外别无其他，显得有些怪异。

浅银透明的帘子后，勾勒出一名女子单薄瘦弱的剪影，她微微蜷缩着身子坐在一把黄木椅子上，听闻声音转过头来。

嘉瑞正好对上她的目光，盈盈浅笑着，"暮语，半年不见，你还好吗？"

"尘儿！你回来了！"她霍然从椅子上直起身，惊诧地看着突然来到的美丽女子。被唤作暮语的女子正是出自王氏的二小姐，往日东宫选侍后，现已是圣上的德妃，亦是当今皇后王暮韬的亲妹。

嘉瑞笑意清浅，曼然上前几步说道："无论如何，皇宫是我自幼生长的地方，终归要回来的。"

王暮语轻叹口气，默然不语。一如刚来时般，双眼空洞无神地看着前方。

嘉瑞看着这个熟稔至极的旧时闺友，半年不见，她似乎瘦得多了，面容柔弱清瘦，反绾髻上斜插着三四支银簪，纹理质朴，不镶宝也不饰流苏，身上的衣裙亦是家常颜色，看不出贵重之处，纤细的手腕上各套着一只白玉镯子。

嘉瑞走到那张黄木桌前，两团苍白的烛焰映在她一双乌眸中涟涟摇曳，哧的一声，她忽然将两支蜡烛都吹灭了。

暮语搁在椅靠上的手颤抖一下，神色间似有震动，却不曾说什么。

嘉瑞转过身来瞧她，素白的侧脸浸在光中犹如一枝半开缱绻的白梅，道："暮语，其实你又何必呢？你能为他点着这一双烛，你也不能在牌位上写上他的名字，谁知道在飨用香火的是谁，何况枯坐于此平添些烦恼，还是罢了吧。"

暮语的眸中似泛起晶莹一点，却极快地湮灭无踪，低低道："尘儿，我不是你，有勇气去做自己想做的事，也有勇气抛弃一切追逐所爱。我什么都没有，就连可以念想的东西也没有。痛苦到无可抑制时，也只能点着一双烛火静静地看着，我能管飨用的人是谁？"

"你是在怪我吗？"嘉瑞语气一紧，一缕苦笑漫出唇角，她走近些，姣好的面容上映着日光，随着她的移动由明亮过渡到黯淡，她抬手将要覆上暮语的侧脸，在将要触及时，手指却一根根握牢收了回来，"当初我打你的一个巴掌，痛不痛？"

暮语的眼底瞬间涌起震惊的神色，她想起那个夜晚。那个铭刻在脑海中的夜晚，漆黑如墨，冷雨萧索，惊雷豁亮了廊柱上无数狰狞的龙首，她沿着长廊一直跑，跑到力竭却跑不到尽头，直到那一记清脆的耳光如漫天雷声般在耳旁炸响。

"痛。"暮语点头，黑白分明的眼睛让泪水浸洇得有些迷蒙，"有时夜半惊醒，仿佛耳边还有隆隆的回响。但是那巴掌彻底扇醒了我。尘儿，那晚若不是你让我清醒，我真的不知自己，会不受控制地做出什么事情来，然后因为我而让整个王家陷于万劫不复的境地，害死我的父亲，也害死我的长姐。"

嘉瑞看着她，木然问道："那你不恨我吗？"

暮语凄恻笑着，逆光看去长睫毛上沾着细碎泪珠已被风干，握住嘉瑞的一只手，"我连为他点一炷香的资格也没有，怎么还有资格为他去恨别人，况且那次是你救了我。我的命运一生不得摆脱，于我而言，人生余下的时日里，每天能有一分一刻属于我，让我独自想想他也就足够了。"

往事已逝，若过于执着，伤害的唯有自己。

嘉瑞靠近了附在她耳畔，轻声喃喃道："晋王妃和世子眼下一切安康，了你一桩心事，我也算是偿了一宗罪孽。"

暮语极力克制着，将眼中最后一汪水光硬生生地逼了回去，此刻她柔弱清瘦的面庞上多了几分坚毅倔强。

"可是尘儿……"她大叫一声，骤然扑上前抓住嘉瑞的臂膀，细瘦的手指抓得那样深，几乎将指甲都要嵌进去，与刚才的温婉柔顺判若两人，她高声质问道："你已经离宫了，已经自由了，为什么还要回来！"

暮语声音过于急促，听起来喊得有些嘶哑，"你不应该回来的，太后凤体并无大碍，根本不是外面传言的那样病势危急，日薄西山。你不要回来！难道你真的想要嫁去北奴吗？"

嘉瑞随她这样紧紧抓着自己，神色依然平静地道："我自然知道母后身体康健。只是……就算是我清楚地知道皇兄和母后是在骗我，我还是会回来。"

暮语一时惊愕，抓紧的手脱力般地顺着嘉瑞的臂滑了下来，溢出喉间的笑声带着短促的喘息，她不住地摇着头，恨恨地咬牙道："你真傻，我是得不到，你是得到了却要放弃。若是我还哪管他什么身份？什么责任？"

"暮语，我没有办法。"嘉瑞眼中隐约有幽深寥落的光芒，将头偏过去望着西侧方向，长叹着："你知道吗？母后不肯见我，第一次我在天颐宫跪了半个时辰，母后打发身边的吴嬷嬷出来，请我回去旧居云韶殿。第二次，见完皇兄后我再去天颐宫，母后说入夜了，歇息下了，让我回去。我求吴嬷嬷转达只消看一眼就走，母后也不愿意。看来母后对我这个女儿真的是心灰了，意冷了。"

"尘儿！"暮语握住她的双手，满脸焦虑地道："你在天颐宫跪了半个时辰？你可是不要命了，你怀有身孕，若有个万一会出人命的。太后那里的人竟也无一个来劝劝。"

"我早料到是这样的结果。"嘉瑞垂首看着隆起的小腹，宽宽松松的锦裙掩饰不住已有的六月身孕，只是轻轻付之哂笑，却无语。

暮语蹙额，眉心间凝聚起一丝忧色，问道："尘儿，那你现在怎么办？把孩子生下来吗？就算孩子生下来，你又要一走了之，孩子又怎么办？"

嘉瑞神色安澜，她怎会不知道眼下情势步步紧逼，自丰熙元年十月，到如今丰熙二年二月，近五个月中胤朝和北奴为议和协商不下数十次，无论胤朝方面开出怎样优厚的条件，都无法说服北奴更换和亲公主的人选。

邱鹿原一战后，胤朝元气大为损耗，经过五代君王努力而建立起来的兵阵、文道、刑法、礼乐等制度，在此时脆弱得如薄薄的蝉翼。她清楚，他也清楚，此时的大胤是再也经不起战祸了，除了屈辱议和，别无选择。

嘉瑞一笑宛若清馨四溢的白梅，纯粹洁白的芯蕊上承着脉脉细雪，不染尘泥，"暮语，我是回来认命的，认我今生是胤朝公主的命。自幼你最了解我不过，我既然回来了，也就不会给自己留任何退路。很多事情，也就是由不得自己做主。"

那日在太极宫中，面对她的皇兄，她明明已经说服自己妥协了，然而一向要强的心性，却让她无法控制地做出抵抗和反击。

看到挚友眼中忧愁如乌云层叠，嘉瑞恍惚想到，她怕是宫中最后一个肯为她着想的人了，只不过她现在也是深陷在自己心魔的囹圄中，不可自拔，别人更是无能为力了。

嘉瑞用指尖拭去眼角的一缕湿意，尽量让自己不去想那些事，勉强笑道："暮语，多日不见，你比以前瘦得多了。"

暮语亦是挤出笑意道："你也瘦多了，不过精神尚好。想来宫外生活虽苦些，却到底心里自在快活。"

她上前仔细扶住嘉瑞一侧手臂，"这里阴暗也不够暖，你是有身子的人，我们姐妹两人还是去前殿坐坐吧。"

嘉瑞颔首答应，一路走过去如来时一般冷清，宫中的侍从、婢女也不见多，平日里疏于管教皆是神色怠懒。德妃素喜清静，身子骨也不甚好，从前服侍的也撵出去不少，她不是多事的人，那些人能偷闲的就让他们偷闲去了。皇后是她长姐，见她这般消极避世，也就随了她，有时亲自看望一趟，明里暗里地帮衬些，也算是没有辜负了姐妹情分。

"你过得倒是清净。"嘉瑞漫目看着四周，在一张青绸印暗纹福字的椅子上坐下，眼光落回她身上，"皇兄是无所谓的，你姐姐王暮韬不曾说过什么？"

暮语挨着她坐下，未曾染过的指甲随意拨弄着八角盆中的水仙，那花儿开得亭亭玉立，清芬淡然，她冷言道："姐姐有自己的事要忙，自然不会管太多我的事。况且，王家只要有一个成器的女儿就足够了。"

那盆水仙正盛开，嫩黄的花穗根根如狐尾。她原本就生得纤瘦，套在腕上的两只玉镯，叮玲一声顺着手臂滑了下去。

嘉瑞略沉吟，伸手将一枝水仙花折了下来，把玩在手中，若有所指地叹道："暮韬她是太成器了……"

暮语垂首不语。

"浣昭现人在何处？"嘉瑞问出这句话时，声音清清冷冷，毫无一丝的情绪，但是落在暮语耳中，却不啻是一记惊雷。

暮语惊得一下子挺直了身子，慌慌张张地险些碰翻了一只茶盅，难以置信地道："难道你……已晓得了……"

嘉瑞仅是清浅一笑，说道："皇兄是不是严令示下，有关浣昭的任何消息，一丝一毫都不能让我知道？"

暮语双手绞着梨花青天香绸的绢子，却是一个字都说不出来。

嘉瑞轻轻弹走了指尖一朵嫩黄的水仙，如拂去一瓣尘埃，"我不仅晓得如今浣昭人在宫中，我还晓得皇兄打算等和亲之事一过去，就下旨晓谕六宫，将浣昭封作皇贵妃，不是吗？"

暮语别过脸，不敢去看她湛湛然的目光，那目光似乎能看得见人心。

嘉瑞轻轻地勾动唇角，笑得意味深长，似是感慨道："偌大一个冰璃宫，建成这么些年，终于要等到它的女主人了，皇兄也算心愿得偿吧，但是……"嘉瑞的话锋陡然一转，"这让暮韬姐姐怎么咽得下这口气？皇贵妃啊，这可是只比皇后矮了一肩的殊荣，现在就是这个样子，要是今后让她生个一儿半女，岂不是连皇后之位都要给她？"

暮语脸色发白，越发惊惧不定，几乎是话不成句，"跟你说此事的人……莫非是长姐？"

嘉瑞却是要冷静得多，眼底晕开一片清明如雪的光泽，从容不迫地道："你说说吧，这皇贵妃是怎么回事？"

暮语垂眸，说道："自从邱鹿原一战，皇上将浣昭带回，她身上似乎有很重的伤，眼见着就要不行了，皇上不顾众议，将她安置在冰璃宫中养伤，这冰璃宫除了太医，皇上不准任何人进去，浣昭如今是死是活，救不救得回来，怕是无人知道。"

"但皇上这回是下定了决心，一定要册封浣昭，无论谁阻挠都没用了。"

"原来是这样，那我自然不能辜负了皇后嫂嫂的一番苦心。"嘉瑞静静地听完，沉思片刻，她眉宇间隐隐笼着一抹坚毅和决断，眸色灼灼地看向暮语，"暮语，替我带一句话给你长姐，就说她的意思，旖尘都晓得了。"

"尘儿。"暮语眸中那一簇不安的光芒，如秋风里打转的落叶般摇曳不定。

嘉瑞扔了个眼色过去，示意她噤声，因为此时，德妃宫中有人进来。待来人走近了，细看竟是太后身边的吴嬷嬷，她见两位主子端坐着，仔细着请了个安，恭恭敬敬地道："参见公主，参见德妃。"

嘉瑞淡淡地瞥过她一眼，并不言语，倒是暮语和颜悦色地说了声嬷嬷免礼，请她起来。

吴嬷嬷朝嘉瑞道："老奴原本奉了太后的命去云韶殿，但听云韶殿的奴婢说，公主上德妃娘娘的宜芬宫来了，于是就过来……"

"难为嬷嬷要亲自来一趟，母后可说什么？"嘉瑞的态度依然淡淡。

吴嬷嬷尴尬地咳两声，"公主，恕老奴人老了嘴碎，其实太后她老人家打心眼里还是心疼公主的，毕竟公主是太后唯一的女儿……还有就是太后让老奴给公主送附子十香羹来，难怪太后记得，这羹汤是公主素来喜爱的。"她小心翼翼地瞅着嘉瑞的脸色将话说罢，匆匆扬手示意身后端着食盒的小宫女上前。

"嘉瑞谢母后慈爱，尚肯垂怜我这失行罪女。"嘉瑞温雅一笑，转头向身侧的婢女，"去盛一碗来，在宫外多日都快忘了这十香羹的滋味了。"

吴嬷嬷像是暗自松了口气。

嘉瑞见她们忙乱的工夫，忽地粲然一笑，露出些旧时慧黠的神色，她拉近了暮语，附在她耳畔，那一颦一笑的情状，如同闺阁中无忧无虑的女儿俏皮私语，她声音极轻，唯有她们两人听得到，嘉瑞在她耳边呵气如兰，"皇兄说我是他唯一的妹妹，但他逼着我嫁到北奴去；母后也说我是她唯一的女儿……"

婢女将一碗羹汤端了过来，嘉瑞从容地用瓷匙搅动着，正好温温的不烫口。

"别！"暮语瞳孔骤然一紧，惊呼一声按住嘉瑞的手，面对殿中众人错愕的目光，她仅是朝嘉瑞拼命摇着头，却说不出一句话。

嘉瑞不着痕迹地推开她的手，"我明白德妃的意思，你是觉得羹汤烫了让我慢些，嘉瑞先谢谢德妃好意了。"说罢，端起那碗羹汤仰头就饮，转眼已喝进去大半碗。哐当一声响起，那只碗碎在地上，剩余的汤汁也泼了出来。

吴嬷嬷眼瞅着这幕惊心动魄，神色间却有些放松，天气尚寒，额角沁出些细汗，"公主……"

不消半刻，只见嘉瑞死死咬住嘴唇，脸色竟是一分一分地惨白了下来，她捂住小腹，神色痛苦，脚下一个趔趄要扑通倒下去。

"尘儿！"暮语此刻已顾不得仪态冲了过去，细瘦的双臂慌乱地将嘉瑞抱在怀中，她眼睛中尽是难以置信，睁得大大地瞪着吴嬷嬷，喝问道："怎么回事？"她眼光瞟过打碎在地上的碗，以及泼出来的残汁，"那是不是堕胎药？是不是！"

德妃生性一向与人为善，说话语调也总是细声慢语，温柔和气，何时有这般的疾言厉色过。吴嬷嬷毕竟是宫里的老人，不卑不亢地道："回禀德妃娘娘，羹汤不是堕胎药，而是催生汤。"

暮语看着吴嬷嬷的眼睛瞪得更大，"催生汤？"

吴嬷嬷道："太后说过公主身孕已有六月，虽等不到瓜熟蒂落了，这时候若强行催生下来也是能养得活。"

嘉瑞紧紧地抓住暮语的手，单薄的下唇被咬得发紫，隽秀的柳叶双眉像是皱得褶起来，似乎整个人都痛得痉挛起来，她示意暮语不要再说，艰难开口道："我知道的……吴嬷嬷……你可以让等候在外面的太医进来了……"

"只是……我不想回云韶殿去，就在德妃这里。"嘉瑞勉强朝她舒心一笑，端雅清丽的容颜此刻有些虚浮，"暮语你陪着我。"

"好好，会没事的。"暮语含着泪愈加抱紧了她。

丰熙二年二月十三，嘉瑞公主难产，但终于德妃宜芬宫中诞下一男婴。此事隐秘，在宫中唯有皇帝、太后、皇后及德妃四人所知，其余人等都不知晓。

丰熙二年三月初，皇朝第一公主嘉瑞将远嫁北奴之事基本上尘埃落定，此消息传出，天下百姓皆是唏嘘感慨。

宜芬宫中。

嘉瑞身着一袭红茜纱嫁衣端然坐着，层层衣裙上银丝金线绣成翎羽繁复的凤凰图样衬得整个人明丽华贵。她优雅得体地浅笑，显示出一名血统高贵的公主应有的气度与风仪，一头青丝上参差琳琅的珠翠霎时都失了光辉，真乃绝世不出的美貌女子。

洁白如玉的玉帛纸整幅摊开，一名画师正在为公主作画，他提笔凝神，落笔极慢也极认真，生怕稍稍不留神下笔就失了那绝美容颜的神韵。

生产之后，再加上近日来忧思过重，嘉瑞看上去益加单薄清弱，素若白莲的脸庞隐约含着一抹憔悴支离，却掩饰在一层娇妍合宜的脂粉之下，一双幽深的黑眸明澈若淘濯尽尘沙，乍看时波影千万转瞬湮灭沉寂，令人越发看不透。

这般过了很久，画师作完画便恭敬退了出去，德妃王暮语似是神色焦虑，双手中绞着帕子来回踱步，整个殿中显得静悄悄的。时至三月，去岁的残雪已消融，隔着糊在窗格上的碧纱看去，庭中栽着的几株桃花正开得红粉艳艳，娇软轻盈。

嘉瑞缓缓立起身，身上依然穿着那袭嫣红的嫁衣，满头的淅沥作塞的珠钗流苏也不曾摘下，走近那幅墨迹清新的画仔细看着，这幅画原本是要先送给丰熙帝过目，但嘉瑞开口留了下来，待会儿再命人送去。

嘉瑞眼角的余光瞥向一旁正心思不定的暮语，道："暮语，你看看，觉得可有几分像？"

"尘儿。"暮语踌躇片刻，此时殿中已别无他人，唯有暮语从王家带来的贴身奴婢尔容，她终于按捺不住，道："你真的要嫁到北奴去吗？"

嘉瑞闻言微愣，旋即回答道："是，我要帮助皇兄做最后一件事。"她吐息轻邈，却是不容反驳的断然。

"不要去，你们要联手剪除了北奴王……"暮语颤颤地咬着唇，那话说到最后唇齿间冒出一个哆嗦，竟硬生生地说不下去。

"你猜到了？"嘉瑞看了她一眼，冷静地道。

暮语眼中蕴藏的惊忧之色穿过细细的睫毛而透出，她上前握住嘉瑞的手，她手腕上一双白玉镯，与嘉瑞佩戴的莲花宝珞玎的一声相碰，她道："尘儿，不要去，真的不要去，你知道的，这最后一件事岂是容易做到……想以前太宗一朝有位清漪公主嫁去乌闽，她在新婚之夜袖怀匕首刺杀乌闽王，结果她后来……"话说到这里就像是被扼住了。

嘉瑞面容沉静地凝视她光芒闪烁的眸子，点点玉笋般的指尖理着插在鬓角簪子垂落下来的细细碎银流苏，下手重了些，有一缕轻轻地打在耳边，沙沙作响。

嘉瑞面朝暮语莞尔一笑，"你放心，嘉瑞不会是清漪公主。"

她举起绣纹烂漫的红茜广袖遮去半张脸，近乎完美的笑容中透出三分妩娆三分狠绝，"而且，嘉瑞也不会像她那般愚蠢，就算当年清漪行刺成功，乌闽王当场毙命，而她身边强敌环伺，万万也难逃一死。一己之身的生死倒也罢了，只不过此鲁莽冲动之举，非但不得半分益处反招祸殃。纵然那乌闽王已死，有的是儿子兄弟可以继位，倒给他们落着了兴师问罪的把柄。"

"现在北奴王歌珞膝下已有五子，论兄弟更有歌玮等人，欲将其全部瓦解，自然不可冒进……"嘉瑞谈论政事时犀利透彻的洞察力丝毫不输于男子。

"尘儿……"暮语蹙着两弯细眉，打断她的话，"我听不懂这些，也不想听这些，我只关心你的安好！尘儿，我知道你自幼聪颖，读书甚多，若论心智筹谋许多男人都不及你。你虽足智多谋，可是北奴乃虎狼之所，北奴王又岂是善与之辈，我怕你……"

"暮语，不要再说了，我知道，我都知道……"嘉瑞轻轻伸手，指尖拂过画中人含笑嫣然的面庞，那画师技艺卓绝，臻于至境，画像与嘉瑞几乎一模一样，那缕衔在眉梢眼角的清傲高贵，亦在灵动的画笔下流露得淋漓尽致。雪色明洁的脸颊上薄薄地染开一抹红晕，像是新嫁娘欲说还休的娇怯，嘉瑞看得怔怔，叹道："画得真像，却又不是我。"

暮语方才被嘉瑞拿话一挡，顿时无言，看嘉瑞的目光依然盯着那幅画，她沉默良久，雪白的贝齿微露，终于咬牙道："好好，我明白你的性子，从来你决定的事谁也改变不了。那么我再问最后一句……"她敛息，"你若离开，那孩子……"

蓦然听得这样的话，嘉瑞的眼神滞了滞，她的眼底压抑在一波澄明之下仿佛涌动着苦涩和无奈，握住她的手情恳道："暮语，我只能将他托给你了。"

殿中蝉翼般的锦帘轻飘，隐隐地似有婴孩微弱的哭泣声，脆生生地像只乳猫儿在叫一般。

暮语将手嗖地抽出，回头命尔容将孩子抱来，因不足月，婴儿的身量显得格外小，浑身的皮肤红红皱皱的像只小动物，偶尔哭出几声也是短促无力。

暮语小心地接过来，爱怜地看着那张褶皱的小脸，像是下定决心做最后一搏般，将孩子往嘉瑞怀中一推，终于忍不住尖声叫喊道："尘儿，你走吧，你带着你的孩子离开皇宫啊！你的皇兄不值得你为他作出这么大的牺牲！"

暮语此言一出，嘉瑞和尔容俱是听得齐齐惊骇，幸好此刻不曾有外人在，但她这话实乃大逆不道，若是被有心人窃听去，不知要惹出多少惊涛骇浪的事端。

嘉瑞将孩子交给尔容，箭步上前就堵暮语的嘴，急道："暮语，你毕竟是宫中的人，这种话万万不可说！先不说别人，就是你长姐听闻也容不得你！"

暮语一把将开嘉瑞的手，倒不似平日半分柔弱的样子，眼中光芒愈盛，切切道："尘儿，其实你心中也清楚，我可有半句说错了？不值得，真的一点都不值得。他全心全意为了自己的江山，可有半分为你设身处地想过？满口亲情道德只会拿来糊弄别人，什么舍一己之私而全大义，说得如此正气浩然。他可想过，为了夺取江山，他可以毒杀兄弟、逼死先皇，现在又要推你入火坑，他才是最大的自私！"

"不要说了！"嘉瑞直感觉胸口滞痛，听得毒杀兄弟、逼死先皇八个字时，她的肩膀剧烈地抖动一下，溢出唇角的一句呓语轻轻，"这不是皇兄一人的罪孽，也是我的。"

"为什么不要说！"暮语此刻全然不同以往温柔婉默的性情，厉声厉色地逼视道："尘儿你到现在还自责吗？其实不全是你的错，你到底想过要弥补，当初晋王死后……"说到晋王二字，她的声音还是颤抖一下，"你是如何地求他，求他饶恕晋王府一干人等，可是他怎样，到最后非逼得你走上盗取令符、离宫远走这条路！"

暮语冷笑道："你曾经说过在皇族只有同母所生才有可能是手足，是的，你一直当他是兄长，这么多年来，你真的已经为他做过太多事，而这些原本都不该是女儿之身去担当的，可是他真的当你是妹妹吗？对你尚且如此，我何能求他对晋王讲什么手足之情。"

窗外浸洇着残雪的胭红花瓣无力地飘落，一如高旖尘脸色此刻苍白间泛起的奇诡酡红，终于暮语的声音平静了些，炽热的情绪冷却下来，她的眼眸上蒙着一层润润的潮湿。

"说完了吗？我知道这半年来你一直都压抑得很难受。"嘉瑞勾唇淡笑，恍若斑驳迷离的落花，"暮语，嘉瑞一生的荣耀光芒都是这个皇朝赐予的，嘉瑞不能，也做不到在皇朝最需要我的时候，弃他而去。"

她一开始就说过了，无论如何，哪怕虚伪的亲情之后掩盖着怎样的不堪和算计，皇宫始终都是她的家，这里始终都有她的生母胞兄。

嘉瑞抬头看着被宫殿飞扬的檐角逼仄成小块的碧蓝天空，恍惚忆起那些飞逝的日子，天下百姓间盛传嘉瑞公主的雍容娴雅，外具天人之姿，内涵锦绣才思，诗词歌赋皆流传于世，为天下女儿之典范。

暮语以帕遮脸，连绵不断的泪珠还是一滴滴淌了下来，低声抽泣着，她看着嘉瑞走了出去，却怎么也拉不住她。

"尘儿！"暮语焦急喊着，抱起男婴想冲上前去，跑到高起的门槛前险些绊一跤，堪堪地让侍女尔容给扶住了，只见那一袭嫣红的嫁衣在众多蛾眉杏眼的宫女簇拥下，渐渐不见，向着她所说的命走去。

暮语顿感哀凉空茫之意漫上心头，雁南征兮欲寄边声，雁北归兮为得汗青。雁飞高兮邈难寻，空断肠兮思悄悄……说得是何等心酸，看那关山阻修兮行路难。去时怀土兮心无绪，来时别儿兮思漫漫……

这时，怀中柔软的孩子动了一下，短促地哭出一声，才蓦然惊到了暮语，不心里由得发涩，可怜这孩子，生母到最后都未肯看他一眼，暮语轻拍着他，柔声哄道："莫哭，莫哭……"

远处，丰熙帝负手而立，似乎久候多时。此时两名体格健壮精瘦、身怀武功的男子向嘉瑞屈膝跪下，简短有力地道："参见公主，臣今后听命于公主，赴汤蹈火，在所不辞！"

嘉瑞目光幽然扫视过他们，冷峻刚毅，竟令人不敢直视，她抬起一只手做了个起的动作。

高旖桢缓缓道："旖尘，此去险象环生。你要记住，北奴朝中有这几人万不可掉以轻心，北奴王之王弟歌玮，翁戎赤璋，和出身回鹘国的公主姬雅，尤其是翁戎赤璋，他被封作睢眦将军，此人是个难得的将才，年轻有为，现任北奴王对其甚是倚重，况且翁戎家族与北奴王族世代联姻，在朝中的地位与影响皆是不可小觑。"

嘉瑞眼神清明，道："这半年我在外面，也听说不少关于睢眦将军的事，据说此人不仅用兵果敢，兼之善于权谋手段，就连王室中人都要敬翁戎家族的人三分。"

高旖桢道："可恨我朝中就无如此锐不可当的将才，否则本是胜券在握的邱鹿原一战，也不会反被重创如此。"

"皇兄何必作此感叹，我看朝中的林瀚玄将军虽不比赤璋，却也是勇武过人。"嘉瑞蹙眉，眼光中含着一丝轻蔑，如是戏谑般地说道："若有才智不输于翁戎赤璋的人愿向大胤称臣十年怎样？"

高旖桢略略沉吟，正欲开口细问，却被嘉瑞拦住。

"皇兄，妹妹此去，有两件事相求，望皇兄一定要答应。"嘉瑞隔着累累白玉珠珞看向他，眼波被柔和的烛光摇曳得若流影迷蒙。

高旖桢微愣，随即朗声笑道："妹妹请说，妹妹临别所求之事唯有两件，定不是什么易事。"

"皇兄真的是洞察人心，这两件事若说与别人而言不难，但于皇兄来说却不是易事。"嘉瑞浅笑，此刻的神色极其认真，一改刚才的嬉笑，却不急着说，再次强调道："我若说了，皇兄一定要答应。第一，请皇兄下旨赦免晋王府其余家眷的罪名，贬为庶民即可，永不追究。"

高旖桢听此迟疑片刻，凝眉思量一番后，缓声道："可以。"但随即又接着道，"妹妹，既然要施恩倒不如再透彻些，不必依你所言贬为庶民，皇兄可以直接下旨，令他们迁回原先的府邸居住，除了不得再担任官职，其他俸禄供养一切如前。"

嘉瑞一双墨黑的眼眸剔透明净，泠泠若霜雪，仿佛容不得半分尘埃，她看着他，忽然伸手，一根玉葱般的手指点住了龙袍上赤龙腾飞的一朵祥云，正是指着心的方向，她幽幽叹道："皇兄，他们不过就是些孀母弱子，你还忌惮什么。这宫外半年，他们虽远比不上以前的养尊处优，倒也是好好活下来了，搬回原先的官邸做什么？"

高旖桢经嘉瑞一番话，脸上一阵青白不定。他这个妹妹，就是看人看事过于犀利透彻，她眼中揉不进一颗沙子，什么事都要这般直截了当地戳破，也不顾及是否给别人留有转圜之地。

他尴尬地咳两声道："那么第二件事？"

嘉瑞漫意拈着袖口亦有繁复的捻金凤纹刺绣，金线描成的图案辉煌华丽但摸上去有些粗糙，她斟酌小会儿，道："请皇兄赐死浣昭。"

高旖桢蓦然抬头直视她。

嘉瑞在他严峻的目光注视下，从从容容地将方才的话重复了一遍，"请皇兄赐死浣昭！"

字字坚定，吐词清晰。

"什么！"高旖桢听了神色大为震动，当即拒绝道："不可！旖尘，皇兄唯有此事不能答应你。"

嘉瑞脸上依然含着一抹清远的笑意，其实这个结果早已是在意料之中，她神色骤然冷下来几分，道："皇兄一向敏思冷静，莫因为她而情令智昏！"

高旖桢寒着脸，道："旖尘，其他事还有商量余地，但这件事绝无商量的可能！"

"就这件事绝无商量的可能？皇兄还真是把话说绝了。"嘉瑞的声音尖了几分，她哗啦地用手拨开垂在面前的白玉流苏，目光与他直接对视，切齿道："皇兄，你知道吗？旖尘除了最后悔晋王哥哥的事，还有一件事至今仍是悔恨不已。"

"你还记得吗？当年我们跟随父皇南下游玩，我偷偷独自外出时遇到一名绝色女子，身边的随从婢女皆感叹其容貌不在我之下，更兼有锦心绣口，气质出尘。我那时也是暗自惊讶，特意恳请父皇令她留在我身边。"

她是何人，兄妹彼此皆是心照不宣。

说起往事，嘉瑞深深敛息，尽量平复内心不断的激流涌动，嫣然薄唇微微颤着，"我那时是心性要强，可是我若知道她温顺柔婉的外表下包藏如此祸心，我是绝对不会将她引荐给你们兄弟！让她有机会离间皇族子弟，刻意激化夺储之争。"

高旖桢眉心肌肉耸动，道："尘儿，其实那些事与浣昭无关。"

"无关？你跟晋王哥哥以前虽不甚和睦，也不至于非要兵戎相见拼个你死我活，难道不是受她挑拨？"嘉瑞闻言鄙夷地挑动一下眉尖，说道："皇兄枉你一向聪明，难道到现在还看不出来，浣昭的来历过于诡异？"

"诡异？旖尘你怎么能说出如此荒诞的话。"高旖桢如是再忍耐不得，骏黑的眸心瞬间迸出无法逼视的凌厉。

嘉瑞全然无惧，凛然回视道："皇兄你细想想，且不说她容貌，单是慕容浣昭这般的见识学问，又岂是小门小户的商贾人家能培养得出来？还有，你刚才也说了邱鹿原一战原是胜券在握，那么是因为谁而胜券在握？纵然她天资聪颖，通读诗书，前面的都可以说得过去，那么她从何学来如此精妙的兵法布阵？"

"这个……"高旖桢一时语塞，面对嘉瑞伶俐口齿，竟然说不出话来。

嘉瑞半分都不给他喘息，进一步道："我说过了，慕容浣昭的来历定然不简单，此人谋略老成，又居心叵测。"她话锋冷冷一转，目光迫向她的哥哥，"皇兄，现在觉得第二件事可以答应我了吗？"

高旖桢显然还是迟疑不决，他可以依着嘉瑞放过晋王府的余孽，但让他舍弃浣昭却是断然做不到，他大笑两声，神色松缓道："尘儿，你多虑了，浣昭素来敏慧，闲时多读了几本兵书也是无可厚非，她心思玲珑，倒让你错认为是城府深沉。皇兄与浣昭相处多时，她并不是奸邪之人，就算浣昭有异心，她毕竟是女流之辈，皇兄自信也能制得住她。"

嘉瑞冷哼一声，诮然道："女流之辈？皇兄可不要小瞧了女流之辈。皇兄自己不也是坚信，旖尘这个女流之辈能抵得上胤朝十万大军吗？"

嘉瑞话中含着的讥讽嘲笑之意流露得淋漓尽致，直戳软肋。丰熙帝纵然再好的涵养，俊面上亦是覆上一层怒到极致的青郁之色，眼眸因极力克制涌上来的怒火而晶亮逼人。

此时，远远地传来太监尖厉的声音，"吉时将至，恭请皇上、公主前往崇华殿。"打断了他们之间的对峙。

天地寂静，仰首只见皓空高远，澄碧如玉，衬得洁白的云丝浅薄，看着远处一带边角的宫殿幽僻冷清，白石崚嶒，红墙环绕间几只纸鸢晃晃地乘着微风浮起，摇摇落落的。

他们站在那里谁也不曾动，嘉瑞身上轻盈的红茜纱逶迤至裙尾散开如云，越发显得她身姿孤清纤瘦，然而眼眸中那抹刚毅决绝之色却令人心折。

"尘儿，吉时到了。"高旖桢声音沉沉，霎时狠下了心，"不行，这第二件事皇兄不能答应你。"

"皇兄不答应？"嘉瑞像是重复他的话，又像是最后一次的确认，她唇际浮起一丝缥缈如风的浅笑，慢慢地伸手去将刚刚撩起的珠珞放下。

高旖桢心惊胆战地看着她貌似平缓的动作，嘶啦一声，线断珠迸，颗颗拇指般大的明珠突然四落分散，没来得及让人做出反应，嘉瑞已狠狠将凤冠上的珠珞撕扯而下。

"嘉瑞你在做什么！"高旖桢又气又急，一把抓住她的肩膀。

"为了我高家的天下，浣昭必须得死！"嘉瑞冷冷看了他一眼，意想不到的，她扑上前抽出他腰间的佩剑，雪亮的剑刃照出每个苍白失色的面孔，她咬牙，字字如切金断玉，道："皇兄不答应杀了浣昭，那么嘉瑞也就不答应嫁往北奴，今日就算死，也要为你除了这个祸殃！是你逼我的！"

高旖桢为这突如其来的变故，一时竟手足无措。看这时辰北奴的迎亲使已到崇华殿，嘉瑞到此刻才说出悔婚，这让他该如何交代，而且节骨眼上嘉瑞又咄咄逼人地要杀了浣昭，怎不令人心焦如焚。

"尘儿！"高旖桢籀住她的手腕，用力夺下了剑，哐当一声扔在地上，终于狠下心道："尘儿，好，皇兄答应你，若是日后浣昭有异心，定然将她诛杀，绝不留情！"

"尘儿，这是皇兄最大的让步！"高旖桢目光灼灼地盯着嘉瑞，而嘉瑞却是眼神淡然，毫无畏惧地对上她兄长——她这位君临天下的皇兄的视线。

嘉瑞长长地叹出一口气，似是在平息胸臆间强烈的激荡着的心情，"皇兄既然不肯杀了浣昭，那就把浣昭赐婚给别人吧，让浣昭今生今世都不得入宫为妃，这是旖尘最大的让步！"

字字说出，有如切金断玉，掷地有声。

远处有太监的催促声响起，"请皇上和公主移步崇华殿，北奴的祈请使已等候多时了。"

"禀报皇上，北奴那边的迎亲使者令人传话来问，为何公主迟迟不至？"

"禀报皇上……"

太监的嗓音格外地尖厉，一声一声地仿佛是夏日里聒噪的蝉鸣，如一把锋利的丝线将人的五脏六腑统统揪紧了。

高旖桢看着嘉瑞，他的亲妹妹，竟是这般强硬不折的心性。远嫁在即，离别之际，而前路又是步步困厄，时时险巇，谁知道今日一别，兄妹两人是否还有再见之日，而两人到了此时此刻，居然还要为着另一个女子，争执不下，拼个鱼死网破！

血脉至亲走到了这一步，不得不说可悲！

"哥哥，答应尘儿吧。"嘉瑞无声无息地笑出来，一个恍惚，那天真无邪的神情仿佛还是深闺中不识愁滋味的小女孩，一味地娇缠着她的兄长。

这般的情状让高旖桢看来，只觉得眼睛刺痛得厉害，他一面命宫女上来再为公主梳妆，一面好言相慰道："好，哥哥答应你，今生都不会再跟浣昭有什么纠葛。"

嘉瑞高耸的发髻上凤冠偏了半边，可她的仪态依然高贵，双眸冷然逼视着，道："哥哥不会仅仅是为了哄妹妹上花轿，等到妹妹一走便作罢了吧？"

外头催促的太监尖厉的嗓门一声高过一声，只让人心烦意乱。

高旖桢的额头汗意潜潜，平冕下垂落的琉珠沾染了潮湿的汗意，面对高旖尘，他真的是束手无策了，"不会，哥哥是帝王，帝王所说的话乃是一言九鼎，绝不食言。"

嘉瑞轻轻抚了一下掌，神色缓和些，冷静地说下去，"那么劳烦皇兄即刻起一道手谕，一式三份，一份交与老臣陈公，一份交与皇后王暮韬，一份再给嘉瑞，这样嘉瑞才肯上北奴迎亲的花轿。"

高旖桢虽知此番被她挟持，但少不得依言做了。

事毕，嘉瑞将那张写有字迹的玉帛纸叠好藏入袖子深处，被撕扯碎的凤冠亦换上

第十二章　冰雪林中著此身

崭新的，她的神情恢复一贯的清冷端雅，面容宁静如恒，似乎方才什么事都不曾发生过，兄妹两人一前一后地登上肩舆，朝着崇华殿而去。

同天隔越兮如商参，生死不相知兮何处寻，世事皆翻云覆雨等闲间，冷雨潇潇葬名花，任凭心有七窍，胸有百计，仍是逃脱不得。

转眼到了丰熙三年深秋，白露霜降后，这日头尚晴好，只是寒气重些。

宜芬宫中，侍女尔容麻利地为德妃解下外边穿的披风，吩咐小婢女去捧了手炉来，她搓着手道："二小姐，外面冷了些。"

德妃王暮语正好从凤仪宫回来，热热地饮了口侍女端上来的茶水。

尔容接过茶盅，问道："今日大小姐叫您过去，可说了些什么？"

听她这样问，暮语摇摇头，眉宇间露出些为难之色，她示意其他人退下，让尔容走得近了些，说道："尔容，你是我从娘家带出来的人，这些事也不必瞒你。长姐今日还不是为四妹的事情置气。"

尔容点头，轻轻地为暮语捶起肩膀来。其实她原先就有过风闻，自从承运末年，由于王氏倾尽全力扶持当今圣上登上皇位，权势荣耀一时抵达顶峰，王太公德高望重，皇上贵为天子都要尊称王太公一声"翁君"，两个女儿一后一妃，后宫中占足风光，其余被授予官职实权男子更是不胜枚举，真真是烈火烹油、鲜花着锦，朝中无一个家族能望其项背。

但这些年来，自从王太公过世后，明眼人都渐渐看出来，皇上对王家的信任有些淡了，反倒是有些倾向于后起之秀的薛氏，并着意栽培着。如此一来，王氏与薛氏仅仅维持表面和睦，其私交恶劣程度可想而知。

然而，却是世事难料，谁想得到王氏的四小姐偏偏要心属薛家的薛冕。对此，王氏的态度强硬，而薛氏却是暧昧含糊，毕竟王氏乃是根深蒂固的望族，而薛氏在朝中根基未稳，纵有帝王宠爱，但若能与王氏联姻却是有益而无害。

尔容捏肩的手法极好，力道施得不轻不重，她思忖着道："奴婢听闻大小姐召了四小姐入宫来，可说了什么？"

暮语脸上的忧色未褪尽，叹道："莫再提了，长姐今日是认真动了怒气，小妹顾自哭着，却斩钉截铁地说就算离开王家，她也是非那薛冕不嫁。长姐那时气得手指都打颤了，撂下一句狠话，'你若要走，将你娘的牌位也带走，从此王家就再没你们的位置'。我在旁边听得心惊胆战的，想要劝上一句，都被长姐怒气腾腾的眼神挡了回去。两人皆是要强的性子，是谁也不肯退一步。"

尔容也算是稳重的人，此时也听得啊地失声叫出，"怎么闹成这样？大小姐若真要赌气摘了姨奶奶的牌位可怎么办？"

王太公膝下四女，前三女皆是正室所出，唯有幼女是偏房所出。这是王府上都知道的事，只是王太公疼爱女儿一视同仁，旁人看不出有何嫡庶之别。尔容忍不住叹气，此时，四小姐被人骤然揭出庶出的底细来，不知道心中该如何的激愤难过。

暮语徐徐地用指尖揉着太阳穴，说道："凤仪宫中全乱了，小妹跪在那里哭哭啼啼的，说着姨娘好歹服侍爹一场，辛劳一世得来的牌位岂能说摘就摘。她还闹脾气说爹虽不在了，王家还有好几位兄弟在，怎么也轮不到姐姐做主。我当时真的是被吓住了，这些年还没有人敢这样跟长姐讲话。长姐气得糊涂了，她也糊涂了。"

尔容一心顾着手下的活计，听暮语方才这样说免不得愁眉苦脸，宽慰道："二小姐，莫担忧，事情总会有解决的法子。"

暮语清眸中的忧愁如一潮一潮的流波漫上来，她素来性子静默柔和，不是那种会果断拿主意的人，原本王氏族中事事有兄弟，宫中一切自有长姐，但这刻她却想不出任何法子能为家族解忧半分。

暮语眼光虚然地看了一回案上的黄玉花插，簪满了团绒般的大丽菊，她叹出一口气，示意尔容停下。心绪平静下来后，她想起件事来，"我等到明日，姐姐的火气消停些再去凤仪宫看她，姐姐近来身子不好，眼下遇上这样的寒天，还不知能否挨过，四妹的事怕是又添些病症。我今日约了人来走一趟，所以在凤仪宫推托不适就出来了。"

"二小姐，还未到时辰。"尔容答道。

暮语沉默着，问道："那么离开这小半日，七殿下怎样？"

"二小姐放心，七殿下还好……"尔容勉强笑道，"只是未足月而诞下的孩子，到底要羸弱些。"

话落，门外有小侍女伶俐地传报道："禀德妃娘娘，郑国夫人到了。"

听到郑国夫人四个字，暮语的唇畔染上一缕耐人寻味的笑意，略略敛衣端坐。

当初浣昭作出一个惊人的决定嫁给了丞相颜晟，世人皆不解，虽说颜晟也是青年才俊，在平辈中出类拔萃，但是比起丰熙帝到底还是逊色了很多，凭丰熙帝对浣昭一番深情，就算王氏女子稳坐后位的事实不可更改，她至少还能坐到贵妃，皇贵妃，那是仅仅比皇后矮了一肩的殊荣，谁想得到她会嫁给颜相，其封诰正是郑国夫人。

在侍女的服侍下脱去外裳，浣昭装束素简，衣裙无不是极清淡素丽的颜色，长发不梳成髻，如未嫁女儿般任其垂着，她举止间别有一番南国女子被水滋养出来的清雅灵性，气质若仙，皎皎无瑕，真如一枝不染纤尘的纯白莲花。而那白皙的眉心依然贴着一枚小小花钿，轻柔美好得宛若一缕花之娇蕊。

绝世容颜，当真是半分都不输于嘉瑞。

情面上的虚辞说下来后，暮语对浣昭的态度始终淡淡的，连尔容都看得出来，客气周全中带着警惕戒备。

暮语原是有事相求，如此一来两人之间有些僵，就这样相对沉默着。忽然，听得外边有些吵闹嚷嚷，尔容出去一看竟是下起了雪。

"一大早起来还是好日头，午后就让乌云盖了过去，这不，细细粒粒地落下雪霰子来了。"尔容道。

浣昭面容如平湖般沉静，唏嘘道："这么快就要入冬了，想想嘉瑞走了也快两年了。"

暮语听得眉尖微地颤动，见她主动提起嘉瑞，亦是动了几分情肠叹道："可惜了她惊才绝艳，到底是要委身蛮荒，怕是今生再难见上一面。谁料得到当年宜芬宫一别是否就永诀了。本宫与嘉瑞自幼相好一场，虽是个无能之人，自然想为她做些什么，尽些绵薄之力。"

浣昭闻言浅婉一笑，"你为她照拂幼子，又怎能说仅仅是尽了绵薄之力？"

暮语面色稍赧，轻轻一咬唇道："那孩子天命如此，本宫怕是照拂不周全了，可怜他打一生下来就没让生母好好抱过。"

尔容早将孩子抱了出来，那孩子虽有两岁了，但身量看上去要瘦弱娇小很多，藕荷色衣裳，粉雕玉琢的一张尖尖小脸，面庞的轮廓透出一股子精致秀颐，挺秀的鼻梁生得极高，而肤色因久病而透出奇异的苍白，薄薄的两瓣浅红银亮耳朵，能清晰地看出纤细青紫的血管。但最难得的是那一双墨玉般的乌眸，如此的灵气迫人。一般来说，人与人面对面，都会避免视线的接触，但这个孩子不一样，他敢直直地盯着别人的眼睛看，那种眼神清澈坦荡，毫无一分畏惧闪躲之色。

这个小小的孩子，就像只孱弱温顺的小猫儿，安安静静地伏在尔容怀中，不出声也不哭闹。

浣昭凝神而视，良久，淡淡地感叹道："那一双眼睛倒是像极了嘉瑞。我记得当年嘉瑞也是这样看人的，她是帝女，生来就是尊贵无比的公主，再加上她一身傲骨，所以看人的眼神才能这般的坦荡无畏。"

暮语道："的确，甚至有些老宫人也说，七殿下的眼睛长得像皇姑嘉瑞公主。"

他本是嘉瑞之子，是嘉瑞离宫半载后回来生下的孩子，关于他的父亲嘉瑞却是只字未提。嘉瑞远嫁北奴前将他托付给德妃抚养着，丰熙帝索性将错就错，赐予他皇子身份，一来因为他原就是高氏皇族的骨肉，二来亦是想弥补对妹妹的愧疚。

浣昭此时却是蹙眉，看他这般样子，怕是有不足之症，问道："太医有说过什么吗？"

暮语搁在案上的手，根根纤长的手指绞在一起，良久后方道："太医说过是胎中带出来的弱病，当年不满六月就用药物而强行催生出来，难免心脉未生齐全，导致后天体质虚弱多病。"

浣昭唇边噙着若有若无的笑意，"她当初要用药物将胎儿强行催生出来，就不曾想到过会给孩子落下终生病根，或许养不活了……"

听到浣昭那一句养不活，暮语神色一震，这不是浣昭的无心之语，更不是随口戏谑。太医之前就曾隐讳地暗示过她和皇上两人，七殿下照这样子下去怕难以长足十岁。

"浣昭，你可有办法吗？"暮语恳切说道，"我虽不知道你真正的来历，但你必然不是寻常人，你老实回答我，你可有办法救她的孩子？"

浣昭的眼眸仿佛隐在一重一重的薄雾之后，清澈却让人看不透，她淡淡地对上她恳切的目光，这才是德妃今日找她进宫小叙的真正目的。

暮语见到浣昭迟迟不肯开口，由于浣昭素来将所有心思掩盖在一副温婉柔静的面容下，她实在看不出她到底是什么主意。暮语心中的忧急却是如潮水卷上来，说道："尘儿此去生死未卜，我无法为她做些什么，但无论如何都要保全她留下的唯一骨血。浣昭，你与尘儿也算是半个旧时相识，你真的不肯吗？"

浣昭此时悠悠出声，却是有意地答非所问，"德妃，你方才说嫔妾绝非寻常人，那么娘娘觉得嫔妾会是何来历？"

孩子的身体一日日衰弱下去，眼看着一年比一年不济了，暮语正是忧心如焚，可浣昭却依然一副云淡风轻的样子，她嗓音紧了几分道："浣昭，旁的话我不想多说。你知道的，若非真的到无一丝办法，我是绝对不会开口求你的！"

浣昭自然明白德妃对她存有心结，用力呼吸之下，肺腑竟生出丝丝发凉的疼意，她平静道："我怎会不知是嘉瑞在临走之前逼着皇上赐我一死。"

暮语不由得屏息，她瞪大眼睛看着面前这位娴静若幽花的女子，愕然道："你……都知道？"

浣昭笑得很淡，恍若那抹笑意是不真实的，"她的性格，我猜到了。她既认定我居心叵测，又怎么容得我活着，继续祸害他们高家的江山？"

暮语神色凛然一震，正欲开口，却是被浣昭拦下。

"你不要说了，让我想想。"浣昭声音中透出些许疲倦，隐约得如同浪花尖上一簇雪白顷刻就不见了，浣昭示意尔容将七殿下抱到她身边，她先是用指尖触到他柔嫩的面颊，见他并无抵触和厌恶的意思，伸手轻轻将孩子抱了过来。

这个年纪的孩子全然不懂事，却是认人，方才还是乖顺可爱，但见尔容退下了，在浣昭怀中腻来腻去却不肯安分，含糊地叫了声"母妃"，便伸出一截纤细的胳膊指向暮语，好像是要她来抱。

暮语此刻心思不在他身上，全神贯注地盯着浣昭神色微妙的变化。

浣昭的眼眸直视暮语，思虑后说道："我若说可以，那么你放不放心让七殿下跟随我离宫一段日子？"

暮语显然有些惊讶，随即道："不可！我担不起这样的心，若是……若是……万一……"

"你放心，我不会害嘉瑞的孩子。"浣昭神色漫然，唇角勾勒出一抹清雅的笑意，"是你说的，我与嘉瑞算得上半个旧相识。再者，我如今亦是母亲，推己及人，我不会做出伤害无辜稚子的事。"

"好。"暮语勉强点头，口齿间磨出一个字。

也许是出于蛰伏在内心的抵触和戒备，多年来根深蒂固，所以尽管之后多次相见，暮语也慢慢由衷觉得浣昭性情温和柔婉，令人见之倾心，并非传言所说媚态横生、心机深沉的妖冶女子，但她对于浣昭还是做不到完全的信任。

可此刻，她又说不出任何话来拒绝她，暮语看着这个素若幽莲、清冷出尘的女子，觉出浣昭从一开始就是从容不迫，而谈话伊始，自己却是处处受制于她。

多年来，在孤寂阴凉的小室中无助地看着一双烛火的湮灭，那股郁结在心底深处的痛苦，随着时间消磨原本已如一摊死寂的灰烬，却在此刻像是被来回拨动着不得安宁。

"说得倒也是，我听闻你去年刚得一女，倒是未曾恭喜过你。"暮语叹道。

此刻七殿下倒是稍稍安静些，毕竟男孩还是淘气，瞅见一件新鲜事物就来了兴趣，口中咿咿呀呀叫着，伸手去摸浣昭贴在眉心的花钿。浣昭正抓住他一只小小的手臂，听见暮语感叹，微微颔首，说道："多谢德妃。"

"有件事本宫一直想问你，奈何以前没有机会。"暮语的目光如初上的星辰般摇曳不定，终于下定决心道："那个名叫颜卿的小女孩，真的是你跟颜相的孩子吗？"

暮语问得极其小心，手心都要渗出汗来，浣昭却仅是付之一笑，说道："生在颜家，自然就是颜家的孩子。"

暮语听此，却不以为然，哼声道："你何必说如此模棱两可的话。别人不知道，我却是清楚的，你跟颜相不过就是表面夫妻罢了，难为颜相要为你担个虚名。"

听得这话，浣昭半垂的眼睑有些疲倦，细密的睫毛在白皙的肌肤上铺陈开一弯扇状的瑰色阴影，她的声音还是平静，那般平静就如同一口古井，任其如何也搅动不起半分涟漪，"德妃娘娘非要这么说，嫔妾也没有办法，但是嫔妾的女儿确实是颜家的孩子。"

暮语如是在极力抑制着什么，她深深叹了口气，一字一顿说道："浣昭，不瞒你说，其实我真的希望颜卿是你和皇上的女儿。"

浣昭抬起头看她，却未说什么。

暮语面对她宁静的目光，只觉得毛毛地泛起一阵莫名心慌。她睁大着眼，似乎多年如淤泥般郁积在心中的哀愁痛恨都找准了一个薄弱的口子，狠狠地撕咬着要破体而出，声音急促中带着错落。

"是的，我多么希望那个小女孩是你跟皇上的孩子……若当真如此，等到将来，我一定会不择手段地促成她和一位皇子成婚，等到他们的孩子都能口口声声地叫咱们英明神武的皇上为皇阿祖时，再让皇上知道真相，那么他会怎样，呵呵，我实在想象不出。"

"暮语，你恨我，又何必非要迁怒三代人，毕竟罪不及子嗣。"浣昭冷眼看着近乎有些疯癫的她，容色若白莲覆上阴影的忧伤，一声哀叹如沁凉的露珠，"只可惜，我让你失望了。"

恢复过来的暮语，面孔煞白，双臂缓缓抱住头，凄恻道："其实我也对自己失望，但你若认为我还是当年柔弱单纯的王二小姐，就未免太可笑了。"

浣昭默默地看着暮语痛苦至极的情状，那一点愁绪，被摧枯拉朽地席卷入波澜不起的古井中，被撕扯得唯剩下碎影万千，片片斑驳地落下看透世间红尘的苍莽，"这世间谁不可笑，暮语，你我都好自为之吧，今日一别，彼此保重。"

浣昭说完便抱着七殿下走了出来，孩子像是累了，此刻倚在怀中安分得一动也不动。她举目四望，看来外面真的下雪了，细小的雪霰子打在斗篷上，簌簌作响。

一路到了宫门，已有一辆马车在等候，浣昭抱着孩子进去，看到林将军的夫人浣沁正好在里面，她瞧见浣昭怀中抱着的孩子，神色复杂，问道："姐姐打算怎么办？难道是去寻璃珩吗？"

外头的雪大了起来，漫天撒盐般的景象，浣昭定了定神，说道："是的，去找璃珩。若是她都没办法，就是这孩子命该如此。"

浣沁浅笑，笑意中含着一丝哑然，用纤纤手指拂过蓝狐绲边香色裘袍上一枚璎珞结，低声道："姐姐已叛离密宫，先不说璃珩会不会救，你去找她就是一件极危险的事。姐姐想过吗？为了嘉瑞的孩子，冒这个险可值得？再说了，嘉瑞当初可是要杀了姐姐的啊。"

浣昭颔首，目色若一掬静水，无波无澜。

浣沁盯着那个小小的孩子，生着一双与嘉瑞极像的眼睛，深湛幽邃，敢于坦然无惧地迎上生人的视线。她美眸中溢出一抹俏煞，兔起鹘落，衣袖轻翻，竟是伸手袭向孩子娇嫩的脖颈，道："嘉瑞活该自作聪明，来而不往非礼也，既然她当初要杀姐姐，我今日就杀了她的孩子，让她晓得什么叫做因果循环，报应不爽！"

孩子虽仅有两岁，但性灵至极，似乎感到危险的迫近，哇的一声清脆地大哭起来。

"浣沁！"浣昭疾呼她的名字，一时大惊失色。浣昭如今武功尽废，论身手自然比不得浣沁，但她动作间留着几分往日的灵敏，极快侧过身，以背朝向浣沁，将孩子堪堪在臂弯中护住，冷不防地自己的左肩重重地磕碰在车壁上，但所幸孩子毫发无损，一脸惊恐地抓紧了浣昭的衣衫。

浣昭眉心深蹙，清声喝止道："浣沁，你怎能狠心对一个无知幼童下手，更何况你如今也是有身子的人了，再行这等狠辣之事，不怕伤了阴骘吗？"

浣沁冷冷地哼了一声，见浣昭极力阻止，知此事不可行，不得不作罢，说道："姐姐，事到如今，你何必再顾忌嘉瑞！"

浣昭含着一缕若有若无的浅笑，容色淡然，"浣沁，我只晓得稚子无辜，我们这代人间的恩怨就在我们这里了结，何苦要牵累到孩子身上？"浣昭握住妹妹的手，她的掌心微凉，但话音却是字字坚定，透着一种难以撼动的力度，"我亦为人母，也更能体会到这份心境。我自知罪孽深重，穷尽今生也偿还不了。但是我如今有了卿儿，就只当是母亲质朴的拙心，种下善因，为孩子积福积德罢了。"

浣沁似是无奈，定定地盯着她，道："卿儿还太小，姐姐这一去要多久？"

浣昭握了握妹妹的手，柔声道："这个倒说不准，我离开的这段日子，卿儿只能暂托妹妹照顾。"

浣沁叹了口气，她晓得她的姐姐，一旦拿定了主意，就不会听别人的劝，说道："可是姐姐你已经叛离密宫，璃珩生性怪僻，心肠冷硬，她未必肯救。"

怀中小小的孩子意态可掬，生得钟灵毓秀。雪花渐紧，薄薄地积了起来，浣昭终于横下心道："璃珩一直想要禁药素魇，我就拿素魇跟她换孩子的命。"

"姐姐！"浣沁神色惊惶，劝阻道："此事你万万要三思，像素魇此等毒药不可轻易现世，唯恐其贻害无穷啊！"

"我都想过了，你也不必再劝。"浣昭仰首，眼睛空洞地看着那些雪霰子，在空中凝结成羽毛般轻软的雪花，一声溢出唇际的叹息疲软无力，恍若不可闻。"我因一己之私放任素魇现世，我的罪孽怕是又要重重一层……"随即声音坚定起来，"罢了，罢了，就算是我欠了嘉瑞的全都还给她。"

往事虚妄已沉湮

寒夜寂寥如斯，高湛的天幕中一钩月纤细若女子蛾眉，月光疏疏地透过枝柯鳞隙，落在地上恍若一朵一朵融白浅薄的雪。枝叶间缭绕着缥缈袅娜的白雾，宛若她生前纤幽的剪影，浅浅吟哦着，繁华逝尽逐香尘，现在想起竟是一语成谶。

这般的夜，让他无可抑制地想起，那个她离奇失踪的夜晚。这一走之后，骤然空茫的前路，在等待的不知是生离，还是死别。

紫木山漫野的草木生得阴郁萋萋，烈火后残留下来的腐朽焦黑的气息还在，往日那间满是医书药材的药阁，如今面目全非，烧成了灰烬。一个墨色的影子静静地印在地上，修长而伶仃。

正在这时，黑暗中远远地有一小簇亮光渐渐移近，微弱而孤独，宛如放逐在莽然深邃的海上的洁白风帆，走近了才看清是名女子端着一方烛台，小心翼翼地照着明走出来。

她清冷地道："你何必要来？还是回去吧，素魇之事有了眉目，从今日起我要以身试药，若无什么大事，就千万不要再来找我了。"

闻此，那人神色遽然大变，似是急切地道："试药？这怎能行……"

话未完就被冷冷地打断，"我的命，用不着你操心，你顾着她就行了……"

两人彻底沉默了下去，不知这样过了多久，她转身问他，"若……她死了……"仿佛是犹豫很久，短短几个字小心翼翼揣度着，斟酌着，在心底的某个角落反复滚得烂熟，但问出口依然是断断续续，破碎得连不成句。

风声孤寂盘旋，将清冷幽森的寒意逼入心中，"若她死了，我亦是死了，也算是成全了当年身陷陵墓时的那句话。"当年墓室崩塌，两人压在乱石之下，生死一线，那句半真半假的戏言如今声犹在耳，若这样死了也好，不是死能同穴吗？

此时，只闻笑声喑哑，"可是，此生怕是'死能同穴'也奢望不到了。"

女子淡淡地叹气，随着一步步的远离，唯看见那点风帆般的光亮渐渐浮远，刹那又重归于黑暗。

轩彰十年春，三月朔，定南王滇南起兵，连杀朝廷遣派巡视滇南重臣两人，节度使大人杨威国及镇守总兵大人钟元裘，初战得胜，叛兵锋芒正劲，以迅雷不及掩耳之势操控南方一大块地区。朝廷闻南方出此惊天巨变，大骇之余，调兵遣将，应对战事。轩彰帝之前就提防着定南王未必肯安居一隅之地的狼子野心，早年就未雨绸缪，御敌有条不紊，到十年秋末之时，叛兵的势头已被遏制下去，败迹已露，势难挽回。待到轩彰十一年初，滇南叛乱被彻底清平，前后历时不到一年。

滇南已败，朝廷特意派出钦差使节前往滇南，协调战后事宜以及对叛臣家眷的处置。如今定南王已死于沙场，膝下有一子一女，其女安福郡主已成年，其子刚满周岁，除此外，王府上还有一众姬妾。但这时却出了一件奇事，搜遍了整个王府，都不见安福郡主和小世子的人影。众所周知，定南王麾下有一队行兵强悍、誓死效忠的劲旅，世称虎贲军，亦是不见踪影。而滇南是何等富庶之地，定南王执掌此地数十年，应是金银满钵，仓廪盈足，但当使节前往查点时，却发现滇南的府库空空如也，不可不谓怪事。

轩彰一朝经此动乱后，天下重新呈现出一派国人兴欣、海晏河清的太平景象。皇室内部亦是雍雍和睦，顺意融洽。逾一年，正好逢上太后五十寿辰。太后年迈体衰，凤体违和，而且生性恬静，不好理事，故迁出皇宫居于阴山行宫。近年来太后病势渐好，气色和畅，恰今年逢上这五十寿辰，太后生辰历朝历代尊称作千秋节，乃是国家大事，轻视不得。轩彰帝特意恭请太后返回天颐宫，也好全了儿孙同聚一堂、共享天伦的美事。太后往年常常推托说年老了好静，经不起喧阗。今年倒是有些出乎意料，不再推诿回宫之事，终于，空寂已久的天颐宫渐渐有了人声，显出几分生气来。

太后素性喜静，当年还是皇后时就不大理会宫中事务，听任中宫之权旁落，现在那些琐事更加沾惹不到了。长日寂寂，太后闲坐在榉木镂花空刻的长窗，看着庭中花木扶疏，一日也就这样打发过去。庭院中两株梧桐，枝叶茂盛，蓊蓊郁郁地撑开一片片巴掌样的叶子，那树干壮硕得足足要两人才能合抱。

高嬷嬷多年来陪伴太后左右，深知太后性情，她立在太后的身后，笑着道："太后，眼看着有半日了，小厨房刚用新鲜梧桐叶蒸了糯米点心，可要用些？"

"算了。"太后朝后摆摆手，对此毫无兴趣，道："尔容，你走到哀家跟前来，与哀家说说话。"

高嬷嬷依言做了，她是太后从王氏带出来的陪嫁婢女，跟随太后一生未嫁，与太后之间虽是主仆，也算是半个熟稔的老友，是太后跟前唯一能说得上话的人。

太后似乎有些累了，半合着眸道："你看宸妃怎样？"

宸妃正是圣上自上阳行宫避暑归来后，新晋封的妃子。高嬷嬷略微有些吃惊，太后从不过问后宫中的事，心里仔细斟酌一番，朝某处一努嘴，道："太后说的可是那位？老奴只能说一句，那宸妃的相貌……跟以前颜卿小姐真是过分像了。"

太后缓缓睁开眼，盯着她看，"在哀家面前还绕什么圈子，咱们这两把老骨头都是清楚底细的人，什么颜相义女，都不过是一些掩人耳目的说辞罢了。"她浅呷口茶水，心中却是忍不住暗叹，皇上真是煞费苦心，为她重新赐名，为她捏造颜相义女的身份。其中大部分原因，是为了掩饰颜卿九年前曾嫁去北奴。城下之盟被夺去皇妃，于皇室而言，这毕竟是一件丑事。

高嬷嬷思忖着道："太后，可是任凭再怎么煞费苦心地遮掩，在老奴看来也难瞒过宫中人，毕竟当年见过颜卿小姐的人不少。别人不消说了，单提慧妃，她可是颜卿小姐的表妹，自小一道长大，她怎么会认不出来。"

"见过颜卿的人是不少，但时间毕竟隔得久了，九年间宫人就放出去两遭，老的去了，新来的那些人是根本不明底细的。皇上既然有心隐瞒，哀家估摸着下面的人就算知道，也不敢妄自捅破。你方才说起慧妃……"太后说到慧妃两个字时，苍黑的眼中一抹精光闪过，淡淡道，"她可是个极聪明的人啊。"

庭院清静，茂盛的梧桐叶像是把密齿的篦子，将明丽如绸的阳光密密地梳过，只余下细碎的光点落在清凉的青石地面上，满目安宁寂寥，高嬷嬷若有若无地叹了一声。

"当皇上带她来哀家这里请安时，哀家看她容貌大抵还是从前模样，只是瘦得太厉害了。"太后凝神回想着，道："哀家看着，是以前那个人，却又好像不是从前那个了。不知为何，她看上去沉默木讷了许多，像是失了魂一样，一点都没有以前的灵透聪颖之气。女子貌美多半源自一双妙眸，形貌之美与风神之美平分秋色，若美人无神，其美貌也就折损了半数，哀家看她现在双瞳空洞无神，整个人也没什么精神活气。"

高嬷嬷锁着眉，点点头道："经太后如此一说，好像真的如此。脸还是原来那张脸，眼睛倒是跟以前不像了。"

太后以手支额，看着窗外风拂梧叶簌簌，心神一错，不由得想起当年在凤仪宫的偏殿芙宣殿中设宴时，颜卿还是十五六岁的年纪，眉梢衔着少女的清纯懵懂，仪态轻盈可爱，甫一见到就让人心生喜欢，如此绝色，纵然清妆素颜而来，碧绿的春衫、简素的珠钗漫点、淡施铅华，在一群嫩脸修眉、娇妍娆丽的公侯千金中依然俏脱而出。

"当年北奴逼着她殉葬，一名弱女子身陷虎狼之地，也不知道她是怎么逃出来的，既然逃出来，为什么又不肯回帝都来？"太后念及此，神色有些悲戚，"在外面漂泊九年，也不知道这孩子是怎么过来的，想必吃了不少苦，可怜她自幼也是锦衣玉食，在富贵里长大的。"

如此一番话溢满真情实意，让高嬷嬷略有些讶异，犹豫着问道："太后一向不喜浣昭夫人，怎对她的女儿……"

"罢了，过去那么久，心早淡了，也看开了。"太后目光湛湛，眼中顿时有种拨云见日的空明，"浣昭终其一生也是个可怜人罢了，她什么都没有了，唯剩下一个女儿，后在贬谪之地孤苦凄清地去世，我们还计较什么。"

高嬷嬷脸上愁容半凝，她想起当初皇上亲自带着宸妃，前来拜会太后时的情形。宸妃那病弱不堪的模样真真是让人不忍心看，身子虚得几乎连路都走不得，只得病恹恹地倚在皇上怀中，在太后问起时，勉强说上一句。

高嬷嬷顾自叹着气，尽管此时无外人在场，还是压低声音说道："老奴听得宸妃宫中的人说，宸妃在轩彰九年时就出现了咳血之症，现在越发厉害起来，那病症就跟先前的浣昭夫人一样……"

太后那两道稀疏的眉紧紧地拧着，像是于心不忍，神色动容说道："尔容，不是哀家存心咒那苦命的孩子，不过看她的情势，那病怕是……不能好了，眼下也是在挨日子罢了。"

太后的声音苍凉，听的人心里也像捅破了苦胆漫出一阵苦涩，高嬷嬷宽慰道："虽说颜卿小姐当年未做成皇妃，但在太后身边当过一阵子的女官，太后现在毕竟还是念着旧情。老天既然让皇上和颜卿小姐破镜重圆，也不至于这么快就让她走到绝路。听说前段日子，太医院里有人荐了个女医上来管宸妃的病，只是相貌长得好生怪异，女医自称来自西域大番国，并有把握治宸妃的病。让她来治，如今看来虽不见那病大好，倒也没坏下去。"

"你刚才说了破镜重圆吗？"太后像是无心听着，嘴中倒是玩味着这四个字，她嘴角的纹路在露出笑容时显得更加曲折，仿佛藏着某种深意，道，"虽是重圆了，但镜子破过后那裂痕终归遮掩不去，到底是不完整的，也就算不得圆满。"

"太后……"高嬷嬷神色愕然。

太后此刻蒙昧的眼神，如庭中梧桐投射下一大片茂盛的阴影，其中无数细碎的光点摇曳不定，淡淡道："哀家看到皇上重新将镶好的凤来仪给了她。当年她掷碎了凤来仪上一颗祖母绿宝石，色泽上好、深沉纯粹的祖母绿向来难求，皇上当年搜遍整个内务府，也只得用颜色略浅了一重的碧色宝石镶上，可惜了，可惜了。"太后连连感慨，不知是在感慨凤来仪这个世间难求的珍品，还是别的。

九年间世事变迁，大都物是人非，连只小小的镯子也是不完整的，更何况是两个人。

似曾相识只孤檠

　　我从神志混沌中醒来，我只觉得头脑钝重，里面的一切像是都被摧枯拉朽地挖空了。我睁开眼看到的第一个人，是个年轻男子，他守在我的床榻前，原本清俊的容貌蒙上一层疲惫之色，他看到我清醒时，眼底遽然腾起两团欣喜的火簇，动情地反复呼唤两个字，颜颜。

　　我不认得他，记得那时他的眼神和煦温暖得如凝着一天一地的明媚春光，声音若深涧清泉，他说，我是你的夫君，在九年前我们就已经成亲了，你不记得吗？

　　我醒来见到的第一个人，是他告诉我，我是前朝颜相的义女，闺名颜清羽。

　　我记不得以前的任何事，我也不知道是否应该相信他。

　　他对我的耐心宽容而深沉，若看我精神好些，就会跟我讲起以前的事情，一遍一遍，不厌其烦。

　　他说起在集州青阳寺中的初遇时，目光温和而柔软，纯黑的瞳仁里面仿佛装着某个旖旎的梦境，他说那天我手中的凤签落在他的发冠上，他仰首的那刻正好对上我的视线。他说，自从那刻起，青阳寺中的小仙子就铭刻于心。

　　他说起我年少时顽皮，偷偷溜进父亲的书房，不慎听到了他们的密谈。他大笑着承认他那时确实存着私心，携我一同北上仅仅为了将我留在身边，而不是那些冠冕堂皇的理由，担忧什么军机泄露，他还说起在龙吟台遇险的种种。

　　他说起在冥山行宫中，面对那一池白紫嫣然的秋芙蓉，浅吟出，轻妆照水清裳立，娉婷缥缈美人幽。经久的等待后，封妃的圣旨终于下来时，他轻柔地将我拥入怀中，耳鬓厮磨间说出，用娉来做我的封号。

　　他说起当年我踏水而作的凌波舞，一袭白衣如雪，手臂挽着数丈长的绫缎，清颜素靥，缥缈出尘，美如谪仙。而现在每一处木桩都镶上碧玉质地的荷叶，雕琢细腻精致，那圆叶团团簇簇地浮水而出，孤起于湖水中央仿若叠翠千层，他在耳边反复喃喃，碧玉台上，唯有颜颜所作的凌波舞。

他告诉我很多事，每次看着他那真挚热烈的眼神，我相信他说的都是真的。但是，冥冥中好像有种力量，让我感觉他对于往事的诉说似乎都是点到为止，他在讲述时，脸上晕染开沉醉于往事的温馨和柔和，掩盖其下的还有一丝薄如云翳的忧色，我也糊涂了，他像是想让我记起来，好像又不想让我记起。

面对他那满满将要溢出的热情，我的回应却只是惘然。我想不起任何的事，还有他。他原想带我去旧地看看，青阳寺，帝都的颜相府，还有印月轩外一片湖水中的碧玉台，或许看到触景生情，能想起些什么。

但是总耽搁下来，一来滇南叛乱，他应对战事已是分身乏术；二来我身体羸弱，根本经不起一星半点的劳累。被他带回帝都后，我们只拜会了太后。太后年至半百，容貌渐衰，依稀可窥见往日秀丽轮廓，她看我的眼神极其复杂，夹着欣喜、错愕、焦虑、惊恐等。

我不得不在他赐予我的冰璃宫中养病。我不知道自己为何会如此虚弱，好像在我一无所知地醒来之后，我的身体就已经这样了。据身边人说，在我性命垂危时，是清虚子将我救了回来。可是现在，就连被众人尊为"谪仙人"的清虚子道长亦是无能为力，然后不顾奕槿百般挽留苦求，莫名留下一句"十年之期已满，前生俗缘了尽"就执意离去了。

清虚子离开后，奕槿依然不肯信道长说的"这命医不得了"，千方百计为我寻医问药，不惜损耗人力物力，调集所有医科圣手为我医治。尽管如此，但是不可阻挡地，我的身体还是眼看着一日日衰弱不济下去。

轩彰九年入冬，我第一次出现了咳血之症，当时只觉得喉间腥甜，然后剧烈地一阵咳嗽，冷不防一口血喷出来，我愣愣地看着白皙如玉的手掌沾满殷红的血丝，错综如蛛网，我身边的侍女玉笙那时急得一把抓紧我的手，满眼含泪，泣不成声地喊了声："小姐……"

我听不清楚她下面说的什么，但看她的神情异常悲痛，寂寥的冰璃宫中，那一声恸哭像是根利刺幽凉地直逼人心。

我凄恻一笑，绝望地合上眼眸，心中想着反正我现在什么都不知道，什么都记不起来，若是真的这样死了，也算是无知无觉，无牵无挂，无声无息。我原本就是要死的人，一只脚都踏进阎王殿了，清虚子不知用何方法强行将我拉了回来。想到这里，我不由得笑了，可惜救回来的只是一具行尸走肉，而灵魂或许在上次临近死亡的时候，就已经抽离了身体，回不来了。

恶症缠身，日夜不休，原本单薄的身体眼见着愈来愈消瘦，我自己都能感觉到苍白的肌肤下嶙峋的骨头历历凸出，有时我会沉默地看着自己的手，它们简直枯瘦到无法想象的地步，就像是一层脆弱易裂的表皮蒙着根根瘦骨，里面温绵柔软的血肉都已经销蚀殆尽了。

奕槿一面要处理滇南的战事，一面牵挂着我，两头操心，整日忧急如焚。

一日，我用帕子捂着唇伏在床上咳嗽不止，竟是痰迷心肺，一时喘不上气来，侍女慌张地端来漱盂，我咳了一大口青碧色的痰出来，其间夹着一缕紫红的血丝。玉笙等人在旁侧看得心惊胆战。我这样咳了许久，喉咙就像是火烧过一般干痛，后来就昏昏沉沉地睡了过去，醒来时看到床畔坐着一名身形峻拔、明黄衣饰的男子，正是奕槿。

他面容疲倦，如白璧蒙尘，怔忪地看着我，唤道："颜颜。"

我勉强睁开眼皮浮肿的双眼，喉咙干灼得发涩，发出的声音带着一丝难闻的粗噶，"我是不是快死了？"

奕槿看着我的眼神似乎是薄责，道："颜颜，莫乱说话。只要有朕在，怎么会舍得让你死。"

我虚弱地躺在床上，看到近处侍女正拿着火折子，将铜台上的蜡烛点亮，然后罩上细纱制的灯罩，她们在做这些事情的时候都是小心翼翼，尽量不发出一点声音。明亮的烛光经过那层细纱被过滤得柔和，我静静看着，这昏沉地一睡，原来已经落暮了，竟然又熬过了一日。

奕槿想要让我活着，我唇角沁出一丝苦笑，他纵然是九五之尊，掌控着尘世间芸芸众生的性命，可若是阎王非要我去了哪是他能留得住的？我反复想着清虚子临走时留下的那句话，"这命医不得了"。

我的目光直直地盯着头顶如云堆叠的罗帐，心底竟滋生出一点厌倦，若是真能死了，也不必再经受种种折磨，漠然道："我还是什么都想不起来，这些日子，到底让你白耗了心血。"我极力使自己看上去好些，短短一句话说下来，胸臆间的气息陡然变得急促起来。

他的声音平和之下，藏着一线难掩的低哑，"颜颜，莫多说话，没事的，等身体好些，这些事以后再慢慢来。"

他走近些，一只手轻柔地扶住我的肩头，俯身要将我从床上托起，他的臂膀有如山岳般稳健，我侧过脸，将他的手从肩头拂落，顾自面壁朝里面躺着。

奕槿神色微愕，轻叹着最终将手收回来，屋子里的灯花爆了一声，那声轻邈如烟的叹息隐匿在爆脆声中。

他似乎走远了，寂寥如斯的身后氤氲开一阶夜凉如冰，流曳残烛数点无寐，前度

第十四章　似曾相识只孤槃

遽如许，香尘暗陌，终是不归路，蓦然间凉风追逐着一个含恨的声音，"昊昊苍穹，落落上邪，这是为什么，重新将她带到朕身边，却只是为了让朕再一次承受失去她的痛苦。"

我静静蜷缩着，闭上眼想起他眸心燃起的希望，但又被猝然浇灭成冰冷的绝望，人生最哀恸的事莫过于此。我这样想着，心神支撑不住，原本清明些的神志，又昏厥过去。

可是，上天真的不想让我死吧，在轩彰十年暮春，由太医院引荐上来一人，自称来自西域大番国，名曰晦奴，医术精妙，最难得的是，她自称有把握治得好我。

我看着内侍引着那人进冰璃宫来，竟是名女子，身上已换作皇宫女官的服饰，一身春绿宫装，腰间规矩地系着墨绿丝绦，深眼高鼻的面目，依然可以看得出非中原人士。我那时乍一看有些吃惊，她的相貌长得好生奇怪，看她面色焦黄，那双深陷的眼窝周围漫出一圈黧黑之色，眸色还算清亮，但皮肤干枯粗糙，眼角唇角皆是细纹密布，似乎已是年近半百的老妪，但看她的身形秀顺纤纤，倒似二十年华的妙龄女子，只是那背微微地驼了，一时间让人猜不出具体年纪，总之，我看到她第一眼，就觉得怪异无比。

奕槿倒是不在意这些，原本已是绝境，竟然见到有此转机，自然大喜过望，他许诺女医只要能治好宸妃，她想要什么，他都会不吝赏赐。

她本是女子，如此一来倒免去了寻常太医拘泥于男女之礼的麻烦。奕槿下令让她暂居于我的冰璃宫中，好能随时服侍在我身边。也许她真的是老天派来救我一命，大概两个月之后，我的病渐渐有好转的迹象，原本日夜折腾不休的咳血之症也好了许多，不过我的身体到底是虚透了，依然每日精神恹恹，看来不是短时内能有所起色。

奕槿龙颜大悦，当即封了女医四品官阶，特令其可在宫中走动，免受拘束。并赐予白银千两，绸缎、玉器珍玩无数。那女医虽医术高绝，性子却有些孤僻，不近人情，如此厚恩仅是淡淡地领受了，别无其他。

我的病一直起起落落，女医晦奴也就此陪伴我在冰璃宫长处下去，如同我宫中服侍的那些高阶女官一样，饮食起居，无一不宠遇优渥。

我记得女医刚来时，玉笙正架起软枕让我靠着，甫一见到晦奴进来，惊得手一时没扶稳。奕槿当时全心系在我身上，并不计较她的失态。

一次夜间，正是炎夏炙热，卧室中未放冰块，只敢隔着墙把冰块放在墙根底下，生怕我身体弱，经不起寒气。我拥着光滑如璧的丝被，前额沁出密密的汗意，辗转难眠。

那时，我朦胧地听见有人在帘子外说话，像是玉笙的声音，"从轩彰九年入冬开始就这样了，那病症跟夫人一模一样，我真怕……真怕她会像夫人那样……想当年夫人就是死在咳血之症上。"

回答她的声音幽幽的，带着无奈，"这莫非是命，当年夫人逃不过，如今她亦是逃不过……"

我躺在床上，觉得一阵头疼欲裂，眼皮沉重地睁不开，我听见玉笙极力压低了嘤嘤的哭泣声，"夫人此生唯有小姐一个女儿，我服侍了一场，若是她真的有什么好歹……纵然我死了，又有何颜面去见夫人。"

在玉笙对面立着的人，微驼的身子猛然震颤一下，怔怔了良久，凄恻道："罢了，我才是最无颜面去见夫人的……"

玉笙的泣声似乎大了些，仿佛激涌的情绪压制不住一般，扑通一声，好像重重跪了下去，声音有些支离破碎的，"不是我……真的不是我……我也不明白我为什么会稀里糊涂地回到宫中……我只记得……当初小姐逼我嫁人，我不肯就跑了出来……"

寂静，凝滞般的寂静。

"后来……后来……所有人都说……是我亲自带小姐来找皇上……可是真的不是我做的！小姐和……"她的话说得断断续续，说到此处不由得生硬地顿了一下，像是惊恐地顾忌着什么，狠狠地咬断了话头，后接着道："他们如此厚待我……我怎会做出如此诛灭良心的事……"

她说出的每句话都像是浸在沉重的泪中，被四散的水迹漫漶得模糊，我感觉头脑发沉，最终听不清楚了。夜风卷了一缕迷蒙的夜合香的馨甜穿堂拂帘进来，小小的花蕊之香盈在鼻尖，我最终还是倦乏地昏睡过去。

在晦奴的调护下，我似乎受到某种庇护般，身体慢慢好转，渐渐地也能下榻走动；肠胃原本单薄得连稀粥都承受不住，现在能慢慢地进些清淡落胃的小菜。但我依然虚弱，咳血之症时有发作，病势却不似以前那么凶险。

玉笙忙前忙后，满心欢喜，忍不住叨念着："小姐到底不是福薄之人，这病来势汹汹的，总算是挺过来了，想当年在北奴的繁逝那四年……"此时她骤然噤声，捂住口不说下去。

我听不明白她说的是什么，但身上懒懒的也没什么精神追问，此事撂下之后，我便淡忘了，只是觉得玉笙此后在我身边服侍，总是小心谨慎，每句话都要斟酌后才说出口。

奕櫋对于我身体的好转，自是欣喜无比。冰璃宫在皇宫中偏僻幽静，平日里罕有人至，当初他特意择了此处给我，也是出于让我安静调养身子的考虑，偌大的冰璃宫唯有我一人独居，并无其他宫嫔侍姬。

他朝政繁忙，但时常会抽空来看我。有时，他就着桌子翻阅着书，或是朝臣的奏折，我歪在一张临窗的长榻上，膝上严实地覆着堇色缎子绣芙蓉薄锦丝被，神色慵懒，漫意地看着窗外景致。

冰璃宫的每处窗纱都换成了透明的鲛绡纱，轻软柔密，可挡风也可挡春日里扬起的尘沙，但不妨碍视物。他此举煞费了一番心思，想我病弱受不得风吹，若宫室中一年到头门窗紧闭，里头病气郁积，空气不洁，于我也无益，但若大意些，让我不慎受了风凉，于病势亦是雪上加霜。

我偶尔会转过头去看他，他时而蹙额屏神，执笔如游龙走蛇地写些什么，时而凝神含笑地看着我，我转头的刹那，正好对上温情脉脉的目光，他的眼神很深，经窗纱滤得融融的光落在眸心，唯余一点柔和如醉的印子，我轻轻浅笑，低头避了过去。

春光粲然，明媚如许，透过质地密密的鲛绡，照得人生出洋洋暖意，我们相对坐着，轻声慢语地说会儿话。他不舍我劳神，我若倦了，他就细心为我将膝上盖着的薄被拉至胸口，做完这些后依然静静地看着我。

他时常留宿冰璃宫，但我身体虚弱，不能侍寝。在我卧房左侧垂花门隔断处设有一张床榻，原是为给我陪夜的宫人准备，他每次见我睡着后，就在那里独眠半宿而离去。他曾数次严令此事对外缄口，但此举还是令我宫中的侍从和他身边的内监惊惶不已，这是断断不合规矩，若是一不小心在外面走漏了风声，他们一个个都难逃罪罚。

身体的好转，让我的心境也渐渐宁静下来。可是，我依然想不起往事，想不起他，但每当他温柔地拥我入怀，在耳畔轻绵厮磨，低低地唤着一声声爱怜亲昵的"颜颜"，心底竟生出些莫名的熟悉，甚至还有淡淡的依赖。

这些年来无论多忙，风雨无阻，他每日都会来我的冰璃宫，有时相聚的时间短得只够共进一次晚膳，有时已是月半深夜，他来时我已经安歇下了，他就静静地守着我一会儿，然后再离去。

他数次嘱咐我宫里的小厨房，在我的饮食上多用心思，菜式宜清淡不宜油腻，但是不可过于素了，要适时地进些滋补养身的东西。他记得我先时的口味，喜甜厌酸，最最惧怕的就是服用苦药，可我的身子却是汤药不离身，他不止一次地耐心哄着我将药汁喝下去，特意命人在宫中多置备雪花洋糖、甜渍山楂、蜜腌樱桃等解苦之物。

我赌气不肯喝药，他也不与我置气，爱昵地刮了一下我的鼻子，他对我的耐心比我想象的还要宽厚广博，竟仰首自己喝了一口下去，我瞪大眼睛惊异地看着，忙去阻止，在旁边伺候的太监吓得脸色惨白，双膝软得竟要跪在地上，万金龙体岂能轻易损伤分毫，而他浅浅含笑，眉目温和，声音醇厚说着，颜颜还记得吗，当年在普庆观中，你曾代我喝过一碗药，今日为颜颜试药，也算是偿还吧。

我忍不住扑哧笑出声来，笑过之后心里不免有些微感伤，普庆观，听他娓娓说起我们之间的往事，眼角漫出的光芒沉醉如许，我却是一点都不记得。

他似乎察觉我的黯然，俯身轻点我的耳垂，渐吻渐深，温热的唇舌蜿蜒地勾勒出下颌纤巧的轮廓，我觉得他侧脸未尽根的胡碴磨得有些麻麻的痒，伸手想要推开他的时候，手腕却被握住。

他附在我耳畔，丝丝缕缕清宁的呼吸缠绕在耳畔，"以前的事，记不得就罢了，要紧的是现在，你终于又回到朕的身边了。"我口中咦了一声，却是含羞地推开他。

诚然，他对我一直都很好，这般相处下来，临近轩彰十一年的年尾，等到这年一过，转眼就要到了轩彰十二年，我不由得心中暗叹，这么快，我在他身边已经有两年了。这两年来，我身子不好，况且冰璃宫距离其余宫妃居住之处甚远，我平日里几乎不出宫门一步，奕樥也似乎有暗示过闲人不得打扰，所以我与宫中人并无来往。两年来，我对于前事仍旧懵懂无知，可两年的日子中，我的记忆中唯有他。

我也说不清为什么，心思上的微妙变化，我自己都不曾察觉。在冰璃宫中终日无事，我唯一能做的就是等奕樥来看我，若是等不到，心里会是说不出的黯然。

我那时满心憧憬的欢喜，可玉笙却一直忧心忡忡，她好几次似乎都想要对我说什么，但每次却在吞吞吐吐之后，将话又咽了下去。

直到一次，玉笙像是压抑许久，逼出身体里全部的勇气，忽地打断我的话，扑上来抓紧我的一只手，伴着急促的喘息，有些语无伦次地说道："小姐，小姐，你真的想不起那个人了……他曾对小姐很好……小姐也喜欢他……而且你们还结成夫妻……"

她心神极度紧绷着，紧紧地盯着我脸上的每一处变化。

我轻灵地笑了，容色如昔恬静，"玉笙，你说的是皇上吗？他对我很好，我也喜欢他，而且我们早已经成婚，是不是？"

玉笙的脸色如一株晒到半黑的芭蕉，霎时变得灰白颓丧下来，嘴唇里牙齿颤颤地磕碰着，话溢到嘴边，百转千回地却是再也说不出什么。

而我的目光穿过玉笙，落在那个刚刚踏入垂花门的明黄色身影上，心间漾起些圈圈涟漪般的甜蜜欣喜，立起身足尖一动，就朝着他跑去，埋首在他怀中，缂金九龙缎袍上金线刺绣硌得脸颊发痒，但我还是忍不住娇嗔道："你终于来了。"

身后的玉笙看到这一幕，未出口的话终究还是如一息残火，湮灭无声。

那日，他抱着我躺在长榻上，想是朝政积重，他困倦地合着眸，半晌未有动静已是浅眠，我枕在他宽厚稳健的臂膀上，一阵风引着系在檐下的镂空熏香银球，转着底下樱红串穗子，空灵地响着。

他面朝我侧身躺着，脸庞逆着日光被镀上一层极浅的金色，龙纹玉冠束发，梳得一丝不乱。我伸手，尝试轻抚他的面庞，两道英修的剑眉，挺拔的鼻梁，薄削的唇锋，指尖慢慢地拂过他脸上温润绵连的弧度，那般柔和，直到心底生出如被春水浸洇透了的丝丝绵软，竟要沉溺下去。

那刻，我的手却禁不住颤抖起来，像是有白光霍然闪过，脑海深处霎时浮现出一张男子的脸，但他不是奕樍。他遥遥地看着我，俊美无俦，湛若神君，面庞的弧度却是带着些锐利和锋芒，眉宇间衔着一抹清傲疏狂，周身气质纯粹得宛若玉树琼苞。

我失声尖叫出来，蓦然惊醒了身侧的奕樍，他一个翻身起来，将我拥入怀中，焦急问道："颜颜，怎么了？"

我眼神有些凝滞，面朝他摇头，脑海中一掠而过的奇异幻象瞬间消失，我长长嘘出口气，慢吞吞地道："我没事。"

适逢喜庆佳节，宫中祭祀庆典等事务杂多，奕樍原是有些劳累，被我这样一惊，先前的困睡之意倒是全无，但依旧拥着我躺下，合眸小憩，他道："颜颜，等这残冬过了，明年的四月廿九，正是太后的千秋节。"

我温顺地伏在他的胸口，安静听着，逶迤委地的长发任意披散着，任凭他宽大的五指插入我柔密的发间轻轻摩挲。

奕樍道："母后的生辰是件大事，到时候各地的皇族亲眷皆要整冠入朝，共聚一堂为太后庆贺千秋，端雯不消说了，韶王这些年在宁州，亦是要来帝都的。"

"嗯"，我听着淡淡应了一声，一缕散乱的发丝以清浅的姿态缠在我的手指上，正百无聊赖地拨弄着。

奕樍见我如此，不由朗声而笑，刮刮我的鼻梁，又拢紧我一侧的肩膀，道："还有可喜的，母后已应允重回天颐宫居住。天颐宫距离此处不远，过去不消半盏茶的工夫，你若精神好些，可去母后那里请安，说说话，母后想必也十分欢喜见到你，但记得多带些服侍的人，让人好生照应着。"

十五元宵佳节后，消磨了些时光，又到了二月二龙抬头的日子，正月里宫中诸事庆典宴席颇多，一番劳顿之后不免倦乏，眼下离太后的千秋节尚有两月余的工夫，奕樍已明令示下不得马虎，此时也必要慢慢地预备着，倒也比先时空闲了些。

残冬已过，淅沥地落了三四次春雨，天气益发和暖起来，身上穿着的衣裳也轻薄许多。长日悠悠，寂寂无事。玉笙和几名得力些的侍女，小心翼翼地陪伴着我四处走走，但只局限于冰璃宫附近一带，若我要走得远些，她们定是要诚惶诚恐地劝说，毕竟我的身体太弱，经不起劳累。

我大都懒得理会那些人，对于她们苦口婆心的劝说亦只是付之一笑，我知道她们是受了奕樘的命令，要格外谨慎地看好我，多用些心思，不得有半分的闪失。

我与玉笙闲暇时聊几句，听她无意间提起，我以前曾在宫中做过校书女史官，负责编纂大长公主的诗词文集，现在的文锦阁中，还保存有我先前留下的手迹。

我拿这事问过奕樘，奕樘大笑着拥紧我的肩膀，说确有其事，还问我，颜颜可要去文锦阁看看，兴许瞧见以前亲手所书的笔迹，能想起些什么。

我在他怀中粲然一笑，说了声好。原本奕樘要陪着我一起去，但他毕竟朝政繁多，并且其间我不慎撞着春寒小病了一场，烧退后依旧恹恹地提不起精神，这事也就耽搁下来。

那日天气晴好，我躺在床上，脖颈下垫着好几个鹅绒芯的白绸卧枕，觉得身体已好些，手脚也渐渐有些力气，心里想着要去文锦阁。但知道那些内侍，刚刚因我病的事受过严厉训斥，这节骨眼上是断断不肯放我出去，我若说了他们定要千拦万阻，心中计较着定了主意，只带着玉笙偷偷从偏门出去。

文锦阁地处幽僻，却与冰璃宫相去不远，途经太液池，日若熔金，流波潋滟，远处红墙高楼淡褪成浅黛色，恍如白瓷素坯底子寥寥写意的几笔。但见青青柳色芊绵，将清澈池水映染成碧汤三尺的颜色。

我让玉笙守在外面，自己进门去，里面四周静悄悄，想是里面的人大都休息去了。阁外多植萱草、文竹和江蓠等，并无过多花卉，只见一排排整齐的黑檀书橱高耸到顶，那坚硬的木质如墨玉沉沉，越发显得阴森高峻，格子中罗列着无数装帧考究的书籍，其中应不乏历代文献珍品。

我看着这里，找着一处，就近端来把圆凳，踩上去拿最顶上的册子，宝蓝色锦缎封面，两侧用同色蓝缎系着象牙别针，里面一共五册。扉页上墨笔书有端正楷体三字，正是《珠玉词》，旁侧注了一行小字，文锦阁女校书颜氏于……

我还来看清楚，就听见身后由远至近橐橐脚步声，猛然响起一名女子尖细的惊叫声，"我的天！这位姑奶奶，那些东西岂是能随意乱动的！"

她急得火烧火燎，一个箭步冲来要将我从凳子上拉下，我被她唬了一跳，又被她猝不及防地拽住衣角，啊地惊声尖叫，身子忽地不稳从凳子上跌落。

那人先前是犯急，见此变故，叫了声哎呀！忙伸出两条手臂将我扶住，我下坠的势头大，那人毕竟是女子没多大力气，扑通一声，两人齐齐摔倒在地上。

原先踩在脚下的圆凳翻了个儿骨碌碌地转出去，我以手抚着心口，惊魂甫定，幸好没伤到哪里。只是刚才她拖我下来，我一时手足无措抓到了什么，架子上的书落下来，白纸黑字地散乱了一地。

我看着那人，穿着一身湖水绿宫装，下面是同色褶折裙子，头上梳着一个抓髻，并插两支珐琅点翠珠钗，看服色应该是这里的女史，看相貌大约双十年华，脸颊生得微丰腴润，眉目虽平庸，整体倒还秀气，能看得过去。

她刚刚为我挡了一下，我没事，她像是撞疼了胳膊，痛苦地嘤咛一声，皱着脸一时说不出话来，好不容易缓过气来，就指着我劈头盖脸地责怪道："你是哪个宫里的！这么的不懂规矩，不知轻重！别的倒也罢了，这些册子岂是能乱动的！上头若是知道后怪罪下来，那可是要赔上性命的大事。"

面对她这般的煞有其事，我仅是惊愕地瞪大眼睛看她。

"跟你说了也不明白。"她有些不耐烦地将我推到一边，跪在地上将凌乱摊在地上的书册收拾起来，她紧锁着眉，立即掏出一块干净的白绢子铺在地上，轻轻地捡起一本，缩着嘴仔细地吹去浮尘，又反复检查书页边角可有毁损之处，如此之后才将它轻放在摊开的白绢上，看她这万分小心的样子，仿佛那些书是无上珍品般，看得直比性命都要重了。

她一面收拾，一面口中碎碎念着："这些都是当年娉妃娘娘的亲笔手迹，皇上严令要好好看护着，决不可有一丝闪失。这些东西若是有个万一，咱们这文锦阁中当奴婢的都难辞其咎啊！"

看她的样子，应是不认得我，也许是将我当成某宫中的侍女了，我今日穿着清素普通，一件烟霞堇色对襟纱裙，浅金丝线疏疏地挑绣出几朵合欢花的图样，不怎么起眼，前面青丝绾成垂云低髻，插着两头镶有琥珀的乌银扁簪，耳佩两颗圆润的粉珍珠，脑后发丝就如闺中女儿一样任其垂着。倒是职位高些的女官衣饰都比我富贵，况且我先前病着，脸色苍白，容颜也憔悴很多，看不出有半分宫妃的架势，她将我当成了侍女而未可知。

我唇角淡淡朝上一扬，上前帮她一起收拾，那女子说话虽严厉，但对我并无恶意，见我默默拾书，倒是也没说什么。

这时，我看到刚掉落的书册间，嗖的一声飞出一张折叠起来的玉帛纸，上面似乎印满字迹，我一时好奇便小心地摊开来，大约八尺见方，上面尽是密密麻麻的文字，猛一看去让人有些晕眩。

那名女史此时正好背对着我，我拿起旁侧的一本诗集，里面大概二百余首，略略翻了几页，渐瞧出些端倪，上面的诗，或七言或五言，全是从玉帛纸上的文字断句摘录而来，更奇的是，细看之下，这两处的字迹像是出于同一人，看那些字轻重勾踢、转折、连断无处不像。

我心中狐疑，看旁侧还散落着几本诗集，随意拿起一本来看，粗粗地翻阅下来，里面的诗亦是二百余首，与刚刚那本诗集上的近乎相同，字迹亦有七分貌似三分神似，同样是流畅自如的行书，运锋间流露一缕婉丽纤秀的情致，可见出自女子的手笔，但细看下依然可看出与玉帛纸上的字有微小的差异。

"你手脚轻便着些，出去后也千万别说这里的事。"那名女史正嘱咐我，回头正好看着我神色愣愣地蹲在那里，面前摊开着一张巨大的玉帛纸。

女史看了一眼，顿时脸色都煞白起来，愈加高声地尖叫道："我的祖宗啊，那东西可是更加碰不得的！"她忙放下手中的活计，眼疾手快地抢到我跟前，将那张玉帛纸顺着折痕叠起来。

我眼神晶莹，轻轻抿唇，问道："为什么碰不得？"

趁着收拾的空当，她侧过脸看了我一眼，丰腴的脸颊上两道粗短的眉毛一蹙，说道："你不知道吗？玉帛纸上的这首回文诗名为《离殇》，乃是前朝嘉瑞大长公主所作，但这抄录在玉帛纸上的字，还有这本集子中整理出来的二百余首诗，都是出自娉妃娘娘手笔。"

她紧绷的容色和气了些，"我来文锦阁不过四五年工夫，其实很多事都是听这里的姑姑们说的，只要是与娉妃沾边的物事，哪怕一个字一片纸，都得端着一千个一万个小心，否则皇上要是降罪……"

我凝神听着，她的声音压低了些，凑到我耳边，窃窃地道："我瞧你年纪小小，看着不过十六七岁的模样，应该入宫没多久，不懂这里的规矩。你今儿个，真是得谢天谢地没弄坏了，要不然可能就要大祸临头。"

我想到她刚开始对我疾言厉色的样子，方才说出这样一番贴心话来，忖度着她心肠倒还算热忱。但我见她如此郑重其事，还是忍不住笑出声来。

"你这小妮子不知好歹。"她暗暗骂了一句。

"你莫生气。"我冲她眨眨眼笑着，将其中一本诗集举到她面前，问道，"你看，这里的字跟玉帛纸上的很像，也是娉妃写的？"

女史拿过去，来回翻看一会儿，忽然呵呵笑着，一口啐道："你这人儿，倒把这些个陈年腐朽破落的旧物给翻出来了，奇怪的是原先不是都清理掉了，怎么还在？"

我为她的话一阵糊涂，她顿了顿，接着道："这上面的字是以前颖妃娘娘写的。"

"颖妃？"我一脸疑惑道。

女史笑了笑，"想想都过去很多年了，难怪你不知道。这位轩彰六年入宫的颖妃可是了不得，虽说容貌比不得慧妃娘娘。慧妃娘娘美貌那是没说的，见过慧妃娘娘的人都赞，饶是再刚硬的男人，瞅着她的花容月貌也要酥麻了半边。但颖妃论到才思敏捷、诗词歌赋却要在慧妃之上了，分毫都不愧对皇上赐予的'颖'字，那时听老宫人常称赞她文采仅在嘉瑞大长公主之下，她本姓言，家族世代居于南部，颖妃自幼精通南蛮语言，想那年岁终南蛮进贡的时候，朝廷上的那些口译大臣都比不上她呢。"

我安静听着，那圆脸粗眉的女史想来以前还是个性子活泼的主儿，不过年年日日地在文锦阁里，整日要对着书籍这些枯燥无趣的死物。文锦阁中极少有人来，今日总算寻着一人，倒是说了大串的话。

"当年嘉瑞长公主所著的《离殇》归国，皇上深感其一生劳苦为国为民。据说《离殇》共有八百四十一字，回文方针中无论纵、横、斜、交互读均可成诗，诗有四五六七言不等，可谓藏诗千余首。宫中曾以为戏，算一炷香内读出诗句最多者胜，颖妃读出二百余首，数目之多不用说了，更奇的是，与娉妃读出的二百余首诗竟完全一样，可是她之前都根本不曾看过娉妃的手稿，况且在颖妃进宫前，娉妃早就过世了，这可不怪异吗？"她手边两本的集子一齐翻开，推到我眼前，"你看看，这颖妃的字跟娉妃亦是相像到难辨真假的地步，不仔细看还真看不出来，怪道当初那些人清理的时候，眼睛一错，只当是娉妃手迹竟是遗落了过去。"

我口中轻应一声，问道："什么清理？"

那名女史眼角的余光向四周瞥过，极目看去唯有数座高高耸立的书橱，齐整地在屋子里排开，书籍独有的清新宜雅的墨香扑鼻而来，四周幽静得不见半个人影。

她挨着我坐下，靠近些，声音低低的，"我看你面相亲善，方跟你说的，你可千万别说出去。颖妃早在轩彰八年的时候去了，据说是畏罪自尽，但又不清楚到底是什么罪。倒是有说起是颖妃的父亲，督察使言大人犯了重罪，皇上接连着也厌弃颖妃了，可这也说不通，历朝规矩，妃子入宫后就是皇上的人，受正宫皇后和太后的训导，家族之罪无牵连己身的道理，更何况颖妃那时生下一名皇子，可不是风头正劲，纵然犯了什么重罪，有皇子傍身也不至于要自尽啊。"

"总算来，那位颖妃娘娘来得奇妙，去得也怪异，当年宫里多少人津津乐道着，只差没把慧妃娘娘给盖过去。"缩在角落里说了那么久的话，她似乎有些累，伸展一下手脚，举起那本集子道："上面下了旨意，将文锦阁中与颖妃有涉的事物都除去，想必是当年疏忽了，我趁没人待会儿就焚了它，省得今后惹出什么事来。"

我无心听她说话，眼神怔怔地凝视着玉帛纸上的文字，离殇，离殇，我口中轻轻地嚼着这两个字，近乎不受控制地用指尖去触碰那些字，看墨迹的成色应是完成在很多年前，勾踢点划，心底莫名有几分似曾相识的熟悉，往深处想去脑中却是一片乱腾腾的，理不出分毫头绪。

"可惜那颖妃就风光两年，现在多年过去，这事始终是宫中忌讳，渐渐倒也不提了。"那女史说着，似是哀叹地摇摇头，说道："更何况后来轩彰八年末时又进来一位，那位也是了不得的人物，被传说得跟神仙一般，据说是太后的亲侄女，当今皇上的表妹，更难得的竟是谪仙人清虚子的女弟子，莫看年纪不足二十却尽得师父真传，精通道教经典是不必说了，皇上仰慕道法，这可不是自然志趣相投了。就连当年给的封号，亦是比他人的别致新奇些，好像是'灵犀'。"

她通通畅畅地一篇说完后，看我依然还是盯着那幅玉帛纸看，口中絮絮地似有所念，离殇，离殇，见我心不在焉，她亦是失了兴趣，怏怏地问道："顺道问一句，这位妹妹是哪个主子宫里的？"

"我是冰璃宫……"我听见她叫我，口中轻声呀地回过神来，支吾着随口搪塞了一下。

"你……莫不是宸妃身边的？"那人仿佛遽然惊了一跳，用手指着我说出一句话来。

她的反应虽然让我觉得奇怪，还是硬了头皮点头。

"小蹄子们，都跑哪里疯玩去了，阁子里又是一个人也没有，真真是平日里待你们太宽容，一味地惯坏了，现在越发没规矩了。"一个女子的声音破空传来，听起来像是上了些年纪，那口气虽严厉却不乏长辈的关切。

那名年轻的女史听后，脸色霍然一变，七手八脚地赶紧收拾起来，口中不时念着："这可如何是好，想是湛露姑姑回来了，刚才净顾着说话忘了正事。"

听得衣裙窸窣，脚步声也近了，"刚刚到潋澜宫送崇书去，慧妃娘娘的三殿下惊风发热，说是春日里撞了神，要给殿下送崇，这才离开一会儿工夫，一个个就像是油猴似的待不住了。"

吱嘎一声，那人走过来时将敞开的窗户合上，一边拿起拂尘，一边训责道："你们这些小蹄子，说过多少回了，春日里头沙尘飞扬的，千万要将窗子关好，以免将里面的书弄得不洁净了，你们权当耳旁风了。"

眼看着湛露走近了，在这样寒意未退的日子，难为她额头上急得要冒出汗珠来，见我手中依然捏着那张玉帛纸，她竟是顾不得了，扑上来就要将它抽回去，都要语无伦次了，说道："你找好主子要的东西就回去吧，快放手呀。"

我未反应过来，两人都来不及撒力，只听裂帛般哗啦一声，原本完整的玉帛纸豁开一道尺来长的裂口。

我们面面相觑一眼，她那表情竟是像要哭出来一样，半晌从喉咙里生生地逼出一声尖厉的叫声，那惊慌失措的样子，像是胆子都要骇破了，"这下坏了大事了！"

说时迟那时快，湛露走进来，眼中正好落入这一幕，抄录有《离殇》的玉帛纸从中间被撕裂，而诗集本子散乱满地。

我原是背向着她，缓缓转过头去，就在那一刹那，电光石火之间。

四目相撞。

我看见湛露一张略显衰老的脸瞬时雪白得没有人色，手中的拂尘叮的一声落地，她冷不防踉跄地朝后退了一步，直到背脊抵在坚硬如铁的黑檀书架上方才站稳身子，嘴唇嚅动着想说什么，却最终没有发出声音来。

那名女史一门心思在那幅玉帛纸上，只是觉得湛露姑姑见到娉妃手迹被毁，一时扛不住惊吓才会如此失态。

"姑姑啊，这可怎么办才好，皇上要是怪罪下来，我们都是连命都保不住了。"说着话，她抽噎地哭了起来。

那位名为湛露的女官，自从进来后眼睛就一直盯着我看，她朝我行了个礼，语气中竟是按捺不住的焦虑，道："文锦阁中寒气太重，还请宸妃娘娘回宫吧。"

听得湛露的话，那名女史吓得不轻，面色亦是煞白。她一开始以为我是个侍女，拉着我莺莺呖呖地说了一大通的话，但想不到我竟然是宫妃，当着主子的面，乱嚼舌根，在宫里可是死罪。

看着她一副惴惴不安的样子，我倒没想过要跟她计较，这两年我在宫中过得甚是沉闷，难得有人跟我说了这么久的话。我在文锦阁也有小半日的工夫，想想也应回冰璃宫去了，省得宫中的人找我。

"姑姑，你看娉妃的手迹被毁成这样，上面怪罪下来可是死罪。"她的声音甚是惊惧。

我未走得太远，身后湛露的一句话轻轻飘飘地，传到我的耳中，"你大可放宽心，就算毁了娉妃的手迹，皇上也绝对不会怪罪这位娘娘……"

从文锦阁出来，未走出几步，就撞见了神色发急的玉笙。不消半会儿，回到冰璃宫中，见到奕槿在等我。

我蹑手蹑脚进去时，看他双眉紧锁，俊面微寒，想来是生我不听话好好留在宫中静养的气。我一句也不说，佯装对他视若无睹，顾自走了过去，奕槿见我如此倒是先沉不住气了，在我从他身边目不斜视地走过时，他毫无预兆地伸出两条臂膀，猛然将我拦腰抱了起来，笑道："颜颜，不声不响地跑出去那么久，朕还未说什么，你倒先给朕脸色看了。"

我蓦然觉得足尖一轻，头微微有些晕眩，口中哎呀一声，手臂由不得圈住他的脖颈，一双眼睛顿时含娇含嗔，明澈盈盈，细声怪道："我哪敢给你脸色看，倒是一进来，就看到皇上板着脸，如此不算，还在人背后使坏，平白地唬了人一跳。"

奕槿哈哈一笑，抱得我更紧些，"颜颜说话的样子还是跟以前一样牙尖嘴利，分明自己的错，还能编派出三分别人的不是来。"

"胡说。"我被他说得粉脸微红，忽地狡黠一笑，趁他双手不得空去捉他的痒，正当两人不可开交地闹着，身后有个粗哑的声音劝道："皇上和娘娘先莫闹了，让娘娘将药喝了吧。"回头看，正是在我身边陪伴两年的女医晦奴，拿托盘端着一碗药立在那里，这一眼看去腰背像是驼得比往日更厉害了。

我听到服药，心中一个激灵，连声推阻道："不喝不喝，这种苦药，今日说什么也不喝了。"

奕槿朝我温暖笑着，说道："你别老是这么任性，想明薏还是个孩子，生病时喝药也不曾像你这般闹气的。"

"这药喝下去，连舌根都麻得辨不出味觉了，反正我打定了主意，这次不管你再怎么哄我都不喝。"我嘬着嘴，乌亮的眸心水灵灵地汪着一抹委屈，伸出双手抓紧了他的衣襟，竟是赖在他怀中不肯下来，颇有几分骄蛮的样子。

奕槿见我如此，笑容中有爱怜还有几分束手无策，转头问晦奴道："请问女医，宸妃平素最忌苦，可这汤药又是一时半会儿停不了，可否制成药丸之类，也好减轻些每日的苦楚。"

晦奴眸光清冷地剐过一眼亲密相拥的我们，嘴角微地搐动，刻在皮肤上密密的褶皱愈加明显，不经意的神色映在她面前端的一碗药汁上，倏然就在一片浓稠墨黑中搅浑了，良久她粗哑的声音再次响起，平静得不蕴含一丝感情，"制成药丸是可以，但是于药效有损，起码毁去三成，依宸妃娘娘目前的身子的状况来看，是万万不得停药的，还是那句老话，良药苦口，请娘娘服药吧。"

未思天涯有客来

　　转眼间，太液池旁的垂柳吐絮如雪，未若柳絮因风起，漫漫然然地飘过几场。到了三月的尾巴，太后千秋节渐近，宫廷中因要筹备各项事务，渐渐忙碌起来。

　　太后处事素来淡泊，不喜闲人杂事的叨扰。众多宫中嫔妃、朝里命妇虽有心，皆是亲近不得。这下眼见太后旧症初愈，精神爽利，又逢上太后的千秋节，都盘算着来太后宫中拜见道贺，一来聊表敬意，二来也讨得这位胤朝最尊贵的女人欢喜。

　　在先帝的子女中，韶王和端雯公主乃是太后所出，端雯公主早年下嫁帝都林氏，自是能常常承欢太后膝下。但韶王长年在宁州，为了太后的寿辰，亦是携了家眷入京。太后年迈之人，看着一双儿女俱全，还有几个活泼可爱的幼孙终日嬉戏膝下，自是开怀无比。

　　韶王因是正宫嫡子，论身份在大胤的几位亲王中最为尊贵。如今唯有一女，其生母早逝，生前未有任何名分，我听得宫人说起，好像是因为出身不好的缘故，连个姓名都不全，只晓得姓秦，权且称作秦娘子。但其女到底是高家血脉，如今封作韵淑郡主。太后怜爱这个小孙女，不由得叹息，"可怜小小稚子年幼失恃"。

　　轩彰十年，太后颁下懿旨，将瑛和侯庞旌的六女庞徵云娉为韶王正妃，而玉阴侯之女贺丽殊为侧妃，其余人一概不得议论。

　　庞家是百年望族，要是十几年前，庞旌老侯爷还是胤朝唯一的异姓王，端的是地位显赫。韶王妃出身名门，生得清丽端雅，性格温和沉厚，相貌品行皆是无可挑剔，既善待人又会处事，撑起偌大的一府，食邑供奉，四季租子，王府上下近百人的日常吃穿用度，还有些零碎的杂项，都由韶王妃调度，亦是一应周全，游刃有余。

　　宫人们私下都在说，眼看太后喜爱这位正王妃的心，远远地要胜过亲侄女贺丽殊。

　　我整日出不得门去，冰璃宫在宫中犹如一道禁制，除却奕槿，外人都不得进来。

自上次我私自溜去文锦阁后，他就愈加严令侍从们小心照看好我，万不得出一个意外。我不肯依，奕樘就温言劝我，这春日里风尤其大，那些沙尘纷扬，此时宫中又多焚艾叶香草，若是常出去，尘土、灰烬的吸进肺里，只会引得刚有些起色的咳血之症，又复发起来。

时常无事，我有时靠在软榻上歇歇，放任宫中的那群嬷嬷和侍女们聊些闲话，偶尔命人赏赐些瓜果点心下去，打发无聊的辰光。几位嬷嬷互相围坐着，说些趣话，说着说着不免绕到太后的千秋节上，忽然又啧啧地谈起太后的一双儿女来。

天颐宫中打发了个老嬷嬷为各宫送来印有寿字样的面食，说是赶先沾一沾太后的福寿，我命人抓了把银钱赏她，留她喝茶。

我按照礼节问了太后的安好，老嬷嬷咧开嘴笑，脸上尽是细密的褶子。说道："太后娘娘是人逢喜事精神爽，自然是好的。韶王殿下的小郡主如今五岁，打一生下来就没来过皇宫，但太后一见着小郡主就喜欢上了，这可不是投缘吗？"

有人撇了撇嘴，道："韶王殿下乃是太后所生，太后一向又疼爱得紧，爱屋及乌，自然也喜欢小郡主。"

老嬷嬷呵呵地笑，又叹起气来，"小郡主真真是讨人喜欢，太后格外怜她，也是因她小小年纪就没了亲娘。"

说话的人一下惊讶，道："小郡主的亲娘可不是秦娘子吗？如今平息了下来，前两年外头的传言闹得可凶了，据说韶王殿下就是为了她，跟太后老人家一直拧着，最后太后没办法，只得遂了王爷的意，只说让王爷带着进京来，让太后看一眼，再给个名分也是水到渠成的事。但谁想得到呢，秦娘子倒是个没福气的，好端端的人竟在那时候殁了。"

一人插进话来，"依我看倒罢了，能当上王府家眷的都是福泽深厚的人，若是个命薄的，这样的隆恩一来，反倒是折了她的寿。如今的韶王妃是瑛和侯家的六小姐，这家世，这品貌，还有这待人接物的气度，真不愧是大家出来的，样样都没得挑。"

其中一个嬷嬷道，"你一说我倒想起来了，前两天去太后的天颐宫中回话，正好撞见七王爷和王妃来请安，老奴见到王妃的容貌，虽不能说倾国倾城，但也是令人见之忘俗，温柔娴静，与咱们的韶王殿下站在一起，真是说不出的般配。"

玉笙给我端了一碗刚刚浇了新鲜牛乳的燕窝，不知为何，听得嬷嬷方才的闲话，她的双手似乎抖了一下，险些端不住那只精细纤巧的碧玉碗。

我心中奇怪，玉笙在我身边服侍多年，何时毛躁过了？她眼底蕴着些难言的神情，如同藏着一枚三春后结的苦杏。瞧见我在看她，又极快地将目光错开。

老嬷嬷们正说到兴头上，没留意到我们这里的细末。这时，只听见又一个人笑嘻嘻道："太后老早就中意这位庞六小姐做媳妇，要说论亲戚情分，当然是玉阴侯府的贺小姐来得亲，但是到底是娶妻娶贤。如今七王爷的这两位夫人俱是公侯千金，一样的好出身，倒是委屈了这位贺小姐，要低人一头。"

那人的话未说完，就被人家啐了一口，抢上道："凭你也来白眉赤眼地说，这贺小姐如今觉得委屈了，当初可怎么来着？"说着挑着眉目示意一下。

众人皆明白过来，哈哈地笑开了，须臾那会儿，她们话里头说起的正是出身玉阴侯府的贺丽殊。

有人轻翻鼻翼道："这玉阴侯夫人不就是当今太后的胞妹？当初眼巴巴去求太后的时候，是怎么说来着，哪怕是为妾为姬，名分都不要紧了。看看现在，侯夫人竟是没少向太后抱怨，成天地说一并是位列公侯，凭什么非要是瑛和侯府压过玉阴侯府一头。却不想想自己红口白牙应承下来的事，如今倒是寻起不服气来，真真有趣紧了。"

"老奴听说，这位贺小姐自幼被父母宠惯，脾性骄纵，眼高于顶，正王妃论位分比她高，两人若对面说话，反倒贺小姐的神色气势高些，显得好像是她尊王妃卑，王妃毕竟性子和软，也不计较。那贺小姐相貌尚好，却生得牙尖嘴利，在谁身上都要挑刺挖苦上两句，唯有一味在太后和韶王殿下面前撒娇弄痴。我听天颐宫中侍从说，前些日她就不慎冲撞了灵犀夫人，太后看在眼里，亦是抚慰两句，灵犀夫人也是识大体的，只说了句'表姐妹之间偶尔玩笑，不相干的'，唉唉，此事就算过去了。若是也遇上个尖利的人，非闹出场动静不可。"

我拈着五彩春草纹瓷勺搅动着燕窝，里头化着浓浓的牛乳，醇厚甜香，搅到冷了，却是一口都不曾喝下去。

玉笙心敏觉察到了，在我跟前蹲下，关切地轻声问道："小姐，怎么身子可有不适？"

我一手抵着心口，摇头道："倒是无妨，只心口没来由地觉得有些闷。"

玉笙转过身，拔高声音，朝那些嬷嬷肃然斥道："娘娘身体不适，你们还不快知趣地退下。体谅你们是宫中的老人了，我还是要劝一句，你们要乱嚼口舌我是拦不住，但这些背后论人长短的闲话，莫再搬到娘娘跟前来说，平白惹得娘娘心闷，若娘娘真有点事，躲得过去算你们的造化。"

老嬷嬷们被玉笙如此数落一通，忌惮玉笙的身份一个个的都未敢言，行了个礼后，缩头缩脸地退了出去。

上林苑，正是春光肆意之时，树木葱茏，幽花如锦，熏风送香气，林露滴清响。一时风若劲势足了，掀起林涛阵阵，隐约露出几座隐匿其中的亭台楼阁，无不雅致精巧。流水潺潺的池畔柳树林立，万千碧柳如绦，正是游丝娇软系婀娜，怎胜清漪增旖旎。

我慢悠悠地走着，散散心，此去正往天颐宫的方向，别处奕樘不许，上太后处请安是他亲口说过的。见到上林风光如此盛好，忍不住贪看都流连了一回。

抬首看着皓蓝天穹，一碧如洗，天陲娓娓地曳过几许流云清浅，令人不由觉得耳目气息畅然一新，吐出了憋在胸臆间的凝滞之气。正值阳春，只见远处四五只色彩各异的纸鸢，借着春风的力道，晃晃着扶摇而上，被长线悠悠地牵着停驻在半空。

"嘻嘻。"忽然，上林苑中传来小女孩银铃般清脆的笑声，似乎是有人在林间追逐嬉闹着，欢声笑语倒给寂静的林子添了几分生气。

"小郡主，你慢些，当心绊着。"有女子温柔和静的声音道。

"呵呵，你们倒是来抓我呀。"清脆的嗓音追逐着些许润泽的风，直扑人面，骤然间似乎有人清灵灵地喊了声，"母妃"。

我心想许是某个宫中的皇子公主，或是诸王的郡主也不一定。

我正出神走着，冷不防斜刺里冲进来一个小小的人影，跑得势头正疾，一时停不住，整个儿朝我撞过来，那人身量小势头却足，而我的身子到底太纤弱，若不是我身侧的侍女眼疾手快地左右搀扶住，我怕是要一个跟跄跌倒在地，这时，仿佛听得极轻微的玎玲一声，但犹自惊魂不定没太在意。如此一遭意外，着实将我唬了好大一跳。

我稳住脚步，强定心神去看方才撞到我的人，原来那小小的人影是名约莫五六岁的小女孩儿，穿着红绫子薄春衫，眉眼生得俏丽伶俐，细白甜美的瓜子脸，一阵小跑过后气喘吁吁，原本粉白的小脸沁出微红，越发如朵初绽的嫩花般娇妍可爱。

我看她的时候，她也正睁着一双水意灵灵的眼睛打量着我，眸心的光芒如荧荧星光扑闪着。

"小郡主，原来你在这里。"焦急的声音传来，随后而至一名宫装丽人，她面容清雅秀丽，眉宇间衔着一抹温柔之色，生的身姿纤纤，身着一裘天水碧真珠长裙，腰间扣着湖绿色柔丝串明珠带，难得如此清素简约的装束被她穿得显出几分端庄，她不是顶出挑的美人，但周身散发的气质宛若清韵玉露，看了一眼后，让人有些不舍将眼睛挪开。

随她而来的还有两名上了些年纪的妇人，似乎是那小女孩的乳母，她们口中叫了声"我的小祖奶奶哟"，忙不迭蹲下身仔细查看她是否伤到了，回话道："王妃，郡主一切安好。"

眼前娴静如水的女子，面朝我秀颀而立，一时猜不到我的身份，略有愧疚地道："方才失礼了，小孩子举止无状，请这位贵人万般要大人大量，莫要放在心上。"

我亦是回礼道："牵挂了，我并无事。"

那小女孩想必是个精灵的小人儿，起初藏在那女子的身后，她心知闯了祸，生怕我不好说话，就这样躲在大人身后，但见我和气地说着无事，她朝我眨眼一笑，又步履轻快地跑了出来。

但见她娟秀的眉色盈盈，悠悠启唇问道："请问这位贵人是……"

我未言，不知为何，我总是回避说出我的身份，我身边的随从已经替我答了。

那名女子是一点即透的聪明人，随即复行一礼，声音温和道："参见宸妃娘娘。"

我令她无须多礼，笑问她是何府上的，她依然是温婉端雅的神色，笑道："娘娘有礼了，嫔妾姓庞，娘娘若不弃，直称贱名徵云即可。"

我看着她，心下略略沉吟，原来她就是韶王妃庞徵云，往日听宫人赞她如何好，太后如何喜爱，今天一见，观其相貌谈吐，倒也真的雅致脱俗。

她既是韶王妃，那么刚才的小女孩，粗算年纪应该就是韵淑郡主，高樱若。

韵淑郡主的身量生得格外娇小玲珑，一脸撒娇甜腻地赖在王妃身边，那双水灵剔透的眼睛看着我，脆生生的童音道："云姨，你看她生得真美，樱若觉得跟慧妃娘娘长得好像。"

王妃温柔地握住她一只小手，满是爱怜地嗔怪道："小郡主，在娘娘面前不可如此无礼，还不去向娘娘请个安。"

"樱若又不曾说错。"韵淑郡主嘟着粉嫩的唇，不爱理会这些虚礼，尽管韶王妃在旁边百般示意，她就是不肯朝我行礼。

我觉得她性子活泼天真，看她娇憨调皮地挤眉弄眼，莫名生出几分喜欢，倒也不与她计较。

王妃依然笑容得体，道："小郡主自小被一味宠坏了，童言无忌，还请娘娘莫见怪……"

这时，高樱若眨着灵动的双眼，仿佛突然又看到了什么新奇的事物，挪不开眼，满脸欢喜，跑上去拉住庞徵云的衣袖，声音稚嫩欢欣地喊道："云姨，云姨，快跟樱若来呀！"

庞徵云话还未说完，但看她神色似乎也对这个孩子无可奈何，只得由她牵着走了，回首朝我歉意一笑，道："娘娘，请恕嫔妾失陪了。"

渐渐地，那身天水碧的衣裙和红绫子薄衫都隐入林子里，看不见了。

我伫立在原地，看着她们走远，韵淑郡主身上轻薄鲜艳的红绫子春衫，犹如一朵在风中吹拂得半开半合的娇花，在深绿浅碧鹅黄参差错落的林子中分外扎眼，我愣愣地看着，莫名觉得眼睛扎得有些刺痛。

我脸色有些苍白，身侧的侍女眼明心细，忙恭谨问道："奴婢看娘娘面色不佳，是否方才惊吓着了，不如先行回去，改日再往天颐宫中请安吧。"

不知在原地站了多久，我觉得心口有些窒闷，碧萝叠翠云袖下的手颤颤地扶在胸前，先前样子还是平和，后来用帕子捂住口猛地咳嗽起来，陪在我身旁的侍女吓得脸色呆直，搀着我一侧臂膀，再次小心翼翼地道："娘娘，您玉体不适，还是先回宫吧。"

"怎么，你不舒服吗？"这时，身后兀地响起一个女子的声音，那般轻灵犹如一注幽泉冷冷出涧，又清雅得仿佛是碾冰碎雪，悠然自在中含着一丝醉人的慵甜。闻声竟能如此，我纵是女子，也是一时把持不住地想要回头，去看她的真颜。

流云笼烟出岫玉白衣的女子，青丝虚绾统共只斜簪着一支瑶阶草，看年纪仿佛不足二十岁，容颜并不惊艳，身姿清颐，脸庞和脖颈的线条生得极其纤巧秀润，莹白如玉的脸上嵌着一双若秋水盈盈的眼睛，大有"水光潋滟晴方好，山色空蒙雨亦奇"之意境，蕴藏着一股天地难寻的灵性。自古世间女子之美，或是五官端丽，或是体态娇美，或是秉承慧心，而此女之美，皆源自眼中纯然而生的灵气。貌美易求，然而至灵至性却难得。

她站在那里，那般冷然出尘之意，若以梨花、广玉兰这等本质洁然的花作比竟也是俗了，唯有四字形容——"钟灵毓秀"，钟天地之灵，毓山川之秀。

我身侧的侍女呀的一声低呼出，忙不迭敛袖屈膝，恭敬地齐声道："奴婢参见灵犀夫人。"

面前这位性灵至极的女子，原来就是灵犀夫人，闺讳上官婉辞，太后的亲外甥女，亦是清虚子的女弟子。

"宸妃安好？"她浅笑着，如是认出了我的身份。

我极力强忍下几声咳嗽，缓缓松开攥紧在手掌中的素锦帕子，瞥见一线若有若无的血丝，我放下手时顺势将那帕子藏在宽松的袖子里。

她逆光而立，刹那间，恍若千丝万缕的清光自她身后四散如云，周身的轮廓被冲得模糊些，唯一双明眸若粲然明星悬空，待她走近，我才看见她右眼角外侧有一颗漆点般的堕泪痣，痣生眼角乃是不祥之兆，却分毫无损她的容貌，这颗痣将眼角弧度拖得微微上扬，平添几分别致的妩媚清艳。

她看清我的面容时，柔美的面容上掠过一丝异色，但随即被掩饰在一抹合宜得体的浅笑中。

我看她的眼神却是惘然。

灵犀笑了笑，脸上惊讶之意瞬间烟消云散，从容大方地微笑着，道："宸妃姐姐身子不适吗？"

我有些出神地看着她眼角那颗堕泪痣，如是似曾相识。春日里分外明媚的日光，落在她的乌眸中如同被漩涡深深地吸进去，光芒却是自眼角的黑痣折射而出，我看去觉得眼睛发刺，原先就心口窒闷，此时感到些微晕眩，竟是脚步生虚，有些站不稳。

"娘娘！"服侍的侍女惊呼着，七手八脚地将我扶住。

灵犀与我站得最近，见我如此，亦是伸手扶了一把。在搀扶时，她触及我手腕的那刻，眼底的神色遽然复杂地变幻，微末得令人不易察觉。

她倒是不急着放手，三根纤指娴熟地扣住我的脉门，不消半会儿说道："宸妃姐姐身上的旧疾可是从两年半前开始发作？"

我默然，随行的婢女已答道："夫人说得一分不错，可不是两年半前吗？"

她眼角余光瞥过那答话的侍女，依然未将手撤回，凝眉片刻，说道："宸妃姐姐眼下用的药可是有黄芩、栝楼、海浮石、青黛、诃之肉等？这些日子春寒潮重，妹妹推想复发时严重些才加了杏仁泥、茜根之类。"

我惊讶得很，她只是摸了我的脉，竟将我平日所服之药推测了十有八九。

侍女皆是一脸惊奇之色，忍不住面面相觑着，无不心服地感叹道："夫人居然连药方都说得出来，真真是厉害！"

灵犀笑道："略略懂些皮毛，不值一提。"说完，那一双清亮澄澈的眼眸扫过她们一眼，口气肃重了些，道："在这里起哄作甚，还不赶紧着将你们主子扶回冰璃宫去。"

侍女们对她怀有几分敬意，受了提点，也顾不上去天颐宫的事了，急忙将我扶进软轿，沿着原路回去。

她与我一同到冰璃宫中，等候的宫人见我面色微白，不等命令早已去唤女医晦奴过来。

走近内室，四溢开来的沉水香气息幽幽袅袅，里面坐着一人，走近细看竟是奕槿。

奕槿看见我，眉间舒展，关切问道："怎么好端端地去了趟太后那里，回来脸色这般差？"说着他一双有力的手将我托起，扶到橘底色翠纹织锦软榻上坐。

灵犀看了我一眼，答道："回皇上话，还未到太后那里，婉辞是在上林苑碰巧遇见的宸妃姐姐。"

奕槿轻应一声，说话间女医晦奴已经到了，跪在地上为我诊脉，良久平缓道：

"这病已是积年的旧症了，娘娘应原是劳累，许是今日出去撞了风，一时心闷气急，但并无大碍。"

奕樌听晦奴这般说，神色舒缓些，一颗悬着的心总算放了下来。

"只是……"晦奴蹙眉，如此倒让奕樌重起忧色，她沉吟道："奴婢先时就说过，娘娘的病是万万不得停药……"

晦奴未曾说下去，但奕樌何等聪明，早领会了她的意思，束在我腰上的手骤然紧了些，脸色略沉地问我道："颜颜，你是不是厌烦药苦，所以不肯喝药？"

我轻轻咬唇，不敢抬头迎上他的目光，最终还是点点头。

奕樌眉心郁结，薄唇紧抿，却沉默着未说什么，旁侧侍奉的宫人早已是个个冷汗淋淋，惊惧得脸色发白。

我心知奕樌必然不快，唯恐他迁怒冰璃宫中其他人，让他们无辜受连累，于是抢在他前面，低低地求情道："是我私下把药倒了，他们并不知情……"

晦奴的神色当即霍然一变，一时顾不上尊卑，打断我的话，眼光迫切地问道："你这样有几日了？"

晦奴急得竟直接称我为"你"，此乃大不敬，奕樌的周遭心思此刻全在我身上，倒是未管她是否失了礼数，我却被她的架势一惊，慢慢地道："算上今日，也拢共不到三天。"我朝奕樌眨眼而笑，软软问道，"我觉得身上已经好了，何必还要日日服药？"

自我有印象来，奕樌对我总是千分疼爱，万分怜惜，连重话也不舍说半句，今日却是有几分认真动气的样子，颇有怒意地扬眉，斥道："简直胡闹！女医不是说过不得停药，你这样胡来，果然不出三天就发病了。"

我撇撇嘴，心里明白他这是爱之深责之切，但还是觉得委屈，自顾低着头却不肯说话。

奕樌面容清冷，俊眸扫视过周围一个个噤若寒蝉的侍女，"朕下令今后宸妃服药，你们都要一个个看着她喝下去，再不得马虎。"

他们皆是唯诺地应了，眼神中闪过一丝轻松之意。

"咦。"清悠的声音忽地响起，只见灵犀浅浅勾唇，含了笑意，道："方才可是听得宸妃姐姐忌苦？据臣妾所知，药方中黄芩、山栀等物味皆恶苦，易生肠气，难怪姐姐会觉得难以下喉。"她转向晦奴，接着道："若是煎药时加入附子、甘草各一钱，则可解苦。"

晦奴那双深凹在眼窝中的眸子动了动，面朝灵犀行了个礼，然眸色中带些不屑，回道："回这位娘娘的话，宸妃娘娘体质虚寒，而药材亦分温热凉寒，娘娘方才所言附子属寒，若是用恐怕不妥。"

灵犀淡唇微挑，不以为忤，依旧和颜道："女医大人怕附子加重体内寒气，其实倒也无妨，若是另取二钱干姜与之俱下，即可缓解其寒性。"

晦奴闻言付之淡笑道："娘娘，干姜与其中一味山栀相克，娘娘竟未看过药方，能将方子中君臣佐使猜得八九不离十，已是厉害。"

晦奴的语气淡淡的，就如她一贯的性格，但是任谁都听得出她话中的几分不屑之意，灵犀如是饶有兴趣，沉思着道："肺禀西方之金，行清肃之令，治节一身，若是医治最宜用清金肃化之品，佐以止血，和伤之剂。但医术中砭刺、针灸、按摩、汤液、热熨五类，若是逼出药材精髓浸渍砭石或热敷于病灶处，其效也未可知。"

晦奴道："娘娘可知疾在腠理，汤熨之所及，在肌肤针石之所及，在内腑火齐之所及，前二者皆可，但效用不及啊。"

灵犀恬然笑着，微扬下颌，仿佛是在思忖着什么。

晦奴方才应答自如，但看着面前这位容颜灵秀的女子，眼中由不得闪过一线讶然之色。

灵犀见到殿中诸人都在看她，忽地粲然一笑，道："女医大人莫见怪，不过是我的一孔之见罢了。"

只见她一双妙眸如流波潋滟，白玉似的脸衬得眼角那颗泪痣愈加黑如点漆，恍若是一只含着灵气的眸子，笑了几声后她侧过脸朝奕槿口齿清脆地道："女医大人是太医院荐上来的，医术好得自然是没的可挑剔，要不然怎能在姐姐的冰璃宫中供职多年，况且婉辞可不敢给姐姐的药方添减什么药，或是说什么治方，若是姐姐有些什么事，皇上还能轻饶了婉辞？"

灵犀轻俏可爱的一番话，将众人都逗得笑了，原本僵凝气氛霎时和缓许多。

有侍女为她奉上茶来，说了那么多未免口干。

此时，奕槿道："朕倒记得你于医术上颇有些造诣。"

灵犀妙眸一转，嗔怪道："皇上说什么造诣不造诣，倒是没来由地让人觉得臊，左不过以前跟从在师父身边，好些年耳濡目染，略略懂些皮毛罢了。"既然如此说，她口中的师父应是清虚子无疑了。

她性子灵动，又似与晦奴有些投缘，正留着她问些医术用药上的事宜。

我支着前额，神色乏倦，奕槿柔声问我是否不适，我恹恹地答上一句，正说话间，有个太监踱步进来，候在帘外说了声有事禀报，许是不便当着宫妃的面说，奕槿便走了出去。

灵犀与晦奴两人离得与我有些远，但看得出灵犀聊得比较专注，而晦奴的态度始终淡淡，她问时方才答一句。

奕楦走出后，我听见那边传来一声轻笑，好像是灵犀的声音，她说得极轻，且又是背对着我，听得不太真切，模模糊糊似有这么几句，"你的医术不错，若是本宫眼光不差，你先前并不为医，少从他学，医术乃是之后速成之功。但你慧性极佳，硬是将医书读透了，但医术亦是讲求功底经验，不是读透就够了……"

我抬起头，眼中正好撞上晦奴仓皇大变的面色，她的脸色竟是煞白了几分。

午后的困顿早就消磨过去，看着窗外未过半盏茶工夫，天空先前还是晴丝如缕，现在一小块沉沉暗红悄然抹在西角的天空，宛若一瓣剥落的红漆，又如一滴墨珠在水意漾漾的空中逐渐地化散开去。

应已是未时了，晦奴端来药给我，墨黑浓稠的药汁，盛在清珊瑚绿玉碗里，气味扑鼻难闻，我看一眼就觉得喝不下去，伺候在旁侧的一名小婢女，正从黑陶锡金双耳壶中剔出两勺雪花洋糖，仔细地搅动着化在水里，作为我解服药后口中苦涩之用。

晦奴此时却有些心有旁骛。唇角含着一缕似笑非笑，自言般说道："今日那位灵犀夫人似乎不简单。"

我苦皱着眉喝下一口，随意问道："何出此言？今日一见，我倒觉得她性灵至极，委实不辜负了灵犀二字。"

晦奴不着边际地哼了一声，却不再说话。

我抿唇浅笑，晦奴的性子一向冷僻怪诞，我已习惯，倒也不以为忤。

"皇上驾到。"这时有太监尖细的声音传来，竟是奕楦来了。晦奴屈膝行礼后，与一通侍婢侍从齐齐告退，奕楦仅是神色淡倦地挥手准了。

他的目光落在我身上，依然是温存而怜爱，蕴着悠然厚重的情意，我面前的药俨然只喝过一口，他的手搭上我瘦削的肩骨，叹道："竟是这样瘦了。"

他面朝我坐下，端起那满满一碗药，鼓起嘴小心地吹凉了才送了一勺到我唇边。

我神色郁郁地扭过头去，偏生不喝。

奕楦知道我在使性子，将碗放下，硬是将我的身子扳过来搂在怀中，"颜颜，又为着什么事不高兴？"他抚着我的侧脸，温言笑着道："什么事都不值得你拿自己的身体来置气，先将药喝了吧，放得冷了更苦。"

"你无须这般来哄我。"我冷淡道，说着抚掉他的手，还拼命挣脱了他的怀抱，一人峭然孤立地站在他面前，抬眸与他对视着。

我从未对奕楦这般，他为我突如其来的反常感到惊愕，问道："颜颜，到底怎么了？"

我看着他，白玉般的齿啮咬着下唇，心底溢出一股难言的涩意，绞着肺腑道："你说过是真心待我，一心只以我为妻，可是你早已有了诸多嫔妃，譬如慧妃、颖妃、灵犀，又何来对我一心？我对以前的事什么都不记得，什么都不知道，你大可以来骗我……"

奕槿听到此处，惊骇得苍白之色汹涌地漫上他英俊的面庞，竟是如罹雷殛般，他一把上前将我格外大力、带着些微粗蛮地抱入怀中，双臂霸道地压制住我的挣扎，他完全不是往日温润雍雅的样子，他的眼眸也失去了往日的澄澈，大惊失色道："颜颜，你是不是听闻了什么，还是谁跟你说了什么？"

我的话说到一半，骤然被掐断，瞪圆眼睛愣愣地看着有些陌生的他，一时语塞说不出话来。

殿中一片死寂，唯有紫铜龙头衔珠更漏滴滴答答发出响动。

我们两人就这般对视良久，最终还是我忍不住，两汪盈盈的泪水逼出眼眶，我低声道："我没有听闻什么，也没有人对我说过什么……只是你……"我抬起头，那双剔透的眸子经泪水冲刷愈加清亮迫人，"你……"

那刻，喉咙间多少话呼之欲出，我竟是说不下去，脑海中乱糟糟地一直回荡着那天玉笙说的一句话，"那个人曾对小姐很好……小姐也喜欢他……你们还结成夫妻……"还有，还有一句，她说出口时我正满怀欢欣地跑向奕槿，将它遗弃在身后，"他当你是此生唯一"，那句轻飘无力的话在我脑中如百斤重的石磨般碾来碾去，直让我头疼欲裂。

唯一。

我蓦然收住眼泪，什么是唯一？

他已有了无数妃嫔，我居于其中一位，是否还是唯一？

还是这个唯一，其实另有他人，这个猝然升起的念头让我想都不敢想，竟被自己吓了一大跳。

奕槿见我情绪平静些，温柔地拥紧我的身体，湿热的唇贴着我光洁的前额，喃喃道："颜颜，我不曾骗你，你的确是我最爱的女人，我亦是一心只以你为妻。但是作为帝王毕竟有太多的不得已……"说到不得已三字，他像是忆起什么痛苦的往事般，目光如同被大风猛地扑到的烛火，剧烈地摇晃一下，"这些事我会以后慢慢说给你听，好吗？"

说到最后一句时，他的语调已是在恳求，字字真挚得要呕出心血来。

我鼻尖渐渐蔓延开酸热之意，眼眶一个劲地酸痛，泪水却是流不下来，想到先时他如此厉声地对我讲话，我道："你刚刚可是在气我吗？"

奕槿坚定地摇头，"我从不会气你。"眼神间沉淀着的墨色浓浓愈加温柔，"要气也是气你质疑我对你的感情。"

我们之间气氛缓和些，奕槿忽然笑了，屈起手指用力刮一下我的鼻梁，道："颜颜还是像以前一样爱吃醋，不过兴许年纪长了，这坛子里醋的酸味也越重了。以前还晓得点到为止，现在学会了哭闹，这小性子也使得越发厉害了。"

鼻梁被刮得微有些痛，我恨恨地横了他一眼，心头泛起些懵懵懂懂的欢愉，却是展颜而笑，瓮声道："我哪里使小性子了？"

奕槿朝我一如往昔地笑着，全然无事一般，双臂有力地揽住我的纤纤腰身，将我毫无保留地贴近他，他低头要吻上我娇嫩柔软的樱唇，男子温热阳刚的气息一近，我心里还在计较前事，伸手用尖尖的指甲去戳他的胸口，他意乱情迷吻我的时候，反应倒是未比平时迟钝，一下抓住我的手腕。

他修长的手指缠绕上皓腕的那刻，刹那间，他霍然抬头。

我正惊愕，他将我的手拉至眼前，原先佩戴左腕上的凤来仪金镯，千足纯金和稀世祖母绿宝石的凤来仪，赫然不见了。

　

当年奕槿在上阳行宫赠予我的凤来仪不见了。我回想着应是遗落在上林苑中，大概就是在韵淑郡主撞我的那下时，凤来仪冷不防从手腕上滑了出去。

当时，奕槿问我时，我只说了是在上林苑，未将韵淑郡主的事说出来，亦是为了避免此事牵连到她。

奕槿的意思是无论如何都要找回来，他下了命令，要仔仔细细地将整个上林苑翻上一遍，还有妃嫔、太监、宫女等人但凡拾到凤来仪而交还者，或有线索者，皆赐予厚赏，若是胆敢私藏者严惩不贷。

然而，我对此却是颇有几分无所谓的意味，看着奕槿那般郑重严肃的样子，我忍不住揶揄他道，你总说我消瘦，这话倒也真不错，我的腕子过于细瘦，连镯子都戴不住，想来是我福薄。这镯子若能找得回来，皇上还是将它赐给别人吧，别人福泽深厚，倒是能戴得住。

奕槿面色微沉，随即骂我是促狭的鬼灵精，弄丢了这么重要的东西，半分着急也没有，只顾着自己说些不上台面的风凉话。他厮磨在我耳畔轻轻温绵道，今后可不许再说这般任性的话，凤来仪找回来后，朕还是送与你，你是朕心中唯一配拥有它的人。

他的话令我耳后一热，心中生出些惘然，他说的是唯一。

上官婉辞自从阴差阳错地来过一次冰璃宫后，倒是愿意闲时常来小坐，她居住的宫室旧址原是甘露台，甘露台是前朝丰熙帝所建，乃是用来祈福之处，后渐渐荒芜冷落，灵犀自幼拜清虚子道长为师，精通道义经法，皇上将那里赐予她，倒也是不辜负了甘露台这风水灵秀之地，她的甘露宫与冰璃宫相去不远。而且她能踏足冰璃宫，似乎是得到了奕樟的默许。

女医晦奴因着上回的事对她耿耿于怀，若是她来了，总是尽量避着不见。有次，晦奴为我诊脉的时候，我想起前事，随口问她："晦奴，你似乎不喜灵犀夫人。"

晦奴佝偻着背，原本就消瘦的身体更加显得矮小下去，深陷的眼窝周围漫出一圈黧黑之色，衬得她眸中掠过的一线精光越发雪亮。

她说道："此女似乎不是善与之辈，初见时觉得灵性逼人，貌似无其他过人之处。但其秉性变幻不定，时而如闺中女儿娇憨，时而聪慧狡黠，时而话语尖刻如刀字字见血，时而又一派天真纯然，令人看不透本心本质，所以绝不简单。"

"还有。"晦奴的声音顿了顿，用手一指自己的眼角，"她眼角有颗堕泪痣，此痣主不祥，且我看此女眼角之堕泪痣圆润饱满，墨如点漆，深入肌理，通达血髓，恐怕是祸乱之兆。"

我闲来听晦奴说说话，倒未认真将这话放在心上。

但不知是哪个好事的人将这话传到了灵犀耳中，灵犀听闻后仅仅付之一笑，说，我住的宫室原是甘露台，曾为先帝祈福之用，这般正气隆重的地方，我若是祸害，哪里还能安安生生地活到现在，一句自嘲的玩笑话将在场的人都逗乐了。

一阵玩笑之后，似乎有人压低声音，窃窃地说起了丰熙年间，在甘露台惊现狐妖的旧事，众人交头接耳，一个个人的神色既惊讶又惊恐。

对此，我一概是无心理会。

日子转眼到了四月中旬，太后寿宴将至，宫中贺寿事宜已安排妥当，温宪太后一生儿女双全，韶王殿下、九公主端雯皆是太后亲生，当今皇帝虽为其姐温懿太后所出，毕竟太后对他有过养育之恩，对太后颇是敬重。更有好几个皇孙皇女承欢膝下，享足了为人祖母的乐趣，人逢喜事精神爽，温宪太后整个人看去都神采奕奕，面容也丰腴红润许多，一扫之前的怏怏病态。

奕樟登基执政已十一年有余，宫中皇嗣不广亦是尽人皆知，大殿下高舒雒乃是良妃所出，据说江氏在奕樟尚居东宫时，就以妾媵之身侍奉，其出身薄宦之家，但念及诞育长子而赐予妃位，皇长子如今一十三岁，慧妃所出三殿下高舒皓，如今六岁，及毓妃所出四殿下高舒皦，最年幼，唯有三岁。在公主中，除却颐清公主幼年早夭，还有敏妃所出颐玉公主，及熙贵嫔所出颐蔚公主，冯昭仪所出颐柔公主。

太后自然乐得含饴弄孙，安享天伦。四名皇孙中，太后最喜爱三殿下，高舒皓自幼聪慧，相貌极佳。眼下孙女中多了韵淑郡主，韵淑郡主性格开朗，伶俐可爱，甚得太后欢心，三殿下六岁，而韵淑郡主五岁，两人年纪相仿，同承欢于皇祖母膝下，两人皆是活泼好动的性子，自然是合得来，日日相见，自然熟稔亲厚起来，虽然时有吵闹，但两小无猜，亦是相处得略无参商。

等我到达天颐宫时，听伺候的嬷嬷说太后正在明心殿里坐着，明心殿整体规格建制得小巧，坐落于天颐宫西南偏角，四周绿意葱茏，景致幽深，从殿门处延伸出一道羊石子墁的白色小径。我扶着侍女的手走近时，忽然听见一阵甜脆的笑语声。

我听着，似乎是韵淑郡主的声音。里面人声鼎沸，倒是难得能这般热闹，我并未立即进去，行至门前我犹豫起来，静静地驻足在一处垂拱树荫下。

太后和蔼笑着："看樱若这淘气爱玩的劲儿，长这般大了，性子也不见收敛些，哪有半分女孩子的样子。"

"云姨，你看皇祖母怎的这样说樱若，樱若哪里没女孩子的样了，云姨……"樱若乖巧温顺地伏在太后膝上，乌溜溜的大眼睛眨巴眨巴，那般可怜可爱的模样令人忍俊不禁。

庞微云落落大方地立在太后身边，脸上容光益发端庄娴雅，看着稚子嬉戏，只是抿唇浅笑。

太后抚弄着樱若的头发，眼中满满都是祖母疼惜孙女的慈祥爱怜，看着眼前这乖孙娇媳，好好地享着这温馨融融的天伦之乐，忽然问道："七王哪去了，今儿怎不来？"

微云笑容合宜，道："回太后，王爷昨日遇上家兄庞雍，故友难得相聚自然要叙旧一番，今日正好出去了。"

太后略微沉吟，道："你家兄的事，哀家也有耳闻。虽说人生在世，活得自在是顶要紧的，但是你那兄弟素来有才名，就真的不愿在朝中供职？"

庞微云脸上的笑意顿了下，即刻如常，道："家兄的性子受不得拘束，闲云野鹤惯了……"

庞微云的话未说完，被旁侧一个娇俏软糯的声音忽地打断，她音调软软的却含着刺儿，"表哥是遇上故友把酒言欢去了，真真可惜我没一星半个好兄弟，否则也好拿出来说说。"

她坐在太后的左下首的位置上，正好背朝着我，花架子上瓷金泥盆中一株绿叶葱茏的垂枝兰将她的身影遮掩去大半，唯露出的半弧细腻洁白、圆润如满月的下颌，看她年纪轻轻，应是名容貌纤丽的女子。

听得如此露骨的话，庞微云面上掠过一丝异样之色，却是适时地忍住了。太后沉着脸，其中的薄责之意不言而喻，“殊儿，说话越来越没分寸了。”

“姨母，你倒是偏着她。”被唤作殊儿的女子轻盈起身时，郁金香色旋裙散开如云，在太后跟前俯下身，此时她的整张面容才落入我眼中，容颜生得娇媚纤秾，倒是要比庞徵云胜出三分，眼中饱含着两汪委屈。

既然她唤太后姨母，她必定是玉阴侯府的贺丽殊无疑了。

太后按着太阳穴摇头，到底是亲外甥女，叹道：“你这张嘴处处爱刻薄人，姨母未曾偏着徵云，也未曾偏着你那表妹婉辞，倒是你那骄蛮的性子到底得改一改。”

“太后，前些日子，端雩公主让老奴做一幅貂蝉拜月的活计，眼下好了正要送过去，到公主那里走一趟。”高嬷嬷见状，笑着插进来一句，“殊儿小姐，端雩公主也在宫中，不如随着老奴到那里坐，老奴听说公主那里有不少新奇好看的东西呢。”

高嬷嬷如此一说正合太后的心意，于是朝殊儿道：“就去你表姐那里玩玩吧，姐妹两人也好无拘说说话，一并带上樱若，她可是最爱热闹的性子。”

贺丽殊似乎并不喜欢樱若，见太后这般开口了，就算有些不情愿，少不得应承了。樱若听见九公主那里有好玩的东西，哪里还耐得住，欢呼雀跃地从太后怀中挣出来，直嚷着要去。

贺丽殊眼睛瞥过那个红色的小小人影，不察觉间，微微蹙着眉。樱若对她也不亲近，我看见她出门时佯作在门槛上绊了一跤，痛得爬不起来，那双水灵灵的大眼睛，可怜巴巴地看着贺丽殊，她看樱若的眼光中带着几分掩饰不住的嫌恶，最终还是勉强地伸手去扶她一把，樱若忽然狡黠一笑，猛地将她推开后，却顾自跑了，贺丽殊幸好让人扶住了，但一张俏脸气得一阵红白不定。

我站在树荫下，看得清清楚楚是樱若有意使坏，樱若那时也看见了我，淘气地噘嘴，甜甜地冲我咯咯一笑。

我看着樱若蹦跳着跑去，点在圆圆鬏上两颗明珠，随着她的动作轻快晃动。不由心神一错，仿佛那乌亮的眼睛，挺翘的鼻尖，一身明艳的红绫子薄衫，都映着无数跳跃的浅金光芒。

我愣愣地看着那团娇小的红影，身体有些发虚，我用手扶住那根遒劲粗糙的花枝，不觉间指甲在深褐表皮上抠出五个白色的印子。我自己也觉得莫名其妙，为什么每次见到这个小女孩，满心竟是一种说不出的感觉。

太后与庞徵云在明心殿中看着樱若走得远了，太后慢悠悠地道：“哀家方才听樱若那孩子，可是叫你‘云姨’？”

庞徵云脸一红，垂下头细声道：“嫔妾担不起郡主喊声‘母妃’。”

“怎就担不起。”太后道，“你好歹是王府正妃，而樱若作为郡主，理应喊你一声'母妃'，怎能这般没规没矩，何况姨等字眼是用作称呼妾室，若让他人听见了，显得樱若不尊重你，也失了你的身份。"

听得太后这样说，她安然得体的笑容间，含着一丝涩意，"回太后，这孩子一向聪明，心里明白嫔妾不是她的亲娘，所以不肯喊'母妃'，郡主自幼这样叫习惯了。可怜她年幼失母，嫔妾也不忍心因这种事再与她计较。"

太后眼角细纹如湖水泛起褶皱，神情越发慈爱起来，看着面前这位娴静如许的女子，可见其心性温厚方才能说出这样的话来，太后道："哀家这辈子最放心不下的就是韶王，自小到大就不曾让哀家省心，你凡事心细，性情也温和，在他身边要帮衬着照顾着。还有殊儿，她是玉阴侯的独生女儿，让哀家那三妹自幼惯坏了，她平日里爱逗口舌之快但心思浅，若是有口角或是冲撞了，你尽量耐着性子让她些。"

庞徽云一一点头答应了，如此推心置腹一番话下来，两人也亲近许多。太后携着她的手坐下，如是触动心肠般，"樱若这孩子太机灵，脾气任性刁钻，恐怕今后是个不服管教的主儿。哀家也能体谅你的难处，毕竟不是生母，但女孩子到底不能宠得太过了，于她们日后的前途也不好，哪怕你是公主、郡主，不论在娘家时如何的骄纵蛮横，好像天下万事皆可任其心意，终归是要到夫家去的。"

太后握住她的手，太后的手皮肤松弛，光泽黯淡，可她的手白皙莹润，指如排玉，拳拳地道："年幼就失了生母的孩子，总比别人来得可怜些。但徽云你记着，若是真心诚意地待她，孩子是最性灵不过的，也会将你当成生母尊重。"说罢，绵长地叹出一声，"毕竟后娘难做啊……"

里面的声音幽眇模糊，我神思略有些恍惚，猛地听见有人轻呼了声宸妃娘娘，随即殷切地上前扶我，"何时到的？怎么在树荫下站着？也不唤人通报，这里湿寒之气重，娘娘大病初愈，何苦这时候作践自己的身体。"

我进去明心殿时，庞徽云正好与我擦肩而过，她微笑着朝我颔首，算是见过礼了，步履施施然地走了出去。

太后身着家常色衣衫，俨然一位温厚平和的长辈，而不是胤朝最尊贵威严的太后，她的容貌比上次相见时愈加苍老，原是略染霜华的鬓角，现在已是密密的白发如银，碎发一并用刨花水抿得紧紧，高髻绾得一丝不乱，神情气度间依然端庄雍容。

她瞧见我来，知我身体羸弱就免了礼数，让我坐下，一如往昔和睦地笑道："倒是瘦了很多，近来身体可好些？"

我恭敬地答了，低下头。

太后凝视片刻，轻轻拍着我的手，那深蓝色纹绣团蝠的衣袖覆上手背，料子细腻柔软，她悠悠叹道："过去的事当真一点都记不得了？"

我想不到她会这样问，愣了一下，讷讷道："回太后，记不得了。"

太后笑着，眼角四散的纹路犹如一朵盛开在晚秋的重瓣菊，眸中的光泽黯淡不少，"记不得也好，有些事记不得也好。每个人都有每个人的命，命中注定的事情是逃脱不得的，统共活着算来，还不如糊涂些。"

我脸上浮现讶然之色，太后的目光徐徐地落在我的左腕上，原先佩戴的凤来仪已经遗失，可是我手腕内侧有道深褐色、模样狰狞的疤痕，若是被人瞧见，徒生许多口舌，现在腕上戴着一只扁玉镯，样式如凤来仪，周身略阔，可遮住那道疤，玉镯通体洁白，其中散落着点点殷红如血的小圆点，其状若相思子，嫣然饱满，颗颗圆润可爱，清雅别致中带着一分妩媚，玉质原本以色泽愈纯净者愈好，斑驳者为下，可此玉因遍披赤色斑点而特殊，时人谓之红豆玉。

太后道："宸妃，哀家问你，那凤来仪当真是丢失了？"

我听太后提起凤来仪，勉强道："回太后，的确如此，是臣妾大意，未妥善保管好此物，不过皇上已命人去找，期许能寻得回来。"我口中虽如此说，心里却是一丝底气也无。以前听奕橞说过，凤来仪是太后还是皇后的时候，亲自从腕间褪下赐予了我，眼前这位可是凤来仪的旧主。

"哀家不过随口问一句。凤来仪找得回来最好，若真的找不回来也就罢了。"太后仿佛有些累了，合眸笑道："凤来仪再珍贵，横竖不过一件死物罢了。"

心伤愁痕剪不断

　　我在冰璃宫中静静调养，这段日子派去的太监将上林苑和四周十余丈内的地方近乎翻了个遍，里里外外地仔细搜索，还是未找到半点凤来仪的影子，自是焦急如焚。凤来仪毕竟是镯子，在深宫内院中总不会自己生脚跑了，搜寻那么久还是未有线索，最可能是被什么人拾了去私藏起来。

　　那时有个御前的太监，小心翼翼地向奕樘进言，试探着问是否要到邻近的宫室搜寻，或者再暗中查查那几日到过上林苑的人，说不定会有线索。

　　当时灵犀恰好也在，她灵眸流转，眼角那颗漆点般的黑痣朝上轻挑，说这主意好，不过那日她碰巧跟我遇见，嫌疑也应最大，若要搜查她愿意最先奉上甘露宫，也好在宫中起个表率，她还直夸奖那人聪明，今后太极宫中掌事太监的职位非他莫属，先要道声恭喜。

　　一句话将那名小太监说得面红耳赤，吓得扑通一声跪在地上，连声辩解着绝不是有意要冒犯夫人，还望夫人恕罪。

　　我也曾婉言劝过奕樘，原本就不是能张扬的事，现在人尽皆知已是不妥，何况眼下临近太后的千秋节，为这等微末之事实在不宜兴师动众。

　　奕樘听了我的劝说后，近来面色有些沉，他嘴上未明言，我心中亦有几分清楚，他是恼我遗失了凤来仪，且不说凤来仪本身就是世间无价的珍宝，在奕樘眼中，它更是见证了我们十数年间一段起起落落、峰回路转的情缘，它不仅仅是一枚千足纯金镶稀世祖母绿的镯子，而是一件有经历岁月沉淀、承载着特殊意义的信物。

　　凤来仪，就这般莫名其妙地遗失了。更怪异的是，在遗失之后它就如同在人间蒸发般再也没有找回来。他对此极为震惊，在震惊之后仿佛还藏着一丝莫名的恐慌，藏得很深，让我几乎疑心那仅是错觉。

　　那天，已是华灯初上的辰光，入夜后满庭花影浮动，寒意渐重，我老觉得喉咙发痒发涩，总是要咳上几声才完。我身着质地轻绵的月旋纹寝衣，手指缩成拳牢牢抵住胸口，猛烈干咳了一阵后，稍稍缓过气来，我的手触到寝衣下越发凸起孤峭的锁骨，高高地顶起那层单薄苍白的肌肤，硌得手有些微痛，细心调养那么久，我的模样依然还是清瘦如昔，忽听见外边内监尖声传报，皇上驾到。

奕槿负手进来，俊朗的面容染着一层薄薄的倦怠之色。这也难怪，一日间先是五更天的早朝，散朝后又与几位朝中重臣在御书房商议事宜，连午膳亦让内监小全子摆到在御书房侧首的一间偏殿中，匆匆用了一些就罢。

他未说一句话，只是默默地走过来将我一把拥入怀中，温润的鼻息正抵住我柔软细嫩的后颈。

周遭伺候的官人皆是识趣地无声退下，我安静地伏在他的胸膛上，细语道："你是不是还在恼我弄丢了凤来仪？"

夜间庭院，蒸腾而起的水汽迷蒙萦纡在枝梢叶尖，流连得久了就颤颤地抖落，斑驳地盛满清冷无尘的月色，宛如一星半点潮润的泪珠。

晕黄如醉的烛光映着他面部柔和的轮廓，呢喃细语，仿佛是不想惊碎这如平湖般的宁静。

奕槿箍在我身上的双臂收得很紧，我感觉气息一闷，全身骨骼都要齐齐地向胸腔的空隙压迫而去。

"没有什么东西会来得比你更重要。"此时，他的眉心漾开褶皱，"只是这些年凤来仪一直都在身边，一时无端找不回来了，颜颜，我是害怕……害怕，这会是一个不祥的兆头。"

奕槿澄澈如玉的双眸中闪过一丝恍惚之色，他一直都是雍雅淡远，他这样失态我从未见过，他湿热的唇埋在我的如云发丝间搜寻柔软如珠的耳朵，舌齿蜿蜒轻绵地勾勒出耳垂的弧度，"此刻不见的是凤来仪，我是害怕，下一刻不见的会是你……"

他亲吻的气息愈来愈深，愈来愈密，"颜颜，你会离开我吗？"

"我……"我一时愣住，手脚霎时都僵硬起来，不知应如何回答。不知不觉中他已将我抱起，顺势压倒在莲青滑丝锦被，锦面银丝织就千回百转的如意团纹，针脚细密，裸露的手臂挨上后有些轻微的刺麻，他眼神朦胧，缠绵地吻着我白腻的侧脸和脖颈，修长而清凉的指尖触及我的纤纤锁骨，要将宽松的寝衣朝一侧挑开。

我的耳后如火烧般烫灼，胸腔中一颗心怦怦地惊跳，我下意识地尖叫一声，猛地推开他。奕槿被我突如其来的举动一惊，前一刻的我还是温顺柔弱地倚在他怀中，见他放手后，我倏地从锦被上坐起，脸色微红地垂着头，下巴低低地直要碰到微敞的衣领，细如蚊呐地说道："太医说过不能……"话刚到一半，我脸色酡红之色一层层漫上如晕如醉，羞怯地咬着牙却再也说不下去。

太医曾委婉暗示过，以我身体的状况，若是侍寝只会加重病势。

殿外传来一阵阵囊囊凌乱的鞋声，想必是守候在外面的宫人们听见我的尖叫声，以为又是旧症复发，此刻正心惊胆战地立满了门口，严阵以待，只等里面的吩咐。

窗外斜斜地照进一片月光，投射在墙上恍如一壁清凌凌的流水，夜风拂动着微光，映得人心里亦是一道透彻的明晰，一道恍然的暗昧。

我不敢抬头看他，奕横却是仰首大笑，手掌覆上我的肩膀，神色自若道："今晚是朕莽撞了，夜已深，颜颜还是歇下吧。"他说完就大步朝殿外走去，我坐在床上，手指绞着锦衾触感柔滑的一角，竟是抑制不住地一阵心烦意乱。听见外面接连着传来簌簌跪送行礼的响动，间或着肩舆抬起的声音，想必奕横已经走远了。

连着好些日子阳光明媚，日晒充足，四月中旬的天气，渐渐有热起来的势头。我在侍女的陪同下，时常来太液池畔走动。一顷碧波，深澈幽邃，那湖水纯粹得如色泽沉沉的一汪玉璧，万千弯如黛眉的柳枝垂下柔曼丝缕，冒出的无数细长的叶子长得已是郁郁葱葱，芊芊柳色间，偶尔空灵地传来清脆的鸟鸣，抬头看见一道娇黄或黑色影子，翅膀扑棱棱地飞窜过去，不由得想起前人的一句词：翠叶藏莺，朱帘隔燕，炉香静逐游丝转。

我摈弃喧杂众人，身后唯让玉笙一人跟着。在日头下走了一会儿，紧贴背脊的衣衫蒙了薄薄汗意，玉笙手中拿着一柄白玉骨滚绸素纱扇，将手臂举得高高，为我遮去些日光。

玉笙柔声劝我回去，说这太阳猛，虽是四月间，但我的身体是万分马虎不得，若中了暑气又添一层病。我执意不肯，说是近来烦闷想要散散心，玉笙深知劝不过，就扶我先到阴凉处坐坐，让我待她去取把伞来，叮嘱我千万别自行走开。

我点头应下，轻摇着扇子，顾自看着远处碧湖上圈圈散开的涟漪，缓缓拥着初生莲叶，一片片圆圆的小如青钱，水润清透之意扑面而来。

此时刚过正午，各宫里的人大概都午歇去了，太液池旁人烟稀少，寂静无聊。看着满目欣欣向荣的景色，我只觉得心中空落落，我的脑海中唯有这两年半来在冰璃宫养病的记忆，我心知这不是我人生的全部，却除此之外什么都想不起来。

"三十七，三十八……"忽然间，我听见细脆的声音穿过重重林荫传来，隔得有些远，恍然有些不清晰，"四十一，四十二……"

我静静凝神听着，那声音轻微若断，却连绵不绝。我直起身，带着三分好奇，循着那声音而去，芊绵的细草上飘落着无数芬芳的花瓣，踩上后簌簌有声。

一路拂花穿叶，我循着声音渐渐走近，看到树下系着秋千，上面晃悠悠地坐着一名小女孩，俏丽伶俐的眉眼，细白甜美的瓜子脸，小得不盈一握，那不是樱若是谁。她的全部头发拢向顶心，梳成乌亮的小髻，其上点缀两枚碧玉环，玲珑剔透，衬得她愈加俏皮可爱。她今日穿着一件浅杏子红单绡，轻薄柔软的质地，在秋千架上被风吹得悠悠拂动，露出纤巧精致的软缎绣花鞋，鞋尖上绣着一双展翅的蝴蝶，那翅脉上坠着细亮的银珠，随着她的动作微微地颤动。她若有所思地数着数，轻轻地荡动秋千，恍若也是一只灵动翩跹的小红蝶，在风中盈盈欲飞了。

"六十三，六十四……"她白皙的小手握着秋千的绳索，聚精会神地数着，猛然抬头看见我走近，满脸惊讶地低呼出一声，"宸妃娘娘！"

我环顾四周，看到只有她一人，不由奇怪道："郡主怎么是一个人？乳母们哪去了？"

樱若鼓着小腮帮子，在秋千上垂下两腿，来回踢荡着，她朝我甜甜一笑，表情中带些神秘地说道："樱若原本是在九姑姑那里的，九姑姑赐了乳母很多酒菜，她们现在正吃喝着，还以为我们午睡了，我和三哥哥趁她们不注意悄悄溜了出来。"

我听闻浅笑，樱若看着我，眼睛弯成两道纤细的月牙儿，嗓音清脆中带着稚气，说道："我告诉你，你可不要告诉别人。"

赤子心肠，才能如此无忧无虑，我忍不住笑出声，俯下身柔声问道："那么只有郡主在荡秋千，三殿下人呢？"

樱若微微仰起小巧的下颌，头顶的发髻正中嵌着的那双碧玉环，宛转地折射着温煦明亮的阳光，也映着她一脸天真烂漫的神情，笑着："我们正在玩捉迷藏呢，三哥哥先藏起来，等樱若数到一百再去找他。"

我点头，看到这个秋千极高，以樱若娇小的身量，要是站在地上，也只能用手碰到秋千架，不由疑惑她是怎么上去，问道："秋千这么高，郡主是如何上去的？"

樱若双手抓紧秋千的绳索，发出一阵如玉佩环鸣的笑声，神色陶陶然道："那是三哥哥驮着我上去的。"说话间有嫣然的花瓣旋舞着飘落，恰巧落在她鞋尖翘起的蝴蝶上，恋恋不去，此景可爱，先人都说蝶恋花，倒是花亦恋蝶。

"哎哟！"樱若像是想起些什么，骤然惊叫出声道："不好了，我忘记刚才数到哪里了！"她看着脚下的地面，尝试着想下来，但见到如此的高，却有些胆怯。

"这么高，樱若下不来了。"樱若苦着一张粉润柔嫩的小脸，自言自语着，一双水灵灵的大眼睛溜溜地在我身上打转，她嗫着嘴，眼底汪着些水样的晶莹，如此楚楚可怜的模样，令人都硬不下心拒绝。

"宸妃娘娘……"她看着我，那童音脆生生地喊道。

我明白樱若是想让我抱她下秋千架，虽与她只见过寥寥几面，我心底却对这个俏丽调皮的小女孩有些莫名的喜欢。我向她走近些，屏住口气，伸开手臂抱住她绵软娇小的身体，樱若年仅五岁，分量不重，可是我未想到我身体虚弱到这种程度，连个小女孩的重量都支撑不住，胳膊只一使劲就不住的打颤，手臂脱力般地一松，竟是再也抱不住樱若。

"啊！"樱若捂住眼睛，尖声叫着。

正在这时，我忽然感到身后有个温若春风的力道将我扶住，樱若安然无恙地落在地上，我的后背猝不及防地撞到那人的胸膛，仲春时节衣裳单薄，隔着罗衫能感觉到彼此的体温，他身上如同从骨子里透出的清宁淡远的气息，隐约浮动着，在那瞬间兜头兜脑将我笼罩住。

"你没事吧。"清远融融的声音传来。

"我……"我一时面色微赧，回首刹那，双眸中撞入一张陌生男子的面庞，俊美无俦，湛然若神，眉宇间衔着一抹清傲疏狂，周身气质纯粹得宛若玉树琼苞。

那瞬间，天地静止。

那瞬间，万籁无声。

那瞬间，我惊得瞪大眼睛，透过他黑澈的瞳仁，只看见里面映出我愣愣失神的一双淡薄剪影。

那瞬间，他亦是在看我，仿佛所有的情绪都在黑色幽深的眼眸中静静地沉淀下去，唯在唇际若有若无地含着一抹稀薄的笑意。

"父王！"樱若转着一双灵动的眼珠，看着我们，清脆地高喊一声。

我们像是被遽然惊醒，我挣开他踉跄地退出几步远，他亦是放开了握住我手腕的手。

樱若欣喜地张开双臂朝他跑去，身上轻盈杏子红薄衫翩然若蝶，她的两条小胳膊亲昵拥住他的脖颈喊道："父王，你来了。"

他单膝跪在地上抱起樱若，昂藏低首时，仿佛漫天璀璨的阳光都化作流金从他峻拔的眉峰缕缕抖落，眸心折射出湛湛的金色，看不清其中蕴含的神情。

我如是一名旁观者，一名手足无措的旁观者般怔怔地站着，一时心中轰隆隆地回响樱若喊他的那声父王，既然樱若喊他父王，他，岂不是韶王！

他正轻轻抚摸樱若的额发，笑道："是不是又甩开乳母，独自跑了出来？"

"父王一定不会责怪樱若的，是不是？"樱若调皮地吐舌头，腻在他怀中撒娇。

这时，她抬起一只手臂指着我，面朝着我笑，一脸稚气地说道："父王，你不认识她吧，她是皇伯的宸妃娘娘。"

听得这话，我莫名感到一瞬锥心般的刺痛。

"宸妃娘娘安好……"他朝我道了安，声音略略低哑，安澜无波。

他转首看我时，那双瞳仁中满满地盛着跃动明亮的金色光芒中，偶尔透出斑斑驳驳的底色，亦是看不清晰。在那对视的须臾，我感觉心口无端端地溢满窒息的痛楚，让我竟说不出一句话来。

"韶王殿下安好……"我回礼道，咽喉却像是被掐住般，艰涩地发不出声音。眼中唯看见樱若神态娇憨地腻在他身边，一脸稚气地说着，父王，你不认识她吧，她是皇伯的宸妃娘娘。

神思恍惚间，好像来了个侍从模样的人，低声说着什么请他过去。当我缓过神来的时候，他离我已半丈的距离，萧索孤清的背影渐行渐远，我看见樱若正乖巧地趴在他的肩上，转过头冲我甜甜一笑。

上林苑，春深似海，满目的杏花灿若云锦，梨花薄若冰绡，风吹过，浅白绯红飘然若雪，卷着芳馨润泽的香气直扑人面。我伶俜地站在原地，发间钗环细微地碰撞，一袭宽松的镂空纯白轻丝玲珑罗裙，在风中空空落落地扬起，柔曼的衣料轻绵无力地紧贴着身体，将原本清瘦的身形勾勒得愈加单薄纤弱。

芊绵柳色中，清光粼粼的千鲤池畔，身着娇艳红色衣裙的及笄少女，俊秀飘逸的少年，小小的锦鲤在掌心跳动，亦是在回首的刹那，少女的秋水明眸，正好对上了少年的纯澈星眸。

我脑海中不时地交叠出现幻象，无数重复的画面一掠而过，在将要看清晰的那一刻，霍然如水迹漫渎，模糊地消散开去。

"小姐。"目光昏冥的眼中看到玉笙拿着伞跑来，她看到我这副魂不守舍的样子，着实吓了大跳，她急得拼命大声喊我，我却依然是眼神直直地盯住一个方向，那里只余重重叠叠的碧涛绿浪万千，哪还有什么人影。

我感觉身上像是生病般通心彻骨的一阵冷，又是一阵通心彻骨的热，近乎无意识地撑开那把乌木柄的伞，手中的力气如同抽丝般一寸寸被剥离，忽然一阵猛风，那柄缠枝合欢白绸面伞从我手心嗖的一声飞出，如同纸鸢般摇摇晃晃地飘了出去。

庭落中苍翠郁郁的蕉叶舒展，迷蒙绿雾间氤氲着风露清气，在檐角摆开一排长势正盛的文竹，叶子层层展开若青青羽翼，纤秀挺拔的姿态，映着窗上水意漾漾的江南烟雨纱。天颐宫僻静幽深，并无太多桃红杏黄的明丽旖旎景象。

太后神色安闲地歪在海棠式贵妃榻上，高嬷嬷坐在张小杌子，手中拿着美人槌为她捶腿，小心地把持着力道，不轻不重。

奕析走进去时，瞧见一名女子纤细的背影，她向太后落落一福告退而去。两人在锦幔珠帘下恰好擦肩而过的那刻，她朝奕析侧过脸，惊鸿一瞥，钟灵毓秀的面容，眸色盈盈，右眼角外侧一颗漆点般的黑痣，亦是恍若眼珠般盈盈。

"七表哥。"她浅笑着，声音轻灵地唤道。

奕析墨色沉沉的眼底掠过一丝惊愕之色，随即已是神色如常，悠然道："向灵犀夫人请安。"

上官婉辞细眉淡蹙，轻啐了他一口，"平白地让人恼你，当着姨母的面怎么还如此见外？"

话落婉辞已走了，太后略略起身，神情亲切地招奕析来她身侧坐下，眼底满满地漾起温暖如春之色，拉家常般问道："方才是怎么了？"

脑海中莫名跳闪出她眼角的那颗盈盈若眼珠的堕泪痣，恍如女子上妆时刻意描长的眼线，将整个眼角拖得微微朝上飞翘，清丽的面容衔着一抹若隐若现的妩媚。

痣生眼角，不祥之兆。奕析些许犹豫，随意道："看着她有些眼熟。"

太后闻言笑出声，松垮垮地堆叠唇角的褶皱舒散开，笑道："胡说，你哪里可能见过她。说起来你那婉辞表妹也可怜，据相师说她出生的时辰不好，乃是克父伤母的命格，自落地起就为她生父不喜，尚在襁褓中就被送到道观中寄养，一直在那里长到十多岁，她父亲还是不肯将她接回上官府。六年前你小姨过世，她这辈子就这么一个女儿，终归放心不下，临终将婉辞托于母后照拂，婉辞自十三岁时到母后身边，从未离开帝都。而那时你早已不在皇宫，哪里能见过她。"

奕析若有所思地点头。

太后轻叹道："婉辞自幼为父母所弃，孤苦伶仃地在道观中长大，但也算她命中有造化，能拜在谪仙人清虚子的门下。"

"婉辞是清虚子的女弟子？"奕析眉峰忽地挑动，竟不由得脱口问出，自言般喃喃低语："这未免也太巧吧。"

他面朝太后，神色中颇有三分郑重地问道："母后是否笃定她十三岁进宫后，就未离开帝都一步？"

太后觉得些许疑惑，点点头，道："为什么会忽然这样问？"

奕析眉目间笑意若流云轻浅，道："随口问问罢了。小姨自出嫁后，就与外祖家断绝来往，婉辞表妹更是自幼寄养在道观，怎么可能见过。若说眼熟，或许是几年前母后旧病发作，儿臣回帝都侍疾时见过也未可知。"

此时，高嬷嬷撤下美人槌，亲自端茶来。太后的眼神徐徐地拂过这一盏白气蒸腾的茶汤，若是想起些事情似的，闲闲问道："好些日子未见到樱若了，刚来时老爱腻在哀家这儿，现在倒不肯过来了。"

奕析答道："儿臣过来时正好遇见樱若，本打算带她一道过来，谁想她竟说出这么一番话来，她说一直扰得祖母不清静，想到祖母身体不好，她心里也过意不去，等过两天再来，那时大概正往九妹那里去了。"

"这个小丫头！"太后低声啐道，脸上却是爱恨不得的神色，连连摇头道："你莫听她说得那么体面，什么怕扰得哀家不清静，还有什么过意不去，她鬼精灵得很，知道前些日子，你三姨在哀家这里告她一状，生怕哀家训责她，故意找些体面孝敬的话推辞说不来。"

"原来如此。"奕析应道，那茶盏中一汪黄亮清澈的汤色，澄明地映着他此刻的面容。

此时，太后容色微微一动，心口平复了方才佯装的薄怒之意，道："眼下提起来了，哀家也正想跟你说说樱若的事，樱若这孩子如此伶俐机灵，自是好事，心思雪亮些也不怕她将来吃什么亏。只是……"

太后眼中有道极浅的精芒闪过，那是久居宫闱而历练出的敏锐和透彻，"樱若年仅五岁，且早失生母，疼宠娇惯着些也是应该，但毕竟不可宠得太过，哀家还是那句老话，这女孩子管你是公主、郡主，不管当姑娘时如何的骄蛮任性，好像天下万事皆可任其心意，终归是要到夫家去的。况且作为女子心性宜沉稳内敛，不宜锋芒过露。"

奕析凝神听着，正色道："母后的话，儿臣记下了。"

"前些日子你三姨来，想必说了什么你心中也清楚。其实那日，哀家哪里有颜面去斥责你三姨教女无方？"太后无声无息地叹口气，接着说道："哀家自己也不曾管教好端雩啊。"

提起端雩，奕析低声道："阿九？"

太后昔日的容貌虽不能与嘉瑞、浣昭等人相较，但亦是中上之姿。眼下年至半百，登上太后之位后又多年疾病缠身，当年清丽秀雅的容貌，经过时间和病痛的销蚀唯剩下淡淡的影子，她无奈一笑之余，眼角唇际蜿蜒的纹路愈加深刻，"哀家这些年一直后悔，当年未能好好约束阿九，任先皇一味骄纵宠溺着她，养成了如今那飞扬跋扈的脾气。"

太后说话间半是悔意，半是气性起来，"当初她强硬拒婚，扬言非林桁止不嫁。也不知道是什么缘故，居然让她会对林桁止一时痴迷到这种地步！她为拒嫁庞家竟连以死相迫的事都做得出来，先皇不得已改了圣旨，遂了她的心意。"

奕析眼底似有细微的光芒变幻着，念及往事，淡声道："阿九就是这样的脾气，认定了的事谁都劝不了。"

"现在过去那么多年，说这些也没用，眼下她和林桁止所生的长女都有十二了。

这些年来，哀家冷眼看着，他们两人之间实在算不得什么好姻缘，她恨林桁止恨得咬牙切齿，若真分开又万般割舍不下。"太后用指尖捏着紧蹙的眉心，悠悠地叹气，"所以哀家说，真真没有那个脸面去说你的三姨母，阿九和殊儿都是如此，今日说起，不过警醒你一句，留心管教着些樱若，之前哀家就跟徽云略略提过，哀家心里也明白徽云的难处，到底不是生母，依樱若的脾性未必肯服她，若是认真起来，樱若不服顶撞她，倒是自讨没趣。"

奕析问道："母后，今日想说的就是这些？"

太后消瘦的脸上浮起慈爱的神色，抬起一只手指着他，道："无须别的，你自己心里有分寸就好，母后眼看着老了，身子骨也不牢靠，不晓得还能为你们操心几年。你跟阿九两个，我也不求你们日日承欢膝下，若能让母后省省心，就是在为母后添福添寿了。"

太后这话说得句句真挚，字字恳切，平缓的语调中带些人往日暮的浅薄哀矜，若不是对着至亲至近的人，是断然说不出这样推心置腹的话来。

空阔幽敞的宫室中萦纡着薄雾般的檀香，盈在鼻尖极淡的一嗅，隔着糊在窗上的一层浅翠蒙蒙的江南烟雨纱看去，满院遍植的苍绿芭蕉、墨绿梧桐、青翠文竹经过那层细密如绡的轻纱过滤，深深浅浅、层层叠叠的绿色都搅成了一片均匀的绿意空蒙，恍若一幅水墨画中任意渲染开的寥寥几笔。

无情若草木，尚有四季枯荣。更何况是血肉之躯，七情六欲的人。时光飞逝，不觉中韶王已喊她将近三十年的母后，太后眼底蓦然泛起薄若蝉翼的湿意，神思恍然，仿佛还是那一年，她身着一袭红茜纱嫁衣毅然离去，裙裾拂过的每一寸地面皆是嫣红如血。嫣红如血的不仅是她身上的嫁衣，更是一腔经天纬地的谋略与心机。她本是为了杀戮而去，要拼的就是一个你死我活，又如何躲得过销蚀在刀光剑影中的命运。

此时，太后勉强定了心神，面朝奕析，声音带些喑哑地问道："母后想起件事来，今年四月间你可有记得，要去帝都城远郊的和音寺一趟？"

"和音寺吗？"奕析略一迟疑，"回母后，已经去过了。"

太后颔首，神容间颇为称意。太后当年从自己宫里的份例中拨出款用，在和音寺捐了一座通体纯金的宝塔，此塔高约二尺，名曰往生，经得道高僧开光，并且日夜供奉佛前浸淫熏陶祥和之气，是为拜祭已故的嘉瑞公主祈祷之用。

嘉瑞公主逝世于丰熙十年四月十五，丰熙先帝念其功劳不输于公侯将相，开本朝之先例，特为其上尊号"镇国长公主"，在这以前未有一名公主能得此殊荣，距今已有十九年，明年方是二十年的大祭。

自韶王十四岁起，每年四月间，太后都会令韶王亲自前往和音寺祭奠。

"母后，可容得儿臣问一句，皇姑的灵柩已入太庙飨用香火祭祀，祖系帝谥，父皇一朝皇兄一朝接连累上尊号，母后为什么还要再另设祀台，年年拜祭？"奕析大有些不解地问道。

太后仅是温和含蓄地一笑，如夜半湖心缥缈虚无的白烟，"母后与大长公主当年尚在闺中时就亲厚无比，自然想比旁人为她多尽一份心。"

"那日你不在，母后也是白问徽云一句，谁想徽云说你正与庞雍一起。所以今日想起来要问，到底有没有将母后多年交代的事情撂下。"太后道。

奕析谦恭点头，道："儿臣不曾忘记。"

太后越发慈眉善目地看着奕析，伸手为他抚平衣袍上细微的褶皱，"不忘那是最好。总之，每年四月间的那两日，你要记着无论在哪里，再多的事务也要撂下，要去和音寺一趟。"

奕析低头说了声是。来了这小半日，絮叨叨地说些闲话，原是正午刚过，看天光已渐渐地迫近薄暮，烟雨轻纱罅隙间缓缓地渗透进来些许绯红橘黄的霞色，掐算再过一个半时辰也快到掌灯了，奕析的神情间似有告退的意思。

太后笑着一弹衣袖，和蔼道："你且慢着，母后还有件事一直藏在心里，想问问你却下不定决心，当下横横心还是要说。"

"母后尽管说。"奕析道。

太后的面容倏然肃重起来，"是关于两年前定南王叛乱的事，当时也闹得惊天动地，却很快平复下去了。但离奇就离奇在定南王败退后，胤军攻入滇南城中四下搜索，都未寻见定南王的安福郡主和小世子的下落，安福郡主是女子，而小世子那时年仅一岁有余，弱女幼子，怎么可能凭空地就失踪，生不见人，死不见尸……"

说到这里，太后的声音沉沉，如殿中常年焚着一炷宁谧幽深的檀香，无形无质，却一记一记落在心头，"安福郡主与小世子的失踪……与你无关吧？"

话落不啻惊雷滚地，奕析脸上的血色一时消退得煞白。未掌灯，殿中光线一寸寸地黯淡下去，如逼近熄灭殆尽的一捧炉火余烬。

"母后为什么要这样问？"奕析错愕地看向太后，勉强平复声色道。

太后的目光是从未有过的豁亮，一贯温柔的眼眸此刻亦是蒙上了令人不敢逼视的咄咄威势，一字一顿道："母后只问你，此事是否与你有关。"

"母后！"奕析紧皱着眉，解释道："当时儿臣远在漠北宁州，怎么可能沾染滇南之事……"

"你无须跟母后说其他。若你真的与滇南之事毫无牵连，那你现在就当着母后的面起个誓，也好让母后定定心。"太后的语气是罕见地斩钉截铁。

奕析脸上浮现几分不满之意，说道："母后，根本就没有的事，您何必非要儿臣起誓不可？"

太后神色略缓，难掩眉梢含着的惴惴忧色，她携住奕析的手，言辞恳切地劝道："自从那事后，母后心里其实一直忧惧不已。母后知道在你年幼时，定南王膝下无子却对你甚好，也知道他年逾五十方得了个儿子……可是……可是……你万万不能跟滇南叛乱之事沾上一星半点的关系，要知道你皇兄最容不得这种事了！"

太后最后一句话令人蓦然有些心惊，要知道你皇兄最容不得这种事了！

"儿臣知道了，母后。"奕析声音生硬地答道，溢出唇角的一线涩然叹息，轻若不可闻，袅袅扰扰地散入满室萦绕的檀香中。

满庭冷绿森然，幽冽深郁，偶有铿然叶落，寂寥孤清得如鸿鹄振羽之声。

韶王走后，太后疲惫起身，却是不肯歇息，高嬷嬷跟在身后，走走停停，进了一间隐蔽的屋子。里面的黄木桌案上亮着一对蜡烛，一双白芒在暗魅中蓬蓬跃动，那样的律动恍惚是人的心跳和脉搏。她眼神茫然地看着正中那座空白无字的牌位，当年嘉瑞说得没错，何苦深陷在心魔中无法自拔，那时她是德妃，后来是皇后，如今是太后，还是做不到在牌位上写上那人的名字。

凝视良久，太后上前执起三根香，就着烛光点燃了，高嬷嬷在旁侧静静地看着，说道："二小姐对公主也算是尽心了。"

"尘儿她……十年谋算，毁于一旦。"太后侧过脸，恻然一笑，"让小七年年都去和音寺拜祭，名义上是替哀家，却是暗中成全他为人子应尽的孝道，即使嘉瑞不曾以母亲的名分与他相处过一日……我总算对得起她了……对得起他们了……"

我撑着一把乌木柄湖绿绸伞，慢慢地沿着鹅卵石铺小径走着，漫然地看着那清澈见底的池水。

玉笙与四五个侍女皆是屏息凝神地跟在我身后。一行人寂寂无声，终于，玉笙犹豫着开口道："小姐，您绕着千鲤池走过好多遍了，您到底在找什么？您告诉玉笙，玉笙才好帮您啊。"

转首时，我惘然的目光正好对上她焦急的眼神。我木然地摇头，其实连我自己也不知道我到底在找什么。仿佛是冥冥中滋生出的感觉，这千鲤池对我似乎有着一种神秘的吸引。那日在上林苑，脑海中一闪而过的幻象，红裙娇妍的少女，丰神如玉的少年，年轻的面庞带着一丝青稚未脱，映衬身后大片大片流波潋滟碧池的背景，蓦然回首的刹那，恍若惊鸿的一瞥。再往深想，所有的景象却都瞬间搅匀在一起。

我兴许是走累了，在池畔突起的一块黝青大石上坐下。早有侍女手疾眼快地铺上厚密的绣褥垫子，唯恐让我受凉。

"玉笙。"我的视线依然不曾离开那一汪碧玉似的池水，喃喃道："我……是不是来过这里？"

这两年多来，除了奕橒之外，我极少跟别人说话，玉笙乍一听我在问她，竟愣神片刻才反应过来，轻声道："奴婢不是很清楚，但小姐曾是宫中的女官，许是来过吧。"

我淡淡应了，坐在石上朝下看，明澈的池水中映着出一个稀薄消瘦的倒影，是我。冷清地坐在那里，一动不动，如同一座石刻的雕像。

此时，水中一尾红鲤悠闲地游来，张开铜钱大小的嘴吞吐着气泡。我忍不住想伸手去拨弄底下的池水，却被身边的侍女惊呼着拦住，"娘娘，这池水太凉，实在沾不得，您若伤了玉体，皇上怪罪下来，奴婢可是万死都承担不起！"

我意兴阑珊地缩回手，那些人皆是听命于奕橒，整日提心吊胆地看着我，生怕我会有一丝一毫的闪失。

"宸妃姐姐，原来在这里。"语笑轻灵，我抬首间正看见灵犀漫步走来，她今日身着浅葱绿薄烟纱衣，底下漾漾地散开翠纱凝露百合裙，臂间挽着绮罗翠软纱，素颜清净，蛾眉淡扫，一双灵眸剔透如昔，倒有三分"经珠不动凝两眉，铅华销尽见天真"的意境。

她身量纤纤，行走时步履格外轻盈。刚刚还有些远，宛如碧蝶轻盈地穿花拂叶，不消眨眼工夫就含笑俏立在我眼前，一直安静立在我右侧的女医晦奴，苍黄衰老的脸上霎时露出一丝不易察觉的惊疑之色。

灵犀端详我的面庞，悠然叹道："姐姐精神尚好，只是这面色过于苍白了。"

她话落，我旁边有人的嘴中发出轻微嗤的一声，我知道那是晦奴。但灵犀真是一分都未说错，我气血亏损早不是一日两日，无奈身体羸弱，肠胃单薄，根本承受不住那些大补的药材、食材，多年来唯能循序渐进地用些温养之药。

我徐然笑道："你说得不错，这面色苍白得连我自己从镜中瞧见也害怕。不过都两年半了，一直如此，想必以后也不会好了。"

我身下的那块石头极大，她落落然挨着我坐下，那双眸子灵动如珠，笑道："姐姐，何必说这般消极的话。妹妹心中可一直念着姐姐能跟皇上厮守一世，携手百年，活到七老八十、鬓发如银的时候，还能看着满堂子孙，共享天伦。"

我唇角浮起浅笑，宛如千鲤池中的涟漪，"我怕是没有七老八十的命了。"

灵犀的眼底极快地掠过一线异色，但片刻被那轮深邃剔透的眼珠吸得无影无踪，她凑近我耳畔，幽幽地细声道："姐姐知道吗？曾经有个人也对我说过这样的话，当初我看她的样子的确是活不长了，可是她现在亦是活着，只是不知道好不好罢了。"

她的话极轻极轻，仿佛冬日里细密的风毛拂过领口脖颈的感觉，我侧首含着讶然看她，而她却是粲然一笑，面朝那些侍女，大声地打趣道："姐姐爱说笑，皇上不是万寿无疆吗？姐姐身受皇恩，定是福寿深厚之人。"

旁边的侍女们端正地立着，许是为了应承讨好我，一个劲地点头说是。

我默然看着她们，笑意如春，好像唯有我一人的是面容清清冷冷，一句话竟是想都未想地脱口而出："皇上是否万寿无疆，与我有何干系？"

轻绵无力的一句话，让那些侍女的脸色瞬间都骇得煞白，她们一个个皆是声音打颤，牙齿哆嗦地劝道："娘娘，这种大不敬的话可是万万说不得！说不得！"

一贯恬然自若的灵犀的神色亦是变了变，随即如常，烟眉欲横地嗔责道："看你们一个个急成什么样子。本宫刚就说过，姐姐不过爱说笑罢了。你们都退下，少在那里一惊一乍地打扰本宫和姐姐说话！"

灵犀说笑的时候说笑，若训斥下人时，亦是颇有几分令人不敢违逆的威势。

我点头示意，那些侍女都噤声退下，唯留下玉笙和女医晦奴在我身边。

我身着梨花白如意云罗裙，肩上罩着一袭孔雀绿翎披风，绛紫色的丝缎将纤细的腰堪堪地束住，柔软云袖下露出半截纤细的手臂，皓腕上戴着一只玉镯，其上凝光的红点胭红鲜润，颗颗状若相思子。

灵犀目色漫意地扫过那玉镯一眼，柔声道："姐姐，其实皇上真的对你很好。"

丁鲤池畔多植苍松巨柏，茂盛的树冠间隐约可见远处的殿宇森繁，清脆婉转的鸟鸣声间或传来，经层层树枝林叶的过滤，空灵邈远得有些不真实。

我腰间绛紫色的丝缎一搭一搭地拂过裙角，良久，启唇时，齿舌间有些干涩道："是……很好吧。"

灵犀妙眸流转，眼角落漆般极小一点黑痣，亦是盈盈灵动，说道："皇上深爱姐姐，婉辞旁观者清，看得出姐姐对皇上亦是有情，不过请姐姐莫介意婉辞的身份，而与婉辞生疏了。说实话，婉辞轩彰八年入宫，虽身居高位，但常在太后身边侍奉，名义上是帝妃，事实上应算是太后跟前的人。"

我凝眸看着池水出神，淡然道："你多心了。"

灵犀笑道："按宫中祖训帝王每隔三年选秀，上回选秀本是轩彰十年，但皇上以滇南战事为由而延后，一直拖到十一年开春，但也不过随意点了几人虚应场景罢了。其中缘故，婉辞不用说，姐姐必然也明了。"

我转头看她那张素洁如月的脸，姣好的面容上两弯蛾眉色若远黛。

她接着说道："皇上登基十余年，膝下子嗣不广之事想必姐姐是听闻过的。当年就是婉辞向皇上进言填埋扬碧湖的。御苑中的扬碧湖地处皇城正西，乃是八卦离位，离位属火，而扬碧湖水扑离位之火，致使皇嗣香火不盛，理应填湖为丘，上建道观，内设一座三丈高福寿绵延青铜大鼎，熊熊火焰日夜不熄，方能保皇族香火旺盛。"

灵犀伸出玉指理着额前吹乱的发丝，青葱素指滑过眼角，不偏不倚地点住那堕泪痣的位置。令人眼神一错，恍如是她的一颗幽深的眼睛合上了。

"当年皇上依我之言，随后一年宫中果然多闻啼声，毓妃诞下四殿下，熙贵嫔诞下颐蔚公主，而冯昭仪诞下颐柔公主。宫中骤然平安地降生一子二女，这是轩彰开朝以后，从未有过的盛况。"

我笑意敷衍，"妹妹果然是奇人。"灵犀既然能得到谪仙人清虚子的青睐有加，破例收为弟子，必然不是寻常女子，而奕槿与先帝一样崇敬道学、信任术士我亦是有所耳闻。

"承蒙姐姐如此褒美。"灵犀仅是倩然一笑，"不过现在，那座福寿绵延青铜大鼎中的火，燃烧得再旺再盛恐怕都……"

她话锋陡然一转，硬生生地将后半句话掐灭了，接上一句道："都不及祈求姐姐身体早日康复，好为皇上诞育子女，增宫闱之祥和，添天下之喜庆。"

我念及前事，不免淡然叹道："怕是难如妹妹良愿。"

千鲤池碧水粼粼，冰沁入心。幽凉的感觉渐渐地覆上心壁，她极力使话语委婉，但言下之意，我怎会听不明白。奕槿在我身上投注的心力过多，又因为我而疏远其他嫔妃。最要紧的是，以我的体质难以侍寝，就算侍寝而强行有孕，也是断断生不下来。奕槿此举于皇嗣不利，而灵犀长久侍奉在太后身边，的确不似一般的宫妃。她处事一贯清逸出尘，不大理会宫中闲杂诸事，今日她如此说，大半是在转达太后的意思。

果然，她见我半晌无言，只道我是心绪黯然，劝道："姐姐请见谅，婉辞绝无冒犯之意。姐姐尚年轻，来日方长，子嗣之事，必有后福。"

我正想说话，忽然从胸臆间逼出一阵咳嗽，我用素帕掩唇咳了几声，道："这眼下都挨不过去，谈什么后福不后福。"

"姐姐，太后是婉辞的亲姨母，婉辞十三岁的时候就到姨母身边，是姨母收留了我这位孤女。为报此恩，婉辞愿长伴姨母身侧，也从未敢忤逆姨母的意思。"灵犀看着我，字字恳切地说道，我猜得不错，灵犀今日所言果是太后授意。

"孤女？"我顿时惊诧地道："你出身上官氏，怎会是孤女？"以前我听奕槿略略提起过一次，上官婉辞其母虽亡，其父健在，在朝中官拜御史，她上官家门楣尚存，除父亲外还有好几个兄弟姐妹，怎会是她口中所言的孤女。

"姐姐不知道罢了。"灵犀眸心莹莹之光，如是深谷幽兰衔着一抹彻凉的清露，她轻轻握住我放在石上的手，我的手冰冷，而她的手心透出淡淡温热，温润的触感如蓝田暖玉，"自婉辞出世后，就有相师批断，我是克父伤母的大凶命格，乃是不祥之人。自落地就为父亲所厌弃，被送到帝都远郊的道观中寄养。自我年幼懂事起，就与道姑居住，一直长到十余岁，也未曾回过一次上官府，更别说见过父亲或其他兄弟姐妹一面。"

灵犀说起往事时，面色恬淡，她的容颜清透灵秀若琉璃，但心性却不似琉璃般脆弱易碎。

她宛然一笑，素手支额道："那段日子，父亲严禁府上的人来看我。母亲那时偷偷出府，来过道观寥寥几趟，都是隐瞒着父亲。自小仅有母亲心疼过我，眼下母亲已辞世，我虽有父兄，却形同虚设，我虽有家门，却终究归不得。"

说到这里，她轻轻一哂，自嘲般地对我道："不是孤女是什么？"

我任由她握着我的手，并无抽回的意思，不由自主低喃道："仅仅是因为命格克父伤母，而被家人抛弃在道观中吗？"

话语极轻，我想灵犀是听到了，她笑而不答，唇角一挑，含着往常的轻快明丽之色，"好端端的，何必将这些不堪的往事说给姐姐听。父兄不认我又怎样，家门回不去又怎样？去了些牵绊，活得倒也自在。"

听她如此说，我索性也不再问什么。细瘦的手指间缠绕着一枝细长的草叶，指甲掐出青翠欲滴的汁水，厌倦了，一松手就落在池水中，惊得一尾悠闲休憩的鲤鱼，扑通一声溅起些雪白的水花，向池水深处游去了。

"你能这样想，亦是极好不过。"我道。

"其实那为我批命的相师也未曾说错，我的确是克父伤母的命啊，都一一应验了……"那声音恍若易碎的浮云，顷刻就消散无影。

灵犀离去后，我犹自坐着，随性说了句："生得这般的品貌，却也是可怜的人。"

晦奴自鼻间闷哼出一声，冷冷道："只怕内藏的心机要辜负这般的品貌。我倒觉得她刚刚的话才是怪异，上官夫人的确已经过世，但她尚有生父，怎么能说'克父伤母，一一应验'的话。"

玉笙哀叹口气，温言道："女医，灵犀夫人虽有生父，但待她连陌路都不如，真真跟没有一样。"

孔雀翎的披风上流闪过一翎一翎的冷光，覆在身上不觉得温暖，反而抽生出一丝丝的寒意，侵入心脏的寒意。我忍不住用手臂拥紧了自己，幽幽道："自幼被生父厌弃，徒有手足也彼此冷淡，唯有母亲是真心疼爱。慈母辞世后，父亲手足虽还在，不过形同虚设罢了。不是跟我一样吗？"

玉笙原以为我是在感慨灵犀的事，听得最后那句话，竟是如五雷轰顶般震惊，蹲下来猛地一把抓住我的手臂，颤抖着大声问道："小姐，你刚才说什么？可是想起往事来了？"

我愣愣地回过神，看着她焦虑如焚的眼神，却是惘然想不起来了。

轩彰十二年四月廿九，正是温宪太后五十寿辰。此乃我朝盛事，那日先要在太庙举行礼节繁复的仪式，皇上及后宫诸妃、皇子皇女、皇族近支亲贵皆要到场，为太后恭祝祈福，祈大胤得天之佑，国祚绵长，帝传万世。

在这一系列的仪式之后，方才是正式的宫宴。

太庙中的祷祝仪式要足足举行三个时辰，或长跪、或吟诵，此番下来若是体力差些的人都扛不住，奕橪知我身体虚弱不堪，特意令我那日不必到，依旧在冰璃宫中好好静养便是。就算等到正式开宴，我经不起人声喧阗，只需略略到场一会儿就可退席离去。

渐近五月，还是四月末的天气就有些热，宴席开在皇宫偏西的雪芙殿，雪芙殿临水而建，除却从正殿门延伸出一道三丈有余的白玉平桥，整个宫殿就宛如在水中央一般。雪芙殿坐落在极敞阔的平台上，宫殿中诸多玲珑精巧的亭台楼阁攒聚正中，若能从空中俯瞰，犹如娇花吐出盈盈白蕊之状。宫殿中的地面、台阶皆是以上好汉白玉铺成，雕栏玉砌，莹洁雅致。每当盛夏，置身于宫殿中极目眺望，满眼尽是一捧一捧雪白芙蓉盛开的景象，蔚为壮观，恍如瑶池仙境。由此，宫殿命名为雪芙。但现下四月末，临窗看去，唯有浩浩水势，浮萍逐浪。

此处始建于承运帝时期，就在此处，承运帝曾在为爱女嘉瑞公主举行及笄之礼。当年嘉瑞绝世容颜，压倒一池雪白芙蓉，令在座者无不惊叹，公主美貌就从此流传于世。

宴席开在此处，是依从太后的意思，其原因就不得而知，就连奕橪亦是不清楚。

雪芙殿空敞的平台四周八角，都修建有一座小小楼亭，乐师歌者就在此处演奏，丝竹管弦之声悠扬宛转，如同这湖面上徐徐吹来的惠风，令人心神霍然涤荡一清。

太后千秋家宴上，正中摆着金龙腾云大桌，坐北朝南，为帝后之位，现今奕橪一人独坐。自轩彰六年，奕橪废除薛氏女子后位，迟迟未再立新后，凤座至今尚是虚位以待。中宫之位不宜空悬，为此太后和一班朝臣数次进言，皆被奕橪驳了回去。

我想起三年前在上阳行宫，蓼汀亭上，奕橪对天铿锵有力地起誓，他心中的皇后凤座非我莫属，但是立后一事非同小可，必须从长计议。贸然册封，于我亦无益。所以他决定先让我居于妃位，日后我若是能为他诞下一儿半女，就再好不过，他那时再立我为后，那方是名正言顺。

我清浅一笑，不过现在想来这实在难得很。我体质孱弱，身孕只会让我不堪重负，耗尽我体内最后的精神元气。其实我对中宫之位看得极淡泊，无所谓吧。

一张凤穿牡丹大桌摆在金龙腾云大桌左侧，规格稍小，略略朝前，那是太后落座之处，自凤穿牡丹桌一排过去就是皇族近支亲贵、命妇的宴桌，而金龙腾云大桌的右侧则是一众嫔妃的宴桌，宫规严谨，依照品级地位入座，井然有序。

雪芙殿四周窗户洞开，和风送爽，殿中人员熙熙攘攘。太后寿辰，阖宫同乐，少不得频频劝酒，高声言欢，觥筹交错，酒酣耳热之际，里面依然清凉怡人，竟是一丝燥热窒闷之气也无。

我由侍女左右搀扶着到场之时，已是宴席过半。我刻意低调而来，并未从正门进，而是经过雪芙殿后用作更衣休憩的小阁，悄然入内。奕樘已然看见了我，甫一进门周身就包裹在他温柔如春的目光中。我面容恬然淡若，坐在他右下首的位置。

今日寿宴，宫妃宫嫔等皆是盛装而来，放眼望去，珠围翠绕，笑靥如花，红粉青蛾，方桃譬李，丰容靓饰，云鬟高耸。当她们看清我的容貌时，一时顾不得饮酒动箸，一个个脸上都登时露出惊愕异常的神色。就连落座在太后一侧的皇族亲贵、命妇也纷纷向我看来。

我清颜素靥而来，因是太后寿宴，不可过于素净，玉笙特意为我挑了一件浅嫣绯色烟纹碧霞罗裙，腰间束着月白织锦攒珠缎带，臂间挽流霞色薄丝蚕锦细纹披帛。玉笙那时说我极难得穿红粉之色，明丽的衣料衬得面色也看起来红润些。我倒不以为然，铜镜中，那张削尖的小脸，盈盈到不堪一握，面色一如既往的苍白。

见到此景，奕樘在席下握紧我微凉的手，他的掌心极其温暖，我转首看向他，他亦含笑看着我，声音轻轻，戏谑般地道："颜颜，容颜一如往昔，一颦一笑，倾覆天下。即使一袭素颜，却足以称得上'翠眉开娇横远岫，绿鬟单浓染春烟'，才惹来这些莺惭燕妒，众人侧目。"

我浅笑道："臣妾哪有皇上说的这般好，他们许是在看是哪个宫妃如此大胆，太后的寿宴也竟敢来得这般晚。"

奕樘的手未一刻放松，与我五指交缠，牢牢地握住，似是感慨道："颜颜，真让人想不到竟是十余年过去了，你的面貌一点都未改变，一直都是当年初见时十五六岁的模样。"

今日本是家宴，都是皇族内部成员，无须过分拘谨。眼下宴席过半，酒过三巡，在场诸人也渐渐松泛起来。领事的人召了歌舞入内，妖姬淑媛，缓歌艳舞，姗姗莲步，云袖如蝶。雪芙殿中真可谓是"澄妆影于歌扇，散衣香于舞风。图云刻雷之樽，渍桂酿花之酒，拭珠沥于罗袂，传金杯于素手"的繁盛景象。

"是吗？跟以前真的一点都未变？"我的指尖若有若无地抚过侧脸，垂眸道：

"皇上还记得,可是臣妾却一点都想不起来皇上往日的样子。"

奕槿闻言,朗声而笑,将我拉至身侧,屈指刮了我一记鼻梁,神情宠溺,在我耳畔低喃着:"颜颜是槿在青阳寺中遇见的小仙女,自然青春韶华永驻,而槿乃是肉体凡胎的常人,怎有不老的道理?但多年来待颜颜心还是一如往昔。"

我瞥过他皓如明月的侧脸,一时满心含羞,挣开他坐回自己的宴桌前,毕竟当着皇室众人,我们如此亲密不是很好。

满桌的山珍海味,琼浆玉液。我因肠胃单弱,都是动不得,饮酒就更加不可。笙箫悠扬,舞姿翩跹。我百无聊赖地坐在奕槿身侧,奕槿特意嘱咐过,只消片刻就将我送回冰璃宫中。他心情甚好,似乎饮了很多酒,凑近我涎着脸皮贫嘴了一句,颜颜如此倾世之容,槿如何舍得让你长时露面于众人面前。

我口中嗤地笑他一声,却是不再理他。

我看到跟我隔了一桌距离的地方,那里坐着一名身着玫瑰紫烟霞银罗花绡纱长衣的女子,缕金线锦茜红抹胸平添娇娆丽冶之态,浓密的如云青丝绾作飞燕髻,髻上两侧各插着一对赤金的卿云拥福长簪,垂下的累累珠珞流光闪烁一直落到肩胛上,洁白的耳垂上一双红翡翠缠金累丝耳坠,亦是摇曳生辉。丹铅其面,瑰姿艳逸,竟是令人顿觉惊世骇俗的美貌。

我有些出神地看着她,她的面容与我生得有六七分的相像。只是她浓墨重彩,而我轻描淡写,若比肩而立,我恍若就是她映在水面上一副淡淡的影子。

若非亲眼所见,我都不会相信,我和她的容貌竟相似到了这般地步。我看着她的时候,她亦看到了我,她数根足有三尺长的猩红浓艳的指甲间,轻巧地夹着一只小小金樽,里面滟滟地盛满了绛紫的葡萄美酒,她却并不喝,微微一动指尖将映在酒杯中的影像摇碎,朝我嫣然一笑,说出两个字,丰盈若花瓣的唇片缓慢地翕合着,看她齿舌的律动,好像说的是"姐姐"。

自从我入宫以来,或许是她不肯来,或许是奕槿暗中有过安排,两年半的时间,我们同在一方咫尺皇宫中,却从未见过一次面。但凭她的容貌,我看一眼就能断定她就是紫嫣,慧妃林紫嫣。

我失忆后,所知的全部往事都是奕槿告诉我。我不晓得,关于那些往事,奕槿是和盘托出,还是有所保留。但是凭她的容貌,我一丝一毫都不会怀疑,她会是我的表妹。猛然想起了,那日在上林苑中,樱若童言无忌地说出,我长得极像慧妃,今日一见,果然不假。

慧妃身侧坐着一名年纪大概五六岁的小皇子,想必就是她所生的三殿下,高舒皓。三殿下，是一个极其俊秀的孩子，乌亮的眼眸极有神韵，小小的一张脸如莹澈的白玉，精雕细琢，几乎无可挑剔。生得如此相貌，在所有的皇子公主、世子郡主中脱颖而出。幼年竟有这般气韵风仪，他日长成后，定是俊逸超然的绝美男子，将来不会输于他的父皇，也不会输于在座的诸王。

慧妃自方才朝我说出类似"姐姐"的两个字后，就不曾再转首看我。我是身子柔弱吃不得这些东西，但不知为何她用得也极少，桌上的珍馐野味仅是略略地动过几筷，搁在面前的银碟中就作罢，倒是一杯杯地饮下绛紫色的葡萄酒。

她看着锦缦之上的靡靡歌舞，浅淡凝眉，似在思索着什么，我转首看她的时候，旁侧伺候的宫娥，已用填红漆托盘为她端上来第三壶酒。

我坐在奕檀下首，那里附近的窗户皆是严实地关了，生怕这湖上之风的势头过大过凉，不慎就吹得我身子受凉。但是如此一来又极闷热，我身后两名侍女，一左一右地为我打着扇子，把持着力度不敢太猛，也不敢太轻。

原本我是坐坐就走，但是不知为何，我心中有股莫名强烈的念头想跟紫嫣说话，就这么一直坐着。有一刻我正与奕檀在底下交谈几句，再看去紫嫣已经离席，紧接着有一名宫婢上前禀报，慧妃娘娘饮多了酒，临窗吹了会儿风，只说头晕就先去了，而三殿下由乳母照看着，无妨晚一步再回漪澜宫。

窗外天光一寸寸地渡过去，雪芙殿上依然一派歌舞升平，丝竹之声凭借着湖水远远地送了出去，染得水烟迷蒙，愈加清亮悠扬。

奕檀斜眼看我一直安静地坐着，担心我久不进食腹中难受，于是命人端上来热气腾腾的燕窝粥。我看了一眼，推说没胃口就搁在一边。

奕檀也未说什么，仅是在席下握紧我的手。我坐在奕檀右下首，而太后的凤穿牡丹大桌摆放在奕檀左侧略朝前的位置，端雰、端仪两位公主，韶王二妃，还有灵犀夫人都在，我看过去，差不多是在我对面。

今日，太后穿着深紫色银线团福如意锦缎长袍，半见银光的头发平整地梳成高髻，正中是嵌宝衔珠赤金展翅十二尾的凤凰，两侧各一对日月升恒万寿簪，一对景福长绵簪，一对西池献寿簪，珠翠明铛满头，除却今日，真的难得见到太后装扮如此华贵富丽。

年过半百之人，太后的眉目愈加慈祥，樱若郡主正是最可爱喜人的时候，此时正撒娇弄痴地伏在太后怀中，太后看着小孙女，满脸的慈爱之色，偶尔温柔地抚摸着她头顶上梳成的鬏鬏。

三殿下高舒皓亦被太后召到身侧，他与樱若年纪相仿，衣饰明朗华丽，现在两人一左一右地立在太后身边，高嬷嬷素来是个会说话的人，见状忙不迭笑道："这可不是位福量深厚的老寿星带着一双明眸善睐的金童玉女吗？大家伙的都快来参拜，好求老寿星多赐咱们一些福气。"

俏皮打趣的一句话，众人闻言皆是笑了。

太后也笑得眼角菊花般纹理都一条条舒展开，说道："这么多年了还是这般脾气。今日老寿星不敢当，不过这金童玉女的话哀家听了喜欢。"太后说着，双臂间揽紧了两个孩子，满心爱怜地道："这可不是哀家的金童玉女吗？"

太后说完，众人又纷纷笑了一回。太后今日兴致颇高，面容也红润丰盈，有道是人逢喜事精神爽，乍一看竟不像是个常年久病的老人。

高舒皓倚在太后的臂弯中，忽然声音清脆地启唇道："孙儿祝皇祖母福如东海，寿比南山。"

樱若穿着一身水红色蝶戏百花衫，衬着她白皙的小脸愈加粉团般的明艳可爱，她水灵灵的眸子瞥了高舒皓一眼，那神情如是不甘示弱，口齿伶俐地道："孙儿也祝皇祖母日月昌明，松鹤长春。"她说完还不算，一双白嫩的小手端起桌案上的金樽，有模有样地学着大人作揖，郑重颜色道："薄酒一杯，聊表敬意。"

周围的人顿时都哄然笑出声，原来是两个青稚娇脆的童音，互相较着劲为太后祝寿，已是分外有趣活泼的场面，谁想得到樱若郡主竟生得这般古灵精怪，还要给太后敬酒。

太后忙伸手将那酒杯按下，微微板起脸朝樱若道："不许再喝了，今天哀家没仔细留神，放任着你喝了那么多杯，眼下可不许再喝了。"

"祖母……皇祖母……"酒杯已被太后压住，樱若嘟着红彤彤的嘴唇也不敢夺，一味地蹭在太后身边，声音软软地撒着娇："皇祖母就再给樱若尝一口，好吧？"

太后的神情有些哭笑不得，手指着樱若，面朝着韶王妃庞徵云道："瞧瞧这孩子，小小的年纪，怎么学得这样一副嗜酒如命的样子？"

庞徵云温婉笑着，说道："太后，您这可是有所不知。郡主的生母闲时爱小酌，若是兴头上来也给樱若沾点，所以樱若自小就尝惯了酒味。"

太后听后微皱眉，略有不满道："真是平白地让她教坏了哀家的孙女，女孩子家这么爱喝酒成什么样子。自小就没个好教养，将来还不知能否嫁得出去。"

庞徵云瞧着太后脸色，正要劝慰几句，却冷不防被贺丽殊抢了先说话，庞徵云也不恼，任由着让贺丽殊先说。

贺丽殊扫了一眼樱若，揶揄道："咱们这位小郡主的婚嫁，姨母真是一点都不用担心。王爷如今就这么个宝贝女儿，打心眼里疼她，她到底又是郡主的身份，往后就算再不济，又怎会寻不到一位郡马？”

贺丽殊一番话说得含讽带刺，尖酸刻薄，樱若尚是小孩子听不懂，可太后原本红光满面的脸一分分阴沉下去，庞徽云担忧地觑着太后的神色，在席下小心地拽贺丽殊的裙角，示意她停口。

太后毕竟是涵养深厚之人，她抚着樱若的额发，淡淡地说了一句："殊儿，你面前的金腿烧圆鱼都快凉透了，还不赶紧地动筷子，哀家记得你以前可是最爱吃的。"太后未明说，但言下之意谁都明白，是要贺丽殊多吃菜少开口。如此委婉一说，算是给足了这位外甥女面子，她若是再出言败兴，就是太不识大体了。

我到这时才感到腹中空空，慢慢地用瓷匙舀着放温了的燕窝粥喝。贺丽殊一脸闷闷的，将那双乌木包银的筷子插在鱼上，却是一口都吃不下去。

旁边高嬷嬷、端雩、灵犀和徽云等人劝了几句，又说了一会儿开怀玩笑的话，太后神色方缓和下来，一如刚才那样说说笑笑起来，莺莺呖呖，其乐融融。

樱若一双明眸晶亮，摇头晃脑地不时说了些祝寿的吉祥话。那般娇稚脆生的童音，喜得众人笑了一阵又一阵。

端雩公主今日亦是盛装，眉目间存着太后昔日的影子。她饮酒不少，蓉蕴双靥。她一直看着樱若，似乎极喜欢的样子，朝太后笑着说道："母后，这小丫头生得真机灵，要是儿臣的女儿就好了。"

太后扬扬眉头，轻掐樱若温润的小鼻子，面上含着三分薄责，口中却是满满宠爱地道："你可不知道这小丫头有多坏哟！一肚子的鬼精灵，坏心思，若真做了你的女儿，你还不见得能降得住她！前些日子，这丫头真作恶，捉来蛐蛐吓唬明薏，可怜明薏那孩子吓得不轻。"

樱若娇小的身子在太后怀中忸怩着，噘嘴道："皇祖母尽说着樱若了，明薏姐姐的事，三哥哥也有份的。"说着嬉笑着看向在太后另一侧的高舒皓，调皮地吐出舌头，"哥哥不许抵赖。"

端雩看着樱若那淘气可爱的模样，扑哧笑道："那颐玉公主打一生下就病恹恹地，什么小虫小猫都怕，身上哪有半分帝女的气势？"

太后抚弄着身侧的两个孩子，却是笑而不语。樱若和高舒皓毕竟是小孩子心性，耐不住久坐，太后命人抓了奶白枣宝、糯米凉糕芸豆卷之类的吃食零嘴给他们，就放任他们出去玩了，还命乳母一并出去谨慎看护着。

庞徽云眉宇间含着一抹宁静的柔和之色，携着端雩的手笑道："公主可别光瞧着小郡主好，公主的长女韵欢郡主今年十二岁，正是最懂事、贴心贴意的时候。"

端雩彼时脸上还是笑意漾漾，此刻却是秀脸一板，说道："少提她，闷葫芦的个性，跟她父亲一样就会惹我生气，眼下十二岁了，再过三四年工夫就打发出去，我也好眼不见为净。”

庞徵云想必是极通机变的人，虽是玩笑话，却能恰到好处地拿捏着分寸，“太后，您瞧公主说的淘气话，若真到韵欢郡主出阁的那日，公主不还是舍不得。况且做母亲的心都是一样的，就像当初太后舍不得公主您出阁一样。”

端雯脸上微红，轻声啐道：“七哥哥怎么得了你这么个王妃！明明是在打趣本公主，却又挑不出什么错处来。”

太后听着似有感触，说道：“徵云这话说得好，做母亲的心都是一样的。难为你年纪轻轻就能体会到这份心境。还不快给哀家多生几个乖孙孙，给樱若添些弟妹，省得王府中就只有她一个孩子，让一群大人围着宠坏了。”

庞徵云闻言，柔婉的面容上神色一滞，随即端雅地笑着拿别的话岔开过去。远远地听见贺丽殊手中握着那把沉沉的乌木包银筷子，冷哼一声，却是未说什么。

太后忽地想起件事，问道：“说了半天的话了，韶王哪里去了，哀家怎就没看见他？”

端雯嫁为人妇多年，但说话举止间照样还是从前的九公主骄蛮直爽的脾性，她跪下来扑倒在太后膝上，低哝着道：“母后，还是阿九孝顺吧。您瞧瞧这七哥哥也不知哪去了，都不晓得要陪陪母后。”

庞徵云笑道：“回太后的话，王爷刚和六王爷一道出去的。”

太后摆摆手：“跟兄弟们会会也好，这里一群妯娌姐妹，有个男人在说话倒不自在。”

端雯低低应了一声，撇着嘴，嘟嘟嚷嚷地说道：“母后，从来就是偏心着七哥哥，问怎么不在的是您，说出去也好的人是您，阿九可是在眼前，您就这么疼七哥哥。”

“好了，好了。”太后脸上浮起温暖之色，慈爱道：“这么大的人，还像个小孩子般的撒娇，平白地让你那些妹妹看笑话。”太后的目光接连着瞟过贺丽殊、灵犀、庞徵云等人，她们皆是窃窃地以袖掩唇笑着。

那些笑语晏晏地说了一阵后，太后双眸微瞑说乏了想去歇歇，走之前还笑着嘱咐不准逃席，得一道看完了烟花方可离开。

太后离去后，家宴上的气氛愈加松泛了许多。灵犀笑吟吟地朝我的方向走过来，却是仰起脸跟奕樘说话：“表哥，樱若那孩子当真有趣可爱得紧，也难怪七表哥这么疼爱。”

奕樘随意道：“那是七弟的独生爱女，自然要宠些。”

灵犀的目光徐徐地曳过我的身上，笑意蓉蕴两靥，说道："表哥的这话对，但也不尽然，听说七表哥和郡主生母秦娘子的感情甚笃，因是与心爱女子所生的孩子，才会这般疼爱。"灵犀口齿轻快地说完，笑着说要去看看太后，叫她们都坐着等看烟花，她老人家可不能先打了退堂鼓。

灵犀退去后，奕槿在席下握紧我的手，握得很紧，他看着我的目光，煦暖如春，坚定如炬，附在我耳后一字一字地说，如同火簇般要一字一字地烙印在我的心上，他道："你若是能为朕诞下子女，朕定亦是会这般疼爱他，因为你是朕最心爱的女子。"

我闻言却是清苦一笑，轻轻咬唇道："我也许命中注定与子嗣无福。"

奕槿用一根指头压住我的唇，道："不许说这样的话，朕相信来日方长，你尚年轻，朕亦是盛年，终究会有这么一天。"

我面朝他，笑意淡若丝烟，心中邀邀地生出些凉薄之意，却不知是为何。在奕槿身侧静坐这么久，我的身体到底还是支撑不住，宴席临近结束，然而丝竹歌舞犹盛，教坊司奏百鸟齐鸣，朝贺凤凰之乐，杂技百剧等目不暇接。庆寿的十万烟花未放，宴席还得再进行一时片刻。我就由侍女搀扶着先回冰璃宫去了。

我刚至时天色尚明，现在已是落暮时分。走过水中宫室——雪芙殿唯一与湖岸相衔接的那座白玉平桥，看着天际被漫天霞光渲染成嫣紫绯红的云朵，那大捧大捧沉甸甸的姿态几乎要触及水面，将整片湖水尽染成迷离瑰丽的颜色，放眼望去，絮然恍若斑斓蜀绣万丈，贝锦斐成，濯色江波，竟是有种惊心动魄的美。

等过了平桥，再行几步路，就会有一架肩舆在等候着，将我送回冰璃宫。此处渐渐远离了设宴之处，弦乐人声的喧阗聒噪也渐渐听不到了。

四周渐渐安静下来后，我缓缓松了口气。错落攒聚的宫室中烛火幽明，但皇宫的今夜，最奢靡繁闹之处却在雪芙殿中。暮色四围，夜露湿重，我扶着玉笙的手臂缓缓走着，有侍女上前为我披了一件明红绣榴花斗篷，仔细地掖紧了领口。

此处花木扶疏，迎面而来草木苍润清冽的气息。正行走着，我隐约听得小孩子追逐吵闹的声音，由远及近，忽然先是看到三殿下朝身后做着鬼脸，然后嗖的一声跑过去了，不消片刻，就看见那个水红绫子裙的小小人影追了上来，直跑得汗意淋漓，口中还犹自高喊着："三哥哥，你等等！"

我看到她，那人不就是樱若吗？樱若的劲头似乎直冲着我撞来，我身侧的侍女低呼一声，忙不迭箭步上前挡住了樱若，苦着脸，口中连声求道："哎哟，我的小祖奶奶哟，您可千万别冲撞到了这位娘娘。若娘娘有个万一，奴婢们就算有九条命也不够抵罪。"

樱若见她们阻拦，急得直跺脚，尖声叫道："你们别拦着我，我都快看不到三哥哥去哪里了。让开！让开！"

玉笙扶着我，分开层层挡在我与樱若之间的侍女，缓步走近她，看到樱若一张娇妍俏丽的小脸，但额头上不知为何沾了一圈墨汁，两个手心中也有。她站在那气喘吁吁，原本那张白净的小脸恼得通红，还有额头上未干的墨汁，看上去有些狼狈，又有几分可怜和可爱。

"郡主原先好端端的，怎么会弄成这样？"我和颜笑着，从衣袖中拿出一方素帕，为她细细地擦拭干净额头和手心的墨迹。

樱若此时难得乖顺，任由着我为她拭去墨迹，那双水意滢滢的大眼睛一转不转地盯着我看，她的声音拖长着，带着恼意道："都怪三哥哥，他欺负樱若呢。"

有侍女在身侧窃窃地笑了，平日里骄纵跋扈的韵淑郡主，这回总算是遇见对头了。

转眼间，我动作轻柔地为她拭去额头上的污渍，露出原先一张明丽俏生的脸来。樱若那时咯咯笑着，满脸青稚地腻到我怀中，童音娇脆地道："宸妃娘娘对樱若真好，就哥哥最坏。"

听她这样喊，我心中越发绵绵地软下去，柔声道："郡主快回去吧，韶王妃和乳母若是寻不到你，可是要急坏的。"

"不要，不要。"樱若拨浪鼓般摇头，忽然间，她冲我身后调皮地挤挤眼睛，欣喜地大喊声父王就一溜烟地跑到一人身边，我转身看去正是韶王。

此刻降临在皇宫中弥漫开的暮色重重薄如羽纱，湖岸旁无数鎏金剔红的宫灯亮起，倒映在流波潋滟的湖水中，仿佛无数璀璨星子坠落湖面，照得在湖心潆潆迷离水烟萦绕的雪芙殿，缥缈若瑶池仙境，宛在幻海浮嵯，其间人影走动，竟亦是恍然如仙。

樱若是好动的性格，哪里肯安静下来。她蹭在韶王身边嘟着嘴低哝了一会儿，神色委屈地像是告状，接着咯咯笑着，手腕上的银钏挥舞得清脆作响，朝着三殿下跑过的方向追去。

我一时愣在那里，不知应该说什么，感觉到玉笙的手不可抑制地剧烈颤抖，她紧紧地抓住我的手臂，隔着衣料，她手心黏腻湿冷的汗直抵我的肌肤，那样的力道竟不像是在扶着我，而更像是努力支撑着让自己站稳。

"方才樱若多有冒犯，还请宸妃见谅。"他站在离我约有三尺远的地方，他看了面色惶然的玉笙一眼，又看着一脸惘然的我，清雅而笑。

"刚刚樱若在我怀中左腻右腻的时候，她手心的墨汁有不少，斑斑点点地都抹到了我衣衫上，她是天真烂漫的小孩子心性，横竖不过一件衣服，我心里喜欢她，是不会跟她计较的。"

这是我第二次遇见韶王，第一次在上林苑的秋千架下，第二次在雪芙殿的湖岸边。同样是心不设防的刹那，转首间就看见了彼此。

我的手隐在嫣色烟纹碧霞云袖下，原是质感温润细腻的玉镯紧贴着手腕肌肤，却觉得有微微凉意。我现在是皇上的宸妃，而他是胤朝的韶王，我夫君的皇弟，念及初见那日的失态，我此刻神色合宜得体地笑道："王爷言重了，本宫只觉得郡主活泼可爱。"

"是吗？"他眼神淡然看向昊昊天穹，今夜辉煌的烛火黯淡了星辰，在天空淡褪成微弱无芒的影子，或是蜷缩成清冷的针尖般细小的光，说道："只是樱若极少肯与人亲近。"

我淡淡应了，想到这些日子来，韵淑郡主似乎只肯与太后和韶王亲厚些，王妃庞徽云对她极好，简直视如己出，可是樱若从未当她是母亲过，她人虽小却心思鬼灵，对庞徽云连母妃都不肯喊。她与贺丽殊之间彼此厌恶，就更不用说了。

"也许郡主觉得与本宫有缘吧。"我恬然笑道，我以前从未见过樱若，至今亦不过寥寥几次罢了，我无意间说道："或许郡主错将本宫看成了什么人，也未可知？"说罢，我心中亦是幽凉地闪过一丝慌乱，连我自己都不懂为什么会说出这样一句话来。

话落的刹那，韶王的眼底似有隐匿的微光遽然簇动，随即又是风轻云淡的神情，他未看我，而是出神地看着寥落夜空，"宸妃此言许是无心。"

我顺着他的视线，仰首而视，走过平桥时那磅礴瑰丽的云霞完全熄灭成惨淡的黯青色融入了深湛的天幕。远处，灯火通明的雪芙殿传来阵阵欢呼，伴着几下刺耳的呼啸声，用作庆典的烟花此刻高低错落地窜向天际，在夜空中肆意地开出富贵华丽，花团锦簇，余烬化作银色的流星雨纷纷坠落在湖水之上，融入明明灭灭的波光之中，竟比刚刚万顷流霞浸湖水之景更加令人震撼。

我们就这样站着，寂静良久，这样的沉默却让我觉得莫名的不安，尽量声色轻快道："太后今日兴致颇高，留着众人看了烟花再去，太后刚还问王爷的去处，王爷此刻不去雪芙殿吗？"

"烟花，此处亦能看见。"他深邃的瞳孔黑不见底，"那么宸妃你呢？"

我轻笑一声，道："本宫不喜欢烟花，美则美矣，却转瞬就寂灭……"之后话我不曾再说下去。我空有一副世间至美的皮囊，倾国倾城倾天下，纵然美得惊心动魄，然则身罹痼疾，怕是不长久之人，绮颜玉貌能几时，不过就是烟花一瞬罢了。

韶王浅吟道："宸妃是因在病中，才会作如此消极之想。"

我摇头，仰首看着夜空，苍白的双颊映着那铺天盖地、绚美夺目的焰火，仿佛一层层异色漫上来，我淡笑道："病中胡言，让王爷见笑了。"

我们临着湖水，默然站了片刻，我感到几声灼热的干咳卷着喉管泛上来，纤弱的身子伛偻着按住心口猛咳了一阵，喉间冒起丝丝腥甜，心想许是今日劳累了些旧疾发作也说不定。

"王爷，本宫先行一步，请见谅。"我不想在他面前发病，勉强振作精神，淡淡向他道了声别，示意旁侧之人回冰璃宫去。

"宸妃好走。"他淡淡道。

玉笙今日自从遇见韶王之后，反应似乎有些呆滞迟钝，我连唤她几声才回过神来。她神色复杂地看着我，好几次欲言又止。

"小姐，你还好吧。"玉笙从身后扶着我，我此时虽是自己站着，但身体大部分重量都压在玉笙身上。

正在这时，轻灵欢快的孩童笑声传来，看见正是三殿下与韵淑郡主相逐着跑过来，奇怪的是，远远看去他们手中都高举着一个明亮的事物。

我略略驻足，此时，一抹鲜艳的红影跃动，是樱若跑在前面，她看见是我们，大声笑着喊道："父王，樱若和三哥哥抓萤火虫去了，您来帮我们看看谁抓得多！"

看着眼前这般稚子无忧的情景，任谁都会心一笑。

正当几步路时，樱若不慎踢到某个突起的石块，猛地绊了一下，手中的绢袋飞出去，那束口的带子一松，里面装着的萤火虫全哗啦一下，四处飞窜开去。

我站在那里，霎时间觉得无数幽绿柔黄的萤光如雨，朝我迎面而来，倒不是因为畏惧那些发光的小虫子，而是满眼的明明灭灭让我觉得一阵晕眩，竟忍不住轻轻地惊叫一声，连退了几步。

我虽身形瘦弱，但玉笙扶住我本已是颤巍巍，猝不及防地，她挽在我肩上的手滑落，差点跌倒在地上，幸好旁边的侍女们七手八脚地扶住了。

韶王刚才意念一动，似乎想出手扶我，到底这里人太多他不好贸然出手，关切问道："宸妃娘娘可安好？"

我紧紧地咬着下唇，面色瞬间雪白而仓皇，逃窜的萤火虫一下子就飞了过去，可是我眼中的萤光却是明闪着不灭，朦胧中那小小的光点奇异地汇聚在一起，成为大而展翅的梦幻形状，恍若是一只只发光的蝴蝶在翩飞，径直朝着我扑来。

"小姐！小姐！"玉笙见我迟迟不说话，抓住我两侧的手臂，神色大为惊恐。

我看到韶王和玉笙的神情齐齐一震，我却是如同中了魔障般，怔怔地说不出一句话，心神一时支撑不住，整个人软软地朝后跌倒，紧接着就不知道发生了什么事。

遥山眉妩来时意

冰璃宫内室，玉兰色销金花纹帘幔慵懒地垂落半幅，发髻解散，柔软的发丝服帖地披在细瘦的肩胛和锁骨上，我在床上抱膝坐着，默然无语。有侍女恭敬地端上宁心安神汤，伺候我服用，我勉强喝了几口，肠胃一阵难受又尽数吐了出来。

近日事务繁杂，几番劳碌。太后寿宴后，奕槿本已歇下，接到冰璃宫中宫人的回报，就火急火燎地赶了过来。

"怎么回事？刚刚从雪芙殿出去时，朕看娘娘还是好好的，现在怎会这样，你们这些人是怎样侍候的？"我此时精神恹恹地靠在软枕上，隔着薄丝帘幔，听见奕槿醇厚的声音，不大却带着慑人的威严。

似乎有人经不住拷问扑通跪下，急促地颤声道："奴婢该死……回禀皇上……娘娘大概是被郡主惊到……"

"哪个郡主？"奕槿沉声问道。

那人还未答，我就听见玉笙突然出声打断，道："回皇上，不关谁什么事，是小姐那时贪看烟花，在湖畔多站了一会儿，吹了冷风，所以身子感到略有不适，本是不大的事，宫人们一急就乱了方寸，深更半夜了还要禀报到皇上您那里。"

玉笙这番话说得不卑不亢，情恳在理，奕槿未再追究，这事就此作罢。

我却是不声不响地将大半碗宁心安神汤都倒在漱盂中。而奕槿进来看我时，见到我已饮下宁心安神汤，气色柔缓许多，他亦是安心。他容色温和地与我说了些话，见我面有倦意，亲自扶我睡下后，方才乘着肩舆离去。

我躺在绵柔舒适的锦衾下，虽疲倦却是睡不着，忽地朝外喊了声，"玉笙。"

"小姐，怎么了？"果然她还未睡，一听到就急匆匆跑进来。

玉笙屏息敛神地在榻前蹲下，面容紧绷地注视着我脸上每一丝变化，而我只是静静仰面躺着，不言不语，睁开的眼睛看着彩绣繁复玉兰花盛放的帐顶，重重密密地看久了感觉眼眶干涩，抬手覆上前额时，瞥见手腕上的扁玉镯，温润纯净的玉质，映出人面浅淡的影子。

我看了心中一动，轻声问道："你说我和她是不是长得很像？"

陡然一句没头没脑的问话，玉笙显然愣了一下，随后反应过来，尴尬地笑两声，有些不自然地道："小姐问的是慧妃吗？紫嫣小姐她……容貌是跟小姐极像……"她后面的话有些含糊其词。

我倦然地应了，自从苏醒以来，轩彰九年到轩彰十二年，这将近三年的时间中，因体质羸弱，我一直在冰璃宫中几乎未出一步，奕樘似乎严令后宫中的人不准来见我，也总是若有若无地阻止我见到其他人。

而紫嫣，我就算之前从未见过她，远远地在人群中看一眼，如此惊人相似的面貌，我就能断定我们之间必存在血脉之亲。

"像，你们都这么说吧。"我顾自朝里面壁睡下，喃喃自言，"如果我仅是前朝颜相的义女，那么我们就仅是名分上的表姐妹，实际上毫无血缘关系，又如何能生得那么像？"

尽管不曾回头，也能猜到身后玉笙的神色猛然一震，她嗫嚅半晌，却说不出完整的话来，"小姐，我……这……"

我感到累了，厌倦地挥手让她退下，那时腕上的扁玉镯顺着纤纤手臂，滑下一寸，暴露出一道深褐色的疤痕。记得自从我一醒来，那道疤痕就在了，看样子似乎是很久以前的，但好像当初伤口太深，致使愈合多年后的刀疤依然触目惊心。

我伸手轻轻去摸腕上的疤，如同一道崎岖沟壑，有着粗糙而不平整的触感，我真的不敢相信这样狰狞恐怖的疤，居然会出现在我的身上，割得那么深，是我自己做的吗？我为什么要这样，对自己决绝如此？过去到底发生了什么事，逼得我对人生无半点留恋，要走到非死不可的一步？

我曾经问过奕樘，也记得奕樘那时的神情痛极而愧疚，他什么都未回答我，只是默然垂首，满是怜惜地吻了那道疤，然后将我紧紧地拥在怀中，他的声音温柔而苦涩，重复地在我耳边呢喃着，颜颜，以后绝对不会了，绝对不会有这样的事了。在将来的日子里，我一定会好好地偿还你。

我神色漠然，唇角却衔着一丝浅笑，慢慢移动玉镯，将那道疤痕遮住。

太后千秋节已过，因筹备多时而紧张的宫中也渐渐有些松泛下来。五月过半，正是春深夏浅的时候，渐渐地有些浮热起来，但还未到置冰块的时候。冰璃宫地处僻静，四周多植苍翠林木，当初建造时特意从邻近积玉湖引来一脉活水，注入事先挖好的沟渠中，使其萦绕宫室回廊，水为屏障，夏日里自然凉爽清幽。

我整日无事，若有精神就常去太后那里。太后近来精神极好，不似从前病态，她虽多年不理宫中事宜，但性情婉和，亦是颇受宫中诸人尊敬。

天颐宫中常来的女眷，大概就是九公主端雯、上官婉辞，还有韶王妃庞徵云、贺丽殊这几人，偶尔看得到玉阴侯夫人来一趟。玉阴侯夫人不消说是太后的同胞姐妹，而那九公主是太后的女儿，庞徵云是太后中意的儿媳，而庞徵云、上官婉辞都是太后的亲外甥女。看得出来，能在太后跟前经常来往的，皆是与太后亲近之人，除此之外，宫中妃嫔倒是少见。

太后虽已回宫，仍需静养。宫中规矩，须每日晨昏定省，妃嫔在天颐宫前殿那里下跪请安，便可自行离去，常常见不到太后本人。

太后好像极喜欢韵淑郡主，特意召樱若入宫小住，每次去天颐宫，都能看见樱若一脸娇憨可爱地黏在太后身边，声音脆甜地喊着皇祖母。樱若年幼却聪明机灵，口齿又生得极伶俐，最能讨得太后欢心。现下太后满心疼着韵淑郡主，倒是颐玉公主等三位皇孙女权且靠后了。

天颐宫中，太后素喜雅静，大卷大卷翠绿欲滴的蕉叶，其形大若画轴，门廊下还摆着一排长势郁郁的文竹，叶叶舒展，纤若翠羽，并无太多时令香花，而那青花大圆缸有朵早开的白莲含羞半拢着，清香幽淡。

我那日进去正看到这般幽深景象，轻轻地走几步，正好瞧见樱若在堂前玩，身边有五六个乳母、侍从团团围着，她大概玩得正在兴头上，抬头看到我，一双水灵灵的大眼睛眨眨，冲我粲然一笑，便顾着自己的事情去了。

走进里面，只见一应秋香色的绣铺垫子全换了清凉宁静的青玉色，太后倚在金细竹掐银丝玉簟上，除了端雯和灵犀，好像还有别人陪太后坐着。我看到灵犀，她低着头，意态清婉，下颌露出些微圆润小巧的弧度，一双白皙素手正用一把小银刀切着瓜果，腕上的玉钏轻微磕碰，新进贡的南疆蜜瓜，淡红浅黄的瓜肉被整齐地放在瓷碟中。

我不曾见过那人，她面容生得丰腴端丽，尽管保养得当，但看得出已有些年纪，青丝绾着如意高鬟髻，正中簪着黄金平缕六尾凤凰，身着晚霞色绣青鸾烟罗对襟，深紫色回文锦裙迤逦拖地，看衣饰华贵，应该是个身居高位的宫妃。

灵犀浅笑吟吟着，将切好的蜜瓜拿给众人，端雯容色自然，如是习以为常，而那人却是神情惶恐地从座位上站起，连声道："夫人位分尚在妾身之上，妾身怎敢领受夫人的服侍？这等活计还是让妾身来吧。"

灵犀依然恬淡笑着，说道："这些事灵犀早在姨母跟前做得习惯了，瑶妃姐姐且请坐下，若再推辞就是见外了。"

瑶妃面有尴尬之色，见到太后颔首微笑，方才略略安心坐下。

我肠胃纤弱，吃不得太多凉性瓜果，懒懒地用小银匙子挖些瓤肉就放下了。那头瑶妃似乎在跟太后说些什么，端雩似是午后困倦，并不说话，而灵犀此时浣净了双手，握着把白玉柄墨蝶团扇，不疾不徐地摇动着，手背肌肤莹洁，直比白玉扇柄还要润泽滑腻。

她同我闲闲地说起，瑶妃是宫中少数资质最深的妃子之一，跟皇长子生母良妃一样，皆是皇上尚居东宫太子之位时，就侍君左右，原先论资历与良妃不相上下，何况论家世胜过良妃许多，但良妃育有一子，她却多年无子息，但应算是宫中的老人了，太后有几分待见她。

太后眼神微微示意，瑶妃领会后即刻殷勤地将樱桃端给太后，并且仔细地奉上挑果肉的竹签，她说道："回太后的话，前两天冯昭仪的颐柔公主病了，据说病得还挺厉害，小公主难受起来就使劲地哭闹，太医不知换过几位了，还是没有起色。前夜里忽然手脚冰冷，喉咙里一点声音都发不出来了，昭仪妹妹这些日子心都要操碎了，昨夜吓得差点昏厥过去，好几位太医轮流看诊，折腾到快五更天，小公主才慢慢缓了过来，可怜昭仪妹妹都要哭成泪人了。"

太后面色一凝，问道："佩姗病得那么重，皇上可是知道了？"

"已经回禀到皇上那里了，那晚皇上也过去看了，只是没过一会儿，听人说好像冰璃宫那头不太好，就匆匆赶到那里去了……"瑶妃淡叹口气，她是微微背朝我坐着，眼角的余光若有若无地瞟过我的方向，后面的话说得极轻我也听不清楚。

太后拈起颗嫣红饱满的樱桃，说道："真是苦了佩姗那孩子，才两岁就遭受这样的罪。好端端怎会这样，太医可有说是什么病？"

瑶妃道："妾身听昭仪宫里的人说，颐柔公主发病时浑身滚烫，手脚抽搐，厉害起来还老说些胡话，面色青黑，口吐白沫，可是吓人。"

端雩听得咦了一声，直接脱口而出道："岂不是撞邪了？"

太后淡淡地看了端雩一眼，她才快快地闭了口，而灵犀靠在椅背上双眸低垂，发髻上镂空菱花簪子垂落细细的金珠粒子颤着，顾自摇着扇子，不知她是否在听。

瑶妃蹙着乌眉，神色为难，像是在斟酌着如何说，道："太后，妾身也不知有些话当不当讲，据老宫人说那日照顾颐柔公主的乳母不留神，让公主不小心跑到玉熙宫那边，回来之后就莫名其妙病到现在。刚才公主说撞邪怕是无心一提，但太后您知道小孩子眼睛干净，保不准看见了什么……"

瑶妃的声音愈说愈低，太后骤然听到"玉熙宫"三个字，她默自无言，原本温和的面色竟是沉了几分。

瑶妃自知不敢再说，而端雯生性是个无顾忌的人，三分惊讶三分愤愤地道："颐柔的乳母未免太不中用，四五个大人怎么连个两岁的孩子都看不住，怎么让她跑到颖妃生前的……"

未让端雯说完，太后用力地横了她一眼，与刚才的轻描淡写不同，这回太后眼中颇含着些威峻之意，让端雯噤了口。

再看去，太后容色转霁，一派如常的和睦雍容，她面朝着瑶妃，目光却是扫过殿中的每个人，说道："宫里最忌讳说那些没根据的话，多少风波都是那些不老实的人搬弄口舌造出来的。"

太后瞥眼看瑶妃满脸涨红，欲辩解又不敢说，道："哀家说的自然不是你，你进宫的年数比谁都长，哀家心里清楚你是个有分寸、明事理的人。佩姗无故病了这些日子，宫中的谣言早就起来了，哀家因身子骨不牢靠，一直居于天颐宫，难得你有心能将此事原委告知哀家，让哀家不至于成了耳聋眼花的老婆子。"

听得太后如此说，瑶妃神色大为宽解，细声道："谢太后肯如此体谅妾身。"

毕竟瑶妃进宫十余年，太后对她还是有几分看重。话语间，太后挑起颗樱桃慢慢嚼着，唇角的细纹深浅地展开，她笑道："这日子眼见着要热起来，但天气炎凉不定，佩姗那孩子年幼，不慎伤着了身子也难说。若真说这病来得邪气，就像瑶妃说的小孩子眼睛干净，保不准看见什么，说不定就跟皓儿上回那样，惊风发热，撞见什么神了，让人送本祟书去看看，再择个日子烧些纸钱送祟就行了。"

瑶妃笑道："太后说得极是，妾身受教了。"

今日天气有些燥热，天颐宫中四周蕉叶缱绻舒展，绿意苍润，蕉叶下藏着两只羽翎洁白的鹭鸶在戏水，激起串串水珠从细长坚硬的鸟喙上滑落下来。用过水果，高嬷嬷命人端上来银耳蜜枣羹，汤色雪亮，皆是冰镇得凉凉的，拿到我手中的却是带些温热。

这时，太后和煦地转过头看了我一眼，又笑着吩咐侍从道："去把樱若叫来用些冰碗，别一味顾着玩了。"

樱若欢呼着一阵风地跑来，几缕头发被汗水濡湿贴在额角，娇俏的小脸粉红扑扑的，有乳母跟上来为她拭去脸上的汗珠，浣净双手。她乌溜溜的眼睛看了我一眼，叫了声祖母又甜腻地依偎在太后身边。

太后抚摸着樱若头顶梳起的两枚小鬟，感慨般地说道："唉，宫里的孩子自小生在富贵里，虽说是皇子帝女，身份尊贵无匹，却都是多病多灾的命。像娉婷那样不必说了，可惜了这么好的孩子竟然养不大，而明薏打生下来就体弱多病，三天两头地闹些病症，如今也有九岁了，哀家看她老是病快快的，身子骨不牢，性格也过于文静死板，现在又轮到佩姗无端端地病成这样。皓儿和皦儿到底是男孩子，论体质稍稍好些。"

太后眼神爱怜地看着樱若，将那个小小的孩子搂在怀里，"若是个个都像樱若这样，身子茁壮，无病无灾就好了。"

樱若开心地眨巴着眼睛正要说话，太后却是拿手指轻点她幼小的鼻尖，说道："但是千万别像樱若这么满脑子的鬼精灵心思，时不时惹些事情出来，让哀家不放心。"

太后说完，众人都是会心一笑。

樱若委屈地嘟着小嘴道："皇祖母，樱若哪里不乖，哪里惹皇祖母生气了？哥哥上学去了，明蕙姐姐和佩姗妹妹都病着，他们都不能来，樱若陪着皇祖母不好吗？"

她微微侧着脑袋，鼓着腮帮子，那神情格外俏皮，乖巧无比地说道："况且樱若心里知道皇祖母疼樱若，皇祖母疼樱若，就是疼父王啊。"

太后轻掐她的小嘴，满是笑意地嗔怪道："你们瞧瞧她，这小蹄子就是会说话，平白地说她一句，倒是将她的父王都搬出来了。"

樱若调皮地吐吐舌头，瑶妃见樱若容貌生得娇美可爱，一时欢喜想要抱抱她，可是樱若避了过去，非伸出双臂要太后抱，瑶妃脸上笑容一滞，手就僵在那里。

灵犀担心太后劳累，就上前淡然笑道："小郡主，莫累着太后，肯让表姑抱抱吗？"樱若看着眼前那名清丽出尘、灵秀迫人的女子，难得居然没有摇头。

那时，瑶妃笑了两声，将刚刚的窘迫一带而过，适时地恭维道："原来这位就是韶王的独女，韵淑郡主，上回寿宴时未看清楚，今日一见竟是生得如此标致，长大后定是美人无疑了。"

这虽是客套话，但太后素来疼爱樱若，点头微笑，听着亦是十分舒心。

此时端雩轻摇着扇子，笑道："姐姐这话倒是，据说郡主的亲娘是个美人，女儿就算再不济也不会差到哪里去。就像皓儿的生母慧妃也是美人，皓儿的模样不用说也是生得极好。"

瑶妃方才夸樱若的那句话，多少有些敷衍的意思在里面，但是提到三殿下高舒皓，那褒美之意却是真真切切，她道："公主说得不错，三殿下那模样生得太好了，挑不出一处毛病来，远胜过其他皇子，真不愧是慧妃所出，不得不说是承袭了父母的好皮相。"

太后微微沉吟道："哀家看皓儿长得泰半像他母妃，不是十分像皇上。"

灵犀将樱若放在膝上，抓了些瓜果糕点等零嘴给她，听太后说话仅是抿唇笑着，

"小孩子脸盘未长足，大概看不出来什么，等大了才晓得长得像谁。"

端雯随意地弹一弹衣袖，呵呵笑出声，道："母后，其实皓儿相貌生得清秀精致，若是乍一看，还真像是唇红齿白的女孩子，不过眼下只有六岁，等到十几岁就有男孩的样子了。"

絮絮地闲话一阵，端雯说乏了要先告退，瑶妃见端雯公主动身，亦是同她一齐出去，这下太后跟前唯余下灵犀和我，还有樱若。

原本听大人讲话，樱若有些心不在焉，但听到三殿下她却是来了精神，樱若有时虽莽撞，但是个极会察言观色的小人精儿，见她们都走了，我跟灵犀都不大讲话，她支着脑袋，清脆地出声问道："皇祖母，三哥哥什么时候下学？"

太后未答，而灵犀看看外头天色，笑着说道："小郡主，现在还是未时，三殿下许是再过一个时辰也就下学。"

太后却是看穿她的小心思，微微板起脸道："你乖乖地待在天颐宫中，绝不许像上回那样再偷偷跑到上书房去。皓儿本就耐不住性子读书，你再这么地引逗他，他更没有那份读书的心思了。"

说到这里，太后不由摸摸樱若的小脸，笑道："皓儿自小就淘气爱玩，现在倒好，这两个小冤家凑到一块了。"

太后笑意盈盈地爱称两人是小冤家，想是打心眼里疼爱这双孩子，"樱若眼看着也五岁了，再过两年也可以将《女则》、《内训》等书学起来，女孩子家读书不为修成什么大学问，但凡认得几个字，通达些事理就足了。"

我心中忽然水漾般地一动，说道："太后如此说得极是，但《女则》之类文字深拗艰涩，宜是先学嘉瑞公主所著的《闺阁训言》，文字浅显，表意直白，数十年来为胤朝女儿闺阁开蒙之书。"

太后意味深长地看了我一眼，随即点头道："宸妃说得不错。"

那时，樱若看神色似已是厌烦，她乖顺地让灵犀抱了一会为，又喝了大半的冰碗。但她到底是好动的性子，左腻右腻地不肯安分了，她颇是无聊地玩着一颗浑圆的李子，一时没抓稳骨碌滚了出去，她哟地轻叫声，便要挣脱着从灵犀膝上滑下去找。

我见李子滚进某个旮旯角落里，伸出一只手挡住她，柔声劝道："郡主，别捡了，滚着尘土不洁净，盘子中还有好些。"

樱若一张细白纤巧的瓜子脸上眼睛眨巴眨巴地看着我，难得肯听话应了。我想到出来已久，也是时辰该回去。太后是慈和之人，留下灵犀陪着，细心嘱咐两句，便让我回去。

　　我从天颐宫出来，走了还不到一射之地，听到身后隐约传来些响动，回头竟是樱若小跑着追上来。我见是她，顿觉诧异，问道："小郡主如何来了，太后不是不准你出天颐宫？"

　　"樱若说想去冰璃宫玩，皇祖母准了，嘱咐樱若不可烦扰着宸妃娘娘，并且只消半刻就回来。"樱若上前用两只肉绵绵的小手拉住我的衣袖，满脸稚气地哀求道："宸妃娘娘，就带樱若去吧，樱若一定乖乖地听话，绝不烦着您。"

　　我有些无奈地看着她，那一副可怜可爱的小模样，实在令人不忍心拒绝。樱若见我不言语，以为我不答应，她一抬手，神态骄蛮地指着身后那名长相敦实的妇人，急得跳脚道："瞧瞧，有乳母跟着，樱若绝对不是瞒着皇祖母跑出来的。"

　　我本来就不疑她，见她如此认真的神色，不禁展颜笑了，温柔地携过她一只小手包在掌心中，领着她朝冰璃宫的方向走去。

　　樱若是活泼开朗的性子，我手牵着她，她走路却是不大肯安分，一路上蹦蹦跳跳，看到新奇事物就挪不开眼睛，非要停下来瞧瞧。我自从病后，性情着实沉静，平日里不大说话，而她就像只欢快地扑棱着翅膀的鸟儿，一路上叽叽喳喳地讲着她与三殿下一起玩的趣事。

　　外头阳光正好，天地明媚如许，照映前段日子刚抽出嫩芽玉苞的柳枝。原先单薄的新青之色现长成渐深的碧绿，远远看去那碧色连绵，磅礴如海。繁盛一时的单绡杏花、重瓣梨花等几经吹落后，花事寂静不少，太液池的清濯柔波中冒出好些小荷，亭亭玉立，那尖尖若蹙的花苞尚坚挺紧密，未到盛开的时候。

　　放眼看去，满目极好却有些寥落的景致。此刻，我忍不住暗想，在这宫中，我与她不过见了寥寥几面，不知为何，我竟会对这个樱花般娇美可爱的小女孩，有一种莫名的熟悉感。

　　想着想着，心思不由生出一线旁逸，想到那日上林苑中，在跌倒时扶住我的那温若春风的力道，回眸时，惊鸿的刹那，那张男子俊美无俦的面庞，深深地倒映在瞳孔中，以及他含在唇角那抹稀薄的笑意，他的手握住，但又放开。

　　想起那晚，离开雪芙殿后，与那个孤清寂寥的身影比肩站在湖畔，却是默然无言，唯有仰首看着漫天璀璨烟花，盛放之后化作无数银色的流星坠落，然后一朵一朵地湮灭在清冷的湖水中。

　　那样的眉目，那样的轮廓，仿佛慢慢地跟某个深藏着的印象重合。我不由得笑自己，怎么无端想起他来，他的身份是亲王，已有贤妻美姿，并且还有一个女儿，而我是皇上的宸妃，是他名义上的嫂嫂，我们之间怎会存在什么瓜葛？

　　樱若正说得开心，看到我却是心不在焉的样子，冲我喊了声："宸妃娘娘。"

那声清脆的童音蓦然惊得我回过神来，我浅笑着掩饰方才的失神，问道："郡主很喜欢跟三殿下一起玩吗？"

"喜欢。"樱若粉脸一红，那话不假思索地说出口后，她却是后悔起来，跺着脚矢口否认，愤愤道，"不喜欢，三哥哥老是欺负樱若，樱若最不喜欢三哥哥了。"

"怎么，三殿下欺负郡主？"我笑道。

樱若点头，赌气般地嚷嚷道："三哥哥他坏得很，什么都不肯让让樱若，而且还爱要赖，就像上回皇祖母寿宴的时候，明明就是樱若的萤火虫比他多。"

我身后的侍女都笑了，我亦是付之一笑，樱若真真是小孩子心肠，天真恰纯，无忧无虑，但那份无忧也着实让人羡慕。

樱若轻快地蹦跳着，偶尔还会停下来，伸出足尖去踢草丛间半老的落花，若是看到蜻蜓、蝴蝶等在花丛中翩翩飞着，脚步就愈加挪不动了。

"小郡主似乎跟三殿下极处得来，在王府中谁陪着你玩，乳母还是婢女？"我问道，樱若是韶王的独生女儿，虽然被千宠万爱着，但无半个兄弟姐妹，也是难免寂寞。

她低首似在沉思，说道："父王不太有空陪樱若。云姨人很好，对樱若也很好，可是樱若老觉得……"她微蹙眉，仿佛不知应该如何来说，唇齿间忽然嗤的一声，她那么小的年纪，倒是将鄙夷的情态学了十足，"殊姨就不必说了，她巴不得看不见樱若才好呢。"

我浅笑，想起以前听宫人们提及过，韵淑郡主的生母早已故亡，而樱若一直不肯喊庞徵云母妃，也是知道母亲过世一事。

我握着那只小小白嫩的手，纤小到可以完全包裹在我的掌心中，她的手温热柔软，就像一团小小洁白的棉花，几乎感觉不到手心的纹路，肉绵绵的，柔若无骨。

这时，她忽然停下来，我垂首看她，这回她不是看到了什么好玩的事物，巴掌大的小脸上，第一次出现如大人般的忧愁之色，她细声细语地问道："寿宴的时候皇祖母还催着云姨呢，若是云姨真的给樱若生下弟弟妹妹，宸妃娘娘你说父王还会像现在这样疼樱若吗？"

我料不到她竟然会这样问，霎时一愣，若是庞徵云为韶王诞下子女……我心里陡然有点针刺般异样的感觉，让我心神蓦地冷冷一惊。但我毕竟不能在一个小孩子面前失态，笑意有些干涩道："郡主若是有了弟妹，也就有了玩伴，王府上也热闹许多，不是很好吗？"

"樱若从小就有的是玩伴，但那些玩伴不会跟樱若抢父王啊，要是有了弟弟妹妹，父王就会去疼爱他们，就不会疼樱若了，还有云姨……"樱若毕竟才五岁，很多心中所想的事，却不知怎么用言语表达。她吮着一根指头正冥神想着，忽然抬起一双晶亮的眼眸看着我，那般清澈剔透、不容纤尘的眼神，看得我从心底渗出一丝慌乱，瞬间化作层薄薄的冷汗幽凉地附在背脊上。

其实我是明白樱若未说出的意思，我眼前这年仅五岁的小女孩，真真是个心思伶俐、狡黠过人的孩子！庞徽云向来待她极好，她却是一直不肯与庞徽云亲近，她早已感觉到若是庞徽云有了生养，到底是会以亲生骨肉为先，迟早要与她疏远。她也早感觉到她虽是长女，但到底是没有生母照拂，今后日子多少坎坷些。

我心中暗暗惊讶，如此的聪明灵透，实在不像是一个五岁的孩子。刹那间心口莫名感到一阵窒闷，刚才还能敷衍两句，眼下我张开嘴，却是半句话也说不出来。

樱若到底是小孩子心性，纵然有些愁绪很快就像被风一样地吹散了一样。不知不觉走过太液池，樱若欢畅地轻呼一声，忽然用力挣开了我的手。

我惊愕地回过神，看着她喊了声："小郡主！"

我瞧她竟是往上书房的方向跑去了，那上书房正是皇子日常读书的地方。她跑得极快，我自然追不上她，身后的侍女没有我的命令，都是伫立在原地，而那名带出来的乳母低低地叫了声"要坏事了"，就忙不迭跟了上去。

我微有些着急，喊道："小郡主快回来，太后说过不准你去上书房的。"

樱若回头冲我做了个鬼脸，声音甜甜地道："一个时辰早过去了，三哥哥也下学了，樱若这时候去找三哥哥，皇祖母可不会说什么的。"

我在那里站着，渐渐地看她人影远了，心中不觉又好气又好笑，一时明白过来，樱若她口头上说想去冰璃宫，先求了太后又求了我，事实上心里打着要借机溜出去的主意。

"这小女孩真是满脑子的鬼心思。"我不禁莞尔，直到她的身影完全看不见了，才让侍女扶着，缓缓地继续朝冰璃宫去了。

樱若因着上回借助我偷跑出天颐宫的事，许是对我有些歉疚，时而会跑来冰璃宫中看我。有时是她，有时是她拉着三殿下高舒皓一道过来，但她记住了太后的叮嘱，不可烦扰了宸妃静养，每次来都是收敛着性子，有时是安安静静坐着，有时同我说上几句话，但也不像平日里那般吵吵嚷嚷。冰璃宫中素来死气沉沉，樱若的到来却是增添了许多生气和笑声，漫漫时辰也就这样打发过去。

那日，樱若和高舒皓玩耍了一阵，正要相逐着离去。我临窗坐在张红木圈背椅子上，手中执了一卷书，看着一双稚子如此无忧无虑，双靥不由染了笑意，道："三殿下与小郡主一见如故，虽是堂兄妹却格外亲厚，整日承欢太后膝下，怪道太后常眉开眼笑地说是她的一双金童玉女。"

"可不是这样，颐玉公主是三殿下的皇姐，颐蔚、颐柔两位公主是三殿下的皇妹，这亲姐妹都不见得有这么亲近的。"听见我说话，旁侧有个服侍的嬷嬷立即殷勤地凑上来，窃窃说道："不过娘娘，老奴听宫里的人说，这金童倒的确是金童，三殿下可是皇上和慧妃娘娘所生，那副相貌好得简直是跟神仙一个模样，可是小郡主嘛……"

我淡淡地看了她一眼，并未有打断她的意思，那嬷嬷也就顺着刚才往下说，"老奴见过小郡主几回，要说容貌，端的只是周正秀丽，实在看不出有倾国倾城的底子在，说实话还是我们的颐玉公主生得好些呢……"

直到她说完，我都未说什么，玉笙却是有些忍不住，她客客气气地打断道："嬷嬷，您出去好生看着三殿下和小郡主吧，娘娘这里有我在。"

那嬷嬷出去了，玉笙心中有些不快，这时方才嘟哝起来："那些婆子老喜欢嚼些舌头，以前说哪宫的娘娘长得如何美貌，现在又议论起皇子公主们的容貌长短来了，年纪都还小着，哪里瞧得出来，就算真的是倾国倾城放在眼前，也要看人的眼睛俗不俗了。"

正当这时，听见一阵笑声，紧接着一把温厚利落的男声掷了进来，"难得你也会说这么刻薄的话。"

抬头看见四五个宫女、太监簇拥着争相撩起帘笼，忙得跪下行礼，口中大声道："参见皇上！"

玉笙脸上一红，流露出窘迫之意。想必刚才无意间说的话已被奕槿听了去。毕竟她是我的贴身侍女，奕槿也没有丝毫为难她的意思，朗声一笑，挥手让屋里的人都下去。

我此时落座的地方略小，容不下两人并肩坐着。我起身让给奕槿，自己在旁侧一张黄藤木椅坐下，奕槿却是拉住我，手中力道收紧，我感觉足尖一轻，他已把我放在膝上。

我的长发迤逦如云，有几缕垂落在奕槿肩上，他双手轻轻地捧着我的脸颊，恍如捧着世间至宝，他凝视半刻，神色认真地道："颜颜就是朕的倾国倾城。"

我扑哧笑了声，一时玩心乍起，用手中的那卷书去戳他的额角，"你哄我吧，我现在这样，哪有半分倾国倾城的样子？"

左右留在冰璃宫中不出去，我穿了件素白裙衫，柔软细密的料子，清简得无半根金丝银线，也无半分垂珠缀玉，这般素雅洁净的颜色衬得面庞愈加显出几分纤弱，惹人肆意怜惜不已。

奕槿朝我温和笑着，一掌就捉住了那书卷，他感慨地道："颜颜，容颜如昔，但十数年间，朕却是老了许多，你以前总是淘气得很，现在帮朕看看这鬓角，是否有白发了？"

我瞥眼看他鬓角乌黑如墨，心知他是在逗我，轻轻推开他道："皇上说笑了，哪有什么白发。"

奕槿却是将我抱得益加紧些，将那卷书随手搁在一侧，看了眼笑道："颜颜这些年虽病着，倒是没将这些书落下。"

我侧着头，说道："不过是闲时看看罢了。"

奕槿道："刚来时正好看见皓儿和樱若从你这里出去，樱若大大方方地请了安，倒是那皓儿见到是朕惊得忙不迭躲起来。"

我闻言，抿唇笑道："三殿下现在本是上学的时辰，想必是从上书房偷偷溜了出来，这会儿撞见皇上能不害怕吗？不过皇上不必跟他计较，小孩子玩心重，少有几个能耐得住性子读书的。"

"你倒会为他说情。"奕槿含笑看着我，那笑容中徐徐晕开暖意漾漾，他拥紧我的肩膀，似是玩笑道："要说还是这樱若，整日出鬼主意撺掇着皓儿。皓儿本就贪玩，现在愈加不肯在读书上放心思了。"

我在奕槿怀中发出微弱呀的一声，不假思索地辩解道："不关樱若郡主的事。"

那刻奕槿看向我，眼中略有疑惑，道："朕不过说樱若一句，你倒是急什么？"

我看着他半晌，忽然呵呵笑道："原来槿虽贵为九五之尊，但心思竟是跟世间所有的父亲一样，觉得自己的孩子终归是好的，若是不好了，也全赖是别人的孩子教坏的。"

奕槿此时神色一震，温润如墨玉的眼眸，霎时溢满了欣喜，这欣喜中还藏着一丝不可置信，声音有些微颤着道："颜颜，你……刚才……叫我……什么？"

我极难得开口称他为槿，我想这宫中绝不会再有第二个人胆敢直呼帝王的御讳。而我可以，是他给我的特权，他说我以前就是这样称呼他，他希望我能像以前那样，可我总是尽量回避着，万不得已时也是唤声疏离淡漠的皇上。他虽未因此事刻意勉强我，但我看得出他面对我的生疏，眼底总会掠过一闪而过的淡淡失望。现在我愿意唤他槿，虽是微末小事，怎不令他欣喜若狂。

我哂笑一声，撇过脸去，奕槿在我半边莹白清凉的脸颊上，用力印下一个吻触，让我觉得有些微的痛，他深情脉脉道："无妨，朕说过朕可以等，等到你能真心悦纳朕的一日！"他的脸上瞬间焕发出少年的蓬勃和激情，清绵如水的呼吸撩起耳畔游离的发丝。

我温顺地伏在他胸前，唇际却莫名溢出隐约的苦笑，听他讲述我们的过往应是极相爱吧，山盟海誓过，刻骨铭心过，承诺了白首之约，打定了长相厮守。

我此时感到一缕落寞如烟淡淡拂过心间，三年来，我始终记不起奕樘，记不起他是我名正言顺的夫君，更记不起我们曾经的感情。

他却说可以等，等到我能真心悦纳的一日。可是我们之间真的有那一日吗？

"如果……"我嗫嚅着，有些话在齿间千回万转，滑到唇际却是骤然无声。

"颜颜。"奕樘情意缠绵地唤着我的名字，他的下颌有满月般温润柔和的弧度，抵住我的前额，轻轻打断我的话道，"什么都不要再说了。"

或许热烈的爱情，就像汉乐府中那首情词恳切、绝丽动人的《上邪》。那首诗烂熟于心，上邪！我欲与君相知，长命无绝衰。山无陵，江水为竭，冬雷震震，夏雨雪，天地合，乃敢与君绝！

奕樘那时的笑意宛若春风，宠溺地刮我的鼻尖，"傻瓜，江水为竭又如何？冬雷夏雪又如何？"他一字一顿坚定地说着，仿佛要将每个字都深深地印刻在我的心里，"朕绝不会再让你离开！"

我怔怔着，却不知该如何回应他的磅礴深情，风吹乱额角的几丝碎发，绵绵地贴住肌肤，心间空茫，仿佛我的身体也是空茫而虚无，被风恣意地穿透过去。

午后的阳光浅薄迷离如纱，渗透过单绡帷幔，晕染了一点点绯然的颜色，恍若初桃新生，我们的影子重叠着拖曳在地上。

我们就这样静静坐着，说着话。我从窗口看去，庭院中疏落地植着四五株晚樱，冰璃宫僻静清幽，满枝拥簇着的浅绯樱花如云如雾，还未到凋谢的时候，湿润的泥土只薄薄地覆着落花。我忽然想起樱若，好像就是在刚刚，我还看见她咯咯笑着站在树下，小小的孩子，却是架势十足，颐指气使地叫宫人给她去攀折樱花。

奕樘浅笑着，无意地提起道："樱若似乎有些喜欢黏着你，那两个孩子可烦扰到你了吗？"

我摇摇头，道："三殿下和小郡主都是极乖巧的孩子，哪有烦扰不烦扰的话。而且臣妾也觉得樱若郡主极是可爱。"

"哦，难得听颜颜夸奖一人。"奕樘笑着。

我双眸一转，看着他清俊的面容，侧过头佯装沉思状，说道："三殿下也是聪慧异常……"

"好了。"奕樘爱昵地揉着我的发丝，薄唇勾起一抹笑意，炙热的气息直扑我的耳畔，"别管他人怎么样了，朕却只想要跟你的孩子。"

我倏然一惊，眼眸蓦地对上他黑不见底的瞳仁，漾漾汤汤如两涡湛澈的深潭，似曾相识，却又如此陌生。他爱我吧，毋庸置疑，可是他真的是我曾经挚爱的那个人吗？能与我一起看过金谷花开，剪过西窗夜烛，渡过画船明月，听过雨湿芭蕉，踏过夕阳芳草，最终携手走向"执子之手，与子偕老"，走向那所有爱情都期盼追索着的唯美归结？我感到一阵惘然。那一晚，我却没有再拒绝他。自从青阳寺的那一场初遇，转眼间十三年过去了，我们大概都过了年轻冲动的年纪。而那晚他却像少年般紧张和热切，但始终动作轻柔，生怕伤害到我。我伏在他的臂弯里，身上每一寸肌肤仿佛都被他的体温熨帖得滚热起来，然而背脊却始终透着一丝寒意，身体颤抖着，像是因为某种未知的恐惧。

最终，我倦然地合上眼眸，浮生一世，岁月静好，是如这般吗？

窗外，春深似海，花事荼蘼。风簌簌地追逐着一阵流樱如雨，嫣香细软，樱花花期短暂，恰如那夜转瞬寂灭的烟花，很快也就要到了凋零的时候吧？

近来大概是晦奴刚换的药起了作用，我感到身体略略好转些，咳血之症时而发作，但不再那么频繁，虽然身体还虚，也不至于像以前那么弱不禁风。

近来朝廷内宫的事务都轻泛下来，奕槿常常来冰璃宫中，他说因前段日子诸事冗杂，而无暇顾我感到愧疚，提起闲时要带我出宫透气散心，更或者去丞相府走一趟，毕竟那是我自小生长的地方。

我漫然听着，能出宫去还是我从未想过的，多年来拘囿在冰璃宫中养病，我真的想象不出宫外会是如何的景象，我心里欣喜，口头上却装作不在意地笑道："是出宫吗？是不是要像当年去普庆观一样，扮成个不起眼的小婢女？"

奕槿目光霎时微凝，愕然问道："你能想起当年普庆观的事了？"

看着他殷切的目光，我只是歉然摇头，这些事都是他曾告诉过我，我却未能真正想起来。

"现在想不起来也罢，我们今后的日子还长，慢慢来吧。"奕槿朗声笑着，他的手掌有力地箍住我两侧的肩膀，直视我的眼眸，郑重其事地说道："颜颜，今时不同往日，而现在，朕要你名正言顺地站在朕身边，你是朕的女人，也是朕唯一认可的妻子。"

我低低垂首，看着足上软缎锦鞋尖上一双栩栩如生的蛱蝶，触须和眼睛皆用晶莹珠子点缀，散开如云的玉色裙裾上绣着鹅黄色繁茂枝叶，舒展葳蕤，还有他龙袍下襟玄色丝线密密绣着连绵不绝的夔纹。我们彼此站得极近，料子轻薄的裙角衣袍，缱绻绵密地纠缠在一起。

果然，奕槿炙热的呼吸瞬间迫近我，字字情恳说道："颜颜，朕要你做朕的皇后。"

我遽然头脑一蒙，三年前在上阳行宫中，他亦是这般对我说。我本能地摇头，声音中带着一丝急迫道："不……"

自古册妃不过是遴选枕边的佳丽，而立后一事关乎国运，非同小可，不仅是帝王家事，更是天下国事。奕槿却认为我是担心他的立后之举会面临太后和朝臣两重压力，说道："颜颜，朕不想再等了。朕登基十二年，早已不是当年处处受制于人的少年皇帝，现在朕完全有能力册封自己心爱的女子为皇后。朕老早就想好了，等到太后千秋节一过，宫中诸事平复下来，就颁出这道立后圣旨。"

我一时心乱如麻，我知道奕槿一直有立我为后的念头，但他此番贸然提出，却是我始料不及的。

我朝后退了一步，忽然想起前些日子在太后那里的听闻，故意岔开话头道："虽然太后千秋节已过，但宫中仍有诸多事宜，皇上得了闲，也无需一直陪着臣妾。臣妾听说颐柔公主这些日子病得挺重，皇上理应常去看看。"

"小孩子头疼发热是常有的事，太医都说没事了，应该不会再有什么大碍。"奕槿的手覆上我的侧脸，他笑道："况且，最令朕放心不下的人是你。"

"那么……"我双眉轻蹙，回想着问道："那么玉熙宫是怎么回事？为何宫里都说，颐柔公主在那里撞见了什么东西，还有什么中邪……"

提及玉熙宫，奕槿的眉头不经意地皱了皱，"是谁将这些不干净的话传到你的耳朵里？"

他的神色陡然一下凝肃，让我不由得一惊。但他即刻面容和缓道："好了，颜颜，你不要理会这些事。宫中人多口杂，常常惹出些口舌上的是非。佩姗不过病了一场，就凭空造出这些荒谬离奇的谣言来，朕日后定要彻查一番。"

奕槿的话多少有些在敷衍我，我原本还想再问颖妃，因为这些日子宫人们都窃窃地在私下谈论颖妃，说起颖妃当年如何风头正劲，还绘声绘色地说起颖妃与慧妃之间如何不合。颖和慧二字俱是聪明颖慧的寓意，赐予两人的封号可谓不相上下，但说到颖妃的猝然过世，就都含糊起来，也没人能说出个所以然。

此时，我见奕槿似乎不愿说，好奇心再大也得按捺下来。心中想想，算了吧，我何必追问这些没有意义的事，奕槿待我确是真心，他殷殷切切地要立我做他的皇后，一遍一遍地说出我是他心中唯一认可的妻子，但他到底都是帝王。

红墙百尺，殿宇九重中，就算是凤仪宫独尊，也有那三宫六院。既然我曾经的选择是他，这或许也是我自己选择的命运吧。

奕槿对于立后一事心意已决，他信誓旦旦地向我保证，任何事情都有他在，让我安然处之。我见事已如此，也就淡淡应了。

仿佛是暮春时节一场疾暴的花雨，宸妃即将入主凤仪宫的消息，在宫中如同裹着一阵旋风般传播开去。宫中上下顿时哗然一片，那些纷杂的声音中有嫉妒，有不满，有艳羡，更多的还是震惊和错愕。

宸妃常年因病幽居地处僻远的冰璃宫，进宫三年，几乎不与宫中任何嫔妃来往，与我有过接触的宫妃也只有寥寥几人，屈指可数。论资历，宸妃比不上进宫十多年的瑶妃、良妃等人，论子嗣的功劳，宸妃比不上已诞下皇子的慧妃、毓妃等人，更何况，宫闱中还传言宸妃身罹不治之症，即将不久于人世云云。

这些传言愈演愈烈，大有甚嚣尘上的势头，甚至盖过了前些日子颐柔公主诡异重病一事。奕樘强施手腕，加以弹压，才渐渐有了平息下去的趋势。

不出意料地，后宫中对此事反应激烈，朝中重臣也纷纷陆续上疏陈情，劝诫奕樘于立后一事三思而后行，但令众人万万料想不到的是，朝中林氏却是反其道而行，上疏表示，宫中不可一日无后，凤座空悬多年，眼下皇上既有中意的人选，就应尽快立后，安定宫闱。林氏此举令朝臣皆是侧目。而天颐宫那头，太后的态度是不偏不倚，唯有命人传了句话出来，说皇上自己做主就好。

我知道太后处事一向淡泊，极少过问宫中之事。

我居住的冰璃宫，远离宫妃密集之地，所受波及甚少。我一来没有精神，二来也懒得去理会这些事情，管它外面大风大浪怎样翻搅起来，我还是安安静静地过着日子。其实在我眼中，无论是皇后，还是宸妃，都不过一个封号罢了。

奕樘果然遵守诺言，近乎是密不透风地保护着我，不让我受到外界的任何滋扰。我以前曾向他问起，我在颜氏中是否还有亲人在。奕樘告诉我颜相弃尘入道，而颜夫人已离世多年，在我上头有个姐姐，闺讳颜珂，早年嫁入杨府，生育有一子一女，生活尚算圆满。可惜的是中书令杨大人英年早逝，杨夫人立志守节，至今也有四五年的辰光了。

我下面还有一弟二妹，三弟颜澈在朝中任皇城都统职，四妹颜凝玉，于轩彰六年与毓妃林衡初、敏妃梁沛吟一道进宫，现封作静妃，而小妹颜芳芷尚在闺中未嫁。

奕樘曾经带我去过一回丞相府，里面房屋楼阁如新，绮霜阁前的一泊湖水亦是如昔明净，茂盛的深碧圆叶掩映着数枝亭亭小荷，处处整治得格外洁净，却是无人居住。我细问奕樘才知道，颜澈等人早年就已迁出丞相府，另置府邸居住。难得这里竟无一丝荒芜的迹象，可想而知，奕樘着实花费了不少心血。

丞相府中的回云阁是我幼年时的闺房，我那时默默地沿着长廊走去，将流云细琢的窗户一扇扇推开，倚窗看着外面的景色，恍恍惚惚，我仿佛还是那个养在深闺不知愁的小女孩，指尖顺着木质窗格上蜿蜒深浅的纹路游走，在岁月的流逝中，这里虽能免遭尘封，但还是留下了沧桑的印迹。

我没有往日的记忆，但细细思来，遥想当年，深闺初成，娇颜如花，真真想不到，现在距离那段"笑随戏伴后院中，秋千架上春衫薄"的无忧时光，转眼已经过去十三年，我的心底还是会不可抑制地涌起春潮般的感伤。

离开丞相府、离开回云阁那么多年，因为失忆，我的过往就如同一张纯粹的白纸，可现在与我相依相伴的他，真的是我让魂牵梦萦的那个人吗？真的是让我难以割舍的那个人吗？真的是让我托付终身的那个人吗？

"颜颜。"奕槿柔声唤我的名字，他展开双臂从身后将我紧紧地拥住。

我转过身去，将头抵在他的胸前，而双手颤抖着揪紧他的衣襟，梦呓般重复问道："真的是你吗？真的是你吗……"

"颜颜，是我！"奕槿回答的声音中透出震颤的狂喜，愈加紧地抱住了我的身体。

一日午后，我正在冰璃宫中浅睡，忽然听见有人来报说太后请宸妃娘娘过去，我心中略略一惊，还是即刻起来梳洗装扮一番，然后过去。

玉笙觉得奇怪，她正服侍我换上一件湖水绿纹锦琵琶襟宫裙，边角绣着清新的水仙图案，她为我抚平衣襟的时候，忍不住问道："太后这时候传小姐过去，会有什么事？"

我摇头，虽然我偶尔在天颐宫走动，但太后特地命人传唤我去，还是第一次，心里不免有些不安。但太后生性温绵，待人随和宽厚，不是刻薄难缠之人，想来应该不会有什么事。

我就这样过去了，到了天颐宫，走过明心殿前那道羊石子墁的白色小径，进去之后，听伺候的宫婢随口说起灵犀夫人也在，灵犀常在太后跟前，这倒是没什么可在意的，就由宫婢引着我往内室去了。

明心殿映着庭院中的苍苍树木，被衬得愈加僻静素幽。梁笼下一重一重浅碧色绣大楠迦叶的帏帐，如鸟之巨翼般半垂着，帏帐上些许褶皱，如水纹漾起波光粼粼，拖曳在赭色大理石地砖上，经镶着明珠的绣鞋踏过，轻轻地沙沙作响。

甫一走近，就听见里间有人声传来，喉音微沉，像是太后的声音，"不是哀家说，熙贵嫔她那些人确实太没眼色了，竟会想到要结伴上太极宫反对立后一事，真是糊涂。宫中有资历的嫔妃中，良妃向来胆小懦弱，不指望她能管事，瑶妃也不知道劝阻着些。"

"回姨母的话，其实宫中并非人人都反对立宸妃为后。"灵犀的声音一脉清慵道，"就像慧妃她是一力支持，那日婉辞亦是在太极宫中，在诸妃被皇上斥退后，慧妃晚走一步，婉辞听见皇上对慧妃说了一句，好像是什么不枉费姐妹情深的话。"

太后听闻，重重地叹了口气，"宫中那么多人，都不及林紫嫣聪明，看得透彻啊……"那话说到一半，声音猝然就低弱下去，变成嘶嘶哑哑的喘气声，如是极吃力般。

里面一声纤细而惶恐的叫喊灌入耳中，"姨母！"紧接着一声扑通，好像有重物落在地上。我撩帘疾步进去，看见太后坐在长榻上，枯瘦的双手紧捂住心口，蓬乱花白的头发堆叠在鬓角，一张脸血色全无，表情有些痛苦地扭曲着。

灵犀跪倒在地上，忙不迭用手为太后抚背顺气，满脸忧惧地端详着太后的脸色。我霎时愣在原地，不知如何是好。稍过一会儿，太后气色稍缓，她微瞑着双眸，煞白的脸颊上透出一阵潮红。

片刻后，太后在灵犀的扶持下整敛了形容衣衫。不消须臾，又是往日眉目端然慈和的太后，她眸色蔼然地看着同样脸色苍白的我，道："这心口郁痛是哀家的老毛病了，可是吓到你了？"

"臣妾无用。"我低头轻声道。我知道太后常年有心口郁痛的旧症，但是我这是第一次见到太后发病，自然惊惶，反观灵犀倒是比我镇静许多，想来不是第一次碰到这样的突发状况。

灵犀两道纤秀的双眉轻蹙，依然是跪在太后跟前的姿势，说道："姨母的病这样一直拖着不是长久之计，真的没有个根治的法子？"

"好孩子，你已经很有心了。但哀家这样不是一日两日了，眼见着上了岁数，半截身子都入土的人了，还谈什么根治不根治。"太后神色爱怜地拍拍灵犀的手背。

她见太后如此说，神色掠过一丝黯淡，但随即掩饰过去。她挑唇浅笑，露出一点细白如玉的贝齿，笑着说了些其他的能引得太后开怀的话。

灵犀离去时，正好与我擦身而过，忽然抬眸朝我清浅一笑。她平日里常是一袭素颜，但今日却薄施朱粉，芙面生韵。那颗漆点般的泪痣宛若刻意描长的眼线，姿态妖娆而孤单地盘踞在一侧眼角，钟灵毓秀，更透出一分宛若天成的妩媚和清艳。

我一时看得竟有些挪不开眼，直到太后唤我，方才回过神来。

灵犀走后，太后示意我坐得离她近些，我依言在她身侧坐下。太后眼角的细纹直如鱼尾迤逦散开，以前仅是眼角、唇角，现在额头和两颊都有了风霜斫刻的痕迹。

当年的皇宫中，先有嘉瑞公主、浣昭夫人的倾世美貌，后有薛贵妃的浓艳妖冶、咄咄逼人。相较之下，当年太后容貌全盛之时，也不算是绝色美人，但她未必就不美，如今迟暮之年，容颜枯败衰颓，令人亦是不禁感慨，无论怎样风姿卓立的美人，终是会一朝春尽红颜老。嘉瑞公主、浣昭夫人皆是盛年逝世，谁又想得到她们垂垂老矣时，是如何的情状呢？

太后一双慈目凝视我片刻，言语温温的，不带着任何情绪，仅像是在陈述一个事实，"皇上已决定要立你为后了。"

我面色微赧，解释道："太后，其实臣妾……"

太后抬手示意，制止我往下说，轻叹道："你不用说什么，哀家心里都明白，这也是皇上多年未了的一桩心事。"

"如今凤愿能了，无论对谁都是好事。"太后看着我，说这句话时，她的面容是从未有过的冷静和肃重。

无论对谁都是好事吗？我心里乱糟糟的，没有丝毫心情去琢磨这句话到底有何深意。

"可是……"我面有难色，在太后面前跪下，横横心还是说出口道："太后，请容许臣妾说一句，这皇后的凤座，光华无限，令多少女子心驰神往。可是臣妾并不看重这中宫之位，也无意成为皇后。"

"这傻孩子，可皇上他认定了你。"太后微微一笑，温柔地伸手将我扶起，她的眼中藏着难以言喻的沧桑，意味深长道："你到底年轻，阅历尚浅，不晓得这世上有些事、有些身份是命里注定的，不是全凭了你的意愿，不想要就能不要。"

既然太后都如此说了，我还能再说什么。我垂首绞着袖角，细密轻巧的针脚摩挲得指尖有些刺痛，衣衫上莹白娇黄的丝线，勾勒出水仙清新雅致的模样。水仙素有凌波仙子之称，九天仙姝，凌波而来，罗袜生尘，步步幽莲。我不晓得，奕槿是否就是我今生的归宿。

太后轻咳一声，正色说道："宸妃，眼下立后之事势在必行，但哀家有句话不得不说。"

我细声恭谨道："请太后赐教。"

太后和蔼的眼中忽然闪过一轮犀利的精光，沉吟片刻道："你不是麻木迟钝的人，皇上对你的心，哀家想你也该明白。等到你成了皇后……"

太后说到这里忽然停顿了一下，她眼角微地抽动，平和的声音亦是遽然严厉低沉几分，"你要一心一意坐好皇后之位，定不可心有旁骛！不然哀家断容不得你！"

进宫三年，我从未见过太后疾言厉色的样子。太后的最后一句话，却让我听得心惊肉跳，就像是被人骤然戳穿了某些极其隐秘的小心思，霎时浑身的骨骼和皮肉都悚动起来。太后的那句定不可心有旁骛究竟是什么意思，她单单是在警戒后妃，还是发觉了什么蛛丝马迹后，使出的一记敲山震虎？

这真是醍醐灌顶的一句话，一时间，我对整个人生都惊疑起来。其实一直以来，我都不甚清楚自己对奕檀是怎样的感情，有过依恋吗？有过喜欢吗？我发自内心地去喜欢他，还是我失忆后，对往昔一片空白，被牵引着去喜欢他？无数念头在心间惊雷般地滚来滚去，眼底遽然的一线幽泽如同被狂风暴雨席卷般摇曳不定。

我紧咬发白的下唇，良久方才讷讷地说出一句话道："臣妾谨记太后训导。"

说了小半日话，太后觉得身子有些乏倦，就令我退下。我走出时，步履极缓。听到身后传来幽幽的一声，像是太后身边的高嬷嬷，"太后刚刚似乎对宸妃过于严厉了，毕竟她不是当年的浣昭夫人……"

"她太像浣昭了，看着她就好像浣昭就在眼前一样，哀家是担心啊……"后面的话错散在轻邈而绵长的叹息声中。

我孤身从明心殿出来，等候在外面的玉笙见我面沉如水，她眉间亦染上几分忧色，询问道："小姐，怎么了，太后可是跟您说了什么？"

我摇摇头，只是扶着玉笙的手离开。玉笙也再不多问，默默地跟在我身边。我此时被心事覆盖如积满雨水的云，耳边始终回响着太后那番声色俱厉的话，却琢磨不透太后究竟有何深意。

心神烦乱中，这样信步走了许久，还未到冰璃宫。侍女们皆是屏息凝神地跟在我身后，她们侍奉在我身边向来小心谨慎，见我郁郁寡欢，没有一个人敢出声。

最终还是玉笙开口道："小姐，我们出来已久，还是先行回去吧。"

我抬首看着四周，不知不觉间，已是走到皇宫边角的僻远处，高参苍幽的林木密植，其势如海，林涛阵怒间，掩映着几处鎏金琉璃瓦的殿顶飞起鸟喙般的檐角，一色金瓦黄墙，诵经声呗呗不绝，升腾起缥缈幽静的轻烟袅袅，一派皇家富丽中，更透出几分宝相庄严。

我驻足问道："这儿是哪里？"

玉笙仔细看了看，答道："小姐，应该是宫中用作参拜祈福、举行法事的通明殿。"

我却是摇头，抬手指着另一处规制略小的宫殿，道："我问的是那里。"顺着我手指的方向有座宫殿，那是一座清丽别致的宫殿，茕茕孑立在林涛中，宛若檀香古卷中一阕最精致典雅的宋词。殿顶上覆着齐整的黛青色琉璃瓦，不染纤尘的白墙衔接着朝中间椽聚，院开四落，整体素简得不像是皇家宫室，更像是一座寻常别院。

"那里好像是贤女祠吧。"玉笙极目眺望，片刻答道。

"我们去看看。"我道。挥手屏退跟随其后的众人，只允许玉笙陪伴。我缓步走近那座宫殿，看见檐角下系着镂空熏香银球，底下垂着嫣红丝线的璎珞穗子，被徐徐惠风撩动着，摇转出磕金撞玉般空灵清脆的响声。

此处幽静，连聒噪的鸟鸣声仿佛都被层层绿荫过滤得淡了，唯有檐下银铃声响。我看了那熏香银球一眼，玉笙扶我进去时，迎面正好遇上主仆两人出来。

我倒是不在意，但那人看清我的容貌时，霎时惊得怔在原地，眼睛紧紧地盯着我，愣愣半晌，口中迟疑地道："二姐姐。"

我看着她心中微疑，玉笙却听得震住，上下打量着她，良久才不可置信地道："您是……凝玉小姐？"

那人显然有些激动，发出的声音都带着一丝颤抖，她看着我，急切道："姐姐，我是凝玉，您不认得我了？"

我此时才仔细看了看她，眼前的女子大概二十余的年纪，身着碧色织暗花竹叶锦缎绫衣，云髻低绾，发丝间只压着一支云脚珍珠卷须簪，其余别无装饰。真是天生芙蓉面，清素见天真。她肌肤白净，眉目如画，面庞中自然流露出一股令人心折的温柔沉静，似乎亦是一名貌婉心娴的女子。较之先前所见的庞徽云，她更多一分轻逸柔曼，而庞徽云出身煊赫世家，家族教育赋予她贵族女子的端庄雅丽，而她更多一分小家碧玉的清新脱俗。

听她如此说，我心中一滞，颜凝玉，我对这个名字并不是全然陌生。莫非她就是我的妹妹颜凝玉，也就是现在的静妃？

"凝玉吗？我不记得了。"我容色淡漠，与她面上呼之欲出的殷切之情，截然相反。

她明光流转的乌眸有一瞬的黯淡，玉笙见到气氛冷了几分，忙笑着出来打圆场道："凝玉小姐莫难过，小姐病了一场，已经记不得以前的事了。"

她勉强浅笑着点头，不免苦涩道："这些我都知道。"

玉笙问道："此处幽僻，凝玉小姐怎么会在这里？"

凝玉道："前两天贤女祠中走水，火势不大，却多少波及了嘉瑞大长公主的遗物，太后对此格外挂心，但无奈这些日子凤体违和，不能亲自前来。灵犀夫人在太后跟前也走不开，太后不嫌我愚笨，我素日也得闲，所以就命我前来查点。"

我无心听这些，举步走了进去。凝玉和玉笙见此，紧随其后。我漫目看着，贤女祠，顾名思义，应是供奉历代贤德女子之处。走入正门，只见房屋布局清雅舒适，一廊一回，一草一木，皆是错落有致。

凝玉见我不语，道："姐姐，这整座贤女祠的规格，是仿照嘉瑞大长公主在北奴的故居繁逝而建，六年前，工匠根据曾经服侍公主的侍女口述，描绘成图纸，始建成这座贤女祠，想来跟繁逝应不会相差到哪里去。"

我神色如常，可是玉笙乍一听见繁逝二字，登时惊得整张脸都惨白了，她拉住我的衣袖，道："小姐，我们回去吧，这里没什么好看的。"

凝玉见到玉笙如此反常之举，似乎有些诧异。

我一言不发，轻轻拂落了玉笙的手，在她焦虑的目光中，径直朝里面走去，凝玉虽不解我们二人举动，还是疾步跟了上来。

我轻敛裙裾，跨步踏进一间屋子。看见正中摆放着一座近乎触顶的桁架，而桁架上是盘旋而上的一排一排的牌位，用粲然金笔描写着历代贤女的名字，每个牌位前都亮着一盏莲花状长生灯，里面盛着涟涟玉脂，掺和着磨细的沉香屑，轻邈的烛烟中浮动着一嗅恍若云出远岫的清香。

我看得发愣，眼前这一幕似曾相识。想深究，脑海中却是空茫一片。

凝玉站在我的身侧，她抬首仰视高大桁架上的牌位，她道："姐姐，这间是公主祠，此处供奉的是历代和亲公主的牌位。此外还有烈女祠，当年浣沁姨母殉夫而死，牌位得以入烈女祠飨食香火。"

玉笙的神色惴惴不安，似是惊惧，似是焦虑，眼底的光芒一阵摇晃不定，想说什么却是嚅动着嘴唇说不出口。

桁架上无数牌位和长生灯的烛光，居高临下地俯瞰着我们，我无端地觉得声音有些发涩，问道："这里是公主祠吗？"

凝玉点头，她的盈盈眸色中含着一抹朝圣般的虔诚，说道："当年嘉瑞大长公主远嫁北奴，曾在繁逝中开辟祭祀堂，为在她之前的每一位和亲公主设立牌位，点上祈福的长生灯。"

她稍稍一顿，接着道："这里历代公主的牌位，都是旧时在繁逝伺候的侍女归国时带回胤朝的，姐姐请看，牌位上的每一个字都是嘉瑞大长公主亲手所书。"

在冰璃宫中养病的三年，虽然闭塞，但我也曾听闻过嘉瑞公主，光太后就不止一次地提起。嘉瑞公主是承运帝之女，丰熙帝之妹，亦是奕楦的皇姑，天降福贵，皇室娇女。她在丰熙年间远嫁北奴，十年后因病离世，一代绝世美姝，就此陨落。

据宫人说，她倾世容颜，更秉承蕙质兰心，一生流传于世的诗作词曲无数。她所著的《闺阁训言》乃是胤朝女儿深闺开蒙之书，影响甚远。还有她嫁往北奴后所作的《回雁十八曲》和《离殇》，达到了诗词曲造诣的巅峰，无人可及。除此外，她还亲自执笔，为历代凋残在漠北朔风中的红颜以史书体裁撰写了一部《大漠香尘录》。亘古以来未有一位公主，能有她这般广博的学识和宽阔的胸襟。

嘉瑞公主一生传奇颇多，远嫁义举更是为世人所称颂。十年间"剑戟归田尽，牛羊绕塞多"就是她的功绩，所以民间至今还广为流传着嘉瑞自有千秋在的说法。

　　"先帝开本朝先例，下旨为公主上尊号，是为镇国长公主，在此之前，还未有一名公主的尊号中能用镇国二字，直可比肩公侯将相。但是据说，当年圣旨一出，朝中无一人反对，直可见公主深得人心。"凝玉在一旁赞叹道。

　　镇国、护国等封号，按照祖训，只能赐予那些在皇朝中为中流砥柱的王侯功臣。嘉瑞凭一介女子之身，摘取如此堪比日月的荣耀，实在难得。更难得的是此事虽有违先例，但朝中竟无一人反对，由此可见其顺天应人。

　　我不由淡淡苦笑，想到最近为立后，前朝后宫中一片哗然，质疑声不断一事。前朝中除了林氏、后宫中除了慧妃还算支持，其余无不向奕槿进言劝阻。奕槿为了此事，还亲自前往太庙祈求胤朝先祖的预示，原是掩人耳目的手段，不料却弄巧成拙。在前往太庙那日，本来晴好无比的天气，遽然改变，狂风暴雨半日不止，朝中宫闱皆是悚动，口口相传这是不祥之兆。最后奕槿在早朝时发了天威，驳回全部上疏，震慑后宫，此事才渐渐平息下来。

　　如此，可见立我为皇后，既不顺天，亦不应人。

　　勉强为之，又是何必。他是想给我一个正妻的身份，昭示我是他名正言顺的女人，名正言顺的妻，可是他不曾想过，我是否就在乎这个中宫之位。

　　忽然想到太后在天颐宫中所言，"这世上有些事、有些身份是命里注定的，不是全凭了你的意愿，不想要就能不要"，我想起她说话时，眼中漾起水雾般的迷蒙忧伤和苍然寥落，难道尊贵如太后，亦是有她的不得已，默默隐忍着某些命中注定、无法推却的身份？

　　我将目光缓缓地移向桁架，其中最显眼的位置，摆放着镇国大长公主嘉瑞的牌位，她是皇朝最尊贵的公主，远嫁北奴，成就了她的千秋盛名。人们在津津乐道嘉瑞义举的时候，可曾想过这和亲公主的身份她是否想要，更或者是命中注定、无法推却？

　　"这里有什么人吗？"我问。

　　凝玉略略一顿，答道："姐姐，看管贤女祠的女官是嘉瑞大长公主以前在繁逝的侍女，名为绿萝，宫中之人为表尊敬，皆称她为姑姑。"

　　玉笙面色惊惶，五月的天气，尚不炎热，可她额头上都要沁出汗珠来。一时顾不上什么，突兀插话进来，"小姐，我们还是走吧！"

　　我默然无言，并不理会她，而是朝里面走，留意到旁边的一张紫檀小供桌上，安静地横放着一卷画轴，隐约有烧焦的痕迹。我心中有些好奇，这本是不应该出现在祭堂中的东西。走过去细看，画轴以上好乌木为柄，优良致密的玉帛纸，像是极其珍贵之物。只可惜烧坏了些许，边缘都染上焦黑的颜色，使得那里的纸张枯黄脆薄。

小心摊开后，满纸描画着尽是富丽堂皇的牡丹，花团锦簇间，两名绝世丽人，比肩而立。看画中墨意淡褪，像是已有些年月。

"这是……"我欲言又止。

凝玉见此，道："姐姐，凝玉听绿萝姑姑提起过，这幅画是大长公主嘉瑞尚在闺中所作，说起来还跟颜家有几分渊源。早年承运先帝南巡时，公主跟随他身边，在南国偶遇浣昭夫人，公主感其容貌才情极佳，是平生第一次堪与公主相较之人，遂引为挚友。这幅画据说是作于御园牡丹亭中。"

美人名花，般般入画。画中美人采用工笔细描，眉梢眼角，细微之处，无不纤毫毕现。嘉瑞公主艳色迫人，她正面而立，素手拈着一朵大红色牡丹，意态高傲，尽显身为皇族的雍容端雅，还有一分年少轻扬的潇洒倨傲。而浣昭夫人却是侧身而立，眸色清嘉，温婉含笑着，眉宇间若有若无地锁着一缕稀薄如烟的哀愁。

名花倾城两相欢，画中牡丹却采用渲染泼墨的画法，整幅画看去亦幻亦真，猛一看去，铺天盖地的牡丹仿佛仅是一蓬蓬嫣红、魏紫、姚黄的水雾，但仔细一看，仿佛又能看清花芯根根分明耸立，还有花瓣上凝结的水珠。不得不说，能画出这样一幅画的人，功底极其深厚。

"公主传世诗作颇多，画作却极少，谁又想得到公主的画艺竟到如此精湛的地步。"我由衷感慨道。

凝玉叹道："谁说不是稀世之作？二美并立，见过此画之人，无不感慨。只是前两天贤女祠后院走水，虽说火被及时扑灭，但这幅画却略有损毁，凝玉正为难，不知应如何向太后和皇上禀报。"说着她姣好的脸上蒙上浅浅的忧色。

我凝视许久，若说紫嫣的容貌仅仅是长得像我，那么我的容貌和画中的浣昭简直就是一模一样，不分彼此。画中浣昭是侧面，如果她是正面入画，那么我们就像是仅隔着一道镜子的本尊和虚影！

奕槿说我仅是颜家的义女，那么浣昭夫人仅是我的义母，我们如何能相像到这个地步？

我将画原样卷起，正要走开时，却在惊鸿一瞥中，看见桁架极角落一个隐在暗色的位置，摆放着一座牌位，上面写着宜睦公主，其字迹虚浮潦草，跟嘉瑞公主的字迹明显不同。

公主祠中香烛袅袅，我看着其上宜睦公主四个字，莫名地感到心口一阵抽搐般的窒闷。

长生灯宛若莲花盛开，皎皎无尘，象征着洁净与往生。凝望着满目点点簇簇的焰光在眼中迷离跳动，不知为何，我心中无端地涌出不可自抑的凄凉和感伤。我也说不清为什么，像是受到某种冥冥中的召唤一般。

我正想去上前细看，只见玉笙霎时整个人如遭雷击，蓦地震悚一下，不管不顾地一把拉住我，急声劝道："小姐别看了！我们还是回去吧。"她已在低低地哀求。

我想推开玉笙，可是这回玉笙是认真了，死死地抓住我不放。

凝玉看着我们主仆二人大为惊愕，玉笙想到了她，灵机一动道："凝玉小姐，快来帮帮玉笙劝小姐回去，这里到底是祭堂，阴气太重，对小姐的身子不好。"

凝玉微微一愣，想想玉笙说得在理，于是也柔声劝我回去，"姐姐，身子要紧，妹妹劝您还是回去吧。"

"不能动那里的东西！"身后骤然传来一声厉喝，让我一时愣住。回头看见一名五十余岁的侍女大步走了进来，她满脸沧桑，沟壑丛生，一双凹陷的眼睛却是亮得逼人。

凝玉见了她，笑着叫了声"绿萝姑姑"。玉笙瞪大了眼睛，她的唇片剧烈颤抖着，脚步差点趔趄一下站不稳。

"能在这里飨食香火供奉的女子，皆是世间至贞至烈、至纯至洁的女子，他人轻易碰不得，以免污损公主完节之操。"那位名为绿萝的女人目光清冷地划过我的脸庞，她的语气咄咄逼人，竟是一分一毫都不掩饰她话中的轻薄鄙夷之意。

顿时，我们每个人都讪讪地，不知道应该说什么。公主祠中的气氛一下子僵硬肃重起来，桁架上长生灯的烛火依然幽幽跃动着，弥散开沉香清馨宁淡的气息。

我迟疑开口，"你就是嘉瑞大长公主的侍女绿萝……"

玉笙额头汗珠滚滚而落，她截断我的话，上前扶住手臂，也不管我愿不愿意，就拖着我朝外面走去，"小姐，既然看过了，我们走吧。"凝玉亦是跟着走了出来。

未走远几步，我听见身后像是绿萝在训斥小侍女的声音，肃声道："糊涂东西，还不把宜睦公主的牌位拿下来！"

我满心的疑惑，玉笙却是什么都不肯说，只是一味地带着我远远地离开贤女祠。

依前幽恨锁重楼

　　从那次之后，我就再也不曾去过贤女祠。而底下的宫人，包括玉笙，全部小心翼翼地避免提及那日之事。无论我怎么问，他们一直躲躲闪闪，不肯直言，俱是谨慎地搪塞过去。

　　这些日子来，太后心口郁痛的旧疾发作得愈加厉害，我就曾亲眼撞见她发病。天颐宫中服侍的人隐约传出话来，太后已有凤銮出宫静养之意。太后虽多年撒手不理宫中之事，但眼下太后凤体违和，立后之事本就掀起风波不小，现在也不得不往后再拖一拖。

　　我以前听宫人说起，奕樘的长女颐清公主乃是慧妃所出，小字娉婷，据说小公主生得玉雪可爱，慧心早具，深得奕樘和太后宠爱，只可惜早年因病夭亡，就像前些日子，太后在天颐宫中感叹，"这么好的孩子竟然养不大"。

　　现奕樘膝下仍有三位公主，以敏妃所出颐玉公主为最长，而颐玉公主自幼体虚多病，常年就是一副弱不禁风的模样，如今也有九岁了，生性胆怯，资质平庸，在诸位公主中最年长，但并不受宠。我记得端雯公主就不大喜欢这个侄女，曾说颐玉无半分帝女的气势。奕樘深知端雯素来说话耿直，没什么计较，这话传到耳朵里，也仅是一笑了之。我模糊记得以前见过颐玉公主一次，九岁的女孩，瘦小纤弱的身量却只比樱若高了一点。倒是樱若体质康健，再加上活泼好动，浑身透着一股活灵活现的神气。

　　颐玉公主因身体羸弱，进学之事，到现在还迟迟拖着。这些日子，听冰璃宫中的宫人交谈时，说起上头有意让樱若郡主作为颐玉公主的陪读，一同进学，修习女范，听训闺仪。我那时虽未说什么，心中却有些诧异，原本在皇室中，郡主作为公主陪读并不鲜见，往近了说，就像当年嘉叶大长公主之女婉吟郡主，就曾作为端雯公主的陪读。

　　但众所周知，韶王封地为宁远，此次是因太后寿辰而专程携家眷入京。若是他日离京北上，韶王妃庞微云势必跟随韶王，樱若郡主岂不是要孤身留在皇宫中？樱若郡主乃是韶王独生爱女，况且她年仅五岁，身侧必要有亲近之人照拂，入学之事于她而言还尚早。帝都中仍有其余皇族近支所出的郡主，想来也是轮不到樱若。

颐玉公主多病，而颐蔚、颐柔两名公主都年幼懵懂，宫中鲜闻小女孩欢快无拘的嬉耍之声。樱若郡主此番来，不仅常能博得太后展颜，也确实给宫中带来不少欢笑和生气。

轩彰十二年的五月，在日渐聒噪的蝉声中也步入末尾。隔着细细的湘竹帘子，我慵懒地歪在剪秋梧桐玉簟上，昏沉中听见门外树上一声高过一声的喳喳虫鸣。这天也越发显得热起来。冰璃宫中的太监都是一大清早起来，高举着网兜去将蝉撵走，唯恐吵到我午睡。冰璃宫四周林木森繁，更有从积玉湖引来一脉清泉活水注入，环绕廊前阶下，使夏日阴凉。但有一弊处，亦是招来不少蝉类等鸣虫。

我偶尔撩帘闲闲地看着那些太监，举着杆子在树枝间挥动的身影，心中莫名地觉得疲倦，身子也困乏无力，除却那高低应和的蝉声，真当是寂寂夏日。

雪芙殿临水之上，原是漫目无际的玉花冰蕊，清香逐浪，却是雪色芙蓉未开齐。那日午后，宫中宴席开在九曲碧波亭中，规模不甚大，仅是延请几位皇室近亲，进宫一叙而已，韶王、湘王等偕同女眷而来，此外还有端雯公主等人，陪伴在侧的宫妃亦是寥寥。

九曲回廊蜿蜒水上，在正中汇聚成一座三丈高的亭子，四周置雕刻福禄寿喜、花鸟虫鱼图案的冰块，更有好些新鲜时令瓜果放在冰水中。亭中事先搭建着戏台，先是杂技，后又上来些面容彩墨浓重的戏子，上来字正腔圆地唱着，伴着丝弦鸣奏，清亮悠扬的声音传来。

宴席上，奕槿携我同坐，俨然就是皇后之尊。立我为后的圣旨早已拟就，虽未正式颁布，但阖宫皆知，太后的态度亦是默许。眼下只差了一步，就是择其佳日，帝后同上太庙举行册封大典。今日九曲碧波亭中家宴，除了邀诸位皇亲宫中一聚，亦是借此在无言中宣布，颜氏之女宸妃即将执掌后印，入主凤仪的事已成定局。这回的家宴规模不大，除了高家皇室最核心的成员，就是宫中身居高位、举足轻重的妃子。

而我，仅是安静地坐在奕槿身侧，神色淡然，唇际始终含着一抹淡薄的笑意。宴席间，奕槿曾数次侧首看我，我感觉到他煦暖殷切的目光，却是默然低着头。多年来，他一直期望着我能成为他名正言顺的妻子，携手进退，此生相系，能够凭着最无可置疑的身份站在他的身侧，一同接受来自皇眷、宫妃、臣子的朝奉恭贺，一同摘取那属于帝王之家登峰造极的荣耀。

如今，这一日终于要来了。既然两人从此命途合一，他兴致如此之高，我不是也应该真心愉悦吗？

今日家宴，唯独端雱公主未至，据公主府的人回禀，说是公主这些日子身子不爽懒得动，故今日不能进宫。奕槿对此只说了声"朕晓得了"，端雱公主一贯骄矜任性，这在皇室中是众所周知的，奕槿对这位小妹又是素来宽容。

自太后寿宴之后，端雱公主因抱恙，就不曾再进宫来，回回宫中宴请俱以病推却。为此，奕槿已命了太医前去公主府。

丝竹之声愈盛，远远看去，数重云罗彩袖，轻盈如蝶翻飞。我因肠胃虚弱，不能饮酒。满目的面孔，我在太后寿宴上大抵已经见过，略有些印象。无所聊赖之时，我的目光不由得落在樱若身上。

樱若郡主由王妃庞徵云领着，远远地望着在慧妃身侧的三殿下，时不时挤眉弄眼，想要说话，却是碍于长辈尊者都在场，只得安分地坐着。自从在寿宴上被太后训斥，庞徵云是半滴酒水都不敢再给樱若沾，她拿着象牙箸给樱若夹了好些菜肴，满满地堆在玉碟中，樱若却是一点都不肯吃。

饭余，宫人们一一端上来甜点，还有冰镇过的酸梅汤，樱若瞧见韶王朝她的方向看了一眼，才乖乖地垂首抿了一口。待到韶王不再看她，她鼓着腮帮，一双大眼睛鬼精灵地眨动，趁着无人在意她，就转头全吐在贺丽殊裙裾的后摆上，而那时贺丽殊正和人说着话，对此尚不自知。

我一时惊异，险些就要出声。早知樱若素与殊妃不合，但料不到这个小丫头竟敢如此大胆，在众人的眼皮子底下，喷了贺丽殊一裙子的酸梅汤。樱若抬头时看见我，娇粉嘟起的小嘴唇上还留着玫红的汁水。她眨着眼睛，狡黠地冲我一笑，好像是在求我不要声张，然后又重新倚在庞徵云身边，一副听话的样子。

看到小小稚子，竟是如此古灵精怪的心思。我不禁莞尔浅笑，奕槿那时在席下握住我的手，紧紧地攥在手心中，轻轻唤了声道："颜颜。"

我回过神来看他，他凝视我的面庞，道："颜颜这些日身体如何？朕看你怎么老是心不在焉的？"

我看着数根按在宴桌上染成绯红的指甲，轻声答道："很好。"

灵犀在奕槿另一侧，她身份特殊，既是帝妃，又跟在座的韶王、殊妃等人俱是中表之亲。她常年陪伴在太后身边，深得太后信任。她和贺丽殊两人俱是太后的亲外甥女，但明眼人都看得出，太后更加疼宠灵犀。其中半是怜她身世，也半因她素来聪敏伶俐，不是一般人可比。

灵犀见我神色恹恹，不多言语，她笑盈盈地上前说了些话。她先是说太后旧疾发作，有意迁往行宫静养，接着又说起那日天颐宫中，太后怜惜膝下的那些孙女皆是多灾多病。

"姨母说了，颐玉公主自小就是七灾八难的身子。不是姨母不疼，而是姨母多年疾痛缠身，实在拿不出什么心力来。"她手中摇着一柄素纨绘貂蝉拜月的团扇，清灵灵地笑着说，"姨母还说了，若是个个能像韵淑郡主，身体茁壮也就好了。"

奕槿饮下一杯桂花酿，仅是淡淡而笑，"让母后操心了。"

家宴过半，樱若素来好动，如今被拘了半日，早就按捺不住性子了。庞徽云原本将樱若放在膝上，一个不留意，让她滑了下去，眨眼间就跑到慧妃那里去了。我心想她是耐不住，找三殿下玩去了。毓妃林衡初是紫嫣的侄女，她怀中抱着年仅三岁的四殿下，四殿下生得一团憨态喜人的长相，黑溜溜的眼珠盯着他们，口中咿唔含糊地叫着声："三哥哥……"

看他那般的情状，似乎也是要挣脱了下地。毓妃却是不敢大意，不由得柔声哄着，终于令四殿下安静了些。

这本是家宴，都是皇族近亲，席间气氛松泛，乐声悠扬，并不是十分拘束。灵犀微微抿唇，笑道："难怪姨母十分喜欢，韵淑郡主果是活泼可爱。"她说着看了韶王一眼。

韶王却未理会她，灵犀榴唇下浅露皓齿半点，问道："七表哥，不知郡主的名字可是您所取？"

灵犀深得太后欢心，就算是一向待人倨傲的端霄，对她亦有几分另眼相看，但韶王对她态度似乎有些淡漠。庞徽云见状，不想让灵犀两次讨着无趣，于是合宜得体地笑道："回夫人的话，郡主之名乃是郡主生母所取。"

"哦。"灵犀点头，她的面容清丽皎洁，宛若三秋明月，渐渐浮现一丝笑意，说道："婉辞倒有句话想说，郡主闺讳樱若二字，樱字且不论，但……"她淡蹙细眉，回首朝奕槿轻眨了下眼，像是在斟酌着下面的话，见到奕槿示意她但说无妨，她便接着道："但是若字义大而空虚，似有所指但又言则无物，这个字，婉辞愚心认为不适于为女子之名。"

韶王闻言，轻轻哂笑，说了句道："不曾想到，表妹对于文辞倒是通达得很。"

席间闲聊，奕槿此刻听得有几分兴趣，向灵犀问道："照你这样说，若字意指不佳，那用何字为上？你且说说看，若是好朕今日就亲自为郡主赐名。"

此言一出，在场之人皆是肃然，毕竟能得帝王赐名实为无上荣耀。

灵犀的双靥清素如莲，隐然透出一抹绯然，她连连推却道："郡主之名既是她已过世的生母所取，若是擅自改了，岂不是对逝者不敬，婉辞断断不做这样的事。只是私心想着郡主尚无字，婉辞愿意赠郡主一个小字。"

说到这里，她顿了一顿，凝神思忖，明眸中一线灵光闪过，笑着面朝奕棣道："皇上觉得蕊字如何？蕊为花心一缕，是花之精魂所在，最为娇嫩尊贵，既配得上郡主的身份，又彰显出郡主是七表哥的掌上明珠。"

灵犀说话时笑意涟涟，眼角那颗点漆般的泪痣亦是如簇新的一滴墨迹，明丽鲜活。听到蕊字时，我心中蓦地一惊，像是被只毛茸茸的小爪剐了一下，再看向韶王时，他眼底似有惊愕一掠而过，却如投石入水般随即沉湮无影，神色恢复成一贯的宁远淡定。

奕棣听灵犀娓娓说来，神色中倒是有几分赞许，朝着灵犀，朗声而笑："蕊字倒是不错，确是动了一番心思，看得出你对韵淑郡主是另眼相待。"

灵犀抿唇而笑，"都是小郡主格外惹人怜爱罢了。"

韶王却是得宜地笑道："真让表妹费心了，但古语说'待字闺中'，然而樱若年仅五岁，远不到要出嫁的时候，表妹爱惜赐字的这份美意，眼下恐怕要辜负了。"

灵犀掩唇而笑，声调娇软道："皇上，您瞧瞧七表哥，明明是嫌婉辞说的字不好，偏偏还能搬出这番道理来。"

对于赐名，奕棣仅是一时兴起，并无勉强的意思，见韶王似乎不大喜欢蕊字，便也不再提起前事，仍是邀在场诸人继续畅饮。

我见奕棣面前酒樽已空，举起盘龙垂口金壶，为他斟满。酒壶中注满美酒，分量略有些重，我斟酒时手微微抖了一下，奕棣在我肘上不着痕迹地轻轻托一把。我回首，他亦是用温静和暖的目光看着我。

这样半日下来，我早已乏累，奕棣念及我体质柔弱，也就准我先行退下。宴开半日，此时临近落暮，但余热未消。这样走了几步，就感觉贴身的小衣被汗水濡得有些潮意，黏黏的有些难受。侍女左右搀扶着我，我心中想着事情，一时间没留意，猛然抬头才看到前面有一人，他身着白玉蛟纹便服，未如其余亲王般束金冠玉带，而以银帛罗巾代之，在髻后垂下两道飘逸轻扬的丝绦，越发显得面目清俊，丰神朗朗，风华卓然，意态娴雅。

"韶王殿下。"迎面遇上，我惊得脱口而出道，想来觉得失礼，面上顿时发赧，我婉婉笑道："王爷，可是逃席而出？"

他点头，淡淡道："里面过于闷热，出来透气罢了。"

我略略侧首而笑，想说话可是喉咙却是被填得满满的，千头万绪理不出一句平顺的话来，忽然想起前事，于是道："刚刚宴席上，灵犀赠予郡主蕊字，王爷似乎并不喜欢，不知是何原因？本宫倒是觉得蕊字极好。"

"你觉得极好吗？"韶王的目光看向我的刹那，眼底似乎有瞬间的失神。我心中诧然，他没有尊称我为宸妃，而是直截了当地称你。

沉默良久，他悠悠道："并非本王不喜欢蕊字，而是曾经有个人说过她不喜欢，蕊字草本之下三心，这是将心操碎成了三瓣，字义虽好，字形却不好，她说愿樱若一生平安无忧，莫要有这么多心事可操，而本王所望亦是。"

他说话时，神情中含着若有若无的寥落，竟让我心生一丝不忍。他澈湛不见底的瞳仁，仿佛深藏着莫名的情愫，竟让我连抬起头看一眼的勇气也没有。

我看了一眼四周亭台楼阁云起，回环衔接，高低错落，触目尽是宫室巍峨林立，这里是皇宫啊。心中冷冷地跳出一个念头，这里是皇宫，而我会成为帝王的皇后，连我自己都被这念头吓了一跳。

片刻，我勉强定住心神，平静地说道："王爷口中的那人，真是见解独到。"

这时，他微微仰首，那笑意如初生新月般地清浅，那片月光明亮得直映到人的心里，碾碎成绝美而支离的姿态，他的声音无波无澜："恭贺宸妃娘娘入主凤仪之喜。"

"多谢王爷美意。"我讷然回应道。这些日子来，恭贺庆祝的话不知听了多少。皇眷中多的是无谓的虚衍，而宫妃里头更多的还是谄媚和嫉恨。今日韶王语调轻松的一句话，带着一点玩世不恭的洒脱，其中还多少有些虚应故事的成分在里面。他贵为亲王，乃是当今太后爱子，亦是奕橙的皇弟。如此一句话，虽不过就是随人附和，也算是对我这位皇嫂的恭贺。

我听得心中却是莫名一刺，涌起些怅然黯淡，却说不清究竟是为什么。我看着满池风荷举，风沼湛碧，莲影明洁，叶底卷泪数点，蓦然回首恨西风。

那刻，与他擦肩走过时，听得耳畔传来极微弱的一声，"你如今可好？"简简单单的五个字，乍然灌入耳中，如绵延不绝的雷声般隆隆地在耳璧上来回撞击，声音交织在一起，让我竟有一瞬的失聪。抬眸看他时，看他神情淡泊宁静，好像刚刚那话浑然不是从他口中说出。

"很好。"我艰涩启唇道，说出口中觉得身体有一丝脱力。方才在宴席上，奕橙也是这般问我，我清楚，我的那一句很好，不过是在敷衍奕橙。眼下在韶王面前，我的一句很好，却是分不清是在敷衍他，还是在敷衍我自己。

"若真是这样就好，今日能有此一问，后半生已足矣。"背对着斜阳横烟，流觞曲水，他的侧脸映出宛若明玉般的盈盈清辉，湛然若神，隐隐有孤然出尘之意，正是这一分出尘，恍惚就是遥不可及的距离。

他从我身侧走过，我看着他的背影，遽然出声挽留道："王爷请留步。"

身边的侍女皆被我吓住，嫔妃遇见亲王原本理应回避，偶尔攀谈几句也不算是逾矩。但我贸然叫住他，此举却是断断不合礼制。

我正踯躅着不知说什么，骤然听见，九曲碧波亭那里，有惊天动地的响动传来，不知发生了何事。我心中诧异着，只见到跑出来一名气喘吁吁的小太监，我正色问道：“里面出了何事？这般喧哗？”

小太监瞅了一眼韶王，又看着我道：“回禀娘娘，回禀王爷，是端雯公主来了。”

我和韶王皆是疑惑，端雯公主今日抱恙辞宴，怎会又忽然进宫来？

韶王一听是端雯，因是亲妹，其关切之意自是不寻常，上前一步问道：“公主来了便来了，怎么会闹出这么大的动静？”

那小太监想必是在宫中当值不久，没见过什么世面，韶王疾声一问，他就被吓住了，脸色一白，说话也有些结巴，“回……王爷的话，奴才也不知道怎么回事……主子们都好好地看着戏，端雯公主事先也没禀报……突然就风风火火地冲了进来……公主她就像是中了邪般，双眼煞红……一上来就掴了慧妃娘娘一个耳光。”

“公主竟……”我大为震惊，不禁失声叫出。我看向韶王，他神色中的震惊不会比我少，许是担忧端雯，二话不说就朝着九曲碧波亭中大步而去。

我心中惊疑，端雯公主的性格虽说跋扈张扬些，但不至于当众做出如此荒诞出格的事情，更何况奕槿、后宫的妃嫔、诸王和公主等都在场。

小太监的鼻尖上急得冒出汗珠来，他胡乱拭了一把，紧接着道：“公主冲撞慧妃娘娘的时候，幸好让娘娘身边的人七手八脚挡住了。公主被制住后，不知为何，还叫喊了许多莫名其妙的话，那情形真真吓死人了。现在皇上已命人将公主强行送回府上去了，里面眼下乱得很，请娘娘还是先行回宫去吧。”

原本平和喜庆的家宴却是变故横生，那件事在宫人们惊骇无比的表情中，一传十，十传百。随后的日子，我深居在冰璃宫中，不大外出，也常常听到从外面传来的风声，说是那日端雯公主被强行送回府上时，叫喊哭嚷了一路，护送公主回府的侍从皆是胆战心惊，要知道公主乘坐的云凤舆车途径闹市，若是不慎让沿途百姓瞧见，就是有损皇家体面的大事，就算长了十个脑袋也抵不了罪。

还有的说等公主到府上时，整个人闹得近乎都要脱力，随后就来势汹汹地病倒了，至今还未见好。而慧妃那日因身边的宫人护主得力，虽然免受掌掴之辱，但不得不说是在阖宫面前失了颜面。她自闭在漪澜宫中一夜，第二日主动向奕槿请旨，说是她虽不明缘由，但愿前往公主府，亲自向公主赔罪。奕槿准了她去，却是回回被端雯拒之门外，连一面都见不上。

幸好那时太后已移驾阴山行宫，否则这些事非要传进她的耳朵中不可。

那日之事，我虽未亲眼所见，但心中觉得好生怪异，慧妃和端雯乃是姑嫂，多年来关系自然亲厚，虽说端雯往日的性子颇是骄蛮跋扈，但她到底是皇家的公主，涵养怎会如此不济，无端端地说翻脸就翻脸，大闹皇室家宴，如市井悍妇一般？其中必是有隐情吧，却让人想不透是为什么。

此时，樱若和三殿下都在我宫中。我看着那个眉目间与慧妃有两分酷似的孩子，不由得想到慧妃，想到她近来忧烦缠身，倒是不安宁。

灵犀正跟他们一起解九连环玩，她应是惯于此道，我看着她手指灵活，上下翻飞如蝶，转眼间已是解开七个，看得樱若和三殿下，那两张小小稚嫩的脸上满是惊叹佩服的神色。

灵犀眸色清悠，一脸轻松地笑道："慧妃和公主是十多年的姑嫂，好起来的时候比亲姐妹还亲。若是不好了跟仇人似的，又有谁说得准？想来也是不用担心，慧妃素来识大体，等过几日公主气消了，也就没事了。"

她面朝我说话，眼睛根本不看那九连环，手中动作却是未停，玎，又解开了一个。

我听灵犀说得轻描淡写，像是无一分在意的样子。

樱若此时全副心神全被吸引在九连环上，她目不转睛地看着，极是认真投入，趁灵犀不留意，就将其抢了过来，欢声叫道："表姑，表姑，最后一个让樱若来。"

"好好。"灵犀无奈一笑，也就随了她去。不过我瞧樱若虽看了半日，但显然未曾掌握要领，两只白嫩的小手拨弄了好一会儿，还是没能将最后一个环解出来，气恼得差点就要将那玉制的九连环掷在地上。而三殿下向来敏慧，想必是看明白了，正要好意去帮帮樱若，可是樱若的脾气却是格外要强，狠狠地瞪了他一眼，直嚷道："不要你帮！不要你帮！樱若要自己来！"

灵犀在旁侧看着，不禁朝我玩笑一句道："想不到咱们的韵淑郡主竟也是这般霸道的脾气。"

我笑而未语，灵犀道："等郡主年纪大些，让她将女儿家该读的书都读起来，好好地收敛一下性子。"

樱若听得这话，扔了九连环，一溜烟钻到我身边，小手拖拽着我用来压裙的鹅黄双生莲子玉佩，声音娇软道："樱若不要陪着明薏姐姐读书，樱若不喜欢明薏姐姐……"

灵犀笑出声，指着她打趣道："你不喜欢明薏，你那明薏姐姐还怕了你呢。"

我轻轻而笑，樱若天生的活泼好动，而颐玉公主过于斯文安静，两人的性子怕是合不来，我还想起以前听太后说过，樱若十分淘气，在御花园捉了虫子，吓唬胆小的颐玉公主。

侍女见樱若一直腻在我身边，唯恐吵得我生烦，伶俐地走上前，将樱若和三殿下引去旁边，"小郡主，奴婢准备了点心上前，先去用点可好？"

樱若朝那侍女做了个鬼脸，腻在我身边不肯走。那时，灵犀忽然转首朝我，笑着说起一件事道："姐姐有所不知，这孩子心思有多坏。前段日子太后尚在宫中时，碰巧玉阴侯夫人来。我那三姨母不大喜欢樱若，当着太后的面说了她两句，无非就是埋怨七表哥过于放纵女儿，不成个规矩。"

"樱若一开始还是安静地待在太后身边，忽然蹦跳着跑到侯夫人面前，高声地欢呼侯夫人寿比南山，在场众人都诧异万分，想来那日并非侯夫人寿辰，郡主为何无故祝寿？姐姐知道，太后问她时，她可说出怎样的一通话来。"

她忍下笑意道："她说曾有人言道，人之将死其言也善，而侯夫人说的话向来不中听，想必是长寿之人，所以她想要提前祝寿一番。"

我闻此，亦是不禁失声笑出，樱若真真是个古灵精怪的孩子，这种歪话也亏她说得出来，讶然问道："被小辈反将一军，那侯夫人是如何说？"

"侯夫人那时气得说话都打颤了，连声只道七王爷真是好家教。"灵犀摇摇头道，"就连韶王也要尊称侯夫人一声三姨母，谁想得到樱若论辈分最矮，竟能说出这种大胆不敬的话来。还好太后偏爱樱若，出面打了圆场，否则这事还不能轻易过去。"

案上的紫蝴蝶团花纹瓷瓶中插着新鲜的花，芬芳馥郁。我淡淡看了一眼，道："侯夫人的辈分到底比樱若高，她若不跟郡主一般见识，也不见得会自寻无趣。"

灵犀呵呵笑着，将我的话一带而过。只见她爱昵地伸手，在樱若粉白娇嫩的脸颊上掐了一下，满满笑意道："真不知道七表哥怎会养出个这么刁钻的丫头。"

樱若呀的一声，像条灵活的小鱼般躲开了。藏在我身后，还冒出脑袋，调皮地冲灵犀挤挤眼睛。

这样笼统过去了快有五六天，据公主府上人来报，端雯公主自从那日病了之后，就一直未见好转，宫中的御医去了一拨又一拨，看来看去却瞧不出什么病症来，回宫禀奏时，皆是推说心火旺盛，兼之情绪剧烈起伏，身子扛不住就病倒了。

这还瞒着太后那头，唯恐太后得知公主骤然得病，让太后病中伤神。奕槿对待端雯，比其他皇亲姐妹更多几分看重。现见她如此，也是忧虑非常。

端雯公主的事一时间闹得泼天浇地，想必太后那里很快就瞒不住了。对此，宫中亦是议论纷纷。我记得有一回，还是在灵犀的甘露宫中，碰巧瑶妃也在，灵犀问起端雩近况，话语间涉及端雩和其驸马林桁止。

那时，瑶妃摇着头道："想当年，还是九公主她主动请旨下嫁林家，公主是先皇的掌上明珠，而林将军亦是少年俊杰，多般配的一段金玉良缘，谁想得到如今会成这样？"

灵犀唇角含着笑意，烟眸轻横了瑶妃一眼，道："瞧瑶妃姐姐说的，九表姐不过就是一时意气罢了，况且九表姐和林将军共结连理十数年，一同养育三名子女，多年的感情怎会说不要就都不要了。"

瑶妃那日不知为何，似是有所感触地道："夫人说得极是。想来按我朝惯例，凡是女子，一旦出阁，定是要从一而终，就算是贵为公主，金枝玉叶，万般荣宠，也断无改嫁再醮、另择夫家的道理。且不说眼前九公主怎样，就说先时的四公主，虽和燕国公同鸾多年，但彼此厌恶，当真是形如陌路，以前两人还能共同出席皇家宴会，现在连表面文章也懒得做了。唉唉，想当年四公主如何哀求先皇，先皇都只是冷冷地回了她，只叫她安心在燕国公府终老。"

刹那间，灵犀眼底一簇光亮如电飞掠，极快地瞥过我的面庞，仿佛想要说什么，到唇边却是氤氲成一抹意味深长的浅笑。

而那刻正好奕槿走了进来，他应是听见了瑶妃刚刚的话，目光如廊下冰雕般冷沁沁地扫过瑶妃一眼，惊得瑶妃差点就捉不住手中的扇子，身子一僵，从椅子上直挺挺地跪倒下来。

而我再次看向他时，他的眼中依然还是温暖如许的融光，柔和地看向我。若不是旁侧的瑶妃还是战战兢兢，都让我疑心那是错觉了。

正好一日无事，奕槿就偕我一同出宫，前往公主府探视端雩。我们乘坐九龙盘空金舆出了宣武门，天子仪仗，浩浩荡荡，随行使臣、宫人分立两侧，持红罗销金龙纹方扇，鸾凤赤方扇。一柄九龙曲柄黄盖伞随风高扬，另设有龙头幡、豹尾幡、绛引幡、羽葆幢、霓幢等，四十枝引障花及提灯八十，浓墨华彩，前后呼应。如此胜景，引来无数百姓围观，直要将街市围得拥挤不堪。

然而此时，与奕槿共乘的唯有我一人。隔着深绣垂帘，我听外面人声喧哗，抬头高高地瞻望着金舆，敬若神祇。当真是万民敬仰，我那时心神一错，这就是他要我一同面对的荣耀吗？

公主府依傍林氏将军府而建，是当年丰熙先帝赐予爱女的府邸，其富丽堂皇，规格体制不输于皇宫。我们刚至时，林桁止将军已亲自率阖府上下人等，跪在门前接驾，却不见端雩身影，此举虽傲慢无礼，但奕槿为探视皇妹而来，自然不会同她计较。

我看到跪在最前面的那个男子，大约三十岁的年纪，身着青金石及朱紫色绣雄鹰展翅一品官袍，腰间束着蟒纹玉带，在一行人中愈加显得朗眉星目，气宇非凡。长年累月的军旅生涯，将一张棱角分明的面庞磨砺成了坚毅的古铜色。想来他必是林桁止将军无疑，他是慧妃的兄长，也是我的表兄。

那时的我，意态清贵、笑容合宜地站在奕槿身侧。他是盛世君主，身边自然要有足可与他匹配，拥有倾世殊色之容的女子。而我就是依附在他明黄龙袍上一枝至艳至美的娇花。我与林桁止虽是表亲，但眼下不是叙旧情的时候。林桁止看了一眼笑倚君王侧的我，眼底暗暗升起些莫名翻涌的情愫，匆匆低垂了头，坚定铿锵地吐字道："臣参见皇上，参见宸妃娘娘。"

奕槿抬起右手，示意他免礼。在众人俯首三呼万岁后，一同入内时，奕槿问起端雩，林桁止自从开始的一眼就讷讷地盯了我良久，之后竟不敢再抬头看我。奕槿问起时，他都是一味恭顺地垂首答话。

府上之人因是圣驾亲临，无不提心吊胆地谨慎伺候着，万不敢有一个疏忽大意。进到厅堂，奕槿潇洒地轻撩龙袍下摆，在正中主位坐了，而我静静地坐在他身侧。一番推让后，林桁止坐在右下首的位置。奕槿与端雩虽是兄妹，但毕竟要顾着男女之防。彼此寒暄一阵后，就看见之前命了去传话的婢女，屏息凝神地进来，从容跪倒道："回禀皇上，公主说身子乏力不想见。"

此话一出，堂上之人齐齐震惊，皇上亲临，端雩公主竟然这般任性妄为，说不见就不见！林桁止此时额头上都要沁出汗来，正要开口说话。

而奕槿却是哈哈大笑，朝我抚额道："朕这位妹妹好大的架子，脾气一上来当真是谁的面子都不给。朕来都不见，难道要太后亲自过来，她才肯见吗？"

"皇上，敬请见谅，公主她素来如此惯了，待臣前去劝劝公主。"林桁止听见奕槿口中并无恼意，悬着的心也就略略放下了些。

前厅正说着话，紧接着又来了一名婢女，张口就道："公主打发奴婢来问，宸妃娘娘是否来了？若是来了，请宸妃娘娘移步后舍与公主一见。"

我听闻端雩要见我，心中顿时疑惑，我同她只不过在太后跟前有过几面之缘，并无深交，为何她今日不肯见奕槿这位兄长，却唯独非要见我？

奕槿却是仅笑着拢一拢我的肩膀，说道："既然如此，颜颜就替朕去看看她吧。"

我点头说好，奕槿命几个宫人跟随着我，他先留在前厅与林桁止谈些事情，也就让那名后来的婢女引着我朝端雩那里去了。

那名传话的婢女走在前面，恭谨地引着我往端雩的寝室而去。我们穿过朱漆金幕的画廊，转眼就到了四扇黑桐房门前。我走进去，房中铺着澄泥金地砖，平滑如镜，迎面就是通天落地的云母百卉朝牡丹插屏，四周是五寸来阔雕花镂空，墙壁镶嵌着数盏水晶灯，绿釉狻猊香炉喷出萦纡袅袅，旁侧就是一副青玉双鱼磬。侧阁的垂拱花门前透迤地悬着一幕南海珍珠帘。再往里，是由花梨雕并蒂莲花玻璃碧纱橱隔断，绕过后就是端雩所在的沉香大床，系着鲛绡宝罗帐。还有一色样式整齐的香梨木桌椅、衣柜、及梳妆台，上面放着织锦多格梳妆盒和无数描金彩绘的匣子。

我心知端雩公主素喜阔绰，漫目扫视一眼，房里摆设真的是分毫都不输于宫廷。端雩公主是先帝与太后唯一嫡女，其身份尊贵无匹，不是普通嫔妃所出的公主可比的。看着这屋中的无比奢华，我不禁猜想当年先帝究竟有多宠爱这个小女儿。

"出去！全都滚出去！"正在这时，里面遽然传来一阵厉声叱责，砰，像是什么瓷器玉器之类磕碎在地上的声响，紧接着就是橐橐脚步声，十数名侍女皆是面色惨白，低低垂首踱步而出。

我想刚刚出声的应该就是端雩，那声音虽严厉，但后劲不足，想来是因为她现在身体十分虚弱。我犹豫片刻，心想既然来了，自然要去看公主一眼。

甫一踏入，我对眼前的情形顿时略感惊愕，端雩公主歪着靠在六尺阔的沉香木床上，她此时着碧霞色落梅瓣寝衣，身后垫着五六个鹅绒细羽的软枕，将脖颈托得高高的，愈加凸显出纤细脖子上那张苍白憔悴的脸。她看上去比以前消瘦些，两颊上颧骨如岩石突兀，一双眼睛却是大得有些骇人，我进去时冷不防撞见她一双圆瞪含怒的眼睛，心中微微惊惶。

垂首再看地上，真是一片狼藉，地上凌乱地散落着无数彩釉碎片，清水汩汩地朝四处流去，数枝新鲜花枝在地上颓然横斜，脆薄莹透的花瓣无力地贴着地砖，还有原先置于榻上的青玉抱香枕，亦是被狠狠地掷在地上。

几名侍女尚跪在地上，默默地拿着竹篾畚箕收拾着，下手极其小心，尽量不发出声音。

"滚！本公主叫你们滚难道没有听见！"端雩扬手就将一柄安枕用的紫玉如意，劈头盖脸地打了下来，冲着底下人尖声喝道，她怒意横生的目光扫过我，"除了宸妃，其他人全部滚出去！"

侍女们个个噤若寒蝉，被端雩的威势吓住，皆是低低诺了就急忙碎步踱出房门去。

此刻偌大的房中，只剩下我和端雩两人。侍女们出去时，轻轻地将湘竹帘子撩起又放下，让人觉得蓦然眼前一阵晃晃然的天光大盛，唯有一道一道细细的金色光影，安静地烙印在衔接得无一丝缝隙的地砖上。

我驻足原地，看着端霎身体虚弱绵软地倚在床榻上，鲛绡薄帐上遍绣洒珠银线玉兰惹火含苞图案，而端霎那张气色青白的脸半隐在一重透明的薄纱之后，寂寂无声中，风起帘动如云色缥缈，令人看不清楚她脸上的表情。

端霎直直地盯着我良久，那样的眼神直让我觉得悚然。端霎房中降温的冰块放得很足，这般站得久了，渐渐从背心渗入一股寒意。

我踟蹰着开口道："公主……"

"颜卿！"端霎截断我的话，只见她猛然从床上直起身，想必是她身子太虚，起身时似是感到晕眩，但她还是紧咬着牙坚持住，切切朝我道："你好啊，你真的很好啊！"

我被她那声突如其来的"颜卿"一惊，有些失措道："公主您怎么……"

那时，端霎霍然踢开锦被，披发赤足从榻上下来，不知她是怒极，还是身体乏力，双足及地时整个人还跌了一跤。

我想要上前去扶端霎，她却是毫不领情，一把将我推开。我一时站不稳，亦是扑通朝后跌倒在地上，地砖的温度很低，隔着初夏时轻薄的衣衫，骤然贴着肌肤激起一阵寒栗。

但是，端霎射向我的眼光更阴更冷，牢牢地迫住我，大声叫喊道："颜卿，我到如今才知道，你们当年一直在骗我！林桁止喜欢的人根本就不是我，而是你！"

她此话一出，我霎时浑身都震悚起来，惊疑道："公主，你在说什么？"

"你们都在骗我！你！颜卿！"端霎举起手指着我，那尖细如刃的指甲差点就直戳到我的脸上，在咄咄逼人的她面前，我下意识地跟跄后退一步，她的目光有一瞬是瞟向皇宫的方向，怒道："还有林紫嫣，你们根本就是一丘之貉！"

那时端霎衣衫散乱，眼眸隐含暴戾之色，哪有半分帝王公主高贵骄矜的样子。而她眼中的怒火仿佛就要熊熊燃烧着夺眶而出，简直恨不得将我焚成一把灰烬。

我已被她逼至墙角，而她猛扑上前，手指箍住我的肩膀，尖尖素白的指甲近乎要掐入我的皮肉，她双手用劲拼命地摇着我，疯癫地喊道："我以公主之尊，嫁给桁止十几年，为他生儿育女，可是他的心里始终没有我。他心心念念喜欢的人竟然一直是你！多么可笑，这样我算什么？就算贵为公主，我又算什么！"

她声色俱厉的话撞得我耳膜一阵突突乱跳，而我，根本就不知道她在说什么，究竟是什么能让她震怒至此。

端霎猛推我一把，我感觉背心重重地撞在坚硬的墙壁上，一阵头晕目眩。

"公主，我……"我嘴唇嚅动，却是说不出完整的话来。

此刻，我们两人都是跌坐在地上，我被端雩用手掌死死地扣在墙壁前，她尚在病中，平日也不过一介娇柔女子，可没想到我的身体比她还要羸弱，被她制住时竟是分毫也挣脱不得。她披头散发，狼狈异常，而我现在的样子也不会比她好到哪里去。

端雩看着我，激愤交加之下，扬手就要给我一个耳光，我感觉带起的掌风堪堪地擦过脸颊，睁眼看她，只见她的手掌挥到半空，却是剧烈颤抖着再也打不下来。

她的心神如是支撑不住，整个人像要脱力了。两涡泪水忍不住喷涌而出，仿佛有刺耳的嗤的一声，眼中原本四处怒窜的火焰瞬时熄灭下去。

那双黑白分明的眼珠中翻滚出浓烈的悲恸之色，她的手指揪住我的衣襟，放声哭道：“林桁止当年根本就不想娶我，当年你和林紫嫣费尽心思地撮合我跟桁止，不过就是看中了我公主的身份，为的不过就是与皇室联姻而让林家长保富贵？如果我不是九公主，不是父皇最宠爱的女儿，我还值得让你们来算计吗？”

“不值得，根本不值得吧！”端雩冲我厉声逼问着，她眼底晕散开一抹摇摇欲坠的清光，泪光中毫无保留地映射出她此时的崩溃和绝望，同时也清晰地映出我苍白失血的面孔，“我与桁止夫妻多年，他对我的态度一直都是不冷不热，可我并不是无知无觉的人，看得出他的不冷不热的态度更多的是敷衍！是虚与委蛇！他虽是娶了我，但是他的心根本不在我身上！”

“哈哈……”端雩从喉底低沉地笑出声来，“而今天我总算是明白了，总算是明白了！你们这姐妹两人好啊，你们真好啊，为达目的而可以不择手段！枉我贵为公主，可笑得被人当成用来扩张权势的一颗棋子！”

我怔怔地看着端雩，往日那个素来蛮横跋扈的九公主，此刻竟然哭得如此落魄颓丧。而我整个人是木然的，迟钝的，我不知道说什么。

当曾经最深信不疑的完美被揭露出不堪的里子，当一个人最鲜明张扬的骄傲被彻底地碾碎成齑粉，就是像她现在这样吗？

“以前的事，我真的不记得了。”我幽幽叹道。

“颜卿，我恨你！我真的恨你！你毁了我一生，难道就想用轻轻巧巧的一句不记得来搪塞我？”端雩在放声痛哭之后，眼眸被惊涛骇浪的暴怒席卷而过，越发雪亮阴寒。幽邃的眸心锋利的一簇冷光，仿佛就是浸淬了毒液的尖针，朝我狠而准地刺来。

迎上她的目光，我的心蓦然一跳。

“颜卿，我最最亲爱的皇嫂，你如今是不是过得很得意，也很自在？”她忽然发出两声阴恻恻的冷笑，口气中是无尽的鄙夷，“哈哈，皇兄他现在把你千宠万爱地捧在手心里，不知他是否还记得，当年就是他亲手把你送去北奴和亲！”

北奴！和亲！

端雩的话一字一字重重地落在我心中，不啻惊雷滚地。

"你在说什么？什么北奴？什么和亲？"我满眼惶恐地看向她，端雩却是眸色寒冷地注视着跌倒在地上的我。她缓缓直起身，一步步走离了我，我用尽全身力气扑上前揪紧她的衣袖，拔高声音道："你说清楚！到底是怎么回事！"

"颜卿，你真的不记得了？"端雩此时居高临下地俯视着我，就像在俯视一只惘然迷失、可怜无助的小兽，她眼中的那簇光亮依然犀利逼人，"你，就是颜卿！就是在丰熙十七年嫁往北奴的宜睦公主！而你的夫君是北奴王耶历赫，并不是皇兄！"

"颜卿，才是你的名字！而你就是当年的宜睦公主！你现在知道了吧，这么多年皇兄他一直在骗你！"

端雩指着我道，眼底的怨毒盘踞如蛇，伸手挥落梳妆台上描金彩绘的匣子，里面的珠宝首饰滚落开去，晶莹璀璨地零落一地，我含泪看去，满目明光刺得眼睛都要睁不开。

我心神懵懵地跪倒在地上，全部的力气被抽离殆尽，感到浑身像先是被置于熊熊炭火之上，猝然又被投入彻凉的冰水之中，一阵烈火焚身般的灼烫，又是一阵锥心刺骨的寒栗。

如此说来，奕檀在骗我，这么多年来，他都是在骗我。什么闺讳颜清羽，什么颜相义女，统统都是在骗我。我早年就嫁给了耶历赫，我根本不是他的妻子。想着想着，一股屈辱愤怒之意以摧枯拉朽之势激涌上心头。我感觉喉咙口一热，唇齿间弥漫开腥甜，竟是一口血要硬生生地从肠子里呕出来。

"这三年来，没有一个人敢告诉你，你曾经远嫁北奴的事情，若不是皇兄严令示下，宫中众人怎会都缄口不言？"端雩骇然长笑，"哈哈，这简直是全天下最可笑的事！当年皇兄亲手将你送上嫁往北奴的花轿，把你拱手让给别的男人！现在他又将你找回来，继续做他的皇后，这一切难道不可笑吗？"

我死命地咬紧牙关，将血默默咽回去，哑然问道："你说的都是真的？"

"颜卿，你是真的忘了吗？你是真的一点都记不得以前的事？还是你跟皇兄一样在装糊涂，换个身份，掩人耳目，就以为能欺瞒过全天下的人？而你，做完北奴王的妃子，又若无其事地回来做我胤朝的皇后！"

端雩看着我的目光中充满讥诮和嫌恶，几乎指着我的鼻尖道："颜卿，我看不起你！你们颜家素来自诩家风严谨，教养出来的女儿个个淑贞贤良，知耻明理。你那长姐颜珂虽是侧室所出，但其夫死后仍然守节不嫁，从一而终！但是你颜卿——你是颜相嫡出的女儿啊，竟然一转身就可以嫁给别的男人！"

我脑子里一片嘈杂的混乱，仿佛要炸裂开来一样，根本就听不清她后来究竟在说些什么。恍惚间，听见紧闭的房门嘎的一声从外面被撞开，如雷声轰鸣，逆着光看去，最前面的正是奕槿和桁止，身后还尾随着好些侍女侍从。

奕槿环视一眼，整间房中盆碎花倾，罗衾香枕掷在地上，还有无数发簪珠宝四处散落，一片不堪入目的狼藉。端霄正在形如疯癫地大笑，而我将身体蜷缩得小小的，愣愣失神地坐在角落里，面色雪白，脸上泪痕交错。

"怎么回事？"奕槿眉心紧蹙，他箭步上前，伸出双臂要将我从地上托起。当他的手指碰到我裸露的手臂时，我就感到心里毛糙的厌恶。啪的一声，众目睽睽之下，出乎意料地将他的手重重拂开。

"你一直都在骗我，是不是？"没有任何的铺垫，没有任何委婉的余地，我就这样竭力地朝他喊道。

奕槿霍然大惊，道："颜颜，你在说什么？"

"皇兄，你还要哄骗她到什么时候？瞒得住一时，难道还瞒得住一世？"那时，端霄冷哼一声，音调软软地插话进来。

看到这样的情形，奕槿已然明白过来。然而端霄这句看似轻飘无力的话，分明就是火上浇油，奕槿声色中已有恚怒之意，转首喝道："端霄，闭嘴！"

端霄脸上没有丝毫畏惧的神情，一贯桀骜不驯地冷睨着我们。陡然间，异变横生，林桁止在旁边看得双目呆直，正要上前劝道："公……"

"滚开！"端霄阴戾的目光恨恨地扫过他，就像一记响亮的耳光。

他口中那个主字还未落地，就被端霄厉声喝退，未说出的话全部被激成了脑门上淋淋的冷汗。

"颜颜，你不要这样。"奕槿强行将我从地上一把拽起，尽量轻柔地把我揽进怀中，极力地想让我安静一点，可是我在他怀里就像失控一样地拳打脚踢。

"你放开我！你骗我，你这些年一直在骗我！我根本就不曾嫁给你，也不曾是你的妻子。"那时，无数复杂的情绪在心中如滚水翻涌，让我难以自制，我面朝奕槿声嘶力竭地大喊："而我真正的夫君是耶历赫！"

耶历赫三个字，大概是彻底激怒了他，他脸色如被寒霜，忽然反手扣紧我的一只手腕，近乎失态地冲我吼道："不是！颜颜！他不是！"

"你认为我还会相信你？"我眼神疏远地看着他，将手腕从他的手中用力抽回来，我再也不想让这个男人碰到我。

这一刻，我终于能体会端霄的崩溃和绝望，活着就是一场欺骗，这世上还有比这个更可笑的事情吗？

就这样沉默须臾，奕槿终于软下口气求我道："颜颜，我们先回宫去。所有事情等到回宫后再说。"毕竟此处是在公主府上，上下人员来往冗杂，多少双眼睛看着，皇室的颜面，端雯公主今日是豁出去不要了，可是奕槿却是不得不顾及。

这时，我不知何来的力气挣脱开他，雪色衣袖翻转如云，奕槿眼中有震惊一闪而过，手指屈张，竟是一时没能抓住。

我一步步后退，离他越来越远，倔强地看着他道："不！我绝不跟你回宫！"

"颜颜，你……"奕槿额角隐约青筋暴起，英眸含怒，他对我的忍耐怕是要抵达极限了。

此时公主府上陷入一团混乱，已不是谁可以控制得了的。

"哈哈……"端雯那时赤足踏出房门，那笑声突兀而尖细，她高声地道："颜卿，你问得不错，你就是宜睦公主，就是北奴王耶历赫的妃子！"

"我最最亲爱的好皇嫂，我还没有恭喜过你，你就要当上大胤的皇后了。"端雯的声音里是说不出的鄙夷，"当年宜睦公主肯为北奴王生殉时，我原先还当颜相教出来的女儿有多么三贞九烈，哈哈……说得如此堂皇体面，谁想得到里子竟是这般污秽不堪……"

林桁止急得冷汗涔涔，他管不得礼制，冲上前将端雯拖住，喊道："快来人，将公主请回房中休养！"

端雯说的每一句话都像是刀子一样剜在我身上，而奕槿此时已经顾不上端雯，抢身上前将我制住，不管我愿不愿意，就将我一把横身抱起，朝府门外走去。

"我不回去！我不回去！"我在奕槿怀中手脚乱舞，竭力大喊，他却是无动于衷，可见这回是动了真怒，就算是强行也要将我带回宫去，他双臂坚硬如铁制止了我的乱动，而我根本敌不过他的力气。

公主府外，九龙盘空金舆一直静静守候着。恭候着的太监、侍卫被他身上凌厉威势的气息骇得不敢抬头，有个太监战栗着搬来上金舆时用的杌子，都被他一脚踢开。奕槿素来涵养极好，喜怒不形于色，待下一向宽厚，今日行事如此暴躁，可见已是震怒到极点。他抱着我上了金舆，双臂间还是不肯放松一分对我的禁锢，对身边早已是胆战心惊的太监，阴沉沉地冷喝一声道："回宫。"

落尽琼花天不惜

"圣驾回宫!"太监高亢尖细的声音从外面传进来。

这一路上,任我如何蛮横哭闹,对他又捶又打,他都是寒着脸不理会我。当我被强行带回冰璃宫时,一进宫门,里面的宫人见到宸妃和皇上这般的架势,个个都吓得呆若木鸡,在奕槿抱着我大步进去时,一路扑通跪了满地,惊骇得连大气都不敢出。

走进内室,将一干人等尽数屏退后,奕槿将我放在榻上。回宫途中一番折腾下来,我着实消耗不少心神。身体上的禁锢一解除,我整个人虚脱般地倒在绵柔轻密衾被上。然而,我还是用双臂勉强撑着起身,不知是因体弱,还是激愤攻心,单薄如纸的肩膀一个劲地颤抖。

尽管体弱不堪,我看他的眼神依然疏离寒凉,高声喊道:"端雾公主说的都是真的,而是你一直在欺骗我!三年来,你的每一句话都在骗我!我们根本就不是夫妻!我们之间一点瓜葛都没有!"

奕槿眉心的愁虑如乌云郁结,缓声安慰道:"颜颜,不是的,听朕慢慢跟你解释。"

"我不要听你解释!"我拼命地摇头,手臂捂着耳朵,顾自尖声叫道,"我什么都不要听!"

奕槿见我如此,唇角涌出一丝无奈苦笑,他眸色深深,沉声道:"颜颜,朕承认这三年来,有些事的确隐瞒了你。但是我们真的早在丰熙十七年成亲,你就是朕的妻子,此事绝非在骗你。"

我背靠着床抱膝而坐,闻言仅是面朝他冷笑,"反正我记不得以前的事,你可以任意编些谎话来骗我,底下的人慑于你的威势都不敢言语。我哪里会知道什么真假,就被当成傻瓜一样任你欺瞒哄骗!"

"颜颜,当年的事情都过去那么久,就不要再提了。"奕槿温言劝我,墨玉般的眼底泛起满满疼惜，"颜颜，你要体谅朕的苦衷，三年前你被人送到朕的身边时，性命垂危，醒来之后对前事一无所知，难道朕应该告诉你那些往事，让你重新痛苦不堪？"

我冷冷地扫过他俊挺的面庞，毫无一丝温度，喉底涩然笑出几声，"你在乎的究竟是我会痛苦不堪，还是在乎告诉我真相之后，我不肯心甘情愿地跟着你？"

话落，奕槿霎时震惊，面色皓白如雪，"颜颜，你……"他怔怔地盯着我说不出一句话来。

我目光倔强地同他对视，却是分毫不让。

片刻后，奕槿鼻翼间发出一声重重的叹息，他道："颜颜，你知道吗？朕这辈子最悔恨的事，就是当年放你远嫁，朕枉为九五之尊，却不能留住最心爱的女人。"他平和的气息骤然急促起来，"十二年前的一场变数，让朕原本以为永远地错过了你，不曾想到在有生之年，上天还能让我们再续前缘，所以朕想要弥补你，颜颜，你懂吗？"

"弥补？"我的双唇勾起一个嘲弄的弧度，他这话听来竟是如此的可笑，既然他当年选择的是放弃我，保全他的万里江山，如此，自从那刻起，我们之间就算有千丝万缕联系，也应是被尽数斩断了，而今日，他居然还口口声声地说要弥补我。

我冷然迫视他，道："可是，我不要你的弥补。"

我举目看着这金做笼玉为梁，锦幔珠帘，彩秀辉煌的冰璃宫。在这销金融玉、穷奇极丽的宫室中，铺天盖地的云绡雾帏，密不透风地簇拥而来，逼得我喘不过气来，顿时从心底抽生出一种无处逃遁的错觉。

此外，还有黑压压的宫人在帘帐外跪了满地，挨挨挤挤，衣袂交叠，一眼看去望不到头。他们都是受了奕槿的命令吧，整日谨小慎微地跟在我身边，对我的一举一动俱是严加看管。

"而且……"我面朝他，笑意凉薄，言辞犀利道："你所谓的弥补，就是把我关在这冰璃宫中，做你一人独享的禁脔！"

"颜颜！"奕槿眼角肌肉微微搐动，面色铁青，已是隐隐含怒，一掌击在黑檀木床沿上，那力道之大，让木质坚密的大床都微弱振荡，"你竟然能说出这般的话，是朕平日过于纵容了你！"

"是，要是当初能了断一切干系，又何来日后的纵容！"我身体虽孱弱，然而眼眸中却迸射出一抹坚不可摧的倔强，如灼灼日光般令人无法逼视。

"颜颜，你的性子为什么要如此倔强！"奕槿说话时，神色中大有咬牙切齿之恨，却又带着一丝绵软的不忍，"当年是，现在也是，十二年了，真是一分一毫都不曾改过！"

"我的性子如何，干君何事！"我清冷笑道，"既然如此，我绝不会做你的皇后，也绝不会再做你的宸妃。"

我的反应虽是意料之中，但被我骤然说出口，奕槿神情仍是倏然大为震动，惊声道："颜颜，你何必非要如此，难道我们之间毫无一丝回圜的余地！"

"我们之间从此无话可说！"我一手按在胸前，极力平复着心口乱窜的气息，"而这冰璃宫，我是绝对不会再待下去！"

"颜颜，你冷静一点。不要再跟朕生气了好吗？"奕槿走近我，软下口气，他将双手轻柔地放在我单薄战栗的肩膀上，指间渐渐收紧，打算像往日般将我拥入怀中，这本是我们之间极熟悉的动作。

当他温绵的呼吸靠近，衣襟间散发出一嗅淡淡悠远的檀香，开始兜头兜脑地笼罩着我。而我此刻，却是如同本能地屏息，拒绝他身上任何气息入侵，从心里不可抑制地生出厌恶和抵触的感觉。

"你不要碰我！"我伸手抓上他的手背，狠狠一用劲，将他的手从我的肩膀上硬生生地扯下来。

奕槿蓦然一惊，我已是跟跄着从床榻上翻身滚下，发髻间数支红珊瑚猫眼簪子褪落，我从地上撑起身体时，有一支就压在手掌下，纹路切割分明的宝石硌得肌肤生出钻心的疼痛。

"我要出宫！我一刻都不要再待在这宫里！"我颤巍巍地从地上自行站起来，纤细柔弱的身子根本站不稳，砰的一声钝重响动，我就朝后撞在妆台上，撞得上面摆放的物什一阵些微地磕碰。我瞥过眼，正好看到昨日刚刚从内务府送来的珠冠凤裳，以端正合宜的姿态整齐地放在一张红木透雕云刻盘子中。

通体纯金的凤冠雕琢赤金凤凰之数五，两侧略小各二，正中平展开纤丝镂空金缕凤，凤口中衔落三串细细米珠流苏，三颗硕大的南浦珍珠坠角，中间那颗足有鸽卵大小，光华温润，直可鉴人，凤冠以明珠翠玉作底，其后紫金镶玉穗垂下累累珠珞。大袖的正红色百凤礼服拖摆至地，璨璨夺目的金线绣成极长的凤凰图案，凤身自胸前越肩一直至裙裾后摆，迤逦地散开银紫交织赤金的十二尾羽翎。七彩丝线织就华章，而纤毫之处，一翎一羽，那凤凰无不鲜亮生动得就像是要活过来。凤尾十二之数，后宫之中唯有皇后之尊独享。

这些都还是圣旨颁布后，内务府在近期内匆忙赶制出来，阖府宫人接连半月的日夜不休。宫中并非就没有以前皇后留下的衣冠，而这次却是奕槿亲自下令，定是要为我量身裁衣，所用到的东西一色都要全新，绝不能拿先前的旧物改制一番来搪塞。

想来真是无上的荣耀啊！我长吸口气，只觉得阴寒如刃径直地逼近心腑。

我看着面前的这个人，三年来朝暮相对，我对他应是极其熟悉，此时却是陌生而遥远。今日若不是端雩公主在情绪失控之下，贸然说出真相，我还被蒙在鼓里，愚蠢得一无所知。

他给我一个虚假的身份，究竟为的是让我免受天下人的指摘，还是仅仅为了遮蔽他曾夺人之妻的不义之举，维护他身为帝王的颜面？

他对我刻意隐瞒过去种种，究竟为的是不想我沦陷在往日的痛苦中，还是仅仅为了让我能一直懵懵懂懂地留在他身边，做任由他摆布的玩偶？

他现在要立我为皇后，究竟为的是给我一个名正言顺的地位，还是仅仅为了弥补他当年失之交臂的遗憾，挽回他曾被耶历赫践踏的尊严？

一切美好温存的表象，就如同一层华美而脆薄的琉璃，在瞬间支离破碎。我感觉身体仿佛被无数无形却锋利的细线穿透，说不出是否还有疼痛，整个人倒感觉像是麻木般。

我愣愣地看着那些珠冠凤服，金黄赤红，光彩耀目，仿佛就是一条帮着奕槿套住我的锁链。

我脑中乱糟糟的，端雩的话言犹在耳，其势咄咄，"颜卿，我看不起你！你们颜家素来自诩家风严谨，教养出来的女儿个个淑贞贤良，知耻明理。你那长姐颜珂虽是侧室所出，但其夫死后仍然守节不嫁，从一而终。但是你颜卿——你是颜相嫡出的女儿啊，竟然一转身就可以嫁给别的男人！"

我想起那日在贤女祠中，嘉瑞公主曾经的侍女绿萝，对我说话时，那分毫不加掩饰的嘲讽和轻蔑，"能在这里飨食香火供奉的女子，皆是世间至贞至烈、至纯至洁的女子，他人轻易碰不得，以免污损公主完节之操。"

原来我就是宜睦公主，怪道绿萝对我的态度这般的冷漠，甚至鄙薄，我的确不配与嘉瑞公主一样接受世人的尊敬和供奉。

我此时不知哪来的力气，将那些衣冠狠狠地掼在地上。我力道用得极大，像是在发泄郁结了满心满肺的愤慨和郁恨。霎时间，华丽无匹的凤冠上镶嵌的珠子弹跳掉落，正中那雕琢细腻的纤丝镂空金缕凤被摔得压扁半边，坏了形状。

我像是失去理智般，顺势拿起筐篮中的剪刀，就向那身礼服刺去，哗啦一声，在胸前的凤凰图案霍然撕开一道口子，正好裂在凤颈的位置，在那一团明艳且颓然的红色中，就像无力横卧着一只僵死的凤凰。

"颜颜！你闹够了没有！"奕槿一双英眸中簇然蹿起怒意蓬勃。从古至今，怕是再也没有一位皇后胆敢如此毁坏御赐的珠冠凤服，竟然还是当着皇帝的面。

他想要抢身冲上前制止我，我却是一扬手，将那把剪刀抵在脖颈上，冰冷如铁的锋刃紧紧贴住脖子温软柔腻的肌肤，近乎透明的苍白之下，清晰可见青紫蜿蜒的血管，若朝里再近一分，就会使得鲜血迸溅。

我任凭一头青丝逶迤委地，神色桀骜不驯，全然无惧地与他对视，一字一字皆是浸透着凛冽寒意，斩钉截铁，不容回驳，道：“你不要过来！我，颜卿今日指天发誓，从此誓不再与你共处！你要不就放了我，要不就赐我死罪！”

奕槿眼底怒火郁郁燃烧，压抑到极限后，那双原本煦暖若春阳的眸子，此刻竟是刺亮犀利得有些骇人，“颜颜，你竟然在要挟朕！”

“小姐！”正当那刻，一直胆战心惊跪在外面的玉笙，失声爆发出一声惨叫，她顾不上礼仪，冲上来就夺我手中的剪刀，连声哀求，“小姐！玉笙求求你，你千万不能再做傻事！千万不能！”

“走开！”我朝她冷喝一声，玉笙却是不肯走，跪下死死地抱住我的双腿，任我怎样就是不松手。我一时乱了分寸，奕槿乘机欺近身侧，掌影挥过，扼住我的手腕，将那把剪刀夺了下来，远远地丢在地上。

“滚下去！统统给朕滚下去！”奕槿骤然怒吼，这般威赫的气势，尽管隔得远，还是惊得跪在外间的宫人心神齐齐一凛，眨眼间已是退得不见半个人影，就连人的呼吸也听不到了。

他慢慢地走近我，我再朝后，却是退无可退。自从有记忆的三年来，从未见过他用这样眼光看着我，他的眼神原本明透深澈如太液池的一汪静水，每当看着我时，是温柔，是爱怜，或是宠溺，而现在却是糅杂着一丝蒙乱浑浊的情愫。我从未见过他这种样子，原本的他气质雍和，温雅如玉，而现在他周身散发出令人不敢靠近的凌厉霸气。

遽然间，他伸出一臂揽住我的腰身，臂弯收得极紧不让我有机会挣脱，另一手指捏着我纤小到不盈一握的下颌，几近充血的眼睛，不可置信地盯住我，“颜颜，你知道你在做什么吗？你不仅毁了皇后衣冠，你居然还将剪刀架在脖子上要挟朕！”

我漠然地看着他，毫不屈服道：“就算这样又如何？难道你要告诉我宫妃自戕乃是大罪？更何况我根本就不是你的妃子！”

我一而再再而三地激怒他，挑战他耐性的极限。

“简直荒谬！”他厉声喝断，“颜颜，朕再告诉你一次，你是朕的女人。宸妃也好，皇后也好，并不是由得你说不要就不要！”

我一时说不出话来，只觉得心口紊乱的呼吸紧一阵，松一阵。他强行将我抱起扔在一床柔软的锦被之上，我极力地朝里躲避。从前就在这张黑檀云漆大床上，我与他也曾经轻怜密爱，缱绻燕好。现在回忆起来，只觉得从骨子里抠出一股剜心抽髓的恶心，翻腾在胸臆间让我想要呕出来。

他炽热的唇舌在我脖颈间肆意掠夺，他的气息靠得越近，我就越觉得抵触和厌恶。衣襟一松，蔽体的衣物被尽数扯落。我蜷紧了身体，想要出声却是一个字也发不出来，心中哀凉地想着，若此时喊救命，那该是如何的可笑。

猛然间我感到喉咙口一热，唇齿间弥漫开腥甜之意，忍不住哇的一声，一口鲜血尽数喷在他的胸前素白的寝衣上，触目惊心的嫣红就像一朵颓散萎靡的落花。

我苦笑，怎么差点忘记了，咳血旧疾其实早在公主府中就发作了。

我唇际衔着的一抹笑意是说不出的苦涩和冷讽，这副身子已经到了那步田地，哪里还用得着我拿剪刀自行了断，眼下若是发病死了倒是也落得干净。

我独自坐在床榻的一角，任凭身体赤裸着，苍白得宛若一捧正在消融的雪，我放肆大笑，状如疯癫，看向他的眼神依然是不肯低头的倔强，还有桀骜不驯。

奕樨怒意蓬蓬地拂袖离去后，玉笙和三四名近身伺候的侍女小心翼翼地进到寝宫，见到眼前狼藉情景，无不是吓得如中魔障，呆呆地杵在原地。

那日，像是老天也要如我心愿。情绪大起大落，兼之心神剧烈损耗，我开始剧烈地咳嗽，单薄的双肩战栗如风间打转的落叶，唇角溢出殷红的鲜血，慢慢渍浸洇着整方素帕。玉笙从身后托住我，忧心如焚，手中拿着帕子拭去我唇上的血丝，低声唤着："小姐！小姐！"

女医晦奴随后而至，她见到我这般样子，满脸焦虑，疾声问道："怎么回事？早晨的时候还好好的，出宫一趟就成了这样子？"

玉笙话中已是颤颤地带着泣音，道："一时半会儿说不清楚，女医您还是先看看小姐吧。"

我绵软无力地躺在床上，耳边传来无数凌乱惊惶的脚步声，像是宫人在走动，还有玉笙低低的抽泣声。

我不停地咳嗽，血点喷在寝衣前襟，宛如一朵一朵赤色的小花猩艳而惨烈地盛开，我好像整个人都快接近耗竭。如此挨到落幕时分，我的病不见好转，大有严重到不可收拾的势头。

神志迷糊中，我听到有人在焦急地追问，"娘娘病成这样，皇上人呢？"

一人细如蚊呐地答道："皇上今走后，过午就与灵犀夫人同往御园，大概原先是往扬碧湖去了，看眼下情景，怕是一时半会儿回不来。"

"好啊，好啊。"此刻像是玉笙的声音，断然说道："既然如此，小姐今后的生死都不用皇上管了。"

我人虽是昏沉，外面的人声灌入耳中，我却是听得一清二楚，齿舌间像是含着一口沁心刺骨的冰雪，沤得五脏六腑都生出冻裂般的寒意。心中想着，好啊，好啊，既然如此，我今后的生死统统与你无关。

纷杂嘈乱的声响，就像无数纤细却坚韧的丝线交织成天罗地网，将我彻头彻脑地笼罩在其中。而我一人孤凉地躺着，那瞬间仿佛是被摒弃在一片寥廓空寂中，天地隔绝，世间万物都已是舍我而去。

心神疲惫到极限，就如同琴弦濒临崩断，我整个人陷入渐深渐远的昏厥之中。

眼前迷蒙地出现幻象，好像是某些遗落的记忆碎片。春日朗朗的千鲤池畔，红衣鲜妩的及笄少女，惊鸿回首，还有丰神如玉的俊逸少年。她看向他时，神色半怒含恼，鲜活生动如许，而他的笑意，年少轻狂中带着一丝促狭，"母后曾夸你容颜殊美，举止大方，还听闻颜相教女甚严，怎么你……"

水迹肆意地漫漶开去，霎时就淡褪了画面，所有的颜色纠葛缠绕，混搅在一起，模糊得再也看不清。

依稀还是苍茫暮色中最后一拢风荷，湛碧水间，莲影明洁，叶底卷泪数点，背首遥恨西风，恍若就是一双澄明纯粹而痛苦压抑的眼眸。

你如今好吗？

很好。

若真是这样就好，今日得此一问，后半生已足矣。

简单短促的两个字，很好，其中究竟带着几分的真心，又带着几分的言不由衷，到底能敷衍了他，还是敷衍了我自己？

心底漫出苦胆般的涩意，飘摇的身体就像搁在悬崖口上，被崖底盘旋而上的凛冽罡风恣肆吹弄，被狂暴的惊涛骇浪撕卷着而去，我抓不住任何东西，恍惚间，面前仿佛缓缓伸出一只手，指骨修长，掌心的纹路清冽分明。我想要抓住，那只手悬在虚空中，如同幻影凝结，我的手指紧握却是猛然抓了空。

我想着，都是一场梦吧。心神再也支撑不住，堕入一片漆黑的迷乱之中。

等到我再次醒来时，不堪重负的喉咙，火烧火燎一样的干灼难受。我缓缓地抬起涩重的眼皮，朦胧看到一个高俊挺拔的轮廓。

我唇边勾起一缕微薄的凉笑，我就知道是他。

我的身体格外虚弱，好像体内的每一分力道，都已被折腾了通天彻夜的病痛榨干殆尽。尽管如此，我还是勉强着朝里翻身，顾自面壁躺着，不想看到他。

"颜颜。"奕棍亦是神情疲惫，面容憔悴，就好像一夜之间苍老了数岁，他轻轻扳过我的身子，让我面朝他，语调哀凉地恳求我道："你不要再跟朕赌气了，好吗？"

"我不是在赌气。"我漠然地看着他，此刻，我的眼中就连愤怒都不再有，眼中有的只是漠然，冰封雪锁般的漠然。

"朕承认，昨日不该跟你动气，也不该那样对你，可是你……"奕棍低沉的嗓音中夹杂着一线喑哑，那样复杂的神色，既是恨极又是爱极，"你的个性为什么非要这么倔强，这么任性？恨得朕咬牙切齿，却还是不忍心。"

我仰面躺着，看着金钩拢起的帷幔上遍绣着合欢吐蕊、鸳鸯交颈，漫漫精工、错金镂银的图样，看得让人眼花，不禁想到手执螺黛为妻画眉的张敞，举案齐眉的孟光梁鸿，夜奔的卓文君和司马相如，他们都是极其恩爱吧？

那么我们呢？一开始就是构筑在欺骗和玩弄之上的感情，就如同泥沼危塔，原本就摇摇欲坠，哪里能谈得上恩爱？

我沉默半晌，木然道："已经到了这一步，我不可能再做你的皇后，也请你现在就废掉我的妃位吧。"

"颜颜，朕失去过你一回，绝不会再失去你第二回。"奕棍面庞坚毅，痛楚之色在眼底翻滚，他柔声道："颜颜，你为朕设身处地想想，面对当年如此险恶的情势，朕那时尚居东宫太子之位，又是先帝亲自下的旨意，那是朕的父皇啊，一为人子，二为人臣，朕根本不能违抗啊。当年眼睁睁地看你离开，而无能为力，朕心中亦是痛苦万分，后来的九年，亦是悔恨不已，日夜深责……"

他顿一顿，道："现在算是朕在求你……过去的就都让它过去，我们就像以前一样好吗？"

过去的就都让它过去，我忍不住冷笑，好一句轻巧的话，就可以将往日给一并抹杀。他说要我设身处地为他考虑，可是他是否在意过我的感受，他是否在意过此举让我情何以堪？他曾经把我拱手让给别人，现在又要我若无其事地回到他的身边吗？

玉碎之后，尚且有不可修复的裂痕，更何况两个人之间。

我并非心性褊狭的女子，懂得在国家千秋大业面前，仅仅为了一己之私的感情是如此微不足道。但是，他既然当年选择放弃我，为什么就不能豁达地放开手，做到从此不再涉足彼此的生命？非要强逆天命，让两人原本已泾渭分明的命运，又重新缠绕在一起。

"好，我们就像以前一样。"我怔怔失神道，四周寂寂，唯有风萦纡着穿越无数重流苏金钩挽起纱幔，重重曼曼直如云山幻海。

"颜颜，你真的愿意……"他眼中泛起一阵不可置信的狂喜。

"跟以前一样。"我冷冷地重复一遍，用尽全身力气道，"你就当已经把我亲手嫁出去了，我为他人之妻，你仍然做你至高无上的帝王，我们从此两不相干！"

"这般恩断义绝的话，你怎么也能说得出口？"他震惊地反问，眼中那簇火苗般的狂喜被骤然浇灭，因希冀而晶亮的眸子瞬时黯淡，他低声下气道："颜颜，到底要朕怎么做，你才肯原谅？"

"放我出宫，此生不见，也就谈不上什么原谅不原谅了。"我的手指紧紧地揪住柔滑的锦衾，克制着声音中剧烈的颤抖。

"不行，颜颜，只有这件事，朕不能答应你。"他神色极其悲恸，面容如白璧蒙尘，呼吸紊乱而急促，"你留在朕身边吧，不做皇后也罢，废掉妃位也罢，但是，朕都不会再让你离开，朕说过，朕承受不起第二次失去你的痛苦！"

"那么……"我侧首，凄恻一笑，"如果……我死了……"

自从在公主府得知真相的那刻起，我对他已是灰了心，冷了意。一颗心再无从依托，既然他强势地要将我留住，我也就决意要糟蹋自己的身子。

任凭宫人们如何劝，我就是不肯服药，也不肯进食。原本已堪堪控制住的病势，一下子汹涌地复发，且比往日发作得都要厉害。玉笙跪在我床前，双眼哭得红肿。我顾自躺着，奕槿一直守着我，劝慰的话不知说了多少，我依然无动于衷，连话都懒得跟他说一句。

药剂中断，水米不进，原本就羸弱不堪的身体，更是日渐消瘦，日渐衰竭。冰璃宫中人深知，若这样下去，我就是连今年的夏天都熬不过了。

就算如此，他们每日端来的药，我紧抿着双唇，就是不肯喝下一口。奕槿有时真动起怒来，命宫人按住我，捏住我的下颌，强行给我将药灌下去，可是我喝了还是会吐，腥苦的药汁混着血液，满满地吐在雪白的锦褥。

玉笙那时低泣道："小姐性格太倔，若是用强根本行不通。"

我一心唯求速死，奕槿在束手无策之下，想到召来颜氏中人劝我，我的长姊颜珂是常年寡居，而颜澈身为男子，不便直入宫闱，于是就召了颜凝玉和颜芳芷两位妹妹，陪伴在我身侧。

颜凝玉早年封作静妃，原本就是宫中之人，而颜芳芷尚未出阁，索性搬到我宫中暂居一些日子。尽管这般，我的样子还是一如既往，未见一丝好转。

有次合眸躺在榻上，仿佛听到颜凝玉声音低低地对奕槿说，模糊地传入耳中一两句，"……臣妾和芳芷并非姐姐的亲妹子，姐姐许是不愿待见……慧妃与姐姐虽是表姐妹，但自幼的情分深厚，跟亲姐妹别无二致……慧妃的话姐姐肯听也说不定……"

冰璃宫。

卧室中，服侍的宫人已被尽数屏退。我昏沉沉地躺着，还是不停地咳嗽着，身子觉得冷，前额上却是渗出潜潜汗意，这时唯有玉笙守在我身边，感觉到浸得清凉的薄纱绢子擦拭额头，稍稍舒服些。

我朦胧地想起那日，绵软无力地躺着，感觉到两根清凉削尖的手指搭上腕间，大概是晦奴在为我把脉。我却是将手缩回，犹自咳个不停，气息虚弱道："你不必救我，让我死了吧。"

玉笙满脸忧色地道："小姐……"

而晦奴看着我，稀疏的眉毛紧蹙，焦黄泛黑的脸上浮现出一丝赤红的愠怒，她可没有玉笙那般的耐性来劝我，用上蛮力一把就夺过我的手腕，左手扣住我的腕子，紧接着将右手指尖强行搭上。

我瞪着她，一时说不出话来，而玉笙，亦是被她突如其来的僭越之举唬了一大跳。

"你就这么想死吗？"晦奴目光清冷地逼视我，"我倒是忘了，你是一分一毫都不畏死，当时若不是玉笙冲上前死命拦住，那把脖子上的剪刀说刺也就刺下去了。"

我愣愣地看着那名陪伴我三年的女医，她虽素来性情孤僻乖戾，不与人来往，但何时对我这般疾言厉色地说过话？

"你为什么要这样践踏自己的性命？你为什么这样不爱惜自己？"她的眸心愈加透出凛若冰雪的寒意，仿佛是庞大而不可抑制的悲恸和愧恨，"你又哪里知道，仅仅是为了让你活着，有人作出了怎样的牺牲和让步。"

铜铸滴漏声声冷然，我不知道就这样过去了多少时辰，有一会儿，玉笙好像出去了。忽然，似乎听见有脚步声由远及近，缀着明珠的软鞋踏在平滑坚密的地砖上，无意间发出极轻微玎玲的声音。那人行走时身姿盈盈，衣袖裙袂间夹带着一缕幽香甜细，惑人心神。

那不是玉笙，也不是晦奴，宫中唯有位阶在嫔以上的妃子方可穿珠履，而且玉笙身上也不会有这样甜靡的香气。

来得似乎还有一人，脚步微沉地跟在那人后面。

"查出来了吗？端雾公主最近和哪些人来往密切？"声音清冷如水，听不出有一丝喜怒在里面。

"最近与端雾公主来往的人极多，这事怕是一时间查不出个究竟……"

"好啊！"清冷的声音，陡然透出一线慑人的凛冽，"本宫倒是看清楚了，原来是冲着本宫来的，可恨的是一着不慎，让那些暗中的小人摆了一道！"

一切都如同在梦中，过了很久，意识迷蒙中，我感到被人从身后轻轻地托起，是玉笙在耳边柔声说话，却是藏不住欣喜地道："小姐，你醒醒，快看是紫嫣小姐来了。"

紫嫣，我心中微微一动。

缓缓睁开眼，看到眼前正站着一名姿容绝色的女子，她的相貌与我有六七分相似，猛一看去，仿佛那就是我，但是仔细看，还是有所区别。她眼角处微微飞翘，比我更多一分桀骜不驯，眉宇间敛尽锋芒，比我更多了一分刚毅之意。

"紫嫣。"我口中忍不住喃喃地念出这两个字，一时间，那种无可言喻的熟悉仿佛深刻到了骨子里。

她着一袭镂空烟紫色云霏妆花蝴蝶锦裙，那般轻盈如雾的颜色穿在她身上，整个人都宛若是蓬莱仙岛上一朵悠然漂浮的紫云，浓密青丝绾成凌月髻，髻侧斜簪着一支羊脂玉雕琢双结如意钗，其余唯有几点清简的白玉米珠埋在发丝间，映着耳垂上一双流云逐月明铛温润的光泽。

她今日的穿着，与在太后寿宴上的那天截然不同。那日的她，瑰姿丽逸，艳压群芳，惊世骇俗的美貌，刹那间，纵然有万千青娥红粉，在她身后都是成了黯淡庸常的影子。而今日，尽管蛾眉淡扫，朱唇漫点，依然是惊为天人。髻后留下一垂长发任其披散，如同未嫁少女，犹然更添几分尚在闺中的韵致。

我看着她，有一时的怔忪。她还是十六七岁时的模样。十余年了，时光倥偬而过，若指间流沙，却未在她的脸上留下一分一毫关乎岁月的痕迹。娇嫩的容颜，就如艳艳春阳中，豆蔻梢头新抽出的花苞，含蕊半绽，芬芳内敛，未经历过尘世是非。令人心神一个恍惚，仿佛回到了昨日，那时我们都还是养在深闺人未识的青稚少女。

世间最公允的莫过于时光，苍老了绮年，销蚀了玉貌。发如墨瀑也罢，颜如渥丹也罢，都是抵挡不住强势的时光。即使能被格外眷顾着，光阴未能在脸庞上留下痕迹，然而过往的风尘尽数沉淀在一双眼眸中，到底还是不一样了。

"姐姐。"紫嫣轻轻启唇唤我，她的这声姐姐听不出有多少亲近在里面，更多的是拘泥于礼节的漠然和疏离。

我靠在玉笙肩上倦然看去，在紫嫣的身后，神态恭顺地立着一名侍女，看她衣饰华贵应是漪澜宫中有头有脸的宫人，紫嫣进到内室时，唯有她一人跟在身边，必是心腹无疑，我揣摩着那名侍女大概就是黄绡，她是林府的家生奴婢，自小就服侍在紫嫣身边，后作为紫嫣的陪嫁一道入宫，黄绡于紫嫣而言，就像是玉笙于我。

连番多日，我不肯进食，也不肯服药，身体怕是已耗竭到极限。即使见到紫嫣来了，我亦是精神恹恹，提不起一分力气说话。

紫嫣唇角勾着一缕若有若无的浅笑，亦是不出声。

黄绡依旧是低眉顺眼的样子，玉笙看着我们两人仅仅是沉默着，却是有些发急，忍不住道："紫嫣小姐，您劝劝小姐，她这样……"

她的眸光清疏，如同斜午密云后漏出的一捧蒙蒙光亮，就这样驻留在我身上，挥手打断玉笙的话，意态悠闲地对底下的一干人等道："你们去将本宫带来的东瞿雪梨拿来，还有你们娘娘熬药用的银吊子，再取些冰糖，等一切妥当之后就都退下。"

紫嫣的声音风轻云淡，却是有一种不怒自威的气势暗藏在里面。她多年来似乎颐指气使惯了，这里虽不是她自己的宫殿，但是宫人们闻言皆是肃然，也不敢过多言语，默然将吩咐的事情都做了，便是垂首碎步退了出去。

"还有你们，也是一并出去。"紫嫣拿起搁在水果盘中的小银刀，开始慢条斯理地削手中的梨，她眼角的余光扫过黄绡和玉笙，黄绡低低地应了声诺，就举步出去了，玉笙却是有些犹豫，她的眼睛看向我，好像是拿不定主意。

紫嫣兀自削梨，见状，却是嗤地笑出一声，声音极轻，却是足够我们都听见，"姐姐不善于调教下人，多少年了还是这个样子。当主子的说一句话，哪里容得半分反驳？"

轻描淡写的一句话，让玉笙霎时涌起满脸的赤红，却还是杵在原地不肯走。

我的身后垫着好几个软枕，我勉强支撑起身子，朝玉笙示意让她退到一旁。我虚弱无力地歪在锦衾上，淡淡地睨她一眼，那话说出口，亦是透着虚浮，像是一口冬日里的白气，话音未落就消散了，"玉笙毕竟是我的人，不劳心表妹来训导。"

紫嫣暗暗点头，说道："姐姐，这东瞿雪梨还是日前新进贡的，清甜生津，水分十足。常年犯咳疾，大抵都是肺部干燥充血，若是每日取新鲜者两到三颗，洗净后去皮切丁，加冰糖以水炖煮，长久服用，滋阴润肺。况且阿紫记得姐姐口味忌苦，自小就最吃不得苦药，这冰糖雪梨，温绵绵、甜丝丝的也不难喝。"

紫嫣正垂首说着，那般恬淡自然的神情，就像是跟素来熟稔极了的故友在叙旧一样。她的手指纤修如葱玉，十指都是用新榨的凤仙花汁染了，足有三寸的彤管娇艳秾丽。她手指蜷曲着扶住手心那颗莹黄剔透的雪梨。她削梨的手法极为娴熟，从从容容，那双洁白如玉的手，轻快灵活如蝶，那把小银刀划过雪梨，底下就长长地垂下一串梨皮，厚薄均匀，无一处被削断。

她将削好的梨放在盘子里，一颗颗梨俱是小巧的葫芦样，皓白如雪，水分充盈。

我木然而疲倦地看着她，不出一言。忽然感到喉间一阵灼热的发痒发干，即使我极力克制着，还是忍不住咳出几声。

"姐姐常年患有肺疾，阿紫也是。"紫嫣的眼眸明净若两潭清秋静水，蒙昧地倒映出我的影子。这时，事先注入银吊子的水，已是咕嘟嘟地滚开了，紫嫣将切好的梨尽数倒在沸水中，只听见里面噗噗几声闷响，滚滚冒起的水泡就瞬间安静下去。

紫嫣轻挑眉梢，脸上衔着一抹意味深长的笑意，她道："不过阿紫与姐姐不同，阿紫懂得保养自身。任日子如何难过，怨也罢，恨也罢，不甘心也罢，但我懂得最愚蠢的做法，就是糟践自己的身子。"

她的声音不大，在我听来却是字字掷地有声。我霍然抬首看她，她亦是目光炯然地看向我，那目光中霎时迸射出一线雪亮迫人的犀利，此时的她与之前婉顺的她判若两人。

紫嫣，温柔和顺仅是她的一副面具，而如此的锋芒毕露，方是真正的她。

"姐姐，你恨我吗？当年你远嫁北奴之事，的确是我算计了你……"紫嫣拿起那把小银刀，指尖挑起一个形状周正的雪梨继续削着。

闻言，我心中轰然一震。而她正坐在榻前的绣墩上，正对着我，眉目端然含笑。这般温馨宁和的场面，就好像仅仅是妹妹来看望卧病的姐姐，两人絮絮地说些闺中密语，轻软昵笑。

"你说什么？"我满眼惊疑地看向她。

紫嫣漫然而笑，说道："姐姐，其实事到如今，我也没有什么好再隐瞒。当年，就是我跟耶历赫合谋，我答应他，让你能心甘情愿地踏上嫁往北奴的花轿，作为回报，他给我薛氏私通敌国的证据。"

我倒抽一口凉气，想说话，到唇边却是唯有一声冷笑。

"姐姐，丰熙十七年，也就是你嫁往北奴的前夕，在东宫的书房外……"紫嫣眼眸中折射出一缕幽深的光线，寂寂中说不出有多少情绪压抑在里面，她赫然笑出一声，凛然的笑音中竟是透出几分可怖。

"薛旻婥那个愚不可及的蠢货，我就知道她会跑到你那里去耀武扬威，我也知道你一定会借助她出逃，前来东宫寻找皇上……"她的话顿一顿，转瞬间却是一声冷，宛若风碎浮冰。

"姐姐，我知道你那时就在东宫书房外。是的！我和皇上在里面说的话你统统听得一清二楚！可是，你当时为什么就不敢冲进来，当面质问我！当面质问皇上？而是任我在那里摆弄口舌，颠倒是非，让他误会你跟耶历赫早有私情？"

"够了，这些事我想不起来，也不想听。"我倦然合上眼，只觉得眼皮涩重。

说起往事，紫嫣的神色间毫无一丝畏缩之意，竟是愈加坦然，笑道："姐姐当年可是心灰意冷吗？所以就连最后解释的余地都不想留给彼此？"

她直视我眸心，眼光灼灼，她将手中的小银刀扔回盘中，哐当一声碰撞出令人悚然的脆响，她冷然道："你当年是因凤签而疑他，而他却是因玉饰而疑你，你们的感情竟是败在了两件外物上。"

紫嫣面朝向我，笑意中是说不出的鄙夷，"你们当年不也是千情万爱，如胶似漆吗？为什么他人只要稍稍挑唆和离间，就能让你们互相怨怼，猜忌横生，由爱侣变成陌路？不得不说是，绝佳的讽刺！"

绝佳的讽刺？我心头淡漠想着，我和奕槿之间或许真的是讽刺吧？我整颗心像是浸在黏稠的胆汁中沤得发苦，他如今是在骗我，当年在他口中那一场所谓的刻骨铭心的感情，说出来也不过尔尔，脆薄如纸罢了。

我感到心口气血翻涌，喉咙间有些温热的湿黏，我紧紧咬住牙关挺住，牙根一阵发酸，竟有些头晕目眩。

玉笙站在旁边，见到如此情势，自然是吓得心惊肉跳，按捺不住，突兀地插进一句话来，却是气结不甚，"紫嫣小姐，小姐自幼以诚待你，你居然……"

"退下！"紫嫣厉声叱道，眼风寒芒掠过，"大胆奴婢！竟然敢直呼本宫名讳，先前那一声，本宫念及旧情不予计较，你倒是越发不知收敛，竟然连尊称都不晓得了，指指戳戳地叫你，成什么规矩！你当这里是过去的颜府和林府吗！"

紫嫣的一番话说得声色俱厉，直直令人心神一凛，玉笙哪里扛得住这般的气势，她面色惨白，下唇骇得发紫，如同黄昏时悬在天陲一痕晦暗凝重的虹。她怔怔半晌，却是将惧意去了几分，道："奴婢原是以为慧妃娘娘是顾念旧情而来，所以贸然用了旧日的称呼。小姐眼下这样子，娘娘又何必再出言相激？"

我强忍下几声咳嗽，虚弱地朝她们摆摆手，"好了，你们不要再说了。"

就在这时，旁侧的银吊子滚开了，发出突兀的咕咕声。紫嫣神色略略缓和，她手中夹着干布，小心地将炖好的冰糖雪梨倒在瓷碗中，一线热水注入，腾起无数乱蹿的白气，梨已被炖得软糯，浸在一汪澄明如璧的糖水中，色泽微黄晶莹。紫嫣搅动瓷勺，轻轻地吹凉了，将瓷勺送到我的唇边。

玉笙此时神色惴惴地看着我，我朝里偏过头，却是不肯喝。

紫嫣对此像是意料之中，她拖长声音道："姐姐……"

我仍旧无动于衷，紫嫣不经意地蹙眉，眉心的褶皱宛若湖水细微的涟漪。她面无表情，趁我不留意，出手粗暴地将瓷勺猛地一送，硬生生地就给我灌下一口。

"咳咳……"我咳起来，干灼的喉咙瞬间被甜腻的糖水浸润，其中夹带着草药的苦味，浓烈地窜入鼻息。

"紫嫣小姐，你……"玉笙见到紫嫣如此，骤然失声叫道。

紫嫣冷冷地瞥过她一眼，让玉笙噤声。她此时的眸色如秋霜清粹沁凉，悠悠挑唇，朝着我道："姐姐请恕阿紫冒犯，但是你若再不喝一口东西，怕是就没力气听阿紫下面的话。"

以前若是奕樘强行灌我进食，我都是尽数吐出来，而这时，我竟是将那口糖水缓缓地咽了下去。我现在算是明白紫嫣让侍女们拿银吊子来的用意了，那只银吊子常年用来煎药，药味渗透，所以今天熬出来的雪梨汤才会是苦的。

"姐姐，是的，这就是我，你的表妹阿紫，为达目的，不择手段。枉你当初如此信任我，对我毫不设防，换来的却是我对你毫不留情的算计。"紫嫣搅动着碗中明光涟涟的糖水，隔着氤氲的白色热气，看不清她的神情，只见她用瓷勺抵住一块雪梨，被炖得软软的，像是受不住力，让坚硬的瓷勺慢慢地压成了糊状，如同一颗碾碎的心般静静地沉到碗底。

"那这是为什么？"我空蒙地睁着眼睛，仰首问道。

"为了报仇，为了扳倒薛氏。只有你离开，我才能凭着与你相似的面貌，博取皇上的好感，借助他的力量去杀了我想杀的人。九年来，我自甘沦为你的影子。无论我做了什么，无论皇上再怎么厌恶我，不为别的，就是单单为了这张皮相，这张跟你生得极像的皮相，他就不敢处置我！"她深深垂眸，长长细密的睫毛在白皙的面容上映出两弯玫瑰色的阴影，正好掩去那凌厉的眼波，最终，她沉沉问道："姐姐，你恨我吗？"

我软软地靠在榻上，看着她，这次是她今日第二次这般问我，这般郑重其事地问我，姐姐，你恨我吗？

"你为什么要这么坦白？"我朝她清冷而笑，"我反正记不得以前的事情了，反正被人当成傻瓜蒙在鼓里也不是一天两天，你今日来，若是说说笑笑地谈些小时候的无谓往事，你还是我的好妹妹，何必非要说起那些，非要逼着我恨你？"

"姐姐，当年的事情，我做了就是做了，绝对不会谮辞掩饰！"说罢，她鼻翼间哼出一声，"如果我告诉姐姐，当年之事皆是情势所逼，而并非我所愿，姐姐信吗？当年那一场江山美人的选择，如果我告诉姐姐，我在是帮姐姐一试皇上的真心，姐姐信吗？当年耶历赫肯为姐姐放弃大兵南下，如果我告诉姐姐，我是帮姐姐寻到一个更好的男人，姐姐信吗？"

紫嫣一声一声的质问，犹如排天之浪，挟着惊人的气势直直向我迫来。

她的声调陡然森冷，唇齿间冰寒就如利刃般逼近，道："如果真的这样说，姐姐不觉得恶心吗？"

"恶心，的确是恶心。"我喃喃念着，手指下意识地揪紧锦被，却不知道是在说谁。

紫嫣就坐在我面前，我看去，那张与我极为相似的容颜，其实她面部眉眼的弧度，骨骼的轮廓，生得都比我深刻，女子妩丽柔媚之余，更是隐约流露出几分不输男子的疏狂傲气。

奕槿曾说过我的心性过于倔强，难以驯服。可是在我面前的，分明就是一个比我更倔强傲气、更桀骜不驯的女子。有过裂痕和瑕疵的感情，我情愿不要。可是她，为什么就能多年屈就宫廷，心甘情愿地做他人的影子？报仇，她是为了报仇吧。

"姐姐。"紫嫣幽幽道，眼底弥漫着白雾般的忧伤，她低声，"在你眼里，或许再也不会当阿紫是妹妹了。"如此强势的她，此时声音中带着一丝不经意的柔弱。

我侧首不看她，声音中是说不出的冷峭，"你也不必再当我是姐姐。"

紫嫣的神色如初秋落叶般地一震，她将目光略略错开，说道："姐姐知道吗？阿紫当年为什么能进入东宫，见到那时尚是太子的皇上。"

我倦然地微合着双眸，听她接着往下说。

"因为阿紫说愿意代姐姐和亲，所以皇上才肯见我。"紫嫣的声音淡淡地，如是被致密的丝网细细地滤掉了全部的悲喜感情。

我猛然睁开眼睛，正好对上她一张似笑非笑的脸，深不见底的眼眸含着一点皓白的星芒。我冷冷地道："你出此险招，当年就没怕过吗？万一弄巧成拙，远嫁北奴的人就是你了。"

"我是害怕过。"紫嫣坦坦荡荡地承认，那一瞬间，她眼波一柔，尽数收敛了锋芒，"但是……我更清楚的是姐姐的心性……宁为玉碎不为瓦全"

她一双嫣绯色的娇唇间吐出的话字字刺心，我感觉郁积在胸臆深处一口常年难消的瘀血，一霎时，竟是要翻滚着旧日的恨与痛，火辣辣地逼上喉咙来。

紫嫣却是靠近几分，目光灼灼地盯着我，声色咄咄道："姐姐，据我所知，耶历赫于轩彰六年薨逝，你既然假死逃出，那么轩彰六年到轩彰九年，这三年中你在哪里？"

我浑然不知紫嫣在说什么，眼神惘然。

紫嫣哑然而笑，刻意压低声音，"我一直没有怀疑过，我们的外祖家是南国的慕容氏，但是真真想不到……"

"慧妃娘娘，求求您不要再说了……"玉笙惊惧地出声，她冲上来跪在紫嫣脚旁扯着她的衣袖，苦苦哀求。

"滚开！本宫跟姐姐讲话！哪里轮到你插嘴！"紫嫣怒道，霍然一拂袖，将玉笙推倒在旁边。

"皇上驾到！"太监尖细高亢的嗓音传来，通传的声音此起彼伏。

来人是奕槿，里面的人霎时齐齐一惊！

"慧妃来了吗？里面怎么这样大的响动？"男人朗利的声音，轩昂高峻的身影渐渐走近。

紫嫣眉心微锁，她疾步上前打翻了那只熬汤的银吊子，顿时里面滚烫的糖水四溅流散。此举出人意料，玉笙双眼愣直地看着她，后背却是被她猛推一把，低喝道："还不快去收拾！"

说完，她扑到我的榻前，竟是双膝一软跪下来，眼底涌出一片光芒摇曳的清泪，泣声道："姐姐，一别数年。阿紫就算是跪烂了蒲团，烧尽了香烛，也想不到还能在有生之年与姐姐相逢。"

"阿紫知道姐姐心中有怨，阿紫也觉得愧对姐姐，姐姐多年在外受苦，可是阿紫却是在宫中安闲富贵，每每念及此，锦衾软被只觉得如坐针毡，膏粱珍馐只觉得如咽糟糠。"她单薄如玉的眼睑上那纤纤细致的羽睫支撑不住，泪水一滴一滴地滚下，在她姣好的脸上晕散如珍珠，紫嫣一手颤巍巍地抵住自己的心口，纤细的手指还是抑制不住地震颤着，极是哀恸凄恻的样子。

"多年来，原本应是姐姐随皇伴驾，是阿紫占了姐姐的位置。阿紫不敢奢求姐姐的谅解，若是姐姐介意阿紫留在皇上身边，阿紫情愿自行引退妃位，迁离漪澜宫，余生独居于去锦冷宫，日夜焚香祷祝，唯求姐姐和皇上之间能够圆满，此生足矣。"

紫嫣抬首看我，只见那纤秀娇小的脸上泪痕纵横，眼底将落未落的泪珠盈盈，樱唇间露出一点碎玉般的皓齿，那一点欲说还休的楚楚可怜，竟是一种说不出的令人心折。

奕槿阔步进来时，正好就看见眼前一幕，他未说什么，仅是默然地凝视着我。

黄绡亦是垂眉跟在奕槿身后，进来时见到如此情形，扑通一声跪在地上悲痛哭号道："娘娘在说胡话吧！若是娘娘走了，谁来照顾三殿下？"

细碎的浅银流苏从发髻直垂到颈边，愈加衬得紫嫣的一张脸雪白清矜，血色全无，她的双唇如雨滴打湿的花瓣般战栗着，端正神色，朝我深深地一拜到底，声音清婉却坚定无比地道："阿紫愿将三殿下从此托付与姐姐，只愿姐姐能看在往日的情分上，对幼子多多垂怜……"

我一直冷眼看着她，听到这里不由也觉得心间一震，紫嫣竟然连这种话都说得出来。

奕槿的神情亦是微微动容，我眼光缓缓地瞟过他的面庞，一时间彼此都怀着波云诡谲的心思，却是都不多言语。

终于，他声音清疏地开口道："好了，宸妃现在毕竟病着，这样的话也无须拿到她面前说。"

恸哭之后，紫嫣眼角微微地有一小片红晕，仿佛是女子刻意描画的檀妆，也似紫纤在山顶浅绯色的浮云，却是分毫不损她的绝丽容貌。她默默地用绢子拭去脸上的残泪，低声道："臣妾失仪，望皇上恕罪。"

奕槿未言，目光却是扫向那里一摊打翻的雪梨糖水，银吊子骨碌碌地滚在一旁。

紫嫣是极聪慧的人，道："刚刚不小心碰翻了才弄出响动，姐姐近来脾胃不佳，臣妾自作主张，拿了新贡的东瞿雪梨，混着冰糖炖了给姐姐。"她的眼光移到我身上，"难得姐姐肯喝下一点，臣妾一番心思也不算白费了。"

"颜颜，你终于肯进食了。"奕槿闻言舒眉，不胜欣喜。

垫在脖子下的一个软枕略略移了位，让我有些不舒服。我冷漠地看着他，又看了看她。整颗心是被压在千年玄冰之下，一时觉得胸口气闷，却是合眸无言，既然如此，我还能再说什么。

风烟错莫雨垂垂

那日紫嫣走后，我朝玉笙轻轻地说了一个粥字，尽管细若蚊呐，但底下人听闻无不是欣喜若狂。我之前一心求死，若是真有个不测，冰璃宫中上下皆是难辞其咎。如今见我回心转意，不再一味求死，都舒了口气。

后来谈起那天的事，玉笙还是心有余悸，她抚着心口，喃喃地念着道："紫嫣小姐那日可是疯了？一会儿凌厉迫人，一会儿又哭得肝肠寸断。有时好像还是以前的紫嫣小姐，有时却又不是了。"

我浅淡一笑，那笑意淡薄如映在残雪上清冷的日光。我朝玉笙摇摇头，这世上唯有让她逼疯的人，她自己哪里会疯？我心知紫嫣不过在演戏罢了，引退妃位，谪居去锦宫，将亲生儿子拱手相让，演得如此情真意切，入木三分，是给奕樘看，还是给我看？心中这般想着，忍不住说一句嘲讽的话，就脱口而出："她若是生在梨园，定是一等一的戏子。"

玉笙被我一惊，我甚少能说出如此刻薄寡恩的话，想是经历先前一事，意志消颓之后，心肠亦是冷硬了几分。

她那时轻轻叹口气，垂眉劝道："小姐莫这样说，紫嫣小姐到底是浣沁夫人的女儿，何况夫人临终时，也希望小姐和紫嫣小姐之间能互相扶持……"她后面的话含糊其词，我再也听不清楚。

公主府上的那场惊变，让奕樘一直骨鲠在喉。他严下旨意，令九公主从此不准踏足宫门半步。太后在帝都城外西郊的阴山行宫养病，所有事宜都是由灵犀夫人一力打理安置。眼下太后那头还是密不透风地瞒着，在帝都中的皇族近支亲贵中，也有人暗中劝说端霎去向奕樘认错，奕樘大概是一时龙颜震怒，但毕竟俱是先帝儿女，同发一枝，血脉相连，多少年的情分在里面，只要端霎肯低头服软，这事兴许就能过去了。

但是端霎是何等刚烈倔傲的性子的女子，素来目中无人的九公主，让她服软怕是很难。我听宫人说，端雯将前去公主府上为她看诊的御医，都给尽数赶了出来，皇室中人若有去劝说的，也都无一例外地吃了闭门羹。

奕樘是高高在上的帝王，端雯又是何等烈性的女子，这番彻底撕破脸之后，怕是谁也不会向谁低头。但同是先帝子女，兄妹一场，也难说这辈子都不会再有和好之日了。

我想到那天端雯情绪虽失控，却一直未曾向奕樘道破，桁止多年来对我始终怀有情愫一事。要知道这事揭露出来，足够令桁止和林家万劫不复。由此可见，端雯再怎样深恨桁止，深恨林家，但毕竟夫妻十余年，是有一分割舍不断的情意。

她现下这般自暴自弃，到底还是不甘心，不甘心吧。想着想着，心间触动，斫刻在心底的痕迹就如锦帛上抚不平的褶皱，说到底，我现在的处境与她可有两样吗？事情到了这一步，明明知道一切已成定局，无法改变，但是要就此低头，却是不甘心啊。

我对奕樘的态度淡漠，形同陌路。他还是常常来看我，但事到如今，我们之间却是生疏到连话都不再说上一句。有时听闻争相撩起帘笼的籁籁声，我就知道是他，顾自假装睡着，奕樘亦是明白我对他的回避。

他凝视我睡中的容颜，时而会俯下身，附在我耳畔轻轻说着，他的声音有些喑哑，"颜颜，朕知道你没有睡着。朕不怕等，怕的只是你的冷漠。你可知道你的冷漠，让朕多伤心，真的有种万念俱灰的感觉。走到今日实属不易，况且我们之间已经空耗了太多年，这么一直冷战下去，难道真的要错过一生吗？"

他的声音极低极沉，气息拂过耳畔让人觉得湿热的痒，让人生腻，耳后的肌肤激起了微小的颗粒。我周身觉得绵软无力，肩膀却是忍不住地颤抖，轻笑一声，道："你要我为你想，可想过你把我囚禁在冰璃宫中，我又该如何自处？"

奕樘眼神一震，低声道："颜颜，朕绝对没有囚禁你的意思。若是你愿意，还是可以像以前那样，朕不会约束你在宫中走动，带你出宫走走也未尝不可……"

我嗤笑出声，冷冷地质问道："从笼中鸟再成为你手中的风筝，这两者能有多大的区别？"

到底是心结难解。

如此日久，底下宫人都觉察出宸妃对皇上不太待见，谨小慎微地服侍着，不敢妄自议论。我先前不过就是沉默安静，性子倒还婉娩，待下人亦是宽厚和睦，但经历那事后，性情却是益发孤僻冷清，难以接近。

混沌的午后，我慵散地躺在榻上，身上覆着层湖绿薄丝葛被。侍女们都道是我在午睡，俱是屏息敛神，不敢发出大声响。窗户半掩，微风徐徐地吹来，漫卷着廊下正当盛开的素馨花清幽怡神的香气。我昏沉地躺着，似乎有轻微的脚步，朝内阁中而来，到了两重销金帷幔前停下。我只当是奕樘，心中毛糙地厌烦，迷糊地合着眼眸朝里翻过身，背对着来人。

"娘娘正午睡呢。"一名侍女细碎地踱步出去，细声地说道。

"凝玉小姐，原是您来了，小姐她……唉……"像是玉笙的声音，叹息着说不下去。

轻薄如蝉翼的纱幔宛若被盈盈淡墨勾画出了一笔，那道纤纤的身影稍稍挪近些，我此时是背向她们，而她隔着长长委地的纱幔也未必看得清我，叹道："好端端的，怎么会忽然成了这样？"

"凝玉小姐，您不是外人，"玉笙声音悲戚，眼眶酸涩得差点要落下泪来，"奴婢看小姐现在这样子，实在比当年在北奴时好不了多少……"

"我略有听闻，当年姐姐刚刚嫁到北奴，不料旧症复发，迁离王宫另居别院，一病就是四年……"

"千般辛苦，万般坎坷，总算能在有生之年回归故国。其实，皇上待姐姐很好，只是姐姐的性格太强……为何不能都退一步……"说到这里，她的话音滞一滞，喉底被强压下的那声哽咽缥缈如烟，带着若有若无的寥落道，"更何况，这世上之事哪有圆满的一日？"

我隐约听见外头的人刻意压低声音，轻哼一声，"皇上待小姐的确很好，但凝玉小姐有所不知，想想当年的北奴王，难道他待小姐不好吗？奴婢冷眼看着，北奴王对小姐，实在是好得很，简直恨不得倾其所有。但最终又能如何，到底不是心甘情愿的啊！"

"可是北奴王当年是强势逼婚，姐姐是被迫嫁与他啊！想在漠北这等苦寒之地，姐姐远离故国，伶仃孤苦，茫茫看去，举目无亲，姐姐对北奴王自然是心怀怨恨。可是姐姐当年是真心想要嫁给皇上啊，到如今，我还记得姐姐当年在颜府出嫁的情景，满心的欢喜是骗不了人的。我想对于姐姐而言，皇上跟北奴王应是不一样吧。"

"如今皇上和当年北奴王……他们？能有什么不一样？"玉笙鼻翼间溢出一丝鄙夷，紧接着所有声响戛然而止。四周重新寂静下来，我疲倦地睁眼，看着窗口的风呼呼穿堂而过，吹得销金帐子波动如水面波澜，悬在帘下的水晶瑞脑香薰球打着旋儿叮叮作响。

初夏的天空澄碧，那般纯粹的颜色，无一丝扰乱的云彩。宫中的一花一木皆是经过人工刻意修饰，剪除了棱棱角角，显现出端正合宜的形态，就连这天空，也是被四面红墙切割成方方正正的样子，端正合宜地铺展在眼前。

没有云，天际稀疏地飘浮着三四只纸鸢，单薄的翅翼在风中吹得摇摇晃晃，像是冷不防就要一头从空中栽下来。我坐在廊下，静静地看了好一会儿。现在已过了放纸鸢的季节，那些色彩绚美，姿仪轻曼的蛱蝶禽鸟，即使它们有心飞，却是东风无力。

我先前重病一场，现下略略好转。这是我朝多年旧俗了，宫人们为我祈福放纸鸢，也是放走晦气。看着飘在天上的纸鸢，我却是莫名地心生厌恶。病中与奕樘的一场谈话，让我至今耿耿于怀。我的唇角勾起一丝淡薄的苦笑，自由，他给我的自由能是什么，是拘囿在四落红墙中的自由，还是被线牵制的自由？

幼妹颜芳芷尚在闺中，不妨在我宫中多留几日，她此时正跟一群太监宫女放纸鸢。颜凝玉生性沉静柔顺，而颜芳芷却还是闺中女儿无拘无束的样子，烂漫活泼。此时，她手中正擎着一只翠绿色的蜻蜓，试了几次，纸鸢都是在半空就轻飘无力地落下来，她穿着一身蝶恋纱荔枝红薄衫，如同落在茵茵草地上一团彤云，她手中牵着线，嘴中不时叫嚷着："不行不行，三四月份的时节最好，这时候的风已是没什么力道了。"

言笑间，有宫人高声喊着："五小姐先歇歇吧，眼见着这老毒的日头起来了，莫晒坏了自己。"

颜芳芷轻声应了，一把将线轴甩开，提着裙裾跑来，清脆地朝我喊道："二姐姐！"她跑得有点急，险些就撞上一个端着冰碗上来的侍女。

颜凝玉上前拉过她，仔细地察视一番，拿绢子拂着她的袖口和手，嗔道："老大的人了，怎么还是莽莽撞撞的，可是磕碰到了哪里？"

"若说莽撞，凝玉姐姐教训得是。"颜芳芷粲然一笑，却是嘟起嘴唇道，"若说磕碰什么就免了，芳芷哪有这般娇弱了？"

我坐在廊下，眼神淡然地看着她们。当年颜氏一族人脉衰微，男丁更是不济。是我做主将颜澈等三人过继入颜氏，也是为壮大门庭设想。从情分上，他们仅是义姐弟妹，加上相处之日实在过于短促，论到姐妹感情，还是颜凝玉与颜芳芷相伴多年，极是深厚。

我不禁喟叹，那么我真正的亲人又在哪里？父亲入道，母亲早逝，我除却一个亲姐再无其他兄弟姐妹，但我与长姐颜珂彼此冷淡，当年我尚在帝都之时，就不甚来往，如今更是牵连不到了。想着觉得心间发冷，我在漠北时孑然一身，重回故国后，照样是孑然一身。

玉笙瞅着我的神色，怕我感伤，于是笑盈盈地岔开话去道："五小姐是无拘的性子，要是能早来两日，就能恰好碰着韵淑郡主，五小姐跟郡主一定很合得来。"

侍女拿着凉水浸过的面巾上来，芳芷敷在微红的脸上，疑惑地朝我问道："二姐姐，谁是韵淑郡主？"

我未说话，有人已是笑答道："回五小姐的话，韵淑郡主是韶王殿下的独生爱女。以前与三殿下一道，在冰璃宫也是常来常往，这些日子不知怎的就不来了。"

这时，听得外面人声嘈嘈，像是有人来。转眼就见到一个小丫鬟进来，端正行礼后道："娘娘，是御前的浊公公，皇上今日与朝臣议事走不开身，所以命他来问娘娘安好，是否请进来？"

我轻蹙眉，挥手道："你回了他吧，就说本宫正歇着。"

浊公公服侍过丰熙、轩彰两代君王。他虽是个太监，但常在御前伺候，深得帝王信任，无论哪宫的主子见了他都要给他三分颜面，怕是还未受过如此的冷遇。

玉笙叹口气，知道劝不动我，眼神示意小丫鬟先停下，嘱咐道："虽未到伏暑，但这天也热了，劳烦公公顶着日头跑一趟，你且过去，请公公在角门喝杯茶水，记得回话的时候客气软和些。"

那人应声就下去了，我觉得有些乏，就由宫人扶着往内室去。外面闷热，日光照在栏杆上晃晃地一阵亮光，里头却是清凉舒适。芳芷跟在我身边，我侧首过去，看到她正疑惑地看着我，唤道："二姐姐。"

"芳芷不明白，二姐姐为什么要老是躲着皇上？"芳芷是个口无遮拦的，也不管旁侧的人在跟她使眼色，顾自接着说道，"我记得很久以前，姐姐是很喜欢皇上的。"

"很久以前？你也说是很久以前了。"我淡然道。

芳芷冥神思索，回忆道："那时我大概只有七八岁吧，还记得当年姐姐嫁给皇上的时候，是多么喜庆多么高兴。我那时不懂事，还哭着拉住姐姐的衣裙，说什么都不让姐姐走，急得喜娘团团转，她们那时都劝我说姐姐是要嫁给这世上最好的男人，作为妹妹应该笑，哪里应该哭的？"

我见她神采飞扬地说起往事，想必那些事在她幼年的记忆中应是很深刻吧。这世上最好的男人吗？听到这句话，我却是像个局外人一样惘然而笑。

凝玉侧目觑着我的神色，她笑着将贴在芳芷侧脸一绺被汗濡湿的发勾到耳后，"好了，出了一身的汗，还不快去洗洗换身干净衣裳。"

我的身体是被自己糟蹋下来，若是肯一心求好，却是好得也快，加之悉心调养，慢慢地有些胃口，每日晨起时服用一盏冰糖雪梨羹，日间进食些软糯的粥，我也能好好地起来走动了，只是性子越发清冷孤寂。

翌日，闲暇无事，正看到玉笙领着一名四十余的妇人进来，我看她服饰不是寻常宫女，倒像是宫中的女官之流。只见她一袭湖绿宫装，对襟和袖口上遍绣着金水绿卷须花，下面系着同色细褶裙。头上梳着低平的盘髻，鬓角簪着数支银质六叶宫花。眼角面庞已有了风霜的痕迹，鬓发微白，皮肤松弛，但是整个人精神很好，举止间透着清爽利落，令人一眼看去有几分好感。

她向我行了礼，按规矩应该垂首退到边上，主子不问话就不准抬头，而她一双清明的眸子却是一直抑制不住激动似的看着我。

我看了她一眼，像是先前就见过，觉得有几分熟悉。一旁的玉笙喜道："小姐，她就是文锦阁的湛露姑姑啊。"

"湛露？"我嘴中轻轻重复着两个字，神色微疑地看向玉笙。

"小姐，想当年您刚刚进宫来的时候，曾经做过文锦阁的校书女史官，那时您和紫嫣小姐都受了湛露姑姑不少的照拂。"玉笙说道。

我想起来在几个月前，我瞒着冰璃宫中人，独自前去文锦阁时，与她有过一面之缘，其余的却是没有什么印象。

玉笙见此神情一黯，劝她道："姑姑见谅，小姐还是不大能想得起以前的事情。"

那名被称作湛露的人却是有些不甘，她上前一步，声音中带着三分热切道："娘娘，老奴就是湛露，文锦阁中的首领女官，您一点都不记得了？"

我记得玉笙跟我说过，我当年在文锦阁中做过女史，嘉瑞大长公主的诗词文集就是我负责编纂。眼前这位半见衰老的妇人就是湛露吗？想我离宫多年，一别之后，岁月沧桑，她也应是老了很多。

我原先以为湛露此时来仅是叙旧，后来发觉湛露已辞了文锦阁的女史，调来做了冰璃宫中的掌事宫女。虽说女史和宫女俱是宫中之人，但是毕竟有所不同，宫女服侍各宫的主子，有五年一放或十年一放的说法，但女史却是在宫中秉笔文辞，终生任职，两者供职不同，一般不会互相调动。

我嘴上虽不说，却是明白这定是奕槿的意思。我那时也是白问了玉笙一句，玉笙轻叹口气，消磨半晌，只闷声说了句，"小姐心里晓得就好"。

我不愿见他，他就想找个旧时的人来劝劝我，真是煞费苦心，先是凝玉和芳芷，后是紫嫣，现在又想起来我当年尚在皇宫时，与文锦阁的湛露姑姑甚是交好，指了她来我宫中服侍。想来凝玉性子纯朴，但她讷于言辞，不太会说话；芳芷虽比凝玉来得活络，却是个心里没计较的主儿，将劝慰的话挑得太明了。察觉出她是得了奕槿的授意，反而惹得我生厌。

紫嫣倒是很好，但一到了我这里，整个人就像是中咒似的把持不住自己的情绪，少不了要有一场痛哭，闹得我心烦意乱，久而久之，奕槿也是不准她再来了。

湛露来了我身边几日，她性情平稳，心思缜密，诸事处理妥当，日常细枝末节，无不思虑得体贴入微，甚得心意。玉笙与她熟稔，在我跟前每每说起湛露，都是敬服的神色，说我当年在宫中，幸好能遇到湛露这样的人。湛露侍奉时极尽恭谨，却也不死板，她知道我近来心情沉郁，时而会说些轻松开怀的话。

她笑着说起当年皇后，也就是如今的太后派我去文锦阁当值的事。她见我只是个在及笄之年的小姑娘，心中好生诧异。毕竟我年纪太轻，就算读过几本书，到底没什么见识和阅历，在文锦阁中整理书籍，拂拂灰尘也就罢了，让我编纂大长公主的诗词，怕是难以胜任。谁想得到我虽是女儿之身，腹中所读之书不输于男子，遣词用字清新婉丽，大有当年嘉瑞遗风。

芳芷在旁边软榻上坐着，听了忍不住呵呵笑着道："原来湛露姑姑当年也是以貌取人。"

湛露睇了她一眼，蔼然笑道："当年五小姐刚进颜家的时候，老奴还见过呢。当初叽叽喳喳的小女孩，如今也出落得这般漂亮水灵，都到可以出阁的年纪了。眼下趁着是在娘娘跟前，若是心中有了中意的人就赶紧跟姐姐说，说不定还能求得皇上赐婚呢，那才是天大的风光和体面。"

芳芷俏白的脸上掠过一丝羞恼的神色，急得站起来跺脚，道："姑姑为老不尊，芳芷不跟你说话了。"说完就红涨着一张脸跑向内室去了，凝玉见状，低低地喊了一声，瞧她不肯理，朝我点头辞别就动身追了过去。

湛露指尖拈着一柄细长的金掏子，从圆玉小钵挖了一星点深绿的薄荷膏，倒在双刻蟾蜍合抱冰玉炉中，顿觉清冽的香气萦绕溢出。做完这些事，她跪在长榻前，拿起软槌为我捶腿。

"凝玉似乎不得宠吧？"徐徐拂散开去的薄荷香冲得脑门一阵发凉，我看着那抹纤丽的身影渐渐走远，忽然没来由地说出一句。

湛露还是跪着的姿势，仔细做着手中的活计，她的声音平稳得就像为我捶腿的力道，不轻不重，恰到好处，说道："静妃的确不受宠，但除她之外，宫中其余嫔妃也没有谁能真正算得上受宠。"

"哦。"我低应一声，"她当年似乎是与毓妃她们一同进宫吧？"想起以前听人说过，轩彰六年时，凝玉是与毓妃林衡初、敏妃梁沛吟三人一道入宫，而这林衡初不是别人，就是紫嫣在林氏族中的侄女。相处多日，我渐渐也看出来了，凝玉虽在宫中，却形如退隐，一味地守着本身，与人无争。而奕樘好像也不曾过多留意她，此番若不是念及凝玉与颜家的瓜葛，也不会想起她来。

湛露略略沉吟，道："说起来慧妃对静妃还有往日的提携之恩，但是慧妃好像对她不大重视，毓妃是慧妃的侄女，性格也有三分像，慧妃对她倒是真的青眼有加。而那敏妃虽也是一力提拔上来的人，到底比不得自家亲眷。"

我记得上回在家宴时像是见过毓妃，她就坐在紫嫣身边，容貌不消说是生得极好，譬如浓桃艳李，媚眼如丝，不露痕迹地深敛着那一线精明和锋芒，这般娇妩与凌厉并生的情态，与紫嫣当真是如出一辙，不愧是她手中调教出来的人。

我悠悠地搅动着碗中的桂花冻，桂花冻色泽晶莹明透，甜香馥郁，正中静静地伏着嫣红饱满的玫瑰酱。我将玫瑰酱搅得有些凌乱了，凌乱得像是此时的心境，想起那日的她，一袭淡紫衣裙，那身清简的装束恍然还是深闺少女。她在我面前，时而哭，时而笑，时而咄咄逼人，时而楚楚可怜。如此难以捉摸的性情，诡谲多变，喜怒无常。玉笙都被她近乎疯癫的样子给吓住，我也是分不清哪个才是真正的她。

低徊良久，我终于还是问出口道："这些年慧妃过得如何？"

湛露停住手，谨慎地觑着我的神色，像是在斟酌，缓缓道："应该是很好吧，毕竟慧妃是个绝世的人儿……还有她是娘娘的表妹，又跟娘娘长得极像……"

再强烈的日光渡过月影纱，都过滤成了清疏浅淡的影子。在那一片摇曳的清光中，我的双眸映出如琥珀般的透明纯粹之色，我心中知道湛露是在顾虑着我，她小心地把握着分寸，唯恐将紫嫣与奕棣之间说得太过，让我心里吃味，又唯恐说得过于轻描淡写，让我觉得她言不尽实。

"你只管说。"我声息淡淡地道。

湛露面容平和，那神色如是在拉家常，"慧妃十五岁入宫，弹指间这么多年过去了。娘娘也应听人说起过，慧妃以前还有过一个女儿，就是颐清公主，可惜还未满周岁就夭亡了。她骤失爱女，自然是悲恸欲绝。当时颐清公主夭折一事牵连颇广，皇上下令彻查，就连先皇后……"

说到这里，湛露顿了一下，"唉，多年在文锦阁中不见人，连说话的规矩都快忘了，现在可不能这样称呼了。"她摇着头，连连自叹道："就是薛氏废后亦是牵扯在其中，后来薛后自尽，这事查到最后也就不了了之。"

"难道颐清公主不是因病早夭……"我听得觉得心间微寒，忍不住失声低呼。我以前只知道颐清公主是因病早殇，怎想得到背后竟有这样的隐情。

湛露唏嘘道："宫中的孩子本就不容易养大。眼下过去那么多年，也不大再有人提起。据说当年掀起不小的风波，当时还是薛氏把握朝中重权，颐清公主一事调查未果，而薛后离奇身死深宫，皇上为安抚薛家，决定从薛门中另立皇后，就是薛氏的二小姐，原是水到渠成的事了，真的是天有不测风云，就在册封前夕，就传来薛二小姐遭人掳劫的消息。如此一来，二小姐算是坏了名声，所以改立薛三小姐。可那时三小姐年仅十一岁，尚是无知幼女，但除此之外别无人选，薛家不得已也就将她送进宫来。"

"十一岁？"我轻轻哂笑，"在慧妃眼中怕是成不了什么气候。"

我知道，凤仪宫中那一双出自薛门的姐妹，曾被两立两废。当年立薛旻婷为后，因她是奕樘的太子妃，由她执掌凤印名正言顺；立薛旻茜为后，奕樘是顾忌薛氏庞大的势力，不得已之下的权宜之计。所以薛氏一垮台，第二位薛皇后薛旻茜自然就被废黜，可惜薛旻茜垂髫之年入宫，未曾有过一日统领六宫，就被褫夺皇后衣冠，幽居于永巷冷宫。

二度废后之后，奕樘不顾朝臣进谏，太后劝说，就任由凤座空悬。他说要将那个位置留给我，却未承想在这当口，出了公主府上那件事，我们之间这样一直僵持着，立后之事应是绝无可能了。

"慧妃在失去第一个女儿后，皇上对她再怎么眷顾，还是好多年都无身孕。那时宫人都在底下悄悄地流传，说是慧妃当年生颐清公主的时候，身子受损，纵有国手在世，也势必再难有妊。"

"所以为了子嗣着想，紫嫣才要安排自己的人进宫。"我思量着道。

"或许是吧。"湛露点头，"大概离颐清公主过世有五六年后了，记得那时是轩彰七年，慧妃重新诞下一子，也就是现在的三殿下。这原是极好的事，毕竟多年求子而不得，终于遂了心愿。可是……"

湛露看向我，脸上露出一点为难之色，像是不知如何启齿。她左右顾视，见俱无一人，靠近我些，细声道："谁知道慧妃在诞下三殿下后性情大变，脾气暴戾无常。慧妃御下虽一向严厉，但她涵养功夫极好，喜怒不形于色，但那时不知为何，在漪澜宫中无缘无故地发落了不少宫娥和太监，就连平日里最倚重的毓妃和身边的黄顺人，也说不上一句话。"

"她既已得子，为何会性情大变？"我指尖倏然划过檀木致密的纹理，留下极浅淡的白痕。

湛露仅是摇头，接着说道："皇上先前倒是不太在意，觉得慧妃不过就是产后失常。后来皇上有次亲自前往漪澜宫，也不知当时慧妃说了什么触怒天颜的话，据御前的小太监说，皇上出来的时候脸色都是铁青的，慧妃还因此被禁足。天威震怒之下，六宫之中无人敢劝，后来还是太后那头命人传话入宫，说慧妃到底于皇嗣有功，一切过失就不予追究，此事才算是过去。"

"有这样的事，从来都没有人跟我说过。"我紧蹙着眉，低首时看到无数零散斑驳的面影映在一碗搅碎的桂花冻中，黯淡模糊，这张是我的脸，却也是像极了她。

湛露无声无息地叹一声，"轩彰七年时，慧妃既然已诞下皇子，帝都中林氏一族又是风头正劲，而中宫空置，皇后凤座尚是虚位以待，那一时间，立慧妃为后，真可谓是人心所向。可是因慧妃性情失常一事，皇上严令示下，若有再提者一律重罚，就连先前拟定的封为贵妃都免了。"

"后来那段日子，慧妃渐渐恢复如往日，脾气也不再那么暴烈，但是自从那次之后，皇上与慧妃之间疏远许多。幸好皇上还是很宠爱三殿下，其母失宠，他倒不受其连累。往后又有了灵犀夫人，更是冷淡了。"

"她为什么会突然失常？"我轻轻道，紫嫣那一番诡谲的心思真是让人摸不透，眼看着一路就要封妃立后，偏偏就是她自己要断绝皇恩。她苦心孤诣，筹谋多年，不惜舍弃姐妹情谊逼我远走，不惜以皮囊色相侍君，当一切唾手可得的时候，她却是不要了。仔细算来，她当年诞下三殿下时也不过二十二三岁，正是风华正茂、容颜全盛的大好年华。

湛露看着我，胸腔间迸出一声深沉的叹息，"娘娘还是像当年那样在意慧妃吗？老奴刚刚说起静妃不受宠，娘娘仅是淡淡地应了。但说起慧妃被冷落，娘娘神色似乎有些黯淡，是在为慧妃可惜吗？"

我从喉底发出嗤然一笑，鄙薄之意显露无遗，然后却是默然无言。

昨夜暴雨如注，豆大的雨点打在琉璃瓦上呖呖作响。次日，天还是蒙蒙亮的时候，我就醒了，睡眼惺忪地看去，熹微的晨光透过青纱沁进来，像是密云后的月亮漏下的幽光。不知是不是因昨夜睡不安稳的缘故，醒来后觉得眼眶干涩，头脑微微发沉，凝玉拿剪子绞了两块小红圆布，敷上膏药贴在我两侧的太阳穴上。

大概辰时，奕檀退了早朝后，命龙辇接驾来冰璃宫，他要亲自看看我。当传报的小太监进来时，我已经起身，却是懒得下地，头上贴着膏药，身子慵慵地歪在榻上。在房中萦纡一夜的沉水香未散尽，原本是极其清雅幽淡的香气，却是熏得我脑仁微涨，道："本宫今晨起来头疼，精神不济也不想见人。"

凝玉此刻安静地坐在绣墩上，倚着张红漆五蝠奉寿案子，正拿着绣件比对花样子，听到说话的响动，抬起下颌，清润的眼眸看了来人一眼，顾自垂首去做手中的事。她手腕轻动，一丝银亮的细线从绷紧的绸面挑出。

她若有若无地叹口气，出声唤住那人道："你等等，回话时就说宸妃娘娘还睡着，娘娘昨儿躺下得晚，夜间听着雨声睡得又不踏实，难得天亮时方眯了眼睛。"

那名太监应了声诺就去了。

我转眸看向凝玉，她扶着绣花绷子，被我的眼光一看，玉白的双颊晕开淡淡绯然。她低着头，咬一咬唇，声音细细地说道："凝玉情知姐姐不想见皇上，若说身子不适，皇上一定不肯放心离去……刚刚凝玉擅自做主，胡言一番，还望姐姐不要责怪……"

我朝她浅浅一笑，以前觉得她性子过于柔弱羞怯，想不到亦是心思细腻的女子。

玉笙抱了个大枕头来，让我靠得舒服些。她瞥眼看到搁在案上喜鹊登枝图案的绣花绷子，稀疏地横亘着玄色丝线，不由笑道："凝玉小姐的绣工做得极好。"

凝玉赧然地道："什么好不好的，闲时做着玩的东西，见不得人的。今日倒是让你这位绣娘取笑了。"

"凝玉小姐是过谦了。"说话间玉笙斜了我一眼，笑起来道："想小姐当年拿根绣花针都嫌费事。"

我心知玉笙是在打趣我当年懒于针黹的事，轻轻哂笑，我与她素来熟识惯了，所以也不计较，玉笙见我不言语，那嘴却是益发贫起来，"夫人曾经让小姐绣一幅春风桃花，当年咱们这位相府千金，绣绣停停，从春桃谢了到秋霜降，还是没能做完。"

凝玉抿一抿嫣色的唇，如是为我辩解一般，说道："姐姐虽不喜女红针黹，但诗书却是读得多，不逊于世间男子，凝玉记得当初姐姐还指点过颜澈读书呢。"

我歪在床上，却是摇摇头，淡声道："都是积年旧事，就不要拿出来说了。"

这日天气甚好，雨过天晴后，猛烈日头被裹在层云里，将炎热之意滤去大半。万千柳丝垂绦，蓬蓬盈盈的碧雾间，数剪惠风穿花拂叶，亦是染着植物独有的温润清新气息。

我在冰璃宫中养病多日，难得出去走动，活络筋骨。这些天，原是芳芷一直在撺掇我到外面散散心，我知道她的小心思，她此番难得进宫来，皇宫中不缺新鲜奇异的事物，她想到处看看，无奈我一直病着，她是奉旨进宫陪伴我，再者宫禁森严，她也不好随意乱走。今日本要叫上她，谁想她昨晚吃坏了肚子，早晨让太医瞧了，这会儿服了药正好好在房中躺着。

"芳芷，现在可没事了？"我问道，面临烟波浩渺的太液池，看着池畔曼柳依依，水间菡萏亭亭，馨香扑面，不由觉得近日恹恹的精神蓬勃许多。

"芳芷身体向来很好，她只要肯安分地躺躺，就又能生龙活虎了。"凝玉答道。她触到我的手，她的手心温热软腻，而我的有些发凉，她微一蹙眉道："这大热的天，姐姐的手却还是这样凉。"

其实这也不是一日两日的事了，听玉笙说起过，我当年尚在闺中时，就有体质虚寒的毛病。也延请过不少大夫，都说这病生在富贵里就无妨，只要日后不操劳，细心调护身体，也不会有什么大碍。

"一直都这样罢了，并不是什么大事。"我道，漫然看着四周之景，眼角余光扫过凝玉清雅如琼苞栀子的脸庞。其实要说容貌，应是年轻的颜凝玉更胜一筹，凝玉生得姿容纤丽，身形清弱如太液池畔一株临水而立的柔柳。她容颜温婉，眉梢眼角呈现出格外圆润的弧度，不像紫嫣那样隐现着一线锋芒，而是透出一分小家碧玉独有的清新娇羞。纵然雪肤花貌三千种，她安恬处在其中，仍是令人怦然心动的女子。

颜芳芷仅是年少俏丽罢了，但她生性活泼开朗，一张年轻的脸庞显出几分鲜妩生动。而凝玉少的就是这份鲜活，她的安静已是接近一种死寂。她在我这里，若是我不说话，她也就一直沉默着不出声。我有时觉得闷，会闲闲地翻几页书，她似乎不喜欢诗词之类，时而看着皓空出神，或是看着庭中扶疏的花木，清丽的眉宇间含着一缕幽兰凝露般的浅淡忧愁，那时若是唤她一声，得是叫过几遭她方缓过神来回应。

我想起以前有一次，灵犀就曾打趣过她："静妃姐姐好静，太后曾说颐玉公主性子斯文，妹妹觉得倒是有几分像静妃姐姐的品格。今后若能像姐姐一般长成个美人样，就更好了。"

灵犀是说惯了玩笑话，倒是让凝玉羞愧得满脸通红，如晓霞初凝，她看了我一眼，半晌才细声细语地道："妹妹年轻爱说玩话，要知道在宸妃姐姐面前，自惭形秽都来不及，哪敢说是美人？"

这时，听到凝玉轻声地唤我，方回过神来。

我此时身上搭着件长衣，娟秀地用工笔绘满粉折枝玉兰，轻薄浅透，披在肩上觉不出分毫重量。我见她鬓角浓密的乌发低低地垂到眉尾，衬得一张明丽的脸庞愈加莹白如玉，闲闲问道："凝玉，你今年几岁了？"

凝玉脸颊轻红，细声答道："姐姐，已有二十二了。"

"哦。"我低应一声，随意问道："那你当年如何会进宫来？"

轻轻的一句话，却让她神色微凝，眼眸深处隐约有一簇黯淡的光亮。她低首，诺诺道："当年是慧妃表姐的意思。"

"慧妃？"我轻声念着这两个字，"那么这些年在宫中她可有关照过你？"

凝玉还是低着头的姿势，交握的双手将扇子捏得一阵紧一阵松，一星白齿轻啮着唇，她讷讷地道："其实慧妃表姐觉得凝玉胆小懦弱……素来不太喜欢凝玉……"她瞧我神色，展颜笑着，"但是慧妃顾念着姐姐，对凝玉并非不闻不问。"

我闻言沉默许久，凝玉生性柔顺，但这种柔顺已是近乎有些软弱，似乎不适于留在宫中。当年三人一道进宫，林衡初和梁沛吟皆是位至妃位，她们皆有子女傍身，后半生应是可安枕无忧，唯有凝玉一人孤清落寞。既然进宫是紫嫣的意思，说到底我跟紫嫣都是表亲，紫嫣为何就不能在宫中扶持她一把？

我看着凝玉姣好的面庞，清颐的双靥，削尖的下颔，她跟我一样，都生着一张纤秀的瓜子脸。记得当年她被领进颜府大门的时候，有人见了还哧哧地调笑，说这女孩子的眉眼难得长得能有一分像我，真是注定要做姐妹。

她现在这般，难道是自己甘愿栖身寂寥？

我想起湛露那日所说，凝玉自从轩彰六年进宫以来就不曾受宠。经过这些日子相处，我慢慢地看出来了，原本锦绣年华的女子，谁不爱浓桃艳李，娇红丽粉？她却是偏爱素雅清简，处事淡泊，不争不抢。她生得也是一张颇具灵性的脸，但她常常发愣走神，眸子显得有些迟滞，也不知道她到底在想什么。

我看着附近几处白石嶙峋的假山，造型精致，却显得矮小。又抬眸眺望远处走势绵延的黛青色山脉，那是帝都东郊的冀山，峰顶高耸直刺天幕，有淡紫的浮云萦绕，这般庞大到通天落地的山体，绝不是凭着一道宫墙就可以将其囊括其中。

我神色寂然，眼光不曾一分一毫看向她，却是朝着她说话，"凝玉，你有想过吗，如果当初不进宫来？"

凝玉看向我的眼神有一时的愕然，片刻默然无言，缓缓道："若是不进宫，年纪到了也是要嫁人，凝玉不觉得这两者有什么区别。"

"区别？怎么会没有区别？"我料不到她会这样回答。一旦进宫后，帝王就是她仰望一生的夫君，宫中妃嫔如云，她的命运要不就是得宠，要不就是孤清终生。若是另觅他嫁，凭她是颜家的女儿，正正经经的闺阁千金，必为人正室，得到夫君的看重和尊敬。

"凝玉原先生在蓬门荜户，承蒙姐姐看重，赐予凝玉颜家嫡系小姐的身份。"她说话间神色如常，抑制着眸心的一点微光幽如素莲，"在宫中衣食无忧，一人清清静静，凝玉觉得这样很好。何况凝玉心中没有非嫁不可的人，所以不在乎嫁给谁，一切听从家族的安排罢了。"

心中没有非嫁不可的人，所以不在乎嫁给谁，一切听从家族的安排罢了。这话听着竟是有种异样地熟悉，我觉得有些触动，不知谁曾经也这样跟我说过同样的话，如此惊人地相似，简直到不可思议的地步，仔细去想，却是想不起来。

我垂首看着衣袖上针脚细密的玉兰绣纹，绣时用了白色和银色两股丝线，冰盏般的花瓣纯白中闪耀着一丝清冷的光泽，一句话从齿边冷然划出，"难道你认为夫妻之间，就是理所当然的彼此冷落？"

凝玉摇头，她唇角隐着极浅的笑意，眼神中露出一点懵懂的好奇，"凝玉从未想过这么多，也不晓得夫妻之间到底是如何相处。但在宫中好些年，这么旁观着，譬如慧妃表姐那样，这宫中数不清的人，唯有她一人曾经儿女双全，她现在又如何？还有譬如姐姐……"她一时说顺了嘴，睃了我一眼，硬生生地咬断了话头，脸颊涨红，眼中带着些微惶急之色，解释道，"姐姐，凝玉绝不是故意要提起来……"说着声音越来越小，直到听不见。

"你在我面前说话，不必这样小心。"我和颜笑道，心中却是不自觉地将她未说完的话再说下去，譬如我，跟奕檀在他人眼中曾经亦是恩爱，有多少人说过我们是天造地设的一双璧人，如今也到了这步田地。

"宸妃姐姐在说姐妹间的体己话呢。"人未至笑先闻，芊芊碧色间有一袭鹅黄对襟蒙蒙翠绿渲染裙衫袅娜而出，说话的正是灵犀。

我与她已是多日不见，此时看去，她的容颜一如往日的钟灵毓秀，流露着一种仿佛与世间无牵无扰的纤洁出尘，黑白分明的眼眸间沁出一漩摄人心魂的灵性。她盈盈漫步走来，朝凝玉微微颔首，算是互相见过了礼。

"宸妃姐姐病了好些日子，清减了不少。"灵犀凝眸看着我，语调中带着几分关切道。

"劳妹妹挂心了。"我笑意淡然，随意虚衍着道。我常年缠绵病榻，身体早就是瘦弱不堪，再加上前些日子重病一场，形体看上去更加单薄。

我这时看见灵犀并非一人，同行的还有一女子，待她走近后，细看容貌，竟是韶王妃庞徵云。她身着古烟纹碧霞罗，掩着藕荷色织银丝百褶裙，面容清雅秀丽，秀婉的眉宇间衔着一抹温柔之色。

不知为何，凝玉看到她时神色一怔，如是错觉，我再看去时一如常态。她正倚着栏杆出神，看着底下碧水莹澈，卷着些许白沫一漫一漫地拍在池畔苔锈斑斑的岩石上。

"倒是难得见到王妃在宫中。"我浅淡笑着，以前太后居于天颐宫中时，韶王妃自然来得殷勤，前段日子太后迁出皇宫，前往阴山行宫养病，所以除却宫中偶尔家宴，匆匆看到过一面，再难在宫中遇见。

"回宸妃娘娘的话，嫔妾此次进宫是探视一位老太妃，不料想能在这里偶遇娘娘。"庞徵云在我面前落定，通身气质流露出来自名门士族的端庄和从容。

灵犀见我疑惑，解释道："先帝的一位太妃曾是王妃在庞氏族中的姑姑，王妃平日不常来帝都，虽非亲姑姑，但为着亲戚情分自然要探视一番。"

"王妃如此有心。"我道，我在宫中时日尚短，仅有的那几年也是长时病着，形同避世，宫中的很多事，我都是不知道，大概是先帝有过庞姓的妃子吧。

烟波浩渺的太液池那头，遥遥地传来清喉而歌的声音，宛转悠扬，像是极年轻的女孩子在唱，想想应是宫中教坊排演歌舞。教坊离此处有些远，模糊地听不太清，隔着千顷碧波更笼上一层烟水迷蒙的情致。

我凝神听了一会儿，却是不再说话。庞徵云也有辞退的意思，灵犀眼角觑了她一眼，却是拉住她的手，"难得遇见王妃姐姐，眼下逮住了可不能轻易放你走。"她脸上笑意促狭，"太妃所居的西福宫离得还远，此时再去碰上午膳倒是不方便，索性再晚些过去。"

庞徵云略略为难，见灵犀如此盛情，也不好再推却。她们往日常在太后跟前碰面，而灵犀与庞徵云说话间全是亲近之意，想来两人应是不会陌生。

灵犀见到我跟庞徵云说话时彼此态度淡淡，言辞客套至极。她葱玉指间缠绕着一条轻薄的雪绢帕子，笑着道："王妃姐姐，好些日见不着樱若郡主，以前天天往宫里来，如今怎么不见人了？"

"本是不想说，难为夫人如今问起来了。"庞徵云秀眉淡拧，"前些日子在御园，郡主贪玩，却不慎从一匹小枣红马上坠落……"

我听闻一惊，一时按捺不住，就脱口问出："郡主可有受伤？"

我忽然就出言截断了庞徵云的话，这样有些偏激的反应，令她微微地一惊，旋即温婉含笑，"郡主无事，就是受了些惊吓，所以在王府好好地休养几天。"

"有这样的事？"灵犀露出惊异神情，她虚虚地一扶髻侧翡翠赤金簪子，流苏上垂落的金累丝托镶茄形坠角，簌簌地打在白皙的掌心，"郡主年仅五岁，纵然比别人顽劣好动些，怎么好端端地想到要骑马？"

灵犀这样一问，我也是觉得奇怪。修习骑射原是男儿之事，我朝女子对于辔鞍、剑弓之类，大概是一辈子都不会有所沾染，就连慧妃紫嫣乃是出身煊赫将门，但到底是女儿之身，也未曾见过她在皇宫大内纵马。

"这骑术是王爷从小教的郡主，王爷或许是一时兴致，谁想得到郡主会这么大胆。"庞徵云轻轻叹道："那天在御园中，幸好是落在草甸上，郡主福大命大，身上没有什么损伤，倒是将那些旁侧的人吓得三魂去了两魂半。"

灵犀明眸流转，涟涟若流波，却是呵呵笑起来，轻啐道："七表哥什么不好教，偏要教骑马。他的丫头比别人野，也是自己惯出来的。"

昨夜暴雨如注，但雨过天晴后，碧空如洗，就像莹洁玉璧，透出温润清明的光泽，将空气中的闷热凝滞之意冲刷去了大半。石径上落花凌乱，虽有日头，但是不猛，单薄的瓣儿水迹未干。有苍幽峻拔的林木夹道，裙裾长长轻盈的后摆拂过，沾着些许湿意和幽花的馨香。

我们几人沿着石子路慢慢走着，有一搭没一搭地说着些无聊闲话。现在是轩彰十二年，帝都中正逢上三年一回的科考，闲闲地说起往年宫中女眷簇拥在城楼上，争相看前三元进宫参加殿试的情形。

灵犀瞥过庞徵云，道："王妃姐姐，眼下正值科考，婉辞听闻庞二公子亦在帝都，咱们这位胤朝数一数二的才子，可是有意一试？"

庞徵云笑道："夫人说笑了，家兄不过就是闲时爱弄几下笔墨，偶尔写出几篇能勉强入眼，且又是承蒙文坛的朋友抬爱，哪里称得上才子。"

"王妃哪里的话，人人都道庞家之子堪比谢家之宝树，庞二公子的手笔都是勉强入眼，那么其余学子所撰所述岂不都是糟粕？"灵犀展开笑靥，双唇红妍若两瓣娇花，若隐若现地勾起一抹耐人寻味的笑意。

此时起风，高处横斜的枝桠在风中摇曳，悬在叶上的水珠一阵簌簌飘坠，直如飞瀑连珠。陪侍的宫女们见了忙去遮挡，恰好有一滴落在庞徵云的额角，她不疾不徐地拿绢子拭去时，手腕扬起宽宽落落的云袖，遮去了大半脸庞。

待到擦拭完放下手时，庞徵云脸上依然还是得体的笑容，不动声色地岔开话去，"有这样的事？嫔妾倒是不清楚。不过嫔妾记得刚刚夫人还问家兄是否有意参加科考，依嫔妾愚见，家兄生来就是闲云野鹤的性子，一向松泛随意惯了，想是受不得官场拘束。话说回来，虽说兄妹年纪大了后要疏远，但嫔妾对家兄还是有几分了解，他纵然写得几篇好文章，对于为官之道却是不通。"

"夫人还说家兄有锦绣之才，跟几位文友一道时是鸿儒，进了官场恐怕就是白丁了。"庞徵云半开玩笑地说道。

灵犀站得离我最近，她悄悄地用手肘碰了我一下，脆声道："宸妃姐姐你瞧王妃说的，婉辞就听闻庞二公子曾在朝中任职，公子出身世家，若是留在朝中亦是仕途大好，后来不知为何去职，哪里是王妃口中调侃的白丁。"

庞徵云手中捏着把墨蝶湘绣团绢扇子，说话间轻抵着下颔，笑道："家兄素来懒散，闲时喜欢舞文弄墨，清玩雅趣还通，真材实料却是没有，先父就说过他不成气候。想想嫔妾那位兄弟，族中前有父亲，现有长兄，怎么也轮不到他来担待什么，自然也就随他去了，非逼着他入仕做什么，庞家再是表面光鲜，也养得起一个闲人。"

"难怪姨母常夸王妃谦逊懂事，果然不假。"灵犀笑道，"王妃出身的庞氏家族可是咱大胤最显赫的名门世家，哪里是表面光鲜了？何况，韶王与庞二公子且是旧识，七表哥一向眼光高，能让表哥看在眼里的人怎会逊色？"

"王爷的事，嫔妾大抵是不知道的。"庞徵云淡然一笑，笑容客气却多少有些敷衍在里面。我冷眼看着她们看似热络地闲扯了好些话，静静地听着，倒是未说一句，心中觉得有些异样，历来宫中规矩，妃嫔女眷不得议论朝政，为着避嫌也不得随便议论皇族世家中的男子。

而且据我所知，灵犀师承清虚子，在宫中是太后信任有加的亲侄女，奕樨对这位表妹亦是看重，因此她心性中颇有几分清傲自诩，寻常人皆是入不得她的眼。今日倒是一反常态，数次地提起庞家二公子，反观庞徵云，虽说她言辞合宜，应对如流，但是不难看出，她的神情，在从容中暗藏着一丝隐匿之色。

彼时，有名侍女恭眉顺眼地上来，朝着灵犀说了些话，想必应是有事，灵犀朝我们点头示意，主仆两人就退到旁侧去说话。

我与灵犀她们刚遇上时，凝玉就推说不放心芳芷，先是独自回去了。此时，唯有我跟庞徽云漫步走着，我略前，而她稍稍退后我半步，旁侧仅有一两名贴身侍女，其余人皆是屏退得远远地跟着。

一路而行，我们渐渐地远离了上林苑。我们走的这条路通向玉林、宜芳一带，抬头远远地能看见走势低缓的土坡，绵延数亩，铺着葳蕤幽草，草叶细如针，风拂动时露出草茎底，有着明洁如玉的颜色。一段又一段六棱石子路衔接着台阶，抬头能远远地看见一座精雅致的亭子，亭檐四角，飞翘如鸟喙，正静静地伏在最高的坡上。

我拢一拢鬓角的乱发，触感微痒，极纤细的一缕贴在眼睑上。庞徽云犹豫着道："嫔妾听闻娘娘近来身体不适？"

我原先未想她会这样问，虽是嘘寒问暖的场面话，但到底是略略尽了礼节，淡淡道："终归都是积年旧症了，一时半会儿也好不了。"

庞徽云眉心微蹙，声息中带着惋惜之意，道："娘娘尚如此年轻，旧症若是能在这时根治了去，也免去日后许多苦楚。"

"王妃是美意，不过本宫都到这个年纪，哪里还算得上年轻。"我淡淡自嘲道。

庞徽云凝眸看向我，唇际含着的一缕浅笑菲薄如云，笑道："娘娘天人之姿，受上苍眷顾，所以容颜不老。恕嫔妾冒犯地说一句，若是娘娘与嫔妾并排而立，不知情的人一看还以为是嫔妾要虚长许多。"

闻言，我轻轻一哂，其实论年纪，我要比庞徽云年长很多。每日引镜自视，十数年光阴过去，镜中人依然还是十六七岁的样子，奕樘好像也曾笑言上天格外眷顾我的倾世殊色。玉笙也说过，我现在除了清瘦憔悴些，模样跟从前在闺中时一分一毫都未变过。

这世间女子皆是渴望能青春荣华永驻。女子爱惜容貌，大概是因天生爱美之心，但泰半也是因着女为悦己者容这句话。女子在自己心仪的男子面前，无不是殷切地想要做到"一肌一容，尽态极妍"，为君生得如花美眷。我此时凉薄地想，若是这个君，并非心中期许，纵然颜如美眷又有何用？

我不能让她看出心中黯然，看着漫目碧草萋萋，随口问道："王妃以前到过帝都吗？"

庞徽云神色恭婉，答道："嫔妾记得以前有过一回，不过那时还极年幼，大抵是不会再有什么印象。"

我们走过一段六棱石子路，一级一级地走上石阶，刚刚被残露润湿的裙裾后摆，轻薄的料子服帖地覆在石阶上，让人走路时觉得步子有些发沉。

庞徵云仍旧是落后我半步，我抬首看着皓蓝的天陲横陈着些许流云清浅，心中微微触动，问道："王妃是否不日就要返回宁州？"不过就是一句平常的问话，妯娌娣姒间无谓的闲聊，我问出时还是觉得整颗心轻微一颤，如是隐藏得极深的心弦被拨动，我也不知道自己为何会如此，难道我期许着从她口中说出什么答案？

"太后寿辰早过，论理也应及早北上，但是寿辰后，太后宿疾发作，眼下九公主那里又出了些事……所以会再滞留多时。"

语涉端霓，庞徵云已是极委婉地将话绕过去，道："就算离京，但郡主许是还要留些日子。殊妃又不舍玉阴侯夫妇，究竟如何还是看王爷的意思，嫔妾一切听从王爷罢了。"

我眼神淡然地看着她，提及韶王，她白皙的脸庞蕴散着如玉温华，清丽的眉眼间亦是含了明艳之色。

我转过头去，却是不知应再说什么，彼此沉默下来。恍惚间走上一处石阶，听见她说，娘娘走了许久，不如去亭中歇歇，我点了一下头。

"呵呵。"娇脆的笑声传来，如清泉迸珠，在一片寂静中显得有些突兀，却是灵犀朝我们这里来。她走得有些急，一边走着，这嘴上也不停下，笑着道："殊儿表姐舍不得走，是因着帝都中有玉阴侯姨丈撑腰。王妃姐姐莫管，趁着殊儿表姐还赖在娘家，您和七表哥先走了才是正事。"

灵犀一番戏谑的言辞，逗得在场的人都笑了。我心知灵犀和贺丽殊虽是两姨表姐妹，但未必和睦。贺丽殊不屑灵犀的出身，而灵犀又看不惯贺丽殊的倨傲，两人在太后跟前俱是乖巧伶俐的侄女，但底下的私交想必很是恶劣。

我看着灵犀快赶到了，于是接着朝亭子走去。脚步猛然觉得有阻碍，像是裙角被人踩住了，我身形不稳，整个人趔趄着朝前倒去，陪在我身侧的玉笙，站得与我有些远，惊叫一声，一时搀扶不到。

而庞徵云就站在离我身后的半步，稍稍偏右的位置，她疾步上前想将我扶住，她的手刚刚要触及我肋下，就离了不到半寸，电光石火间，我感觉身后偏右处，霍然有黑影闪过，头脑中的思绪在瞬间被尽数滤空，一种隐藏在血脉肌理中奇异而微弱的颤动瞬间流遍全身。我全然不受控制，近乎是出于潜藏的本能，出手将那道迫近的黑影一挡。

"啊！"身侧的女子骤然发出裂帛般的喊声，我转身，正好看到庞徵云猛地朝后栽倒，从我的角度看去，她清颐的身形若一片席卷在风中的落叶，双手乱抓，秀丽的脸惊惧到有些扭曲。

陪侍的宫人俱是吓得六神无主，嘶声惊喊："王妃！"

她的身后是足有八九级高的石阶！

忽然间，庞徽云身形在半空一滞，像是被什么抵住了下坠的势头。仔细一看，竟是灵犀，她冲上前双臂抱紧庞徽云的腰，她到底是一介柔弱女子，撑不住这般大的力道。但是她这样一挡，下坠的势头堪堪缓住，两人嘤咛一声齐齐倒在石阶上。

灵犀额角沁出细密的汗，神色却是清明镇定，而庞徽云一张俏脸骇得雪白，双靥褪得无一丝血色，所幸的是两人都没有受伤。

我看着眼前这一幕，惊得愣住。我缓缓地抬起右臂，不可思议地看着那只覆在玉色衣袖下的手，皓腕纤纤，手指修削，皮肤苍白到隐约就是透明，青紫蜿蜒的血管，还有掌心曲折清晰的纹路。

然而，就是这只看似如此羸弱的手，以前连樱若这个五岁的小女孩都抱不动，现在竟然在一时间能有这般的力道，将韶王妃从石阶上生生地掼出去。

"两位娘娘，和王妃，可有什么事吗？"远处跟随的宫人听到我们这里的响动，都是惶恐而急切地赶过来。

庞徽云脸色依然隐隐发白，她紧紧咬住下唇，惊涛骇浪的神情在一瞬间被强行压制下来，以一贯从容的语调道："没什么事，不过刚刚鞋底踩到了青苔，一时站不稳罢了。"

天空中沉积的密云渐渐散去，毕竟是七月间的天气，此时无云层阻挡，灼热刺目的日光肆意地泼洒，照着底下的碧树浓荫，冠梢上长势蓬勃的油绿叶子，仿佛一树反射着耀目的白光，晃晃然令人有些睁不开眼。

庞徽云走着，她半举着扇子，遮去些许头顶的阳光。这般热的天气，宫苑中行走的人烟稀少，忽然瞧见前面，垂荽的树枝疏疏地撑开一丛阴凉，那里伫立着一个人，枝桠罅隙间漏下的阳光，映得身上锦缎华美刺绣精致的宫装流转着的光泽璀璨，她一动不动，像是站了许久。

走得近些，待到看清那人眉眼，她猛然惊觉，一声低呼不由脱口而出："公主！"

站在树荫下的确实就是端仪公主，她脸上挂着一丝不易察觉的微笑，保养得当的脸上一双狭长细挑的眸子，打量着眼前这位既是她的小姑，又是她弟媳的贵族女子。

半晌，端仪鼻间发出嗤的轻微声，她勾唇而笑，但这笑容中并无多少亲近之意，"妹妹好生见外，咱们关系不同常人，你若这样喊公主，旁人见了是恭敬，我心里可要觉得你生疏了。"

庞徽云笑意谦婉，落落然地道："公主见笑了。但毕竟是在宫中，哪能一味顾着伦常，而疏忽了君臣之礼。"

端仪手中摇着扇子，扇坠上坠着一枚双环连扣的如意结，随着她的动作，杏黄娇艳的一束穗子轻轻扑打在她的胸脯上，沉吟道："妹妹这又是哪里的话？若是依着你哥哥瑛和侯，应当唤我一声嫂子，若是依着你夫君韶王，应当唤我一声皇姐。"

庞徵云闻言，神色一滞。而端仪盈盈走上前，与她擦肩而过的一瞬，略略侧首，刻意压低声音道："希望下次见面的时候你能择其一，可不能再拿含混不清的公主来搪塞了。"

端仪走过庞徵云身后，还不到两步的距离，就被庞徵云出声喊住，庞徵云转过身，面朝端仪，依然是眉目温婉，但眼底隐约含着一抹坚定和决然，她神色肃然，缓缓道："不用等到下次，古语云女子出嫁从夫，在宫中且不论，但在私下，徵云自然要唤公主一声皇姐。"

她将皇姐两个字咬得极重，端仪摇扇的动作一滞，随即干笑两声，不冷不热地道："好，好，庞妹妹这话说得真好。"

看着庞徵云走远了，我听见耳畔一声低低的叹息，轻邈如烟。只见蒙蒙烟翠色间勾勒出一道窈窕纤细的身影，灵犀漫步走来，"公主口口声声的妹妹，换得一声皇姐也是在情理之中。但话说回来，韶王妃如此深明大义，实在难得。"

"灵犀夫人一贯口齿伶俐，但晓得要少说些冷嘲热讽的话。"端仪冷睨了她一眼。

灵犀付之一笑，目光却是移向那边亭子的方向，声色淡淡地发问："公主可是看到了？"

"如此精彩而惊险的一幕，本公主向来又是顶无聊好事之人，怎会甘心错过？"端仪道。

灵犀凝思，"嫔妾看王妃的脸色似乎不大好。"

端仪神色漫然，轻哼道："我那贤良淑德的好妹妹，差点就被宸妃掼倒在地上，脸色能好到哪里去？"

"王妃已经算很能沉得住气了，明明受了极大的惊吓，不消须臾，还能神态自若地说仅是踩到苔藓脚下滑了，这份从容和机变，令妾身佩服得很。"灵犀道，两弯娟秀的蛾眉纤细如钩，看不出丝毫有褶皱的痕迹，斜飞入两侧乌黑稠密的鬓发。

"方才与王妃闲聊几句，王妃言辞严密谨慎，真的是一滴水都泼不进。当年太后将她指给韶王的时候还不觉得什么，现在不得不感叹太后择人的眼光不差。"

端仪睸光一紧，神情中满是轻蔑之意。

"刚刚若不是你，她今日就算没什么大事，但这暗亏怕是吃定了。"端仪微微颔首，顺着灵犀的视线看去，一段又一段的六棱石子路衔接着高高低低的石阶，她不由肺腑中倒抽些许凉气，侧首道："夫人不觉得吗？宸妃今日的举止甚是怪异。"

灵犀面若平湖，细若无声地道："争风吃醋罢了。"

那话语极轻，但是端仪就站在身侧，却是听得清清楚楚，忍不住骇笑，"夫人何出此言？若是推下去的是你，那才是争风吃醋。"

"无谓之言。"灵犀轻轻一哂，转即正色道："公主以前可有听闻，习武之人对于右肋下三寸的位置较常人来得敏感，是碰不得的？若是被人不慎犯了这个忌，那一瞬间的出手，使人近乎就是出于一种本能，将袭近身后之人给奋力掼出去。"

端仪脸上的惊愕有些僵硬，"宸妃……她！？"

与端仪不同，灵犀神色如常，徐徐道："公主若不信婉辞，可以找来府上的侍卫试探一番，趁其不备攻其右肋，看看婉辞的话是否有假。"

随后几日，宫外传来端霄孤身离开公主府，多日寻觅未归的惊人消息。我听闻此事，亦是大惊，倒是将先前与韶王妃一事有些淡忘了。

宫中正值多事之秋，九公主的事更是一团乱麻。闹到这一步，不管奕槿和灵犀如何遮掩，太后那里断是瞒不住了。太后闻此惊痛交加，不顾病体，当即从阴山行宫摆驾回到帝都城中，见到公主府中空空如也，再加上听闻已经数日，搜寻未果，杳无音讯，太后的精神因此大受刺激，虽在人前强撑，但忧愤攻心之下，使得原先稍缓的病势顷刻间严重许多。

端霄是太后与先帝的幺女，人之常情，太后对这个女儿自然视若掌上明珠。现在出了这样的事，太后乃年迈之人，一时承受不住打击也是情理之中。太后的性格一向温厚宽容，甚少动气。但最近，太后身边的近侍都在窃窃谈论，说太后那日当下就动了肝火，将灵犀严厉地训斥了一顿。太后素来疼惜灵犀这个侄女，几乎当她和亲生女儿无异，现在如此，可见太后怒意之盛。何况，灵犀向太后隐瞒端霄之事，多半是出于奕槿的授意，如今灵犀受了叱责，奕槿的脸上也是不太好看。

日子一天天挨过去，离端霄失踪已有五六日的工夫，她就像是泥牛入海，毫无消息。皇宫中派出禁军，扼住了帝都城全部的进出之处，且在四通八达的路段都设有关卡。太后心急如焚，奕槿更是严令示下，务必要将九公主找回来。

她一介柔弱女子，出了宫禁和官邸，还能去哪里？

端霄这辈子，生在皇宫，嫁入将门。她是身份尊崇高贵的帝女，注定了她生来就是要被千宠万爱，注定了她生来就是要享受世间的富贵荣华，目之所见尽是锦绣靡丽，耳之所闻尽是安泰祥和。她这样走了，这位娇生惯养的公主，不谙世间辛苦，一日寻不回来，怎不让人担惊受怕？

我为端雩之事感到震惊，那到底是怎样侵骨入髓的心灰意冷，能让她抛弃公主的身份，抛弃相对十余年的夫君，甚至抛弃血脉相承的三个儿女？这些她统统都不要了，安享不尽的荣华富贵也好，皇族中的至亲也好，绝望到只想孤身离开。

我想起某日在太后那里，看到太后哭得伤心欲绝，庞徽云、贺丽殊和灵犀一干人等围在太后身边温言劝慰，太后那时垂泪道："这孩子任性归任性，但心思恪纯。眼下说走就走了，她哪里晓得世道艰难，人心险恶！"太后说话时，声音打着颤儿，夹着破碎的泣音，让人听着直觉说不出的凄恻，她的目光所及之处，灵犀等人皆是惭愧地低下了头。

就如太后所说，端雩行事一向任性。此举虽荒诞出格，但不由让人冥冥中感慨，我倒是不若她了，她还能有任性的权利，想要出走就出走，谁也拦不住她，出了宫墙府门，就是海阔天高的自由之身。可是我呢？念及此，唇角不由染上一丝苦笑，我就连一死落得清静都做不到，自从上回我拿剪刀架在脖子逼迫奕樘后，他就命人要密不透风地监视我的一举一动，绝不可再让我有机会自寻短见。

他铁心决意了不肯放手，我怕是至死都不可能离开这个皇宫。我剧烈地咳出几声，喉咙溢出腥甜，指尖拭过唇际，淡淡染上几缕纤薄的血丝，苍白之上的嫣红，衬得那血液的颜色愈加鲜艳而娇嫩。

想想也罢了，都罢了。这具沉疴难挽的身体，还能有多少时日？那日说要出宫，一半是羞愤难当，一半也是在赌气。我现在这个样子，残损不堪的体质，残损不堪的记忆，就算出了皇宫，我还能去哪里？奕樘和皇宫不是我的归宿，那何处又会是我的归宿？纵然种种不甘，我现在也是有心无力了。

这样消颓地想着，一颗激荡的心渐渐平静下来，平静得近乎死寂。

前些日子，樱若在御园玩耍时，不慎坠马。惊吓不小，但所幸人还安好，在王府中养了几日后，那顽劣好动的性子就耐不住了。

这天正好和三殿下一起在我宫中，樱若和三殿下舒皓一段日子不见，小孩子之间倒是亲近和睦许多，不像从前那般一味地淘气斗嘴。

我静静地坐在镂花朱漆填金窗下，看着正在堂下玩耍的樱若和舒皓，稚子无知亦无忧，哪里管得着大人们近日个个都愁眉不展，忧心忡忡，还是顾着自己玩吧。芳芷在他们中间，俨然是一位大姐姐，三人凑在一起拼七巧板，笑语晏晏。还真是应了玉笙先前的话，芳芷活泼开朗的性子，应该跟樱若很合得来。

樱若拍着两只肉绵绵的小小手掌，轻快地一溜烟就跑到我跟前，童音娇脆地叫道："宸妃娘娘，你看你看，樱若拼的是不是很像一匹大马？"

我容色和悦笑着，笑容中流露出漾漾的暖意，看了一眼她手指的方向，道："真的很像。"

在旁侧服侍的宫人们见状神色舒缓，自从我被奕槿从公主府中强行带回，在冰璃宫中大闹一场后，我整日愁恨郁结难散，再难看到有真心欢愉的笑容，就算有也不过就是樱若郡主来冰璃宫中时，寥寥难得的几次。

高舒皓白玉般的小脸一仰，咔咔地笑道："妹妹就喜欢马，前些日子还从马背上摔了下来呢。"

樱若粉扑扑的脸一红，眼中含着薄怒，瞪了舒皓一眼，"三哥哥还好意思说，樱若不过就是一时抓不紧缰绳才会掉下来，你连马鞍子都爬不上去，羞羞羞……"樱若一面说，一面朝三殿下刮刮脸颊，那情态娇憨可爱。

"你胡说，胡说！"舒皓原先倨傲的脸上布满怒气，想要冲上来捉住樱若，樱若却是朝他眨眨眼，像条灵活的小鱼嗖地钻到我身后，晃晃悠悠地偷露出半个小脑袋，仗着有我挡在前面，还朝着他调皮地吐舌头。

"你拿宸母妃使坏！"舒皓顿时气极，跺着脚喊道。

"好了，好了，莫闹了。"我将樱若从身后拉出来，她嘟着小嘴，水意滢滢的眼眸看着我，清脆的声音拖得老长，"宸妃娘娘……"

我轻点一下她光洁的额头，其实宫人们私下说的不假，韵淑郡主的长相并不惊艳，太后说她跟三殿下是一双金童玉女，那是老人家爱怜娇孙幼子。若认真比量，樱若的模样只能算是端正秀气，输了三殿下一大截，但是难得她生着这样一双灵性的眼睛，使得一张小脸俏丽增色不少。

"郡主还这样小，真的就会骑马吗？"我有点不相信。

樱若冲我隐秘地一笑，附在我耳边，轻轻地道："樱若要悄悄告诉娘娘，其实樱若不会，都是父王带着樱若。"

她甜甜地笑着，声音不由高扬了些，张开双臂，陶陶然道："父王骑马时，樱若坐在前面，那风呼呼地吹，就像要飞起来一样。"

众人被樱若的可爱模样逗得都乐了。我亦是笑笑，心中却是说不出的黯淡，脑海中却浮现出这样的画面，容若神祇、英姿挺拔的男子跨在马上，灼灼如九天骄阳，皎皎如碧空皓月，清绝出尘，意气风发。或许是阳春三月寒幕薄，或许是浅草才能没马蹄的辰光，他就这样信马由缰，率性奔跑在莽莽原野。超逸飘然如仙，马蹄落处，幽花踏碎，草腥飞溅，那是如何的轻狂和洒脱。

想到这里，我疲倦地合上眼眸，再怎样，都是与我无涉了。

"但父王现在很忙，不大有空陪樱若了。"樱若托着脑袋，认真犯愁道："九姑姑找不到，皇祖母整日伤心，父王也是。思涵表姐一直哭，皇祖母将她从府上接到身边去了。"

　　端雯身为帝女，公主出走一事，兹事体大，虽全城严密搜寻，但为了维护皇族颜面，绝不会将真实情由向外界透露。心中疑惑，原先一直当幼子无知，不知道这些事，不过转念想想，毕竟人多嘴杂，小孩子虽懵懂，但眼明心亮。城中百姓那里且不论，这消息在宫中哪里瞒得住。

　　端雯是当今太后所出，亦是韶王的同母胞妹，这份人伦之情，自是非同寻常。眼下端雯踪迹全无，而韵欢郡主林思涵是端雯的长女，太后为此对她多多垂怜，也是在情理之中。于是，我柔声宽慰道："九公主应该很快就能找回来，况且这些事无须郡主担心。"

　　"妹妹哪里是担心。"舒皓那时咯咯笑着，戏谑道："她是想皇祖母现在疼思涵姐姐，而疏远了她，正吃醋呢。"

　　樱若一双明眸瞪得圆圆的，"樱若才没有吃醋呢。"她皱皱鼻尖，仿佛是陷入与年龄不相称的沉思，断续地说道："樱若从小就没有母亲，现在九姑姑找不到，所以樱若想，思涵表姐一定很难过。"

　　在场之人都料不到樱若以她五岁稚龄，竟能说出这样一番话来，顿时皆是神情惊愕。

　　片刻后倒是湛露，笑出两声，赞叹道："难得郡主小小年纪，却有这般的心肠。"

　　闻言众人却是低声默叹，樱若郡主自小受尽宠爱，来帝都后，得到太后额外的垂怜，疼她之心倒是让三位公主都靠后了，但毕竟世间之事并无圆满。众人皆知她自幼失母，她虽是郡主，但终归是没有娘亲的孩子，更何况她的母亲生前又没有名分。

　　我抚摸着樱若细碎的额头，唇间褪去了浅淡的笑意。

　　眼下离九公主失踪已经过去十余日，皇宫派出数千名禁军至今一无所获。公主在外一日，就多一日的凶险。太后为此不知落了多少眼泪，听御医说太后近来出现视物模糊的症状，是万万不可再伤神落泪了，韶王亲自请命去寻找九公主下落，也是不能让太后略略宽心。

　　七月已末，九公主依然杳无音讯。日子渐入八月，这年的中秋势必要在众人的焦虑中到来了。

　　我想着，若不是端雯，我到现在还是被蒙在鼓里，像个被人玩弄于股掌之上的傻瓜。

　　我安静地倚在软榻上，湛露姑姑给我端了牛骨髓汤来，掀开青花瓷盖头，尚是热气腾腾，她拿一色的瓷器小碗给我盛了，道："娘娘，这骨髓汤最增气补血，您且喝些。"

　　凝玉将碗接过，柔声道："姑姑，我来吧。"

她舀起半勺，细细地吹凉，然后送到我唇边。她低首时，骨肉均匀的双颐，温润如玉，露出些微纤秀的下颌弧度。如此谨慎温柔的动作，让我想起那日，紫嫣端着一碗冰糖雪梨汤，也是这般的温柔，直到那勺汤水凉透，我都是紧抿着双唇不肯喝，她就强行给我灌下了一口。

想到这里，我就轻轻蹙眉，回过神来，看到那勺汤还是驻留在我唇边，凝玉保持着原先的姿势，她眼神微疑地看我，良久低低唤出一声，"姐姐。"

我终于缓缓喝下去，凝玉欣然一笑，清丽的脸庞，素若幽莲绽蕊。

当碗中的汤喝下大半，我轻声道："凝玉。"

凝玉唔地应了声，"姐姐有什么事吗？"

我问道："芳芷已有十九，为什么到现在还是独守闺中，就连婚约都不曾许下？"

芳芷这些日子在我宫中，我慢慢地也瞧出一些端倪。芳芷眼下也有十九了。胤朝惯例，女子年满十五，行过及笄之礼后，即可依"父母之命，媒妁之言"谈婚论嫁，且以十六七岁出阁者居多，鲜有像芳芷这般到了十九，尚是待字闺中。

凝玉轻叹道："姐姐常年卧病，怕是不知道以前的事……"

"帝都城中求娶芳芷的人虽不能说是踏烂了门槛，但也络绎不绝，前日东家托媒，后日西家提亲。芳芷虽已及笄，但年纪尚小，婚姻大事，仓促不得，所求者众，就更得要慢慢遴选，所以回拒了不少。"凝玉道，"但求亲的人中有两家不得不提，一家是尚书府姚氏，一家是林氏……"

"林氏？"我耳朵听到这两个字尤其敏感，林氏，岂不是紫嫣出身的林氏？

凝玉说到这里，露出些许为难之色，"当年林府的林庭茂公子和姚府的姚公子一心争娶芳芷，两人俱是不肯推让，相持不下。想不到林公子竟然一怒之下，就将姚公子打残了。"

"居然有这样的事？"我微微惊愕，据宫中人说，慧妃行事一向严谨，当年她代替年幼的皇后行使中宫之权，铁腕御下，雷厉风行，她的手段严酷但不失稳重，一并清扫后宫中的种种积弊。依她的性格，怎会放任族人如此跋扈嚣张？

凝玉点头，"后来姚家不甘心，状告到皇上那里。林氏权倾朝野，又是皇亲国戚，但皇上却不曾偏私，依律将林公子发配边疆了。"

"他们两人一残一放，自这件事后，渐渐地就少有人上颜府提亲了，一直到了现在。"凝玉黯然道。

"是芳芷自己不想嫁吧，若是她想，怎会无人娶？"我思忖着问道："凝玉，你老实回答姐姐，芳芷是否有心仪之人？"

凝玉一怔，想不到我会忽然这样问，指间的瓷匙叮珰一声落在碗中。她低下头，

"姐姐？"

"其实那日就看出来了。"我神色温静，"湛露当时是戏言，纵然闺中女儿脸皮薄，架不住他人拿婚嫁之事来开玩笑。但能让她羞恼成那样，定然是心中有事。"

"姐姐心思细腻，凝玉自愧弗如。"凝玉道，她既然如此说，就是默认了。

我顺着她出神的视线看去，帷幔上绣着一双一双的贴金鸳鸯，羽翼五彩绚美，皆是以金线勾勒，泛着华贵耀目的光泽，极恩爱缠绵的样子。

"其实……其实……芳芷她属意……"凝玉垂首，纤葱指尖绞着衣袖，踟蹰半晌却是说不出口。

"颜澈？"我口中轻轻巧巧地说出的两个字，让凝玉整张脸霎时雪白，结结巴巴地说不出一个字，"姐……姐……"

我浅笑，凝玉只当我在宫中，不大清楚外面的事。但是外头的风声，哪能保证一丝都不漏到我这里来。这事虽未闹到沸沸扬扬的一步，但作为帝都中的官宦世家，这事私底下早已当成茶余饭后的笑资传开了。颜氏三公子颜澈年有二十五，至今单身未娶，而五小姐空放着大好年华，却是迟迟不肯出嫁。现在颜府上唯有他们两人，孤鸾寡鹄，日子久了，难保不会有风言风语传出来。说他们两人暗中眉来眼去，恋情早生，但苦于兄妹的名分，不得光明正大地在一起，但是关起门来，谁知道他们在里面做什么。

那些谣言传进我耳中，被一个又一个人绘声绘色地讲着，真是说得要多难听有多难听。

想想帝都中那些高门贵府，钟鸣鼎食，肥马轻裘，皆是自诩名门望族。但是说起贫嘴恶舌的话来，却是比得上市井泼皮悍妇之流。

"芳芷属意的那人是颜澈吧？"我靠在贵妃榻上，将枕得酸痛的脖颈微微一侧，重复着问道，我的面色沉静如水，看不出丝毫波澜。

凝玉心中一急，险些就要朝我跪倒在地上，解释："姐姐，凝玉知道现在外面的流言很多，但是请姐姐千万不要听信一面之词，认为颜澈和芳芷一定会做下苟且之事，他们虽然彼此喜欢，但他们一直本本分分地守着规矩，秋毫无犯，绝对不像外头说的那样不堪……"

一番话说完，她亦是声息急促，白皙的脸颊顿时涨得潮红。

"你急什么？这件事我今日提起来，可不是兴师问罪。"我伸手虚虚地扶了凝玉一把，让她坐到我身侧来，她低着头，依然还是婉默柔顺的样子。

我心中略略不忍，道："其实追根究底起来，颜澈和芳芷此生若不能共结连理，就是我的罪孽了。"

凝玉霍然抬首，明亮而水灵的双眸，眼神惊惶惴惴如小鹿，问道："姐姐何出此言？"

"当年如果不是我做主将你们过继入颜氏，今日他们又怎么会受到身份的拘囿？"我清浅一笑，如云霞后隐着的蒙昧月光，"罢了罢了，既然当年是我将你们领进颜氏府门，那么今日就再由我做主，将芳芷的名字从族谱中勾除……"我声音一顿，在这当口强忍下几声溢出喉底的咳嗽，"这世上的感情最难得两厢情愿，我就成全了他们吧。"

因咳嗽上涌，我最后一句话说得虚弱轻浮，就连笑意也是虚弱轻浮的，含着难以言喻的疲倦和寥落，这世上的感情最难得两厢情愿，这句话，到底是说给凝玉听，还是冥冥中说给我自己听？

"最难得两厢情愿吗？"她怔忪道，那一瞬间，我清楚地看到，一直萦绕在她眉宇间的淡淡清愁，骤然扩大成不可抑制的忧伤。

她的思绪仿佛抽离得老远，良久回过神，发白的面容上，欣喜之色红晕般地蕴开，追问道："姐姐说的可是当真？"

我轻轻点头，道："反正不是亲生兄妹，隔着一道伦常的藩篱，索性就名正言顺了。他们有没有做错什么，难道真要被人家指指戳戳一辈子？"

"芳芷那丫头要是知道，岂不是要高兴得疯了。"凝玉长叹道，"他们两个也真真笃定，颜澈笃定了不娶，芳芷也笃定了不嫁。虽不能结为夫妻，但是只有他们两人在颜府上，清清静静地互相守着到老，不在乎外面怎样。当初芳芷这样跟我说时，我也被她唬了一跳，口上劝阻，心里却有几分佩服和艳羡……"

凝玉觉察到失言，忙掩饰过去，"今日姐姐肯做主，她也是守得云开见月明了。"

我看得出，凝玉是真心地为芳芷感到欢喜，但是她向来就不是善于隐藏情绪的女子，尽管小心翼翼地克制着，还是遮掩不住她的欢喜中，有三分的强颜欢笑。

我眼神淡然地看着她，这个在我眼前极力自持的女子，清丽的容颜，锦绣的年华，一脉温婉如水的性情，或许她也如芳芷那样，有过一段深藏于心、不可示于人前的感情，却是不曾有芳芷的幸运，能有一人来成全她的圆满。

想来觉得自嘲，颜卿你何时变得如此感伤？是因为惋惜凝玉，还是在推己及人？

我命人给颜家传了话，将芳芷从颜氏的嫡系族谱中除名。奕樘不知从何处知晓了这事，因我已多日不理他，许是为了借着这个事，来缓和我与他之间的关系。他亲自下旨为颜澈和芳芷两人赐婚，得帝王赐婚，这可是无上的荣耀。宫中众说纷纭，莫不是感慨皇上对宸妃的宠爱，爱屋及乌，族人亦是沾了不少荣光。

那日芳芷专程进宫谢恩来，她半跪着伏在我膝上，哭得涕零如雨。我看着她喜极而泣的样子，眼皮哭得彤红，目光却晶亮如星，想要说话却是数次哽咽。

我唯是淡然而笑，怜惜地抚着她的额发说道："傻丫头，既然有这个心思，早就该告诉姐姐了，难为你们两人隔着咫尺却已天涯，苦了那么多年。"

芳芷抬起迷蒙泪眼，咬着下唇道："芳芷不想让姐姐为难，而且芳芷也从未觉得苦过，就算不能共结连理，能彼此相对看着守着，也就足够了。"

"真是傻话，有什么好为难？"我道。看着她坚定的面容，恍然觉得她眼神中的倔强有一分像我。

她止住眼泪，道："芳芷和颜澈拜谢姐姐成全之恩，日后定要报答姐姐。"她整敛容颜，退开两步，豁展裙裾，神情极其郑重肃然，朝我一跪到底。

颜澈因是男子，即使获特许进宫，与我相见时也只能隔着层帘子。此刻，他亦是如芳芷那样，朝我长身而跪，将额头抵住平摊在地上的手掌，这是最崇敬最恭谦的礼节，只献予君王和父母，今日他们却对我行如此大礼。

我扶着芳芷起来，勉强笑道："你们过得好也就是不辜负姐姐的心意了，还说什么报答不报答。"

看着颜澈和芳芷携手出宫去，那日的天光晴好，外面日头极盛，却也盛大不过他们含情凝睇时眼中迸发出的脉脉情意。今日青春少艾，夫妻结发，他日暮齿之年，相携终老，或许是人世间的最寻常，也最难企及之事。

我倚着门廊，看了他们许久，直到玉笙轻叹一声，上前劝我莫沾染了暑气，方是肯进去了。

玉笙扶着我进去，没过一会儿，就听得有人通传皇上驾到。玉笙瞅着我的脸色，我却是安然地拍了一下她的手背，皇上来了，怕是不能不见。

看着那抹愈来愈近的明黄色人影，我眉色婉顺地屈膝行礼，道："臣妾参见皇上，也替臣妾那两位不成器的弟妹谢过皇上。"

奕槿深色瞳孔一缩，似是不忍，他箭步上前，伸出双手将我扶起，道："你身子不好，莫这样跪着，朕说过，人前碍着规矩，但人后你不必向朕行礼。"

我朝后退了一步，想将被他握住的双手抽出来，但是他却不肯放手，将我顺势一带揽入怀中。我这次没有任何挣扎，就任由他抱着，因为我晓得，反正再怎么挣扎也没有用。

我们彼此相偎着，但是奕槿岂会感受不到，他怀中那具身体是如此僵硬，纵然他的体温再灼热，我也是不能被一丝一毫地温暖或感化。我先时对于他的靠近，是剧烈的抗拒，如今是彻头彻尾的冷漠，就算身体能贴得再近，直到没有一丝缝隙，但是心却是远了，远到再也捉不住了。

我们两人就这样静静地僵持着，奕楗软下口气道："颜颜，你难道真的一句话都不愿再跟朕说？"

我看着他，眼珠明净剔透，极浅地透出一脉苍莽落世的羸弱，面对这个与我有着夫君名分的男人，时至今日，或许真的是无话可说吧。

我口口声声地称他皇上，口口声声地自称臣妾，在常人眼中，这是宫妃最起码的礼数，然而在他听来，却是无可挽回的生疏和冷漠。

"颜颜，你到底要怎样？"奕楗问我道，他的眼神兜头兜脑地迫住我，容不得我有一丝一毫回避。

我容色清冷，答道："我没有想过要怎样，我现在不会寻死，也不会离宫，就这样安分地在宫中老死或是病死。"

"颜颜，你冷静一点，不要再说这种赌气伤人的话。"奕楗蹙着眉心，他话音一滞，有些说不下去，喟然叹道："我们日后岁月还长，就算往日的心结难解，你难道要一直这样冷淡以对？"

"往后岁月还长？"我笑意消沉，淡嘲道："人人皆道吾皇万岁，皇上承命于天，处高峻之位，居域中之大，千秋百世都是皇上，臣妾命如风烛，随时而熄，不敢奢望岁月长久。"

奕楗极力想要与我和解，他的真心殷殷切切，然而我却执意用冰冷筑起一道隔绝的墙。那些说出口的话，字字句句，都是在激怒他。

"颜颜！"他箍在我手臂上的力道一紧，俊挺的面容伴着紊乱的气息靠近我，"你到底要怎样才肯原谅？"

我摇头，齿间冷然道："我不值得你苦苦追索一个原谅，你也不配为着一场欺骗和愚弄的感情而讨回一个原谅。"

"说得好，说得好，原来在你眼中，我给你的感情就只是欺骗和愚弄！"奕楗骇然而笑，他几下拊掌，神色间是说不尽的苍凉和寥落，"到底是你不值得，还是我不配？颜颜……"

他这声颜颜唤得我有些怔忪，我想起自我们上回相见，好像已有半月有余。他一次又一次地亲自来冰璃宫，皆是被我以各种理由搪塞不见，就算见了，或是冷言冷语，或是相对无言。我对他的漠然和疏远，时时刻刻地消磨着他的耐性。

我有我的固执和倔强，他也有他作为帝王的骄傲和尊严，他先前肯如此委身下气地对我，已是他的极限。

"臣妾告退。"我淡声道，这回他没有再留我，疲倦而无言地朝我挥手，就让我下去了。

天下卿颜

TIANXIA QINGYAN

LINGQIANYE WORKS

凌千曳

下

著

完结篇

青岛出版社

QINGDAO PUBLISHING HOUSE

图书在版编目（CIP）数据

天下卿颜：完结篇 / 凌千曳著. -- 青岛：青岛出
版社，2018.6
ISBN 978-7-5552-6639-6

Ⅰ.①天… Ⅱ.①凌… Ⅲ.①言情小说－中国－当代
Ⅳ.①I247.5

中国版本图书馆CIP数据核字（2018）第012606号

书　　名　天下卿颜：完结篇
著　　者　凌千曳
出版发行　青岛出版社
社　　址　青岛市海尔路182号（266061）
本社网址　http://www.qdpub.com
邮购电话　010-85787680-8015　13335059110
　　　　　　0532-85814750（传真）　0532-68068026
责任编辑　郭林祥
责任校对　耿道川
特约编辑　李文峰
装帧设计　苏　涛
印　　刷　三河市南阳印刷有限公司
出版日期　2018年6月第1版　　2018年6月第1次印刷
开　　本　16开（700mm×980mm）
印　　张　42
字　　数　594千字
书　　号　ISBN 978-7-5552-6639-6
定　　价　99.80元（全二册）

编校印装质量、盗版监督服务电话　4006532017　0532-68068638
建议陈列类别：畅销·古代言情

西门愁起绿波间

日子渐渐到八月中旬，中秋宫宴已近，这是自轩彰十二年始，太后五十寿宴后，又一颇具规制的宫廷宴会，是为庆祝皇族阖家团圆，更是祷祝今年秋收满鼎，府库丰盈，国运昌盛，民生安泰。

皇宫中近来烦心事多，奕檀的意思是借佳节之喜庆，好好冲一冲宫中郁积的阴霾晦暗之气。宫中之人都是极会察言观色之辈，因此底下办事的人无不是手脚殷勤，将中秋宫宴准备得里外周全，先是浩浩荡荡地到御龙台祭天，庆贺丰收，礼毕，宴席间除礼乐坊歌舞，还有杂技百项，譬如角抵戏、蛮牌、甩棍、吐火、狮豹、找鼎等，此等多源自民间杂耍，后经多年推演，独创风格，渐成气候，开始盛行于贵族宫廷，为闲时戏遐。但于深宫嫔妃而言，大抵都是平日不易见到的。

中秋宫宴同上回太后寿宴一样，设于雪芙殿。雪芙殿临水而建，依据这不可多得的地利，还安排了水傀儡、水蹴鞠，这更是难得一见的新鲜玩意。

八月，正是芙蓉盛开的季节。从雪芙殿极目眺望，满眼是大捧大捧的雪色芙蓉，簇拥挨挤，争相盛绽。雪白婷婷，墨绿卷卷，漫漫然仿佛要与逼仄成一线的天际相衔，这般昂扬勃发的势头，甚至遮盖了掩在花叶底下一波一纹的碧水，蔚为壮观，瑞气氤氲，堪比瑶池仙境。

高氏皇族子孙众多，枝长叶曼，难得有共聚一堂之日。漫目看去，殿中济济，都是黑压压攒动的人头，他们都是胤朝开国皇帝贤祖帝的子孙。

而那日太后却称病未至，众人心底都跟明镜似的，却都不敢明言。太后是在为恼恨九公主出走一事跟皇上怄气，存心不给面子。否则如此重大的日子，太后贵为天下万母之尊，就算身体再不适，稍稍地露一下脸，虚衍一下场面，总不会拿不出心力应付。

奕檀对此心知肚明，他也是能沉得住气的人，涵养深厚，心中纵有抑郁不快也不会形于颜色。宫宴上因太后缺席而带来的尴尬，在觥筹交错、欢声如雷中暂时遮掩过去。

我静静地坐着，看着连续三位前往阴山行宫延请太后赴宴的使臣皆无功而返，面有难色地向奕槿回禀。

我轻轻一哂，却也能体谅太后此番悲凉荒芜的心情。纵然她秉性温和宽厚，纵然她是世人眼中雍容高贵、端庄娴雅的太后，而她现在仅是一个忧心女儿的寻常母亲。与自己血脉相承的女儿，此时音信全无，生死未卜，要她隐藏担忧，要她合宜得体地笑着，装作没事人一样，和一群血缘寡淡的人共贺中秋，这些要这位年迈病弱的女人如何做得到？

直到第四位使臣出去时，我突然出声，喝住那人道："不必去了，太后今日断然是不会来了，除非……"我话锋一转，"除非能找到九公主。"

"颜颜，你不要管这些事。"即使此刻心情沉郁难舒，奕槿还是尽量温和地对我说话。

"中秋佳节，月团圆人团圆，唯有太后与公主不团圆。就算来了又如何，触景生情，徒增伤感罢了。"我在奕槿异样的眼神中，缓缓说道。

奕槿闻言皱了皱眉毛，薄削若刃的唇锋紧抿，他看了我良久，最终耐心地说道："颜颜，今日不单是家宴更是国宴，国之团圆，自然应先之于家之团圆。今日皇族宗亲难得聚首，而太后母仪天下，却是百般推诿不至，这让那些旁系宗亲藩王，如何看待我嫡脉皇室？再说四月底寿辰之时，人人都看出太后精神尚好，容光焕发，现在不过三月余的工夫，就病得连露面都难，你觉得有人信吗？"

说到这里，奕槿指腹抚着金龙酒樽上繁复凹凸的花纹，低沉道："何况阿九之事，朕心里亦是不好受。这些日子以来，朕派出的人有增无减，就是希望能将阿九找回来。"

我浅淡而笑，轻声道："原来皇上所在意的是嫡脉皇室的体面？"

我本是叹息，想不到一句话脱口而出，竟就是毫不遮掩的挑衅，"有增无减？那么敢问皇上一句，皇上如此忧心如焚地要找回九公主，是单单担忧公主，还是唯恐公主以女子之身漂泊在外，万一遇上不测之事，会污损整个皇室的体面？"

我在"女子之身"和"不测之事"二词上都刻意加重语气，奕槿绝不会听不出里面深藏的意思。我不知高氏的宗亲藩王中反应如何，但是宫中诸人皆是在私底下说，眼下离端霙出走已有二十来日，都到了这时候还是找不到，恐怕凶多吉少。更有甚者还窃窃说，这端霙不若是死了，若死了落得清静干净，若是活着，万一真有什么不测之事，到时候整个皇家都落不得清静，落不得干净，传出去还要沦为天下人的笑柄。

"颜颜，你的脾性真是越来越乖戾。"奕樘压低声音，此时毕竟是在宫宴之上，我们之间说话到底不好让旁人听见。

我看到奕樘眼角微微搐动，他原先心绪不佳，现被我出言一激，已是隐隐含怒，只差了要怫然发作。

灵犀就在旁侧，见到我们如此，她笑着道："姐姐刚才的话说偏了，皇上一则为人子，当然心系太后凤体安康；一则为人君，当然更要心系整个皇族的体面。"

她前面的话说得郑重，后面的话却是有意要插科打诨，"姐姐是极聪明的人，也有言不及义的时候，难得能被婉辞逮住了短处，姐姐还不赶紧自罚一杯酒，省得婉辞等会就变卦，想出更刁钻的法子来罚你。"

我看了上官婉辞一眼，见她先是煞有介事，随即神情转作促狭，冥思时微扬起红润的唇瓣，浅笑间漾出的是一抹说不出的娇憨。她不愧是灵犀，口齿就是要比旁人伶俐些，几句得体大气的言辞挟着看似无心的玩笑话，不着痕迹就将僵持的气氛缓了缓。

"颜颜不能喝酒，就免了吧。"奕樘面朝灵犀，淡淡地说道。

灵犀不顾奕樘阻止，她素手执一把镶嵌珊瑚珠象牙壶，给我满满地斟上一杯。

"婉辞。"奕樘沉声唤道。

"好了，好了，就知道表哥疼宸妃姐姐。"灵犀一双水意莹洁的眼眸，含嗔含俏，盈盈眼波中万般的欲说还羞，在潋滟流转，"婉辞自己招了，那是姐姐日常补身的参汤，可不是酒。"

我低首一看，一汪透出黯黄的液体静静地伏在酒杯中，她刚刚倒出时我就觉得有些不对劲，此时仔细一闻，果然是参汤无疑。

奕樘脸色由阴转霁，和颜一笑。先时心中郁结的不快，让灵犀半途来一掺和，倒是畅畅然地冲淡不少，说道："心思倒是精巧，何时让你调的包？"

"表哥一门心思全在宸妃姐姐身上，哪里看得见婉辞做了什么？"灵犀声音娇软地答道。她微微扬起秀颐的下颌，鬓角垂落的两缕纤薄的发丝，柔顺地贴着侧脸，勾勒出脸颊柔美的弧度，一张脸明丽若芙蓉含苞，水眸深邃，衬得那颗眼角的黑痣，愈加像是女子梳妆时刻意描画的眼线，拿着炭笔细细勾点，方有这一番的清艳妩媚。

我看着他们一搭一搭地说话，始终含着一抹清冷的浅笑，仅仅做一个冷眼旁观的局外人。我绝非介怀奕樘与灵犀之间言辞亲昵，而是对灵犀突如其来的反常感到奇怪。

第二十一章 西门愁起绿波间

灵犀跟奕槿是中表之亲，奕槿平日待这位表妹颇有几分看重，大概就是因为两人皆崇尚道学，半是亲戚情分半是知己之谊。但是灵犀从未用如此娇嗔弄痴的语调跟奕槿说过话，看她刚才的样子，更像是妃子婉转邀宠的情态。

灵犀此举倒是有几分做给我看的意思，奕槿却是不反驳，像是要顺势试一试我是否拈酸使醋，想要在我神情的不自在中追索一分我还在意他的证据，而我却是一直顾自沉默着。

前庭正好喧闹撼天，叫好声如潮如海。而这里一片岑寂，各人都怀着各人的隐秘心思。

我这时觉得心底梗梗生厌，不是为奕槿的试探，而是灵犀，难得出尘脱俗的一个人，落套于矫情和做作，倒是自损了身上至灵至性的气韵，甘心俯首委身于这宫中随处可见的庸脂俗粉。

奕槿留心看着我的神色，我用手扫开那一杯白气渐淡的参汤，砰的一声，酒杯掉落地上，有少许汤液溅了出来。

三人间，气氛一时冷凝如霜，任灵犀平日里再能言机变，此时的笑意亦是讪讪。

毫无预兆地，我猛地一下挣脱奕槿握住我的手，奕槿一时竟捉不住，面容惊愕地看着我踏着一袭背影离去。他想要喊住我，却是无声地张了两回嘴，最终恨恨地作罢，这是皇族宗亲合聚的宫宴，他不应，也不能为一名妃子的不逊而失态。

我的目光漫然地扫过席间那些华衣丽服、珠珞满头的美貌女子，鲜妍而生嫩的年华，宛若枝头争及三春色的盎然娇花，正翘首等待着君王的采撷，一个个皆是高髻耸云天，丰颊满容光。这偌大的后宫中，作为地位尊崇无比的帝王，生来就是要享受这珠围翠绕、衣香鬓影、青黛娇粉、绿肥红瘦。

我绝不会在意奕槿要去宠爱谁，灵犀也罢，紫嫣也罢，凝玉也罢。反正在我入宫之前，宫中已有过许许多多关于他的绮闻韵事，曾经的慧妃，曾经的颖妃。从承幸，到盛宠，再到落寞。即便是我亦被编排其中，关乎宸妃那些不可思议的种种，被那些无聊宫人津津乐道。

我跟她们能有多少的不一样？想到这里，一抹稀薄的笑意在我唇际渐渐凝结成淡淡的嘲弄。即使你能做到万花丛中过，衣不留香，辗转经历那么多女子，又能有多少真心留给我，这真心中又能有多少称得上是完整？

酒泛恩波，香凝瑞彩，笙歌鼎沸华堂。簪缨济济，拜手祝君王。好是重华盛世，康衢里、争颂陶唐。古今少，圣明相继，交勖万年觞。

盛世升平，穷天极地，万民俱沐恩光。锦绣成行，更宫花齐戴。愿捧蟠桃为贺，对瑶宴、一曲山香。尧天近，葵倾心切，相约共梯航。

觥筹交错，山呼雷动，歌功颂德之声余音不绝，贴着水面远远地传出去，那般气势近乎要风靡了一池的雪色芙蓉。

雪芙殿建筑在极宽敞的平台上，四面宫室攒聚，玲珑错落，其间回廊萦绕若雪桥玉带，环环相衔，扣扣相结。蜿蜒曲折，重叠交织，直比那"复道行空，不霁何虹"，凌空池水之上，缥缈云霭之间。正中的广场平坦空阔，霓裳羽衣，笙歌管弦已奏罢，此时正好要演一出甩棍的杂剧。

一时间锣鼓齐鸣，人声喧阗，好生热闹。我沿着临水回廊走过，侍女们皆是谨慎地迈着碎步跟在我身后，她们看到了我与奕樏刚刚言辞冲撞的一幕，此刻一个个连大气都不敢出。

我忽然听见身后有人唤，转过身时，却见是灵犀追上来，她身着碧湖色蓝藤花丝绣绫衣，宝髻松绾，玉钗斜簪，一脉清雅素丽，恰到好处地衬着她钟灵毓秀的出尘气质，在一派桃红柳绿间俏脱而出。

我瞥过她一眼，并没有止步的意思。而她疾步挡在我跟前，朝我略略颔首，道："姐姐，是在生婉辞的气吗？"

我眉目间晕开淡泊之色，道："夫人多心了。我仅是感到倦乏，所以想要先退下。"

灵犀神色间掠过一瞬的低落，她轻叹道："姐姐好像自从病愈后，就待婉辞疏远了许多，姐姐可是介意发病那晚，皇上与婉辞同去了御苑而未及时赶到？若是如此，姐姐真是误会了，婉辞就算再年轻无知，也不会有意拖绊皇上，不让皇上回来看姐姐。"

"负荆请罪还未上来，这里倒赶上一出。"遽然间，一声清冷的女音横插而入，我们两人齐齐看去，来人正是紫嫣，她披着晚烟霞紫绫子珍珠对襟旋裳，一袭纯白绣合欢花抹胸紧裹玲珑玉体。她虽诞下二子，但身姿轻盈窈窕，宛若闺阁处子，转眼间已是娉娉袅袅而至。

灵犀的目光触及她时，眸心倏然一暗，旋即笑靥如常，莞尔道："我道是谁，原是慧妃姐姐。多日不见，慧妃姐姐近来安好？"

紫嫣淡淡一笑，眼底却流转着如玫瑰花刺般的迫人冷艳，"夫人客气了，本宫纵然虚长些年岁，自认也担不起你叫一声姐姐。"

灵犀不假思索地道："既然同在宫中，彼此客气就是和气。慧妃娘娘历经十数载，容颜不老，风采依旧，婉辞认为娘娘豁达，自然不会计较这一声姐姐。"

灵犀这番话说得落落谦恭，但不见得半点热络，要说有三分轻嘲暗讽的意思倒是真切。

紫嫣面不改色，唇角依然含着一丝散漫的笑意，"若说容颜不老，本宫安心领受了，若说风采依旧，那是各人有各人的心思，若说豁达，那是夫人过誉了。"

她的散漫与灵犀的轻嘲暗讽，霎时冷冷地碰撞在一起。

"何况夫人的客气、和气，若是领了，落着了巴结的嫌疑；若是推了，倒落着了疏远的误会。"说话间，紫嫣慢步走到我身边，刚刚还是面如清霜，片刻之间，换上了温柔和睦的笑意，仅以我们两人听得到的声音，轻轻道："姐姐若是乏了，就让阿紫陪姐姐回去。"

她说完，扬声道："本宫与宸妃是中表之亲，自幼共处，数十年情意方有今日这声姐姐。我们间纵有小隙，那也是疏不间亲。"她在"疏不间亲"上加重语气，一字一字地掷地有声。

紫嫣面朝着我，说出口的话却像是存心提点灵犀，我们三人间谁跟谁是"亲"，谁跟谁是"疏"，她冷睨着灵犀道："本宫跟姐姐之间若有龃龉，倒是让旁人看了笑话。"

灵犀浅笑如雾，眉心贴着亮莹莹的鱼鳃骨花钿，光泽色若白玉，她轻掩檀口道："谁说不是？就连皇上，都金口玉言地赞过'不枉费当年姐妹情深'的话。"

我无心听她们说话，漫不经心地一眼扫向场中，那名表演甩棍的伶人身着青衣短打，身材魁梧，四肢结实，舞着一根约莫一丈的铁棍。那根平淡无奇的铁棍在汉子粗厚的手掌中，仿佛有了灵性，灵活地在他的手臂、背部、腿弯的地方旋转。铁棍两头发散圆拱若碗，碗中红光腾起，定睛细看，竟凭空裹挟着一团火焰，令人不禁叹为观止。

我先前在奕楗身边，离场子有些远，看不清此人的脸。此刻看去，那汉子生着一脸密匝匝、黑乎乎的络腮胡子，模样粗鄙，一脸凶相，甩棍时瞋目怒喝，更显出几分狰狞，让人看一眼就有些生厌。

我再回首看看她们，蓦然就觉得嫌恶，此刻精神亦是恹恹。我绕过紫嫣，道："难得你们二人所聊甚欢，我这闲人就先行一步。"

紫嫣的殷勤在我的漠然面前有一时的僵硬，她在身后喊了声"姐姐"，正要追来，旁侧的灵犀突然出声叫道："那不是三殿下吗？"

我跟紫嫣闻言一怔，顺着灵犀的视线看去。一个身着锦蓝色锦缎的小小身影，如是躲闪般地绕着两侧落地的椴木花架子跑，果真是三殿下高舒皓。他身后追着一个红绫薄衫的小女孩，眉目熟悉，跑得气喘吁吁，仔细一看，那不是樱若是谁？

紫嫣就在我跟前，而韶王妃微云大概一时看不住樱若，让两个素来顽劣的小孩子钻到空子，借机又闹在一起。席间之人大都盯着场上看，不曾怎么留意他们。高舒皓躲在花架子后，偏着半个小脑袋，朝樱若龇牙咧嘴地做鬼脸，樱若气鼓鼓地冲上去捉他，砰的一声撞上椴木花架，上面摆着的钧窑青花圆瓷盆栽，底座轻微摇摆着骨碌一圈，最终还是稳当当地落在花架上。

有惊无险的一幕，我看得有些胆战，紫嫣也轻蹙双眉。幸好樱若年幼，撞上去的力道很轻，要是架得那么高的花盆一头栽下来砸到他们，那还了得？

"皓儿！到母妃这里来！"紫嫣声音中透出几分威严，朝着高舒皓道。高舒皓玩闹得正在兴头上，许是未听见他母妃训斥。紫嫣神色一沉，朝身侧的婢女道："你过去，给本宫把三殿下带来。当着这么多皇室宗亲的面，实在不成体统。"

紫嫣身边的婢女低眉顺眼地应声去了。

那时，灵犀侧首看我时，湖面清风徐徐，逆身吹来，撩起她额角几缕茸茸细碎的发丝，若有若无地拂在她眼角的黑痣上，那颗堕泪痣色泽黢黑深澈得如眼珠，在缕缕发丝浮动间，恍惚就是一只幽暗的眸子在不断地阖上，再睁开。

她似乎想说什么，最终所有神情转瞬销匿无踪，宛如朵朵清浅的杨花埋入水影，无声无息，唇角却勾起一抹笑，意味深长。

我目光紧紧地盯着那两个孩子，三殿下此时躲开了花架，樱若是不肯服输的犟性子，仍紧追不舍。避闪不及之下，三殿下跑向场中，那里还有伶人在表演。围观的高氏宗眷顿时发出轻微的惊讶声和嘈嘈的议论声。但三殿下正忙着顾自躲避，他行动灵活敏捷如小猴，顺势就让那汉子挡在他与樱若之间。

青衣汉子硬生生地将耍得威势正足的铁棍停下，铁棍两头的火光也猝然熄灭。他顿时僵在场中，那张长满髫曲络腮胡子的粗犷大脸上，露出左右为难的神色。他眼下夹在樱若与三殿下之间，明眼人都看得出这两个孩子俱是出身显赫，他哪里敢不慎伤到其中一个。

两个生相出众的孩子，尤其是三殿下高舒皓，相貌极其俊秀，明眸皓齿，透着一股子精灵狡黠，那模子生得就像是神仙洞府中的小仙童，他们中间夹着一个五大三粗的黢黑汉子，不得不说是有趣。高氏宗眷们见到这情形，又皆是哈哈大笑。

三殿下紧紧抓住那青衣汉子衣服的下摆不放，那汉子躲避不得，粗壮如小山的身躯在此刻显得格外笨拙，只得被三殿下牵着鼻子走，帮他挡住了樱若。

　　樱若急得直跺脚，恼怒得小脸通红，那丫头向来机灵，冷不防就从汉子腋下钻过去，张开两只手，直向三殿下猛扑去。

　　三殿下低低地呼叫一声，跌跌撞撞地跑开，而那时汉子略欠身，樱若恰好就扑在他身上，两只小手在他前襟奋力一抓。樱若再使出全劲也是小孩子力道，那点微不足道的力气，对于一个身材魁梧的壮年汉子，就像被只小猫扑了一下。

　　然而此刻，他的面色却是微微一变。

　　就在那个瞬间，众目睽睽之下，他衣服的前襟漏出一样泛着金属光泽的物什，落在铺着厚厚的猩红氍毹的地上，一点声息都无。

　　但在场数千上万的眼睛看得清清楚楚，那是一把匕首！身为御前表演的伶人，怎可随身携带利器？而将这等利器贴身藏掖，此人又是何等居心？

　　众人霍然变色，像是中咒般钉在原地，而喧闹喜庆的锣鼓音乐，亦是如被冰封般寂寂无声，那把骤然出现在祥和宫宴上的匕首，突兀而安静地躺在猩红氍毹上，其折射出的亮晃晃的冷光，顿时煞白了每一个在场之人的脸色。

　　那名青衣壮汉见到兵器暴露，索性也不再遮掩，便从原先拿在手中那根铁棍正中偏下的位置的一道拼接得细不可见的小缝中，哗地抽出一把三尺长的寒剑，脸上顿时凶相毕露，怒喝一声："杀！"

　　同台之人纷纷响应，从场子两侧镂空的花灯和架子间将事先藏的兵刃拔出，霎时间，猛烈的日头照得底下一片寒光冷冷，杀意迸发。

　　忽然间，看台上最先回过神来的人，撕心裂肺地喊出一声："有刺客！"

　　那些被这突如其来的变故骇得呆若木鸡的皇族宗眷此刻方如梦初醒，惊惧地叫喊着四下逃窜。

　　一派祥瑞的中秋宫宴上，竟然有人行刺！

　　众人皆是凛凛一惊，就像是喉头被人猝不及防地塞进一大把刺骨的冰雪。那声撕心裂肺的惊叫声在耳畔嗡嗡不绝，底下呆怔住的人，被猛地震醒后就霎时全部乱了。

　　"护驾！"太监尖厉地号叫，分立两列的御林军振甲挥戈而入，霎时，殿中都是霍霍拔剑之声，光芒寒厉的剑锋齐出，指向正中的青衣汉子。青衣汉子身处劣势，却是面容凝肃，临危不惧，紧抿的嘴唇发出一声高亢的清啸。

　　那声清啸如同信号般，刺啦一声丝帛撕裂，刚刚用来作舞的一排红色绸面花灯，骤然被利刃豁开，眨眼间，从里面快如游龙地蹿出数十名身着黑色紧身短打的壮汉，矫健精瘦，皆是黑衣蒙面，眸含厉芒，太阳穴的位置微微朝外凸起，一看就知是武艺不凡之人。

双方对峙间，天地沉寂，樽倾酒泻，箫咽弦断，唯有杀意冷冽。

雪芙殿中早早地就被设下埋伏，宫中之人俱是懵懂不觉，看来这场刺杀是蓄谋已久。

其中一名黑衣人蹿出时，借着飞身跃起的力道，手起刀落间，顺势就砍到了一名御林军，那名被突袭的侍卫喉咙底闷声一响，接着瞪大眼睛扑通倒在了地上，只见银甲碎裂，腰腹间被劈开极长极深的一道口子，鲜血喷涌，混着内脏肚肠一泻流出，竟是说不出的血腥和恐怖。

行刺之人一击得手，士气大振。剑锋冷若寒星，偏转向正中金龙大桌，他们今日刺杀的目标是奕槿！

第一簇飞溅的淋漓鲜血，惊破了雪芙殿上的缓歌艳舞。瑞意祥和，而此刻方是屠戮的开始。黑影如剑，青影如电，仿佛天降九玄幽冥的修罗，他们离御座尚有三丈的距离，就如鹘入鸦群，就这样一路挡者则杀地猛冲过去。

今日在宴上之人，不是皇室宗族，就是后宫嫔妃。自贤祖帝开辟东胤，高氏执掌中原已逾百年，即使边境频有战乱，到底比不得当年开朝辟代、争夺天下时候。盛世安泰下，一干宗族亲王大都养尊处优惯了，长久混迹于销金熔玉的富贵场所，生得脑满肠肥，面目臃白，此刻却都顾不上风仪，争先恐后地朝后退缩，竟没一人能出头把持局面。

亲王尚且如此，更不用说那些久居深宫内府的嫔妃女眷，见到这般残忍阴戾的场面，一个个都吓得花容失色，魂飞魄散，狼狈逃窜。

一时间，杯盏倾碎，器皿碰撞，铺天盖地的惊喊声，震耳欲聋。御林军与刺客正激烈交锋，殿中多是皇室宗眷，刺客是刀锋嗜血的凶狠之徒，见者则杀，而侍卫却要顾及那些宗室的安全，不敢放开手脚搏斗，免不得处处掣肘，人数虽众，但却是略略落在下风。刺客轮番进攻的劲头，愈加势不可挡，眼看着朝着御座的方向移近一丈余。

刺客离奕槿已不到两丈的距离！

我因及早离席，而紫嫣和灵犀各怀着心思追了上来，所以我们此时身在雪芙殿边缘回廊间，离正殿较远，外侧有御林军层层把守，宴席间一片狼藉混乱，众人抱头逃窜，但一时还波及不到我们这里。

灵犀先时来追我时，手中擎着一盏造型精雅玲珑的荷花灯，粉红薄纱笼成十二花瓣，薄纱夹层中用拉得极细的铜丝掐为支架，整盏荷花灯亭亭坚挺，栩栩如生，正中盛着一汪嫩黄鲜妍的明蜡花蕊，是河灯点火之处，不得不说是一件极尽工致的物什。

当刺客现形，大殿内变故横生之际，灵犀正好侧着半边身子，伏在回廊栏杆上，玉臂轻垂，将那盏河灯泊在水面上，她蠕首低婉，道："这里的雪芙蓉虽壮观，却生得太密太挤，河灯很不容易荡开，让人看着有些喘不过气的感觉。"

我心间凛然，眼前是如此险恶的场面。雪芙殿临水而建，除却一道玉桥连通外界，别无出路，眼下玉桥被刺客的内应截断。玉桥狭隘，外面救驾的侍卫冲破不得。纵然一时半刻还危及不到我们，要是雪芙殿上情势一旦遏制不住，我们迟早都是引颈待戮，成为刺客的刀下亡魂。

寻常嫔妃早就吓得晕过去，她竟能在这里谈笑风生，镇定自若地放河灯，还有闲心情计较这芙蓉生得太密太挤。

她回首看我，眼底晕染开淡薄宁静的伤楚，"婉辞是诚心想为宸妃姐姐放河灯，祈福祉，奈何还是抵不过一句'疏不间亲'。"

我此时眼神淡漠地看着她，面前的女子，琼颜玉貌为外表，至灵至性为精魂，映着身后大捧大捧、无垠无际的雪色芙蓉，她恍若就是不甚惊落凡尘的仙娥，而此刻，那场近乎在眼皮子底下的刺杀，众人惊惶的呼喊，似乎统统跟她毫无关系。

紫嫣冷冷地横了她一眼，讥诮道："夫人也不看是什么时候，居然还有心思放河灯。本宫一生遇事不少，倒是难得见到能像夫人这般，泰山崩于前而面不改色。夫人这盏河灯若是为中秋佳节而放，看天色似乎早了些。若是为祈求皇上此行脱险而放，看情形似乎迟了些。"

灵犀伸出一根纤纤指尖，轻轻揉着额角，笑意清寒道："婉辞懦弱无用，唯一会做的就是祈求上苍保佑。而慧妃娘娘身为将门虎女，性情刚毅果敢。现皇上身处险境，何不即刻冲上去，挡在皇上面前，来一举壮烈的以身相护？刺客虽强悍难缠，但宫中御林军岂是弱旅？婉辞想着就算那些刺客舍了命，也决计挨不到皇上的御座，但慧妃娘娘前去救驾，如此英勇，皇上定是大为感动，娘娘说不定还能因此为三殿下挣得一个好前程，娘娘今后也能有大富大贵的际遇。"

灵犀向来口齿伶俐，声音婉转如黄莺，一大通话流流畅畅地说下来，无半点滞碍。语调刻薄尖锐，字字句句含讽带刺。

紫嫣深吸口气，依然还是亲厚的口气，话意却是阴冷如冰坨，她道："夫人这番话说得极是，不过本宫一见刀剑就害怕得紧。懦弱无用之人，哪里还敢行保皇救驾之义举？夫人刚刚还说为三殿下挣得一个好前程，万一夫人口中轻巧的'以身相护'变成了'以身相殉'，这样一来，再隆重的大富大贵本宫也是没命消受。"

紫嫣话锋一转，哼了声道："夫人如此会为他人设想，倒不如留着这份心为自己考虑。夫人若前去救驾，如此英勇，皇上定是大为感动，夫人说不定能因此为自己挣得一个好前程，夫人今后也能享受大富大贵。夫人眼下无儿无女，日后堪忧。但夫人是深谋远虑的人，自然不用本宫提醒。想当年先帝爷的薛氏废妃隆宠无限，最后就是败在子嗣之上，而夫人莫弄得像她一样。"

紫嫣提起"薛氏"这两个字时，灵犀的反应似乎格外敏感。我看到她的眼角悚然一跳，正好是生着堕泪痣的位置，她处事向来云淡风轻，仿佛万般地不在意。而我，是第一次见到她类似于被激怒的神色。

我无暇顾上她们，只是目不转睛地看着场中。刺客初现之际，三殿下和樱若正好就围在青衣汉子身边，三殿下先前就跑开一段距离，他见机又快，当刺客亮刃时，他已一溜烟跑到舞场边缘，正抱着四殿下后退的毓妃，见状慌忙腾出一只手拉住三殿下，拖着两名皇子藏身在御林军的守卫之后，眼下三殿下大抵还算平安。

但是，樱若仍然身处险境啊！樱若那时猛地被绊了一跤，覆面摔倒在地上，再要躲避已失了先机。她跌撞失措地坐在地上，水意莹莹的眼眸惴惴如受惊的小鹿，皱着通红的鼻尖放声大哭。任她平日怎样跋扈任性，满脑子的古灵精怪，现在她只是一个性命堪忧的小女孩。

四下充斥着尖叫声、杯盘倾碎声、奔跑声，将她纤细惊惶的哭喊隔得支离破碎。席间的大人都在自顾不暇地逃命，哪里还能顾得上她。樱若身上穿着红绫薄衫，那抹单薄的红色，逐渐被杂乱无章的色泽所掩盖。仿佛就是一朵纤弱的红色小花，承受着无数无情的脚步践踏，最终被浑浊的尘土所湮没。

我立刻觉得像是被蜂的尖刺蛰了一下。她那么惊惧，那么柔弱，那么无助，就像被狼群包围着的小羊，任何一枚獠牙，任何一只利爪，就能顷刻要了她幼小的性命。莫名其妙地，脑中霎时卷起一波一波的剧痛，如浪潮般汹涌澎湃，刺激着我脆弱而敏感的神经。

"姐姐，不能去！"紫嫣惊叫一声，她拽动裙裾，疾步追来，急迫地想要拖拽住正要往里面冲去的我，却还是晚了一步。

"姐姐！姐姐！"紫嫣急得声音都颤抖起来，在我身后高扯嗓门连声叫喊，我却置若罔闻，艰难地穿过拥堵闭塞的人潮，朝着樱若的方向跑去。

"樱若！樱若！"在一片嘈杂声中，我大声地唤着她的名字。在纷杂如潮的人群中跌跌撞撞地前进，却怎么也到达不了她的所在。

我心神俱痛，焦虑如焚，寻找着视线中那抹纤薄弱小的红影，烦琐累赘的裙裾后摆不知被谁踩到，险些就趔趄着摔到地上。

雪芙殿内，御林军训练有素，凭着熟悉地形和人数众多，从最初的被杀得措手不及，逐渐扭转局面，众侍卫愈战愈勇，将原本危如累卵的情势堪堪控制住。而殿外匆匆赶来援救的御林军，奋力厮杀，近乎是拼着同归于尽，最终冲破了刺客在雪芙殿玉桥设下的关卡。阻碍一被扫除，御林军声威大振，一时势如排山倒海，不可遏制。兼之内廷侍郎盛醮率将士而来，外部力量源源不断地进入殿中。

此行潜进宫廷的刺客即使是武艺精悍之辈，毕竟寡不敌众，眼下渐处于劣势，败局已定。就算拼个玉石俱焚，谋刺圣驾，也再绝无可能得手。

"樱若！樱若！"我竭尽全力，朝着那红色的小小身影跑去。在离樱若约有一步时，突然间后背好像被人猛推了一把，我整个人朝前扑去，展开手臂将樱若拽到怀中，身体骨碌一声顺势滚到一侧。

几乎就是一瞬间的事情，一截寒光冷然的剑刃，恰好就砍在我眼前不到一寸的地方。

刃口锋利，惨白如霜，映着我此刻同样惨白如霜的脸色。

我还没能来得及反应，头顶就冷冷地灌下一个阴鸷的声音，"杀了这个不知好歹的小妮子，若不是她，怎会害得咱们的计划提前败露！"

不好！刺客谋刺不成，撤退之时要杀掉樱若泄愤！

"住手！"我将樱若整个都压在身下，感觉到那娇小孱弱的身体在我的怀中剧烈颤抖。他们的目标是樱若，若是此时我放手，我尚有一线生机；若是我不放，我就会陪着樱若一起，在劈头盖脸砍落的利剑下，当场丧命。

放还是不放！无数纷纭的念头，在脑中如涣散的星芒掠过，壅塞得几乎要炸开一样。

最终唯凝成一个念头：樱若绝不能死！

我愈加用力地揽住她，这个小女孩仿佛天性中就与我有种莫名的感应，千钧一发之际，我根本不能，也做不到陷她于险地，弃而不顾。我蓦然瞥见身侧有一把出鞘的长剑，应是混乱中被人遗落的，我的手不觉猛地按住剑柄。

抬首的刹那，唯有剑锋劈落时带起阴绝的冷光，晃晃然搅浑了周遭的所有事物，眼睛都要被这般光芒刺瞎。

"颜颜！你快回来！"我听见男人低沉的喊声，喉咙间爆出的声音因急迫和忧惧，听来有些粗嘎刺耳。

视线模糊间，我看见远处明黄色的身影。尽管看不清，但我知道那是奕樘，帝王独尊的明黄色。他被一群宝蓝衣饰的太监，和银白盔甲的侍卫，还有蓝与白间漫点着的华衣流彩的嫔妃层层地拦住，他们异口同声高喊着："皇上乃万金之躯，万万不可为宸妃涉险！"

他蓬然作怒地吼道："混账东西，全都给朕滚下去！"

那瞬间，我们之间阻隔了太多太多纷纭杂乱的人影，我可以想象他惊惧到目眦尽裂的表情，最终还是遥不可及。

劈落的剑锋，离我越来越近，我似乎都能感觉挟带着凌厉之势的剑气，在裸露的肌肤上割出细小而尖锐的疼痛。

死亡的庞大阴影笼罩在我身上，这一刻我除了死，已是无可逃避。我拥着怀中的孩子，她一动不动，温热幼弱的身体紧紧地贴着我，这充满依恋的动作，倒让我从心底生出几分凛然无惧。

叮！

锐不可当的剑势，在半空遽然一滞。

叮！

又是一声，堪堪要迫到眼前的夺命之剑，竟倏然反弹出去。

来不及转瞬，雪亮的剑锋猛烈碰撞，竟是如金石相击的脆响！

我清冷而视，幽黑的眸心骤然腾起白芒两点，带起的微风拂动缠在臂间的雪丝昙花披帛，那般纯粹柔净的颜色，轻盈如云地栖落在臂上。

性命攸关的刹那，我想起那日与韶王妃同在上林苑时，身体中出现突如其来的反常。而此刻，我感觉身体又出现那种异动，仿佛是一种隐藏在血脉肌理中奇异而微弱的颤动，瞬间就流遍全身。我不受控制地，就像完全被潜藏的本能支配着地去做一些事情。

那一刻，我手中的剑，格挡住长芒如电的剑势！

那一刻，离死仅仅一步之遥，我和樱若却是化险为夷！

那一刻，仿佛所有的思绪在瞬间被尽数滤空，脑海中唯余下这般景象——一抹纯白纤细的身影，亭亭宛立水中央，舞作一曲凌波。她倩然回首，那是一张与我相似到真假难辨的脸庞。她声音温柔：凌波舞。此舞对舞者天赋要求极高，身段必曼妙轻盈，兼娇桃和侬与杨柳纤细之美，体态稍丰腴者失其风致，则不可学。作舞时身着无瑕白衣在碧水之上，乘着徐徐清风，才能将三丈长的素绫完全舞展开，尽得绫带之舞的柔曼之极致。

　　我想起幼时，她曾将凌波舞教给我和阿紫，我们那时正是稚嫩顽劣的年纪，哪里肯耐住性子，却喜欢看她身着一袭白衣，翩然作舞的样子，宛若青莲出水，宛若流云回雪，宛若仙子凌波。小小的孩子不懂得什么是一舞倾绝天下，却懂得那样的她是最美，恍然就是寥廓天地间，唯一盛绽的一株绝代风华。

　　我想起她手把手地给我们矫正动作，重复地说着，"你们一定要记得，记得……"，说话时，眸心如墨意氤氲地晕开浅淡的忧伤。

　　自幼跳熟的凌波舞，舞姿谙熟于心。然而此刻，每一个转身翻腕，每一个移步展臂，熟悉的柔曼婉丽间，皆是挟带着陌生而凌厉的锋芒。仿佛体内有一股绵绵的力量奔如电流，极快地流贯入周身经络。

　　我目如寒星，孤身而立，任凭湖面凉风起，混合着幽花馨香和血腥气息拂在身上。单薄的衣衫在风间肆意飘荡，如仙如魅。

　　那刺客料想我定是手无缚鸡之力的柔弱女子，一剑劈下之际，除了受死绝无反抗之力。此刻见我举剑格挡，剑锋险险地擦着面门而过，刺客踉跄离我们后退一步，稳住身形，他露在外面的眼睛，眯成狭小的两道细缝，喉底低呼出一声："不好，这个女人竟会功夫！"

　　雪芙殿上之人都是惊愕地看向我，我的身份是帝王宠妃，而她是亲王的郡主，不应存在什么牵连。但众目睽睽之下，我不惜身陷险地相救，此举已是令人难以理解，更者，我在千钧一发之际，使出武功，一介体弱久病的深宫嫔妃，竟身藏武功，其令人震惊的程度，甚至远远超过刺客的突袭。

　　即使隔得远，我还是可以感觉到奕檀惊愕的眼神，直到他身侧回过神来的内监颤巍巍地高喊了声："保护宸妃娘娘！"他才蓦地回过神，缓缓沉声道："来人，去救宸妃。"

　　此刻，宫中陆续奔来护驾的御林军，人数已近四五百人，此外还有侍郎盛醮所率的一支兵马，浩浩荡荡地冲进雪芙殿，一时间声势巍峨如山倾。

　　此番潜入宫中的刺客混迹在杂耍伶人中，仅有数十人，但俱是精悍勇猛之辈。尽管如此，缠斗多时怕是体力不支。在锐意全盛、攻势正好之际，尚且挨不到奕檀的御座半分，更何况现在人员皆疲，谋刺圣驾已断然无望，若是此时撤离，说不定还能拼死杀出一条血路。玉桥间设下的防守已破，若是等到宫廷大批护卫赶到时，内外受敌，就是有通天罗汉的本事，也是插翅难逃。

　　我环视周遭，今日赴宴之人除了少数几位已在刀枪无眼下被砍杀，横七竖八地躺在大红氍毹上外，其余大都远远地逃到御林军身后去了。我当时只顾着冲进来，眼下却深陷在刺客重围之中。

御林军训练有素，凭借人数优势，逐渐形成包围之势，刺客的情势愈见危急。这数十名刺客显然也不是乌合之众，即使身处劣势，却是不乱阵脚，进退有序。那名领头的青衣汉子，蠕唇发出一声清啸，这个声音与之前指挥手下冲击御座时发出的无异，现在必是撤退的信号。

青衣汉子力大如巨灵神，掌中紧握长刀横扫，刀锋扬起的鲜血还未飞溅落地，已是两名冲上前的御林军被砍倒。他俨然就是这群刺客的首领，冷眸眈眈如猛兽，他朝先时向我进攻的黑衣人怒声低喝道："一味嗜杀的蠢货！速将那名女子擒住，先莫伤她性命！"

我听到这话，登时明白过来，他们是要将我挟持为人质，借此威胁奕樺。眼见对方人多势众，突围希望渺茫，若是有紧要的人质在手，逃生的机会倒是大了几分。其余刺客配合默契，向四面围成圈，抵挡住前来救我的御林军。

我被围困其中，御林军一时间攻不进来，可谓是鞭长莫及。樱若毕竟只是年仅五岁的孩子，见到这样的情景，忍不住哇的一声哭了出来。

青衣汉子髭须满面，他徐徐气沉丹田，朝着御座的方向，声如洪雷道："皇帝，若要留得妻女性命，速速撤兵，给我等让开一条道路。"

先前攻击我的黑衣刺客，他的眸光精寒，像是盯着猎物般紧紧地盯住我。那样的目光令人悚然，只听见全将的一声，长剑已入鞘。黑衣刺客声息内敛，足尖一点，两掌齐出，他舍弃兵刃，赤手空拳想来制住我。

刚刚那名青衣汉子下令要留活口，他大概是心存顾忌，万一我在兵刃下死于非命，就会失去利用价值。兼之他自恃武功极高，未将我这等弱女子放在眼里。

"樱若，让开！"当震惧到极致，头脑却是异常的冷静。在那道黑影扑近时，我手中用力，将惊魂未定的樱若推到旁边，让她远远站开。随即脚步疾动，微风卷着周身素白衣衫飞旋如云，竟是径直朝着黑衣刺客的方向而去。

我此举形同送死，那人顿时大骇，唯恐这一掌之力将我当场震毙。如此迅猛的力道难以收住，意念一乱之下，他出掌已偏颇半寸。我身形微倾，瞬间膝盖点地跪倒，感觉一股劲厉的掌风堪堪擦过我的肩膀，表面上中招，却是未损及实质分毫。

黑衣刺客四指蜷曲如鹰爪，出手抓向我的脖颈，眼底飞快地掠过一缕轻蔑的幽光，而我先时奋力抵挡住劈落的两剑，已耗竭大半体力，眼下已是强弩之末，自是不将我放在眼里。隔着黑布面罩，我仍感觉到他冷笑鄙夷，习武之人，必要灵台纯明，心绪间蔑之已出，如纹波起，周身也不由得松懈了警惕。

　　而我，要的就是这一个微妙的时机！

　　皓腕轻翻，袭向那人胸前，寒意遽然迸裂，一痕薄刃泠然刺亮挑出。

　　我执剑而立，剑柄被我牢牢地握在掌心，而剑锋却是深深地刺进黑衣刺客的左胸。我出手的那一剑刺得既狠又准，肋下二寸三分，正是心脏搏动的位置。任他武艺如何卓绝，到底都是血肉温绵之躯，剑尖撕开狭薄的伤口，殷红的血珠，顺着雪亮的剑刃丝丝络络地淌下。

　　我神色清寒，唇际勾起一抹若有若无的桀骜孤傲的笑意。而那名黑衣刺客双眼瞪大如铃，死死地盯住我，布满血丝的眼珠几近要从眼眶中暴出，垂死的目光里是掩饰不住的惊恐，寒栗，还有不可思议。黑布蒙住了半边脸，鲜血大口大口地从嘴中喷出，流溅在黑色衣料上，像是被尽数吸收了般，看不出丝毫属于血液独有的殷红颜色。

　　当场之人见此情景，无一不是看得心惊胆战！

　　今日在雪芙殿上殒命之人不少，地上满身污血的尸体之中，有被刺客误杀的高氏宗亲和护驾的御林军，还有在御林军的剑下伏诛的刺客。

　　刺客杀人，他们本就是穷凶极恶之徒，嗜杀残暴。御林军杀人，他们是尽忠职守保护圣驾，杀该杀之人。

　　今日在雪芙殿的中秋宫宴上接连爆发的一连串的惊变，带给人们的震骇统统比不上，亲眼看着宸妃，亲手将刺客一剑毙命。

　　那些人俱是眼神惊惶地看向我，紧紧地扼住喉头发不出一丝声音，那种表情如见妖魅。人群中胆小的宫妃或是王府女眷，忍不住猛地俯身朝地一阵干呕，率先尖叫出声。紧接着刺耳的叫声像是失控般，在大殿上此起彼伏。

　　"颜颜！"奕檀亦是在看着我，他射向我的目光，在震惊中更多的是难以置信。他脸上的血色一时间褪得煞白如雪，眼前猝不及防发生的一幕，似乎让他失去了一贯的从容雅贵，身体后退一步，整个人怔怔地坐在龙座上。就算是面对其势咄咄逼人的刺客，他尚是能冷静应对，调兵遣将，挥斥方遒，不曾有过这般失态。

　　我的手握着那柄剑，依然还是一动不动的姿势。鲜血在单薄如叶的剑刃上滴淌，疾速得滑如走珠，我不曾回避，任由殷红黏稠的血，渐次染红我的手和衣袖，点点腥艳的红色如赤色幽莲，瞬间就盛开在素白的衣衫之上，妖娆冶丽，却是触目惊心。

　　然而，我的神情始终漠然，面对眼前喷涌的鲜血，我的内心竟然没有一丝的害怕，没有一丝的颤抖。那些惊惧的尖叫声，仿佛亦与我无关。我只知道覆在广袖之下，手指一根根愈收愈紧，抵住剑柄上坚冷如铁的鲨鱼皮，像是抵住一颗渐渐冷硬的心。

我周身都笼罩在浓烈的血腥味中，血越流越多，越淌越疾，我低眸看着我的手，莹洁如玉的手，浸洇着新鲜的血液，肌理间透出稀薄而诡异的淡淡绯红，竟是说不出的艳丽和残忍。

对于杀人，我竟然没有丝毫畏惧，眼角旁逸的目光，扫过那些顾自战栗不已的女子，我不是理应像她们一样吗？手中的剑，蕴含着凌厉杀意的一起一落间，冥冥中好像一切都是轻车熟路，就好像在那瞬间，我比谁清楚哪里是心脏的位置，比谁都清楚什么是一剑致命。

我面无表情地将剑抽出，庞大的身躯闷哼一声，就如一座小山般轰然坍塌。鲜血如石底激涌的暗流，猝然从那道狭细的伤口喷薄而出，溅湿了我的裙裾和鬓角，我身上尽是斑驳的血迹，纯粹到极致的白，和妖艳到极致的红，整个人宛若皎然白莲，摇曳流波出于血池之上，仙妖难辨。

身体中的力量一时被抽离殆尽，我险些都握不住手中的剑，愣愣地差点要跪倒在地上，感觉脑中乱糟糟的一片，惊涛骇浪地澎湃起无数幻影重叠，近在眼前，触手可及，当要细看之时却是破裂成碎影万千，又好像无数响雷在刺刺地碾来碾去，在脑中壅塞得近乎要炸开一样。

我似乎感觉到，我已经不是先前的那个我，仿佛是沉睡在这具身体中的另一个灵魂，正在慢慢苏醒。坚密的冰面上出现了第一道细缝，从最初破开的缺口，裂缝蛛网般地朝着四面八方，以摧枯拉朽之势蔓延、伸展，最终趋向于崩落瓦解。

为什么，为什么我会这样？

心神恍惚间，听见小女孩尖细恐慌的喊声。我收住神绪，蓦然想起樱若，那个能让我舍命来救的小女孩还身处险境。

"樱若！"我焦灼地喊了声，朝那团小小蜷缩着的红色身影跑去。在我失神的刹那，身着青衣的刺客头目，已悄然无声地欺近樱若身侧，手掌巨大如帆，凌空朝着樱若的脑门盖下。

"住手！"我清声而喝，那一瞬间，我的面容苍白如纸，"不要伤害她！"

青衣汉子眸光冷戾如鹰隼，他瞥了一眼同伴的尸身，恨恨地低吼道："好毒辣的手段！"

话音刚落，虚空中一道灰冷的暗影破空飞来，我尚是来不及出手，骤然已被打中肩胛的位置，手中之剑飞脱而出，身形朝后跟跄地连退数步，跌倒在地上。他出手力道下得极重，感觉肩膀一阵剧痛，如是骨头都要被震碎般。

那物什在我面前哐当落地，竟是一柄剑鞘空壳。我心神俱惊，那人当时投出的若是剑，我的整个肩膀都要被剑身洞穿而过。

青衣汉子佯作袭向樱若，趁我心神错乱之际，突然发难一击将我制伏，此刻我怕是已无招架之力。

我觉得肩头剧痛，就连手臂都抬不起来，尝试着想要站起，刚将身体支起一点点，就被青衣汉子出掌猛地按住，重新跌坐在地上，他的手掌正好捏住我一侧受伤的肩膀，原本就是疼痛难当，现在他只需轻轻地加一指的力量，就能让我痛得全身都抽搐起来。

青衣汉子鬓须满面，眸中射出的冷光愈加厉亮，气沉丹田，他面朝御座，道："皇帝，若是要留得妻女性命，速速撤兵，放我等兄弟一条生路！"

一字一字说出，声如洪雷，十里皆闻。

"我是帝妃，让我做你的人质！"我拼命咬牙，忍住肩膀上的剧痛，仰首看着那青衣壮汉，全然无惧地正视他阴鸷的眼睛，"你放了那个小女孩，她是郡主，并非公主，你以此要挟皇上，根本一点用处也无！"

他施于我肩头的力道骤然一重。我似乎能听到骨骼击撞的咯咯声，好像整块肩骨就快被捏碎了，痛得差点就要失去知觉地昏厥过去。

我额前冷汗直冒，唇上狠狠地咬出一道血痕，勉强支撑住神智。我抬眸，透过被层层汗水濡湿的睫毛，看到那人玩味的笑容，"你的确是帝妃不假，但能让宸妃娘娘舍命来救的，怎会仅仅是一位郡主？"

奕檀紧抿薄唇，神色肃穆，毕竟是帝王威仪，受人胁迫仍是从容不乱，他朗声徐徐道："切不可伤到宸妃和韵淑郡主分毫，朕自可许诺放尔等出宫。"

雷厉风行之下，奕檀下旨令守在雪芙殿外的御林军撤离，皇命已下，耳畔只闻盔甲剑戈索索相击之声，御林军竖戟威立，分立两侧让开一条道路，雪芙殿通往外侧的玉桥上，阻碍扫尽。

他阴厉冷笑，将我从地上一把拽起，腾出一手指弯曲如钩，扣住我的咽喉要害，逼迫我朝着玉桥的方向走去。他眼神示意其中一个同伙，那人心领神会，上前一步，就像制伏小猫般将樱若拎起，他压低声音道："等会出了玉桥，你带着这小丫头朝……"

我在旁边听得清清楚楚，他们是要挟持手中人质分头出宫。虽已八月入秋，但我身上冷汗淋漓如雨。奕檀定然是会不惜代价地救我，可是他未必会救樱若。刚刚制住我的刺客头目，跟奕檀讲条件时，奕檀的眼光就一直落在我身上，瞥都未瞥到樱若一眼。

眼下这里当着高氏皇族中数百人的面，还有后宫嫔妃，上千御林军，林林总总一大干人，他绝不能弃樱若而不救。加之今日的事所见所闻之人甚多，悠悠众口难填。若是选爱妃而舍胞弟至亲骨肉，往后奕樬必会受人诟病，被说成是重美色轻手足的昏庸之君。

但是，我知道那些侍卫必定得到奕樬的授意，若是情况危急，以救回宸妃为先，韵淑郡主能救则救，不能则舍。一旦出了雪芙殿，樱若被刺客挟持从另一处宫门逃出，她可就生死难测了。

不行，我绝不能让樱若涉险！

樱若被一名黑衣刺客夹在腋下，她吓得不住哭喊，通红的小脸上泪痕交错，呜呜咽咽地哭着："父王……父王……快来救樱若啊……"

我肩膀剧痛难忍，看到樱若如此却是救不得，更是心如刀绞。青衣汉子拖着我一直退到雪芙殿连通外界的玉桥上。随行其后的御林军，手执兵刃，严阵以待，队形疏密有致，既不跟得太紧，又不能使刺客有机逃脱。

我看着临水而建的雪芙殿在一派烟水迷蒙的萦绕间愈来愈邈远，长长的玉桥在足下横亘延伸如白龙，在云雾中蜿蜒起伏着通向那仙人浮屑的宫殿。我们就要退到岸上了，我远远地看见在重重银甲之后，还有那道明黄色的模糊身影。

我侧首朝他说道，声音低哑，"不要让你的兄弟分头出宫，你们挟持我倒还有生机在，但挟持郡主的一行人必死无疑。"

青衣汉子一脚踩上夯实的土地，一颗悬着的心似乎也放了下来。他盛怒蓬勃，如金刚怒目，紧紧地扣住我的脖子，破口骂道："女子狡猾！休想让我听你妖言，我那位兄弟武功也算不错，居然会连命都栽在你手里！"

被他牢牢地掐住脖子，我喘不过气来，忍不住剧烈咳嗽，唇齿间骤然冲上腥甜的气息。我挑唇笑道："你可不要现在将我掐死了。若是我死了，你们到时候就要求痛快一死都难。"

青衣汉子眸心的精光骤然一暗，看着我面色苍白中浮现异样的潮红，一副气息将绝、恹恹不振的样子，掐住我脖子的手略略一松。

趁着他迟疑的那刻，我用右手肘撞他的前胸，张嘴狠狠地在他的虎口上咬了一口，皮肉撕裂，他伤口溅出的血，混合着我喉间涌出的血，让我不禁作呕。

他两处吃痛，松手将我猛地甩开。

"放开郡主！"我顺势脱离他的钳制，不管不顾地朝樱若的方向冲去。他登时恼羞成怒，挥起手中长刀就朝我劈来，带起一阵罡风劲厉，刮面生疼。

"当心！"生死一线之际，我尚未看清是谁，只觉得横身插进一把沛不可挡的力道，将我生生地拖开一尺远，我重重地撞进一人怀中。

我头脑眩然发蒙，眼前蒙眬地只看到那人脸庞极其挺秀的轮廓，依稀带着年少时的锐利和锋芒。短短的一瞬间，电光般闪过记忆的碎片，仿佛就是许久前的一个春日里，上林苑晃悠悠的秋千架下，我亦是这样猝不及防地跌入一个人的胸膛，仲春时节衣裳单薄，隔着罗衫甚至感觉到彼此的体温。他身上如同骨子里透出的清宁淡远的气息，如若琼苞玉树堆雪，隐约浮动着，兜头兜脑将我笼罩住。

韶王，他伸手将我扶住，仿佛是一股温和安详的力量将我护在身后。

"将刺客一并诛杀！"深沉肃杀的声音破空传出，严阵以待的御林军听闻号令，顿时杀意骤起，奔向余下二十余名刺客。

我觉得心底漫出幽凉之意，果不其然，御林军一见到我脱险，就即刻亮刃将刺客剿杀，未再顾及韵淑郡主的死活。

"哈哈。"刺客头目环视着四面潮水般涌来的御林军，仰天笑出几声。今日势必难以脱身，他眼中厉芒暴现，"当真是擒错了人，看来这昏君不想管这小侄女的命。"话音刚落，他朝制住樱若的刺客递去一个绝杀的眼神，我知道他定是要杀掉樱若，跟御林军背水一战。

"退下！全部退下！"我朝着御林军失声大喊，樱若还在刺客手中，若是御林军刺客发难，刺客恼恨之下，樱若定是凶多吉少。

双方对峙的须臾，韶王俊美的面容微沉，众人还未反应过来，他已将手中佩剑抛出，从背后逼近那名挟持住樱若的黑衣刺客。那名刺客既然习武，亦是敏捷之人，感到身后有利刃之寒意逼近，一把将樱若抓过挡在他身前。

我双眸惊瞪，却听见那刺客惨叫一声，扑通倒地时，每个人都看到他脚踝处鲜血迸流。原来千钧一发之际，韶王抛出的剑势刻意压低，直直地削向那人的脚踝，而那人把樱若挡在胸前已是错了主意。

随着那人坠地的力道，樱若亦是被他重重地掼倒在地上，一时间就连哭声都听不到了。

"樱若！"我霎时心神大乱，顾不得仪态，跌撞着朝樱若跑去。我跪在地上，战栗着将那个小小的孩子抱在怀中。她浑身沾满灰土，眼神惊恐万分，哪有平日里半分古灵精怪的样子？最可怕的是，头顶上竟然破开一个血窟窿，汩汩地朝外面淌血，她的面庞惨白如蜡，口中低鸣，想是疼痛无比，竟是哭都哭不出一声。

我愈加心痛如刀剜，猛然感觉笼在身前的阴影一深，腥风袭面。那名被韶王一剑砍中脚踝的刺客，料不到是心志如此坚毅之人，在受到重创之下，居然还能再有还手之力。

刹那间，一簇阴戾之气从心底汹涌而出，其势如野马脱缰。我眸中寒芒显现，如同被嗜血的幽魅附身，我一把抓起那把佩剑，出剑的瞬间，冷芒如电，那一出手，就是直逼要穴，就是再无转圜，就是要凌厉地夺取那人的性命。

连我自己都不知道，为何一袭温婉柔弱的外表之下，居然隐藏着这般的戾气。就像危急关头使出的武功一样，从来不为我所知。但是它的存在，却是如同镌刻在骨髓深处的痕迹，纵然光阴荏苒，铭心之印，腐骨之纹，依然难以磨灭。

"颜颜。"我感到一个人影掠到身后，温若清漪的声音擦过耳畔，令人感觉恍惚得不真实。他迅疾出手，扣住了我执剑的手腕，力道被迫卸去，我一松手，那柄剑就哐当落地。

"你……"我一时急恼语塞。

正欲突袭得手的刺客，见我弃了兵刃，一击之下，势在必得，如野兽般狭细的眼睛，更是凶芒益盛。

眼看着我和韶王就要迎上他这一剑，韶王双手护住我，单凭足尖踢起那柄落地的佩剑，他星眸微眯，瞧准一个角度，在剑柄处飞踢，再继朝上，剑锋灌足力道，势如破竹，正好刺入那人的咽喉。

"别看。"耳畔有人在轻声呢喃，恍若清涧流水。

尚来不及惊愕，我整个人都被侧身压倒，就这样被他兜头兜脑地护在身下。利剑入喉时逼溅而出的鲜血，湿湿热热地尽数喷洒在他身上，而我却是一点都未曾沾染到。

一种被全心全意保护着的感觉，霎时就淹没了我所有的思维。是他为我杀了那个人，也是他为我挡下了全部的血污，我脑海中骤然出现了前所未有的，就像是拨云见月的清明，虚缈若镜中花，迷蒙若水中月，在那瞬间无数碎影破裂，又重合，渐渐地拼接成完整的画面。

十六岁那年，在含芳殿中，婉吟郡主因和亲一事与我心存怨结，她盛怒攻心之下，抓起桌上盛满嫣红颜料的瓷碟，朝我劈头盖脸地砸来。是他挡在我面前，我记得那时，红色的颜料全泼了出来，在他银白的衣袍上染得星星点点，嫣红如血。

他是如皓月朗风般的少年，高华如月，清傲如风，不染世尘。却是在那刻，毅然站在她面前，无怨无悔地为她挡下血污。

冬雪翳翳的异邦，幽深如蛇腔的北奴密宫，他拖着重伤之躯，拂风穿雪而来。而我却是冷言冷语地挑衅，"你又不是没有见过我杀人。"他那时的容色明静如恒，轻轻浅握我的手，用洁白的袖口将其上的血迹拭去，仅是语调恬和地说着，"有些事，我无法阻止你，但是愿意替你去做。"

满枝簇拥的花被打散，胭脂红的花瓣纷飞若雨。面对她时，他眼中难言的隐痛，在宁静眷恋的面庞下，被不着痕迹地掩藏着，只因为愿意替她背负一生的罪孽。

"你是……"我转过头，怔怔地看向他。一个名字在唇齿间百转千回，呼之欲出之际，却是凝结在了舌尖。

碧箫吹断玉芙蓉

雪芙殿惊现刺客一事，在雷厉风行的镇压下，很快就平息下去。眼前这宴桌倾颓，杯盏破碎，断肢残骸，尸身横陈，还有满池雪色芙蓉，皎然出尘如仙家至境，亦是遭到血污的沾染。

在行刺中，那些惊惧过度的高氏宗眷，暂时都被扶到雪芙殿众多的偏殿中休息，御医随即奉命入宫，为其请脉诊治。宫人们手脚利索地收拾正殿中的狼藉，压抑无声中，一切都在有条不紊地进行。

我此刻在另一处偏殿中，奕樽和后宫嫔妃一干人等都在。劫后余生，却不见半分喜悦，俱是各怀心思，沉默无言。殿中的气氛有些令人窒息，尽管偏殿中四周窗户洞开，水面清风徐徐，还是觉得心口发闷，让人想起湿意深重、倦热难舒的盛夏薄暮，那种从心底滋生出来的闷就黏黏地贴在心壁上，如同附骨之疽，挥之不去。

灵犀站得离众人极远，好像那一场近在眼前的刀光剑影，与她全然无关。脸上一脉澄静淡漠的神情，映着身后摇曳生姿的雪色芙蓉，令人恍然生出错觉，觉得她就是神仙洞府中，不食人间烟火的仙子。

紫嫣却是眸色含忧地看向我，三殿下依偎在她身边似乎有话想说，而她露出些许厌烦，将三殿下塞到乳母怀中。

我低首，感到一道高大颀长的身影渐渐地走近我。

"颜颜，你过来。"奕樽的口气淡淡，听不出喜怒。他示意让我靠近些，我如同一根木桩，杵在原地一动不动，奕樽自行伸手将我拽过去，发问时喉音微沉，"你何时会的武功？为何朕一点都不知道？"

我依然还是低首的姿势，根本看都不看他。

"朕记得你以前根本不懂武功。"奕樽的眼锋扫向紫嫣，他素来温煦和雅，此刻却冷漠得让人心生一丝悚然，"慧妃，你说是吗？"

紫嫣一惊，镇定神色道："姐姐……以前确实不懂武功。"她刻意在"以前"二字上落重了语调，勉强笑着，委婉道："但是姐姐离开帝都多年，或许……"

"朕在意的不是这个！"奕檀面容湛青含怒，他怫然出声，冷冷地打断了紫嫣的话。紫嫣脸色发白，暗自垂首在旁侧立，未再说下去，众嫔妃见到连慧妃都受到训斥，一个个愈加屏神敛息，噤若寒蝉。

我缓缓侧过脸，去看紫嫣，心知她是想为我辩解，却无奈说不上话。

"颜颜，朕要你看着朕！"奕檀用两指捏住我的下颌，迫使我看着他。我抬头时，正好对上他一双明澈的黑眸，漾漾汤汤如数丈深涧，黑不见底的瞳仁隐着一星微邈的光亮，"你说，你今日为何要冲出去救樱若？"

我的心头仿佛被砰然一击，紧紧咬着下唇，说不出一个字来。

"还有……你……朕如此柔弱的宸妃，居然能杀了一个人？"奕檀的语调冷冽，带着一丝若有若无的嘲弄。他使劲扳住我两侧的脸，力道极大，我感觉脸被卡得有些生痛，却是挣脱不得。只见他眼神犀利如电，两道炽灼的目光在我脸上来回逡巡，那般异样的神情如是不认得我一般。三年的朝夕相对，当他看到依然还是那张熟悉的脸，熟悉的眉目，他似乎又略略地松了口气。

他松手将我放开，我感到身上的钳制一解除，就下意识地后退两步，险些站不稳身子。奕檀用手臂扶住我，被剑鞘撞击的肩膀还是隐隐作痛，已经痛到手臂都抬不起来，他碰到我肩膀的力道极轻，于我而言却是剧痛难当，我却是强忍着不出声。

奕檀看着我，眼中流露出淡薄的怜惜，怅恨道："朕这辈子都不曾见过女子杀人，更何况是你！"

我感到太阳穴的位置在突突直跳，他恨声说出的这句话，如同锤子般一下一下敲击在我的心上。

偏殿气氛霎时冷凝，现在尚在八月，暑气溽热，然而这偏殿中人，个个像是身处冰窖般，只觉得周身寒意阴重，皆是低着头不敢言语。

骤然间，不知是谁出声，低低地支吾道："反正那人也是刺客，罪大恶极，宸妃杀了就杀了……"

"混账！"奕檀登时瞠目怒喝，他对待后宫妃嫔一贯宽容温和，何时有过这般的疾言厉色？他掌底用劲压住我，我感到他箍住我的手掌在微微打颤，像是要将他此刻内心的愤怒和震骇尽数传递给我，从齿缝间阴恻恻地逼出几个字，"就算那人该死，也不应是由宸妃去杀！"

我斜目瞥过说话的人，见到是个陌生的女子，身穿樱子红如意云纹衫，容貌不见得几分出色，看服饰位阶亦是平平，此刻扑通一声跪倒在地上，不住地磕头如捣蒜，吓得泣不成声。

奕樘看都未看她一眼，衣袍间氤氲着冲淡的龙涎香气息，密不透风地笼盖住我全身，他如是唏嘘道："颜颜，你拿剑刺进那人胸膛的时候，当真是一分都未犹豫。还有，在雪芙殿外，若不是七弟打落了你手中的剑，你岂不是连那人也要杀了？"

他为我动怒，为我发落其他嫔妃，可是我，自始至终，一直自闭在无人可近的冷漠围墙之中，就是不肯开口说一个字。

他的手指划过我的侧脸，薄削的指尖带着灼热的温度，还有一丝彻骨的冰凉，轻轻地覆上我的眼睑，喃喃道："为什么你的眼神会变得那样凌厉、狠绝？简直出乎朕的意料，出手就要一剑毙命，毫不留情。这样的你是朕未曾见过的，朕都感觉好像不认识你了。"

我怔怔地看着他，他的唇际染着无奈的笑意，而眼睛却仿佛罩着一层迷蒙的雾气，他的目光分寸不移地凝胶在我身上，像是在看我，但是眸心分明的一缕涣散，却更像是透过我的脸，在看某个不为我所知的朦胧事物。

当着众人惊异无比的面孔，奕樘一把将我拖到怀中，双臂如铁，铺头盖脸地牢牢扣住，潮热的呼吸蓬蓬地喷在我的脸颊。他的手抚上我的脸庞，动作极缓，像是生怕遗漏般，细心地勾勒出我脸上每一处轮廓，轻呓道："颜颜，这张脸还是一分都未变过，依然是当年的模样。但是今日的你，为何让朕觉得如此陌生？"

我喉咙发紧，道："皇上糊涂了，当年和今日如何能一样？"

"是不一样了，毕竟我们曾经分开那么长的一段时间，但是……"奕樘眼底隐约泛起秋霜寒重的神色，话锋冷然一转，"但是颜颜，你到底还有多少朕不知道的事？！"

我笑意漠然，记得不久之前，我也是这般逼问他。当一切华丽的谎言，被端霁的三言两语挑破，最初的那刻，我如同失去理智地朝他大喊大叫，"你到底隐瞒了我多少事情？反正我对以前的事什么都不记得，什么都不知道，你大可以来骗我！"现在想来觉得心腑抽得发寒，原来，我们之间早就走到无言以对的地步了。

正当这时，一名侍女慌慌张张地走进来，诺诺地回禀道："回皇上，太医已到韵淑郡主那里去了，郡主好像伤得很重，但不知道眼下情况如何。"

我霍然一惊，霎时间心中唯剩下一个念头，樱若伤势颇重！毫无预兆地，我挣开奕樘的手臂，在众人惊愕的眼神中朝着殿外跑去。

奕槿一时抓不住我，面庞上瞬间笼上一层阴暗的愠怒之色，手掌紧握成拳，厉声呵斥道："宸妃，你回来！"

他想要冲上前制止我，却被一个人挡住，我听到似乎是浊公公的声音，他急迫道："皇上，恕老奴斗胆，宸妃娘娘的事可以晚点再追究，眼下追查刺客方是当务之急。"

我顾不上身后，心中只晓得要快些到樱若那里去。听见清脆的儿啼声，我近乎是衣衫挟风地跑进一扇殿门，看到里面的情形，我不由一时愣住。

樱若此时被庞徵云抱在怀中，头顶的伤口鲜血半凝，还有些许血丝慢慢地渗出。大概是极疼痛的缘故，她放声大哭，扯心撕肺地，一张小脸涨得通红，鼻尖皱蹙着，手脚乱舞。

庞徵云神情忧急，秀婉的脸庞上沁出细密的汗，几缕细碎的鬓发贴着侧脸。她坐在椅子上，手中颤颤地拿着一方白帕子，为樱若拭去脸颊上的血迹，动作极轻，生怕弄疼了樱若。但樱若还是疼得不住乱动，一刻都安分不得，庞徵云差点就抱不住她。旁边围满了乳母和嬷嬷，韶王亦在，他看着樱若，俊美的面容上露出焦虑之色。

一名身形矮胖、着三品松绿官服的太医眯着眼，仔细查看了樱若的伤口，轻轻一嘘，"回王爷、王妃，据老臣看来，郡主头上的伤口极浅，二位放宽心，郡主断无性命之虞，另外，伤口藏在头发里，日后不会损及容貌。"

听到太医这样说，韶王和王妃皆是神色一松，心头巨石落地。

太医从容地从药箱中拿出伤药、洁净绷带，及一把小剪子，说道："需要将额前的头发剪去些，老臣才方便给郡主上药，请王妃万万要压住郡主，莫让郡主乱动。"

庞徵云唯唯地应了，樱若拼命地摇着头，顾自嘶声哭闹着，就是不肯让太医碰到她。

太医那时急得脑门一个劲地冒汗，拿着剪子却是不敢下手，唯恐一个不慎伤到樱若。旁边的几名嬷嬷见状，都簇拥上来，七手八脚地将樱若摁得动弹不得。

四五个臃肿的人影，将樱若小小的身体完全挡住，缝隙间看到一星半点她身上的红绫薄衫。上药时，樱若或许是痛到忍耐不住，两只手死死地攥着庞徵云的衣襟。

那般的情景，让我看得揪心，就像是有谁撒了一把粗糙的木屑在我心上，狠狠地来回搓弄。

我静静杵在原地，秋日骄阳，日光猛烈如沸。我感觉整个身心，仿佛沉沦在无尽的沸水中蒸腾煎熬。此时此刻，她是他的正妻，妻，名正言顺，她是他的女儿，女，名正言顺，眼前的这三人，是最亲密无间的家人。

而我，突兀地出现在这里，就像是一个彻头彻尾的局外人。

他抬首的刹那，看见了我，我亦是在看他。周身纷杂错乱的人影，瞬间淡褪得模糊。眼前接连不断地有零落如星的画面闪现，那些支离破碎的残影，就像是某个记忆的断面。

那一刻，我们之间隔着短短不到数十步的距离，然而却是隔着太多的人。尾随我而来的几名宫人，牵着我的衣袖，在身侧苦苦地哀求，"娘娘，求求您回去，您不能再激怒皇上了……"

宫人见我丝毫不动容，左右挟着强行要扶我回去，我感觉浑身绵软，使不出一点力气反抗，只得任由着她们摆布，就这样走出不到两步路，我的身子猛地朝前一倾，吐出一口壅塞在胸臆间的瘀血，宛若一树赤色冷梅，点点簇簇地喷在白石砌成的地上。

紧接着，身侧相扶的宫人齐齐爆发出一声惊魂夺魄的嘶喊，"宸妃娘娘！"这是我最后听见的声音，之后就不省人事。

我迷迷糊糊地闭着眼，睡得极不踏实，整个身心都是疲惫的，仿佛就是从一个梦境辗转到另一个梦境。梦这般的长，望不到尽头。要经历的事那么多，密匝匝地拥挤在一起，漫长得就像是人的一生。我感到累了，彻彻底底地累了。

当我再次醒来时，发现自己正躺在冰璃宫寝殿的那张大床上，透过慵慵半垂的销金薄纱，看到空荡荡的宫室，里面所有摆设如昔，榻上铺着软纨蚕冰簟，叠着翡翠玉带罗衾。若不是左侧的肩膀还在隐隐作痛，对于雪芙殿上发生的种种，当真有种南柯一梦的感觉。

此时天光黯淡，冰璃宫周围多植树木，枝叶在晚风中簌簌作响，偶尔有极淡的暗影扑打在菱花窗格上，我静静地听着，像是檐下一场淅沥的小雨。

偌大的寝殿中，却是寂无人声。我翻身起来，宽松的寝衣领口一滑，露出小半侧细腻温润的肩膀，先时被剑鞘击伤之处，现在已细细地包扎上药。当我低头拢紧寝衣时，闻到一股药膏清新苦涩的气息。

我赤足趿着丝履，感觉脚底微微生凉。我发出的声响极轻，守在殿外的宫人大概以为我还睡着。隔着紧闭的殿门，我模糊地听见外面有两人，正刻意压低声音讲话。

其中一人道："你是没看见，那日雪芙殿上情景真是危急，我在宫中年数也不少了，只听过那些老嬷嬷、老太监讲起有贼人混入宫中行刺的事情，总觉得皇宫守卫那么森严，这档子事绝不可能，这次却是亲眼看到。"

另一人嘀咕着，"那天的场面是惊险，咱们娘娘竟然还……"

"嘘！"那人的话未说完就被打断，安静了片刻，又紧接着啧啧道："韵淑郡主被刺客挟持时，七王爷不惜以身犯险去救，对这个女儿真是疼爱得紧。"

"七王爷确实疼爱这个女儿，但是我听侍卫说，七王爷先救的是娘娘……"

"嗬，又忘了规矩了。上面主子的事，岂是我们能随便议论的？当心掉脑袋！"

我坐在里面，轻咳了一声。殿门推开后，须臾，就见到两行人进来，湛露姑姑身后紧跟着两名侍女，湛露见到我已起身，转身轻责道："叫你们好好守着，怎么连娘娘何时起的都不知道？"

那两名侍女皆是唯诺地低头。

我挥手示意湛露作罢，问道："现在是什么时候？"

湛露道："回娘娘，离雪芙殿宫宴已过去四日。"

"原来本宫昏睡了四日。"我眼神淡然地瞥过她们，环视四周觉得些许不对劲，陡然发问道："玉笙哪里去了？"

玉笙是与我自幼相伴的侍女，多年来她一直寸步不离地守在我身边，如今醒来看不到她，心中觉得有几分怪异。

湛露听我问起玉笙，脸上的笑意顿时一僵。其中的一名侍女，未觉察出这里气氛微妙的变化，垂首细声道："回娘娘，好像是御前的人传唤玉姐姐去了……"

湛露暗暗瞪了她一眼，忙道："御前回话的早回来了，不过两天前织绣局的孙尚宫，知道玉笙精熟针黹，特意请了过去，一起参详今年的绣纹样子。"

我闻言眉心一蹙，径直朝外面走去。湛露和其他侍女都被我突如其来的举动结实地唬了一跳，湛露忙不迭拽下架子上的衣衫，急匆匆地追上来，为我披在肩上，口中念叨着："娘娘，您刚醒，这又是要去哪儿呀？穿得这么单薄地跑出去，当心受了风寒。"

我胡乱地披了件外裳，就朝着太极宫中而去。

太极宫，我早已来得熟络了。却不知为何，今日来这里，心里乱糟糟的一片，怎么也理不出一个头绪来。

我仿佛是在害怕，这种害怕如藤须般蜷缩在某个心底，藏得极深极隐蔽，但它却是真真切切地存在着，整颗心就像是被藤蔓缠绕着，仿佛有细小到看不见的钩子正在一点一点地掐进皮肉。

我下了云凤肩舆，从偏门进去。脚下的路，一步一步地走去，好像熟悉到了骨子里，不到百步的路程，惴惴不安地走完，让我的手心都渗出湿黏的汗渍。

御前服侍的浊公公朝我道了声万福，我心神不定，含糊地答应了。

浊公公原先就干瘪枯瘦的脸在蹙眉时，愈加显得整个都皱缩起来，他道："娘娘进去时，万事留心着些，皇上刚刚才发了天威，这会子怕是余怒未消。"

"皇上为何生气？"我话音凝滞。

浊公公朝我摇头，神色歉然，低低地叹了口气。

浊公公肯冒险提醒我，我已是感激。此时他不想说，我也不好再勉强。

湛露在旁侧扶着我，我的指甲却是紧紧地攥住她的手臂，像是在借此汲取某种支撑一样，强行定住心神，问道："那么最后问公公一件事，本宫的贴身侍女玉笙，自从传唤来太极宫，至今都未被放回去？"

浊公公犹豫良久，终于点头。

此刻，我的心中已是了然，豁然的明朗倒是将原先的惧意冲退了三分，说了声"多谢公公"，就朝着那扇错金嵌银的朱紫殿门走去。

天色向晚，还未到掌灯时分，整个大殿笼罩在落暮后的晦暗之中。殿外夕阳磅礴如醉，铺天盖地的漫漫霞光，经过纹理繁复错落的"万木齐春"雕花图案，被切割成斑驳的光束漏进来。

奕槿坐在蟠龙紫檀大椅上，身侧稀稀落落地立着几个人影，皆是站得远远，蒙蒙暗色中看不清面目。

"颜颜，你来了。"奕槿抬眸看我，他看向我的眼神依然温柔如许，让我想起三年前，我初次醒来时，看到守在我榻前的他，就是用这种眼神看着我，和煦得仿佛凝着一天一地的明媚春光。

然而，他的声音却是淡淡的倦意，浅笑着朝我招手道："颜颜，你到朕的身边来。"

奕槿待我还是一如往日，无论是看着我的目光，还是说话时宠溺怜惜的口气。我怔怔地站在原地不动，冥冥中只是觉得眼前的一切，平静恬和中透出一种难言的诡异。

奕槿见我如此，无半分恼意，亲自走下龙座，旁若无人地执起我的手，长臂一圈，顺势将我轻柔地揽在怀里。这本是我们之间，一个熟悉极了的亲密动作。但当他抱着我时，我的身体却是不由得一颤，后背也绷得僵硬，直直地挺着。

寂静中，晕红橙黄的残阳光影，照射在平金地砖上，蓬散地映出一大团、一大团氤氲如水印的痕迹，极浅极淡的，在地砖上疏疏地拖曳成一脉柔静如水的安宁。

奕槿感觉到我的异样，手臂依然保持着拥住我的姿势。他看着窗外清幽的景色，自从丰熙帝一朝起，太极宫中的景物就从未变过，他的眼神仿佛在追溯着很久以前的事，忽然出声问道："颜颜，你还记得当年，朕第一次带你来这太极宫中，参见先帝时的情形吗？"

我心底有小小的愕然，想不到他竟然会这样问。侧目瞅着他的神色，是极其认真和挚诚，眉宇间流转着如月华般融融的光辉，带着回忆往事时所独有的温柔与祥和。

我唇齿间生涩地挤出两个字："记得。"

奕槿目光漫然地环视四周，道："当年就是在这间宫室中，朕求先帝为我们赐婚。朕自六岁忝居嗣位，深知身为皇储责任重大，执掌东宫十数年，无不日夜勤勉克己。朕记得唯一为女子之事，亲自开口来求先帝，就是为了你。"

他如数家珍地说起那些往事时，话音平澜无波。我却是默然无言，只低头，盯着脚上的一双银丝蝴蝶软缎绣鞋，精巧细密的针脚，绣得足尖上一双蝴蝶栩栩如生，仿佛正欲振翅飞出。

"颜颜，朕一直在想，如果我们之间永远都像当年那样，是该多好。"奕槿的神色间流露出伤感，如蒙染着月下清冷的晚露。

我默然不应，长长的指甲蜷曲着，沙沙地刮过木质致密的红榉木窗棂，像是要在自己的心上刨出痕迹。

奕槿却恍若未闻，他轻轻地捧起我的脸，射向我的两道目光幽深而敏锐，似是在急迫地寻找曾经的影子，他赫然低笑两声，道："当年多好，当年朕是如何的喜欢你，你不是也喜欢朕吗？"

面对他精光迫人的眼眸，我一时居然无法正视。动情若到深处，必是腐骨噬心，伤人伤己。

而此刻，他捧住我脸的力道骤然加大，手掌竟像是发着狠，死死地将我的脸扳住。我感觉骨头近乎要被压碎般的疼痛，下意识地要挣脱他的钳制，但任我如何挣扎，却是分毫动弹不得。

奕槿俯身，带着三分霸道，在我的唇上落下重重一吻。慌乱之下，我躲避不得，我们的唇齿猛地击撞在一起，瞬间，有淡淡的腥味在口腔中弥散开去，不知是我的血，还是他的。

"颜颜，多年来，若说朕有一件事对不起你，就是对你隐瞒了你曾经远嫁北奴之事，但是……你又有多少事情是朕所不知道的？"奕槿面朝我质问，冷眸如星。

他终于说出口了，我闻言浑身冷冷一震，那种冰冷就像是在数九寒天里，被人当着脑门塞进一大把冰碴子。

我紧咬着血渍斑驳的下唇，似乎要以此平息胸口的剧烈起伏。

奕楻还是没有松开我的意思，眼底霎时翻滚起如浪潮般的郁愤和激动，好像要汹涌地将我湮没一般。

忽然他仰首，疏狂而落寞地笑出一声，声线喑哑道："颜颜！朕一直以为，隔在我们之间的那个人是耶历赫，但是朕直到前几日才明白，其实不是！"

奕楻看着我发白的面色，牢牢地盯住我脸上每一处细微变化，他的声音在不可抑制地震颤着，"朕当真是瞎了眼，这些年竟然一点都不曾看出来！你自己说，你跟韶王，是什么时候开始的？"

此言一出，直如五雷轰顶，我感觉像是被人一掌劈在太阳穴上，耳边不住地嗡嗡作响，脱口而出道："皇上为什么这样问？"

"颜颜，你当朕看不出来吗？你那日冲出去救樱若的时候，眼中的那种焦虑和担忧，你真的当朕一点都看不出来？"

面对他的咄咄逼人，我步步后退，直到身体撞上一个坚硬沉重的物什，原来整个人已抵在龙案上，退无可退了。忽然间，我感觉耳旁一道劲风刮过，奕楻盛怒之下，出手扫落了摆在龙案上的笔架，霎时间，珐琅笔杆，金丝楠木杆，玉管紫毫，在地上散乱倾颓。

我抬头，他眼中有钢针般雪亮的厉芒掠过，他逼问道："若非那个小女孩与你有些瓜葛，你至于要舍命去救她？"

我勉强使自己看起来从容一些，说道："我和她能有什么瓜葛……"

"颜颜！"我的话未说完，就被奕楻霍然截断，他面容冷峭，如同初春时冰雪未消融的群峰连嶂，慢慢在唇角凝成嘲弄的姿势，一句话从齿缝间逼仄而出，含着巨大的力道，似乎恨不得将说出口的每一个字，都碾碎成齑粉，"颜颜，你知道吗，有人告诉朕，樱若其实是你和韶王亲生……"

此时，天光黯淡。降临在皇宫中的暮色渐深，仿佛是致密而轻薄的乌纱一层层地覆盖下来。如此庞大深邃，无一处偏私，圈在一垣红墙中如鱼鳞排列的宫殿，无论是宝相巍峨，还是荒凉落魄，一切的一切都纳入在浓稠如墨的黑暗中。

遥看天幕，乌云滚滚，蕴含着沉甸甸的水汽，郁积的云翳悬在半空，像是随时会坠地。星月无光，浑浊的云气剧烈翻涌，云端之上正酝酿着一场沛不可当的疾暴落雨。

太极宫，正殿之后。此处林木茂盛，偏僻寂静，离侍卫巡逻之处极远。随着窸窣的脚步声，一蓬迤逦及地的翠裾徐徐地在地上曳过，勾勒出极浅淡的一道影子，曼步盈盈走来。在山雨欲来之际，琉璃宫灯兀自在满楼风声间飘摇，灯光幽昧，投射在她姣好的脸上，照得右眼角外侧那颗漆点般的堕泪痣，愈加墨色鲜明，湛然若新。

"站住！"女子的一声清叱破空传来，暗色中唯见一袭深紫宫装掠过，已有一人疾步冲出，霍然挡在了刚刚那名女子的面前。

灵犀驻足，面容温婉如昔，似笑非笑道："慧妃娘娘。"

来人正是慧妃紫嫣，她神情沉郁，瞟过一眼太极宫的方向，道："本宫要你立即收手！"

灵犀眼中隐现一点惶惑的神色，笑道："什么收手不收手？婉辞实在听不明白慧妃娘娘话中的意思。"

说话间，她恬然一笑，虚虚地扶着髻上将堕未堕的步摇，却是正色道："慧妃娘娘怕是误会了，婉辞和娘娘一样，都是听到消息后才匆匆地赶到，只道是出了大事，说到底此时心里也是稀里糊涂的。"

紫嫣眼中冷意愈盛，哼声道："事到如今，夫人还装什么糊涂？"

"慧妃娘娘对事事洞若观火，婉辞哪里敢在娘娘面前装糊涂？"灵犀双眉微蹙，似是委屈道，"慧妃娘娘顾念姐妹情深，但是，就算娘娘心忧宸妃，又何必要迁怒婉辞？"

紫嫣清冷地看着眼前的这名女子，姿容清丽，虽不可比肩倾世殊色，但此女最动人之处，就是眼眸间流转着一股摄人心魂的至灵至性。然则，禀清纯无辜之貌，行狠辣阴绝之事，这种女子，方是真正的如仙如魅。

紫嫣轻轻拊掌，笑出两声，"夫人这般刀枪不入，本宫说得再多也是枉然，但是……"她话锋陡然一转，漫不经心地说起一件无关之事，"夫人知道吗，前些年在胤朝北部边境，大概是顺州、金莱一带的百姓，广为流传着一首《还俗歌》。"

灵犀闻言，脸色竟是微微一变。

两人之间原先剑拔弩张的气氛看似缓和很多，然而，短暂的平静之下，蛰伏着愈加激荡的暗流涌动。

紫嫣此时双靥盈盈含笑，眼眸中的锋芒亦是柔和几分，"本宫记得《还俗歌》中有几句是这样的，夫人仔细听听本宫说得对不对，'眼波转，玉颜娇，木鱼死，佛珠僵，想那容颜如花，似锦年华，莫付了青灯黄卷，猛把青衫撇下，不如早早地蓄了青丝发，去嫁个俏冤家……'"

灵犀脸上清浅的笑意，霎时如流云凝滞，沉吟道："娘娘想说什么？"

紫嫣是何等敏锐之人，抬眸间，已是将她表情的微妙变化，尽收眼底。她猛然抬首，笑声恣意而放诞，幽幽道："这首《还俗歌》措辞粗浅，不登大雅之堂，真没想到，居然能入得夫人的法眼。本宫的侄子林庭修天资愚钝，是个极不成器的料子，真真没想到，居然能得到夫人的垂青。"

"本宫觉得这首《还俗歌》不好，不愧是出自毛孩子的手笔，纰漏甚多。想夫人师承清虚子道长，就算当年未进宫之时，也是带发修行的道姑，将青衫撇下倒是，但鬒发如云为君生，何须还要再等到蓄了青丝发？"

紫嫣缓缓说出口的话，一字一句皆如尖锥，毫不留情地刺在灵犀心上。但灵犀毕竟是心神坚毅异常之人，唇角依然含着一抹淡然的浅笑，语意嘲弄道："婉辞晓得慧妃娘娘素来口齿伶俐，但不晓得娘娘更善于信口雌黄。"

紫嫣看她的眼神多了几分嫌恶和不加掩饰的鄙夷，道："本宫是否信口雌黄，夫人自己心里清楚。"

她抬起一直笼在云丝广袖中的右手，在灵犀眼前一晃，修长的手指间松松地缠绕着胭红的丝线，映着掌心白皙莹洁的肌肤，赫然就是一枚狭长的碧玉，两端略弯，其状若鱼，玉质明净通透。最难得的是这枚碧玉，无论是鱼首鱼身，还是细微到如碎叶般的鳞片，皆是浑然天成，看不出人工雕琢的痕迹。除了鱼体内侧残存着一道切割的痕迹，似乎完整的碧玉原先应是双鱼合抱，后用利器将其一分为二。

灵犀的目光一触及玉鱼，登时整张面色雪白如纸。

紫嫣的眼角衔着一缕颇有玩味的冷笑，她指尖慵懒地将那枚玉鱼翻身，露出镌刻在背面细若蚊足的字迹，她念道："'婉娩容与'，本宫思忖着另一枚玉鱼上刻的应是'修秀神皋'，玉鱼分持，心有灵犀，方能一点即通，夫人您说是吗？"

"婉娩容与，修秀神皋。林庭修真是本宫的好侄子，居然背着本宫做出这么光彩的好事来。"紫嫣的语调猝然变得尖刻。

灵犀此时一改往日的从容，眼底隐约显现森然之色，掩在宽大衣袖下手掌紧握成拳，她大声喝道："你到底想要做什么？"

"本宫其实并不想与夫人为难。皇上是因宸妃与韶王之事而震怒，但夫人淫乱宫闱，其罪不在宸妃之下，若是宸妃要被发落，夫人理应一道受罚，若是宸妃被迫身死，夫人理应一道陪葬！"

说罢，紫嫣翻腕将玉鱼捏紧在掌心，碧玉莹莹的一点微光，幽淡地映在她的眉间，亦是冷清阴戾的色泽。她风轻云淡的声音中透出肃杀，"本宫劝夫人一句，夫人今日要不收手，要不我们就拼个鱼死网破！"

"娘娘敢吗？"灵犀闻言，忽然神情一松，她清灵地笑出声，"娘娘若是非要拖婉辞下水，林氏亦是难逃追究。"

"夫人错了，难逃追究的是林庭修，而不是林氏。"紫嫣绝美的面容，掠过一丝狠绝之意，道："林庭修，本宫一直视其如棋子，若能以舍弃一子的损失，而换得扳倒夫人的大捷，本宫何乐而不为？"

说完，紫嫣目光冷冽地扫过灵犀一眼，就要拂袖朝太极宫中走去。

太极宫恢宏壮阔，宫室巍峨，大有通天落地之势。四扇错金嵌银的朱紫殿门，高达三丈，此时距离她们已是不盈数尺。

灵犀一时激恼，骤然飞身上前，欺近紫嫣旁侧，出手快如闪电，挟势去夺那枚玉鱼。

紫嫣收紧掌心，猝不及防之下，为护住玉鱼，硬生生地受了她一击，锋利如刃的指套，毫无缝隙地贴着皮肉狠狠划过。

紫嫣顿时眉心一蹙，脸色隐隐透出青白，趁着她犹豫的一瞬，紫嫣扯开喉咙，放声大喊："御林军在何处？快来人！"

四周寂静，遽然爆发出的一声大喊，加之女子尖厉的声音，显得格外突兀刺耳，已然惊动了太极宫中巡逻的侍卫。

紫嫣面色沉静，如凝冰雪，左手五指蜷曲，发着全劲，紧紧地压住右臂上，像是在极力阻止什么东西流淌出来。

紫嫣紧抿双唇，看向灵犀时，眼神中浪潮般泛起难言的震惊。

夜风盛劲，卷着阴潮的水汽，扑向那两名身姿纤细的女子，她们身上轻薄柔曼的衣衫被风烈烈地灌满，如同一双在风声中飘摇不定的脆薄纸鸢。

正当这时，头顶传来一声隆隆的闷雷乍响。这轩彰十二年入秋后的一场雨，蓄势已久，稠密如织的云层，最终无力再禁锢，这如同排山倒海般翻涌奔腾的水汽，那瞬间，化作疾暴的雨点落地。

御林军随即而至，恭敬地在暴雨中，在这两位身份尊贵的女子面前，肃然待命。

紫嫣冷冷地看着灵犀，灵犀亦是在冷冷地看她，彼此无言，她们就这样对峙着。

忽然，紫嫣朝着灵犀低哼一声，掌心隐约一泓碧色晃过，随即转身，向着太极宫跑去。

清商惊落怎堪恨

　　太极宫外，惊落九天的雷声轰隆作响，风雨霎时大作，裹挟着震天撼地的气势，凌虐这世间万物。殿门半敞的空隙间，急匆匆地跑进一个秀颐袅娜的身影。

　　"皇上绝对不可听信奸人挑拨！"一把清凌凌的女声横插而入，"宸妃姐姐和韶王殿下并不相熟，又何来的私情？况且，众所周知，樱若郡主生母为秦娘子，且早已病逝，又跟宸妃姐姐有何关系？又怎能红口白牙地咬定，樱若郡主是姐姐和韶王殿下所生？"

　　这番话说得中气十足，字字掷地有声。

　　我蓦地一惊，转首看去，来人正是慧妃紫嫣，她身着一袭深紫蹙金双萧海棠锦春长裙，紫金丝罗牡丹薄雾纱挽在臂间，长长的流苏散开如云霞般的华彩，不知是跑得太急，还是说话声息太急，洁白如玉的耳垂上，一对牡丹银叶双钩坠子不住地簌簌跳动。

　　她身姿峭然地站在那里，裙摆和衣裳的前襟都有水迹氤湿的痕迹，高绾的发髻间亦是沾着星星点点的水珠，晶莹剔透，摇摇欲坠，宛若是有意埋在乌发间的珍珠。

　　奕橒看到她，微微蹙起眉峰。面见御驾时，嫔妃保持衣饰仪容修洁，是最基本的应循之礼。

　　尽管有些狼狈而来，但是，她脸上的清傲桀然之意，以及眉宇间含着的一抹锋芒，依然分明如昔，半分都未曾摧折，瑰姿艳逸，明丽迫人。

　　"一进来就大呼小叫，慧妃你可知失仪？"奕橒看都未看她，口气淡淡地道。

　　"臣妾参见皇上。"紫嫣略顿一顿，随即换了一副意态婉淑的样子，朝奕橒屈膝行礼。

　　"臣妾参见皇上。"说话间，灵犀亦是踱步而进。她身上的衣衫似乎湿得比紫嫣更加厉害，屈膝行礼时，蛾首低垂，鬓角冷冷地流落一颗水珠，滴在大殿的平金地砖上。

在旁侧，立即有眼明手快的宫女上前服侍，为两位整理妆容和衣着。

"你们两个倒是很有心，一听到朕这里有些风吹草动，索性冒着雨就跑来了。"奕桓的声音淡漠，听不出一丝一毫的温度在里面，"刚才外面那么大的声响，就连朕的御林军都被惊动了，到底是怎么回事？"

"皇上息怒，臣妾等知罪。"紫嫣和灵犀听到奕桓问话，依然还是垂首的姿势，心事重重皆被掩在合宜得体的笑容之后。

奕桓无心追究她们，厌烦地挥手让她们退到旁边。他面朝着我道："颜颜，朕先时问你的话，你回答朕！"

我未答，却又听得一人音调软软地插进话来，"臣妾记得郡主的生母秦娘子过世是在轩彰九年九月，而皇上与宸妃相逢大概是在轩彰九年的十月间。秦娘子薨逝，而宸妃现身，前后不到一月的工夫，真真让人生疑。"

我顺着刚才的那个声音寻去，说话的并不是灵犀，而是一名身着玫瑰纹亮缎云锦纱裙的女子，生得眉目明秀，双十年华，乍一看去，觉得面生，但却有些眼熟。忽然想起，就是她，那日在雪芙殿中，支支吾吾地说出，"反正那人也是刺客，罪大恶极，宸妃杀了就杀了"，她似乎不大晓得察言观色，正好撞上奕桓盛怒，那时非但未讨得好，还被奕桓严厉申斥了一通。

紫嫣侧目觑了那人一眼说道："难得薛选侍如此耳聪目明，尽管久居去锦宫，对于宫中的事也掐算得头头是道。"

我听到紫嫣的一声薛选侍，心里登时明白过来，面前女子便是第二位薛门废后，薛旻茜。我记得湛露说起过，当年薛冕长子薛旻玟，因私通敌国被诛杀，薛氏受其连累，落得满门流放之罪。薛旻茜虽是罪女，但念及其年纪幼小，未将她逐出宫门，而是废黜后位，降为选侍，永不晋封。但令其居于宫中，终老此生。

想到她当年封后之时，尚是年仅十一岁的稚女，现在粗算年纪，大约就是她了。此女是薛冕之女，前废后薛旻婷之妹。整个薛氏的分崩离析，与林家和颜家有着莫大的关系，她是薛氏遭劫后，唯一留下的血脉，想必她对于紫嫣，抑或是我，都是恨之入骨吧？

奕桓的手心有些凉，慢慢地覆上我的侧脸，那股冰凉硬生生地将我旁逸的思绪拽了回来，听见他字字肯定地道："是轩彰九年十月二十一日，在上阳行宫，朕会永远记得这个日子。"

我听得心神一震，唇际不由得漫出如叶底浮沫般的苦笑，心道：轩彰九年十月二十一日，会永远记得这个日子的人，何止是你，还有我。

"慧妃娘娘，嫔妾不过就是就事论事，若说耳聪目明就折杀嫔妾……"薛旻茜勉强稳定着声音说道。

薛旻茜对紫嫣似乎心存胆怯，刚刚紫嫣横了她一眼，她整个人就冷然一惊，话到一半就猛地噤住口，抬首时触及紫嫣隐隐发寒的眸色，就忙不迭将脑袋低低地垂下。

紫嫣在宫中多年，雷厉风行是她的一贯风格。当年薛旻婵获罪身死后，由她代为执行中宫之权，其手段更是铁腕御下，底下的嫔妃皆是对她畏惧不已。想她往日积威之重，由此可窥见一斑。

即使如今，她逐渐不再涉及协理六宫职权，其威势依然能震慑住一干后妃。

"朕问的是宸妃，你们全都给朕闭嘴！"奕桓面色阴郁，威慑得一群嫔妃皆是不敢再言语。

奕桓神色一沉，朝我道："颜颜，你三年来处事待人一贯淡漠，却唯独对樱若例外。朕真的很困惑，你那日为什么要冲出去救她，纵然平日里亲厚些，也不过寥寥数月的情分，哪里值得你不顾性命地去救，甚至能为她暴露武功，还差点为她接连手刃两个刺客？颜颜，你说，你要是不能给朕一个合乎情理的解释，让朕如何相信你。"

我一时愣住，不知如何回答。太极宫外，正是风雨萧萧夜晦迷，电闪雷鸣后，雨势迅猛如鞭，狂烈地抽在枝梢上，而殿中却是静悄悄，唯闻见紫铜螭吻更漏冷冷滴水的声音，和众人各怀心思的敛息声。

风雨如晦之夜，也暗衬着每个人幽沉的心境。

"呀，这样一来，樱若郡主岂不是宸妃的女儿……"忽然间，有人窃窃地低呼一声。说话的好像是颐玉公主的生母敏妃，脱口而出的话中是抑制不住的惊愕，她垂眉，小心翼翼地觑着奕桓的神色，半茬子话根还含在喉咙里，就猛地将嘴巴捂住。

"正是血脉相连的骨肉，所以值得素来冷静的宸妃娘娘能如此失态。当时雪芙殿外，夫妻俩联手救宝贝女儿，这般惊险的一幕，可惜臣妾是没那个眼福见到。"薛旻茜步履款款地走上前，她的这番话言辞辛辣，字字尖刻如刀，不差分毫地直戳在奕桓的痛处上，至于'夫妻'、'宝贝女儿'这些话格外露骨刺耳，对于奕桓的一腔蓬盛欲发的怒意，更是如同火上浇油。

"贱人胡说！"奕桓登时发作，一掌劈在她面门上，薛旻茜不敢躲避，啊的一声惨叫，剧痛之下仰面倒在地上，力道之大，生生地被甩出三尺远。

奕桓甚少有过疾言厉色，此番出手掴妃嫔，更是轩彰立朝以来破天荒头一遭，旁侧的嫔妃皆是看得悚然，我却是愈加心惊胆寒，其实他那一掌，更想打的人是我，薛旻茜心思糊涂，挑在这个时候上前来，却不知是替我挨了这一巴掌。

紫嫣唇角勾起一丝讥诮的笑意，厌恶地抛出一句话："选侍要晓得说话的分寸。"

灵犀看着这一幕，黑黑的瞳仁遽然一缩，却是未说什么。

而薛旻茜无故挨打，岂肯甘心。她发髻凌乱，高肿的右颊霎时充盈着血红的颜色，瑟瑟地跪在地上，放声号哭，"臣妾又不曾说错，前些日子在上林苑，宸妃为了争风吃醋，还亲手将韶王妃从足有八九级高的台阶上推下去，光天化日，众目睽睽，大家都看见了！"

这些话被薛旻茜在情急之下喊出，她的叫声如夜枭般凄厉，原本白皙的面目因掌掴的红痕而显出几分狰狞。

此言有如雷霆贯耳，众人闻此一个个震骇不已。

奕樿的脸色更是如蒙寒霜，骤然散发出森冷彻骨的寒气，"争风吃醋？"他口中反复玩味着这四个字，声音越发低沉，他看向我的眼神中藏着犀利如剑的锐意，好像要将我分条缕析地看穿。

他的一手猛地托起我的耳后，喉底冷笑连连，"朕的宸妃当真厉害，居然还会争风吃醋。"

脑后的几撮发丝被他的手掌压住，尖锐的痛楚扯得我头皮一阵麻麻地生疼，我情知薛旻茜此言是在刻意诬我，想要出口反驳，奕樿却是不给我机会。

明黄色的衣袖一翻，他蓦然睁目，直直地看向灵犀，问道："婉辞，庞氏进宫那天你也在，真的有这样的事？"

"这个……"灵犀面露踟蹰之色。

"你照实说。"奕樿从齿缝中逼出几字。

灵犀此时宛然一笑，髻上斜簪着一枚银丝镂空钗，钗首的穗子一顺而下参差地垂落着五颗嵌蝉玉珠，颔首时簌簌地打在鬓角。她平静声息道："皇上许是误会宸妃姐姐了，婉辞记得那日在绵延亭，王妃确实不慎从石阶上跌落，但是王妃自己亲口说是鞋底滑了苔藓，一时站不稳，婉辞思忖着应该不关姐姐的事。"

紫嫣闻言，冷睨她一眼，低笑道："夫人嘴上功夫向来就是绝顶的好，说得真是收放有度，既不辜负了薛选侍那一通鬼哭狼嚎，又不给自己套着落井下石的嫌疑。"

紫嫣话中满含讥嘲之意，而灵犀脸面上仅是淡然一笑，但是，笼在叠翠繁花云锦袖中，紧紧交叠的手指却仍是微微颤动。

"不对，既然是在绵延亭，那里的路可都是铺着六棱石子，最能防滑，哪里会生什么苔藓？"敏妃神色微疑，忍不住说出口道。

此时，薛旻茜干笑两声，声音幽幽如毒蛇吐着火芯，她道："六棱石子路上当然不会有什么苔藓，韶王妃当时的话明显就是在为宸妃开脱。太后常常夸韶王妃生性淑良贤德，懂礼仪，识大体。太后眼中的人尖儿，果然名不虚传，竟能贤惠到了这种地步，眼睁睁看着自家夫君与他嫂子私通，还含辛茹苦地替别人养着女儿，不争不抢、不吵不闹也罢了，居然还能心平气和地为他们两人的伤风败俗之行遮蔽其丑！"

"薛选侍，这话可不能随意乱讲。"一名身着胭红妆花绣蝴蝶兰花裙的女子闻言，顿时神色惊惶地站起来说道。她是颐柔公主的生母冯昭仪，同瑛和侯庞家是亲戚，见到薛旻茜语涉庞徵云，按捺不住，出言为其辩白。

"昭仪娘娘心急什么，这自然不是韶王妃的过错，她自己亦是深受其苦。自古以来夫为妻纲，为人妻子必要性子婉顺，做好本职，不得干预夫君之事。先撇开这一层不说，就算王妃心有怨怼不甘，又能如何？韶王是其夫君，宸妃是天子嫔妃，位阶皆高出于她。情势夹逼之下，王妃除了佯作不知，息事宁人，断然已别无他选。"

她的目光阴狠地剜过我的身上，脸颊上触目惊心的血红掌印，映着眸底一痕隐隐的赤红，"无奈宸妃仍是咄咄逼人，王妃却仍要忍气吞声为其遮丑。想当年王妃得到太后青睐，亲自下得懿旨册为七王正妃，一时羡杀了多少名门淑媛。再看看眼前，宸妃旧情难舍，韶王心有旁骛，王妃夹在两人中间，不得不说是可悲。"

话毕，薛旻茜摇头，不住地低低哀叹，若有若无的叹息声，愈加挑起了众人认为我可怜可恨的情绪，对于奕樘郁积的怒火更是推波助澜。

"难怪那日在庞太妃处见到时，王妃脸色差得很。素来听闻贺氏殊妃跋扈，太妃还以为她受了委屈，奈何怎么问都不说……"冯昭仪絮絮地说着，她见薛旻茜一口咬定是我，无意指着庞徵云一同发难，于是略略放宽了心，低头唔唔地念了句佛道："再想想，论她那软和柔顺的性子，就算有些察觉也是不肯说的。"

冯昭仪这话似是无心，但是她与庞徵云是亲戚，现在由她嘴中亲口说出，更是加重了旁人的疑虑。

薛旻茜显然有备而来，件件所指之事皆是对我不利。看着奕樘额角青筋历历暴起，眼中涌出益发深重的狐疑之色，我一时间却是百口莫辩。

我阖眸，心底逐渐化开一片清朗，看眼前的情形，定是有谁事先向奕樘挑唆过什么。那人留心我的一举一动已久，借着刺客之事一触引发，而我仓促应对之下，眼下

第二十三章　清商惊落怎堪恨

已是全然落入他人设下的套。

再看奕槿盛怒的样子，我愈是心底抽凉。他人之言，先入为主，他已是信了。如今我再说什么都是无用，他认定我与韶王有私，认定我们曾有过一个女儿，今日要他问的不是此事的真假，而是要逼我亲口承认。

这样一想，整个人顿觉消沉不少。

"颜颜，朕听别人说得太多了，你难道就没有什么想要说的？"奕槿凝视我的脸庞，声音中是难掩的疲倦和漠然。

自始至终，我从最初的惊骇，到现在一颗心完全停止震荡。在他漠然的目光中一点点冰冷成坨，在这种如同冻裂前的平静中，反而生出三分从容无惧。

我眸色淡然地看着他道："那你想要我说什么？要我承认我和……"

淡淡挑衅的口气，奕槿的眼神充斥着矛盾，他既想问，却又不可抑制地害怕从我口中听到肯定的答案。

"姐姐千万冷静，莫被旁人激怒。"紫嫣骤然出声打断我的话，目光雪亮如钉。她鬓角的发缕还是濡湿，不知是先时未干的雨水，还是忧急之下沁出的冷汗，湿湿黏黏地，宛转服帖地勾勒出她侧脸一弧姣好的曲线。

她眼底的眸光复杂变幻，仿佛其间有无数言语在百转千回，最终凝成简短的一句。要我无论被如何逼迫，就是千万不可以松口。

瑶妃是宫中资历最老的妃嫔之一，见到眼前的这般情景，她叹了口气，出来说话道："皇上，请先莫急着下定论，倘若宸妃真的是郡主生母，但当年郡主年仅两岁，她又何必要撇下幼子？"瑶妃这话说得不偏不倚，虽不同薛氏等人一道，但也未明显偏袒我。

如是不经意地，灵犀眸色淡然地扫过瑶妃一眼。

"皇上，莫再逼宸妃姐姐了。"灵犀神情娇楚，一张纤巧秀逸的小脸如不染纤尘的玉琼栀子，细白的贝齿轻轻啮唇，她似是不忍道，"当年宸妃姐姐伤势颇重，多少太医看过了，甚至家师都说是不得救了，勉强留住命，醒来后也是人事不知……"

"这话就奇了，夫人的师父可是大名鼎鼎的清虚子，道长医术精湛，堪称世间第一人，就连道长都医不得，为何宸妃身边那名女医，能有这通天入地的本事将宸妃医好？"敏妃剔着数根胭红水晶的指甲，看似漫不经心地说道。

"娘娘这话说得有道理。"薛旻茜顿时哑然而笑，尖酸地讽刺道："我看那女医模样生得好生怪异，一看就是妖邪之人，凭着她医好了宸妃才封了四品女官，谁知道她是什么来历。"

听到这里，奕槿略略沉思，道：“婉辞，朕记得你以前似乎也说过，说这晦奴医术颇高，大有可与清虚子道长一较的势头。但她自称来自西域大番国，朕当时也命人留心调查她的来历，别的一概不明，唯查出她是太医院首脑周鉴引荐上来，而周鉴与韶王曾是旧识……”

说到这里，奕槿阴郁的面容紧绷如弦，而双眸锋锐如架在弦上的将发之箭，他赫然抓住我的两只手腕，将我整个人猛地揪起，冷笑道：“朕当时还不在意，原来如此，原来如此……”

我骤然离得奕槿极近，甚至可以感觉到他眼中熊熊燃烧的怒意，恨不得化作肆虐的火龙喷薄而出，手腕被他抓住的位置极痛，很快就掐起一圈乌紫的瘀青。

他寒声质问道：“那女医晦奴，就是韶王刻意安排到你身边的吧？太医院不过就是一道幌子！”

我惊愕之余，顾不上腕上的疼痛。今日一切变故皆是出乎我的意料，面临对方一个个为我精心设下的套，如车轮战般一一袭来，断不给我留下一丝喘息的鳞隙。

奕槿既然这样说，旁侧早已有会看眼色的内监，急匆匆地跑去冰璃宫宣女医晦奴。

太极宫中，殿侧分立两行，鹤顶双花蟠枝烛台上燃着绛红色的巨烛，那烛是特制，烧起来一丝油烟味也无。橙黄惨白的烛光，晃晃悠悠地映出殿中每个人暗中飞递的眼风与揣测不已的神色。殿外风雨如晦，殿中也是风雨如晦之象，或奈何，一茏碧树瑶花，狂风暴雨终摧折。

此刻，奕槿的面色愈加发冷，如同腾腾汹涌着白色寒气的千年玄冰，他道：“朕记得当初你到朕的身边时，为你把脉的太医曾说，你尚在小月中，朕那时还不敢相信。耶历赫已过世三年，绝对不可能是他，那你腹中的孩子又是谁的？”

“这件事朕一直都未提过，只想着只要你回来就好，其余的一概都不追究了。”说到这里，他喉咙一紧，就像是被人狠掐住脖子一样，声音变得刺利粗嘎无比，“好好好，原来那时你腹中所怀的孩子是他的，你们两个好啊！真的很好啊！你们一个是朕的贤王，一个是朕的贤妃！”

“朕记得朕当年还险些为你们下旨赐婚，原来说到底，那个被愚弄的人是朕，朕将自己最心爱的女子，赐婚给自己的弟弟！”

他箍住我腕子的手微微地颤动着，我似乎都听到骨骼咯咯相撞的脆响，腕骨都要被他捏碎。我想要辩解，却是无从开口，“我……”

忽然，面上有凌厉的掌风刮过，尚来不及反应，一个耳光就狠狠地落在右颊上。

那瞬间，我感觉整个身子就像一只断线的纸鸢，挟着下坠的势头重重地栽倒在地上。

仿佛是一个惊雷擦着耳垂炸响，我脑海中霎时充斥着隆隆不绝的噪声，一时间头晕目眩，所有的思绪尽被滤作空白。唯一的感觉就是，右颊火辣辣地痛起来，好像一把灼烈的火碾磨着肌肤在烧，薄薄的表皮霎时透出充血般的赤红，底下翻涌的血液都像是要燃烧起来。

激怒攻心之下，奕樘近乎是失去理智，挥出的那一掌，力道下得极大，像是发着狠，我的半张脸登时变得红肿，一缕血丝从苍白如雪的双唇间沁出，顺着高肿的唇角，缓缓淌下，我也不去擦拭，任其慢慢地被风干，宛若一条纤细而嫣红的小蛇，蜿蜒地盘踞在唇畔。

我难以置信地看向他，他亦是用难以置信的目光看着我，在场的其余嫔妃俱是低声唏嘘，多年来，她们作为旁观者，看得最是清楚。皇上极爱宸妃，这份宠爱简直到了无以复加的地步，甚至超越了一名帝王对妃子应有的感情，皇上将宸妃当成世间绝无仅有的珍宝，恨不得每时每刻都能捧在手心呵护着溺爱着，连说一句重话都怕委屈了娇弱楚楚的宸妃，更何况今日当着众人的面，亲手狠狠地扇她一个巴掌。

我感到眼底漫出涔涔泪意，不是因为脸颊上疼痛难忍，也不是因为他的不信任，更不是因为当众受掌掴令我颜面尽失。这是颜卿这辈子第一次挨打，从小到大，任谁都不曾弹过我一根手指甲，想想真可笑，人生中第一个巴掌，竟然还是他给的。

"姐姐！"紫嫣尖叫一声，顾不得仪态，裙裾乱曳，猛扑上来一把抱住我，她圈住我身体的双臂在不住地颤抖，我想此时此刻，她的内心也是震惊和骇然。

她强忍着泪，从袖笼中拿出一方素白绢子，轻轻地为我压住手腕上渗出的斑驳血迹。

原来我倒地时，压在身下的左手磕到坚硬的地砖，腕间一物砰然碎裂，白屑横飞，四处迸溅，玉片锋利的棱角划破了我腕上的皮肤，那些细小的割口，深深浅浅地渗出血来。

破碎的正是我腕上佩戴的那只扁玉镯，玉质通体洁白，其间散落着点点殷红如血的小圆点，其状若相思子，嫣然饱满，世人称其红豆玉或相思玉。

我怔怔地看着一地的碎玉白屑，当初在上阳行宫，奕樘为我套上凤来仪金镯时，曾将我原先缠在腕上的相思子取下。记得当年，还是我特意向别人学了后，亲手打的两串珠络子，颗颗红玉珠状若相思子，凝光如血，用细如胎发的金丝挽作繁复的同心结，一串在我这里，一串在奕析那里。

我的目光又落在空无一物的腕上，那里原是相思子，却被凤来仪取而代之，金夺玉之位。回想那段心智懵懂的日子，或许是曾经刻骨铭心的记忆难以忘却，在凤来仪遗失后，我被冥冥中的一股意念驱使着，选择着这只同样有着红豆或相思之称的扁玉镯。

往日玉已失，今日玉再碎，是否意味着我和他，终将是走投无路？

"颜颜，你真的令朕很失望。"奕槿眼底有森森的冷意，最终还是未再看我一眼，含着一抹厌弃，喉音沉沉道："传令下去，速召韶王进宫，无论他在哪里，此刻朕要他立即进宫！"

在旁侧早已吓得两股战战的小太监，听到皇上下令，脖颈处抽搐一下，忙不迭领命去了。

紫嫣看得心惊胆寒，她知情势不利，振衣而跪，出声阻拦道："皇上，不可……"

瑶妃神色惊惶，料她虽入宫最久，也从未见过今日这般的情形，她亦是跪在奕槿面前，苦苦哀求道："皇上，此事万万不可！其一，此乃宫闱秘事，绝不可泄露于外；其二，若是宣王爷进宫，太后的颜面何存！其三，若是因宸妃而引发皇上与王爷之间争执，又让太后情何以堪！"

敏妃见机，以帕掩唇嗤声笑道："娘娘在宫中不愧是资历最深的人儿，句句都心念太后，既然如此，何不将太后从行宫中请来，凤驾亲临，躬定圣裁？"

她的声调拨得又细又高，仿佛是细而柔韧的皮鞭子抽在心底，奕槿闻言，两道浓黑的眉峰高轩，怫然怒道："糊涂东西！谁敢去惊扰太后！"

灵犀眉色宛然，道："太后凤体欠安，前阵子为九公主之事更是损伤心神，眼下已是深夜，兼外头这大风大雨，道路难行，的确不应该此时去请太后。"

紫嫣冷哼一声，眼锋阴阴地剐向灵犀，讽道："亏得夫人还有脸提起九公主一事。夫人长着一张世人难及的聪明面孔，本宫道是如何灵透清致之人，想不到也是不过尔尔。上回九公主出走，夫人可谓是独当一面，将太后那头瞒得死死的，还美其名曰，是为不想刺激到太后的病情，但纸终归包不住火。被太后训斥之后，夫人这次还敢再瞒着掖着，怎么也不见得学得乖觉一些？"

被紫嫣冷嘲热讽了一通，灵犀脸上微微一僵，但她到底不是寻常之人，顷刻间神色如常，唇角依然含着一缕似笑非笑，"婉辞自然学着乖觉一些，但是娘娘也因晓得明哲保身的道理……"

她后半句话吐音极轻，像是刻意仅说给紫嫣一人听。我只看得到她唇瓣开合，如徐徐临夜而绽的优昙子花，但在"明哲保身"四字上声音猛地拔高，尖细的调子令人耳膜一刺。

紫嫣暗暗咬牙，整张面容透出玉璧般的透白，切切道："明哲保身的道理，夫人应是更晓得。"说完她朝灵犀抬起右手，掌底似乎笼着一样碧莹莹的物什，速度飞快地，近乎是擦着灵犀的眼皮一扫而过。

"你……"灵犀姣美的脸上有郁愤之色掠过，她极尽收敛，还是掩饰不住眸心深处腾起两簇震跃的晶芒。

"慧妃，你放肆！"奕槿厉声叱道。对于九公主一事，灵犀所为大都出于奕槿的授意，对此宫中皆是心照不宣，紫嫣那些话虽句句针对灵犀，但在奕槿听来，无论紫嫣是无意还是存心，不免多少有些指桑骂槐的意思在里面。

"朕说过了，不准去惊扰太后。"奕槿的眼神从众人身上缓缓地剐过，阴恻恻地，那些嫔妃个个噤若寒蝉，人人自危。奕槿是打定主意不让太后知晓，谁还有胆子敢再劝一句。

一片死寂中，灵犀眼尖，呵呵笑了一声，眸光飞旋，袭向那个正欲跨出殿门的娇小身影，那人被她一看，竟像是被钉住一般，"绛雪姑娘，这可是要去哪里？你家主子脸色这般差，眼看着就要撑不住的样子，难道是要回漪澜宫拿安神汤？还是索性出宫求救心丸去了？"

灵犀言辞刻薄，眼光扫过因被奕槿怒叱而跪在地上的紫嫣。而她直挺挺地站着，当真有种居高临下的威赫气势。

众人的目光齐刷刷地视去，那名被称作绛雪的宫女，霎时就被推到了风口浪尖，她诚惶诚恐地扑通跪倒在地上，双肩哆哆嗦嗦。

而紫嫣，却是恨然阖眸，绛雪是紫嫣身边的侍女，此番情势危急，太后是唯一能解围之人。紫嫣定是让她趁着众人不注意，暗中溜走出宫去知会太后，想不到未踏出殿门，就被灵犀挡下。

"慧妃！"奕槿剑眉上挑，怒叱道。

天威震怒，无人敢拂其逆鳞。太极宫正殿之中，任谁都看得出来了，今日紫嫣为着我，已是三番五次地触怒奕槿。

毓妃原本是木然地站着，此时啊的尖叫一声，整个人都扑到紫嫣身上，将紫嫣死死地拽住，那样的力道像是要将紫嫣从我身边拉开，惊声道："皇上息怒，姑姑顾念姐妹之情，才会多次出言犯上，望皇上宽恕……"

"走开！"紫嫣厉声喝道，伸手将她一把推开，毓妃避闪不及，险些跌倒在地上。

紫嫣明眸睁开，视线直迫灵犀，盈盈如水的眼波间流转着一抹凝冰般的决然，冷冽道："夫人，莫逼人太甚，到时候逼得自身也没有回转的余地。"

太极宫外，闪电如白骏后颈狂飙的鬃毛，将晦暗的天幕撕扯得七零八落。风声更紧，雨声更疾。

我愣愣地跪在地上，双膝的麻木已经抵不上心的麻木。正在这时，殿外传来一声太监尖细的传报，"韶王驾到……"

那一刻，在波谲云诡的大殿之上，这声传报犹如一道敏锐的电光，明晃晃地照出殿中众人同样波谲云诡的心思。

那太监中气十足的声音骤然一顿，掐断了尾音，重新清清嗓子传报道："韶王携韶王妃一同驾到!"

殿中诸女霎时惊愕不已，忍不住面面相觑。发出衣裙触碰时窸窸窣窣的柔软响动，和低头窃窃交谈的密语声。

在无数复杂目光的重重包围中，韶王和王妃一前一后地进到殿中，韶王靠前，而王妃庞徽云则站在他右侧略偏后的位置，她微微颔首，一脉温婉柔顺的姿态。

正殿中，沉滞的气氛如凝胶般黏稠不散，奕槿原是不顾劝阻地宣召韶王进宫，此时见到了，却是寒着脸不说话。众嫔妃刚刚还都是唇枪舌战，酣战犹盛，此时也俱是默然噤声，盘桓观望着眼前的情势。

按照祖训，皇帝宣亲王进宫，宫妃等都应回避。但眼前这情势，后宫高位者比比皆在，而且众人面色迥异，场面奇诡。

韶王环视周遭，眉峰微蹙，他应已觉察出异样。僵持片刻后，他却是从容不迫地道："不知皇兄深夜召臣弟进宫是为何事？"

奕槿尚未说话，奕析却是率先开口，"臣弟在两个时辰前刚收到底下的回报，据说在帝都城的外围一个名为裕德镇的地方，发现了阿九的踪迹。"

说到这里，奕析浅淡而笑，像是远远地撇开一干无关之人，以兄弟间独有的熟稔道："臣弟知皇兄一向担忧阿九。但今日因是入夜，臣弟也怠懒再进宫，原打算第二日再回禀皇兄，许是皇兄已经知道了。"

"有阿九的消息了，这个自然是很好。"奕槿缓缓地道，听不出丝毫的喜怒在里面。但旁侧服侍的太监早已吓得战战兢兢，额头潽潽地汗如雨下。

"但是，朕今日宣召你来，所要问的并不是阿九！"奕槿的声音不大，却是隐隐透出逼迫之意。

我心里陡然一搐，情知今晚是绝对避不过去。紫嫣在我身边，她素来就是心志坚毅的女子，纵然心如激雷，也是面似平湖。她紧紧地握住我的手，指尖收紧，有些冷，又发着烫，那力道如是要一分一分地渗入我的皮肉，像是在源源不断地度给我支撑的力量。

自从他进殿以来，我们之间仿佛是因着某种默契，我顾自低首，不曾看向他一眼，他的目光也不曾落在我身上。

灵芝蟠花大鼎中徐徐地喷出袅袅白烟，以浅薄的姿态萦纡在正殿的脊梁上，如同沉沉的云翳郁结不散。

"郡主生母秦娘子过世已有三年了？"奕槿的目光未曾移开我一寸，他看着我，突兀地出声，却是在问他。

"是，但不知皇兄为何要突然问起？"奕析神容依然平静。

"七弟，你当真不知？"奕槿唤的这七弟无半分温度，阴寒迫人。他五官棱角毕现，长眉横张，明黄龙纹广袖在虚空挥出一道凌厉的风，霍然指向我，"你！还有她！秦娘子到底是谁？樱若到底是你跟谁所生？难道到现在还想要欺瞒朕！"

我阖上眼，木然如雕塑，该发生的终究还是躲不过去。沉蓄多年的秘密，伴着无数的怨与恨一同迸发出来，终于祖露无余地暴现在眼前。

奕析面色霎时苍白，若玉璧微莹。他正要往下说，一直静默站着的庞徽云，却是抢先一步挡在面前，硬是截住了他后面的话，"王爷请慢。"

自从进殿，庞徽云一直强撑着表面上的镇定，笼在袖子中的手却是轻轻颤抖。此刻她稳定声音道："慢着，皇上可否听臣媳进言？郡主生母的确已过世三年，臣媳若记得不差，今年九月末正是秦娘子的忌日。"

庞徽云未说完，就听到敏妃吃吃地笑起来，像是听到一个绝佳的笑话，她尖声道："忌日？王妃这话说得有趣紧了，若是那人还是活生生的，为她操办什么忌日？岂不是巴望着能咒死了她？不知王妃是被蒙在鼓里，还是索性将错就错？"

敏妃这话说着冷嘲热讽，她的目光转向我，但是一触及奕槿阴冷的视线，又忙不迭脖子一缩，将目光收了回去。

敏妃是有意揶揄，然而，言辞刻薄实在难以让人相信出自宫妃之口。我今日也看出来了，这敏妃昔日是紫嫣提拔的人，但她今日数次与紫嫣相违，怕是早已叛出紫嫣麾下，笃定主意要与薛旻茜等人一道。

薛旻茜瞅了旁侧的冯昭仪一眼，她佯作姿态上前劝阻，柔声道："什么诅咒，什么将错就错，娘娘这话说得不免委屈了王妃。谁不知王妃向来心胸豁达，深明大义。

譬如那日在绵延亭上，就算险些被宸妃暗害，还是从容地说不过是脚底滑了青苔。"

庞徽云被她们这样露骨的话一激，脸色有些难看。但她毕竟是大家闺秀，涵养深厚不同常人，须臾，便清浅地笑道："娘娘若是因此事误会了，嫔妾今日必要澄清的。记得那天偶遇宸妃，适逢前夜落雨，从上林苑一路走来，在那里鞋底沾着苔藓，所以走上绵延亭的台阶才会不慎滑倒。"

冯昭仪看着眼前情势，急得坐立不安，但是庞徽云的样子，势必决意要保护韶王，奈何也插不上一句话。

庞徽云目色淡然地觑着她，意态落落然，与韶王站在一道，她略略屈膝，优雅地朝我行礼，婉然道："至于那日在雪芙殿上，宸妃娘娘能仗义出手搭救樱若，王爷与嫔妾对此皆是感激不尽。"

"王妃不是与王爷一同来的吧？巧的是在殿门口碰到。"薛旻茜笑容中颇带着几分玩味，"不然那些通传的太监，也不敢如此大胆，将我们堂堂七王正妃，瑛和侯六小姐视若无物。"

"不过想想，王妃护夫心切，倒也是人之常情。这番深情可歌可叹，却亦是可惜可悲。"

薛旻茜此次是有备而来，处处针锋相对，当着众人的面，毫不留情地挑明庞徽云是曼辞掩饰，刻意护短。

但庞徽云一贯就是温静婉顺的性情，不善与人争执。今日敢挺身而出，在皇上面前为韶王辩驳，已是需要极大的勇气。面对薛旻婶如此强悍泼辣的气势，也是一时难以抵挡得住。

她面色一阵红白不定，嘴唇却是颤颤着发紫，她忽然整敛裙裾跪在地上，"皇上，臣媳自知，若不是庞氏先祖立下赫赫功勋，今日臣媳就连在这里说话的资格都没有。自大胤立朝以来，庞氏一族就追随贤祖帝左右，是为开朝元老之一，承蒙贤祖帝信任和厚爱，庞氏世代为皇家镇守大胤西部的要隘雍州，如今已逾百年。想当年，臣媳的曾祖和祖父，都是为抵挡西域诸国染指大胤边境而战死沙场，臣媳的父亲已逝，庞氏现由长兄庞裕继承侯位，长兄年轻，但也定当不会辜负历代先帝和先祖，势必为大胤鞠躬尽瘁，以报皇恩……"

"臣媳以庞氏历代先祖，及家族名誉发誓，臣媳今日所言句句属实。"此时，庞徽云整张脸晦白如纸，她匍匐跪地，垂眸时鸦翅般的睫毛轻颤着，那一双眼睑单薄如玉，像是连那样轻微的重量都承受不住，她使劲咬牙，一字一顿地说道："臣媳愿做证，王爷和宸妃绝无私情！"

庞徽云此言一出，只见奕槿眉心紧蹙成小小的川字，而当场之人皆是震愕，原本甚嚣尘上的风言风语，渐渐有了转向的势头。若韶王和宸妃当真私通款曲，哪里值得韶王妃以整个家族起誓，拼死出面力保？

听到庞徽云如此斩钉截铁地起誓，我不由一震。宫中寥寥几回见面，只当她是温婉女子，不想在柔静的心性中，亦是藏着一脉刚强。尽管如此，心中却是有些酸涩，如未熟的青梅汁液，掺着酸与苦一点点地渗进来。

今日庞徽云能在他身侧，坦然无惧地为他辩白，出面维护他，然而我却什么都不能做，甚至，就连抬眸看他一眼都做不到。奕槿就在我身边，他的目光犀利如鹰隼，密不透风地包裹着我，细微到不放过我的每一个表情，每一个眼神。我极力抑制着自己的情绪，不让它们有一丝一毫流露。

薛旻茜似乎还有话说，庞徽云却是抬起头，因着刚刚语调急促，苍白的脸颊上浮起异样的红晕，她眼神中褪去了最初的畏惧和羞怯，却是多了一分坦坦荡荡，"娘娘，这世间男子能凭借自身博取功名和地位，但作为女子，一生或荣或辱皆是家族赐予。嫔妾视家族名誉重于身家性命，绝不会轻易拿来起誓。"

"好好，庞家的人果然有几分骨气。"奕槿眼神中挟着意味深长的幽光，看了一眼跪在地上的庞徽云，又看了奕析。他示意身后，不消半会，就有两名身板高大的侍卫，左右架着一个瘦小伛偻的身影进来。

我听到灵犀轻咳一声，而紫嫣握住我的手不禁一颤，我睁眸看去，猛然错愕，那个被侍卫拖进来的身影，不是别人，正是玉笙。

我看到玉笙被两名侍卫左右架着进到殿中。

玉笙神色落魄憔悴，面容焦黄灰败如枯萎的苇草，她头发蓬乱，脊背微驼，夹在两个人高马大的侍卫中间，愈加显得枯瘦孤零。她脸颊和身上看不出有什么伤痕，灰白的衣衫也没什么血迹，但是屈膝跪拜时，一双手摊在额前，只见十个指甲上都被长针洞穿，十指如柴，指端上都厚厚地结着一大块凝成红黑的血痂，当真是触目惊心。有些嫔妃一见，忍不住作呕吐状，纷纷转过头，不敢看。

玉笙从来以手巧著称，针黹功夫更是到了炉火纯青的地步，但如此酷刑之下，她的一双手怕是要废了。

"玉笙。"我喉间低低地喊了她一声，她慢慢地抬起一双黯淡失神的眸子看我，皱纹横生，面皮松弛，她不过是三十出头的人，几日不见，竟被生生地折磨成了这样的衰老之态。

与众嫔妃的回避和畏缩不同，紫嫣却目不转睛地看着玉笙。但是，灵犀却朝后退了半步，她看着玉笙血迹斑驳的手指，不禁用手捂住唇，眉目轻轻抽搐，似有不适之感。

紫嫣侧眸一扫，已将她的样子看在眼里。她轻蔑浅笑，声音压得极轻，像是单单说给灵犀一人听，冷峭道："夫人既然做得出，又何必在这里惺惺作态？有些蠢人没见过世面，所以一看到血就怕，有些人稍稍聪明些，明明不怕却非要装出一副清纯无辜的傻样子。只是夫人一贯清高，又何必要去附和这些虚场？况且眼前皇上忙得很，楚楚可怜演得再卖力，皇上大概也不会有心情看。"

说话间，灵犀已是神情如常，眼光清淡如暮色初降时漫出的蒙蒙月光，眸间隐着一沁寒色，看了看在场的众人，道："娘娘教训得极是。皇上眼前忙得很，没心情看楚楚可怜，那么娘娘的这一出姐妹情深演得再卖力，恐怕皇上也不会有心情看。好意劝娘娘一句，既然是演戏，点到为止即可，别到时候过犹不及，反倒讨不得好。"

薛旻茜先时在庞徽云那里受了堵，怕是不肯甘心，此时走出一步，两缕悬在腰间杏黄色的流苏穗子轻轻晃动，她眼神嫌恶地瞥过，嘴中咕哝道："王妃一心要包庇，况且一人说的不做准，必要听听旁证。这丫鬟是颜府家生奴婢，跟随宸妃多年，就算宸妃真的不记得以前的事，她不可能不明了。无论何事，只消用些刑法，好好地审问她，叔嫂私通也好，旧情复燃也好，什么都知道了。"

薛旻茜这话说得狠辣，一点余地也不留下。紫嫣冷然横扫了薛旻茜一眼，讽道："慢着，选侍真是好伶俐的口齿。十指连心，若是穿烂了你十根指头，说不定连十世八代的祖宗一通都招供出来了。"

"慧妃你……"薛氏一族门庭败落，子嗣一脉断绝，永世翻不得身。对于薛旻茜而言，最忌讳就是提及家世。刚刚庞徽云提起时是无心，但现在被紫嫣冷不防挑明，自然是激得恼羞成怒，但紫嫣的位阶到底比她高出一大截，却是不得不强忍下了。

"统统给朕闭嘴！你们一个个这种样子，哪里是有半分像宫妃，倒像是市井无知悍妇！"奕樘一掌击在赤金镂空的龙首扶手上，闷雷般的响动，令底下人凛然一惊，奕樘声音沉沉，"玉笙，韶王妃确有包庇回护的嫌疑，她的话朕不敢全信，但朕现在让你说！"

我虚乏无力地靠在紫嫣肩上，看着那个饱受苦刑的女子，那般的模样像是刚刚从阎罗殿中拖出来，她脸上透出死气沉沉的青白之色，一双细瘦多筋的手上骨节历历暴起，凝固的血块颤颤地连着支离的皮肉，孤小的身躯蜷缩着，她跪在那里仿佛就是一只微不足道的蝼蚁。

　　此时此刻，对于那个高坐在龙座之上的男人，我觉得愈加地齿冷，自见到玉笙被穿指的那刻，我对他最后仅存的一点念想都尽数撕碎，眼中的震惊也渐渐消磨成冷漠。

　　玉笙的肩膀被两名侍卫一左一右地钳住，双膝死死地抵在坚硬的平金地砖上，一点都动弹不得。

　　整个正殿中的焦点，霎时都凝聚在玉笙身上，犹如泰山压顶的迫力，四面八方地向她逼去。数十双眼睛看着，数十双耳朵贲张着，只等着她开口说一句话。这原本是我、奕析、奕槿三人之间的事，但眼下已牵扯进来太多的人。她的一句话将会决定着今日殿上的一个人，或是两个人，甚至是一群人的生与死。

　　"奴婢……"玉笙的背驼得越发厉害，她前额贴地，在地上留下一个巴掌大小水漓漓的汗印子，她的手掌软软地平铺着，像是单单蒙着一层皮肉，里面全部的骨头都被敲碎，她嗫嚅着不肯说，侧首看着一左一右钳制住她的两名侍卫。

　　奕槿见了，厌烦地挥手让侍卫退下，侍卫领命远远地退到一旁，只让玉笙一人跪着。

　　身上的桎梏一松，玉笙深吸口气，清新的空气徐徐地充入肺部，让她青白僵死的面色稍缓，整个人都看起来有了两分生气，敛声道："奴婢回禀皇上……"

　　殿中无风，我却感觉身上发冷，无数阴风绞成的薄刃剐过去，不觉得痛，觉得剜心剔骨的冷。紫嫣从背后抱住我，额角抵着我的侧脸，她的身体是温热的，如被春日的暖阳晒得发烫的碧萝花瓣。我喃喃道："玉笙……"

　　"姐姐，你记得吗，当年的颜府和林府早已不在，暌违十数年，世事变迁，我们各自从家府中带出来的仆人，你只剩下了玉笙，而我只剩下了黄绡。"紫嫣握住我的手，唇角弯出凄绝的弧度，她坚定地说道："姐姐，我相信她是忠仆。"

　　"宸妃和韶王……他们……"那时，玉笙直挺挺地支起脖颈，看了我一眼，她朝我笑着，一如从前。那瞬间，她憔悴的脸上，骤然迸发的毅然和决绝是我从未见过的，甚至还有一分生死无惧……

　　"玉笙！"我心里腾起不好的预感，忍不住失声喊出。

　　但还是晚了一步，所有人都晚了一步。她不知何处来的力量，身体如同化作一支灰白的利箭，衣角挟着风，直直地朝着殿侧的那根蟠龙金柱，狂奔而去。

　　砰，如空寥的寺庙中敲响的一记晨钟，余音不觉，震得人耳膜隐隐发刺。金柱上霎时盛开出一大朵血花，四处暴溅的鲜血，淋漓地泼洒在柱子盘旋的蟠龙上，那条蟠龙被精湛的雕工刻画得栩栩如生，此刻沾染了血，显得那龇牙咧嘴的龙首，凸起的双眼赤红，面目愈加狰狞恐怖，它居高临下地俯视着底下的人，仿佛就是嗜血的恶魔莅世。

我瞪大眼睛，看着她体力耗竭的身子，缓缓地贴着金柱滑了下来，额头的伤口拖出一道殷红的痕迹，最终像是光热燃尽的一截废烛，扑通一声倒在地上。

"玉笙绝不会背叛小姐。"她朝我虚浮而笑，额上碰开一个足有碗口大小的洞，血汩汩地淌过额头，滴在她的眉上，睫毛上黏稠的血液粘得她的眼睛都睁不开，她费力地睁眼看着我，嘴唇嚅动着像是要再喊我一声小姐，发出的声音却是十分微弱，未说完脖子就歪向一边，气息已绝。

殿中诸人都呆怔地愣在原地，就像是被眼前血腥而残忍的景象定住一样。

"玉笙！玉笙！"我朝她放声大喊，都是血，那么多血，那些赤红的液体，刺激得我简直就要发疯，就算奕槿先前如何逼迫我，我都不曾像这般失态。而紫嫣却是牢牢从身后抱住我，无论如何都不让我冲出去，她低声求道："姐姐，你冷静一点。"

"紫嫣，你放开，我要去看玉笙！"

"没有用的，姐姐。她死了，她死了……"紫嫣圈住我的手臂丝毫都不放松，朝我一遍一遍地重复着，企图让我安静下来。

紫嫣说得不错，玉笙死了，那个陪了我将近二十年的玉笙死了。泪水在眼眶中汹涌而出，一滴滴烫灼地滴在前襟，和紫嫣的手臂上。多少年来，她一直不离不弃地守在我身边，为了我，空置大好年华，放弃嫁人生子，到头来落得如此结果，而我，却是眼睁睁地看着她被人逼死，却无能为力。

想到这里，不由觉得心志消沉。之后看着宫人们上前将玉笙拖走，像是拖走一件废弃无用的物什。我整个人像被魇住了，迟钝得如同木偶，无论紫嫣如何唤我，我就是不答应。

原是要审问玉笙，不想到她触柱自尽，此时，殿外一名太监垂首进来，尖着嗓子道："回禀皇上，奴才命人搜遍整个冰璃宫，都未发现晦奴女医的踪影，许是让她得到风声，先行逃了出去。"

"逃了？"奕槿神色似是不满，耸然挑眉。

"皇上息怒，眼下能做证人的一死一逃，估计都问不出什么了。"短短几个时辰之内，太极宫中异变横生，已非人力可以掌控。灵犀冷眼旁观许久，终于肯出声，她正要出言去劝，"皇上……"

"慢着！"紫嫣截断了灵犀的话，抢在前面道："皇上可否愿先听臣妾进得一言？"

第二十三章 清商惊落怎堪恨

紫嫣豁开裙裾朝奕槿跪下，她神情郑重无比，隐约含着悲愤之色，再三顿首，凄声道："臣妾今日向皇上请罪，臣妾约束族人不力，致使其犯下滔天大罪……"

灵犀冷哼，说道："慧妃真是不会挑时候，当前是怎样的情景，就算要为族人请罪，也应先放在一旁，皇上现在哪有空再去理会这些事？"

紫嫣朝灵犀隐秘一笑，不疾不徐道："此事紧要，绝不亚于宸妃与韶王一事，宸妃和韶王之间是否受人诬陷，现在还没有定论。但是臣妾要禀报的一事，却是人证、物证俱全！"

原本风起云涌的大殿之上，陡然再生变故！众人分散的目光，瞬间就被拉扯到紫嫣和灵犀两人身上。

灵犀脸色登时苍白如瓷，声音中隐着一线喑哑道："娘娘措辞请三思，一言一行，皆是能招来祸患。"

"夫人怕了吗？本宫从没怕过。"紫嫣冷声质问，"夫人除了名字中有个婉，本宫还真的看不出，你哪里还配得上'婉娩容与'这四个字！"

自从紫嫣进来，我就觉察出她的手心中始终握着一物，此时她皓腕一翻，一枚碧玉鱼赫然伏在她白皙的掌上。

灵犀见之，登时神情大骇！

"太后驾到！"正在这时，庄严肃穆的声音破空传来。

四扇错金嵌银的朱紫殿门再次被推开，夜间清寒幽凉的气息，骤然拂进了深广的殿宇，令人冷然一惊。像那声太后驾到，猝不及防地落在众人心头。

谁都想不到，太后会深夜冒雨而来。她身着石青色银线团福如意锦缎长袍，绣着青烟紫绣游鳞和一缕缕朱紫团花暗纹，家常衣衫，越发显得沉稳高雅，花白的发丝拢成低髻，因是匆忙而来，髻上两侧各压着一双嵌南珠凤凰翠簪，那颜色乌翠沉沉，一如太后此时的脸色。

太后进来时，被人左右搀扶着，右侧是亲信高嬷嬷，这倒是没什么可奇怪的，但是站在太后左侧之人，竟是静妃颜凝玉。

众人狐疑的眼风顿时刺刺地刮向静妃，而凝玉跟在太后身边，只是一直低着头。皇上先时就金口玉言说过，不准以此事惊扰太后，一贯性情最为柔顺怯懦的静妃，竟然胆敢拂逆圣意，私自出宫，前往阴山行宫将太后请来。

尽管存在诸多惊愕和疑虑，但是太后亲临，任谁都不敢怠慢，衣裙软软的窸窣声中，殿里已跪倒了一片。

灵犀见到太后，轻唤了声姨母，正要接过手去扶太后，不料太后沉着脸，连往日的面子都不给，伸手一把将她拂开。灵犀面对太后突如其来的冷淡，脸上掠过难言复杂的神色，却不得不连同其余嫔妃一同跪下。

太后面色沉凝，连奕槿向她见礼都不肯领受，她不说一个起字，一干嫔妃更是跪着不敢起身，大殿之中，顿时静得仅闻呼吸之声。

当太后走过庞徵云身边时，袖底伸出戴着犀角嵌红翡戒指的手，轻轻地拍了拍她的肩膀，目色微微柔和，缓声道："云儿，哀家当年果真没有看错你。"太后虽未再说什么，但目光一触及奕析，却是骤然严厉几分。

太后凤驾亲临，太极宫中原本弦绷欲断的情势，在一片诡异的安静中，发生了微妙的变化。

太后衰老的脸上，眼窝深陷，但那双眸子却是精芒掠过，逐一扫过跪在地上的诸人，"哀家多年离居天颐宫，因身子不济，对宫中的事也是有心无力。你们现在倒好，上头一来没有太后管制，二来没有皇后弹压，将那些兴风作浪的手段学了十足。往日仅仅在宫闱之中小吵小闹也就罢了，现在看来竟是一个个功力见长了！"

众妃见到太后训斥，皆是又惊又愧，跪在地上大气也不敢出。太后平日温厚和静，但当真疾言厉色起来，无人敢拂其怒意。

太后刚才叱责众妃时，声息偏急，高嬷嬷为其徐徐地抚背，此刻太后轻咳两声，略略顺缓了气。

"宸妃。"她旁若无人地朝我走来，而高嬷嬷在旁侧小心翼翼地扶着，她看着我，幽幽叹道："当初立后前夕，哀家特意叫你到天颐宫中来，你还记得哀家当时说过什么吗？"

太后尚在病中，精神欠佳，目光并不严厉，但是落在身上，却是如同密密的芒刺在扎。我颤颤阖眸，我当然记得太后当时说的话，此刻浮凸在脑海中，当真是清晰到连一个字都不会落下，"你要一心一意地坐好皇后之位，定不可心有旁骛！不然哀家断断容不得你！"

"臣妾记得。"我苦笑，我记得太后说过，那也是她给我的最后警告。

"唉！唉！"太后连连深叹两声，沉沉的尾音在空阔的殿中拖得益发深远，她扶着高嬷嬷的手，看向我的眼神中掺杂着悲悯和痛心，良久，她肃然高声道："宸妃惑乱宫禁，离间皇族骨肉，祸心包藏，其罪当诛。"

太后说着一扬手，只见一条三尺阔的白绫落在我面前的地上，她冷冷道："今日哀家赐你白绫，你应要晓得好自为之。"

太后亲自赐死宸妃，左右皆是如闻惊雷，顿时悚动不已。

骤雨崩落，积蓄着一种狂暴的力量，肆虐着，宣泄着。而此刻，殿外的风雨声渐渐地小了下去，淅淅沥沥，却是没有止住的势头。雨水的湿冷之意，带着无数在暴雨中摧折的落花幽冷的残香，缓缓地渗进宫室，仿佛夜间游走的阴灵般，扑得鎏金铜台上燃着的烛火一明一灭，笼在红纱罩中的火焰亦是黯淡着，更加照得殿中魅影幢幢，幽昧冷寂。

奕楗深敛口气道："母后，此事未明，尚不可轻易处死宸妃。"

"未明？"太后清冷而笑，道："那么要查到怎样才算是明朗？逼死一个宫婢事小，非要逼死了谁皇上才甘心痛快？"

奕楗闻言神色一僵，后面的话已是说不出来。这殿中，任谁都听得出来，太后这话说得隐隐带刺。

"母后……"奕析此时跪在太后面前，面容似是沉痛，但看不清神色，他尚未开口，就被太后挡下。

只见太后怫然作怒，厉声斥责道："你先不用急着求罚，哀家待会自有要跟你理论的时候。若非平日轻纵无礼，不晓得留心言行，怎会被人揪住了一星半点的错处，现在拿出来拨弄口舌，混淆是非？"

太后虽未明言，但那番话中句句字字皆是在维护韶王。众人听得太后这样说，登时恍然大悟。太后是笃定要护着韶王，为了平息今日之事，那个被牺牲的人注定要是宸妃了。

"诸妃胆敢求情者，与宸妃同罪。"太后面容肃重，声威俱下。

"太后，臣妾求您不要赐死姐姐。"静默中，轻凌的声音响起，凝玉的眼底盈着汪汪泪水苦苦哀求道。她朝着太后跪下，伸手拽着太后衣裳的下摆，清泪涟涟，身姿纤弱如风间苍幽细竹。

太后看到她，目光一软，最终暗叹口气，道："凝玉你是个好孩子，你快退下，哀家可以不追究你这一次。"

"太后，太后……"凝玉一个劲地摇头，紧紧地拽着太后的衣角，伏在太后脚边痛哭不止。直到后面上来两名身强体壮的老宫女，硬生生地将她的手掰开，左右架住强行拖到边上去。

"宸妃，你还不谢恩吗？"太后走近时，她身上有清冽的佛手柑香气，令人心智清明，我抬首时，恍然是错觉，仿佛一点虚缈稀微的云烟凝在太后的眉心，翳翳地衬着她难言的苦衷和心事，再看去时，她也正眸色严峻地看着我。

我低头，看着飘落在地上的白绫，那般惨白黯淡的颜色，就像是横卧着一条僵死的蛇蜕。

"姐姐……"紫嫣咬着唇，短短的一声姐姐唤得泣不成声。

"颜卿谢恩。"我终于缓缓地伸出手去，捡起了白绫，轻薄如绢的质地，握在手心却有些滑腻发凉，那触感也像是握着一条表皮冰冷的蛇。

我看着逐渐朝我走近的两名宫女，她们就是奉命来缢死我的，白绫缠绕住脖颈，然后两端用力收紧，一直勒到气绝毕命。我默然叹息，颜卿既然今日难逃一死，何必要死在两个无关人手里？我道："太后，可否允许颜卿自行了断？"

太后双眸微闭，不再回首看我。她轻点下颌，已算是应允。

"太后能留给颜卿最后的体面，颜卿对此感激不尽。"我慢慢地站起身，跪得太久了，双腿除却觉得刺骨的酸痛，仿佛都不是我的了。微微踉跄了一下，险些站不住，我咬咬牙，还是强撑着稳住身体。

奕樉却突然拉住我道："母后，宸妃不能死。"

太后微阖着眼，说出的话却是冷硬如铁，"宸妃必须死！"

他修长瘦削的手指箍住我的左腕，手掌上有未干的汗水，触到我腕间的肌肤时，潮潮黏黏的，满心满肺地沤出烦腻和厌弃的感觉。自从看到玉笙触柱而死的一幕，我对他已是彻彻底底心灰意冷，心中唯有一个念头，就是不要再跟他有一丝一毫的沾染。

就算是死，我宁愿自尽，宁愿赐死我的人是太后，或生或死，都不愿再和他有所牵连，我猛地甩开他，想开口，喉咙却发不出一点声音。心中凄然冷笑，原来无言以对，就是我们这种样子，爱，早已荡然无存；恨，今日也要走到尽头。我对他，就连最后的决绝，都懒得再说出口。

我走过时，白绫一寸寸地拖过地上，恍若一道白晃晃的日影，荡荡悠悠地走向已经注定的宿命。那时，从心底抽生出一种潮凉冰冷的感觉，彷徨孤寂，无所依靠，我很久都不曾有过这种感觉了，庞大到不可抑制的悲恸在胸臆间滚来滚去，填塞得满满，心若凌迟，但痛到极致，麻木之后反倒滋生出一种莫名的快感，我想笑，那种近乎疯癫的笑，像是撕心裂肺地从肠子中翻涌出来。

奕析跪在太后身侧，太后的手一直压在他的肩膀上。只要他略略动一下，那只手就像是发着狠，死死地将他按在地上。

我强忍着眼泪，生死诀别的一刻，我们之间隔着太多太多的人，却是一句话也不能说，甚至彼此相视一眼都是奢望。

亦既见止，我心则夷。情牵一世，唯君而已。

昔日誓言，十六字在此刻浮上心头，历历清晰，最终还是湮灭如尘。

若能重来，我宁愿承受素魇之毒，腐骨噬心的痛苦。

若能重来，我宁愿三年前就死了，颜卿在三年前就死了。而这三年来活着的是颜清羽，是宸妃，是完全按照奕樘的意愿支配而活着的一人，她不是颜卿。

若能重来，我宁愿在他的身边耗尽最后一缕生命，穷尽最后一丝眷恋，也好过今日，不得不压抑着一腔情感，眼睁睁地看着，让这一袭背影孤绝，成为今生终结的记忆。

现在想来，终究是不能够了。

手中的白绫，轻曼密软，今夜却是能要了我的命。当我走过太后身边时，与他擦身而过，我们的目光触及，短暂得唯有一瞬，怕是我们此生最后的诀别。

"母后，我愿代她死。"就在我擦身而过的一瞬间，听到他极轻的声音，犹如檐底的风铃荡出的碎音，却坚定如磐石，一字一字地钉在我的心里。旁人或许还听不见，但是在那刻，我与太后正好一左一右地站在他的身侧，我们俱是听得清清楚楚。

那一瞬仿佛被定格，他跪在地上，右侧站着太后，而左侧站着我，他正好夹在了我们中间。太后是他的母亲，他做不到违逆太后，但他也做不到放弃我。

那一瞬的时间很短，却被拉得那样长，拉长成一条细细而坚韧的丝线，泛着清冷的微光，一圈一圈如蚕茧缠裹住我们，千丝万缕交织成的天罗地网，无所遁逃。

太后的身子轻颤一下。不知是因体虚，还是因他的话而气极，颧骨上漫起一阵一阵的潮红之色，胸口喘息着剧烈起伏，举起手颤巍巍地指着他，"你……你……"

我看着他，点点清泪盈睫，却是倔强得不肯滴落。请原谅我最后的任性，我无法控制自己眷眷贪恋的目光，回首刹那，终究还是再看了他最后一眼。

"来人！"高嬷嬷惊声大喊。

奕析觉得压在肩上的力道一松，抬头竟看到太后面色隐青，嘶嘶哑哑地喘着粗气，双手握拳紧捂住心口，怕是心绞痛的旧症又发作了。太后身形摇晃，双眼一眯，竟是一头栽倒下来。

"母后！"他和高嬷嬷两人将太后一把扶住，嚷道："太医，快宣太医！"

一时间无人注意到我，而我愣愣地站在原地，手中的白绫无声无息地滑落，殿外绵绵密密的雨丝打湿衣衫，身上透出沁心刺骨的寒意。

因着太后骤然发病，整个太极宫顿时陷入一片混乱。

繁霜落地心字冰

太后沉疴久染，前些日子因九公主一事而伤心伤神，已是损及本元，加之今日彻夜奔波劳碌，在太极宫中还动了盛怒，旧疾发作得更加来势汹汹，宫中太医尽数守在了天颐宫。我被禁足于冰璃宫中，一切处置暂缓。因是禁足，冰璃宫中里外都加派了守卫，严禁人员出入，而奕槿更是命人一刻不离地看住我，不让我有一分一毫自寻短见的机会。

华丽而空敞的冰璃宫，此时就像是一座镶嵌璀璨宝石的金丝鸟笼。我被囚禁其中，面对着锦绣珠帘，面对着一大堆死气沉沉的奇珍异宝，或许此生此世都无法逃脱。

湛露等人皆是焦虑异常地守在殿中，见到我回来时，个个惊愕不已。我也能想象出我此时的样子，面容苍白如鬼魅，仿佛站在那里的已经不是一个人，而是一抹纤细柔弱到如琉璃般易碎的游魂。

湛露哎哟一声，忙不得箭步上前扶住我，我跟跄摔倒在地上，眼眸黯淡，神情木讷，手心紧紧攥着一条白绫，清凉的触感，好像是攥着一条蛇，随时会扭动着滑腻细长的身子从我手中溜走。而我的手指却是一根根收紧，锋利的指甲穿透了那层轻薄如绡的白绫，再狠狠地戳进自己的掌心。

我安静到连一点动静也无，整个人像是半死过去了般。湛露看着我的样子，一时也是急得六神无主，她连声唤我道："娘娘！娘娘！"

我却置若罔闻。

"娘娘到底出了什么事？您这脸怎么会肿成这样？"湛露拿起素绢，小心翼翼地去拭我唇角的血迹，她下手极轻，那素绢也是极轻密柔软的质地，拭过高肿渗血的唇角时，我依然扯起一丝尖锐的疼痛，刺激着我敏感的神经，清晰地提醒着我太极宫中发生的一切。

"走开！"我忽然发出一声恸哭，拂落了侍女手中端着的青玉小圆钵，本是用来敷我唇角的伤的，现在里面乳白的药膏滚出来洒了一地。

"她死了！玉笙死了！"我愣愣地垂下泪来，终于忍不住，掩面失声大哭。

其余宫人悄然退下，湛露哀叹一声，默然将我抱在怀中。我伏在她身上，任凭泪水肆意流淌。

玉笙死了，我的玉笙死了。我感到整副心神近乎要崩溃，手臂抱住头，死死揪着自己的头发。我拼命地不去回想，而她触柱而亡的一幕，却越发清晰地浮现在脑海中。

我亲眼看着她撞向蟠龙金柱，眼睁睁地看着，直到砰的闷声，金柱上盛开出一大朵的血花，凄艳残败。

我永远都忘不了，她面色惨白，乱发蓬乱如草，最后望向我的一眼中，透出难以撼动的坚定和对死亡的全然无惧。我也永远忘不了，她体力耗竭地倒在地上，额头鲜血迸流，她的眼睑上覆着黏稠的血和滚烫的泪，艰难地睁开眼睛看着我，朝我说出"玉笙绝不会背叛小姐"这九个字，每一字都浸透着她的血，她的泪。

我待玉笙一直很好，从未将她当成下人。这个傻姑娘，就是心眼太实，一心一意地跟定了我，当年母亲令她来服侍我，也是看中了她的稳重。可是，扪心自问，这样一点知遇之恩，哪里值得她拿性命来报偿？

我的眼泪肆意地落下来，单薄的双肩如风间落叶簌簌抖动，哭声凄厉异常，像是在发泄着一腔情绪。湛露眼神哀悯，她仅是抱着我，紧抿着嘴唇什么都不说。

往事流水般漫上心头，玉笙在我身边二十多年，回想那些最初在丞相府的日子，无论是颜氏遭人构陷，被贬谪到荒凉之地集州；还是在帝都与集州之间几经辗转；还是我出嫁北奴，成为耶历赫的侧妃；还是我从北奴出逃，与奕析的结缘；还是我重伤之后，回到皇宫，被奕槿封为宸妃。这十二年来，荆棘遍地一步步走来，玉笙都一直陪在我身边，从未离开过。

于我而言，她已经不仅仅是一名侍女，一个仆人。我更当她是姐妹，是亲人。今日她骤然离我而去，要我怎么不悲痛，悲痛欲绝？

"玉笙死了，玉笙死了……"我狠命地拽着湛露的衣衫，如同中邪般，口中不住地重复着这句话。

四下寂无人声，湛露同我说话的口气，依稀还是当初文锦阁中的女官姑姑，她沉声叹息，喃喃道："唉，老奴知道，玉笙姑娘对你来说有多么重要，但是你这样一直哭，太伤身子了。玉笙这一生都是为了你而活，她眼下走了也不安心啊。"

"他逼死玉笙，他们逼死玉笙了……"我将脸深深地埋入手掌中，泪水不断地从指缝中沁出来。我低低呜咽着，不知道这样过了多久，哭到近乎全身脱力，那些从嘴中溢出的话支离破碎着，最终泣不成声。

"姐姐。"寂静中，女子清丽的声音兀地传来。

湛露循声抬头，不由得惊了一跳，话音都带着颤，"我的慧妃娘娘哟！您怎么跑来了？要知道上头下令将宸妃娘娘禁足，任何人都不得见，您这……您……"

我泪眼蒙眬地看去，来人的的确确是紫嫣，夜间凉，她肩上披着常玉色印暗金竹叶纹的长衣，垂首跟在她身后的侍女正是黄缃。

看到紫嫣时，我亦是愕然，奕槿下令将我暂时禁足在冰璃宫中，外面守卫重重，真不知道她是如何进来的。

"姐姐。"紫嫣眼底隐然有泪，她唤了我一声，曳着裙裾疾步上前，在我面前蹲下来。

"你怎么来了？"我问道。

紫嫣一时说不出话，黄缃见机替她先答道："太后病得厉害，眼下宫中人的注意力全到天颐宫那头去了，就连皇上也在天颐宫中半宿没能出来，一时还顾不到这里。"

黄缃是紫嫣身边第一得意的人，身形精瘦，双眼微凸，眉目间自然透着久居深宫而历练出来的沉稳和谐达，她朝紫嫣道："主子此趟冒险来看宸妃娘娘，请务必长话短说，只消一会就走，千万不可被人发觉。"

紫嫣颔首，已是神色如常，她朝黄缃扬一扬下颌，道："你出去吧，在外面守着，不准任何人进来。"

黄缃道了声诺，连同湛露两人一齐退了出去。

"阿紫，玉笙死了。"我看着那张与我有六七分相像的面容，怔怔地再重复了一遍。

"我知道的，姐姐。"紫嫣的手覆上我的手背，她的手心微凉如玉，轻声道："我也知道，玉笙死了，你很难过。"

镂花朱漆填金窗外，一霎秋霖霹霹，一宵夜风飒飒。我漫眼看着这宫室内外的云绡雾帷，铺天盖地的，如坠云山幻海。我颓然坐在坚硬冰冷的地砖上，再也不会有一个人，从重重帷幔间走出，一边含着笑，一边嗔怪我道，小姐怎么就不晓得好好爱惜自己的身子。想想就越发觉得撕心撕肺的痛，再也不会有了。

"我害死她了。"我悠悠道，双眸空洞，注视着地面，平滑如镜的地砖上映出淡色的倒影，和一双同样空洞无神的眼眸，仿佛眼眶中的黑与白都混淆在一起，"若是我能让玉笙早早地离开我，她就不会落得今日的地步……她或许能嫁一个老实可靠的人，或许能过上相夫教子的平凡生活，无论如何都好过现在……"

"姐姐，我已暗中命人将玉笙好生安葬……"紫嫣转过眼，她喉咙一紧，终于道："人死不能复生，你节哀吧，我知道此刻说这些没有用，可是此刻我也不晓得该说什么。"

"玉笙当初执意要陪着我，说什么都不肯出嫁，我真糊涂，一次一次地都随了她。"我感到心底泛起内疚如潮，低呜道："是我误了她，是我害了她……"

偌大的冰璃宫中，唯有我们两人靠着，并着肩，手握在一起。不知有多少年，我们不曾这样彼此依靠着，没有算计，没有嫌隙，没有怨怼，就这样静静地依靠着，让人不可抑制地回忆起，那些少年时纯真如栀子花开的葱茏时光，单纯的姐妹情谊，还有水晶般透明清粹的心境。心头生出恍惚，岁月倥偬，俯首间，无数光阴辗转着穿过手指交握的缝隙飞逝而去，最终挽留不住。

"姐姐，我记得十二年前姨母过世的时候，你也是很难过的。"紫嫣手臂拥着我的双肩，她的前额抵着我的侧脸，就像是幼妹依恋长姐的姿势，她的声音极轻，低声道，"我记得在姨母的祭堂中，姐姐那时就跟疯了一样，谁叫都不应，一直闹着说看到了姨母的鬼魂。"

"我也记得。"我神情木然道，心痛如绞，宛如十二年前的那一晚。母亲，玉笙，此时此刻，我只知道，又一个于我而言无比重要的人，已经彻彻底底地离开了我的生命，永远不再回来。

"姐姐，你能记得以前的事了？"紫嫣眼中掠过轻讶之色。

我点头。一场恸哭之后，脑海中的思绪是前所未有的明朗，往日的记忆如同拨云见月——浮现。十二年来辛苦波折，那些往事我记得，清清楚楚地记得。

踌躇良久。

最终，细白如玉的贝齿啮着嫣色的唇，溢出的一声叹息如蝴蝶无声无息的折翅，像是硬生生地咬断了那些凝在舌尖上的话。她怔忪片刻，扭过头去，看着周遭景物，淡淡问道："那么，姐姐，你还记得为什么会回到皇宫吗？"

"我只记得我三年前性命垂危……"我摇摇头，"至于回宫，他们都说是亲眼看着玉笙送我回来的。"

"绝不可能是玉笙。"紫嫣直视我的眼睛，字字铿然道，"她当年若要害你，今日又何必为你而死？"

"我也觉得不会是她。"我苦笑如清茶，"但是，该发生的都已经发生了，玉笙也死了，就算追究下去找出那个人是谁，又能怎样？"

我知道不是玉笙，将我送到奕槿身边的定然另有其人。但是，那个人究竟是谁？我真的不知道，那个人为什么要这样处心积虑地设计我和奕析？

"谁在那里？"紫嫣登时面色微变，朝着我身后的某个方向，厉声怒喝道。

我被她这突如其来的喝声一惊，下意识地转首去看，紫嫣却是比我更快，脚底如踏轻云，转瞬间已到那人跟前，轻哼一声，纤秀若蹙的眉尖挑动，右掌五指蜷曲，疾速向那团黑影抓去。

那团影子躲避不及，只闻吃痛地低低哎哟一声，人已被紫嫣擒住，紫嫣掌下猛然施力，竟是将那人从角落里拖了出来，直直地甩在了地上。

这一切都发生在眨眼之间，我看着紫嫣刚刚擒人的手法，目光凌厉，既狠又准，分明就是身怀武功，哪有半分娇滴滴、柔弱弱的嫔妃的样子？对此我倒也不惊讶，我身上的武功招式皆是源自凌波舞，当年她教我凌波舞时，也教了阿紫，所以对于阿紫会武功，我丝毫都不会觉得奇怪。

紫嫣那一甩的力道不轻，借着殿中明亮的灯光看去，那个正躺在地上呻吟的人，穿着普通宫女的服饰，仔细看去面生得很，好像从未在冰璃宫中见过。

"这人我似乎从未见过。"我轻言道。

紫嫣与我相觑一眼，她神色一严，冷峻问道："你到底是什么人？快说！"

紫嫣气势凛冽逼人，被这么一问，若是一般小宫女早就吓得心胆欲碎，此人面容晦白却还镇定，艰难地从地上爬起，一只手颤颤地摸到耳后，刺啦轻微一声，将一片薄如蝉翼的物什，贴着脸颊撕了下来。

我和紫嫣见之一惊。

那名宫女不是别人，而是据搜宫的太监说，早已闻风而逃的女医晦奴。

"晦奴？"我难以置信地看着她，问道："你怎么会在这里？"

晦奴那张焦黄的脸上密布着亮晶晶的汗水，她跌倒在内殿的地上，驼背伛偻得越发厉害，深陷的眼窝周围的黧黑之色也显得更沉重。我想起薛旻茜提起晦奴时那种嗤之以鼻的神色，说她生得怪异，一看就是妖邪之人。薛旻茜的话虽是尖酸挖苦，但晦奴的样子，让人看了还真是有些骇然。

晦奴喘过一口气，道："娘娘莫担心，刚刚好多太监拥进来搜查，我易容成宫女的模样，不起眼地扎在人群中，总算是避了过去。"

我想起在太极宫中奕槿逼问我，是否晦奴是奕析刻意安排到我身边的人，平日里思忖着这晦奴定是有些来历。原本以为她已见机逃出宫去，此刻见她显身，于是问道："晦奴，你说实话，你到底是何人？又是谁安排你进宫来的？"

晦奴抬起一双凄惶不定的眸子，她的嗓子喑哑，说话的音调一急，更是撕扯出一种粗嘎可怖的声音，道："如今我站在你们面前，你们也不认得我了，我是云嬗啊。"

云嬗，我和紫嫣两人齐齐一震！

我难以置信地盯着这个奇丑无比的女子，要我如何相信她就是当年的云嬗？云嬗虽不能说是一等一出挑的美人，但是她容貌秀美，姿仪清雅，怎么会是眼前这个样子！

"我确实是云嬗。"晦奴捋了一把额上的汗，眼中莹然生辉，说道："清虚子对素魇束手无策，中途弃而不治……而我钻研素魇已久，得出一些解救之法……后来韶王通过太医院首脑周鉴大人，将我引荐到您身边……"

晦奴说话时声息颇急，一番话说得断断续续，有些前言不搭后语，令人听着糊涂，但也大致明白了些。

三年前，我性命垂危，就连清虚子都说这命治不得了。当众人都近乎绝望，晦奴就在那时候突然出现，救回了我的命。我当时就觉得此事蹊跷，只是这晦奴出现得过于巧合了，现在想想，原来竟是如此。

我清苦一笑，眼眶酸涩得发痛。心间仿佛有把生锈的钝刀在来回地搓弄，钝重的麻木中渐渐地撕扯出尖锐的痛楚。

我听身边的宫人说过，当年清虚子救治我时，不慎用药过度，致使药性反噬，心智受损，所以醒来之后对前事一无所知。

我那时不记得以前的事，所以奕槿乘机对我隐瞒了往事，捏造颜相义女的虚假身份，让我心甘情愿地留在他身边，做他的宸妃。

三年前，我若是死了也就罢了，谁知天意难测，偏偏让我活了下来。我失忆后，因为对往事的懵懂无知，我根本觉察不到痛苦。但是，这三年来，承受着痛苦的人却是奕析。

一夕之间，已是沧海桑田。当年我被人偷偷带离王府，等他再找到我，我的身份却从他的妻子，变成他的皇嫂。世事变幻无常，再相见时，面对我们彼此尴尬的身份，面对我已失忆的现实，他什么都不能说，什么都不能做，只能将所有的感情统统压抑在心底。

我终于懂得，那日在上林苑最初相见时，他的唇际若有若无地含着一抹稀薄的笑意，看似风轻云淡之下隐藏了多少苦涩。

而那时，樱若稚子无知，调皮地腻在他怀中撒娇，声音甜脆地对他说着，那是皇伯的宸妃娘娘。曾经亲近到密不可分，再见已是陌路，我真的无法想象他当时的心情。

我感到心口的疼痛愈加明晰，脚步趔趄着朝后退了一步。一日之间，几遭惊变，大起大落，我的心神几乎损耗到极限，摇摇欲坠着支撑不住，胸臆间气血翻涌，顺着肠腔灼热地滚上来，险些就要一口喷出。

"姐姐！姐姐！"紫嫣瞧见我的脸色不对，冲上来一把扶住我，让我慢慢坐下。

晦奴半跪在地上，搭手为我把脉。紫嫣一边忧心着我，一边将晦奴上下打量了个透彻。晦奴像是察觉到紫嫣清亮而犀利的目光，凛然道："慧妃有什么想要说的？"

紫嫣清冷一笑，眼眸间流露出一簇慑人的寒光，追问道："你说，你当真是萧云嬗？"

晦奴仅是点头，从容不迫地为我把脉，她皱着眉，徐徐道："因今日屡受刺激，所以才会加重病势。"

如是错觉一般，我看到紫嫣的眼底似乎有异样猛烈的情绪在激荡，竟是如脱缰野马般抑制不住，她的喉咙像是被狂暴的风浪席卷而过，原本清丽的声音被冲击得又低又哑，"你既然是云嬗，那便是萧隐的妹妹。"

"你可知道萧隐在哪里？"

晦奴目若寒星，神情冷静，皲裂干燥的唇角勾起一缕轻嘲的笑意，吐出三个字："不晓得。"

"你……"紫嫣怎么听不出晦奴话中明显的敷衍之意，正要发作，听到外面黄绸的声音，压得很低，道："娘娘，时辰差不多了，咱们得赶紧回漪澜宫去，要是被人发现，可就大事不妙了！"

未问出结果，紫嫣虽不甘心，但是眼下情势所迫，也顾不得自己逞一时意气，毕竟擅自看望被禁足的嫔妃，在宫中乃是重罪，紫嫣看了我一眼，起身要朝外面走去。

紫嫣直起身时，身上披着的常玉色竹纹长衣拂动，略略翻起底下掩着的衣袖。我低头时，似乎看到有模糊的红痕在袖底一闪而过，而晦奴正是半蹲在我身前，她面色微变，应是比我看得更清楚。

"等等。"我朝紫嫣道，伸手握住了紫嫣的右臂。

"唔。"紫嫣眉心一蹙，口中忍不住轻呼，如是痛极的样子。我将她袖子挽起，洁白如雪藕的一截手臂上，赫然就是三道血痕，血迹已凝结，伤口有些深，每一道都足有二寸长，像是被什么利爪给抓伤，仿佛是无瑕霜雪染了血污。

"这是怎么回事？"我焦急问道，若非无意间发现，我还不知道紫嫣身上有伤。

紫嫣淡然一笑，道："不过就是在太极宫外，被一只畜生抓伤了，小事而已，姐姐无须担心。"寻常女子爱惜肌肤，不容有分毫毁损，紫嫣手臂上被抓了这样深的三道伤口，她却是一副无关紧要的表情。

她说完还冷峭地呸了一声，玩味笑道："也只有畜生才有那么尖利的爪子。"

黄缃在外面催得紧，紫嫣说完就要走出去，此时晦奴却缓缓地站起来，目光直直地盯着紫嫣，遽然冲着她喊出一声："林紫嫣！"

晦奴的这一声喊得我心神一惊，紫嫣亦是错愕，这么多年，谁敢这般大胆地直接唤出她的名讳？

而此时，黄缃的催促声再次响起，比前两回急切，眼下情势已是迫在眉睫。

紫嫣的脸色越发沉冷，眸心隐然如寒凝的剑光出鞘，而晦奴眼底如覆着寒冰，一字一字皆是冷得彻骨，"哥哥下落我不晓得，就算晓得，我也不会告诉你。"

紫嫣闻言，竟是如冷水泼头，一时竟被震慑住，她的手在微微发颤，直直地指向晦奴，齿间如森森积雪，"你……"

"你快走吧，再不走怕是真的来不及了。"晦奴则是淡然转过身，用孤瘦的身影背对着紫嫣。

晦奴发出的声音虚虚邈邈，透着一种说不出的奇诡之意，我莫名地觉得心惊胆寒。殿外再次响起黄缃的催促，紫嫣如是恨极般地横了晦奴一眼，玉色的裙裾在地上一扫，已是阔步走了出去。

太后的病势堪堪地遏制住。经过有心人的暗中操控调度，那晚在太极宫中发生的所有事严禁再被提起，而那道太后亲自赐死宸妃的懿旨，最终也是不了了之。

我被禁足于冰璃宫中，但我还是皇宫中尊贵的宸妃，高居妃位，待遇优渥，一如往昔，当着一名锦衣玉食的囚犯。这宫中，明眼人都看得出来，皇上对宸妃是彻彻底底地冷淡下来了。

当初，筹备已久的封后典礼的遽然取消，令六宫揣测不已。虽立后不成，但是皇上对宸妃依旧疼爱，只是宸妃冷冷地不肯待见。

上回被九公主说出我曾经远嫁的往事，奕槿认为是他对我隐瞒在前，是他对不起我，所以无论我怎样对他，他都忍耐着，竭尽一切努力想要与我和好。但这回不同，奕槿现在对我失望至极，我何尝不是对他失望至极？我们之间，除了欺骗，除了怨怼，除了恨意，已经是走到一无所有的地步，绝无复合的可能。

然而，可笑的是，他依然保留着我宸妃的名分，他不会再宠爱我，但也绝不会废去我宸妃的名分，只是将我囚禁在冰璃宫中，任由我自生自灭。

湛露姑姑用新鲜的蛋清调和几味化瘀消肿的药材，再加入微量冰片，为我日日敷面，脸颊上的捆痕很快消了下去，看到镜中的自己半边白皙莹洁的脸颊，以手覆上时温润如玉，已是好得一点痕迹都无。

"皇上那日是怎么了，朝娘娘发这般大的怒气，若是以往，连弹娘娘一根指甲都舍不得。"湛露拿着犀角梳为我理着头发，口中碎碎地念着，"晚上，慧妃娘娘不顾禁令，冒险到冰璃宫中看望娘娘，慧妃娘娘行事素来有胆识，但将老奴吓得不轻，要知道如果被上头发现，慧妃娘娘的日子怕是难过了。"

"姑姑，不要说了。"我黯然道。

湛露轻叹口气，知我心绪不佳，也就噤了声不再说话。

宫人自戕是大罪，玉笙触柱而死，紫嫣为此着实费了一番心力，将她的尸身偷运出宫，在城郊择了处地方给好好安葬了。我见不到玉笙最后一面，唯一能做的就是双手合十为她祈祷，祈求她生魂安息，也祈求上苍垂怜，让她的下一世平安和乐，不要再有那么多波折和苦难。

一日，宫中寂静，我披衣坐在窗前，庭院中花木扶疏，绿玉藤萝缠绕着花障如瀑布般密密虬虬地一泻而下，其间点缀着一蓬蓬雪白橙花，恹恹娇弱地盛开着，如白茫茫的星子零零点点。酷暑刚过，秋凉新临，自积玉湖引来一脉清泉活水注入环绕廊前阶下，流波潺湲，水声溅溅，偶尔有几声清脆的鸟鸣，抬头看到一两只橘红、碧绿的小小鸟雀，栖息在藤萝花障上，探出尖尖黑色的喙去啄那些碧玉般的叶子，如此清静安恬的景象，颇有三分江南幽雅清致的意境。

"娘娘，太后身边的高嬷嬷来了。"忽然听见有人通报，回首看到，帘笼被撩起，从外头走进来一人，正是高嬷嬷。

高嬷嬷着一身木兰青暗花双绣绫衣，衣饰简约，除却颔下的衣领上系着一颗珍珠扣子，别无装饰，半见花白的头发绾着老银镶珠簪子，落落大方地站在那里。

"嬷嬷怎么来了？"我看向她，淡淡说道。

高嬷嬷是太后最亲近信任之人，既然她亲自来了，我知她定然有话要说，于是挥手屏退了一干服侍的宫人。

"唉。"高嬷嬷不禁叹气，我妃位尚在，论宫规她还是要尊称我一声娘娘。

高嬷嬷走近我身旁，感慨道："虽以前见过几回，但这三年来，老奴还是第一次单独来看娘娘。"

听她话语拳拳，我亦是被触动几分情肠，问道："嬷嬷今日来，可有什么话要说？"

高嬷嬷轻轻握住我的手，她看着我，一双眸子因看惯风霜是非而显得愈加深澈，沉叹道："娘娘，您不要怪太后狠心，那一晚，太后并非真的要置您于死地，只是……只是……"高嬷嬷张口欲言,却是怎么都说不下去。

"嬷嬷……"我晨起时服的药,腥苦的味道还未散去,说话时舌尖有锐利的触感。

"娘娘若能体谅,莫钻牛角尖就是最好。"高嬷嬷乌翠的眉毛间夹着几簇白色,稀稀疏疏的,她道,"娘娘知道那时的情势,太后若要在您跟韶王之间择其一,她没有办法,必须要选择保全韶王,而牺牲你。"

"我知道的。"我微微阖眸,四个字悠悠地自唇间吐出,"毕竟太后是韶王的生母。"

"且莫说亲生不亲生,就是自小就带在身边,一贯视如己出地对待着,那也是有感情在的。"高嬷嬷突然低哝了一句。她的这句话来得有些奇怪,我却只当她是在说奕橿,阖宫尽知,奕橿的生母温懿太后盛年早逝,当年皇后过世时,太子尚年幼,而那时,当今太后还是先帝的德妃,是为皇后亲妹,太子交与德妃抚育,而德妃凭着出身王氏,又是先皇后的妹妹,更兼之抚育太子,名正言顺地成为皇后,执掌凤印,母仪天下。

高嬷嬷轻咳两声,不着痕迹地将刚刚的话遮掩过去,道:"韶王自不用说,皇上虽不是太后所出,但老奴看着,这么多年当是与亲生的无异,手心手背都是肉。先撇开这太后的身份不说,单单作为一个母亲,她当然不想看到自己的两个儿子为了你而起冲突。"

"娘娘心里清楚,太后秉性温厚宽容,绝非严厉冷刻之人,但前些日子,因着九公主的事大受打击,身体失于调养,脾气也不免急躁了。"高嬷嬷的声音柔和而笃定,就这样牢牢地迫住我,"太后她是害怕啊,她害怕皇上和韶王,会像当年的先帝和晋王那样……"

已经是人秋的时节,我却仍然觉得窗外蝉音嘈杂,那些扇着金属光泽硬翅的小虫子,攀附在树梢上,吱吱呀呀,不住地叫着,像是下着一场潮湿沉闷的雨,将肺部最后的一口清新的空气都给生生地逼了出去,让人觉得窒息。

手指下意识地攥紧,素白的指甲越发显得毫无血色,我的唇艰难地几经嚅动,终于说出口道:"太后更害怕的是,我会跟我的母亲当年一样。"

这一句话出口,我已然感到身上忽地脱力,一时间疲惫得连指尖都抬不起来。

高嬷嬷点点头,微微沉吟道:"当年就是因为浣昭夫人,致使先帝与晋王兄弟失和,情势愈演愈烈,最终引发成一场宫廷兵变。承运先帝爷就是在那时候驾崩,当时晋王身死,晋王全府遭难不说,更是连坐发落了一大帮朝中重臣,那种惨厉祸事万万不能再有第二次!"

高嬷嬷似是不忍心再看我，她眼底隐然含泪，如是极为沉痛的样子，道："你莫怪那日在太极宫中，太后不由分说地就要赐你死罪。要知道太后这一辈子，最最见不得这种事了！"

她的最后一句话，如锥子般戳在我心上，我想起当初太后赐我白绫的时候，她冷峻如冰的眼眸中，隐着一丝飘忽不定的神情，那样犀利而深邃的眼神像是在看我，更像是穿透了我在看另一个人。

太后当着皇上和韶王，当着后宫嫔妃，一字一顿，肃然高声道："宸妃惑乱宫禁，离间皇族骨肉，祸心包藏，其罪当诛。"

这刻，我猛然惊醒，或许太后当时并不是在看我，或许太后口中的"惑乱宫禁，离间皇室骨肉"也不全是说给我听，真正让太后痛恨得欲以一道白绫将其绞杀的人，是我的母亲，慕容浣昭。

"太后是容不下我了？"我只是枯坐着，有我的母亲慕容浣昭在先，太后断断不会容许我成为第二个。

二十九年前，也就是承运帝末年爆发的那场宫廷政变，最终以先帝诛杀晋王于观贤殿而告终，先帝继位后，下旨褫夺其王位，其梓宫不得停入皇陵飨食香火，后世皆以"隐"称之。直到轩彰六年的时候，太后亲自向奕檀进言，大概是皇族之中雍雍睦睦，兄友弟恭，方是德处其厚，善得其位，其意要善待血脉相连的族人，所以奕檀依从太后之言，广施隆恩仁泽，重赐隐王"晋"字敕封。

但是我尚有一事未明，听高嬷嬷的言下之意，似乎当年之事对太后的刺激极大，将近三十年后，仍是耿耿于怀，所以那日在太极宫中，不问事情经由，就态度强硬地要将我赐死。但是，太后当年乃是先帝的德妃，纵然亲身体会到兄弟相残、同室操戈的酷烈，但也不至于因这件事，让她原本温绵的性格变得偏激到如此地步。

时隔多年，太后亲自为晋王求得赦免，此事表面上看是太后宅心仁厚，但若要仔细深究下去，不免觉得其中或许另有隐情。

我想起宫中的一些零碎的流言蜚语，被宫人在私下隐秘地、窃窃地交谈着。心中蓦地讶异，此事绝不是高嬷嬷口中寥寥几句可以诉说得完全，却是一时琢磨不透。

我定一定神，笑着道："嬷嬷，我记得年少时，只道家母与太后的私交还不错，没想到还有这样的怨结。"

高嬷嬷一愣，朝天颐宫的方向望着，良久未再说什么。她眉心紧紧蹙着，沉郁郁的如山峰迭起，喃喃道："其实这也难怪太后，若不是浣昭夫人，晋王也不会落得这样凄惨的下场，一府家小都难以保全……"

我掐一掐手心，朝她露出一个极恬淡宁静的笑容，宛若如玉堆雪的梨花琼琼初绽，轻轻问道："那么，嬷嬷觉得我是否该死？"

我的这一句话，让高嬷嬷的神色霎时变得惶恐，她寂然片刻，重重叹道："老奴知道，你跟浣昭夫人是不一样的。"

"是吗？"我浅笑如雾，不以为然地应了一声。

"老奴情知不是你的过错，但是你跟当年的浣昭夫人太像了，容貌很像，就连所在的处境也是一模一样。"高嬷嬷拍拍我的手背，她摇着头，不由唏嘘道，"太后这回病倒，忧心九公主是一层，但泰半是因为韶王，你是不知道，那晚太后的旧症心绞痛发作，却执意不肯就医，将太医全部轰出去，那些太医皆是奉皇命而来，谁敢这时候离去了，只得在天颐宫的外殿满满地跪了一地，而太后唯独召了韶王入内，盛怒蓬蓬地问了好一会的话，最后气得连茶盅子都砸了……"

我怔怔着，抬首漫目看着富丽堂皇的殿脊，绘制着翱翔九天的青鸾图案，那般气势仿佛要冲破画壁的拘束。心里有着极大的悲和痛，在一箭之地中狼奔豕突，刹那间，深埋着的灰暗的凄苦与无奈就汹涌而出。

"太后让我死，可皇上偏偏让我活着。嬷嬷，你说我现在该怎么办？"我目色炯然地看着她，手指一根一根地绞在一起，像是绞着自己的一颗心。

高嬷嬷面容露出凄然之色，如零落在秋风中一片发黄的残叶，"老奴晓得娘娘的苦，但夹在中间的，谁又是不苦……"

她的话说得我心底触动，我一时忍不住，伏在她怀中低低地哭起来。我心里酸痛得紧，眼眶仿佛是被撒了盐粒，干涸了，痛起来像是细针在密密地扎着，却流不出一滴眼泪来。

高嬷嬷抚着我鬓角的发丝，她紧紧咬着牙关，迸出一句话道："若是皇上能废除妃位，倒还不至于如此……"她的叹息如秋末清冷的寒霜，"可怜的是韵淑郡主还那么小，她是最无辜的。"

"樱若？"我口中轻哝着这两个字，猛地从高嬷嬷的膝上直起身，我已顾不上自己的痛苦与软弱，一时整个心间都塞满了那个年仅五岁的孩子。我扯着她的衣角，急切地问道："樱若，樱若她现在怎样？"

奕槿现在已经认定了樱若就是我和奕析所生的孩子。以他向来高傲自矜的性格，他无法容忍我与奕析之间的那段过往，又怎么可能容忍这个小女孩的存在？樱若她会怎样？我真的不敢想象。

高嬷嬷看着我，欲言又止。她将目光从我身上移开，将心肠一硬，说道："娘娘权且先顾好自己，太后会尽力护着郡主。"

"稚子无辜。"我直直地挺着身子，默然说道。窗外白幽幽的橙花看得我眼睛发刺，一簇一簇地掩在碧绿中如同针芒，纵然千般万般放心不下，可是如今我又做得了什么？

高嬷嬷踌躇良久，她的眼睛如深秋潭水般敛郁而明透，环视着这座偌大的宫殿，冰璃宫中寂静无声，宛若一个金碧辉煌的牢笼。

高嬷嬷像是触动了往事，感慨道："唉，说起来这冰璃宫，还是先帝打算赐给浣昭夫人的。当年先帝执意要封浣昭夫人为皇贵妃，无论谁劝都不听，就连当时的太后和皇后也没有办法。"

"那先帝后来为何撤销了旨意？"我看向高嬷嬷。

"是因为嘉瑞公主。"高嬷嬷的眼神中含着一丝沉痛，说道："公主以和亲之事相逼，令先帝不得不应允了她。多少年过去了，老奴至今还记得，当年公主走的时候，为了此事几乎和先帝闹到决裂。"

我愣愣地听着，原来我的母亲也曾在这冰璃宫中住过，但她最终走出去了，而如今的我能吗？

我笑得失神，"这么说来，倒是嘉瑞公主放了我的母亲。"

高嬷嬷霎时面容一僵，嘴角搐动，最终没有再说什么，我们静静良久，她才又说道："娘娘，好好静养着身体。"她使劲握了一下我的手，有意无意地将声音放得高了些，"老奴是太后的人，等过些日子再来看望娘娘。"

高嬷嬷朝我微微笑着，她的后一句话说得意味深长。

我知道她要告辞，也认真不挽留，说了些虚场上的客套话，就让侍女送高嬷嬷出去了。

就这样，伴着隐忍和煎熬，轩彰十二年的秋意越发浓重起来。

自从那次被端霁刺激之后，我又连番承受打击，身体原本就孱弱，不堪重负之下，最终还是病倒了。宫中的太医既要顾着太后，又要顾着我，不得不两头忙碌。晦奴现在已经不能再以女医的身份出现，便易容成一个不起眼的小宫女留在我身边。

我这次病倒后，奕橔一回都未曾来看过我。冰璃宫中的宫人对此议论纷纷，底下时而也悄悄地说着，宸妃上次发病时，皇上来看得莫说有多殷勤，就算国事繁忙，每日也要遣身边的亲信来看一遭，可现在，皇上是一步都不再踏进冰璃宫。

不同于那些人的叹惋，我却是凉薄地想着，其实我与奕橔不相见是最好。且不说我因玉笙惨死一事，宁愿此生都不要再见到他。纵然见了，我们之间也是无话可说。

因为我尚在禁足中，其余嫔妃一概不得探视，除了高嬷嬷持有太后手谕，偶尔来上几趟，至于紫嫣和凝玉她们，虽对我的近况忧心忡忡，无奈却是见不到。

终日咳嗽不止，痰壅淤塞，有时还会咳出丝丝鲜血。这一季的秋风凉起，我的病也是益发厉害起来。

那日高嬷嬷再来时，我正好刚服过药，慵慵地倚在紫檀木折枝梅花贵妃榻上，肺部觉得火烧火燎般灼痛。我低头猛咳了一阵，手掌捂住口，唇齿间弥漫开淡淡的腥味，拿绢子一拭，一抹殷红的血迹横在洁白的绢子上。

一人蹑手蹑脚地走上前，为我披上一件青碧色的绫纱斜襟旋裳。我感到肩膀上有轻柔的一物落下，极是熟悉地，竟是一时忍不住，脱口而出道："玉笙。"

我急着转过身，看到为我披衣的人是晦奴，心间不由一黯。但随即又笑自己真是糊涂了，玉笙在那一晚就已经死了，人死不能复生，怎么可能还在我身边？

高嬷嬷见了眼前一幕，轻轻的叹息声如鸟翅的落羽，道："娘娘又想起玉笙姑娘了。"

我无言，而晦奴默自摘了两朵杭白菊调着冰糖泡茶，将茶盏递给我，我浅呷了一口，顿时一股甜丝丝，混着花朵的芳香在喉咙中化开，将药的苦涩和血的腥气冲淡了许多。

"玉笙姑娘已经去了，娘娘再伤心也要保重着自身。"高嬷嬷柔言劝道，她原是留意不到晦奴扮成的小宫女，倒是我刚刚错口唤出的一声玉笙，让她多看了晦奴两眼，微疑道："这位姑娘是谁？可是新近提拔到内殿来服侍的？老奴之前从未见过。"

我唔的应了一声，不想让高嬷嬷因此怀疑到晦奴的身份。晦奴神色镇定，机灵地答道："回嬷嬷，奴婢原先在漪澜宫中供职，后来慧妃娘娘将奴婢给了宸妃娘娘，方才到的这冰璃宫。"

"哦。"高嬷嬷点点头，宫中素闻慧妃御下有度，既然是慧妃，于是就放心地不再追问。

"娘娘这些日子到底是受委屈了。"高嬷嬷道，她环视四周，依然是锦殿玉堂，衣食用度也分毫未损，但还是不可避免地透出萧索冷清之意。

我浅笑着摇头。

高嬷嬷在我身前的绣墩上坐，略略挨近我说道："娘娘，太后撤了那道赐死的懿旨，不过看眼前的情势，这禁足怕是一时半会解除不了。"

她的这番话在我意料之中，淡淡道："以前是关在皇宫中，现在是关在冰璃宫中，说穿了又有什么两样？这禁足不解除也罢了。"

我怕高嬷嬷听着寒心，于是朝她展颜一笑，"宫中有的是锦上添花，却难得雪中送炭，嬷嬷能在我最落魄的时候，看我这么几趟，我已是很满足了。"

高嬷嬷见我话语之意消沉，顿了一顿，由衷地感慨道："慧妃与娘娘是表姐妹，数十年的亲戚情分。据说那日慧妃极力为娘娘辩白，不惜数次触怒皇上，可见危难关头显真情，这话真的不假。"

见高嬷嬷提起紫嫣，我微微颔首，却是未说什么。

高嬷嬷脸色凝重，她接着说道："静妃虽然仅是娘娘的义妹，但她待娘娘也算是有心了。这些天，静妃日日一直在天颐宫，苦苦哀求太后收回成命。太后只说让静妃回去，不要管这些事，可是静妃偏偏不肯听，太后不答应，她就一直跪着。静妃的体貌看似柔弱，这性子中却有一分倔。前一日，静妃从午间不合眼地跪到后夜半宿，整个人都险些要虚脱过去。老奴看在眼里，却也是心疼。"

关于凝玉的事，我还是第一次听到，心中有些感念，但肺部火烧般的灼痛，让我开口说每一句话都吃力无比，定定神，问道："那晚前往行宫去请太后的人也是凝玉？"

高嬷嬷将头一点，道："老奴记得当时夜深，太后都安置了，忽然听到外头传报，抬头就看见静妃神色惶恐，浑身衣衫湿淋淋地跑进来。她什么都不说就一头跪倒在地上，求太后赶紧进宫。"

高嬷嬷骏黑的瞳仁中含着一点敬佩的神情，尽管此事有违宫规，但她还是按捺不住地啧啧道："宫中都说静妃性格过于柔顺安静，就连太后也曾有过这样的话，她说静妃虽是个老实可靠的，只可惜性子太懦。但万万想不到那晚就是静妃，出宫去请来太后，这份胆量多少人都比不上。"

我静静地听着，脸色并不见有几分欣然之色，问道："当时，皇上严令诸妃将太极宫之事知会太后，但凝玉违抗皇命不说，还擅自出宫。那她现在怎样？可有人为难她吗？"

高嬷嬷闻言鼻息一沉，说道："太后发下话来，不准再拿此事追究静妃。但太后毕竟病着，有心无力，不能一概都护全了，静妃在宫中，多多少少要受到些刁难和排挤，这也是免不了的。"

"罢了，都是我拖累了她们。"我双眸微闭，心事黯淡，如湍流激浪中渐渐淹没的一叶孤舟，崩断了桅帆，无声无息地沉溺到底。

高嬷嬷爱抚地拂了下我瘦削的肩膀，"竟是这样瘦了。"她不想我心绪郁结，眼角的鱼尾纹舒舒地展开，和颜笑道："暂不说这些了，老奴告诉娘娘一桩喜事：娘娘的义弟就要成亲了。"

我闻言勾起唇角，漾开如春日薄阳般轻暖的笑意，这笑是由内心发出，道："是吗？颜澈和芳芷最终共结连理，这真是好事。"

"颜公子和芳芷小姐的事，全赖着娘娘操心。"提起喜事，高嬷嬷的神情也开朗昂扬了三分，眉心却是染着一点愁容，"是娘娘一手玉成，但可惜娘娘无法亲眼看到。"

我眼神淡然，含着漠漠的一缕笑，多少隐晦藏在里面，如浮在风中的一小朵轻薄如雪的飞絮，映着浅金的日光被风一扑一扑，飘飘忽忽地有些看不清。

我与奕析到了今日这一步，或许已是再无路可走；紫嫣的性子过于刚绝和倔强，拘围在红墙碧瓦、粉黛修罗中的一生，看似呼风唤雨，锦绣着身，但谁知掩藏在背后的牺牲和艰辛；而凝玉，单纯柔弱得宛若一株经历不起尘世是非的秀丽藤萝，仿佛生来就不可能适应这暗箭周藏的深宫，如此一来不得不说是可惜了。

世间不遂意之事，十有八九，我此生奢求不到，但愿颜澈和芳芷能够得一个圆满。

"婚事虽是我促成，但今后的日子都是他们的，能不能亲眼看到又有什么要紧。"我仰首道。

高嬷嬷似是感怀，与我絮絮地再说了一会话就去了。看着她苍老得有些伛偻的背影走远，我缓缓地摊开手指，掌心中赫然有三处月牙般的红印，深得要沁出血来，都是被我自己狠心掐出来的。与高嬷嬷说话时，我竭力逼迫着自己，不要去问起奕析，但凡关于他的事，一分一毫都不可以，若是忍不住，我的手指就蜷曲着狠狠地掐掌心，直到尖锐如针的痛楚，疼得思绪都模糊起来。只有这样，才会让我短暂地忘却他，继续维持云淡风轻的表情，跟高嬷嬷说着一些无关之事。

我知道只要高嬷嬷还能再来，就说明太后尚有能力护住他，就说明他还平安无事。我想起在太极宫中，我们之间隔着那么多，那么多繁杂纷纭的人影，近在咫尺的距离，却是硬生生地站成了遥不可及的天涯。

或许，当我拖着那条即将结束我生命的白绫，与他擦身而过的一刻，抬首的罅隙，我们彼此相望的匆匆一眼，压抑着无数的情，无数的恨，无数的缺憾，无数的欲说还休，成为了我们此生最后的诀别。

百尺红墙之内，隔断的是永生不见。

我愈加觉得心如刀剜，我的手颤颤地抵住心口，剧烈地咳了起来。我一边用绢子拭去唇畔的血迹，一边起身朝寝卧的内室走去。

"出去，全部出去。"我强忍着不适，朝那些恭谨地站着的宫人道，他们都依言退了下去。

荆棘蒙茏路难行

秋雨凄清,淋湿了太液池最后一拢残败的荷花,叶子簌簌地落下,转眼又到菊花盛绽的时候,在宫苑中开得如霜似雪,铺粉凝紫,管状长条的花瓣手爪般蜷曲着,包裹住正心的一丛娇软艳丽的姚黄。秋凉霜重时的菊花,不是香味馥郁的花卉,清冽的气息近乎透着一股草药的微苦。

我想起当年在集州的日子,那年暮秋,奕槿曾赠给我父亲很多菊花。我的父亲拜相之前,担任过太子太傅一职,名分上是奕槿的老师。好像就是那一年的秋日,在爹爹的书房外,当着粲然若锦的菊花,转首间,就冷不防地遇见。

一别已是十数年的光阴,记得当年还是未谙世事、懵懂无知的闺阁少女,生活在父母羽翼的庇护之下,无忧无虑,满怀绮丽而明媚的心事。假若知道今后会走到这一步,是否一开始就不应有任何交集?

奕槿对我心灰意冷,禁足的日子里,他一回都不曾来看过我。冰璃宫几经荣宠沉浮,终于在宫妃们喧杂纷乱的口舌中,渐渐地沉寂下去。

奕槿与我疏远之后,却是与灵犀明显亲近许多。上官婉辞师承谪仙人清虚子,她容颜出尘,秉性慧心,精通道教经典。如此一来,同致力道学的奕槿更是志趣相投。

在宫中服侍的上一辈嬷嬷们大抵都感慨,这现在的灵犀夫人活脱就是当年的薛贵妃。想当年,薛贵妃因谙熟道极,深获丰熙先帝信任,先帝在晚年之时,尚道近乎到了佞道的地步,而薛氏贵妃更是一人专宠,六宫形同虚设,就连皇后想要面见圣颜都难。

而灵犀夫人较之当年薛贵妃,论宠爱可谓是有过之而无不及。所以宫中常有议论,眼下这宸妃失宠,"歌台暖响,春光融融"移去了甘露宫,而冰璃宫中正是"舞殿冷袖,风雨凄凄"。

我的失意与落魄，愈加鲜明地反衬出灵犀的风光和得意。而此时的后宫中，一袭银线勾勒出五茎莲花的银灰色道袍，已经完全压倒了这三宫六院的姹紫嫣红。

想当年，丰熙先帝推崇道学，为召清虚子做大胤国师，不惜耗费重金，大兴土木，修建道观，赐予其居住，道观镶金错银、披珠戴玉，规制恢宏壮丽到难以描述，气势丝毫都不逊于皇宫。此外，丰熙先帝还令膝下的每一位皇子，在幼年时都要在皇家道观寄居一段时日。大概是因为先帝的缘故，奕槿自幼耳濡目染，道学对他亦是影响深远。

也许是因为意趣相合，奕槿对灵犀的宠信，一时间也到了阖宫侧目、无以复加的地步。奕槿除上朝之外，终日与灵犀在一起，或是钻研道学精奥，或是同往皇家道观膜拜，观摩历代圣器。有时兴致上来，居然也同当年的先帝一样，与灵犀一起留在道观中修行，一连数日不返回宫禁，如此诸事，不胜枚举。

前些年，奕槿下旨填埋扬碧湖改建道观，甚至用道家术法殷觅已逝的娉妃芳魂，此举已是有失明智，但如今所为种种，在朝臣眼中更是荒谬。

群臣对此皆是议论纷纷，丰熙一朝的记忆历历在目，那些老臣都唯恐皇上走先帝的老路，劝谏的奏折雪片一样地传递到太极宫，多数是石沉大海，杳然无讯。如此日久，前朝中渐渐显露出人心浮动的迹象。

皇上不肯纳谏，就有大臣结对相邀着，一并向太后进言，期许太后能劝阻。但太后一来凤体违和，对很多事情是有心无力；二来太后因上回力保韶王，同皇上之间的关系一度僵持，此时也不好再出面说什么。所以，若有朝臣拜谒太后，都被太后以精神不济的托词打发回去，到后来索性闭门谢客。

太后坐视不理，在帝王求道之心日炽的同时，灵犀获得的隆宠和权势亦是水涨船高。

禁足了大概半月有余，在冰璃宫设下的禁令渐渐有所松动，亲近者，如紫嫣和凝玉时而能进来探视我，但受到时间的限制，每次来仅仅陪我一个时辰就得走，而其余人等依旧不准踏入冰璃宫一步。

有日，紫嫣带着菊花冻来看我，我闻到那清苦的味道，就觉得没有胃口，胃底像是吊着铅块般沉沉得难受，于是让紫嫣拿走。

紫嫣见我精神颓靡，近来波折不断，劳心劳神，整个人怏怏地又消瘦了一圈。因在病中，我身上穿着素白的吹絮纶寝衣，松松垮垮着，微敞的领口半露着嶙峋分明的锁骨，也更加显出容色的苍白与憔悴。

虽已入秋，但天气还未那么快凉下来。我们同坐在檐下晒太阳时，日光柔和如轻纱暖暖地覆在身上，有种说不出的安适和宁静，让人只想慵懒地睡过去。

我靠着栏杆，久未被光照的肌肤苍白中透出晦暗。我将手抬起，挡在眼前，我的手掌很薄，阳光照得整个手掌充盈着鲜红的颜色，其中细幽的血管纤毫毕现。

"姐姐这些日子连宫门都不能踏出一步，可是听到外面的消息了？"紫嫣问道。她正在剥着江西新进贡的橘子，染成嫣红的指甲，轻巧地在皮上一划，就将橙黄色的表皮给剥了下来，橘子非常的新鲜，清芬诱人，水分十足，剥出来的橘瓣还带着丝丝洁白的络子。

我摇摇头。

紫嫣将剥好的橘子递给我，唇畔染着轻浅的笑意，淡淡的清新若橘，她说道："想当初在太极宫一举扳倒了你，现在上官婉辞可是风头正劲，还真是应了那句老话，'有人失势，就有人得势'。"

我懒懒地抬眸，说道："管她失势还是得势，又与我何干？"

"她原先就颇受皇上的重视，现在借着姐姐与皇上之间决裂，乘机将皇上全部的注意力和心思都抓了过去。"紫嫣拿起绢子拭去指甲上沾着的淡黄汁水，十根彤管色泽光亮得如同上好的嫣红釉质，轻嘲道："不得不佩服咱们这位灵犀娘娘的手段，就跟当年的薛贵妃一样。"

我微微讶然地看了紫嫣一眼，紫嫣向来痛恨薛氏中人，难得她能如此心平气和地提起薛贵妃，"我记得她已经被废黜贵妃的封号了，就连太妃的追封都不曾有。"

"我知道。"紫嫣简短地说出三个字，轻轻地扬一扬眉，沉吟着："她当不成太贵妃，也是有妹妹的一份功劳。"

白蒙蒙的天光从无数枝柯交叠的细缝投射下来，几缕毛茸茸的逆光照在紫嫣的侧脸上，涤荡出如玉质般温华润泽的莹白，清疏浅淡的光晕中，她墨色的羽睫偶尔一扇，在脸上映出一小块不规则的阴影，如蛱蝶的半边断翅。

"眼下皇上跟灵犀，真像当年的先帝跟薛贵妃。"紫嫣转首，朝我意味深长一笑，幽幽地道："先帝得不到姨母，而去放纵地宠爱薛贵妃，沉溺于道学难以自拔；而皇上得不到你，而去放纵地宠爱灵犀，这岂不是父子通脉？"

紫嫣轻笑两声，口气中的讥讽之意更深一层，"什么叫做父行子效，我现在才算是真正地见识到了。"

我听着她说话，仅是一味浅笑着，却是不置一词。

紫嫣漫然看着四周，我因被禁足，落落庭院中，除了廊下一脉清泉水声溅溅，和偶尔闻见碧叶丛中掩着几声鸟声啁啾，寂然无人声，实在冷清寥落得很。

紫嫣垂着浓密如扇的睫毛，不由低叹道："姐姐，你知道吗，这禁足，只是严禁外头的人进来，若是你真的想出去，谁都不会挡你。"

我耸一耸肩，"你这话说得有些奇怪，既然是禁足，又怎么会让我出去？"

紫嫣纤纤的身姿站在光影里，眸心含着一点隐匿的光亮，簇新如剑，她道："不管你相不相信，皇上眼前虽与灵犀亲近，但是一直都等着你能回头求他。帝王心性，自然高傲不折，若是对方能低头就最好。就像当年的先帝，不是一面宠爱着薛贵妃，一面等着姨母肯回心转意吗？"

紫嫣今日一直提起母亲，并且反复地将奕槿和灵犀，比作先帝和薛贵妃，似乎还乐此不疲，可是她每这样说一次，就让我从心底里阴瘆瘆地恶心一次，像是被一只阴凉黏腻的蚂蟥附上，尤其是紫嫣的那句"一面宠着灵犀，一面等你回心转意"，更是让我恶心无比。

对于奕槿，从他逼死玉笙的那刻起，我对他就已经彻头彻尾地失望了。而他这些日子的所作所为，越发让我觉得鄙薄和不屑。

"我不可能回头去求他。"我直视紫嫣的眼睛，一字一顿，斩钉截铁地说道，她一双黑澈的瞳孔明晰地映出我此刻清弱却倔强的神色。

紫嫣轻笑，道："这么决绝，才是阿紫所认识的姐姐。"

她挨近我坐着，玉纤托着秀颐的下颌，笑道："姐姐，你知道吗，咱们当今这位皇上，尚道的心要比先帝更盛炽。远的不说，单单瞧这眼下，去了华涵观清修统共五六日都未回来，身边唯一带着灵犀，这样一来，想不专宠专房都不行，可是将宫中的那帮女人一个个恨得眼睛都血红了。"

我声色淡然，"这也难怪，毕竟没有几个像你这样气定神闲。"

长廊下的栏杆久经人手抚摸，那木质透出水缎般的光滑与细腻，紫嫣用手流连着拂过栏杆，神色一如闲聊时的安恬，"皇上当下且有了打算，将龙御、华涵、普庆、九虚四观并列为四大皇家道观，赐特令，加九锡。这个说来倒也没什么，但离谱的是，听御前的人说……"紫嫣四下扫了一眼，身子前倾靠近我，附在我耳边轻轻地说了几句。

"什么？"我听着，忍不住讶异道："若是如此，跟秦皇汉武服食丹汞何异？"

紫嫣盯着我的脸看，眼眸间含着一勾若有若无的浅笑，"金石之类大抵形质顽狠，至性沉滞，是故服用则败人五脏，但灵犀说若经'伏火'，祛除其顽狠恶质，即可转戾为瑞，使之余人体内五脏之气和合混融，助益长寿……"

紫嫣还未说完，我就清冷地哼了一声，将她的话打断，"绕来绕去说半天，戳穿了还不就是借炼丹求取长寿。”

皇室中盛行炼丹之风自古有之，其源自于世人皆谓金性不朽败，尝试着将其性转移到人体，使血肉之躯亦不朽不败。古有始皇遣徐福东渡求仙，是为帝王求万年长寿之滥觞发端。若说近的，大胤第二位帝王圣祖皇帝，在位之间三次亲征北奴，将北奴逐出鄢都百里之外，使其莫敢再侵犯我大胤边疆沿带，边远之民可以免遭战祸苦难。开创如此赫赫功绩，是谓千秋流传。圣祖暮年时，因长年征战而落得一身伤病累累，兼之人老智昏，开始逐渐疏远朝政，狎昵方士之人，迷恋炼丹仙术，以求长居至尊之位。圣祖一世英明，无奈晚年行事荒诞，悖逆常理。即使白璧微瑕，到底是瑕不掩瑜。更近些，则有上一朝的丰熙帝，先帝也曾设想过炼丹之术，并与身边的一帮术士津津研究此道，后在丰熙十七年溘然驾崩。先帝当年过世是因沉疴难挽，但宫中时有秘传，说先帝虽病重，但宫中太医不乏国手，不至于这么快熬到油尽灯枯，是为先帝听从术士所言，服用硝石，致使身中阳火之毒，心脉摧裂，五脏枯竭。这原本就是宫闱秘事，加之时隔多年，于此传言纷杂，后人也不知真假。

刚刚听紫嫣说起，我不由惊愕。有此先例种种，奕槿怎么还敢妄用炼丹之术？当真不怕万一不慎，就会步其后尘？

紫嫣的神情平静如常，眸底溢出的余光映着绯然轻薄的眼影，如芙蓉生晕，渐渐地凝成一线锋芒，她唇际吟吟地噙着笑，却是一副答非所问的样子，“此次为四观上尊号，无论观内规制的扩大，还是派遣主事的人，皇上对此皆是颇为重视，灵犀借着这近水楼台之机，不知算计了多少好处在里面。现在想想，不得不说灵犀真是好手段，以前只觉得她品貌出众，不似宫中那些一般的庸脂俗粉，没想到还有这样勃勃的野心。”

“灵犀果然有三分手段，当年填扬碧湖不就是她的主意吗？至于后来搞出什么觅魂之术，也是她向皇上进的言，皆是正中下怀啊。”

我有些明白紫嫣的言下之意，灵犀此时隆宠之盛，放眼宫中无人可匹，但她绝非目光短浅之辈，其抱负不在小，当然想要趁着深获奕槿信任之机，以迅疾之势，在朝中组建势力，罗织党羽。她不像紫嫣，身后得不到家族的支撑，但她可以凭着自身优势，收拢修道之士为其心腹，借助他们建立起对朝政的影响与把持。

我越想越觉得身上冷汗涔涔，不过我身体羸弱，劳不起心神，刚刚那番思虑和揣度，令我愈加感到疲累，猛地咳出几声。

“清虚子呢，难道也不管管这位徒弟？”我强忍着咳嗽道。

紫嫣闻言，手指尖点着栏杆，丁零，清灵得如金玉之声，她哂笑道：“清虚子怕是山高水远，一时间难以管到。也任由着灵犀以师父的名义，纠集天下之术士为其所用。"

我看着紫嫣沉思，她愁眉浅凝，像是遇到极棘手的事情。据我对紫嫣的了解，她为人处世素来刚毅果断，鲜少有像眼前这般踌躇为难的时候。

我阖眸，右手微微发力按住心口，问道："心绪不宁，难道有什么事难住你了？"

紫嫣倚着锡金涂红的廊柱，长长嘘出口气，明明欲言又止，最终还是摇摇头，背过脸去不再看我。

紫嫣性子要强，若是她不肯开口，再怎么追问也没有用。我见她如此，便不问了，转首去看满庭清幽的景色，道："你手臂上的伤可是好了？"

紫嫣抬一抬眼，"谢谢姐姐关心。原本就是小伤，没有什么大碍的，早就结痂了，现在也好得差不多了。"

她轻描淡写地说着，其实那抓在手臂上的三道血痕有多恐怖，我都亲眼看到了，算算日子，伤口愈合是应该愈合了，不过疤痕也许一时还去不掉。我问道："是被灵犀抓的？"

紫嫣冷笑一声，不予否认。

"能将你的手臂抓成这种样子，她倒是厉害。"我淡淡道，有句话在心里反复掂量着，还是说出口道："那日看你和灵犀的情形，我总觉得透着怪异，她似乎有什么把柄落在你手上。"

紫嫣目光深凝，她转过头注视着我，我亦是看着她。良久，她浅笑，那笑容稀薄如冬日午后惨淡的阳光，"姐姐，这件事我不想说，你能否也不要问？"

紫嫣摆明了是要避而不谈，我虽不明来龙去脉，但也猜出其中必有隐情。那晚，紫嫣为了搭救我而擅闯太极宫，确实是下了孤注一掷的血本，但她既然敢来，手上未必就没有三分胜算，否则，她怎么可能仅凭着一句"婉娩容与"就将灵犀逼到如此地步？

我见到紫嫣并不想多说，聊了这么久，其实我也累了，便疲乏地靠在软垫上。

日色融融若金，照在身上如一汪暖洋漾漾地淌过。我觉得精神差，懒得开口，而紫嫣心事满怀，话说得不多，我们两人相对坐着，偶尔有一搭没一搭地聊上一句，多时是彼此沉默着。

我忽然想起前两日高嬷嬷的话，知道凝玉因擅自请来太后的缘故，而在宫中受到诸多刁难，不禁问道："凝玉这两日怎么样了？"

"姐姐关心她做什么？"紫嫣挑挑眉尖，不以为然，轻嘲道："那个吃里爬外的小蹄子。"她坐得久了，站起身，慢慢地舒动一下坐得松软的筋骨。

"为什么忽然这样说？"我心里觉得诧异，但看紫嫣的神情认真，倒不像是在说笑。

"呵呵。"紫嫣倏然笑出几声，目光一转，落向远处。

我依然倚在廊下，而紫嫣却走到我身后几步。这里只有我们两人，她却不是面对着我说话，而是有意无意地朝着我身后，拔高声音道："凝玉冒险去请太后，人人都道她对姐姐情深意重，谁知道她心里真正想着要救谁？"

"谁知道她心里真正想着要救谁？"紫嫣这番话说得大有古怪，特别是最后一句，几乎是重重地咬着每一个字音说完。

我转过身去看她，眼光瞥见垂花门那里，掩在疏疏落落的盆栽后面，似乎有一痕青碧宫裙掠过，也不进来，却是急促地朝着外头退出去，惊鸿一瞥未看清楚是谁，只觉得那纤瘦秀丽的背影有些像凝玉。

我看到紫嫣脸上挂着一抹隐微的笑，心中登时明白过来，知道紫嫣方才是故意为之，于是轻叹着，口气中不免带着薄责道："她难得能来，你何必非将她给气走了？"

接下来又过去五六天，紫嫣自二度诞子后，就不再摄理宫中事宜。而后宫凤座空悬，常由资历最深的瑶妃和行事干练的毓妃等协理六宫，紫嫣平日要照看三殿下，若得空就来冰璃宫中，陪着我闲闲地说些宫里的事情。

高嬷嬷因在太后那里挪不开身，来的次数少了。凝玉素来闲，却也看不见她的人影，或许那天遭了紫嫣的奚落，心存芥蒂，唯恐再撞见紫嫣。

我与韶王的事，当时在太极宫搅得天翻地覆，惊动了多少人，眼前却是渐渐地平静下去，就像是一粒微不足道的尘埃，被狂风和烈阳激起，随即晃晃忽忽地落在泥泞中，湮没，又沉寂。

我禁足冰璃宫，而奕析还是做着他的王爷，亲王尊贵的待遇无一折损，照常出入宫廷，向太后请安。只是现在再进宫时，韶王身边多有韶王妃庞微云陪同，经此一事，宫中人对庞微云俱是刮目相看，以前唯觉得她性情温良，处事得体，不愧是出身名门世家。而那日在太极宫中，面对危恶的情形，她挺身而出，不惜以整个庞氏家族起誓来维护韶王，不禁令人感慨，原来柔婉的品貌之下，还藏着如此不轻易示人的锋芒。

世事如此，穹穹昊天之下，任谁都不能逃脱，于我是，于奕析是。而对于庞徽云，她确实是至情至性的女子，但若是陷得太深，或许也不是幸事。

我记得紫嫣曾说过，庞六小姐倒是不同寻常，若是她的长兄庞裕能有几分像她，何至于处处被端仪挟制着。

紫嫣当时那句话说得有口无心，我也是不太在意。她赞庞徽云的那句话说得无关痛痒，但她说到端仪时，神色中的厌恶却是分明可见。

一切皆如往日，像所有的事都不曾发生。然而，这样近乎诡异的平静，却让我莫名觉得不安。

一日晨间，听得窗外鸟声喃啾，我原本就昏沉，越发觉得脑仁发疼。待到日上三竿，还是慵乏地歪在榻上未起身，守在我身边的湛露抬头，朝外间微微一颔首，就看到一名侍女垂眉进来，是来回话的，她屈膝福了一福，起声道："回禀娘娘，静妃娘娘受了风寒，这些天一直病着，就连前日皇上召寝都因身子不好而推了。奴婢奉命去明润宫时，见到静妃娘娘身子还虚，但精神尚好。静妃托奴婢传话回来，让娘娘切勿挂心。"

我静静地听完，挥手让那名侍女下去。我笑意虚浮道："凝玉原来是病了，我还以为她那日被紫嫣奚落几句，所以不肯再来了。"

湛露未说什么，只是默然上前，将我搁在外头的胳膊塞回锦被中，再掖紧了被角，絮絮道："娘娘当心身体，这秋日的天气到底是凉下来，而娘娘最禁不得寒。昨夜又咳了大半宿，怕是一刻都不能睡稳妥，现下再眯一会养养神。"

这些话湛露常在嘴边唠叨，我不知听过几遍，倒懒得在意。我裹着被子朝里躺，道："这说来也奇怪，凝玉进宫都有五六年了，一度默默无闻，皇恩寡薄，皇上怎会忽然心血来潮要召她？"

刚刚听到那名回话的侍女说，奕槿召凝玉侍寝，我还微地惊讶一下。宫中都叹息，说静妃拂逆圣意，自作主张请来太后，真是自绝路径。原本恩宠就稀薄，这样一来更加渺茫。然而，出乎众人意料，奕槿对她不仅未责罚，反是留心了几分。

湛露闻言讷讷半晌，轻叹着劝道："娘娘的身子劳累不起，还是莫为人家费心思了。"

我原就觉得困乏，听她这样说，更是觉得没什么多想的必要。昨夜咳得厉害未睡着，此时眼皮重起来，昏昏沉沉地想睡过去。

突然间，听到外殿有些吵嚷，声音不是很大，却是如盛夏时嘈杂的蝉音，腻腻地黏在耳朵上，硬将我的睡意惊去了三分，湛露见状，皱起了眉头，正要出言呵斥几声。

我却从榻上坐起，摇手止住她，扬一扬下颌，示意去问清楚是什么事。在外殿说话的人很快就被驱散。珠帘一撩，湛露就进来了，她笑道："回娘娘，在议论雪芙殿的中秋宴上刺客的事。"

我心神松散着，但听到这里不由得一紧，"怎么说？"

"在雪芙殿上行刺的贼人多数毙命，但不是也生擒了几个，移交到大理寺严加审问。那些人既然敢来行刺，都是铜浇铁铸的硬骨头，多少酷刑都挨了下来，就是撬不开嘴。大理寺的人没法子向上头交差，后来因着一回偶然，发现那些刺客右大臂上的一块皮都是事先被利器刮去了，人人如此，很是奇怪，里面的官员都推测，那些刺客的右臂上大概是有什么刺青，或是印符之类的东西，总之不想被人看见。后来揪着这个线索查下去，发现其中有一名刺客，右臂上有小半块刺青未刮干净，让有见识的人看了，说是虎贲刺青。"

说了大段的话，湛露徐徐地换了口气，接着道："谁不知道这虎贲军是定南王名下，原来行刺的人是当年未尽数剿灭的滇南叛党，这下可闹出大事来了，上头震怒，说要严查到底，宫中一时间也传得沸沸扬扬的。"

湛露瞥着我的眼色，补了一句道："瞧他们个个都说得悚然，但管他朝廷上和外头闹成怎样，也波及不到深宫中来。"

我情知湛露这话是在宽慰我，可是我心里却是不顺序，像被毛糙的手掌在抓一样，湛露再劝我歇歇，我却是怎么都躺不安稳了。

"高嬷嬷来了。"忽然间，不知是谁高喊一声。

我觉得诧异，高嬷嬷寻常都不会在这时候过来。湛露给我身后垫了青缎大枕，我用力地揉了几把额角，强撑着精神起来。

高嬷嬷此趟进来时不同往常，脚步急匆匆的，神情中夹着一抹难掩的忧急，甫一进来，尚不及喘口气，就不停喊道："娘娘，出大事了，出大事了……"

我与湛露相觑一眼，都是听得一头雾水。高嬷嬷在宫中三十多年，算是资格顶老的人了，大半辈子活下来，大风大浪都见过，今日怎会如此惊惶失态？

湛露与高嬷嬷是旧日之交，说话也随意些，笑道："老姐姐可是想说宫宴上刺客查明一事？我跟娘娘刚刚就听说了。"

高嬷嬷微微发急，旁侧小婢女端上来的茶也不喝，迫着嗓音道："与刺客有些关联，但不全是……韶王殿下啊，出大事的是韶王殿下啊！"

我听到韶王二字，就像一枚刺亮的钉子，霍然锲进耳中，扯得浑身的皮肉都尖锐地痛了一下，猛地出声问："他……"

刚发出一个音，我就剧烈地咳嗽起来隐没了下面的话，眼前蓦地一黑，险些从榻上跌落，湛露呀的一声轻呼，忙不迭使劲将我给扶住。

高嬷嬷满面忧心，眉心的褶皱如被风揉搓的叶子，她急声说道："刺客一事已被查明，那些在雪芙殿行刺的是虎贲死士。但是……但是，当年皇上平定滇南的时候，定南王的安福郡主和小世子，及虎贲死士都神秘失踪，早时朝中就有臣子上疏，怀疑是王爷擅自救走了两人……"

"皇上怕是早就生疑，脸面上未说什么，却秘密命人北上搜查安福郡主两姐弟的踪迹，现两人都被拘捕入京，这样一来，王爷当年暗中接应滇南的罪名已被坐实；而行刺之事又是安福郡主亲口指认，也实在难脱得了干系，眼下这一桩桩证据都于王爷不利啊……"

所有的事，都是以迅雷不及掩耳之势发生，我一时还回不过神来，于是不可置信地道："安福郡主亲口指证？"

我刚一开口，就觉得嗓子涩痛得很，像是紧紧地塞着一团火棉般，"为什么会这样？如此一来，安福郡主岂不是恩将仇报！"

高嬷嬷连连叹息，顿足道："老奴也不晓得怎么会这样，一时半会也说不清。由着朝臣再怎么说，这倒还不论。但是安福郡主的供词，堪比铁证如山，王爷这回也是百口莫辩了……"

她的话如同重锤，一记力道猛烈地劈在我的太阳穴上，耳畔嗡嗡震动着，像是包围着成千上万恼人心神的蜜蜂。

我觉得背脊上沁出冷汗，脑中电光般掠过无数零星的念头。有人要对付奕析，暗中必然留心已久，不然则不会隐忍多年，而一朝发难；当年朝廷发兵剿灭滇南，定南王已伏诛，而安福郡主九死一生，逃脱此劫。杀父灭门之仇，其对帝都朝廷和奕檀定是恨之入骨，既然在雪芙殿出现的刺客是定南王的残部，其幕后主谋大概就是安福郡主；大理寺早就查出刺客的来历，奕檀已知晓此事，却严厉示下不得走漏丝毫风声。表面上不动声色，暗中派人搜寻安福郡主两姐弟的下落。原本刺杀失利，安福多少对奕析有所不满，再加上帝都中人不期而来，将其二人逮捕。

而奕析远在帝都未归，更是加重安福郡主的疑心，认定了是奕析为求自保，而将他们两人出卖给他的皇兄，所以一怒之下，索性玉石俱焚，亲自出面指控奕析，屈指算来，接应滇南叛党一罪，参与谋划行刺一罪，暗藏逆反之心一罪，条条皆是百死莫赎的重罪！

我的思绪在一瞬间霍然清明，宛若犀利细亮的电流顺着经络疾速游走。我越想越觉得心惊，整个身体炽灼地发着烫，如是在滚油中煎熬，又阴阴地从头顶心忽地冷下来，如是猛地被湃进冰水中。

湛露瞧见我脸上血色褪尽，僵死之态犹盛，拼命地将我抱住，一时顾不上礼仪，道："嬷嬷真真心急了，娘娘现在的身子受不得刺激……"

"太后怎么说？"我急促的喘息打断湛露，手中却是发着死劲推开她，朝高嬷嬷吃力地抬起眼睑，眼神中若余烬燃起最后一簇炯然的微光。

"唉，太后一听到消息就晕过去了……"高嬷嬷的眼角皱纹深刻，一道道伸到两侧花白的鬓发中，她眸底含光，一滴泪滚出来，落在沟壑纵横的脸上，"上回的事，太后还能一力护着；这回就算太后再有心，也怕是难了。皇室中哪怕是谁，但凡沾惹上了谋逆二字，都……都……"

她哽咽着没有再说下去，但我怎么会听不明白。前车之鉴，历历在目，譬如丰熙一朝的晋王，譬如轩彰一朝的定南王，又有哪一个能得到善终？

我愣愣地坐着，觉得肺部像被死死地掐住，让我透不过气来，一股腥膻的血气冲上喉咙。我下意识地用手捂住唇，感到掌心热热的，缓缓地摊开一看，苍白纤弱的手掌上颤颤地托着一汪暗红发紫的瘀血，黏稠的血丝顺着指缝滴滴淌淌地往下流。

"娘娘！"高嬷嬷和湛露俱是看得心惊胆战，猛地脱口惊喊。

以前还只是咳中带血，这一年来变故迭多，发作得愈加厉害起来。我半个身子探出床榻，发白的指甲紧紧地抠着黑檀木床沿，吐了小半漱盂的血才慢慢止住了，看得高嬷嬷和湛露两人都是心惊肉跳。我无力地靠在枕上，如此反复，或许我的身体真的要消耗到极限了。

我令她们谁都不许将此事说出去，两人都唯唯地应了。我不想见那些太医，我感到很累了，原本就残存无几的精神仿佛都在一瞬间崩塌。

轩彰十二年九月，韶王遭人告发，一时间，高族皇室中俱是悚动无比，像是平静如镜的湖面被投进一块石头，霎时激起浪涛万千。紧接其后，前定南王之女安福郡主与世子被押送入京，拘留于慎刑司，慎刑司历朝以来专门用作关押皇室宗族中的获罪之人。此事由当今圣上亲临审理，世子牙牙学语之年，尚年幼无知，但其姐安福郡主已经成年。

据说受审时，安福郡主统统供认不讳。她出面指证韶王，在当年滇南起兵之际，曾数次暗中南下，与其父密谋叛乱。不想朝廷兵马强悍，滇南节节败退，韶王投机而退。安福郡主眼见就要城破身死，迫不得已之下，她以虎贲死士为筹码，同韶王换取救他们姐弟两条性命。

雪芙殿上刺客一事，安福郡主对此也认罪了，她坦言要为亡父报仇，使出一击兵行险着。但是她说出另一个更惊悚的事实，就是韶王也参与谋刺。除此外，安福还亲口说，她寄居韶王檐下三年，相处日久，察觉韶王依仗太后亲子的身份，不臣之心早已有之，兼之深恨其兄夺宸妃，怨念早种。然则虎贲死士在手，更是如虎添翼，还有其蓄羽多时，不日就要篡夺皇位云云。

此事一出，犹如石破天惊。但涉及皇室亲王，关系重大，皇上亲拟圣旨将韶王暂拘于慎刑司，必得要双方当面对质。但其中盘根错节，难以在短时内定夺，高氏宗族中人纷纷上奏为韶王求情，朝中亦是不乏慷慨陈情之人。

渐近十月，笼罩在瑟瑟秋日中的帝都城，白露节气过后，凉意益重。看似一派祥和平静下，掩饰不住的风云涌动。宫廷生变，内滋龃龉，祸起萧墙。在众人看来，有安福郡主的供词，韶王一案已是罪证确凿，太后及群臣再力保，事成定局，怕是难以挽回。

奕槿因我而和奕析生恨，他迟迟未处置奕析，不过就是碍于太后。现在出了这样的事，若是从前倒还好说，但眼下且先撇开国法，单单为着私恨，他也定不会留情。我知道那个潜藏在暗处的人，绝不仅仅是要扳倒我，但料不到下手会这么快，快到令人来不及招架。

昊昊上邪，落落无极，当真要将我们逼到无路可走的地步？

此后多日，紫嫣曾多次来冰璃宫，都被我回绝了，我知道她能来一趟有多么不易，并非我不想见她，而是重病辗转之下，实在拿不出什么心力来。

我仰面躺在榻上，青丝迤逦地流转在枕边，恍若半开的墨色花朵，有几缕发轻飘无力地落在我的手上，光泽黯淡，发梢枯萎，鲜明地显示我此刻的支离与憔悴。

我让其他人都出去，只留下了晦奴。她佝偻着身子半跪在床前，静静地看着我，我将发丝绕在指尖，然后再一根一根地扯断，断梢露出脆弱的内芯。

我将断发轻轻拂落，双臂支撑着身子想要从榻上坐起，反复试了多次，却是徒劳无功。

晦奴看着我，淡声道："你还是躺着吧，当初救韵淑郡主时留下的伤势还未复原，后几经波折，要知道你现在的身体是经不起任何损耗了。"

再次尝试后，我颓然倒在锦衾上，微微垂眸，喃喃道："我不能像现在这样。"

晦奴焦黄的脸绷着，眼睑的一圈黛黑更浓重了些，面无表情。

"莫说这间内殿，我现在连地都下不了。"我看着一洞一洞地垂花拱门，散开帷幔重重，忽然凄然一笑，"云嬷，你可知道有什么药物能暂时压制我的病情？"

晦奴轻微一惊，摇摇头。

我吃力地翻过身，眸色淡然地盯住她道："一定有的，我记得当年我的母亲就算病到不可收拾，尚且还能用药续命……"

"不行。"我还未说完，晦奴就急惶地打断，"不行，我不能让你像夫人那样……你知道夫人后来有多痛苦吗……不行……不行……"

我伸手握住她的手臂，鼻翼间的气息虚浮如游丝，硬了心肠道："云嬷，算我求你。母亲她甘愿，我也甘愿的，就像你为了解素魇之毒而废掉武功和容貌，也甘愿。"

晦奴神情大震，她一点点掰开我握在她臂上的手，然后紧紧地攥在掌心里。她面容悲痛异常，慢慢地将额头抵在我们交握的手上，眼泪无声无息地落下来。

我感到手背上被温热的液体淌过，映着苍白的皮肤下愈加青紫分明的血管。原来不只是血，泪也有这般灼人的温度。伤痛到不可抑制时，她还能哭，但我干涸的眼眶中却流不出一滴眼泪了。

彼苍者天，曷其有极。如可赎兮，人百其身。

若真的能抵偿，我不惜身罹百死去赎他，只因为一句"我甘愿的"。

梨花青轻罗裙裾逶迤如雾，轻薄的衣料柔顺地贴住瘦削的双肩，而纤腰盈盈一握，腰间的束带垂落两道雪色长珠缨络，堪堪压住轻盈若飞的裙摆。我步履轻曼地走着，如是闲闲漫步的情态，手中牵着一条白绫，正是当初太后亲赐给我的那条，白绫极长，质地又极密软，蜿蜒地拖曳在地上。

我扬手高高一抛，脱手而出的白绫如展翅白鸟，轻悠悠地绕过殿中的一根横梁，又落回到我手中。我仰首看着，绕梁而过的白绫飘若无力，如仙人垂两足。我将两头打了个结，唇角染着浅笑，抬脚站上了圆凳。我抓住白绫两端，比量一下，刚好能让我将头放进去。

"你在做什么！"身后骤然传来惊惧的呼声，在情急之下喊出，本来清丽的声音扭曲有些刺耳。

我依然还是先时的姿态，淡定无事地转过身，正好看到紫嫣和凝玉神情惊慌地跑进来，紫嫣一生遇事多，见了眼前情形倒还能勉强镇定。凝玉却被吓得花容失色，一头就栽倒在地上。她衣襟不整，鬓发凌乱，忍不住捂住唇哭道："姐姐，姐姐你快下来，千万不能做傻事……"

我高高地站在圆凳上，含笑看着她们，仿佛我现在做的事再正常不过。紫嫣一时急恼，她举手指着我，直呼我的名讳，声色俱严道："你给我下来！这么多年来，你这种软弱的性子怎么从未长进过？但凡一遇事就想到死，当年嫁去北奴的时候是这样，现在也是这样！"

见我无动于衷，紫嫣又是冷声讥诮道："我倒想起来了，韶王一时半会还死不了，你就算想殉情未免也太早了！你既然不怕死，何不等些日子，先看着他死了，你再死也来得及。"

凝玉神容狼狈，她跌坐在地上，哭得死去活来的，紫嫣后面的这些话像是尤其刺激到了她，她抱住紫嫣的双腿，拼命地摇头，如同极力地不想听，却是哭号得更加厉害起来。

紫嫣看着她，眼中掠过一丝厌弃，一把将她甩开，直冲上前来要将我从凳上拽下。

"站住！"我断然喝止紫嫣，眼眸一沁濯濯幽芒如寒烟吹无，却是透出不可摧折的决绝，"他不会死的。"

我自行从凳上爬下，施施然落在地上，我目光眷眷地看着那条白绫，刚刚打的是活结，用手使劲一扯就落了下来，道："而且我也不想自尽。"

紫嫣神色愕然，而凝玉止住哭，清润漆黑的眸子圆瞪，难以置信地看着我们二人。当她听到我说他不会死，似乎有意无意地松了口气。

"姐姐你……"紫嫣刚才还是气势强横，但此时却说不出话来。

"死太容易了，难的是活着。"我叹道，将垂到眼前的秀发轻轻捋到耳后，露出一张脸来。纤纤小巧的瓜子脸，一双秋水黑瞳潋滟，衬得玲珑的面容莹白如玉。原本就是倾世之容，少年时青涩和稚嫩完全褪去后，愈加透出经历年岁蹉跎，方才修养而成的一分从容自若的气质。

紫嫣目光凝在我的身上，如是不认识我一般，半晌才道："一段日子不见，姐姐的气色似乎好了许多。"

听到她这样说，我不觉用手抚了一下侧脸，触感温软细腻，朝着铜镜看去，果然是颜如渥丹，容貌与过去全盛之时别无二致，仅是眼角藏着一掠隐微的锋芒，但眸光一转，又被很好地掩藏在娇媚如丝的眼波之下。

我冷笑一声，将那条轻飘飘的白绫扔在了地上，冷冷的目光转向了凝玉，而她正一脸错愕地看着我，一句话幽幽邈邈地吐出唇际，"凝玉，你帮姐姐一件事。"

薄情转是多情累

　　皇宫，深夜寂寂，唯听见车轱辘碌碌声响动，随着尖细的一声唱喏，"静妃娘娘到。"春宵承恩车的帷幕撩起，走下玉珞时，寒风扑面，清凉如霜，一脉细细的冷意贴着裸露的锁骨，直透到骨髓里。

　　明簪尾梢垂下的长长珠珞遮住容颜，珠晖浅浅摇晃出如月清晕，令人看不分明曳动的表情。一步一步踏着夯实的地面，在默然中，朝着那极为熟悉的宫殿走去。

　　吱嘎的启门声，视野豁然敞亮，眼睛眯了良久才适应过来。二十四扇通天落地的鲛纱帷帐，恍若千堆新雪垂地，幽幽地通向寝殿深处，紫铜鎏金大鼎兽口轻烟袅袅，空气中弥漫着冲淡的龙涎香的气息，混着瑞脑和冰片的清冽，里面陈设倒是都未变过。

　　九道盘龙的御案前，站着一道明黄色的人影，他正好背向着我，微微俯身，看情形不是批阅奏章，而是在练字吧。因是日常便服，团福刺绣龙袍略浅的金线疏疏地绣着龙纹。目光落在他身上，那抹明黄在无声中昭显着至尊的身份，我知道他一定是奕槿。

　　软缎薄底的珠履落地无声，我缓缓地朝他走去。奕槿长身而立，左手撑着御案，右手握住刚玉笔杆，正凝神临摹着一首词，伴着紫毫笔尖律动，口中低低吟道："沁露冷，蘋花渐衰。萋萋芳草连空阔，暝鸦横斜霭霏微，霞敛残照收……"

　　我听到这几句，心底微颤，这是当年我远嫁漠北，在帝都北郊的点将台上，奕槿以皇兄的身份送我上北奴迎亲的鸾轿，此生恩断义绝之际，我亲口吟出的一首诀别词。

　　想当初正当年少时的颜卿，如何的刚绝要强，在崇华殿掷碎凤来仪，唯留下一抹孑然而决绝的背影，宁愿这一生一世离开故国，也不愿再委曲求全地留在他身边。

往事空茫如烟，不觉间，竟已是过去了整整十二年。

"素简序，孤城暮角……"奕槿觉察到身后有人，他依然还是原来的姿势，连头都没有回，淡淡问道："是静妃吗？先不要打扰朕，去到一旁等着。"

听到他说话，我既没有出声道诺，也没有依言退到一旁，而是静静地伫立在原地。

"……帝都赊，雪涵关阻。晚景萧疏动流影，毡下北望极霓旌，风拈孤魂瘦……"写到这一句，奕槿猛然撂下笔，身后站着的人还是纹丝未动，静妃性子向来柔弱温驯，不会做出如此违逆心意之事。

"朕让你退下，你难道没有听见？"奕槿的声音严厉了几分。就在他转首的刹那，一刹那，我悠悠启唇吟道："灞桥别，乍咽凉柯。百感情绪疏顿酒，正恁寄残醉入肠，此生悠不见……"

我们的目光猝不及防地撞在一起，奕槿看清是我，神色剧变，肩膀微微一震，整个人被庞大的惊愕和震动给怔住了。那时，他一个箭步跨到我面前，眸光在我脸上逡巡几圈，却是倏然冷了下来，举起一只手指着我，质问道："静妃人呢？你怎么会来这里？"

这么久日子未见，一眼看去，他俊挺的面容中掩着疲态，照着朦胧的灯光，眼角隐约铺开极浅的细纹，其余倒没什么变化。我暗暗深吸口气，慢慢地让一颗近乎要跳出来的心落回胸腔中，我朝他清浅一笑，"为什么就不能吟完最后一句？"

灞桥别，乍咽凉柯。百感情绪疏顿酒，正恁寄残醉入肠，此生悠不见。

奕槿的眼神忽地涩痛，如是深陷在过往的回忆中，当年一首诀别词，警句一出，与君长诀。

他顿时回过神来，那双黑澈的眸子盯着我，口吻淡漠地道："你不是应被禁足在冰璃宫吗？"

我笑意慵懒，漫然道："想当年远嫁前夕，我能从玉致斋中跑到东宫去，现在也能从冰璃宫中出来……"

"住口！"奕槿出声喝断我的话，他似乎不想我再提起往事，每听我说起一次，他的眼角就不可抑制地抽搐一下。他看我的眼神极冷，极疏远，当他的目光触及我身上，就像冒着寒气的整块玄冰迫下来，道："你今日还有什么未说完的话吗？"

我依然还是恬淡自若的样子，屈膝朝他跪下去，在他惊异的目光中，从云丝广袖下慢慢地扯出一道白绫，平摊在掌心，高高地举过头顶。

"你这是做什么？"奕槿神色动容。

"臣妾自知罪责深重，请皇上赐死臣妾。"我的声音安澜无波。

奕槿眼波一荡，随即又冷笑两声，齿间阴阴地逼出几个字道："你想跟他一起死。"

他霍然一拂衣袖从我身侧走过，用来裁制龙袍的衣料极好，质地也极为优良致密，他走过时，扬起的袖角恰好打在我的胳膊上，如同被坚韧的皮鞭抽了一下。然而，他的声音更是如粗糙的刀片剜在心头，带着一股莫名的怨恨，"但是，朕偏不会让你如意，朕要让你活着，一直活着，你就给朕睁大眼睛好好看着吧。"

奕槿的话听得我心惊胆寒，我勉强镇定声色道："就算皇上现在不赐死，但彼时，太后又岂能放过我？太后认定了我是祸患，韶王无事还好，他日若痛失爱子，定是不会让我活着。"

奕槿一掌重重地拍在案上，剑眉横张，怫然大怒地指着我道："好啊好啊，你居然还有脸再提起他！"

"我为什么不能提？"我此时冷静得出人意料，"在你眼里我尚且不如灵犀、薛旻茜等人。"

"朕实在看不出她们哪里冤枉你了！"奕槿脸色越发难看，他冷哼一声，"朕的好宸妃，你敢说你跟韶王之间真的毫无瓜葛？"

他的眼眸此时跃动着两簇阴鸷的寒芒，裹挟着无数细小而尖锐的冰凌，我被他的眼锋密不透风地包围着，如若被剐刀从头到脚地凌迟着。

"颜颜！"他唤的这声颜颜透着逼人的冷意，往日的温情已荡然无存，迸发出强烈而巨大的恨与怨，仿佛刻骨侵髓般，"颜颜，你晓得朕现在有多恨你！离开耶历赫后，纵然你心存怨恨不肯来找朕，那你为何偏偏要跟朕的亲弟弟在一起，还跟他诞下子女……"

我心里揪紧，无奈奕槿盛怒之下，我怎么都插不进话，一时发急，脱口而出道："樱若并非我所生……"

"那你三年前所怀的身孕难道不是他的？"奕槿皱着眉头，猛然出声截断我的辩解。他捏住我尖尖的下颌，双眼中沁出的目光如浸透阴刻的蛇毒，令人从心底滋生出怖意。在我记忆中，除了逼死玉笙的那次，奕槿从来都是温润如玉、气质雍雅的男子，我从未在他脸上见过这种神情。

"颜颜，朕记得当年太医还说你尚在小月中？"他灼烫而短促的呼吸喷上我的脸颊，张口间，竟是切牙欲碎，森然低笑道："落胎得好！落胎得好！就算能保得住，朕也断断不容许这个孽种出世！"

我看着眼前近乎丧失理智的奕槿，听着他用如此刻毒的语言诅咒着我和奕析那个未足月而早殇的孩子。失去那个弥足珍贵的孩子，是依附着我一生难以愈合的隐痛，此刻却被奕槿当成冷酷的讽刺玩味在齿舌之间，那般的刻薄寡恩直令人感到心寒，化作无形的利刃，硬生生地挖出往日不堪入目的伤疤。

但是，此时此刻，我心中一分一毫的愤怒和悲戚都没有，只是觉得对他越发齿冷。奕槿最终还是介意的吧？我与奕析之间的事，于他而言就犹如骨鲠在喉，他恨我，他也恨奕析，他恨我们曾经在一起，恨我们曾经诞育过共同的骨血。

"即使朕拥有你三年，但是三年来你与朕一直若即若离，从未真正亲近过。"奕槿慢慢俯下身，鹰隼般的眸子冷冷地盯住我每一处表情的变化，他的手爱怜地覆上我的脸颊，掌心有旧年骑射时留下的薄茧，如在摩挲着一件举世难有的珍品。他声音郁沉，含着悲愤道："你知道朕现在有多厌恶看到樱若吗？朕现在每看到那个小女孩一次，就会有一次如被当头棒喝般的提醒，提醒着你并不属于朕，无论是人，还是心，统统都不属于朕！"

奕槿伸出的一根手指正好抵着我心口的位置，他的指端发冷，点住一颗温热的心还在笃笃跳动。他手上的指甲修得整齐干净，而我却是分明地觉得，心口就像是被锐利的剑锋抵着，它随时会撕开一层苍白如纸的皮肤，冰凉地探进去，然后将一颗鲜血淋漓的心脏剜出来，供奉在它的主人面前。

我不禁朝后畏缩，而奕槿手臂暴长，大掌一收，五指蜷曲若鹰爪，电光石火间就抓上我的脖子。我惊得微弱地呀一声，没有反抗，也没有躲避，如是接受宿命般地阖上眼睛。细而白皙的脖颈被扣在他的掌中，宛若一株纤纤欲折的柔弱花茎，只需稍稍地用力，就可以轻而易举将其掐断。

在那一刻，我的生死被完全掌控在他的手中。然而，他那只扼住我咽喉的手却迟迟不收紧，他的手指轻轻地颤抖着，指尖薄而修削，透着凉意，当触到我脖颈上的肌肤时，就敏感地激起一阵微小的颗粒。

我缓缓地睁开眼，眸色凄离地看着他，溢出唇际的一缕声音缥缈如浅云，"刚刚为什么不掐死我？"

奕槿的手依旧驻留在我的脖子上，五指松垮垮地握着。我清楚地知道，那一瞬激怒攻心之下，若不是力道收住及时，他险些就真的亲手杀了我。

"朕说过朕不会让你死，你一心求死，朕却偏偏要你活着。"奕槿长长叹息，仿佛要将胸臆间满满郁积着的怒气随着喘气呼出体外，他的手指一根根地收紧，随着动作，指关节间暴出清脆的骨骼碰撞声，每一下都如同闷雷隆隆地炸响在我的耳畔。

脖颈上的禁锢一解除，我就绵软地跌坐在地上。

就这样，我们静默良久，更漏声声地伴着时光流逝而去。

"颜颜，你是在怨朕当年放你远嫁吗？"奕槿的眼神绕过我，如被殿中萦绕的淡烟香雾凝住了，落向迷离未知的远处，"所以你现在回来了，却要这样折磨朕。"

"当年远嫁北奴，我确实怨你。"轻嫣色的唇片被啮出惨白的印子，我紧紧地咬住下唇，生怕一个控制不住，这十二年来所承受的痛苦和磨难，在霎时就不可阻挡地发泄出来。

最终，我还是凄然地说道："若当年没有和亲一事，又怎会有日后种种……"后面的话戛然而止，话已断而意未尽，另一层深意尽在不言中。

我觑过奕槿的神色，他似乎有一时的犹豫，喃喃道："当年若无和亲一事，你那时就已经是朕的娉妃，是朕名正言顺的女人，这十数年来就能一直陪伴在朕的身边，我们之间又怎会横插了那么多的旁人……"

我无声冷笑，表面上不动声色，心里却细细地玩味着"旁人"这两字，他口口声声说旁人，但究竟谁是横插而入的旁人。

尽管如此，我眸间流转着一缕清绝，宛如银针般，直直地刺进了他眼中转瞬即逝的迟疑，说道："樱若并非我与韶王所生。"

说出口的话，字字宛若碾冰，贯进彼此的耳中，"我问心无愧。"

"好个问心无愧！"奕槿略略愣神，随即冷喝道，唇齿间凛然若塞满冰雪，"朕倒要听听你如何的问心无愧！"

我佯作未看到他变化的神色，也不急着辩解，浓密如扇的羽睫姗姗半垂，眼中盈盈地流露出戚微和委屈，由骨子里透出的一股倔强撑着。

我有意放缓声息，幽幽道："你要怎么看我，我都无话可说。今日来还想问一句，我们相识不在短，但这十数年来，你何时真正相信过我？当年你听信薛旻婵，疑心过我和桁止；后来你听信紫嫣，疑心过我和耶历赫；而现在你听信灵犀，又来疑心我和韶王。"

我恰到好处地提及那些往事，却不着痕迹地回避了矫作的嫌疑。当年因前废后薛旻婵的恶意离间，奕槿曾疑虑我与桁止之间并非简单的表兄妹，虽未将此事挑明，暗中却试探我多次。而当年，受到紫嫣三言两语的挑拨，奕槿更是误会我与耶历赫情孽早种，他却被蒙在鼓里一无所知。当他拿着那面莲花玉饰来质问我时，怒极之下，就连解释的机会都不曾给过我。

说这番话时，我的神色悲凄哀婉，唇际含着稀薄的笑，难掩住眼角漫出冰芒般细碎的晶莹，在他眼中，应是极其支离落寞之态。

回首往事时，一字一字说来，皆是痛心与不忍，如被刀割过喉咙。我心弦拨得越发发寒，我与奕槿之间，看似爱意燕婉、两情缱绻的当年，其实一开始，因为不信任，就存在残缺，而这个残缺，注定我们此生要走向决裂。

奕槿他是爱我的吧？爱得情深似海，然而可笑可悲的是，这份爱能坚持十数年而如磐石不移，却居然经不起来自他人的几句离间和挑拨。

我瞅见奕槿的神色略有松动，微微侧过脸去，笑意若萋萋芊草上蒙着的一笼寒烟，极缥缈，极浅淡，说道："相识十三年，我在宫中三年，我们之间也能算是夫妻吧？何谓至亲至疏夫妻，我时至今日才晓得。"

"世人都道男女情爱薄如纸，你当年待我如是，现在待我亦如是。"我神情寥落如沉沉的秋雨暮霭，"十数年都过去了，早就不是当初的小儿女情肠。这么多年来波折不断，我累了，不想恨了，也不想怨了。当年尚且没有勇气，现在更不再有了。"

"颜颜……"奕槿脸色阴晴不定，如夏日阵雨后的天气，复杂变幻着。

"很多很多事，再怎么都回不去了。而我此生此世都不会离开皇宫，就算是我欠着你的吧。"

我起身向后颤颤地退了一步，朝他遥遥地伸出手，他像受到某种蛊惑般，似乎想要触碰我的指尖。

我却骤然收手，右手箍住左手腕，用尽全身力气，将腕上的镯子狠狠拂落。奕槿一时间如中魔怔，他怔怔地看着我，惊愕的眼神中汹涌地翻滚出无数的往昔，眼前的这一幕竟是如此的似曾相识！

十二年前，在崇华殿上，我就是这样掷碎凤来仪，身后逶迤地拖着一袭嫣红嫁衣，决然离去。

倾世绝尘的容颜，随着蜿蜒十里的迎亲队列，最终湮没在滚滚北望的风尘中。

我回首莞尔，那一笑间一如当年，三分清拗倔强，三分凄冷孤艳，三分娇妩怜楚，还有一分冷冷流转的勾魂摄魄，每一分都被拿捏得分寸极准。

那样的神色，委实像极了十六岁时的颜卿。

难怪奕槿看得异常怔忪，仿佛就是当年的情形再次重现，脑海中的回忆被铺天盖地勾起。只是我手上的镯子已经不是凤来仪了，凤来仪早就遗失，想想也觉得可叹，奕槿将它给了我三次，却一次都不曾留住我，如今被我拂落在地上的镯子，经过精心挑选，稍稍类似于凤来仪，镯身略阔，两头却没有镶嵌祖母绿宝石。不过又有什么要紧呢？反正人也不是旧日的两个人了。

走到今日这一步，无论是谁都没有退路了。

雕花长窗中漏进幽昧迷蒙的月光，将我纤弱单薄的身影拖得极长，极长，如细而坚韧的蚕丝般缠绕在他的身上。一步，他没有唤住我，两步，还是没有，三步……我默默数着，我走得极慢，像是在等待着什么，恍惚记起奕檀曾说过，当年在崇华殿上没能留住我，是他此生最大的遗憾，那么现在呢？

终于，我感到手臂猛然一紧，已是被人从身后拽住。

那一瞬，我们之间，磅礴湍急的时光之河仿佛霎时凝固住了。我与他谁都一动不动，这样僵持着，十多年的岁月，就在他握住我手臂的罅隙间，沛不可当地流逝过去。

我恓恓回眸，羽睫盈着泪珠颤如蝶翅，在转首时顺着脸颊滑落，带着无比灼热的温度，在心间烧出一道轨迹，在地上四溅如珍珠。我心神清明，这就是我要牢牢抓住的契机，唯有这么一瞬。

当眼泪流落的一刻，我的唇角漫出漠漠的一勾笑，容颜依然凄冷孤艳，而倔强和清拗却分崩离析，我捂住脸跪倒在地上，任由泪水沁出，双肩颤抖着，哀离的神色，愈加显得娇妩怜楚。

"当年你亲自来北郊行宫找我时，不知你还记不记得，不是不想争辩，不是不想挽回，而是彻彻底底被一句'你北上到底是找我，还是找他'伤到了，若不是心死如灰，我怎会舍得离开自幼生长的故国，孤身去那漠北蛮荒之地？"

我迟迟未说出口，其实当年的决意离开，不仅仅是为了奕檀的不信任，更多的是因为那张凤签，"凤凰去已久，正当今日回，自天衔瑞图，飞下十二楼"。

我容忍了他因帝王的身份拘囿，而无法给我全部的爱，也容忍了最好的姐妹与我共侍一夫的事实。可是当年，我唯独不能容忍的是，他对我的感情不过源自凤签，他爱的只是为他命中衔来祥瑞的女子。

"颜颜，你……"奕檀声音微颤，似是被触动心肠，怅恨道："你当年也真真要强，现在晓得后悔，为什么那时任何回转的余地都不给？"

我伏在他膝上，泪水如洪猛决堤，肆意流淌，连我自己都不懂为什么会有那么多泪。心口沉积的哀恸和郁结化作扯心撕肺的哭声，昏天黑地哭着，像是要在这种近乎自暴自弃的发泄中，榨干和耗竭体内的全部力气，仿佛也只有这样才能让我略微舒服一点，不知这样痛哭了多久，哭得五脏六腑都要锐利地疼挛起来，一股恶心而逼仄的感觉顺着肠子从胃底翻滚而上，我死死地掐住嘴唇不让自己呕出来。

"颜颜，你真是命中注定要来折磨朕的。"奕樘看我的眼神迷离而痛惜，嘶哑的声音如被利锯来回割着，"你要朕拿你怎么办？"

当初紫嫣到冰璃宫看我时，她在我面前一会闹得形似疯癫，一会又哭得肝肠寸断，我知道她在做戏，从心底里鄙薄她，可是如今我所做的，何尝不是戏，跟她又有什么不同？

我俯首咳了一阵，方觉得整个人缓了过来，两侧鬓发蓬散凌乱，湿黏地紧贴着面庞。我抬起头时，他的脸近在咫尺，在前一刻释放出来的软弱和屈服如同破冰。

我凝住呼吸，好像浑身上下的毛孔尽数闭合了，从里到外都深深地屏住一口气，一鼓而上的力量，支撑着我扑上去抱住奕樘，几近疯狂地，低鸣道："我从未想过要折磨谁，若说我折磨你，你何尝就没有折磨过我？"

奕樘如遭雷击，看我的眼神有难言的震撼，一时竟狠不下心推开我。我趁着他未说出下面的话，眼底犹然含着清泪，无言地魅惑着。我抬首吻上他的唇，我的唇冰冷，他的唇亦是冰冷，看似浓情蜜意的辗转结合间，却始终冷得毫无一丝温度。突如其来的亲密拥吻，纠缠着越来越深，气息也是越来越急，仿佛要将彼此的呼吸都吞下去。

殿中明烛高烧，如暖阳般漾开一室的烛影摇红，意乱情迷中，是我主动引逗他的。我忘情了，他也忘情了，他伸出一只手托住我的后颈，令我的头微微仰着，炽热而柔和的舌温情地勾勒出我唇瓣的轮廓，舔着每一颗细白如玉的贝齿，再缓缓地探伸进去。转即又换作霸道而强势力道，爱极又像是恨极般，狠狠地碾压着我的喉咙，迫得我险些喘不过气来。他的吻沿着脸颊，脖子，一路蜿蜒地滑到清冽纤瘦的锁骨。

我极力克制着身体产生的本能的反抗和从心底激涌而出的抵触之感，婉娩顺从地承受着，极尽地迎合着他。默然中，我自行解开腰间的佩带，伴着清脆的玎琮一声，雪色璎珞长珠逶迤垂地。发髻松松乱，轻罗淡淡褪去，露出雪嫩细腻如羊脂白玉的身体，柔若垂柳地颤颤着，仿佛春风中层层剥落的香瓣裹着一缕等待采撷的洁白玉蕊。

我想起当年东宫中的一夜，那年我十六岁，未经人事，对男女之事亦是懵懂无知。奕樘在我耳畔轻声呢喃着，颜颜，你别怕。但我伏在他怀里还是不住地颤抖，我心里害怕得很，但又不能反抗他，数不清的泪珠儿簌簌掉落，连绵不断，眼中就像藏了一个偌大的湖。而奕樘不忍心看到我泪光涟涟的样子，用手掌轻轻地盖住了我的双眼。

如今我的眼中落下成串的泪来，清亮的眼眸被一汪水色冲洗得愈加楚楚怜人。我一边落泪，一边执起他的一只手，将手掌缓缓地覆在我的眼睑上。

那一刻，他的神色如罹雷殛，震愕到难以言喻。一个恍神，仿佛十二年的时光统统消失无踪，他还是东宫里的太子，我还是皇后身边的女官。

"颜颜……"奕槿将脸埋在我的脖颈间，沉闷地低吼道，他的手掌贴上祖露的肌肤，有粗糙的不适。但我微微一笑，双臂圈住他的脖子，吻着他高凸挺拔的眉峰，清妍而纯粹的神色，宛如还是当年对情事生涩而稚嫩的少女。他终于忍耐不住，揽紧我纤细赤裸的腰身，猛地横抱起我，朝着二十四扇鲛纱帷幔隔开的寝殿走去。

锦绣暖帐内，氤氲着四季花卉馥郁的幽香，甜馨而靡艳的气息，一丝一丝地让人迷醉。身上极烫，仿佛满腔鲜血都在沸腾着，凝结成一树凄绝残艳的桃花，象征着毁灭和惨烈。而心却是一分一分地冷却下去，像是一尾附在阴暗幽深的池底的鱼，双腮和鳞片上的黏膜渐渐枯萎，最后僵死着与顽石化为一体。

此后一连三日，我都在太极宫中，未出殿门一步。这日晨起，略略用过早膳，奕槿与朝臣到御书房商议政事去了，而我留在东偏殿中碌碌无聊着。

这时，听得外面有些动静，索索的声音像跪地时衣料在摩挲，纷纷朝来人行礼，听到守门的内监高呼了声娘娘，那急切的声音像是要阻止。

"退下！"忽听见盛气凌人的喝声，那内监底下的话就全咽回了肠子里。转眼间，那人就已经迈步进来。

我漫目看去，含着一缕淡然的神色，我倒要看看胆敢闯进来的人是谁。此时，殿中走进一名韶容秀婉的女子，眉目如画，削肩柳腰，行走间意态娉娉袅袅，正是灵犀。我端然坐着，而她乍一看到我，神情略略惊愕。

我微微一笑，难怪她是这般反应，宸妃不是被禁足冰璃宫吗，怎会忽然出现在皇上的御殿中？

灵犀在看着我的同时，我也是含着一丝漠漠的笑打量着她。有段日子不见，她容颜如昔，至灵至性的眉目间透出一分超逸和清粹，一张脸皎皎如明玉，宛若九玄仙娥临世。

她能在太极宫中我不奇怪，奇怪的是她今日穿着，并不是平日妃子的打扮，青丝松松地绾作太虚髻，一身银灰色道袍，银线疏疏地勾勒出五茎莲花的轮廓，流闪着清冷微弱的光泽，哪里有半分宫妃的样子。

灵犀虽师承清虚子，但毕竟是帝妃，这里到底是皇宫，不是皇家道观，她深宫中身着道袍，此举出格，就连当年丰熙先帝的薛贵妃都不曾如此大胆。

我心中闪过讶异，脸面上却是不动声色。

灵犀到底是机敏之人，她的眼光在我脸上轻飘飘地一轮，合宜笑着，换成平日里嘘寒问暖的温厚口气："宸妃姐姐气色很好，可是身体大安了？"

我仅是含笑看她，还是端然坐着的姿态，对于她的殷勤，我也不回礼。

我今日的装扮与往日不同，外罩着银红色凤翎绛绡单衣，红绡抹胸刺绣牡丹春晓，底下柔软的红绉纱裙裾垂落，恍若透迤着一袭明艳的流霞，轻曼如云地堆在脚边，双足未着丝履，裹在层层娇红软纱中，愈加衬得肤色明净，莹白如玉。

我向来穿惯了清素，甚少穿这般艳丽的颜色，浓烈如火、嫣然如血的红色，也只有这样的气势才能压得住她。

"承蒙夫人挂念，本宫的身体确实好多了。"我淡淡道，语调生疏，任谁都听得出来。每个见到我的人，都会惊讶于我气色好转，灵犀自然也不例外。

我手前正好放着一面小靶镜，拿起一看，镜中人依然还是旧日的眉目，但脸色一扫往日的苍白和晦暗，双靥温腻，如春风玉露中初绽的桃瓣，漾漾透出一抹娇妍含苞的嫣粉，双眉涵烟，秋水明眸，就连往日消瘦得尖如锥子的下颌亦是腴润些，整个人神采奕奕。从前缠绵病榻的颜卿，其楚楚之态令人怜惜。而现在，这般惊心动魄的倾世之美，何止能惹了一个男人的怜，更能乱了他的意，惑了他的情。

灵犀顾自浅笑，似是感慨道："世人都说浣昭夫人容颜殊美，但浣昭夫人美名盛传之时，婉辞犹是无知孩童，无缘得见，今日见宸妃姐姐，亦可窥见夫人当年是何等的倾世之容。"

我赤足而立，东偏殿中地铺蓝田暖玉，温润酥痒的触感顺着脚心一点点蔓延上来。我悠悠道："莫说倾城，倾国，倾世，何见这世间，这一国、这一城真的能为容颜而倾，倾倒的不过就是一瞬间的人心，而这人心又是最反复无常。"

灵犀姗姗而笑道："姐姐高见……"

我闻言挑唇而笑，看似无意地瞥过她身上的道袍，道："夫人既然要做世外之人，又何须拘泥于俗尘的称呼？"

灵犀自然听得出我的言下之意，索性不再一味地套近乎，莲步轻移，走近几步道："娘娘这几日来既然同皇上朝夕相伴着，可是和好如初了？"

"和好如初？"我重复了一遍，如同玩味般道："到底是不是和好如初，都凭着夫人的心思来看。"

灵犀神色落落恭婉，但她越是恭婉越让人觉得绵里藏针，说道："臣妾能有多少心思？纵然有也是浅狭褊隘得很，哪能看得出娘娘在想什么？想当初自九公主一事，娘娘是何等强硬的性子，无论皇上做什么，娘娘都冷冷地拒其千里之外。但眼下倒是肯回心转意了，可见娘娘最让人敬佩的还是忍，臣妾万万望尘莫及。"

她顿一顿，接着说道："对于皇上而言，娘娘能回心转意固然好，但是来得太巧了，反而落着了乔张作致的嫌疑，娘娘您说呢？"

我眸色清冷地看去，灵犀一张洁白的脸庞清丽如半绽的素馨花，眼神中犹带着少女春波明媚的一点单纯和懵懂，这般剔透的神情，恍若是清芬栀子年华的女儿在香闺密语，与她此时口中的话，却显得如此格格不入。

我清楚她这番含讽带刺的话，三分是在试探，七分是想刻意激怒我，要我未有任何动作就自乱阵脚。我偏是镇定，对她不争辩也不反驳，反而能让她觉得摸不到底。

"夫人能出言警醒，这番拳拳心意，本宫心领了。"我仅是声色平板地说道，"夫人今日身着道袍的样子，倒是让本宫想起清虚子道长。道长是世外高人，人称谪仙。而夫人虽未正式入箓，但多年来受教于道长，耳濡目染已久，定能养成三分超然风逸的仙气，但眼下夫人一心纠缠尘世俗事，怕是不为道长所悦见。"

灵犀闻言，惝然良久，忽然以袖掩唇，呵呵笑出声来，她道："能这般说话，看来宸妃娘娘真的大安了。"

就在这时，她的音调陡然一凛，两丸雪色隐隐的眸光逼向我，道："娘娘若想拿清虚子师父来压住婉辞，就大错特错了！"

东偏殿中那么静，没有侍女和太监在旁边，唯有我和灵犀两人，静静地对峙着。她侧身而立，我一眼睨去，正好看到她侧脸清秀婉约的弧度，遽然间，像是与脑海中某个一掠而过的影像倏然重合，我心间一紧，再看她时，发觉她也恰好似笑非笑地看着我。

我不禁试探道："上官婉辞，我们之前一定见过吧？"

灵犀颔首而笑，疑惑道："娘娘这说的什么话？"

我深敛口气，一字一顿用力道："不是在宫中，而是在宫外。"

"呵呵。"灵犀的笑意中蒙染着一分魅色，并不回答。在我惊异的目光中，她轻轻振衣，坐在偏殿的一处玉阶上，然后拆散了太虚髻，青丝顺着肩膀如瀑倾下。她将满头乌发拢成一束，悠闲地将其编成一根粗黑的辫子垂在胸前。

做完这一切，灵犀双手托腮，她抬首，冲我甜甜一笑，眼睛宛若两弯新月，右眼角外侧有颗漆点般的黑痣，在润白的面庞上如一点簇新的墨迹，却分毫未损她的容颜，仿佛是被黛笔着意地描画而出，透露着一段浑然天成的妩媚韵致。

偏殿四周的帷幔皆是半卷，日光薄薄地筛进来是极明亮的暖色，照在她的脸上，而她容光不减，那日光就像被那颗黑痣全部吸收一样。

见到眼前的情景，我心间骤然一紧，脱口而出道："你是……"

此时，灵犀霍然从地上立起，不卑不亢地道："娘娘不曾记错，我们当年在金莱城中的医馆就已经见过。"

尽管心中已了然，但听她亲口承认，我还是忍不住愣住，原来灵犀就是当年我和奕析在金莱城的医馆中所见到的女医啊！

记得当年我身中素魔之毒，奕析带我去金莱城问医，误打误撞就碰到了她。她见过我与奕析在一起，后又亲眼看到我成了奕槿的宸妃，其中关节曲折，凭她的聪明，再者这么多年冷眼看下来，怎会猜不透？

我感到一阵心灰，这当真是天意，当真是老天安排要降在我们身上的磨难啊，我和奕析当年不曾遇上别人，却偏偏遇上了她。

而这灵犀果然不简单，她其实早就知道我与奕析之间的事了，然而多年来假作不知，是何等的心机与城府。

看着她的如花笑靥，我极力让自己忍耐着，牙根却咬得有些发酸。她筹划多年，难怪我那日会被她一步一步逼得一败涂地，时至眼下我总算是明白，原来从一开始，我就已经被她算计了。

灵犀身上银灰的道袍宽松，料子服帖地勾勒出身体玲珑娇小的曲线，她将垂在胸前的辫子拨到身后，笑意盈盈道："金莱城中一别三年，想不到我们还能再见。"

"好！好！好！"我一连说了三个"好"字，冷声道："夫人真是好手段，好心机。但谁想得到呢，边陲破落医馆中的江湖医者，竟然会是当今天子的嫔妃！"

"这有何奇怪？"灵犀不以为然地耸肩而笑，针锋相对地回击道："娘娘莫说我，但谁又能想到，当年韶王口中的妻子，竟然也会是当今天子的嫔妃！"

灵犀轻巧地将我的话几乎原样地挡了回去，并刻意在"又"和"也"上加重了口气，她目光微寒，含着淡淡的挑衅看向我。

我唇际的笑渐渐冷凝，当年我对于金莱城中那个年纪幼小却性情古怪的女医还有一点好印象，到今日算是荡然无存了。

灵犀于轩彰八年进宫，在金莱城的医馆遇到我时已是轩彰九年，按理说她应该在深宫中，宫规森严，哪能容得一名妃子随意出宫，乔装易服地独自到漠北边城去？此外，若说灵犀处心积虑地扳倒我，单单是为了争宠，但何必要再生出构陷韶王谋逆一事？若说后者是为了迎合奕槿，但此举岂不是开罪太后？但太后是她的亲姨母，这仿佛也说不通。一时间，有太多关于灵犀的疑惑涌上心头。

看着眼前这个未足二十岁的女子，她依然憹甜而纯真地笑着，而我却第一次感到她轻灵出尘的清丽容貌下掩藏着的深不可测。

灵犀走后，奕樘未回。我依旧坐着，外头跪了好些人。我轻轻咳了声，就有一名小内监瞅着我的脸色，恭身上来伺候。来人二十有余，模样勉强周正，我记得见过，好像是跟在浊公公身边受教的，名字似乎是小刘子。

我瞥了他一眼，想到灵犀刚刚进来时厉声斥退左右的气势，于是闲闲地问道："灵犀夫人向来都是那么放肆的吗？"

我问得突兀，小刘子到底是个年轻太监，扛不住事，登时被我唬了一大跳，唯唯诺诺地回道："宸主子，这……这……"

"奴才是不该议论主子，但主子问话可有不答的道理？"我容色和悦，但语气中隐见迫意，"灵犀身为宫妃，胆敢在宫禁之内着道袍任意行走，难道皇上都不曾言语过什么？"

小刘子一惊，顺眉答道："主子先时好些日子不来，怕是不知道这里情况了。皇上笃心尚道，灵犀娘娘又是世间道法第一人的弟子。皇上对灵犀娘娘的宠信真是没得说，灵犀娘娘说十句话，皇上差不多能听进去五六句，当初为四座皇家道观加九锡，也是灵犀娘娘的主意。"

我眼神微动，"接着往下说。"

"奴才也不懂这些，灵犀娘娘还说过什么钻研道器啊，长寿啊之类的话，皇上也都信得很。"小刘子也不敢多说，咽了口水道："主子莫怪灵犀娘娘刚刚闯进来时莽撞，这里的哪间宫室灵犀娘娘还不是想进就进。"

"知道了。"我朝小刘子摆摆手，唇角噙着些微轻蔑的笑意，道："本宫以前尚觉得她性情聪黠柔婉，原来也是这样嚣张的本性。"

关于韶王谋逆一案，高氏宗族内部和朝廷中分成两派，有人认为既然证据确凿，又有当事者安福郡主亲自指证，再者，我朝丰熙和轩彰两朝都有例可循，皇族亲王若有逆反者，譬如晋王和定南王就是活生生的先例，圣上就应当先将兄弟人伦、手足之情放在一旁，必要严肃法纪，依例查办。但高氏中和朝中亦有人出头为韶王辩驳。想当年的晋王，为篡夺帝位而强行逼宫。而前些年的定南王，倚仗前半生功绩彪炳，兴兵挥戈帝都。两人皆是肆意大行不义之举，故此遭伏诛。而韶王一向谦恭，仅凭着安福郡主的证词和一些捕风捉影的谣传，怎可贸然将其与二王同罪？双方相持不下，拖到今日迟迟未有决断。

这不仅仅是高氏皇亲之间，或是朝臣之间的意见对立，更要紧的是牵扯上了皇上和太后，这下可错综复杂了。皇上的意思是按照以前处置二王的例子来办，历朝历代都将谋逆视作十恶之首，此可为之，孰不可为之，定是要严惩不贷，但太后却是执意要力保爱子韶王。外部的人都渐渐看出来了，撇开别的不说，这分明就是太后和皇上之间在对立，那些夹在中间的臣子都左右为难，君君臣臣，他们自然要顺从帝意，但这"君"的上头还压着一个重重的"孝"字，皇上尚且有几分顾忌，不能跟太后彻底撕破了脸，那臣子更是要在心里头谨慎地掂量着，不敢轻易开罪了太后。

波诡云谲的朝堂之上，又有一家异军突起，那便是瑛和侯庞氏。庞氏现任族长庞裕，不远千里从雍州赶赴帝都，手执丹书铁券为韶王求情，庞家这一道免死金令，乃是我朝第二代帝王圣祖皇帝所赐，象征着皇家对庞氏一族那份凌越于其他族姓之上的宠信和荣光。庞裕不惜触怒天颜，也要拼死力保韶王，令朝廷内外俱是震愕。

庞家如今退王封侯，但是几世几代镇守西川雍州，功不可没，其实力不容小觑，纵是帝王，亦是不敢轻易动之。

韶王是庞家的女婿，但何至于令庞家尽心尽力到这一步？我却隐隐猜到几分，庞裕何能如此，真正殷切想救韶王的人，是韶王妃庞徵云。她是庞家的女儿，出嫁之前就素有贤名，不知她用了何种方法，竟是使得自己这位素来懦弱、畏妻如虎的亲兄长出面，倾力保全韶王。

应是十分的不容易吧？我想到那个娴静淑良的女子，一脉温婉柔弱的外表下，竟是这般刚烈忠贞的秉性，她是如此深爱着她的夫君啊。王妃此举，令无数人唏嘘不已，韶王得贤妻若此，太后当年果然没看错人。

反观玉阴侯贺家那边，态度倒是冷淡许多，一力撇清，唯恐罪名连坐，祸及自身。

当整个前朝为韶王之事而荡生出一片波谲云诡之际，后宫中宸妃重获隆宠的消息，像一阵风似的吹了出去，然后无孔不入地侵进这古老宫墙的四肢百骸。

想当日，在太极宫中的嫔妃寥寥无几，事后又被上头严令不准走漏丝毫风声。尽管当时闹得沸反盈天，但宫中多数妃嫔都不知道，我和韶王之间那层朦胧而微妙的关系。所以都未将这两件事联系在一起。但是若有知情者，如薛旻茜和敏妃之流，大概都是在背后乱嚼口舌，议论着我的凉薄和无情。

宸妃不仅善于见风使舵，更善于狐媚惑主。原先想着经历那一次的事，皇上不杀宸妃亦是格外开恩，但无宠无恩地孤寂到老是注定了，没想到居然这么快就又能起势，重新获得皇上的垂怜，不得不说手段高超卓绝。宫中有说我凉薄，或说我狐媚，纷纭四起，甚嚣尘上。令人想不到的是，宫中女子美丽的朱唇檀口中，说出话竟是要多尖刻阴毒就有多尖刻阴毒。日子久了不免传到我的耳中，里面什么狠咒恶话都有，有些字眼粗鄙得甚至连市井悍妇都不屑于用。

对此，我不愠不怒，仅是安然处之。凝玉是心思纯明的女子，眼里耳中哪里容得下污秽？她曾含泪汪汪地对我说，能进宫中来的都是出身世家的女子，怎想到能说出这般恶毒的言语来诋毁姐姐。我当时仅是笑笑而未说话。

她在意，我却是不在意了，走到这一步，颜卿什么都能隐忍了，还能隐忍不了这个？纵然那些谣言密如箭雨，于我而言，就算被射在身上也不过就是些破弩弱矢，而真正的劲弩强矢却潜伏在暗处，箭镞磨亮着一簇寒芒，伺机逡巡着，等待某个准确无误的时机再射向我。

我的禁足令已解，冰璃宫又再次成为宫中圣眷最浓的地方。在旁人眼中，我与奕槿又回到往日，我还是奕槿最宠爱的宸妃。

然而，暗藏在里子中的隐秘变化，又是谁能说得清的？可以明确地说，奕槿现在给我更接近于是宠，而不是爱，就如奕槿与我亲密的同时，却是一分都未与灵犀疏远。宠，可以被等分或不等分地切割，同时分给好几个女人，但爱却不可以。

宠而不爱，我明知这一点，却是在装糊涂，佯作无事地留在奕槿身边，继续做着他的宠妃。就像当日灵犀所说，奕槿对于我突然的回心转意，不可能不起疑心。他明知此时此刻，我对他的算计要多过真心，却也在装糊涂，他爱了我那么多年，而我从头至尾都不曾属于过他，这说出来多像是一个笑话。他一直自认是最爱我的男人，爱我超过耶历赫，爱我要超过韶王，但眼下落得这样的收场，他不甘心，绝对不甘心，就算是帝王与生俱来的高傲和尊严，也不允许他甘心。我与奕槿之间，就算是一场没有善果的假戏，他也要陪着我演下去。

所以他接受了我的回头示好。我后来再回想起那晚，我在太极宫中所作所为，就连我自己，都为自己当时的矫揉造作而感到发指。我从眼神到动作，从说话到流泪，都在极力模仿着当年十六岁时的颜卿，可是扪心自问，我当时的样子哪里有半分像往日的颜卿？那种做作的情态，完全就像是一个不择手段要博得男人欢心的下等姬妾。现在每次想起，那种从肠子里涌上来的寒腻腻的感觉，让自己恶心得都要呕出来。

想到这里我忍不住冷笑，耗费什么心思，又假作什么戏，单单凭他的那点不甘心，就足够成为我们再次琴瑟和谐、如胶似漆的筹码了。

日近黄昏，紫嫣来冰璃宫寻我时，我正好要乘步辇到太极宫。黄缃垂首恭顺地立在紫嫣身后，而紫嫣曼立在一层薄黯如纱的暮色中，笑盈盈地看着盛装之下的我，不冷不热地道："皇上怎么不亲自来？倒是舍得劳碌姐姐跑一趟。"

我朝紫嫣招招手，道："你且跟我上步辇，此去路途尚长，我们慢慢说。"

紫嫣依言来了，步辇稳稳地抬起。我侧首看她时，带起髻上鸾凤红珊瑚流苏金步摇，穗穗地摇开明影晃动。

锦绣华彩的步辇中唯有我们两人，而紫嫣亦是在看我，眼眸宛如两汪碧沉沉的静水，将我的身影一动不动地凝在里面，她深敛声息，说道："对于韶王一事，朝中迟迟未有定论，一干大臣虽不乏迎合上意之辈，但为韶王求情之人不在少，尤其是瑛和王贺家，此外，雄踞雍州的庞氏更是不容小觑。"

"我知道。"我容色平静。

紫嫣语音略略重了些，"更者，太后是铁了心要回护韶王。皇上就算是为了不跟太后起冲突，在天下人面前落得失孝失义的罪名，也断然不能在韶王那里用上当年先帝对付晋王的一套。"

"我知道。"我依然平静，一面拿出菱花镜来，看看今日的妆容是否得体，额上红珊瑚珠镶成的花钿是否端正，又拿出绢子细细地拭去鼻尖上些微多余的蜜粉。

紫嫣斜睨了我一眼，似乎不满我此时轻慢的态度，摇头时双耳上垂落的长长的猫眼坠子冷然一甩，她一掌就拍落了我手中的镜子，陡然拔高声音道："反正有太后在，韶王横竖都死不了！你那么着急地跑去他跟前演戏干什么？"

紫嫣这些话出口有些冲，但却说得一针见血，两句话都不偏不倚地刺在要害上。

镜子落在椴木底的地上，咚的一声动静极大，外头抬轿的侍从都吓得战战兢兢止步。静等了片刻，同行的湛露探着脑袋，朝里面小心地问道："两位娘娘，可是有什么要吩咐奴婢？"

我如同无事人般，顾自将落地的镜子捡起，淡淡道："不必惊慌，本宫一时拿不稳镜子，你让抬轿的人步伐慢些即可。"

湛露道了声喏，听得出她是松了口气。

我朝紫嫣淡挑眼角，道："路还很长，有什么事都能缓缓地说，在这里虽不怕什么隔墙有耳，但你说话太大声毕竟不好。若是心浮气躁，平日记得多服用些雪梨甜汤冰冰心，这可是你自己教我的。"

紫嫣唇角慢慢地扯开一丝笑，却毫无示弱之意，压低声音逼问道："你当初还斩钉截铁地说着绝不回头，怎么一转头就改了主意？"

我听出紫嫣话中暗藏嘲讽之意，那日将话说得多么决绝，不留下半点转圜余地的人是我，然而，那么快就反悔的人也是我，而且我刚刚当着紫嫣的面，为了朝见奕槿而着意修饰妆容，那种以色相侍上的低媚姿态，应是极让紫嫣反感。

面对紫嫣数次出言不逊，我表面上还是云淡风轻的，但心中着实也被激怒了几分。

"你说我演戏吗？"我沉声说道，"就算是演戏，我演了才几日，而你又演了多少年？扪心自问，你觉得有资格来教训我吗？"

紫嫣被我这些话猛然震住，不消须臾，她忽地冷笑两声，"对啊，我是最没有资格的人。想刚刚进宫的那几年，我拼尽一切努力来模仿你，学你说话的样子，穿你喜欢的衣裳样式，每日在妆台前，费尽心思将一张原本只有六七分相似的脸，描画到有八分九分的像，甚至像到能以假乱真。是的，当时宫人都说我很像你，可是她们哪里晓得，我心里有多厌恶，我厌恶要学你性格中的软弱，厌恶一遇到事就流眼泪，更厌恶要适时地在高奕樘面前装装懵懂无知。"

"你自己选择的路，怨不得别人。"我强行压制住心中的怒意，也压制住胸口激烈的气血翻腾，眸色清冷地瞥过她。紫嫣声色俱厉地冲着我又吼又叫，她现在觉得厌恶了，觉得后悔了，觉得不值得了，认为这一切的祸根都是我。

可是我呢，我这么多年的痛苦和磨难又该向谁去讨回？

"姐姐说得不错，都是我自作自受。可是我后来烦倦了，也累了，不想再去学你，也不想再演戏了……"

我记得湛露说过，紫嫣自诞下三殿下后性情大变，而奕樘对于她的宠爱也在那时一落千丈，可是……我唇角浮起一丝冷笑。

她还未说完，我就厉声截断道："你那时的确是烦倦了，但你不是也已经得到所有想要的东西了吗？扳倒仇敌薛氏，壮大林氏声威，兼之有了皇子，所有想要的已经到手，你自然无须再委屈自己了！"

紫嫣骤然听闻这话，脸色有一瞬的煞白，如同一瓣颓败的隔夜百合。

我按住高低起伏的胸口，让自己尽量地平静下来。自从我重拾记忆以来，我与紫嫣之间横亘着盘根错节、纠缠凌乱的矛盾和怨结，彼此维持的不过是表面的和睦，但都默契地回避着，但冰冻三尺非一日之寒，否则今日的争执也不会一触即发。

"姐姐，我的确是可笑，可笑我那么多年都在模仿你，但是你自己呢？"紫嫣拿手朝我一指，她目光炯炯地盯住我，明透得容不下任何矫饰和遮掩，咄咄逼人地嘲讽道："那你呢？我在模仿你，但你在模仿十六岁时的自己，两相比较，你岂不是比我更可笑？"

我在模仿你，而你在模仿十六岁时的自己！

我整个人一怔，紫嫣的这句话声音不大，在我听来却是震耳欲聋，就像是一把寒光凛凛的匕首结结实实地捅在我的痛处，我原本以为自己足够坚强，要知道言辞之利犹胜刀剑，到底是血肉之躯经不起切肤之痛，我竟也有一时痛得说不出话来。

我的手指攥住菱花镜的柄子，紧紧地勒得一圈又一圈，也勒得心脏一圈又一圈，上面嵌着割成四角切面的五色宝石，握得久了硌得掌心有些疼，我勉强镇定道："无论是什么，我们都是各有所图吧。"

紫嫣转首不再看我，明艳而硕大的裙幅展如鸟翼，曳地时发出窸窸窣窣的声音，迷蒙的暗色冲淡了她面庞的轮廓，眉目间的锋芒褪尽，宛如画中走出的线条柔和的水墨美人。

"各有所图，各有所图……"紫嫣喃喃地重复着这四个字，她在我面前蹲下来，将额头抵住我的膝盖，沉沉道："姐姐，或许我不该说这样的话，既然都是各有所图，既然都是各有所图……"

我僵硬地坐着，感觉身子仿佛浮在虚空般碰不到地面，步辇移动时轻微的颠簸，倒让我略微安心。

"我当年所图是为报仇。"紫嫣抬起一双眸子看我，刻意压低声音道，"那姐姐所图是为了韶王吗？"

我神色淡薄地看着她，并不予回答。

我们静静地对峙着，紫嫣凝神看我，眼波如碎石落水激荡开一片摇曳不定，她徐徐地嘘出口气，良久才开口道："当年姨母是奉命来挑起高氏皇室中的内乱，而姐姐是无心之失。"

紫嫣既然认得云嬗和萧隐，想必她已经知道了我们母亲真正的出身，自然晓得当年浣昭与丰熙帝、晋王之间的那段纠葛。

我漠然一笑，双眉若春山远黛含烟，说不出的寥落和缥缈，刻意为之又怎样，无心之失又怎样？

这时步辇稳稳地停下，应该已经到太极宫。湛露在外面喊了一声，立即有侍女在门口等候着，我整敛裙裾，正要出去，紫嫣忽然在身后拉住我的手腕，我回顾她道："这一路这么长，还有话未说完？"

"姨母当年不能违抗命令。"紫嫣目光落在我身上，瞳孔中的黑色浓稠如墨，幽幽地吐出一句话，"但是姨母不爱其中一人，所以做得到全身而退。"

"但是姐姐现在做得到全身而退吗？"她附在我耳边轻轻呵气。

我料不到紫嫣竟会这样问我。全身而退？我垂首凄离一笑，我从来就没有奢望过什么全身而退。我将紫嫣的手指从腕上拽开，背朝着她，以一贯宁淡的口气说道："你回漪澜宫去吧。"

天意从来高难问

　　几日后，安福郡主在慎刑司中暴病而亡。事出蹊跷，奕橖下旨派太医查看，回禀时皆言是心悸而死，无半点中毒之象。安福郡主一介弱质女流，原本身有弱症，自从王府破落后受尽苦楚，常年来忧思过重，必损其根本。加之审问期间，情绪大起大落，承担着四面八方的重压，不堪负荷的身体一时扛不住，骤然发病身亡亦是说得通。

　　皇上要治韶王的罪，多半凭借安福郡主的证词，但眼下安福已死，由她指证韶王私吞的三万虎贲死士仍未找到。而先时在大理寺关押的几名刺客，早在安福抵达帝都之前就已自尽。这样一来，死无对证，要再深查下去怕是难了。

　　韶王已承认三年前擅自救走安福两姐弟，但否认曾参与密谋滇南叛乱。轩彰九年到十年间，韶王确实数次南下，但其对于南下的意图究竟如何，却一直无法给出合理的解释。

　　皇上对安福郡主暴毙一事，恼怒至极，将看管郡主的一干人等统统收监，严加拷问。翌日，六部联名上疏，韶王虽被安福郡主亲口指证，并无实质性的重罪。韶王暗中接济朝廷钦犯之事已是证据确凿，至于私通滇南，谋划刺杀，俱是安福郡主一面之词，真假有待核实，故奏请圣上豁免一死，略施薄惩即可。想当年晋王逼宫篡位，定南王拥兵自重，皆已身死，但皇室之中不可再出现诛杀亲族之事。就连当初主张弹劾韶王的吏部敷昌弼大人，此时亦是存着盘桓观望的意思，上疏时进些应当斟酌、不可草率的无谓之辞。

　　轩彰十二年十月中旬，皇上正式下旨，韶王虽无大恶，触犯国法已是事实，念其当年北伐有功、效力年久，兄弟手足，不忍加诛，令先帝亡灵寒心，故保留王爵尊荣，革除先时兵权，捣毁昔日在宁州的府邸，从此迁回帝都，终生居于宗室王府，不得私下面见旧部及朝臣，非诏不可踏出帝都一步。

外人都看得清清楚楚，皇上对韶王虽留其王位，未贬为庶人，但是从捣毁宁州旧府，迁回帝都中可看出，皇上已是断断容不得韶王独自拥兵在外。在帝都中，韶王后半生形同软禁，一举一动皆在皇上的监视之下。圣旨上说非诏不可踏出帝都一步，同时严令不得面见旧部和朝臣，条条框框压制下来，只怕以后连踏出王府一步都难。

这道圣旨中，最厉害的一条就是让韶王自断经脉，废去武功，借此明示真心悔过之意。朝中众臣闻此，皆暗暗叹息，若武功一废，与废人无异。就算囚禁在眼皮底下，皇上毕竟还是不放心，"兄弟手足，不忍加诛"这八个字到底是虚的，而"令先帝亡灵寒心"正好刺中了皇室和皇上的颜面。韶王说到底都是死罪可免，活罪难逃。

十月将尽，风高日淡，一天秋色共澄清。偶尔晨起，看到黯墨色的草叶上轻覆着薄薄的白霜，斑斑驳驳，仿佛是落魄的女子，脸上那层抹不均匀的脂粉透出彷徨与凄然。

自从进宫谢恩的那日，韶王被遣送回府后，宫中派去王府的太医有增无减，外头的消息也一日日地传报回宫。

第一日，太医回禀，道韶王殿下因失血过多，尤其是双腿或许会落下残疾。

第三日，太医回禀，道韶王殿下身上的伤口不慎感染，出现轻微的糜烂溃疡，伴有高热，伤势已逐渐恶化。

第六日，太医回禀，道韶王殿下因伤势恶化而引起持续不退的高热，如此日久，恐有性命之虞。

一直挨到第十余日，还是未有让人稍稍宽慰的消息传来。原先太医院的首脑周鉴大人，因举荐晦奴一事触怒龙颜，奕槿早已下令罢免其职位，另指了一名胡姓的副首接替。一日胡太医进宫禀报时说："臣等腮腮度之，人之躯体损伤后，受六淫之邪及疫疠之气所致而发热。但王爷曾于北奴一役中身受箭伤，当年箭势深及肺腑，多时调养后还是留下病根，故此次受创后，致使往年旧症发作……"

奕槿眉凝阴郁之色，未等胡太医说完，就一掌大力地拍在御案上，"七王体质一向康佳，怎会无端端地就这般凶险？尔等若欺上瞒下，朕定不轻饶！"

胡太医不停地磕头如捣蒜，哪里还有胆量敢再出声？奕槿见了，不耐烦地挥手让他下去，胡太医方才如蒙大赦，暗暗松了口气，就行礼告退了。

我在旁边静静地看着，现在的太医个个都是惊弓之鸟，上头每问一句，他们在心里都要将言辞谨慎地斟酌好几遍，生怕将韶王的伤势说重了，让自己担上暗助韶王挟君的罪名，但更怕说轻了，万一韶王真有三长两短，他们一味轻言掩饰，到时候定是难逃罪罚。

我感觉肺腑中像是藏着利爪在狠狠地刨着、剐着，他当年近乎致命的箭伤为何而来，这世上没有人比我更清楚。但是此时，我必须合宜得体地浅笑着，奕橞会时不时地看向我，鹰隼般的目光在我脸上分寸不漏地刮过，而我不能让一丝一毫哀戚和怨恨的神色流露在他眼皮底下。

我的视线移到灵犀身上，她秀眉微蹙，此事关系重大，只怕她眼下也不敢再轻易开口。

太后得知后，心急如焚之余，更是震怒非常。韶王伤重的日子，太后顾不上礼制，凤驾亲临王府，连日连夜地目不交睫，亲自守着韶王。任凭随从如何苦心劝慰，太后都不肯休憩片暇。最凶险的一夜，太后跪在佛堂中为韶王祈求，头顶的横梁上就悬着三尺白绫。据说当时，佛堂外头黑压压地跪满了一地的人，嘴皮磨破，好话说尽。

但是太后铁了心肠，什么都不听，只管放出话来道："替哀家转告皇上，哀家一生侍奉先帝，承蒙上天厚爱，能为皇室诞育一双子女，但是端霓至今生死不明，殷寻数月而音讯渺茫，哀家常暗自悲戚，虽留得一分之念，但唯恐已无世间再见之日。若是韶王再有不测，哀家自认愧对先帝，无颜忝居太后之位，况哀家一介年迈体衰之人，万万经不起第二次白头送黑发的痛苦，倒不如一死向先帝谢罪！"

太后已将话说绝，跪在佛堂外的皇室宗亲、官员，及成百过千的侍女侍从，无不吓得心胆俱裂。太后的身份尊贵无匹，若是当真要在佛堂自戕，如何了得！

眼下太后以死相逼，更厉害的是，连先帝都搬出来了。即使奕橞是九五之尊的帝王，但面对这般情势，也不得不做出妥协，暂时放过韶王一马。毕竟韶王隐忍至此，奕橞要是再紧追不舍，施以重责，势必会寒了一干高氏皇族和朝中臣子的心。

我常听得宫中有些人在窃窃地议论，奕橞的生母是早逝的恭淑贤德皇后，追封温懿太后。当今太后与温懿太后皆出身王氏，乃是一母同胞的姐妹。温懿太后过世后，年幼的太子便由太后抚育。故此说来，太后是皇上的姨母，更是养母。纵然太后与皇上亲厚，但韶王才是太后的亲生儿子，到底比不得，假使二人争执，太后必然要站在韶王一边。

这些传言抑制不住地滋生起来，同时也意味着太后与皇上之间的关系，因九公主的出走而产生龃龉后，再经历韶王一事，已走到了彻底的破裂。

蒙昧的天光暗了下来，隔着纵横交错的枝杈，落下一道深一道浅的影子，诡异孤峭，铺展在雕阑玉障上，如一墙张牙舞爪的鬼影。

奕槿这些天来一直心情不快，对于朝臣接连为韶王求情的进谏，已是心烦。但太后在韶王性命垂危的那晚，表现出的决绝态度，更是令他恼火无比。

太极宫内殿，九道盘龙的御案上，各色封皮的奏折堆得如同小山隆起。紫铜雕刻飞龙翔凤的烛台上数百支蜡烛燃着，一行行绯红丽纱的灯罩中火苗跳跃，殿中光线极亮，照在人心上，若流波般暖暖的一泓。

奕槿此时坐在金龙宝座上，他神色倦怠松弛，游离的眼光中夹着一抹难言的恼恨，身上散发出他常用来提神醒脑的薄荷清苦微凉的气息。

他双眸微瞑地靠着，而我在他身边，拿起御案上一本本的奏折读给他听。已经有很长一段时间，奕槿不亲自看奏折，而是要我一本本地读出来。这些奏折大概都是关于韶王，上疏的朝臣多是在劝谏皇上，既然安福郡主已故，韶王为擅自接济朝廷钦犯一事，已受到惩责，但谋逆尚无实据，顾及先帝，念其手足，不妨饶恕韶王云云。还有少数固执旧见，不仅论史实，还搬出先帝因纵容定南王而致使定南王常年占据滇南，拥兵自重，从然生出不臣之心的现成例子，劝皇上切不可重蹈覆辙，养虎为患。

我一字一字读得极仔细，但声音平静得无丝毫感情，仿佛自己就是彻彻底底的局外人。臣子的奏折中是求情，还是弹劾，与我统统都没有干系，我只是一个在读着奏折的人。

奕槿睁开眼睛，牢牢地盯着我的脸，好像要从这一张波澜不惊的面皮下，毫不留情地挖掘出无数隐秘而微妙的情绪。

然而，我对这样犀利的目光，却视若无睹，维持着脸上一脉宁静平和的神色。我不能有一丝欣喜，不能有一丝悲哀，不能有一丝怨怼。我片刻都不曾休息，一连读了数十本奏折，读到乏倦时，就连一丝的麻木和迟滞都不能有。

我知道奕槿正在看着我，任何浮现在我脸上的神色，哪怕一个摇曳的眼神，一处细微的蹙眉，他都不会放过。

我将一本奏折放下，感到一阵疲累，眼前开始微微地发花，是心神长时紧绷而不堪重负的结果。但我咬咬牙，伸手去拿另一本宝蓝锦面的奏折，翻开读道："臣兵部尚书南霁雪上言……"

刚刚读了一句，就被奕槿止住。他将我拉到身边，而我蹲下身，温驯地伏在他的膝上。他抚着我迤逦披散的长发，良久喃喃问道："颜颜，你累吗？"

我的脸贴着他衣襟下摆，金黄和赤色的双股丝线挑绣成栩栩如生的龙纹，狰狞地像是要活过来，密密的金线蹭着脸颊，是极其粗糙的触感。我微翘的唇角扬起些许撒娇的意味，拖长声音道："累，读了那么久都不歇歇，颜颜觉得舌头都干了。"

抬首触上他的眼，我眸底含着一点懵懂的神情，轻笑道："但是槿操劳国事，日理万机。颜颜若是能为槿分忧，自然感到欣慰，这点累又算得了什么。"

奕槿久久地凝视着我，黑澈的瞳仁中映出一双倾世绝美的人影，仿佛还是当年十五六岁时模样，纯粹清澈得未经历过尘世是非。

他似乎有一瞬的恍惚，最终疲惫地朝后靠在龙椅上，面有忿然地说道："那帮臣子真是聒噪，但令朕想不到的是太后，太后在韶王府上言行委实过激，根本不顾及朕的颜面，居然口口声声地搬出先帝来压制朕。朕知自阿九失踪后，太后虽未明言，但对朕一直心存轻怨。至于韶王，分明是韶王自行不义，太后却认定是朕在挟私报复。朕与韶王、阿九为手足之亲，又俱是王氏的外孙，朕尚且厚待其余兄弟姐妹，难道会唯独为难了他们？"

我知道对于被太后胁迫之事，奕槿至今意气难平。对于端雩，奕槿确实是无心之失，但对韶王，我心中无声无息地笑出来，他究竟是大义灭亲，还是挟私报复，就是他自己的心思了。尽管如此，我还是温言劝道："皇上和太后毕竟是母子，纵有嫌隙，到底不好伤了情分。"

我这话说得不轻不重，用母子二字含糊地带了过去。但阖宫谁不知，当今太后并非奕槿生母，宫中多年看似母慈子孝，说穿了都是表面文章，谁是真正的母，谁是真正的子？于奕槿而言，早年过世的温懿太后方是真正的母，而于太后而言，亲生骨肉的韶王方是真正的子。

"颜颜，你也在朕的面前说这么敷衍的话。"奕槿幽深的眸子看着我，略略自嘲道。

我正要辩驳，但奕槿随即话锋一转，容不得我插进话来，他径直问道："颜颜，朝臣的奏折你差不多都看过了，你说朕应该怎么做？"

我伏在他的膝盖上，听到这句话，整个身子被激得骤然一僵。我踌躇须臾，默然道："槿自然有自己的主意，颜颜不会于此说半个字。"

"真的吗？"奕槿问道，我当然明白奕槿绝不会满意我这样的回答，但此刻除此之外，我真的已不知道应该说什么。奕槿的目光在我周身逡巡，在这样的目光逼视之下，无形中却如同数万根银亮的钢针刺在身上。

我感到一阵一阵地发寒，就像浑身的毛孔都被细小的冰凌塞住了。奕槿爱了我那么多年，他爱得铭心刻骨，而我却迟迟不能回报给他同等的感情，不可原谅的是，我将感情给了别人，更不可原谅的是，这个别人居然还是他的亲弟弟。所以，他势必要从我身上百倍千倍地讨回去。他是在折磨我，太医日日来汇报韶王病情的时候，他要我在旁边听着；朝臣的奏折凡是涉及韶王，他要我一本本地读给他听。我宁愿他像那日一样，怒极恨恨之后，狠狠地掴我一个巴掌。也好过现在这样，日复一日折磨我的心。

我素手托腮朝他嫣然一笑，从水意漾漾的眼波，到轻轻勾起的唇角，那笑意完美得没有一处破绽，葱玉般的纤纤指尖在他的龙袍上百无聊赖地画着圈，柔柔地说道："刚刚还问颜颜累不累，那槿忙了一日，可是累了？"

奕槿捉住我一只不安分的手，长臂一舒，已猛然将我抱起，他俯首深吻了我的眉心，"都忙完了。"他的声音低低地透着一股灼热的燥意，附在我的耳畔道："你就是朕现在要忙的事。"

我娇嗔着横了他一眼，鬓角低垂，乌黑的发压着白皙的脸颊漫上珊瑚般的晕红，分外娇娆动人。我的双臂轻柔地拥住了他的脖子，朝奕槿的耳后温香地吐了口气，软软地说了几句，任由他抱着我朝寝殿走去。

芙蓉暖帐无声钩落，烛影轻摇，薄香馥郁，自是一番春情燕婉，轻怜密爱。

耳侧拂过均匀的喘息声，身边的男人似乎睡着了。我感到心神疲惫，身体中像是藏着把琴，丝丝琴弦都绷得极紧，被一只手不时地拨弄着，脑海中充斥着混乱而庞杂的声音。我一直浑浑噩噩地闭着眼，却是一会都难以入睡。

我面向一侧躺着，睡梦中他的手臂依然圈住我的身体，和着些微汗意，彼此的肌肤亲密无间地贴在一起，黏黏的，生腻得很。我尝试着动了一下，他箍得极紧，我分毫都动弹不得。

这般静寂的夜，窗外的墨色荡不开，仿佛被凝胶住了。很多事浅浅地浮上心间，宛如一滴一滴落地的水珠，苍白地映着往日影像，最终支离破碎地坠毁在地上。

我不敢去想，想得越多只会让自己越软弱。拥在胸前的半幅丝衾滑不溜手，几乎让我抓不住，除了身侧卧着的温热躯体，我什么都抓不住。不知这样过了多久，我迷糊地躺着，后颈印上一个微凉的吻，辗转着。我忽地一惊，身后传来奕槿的声音，"颜颜，你睡不着吗？"

我思忖着要不要出声，奕槿将我的身子强行扳了过去，面朝着他，淡淡地重复一遍，"你一直睡不着吧？在想什么？"

我惺忪地微睁着眼，慵懒地躺在他的腋窝下，娇软道："颜颜并没有想什么。"

奕槿顺势将我揽进怀中，薄唇抵着我的前额，轻呓道："颜颜你说的不是真的。朕现在也分不清，你的哪些话是真的，哪些话是假的。"

我枕着他的臂弯，闻言微微一怔，正要说话，他湿热而强势的吻封住我的唇，从榻上半支起身，眼神缱绻地看着我，动情地呢喃着，"不要说，现在多好，我们又能像当年那样，只有我们，不存在任何旁人。其实不管如何，朕都希望我们能一直都这样。"

我仅是柔顺笑着，在他耳边轻言，"我们会一直都这样。"

他将脸埋在我温软细香的脖颈间，满足而轻微地叹息着，他的手抚着我圆润的肩膀，顺着手臂一直滑到腕上。金镶玉的臂环，赤金幽翠的颜色衬得肤色莹洁怜人，一截欺霜胜雪的皓腕，内侧却盘踞着一道深褐色的疤痕，多年了还是触目惊心地存在着，就如同绝世上好的白瓷上唯一的瑕疵。

我腕上的伤疤，奕樘不是没见过。但这一次，他深深地凝视着，如是出神了般，他的唇不由自主地，温柔地覆上那道痕迹。

"颜颜，如果可以，朕一定不会让这道疤出现。"他沉沉道，话语间的绵绵情意如一池破冰春水。

我低婉道："我相信的。"

"颜颜，如果没有和亲，如果朕没有放你远嫁，如果……"他的喉咙如被扼住，到这里就说不下去。

我倚着他，"我都知道的。"

"颜颜……"奕樘疯狂吻着那道疤，我被他突如其来的举动一惊，尚来不及反应，他已将我猛地按住，开始愈加疯狂地吻着我。我骤然心生抵触，却还是默然忍受着。

"你会忘了朕吗？假使有一天你能离开朕了，你一定会很快地就忘掉朕吧。"他英挺的面容微微扭曲着，声音苦涩，甚至夹着一丝低鸣，身为帝王的他此时竟有几分孩童般的惊惶和失措，像是唯恐失去什么，他的手臂将我越缠越紧。

"咳咳……"这样巨大的力道对我几乎是毁灭性的，我感到一阵头晕目眩的窒息，在他松手后，方才呼吸一顺，道："不会的，不会的。"

奕樘喟然叹道："颜颜你一定会的，虽然你现在在朕身边……但是你的心中没有朕……朕明明知道，却舍不得将你推开。"

奕樘松开加在我身上的禁锢，但是他的手指依然摩挲着我腕上的伤疤，苦笑道："当年割得那么深，这十余年来都不曾淡褪，怕是一辈子都消不掉了。但就因为这道疤，你不会忘记耶历赫，纵是你不爱他……"

他伏在我身边，手掌插进我的颈后，将我的头托起。他眸色遽然冷戾，阴寒如星，恨恨地叱道："你当然不会忘记韶王，他留给你的痕迹在心里，不是吗？"

我霎时震住，这些日子来，我们都默契地不再提这些事，假戏真做也好，真戏假做也好，但是当被挑破之时，就算是肌肤相亲的两人，也遽然陷进尴尬。他毕竟做不到，我也做不到，当成一切都没有发生过吧。

"颜颜……"他的喉咙中发出低鸣声，眼中的戾气退去后，刚刚的惊慌失措又出现了，像是迷茫的孩童。时而低号着，如受伤的野兽，四处寻求着发泄，他握紧一拳重重砸在黑檀木的床沿上，冲我吼道："你晓得朕有多不甘心！明明是朕最先遇到你，凭什么在你生命中，最最无足轻重的男人是朕！"

我胆战心惊地看着几近疯癫的他，往日的温雅和煦的风仪荡然无存，他现在的样子甚至不像一个帝王，而是被强烈的嫉妒和怨恨蒙蔽了心智的男人。

"高奕樘……"我看着他，几绺半湿的发丝黏着我侧脸。情急之下，我已顾不上礼仪，大声叫他的名字，他却无动于衷，用劲将我死死按住在榻上，不管我如何挣扎，就是摆脱不了他铁钳般的双手。

"颜颜，朕要你永远不能忘记朕！"他整个身躯都压在我的身上，唇急迫地吻着，灼烫而急促的气息喷上赤裸而素白的肩膀，仿佛是某种兽类用湿凉的鼻尖触着他的猎物，朝着肩膀靠近锁骨的位置，狠狠地咬了下去。

我感到肩膀处传来尖锐的疼痛，脆弱的皮肉已被牙齿撕裂，血激涌出来。我痛得脸色发白，握拳使劲敲着他宽阔的背，但他的身躯如同一座小山般岿然不动。

左半边肩膀痛得都要失去知觉了，他才缓缓地抬起头看我，双眼迷离，唇间染着殷红的血。我此时安静着，长发凌乱地披散在身上，一动不动地躺在榻上，不用看，我就知道左边肩膀定是被咬出两行鲜明的血印。

我朝奕樘虚浮地一笑，淡然道："怎么？留下你想要的印记了吗？"他当时留情，伤口不是很深，流出的血慢慢地凝结了。

他一愣，伸出手指来触碰我苍白的脸颊，眼底的神色复杂地变幻着，所有的话化成一声绵长的叹息，说道："颜颜，朕要你做朕的皇后。"

一路兜兜转转，我最终还是当了奕樘的皇后。令人不由感慨，真是世事难料，我身着正红色百凤礼服，极美而极贵重的衣裳，璀璨夺目的金线绣成长长的凤凰图案，自胸前越肩一直至裙裾后摆，迤逦地散开银紫交织赤金的十二尾羽翎，以国母之尊，与奕樘携手同往太庙，在仪式繁复而冗长的封后典礼上，我隔着眼前的累累珠珞看去，他神色肃然，含着些微的满足和苦涩。

我黯然垂首，凤冠上的流苏如流水般荡漾，遮住我此时的表情，我懂得他的心思。满足，是因为能立我为后，成为他名正言顺的妻子，这是他的夙愿。而苦涩，是因为这眼前的全部，若是说穿了，不过是一场心照不宣的交换。

我们彼此心照不宣，我接受皇后之位，而他对韶王网开一面，仅此而已。

在太庙举行封后大典，许是在短期内仓促筹措，致使中途出了不少变故，事情虽不大不小，但硬生生地将两个时辰的典礼拖到三个多时辰，最终由钦天监宣旨，亲赐皇后凤印后草草结束。无论前朝还是后宫，对于我的入主凤仪，皆是心存疑虑，封后典礼上多事不顺，对此更是有诸多不满和怨怼。

想起上回提起立后之时，亦是质疑声哗然一片，奕槿为平息此事，亲自求取胤朝先祖启示，这原是掩人耳目的法子，却不料弄巧成拙，在那日出行之际，先时还晴好的天气遽然生变，狂风暴雨半日不止。前朝后宫俱是悚然，谓其乃不祥之兆。前后的事端联系起来，被众人捕风捉影地议论着，本来宸妃的再次获宠，已是备受鄙薄和诟病，眼下这谣言更是愈演愈烈，还流传出颜氏宸妃是妖邪之人，妖法高深，狐媚惑上。再者口舌零碎些的，竟然将丰熙年间祈福圣台遭受狐妖侵袭的旧事，指指戳戳着也给翻了出来。

我将那枚质地阴冷的赤金凤印紧紧地捏在手中，浮凸分明的纹理在手心压出鲜红的印子，像是今生今世都无法抹除的印记，就如同奕槿在我肩膀留下的疤痕那样。我的目的已经达到了，我以成为他兄长的妻子，来换取了他的平安，这些年，他为我牺牲太多，是该轮到我为他做些什么了。

想到这里，我微微垂着眼眸，时至如今，那些无关痛痒的人，说我不祥也罢，说我妖魅也罢，我统统不再在意。

九重宫阙，殿宇森繁。仅仅是三丈高的红墙，隔断的却是两个不可逾越的世界。

轩彰十二年，渐入十一月。晨起时，霜花支离结满地。难得有阳光普照的日子，偶尔能看到一群晚去的大雁，成群结队地朝南飞。我久久地眯着眼睛看，晴空皓蓝而高远，雁阵飞过时掠出一道灰暗的痕迹，如同不经意间爬上脸庞的皱纹。让人不由得生出错觉，恍然觉得这一季深秋的萧索，苍老了这亘古不变的天空。

这十一月的天气，毕竟还是阴冷孤峭起来了。

现在，我与奕槿是整个胤朝帝国中最尊贵的夫妻，在旁人眼中，立后是我的荣极，但表面光鲜华丽的荣极之后，只有我们自己真正清楚，我们已是越来越疏远，也只有我们真正清楚，我们之间被睽违的时光，以及纠缠其中的怨和恨，痴癫和执念，已划出一道深刻而冷厉的鸿沟。

想起前些日子，奕穫曾一遍一遍恳求我，我们像从前那样好吗？当成所有的事都没有发生。他也曾一遍一遍地质问我，为什么我们就不能像从前那样？而他现在，从未再说过这样的话，我想他也知道，回到从前是不可能的，要我们若无其事地做回旧日的自己，也是不可能的。

然而，奕穫执意要我做他的皇后，或许，就是为了让我偿还他多年的心愿。

我的住处从幽僻清静的冰璃宫移到为历代皇后所居的凤仪宫中。此次迁居，不用我操心，留在我身边的湛露心思细致，井井有条地打理好了一切事务。阖宫皆知，我体质虚弱，受不得日日接见嫔妃的劳累，其实也因心中厌烦。我曾向奕穫略略提了一提，他就免了嫔妃每日到凤仪宫的晨昏定省。在奕穫的默许下，中宫的重心在不经意间就移到了甘露宫那里。皇后迟早都是被蚀空了根本的虚架子，而实际上掌握中宫之权的人是灵犀。

在封后典礼的第二日，奕穫就亲自下圣旨赦免了韶王。经历自废武功一事，韶王已受到惩戒，刚下的圣旨中收回了上道圣旨圈禁的谕令，宁州的王府也不必捣毁，但是也断然容不得韶王再如从前，独自拥兵在外。宫中平澜无事，外头传进消息来，据说韶王已挨过最凶险的日子，身上的伤势渐渐好转，但双腿到底都落下残疾，怕是终生要与轮椅为伴。左手尚完好，但经脉挑断后，原先握剑的右手变得笨拙无比，抬都难抬起来，提箸执笔都不行，后半生也离不开要他人服侍。

除此以外，圣旨中特赐韵淑郡主高樱若，领颐玉公主侍书之衔，长伴帝女居于皇宫。说来是无上荣宠，但凡眼明心亮的人都看得出，皇上此举是将樱若扣留宫中，作为掌中质子来挟制韶王。韶王纵然能免除圈禁之罚，但只要樱若一日在宫中，他必定会一日受制于皇上。

当初宫中说起要让韵淑郡主留在宫中，给颐玉公主当陪读，不过就是当成随口说出的玩笑话，现在想想绝非空穴来风，定是有人在暗中煽动，进宫陪读是虚，挟为人质是实。记得那时高嬷嬷领着太后手谕，来冰璃宫中看望禁足的我，她在我面前低低哀叹道，可怜的韵淑郡主还那么小，她是最无辜的。

高嬷嬷说得不无道理，我们今日所得，或多或少都是因往日种下的罪孽。可是，樱若年仅五岁，懵懂稚嫩的年纪，她又能有什么错？就算要错也是错在我，我当年就不该亲自收养她，也许那时将尚在襁褓中的她托付给别人抚养，倒能保得一生平安，何苦要受这些磨难。

想到前两日紫嫣来看我时，我们两人说了会话，紫嫣声音中隐然夹着诮然道："大都说自古女子之醋妒有如洪水猛兽，想来也容易应验在男人身上。姐姐和韶王有过一个女儿，可和皇上却一无所出，就算接受后位也是情势所逼，论人之常情，能不嫉恨吗？"

我仅是淡淡道："樱若确实非我亲生，但是皇上认定她是我跟韶王所生。我曾经愧对樱若的父母，当年是本着补偿的初衷才收养了她，却想不到最终害了她。"

紫嫣露出极是惊愕的情态，喃喃道："原来如此。"她看着我，朝我清冷而笑，说出一句令我怎么都想不到的话来，"皇上要将樱若挟为人质也罢，杀了泄恨也罢，既然并非亲生骨肉，姐姐何必要在意她的死活？"

紫嫣这话说得狠绝无情，音调却是始终温绵平和，从从容容地说完，犹如深闺的细言密语。我不禁看向她，眸心却撞入她脸上一脉风轻云淡的神色，言及生死，无一丝的动容。我越发觉得心寒，紫嫣在皇宫的刀光剑影中浸淫多年，心肠也磨砺得这般冷硬。

我瞥过脸去，唇间染着笑意稀疏，如是无心地低声道："何必在意死活？于你而言，就算是亲生的又能怎样？"

紫嫣闻此眼神一紧，却是默然不语。

我在湛露的唤声中回过神来，抬首看到湛露双手下垂，端正地立在身侧，轻声问道："娘娘在想什么，这么入神？"

我朝她摆摆手，起身道："本宫想去慧妃那里看看，你跟着来吧。"

紫嫣所在的漪澜宫相去不远，不乘轿辇，徒步缓缓走去，亦是不消片刻的工夫。我嫌人多烦琐，就屏退随行的侍女，唯让湛露留在身边，就这样一路静静地过去。我自幼知紫嫣心性孤傲，自视甚高，万般人都看不入眼，故漪澜宫也是她一人独居，未有其余的宫妃小主。

漪澜宫中服侍的宫人大都认识我，深知我与慧妃关系非同一般，便只是维诺恭顺地候着，内监的通传也免了。我径直就进到正殿冷雪殿，再往里，穿过两重珐琅团蝠琉璃碧纱橱，隔着一座花梨木雕并蒂莲花屏风后，就是紫嫣日常的寝殿。

渐渐走近时，忽然听到里面有轻微的说话声。我不由驻足，那个正在说话的声音不紧不慢，低沉中蕴着平稳，细听之下，似乎是黄绡。

她说话时声音细微短促，听不清在说什么。忽然间，说话声被一声女子清亮的呵斥打断，听得出此时开口的人是紫嫣，她含着怒意道："不知天高地厚的小子，本宫怎会纵容出这种人来！"

被紫嫣凛冽蓬发的怒气迎面一震，黄绡的措辞愈加谨小慎微，道："娘娘息怒，暂听奴婢一言。其实奴婢觉得娘娘当初瞒着修少爷，擅自拿走玉鱼要挟灵犀……"她的话猛地一顿，像是碰到某种忌讳，但随即轻轻一跺脚，下定决心接着说下去，"当时情况危急不假，但娘娘此举确实有欠考虑。"

我隐约听见"玉鱼"两字，忽地想起那日在太极宫中，紫嫣掌心中笼着一枚碧莹莹的物什，以及灵犀看到那东西时骇然失色的神态，虽不是很分明，但此时心中也略略猜到了些什么。

这时，紫嫣最初的怒气微微消散些，她似是怅恨地骂道："真是冤孽，林家尽出不成器的男人！桁止哥哥自经历端雯公主一事，已一蹶不振。本宫知道哥哥的心结在哪里，哥哥从来就这样，本宫也见惯了他不争气的样子。"

说到这里，紫嫣话中透出一丝森冷的讥诮，说道："想不到的却是林庭修，他当真是本宫一手教导出来的好侄子，竟然背着本宫做出这种光宗耀祖的好事，本宫还一无所知地被瞒了这么多年！"

"娘娘您的意思……"黄绡欲言又止。

紫嫣霍然啪地一掌击在桌案上，叱道："还有什么好说的！他若是执迷不悟，为个女人而与本宫翻脸，那也就休怪本宫不留情面！"

黄绡见紫嫣动了真怒，低低地道："请娘娘三思，绝不可逞一时意气，要想大将军因九公主而遭圣上厌恶，大概再难得到重用。眼下整个林氏全赖修少爷一力支持，要是离了修少爷，怕是无人能担此大任。"

紫嫣道："这些本宫都知道，但是眼下本宫已不再信任林庭修。你想过吗？林氏若交到一个不成器的人手中，顶多是败了家业。若是交到一个怀有异心的人手中，就会成为别人拿来对付本宫的利器，本宫绝不允许这样的事发生。"

"娘娘……"黄绡声音中掐着一丝惶忧，还是平稳着声调道："娘娘于修少爷好歹都有十多年的栽培之恩，平心而论，当年要不是娘娘将他接来帝都，悉心指点和教导，纵然修少爷天资聪颖，没有林氏和娘娘的靠山，也不可能拥有今日的地位和名声。奴婢愚见，娘娘与修少爷相处多年，修少爷的为人品性如何，娘娘心里明镜似的，况且修少爷对娘娘素来敬重，唯娘娘马首是瞻，这些年来，也为娘娘做了不少事情，奴婢私下以为，修少爷不会罔顾多年恩情而叛离娘娘。"

黄绡唯唯地说完，紫嫣却是顾自不停冷笑，口中玩味道："恩情？好一个恩情！黄绡你说得是有道理，但是情令智昏的事，咱们见过的还少吗？"

紫嫣抛出一句短短的话，就令黄绡遽然缄口。

紫嫣长声感慨道："是啊，本宫栽培了他十多年啊，这林氏能有现在的权势和声威，本宫也投注了不少心思，眼下被人用了一招最下作的美人计，全部被笼络到她手心了，这让本宫如何甘心，如何甘心这么多年的心血，却是为他人做了嫁衣裳！"

"娘娘……"黄绡犹豫道。

"佩服，佩服，这才叫做真正的釜底抽薪。"紫嫣的声音极尖极细，我听着如同一把锥子刺在耳膜上，令人整个心神都震悚起来。我算是有些听明白了，我道在太极宫的那日，灵犀为何会处处受制于紫嫣，就好像有把柄被紫嫣抓在手中一样，原来如此。

再往深处细细揣摩，紫嫣的身份是帝妃，长居于深宫内院，林氏中的事情，她再怎么一言九鼎，到底是有鞭长莫及的时候。然则事实上掌握着林氏族中实权的人，是紫嫣一贯来信任有加的林庭修。紫嫣与灵犀向来交恶，而林庭修却偏偏与灵犀暧昧不清，难保紫嫣不猜测，怀疑是灵犀暗中布下诡计，拉拢林庭修以及林氏的权势，为她所用。

紫嫣顿了顿，寒声道："黄绡，你想办法传话出去，将木毅火速召来帝都。"

"可是……"黄绡尚有顾虑，劝阻道："奴婢还是那句话，望娘娘三思后行，召来木毅之事是否过于心急了？想想修少爷长年为娘娘效力，娘娘要削少爷的权，只怕会令林氏中人寒心，况且修少爷到底与谁一心，尚未分明，不问情由就贸然下手，绝非明智之举。奴婢担心娘娘对修少爷逼得太紧，反将他推到灵犀那边，奴婢更担心的是娘娘受他人离间，何不彼此先留一步退路？"

紫嫣如是不耐烦，砰的一声，杯盏被拂落在地上，她道："够了，黄绡你不用再说了，庭修作何想本宫不想管，本宫是不会将前途押在一个人的良心之上的。"她的声音压得低了低，透着一股阴冷之意，赫然道："本宫决不坐以待毙！"

紫嫣的最后一句话就像石子狠狠地砸在冰面上，石子尖锐的棱角刨起无数细碎的冰屑，如轻尘般张牙舞爪地飞在空中。

我站在两重碧纱后，脚步如生根般再也走不进去，最终还是悄悄地退了出来。我看得出来，紫嫣这段日子心神不定，像是遇到极棘手的事，不过她对我却是只字不提，看她这般气急败坏的样子，想来情势还要再严重些。我今日无意听到，一时也拿不出主意应对。

我离开漪澜宫时，留下话，让宫人传报给紫嫣就说我来过了。出了漪澜宫，我扶着湛露的手慢慢地走回去，湛露瞅着我的眼色，愠愠说道："娘娘似乎忧思甚重。"

正值深秋，花木稀落，枯瘦的草尖上时而覆着胭红姚黄的落叶，抬首看到约有占地一亩之广的柏树林，在清疏的日光间葱葱阴阴的墨绿色浓得发亮，如碧色沉沉的墨玉般，天高云淡，周遭盈着平静安谧的气息，但谁又知道看似宁静的表象之下秘密酝酿着什么。

我神容淡淡，喃喃自言道："如今真是多事之秋。"

湛露惊讶道："娘娘在说什么？"

我清浅一笑，眼角的余光一瞥，瞧见秃叶的枝杈缝隙间，有人影远远地走过。我略微留意了些，示意湛露噤声，走近两步看。那名领头的女子衣着富丽修洁，那仪容气度应是贵族仕女，虽然隔得远，而她又正好朝着西面的宫室去，在我所站的位置仅看到小半个侧脸，但我瞧着有几分像是五公主端仪。

我轻轻道："湛露你来看看，那人可是端仪？"

湛露眯着眼看了一会，"恕老奴年纪大了眼花，不过大概就是吧。"

端仪是丰熙帝所出的公主，亦是奕權的皇妹，她出现在宫中倒是不奇怪。只是端仪公主行事向来乖僻高调，奇怪的是她今日有些行色匆匆，过去的路线又好像正是甘露宫的方向。更奇怪的是她手中还携着一名小男孩，那男孩六七岁的年纪，看不到面貌，但通身的服饰不像是寻常人家的孩子，他畏畏缩缩地跟在端仪身边。

我偏过头，说道："湛露，本宫记得五公主似乎未曾诞下子女，她身边的孩子是谁？"众人皆知，端仪自丰熙年间下降庞氏，算来已有十多年，但她从未有过一儿半女，而今日她带着一名年幼男孩出现在深宫，怎不让人心生疑窦？虽说皇室中传言端仪喜好男色，甚至公然携带面首出入宫禁，但是眼下这孩子的年纪过于幼小，总不至于是端仪蓄养的娈童吧？

湛露摇头，道："老奴也不知，不过想来既然与娘娘无关，娘娘也不必耗心思深究了。"

我名义上虽是皇后，但更多的仅是领着一个皇后的虚衔，中宫之权旁落甘露宫，由灵犀一手把持着，其下有毓妃、敏妃、瑶妃等人协助。毓妃诞有皇四子，而敏妃诞有公主颐玉，即使瑶妃论资历高过她们一大截，但两人皆有子嗣傍身，且正值青盛之年，瑶妃的协理六宫之位多半是被架空的。

我怠懒管这些事情，眼下灵犀虽居夫人之位，却掌握着皇后的实权。如果可以，我情愿将这皇后的名分也一齐让给她，让她实至名归。

掀起的风波似乎都平静下去，原先惊动了整个前朝，闹得沸反盈天的韶王谋逆一事，如同石沉大海般，随着封后典礼的完成，在刻意的操纵运作之下，不再被任何人提起。

我登临凤位，韶王得到赦免。纵然我一生都幽禁在皇宫，我亦是无怨无悔，可怜的是樱若，稚子无辜，却偏偏是她受到连累，从此沦为人质被扣押在宫中，也不知何时能重见天日。

尽管我知道樱若就在宫中，但我从来不敢在奕槿面前提起她，更不敢妄自恳求奕槿放过樱若，唯恐一个言辞不慎，反倒激怒了奕槿，令樱若陷于险地。

正在我为樱若而日夜悬心时，自轩彰十二年以来就波折不断的后宫，又出了一件惊天动地的大事，这回处在风口浪尖的不是我，而是紫嫣。

这一切祸端来自于早些年就猝死的颖妃，我从前在宫人口中听过关于颖妃的只言片语，只知道言氏颖妃出身官宦世家，其父曾在南地供职，是一名外官，后调来帝都官拜盐务御史。颖妃论容貌不是一等一的出挑，难得的是天资聪颖，饱读诗书，文思敏捷，还自幼精通南地语言，故得圣上赐予"颖"字为封号。但宫中对于颖妃的死讳莫如深，大概只晓得其父触犯法纪，获罪身死，而是否因此令皇上迁怒于她，却是不得而知。

当年颖妃之死，受其父连累而遭厌弃的说辞，不过就是含糊地搪塞外界。颖妃曾于轩彰七年诞下一名皇子，而她真正的死因，是她的这名皇子，后来被查出竟然不是高家血脉。嫔妃淫乱后宫，混淆皇室血统，其罪不在小，故致使天威震怒，不仅颖妃难辞其咎，假皇子被处死，其家族亦是连坐问罪。

时隔四年，原本被掩埋在宫廷旮旯里的旧事，现在被骤然揭发，震惊六宫。颖妃当年生下的确实是皇家血脉，不过有人买通接生的太医，暗中将皇子调包，一招蛇种充龙裔，以此诬蔑颖妃。据说当年调包皇嗣，构陷颖妃之人就是慧妃。

眼下，流落在宫外六年之久的皇子被寻回，经太医验证是龙裔无疑。奕槿赐其名为高舒嶓，按宫廷规矩将名字记入皇家金册，他与舒皓同岁，但论出生的日月稍长，宫中称其三殿下，舒皓因此往后退了一级，被称为四殿下。

威势所逼之下，毓妃林衡初出面检举慧妃，亲口招认曾参与当年调包皇嗣之事。此事一出，阖宫惊愕，看似平静的后宫再起波澜，擅自调包皇嗣，害得皇家血脉多年流落在外，这是何等的罪恶滔天。

颖妃生前的住处是玉熙宫，现在宫中又说起玉熙宫闹鬼的事情，还有几个月前颐柔公主在那里撞邪，后来病得不省人事。以前宫闱中最忌讳说这种怪力乱神的东西，上头弹压着，没人敢拨弄口舌。眼下出了这事，宫中的嫔妃和侍人都纷纷议论着，想来是颖妃冤屈而亡，心有不甘，因此生前居住的玉熙宫，才会成为这般戾气深重之处。

与此同时，四年前令言氏获罪的盐务一案早已结案，而现在却被提出重审，奕槿的意思是彻查到底，一时间风声鹤唳，无论是慧妃还是林家都是岌岌可危。

"怎么会突然这样？"我当时叹道，"当初颐柔公主撞邪重病的时候，就觉得这事出得离奇，料不到竟是别人精心布下的圈套，一环扣着一环，而那人在暗中操控着日后情势的走向，当真令人防不胜防。"

湛露看我眉宇间笼着忧色，絮絮道："娘娘，这该怎么办？且不论颖妃及言氏上下的人命，但凡涉及皇室血统，都是了不得的大罪！慧妃娘娘要是坐实了这个罪名，就算通天罗汉都保不了她了。"

"我知道。"我闻言仅是讷讷道。

"听说颖妃所出的皇子已接到宫中，也参见过了皇上，虽说那男孩仅有六岁，尚是无知幼童，但他似乎也晓得其母含冤而死，日日缠在皇上身边啼哭不止，要他父皇为他生母平反冤屈，严惩歹人。"湛露此时抚着胸脯说道。

湛露说的这些，我都清楚，只是越想越发觉得心惊。接下来几天中，慧妃被禁足漪澜宫，裁减俸禄用度和服侍的宫人，其子高舒皓暂且由别的妃子抚养，这些都是意料之中的事。可是我深忧的还远远不止这些，宫中呼声渐高，要求皇上赐慧妃死罪，肃清祸孽，以正宫纪，奕槿到现在虽还未下旨，但照这样的事态发展下去，紫嫣必然难逃一死，而她身后的林家亦是一荣俱荣，一损俱损，随着盐务一案的重审，只怕也要迎来灭顶之灾。

当初我落难时，紫嫣曾不惜一切地救我，其中她是单纯地为着姐妹之谊，还是为着一旦我们母亲身份的暴露，会连带着拖累到她，我都不想深究了。只知道眼下她身处困厄，我无论如何都做不到袖手旁观。

当我急匆匆地赶到太极宫，遇上灵犀正随皇伴驾，奕槿显然心绪不佳，毕竟这段日子来，宫中接二连三地出事，已经令他头痛不已。

灵犀在奕槿身边，她声音悠缓地劝着，"当年换子之事，毓妃的确知情，但她毕竟非主谋，而是受慧妃胁迫而助其为恶，纵然有错，还请皇上看在她主动认罪，还为寻回皇子出力不少的分上，从轻发落吧。"

"毓妃为虎作伥确实可恶。"奕槿阴着脸扫过龙案上堆积的奏折，长声道，"朕以前觉得慧妃性子有些乖张，没想到她竟能做出这种狠辣的事情，如此蛇蝎毒妇，朕就依从……"

"慢着！"我高喝一声，疾步走上前，直截了当地道："紫嫣不能死。"

奕槿看着我，他的眼神由最初的惊诧过渡成沉郁，声调淡漠地道："颜颜，你不要管这事。"

我挑动眉尖，反诘道："为什么不要管？紫嫣是臣妾唯一的表妹，她的生死难道与臣妾无关？"

奕橞一时未言，灵犀眸色漫然地瞥过我，说道："颖妃蒙受冤屈而死，而三殿下小小稚龄，皇室贵胄流落民间多年，皇上对此事若不能做出圣裁，怕是难以给言家一个交代，涉及皇嗣，怕是更是难以给皇家列祖一个交代。"

灵犀这话说得不偏不倚，大有四两拨千斤之效。明里未直接指向紫嫣，但着实暗藏着厉害，将皇家列祖都搬了出来，给奕橞在无形中带来巨大的压力。

奕橞闻言眉心紧锁，朝我道："颜颜你好好在凤仪宫中静养，朕说过这些事用不着你操心。"

我不肯退下，声息急促地说道："臣妾今日进言并非要为紫嫣脱罪，紫嫣就算罪大恶极，她也好歹为皇家诞下一双儿女，论子嗣上立下的功劳宫中无人能比得过她。"

说到这里，我稍一停顿，踌躇半刻后，径直迎上奕橞异样的眼光，眼眸中含着坦然道："当年皇上初登大宝，朝中之权一度被外戚薛家把持，朝臣多数亦是听命于丞相薛冕，皇上为九五之尊，弱冠之年登基，正是满怀雄心的时候，清楚朝廷积弊所在，然则一直无法大刀阔斧地施展抱负，处处受到薛家的掣肘。当年为改变这种举步维艰的困境，扭转外戚擅权的局面，将分散的兵权收拢在皇室手中，林家在里面出了多少力，皇上心里是最清楚不过，于紫嫣而言，是功过相抵，还是功大于过、过大于功，请皇上三思。"

灵犀始终是一派清远宁和的神色，言尘世之事，身上却依然不减如同世外之人的一分轻灵超逸的气质。然而，当我提起薛氏和外戚擅权的时候，她纤柔的双眉却是不经意地蹙了一下，她猛然出声反驳我时，口气中竟带着一丝咄咄，"皇后娘娘此言差矣，今日所言乃是慧妃一人之事，就算林家曾经立下大功，那也是林家的功劳，又能关她何事？难不成慧妃当年身居妃位，却是插手朝政？娘娘是顾念旧日之谊，才来皇上面前为慧妃求情说项，但也请娘娘警惕言辞，不要让慧妃旧罪未消，反倒添上一重干预朝政的新罪。"

灵犀说话时字字清亮明晰，措辞也极不客气，分明未将我这个皇后放在眼里，我眸光清冷地睨了她一眼，顾自淡笑道："夫人于万事万般一向淡然处之，本宫仅是略略地提了一提薛氏，值得让夫人这般忍耐不住？"

灵犀触及奕橞隐隐不悦的目光，她心知刚刚对我实有冒犯。

她眼底晕开幽兰般稀薄氤氲的光芒，唇角勾起一抹笑道："娘娘先时说慧妃于子嗣有功，但冤死的颖妃何尝不是有功？三殿下虽年幼，但自小因多遭磨难而早慧，渐渐通达人事，他已晓得生母是被人陷害而死，他的父皇若不能秉持公道，岂不伤了小小稚子的心，也毁损了皇上的英名？皇上明鉴，妾身只想着就事论事，料不到一时控制不住，言辞上多少冲撞了娘娘，还望娘娘恕罪，莫要跟妾身计较。"

奕槿听我说了那番话后，一直陷在沉思中，他似乎也在为难。我与灵犀之间险些起口角，现在听得灵犀肯委婉让步，神色竟是微微一松。这时，他示意灵犀暂时退下，将我留下。

奕槿眉间有疲惫之色，这些日子来接连冒出的事端令他无暇应付，原先清朗的面目此时看去憔悴沧桑了许多，他习惯地将我拉至身侧，我将他伸出的手握在掌心，抬首殷切地看着他，低声道："无论紫嫣以前做了什么，你都饶恕她这一次吧。"

我整个人都被笼在他的视线中，他迟迟未表态，我忍不住要再次开口，"皇……"

奕槿却在此时止住我，他倦然地靠在金龙椅背上，略略仰头，说道："颜颜，朕想过了，朕可以不赐死慧妃。"

我听他说出这样的一句话，心头兀地一舒，像是绷紧的心弦喘过一口气来。奕槿一手支额，神色被掩在手掌的阴影下，他缓缓地说道："你可知道为什么？林氏中的林庭修已向刑部坦承了所有罪状，他承认当年私吞大笔盐税，以此嫁祸言家，也承认了当年就是他向慧妃出的主意，买通太医，将皇子调包，以此来除去颖妃。"

"什么？！林庭修……"我闻言震动，霎时字不成句。

奕槿看着我此时惊愕，面无表情地接着说："既然有人能出面认罪伏法，慧妃即可从轻处置。"

这样的变数来得太快，我一时还回不过神来，只听见奕槿将一本暗红封皮的奏折往我眼前一推，又补上一句道："这是刑部呈上来的奏折，你大可以打开看看，这奏折朕也是刚刚拿到，就连灵犀也还不知道。"

我心中极乱，乱糟糟的理不出头绪，心神不宁地将奏折中的内容匆匆扫视一眼，压着一丝颤音问道："那么皇上打算如何处置慧妃？"

奕槿转着大拇指上一枚深碧的夔纹扳指，慢悠悠地吐出话来，"林氏罪妇纵然死罪可免，但活罪难逃。朕就下旨废黜她的妃位，贬逐永巷，降为最末等的更衣，余生就安分地做未亡人吧！而皓儿断断不可再由她抚养，定要交到其他宫中养育成人。"

"不！不行！"我竭声反对道。紫嫣的性子心高气傲，宁折不辱，若是要她如此落魄，从此在永巷中苟延残喘，于她而言还不如死了痛快。

"颜颜，"奕樘紧紧地捏着我的腕骨，令我住嘴，声音发寒道："你不必再求情了，她原是罪不容诛，朕现在能留她一条性命，已是格外开恩。"

出乎所有人意料的是，林庭修主动承认了全部的罪状，对于当年所做的一切皆是供认不讳。由此一来，林庭修是自掘坟墓，必死无疑，但落在紫嫣头上的罪名却轻了许多，倒是堪堪保住了她的性命。

奕樘的圣旨已下，紫嫣被褫夺慧字封号，并撤离所有漪澜宫中服侍的宫人，贬逐到鬼气阴森的永巷居住。因我与紫嫣关系非同寻常，故四殿下皓儿交到凤仪宫中由我抚育。

紫嫣去永巷后，我整日都忧心忡忡。我虽说不清楚，但看灵犀的样子似乎与紫嫣早有结仇，眼下紫嫣没有妃位作为依傍，而且一干亲信俱是被遣散，正是最无还手之力的时候，我不敢想象，以灵犀的手段，她会怎样对付几乎失去反抗能力的紫嫣。紫嫣现在是一介废妃，还是戴罪之身，又住在永巷那种不见天日的地方，就算某日死在灵犀手中，随便安上发病猝死的托词遮掩过去，也绝不会有人去追究。

我扶着湛露的手，在宫道上来来回回地走，心中纠葛着一团团乱麻，一丝一缕地缠在心壁上。我此时也想不出一个主意，这短短两日来，我去了奕樘那里不下七八次，每次奕樘都是不冷不热地将我的话回绝了，只说让紫嫣这辈子都在永巷安分地待着思过，无论我如何求他，他都不肯转变心意。

我也去了好几次永巷，但每次还未踏进，就被那里的侍卫挡了回去。侍卫将永巷防守得密不透风，我连紫嫣的一面都见不到，我心知定是有人暗中示意，不放我进去与紫嫣见面，却也无可奈何。

这时间渐渐过去，我越来越心急如焚，死不可怕，可怕的是生不如死地活着，我都不敢去想，紫嫣眼下陷在怎样的境地，她是否正受着磨难，受着无边无际的苦。

湛露默然地扶着我的手臂，而我仅是木然地一遍遍地沿着宫道徘徊。我劝不动奕樘，我也见不到紫嫣，明明知道拖得越久，情势就会越险恶，可是我偏偏只能眼睁睁地看着，却无能为力。

紫嫣，紫嫣，我目色惘然地看着横亘绵长的两道红墙，天陲乌墨色的云团压下来，不禁黯然道："紫嫣，我竟是救不了你。"

尽管我们曾有过离隙，但面临生死关头，我们还是会放下旧日恩怨，义无反顾地去救彼此。

"娘娘，起风了。"湛露忽然道，随着她的声音，我感到一丝凉风嗖嗖地往梨花青双绣外裳的领口里钻，让人生生地激起一个寒噤。

初冬时分，寒意愈重，也不知道紫嫣在永巷中过得如何，这天气眼见着一日日地冷下去，不晓得她身边御寒的衣物够不够，取暖的炭火会不会被克扣短缺。这宫中跟红踩白的奴才比比皆是，也不晓得她是否会在小人那里受到委屈。紫嫣她出身显赫将门，后嫁入宫禁，一生享尽富贵荣华，从来就是养尊处优的命，哪里有过这种寒苦的日子。

湛露劝道："您这样也不是办法，就算忧心慧妃，也要先顾着自己的身子。"

我伸手拢紧领口，面色在风中微微吹得透白，喃喃自言道："不行，不行，我绝不能再让紫嫣留在宫中。"

湛露扶住我纤弱的身躯，我的指尖微凉而发颤，今晨刚刚传来的消息，说是紫嫣身边的侍女黄绡，昨夜忽然暴毙，上头也不大关心这事，反正几乎每日都有死尸从永巷拖出去，也常常有人被发落到永巷中来，都是极其稀松平常的事。据说黄绡的尸身被人拖出来时，衣衫不整，面目扭曲得狰狞惨烈，其状甚是恐怖，现在已经草草地掩埋在乱葬岗了。

我接到黄绡死讯的时候，不由觉得瞬间肺腑寒彻，黄绡是紫嫣最得力的侍女，也是紫嫣最信任的人，现在她已经死了，不知道何时会轮到紫嫣。我心中仅留下一个念头——绝不能让紫嫣留在宫中，若是再这样下去，她怕是连这个冬天都挨不过去，就要像黄绡那样，随便安个暴毙的情由，就会不明不白地死在永巷中了。

而且，宫中常常有流言再传，说起丰熙那朝的后宫，有宫妃欺侮一些失势的妃子，冬天正好就是最适合用来挑弄人的时候，不给炭火，或是给些黑炭和浸过水的劣质炭，都是折磨人的好法子。

我愈想愈心烦意乱，种种画面在眼前挥之不去，猛地一转头往回走去，湛露被我突如其来的动作一惊，忙不迭追上来道："娘娘，您这是要去哪儿？"

我道："去找皇上，尽管我知道没用，我还是要再去求他一次。"

"娘娘，"湛露为难道，"皇上大概正在御书房中，娘娘这样贸然过去，要是撞见个外臣，那可不好。"

我已是顾不得湛露劝阻，径直就朝御书房的方向而去，湛露见状叹了口气，也默默地跟了上来。

我怀着一腔心思，快到御书房时，讷讷地顾着自己走路，若不是湛露拉住我，险些迎面就撞上一人。

我惝恍地抬头看去，那人是名面目陌生的男子，一身绣仙鹤翔天的朱紫官服，腰扣玉带，应是觐见的官员。他形貌生得还算俊伟，高额隆鼻，眼窝陷得有些深，乍看之下，觉得有三分眼熟，却是一时间想不起来在哪里见过。

湛露见到这般情形，悄悄扯我的衣袖，后宫中的女人为着避嫌，不宜面见前朝官员，我们这样已是不合规矩。

我知道湛露的暗示，但却不急着回避，而是留意地打量着眼前的男子，看他身上的服饰似乎是文官，或是资政殿学士，或是校书之类吧。

而那人看清我的容貌时，竟有一时的怔忪，脱口而出道："慧妃娘娘……"

我一听，就知道他将我错认成了紫嫣，但是他这一出声，倒是让我想起来了，他就是瑛和侯庞氏的二公子庞雍，想当年，我与奕析携手共游顺州时，就曾见过他，看他现在的情形，应是被授予了朝中官职。这倒也是件怪事，据说庞雍当年就是厌倦官场，而自愿辞官不做，甘心留在偏远孤僻的城镇中过着一种类似隐士的生活，虽然自在，但也不得不说是可惜了他的一身才学，现在他竟然又肯入仕了。

而今天，当真应了那句话，人生何处不相逢。当年，最初遇到庞雍的时候，我还是奕析的妻子，正与奕析在湖上悠游泛舟，满怀温馨甜蜜地憧憬着日后的生活。而现在，再次见面时，我却成了皇后，一个不尴不尬的身份，也是一个不尴不尬的处境。

想到这里，我不由清苦一笑，此时此刻，我是应该感慨人生竟有这般奇妙的际遇，还是应该叹息世事的变幻无常。

我平声道："庞大人看错了，本宫不是慧妃。"

"微臣有眼无珠，还望娘娘恕罪。"庞雍唇角的肌肉抽搐一下，勉强挤出笑意将刚才的失态掩饰过去。他朝我若有所思地点头，自语般地轻轻说道："权势煊炙的林氏在一顷之间分崩离析，出自林氏之门的慧妃亦是遭到废黜，软禁冷宫，怎么可能再出来走动？"

我佯作未听到他的话，漾起一丝兴趣问道："庞大人，本宫是否长得与慧妃极像？"庞雍见过我两次，却每次都将我错认成紫嫣。

庞雍双手平摊于胸前，朝我恭敬地作揖，退后一步，低着头回话道："微臣绝不敢冒犯娘娘。"

我悠悠道："你直说，本宫恕你无罪。"

庞雍口气略微停滞，闲闲地说道："薛氏垮台，宫中废了一双薛皇后。言氏获罪，宫中处死了颖妃。眼下轮到林氏失势，宫中慧妃也被打入冷宫。"

"庞大人说这话是什么意思？"我抬眸道，他这话说来平平无奇，细细揣度却是暗藏着深意，"庞大人是想说宫中女子能否立足，全赖身后家族的支撑，还是想说一个家族的荣辱来自宫中女子的地位？"

庞雍不愧是当下颇具名气的才子，眼神中显出一种难得的通达明澈之意，"微臣曾听说慧妃长得极像其姐娉妃。"

他这话忽然冒出来，说得有头没尾的，令人听了直觉诧异，而他此时又慢慢地开口，"刚才娘娘问微臣，问是否娘娘长得像慧妃。但微臣窃窃以为，应该是慧妃长得像娘娘，而不是娘娘长得像慧妃，如果是后者，只怕慧妃就不会落到眼下的地步了。"

庞雍一字一句说来声调平和，我却听得心惊胆战，此人不同一般，居然能说出这样一番犀利的话来。

我脸上依然含着合宜的微笑，将内心的波动掩饰得滴水不漏。宫妃与外臣之间说那么多话，断然不合乎礼制。此时，庞雍朝我告辞，就向着御书房走去，一壁走远，一壁幽幽地吟着："旧社凋零，叹闲昼永，人倦懒摇轻罗扇。回视千钟一发轻，悟浮生红尘深处。清愁自醉，惊残孤梦，袅袅娉娉终成空。故山犹自不堪听，况半世飘然羁旅。"

我怔怔地看了一会，眼神一错觉得他神色有些悲伤，极力地控制着不流露出来，但在眼角眉梢依旧淌出淡淡的影子。

我问湛露道："湛露，听到这首《南歌子》了？"

湛露点头，她先时是掌管文锦阁的领事女官，对于文墨亦是略有涉猎，她思忖着道："南歌子原属清哀孤离之调，两阕词如此填来似乎有些自伤身世之意。"

我却是笑而不语，罗扇见捐，乃是君恩中道断绝，浮生虚悟，终究深陷红尘，无法自拔。袅袅娉娉终成空，换来的仅是半世的飘然羁旅，他说得如何贴切，如何地鞭辟入里，令人心生感触，庞雍果然不辜负才子之名，率性口占一词，却字字精到，句句透辟。

看着那身朱紫官服绕过一丛冬青树，后来消失不见，我才长长地叹出一声，"这首南歌子是伤身世不假，但不是自伤身世，庞公子是在为一人而惋惜啊。"

娇娥不肯让须眉

眼下因有着灵犀的引导，奕樥尚道之心日益蓬盛。朝政之余，近乎每时每刻都与灵犀一起钻研道法，时而效法丰熙帝与薛贵妃当年的做法，同往龙御、华涵、普庆、九虚四座皇家道观中修习数日，此外，在道观中借天地灵气盈聚之地炼丹的事，也在布置实行，因灵犀精通此道，故由她全权把持着。

我有时根本见不到奕樥，就算见到了我也劝不动他，可是紫嫣那里的情势却是一日日地危急起来，真是要到火烧眉毛的时候。

万不得已之下，我终于落定决心，筹谋着出宫去求太后。眼下若太后能亲自出面，用让紫嫣到阴山行宫中服侍太后的名义，只有这样，紫嫣才有可能逃出生天。

但是，端霎失踪数月未归，太后已是对我不满，后来加上韶王因我而遭到重罪，眼下韶王境遇凄然，而我却在这时当上皇后，太后对我应更是憎恨至极。她与我的母亲先时就有一段旧怨，现在新仇旧恨夹逼之下，我能说动太后的机会可谓小之又小。还有紫嫣，或许现在，就连紫嫣在太后眼中也不见得是无辜的，端霎当年遭到蒙蔽，感情用事而嫁进林家，紫嫣毕竟是林家的女儿，林桁止的胞妹，端霎的小姑，对于此事，她也难能撇清干系。

尽管困难重重，我还是要一试，或许这是我唯一能解救紫嫣的机会。

在暮光渐收之际，我抵达太后平常静养所在的阴山行宫。行宫建于山顶，初冬之际，若在平地上唯觉薄薄的凉意，可在山间高峻挺拔的林木丛生，湿幽阴冷的寒气也要浓重些，远远地看到突兀地扬起急促笔直如剑尖的树梢，幽幽地衔着一抹血红色的霞光，霞光的红色极浓极深，却没有一点暖意，照不亮那些林立的树梢分毫。

裹挟着苍幽湿气的山峰拂动我的衣袂，行宫中明烛高烧，漾漾的光芒仿佛要从窗格中满满地溢出来，看样子这时候太后应该还没有歇下。

太后正在同一人说话，不是高嬷嬷，而是对着另一个人，看来夜访太后的人不只是我。

我未走得太近，就听见太后沉痛的声音中略带着一丝急促，道："婉辞，你十三岁的时候就来到哀家身边，你凭着良心说，姨母这些年来是怎样对你的，可有过一丝一毫亏待过你？"

跪在太后跟前一个娇小玲珑的身影就是灵犀，她在那里一动不动，良久，缓缓地道："姨母不曾亏待过婉辞。"她的声音毫无任何波澜，也不带任何感情。

我撞见眼前这一幕，犹豫着是该接着进去，还是该退出去，忽然有个手掌在侧身轻拍我的肩膀，我唬了一跳，转首看正是高嬷嬷，她示意我缄口，站在原地莫要出声。

太后无奈苦笑，原先的声色却分毫不减，"婉辞，你的母亲在上官家受了很多苦，而你自襁褓中就被寄养在道观，也受了很多苦，哀家知道你心中有怨，对王家有怨。可王家早就遭到报应了，想当年这般繁盛广袤的大家族，竟是连一个嫡系后人都没有。况且时隔多年，你何必非要耿耿于怀，闹得王家的后人统统都不安宁吗？"

灵犀抬起头，她一张纤小细致若芙蓉花瓣的脸，在暖黄色的烛光中透出白璧般淡淡的融光，右眼角的一颗黑色的堕泪痣清晰如新，仿佛墨迹初点，她声音清冽地道："这些年来，姨母对婉辞真的很好，是否觉察出了婉辞心中藏着一股戾气？而姨母对婉辞的好，是否想要为婉辞消除戾气？"

太后重重地叹了口气，颓萎的面容一下子苍老落寞许多，"你母亲的事，哀家也只能说是可惜了。但是婉辞你纵然心有怨恨，但现在耍脾气也耍够了，就不要再闹下去了。"

灵犀睁大眼睛看着太后，温婉柔静的面目中带着一点天真蕴然的神色，这样单纯而无辜的表情，如同未沾染世尘的深闺少女，最能打动人心，惹人怜惜。她莞尔笑着，举起一只手比画了下，悠悠说道："当年婉辞最初到姨母身边时，婉辞正好十三岁，人大概才这么点高，可是那么多年过去了，姨母还当婉辞是只有十三岁的孩子吗？而且，婉辞所做的一切也不是在耍脾气。姨母是长久在富贵中的人，哪里真的受过什么苦楚。婉辞如此冥顽不灵，辜负了姨母，还请姨母饶恕。"

太后指着她，长长叹道："婉辞你……"

灵犀轻轻敛衣，面朝太后一跪到底，前额触到光洁的地砖，道："夜深了，请姨母安歇吧，婉辞就不再叨扰姨母了。"她将话说完，也不等太后表态，就自行从地上站起，头也不回地朝殿外走去。

当灵犀与我擦肩而过时，我稍稍一避，灵犀似乎也是一副心事重重的模样，倒是不大留意到我。

高嬷嬷走在前面，我默然跟在她后面。此时，太后正坐在凤穿牡丹的檀木椅上，一手支着额角，双眸微暝，看神色极是怅恼。

高嬷嬷轻缓地走到太后身侧，在她耳边徐徐地说了句话，太后嗯一声，睁眼看到我，抛出一句短短的话道："你怎么来了？"

听得出太后对我说话的口气中带着三分疏离和淡漠，已无了往日的慈和，我敛息凝神，铺展裙裾朝太后跪下去，言辞恳切道："臣妾求太后救紫嫣一命。"

"慧妃吗？"太后闻言问道，高嬷嬷正为她揉着两侧的太阳穴，而她不疾不徐道："皇上不是免了她死罪，仅是剥除妃嫔服制，在永巷中静思己过罢了，她的命哪里需要哀家去救？"

在来阴山行宫之前，我就早已考虑到，太后不会轻易地答应我，现在她冷淡地将我回绝，这都是意料之中的事情，我俯首再拜，愈加恭谨道："太后明察，紫嫣已不是慧妃，若让她再留在宫中，与赐死无异。"

太后依然不为所动，慢悠悠地吐出话道："自作孽不可活。"这话太后说得平和，但在我听来却是一阵心惊，像是被一把钝重的锯子割过。

"她当年巧施手段，蒙骗阿九下嫁林家的时候，是否想过会有报应？"太后忽然声音一沉，说道："可惜了哀家的阿九，生来拥有公主之尊，让先帝捧在掌心里千宠万爱地长大，到头来却被人当成一颗常保门庭荣盛的棋子。"

"太后……"我正要辩解，却被太后不耐烦地挥手打断。

"阿九这孩子自小性子直率，心无城府，这原是一件极好的事，女子心思过重，反倒受其连累，但想不到她的漫无心机，却是被他人利用。"太后骤然发冷的声色间隐着一丝悲矜，朝着我道："你们这些人争来夺去，哀家统统都不想管，可是你们为什么非要牵扯上阿九？"

面对太后的质问，我说不出一个字来。当年我与紫嫣曾利用端雯的少不更事，设计让她嫁给桁止，最初是紫嫣提出的主张，但我助她一臂之力，亦是难辞其咎。我虽无十成的把握，可也猜想到了六七分，大概就是灵犀在暗中操作，令端雯得知当年的真相，所以导致端雯在愤恨攻心之下，做出种种有失理智的事来，若这些猜测是真的，那么灵犀同样是在利用端雯。

太后的话一点都不曾冤枉了我，想端雯是身份尊崇的帝女，却因为没有心机，让人反复地利用，当年与林氏的婚姻是被利用，结束婚姻亦是被利用，而她自己，蒙在鼓里十数年来一无所知，不得不说是可悲。

我深深地吸口气，低声道："对于九公主一事，臣妾委实无话可说。"

太后似是疲倦，偏过头不再看我，"哀家累了，你回宫去吧，好好去做你的皇后。以后没什么事，也不必再到哀家跟前来。"

"太后，求您救救紫嫣。"我神色忧急，跪在原地不肯挪动。

太后痛心道："哀家能救慧妃，那谁来帮哀家救救阿九！"

"太后……"我不住地磕头。

"冤孽啊，真是冤孽啊。"太后眼角和唇角的位置爬满褶皱，如迂回的沟壑般印入肌肤纹理，殿中的烛光一照，有些光线被沟壑吸收，映得脸上一道深一道浅，一双凹陷的眼眸却愈加精亮寒澈，遽然冒出一句话："冤孽，真是高家欠着你们慕容家的！"

我闻言陡然一惊，不甚明白太后话中所指，而在太后身边服侍的高嬷嬷也是一脸迷雾。

太后从檀椅上直起身，朝我的方向走来，身上湖蓝色团蝠织锦缂花锦衣摩挲得窸窣地响，她的视线盯在我的脸上，那样纤毫不漏的目光，像是要将我每一处五官细微的轮廓都印在眼中。

"当年，是浣昭横在先帝与晋王之间，致使二人兄弟离隙，最终酿成一场同室操戈的惨剧。现在，是你横在皇上与韶王之间。哀家也不想因上代人的恩怨而迁怒到你，可是为什么你要跟你的母亲一样！"太后霍然冷声问道，眼角的皱纹间衔着肃穆的神色。

"太后……"高嬷嬷正想要劝，却被太后一个眼神给挡了回去。

承运帝末年的政变起因为何，我们彼此间心知肚明，却想不到太后会直截了当地将其挑破。太后站在离我一尺的地方，她的背略略有些驼，愈加显得身材佝偻瘦小，让人不由想到丰盈充沛的血肉经历岁月的侵蚀，而逐渐干枯萎缩，然而，过往全部沉淀在一双眼睛中，黢黑的眸子，正中一星晶精剔透的亮光，直可以将人条分缕析地看透。

太后俯身，居高临下地看我，她的目光竟有些出神，又好像并不是在看我，而是看着一张相似到无与伦比的面皮，落落地朝着虚空在对另一个人说话，"你当年横在先帝和晋王之间，逼得他们为你反目；而如今，你又横在皇上和韶王之间……"

太后神色一凛，越发严厉地叱问道："你谋划了一个二十年，又一个二十年，你到底想要做什么！你这是要毁了皇室两代人！"

我听得心神都颤颤地震悚起来，眼前太后的这副样子，往日的雍容温雅已荡然无存，一番话说得颠三倒四，语无伦次，着实有几分痴狂与疯癫，她一会朝着浣昭说话，一会朝着我，一会又好像分不清我们两人，将我们含糊地混为一谈。

我从未见过太后如此失态，想是积郁在心底三十多年的痛和恨，那些苦苦压抑着隐秘的情绪，在一瞬间如同冲破铁笼的困兽，猛烈而可怖地爆发出来。

"浣昭，你说！你这究竟是为什么！"太后的脚步朝我一步步迫近，此时的她已不是平日里那个和蔼温柔的长辈，而是被心魔控制着神智的脆弱女子。她看我的眼神哪里还有半分的慈爱，分明就透出一股将我视为仇雠的凌厉的气息。

我不敢回避，依旧是跪着，一颗揪紧的心却在突突跳动。

"旖尘她应该很后悔，后悔当年是她将你领进宫门，也是她将你引荐给皇族子弟。"太后忽然仰首凄恻而笑，倏然逼视我，冲我大声呵斥道："浣昭，你到底是何人？这般的好心机，好城府。你处心积虑多年，真正的目的难道是想要颠覆高家的江山！"

太后满脸的痛心疾首，她应该又将我当成了浣昭。我遽然一惊，跪着的身子朝后跌坐在地上。

高嬷嬷在旁侧眼睁睁地看着，却无奈只能唯唯诺诺着。

"母后，那是浣昭夫人，并不是她。"一个清朗温润的声音从内室传来，飘飘悠悠，带着一些不真实，听得轻微的木轮碾压声，奕析神色端然地坐在轮椅上，由一名侍女小心地推出。

我看到是他，喉咙霎时一紧，整个人仿佛都被下了咒般地怔住。当初他被宣进宫中对质，我在太极宫匆匆见过后，就再也没能见他一面，封后典礼上他亦是缺席不至。今日蓦地看见，他的相貌并无多大变化，面容却是消瘦苍白不少，衬得两丸清光冷冷眸色愈加明晰幽黑，身上随意地穿着质地轻绵的珠灰江绸衫子，未梳发冠，将如墨头发在脑后松松地捆住一束，他轻袍缓带地坐在轮椅上，掩在宽松的衣袖下，隐约可见右腕上缠着白色绷带，当初的割伤还未完全愈合，尽管身受重伤，坐在轮椅之上，却丝毫无损他往日俊秀超逸的风仪，唇角衔着淡然浅笑，恍若一笼琼苞玉树，周身散发出清惝宁远的气息。

"哎哟，七殿下您怎么出来了？"高嬷嬷见状不由低呼一声，她赶紧冲上前，主动扶住轮椅，挥手让那名小侍女下去。

"嬷嬷住手。"奕析忽然按住高嬷嬷搭在椅背上的手，不肯让高嬷嬷将他推进去。他看了一眼我，又将视线转向太后。沉寂片刻，他开口时声音清润中带着一点喑哑，说道："母后答应她吧，就救慧妃这一次。"

奕析亲自开口请求太后，她却是漠然一笑，默默转过身去，仅留给我们大半个孤绝冷峭的背影，他坐在轮椅上微微弯身，缓缓地朝我伸出一手，将跌倒的我从地上扶起。我情知这样不可以，却无论如何都狠不下心拒绝，最终还是握住他伸出的手。他的指尖修削而冰凉，熟悉到极致的触觉，甚至能清楚地感知他掌心每一处蜿蜒的纹理，令人心神一错，满满的贪恋之意涌上心间，竟然舍不得放开。

奕析松开我的手，朝着太后的背影，声息缓缓地说道："母后，若是因为浣昭夫人，上一辈的事情大可不必迁怒到她；若是为了儿臣，儿臣想说，无论落到怎样的境地，儿臣都是心甘情愿，也请母后不要怨恨她。"

高嬷嬷一脸忧心惴惴，想劝却又插不进一句话，太后眼下的情绪敏感又极不稳定，唯恐奕析的话会忽然激怒太后。

太后如石柱般杵在那里，像是在极力压制着什么，刚开始双肩是轻微地抖着，到后来竟是抑制不住地剧烈颤动起来，我和奕析相觑一眼，俱是心神紧绷地看着太后。

此时，太后霍然转过身，那咄咄的话语挟着凛冽的气势迎面扑来，太后不住地唏嘘道："好个心甘情愿！好个心甘情愿！"

太后眼中霎时厉芒迸出，她用手指着我，又忽然指向奕析，疾言厉色道："你！你怎么还能为她求情！要知道若不是她，嘉瑞也不会枉死在北奴，你……"

原本紧张的情势，此时因太后心绪激荡之下失声喊出的一句话，越发显得混乱。

"太后……"高嬷嬷惊惧地大喊一声，一头跪倒死死地拽住太后衣裳的下摆，连声道："太后您怎么糊涂了？"

"母后……您到底在说什么？"奕析眼神不可思议地看着太后，错愕之余，出言有些断断续续。

被高嬷嬷尖声喊醒，太后的情绪似乎略略平复了些，她颓然跌坐在椅子上，用手紧紧地压住起伏不定的心口，像是心绞痛的旧症要发作了，半晌都说不出话来。

"母后你刚刚……"奕析唤道，高嬷嬷忙不迭出声挡住了他后面的话，眼眶中滚动着两颗老泪，几乎是在哀求道："七殿下，老奴我求您，您不要再问了。"

奕析依言，高嬷嬷神色忧虑，朝我眼神示意，说道："皇后娘娘，眼下这样的事态，您还是暂且离开行宫吧。"

我根本没能说动太后解救紫嫣，但心知就算再留在行宫，除了生出许多事端，最终还是无功而返，索性硬了硬心，不再回头看，朝着殿外走去。

似乎听见身后木轮轻微的一转，但立刻戛然而止，像是被按住了，随即传来太后的声音，"让她走，不准去追！"

"母后……"奕析唤道。

太后的声音愈加严厉，"你若是还要叫哀家一声母后，就听哀家的话，不要去追！"

我从行宫中出来，看到天上的一钩新月已升到中空，暗青深紫的云团缠绕着，将清亮皎洁如一匹丝绸的月光，洒落一把毛毛糙糙的碎芒，群峦攒聚，松林如海。夜已深，粗粗地掐算时辰，大概已是巳时。我今日来阴山行宫，未曾向奕槿言明，只凭着皇后凤谕出了皇宫，并将寥寥随行的几人全部撇在山麓。

奕槿现在多数已知道我擅自离宫的事了，但是我无所谓会有什么后果，唯一遗憾的是，我未能劝动太后解救紫嫣。眼看着又是一日过去，紫嫣留在宫中多一日，她就多一分危险。

我明知她现在危机四伏，却是无能为力。我神色寥落地独自下山，想到这里，心间蒙上一层忧愁的庞大阴影。忍不住叩心而问，为什么现在的颜卿会这样无用？我救不了紫嫣，救不了樱若，也救不了他。林木环绕的周遭显得萧索而荒芜，一股苍幽阴润的湿气如一盆冷水般迎头浇下，时至今日，我到底应该怎么办？

葱茏的树枝上似是有宿鸟惊起，枝叶簌簌抖动。我隐微地察觉到什么，侧首看去，鼻间闻到一缕清冽的花香。忽然间，一道幽光疾如飞鸟，倏然掠过，借着暗色朝着我的方向直直射来。

"小心！"身后有人清喝一声后，冲上前展臂将我护住，一把就挡下了那个射向我的物什。

我惊魂甫定，伏在那人胸前时，兜头兜脑地被极熟悉的气息所笼罩，蓦然抬首看到，刚刚千钧一发之际，出手救我的人竟是奕析。

"你怎么在这里？"我惊愕地问道。

奕析未答，他扬手将一把揉碎的花瓣扔出去，眼神严峻地看着刚刚突袭我的方向。

"呵呵……"轻灵的笑声，仿佛细碎微凉的星芒般从树梢上摇落，循着声音看去，只见右侧有一棵茂盛的大树，粗壮的枝杈上坐着一个身量娇小的黑影。密林中光线太暗，看不清那人的容貌，凭声音和形体判断，应是一名妙龄女子无疑，她的位置离地面约有两丈高，但她似乎一点都不害怕，意态悠悠地坐着，如仙人在月桂树端，闲散地垂下荡漾的两足。

"呵呵……"笑声再次响起，她说话的声音柔柔曼曼，如在呢喃道："呵呵，七表哥你担心什么？不过是一朵落花罢了，又不是什么暗器。"

此时，我面色微微一变，她是灵犀。

"我在这里等了很久了。"灵犀俯首看着底下的我们，清脆的音调中含着一丝埋怨，那般清纯无害的神态，犹如不谙世事的小女子。她的目光擦过我的脸庞，落在奕析身上，奕析为我阻挡下灵犀的突袭时，身手敏捷矫健，他站在我身边，双腿完好看不出损伤，哪有半分坐在轮椅上时恹恹病弱的模样。

灵犀朝着奕析冷笑道："婉辞就知道七表哥的伤有蹊跷，若不是方才略施小计，做出样子吓一吓皇后，也不可能逼得七表哥出手。"

奕析看向枝杈间一抹娉娉袅娜身影，宛若一痕墨色的流云衔在树梢，淡声道："原想表妹已经回宫，料不到还留在行宫中。"

灵犀坐在树枝上，微微朝下探出半个头，一大把未绾起的青丝，流瀑般顺着脖颈和身躯的曲线倾落而下，她斜支着脑袋，娇憨地笑道："姨母未下逐客令，婉辞为什么要走？如果就这样轻易走了，不仅看不到刚刚的英雄救美，也不能试探出表哥的伤势真假。何况皇后姐姐还在行宫呢，婉辞何必要先行一步。省得等会回宫后，皇上见姐姐迟迟未归，到时候婉辞再跟着皇上来行宫寻一趟，岂不是麻烦？"

灵犀素来口齿伶俐，纵然那一番话说得强词夺理，字里行间隐隐含讽带刺，却让人一时也找不出话去反驳她。

"哥哥啊……"灵犀漫然拖长声音，她轻轻击了两下掌，如是不经意地道："哥哥佯作重伤，此举岂不是欺君罔上？"

"是吗？"面对灵犀突然发出的质问，奕析仅是恬淡一笑，锋芒不让地反诘道："那么表妹明明身怀武功，却一直装成手无缚鸡之力的弱女子，这难道不是欺君罔上？若是要论这欺君的罪名，咱们表兄妹彼此彼此。"

枝杈忽地摇晃一下，密挤的树叶索索振动，眼前一道暗影若流星坠落，灵犀从树上一跃而下，她的轻功极好，仿佛就是一只灵活的猫儿，落在地面上悄然无声，盈盈裙裾在半空绽如杏色的蝴蝶，透出一种说不出的柔媚之意。

灵犀所站的位置，离我们约有三尺远。她含着些微讶然的神色，轻嗔道："婉辞先时所为，多有愧对哥哥。但哥哥现在都能唤婉辞一声表妹，真真让婉辞受宠若惊。"灵犀不冷不热地说着，但脸上根本看不到半点受宠若惊的影子。

我想起当年在金莱城的医馆中，初次邂逅灵犀的场景。她那时还是一名及笄之年的小姑娘，容貌清丽秀婉，眼眸中流露出一脉至灵至性，世间美貌易得，然则性灵难求。那时正是单纯天真的年纪，记得她坐在石阶上，旁若无人地将一双秀美的眼睛哭得通红。现在的她，言谈举止中依然是一派单纯天真，却多少带着乔张和娇作。

我深深敛息，终于问道："你现在可以说了吗，你的身份？"

灵犀微微诧异地看着我，眼眸间染着一丝糊涂的神色，说道："婉辞不懂娘娘在说什么，婉辞是何身份，娘娘不是早就清楚的吗？"

我轻轻摇头，"你仅仅是上官家的女儿吗？我想应该不会那么简单。"

周遭沉寂，风声歇止，偶尔传来一声夜枭呱啦的怪叫，在萧索的密林中听得有些骇人，灵犀却是默然地站着，如是陷在深思中，只字未言。

"她是上官家的女儿。"清沉而平稳的声音传来，我看到说话的人是奕析。今夜月色极淡，让参天摩云的林梢隔得斑斑驳驳，融融的清光覆在他的侧脸，蕴然生辉，清晰地勾勒出挺秀的鼻梁与高耸的眉峰。

"但是上官琛不过是你的养父罢了。"奕析忽然松开我的手，朝着灵犀的方向上前一步，两道湛若秋露的目光直直地落在她身上，"你真正的父亲是当年的薛丞相薛冕！"

一语出，而四落惊动。

我霍地转首看去，奕析紧抿薄唇，神色深郁而沉静，绝无半分玩笑之意。

灵犀孤身曼立在薄黯如纱的夜色中，微凉的山风渐起，单薄的丝绸衣衫紧紧地贴着她纤纤幽柔的身体，恍若就是三千株红尘滚滚中，漫卷着的一株轻灵出尘。庞大的树影挟着沛不可当的气势，将她娇小的身躯完全包裹住，看不清她的模样，也看不清她表情，她静静地站在那里，不发出丝毫声音，就连呼吸亦是轻不可闻，就这样静静地站着，直到我都快忘记她还站在那里。

良久，她涩声道："表哥是猜到了，还是姨母告诉表哥的？"

我愈加震惊，灵犀既然如此说，相当于是默认了她是薛家女儿的身份。我心底似有隆隆滂滂的雷声搅成一片，但思绪却是格外清明，仿佛拂去缭绕紊乱的云雾后，终于显露出丝丝经络分明的本质。心中反复地默念着：原来如此，原来如此，上官婉辞竟是薛氏的后人，薛氏当年遭遇灭族惨祸，而她因不在薛门内，故得以幸存于世。脑海中一道电光霍然划过，刺亮的雪光照得心神一阵悚然——她这些日子来所做的一切，难道都是为了寻仇吗？

"果然。"奕析缓缓吐出两个字，接着又说道："你果然是薛家的人。"

"是又怎样？"灵犀明眸如星，从形到神都宛若是慵懒的猫儿，慢慢地朝我们走近一步，她目色清冷地与奕析对视，桀骜中含着几分挑衅。

奕析却不看她，眼光漫意地落向空中某处，淡然道："怪不得当年先母后要将小姨逐出王氏，就连族谱中姓氏都要剔除。我那时尚年幼，觉得疑惑不解，小姨好歹都是王家的人，同出一脉，先母后为何能狠得下心将亲妹逐出王氏，现在想想大概就是这个原因。"

他风轻云淡地说来，口气始终淡淡的，不曾刻意加诸任何感情，没有喜怒，没有褒贬，仿佛仅是在平平静静地叙述着一件事情。

我凝神听着，奕析话中的"先母后"指的应该就是奕樘的生母，在丰熙年间早逝的恭淑贤德皇后，后追封温懿太后。我现在虽未完全弄明白事情的来龙去脉，但那些听到的只言片语拼凑起来，略略思索着，心里也就揣摩大概：灵犀是薛家的血脉，却生在上官家，其中关键就在于灵犀的母亲，亦是王家曾经的四小姐，后来的上官夫人。心中一个念头冷然闪现，这念头荒诞大胆得连我自己都唬了一跳：灵犀莫不是上官夫人与薛冕私下所生……

奕析的神色若盘桓峰顶的夜风，冷静如斯。

但反观灵犀，却如同大受刺激，先时的从容与镇定如一层脆弱的琉璃被击碎，她紧紧地捂住口，小巧的双肩抑制不住地震颤着，说道："是的，你说得不错，我的母亲在嫁进上官府后，又与薛相私通生下了我，惹得温懿太后震怒异常，觉得我母亲失节失德，玷辱了整个王家门庭，所以才要将她从王氏中除名！"

灵犀神色似乎含愤含恨，一双圆润晶亮如猫眼的眸子，像是有两团碧莹莹的磷火在瞳孔中燃烧，她猛地抬手指着我，又指着奕析，厉声逼问道："你，还有你，是不是觉得鄙薄和可笑——枉我一向自命清高，居然有着这般龌龊不堪的出身？"

我从未见过灵犀这种样子，她生来就是一副温婉柔顺的容貌，因自幼跟随谪仙人清虚子，长时的耳濡目染，亦有一分轻逸闲雅、点尘不惊的意态，仿若就是栖身在仙阁洞府中，整日与琪花瑶草相伴，吸风饮露的仙子。这世上没有什么能激怒她，然而，现在不是。

奕析摇头，他的神情淡然自若，清廖若晨风地说道："婉辞，我从未这样想过。当年将小姨逐出王家，是先母后的决定，母后有心阻止，却终究无法违逆先母后。先母后过世后，母后重新将小姨的姓名列入王氏族谱。这些年母后对你关爱有加，当成与亲生女儿无异，纵然王家对你们有愧，但多年来母后想尽办法弥补，为什么就不能换回你的半分感念和谅解？"

灵犀笑声肆意，眼角一小颗漆黑的堕泪痣随着她的动作跃动，宛如一只鲜活淋漓的黑眸。她的神色凉薄而无情，眼底却偏偏染着一丝少女的懵懂，声音清脆地问道：

"我要感念什么？我要谅解什么？况且我从不知道何为感念和谅解。"

奕析闻言，眉峰微微蹙起。

灵犀身体斜斜地靠着树干，声音却是越发轻柔，道："其实哥哥和姨母都冤枉婉辞了，婉辞确实想过要报复王家，却并未想过要置其于死地。让婉辞恨不得千刀万剐的人，一直以来都只有一个罢了。"

我敛尽声息，问道："你要杀的人是紫嫣吗？"

"灭门之仇，杀父之恨，我难道不应该向她讨回来？"灵犀气势咄咄地喝问道，她眸心霎时迸出两道如剑寒芒，骤然而生的凌厉，与她秀婉清丽的容颜格格不入。

"好好好，紫嫣今日所得，只能说是她的报应，我们各自承担各自的报应，可是……"我齿间如浸着森冷的冰雪，我挣脱奕析的阻止，顾自慢慢地走近灵犀，"樱若是无辜的，你为什么却也不肯放过她？"

灵犀看着我，脸上漾起疑惑道："娘娘为何这样说，就算不放过也是皇上不肯放过，怎么又能赖在婉辞的头上？"

我知道她是狡辩，怫然道："那也是你有意撺掇皇上，以侍读之名将樱若当成人质扣留在宫中，对此你敢不承认？"

"对了，经娘娘这样一说，婉辞倒是想起来了。"灵犀笑音如铃，漫然牵过一枝藤蔓在手中把玩，"樱若郡主聪颖伶俐，甚得帝心，故留在宫中长伴颐玉公主，修习阃训，熟悉闺礼，这不是无上的荣耀吗？"

"樱若根本就不在宫中！"面对灵犀轻慢，我心生恼然，高声问道："你说，你到底将她藏到哪里去了？"

"别去。"我忽然感到不能再上前，发觉奕析已将我身体扳住，灵犀身上的武功不可估测，他示意我莫跟灵犀靠得太近。

"呵呵……"灵犀清声笑着，她一把将手中的藤蔓甩开，靠着树的娇柔身姿越发慵慵疏懒，"婉辞真佩服娘娘，既然如此，婉辞就说实话吧，郡主现在确实不在宫中。"

话音停了一下，一根玉白的指尖点着纤秀如新月的下颌，她声音甜糯，若有所思道："能让表哥和娘娘如此关心，足见郡主是个何其要紧的人啊。当然要找个好地方，好好地看着、护着。"

"我要你放了樱若！"我一时忍不住怒意，灵犀这种轻慢又无所谓的样子，分明就是在挑衅。

"颜颜你冷静点。"奕析却牢牢地抓住我。

灵犀一手五指蜷缩着按在心口，似是柔弱不甚的情状，"婉辞哪里敢擅自放了郡主？要知道郡主是能用来挟制表哥和娘娘的一张王牌，有郡主的小命在手中，就凭着这份爱女之心，表哥和娘娘也不敢轻举妄动啊，就算有通天本事，表哥现在可敢出这帝都城？娘娘现在可敢出这皇宫吗？话说来，就算你们今日相会，可敢不顾一切地远遁天涯吗？"

灵犀一席话说得我们皆是默然，她却忽然笑出来，目色犀亮地在我们脸上剐过，口中的凌厉丝毫不减，一字一顿道："那个小女孩就是你们的软肋！"

"在一个年仅五岁的小孩身上动主意，你简直卑鄙！"我明知灵犀是在刻意激我，却还是怒不可遏，猛地挣脱奕析的怀抱，霍然出手一击，朝着她的面门而去。

灵犀唇角衔着一缕冷笑，蝶袖若流纹脉脉荡漾，那抹卷起的柔软杏色间裹着一道狭长的雪芒。

"快退下！"奕析神色焦虑地高喝一声，疾步冲上一臂将我护在腋下，另一手执佩剑朝前抵挡。我感到身子让一股力道拽回，定下神来时已被护在他身后，就听得刀剑剧烈相击的铿锵之声，似有明灭的星火溅出。

惊魂不定地抬首看去，灵犀手中的那道雪芒是一把九寸短剑，与奕析的三尺佩剑格撞在一起。当时情势紧急，生死仅在纤毫微妙之间，奕析手中的佩剑甚至尚未来得及出鞘。

灵犀低笑一声，将执着短剑的手缓缓收回，横着护在胸前，就在短剑撤离的瞬间，奕析手中佩剑的剑鞘断成两截，登然落地，三尺银白的剑身，散发着寒光如镜。

"韶王哥哥，废了右手的感觉不好受吧？"灵犀笑意中满是轻蔑，她如是在欣赏着手中短剑的锋芒，或是在欣赏着映在剑上的姣美容颜，刃薄如纸，却是削铁如泥，"以前婉辞不敢说，但是现在，哥哥你绝对不是我的对手。"

灵犀的声音极轻极低，我心中悚然，她说得不错，奕析双腿的伤是假，但是右手上的经脉确实被挑断。我察觉到，他刚刚执剑挡下灵犀一击用的是左手，右手虚绵无力，当时若不是我听到他喊了声快退下，意念所动之下，将招式收住退了一步，以他现在右手上的力量是根本不可能拉得住我。

奕析却是淡然自若，"婉辞，到底谁能胜得过谁，还不一定。"

"习武之人惯用右手，一旦右手被废，也就相当于一身武功将所剩无几。"灵犀笑意中带着三分轻狂之意，她毕竟年少气盛，狠狠地撂下话道："婉辞若是这样都胜不了哥哥，哪里还配做清虚子的徒弟！那样的话，婉辞就自行挑断手筋脚筋，这辈子都不再使用武功！"

话语刚落，灵犀手执短剑，杏色的身影如蛱蝶穿花，衣袂轻飘间，转眼而至。

"躲开。"奕析凝心盯住灵犀的来势，将我用力推到一旁。

"不要。"我紧紧攥着他的手臂不肯放，当下的情势，敌强我弱一眼明辨，我满脸忧急地阻止道："奕析，不要逞强，现在的你打不过灵犀的。"

奕析看我的眼神温若暖玉，说道："你放心，我不会有事的。"

我抬眸迎上他的目光，皓洁淡远若清风明月，激荡的心顿时就能安定下来，唇畔微微地绽出笑意，无论如何，我都信任他，这种深入骨髓的信任，只因为他是这世上我唯一深爱的男子。

我依言退到旁边，紧张地看着。心知我此时在他身边，仅会令他束手束脚，反倒应付不了灵犀。

"呵呵。"灵犀笑得轻邈若烟水，暗嘲道："婉辞就用这把短剑，也请哥哥出手不必留情，毕竟婉辞也不想太丢师父的脸面。"

"出手不留情，用不着表妹提醒；但是清虚子的脸面，你今日是丢定了。"奕析淡淡地道，他肩膀斜斜地一侧躲过灵犀。

灵犀佯作不知他话中之意，叹道："哥哥的意思，婉辞怕是明白。婉辞如此乘人之危，的确不是一件体面的事。师父若是知道，一定不会高兴。"

灵犀口中软语轻轻，但剑势凌厉丝毫不减，翻腕间一招偏锋横扫，直向奕析刺去，奕析虽是左手执剑，却不见有多生疏，他并不主动攻击灵犀，只等着灵犀出手时，见招拆招，将她引到密林深处。我渐渐看出来，灵犀手中是九寸短剑，必要近身之时方可袭敌，受兵器限制，一身武功施展不到半数。此处多林木和藤条，枝枝蔓蔓的牵绊过多，亦是对她不利。

僵持之下，灵犀顿生恼怒，轻敌已让她失去先机，短剑猛地一出时斫中树身，若不是及时弃剑躲避，险些落到下风，三尺剑锋近乎擦着她的耳垂而过。

灵犀退无可退，后背一下抵在树上，未能反应，剑就直追上来抵上她脖颈。冷哼一声，道："哥哥倒是厉害，但是你真的敢杀了我不成？"

"怎么不敢？表妹既然敢单枪匹马地来行宫，就应该做好了万全的准备。"奕析仅是执剑清浅一笑。

尽管强势逼压之下，灵犀依然笑靥如花，"真是该死，我竟然忘了这里是行宫，反正都有太后为哥哥撑腰善后，哥哥还有什么不敢做的？"她话中的嘲弄和讥诮之意越发深刻，如利刃直直地戳向人心，"但是哥哥事事都仰仗太后，难道不怕外人说哥哥懦弱无用，一味钻在女人的裙带下求庇护？"

灵犀这话说得极其辛辣，一般人听到都会按捺不住，奕析却是面如平湖，一点都不为所动。

"表妹是在用激将法吗？"奕析依旧气定神闲，将剑举到她的面前，蒙眬的月光映着剑锋的寒芒，照亮着剑尖上挑着的一个色泽炫目、叮当作响的小小物什，若有若无地哂笑，含着三分戏谑道："就算真杀了你又能怎样？被处以谋逆之罪的滋味也不过尔尔，更何惧区区一个杀人？"

奕析虽是如此说，但不见杀气，而是神色如常，笑意温雅。

灵犀伸手探向耳垂，上面的一只坠子不翼而飞。她脸上瞬时升起愤然之色，想必从未受过这样的折辱。她发劲用力将插在树身上的短剑拔下。

"小心！"我惊喊道，奕析的瞳孔一缩。

然而，出人意料的是，灵犀松手将短剑扔在地上，落在绵密的杂草中一丝声响也无，霎时丛莽的绿色掩过了白亮的雪芒。兵刃已弃，一张秀若芙蓉的脸上不见惊惶，却是愈加冷静，她坦然无惧地迎着奕析的剑锋贴近了半寸，声音幽幽地道："哥哥不想想高樱若吗？你今日若是伤到了我分毫，我就一日敲碎她一根骨，一日挑断她一根筋……"

"你不要说了。"我听得心中骇然，出言打断她的话道。

灵犀看都不看我，顾自朝着剑再贴近半寸，她的话锋阴冷如咝咝喷吐芯子的小蛇，"不过你放心，婉辞是医者，就算某天敲碎了樱若的头盖骨，照样有法子让她苟延残喘地活上一段时间，好让你们见女儿最后一面。"

"用激将法不成，那么这一招挟人质而威逼呢？"如此残忍的话，在她一双嫣色绯然的柔唇中说出，那样悠闲的神态，仿佛就是养在深闺中尚不知愁的小女儿，在娇言侬语地谈论着脂浓粉淡，画眉深浅，与血腥杀伐之事毫无关系。

她清纯无害的外表下，却掩藏着阴戾冷刻的心机，这种样子往往最让人觉得齿寒。

"放她走。"我简短地朝奕析吐出三个字，定定地看着他道："她说到必能做到。"

奕析的唇角弯起水纹般的弧度，使劲朝前一刺，剑已钉在树身上，剑尖上钩住的那只耳坠随之没入苍褐皲裂的树皮，雕琢精致的三圈金丝环俱是坏了形状，密密点缀的米珠失去支撑后纷纷落地。

"你若是伤到樱若，下场你是知道的。"奕析的目光淡淡地扫过那只变形的耳坠，松开剑柄，朝后退了一步。

一旦脱离挟制，灵犀见机，身体宛若游鱼，倏然已在剑锋下全身而退，施展轻功离我们远去了足有一丈。刚刚疏忽之下，让奕析一剑打下贴身佩戴的耳坠，还有被剑架在脖子上威胁，这对她而言都是从未有过的耻辱。灵犀俏脸惨白，余怒未消，朝我们讥笑道："郡主果然是你们共同的弱点，这张王牌不得不说是百用百灵。"

"樱若是否是王牌我不晓得，但是对你，不过就是投鼠忌器。"奕析朝她淡淡道。

灵犀冷笑一声，她今日已落于下风，再缠斗下去于她并无好处，随即一拂衣袖往山下而去。

一弯细牙月已隐至岩壁，黯紫的云团疏疏散去，清皎的月光照在山顶行宫屋脊上，也照在石块嶙峋的岩壁上。山风冷寂盘旋，幽凉的夜露渗透了衣衫，如这林间随处都是的苍狗子，生着细弱的小钩子附在肌理上，夜极静，突如其来的两人相对，更多的却是无言。

"你为什么没事？"我看着他如往日挺拔夭娇的身影，站立间与寻常人无异，踌躇着问出口道，"我当时亲眼所见，你用匕首挑断经脉……还剔除了膝盖上的膑骨……还看到他们将满身是血的你抬出去……可是……"

心中巨大的震惊，说出的每句话都是断断续续，几乎让我字不成句。奕析自废武功的时候，我就在旁边，自始至终，每一幕每一处我都是亲眼看着。眼睁睁地看着他痛苦，看着血流遍身，却无能为力。明明心里呕得要沁血，但是还要辛苦地维持着一副波澜不惊的表象，不能让人察觉这一张正合宜得体微笑着的面具上，有任何的瑕疵与纰漏。我今生今世都不会忘记这种非人的折磨，甚至日后深睡时都会一次次地惊醒，他的痛苦、他的血已成为我摆脱不得的梦魇，但是今日看到他无恙，欣喜之余，亦让我心头一舒。

"右手是真的不能动了，但剔膑骨的时候，下刀时有半分偏颇，割裂两侧动脉，当时血激涌而出，伤势难辨，反倒蒙混了过去。"他现在仅是清风淡月地说着，可是我想象得出，当时他承受的是何等的痛苦。

"你还是来了。"我咬着发白的下唇，在喉咙里百转千回着，终于涩声问道："太后她……"

他逆着月光萧疏而立，清俊如皓月的面容隐着莫名的忧伤和欣然，说出一句话，染就着湿冷清新的草木清馨，"我担心你。"

我眼底涌起潮潮的湿意，太后说出的话言犹在耳，"你若去追，从此就当没有哀家这个母后"。在那一刻，他确实是犹豫的，一边是极力在爱他护他的母亲，一边是我。但是他最终还是来了，不惜因此忤逆太后。当灵犀暗袭我时，他不顾一切地出手相救，不惜因此中了灵犀的试探。只为了一句我担心你，无须任何语言，我担心你，简简单单的四个字，就足以让我勉强支撑的冷静和理智全线崩溃。

泪水磅礴涌出，模糊了眼前的全部，尽管明知不可以，我还是扑入他怀中，极力地紧拥着他，他亦是想要紧紧拥住我，右臂却虚乏无力，"对不起。"他清润柔和的声音附在耳畔，"时至今日，连一个完整的拥抱都不能给你。"

我伏在他的肩膀上拼命地摇头，想开口，但所有的话被数度的哽咽冲刷得无影无踪，尽管明知不可以，尽管明知此刻的纵情唯有一瞬，我还是会像飞蛾扑火般地奔向他，无惧烈火，无惧毁灭，仅仅就为了这短暂易逝的一刹那。

"七殿下，皇后娘娘！"一道苍苍的声音遽然响起，我在他肩头抬起头，泪眼蒙眬地看到一个人影急匆匆地朝着我们的方向跑来，细看之下，竟是太后身边的高嬷嬷！

"嬷嬷。"我喃喃唤道。

高嬷嬷独自前来，劈头盖脸地就看到我们亲密相拥着，她神色焦虑复杂如火烧云般，清了清嗓子道："老奴是为太后传话而来，太后说她可以救慧妃这一次，但是……"高嬷嬷的目光落在我身上，"皇后娘娘要立即回宫。"

"太后真的肯救紫嫣？"我感到有些不敢相信，重复地问了一遍。

"颜颜……"我回首时撞上他的眼眸，湛澈若深秋清潭，却是黑得不见底，他没有再说下去，但我晓得那声未完的颜颜之后，有多少的不舍和隐痛。

我们的额头抵在一起，这一刻任谁都是默然无言。

"难道你们想真的就一走了之吗？"高嬷嬷的声音微微发急，道："太后还说了，既然为人父母，就要多为子女着想，韵淑郡主眼下生死为他人操控，你们若走了郡主将必死无疑！"

樱若，我的心如被电流一触，每说一个字，心腑间的绞痛之意就愈加明晰，"好，我依从太后的吩咐，即刻回宫。"

我一寸寸从他怀中脱离，宛如血肉相互依存的肌肤在一寸寸撕裂。回眸，含情凝睇，明丽如斯却也凄艳如斯，终于还是狠下心肠而去。

一枝清艳照清绝

　　阴山行宫中一间宫室晃晃地挑亮着灯，看得出是间规格小巧的书斋，周围错落地放着黄梨木书架，其中塞满精细装订的书籍和无数卷轴，而我坐在书桌前，手中握着一支玉管紫毫笔，墨香盈淡，正凝神抄着经书。

　　"皇上驾到！"殿外的通传声响起。

　　我落落放下笔，等着那抹明黄色的人影进来，听到橐橐鞋声，应该就是奕槿脚上的朝阳刺绣五龙皂地靴，急促地踏在地砖上而发出的声音。他进来时身边还跟着一名身姿柔曼纤丽的女子，仔细一看，随行之人正是灵犀。

　　我看到奕槿，脸上顿时露出三分惊讶的神色，"皇上怎么来了？"我从书桌后走出，施施然就要行礼，双膝未落地，就被他的手臂一把扶起。

　　"颜颜，这里就你一人？"奕槿握住我的双手，扫视四周，口气中不着喜恶地问道。

　　"还能有谁？"我佯作不知他话中的意思，"臣妾今日特意来向太后请安，原想陪太后叙叙天伦，不料正逢上太后精神短，怠懒说话。但太后怜臣妾孝心，不忍让臣妾即刻回去，就让臣妾来这里抄抄经书。"

　　"你就没有走出过这里？"奕槿眯着眼看我。

　　我无视他追索的目光，从容地答道："臣妾一直都在这里，一连几个时辰抄写经书。皇上您看，都已经抄好那么多了。"

　　我携着他的手走到书桌前，桌上放着一方墨水半干的砚台，旁侧整齐地堆着厚厚一沓玉帛纸，有几张还是散乱地放着，皆墨迹簇新，都是刚刚抄好的经文。

　　一旁的高嬷嬷见状，亦是道："启禀皇上，皇后娘娘自到行宫后，就一直在书斋中为太后誊写经书。"

奕橦随意拿起其中的几张粗粗地看了看，说道："确实是你的字迹。"他说着，眼角的余光瞟了灵犀一眼，对上奕橦的目光，灵犀似乎有些窘然，点头时脸上一掠而过不甘的神色。

我不动声色地将这些都看在眼底，脸上先时的笑意顿时无影无踪，顾自漾起一丝委屈道："臣妾明白了，臣妾还当皇上是在关怀臣妾，原来是不信任臣妾。"

我轻蹙着眉，如同在赌气般将一堆抄好的经文尽数推到他面前，"皇上要不要一张张都仔细看过来，看看是否都是臣妾的字迹，也好证明臣妾一直都在这书斋中未出一步。"我说话间转首看向灵犀，"既然夫人也在，正好来一道帮忙。夫人从来就是最会体贴皇上的心意，今日也定然要为皇上分忧。"

"颜颜。"奕橦眉心微蹙，唤着我道，他长臂一舒圈上我的肩膀，当他将我揽进怀中时，我的背不经意地僵硬一下，附在他耳畔弹出一句娇嗔软语，将其不着痕迹地掩饰过去。

我意态婉顺地倚在他身侧，一双秋水明眸含娇含俏，朝他莞尔而笑，这般的情状在他眼中应是极其妩媚柔冶，柔弱不甚之态直惹人肆意怜惜。他果然动容，温言道："算是朕的不对，你不要生气了好吗？"

我轻轻抿唇一笑，"臣妾没有生气。"

正在这时，高嬷嬷轻咳一声，"皇上，太后请皇上过去一叙。"

奕橦应了声，对我咬着耳朵道："等会和朕一起回宫。"说完就松开我，同高嬷嬷一起朝太后所在的宫室去了。

听到殿门吱嘎合上的声音，奕橦等一行人已走远。灵犀虽与奕橦一同而来，此时却不跟着去拜见太后。她留在书斋中，正似笑非笑地看着我。

奕橦走后，我笑意盈盈的脸登时一分一分地沉郁下去，转身一扬手将那沓印满墨迹的玉帛纸，呼啦一声尽数拂落在地上。

灵犀神色泰然，轻敛裙裾蹲下身，纤纤玉指捏起一张飞落在足边的玉帛纸，她两弯柔眉如黛，笑道："臣妾不得不佩服娘娘，娘娘的一手行书写得真好。皇上若是稍稍有耐心些，就会发现前几张抄写的经文确实是娘娘的手迹，后面的不过是滥竽充数罢了。"

灵犀说话间，抬首对上我的视线，她将压在下面的一小沓玉帛纸抽出，一张张地朝着我摊开，全部是雪白得空无一字。

我脸上半分惊讶也无，从从容容地笑道："夫人既然知道，刚刚为什么不揭穿我？"

"娘娘一直都在书斋中抄写经文吗？从未踏出殿门一步？"灵犀依然笑吟吟，螓首低垂时，葱玉般的指尖抚着墨丝，"婉辞为什么要揭穿娘娘？娘娘的戏演得天衣无缝，若是让婉辞揭穿了，岂不是太煞风景，也枉费了娘娘的一番心思。"

"那你就不怕枉费了，你辛苦将皇上请来的这番心思？"我看着她，笑意不减。

"皇上原本就要来的，怎是婉辞请来的呢？"灵犀淡然道，她临窗而立，目光远远地落向太后所居的宫室，太后和奕槿应已会面。

夜间，山林之地多缭绕着沁凉迷蒙的水雾，覆在她姣好白皙的脸上浅浮着一层若幻若真，衬得一双晶莹的眸子愈加明寒如星，启唇道："太后现在大概就在跟皇上说慧妃的事吧，娘娘您说，太后能说动皇上吗？"

微寒的风吹乱了鬓角的柔发，我素白的指甲轻轻叩着木质光滑的窗棂，丁零如金玉之声，说道："夫人当然希望不能。"

灵犀抬起头，秀靥如莲，却是不予回答。

夜色浓稠如墨，厚重的质感像是潮水般一重一重朝着书斋的殿脊压下来。到现在为止，紫嫣怕是还不清楚灵犀真正的身份。她晓得上官婉辞对她一直怀有犀利的敌意，却一直不晓得为何成敌。对此我只能感叹这世间因果循环，当年，紫嫣凭恨意逞一时之快，对已失势的薛家赶尽杀绝，现在轮到幸存的薛氏后人，做与她当年同样的事情，暗中潜伏多年，积蓄力量，罗织陷阱，只为了向她的仇人发出致命一击。

我的心思在这瞬间清朗无比，骤然挑出灵犀刚刚说的八个字，"灭门之仇，杀父之恨"，字字如沁冰雪，字字咬牙切齿，最后那一句咄咄逼人的质问，越发透出一股凌厉之气，震得人耳膜鼓胀发痛：我难道不应该向她讨回来吗？我难道不应该向她讨回来吗？

"怎么样才算是完全杀死一个人？"满室寂静，灵犀突兀地开口，声音清悠若丝竹，却透出一缕靡艳的残忍，"就要慢慢地，一点点地毁去那人所珍视的一切，最后当那人一无所有之际，才会给她毙命一击。"

我的思绪在这瞬间清朗无比，或许灵犀一心想杀的人仅是紫嫣。

我道："你设计使端雩精神失常，使大将军林桁止因此遭皇上厌弃，不再予以重用。林氏中最得紫嫣信任和倚重的是林庭修，你对他秋波暗送，拉拢其为己所用。而你对付我，也许是一招声东击西，你不惜自蹈险地，就是为了激化紫嫣与林庭修之间的矛盾。其实颖妃离奇身死和当年盐务的案子，你早就知道了，但是你沉得住气，清楚这些在紫嫣和林氏地位稳固的时候，无法撼动其根基，所以你选择等到林氏族中离心离德、内讧四起之时，再使出最后的杀手锏，好让整个林氏的势力分崩离析。"

对于我所说的一切，灵犀都不予否认。

"完全杀死一个人，就要先毁去她所珍视的一切。"我溢出唇际的叹息轻不可闻，若一双蝴蝶单薄的翅膀。

"娘娘觉得婉辞做到了吗？"灵犀面容澄宁，波澜不惊，好像静静地在等着我回答。

夜风扑打着庭前的帷幔和檐下的熏铃，碎成丝丝缕缕钻入人的衣领，幽凉的触觉贴着锁骨蔓延到心口。

我颔首道："紫嫣将端霁视作长保林氏富贵安稳的底牌，你毁了；紫嫣十数年殚精竭虑扶持起来的林氏，你毁了；甚至紫嫣费尽心思而栽培的林庭修，你也毁了。夫人走到这一步，难道还觉得自己没有做到？"

"可是……"她此时的声音如泠泠七弦琴上拨起一个锋利的转音，阴阴地道，"林紫嫣还未死。"

"赶尽，杀绝？"我在说出后面两个字的时候，音调骤然拔高，话锋中都染上清冷的寒意。我看着眼前尚不足二十岁的女子，脸上尽是与年纪不相称的沉静与冷厉。

"林紫嫣当年对薛家所做的何尝不是赶尽杀绝？"灵犀坦然无惧地正视我的眼睛，一字一顿地反问道，"她当时用毒计陷害薛家，皇上都能看在老臣功高的分上网开一面，处以流放西川之罪。可她倒好，表面上假惺惺地赞颂皇上有文景二帝的仁厚之风，暗中却派出杀手追击，将薛家上下六十余口人统统杀尽！"

"当年我听从母命奋力赶往西川，最终还是晚了一步。我亲眼看到了骨骸支离、血漫赤地的惨状，虽然他们并不知道薛家还有我这个女儿，但是他们何尝不是与我血脉相连的族人？当我在尸体堆中找到我的生父时，他身受数处致命伤，已是奄奄一息，命不久矣。"

灵犀眼角隐约闪着一点泪光，带着明灼灼的热度，将她墨黑的堕泪痣映得簇然如新，用手指着我质问道："你懂得那种绝望吗？空有一身医术，却是救不了自己的亲生父亲，只能看着他一点一点痛苦地死去，就只能眼睁睁地看着，却无能为力。"

她的话重重地敲在我的心上，我默然无言，空有一身医术，却是无法救治自己的血脉至亲，只能眼睁睁地看着可怖的死亡将他带走，这是何等的绝望，深入骨髓的绝望。

一声浅浅的叹息如同墨滴在水中化开，我犹豫良久，最终还是问道："薛冕虽然是你的生父，纵使他临终前与你相认，但是你们从未以父女的名义相处过一日，你这样不惜一切地为他报仇，值得吗？"

灵犀低首时，散在前额的发丝垂落着遮住大半的眉眼，在我的角度看去，正好瞧见纤秀温润的下颌，她未正面回答我的问题，顾自说下去道："我当年想尽办法都没能延续他的生命，事后，我将他的骨灰带回帝都。母亲她原本身体就羸弱，父亲的惨死更加刺激了她的病情，她最后药石无灵，郁郁而终。离世前母亲细瘦如柴的手，牢牢地攥紧我的手腕，她要我报仇，一定要报仇。"

"我当时就跪在母亲的病榻前，一字一字郑重无比地起誓：婉辞这辈子只要一息尚存，就必然要让我的仇人血债血偿。在我说完这些话后，母亲她才肯咽气。"说到这里时，尽管她极力克制着自己，但声音中依然透着一丝颤抖。

我闻言心神一凛，惊得近乎要叫出声来。上官夫人的遗言竟然是要她报仇，要她的亲生女儿，为仅有一面之缘的父亲报仇。她那时是恨得糊涂了，还是病得糊涂了，她可知道报仇的这条路有多艰难，多崎岖，需要多大的勇气，需要舍弃多少东西？

这时，我喉咙像是灌入阴重的铁水，连带着那声音都是沉沉的，说道："当真是冤冤相报，你只晓得紫嫣杀了你的父亲，间接害死了你的母亲。可是你哪里知道，当年薛冕以通敌之罪陷害林家，我的姨父林大将军一生磊落，到头来竟因为这无中生有的罪名而银铛入狱，他被使臣押解到帝都候审，中途却被人下毒暗害，蒙受天大的冤屈不算，死了还被人治一个畏罪自尽的罪名。林府一门连坐待罪，姨母舍命方保全她的一双子女。"

"薛冕当年所作所为，何尝不是杀了紫嫣的父亲，又间接害死她的母亲，同样是不共戴天的父母之仇。照这样说来，紫嫣杀了薛冕有错吗？她为父母报仇有错吗？薛冕种下恶果遭此报应，难道不是死有余辜吗？"我全身气势迫人，一连串地劈头盖面地问下来。

"住口！"灵犀怫然怒道，她拼命地摇着头，手掌紧握成拳直到指骨隐隐青白，"我不晓得！我什么都不晓得！我只晓得我一定要毁了林氏，一定要杀了林紫嫣！只有这样，我才不愧对曾经在母亲面前立下的誓言！"

看着灵犀此时的样子，似乎让我在她身上看到另一个人的影子。一个恍惚，思绪飞到很多很多年前，当时我尚是闺中的年纪，母亲病逝，爹爹心灰意冷入道而去，我除了追随奕樘已别无依托，当我携着紫嫣重回帝都城时，紫嫣，年仅十五岁的她，身姿纤薄柔弱的少女站在猎猎的风中，遥对着帝都巍巍城楼起誓，若不能用薛冕的人头血祭林家，此生誓不为人！

紫嫣说过，若不能用薛冕的人头血祭林家，此生誓不为人！

而灵犀说过，这辈子只要一息尚存，就必然要让我的仇人血债血偿！

这瞬间，两张并不相像的脸在脑海中倏然重合，但脸上的决裂和狠绝的神情却如出一辙。想到这里，我心底震骇，她与她是何其的相似！都是能为了仇恨而不惜放弃一切的女子，明明退一步，就可以获得所有，安宁平和的生活，还有执手一生的至爱。

譬如紫嫣，眼下落魄如斯，依然有一阕《南歌子》情深意重的牵念；譬如灵犀，林庭修为她，不惜背叛紫嫣，与整个林氏家族违抗。然而，她们却选择了一条最偏激的路。她们以终身的婚姻为代价，嫁给帝王，嫁给九五之尊的权势，以色侍上也罢，以才侍上也罢，机关算尽，周旋其间，而目的仅有一个，就是借助帝王的无上权势，来铺平自己的复仇之路。

何其疯狂，何其执拗，又何其可悲。

"母亲死后，她将我托付给姨母，也就是当今的太后照拂，我因此得以接近宫廷。"灵犀的神色如被冰雪冻住，话语里尽是森冷的寒意，"你知道吗，当时我有十种百种杀死慧妃的办法。我是医者，要不着痕迹地在食物中下毒简直轻而易举，而且凭我的武功，就算要在深宫中手刃慧妃，任谁也拦不住我。"

"可是当我第一次见到慧妃的时候，我就改变主意了。"灵犀忽然笑了，清妍的双靥染上妩媚，眸中荧荧的幽火喷薄如细细的长蛇，"直接杀了她，让她死得这样利落痛快，岂不是太便宜了？所以，我决定要慢慢地折磨她，要看着这位心如蛇蝎的绝世美人，如何一点点地死在我的手中。"

我转过脸，冷笑道："紫嫣若是蛇蝎美人，你也绝不比她好到哪里去。"

"是啊，皇后娘娘的话说得一点都不错。"灵犀听后，仅付之轻轻一哂，笑意中的妩媚之意更深，似是愤愤地压低嗓音道："蛇蝎，统统都是蛇蝎。"

这时，听到咚咚的叩门声，霎时打破了书斋中沉凝的气氛。我与灵犀的目光在半空中一触，皆是不约而同地朝殿门看去，外头有个恭敬的声音道："禀报皇后娘娘、灵犀娘娘，皇上与太后正聊着，怕是还要再耽搁上一阵工夫，请皇后娘娘、灵犀娘娘再耐心等等。"

"本宫知道了。"我应了声，就倦然地让那名传话的太监下去。

良久，我看着曼立在紫棂雕花长窗前的女子，清丽如琼苞栀子，毫无一丝尘世的气息，宛若迎着清风玉露而徐徐盛绽的一枝纯白的木樨花，不是容颜倾世的惊艳，但柔静自若中别具一种灵透与出尘。

"娘娘想听婉辞以前的事吗？"灵犀情绪略略平复了些，她身子微倾，手掌托着窗台，一头青丝墨色若水波漾漾，宛转地流泻在骨骼玲珑的肩膀上，她的声音悠悠绵绵，"记得我以前跟娘娘说起过，我自出世就被相师批言是克父伤母的大凶命格，因命犯不详而遭到父亲的厌弃。其实这不过是用来应付外界的托词，而他厌弃我的真正原因，只是因为我并非他的女儿。"

我默然地听着，绿云盖顶，对于任何一个鄙陋的市井男子而言，都是一件极其羞耻的事，更何况上官这样的士族，上官御史明知夫人与他人私通款曲，甚至生下子女，因畏惧王家煊赫权势而不敢将其休弃，但心中的愤恨和恼怒可想而知。灵犀对她的养父仅仅以"他"称之，想来与其的感情淡漠至极。

"一直以来，他对我连多看一眼都觉得嫌恶，他不准我留在上官府中，所以将我远远地扔在道观中，并且严禁任何人来看我，尤其是母亲。母亲因思念情苦，曾来道观看过我几趟，回回都是小心翼翼地瞒着府上。我一直觉得奇怪，我到底做错了什么，让自己父亲这样厌恶。记得小时候在道观中，年幼的我每天每夜地都在想，是不是我不够好，不够听话，不够聪慧。所以我努力地读书识字，练习女红，道观中除了道教经文，其余书籍甚少，我就缠着那些读过书的姑姑教我，至于琴棋书画，只要是能找到的样样都学。每回母亲来，尽管相聚的时间短暂，我都会满怀急切地问她，到底什么时候能回到府上与家人团聚，就像一个正常的士族女孩子，让家族庇护着在香闺中无忧无虑地长大，可是母亲却被我越问越悲伤，直到有一天她告诉我，不可能的，永远不可能的。"

"不可能的，直到后来我才知道，哪怕我再好，再听话，再聪慧，都不可能改变他对我的态度，除非我能改变我身上的血统，但这是不可能的事情。"灵犀喃喃地道，她双眉深凝，"我的母亲是上官家的正室，可是他对母亲一直恶劣，甚至动辄打骂，母亲虽有正室之名，但在上官府中的地位却连侧室都不如。府邸中不乏势利之人，他又放任不管，后来连最卑贱的侍妾都敢对母亲百般刁难，任意欺凌。她活得很苦，在上官府中的每一日，都像是在炼狱受着无尽的折磨。"

"可是……"说到这里，她平静的面容轻微触动，如同柔弱的花瓣撑不住露珠的重量，"王氏明明知道母亲日日受罪，对此却是不闻不问，当时王氏的势力尚是鼎盛，上官与其相比根本不值一提。只要王氏肯出面，上官没有过于放肆的道理，可是王氏，我母亲出身的王氏，仅是冷眼旁观。"

"为什么？到底是为什么？"灵犀紧紧地捂住嘴唇，身体贴着墙壁缓缓地朝地上滑去，她此刻的神情惘然而无助，抱着双膝坐下的模样如同迷茫失措的孩童，在伪装的铅华洗尽后，露出最纯粹的本质。

她颤声问道："王氏之中是谁？都是她的父母、兄弟、姐妹啊，他们硬生生地拆散了她的一段良缘，将她强行嫁到上官氏，之后就撒手不管，任她自生自灭，这是亲人能做出来的事吗？这是族人能做出来的事吗？"

"你恨林家，难道也恨王氏？"我静静地问道，想起先时听到她与太后的谈话。

"怨过，但是不恨。"灵犀此时落落直起身，面色雪白，衬得眼角一颗堕泪痣愈加皎皎漆黑，恍若刚刚什么事都不曾发生过一样，惘然无助，迷茫失措，都不是她，而是我的错觉。

她时而哭，时而笑，时而凌厉，时而忧伤，那些说出口的话，时而字字句句真切感人，时而却是矫揉造作到令人憎恶。一如她的性格亦是复杂，比谁都清纯无害的一袭容颜之下，却覆盖着比谁都诡谲难测的心机。

冷风浸透着蒙蒙的湿意扑面而来，眼神触及她眼角的一点黑色，我兀地想起云嬅曾说过的话，堕泪痣主不祥，而此女眼角之堕泪痣圆润饱满，墨如点漆，深入肌理，通达血髓，恐怕是祸乱之兆。

"因为我的母亲不恨，所以我也不应该恨。"灵犀轻点着腮畔莹白的肌肤，忽地展颜而笑，淡淡说道。

我想说话，到唇边却是蓦地噤了声，心中一时的惊愕难以言喻。慢慢地静下心来，我可以想象灵犀自幼生存的环境，被围困在四面冰冷的高墙中，唯有母亲是一缕慈柔的光辉，微弱却坚定地拂开阴霾落在她稚嫩的身体上。孤独而漫长的岁月里，没有任何人，没有任何人能给她温暖，唯一能得到的爱与呵护全部来自她的母亲，她从小的意识里就仅有她的母亲，那近乎是类似于一种信仰的存在，所以，上官夫人临终时让她报仇，她毫无质疑地顺从了。

灵犀素来自视甚高，见到容貌谋略皆属上乘的紫嫣时，生出雄竞之心是一个原因，但泰半是受到其母的影响。

"你跟她很像，看到你就像是看到当年的她。"我声息清浅地自语道，仿佛弹走素衣上附着的轻尘。

"胡说！"灵犀听到这一句，霎时怒容显现，"我怎么可能会像慧妃？她最终还是败在我手里了，她根本不配跟我相提并论！"

我眸心澄静如水，看着面前骄横跋扈的女子，依稀想起三年前在金莱城中的医馆初见时，那个顾自坐在青石台阶上嘤嘤哭泣的少女，刚刚长成的年纪，梳着双鬟，装束清雅。泪眼迷蒙地抬起头的刹那，令人不禁感慨，如此古朴破旧的院子里竟有这样一位标致俏丽的小姑娘，她眸中蕴着纯然之意，让人看一眼，就会油然从心底生出一种毫无设防的感觉，仿佛在她的纯然面前，动用任何心机都是卑鄙的。

想到这里，肺腑中抽生出一丝一丝凛冽的寒意，那时的我，又怎么想得到，就是这个当年看似娇弱单纯的小姑娘，居然能在日后一次一次将我逼进险地。

"但你要杀紫嫣，绝非易事。"我立在窗前，朝她冷静地说道。

"到了眼下这一步，娘娘能否自保都是未知之数，何必还要再处处护着慧妃？"灵犀轻掩朱唇而笑，她身上湘黄色的裙衫密密地绣满杏花，含粉凝露，附在衣袖裙裾上，一枝一枝明艳若刚刚采摘，行走间光泽潋滟，她朝我走近一步，意态慵慵轻佻，她的声音细细幽幽，可是落在我耳中却是一清二楚，"娘娘记得吗，婉辞以前就怀疑韶王的伤是三分实七分虚，今日出手一试，果然不出所料。如果婉辞将这事告诉皇上会怎样？"

我眼波顿时惊得摇曳一下，不可以，绝对不可以，脑海中隆隆地想着，绝对不能让奕槿知道他武功尚存的事。

灵犀低低而笑，接着说道："那些谎报韶王伤势的太医会得到怎样的处罚，想必娘娘是不会关心的，那么韶王呢？他现在能担得起一条欺君之罪吗？"

她再次掩唇而笑，说道："婉辞先时错估了一件事，皇上想必不会再像以前那样信任婉辞了，但是婉辞的目的还没有达到，所以现在还不能失去皇上的信任。既然做错一件事，必然要用另一件事来弥补。"

灵犀露出些微幽怨的神色，素手抚上一侧空无一物的耳垂，她音色娇脆地嘟哝道："韶王哥哥真坏，出剑时一点都不留情，他就不怕把人家的整只耳朵都削了下来，还把人家最心爱的坠子打坏了。既然如此，也就休怪婉辞不替他遮掩了。"

"上官婉辞！"我顿生激恼，看着眼前这张清丽脱俗的面孔，下意识地抬手就要一个耳光给她掴上去。

"娘娘。"灵犀轻喝一声，她的武功无疑高出我很多，五官的反应亦是灵敏无比，手掌刮起的风还未触到她的面颊，就被她一把掣住我的手腕。

"婉辞，你还真是我见过的女子中最阴毒的。"我的手掌离她的脸仅有一寸，可是手腕被她牢牢钳制住，根本再也无法靠近一分。

一片冷寂的对峙中，她依然面色如常，仿佛毫不费力地挡下了我近乎用尽全劲的一掌。我不由暗中惊异，灵犀是名女子，竟有般超乎寻常的力气，看来清虚子唯一嫡传的女弟子，一身武功确实不容小觑。

"娘娘，您出手还不够快。"灵犀哑然一笑，如是挑衅地说道："况且，凭您的功夫，根本打不到我。"

就在我们僵持之时，殿外传报声再次响起，"皇上驾到。"

高亢尖亮的声音，一字一字震人耳膜。

"是这样吗？"我的唇角在此时勾起一抹漠漠的冷笑，看似柔和却带着一种难以掩饰的锋芒，令人心生凛然。

就在奕槿跨步进来的一刹那，恰好当着他的面，我扬起手，狠狠地抡下去，空旷的殿中，只听见啪的清脆声响，一个耳光就掴在那张清美至极的面皮上。

灵犀半边脸登时隐赤，泛起的鲜红色泽如同充血。

她眼神错愕，难以置信地看着我，而我仅是冷漠地看着她。我一把捏住她纤细的腕骨，就像她方才凭武力制住我一样，虽是轻密的耳语，却是口气凌厉地逼问道："就算你武功再高，出手再快，当着皇上的面，这个耳光你敢躲吗？皇后娘娘要掴灵犀夫人一个耳光，你敢躲吗？"

我双眸寒彻如冰，忍不住要仰首而笑，这是第一次，第一次由衷地感到皇后这个位置给我带来的快意。皇上就在眼前，我掴了灵犀耳光，不过就是皇后在教训不知礼数的嫔妃，她若是反抗，就是目无尊长，漠视宫规，她若是在反抗中暴露武功，其后果更是严重。

灵犀愣愣地看着此时的我，在她能说出话的前一刻，我又追加上最后一句话，"上官婉辞你听着，本宫今日不过就是赏了你一个耳光。但是你若还敢轻举妄动，就休怪本宫做出比掴耳光更过分的事情来！"

太后说服奕槿，将紫嫣废去封号和位分后离宫，以戴罪之身到太后身边服侍，以此将功补过。紫嫣得以逃脱暗无天日的永巷，我心底的一块巨石落地。尽管在太后身边，紫嫣或许会过得不太如意，但总好过羁留宫中。在灵犀的势力范围之内，于她而言才是真正的步步险境。

暮色降临后，皇宫中，鳞次栉比的宫殿被深暗的夜色笼着，又笼着一霎冷雨轻蒙。我乘着宫车前往永巷，将紫嫣送出宫去。一名面色枯黄皲裂的女子，默然立在我身侧。

云嬗深陷的眼窝周围漫出一圈愈加深重的黧黑之色，她道："无论你想不想听，我还是要说。我给你的药只能暂缓病情，但于你的身体是百害无一利。你这些日子为了压制肺疾发作，服药越来越频繁，我唯恐会……"

我摆摆手，示意她不要再说下去。皇宫中众所周知，现在的皇后，也就是以前的宸妃身罹不治之症多年，皇上为她寻遍国手，都只能延续她飘摇如风烛的生命。可是原本已病入膏肓的宸妃，竟然在短期内，不仅身体痊愈如正常人，并且恢复了天人之姿的容颜，重新获得皇上的宠爱与垂怜，一举摘得登临凤位的荣耀，这是根本无法解释的事情，也因此加深了宫廷上下认为我是妖魅所化的猜测。容貌殊美不若尘世之人，媚惑主上的手段无人能敌，就连绝症都可以不治而愈，种种事实摆在眼前，新立的皇后不是妖魅是什么。

"你不用担心，我自有分寸的。"我扶着额角，疏疏地叹出口气道。

云嬷情知劝不动我，亦是叹息，她的声音受药毒侵害后，夹着一丝难闻的粗嘎，"你可下定决心了吗？"

我的手一点点地攥紧，直到攥得指骨皓白，一字一顿仿佛是从心底发出的声音，说道："我知道应该怎样做。"

我抬首正视云嬷的眼睛，重重地点了一下头。

当我见到紫嫣时，她身着简素的堇色棉布褂子，在永巷中的这些日子，她似乎消瘦许多。但我携着她粗略一看，身上倒是不见明显的伤痕，这些日子是苦不假，但看来没有遭到过多的皮肉之苦。

紫嫣始终神色冷清，面容虽苍白如纸，但周身透出难以接近的漠然。她既不跟我说起在永巷的种种，也不关心我到底用了何种办法才能使她出宫。

她不愿说话，我也会不勉强。曾经相处多年，我深知她向来心性高傲，于她而言，对心性的折辱带来的痛苦要比肌体上的损伤深重得多，此刻定然是意难平。

当我告诉紫嫣，灵犀真正的身份是薛家女儿的时候，原以为她会震惊，她会怒不可遏。想不到她平静的神色亦未有任何多余的波动，唯是阴恻恻地说了一句："原来薛氏的余孽还没有杀尽。"

单单是这样一句话，就足以令人心神悚然。

在宫车辘辘地经过后宫与前朝的交界时，紫嫣不顾车中颠簸，霍然直起身子，就这样没有任何铺垫地，也没有任何预兆地，高声朝我道："我要见林庭修！"

我被她突如其来的举动一惊，安下神来，淡淡地说出四个字："他在天牢。"

"在天牢我也要见！"紫嫣的瞳孔中凝聚着一簇清寒的冷芒，斩钉截铁，不容商榷！

我仅是静静地看着她，面前的女子是如此执拗而倔强，当她是年仅十五岁的稚嫩少女，失去家族的庇荫时，是如此；当她是不可一世的慧妃，掌握着整个林氏的命脉走向时，是如此；当她成为一介废妃，失去妃位失去林氏一无所有之时，也是如此。

"好。"我轻不可闻地回答道。

天牢重地，一道狭长的通道直通天牢的腹地，里面幽黑深邃，走进去就感到一阵飕飕的冷气倒灌进来，侵进肌骨，在皮肤上激起细小的颗粒。石壁上燃着常年不灭的松明子，发出幽昧的光亮，染了石壁一层清冷的颜色。

我看着四周场景，模糊地记起当年桁止受冤之际，我就与紫嫣同来天牢看过他。如今，依然还是我与紫嫣两人，来看的依然还是林氏中人，却只能说是物是人非了。

林庭修对当年盐务一案早已俯首认罪，并且坦言全部是他一人所谋划。陷害朝中大员，私吞盐税是何等的重罪。铁证如山之下，奕樘依照律例，下旨将林庭修处以腰斩之刑，以儆效尤，其余林氏中人或处斩，或充入奴籍，或发配矿山，都视其罪大小酌情处置。林桁止因九公主之事而遭厌弃，在朝中闲置已久，眼下却因祸得福，仅被罚去蓝源矿山充当苦力。

紫嫣目不旁视，一味朝前面走，林庭修此时被关押在里侧一间狭小的牢房中，他身上穿着破旧的囚服，宽宽松松地套在身上，前襟印着硕大的一个墨色囚字，上面满是污渍与黑垢，肮脏褴褛到看不出本色。若不是容貌如旧，根本看不出这就是曾经意气风发地站在大胤的朝堂之上，世人皆称为美少年丞相的林庭修。

"林庭修！"紫嫣在木栅栏前止住脚步，朝着里面的人怒喝一声。

牢房中瘦削的身影动了动，低哑的声音透着不可思议，轻呼道："姑姑。"

他顿时神色急迫地想朝紫嫣的方向而来，不知是因身上那些拷掠过的伤痕，还是因锁着手脚的铁链过于沉重，短短五六步路，他踉跄地摔倒了好几回，最终艰辛地连走带爬着到了紫嫣面前，抬起头时散乱的鬓角还沾染着不少木屑和草灰。

紫嫣面色如霜，伸出一只手通过两根木头的空隙，缓缓地探进去。

"姑……"林庭修的一声姑姑话音未落，就被骤然响亮的啪的一声打断。

在场之人看得个个目瞪口呆，众目睽睽之下，林紫嫣竟然扇了林庭修一记沉重的耳光。

紫嫣眼中的盛怒如火，仿佛喷涌着烧出来，看着近在眼前的林庭修，简直恨得目眦尽裂，她似乎犹嫌不足，紧接着又是一掌狠狠地朝着他的面门掴去。

当第一个耳光落下时，林庭修怔了一下，但随即整个人就如同僵化般，杵在原地不躲不闪，任由着紫嫣一个耳光一个耳光地打。林庭修的身姿挺拔修长，站在紫嫣面前，足足要比紫嫣高出一个头。他不躲避也罢，竟还弯下身来将脸挨近紫嫣的手前。

我实在看不下去，箭步上前抓住紫嫣的手臂，冲着紫嫣道："你够了，紫嫣，你要我带你来见庭修，仅仅就是为了给他这几个耳光？我会后悔带你来见他。"

紫嫣横扫过我一眼，猛地使劲将手腕抽出，大声道："我们林家的事，轮不到姐姐来插手！"

林庭修此时的脸色惨白如鬼，双颊上掌掴出的红痕愈加触目惊心，他神色木然地看向我，"颜姑姑，你就让姑姑打吧，是庭修做错了事情，也是庭修对不起姑姑。"

"好、好、好。"我连说了三个好字，切然道："你们姑侄两个是周瑜打黄盖，一个愿打一个愿挨，的确轮不到我这个外人来管。"

一个狱卒在旁边战战兢兢地看了半天，此时终于容得他有空隙凑身上来，手掌上托着一串铜质钥匙，他缩着脑袋看着一眼紫嫣和林庭修，刚刚的那一幕令他胆战心惊。他谄笑着，小心翼翼地问我道："娘娘，请问这……这……这……还要开牢门吗？"

"不用了。"我定了定神道，"你先出去，让我们好好说一会话。但要谨记着，绝对不准让任何人靠近！否则后果不是你这条小命能担得起的。"

"是，是，奴才遵命。"狱卒不住点头如捣蒜，唯唯诺诺地领命出去。

隔着一道木栅栏，现在这里就剩下我、紫嫣和林庭修三人。林庭修垂首站在栅栏里面，指甲紧紧抠着木头。在紫嫣两道凌厉的目光逼视下，这个早已成家立业，凭着自身得天独厚的资质和身后强势家族的支持，在锦绣繁华的帝都城中赢得功名与声望的男子，此时毕恭毕敬地站着，仿佛依然还是当年温顺而坚忍的少年。

经历刚才那一番发泄，紫嫣感到有些脱力，她极力平复着胸口起伏急促的气息，口气咄咄地逼问道："林庭修你说，你跟上官婉辞之间到底有过怎样的孽缘？好一个婉娩容与，好一个修秀神皋，你们两个真好啊，这么多年将事情瞒得滴水不漏，居然连我都险些让你们糊弄了过去！"

林庭修仅是寂然道："庭修绝非有心要欺瞒姑姑。"

她像是想起某些事情，声色微微平和地问道："慢着，我记得当初你说过，找到了此生最想娶的女子，为此回绝了多少高门士族的名媛，但后来却不了了之，莫非当初你口中的女子，就是上官婉辞？"

紫嫣的目光在他脸上一轮，在那般精明透辟的目光下，任何的矫饰与伪装都是苍白无力，尽管艰难，林庭修还是点头。

"你老实说，当初姑姑逼着你娶别人，你心里可有怨恨过姑姑？"紫嫣问道。

听到这话，林庭修神色忽地一震，嗫嚅道："姑姑，庭修没有……"

紫嫣冷笑一声，"林庭修，我现在告诉你，灵犀她其实并非出身上官，她是薛冕老贼的私生女，是薛家的余孽！"

"婉辞……薛氏……"林庭修的反应是意料之中的惊愕。

"哈哈……"紫嫣骤然笑出声来，越发衬得这晦暗压抑的天牢，透出几分令人毛骨悚然的幽魅与凄厉，她的笑容颇带着一重玩味之意。

紫嫣果然是聪慧过人的女子，在心中略略一思索，就将事情的前因后果推测出了大概。

她蹙眉，似是沉痛地唤道："庭修，枉费你是同辈子弟中最聪明的，你现在看清楚了没有，灵犀从一开始就是在刻意算计你，要你对她用情，等到你这傻小子一头扑进去的时候，她又一转身嫁给了皇上。她虽进了宫，但这些年一直跟你藕断丝连，刻意离间我们姑侄两人。你知道吗，上官婉辞在利用你，从头至尾就是在利用你！"

"姑姑，当年虽是她弃约在先，但她也许有苦衷……"他虚弱地辩驳道。

"苦衷？"紫嫣像是听到天底下最可笑的笑话，看着这个曾经最引以为傲的侄儿，自从领进林府的那刻，她用了十余年时间苦心栽培，现在被一个女子轻易地毁去，让她如何甘心？

她的嗓音遽然尖厉起来，呵斥道："你还是执迷不悟吗？她的苦衷就是她是薛家的人，我们杀了她的父亲，杀了她的族人，她要为整个薛家报仇！她要以林氏一门的鲜血，来为她的薛家报仇！"

紫嫣话锋间毫不留情，如同锋利的剐刀，凛凛冽冽地贴着耳膜刮来刮去，要径直挑出温软的皮肉下血淋淋的真相来。

林庭修愣愣无言，他靠着墙根蹲下去，神色悲苦，他蜷缩的身体正战栗着，痉挛着，我不由心生怜悯之意，想必得知真相带来的痛苦，要远远多于被处以腰斩之刑。

我隔着一层衣袖握住紫嫣的手，她的手冰凉，而我的手亦冰冷。我侧首看去，天牢中照明的松明子幽昧的光亮之下，她半边白腻的脸颊覆上一层薄薄的绯色，映得一双寒眸清冷如星，那是怎样一张冷艳至极，又桀骜至极的脸，那般的风骨，宛若盛开在沙漠中一株肆意张扬的灼灼红棘花。

"你又何必如此。"我的声音轻缈如烟，"明晨就是行刑之日，临死之人，并不是每一个都想求个明白。"

不知是映着牢中的火光，还是别的，紫嫣眸心簇然有两团赤色的火焰在烧，她缓缓地启唇道："姐姐你错了，宁愿屈死，不可枉死。仁慈不是给自己，更不能给敌人。"

紫嫣直直地盯住我的眼睛，仿佛要将她眼中的赤色火焰，穿越虚无的空气过渡到我的眼中来。

这时，听见林庭修颓然坐倒的方向，传来轻微的声音，我们两人皆朝他看去。

林庭修的面色愈加惨白，黯淡的眼眸中光芒消尽，在那一瞬间无喜亦无悲。若不是一偏细瘦的影子还斜斜地拖在杂草凌乱的地面上，我真的要以为眼前的男子已气绝，断然挨不到明日的行刑，他眼中艰难地凝聚起一点光，面朝着紫嫣，近乎是一种哀求道："姑姑，庭修可以最后再求您一件事吗？"

紫嫣沉吟一下走了过去，她没有说可以，也没有说不可以，但她的此举，已显示她已默许。

紫嫣在林庭修面前蹲下身，林庭修靠近紫嫣的耳边轻轻说了几句话。他说话的声息极轻，而紫嫣又挡住他的身影，我看不见他说话时的唇形，也听不见他的声音，但眼见着紫嫣的面色愈来愈阴郁，如积着浓重的云翳，大有山雨欲来之势。

"不可能！绝对不可能！"紫嫣霍地起身，带起身上的堇色衣裙如被冷雨扑到的淡紫花瓣，倏然在风雨中一颤。

她几乎从咬得紧紧的牙缝中逼出话来，一股寒气烈烈从头顶心冲下，说话时像是喷出一口阴冷细碎的冰珠子，"她若是落在我手里，我一定要将她五马分尸，挫骨扬灰！"

我与紫嫣从天牢出来的时候，天幕阴沉沉，依然飘洒着潇潇的冷雨。苍莽寂寂，细雨恍惚是从云端滚落下来的眼泪，明明是冰冷的，但落在执伞的手上却有灼热的触感。

皇宫深夜的甬道幽静无声，我们两人执着一把墨菊纹油伞，一左一右地并肩走着。紫嫣今夜出宫后，来日迢迢难测，我们各自陷在各自的囹圄中解脱不得，也不知再会时是何日，所以我要陪着她走完出宫的最后一段路。

遥遥看到高峻的城墙一排风灯飘摇，借着朦胧的灯光，借着淋漓的水光，冰冷的城墙泛起稀薄的暖色。

"姐姐是不是觉得我狠心？"紫嫣就这样兀然问道。

细密清凉的雨丝如梳子般滑过鬓角的发丝，我平和地道："你的选择，我无权干涉，也无力干涉。"

紫嫣眼角的一丝余光瞟向天牢的方向，喃喃道："姐姐你知道吗，庭修他求我的最后一件事……"说到这里，她忽地气息一紧，像是在极力克制着心口涌动的情绪，"就是假使有朝一日灵犀落在我手中，他希望我能放她一条生路。"

"呵呵……姐姐觉得可笑吗？也许天底下最可笑的事也不过如此。"紫嫣霎时冷笑两声，隔着一重夜雨，她的笑声也侵染着蒙蒙的湿意，她看着我，神色极其认真地道："姐姐应该听到我当时是怎么回答他的吧。"

我默然，她的回答我当然是听到了，充盈着一腔阴戾之气而字字迸出的话语犹然在耳，她若是落在我手里，我一定要将她五马分尸，挫骨扬灰！五马分尸，挫骨扬灰！世间最恶毒的诅咒也不过如此。

紫嫣会这样说，我并不奇怪，毕竟这才是她真正的性格，人若加诛于我，他日必百倍千倍地讨还。今夜紫嫣一去，灵犀从此必无高枕无忧之日，除非她们中的一个能杀死对方，否则一场恶斗是无法避免。

这时，紫嫣攥着乌木柄的手指一根根收紧，唇齿间森森然地道："姐姐，庭修是我亲自领进林府家门，也是我亲自教导。我栽培他从一个青涩幼稚的少年，一直成长为能在朝廷上叱咤风云的人物。这十数年来，我给了他权势，给了他地位，给了他荣耀，难道我给得还算少吗？为什么他要背叛我，背叛整个林家？"

"他没有背叛你，只是在你和灵犀之间，选择了牺牲自己。"我的笑意有些发沉，仿佛是浸洇过水的棉花，黏得喉咙有些发涩，"紫嫣，如果这次不是庭修为你扛下了所有罪名，你无论如何都难逃此劫。"

我抬起手，遥指着天牢，那座庞大而黝黑的建筑矗立在雨夜中，如同一头蛰伏着的洪荒猛兽，说道："庭修为什么会落到今日的地步？统统是在为你抵罪啊！紫嫣，你扪心自问，陷害颖妃，调包皇嗣，扳倒言家，诬陷重臣，还有这些年林氏所做下的种种，是不是都是你的主意，而他仅仅是遵从你的命令，而为你去做一些事情？"

"他罪不至死，他是替你去死。诚然你给了他权势，地位，荣耀，但你觉得这些东西再珍贵，能珍贵得过一个人的性命吗？"

"姐姐……"紫嫣眼神空洞地盯着前方，对于我的质问，不予否认。

我黯然阖上眼眸，对于庭修，更多的是悲悯，或者一种惺惺相惜的微妙感应。灵犀为了复仇，处心积虑，以情为饵，最终害他失去紫嫣的信任，失去多年来苦心经营的一切，甚至还有他的性命。但是到临死之前，他恳求紫嫣的最后一件事，不是为了任何人，而是为了她。死期将至，距离明晨日出的短短几个时辰里，心心念念忘不了的还是她，那个曾经算计过他，欺骗过他，最后还陷他于死地的女子，这究竟算是愚蠢，还是痴狂。

"啊！"身边安静良久的女子骤然发出一声尖叫，传到甬道静寂的上空，显得清晰无比。她的声音不大，却极其尖细，如同一根崩断的细细琴弦，抽得心腑生疼。

"我不甘心！我不甘心！"她的自制能力像是在一时间崩溃，竟然旁若无人地大叫出声。

我淡然地看着，撑开的油伞边缘雨水四散滑落，描摹出一幅水声泠泠的雨帘，

"我晓得你不甘心。"

纵然紫嫣还有东山再起的可能，但今日的局面，无论要强的她承认，还是不承认，她都已经输给灵犀了，林家，分崩离析；十多年的心血，灰飞烟灭。

"不是灵犀！是高奕槿！"紫嫣眼中有幽深厉亮的光芒，幽幽如鬼火，那三个字从她口中说出，竟是字字诛心！

我闻言猛地一惊，这里虽地静僻远，但到底还是在皇宫的范围内，她这样放肆地直呼天子之名，只要被人听去一点点的风声，就足以令刚刚脱险的她，死无葬身之地。

"紫嫣，这里是皇宫。"我尽量平稳声息地道。

紫嫣却是阴冷而笑，言辞举止越发地放诞恣睢，她道："高奕槿登基之时，因着丰熙一朝的积弊，内受制于薛旻婳，外受制于薛冕。他当年要削弱相权，巩固皇权，林家为扳倒薛家所做的一切，难道就没有半分是出于他的授意？林家自起势以来，我一直谨慎地约束族人，切勿不可因家族权势煊赫，就骄纵傲物，从而步上薛氏的后尘。想想这么多年来，林家尽力辅佐，曾为他做过多少事，仅是因为君心猜忌，而一并视其与狼子野心的薛氏同流，欲除之而后快。"

"功高震主，胤朝历经两次外戚擅权之祸，怕是断然不允许再有第三次。"我微微扬起唇角，思忖着道，"人间是有铁打的富贵，但朝廷中不允许铁打的权势。"

紫嫣轻哼了一声，"高奕槿想要扶持言氏，以此来打压林家的势头。可是我偏偏不会让他如愿，言氏算什么？常年流放在南方，根本没见过世面的外官，还强行附说什么名门世家，戳穿了不过一介跳梁小丑，凭卑贱的言氏也敢取我林家之位而代之，简直就是痴人说梦！"

我听得心中一凛。冷雨愈疾，敲打在细瘦的伞骨上噔噔作响，风从天陲吹来，呼呼地穿过幽深得望不到头的宫道，如鬼魅呼啸般，但是风声再怎么惊心动魄，也惊心动魄不过紫嫣说出的话。

言氏原来是奕槿当年借此牵制林氏的一颗棋子，他宠爱出身言氏的颖妃，蓄意提拔言氏中人，本想与势力庞大的林氏平分秋色，甚至有朝一日能分庭抗礼。怎想紫嫣一眼就识破他的心思，趁着言氏尚未成大气候之际，手段凌厉迅疾地将其连根拔起。失去一个颖妃事小，失去一个言氏事小，最最要紧的是精心筹划多时却尽数付之东流，而且谋算他的，竟然还是他自己曾经一手扶植上来的左膀右臂，竟然还是本应对他毕恭毕敬、视若神明的枕边妃子，他当时的震怒和恼恨可想而知。

我的心思登时明透，但越想越觉得冷汗潜潜。正是因为有着这一层的隐情，所以灵犀对付林氏，于奕樘而言，岂不是正中下怀？言氏的案子重新翻了出来，处置林氏正好是顺水推舟。

"姐姐现在明白了吗？"紫嫣抬眸看着我，问道。

我微微叹着，"可惜了言家，这本是帝王与权臣之间心智的较量，却平白让它遭了池鱼之殃。"

"姐姐……"紫嫣忽地止住脚步，朝我绵长地唤出一声，转瞬间，她话锋一厉道："过河拆桥，与宵小无异！我恨高奕樘这种小人，姐姐你呢？他险些逼死韶王，强行册封你为后，现在将樱若当成人质扣押在手中。姐姐，你恨他吗？"

紫嫣的话猝不及防地就抛在我的面前，她只问了我这一句，姐姐，你恨他吗？

"姐姐，你恨他吗？"紫嫣再次重复了一遍，我蓦地抬首看去，她的眸子如墨海深渊般幽邃，半分光亮都折射不入，纠葛得化不开的黑色，仿佛就是无数肢体缠绕着的黑蛇，充斥着怨毒，同样漆黑的火芯子喷之欲出，强硬地去攫取它们想要知道的秘密。

我执伞而立，夹着雨丝的寒风撩动衣袂裙角，天地何其浩大，而那单薄的纤纤身影是仿佛是一缕飘转不定的纯白，转瞬就要融入到身后越发深暗浓稠的夜色中。

"姐姐！"紫嫣嗓音一阻，她显然不满我此时表现出来的平静，甚至是一种淡漠。

紫嫣身姿孤然地立在雨中，雨势不大，却下得极绵密，过了不一会，她的衣衫上就蔓延开大团大团水洇的痕迹，她身上原先浅淡的堇色淋湿后，更透出深紫的颜色，紧紧地附在身上，如同一层蝶蜕。

"淋雨伤身。"我静静地用伞遮住她大半个身子，还是未作出任何回答，紫嫣终于忍耐不住，一把扯落了我手中的伞，将它狠狠地抛掷在地上。

寒雨霖铃，点点滴滴地落上我的面颊。

"你真是像极了浣昭姨母，不仅是容貌，还是秉性中一脉致命的软弱！"紫嫣迎着劈头盖面袭来的风雨，未流露出半分的惧色，她用手指着我，言辞严厉地道："姨母当年因为软弱，看不惯杀人流血，最终落得个功败垂成的下场；而你现在因为软弱，迟迟都狠不下心，致使一步步弄到眼前的局面！"

"紫嫣，你够了，你不要得寸进尺！"我的一再忍让，却并未让紫嫣有所收敛。她对我怨怼，我可以忍受，但是我无法忍受她对我的母亲，一次次出言不逊。

"可是我从来都不知道什么是分寸！"紫嫣哑然笑道，"我不是你，事事犹豫不决，拖泥带水，最后害得自己反受其累。我要做什么事就必然要做到，我要杀什么人他就必然要死！"

"姐姐你能吗？"紫嫣挑衅道，出其不意地，她凌空举起手臂，转眼就要朝着我的脸上掴去。我倏然伸手，牢牢地钳制住她的手腕，不让她的手掌再靠近半分。

"怎么……"我的唇角勾起一丝冷笑，透过两只手交叉的缝隙，反问道："连你也想扇我一个耳光？"

紫嫣咬着下唇，眼神中不可置信地看着我，然而，清脆如瓷碎的啪的一声，我面无表情地扬起手，朝她脸上就是狠狠地一掴。

雨气阴寒如斯，一重一重锋利地逼上身来，衣衫湿透后贴着肌肤纹丝不动，冷彻肺腑。雨势似乎大了些，初冬的冷雨，朝着我们滂滂沱沱地浇下。

我那一掌下手极重，丝毫都没有要留情面的意思。紫嫣怔忪半晌，才朝我缓缓地抬起脸，她右边脸光腻莹白如玉，左边脸高高肿起，却是隐然透出殷红的血色，仿佛一瓣被烈火灼伤的栀子花瓣，一张脸上半白半赤，半仙半妖，苍白与残艳以一种奇诡的方式融合着，宛然就是这世间最惊世骇俗的半面妆，倾世绝尘的容颜，娇娆而明艳，凄厉而狰狞。

我看着面前这张与我极其相似的脸，有一种照镜子的错觉，恍惚地想到当初奕橞打我一个耳光的时候，我是否也是这副模样。

紫嫣被我扇了一个耳光，先时根根竖起的锋芒荡然无存，整个人竟是出奇地安静下来。她看向我时，从容地将被雨水濡湿的发丝拨开，朝着我不怒反笑。

我冷眼瞧着她，觉得她的样子近乎疯癫。以紫嫣的性格，被人扇了耳光，不发怒也罢，居然还能这样若无其事地大笑，当真是疯癫之态。

她扶着宫墙直起身，她此时的身体仿佛比我还要纤弱。短短的三四步，跌跌撞撞地走完。她肆意地大笑着，全身的骨头好像都处在莫名的战栗中，又像是冷极了般扑在我的身上，她笑声不止，如同长着一身柔曼软骨的蛇妖，她冰透的唇贴在我的耳边，幽幽地道："姐姐，我们一起杀了他好不好？"

他，不言而喻。

"姐姐，好不好？"紫嫣仰首看我，她的一双眸子轻妩明澈，带着一点点的希冀之色。那种近乎撒娇的软语，柔柔绵绵，仿佛是天真纯粹的小女孩牵着长辈的衣角，痴缠着要求一件渴求之物，哪里听得出半分凌厉的杀意。

我一根根地掰开她攥住我的手指，然后推开，她身影伶俜地站在雨中，眼中掠过一瞬的错愕。

漫天飞舞的雨像是落在心中，将一颗心也淋湿得冷硬起来，我神色清冷道："杀人，轮不到你来教我。"

紫嫣惊得一时说不出话来，我却平静地捡起落在地上的伞，恍如一切都不曾发生一样，将她纳入我的伞下，说道："宫中不宜久留，我还是尽快送你出去吧。"

紫嫣讷讷地点头，当我们到外侧宫门时，一辆青毡布马车早已静静地候在那里，预备着送紫嫣前往阴山行宫。

临别之际，我虽一直不满紫嫣那种乖戾极端的性格，但她毕竟是我的妹妹，想到日后不知何时能见，心中亦是酸涩难言，一时间有些话说不尽。

那名马夫等得急了，微微抬头朝我们看了一眼。这个不经意的动作，倒让我留意到了他，忽然觉得有点不对劲，沉稳住声音，朝马夫道："你将斗笠摘下，让本宫看看。"

他迟疑了一下，最终还是将头上的斗笠拿下。我忍不住要惊呼出声，坐在马车上的是一名面貌陌生的年轻男子，根本不是我为紫嫣安排下的马夫。

我手心一抖，下意识地拉住紫嫣后退，脑中划过无数的想法，这个来历不明的男子究竟是谁？他乔装成马夫究竟有何企图，会不会同灵犀有关？不过现在无心追究这些，我只知道皇后的随从，就跟在身后不到一丈的位置，只要退得迅速，就算他图谋不轨，也构不成威胁。

紫嫣却甩脱我的手，径直朝着他走去，那人看到紫嫣，神色恭敬地道了声："姑姑。"

我一时惊住，仔细盯着他上上下下地看，脱口而出道："林庭茂！"

他朝我颔首，显然是承认了自己的身份，说道："颜姑姑，还是称在下木毅吧。"他说罢，又转向紫嫣，低头道："木毅来迟，让姑姑受了不少罪。"

我听到一个"木"字，心中已然明白过来，林字拆出一半就是木。

紫嫣淡淡道："我即刻就可出宫，你还混进宫来做什么？"

以前的林庭茂，也是现在的木毅，他眼角隐约露出一丝果敢的神色，说道："木毅要救哥哥出天牢。"

听到他说这话，我愈加惊骇，紫嫣更是勃然大怒道："糊涂东西！你想要劫狱，这绝对不可以！"

面对紫嫣的叱责，木毅依然不畏缩，焦虑道："姑姑，哥哥明天就要行刑了，我如果不能救走他，他必死无疑啊。"

"让他死！"紫嫣唇中阴阴地吐出简短的三个字，就让眼前这位七尺男子的沸腾热血从头到脚地冰冷了下来。

"让他死，做错了事就要承担。"紫嫣的声音中毫无一丝感情，她冷眼瞥过还是不肯死心的木毅，厉声道："我的话你听见没有，今晚绝对不容有劫狱这种事！你想过后果没有，若是成功，从此就是亡命天涯的钦犯；若是失败，林家就连最后保存的一点实力，都会被人铲除！"

木毅神色含悲看了天牢一眼，恨恨地叹了口气，最终还是在紫嫣的威慑之下沉默了。

我对此无话可说，帝都中的林氏根基已毁，唯有暗地组织的木家堡中的实力尚存，这是紫嫣反击灵犀的最后筹码，怎能轻易拿去冒险，任由它毁于一旦？

当紫嫣与木毅离开时，紫嫣留下一句话，"姐姐，麻烦你转告灵犀，一旦出了这个宫门，她如果要杀我，就派些有用的人来。若是派些个还不够折腾几下的小毛贼，她不嫌丢人，我还嫌杀他们有失体面！"

我目送青毡布的马车绝尘而去，忽然想到，紫嫣与灵犀间的一场恶斗才刚刚开始。

如今相看两相厌

辘辘车轮声已远，乌云涛聚的天陲，慢慢地扯出一线鱼肚白般的惨淡光亮，疏疏地映着这万黛粉觥的宫殿。

密雨如刃，我久久伫立着。突然间，听到身后传来一声纤细而幽长的叹息，"纵虎归山，放龙入海，终归是后患无穷……"

我并不十分讶异，循声转首时，见到一道秀颀的影子一掠，渐渐没入高峻的宫墙拖出的深重暗色中。

紫嫣现在虽被废黜妃位，但得以服侍在太后身边，总算是能庇护得住她一时。其子高舒皓犹是幼童，尚未成年，因中宫膝下空虚，接到凤仪宫由皇后抚养，因此而顺理成章。

尽管紫嫣与林家落难，但是不大会波及皓儿。他刚刚由内监引着进到凤仪宫时，或许出于孩子的天性，精灵剔透的眼睛好奇地打量着四周，对于从此离开漪澜宫而居于凤仪宫，也没有过多的抵触。看着小小稚子单纯天真的脸，我不由心中一涩，皓儿才六岁，紫嫣如此一去，皓儿与他的生母也不知何时还能再见。

青鸾溯月，宫阙萧森。

随着紫嫣的势力被连根拔起，灵犀在宫中一时风头无双，俨然就是当年如日中天的慧妃，无人能掩其锋芒。紫嫣离宫后大概半月余，一日日过去，皇宫内外还算平静。但在这时，奕槿龙体违和，罢朝多日。宫中传出话来，深秋浅冬的时令，天气冷暖反复，皇上不过是偶染小恙，但是奕槿自登基以来一向为政勤勉，未有过因小疾小痛而罢朝，更不论说现在一连五六日不见朝臣。这事令朝廷大员无不惊疑，众所周知，轩彰帝正值壮年，春秋鼎盛，身体康健，怎会无缘无故地就卧病不起？

我记得以前尚禁足在冰璃宫时，就听紫嫣说起，灵犀曾向奕槿进言，将金石经伏火祛除其顽狠恶质，即可转戾为瑞，使之余人体内五脏之气和合混融，即可青春不老，益寿延年。于是奕槿依从灵犀之计，在龙御、华涵、普庆、九虚四座皇家道观设下铜鼎火室，借天地灵气盈聚之地炼丹。

若我猜得不错，奕槿此时得病，并非宫中所说的天气反复而偶染小恙，而是服食丹药所致，加之前两日，正好就是九虚观的铜鼎开启献丹之时。我想到这里，就微微觉得心底发颤，炼丹流毒甚重，绝不可小觑。远的不提，据说丰熙帝就是因服用硝石，而身中阳火之毒，心脉摧裂，五脏枯竭。先例在前，奕槿怎么还敢重蹈覆辙？看来轩彰十二年的冬至，当真是多事之秋。

我的声音听不出丝毫喜恶，只是静静地说道："皇上的病迟早是瞒不过去，拿时疾来当托词也只能应付得住外界一时，纸终究包不住火。何况当初是灵犀重提炼丹，其中种种布置亦是由她一人操持。这回损伤龙体的事，只怕灵犀无论如何都难辞其咎。"

湛露为我端上一杯热茶，道："娘娘，此次确实是灵犀夫人的过错，但既然圣意是秘而不宣，将此事弹压下来，多半是不想追究灵犀夫人。"

"皇上因服食丹药过度而致病之事，朝臣不敢说破，但大抵是知道了。既然皇上要网开一面，谁有胆子去回驳圣颜。再者，炼丹之事本无定数，若是差了时辰，差了火候，都不好说。"我浅笑，湛露说得不错。看这宫廷中风平浪静，奕槿的确没有要问罪灵犀的意思，待她一如以前那样信任。

"娘娘，还有一件事。"湛露犹豫片刻，扬一扬稀疏的眉毛，最终还是说道："灵犀夫人怀有身孕，据说已有三月了。"

我依然浅笑，"那就更好了，自颐柔公主出世后，宫中再无婴孩诞生。当年填埋扬碧湖，兴旺离位之火，以求子嗣绵连，香火鼎盛不就是她的主意吗？如今总算能让自己享其成果，不枉费那时辛苦筹谋一番，省得全是为他人作嫁衣裳。"

"这话倒不假。"湛露笑道，"娘娘您说奇怪不？灵犀夫人精通医术，竟然自己都不晓得有妊。当太医把出喜脉的时候，都差点惊了过去。听甘露宫里的人说，不知是孕中敏感多思还是别的，灵犀夫人这段日子来一直郁郁寡欢，动辄就伤神落泪，不知道在难过什么。老奴听了也觉得诧异，照理说，皇上又不曾追究这次的事，她何必沉不住气呢？而且这个龙裔也来得及时，有皇嗣傍身，岂不是高枕无忧，怎么忽然就如此。"

我朝着湛露摇头，顾自笑出声道："我怎么看，怎么都觉得灵犀在走紫嫣的老路。当年，紫嫣扳倒了颖妃与言氏，后诞下皓儿，荣华极世，达到巅峰后免不得要走下坡路。现在，灵犀扳倒了慧妃与林氏，她又在这个当口怀有身孕，这难道不是惊人的相似？你说灵犀近来没有先时那么沉得住气，莫非上官婉辞真是通灵之人，冥冥中晓得月盈则亏、荣极则衰的道理？"

湛露当时仅是吃吃地笑了一声，不再说话。

如今，颖妃和言氏的罪名已平反。奕槿对颖妃无辜受冤而死深感愧疚，恢复原先的封号之外，还追封其为淑妃，以贵妃之礼安殓，梓宫得入皇陵飨食香烛供奉。我沉吟着道："颖妃能让紫嫣如此惮忌，诚然是崛起的言氏威胁到了林氏的地位，但她可有什么过人之处吗？"

湛露仿佛知道我要问，略略思索，答道："回娘娘的话，其实论容貌，颖妃不能算是一等一出挑的美人，但是难得的是博学多闻，诗书也很通，所以才得皇上亲赐颖字，更难得的是她姓言，与娘娘的颜同音不同字……"

"这个……"湛露似乎有些为难，眼神瞅向我。

我朝她颔首，淡淡道："你在我面前说话，大可不必这般顾忌。"

湛露松了口气，接着道："颖妃的容貌与娘娘并不像，但性情上竟有七八分相似。尤其是说话时的口气，真是像得没话说。记得当年有一回，皇上携颖妃看士族才子斗诗，颖妃才高气傲，旁若无人地说腐儒的时候，皇上听得整个人都愣神了。"

我嘴角噙着一丝笑，不知是什么时候，大概还是极年少的时候，我也曾在奕槿面前，说那些无事就爱上疏挑拨的酸文人都是腐儒。

"颖妃的一手行书也写得极像娘娘，若是跟娘娘的手迹摆在一起，几乎到了以假乱真的地步。还有娘娘从嘉瑞公主留下的离殇回文中读出二百余首诗，颖妃亦是读出二百余首，其中所差无几，但是颖妃进宫是在娘娘远嫁北奴之后，甚至还是娘娘在北奴的死讯传到帝都之后，颖妃根本不曾见过娘娘，也不曾见过娘娘的手迹。但天底下竟有这样的事，您说奇不奇？"湛露缓了口气，"所以一些宫人窃窃地说，是娘娘的魂附在了颖妃身上，所以才会……"

我忍不住哂笑，"阴魂附体？这样荒诞不经的话居然也说得出来。"

"那些话虽荒诞不经，但皇上竟信了几分，对颖妃如获至宝，愈加厚待，几乎都到了有求必应的地步。颖妃到底年轻，难免恃宠而骄，对待慧妃的态度也不再像刚进宫时那么毕恭毕敬。"湛露神色无奈，说道，"慧妃曾经痛斥颖妃装神弄鬼，花费这么多心思，无非就是想借着皇上对娘娘的念想，谋求高位及荣华富贵。"

我笑道："依紫嫣的性子，最容不得他人在她眼前放肆。而且朝中新贵言家的蒸蒸日上，大有要取林家而代之的势头，也难怪紫嫣容不得她了。"

湛露眼神深邃，是久居深宫而磨砺出来的波澜不惊，清清嗓子道："娘娘，慧妃性格果毅刚绝，素来行事亦是雷厉风行，底下的妃嫔貌似都被震慑得服服帖帖，但长久以来亦是树敌不少。"

我眼神含着一线清明地看向湛露，却是未说什么。

奕槿此回病倒，确实是丹药所致。记得有回前往太极宫中看他时，他正阖眸躺在龙榻上。我站在明黄色的帷帐外，他面容半透出些微蜡黄，双眉蜷缩着，似是睡得极不安稳。我远远地站着，看得出他苍老了许多，眼角散开浅浅的细纹，以及面颊两侧微微松乏的皮肉，显得疲惫而沧桑，当年丰神如玉的风采也有了岁月销蚀的痕迹。

让我做他的皇后，成为他名正言顺的女人，是他的夙愿。但自从封后之后，或许是毕生心愿已偿，不可避免地，奕槿对我也冷淡疏远许多。他依然说爱我，可是他的眼中，再也看不到从前温柔眷眷的神色，他仅是将我视作一种占有，只希望看到我驯服地俯首在他的身边。尽管颜卿的倔强曾经打动过他，但也深深地伤害过他。年少时的心动，已被时光的流沙磨平，但伤害却依然刻骨铭心，他要向我讨回来，全部都讨回来。

我当时静静地退了出去，心中默叹着老了，或许我们都老了。

这段日子来，不知是身体受到丹毒侵害，还是别的原因，奕槿的脾气变得有些怪异，他原先是极温雅和静的性格，现在动辄得咎，看人的眼神也不再如往日那般宁和清润，偶尔夹着一丝暴戾。短短几日来，太极宫中近身伺候的内侍不知发落了多少，御前服侍的人都战战兢兢的，唯恐一个不慎就触犯圣颜。

奕槿的这些转变，一丝一毫我都看在眼里。现在的他，已经越来越让我觉得陌生。在九虚观献上的丹药出事后，龙御及其余三观铜鼎中炼制的丹药也功德圆满，原是要毁去的，但奕槿执意不顾众臣劝诫，认为是服用不足而导致药性反噬，坚持仍要继续服丹。他渐渐地变得喜怒无常，无论在朝廷上当着文武百官，还是在我面前。他现在的样子，就像是一条逆鳞片片竖起的怒龙，稍稍有违拗心意，就会大动肝火。

奕槿如今的样子，已不是求道，而是佞道。身体的病痛和衰退，使他的求仙飞升之心日益炽盛，摆脱六道轮回，俗世沉沦，从而达到天地同寿、不死不灭的境界。我对此大为震愕，奕槿冲龄忝居储君之位，由当世大儒传授治国之道，诗书礼仪，胸中文墨韬略自不必说，登基多年亦是克勤克俭，他何时变得这般偏执，这般昏聩，这般糊涂。

不仅如此，奕槿还逼迫我与他一同服食丹汞，他若是修成正果，又怎会忍心将我一人留在尘世凡间。我们生是夫妻，同登极乐也是一对仙侣。我晓得丹汞之毒的厉害，怎么敢轻易服食。奕櫕见我抗拒，顿时大怒，他说原本认为我资质出众，想不到竟是与世俗女子一样褊狭无知，他逼着我服食时，我极力不从，就算他硬让我吞下去，我也是吐了出来。那一次我吐得浑身冷汗淋漓，整个人几乎要虚脱过去，而他仅是在旁边冷眼看着。

末了留下一句：皇后，你太让朕失望了，就看也不看我一眼，顾自拂袖而去。

不可避免地，我和奕櫕两人，已是越离越远，我们仍是帝国最尊贵的皇家夫妻，但是心却是远了。

当我再去太极宫时，却被侍卫恭恭敬敬地挡下。那时我才忽然发觉，他当初给我任意出入太极宫的特权，已经不知不觉中消失了。灵犀自从怀有龙裔后，常居甘露宫中，也就不便长伴在奕櫕身边。但不经意间，默默无闻多年的静妃颜凝玉，却在这时得到了帝王的格外顾念。

奕櫕在太极宫中静养的日子，几乎都是指名要凝玉陪在他身边。宫中诸妃一时间皆是惊诧不解，明眼人都看得出来，皇上与皇后感情逐渐走向淡薄，又恰逢宠极一时的灵犀夫人有孕，无力再侍奉圣驾，眼下有这样一个大好的机会，原是那些长时被冷落、久未见天颜的妃子，费尽心思乘机放手一搏的时候，谁能想到，奕櫕的青睐竟落到了向来柔弱斯文的静妃身上。

我了解凝玉她怯弱又怕事的性子，突如其来的荣耀和光辉，并未给她带来太多的欣喜和欢愉。她原是安安静静地守着宫规过日子，现在是非的根源霎时惹到她身上，让她难以应付，尤其是面对众人投来歆羡或忌恨的火辣辣的眼锋时，她表现出来更多的是不知所措。

凝玉还是如往常的样子，时而看着皓空出神，或是看着庭中扶疏的花木，也不知道她究竟在想什么，若是唤她一声，得是叫过几遭她方缓过神来答应。

翌日，我无意间走到太极宫附近，看到那座巍峨的宫殿，来了无数次，里面的一花一木，一宫一室，都熟悉得很。心想着折道回去，抬首间瞟见一道单薄的身影站在高处，晶莹剔透的白玉栏杆重重叠叠，将她身上的一袭轻罗绿裙遮去了大半。她那般孑然地站在那里，犹如是无瑕白玉花正中吐出一缕碧绿柔软的花蕊。

我看了一眼，就走了过去。刚刚的惊鸿一瞥，我已认出她是凝玉。一级级迈上台阶时，我的步履极轻，长长的裙裾后摆未缀有珠玉碎钻，悠悠地拂过一尘不染的台阶时，悄无声息。

这段高台是太极宫中西侧隐蔽僻静的角落，比起其他地方有些荒芜，平时也不大有人会来，记得从前奕槿带着我来这里看后面的一片松涛林海。

凝玉顾自凭阑而立，下颌微抬，眼眸遥望天际，她双手合十，面容虔诚，似是在祈祷，大概是过于专注，丝毫未发觉我已站在她身后。

我看着她绿衫被风吹得翩飞，愈加勾勒得身姿楚楚娇弱，如杨柳般迎风欲折，她的声音极轻，透着淡淡的凄然之意，说出口的话仿佛一字一字地融化在风中，"上苍，请求您让他能渡得过这一次的劫难，信女凝玉愿折寿十年换得他的平安……"

我默默地站在凝玉身后，看着她。她此时的情绪似乎抑制不住，两边瘦弱的肩膀都在微微搐动，将前额沉沉地抵在合十的双手上，仿佛在汲取某种支撑的力量。她在颤抖，身体在颤抖，声音也在颤抖，蕴着庞杂的感情，在那一刻，终于下定决心毅然道："若能达成心愿，甚至不惜用我的性命去换……"

我从未见过凝玉这种样子，当听到她说出最后一句话时，我更是心神一震，这个淡然处事的优柔女子，何时有了这么强烈而决绝的情愫。

凝玉回头时，玉珊瑚般的双靥上还留着未拭去的泪珠。她看到了站在身后的我，整个人猛然一惊，那般的神情就像是隐藏得极好极深的秘密，骤然被一个最不该发觉的人窥视了去，她愣在原地，张嘴结舌地一个字都说不出来。

我浅淡含笑，说道："如此诚心，是在为皇上求吗？"我的眼神瞥了一眼太极宫的正殿，那是奕槿近来养病的地方。

凝玉的目光一触及我的眼睛，就如同在躲避什么似的匆匆地垂下，她抬起手拢了拢鬓角的发丝，喉咙干涩地说道："是……凝玉……确实在为皇上……祈求天佑……"

一句简单的话说得断断续续，任凭稍微懂得察言观色的人，都能瞧出她此时有多心虚，我的面容依然淡淡的，凝玉素来都不是善于隐藏情绪的女子，从她摇曳不定的眼神中，我就看得出她说的并非真话。但我并不戳穿，而是淡然道："凝玉既然有这样的心，就是极好的事，尽管大大方方地说出来，又何必遮掩什么？"

凝玉闻言，仅是木讷地点头，她脸上泛起一层潮红，将薄薄的脸皮撑得满满，极窘迫而不自然的神情，"姐姐说得对……"

我看得出凝玉有心事，但她不愿说，我也绝不会为难她，于是就转身返回了，刚走了两步路，就听见她叫住了我，"姐姐！"

我应声回首，只见凝玉低着头，死死地咬着发白的唇，她此时的样子，好像就连抬头看我一眼都不敢，最终凝聚了巨大的勇气，说道："姐姐，我对不起你。"

听她没来由地说出这样一句，我一头雾水，扯动唇角朝她笑道："凝玉，你怎么

第三十章　如今相看两相厌

501

了？好端端的说这样的话，你哪里有过对不起我了？”

“姐姐……”凝玉拼命地摇头，眼中的愧疚自责之意更深，“姐姐你记得吗，那晚情势紧急，凝玉一心为救人而私自请来太后……我没想到……我真的没想到……我请来太后，竟是险些害到了姐姐……如果当时太后真的赐死了姐姐……凝玉一定会后悔终生……”

“凝玉一直不敢见姐姐……就怕姐姐不原谅凝玉。”她满脸懊悔，说着就低声掩面啜泣起来。我听到这里，不由得叹了口气，我早就不在意了，想不到她至今还是耿耿于怀，难以释怀。

我握住她的手，眼神温柔地道：“傻丫头，我当是什么，这事也值得你难过那么久？你说实话，当初在冰璃宫中，紫嫣说的那几句话，你是不是都听到了？”

凝玉泪眼莹然地看着我，点点头，嗫嚅着道：“凝玉不该听的。”

我轻抚一下她鬓角如叠乌墨的发，笑道：“紫嫣当时不过是玩笑罢了，你不必往心里去。而且我从未怪过你，反而要谢你，谢你那晚能不顾阻挠地请来了太后。”

我的眼神极其笃定和认真，凝玉看着我，眸底透出一点舒然之意。

安抚了凝玉后，我感到有些累，接着举步回去，凝玉还是怔怔地立在原处，望着远处的天空，这若有所思的情态，让我心中一动，念及前事，再次驻足，唤道：“凝玉……”

我轻轻地唤了一声，确定她在听之后，我正视着她的眼睛，郑重地问道：“凝玉，有句话我以前一直未问你，现在想问了，你可有过喜欢的人吗？”

凝玉惊愕地看着我，我浅笑如花雾，幽幽地悬在花瓣尖上凝成一颗露珠，“我并非要勉强你，你可以不回答。”

凝玉久久未说话，我想她是不愿说，于是离去，听到身后一声幽细的叹息，回首时，看到她正好逆着风，两缕垂发软软地倚在胸前，翠罗缀银藤叶的挽纱长裙紧贴着纤瘦的身体，清丽至极。

她眉宇间含着一缕幽兰凝露般的浅淡忧愁，声音越发凄楚迷离，“喜欢又怎样，不喜欢又怎样？要知道这世间两心相悦尚不能在一起，更何况仅是一厢情愿。”

金石汞铅之物本就形质顽狠，非是灵犀所谓的伏火之术就可以消除，转其不败不灭之质于肉身人体。奕槿后来进献的丹药服用下去，非但不曾见效，先时的病情倒是愈加恶化。满心热忱求道却遇此挫折，如此一来，奕槿的性情也变得愈加暴躁恣睢，喜怒不定，猜忌之心越发严重，侍奉在身边的人无不是谨小慎微。

而灵犀自从有孕后，就深居简出，不大理会外面的事。宫中有些在御前受过斥责的妃子，暗地里埋怨起来了。归根结底是灵犀惹出的祸事，她倒好，借着身孕的由头躲得远远的，整日在甘露宫中安安心心地养胎，让别人来受这份气。

　　正值奕槿午后小憩，慢慢转醒时，有位内侍垂眉拱眼地端着汤药上来。凝玉起身为奕槿去取提神醒脑的薄荷油来，恰好我就在身边，就从漆盘上拿过那碗药，瓷勺搅动浓黑的药汁，稀薄的白色热气腾腾地蹿了上来，应该是极苦的药，就连被夹着药味的热气熏到眼睛，都觉得眼睛发涩得像是要落泪。

　　奕槿刚睡醒，斜倚在九龙朝阳的明黄靠枕上，温润的眼眸略略黯淡，他直直地盯着我眼底漫出的潮湿，木然问道："你哭了？"

　　"让药味熏到了。"我微笑，将瓷勺送到他的嘴边，"已经不烫了，请皇上服药吧。"

　　奕槿却是恍若未闻，没有一点铺垫地，径直问道："如果朕死了，你会哭吗？"

　　我忽然听得他这样说，心底一震，但脸面上却不能表现出来。奕槿没有要喝药的意思，我收回手接着搅动那一碗药汁，道："皇上在胡言什么……"

　　"胡言？"我尚未说完，奕槿已是遽然厉声打断我的话，一掌击在黑檀木的床沿上，他怫然而怒道："你究竟是什么意思？到底是朕会死是胡言，还是朕死后，你会为朕流眼泪是胡言？"

　　他前一刻还是心平气和，这一刻却发作得毫无预兆，如同安澜无波的湛蓝海面骤地卷起了风暴。尽管这样的场面我已见过不下数次，但是他骤然朝我厉声大吼时，我还是惊了好大的一跳。

　　眼前的这个人，虚弱地躺在龙榻上，一双睁大的眼睛却是阴鸷如鹰隼，透出森森的寒意，他现在比谁都敏感，比谁都易怒。原先他是这般风云不惊、处世泰然的男子，但如今，哪怕是一句话，一个字，都可以强烈地激怒他。

　　见到这样的场面，刚才那个端药的内侍，早已吓得哆哆嗦嗦地退了出去，唯恐逃得慢一些就会波及他。去取薄荷油的凝玉一听到这里的响动，心知情况不妙，匆忙折了回来，她低着头瞅了我一眼，急忙劝道："皇上，您大概是误会姐姐了。"

　　"滚开！"奕槿朝凝玉怒吼一声，"朕在问皇后，哪里轮得到你来插嘴！"

　　奕槿当时声色俱严，凝玉怎受得住这样的气势，手心一抖，那只错金缕银的小钵子就砰然落在地上。

　　"臣妾并不是这个意思。"我朝凝玉使了个眼色，示意她莫再说话，而我依然微笑着道："皇上龙体向来安康，眼下不过偶染小恙，很快就会过去。皇上乃是天子，承命于天，福泽深厚，哪能轻易说这种晦气的话？"

"承命于天，福泽深厚？"奕檀脸色憔悴，唇角斜斜地往上一挑，似是在玩味着这两句话。他的眼中腾起两团阴郁的乌云，沉沉地压向我，"这样冠冕堂皇的话朕听过不少，但是从皇后嘴中说出，为什么就让朕觉得那么寒心？"

"承命于天，受制于人！你想说的是这个吗？"奕檀骤然朝我怒吼，我还未来得及反应，他就猛然挥落锦被，从榻上坐直身子，他五指蜷曲如爪，一把就向我的手腕抓来，那般的力道大得简直不像是卧病之人。

药碗被清脆地打碎，里面浓稠如墨的药汁尽数翻了出来。我被他揪住手腕，巨力地往前一拽，险些就重重地跪倒在面前满是碎片的地面上。

"姐姐！"凝玉见状惊呼一声，忙不迭跑上来。她也不顾被割伤，赤手将那些尖锐的碎片都拂走。

奕檀寒着一张脸，毫无动容之色，阴阴地字字咬牙，眼底汹涌的冷意一层层地逼上身来，他咄咄地问道："朕的皇后，你说，你是不是很希望朕死？"

"臣妾没有。"我面容微白，极力地维持着平静。

然而，奕檀眼中的怒意愈燃愈盛，他两只手掌同时一张，箍住我的肩膀，让我靠得更近些，他死死地盯着我近在咫尺的脸，闷热而浑浊的气息直接喷到肌肤上，"你有，你一定有。颜卿！其实你心里巴不得看到朕死，明日就死，现在就死！"

我看着面前这个近乎失去理智的人，从心底涌起一股寒意，极熟悉又是极陌生的眉目，却被强大的心魔所控制，面孔隐隐泛青，狰狞地扭曲着。

我此时的沉默，对于他的盛怒更无异于火上浇油，他使劲地扳住我的肩膀，似乎要将我的肩骨生生拗折过来再捏碎般，从他口中说出的那些戾气蓬蓬的话，如同毒蛇獠牙间淌出的汁涎，顺着那些碎骨的缝隙注进去，"颜颜，你在咒朕死吗？如果朕死了，你就又可以跟他在一起了！朕告诉你，不可能，永远都不可能！"

奕檀的神色暴虐异常，突起的眼睛盯着我，像是厌恶极了，陡然一松手，将我狠狠地推了出去。我被那股力道带着朝后踉跄地退了好几步，跌倒时避闪不及，一侧的眼角就重重地撞在花架上，椴木花架质地坚密，像是被人劈头盖脸地抽了一记耳光，整个脑中顿时嗡嗡作响，接着就觉得眼角碰伤的一处，疼得像是被迸溅的火星燎到一样。

"姐姐！"凝玉失声大喊，她冲过来要将我扶起，倏然看到我半侧脸，霎时震惊，"姐姐，你的眼睛……"她紧紧地捂住唇，硬是将后半截话扼在了喉咙口。

被她这样一喊，我觉得眼角的位置火辣辣地痛起来，连轻眨眼睛这种微小的动作都费力无比。我清楚地记得奕檀刚刚将我一把推开时的眼神，满满是憎恨和嫌恶，是的，他恨我，他现在对我的恨已多过了爱，他恨我带给他，那些他无论如何都不愿意承认却偏偏存在的事实，韶王，更或者樱若。

但是，眼角的痛灼感一点点地明晰起来，从来都没有人，像他这样一次一次地给我难堪。是他强将我册封为皇后，但是他现在把我当成什么？是毫无自我意识的玩偶？是肆意任他发泄的玩物？

细长若兰叶的指甲嵌入掌心的皮肉，我最终还是忍耐住了，攥着凝玉的手从地上站起，慢慢地将背脊挺得笔直，我面朝着奕檀，昂首而视，纤薄如纸的身体被一脉桀骜与倔强牢牢地支撑着，我的声音平静得出人意料，阴冷了舌尖，一字一顿道："若是皇上龙驭宾天，臣妾定当殉葬。生是皇后，死后亦要同入皇陵共寝，陪伴皇上千秋万世。"

奕檀看着我，微微苍黄的脸上渐渐地浮起一层愕然之色。

"皇上不相信？可要据此拟一道圣旨吗？"我唇际漫出一缕漠漠的笑意，如一抹秋露横江的决绝，毅然就朝着外殿的金龙大案走去，上面摆着未经书写的圣旨，明黄色的缎面，长长地展开一幅，亮晃晃地要刺瞎人的眼睛，上面密密地绣着无数张牙舞爪的龙，金黄粲然的鳞，鲜红如血的角，看不出龙的数目，只觉得无数瞠目欲裂的龙首、鳞片、爪子都密匝匝、紧簇簇地团聚在一起。

我此时的容色皓白如雪，执笔的瞬间无悲无喜，像是过滤掉了全部的感情，在空白的缎面上落字，一管紫毫游龙走蛇，连我都看不清自己写了什么，越写越觉得心底的寒意愈重，从肺腑渗出，再化成纤丝一重重逼入四肢百骸。自始至终，奕檀都仅是冷冷地看着我，丝毫没有要阻止的意思。

"皇上，现在可以相信臣妾了吗？"当我将那道拟好的圣旨拿到他面前时，他漫意地扫过一眼，然后斜乜着眼看向凝玉，"替朕将玉玺取来。"

凝玉愣愣地看着眼前这样一幕，早已惊骇得六神无主，木头般杵在原处一动都不动。我主动请旨殉葬，奕檀非但准了，而且冷漠得连半句挽留都无。

"快去！"奕檀用余光横扫了一眼不肯挪动的凝玉，不耐烦地呵斥道，"连你都要违逆朕吗？"

"不……皇上……不……"凝玉被他的喝声一惊，双膝发软，已是扑通跪倒在地上，断断续续地说不出一句完整的话。我看着凝玉，已是入冬的时令，但她那张秀若白琼的脸庞上冷汗涔涔，十根细瘦的手指交叠放在锦裙上，颤抖不已。

我冷眼看着，默默地将那道圣旨放下，恭谨屈膝道："皇上留心保养着，臣妾就先行告退了。"当走过凝玉身边时，我目光一软，将跪在地上的凝玉温柔地扶起，轻声道："姐姐先走了，你且留着，仔细伺候皇上将今日的药服下。"

凝玉一点贝齿咬着朱唇，一双明眸中满是惴惴的惊惶之色，我见了不由心生怜惜。这些日子来，一直都是凝玉陪侍在奕槿身边，后宫中那些被冷遇的妃子，不知因此有多多羡煞红了眼，嫉妒得要死，但她们谁又晓得，陪伴圣驾是如此一件提心吊胆、看尽脸色的苦事？倒是可怜了凝玉，但也幸好她的性子婉静柔顺，再多的委屈和苛责都默然地忍受着。

"凝玉送送姐姐吧。"凝玉握住我的手，她的手心柔绵温热，眼底却亮着些微晶莹，低低的声音中仿佛有些不舍。

我闻言不动声色，凝玉执意要送我，甫一动身，身后就传来一个威赫阴沉的声音，"不许去！"

我轻拍一下凝玉的手背，松开她的手，独自朝外面走去。

"姐姐。"听到身后响起一阵短促细碎的脚步声，凝玉好像要追上来，但即刻被厉声喝住。

通天落地的龙纬凤幔一重又一重，飞金镶玉的殿门将一室晕黄的暖光都隔断。我未走得太远，隐约听到身后有说话的声音传来。

"皇上，药洒了，臣妾让人再端一碗来。"

"不用。"

"皇上……"凝玉似乎还想劝。

"朕说了不用！"奕槿暴怒地打断，后面的低语就听不清楚了。

"皇上……可是……可是现在不好……"

男子声声粗重的喘息，纠缠着女子喉底发出的低微的颤音，紧接着就在重重帷幔中隐没了春意漾然的声音。我已到了太极宫的外殿，因主上染病不得受风，窗户都紧闭着。天色发沉发暗，蒙蒙微光，六合同春吉祥雕花图案在地砖上投射下一大块夸张而庞大的暗影，将一切都严严实实地罩住。

我孑然而立，突然间觉得心肺处如被锥刺，呼吸一滞，一时如是喘不过气来。单薄的身形一摇，落叶般缓缓地跌落在地上。我低头不住猛咳，口腔中弥漫开腥甜之息，血丝溢出唇角。我不由苦笑，想是咳血的旧症在这时发作了。此处正好在太极宫的外殿，而这个时候一些侍人在里间伺候，余下的在宫殿四周巡逻守卫，就这里空空落落地最无人。

高峻飞拔的大殿唯有我一人，我坐在地上，仰首看着头顶描绘着煌煌朱藻翠萝的屋脊，恍恍惚惚地想着，如果我今日病发死在这里，是不是也不会有人知道，就这样冰冷的身体，躺在冰冷的地砖上整整一夜。我咳得越发厉害起来，意识忽地一涣散，心神竟是一时支持不住。我想起云嬷的话，她果然不是危言耸听，当真是发作得愈来愈频繁，愈来愈严重，直至最后无可医治。

我咬一咬唇，匆忙地摸出云嬷留给我的药，也不管倒出几颗，未看数目就统统咽了下去。

凤仪宫中，我坐在螺钿旋花梨木妆镜前，缓缓地撩开鬓角的发丝，眼角处赫然露出一小块血印，指甲盖般大小，瘀凝着暗沉的紫色，四周漫着一圈红肿，衬着莹白柔腻的肤质，愈加夭红分明，即使仅用指腹轻轻一触，亦是极痛。

三四位侍女围在身边为我卸妆更衣，有一人正为我取下我发髻上的金缕凤流苏簪，细密的垂珠穗子擦着额角一晃，湛露眼尖，急忙道："仔细些，莫碰到娘娘眼角的伤。"

说话间，她拿着浸过冷水的帕子递给我，道："娘娘，您敷一敷，省得明晨起来，这半边脸都肿起来。"

我默然不语，将冷帕子按在眼角的位置。湛露忧心忡忡地看着始终不发一言的我，诺诺地问道："娘娘，好端端的怎么会弄成这样？虽说未蹭破皮，但这血印儿却是得留好几天，而且伤在眼眶这里，因顾忌刺激到眼睛，也不好敷什么药。"

"小事而已，姑姑不必担心。"我摆摆手，看着镜中映出一张素白的脸庞，唯有眼角的一剔血红，宛若一点湿意犹润的鲜妍朱砂，带着一种触目惊心的凄艳色泽。

湛露看着我，欲言又止，最终还是未说什么。

自上回的事后，我很少再踏足太极宫，一直都是凝玉陪伴在奕樟身边，倒也相安无事。我时而想着，奕樟有了那道圣旨，总算是能安心了吧，能安心地养病了吧。他若生，他为帝，我为后；他若死，我就是第一个要殉葬的人，生生世世地陪着他长眠在无尽黑暗的皇陵。还真是应了那句话，生同衾死同穴，但这话历来是形容夫妻的鹣鲽情深，生死相随。然而，我跟奕樟现在这样算什么？夫妻是夫妻，但说起这所谓的生死相随，简直就是可悲又可笑，虚假空无得不堪一击。

想到这里，我不禁要唏嘘，他确实很爱我，爱到恨不得能操控我的一切，我生是属于他，死亦是属于他，这一世无论生而人，还是死后为鬼，都注定逃不出他带给我的阴影。

我想起紫嫣出宫的那晚，她周身都淋在雨中的狂癫之状，菫色的薄衫如沤湿后软软的蛱蝶翅膀。她笑声不止，笑得气息急促地伏在我的肩头，仿佛就是长着一身柔曼软骨的蛇妖，冰透的唇贴近我的耳边，幽幽地道，姐姐，我们一起杀了他好不好？她一遍一遍地跟我说，姐姐，我们一起杀了他好不好？她的眼神先是希冀，扬起的眉角染着一点轻妩的撒娇，然后慢慢地变成恳求，最后凝成一片坚冷如冰。

姐姐，我们一起杀了他好不好？

我按住突突跳动的太阳穴，脑海中充斥着紫嫣口中那个凌厉的杀字，刺芒雪亮中卷起铺天盖地的刀光剑影。

杀人，轮不到你来教我！

清冷的声音遽然横插而入，整个人如同猛然惊醒，我的喉底终于忍不住，扯出一声低微的冷笑，再朝镜而视时，眼角的红印，就像是一颗摇摇欲坠的血泪。

入冬之后，寒气渐重，眼见着日头一天天稀薄下来，老是躲在厚实的云后，疏疏地漏着光亮，照在身上也不暖。但这日的天气倒好，风也比往日小些，身上披件蜜合锦丝的薄褙，外出时罩件单层绒衣也就不觉得冷，可我体质偏虚寒，宫中少不得要将取暖用的地炕和手炉之类，都早早地准备妥帖了。

眼下要到交节的时令，宫中免不了各项事务繁多。我现居后位，但宫中诸多事宜是由灵犀做主，瑶妃、毓妃等人从旁协理。如今灵犀有孕后，除了前些日子情绪不定之外，人也怠惫了些。瑶妃虽资历深但是个懦性子，毓妃总归是太年轻。她们谋定事宜的时候，思忖着要我应个场面也罢，虚张声势也罢，今儿又前去内府走一趟。当着她们的面，我通常都是不大说话，不知为何，总觉得毓妃每次看到我都心虚得很，甚至还有些畏惧。我其实也懒得说破，我与林衡初几乎不曾有过相处，她无论是心虚还是畏惧，都是因为我和她姑姑长得极像吧，看着我，就像是看到紫嫣。

从内府回来时，正好是皓儿下学的时辰。行至中途，听到一声脆生的童音在喊："母后。"

我命人降下轿辇，由侍女扶着出来时，就看到不远处那个葛青锦衣的小小人影，正是四殿下高舒皓，他身边有四五名太监跟着，跟随的还有一个年纪仿佛的书童。他看到我就甩下众人，步伐轻快地朝我跑来。

皓儿是紫嫣所出，现在离开生母到我身边后，原以为他对我就算不抵触，生疏是免不了的。但是，他对我却很亲近，大概是因为他母亲的关系，未把我当成外人吧。

我看着他，慈柔而笑，俯身轻轻揽着他幼小的身子，将他头顶的小金冠略略扶正，昵声道："皓儿，下学了吧，今日跟夫子学了什么？"

皓儿却不立即回答，他微微皱了一下鼻子，一双灵韵墨然的眼睛朝我眨动，煞有其事地说道："夫子今日教的书，这要是说起来可有好大的一会。这外面冷，而且母后的身子不好，不如回宫之后，皓儿再说给母后听。"

我心知皓儿是在耍鬼精灵，抚着他前额一绺未拢起的额发，只能无奈地一笑。

但站在旁边的侍女却忍不住了，捂着嘴暗笑道："咱的四殿下莫不是没记牢夫子教的东西，偏偏要扯进来说是关心娘娘的身体。这份让人想说又说不得的伶俐劲儿，在宫里除了樱若郡主，还真没人再能比得上。"

听到樱若二字，我眼神倏然一动，那说话的侍女是一时嘴快，不过无心之语罢了。我听着却觉得有些扎心，樱若至今还是被当成人质挟制在灵犀和奕槿手中，祸福难测，也不知道她现在究竟怎样了。

"母后，您在想什么？"皓儿好奇地问道，他是极聪慧灵透的孩子，我一瞬的失神都未能瞒过他清澈无邪的眼睛。

我浅浅一笑，正要说话，忽然前方传来孩童的喊声，"四弟。"

我循声看去，是另一个身着品蓝蝠纹锦衣的男孩，通身的衣着应是一位皇子，看起来是与皓儿差不多的年纪。我看了他一眼，并非往日常见到的那几位，忖度着应该就是多年流落在外，最近刚刚接回皇宫的三殿下高舒皤，也就是已亡的颖妃所诞下的那位皇子。

只见三殿下一脸兴奋的神色，他远远地朝着皓儿招手，喊道："四弟，你快来，咱们一齐去射场玩。"

据我所知，三殿下自回宫后就交由灵犀抚育，眼下灵犀怀有龙裔，无力分心照顾，原打算再找他人替之抚育，但是无端地一拖再拖，他现在仍留在灵犀的甘露宫中。

先时我还不怎么在意他，但他这样一喊，我倒是略略再留心看了一眼，老觉得有些异样，心里毛毛糙糙不平整。霍然就想起，他就是当初被我无意中撞见，由端仪领着秘密带到灵犀甘露宫中的那个小男孩！

皓儿毕竟是男孩子，天生性子好动，一听到射场，全部的心思都被笼络了过去，想要挣脱我的手，朝三殿下跑去，挥着手臂不住地欢呼道："三哥哥，等等我，我也要去。"

"皓儿。"我低低地惊叫一声，猛地将皓儿拽回自己身边，我突如其来的过激举止，不仅是皓儿，就连侍女们都被我着实吓了好大一跳。

"母后……"皓儿此时被我拉住，他歪着小脑袋，那双大眼睛可怜巴巴地望向我，眼底的乞求和撒娇之意不言而喻，拖长着声音道："皓儿想……"

"不许去！"我不禁蹙眉，声色稍稍放得严厉了些，道："皓儿，立即跟着母后回宫。"话音刚落，我就不由分说地携着他的小手，往轿辇上走去。

"母后……母后……"皓儿正好玩心起，但又不敢违背我，一张秀致精巧的小脸苦苦地皱在一起，他扁扁嘴，再不情愿也只得乖乖地跟着我上了轿辇，往凤仪宫的方向去了。

到了凤仪宫，我令人带着皓儿回了房间。湛露进内殿服侍时，跟我说起今日的事，道："娘娘今日对四殿下说话的口气过于严厉了，毕竟他还是小孩子。"

从外面回来，用热毛巾敷脸后，才觉得被冷风吹僵硬的面部触感缓了过来，我伸手示意她莫再说，顾自清了清嗓音说道："你替本宫告诫那些服侍皓儿的人，仔细看好了四殿下，要记着千万不要让四殿下跟三殿下单独在一块。纵然有时避免不了要相处，三殿下身边也得多几个人跟着，这事要紧，你吩咐他们绝不可大意了。"

湛露见我口气极其认真，神色顿时也肃然起来，她是在宫中经历过事儿的老人了，听我这样一说，即刻就明白过来了，放低了声音道："娘娘这样说，莫非娘娘担忧三殿下会对四殿下不利？"

我一时未说什么，虽然觉得我如此戒备，的确有些紧张过度，但最终还是点点头。

湛露微微叹了口气，不可思议地道："两位殿下是亲兄弟，何况三殿下说到底……也只有六岁而已。"

"三殿下不可能不知道颖妃的事。"我面容淡倦，揉着额角朝她摇头，似是感慨道："姑姑你清楚的，是紫嫣设计害死了颖妃，而皓儿与三殿下之间，先是担着一重杀母之仇，然后才是兄弟手足。"

湛露若有所思地点头，两根稀松的眉头扭在一起，沉沉地叹出一声道："娘娘思虑得周全。"

"你刚才说三殿下仅有六岁？他是只有六岁……"我话锋一转，目光一轮，径直看向湛露，"姑姑还不知道吧，三殿下就是我们那日撞见端仪悄悄送到灵犀宫里的小男孩，在端仪和灵犀身边待过的人，怎么能仅仅当作六岁的无知幼童来看待？"

寸心莫逆与君辞

我谨慎地训示在皓儿身边服侍的人，要留心看好了四殿下的一举一动，随时随地都要有人跟从着，万万不可让他单独一人。

皓儿虽年纪小，但也察觉得出身边的人看他比平日紧了许多。他一向活泼好动，不是安静的性格，这样被人左左右右地拘束着，当然感到不自在。他是曾赌气般直接向我抱怨，他说不喜欢被那么多人管着，一点都不自由。

每当那时，我只能温柔地抚摸他的头，看着他清澈无尘的眼神，笑意无奈，这让我如何跟这个小孩子解释，我无法告诉他，此举是为了防范他同父异母的哥哥，也无法告诉他，他的生母紫嫣与颖妃之间的仇怨，更无法给他说清楚，此时的皇宫对于他而言根本不是一个安适的家，而是危机四伏之地。

皓儿毕竟太小，他不懂，我也不希望他懂。何必非要在天真无邪的心上，强加一份与年龄不相称的成熟与心机，于我而言，此举跟造孽无异。

皓儿在我身边时，有时也会追问我关于樱若的事，他到现在还是念念不忘樱若这个玩伴，他问我，母后，大家不是都说父皇亲自下旨让樱若给明薏姐姐当侍读？皓儿常常跑到明薏姐姐那里，为什么老是见不到樱若？樱若到哪里去了？皓儿好想樱若。

当他一脸纯真地问起樱若，我表面上宁静地笑着，但心中亦是无奈与苦涩，樱若的安危始终就像是一根刺扎在心上。要是樱若有事，我的余生都会活在愧疚之中，他也是。

黄叶儿簌簌凋落后，留下光秃秃的枝杈，映着苍莽的天幕，愈加孤峭冷寂地伸展着。转眼又到了轩彰十二年末，再过一月就是新年，这些天来雪落得越发紧，越发频繁，雪花蓬松地飞下来，积满铺着瓦楞的屋檐，和残留着些许草根枯黄的院落，阴冷地蜷缩在那里好几日都不融化，这寒气就愈加深重起来。

今年入冬的时节比往年偏早，天气的过于阴寒多少妨碍了一些作物的秋收。此外，大概从十一月下旬开始，民间多流传伤寒之症。其最先出现在帝都城外围的曲源、桃渭一带，病情渐渐转移到帝都城中。此病不同于以往的寒症，有着极强的传染性，初得病时为发热恶风，烦渴欲饮，水入则吐，后来胃经熏灼，饮食艰难，在轩彰十二年的年末，毫无预兆地爆发出来，就像是一场来势汹汹的时疫，一时间谈病色变，人人自危。帝都的各大医馆都是人满为患，从曲源等几座外城奔波迁徙来的难民，也源源不断地涌进帝都城中。

今年帝都外围耕地因天气恶寒而致使谷物歉收，其余地方的情况还要严重一些。官府早就预计着会有放粮赈灾之事，仓中有前些年囤积下来的存粮，应付起来，倒还不至于捉襟见肘。但是这一场意想不到的伤寒，实在令那些官员措手不及。

年岁饥馑再加上恶症肆意蔓延，往往都是天下动乱的前兆。朝廷对此绝不敢轻慢大意，此时，太医院已派出人手，其中不乏经验丰富的国手，调查寒症起因，寻求治愈之法。然而，由于疫情波及甚广，短时间内根本无法遏制，整个太医院倾尽全力亦是杯水车薪。皇宫中尊者如太后和帝王，下至诸妃都焚香祷告，祈求天降怜悯于民。

与此同时，皇宫各处的宫门都加紧了巡逻和防备，每一个人员的出入都要严厉盘查，以避免伤寒病传入宫中。

本来临近新春，皇宫中应是处处张灯结彩，喜气洋洋，但眼下却是冷冷清清，各宫各府的主子平日里都闭门不出，就连偶尔咳嗽一声，或是轻微发热都提心吊胆，唯恐被当作感染了伤寒隔离起来。到那时候哪管是主子还是奴才，一旦被隔离了，可真是叫天不应，叫地不灵。

这半年来，事端不断，无论前朝还是后宫都是几经波折，后来又遇上皇帝龙体违和。原想借着这逢年过节的喜庆，好好地将宫中半年来的晦气冲一冲，料不到骤然冒出了伤寒，若是伤寒引起的病情再控制不住，难说这个渐近的大年，就要在一片死气沉沉的压抑中度过了。

鸦青色的天空撒着一把一把盐粒般的雪霰子，这日午后凝玉特意来看我，一进门就有侍女前去伺候，脱了外面罩着的石青色银鼠皮软裘，露出里面的香色斗纹锦棉衣。

正下着雪，屋子里却是暖流氤氲。凝玉睫毛上留着些细碎的水珠，朝我道："外头可冷了，还是姐姐这里暖和。"

我携住她的手挨着金钱蟒暖榻并肩坐下，清淡笑道："这天是冷了，你平日里要注意着些身体，无事也不必在外面走来走去，毕竟现在这时候不同往常。宫外的伤寒如今怎么样了我们是不晓得，但眼下这宫中却是到处人心惶惶。本来冬日里不慎受着风，或是冷暖不调了，有个头疼脑热、咽痛鼻塞的，也都是常有的事，但让这场伤寒一闹，各宫主子都不敢言语了，生怕跟外头的伤寒扯上一星半点，要是因此被关了起来，这冤屈说不定到死都洗刷不清了。"

"凝玉知道了。"凝玉点点头，她的目光在铜鼎透出的融融红光上停了一下，似有似无地叹气道："主子们倒还好，大不了躲在自己宫中闭门不出罢了。难为的还是底下那些要劳作的宫女太监，这天气虽冷，但上头一堆的主子，宫里不能没有服侍的人。"

凝玉如是于心不忍，纤秀的双眉微蹙道："姐姐，我听说浣衣局那里已经有好几个宫女被赶了出去，都是因为怀疑她们染上了伤寒。太医院正忙着，无暇救治那些人，就这样不分青红皂白地赶出宫门，那些人都是无依无靠的弱女子，岂不是太可怜了？"

我眸色澄静地看着面前面容含愁的女子，如洁雅的水仙花凌空绽开一束，她会说出这样的话来，我并不奇怪。凝玉向来就是这样柔软的性子，最见不得残忍的事。在她看来浣衣局将那些患病的宫女驱逐出宫，实在是过于无情和冷酷了。

我漠然一笑，仅是淡声道："若顾得自身而有暇，再顾他人吧。"

她叹息时，不经意地，秀婉的脸庞上神色微微一黯。但她眼底随即浮起先时的笑意，朝我说起另一件事道："姐姐，颜澈和芳芷已成婚了，他们原想亲自来拜谢姐姐促成良缘，无奈这段时间，宫中对于进出都看守得极紧，故眼下是不能来了，大概得等到以后。"

想想自从上回赐婚之后，也有几月未见过他们，但听得芳芷和颜澈一切安好，我亦是欣然一笑，于是道："我不过给了个顺水人情罢了，拜谢也不必，只望着他们莫辜负了彼此就好。"

就这样与凝玉闲闲地说了会话，我嘱咐了她几句后，也就各自散了。

我靠在软榻上坐得乏倦了，就站起身，隔着琉璃窗看院中的雪景。午间还是淅淅沥沥地飘洒的雪霰子如今汇聚成茫茫大雪，远处的宫室都被雪覆盖得露出隐约的轮廓，高低起伏的屋脊如同群山绵延。天色晦暗，幽微的天光照在洁白的雪地上，却是反射出清明的雪光，如丝化雨般地透进蒙着厚厚棉纸的内室。

我默然站着许久，心中思忖着些旁的事情。想想也觉得有些奇怪，灵犀自有孕之后，一直安安静静在甘露宫中，当初费尽心思夺来的中宫实权，现在又恹恹地推给旁人。灵犀表面上看一副避世幽居的样子，但据我对她的了解，她生得那般强悍心性，不是什么消极软弱之人，何况她手中已有了一名现成的皇子，腹中的孩子生下来无论男女，都是一条皇家血脉，虽说炼丹出现意外，但并不足以撼动她的地位，总的来说，眼下正是她形势大好的时候，不应消极，也绝没有理由消极。

就这样静静地快到日暮了，笼在白狐手抄中的暖炉温度有些冷了，有侍女将刚刚添满炭火的另一个暖炉递过来，我略略抬眸，如是无意地问道："四殿下呢？本宫好像一整日都没见过他。"

如今宫外的伤寒病闹得那样厉害，几位皇子的功课早就停了，不必日日去上书房。皓儿对于那些文字死板的经书子史，着实厌恶得很，这样一来自然高兴。但我还是吩咐了宫里人，现在这般的情势，要他好好地留在凤仪宫中。

那侍女听到我问话，低声回答道："回娘娘，奴婢不知。奴婢即刻就替娘娘传唤在四殿下身边的莲心，莲心是服侍四殿下的人，应该最清楚四殿下的事。"

我微微颔首，还未等将莲心唤来，就看到湛露匆匆忙忙地跑了进来，她神色忧急，顾不上请安就道："娘娘，您快去看看四殿下吧。"

我顿时升起不祥之感，声音一紧道："怎么回事？四殿下怎么了？"

"四殿下像是病了，这时还正发着热。"湛露垂着布满皱纹的眼，连连摇头道，"老奴一时也说不清楚，娘娘还是赶紧去看看吧。"

我心底轰然一震，病了？发热？这时，只听见哐噹一声，手中的暖炉滚出火亮的炭球落在地上。

"皓儿，皓儿。"我心急如焚地赶到皓儿的房间，蹲在床榻前，看到他正躺在床上，两边的眼睑微肿地耷拉着，眼睛半阖半开着，秀气的五官蹙在一起，像是极难受，一张巴掌大小的脸烧得红彤彤，令人感觉说不出的怜惜，我用手触他的额头，登时大惊，果然是滚烫的。

"皓儿！"我攥紧他一只小手，急切地唤了他几声，他现在整个人发烧烧得昏沉，但还听得见，声音低弱，近乎轻不可闻，"母后。"

湛露重重地跺了下脚，咬咬牙劝我道："娘娘，您不要太担心，太医随后就到。"

我恍若未听见湛露的劝慰，怀中抱着皓儿幼弱而发烫的身子，低头看着他潮红的小脸，觉得愈加心疼，我将下颌一抬，眼眸含着厉色地扫过房中诸人，冷声道："四殿下怎么会忽然成现在这样，你们这些人又是如何伺候的？"

我平日里处事淡漠，极少有疾言厉色。他们见我动了真怒，一个个都被我此时的气势威慑得扑通跪倒，顿时房中就跪了满满一地，浑身打战，不住地朝我磕头道：

"娘娘恕罪，娘娘恕罪……"

湛露轻轻皱着眉，扶着我的手臂低声道："娘娘息怒。"

先时的怒意略略消散了些，我吐出口气，放缓了声息，朝着满屋子的人道："全都给本宫跪着，本宫问完了话才准起来。今儿个到底是怎么回事？四殿下好端端的在宫里头，怎么会忽然病得这么厉害？"

一名太监吓得噤若寒蝉，惴惴地磕了一个头，脸上苦蔫蔫的，胆战心惊地答道："回禀娘娘，其实四殿下午间的时候就出过凤仪宫了，回来时整个人就开始发热，后来就成现在这样了。"

我一听有端倪，就示意那人接着说。他咽了口唾沫，道："当时娘娘正与静妃娘娘说着话，四殿下就逮到那空当跑出凤仪宫去了，咱们做奴才的哪里敢大意，赶紧在后面跟着。但四殿下实在鬼灵，后来……"

我摆手将他的话打断，听他说了这么几句，我已明白过来，皓儿这孩子应该就是趁着我与凝玉说话的工夫溜了出去，后来不知怎的让他甩掉了跟从。念及此处，我心间略一沉吟，脱口问道："你们是在哪里寻到人的？可有见到四殿下跟什么人在一起吗？"

"回娘娘，大概是在宫门附近。"那太监用力拍着脑门，露出一脸的悚然之相，思索着道，"至于跟什么人，若是奴才未看错，好像是三殿下吧，后来让甘露宫那里的人带了回去。我的天哪，这两位小祖宗真真是太顽皮了，现在是什么时候，宫门那里出入的人员混杂众多，多危险啊！可着实将奴才吓出一身冷汗！"

我听到他这样说，脸色登时白了一分，握住皓儿的手也忍不住猛地一抖。其他人都以为我是在恼怒皓儿的顽劣，只有湛露察觉出我神色中掩藏着的震惊与骇然，她朝我摇了摇头，想说却未说什么。

皓儿当晚高烧不退，额头滚烫，四肢却是冰凉。宫人们将窗户关得严实，不让一丝风吹进来。喉咙潮热高肿，难以吞咽，莫说药了，就连水都喂不进去。宣来的太医一个一个轮着看了，回报时都说四殿下脉象微细，沉而虚浮，但不敢妄下定论。就这样挨到最后，一位太医终于颤巍巍地说出两个字：伤寒。顿时，满满一屋子的人全部霍然变色。

皓儿那天去过宫门，说不定接触到了一些出入皇宫的人员，伤寒之症泰半就是因此得来。这是皇宫中首次确诊有人感染伤寒，消息一经传出，原本就人心惶惶的宫廷一时间更是惊惧不已，伤寒是如何厉害的病症，万一在宫中蔓延开，这后果真是不堪设想。

即使皓儿贵为皇子，但依照眼前的情势，是断然不能再留在宫中了。宫中已决定，暂且将四殿下送到位于帝都北郊的冀山行宫调养，待到他病愈后，再行接回皇宫。

上头的主意已拿定，此事再也无法更改。自皓儿出事那日起，我整副心弦就一直紧紧绷着，我知道皓儿患病一事绝非偶然，定是有人在暗中设计他。皓儿身边的太监说过，在那日好像看到了三殿下与皓儿在一块，如果是三殿下，他一个小孩子不可能有如此缜密的心机，必然是谁在背后指点过他。如果我猜得不错，此人八九不离十就是灵犀。

我心底生生一激。灵犀，果然是狠辣的女子，她安稳地坐在幕后，暗中却不动声色地借助三殿下来除掉皓儿。此举若能成功，一来灵犀协助三殿下报了杀母之仇，可以由此收服了三殿下，令他对她死心塌地效忠；二来皓儿若真的有所不测，灵犀就能更进一步地掐灭让紫嫣东山再起的可能，真是一箭双雕的计谋。我冥冥中早就料到凭灵犀斩草除根的作风，不会轻易放过紫嫣在宫中留下的唯一血脉，不过到底还是防不胜防。

眼下，皓儿孤身一人远在冀山行宫，他尚是稚弱的幼童，没有保护自己的能力，又没有人能在他身边护着。若有人此时要取他的性命，简直不费吹灰之力，就算皓儿死在行宫中，也只要以伤寒病发，药石无灵而早夭的说辞回报到宫中，况且人各有病，生死由命，死于伤寒是根本无可追查的事。

我愈想愈觉得心惊，觉得害怕，皓儿是紫嫣的亲生儿子，要是他在宫外遭人毒手，要我将来如何面对紫嫣？

然而，我再忧急如焚，也是毫无对策，心想着若是云嬗还在身边就好了，云嬗精通药理，肯定能治好这伤寒之症。我想尽办法传消息出去，将此事知会在宫外的紫嫣，要她万万留心着冀山行宫那里的风吹草动。

时间一天天过去，我在凤仪宫中日日都坐卧不宁，茶饭不思，担心着皓儿的近况。大概七八日后，有太医回禀说，四殿下的病稍稍有所起色，但是病情反复总还不见大好。

砰，茶盏清脆地打碎在地上，冷却的茶水登时四溅开去。

"姐姐，姐姐！"凝玉心神俱惊，冲上前一把扶住我摇摇欲坠的身体，她看着我霎时间苍白如纸的脸，一时间吓得六神无主，几乎带着哭腔喊道："姐姐，你怎么了？"

我虚弱地倚在她的怀中，看着明眸惴惴如小鹿的她，想要朝她轻轻一勾唇角而笑，令她安心，却是抑制不住，猛地咳出一口殷红的鲜血，宛如一树盛绽到浓艳的蜡梅，星星点点地喷在她的衣襟上。

"姐姐。"凝玉见到这般情状，更是骇得肝胆欲摧，双唇哆嗦着，终于忍不住哭泣起来，"姐姐，怎么会这样？你的病不是好了吗？"

凝玉此时已是心绪大乱，我心里却是异常冷静，极力地将一口涌上喉咙的腥甜硬生生地逼回去，颤颤地从身上摸出云嬛留给我的药，倒在手心一股脑地全咽了下去，过了片刻，血才止住了，整个人也慢慢地缓了过来。

凝玉瞪大眼睛，难以置信地看着我做这些事情，细白的牙齿咬着唇道："姐姐，你这……这……"

我消瘦的双靥依然煞白无血，那种纯粹的白色，如同空洞的落雪，我深吸口气，定了定神，语气极淡极轻微，却是不容人抗拒，"凝玉你要记着，今日的事你就当作没看到，也不要跟任何人说起。"

凝玉脸上泪痕未干，最终还是木讷地点点头。

我感到累了，疲倦地蜷缩着身子，宫室中让炭火烘烤得极暖，那股暖意如同有形有质的薄薄的羽纱般一层一层覆在后背上，渐渐地洇出汗意涔涔。我默然拭去唇际残余的鲜血，看来真的一次比一次严重了。紧扣的手指一松，捏在手中的小瓷瓶骨碌碌地滚了出去，里面的药丸已空了。

这些日子来，我原本就是忧思重重，羸弱至极的身体早已不堪重负。现在皓儿的事，更令我添了一重心思。我实在是放心不下皓儿，踌躇再三，终于还是向奕槿请求，让我出宫去探视皓儿一次。

那日奕槿的精神尚好，眉宇间的阴戾之气亦是消散不少，他挥手屏退其余人等，要我一人留下与他说话。凝玉走得极慢，退出内殿时，她还满脸含忧地回头看了我好几次，生怕我与奕槿单独在一起，再发生上回的事，我朝她微微一笑，示意她尽管安心。

龙涎香四溢充盈，狻猊绿玉香炉溢出的一缕白烟袅绕而起，乌沉沉地凝在他的眉心，他看着我，淡声道："你是皇后，这样出宫并不合适。况且，你若担心皓儿，自会有太医日日回宫禀报病情，用不着非要你亲自去看一趟。"

我低着头，指尖若有若无地抚过袖口繁复的金丝凤纹，沙沙声响着，对于他不冷不热地回绝，我仅是坚定而简短地道："我一定要去。"

自从封后以来，我对奕槿说话时一直自称臣妾，对他则是恭敬的一声皇上，这两个词昭示着我们身份上的尊卑有别，还有立场上的泾渭分明，我从未有过一次的僭越。但今天，我第一次对他没有尊称，而且用的还是直截了当的我。

"真倔强，你这说话的口气还是跟当年一样。"奕槿看着我，眼角蚕丝般的细纹，在浅笑时微微露出明显的轮廓，似是感慨道："你当年也是这样倔强的脾气，认定的事就一定要去做。"

奕槿今日是难得的心平气和，落落的话语间，依稀还是往日气质雍雅温润的男子，令人恍然觉得，这些日子来暴戾无常都是错觉罢了。

"当年是怎样，现在还是怎样。"我听他说起当年，笑意疏疏，眸光冷然流转，连我也不知道自己在这一刻作何想，一句话就忽然脱口而出，道："我没有变，变的是你。"

"是吗？"奕槿闻言眉尖微挑，他并没有如想象中那般怫然动怒，依然还是淡然的口气，喃喃地重复了一遍我的话，"你没变，变的是我？"

我的面庞如波澜不惊的平湖，朝着他点了点头。

满室清冽氤氲的熏香，一丝一丝地拨着脑仁，那些舒适安神的气息浓烈过了头，令人感到意志疲软。奕槿似乎是极倦怠的样子，他仰头靠在软枕上，朝着我露出脖颈，喉结一动一动，如是在数度哽咽，我们之间一时安静得可怕，他霍地坐直了身体，眼光定定地看向我，张嘴时哑着嗓音道："颜颜……"

他很久未叫过我颜颜，若是我没听错，他此时的声音中竟透着一丝紧张，我略略敛息，凝心听着他说下面的话。

"颜颜，你一定要凭着你的心来回答我，如果当年没有耶历赫夺婚一事，我们会怎么样？"奕槿看向我的眼神是毫不遮掩的诚挚与热烈，"我们还会走到今日这一步吗？"

如果没有耶历赫夺婚一事，我们会怎样？十二年了，整整十二年了，这件事让奕槿一直耿耿于怀，一直放不下。要是真的有这个如果，我们之间还会走到今日这一日吗？

我霎时怔松，记得曾经在宁州，奕析也曾问过我这个问题，然而我又是怎么回答他的呢？

"一定要说？"我低垂的眸光摇曳着。

"是的，颜颜，请你一定要回答，这对我很重要。"奕槿看着我，他此时的眼神已然不是高高在上的帝王，而是在请求我，甚至在恳求着我给他一个答案。

我凄恻而笑，声音如斯平淡地说着，像是在说起一个与自己全然无关的旁人，

"十二年前，如果没有耶历赫的横身插入，颜卿进宫之事就已是定局，她会成为皇上最钟爱的娉妃。如果颜卿不曾经历后来的那些事，她会心安理得地接受皇上对她的宠爱……"

说到这里，奕槿两个干涸的眼眶中抑制不住地燃起欣悦之色，仿佛是沉浸在某个美好而绚丽的想象中，一簇一簇明明跃跃的光芒呼之欲出。

"但是她终有一日会发现，皇上对她是宠多于爱，强势的占有多于真心的珍视。"密不透风的室内漾着幽微余香，我对他所有表情都视若不见，顾自将话说完，将一口气息缓缓地吐尽，"所以到那一日，她就会后悔曾经的选择。"

听我说完这一句，他希冀的眼神如是被浇了一瓢冷水，唑唑地倏然一黯。我安然阖上眼眸，原以为这些话会激怒他，没想到他的嘴唇嗫动几下，竟是异常地沉默着。

我说的是实话，如果命运以另一种方式展开，我当年会嫁给他，但终有一日，我也会后悔。这些日子来，我仔细地想过了，在我与奕槿的生命中，无论有这个如果，还是没有这个如果，我们两人最终还是要踏上殊途，不可能是同归。

"是啊，是啊……"他呓语般地重复着，深敛的眼中透出苍凉之意。

我眸色悠远，宛若深秋的荼蘼蒹葭上凝结着一痕白霜，幽幽道："那么，今日我也有一事要问你。"

他眸底涌起的感情深湛如海，声音沉沉地应允道："你问。"

我深深地吸了口气，像是要将脑海中的千思万绪都滤空，将一颗灵魂追溯到最初的澄静无邪，说道："奕槿，也请你一定要凭着你的心来回答我，如果当年在青阳寺，那张象征祥瑞的凤签并不是属于我的，你还会像后来这样喜欢我吗？"

"凤签？"奕槿轻念着这两个字，他盯着我，唇畔溢出一丝玩味的笑意，他不急着回答，而是反问我道："这个答案对你来说重要吗？"

我抬首，坦然地正视他的目光，说道："对我来说不重要，但是对你很重要。"

"是吗？"奕槿料不到我会这样说，略略讶异。

凤凰去已久，正当今日回，自天衔瑞图，飞下十二楼。凤签上二十字的祝辞，字字清晰。当年在青阳寺，最初的相遇，是源自于凤签；后来在帝都，彻底的决裂，亦是源自凤签。这凤签看似微不足道，却如同细细的丝弦，始终贯穿着我们之间那一场错位的情缘。

我朝他浅浅笑，苍白的双靥因这一笑而绽开如雪清新。在那一瞬，我感到如释重负的快感，这一句话在心中埋藏了多少年，时至今日，终于可以说出口。

"你扪心自问，你爱的究竟是我，还是那一张凤签？"

奕樘眼神大震，看着我目眦欲裂，失声叫道："颜颜！"

我的目光宁静如恒，在四目对视之时将平和一直度到他的眼中，说道："你真的爱这个名为颜卿的女子吗？还是因为，她是相师预言能为你命中衔来祥瑞的女子？退一步讲，如果那日手执凤签出现的是紫嫣呢？我们两人的容貌所差无几，你是否会因此而移情于她？"

"奕樘，"我淡然无惧，就这样直呼了帝王的名字，"你仔细想过吗，我们之间从一开始就错了。你错了，你最初的倾心，是因为那张凤签；后来的喜欢，是因为曾经的失之交臂，或者颜卿年轻娇妩的容貌；最终强烈的爱，是因为耶历赫强行夺走了我，你思而求之，求而不得，越是得不到越是弥足珍贵。"

"颜颜，不是这样的……"奕樘的神色惶恐而痛苦，我从未见过他如此失态的样子，像是迷惘失措的幼童，在浓雾中四处碰撞着找不到路，他双臂死死地抱住头，想要辩解，但声音却渐渐变得低哑而微弱。

我看着他，那样的眼神显得高远而清澈，消磨尽了任何尘世的感情，"或许，你一直以来爱的并不是我，而是自己心中想象出来的美好幻影。他们说紫嫣的相貌长得像我，也说已故的颖妃性情生得像我，外人大概都这样觉得，颜卿是本尊，紫嫣因相貌而做了我的影子，颖妃因性情而做了我的影子。可是他们哪里知道，我却是做了你想象中的那个人的影子。"

"颜颜！不是这样的，不是……"奕樘如是深受刺激，他想要将我拉近身边，我朝后轻轻一避，躲开了他摸索的手。他刚刚伸手来抓我时，心神受激之下用劲过猛，眼下捉了个空，近日来消瘦不少的身体险些从榻上跌落。他心知我在抵触他碰我，也不再勉强我，顾自嗓音嘶哑着喊道："什么本尊？什么影子？你就是本尊，其他人统统是影子。我爱的人是你，是你！"

我看着他，声音中亦是激起一阵涩然，道："我并不是本尊，你想象中的那个人才是本尊！若你是真的爱我，何来一个貌似至极的慧妃，何来一个神似至极的颖妃，现在又宠信着灵犀和静妃？凝玉的确长得有一分像我，那灵犀的性格与我又有多少相似？你这何尝不是退而求其次，再求其次？"

奕樘此时震愕地看着我，仿佛在看一个全然陌生的人。

我一字一字郑重无比地说道："你现在明白了吗？我先时问你的问题，这个答案对我来说已不重要，但对你却是至关重要。"

我没有说错，这个答案对我来说不重要，但对奕樘却是至关重要。奕樘加在我身上的爱，究竟是真还是掺有杂质，我丝毫都不在乎，如同拂去衣袖轻邈无力的飞尘，因为这尘世间最纯粹最无邪的完好爱情，我已在另一个人那里得到了。但对于奕槿，这个答案却牢牢地缠绕了他半生的心魔，若得解，对他是一种解脱；若不解，他后半生依然还是要沉沦在痛苦中，难以自拔。

"不是！"奕槿骤然高喝一声，痴痴地盯着我的脸道："颜卿是你，我当年在青阳寺遇到手执凤签的少女也是你，无论我爱的是颜卿，还是那个手执凤签的少女，都是你啊，既然是同一个人，怎么会有区别？颜颜你在胡说，我心中根本就没有什么想象出来的幻影，都是你，都是你……"

他脸上扬起狂癫之态，近乎是语无伦次地，眼中霎时流露出来的卑微如同在乞求般，"慧妃，颖妃，灵犀，还有静妃，你要是不喜欢，朕可以让她们统统都出宫……然后宫中就只有我们两人，朕是帝王，而你是朕独一无二的皇后。"

我漠然看着他此刻惊惶而错乱的样子，冷然说道："我们从一开始就是错了，我错了，我当年不该凭着一时的年轻气盛，想要借助你的实力来为颜家翻案。最后我确实做到了让家族洗刷冤屈，但同时，也因此误了自己一生。"

"不是，不是，颜颜你一定在骗我。"奕槿的疯狂之意愈盛，一连串地喊道，"你当年怎么可能会不爱我？你怎么可能仅仅为了家族而来到我身边？你怎么可能像慧妃那样……"

话未完，他就遽然噤声，好像再也说不下去，因为说下去的代价就是要将往日温存而美好的表象亲手撕碎。

"我和紫嫣根本就是一样的人。"我却是从从容容地将他未尽的话说完，"奕槿，请你再次扪心自问，相识那么多年，你是否真正了解我。也许在你眼中，颜卿永远都应该是那个聪颖灵透的美丽少女，你能容忍她偶尔有一点狡黠的小心思，却容忍不了她有城府和心机。"

我将唇角一勾，徐徐地绽开一个无奈而意味深长的笑容，叹道："你不是觉得紫嫣性情狠绝吗？其实我与她相比又能好到哪里？紫嫣因娉婷之事逼死了薛旻婥，又施以毒计谋算其妹薛旻茉。可是我在北奴时，何尝不是为了失子一事逼死了绮娅王后，后间接害死了她的妹妹芙娜？紫嫣为报家门之仇而杀了薛冕，我何尝不是为了报仇而亲手杀了耶历歌珞？"

"什么？你……"奕槿猛地一怔，颤抖着抬起手指着我，话全部冻结在舌尖。

我却是缓缓地抬起手，质地轻软的衣袖无声地滑落，露出一截如雪藕般欺霜胜雪的手臂，肌肤莹白如玉，五指纤纤若葱，完美到无一丝的瑕疵，我看着自己的手，语音清冽，"你想不到吧，紫嫣好歹还是借刀杀人，她的手上是没有沾上血腥的。而我却是用这双手斩下了耶历歌珞的头颅。你震惊吗？当亲眼看到我在雪芙殿上接连手刃两名刺客的时候。"

我至今还清楚地记得，当他见到雪芙殿上血溅当场的一幕时，眼中的那种错愕，那种惊骇，那种难以置信。

"这就是我，真正的我，并非你想象中那个温婉善良的少女。"

我的目光凝成一线，如一枚尖尖的楔子般径直掷中了他最后的犹豫不决。我默然阖上眼，不去看他此刻的表情，但还是似乎听见有什么东西清脆破碎的声音，带着无比的绝望，淅淅沥沥地洒落了一地，再也不会完整了。

奕樘如同被魔咒魇住，他的语调时而高扬时而低沉，尖厉和喑哑两种截然不同的声音诡异地搅混在一起，面目始终木然，他重复道："错了？原来一开始就错了？我错了？你也错了？我们都错了？"

忽然间，他倏然从榻上弹起，整个人变得莫名亢奋，他紧紧地抓住我的手，生怕我逃脱一般，原本黯淡无光的眼神，也在这时熠熠生辉起来，带着某种无可救药的痴狂，朝我喊道："颜颜！颜颜！既然都已经过去了，就不要再理会这些了，我们重新开始好不好？不管你是什么样子，有没有凤签也罢，善良也罢狠毒也罢，我都会爱你，我们重新开始好不好？"

我忍不住想笑，奕樘你为什么偏偏要在这件事上这么执着，这么天真？我们都已经走到这一步了，还会有重新开始的可能吗？心已灰，意已冷，你居然还口口声声地跟我说着重新来过。

我神情冷淡，将手从他的掌心中抽出，硬下心肠说道："不可能了。"

当我的手脱离他的手掌时，他的脸色霎时变作灰暗，颓败如深秋的太液池凋尽的一拢残荷。

我静静地等着，过了片刻，他如是恢复到平日的样子，面朝里坐着，留给我一个孤峭消瘦的背影，声音冷漠而空洞地撂下一句话，"你想去看皓儿，就去吧。"

我从太极宫中走出，感到心神空空落落，但内心深处却觉得一种从未有过的轻松和释然。我与奕樘之间长达十余年的情错纠葛，终于能在今日做一个了结。所有的话都已经说尽，所有的困惑也都寻找到了残忍的真相。从此之后，我与奕樘之间再无话可说，但是我们的身份依然还是大胤皇朝最尊贵的帝后，若是这样相伴到老，何尝不是一种悲哀？

在得到奕樘的首肯后，我携了少量随从，乘坐凤辇一路出朱雀门到位于帝都城北郊的冀山行宫。皓儿的病情没有想象中的严重，这着实让我放心许多。更者，还有云嬗易装留在皓儿身边，暗中保护他的周全。

我见到皓儿时，他正睡着，暗红云纹锦被将他小小的身体裹住，脸上的红热已退了，不过病了好些日子，原本粉嫩柔润的小脸显得有些苍白，平日里还留着婴儿肥的下巴也消瘦得尖尖的，想来病痛折腾着吃了不少苦。

我看着正兀自熟睡的皓儿，心底柔软若春湖，忍不住伸手抚了抚他额前几缕碎发，他似乎迷糊地感觉到了，绵鼓鼓的小手抓住我的一个手指，嘟着嘴不知在咿唔什么，笨拙地翻了身朝里面睡去了，那情状益发令人觉得可怜可爱。

我一动不动地坐在皓儿床边，任由他牵住手指。静静地想起当年在宁州的光阴，樱若每回生病时，我就是这样守在她身边，樱若高烧不退的时候，还整晚地抱着她在房中踱步，当时的忧急和担心，现在回忆起来还是那么鲜活和温热，樱若不是我的亲生女儿，但我带她应该与亲生的无异了。

过得久了，我觉得手臂有些发麻，轻轻地将手指从皓儿手心中抽出，又小心翼翼地将他露在外面的胳膊掖进锦被中。做完这一切，才发现云嬗已到了我身后。

我问道："皓儿最近怎样？伤寒可完全好了吗？"

"好得差不多了。"云嬗颔首，"不过有件事奇怪，四皇子嘴里常常念着樱若，时而也想想你，我就是从未听他提起过一次紫嫣。"

我闻言，微微愣了一下，随即笑道："樱若是皓儿最合得来的玩伴，而小孩子天性最爱玩，难怪皓儿老是念着樱若。"

云嬗仅是笑了笑，就不再说话。其实云嬗察觉到的，我也早就察觉了，紫嫣是皓儿的生母，但不知为何，皓儿似乎并不肯与紫嫣亲近，倒是愿意多亲近他的父皇。就连紫嫣被废黜妃位逐出皇宫，他也没有过多的反应，在我身边时，也不曾追问过我他生母的去处，好像紫嫣走了，与他并无多大关系一样，这实在令人觉得怪异。

这时，我听见云嬗说道："紫嫣性格过于刚毅冷硬，对人对事都过于严厉苛责，最缺的就是母性的慈柔，周身戾气太深重的人，怎能得到稚子的亲近？我想就是因为这样，四皇子才不愿意亲近他这位铁腕冰容的母亲。"

我听得一时哑然，不过细想想，云嬗所说倒也不为过。

忽然间就听见渐渐沙沙的声音，像是有什么东西在蹭着厚实的棉纸，外面渐渐有些吵嚷起来，传人进来一问，原来是下起了大雪。我来时还是晴好的日头，但这天说变就变了，铅灰色的乌云在半空沉沉地积了一层又一层，低低地垂着几乎要压到屋顶，鹅毛般的雪花纷纷扬扬，在瞬间檐瓦和地面就全白了。

紧接着，就有侍从来跟前禀报，雪一时间下得太大，天色晦暗，加之山路湿滑难行，怕是今日回不去皇宫了。我淡淡地挥手令他们下去，我今日出宫看望皓儿，原是两三个时辰就回去，并不在行宫留宿，不过看现在的情势，天寒路险，回宫之事必得要拖到明日了。

云嬗看了一眼外头的天色，朝着皇宫的方向使了一个眼色，哂笑道："你说巧不巧，连老天都不想让你回去。"

我眼波斜斜一动，"若是今夜雪停了，明晨出太阳，将山路上的雪都化了，终归都是要回去的。"

"出不出得来也许由不得你，但是回不回去却是掌控在你手上。"云嬗看着四周，浅叹道："你自己好好把握就是。"

"但愿如此。"我喃喃道，云嬗这些话似乎大有深意，一缕若隐若现的笑意溢出唇角。

冀山行宫中，有诸多空置的宫殿。既然仅留一晚，便立刻命人整理收拾出来一间，也不是麻烦的事。雪还是继续下着，没有半点要止住的势头，打在光洁的琉璃屋瓦上簌簌作响，令人想起空寂的庭院中松子落地的声音，看样子这雪要下上整整一夜了。

夜渐深，听人回禀皓儿已睡熟后，我独自一人在房中。今日车马劳顿地出宫，我却丝毫不觉得疲累，因为我畏冷，房中的炭火燃得极旺盛，绯红纱罩的宫灯亮起，橙红色光芒映照得四周都是暖意融融，直烘得背心渗出细微的汗意。

我身上仅穿着素白底子绘柳叶缱绻纹的寝衣，孤身立在窗前，此时的冀山行宫中万籁俱寂，单单能听到结满的烛花爆裂时发出的轻微响声。湖绿色的窗幔色泽有些暗了，如是经历多时的烛火缭乱后，蒙上层脆薄的黯黄之色，让一双铜钩慵慵地缩到两侧。夜色极浓，唯有零落的几星白光挑破黑暗，其余什么都看不清，雪花就趁着暗色从九重碧霄旋舞着飞落。

我心中默念着，离开皇宫了，终于暂时离开那个令我窒息的皇宫了。这里没有奕樘，也没有灵犀，没有要我虚与委蛇去应对的一切，也没有我谨小慎微要提防的冷箭。长久紧绷的心神，由此而倏然一松。这刻的我就像是一条鱼儿，无比贪恋地呼吸着短暂的清新。

在这寂寥安静的夜里，想起四面红墙高峻的皇宫，想起这段日子来发生的种种，那段不堪回首的记忆，如同被禁锢在一场无休止的梦魇中，我拼命地伸出手想要抓牢什么，却沦陷得愈来愈深。

我紧紧地闭着眼睛，想要隔绝那些痛苦的幻象。一拂满是汗水的额头，黏腻的触感又湿又冷。我的手指冰凉，一路颤抖着从侧脸滑到锁骨，然后四指一收，将半边衣襟扯开。我睁开眼朝铜镜看去，白皙消瘦的左肩上是两排痕迹鲜明的牙印，宛如两条腰肢纤细的小蛇文身盘踞在锁骨上，与洁白的肌肤相映衬，愈加丑陋无比。

　　我眼神直直地看着那两排牙印，霎时整个身体都不可抑制地震颤起来。这是奕樘留下的，他狠狠地咬在我的肩膀上，为的就是在我身上留下一个终生都不可磨灭的印记，要我永远都不能忘记他。只要这个疤在我的肩膀上一日，我就一日不能忘记他。我已无法再爱他，他就决意了要我恨他。

　　论及爱与恨，本质上都是刻骨铭心的记住。而他爱之不得，就要用这种近乎决裂与毁灭的方式来让我记住。

　　深刻入骨的疤痕，尖锐地提醒着我在皇宫中发生的一切，极力想要忘掉的不堪回首的记忆，还有在太极宫中侍寝时那些婉转承欢的夜晚，只要这个疤痕在，我就不能忘，也无法忘。

　　指尖冰凉，颤颤地，一寸寸覆上同样冰凉的半边素肩。

　　骤然，一声悲恸的哭声硬生生地扼断在喉咙里，我的身体颤抖得越发厉害，仿佛一片绕着秋风打转的落叶，五脏六腑被冷霜冻住，慢慢显现出一种冻裂前的僵硬，沉甸甸地压住心肺，逼迫得我难以呼吸，有个声音在心底嘶吼：我不要这个疤！不要！不要！

　　我看着铜镜中惊惶惘然的女子，面容苍白如幽魅，她缓缓地抬起手，纤纤的手指上都蓄着约二寸长的指甲，未经丹蔻染红，每一根都晶莹剔透，在绯红的灯光下闪着温润的光泽，柔和若珍珠流彩。

　　纤指猛然收紧，朝着肩膀狠狠地抓去。

　　左肩登时剧痛起来，点点殷红的血滴如艳艳春桃般染上素白的寝衣。我死死地咬住嘴唇，不让一声痛苦的呻吟溢出唇际。渐渐地痛得有些麻木了，我单薄的身形一个踉跄，人已失去支撑从妆台前的绣墩上跌落。

　　我颓然跌倒在地上，半敞松散的衣裳更加凌乱，露出整个脖颈姣好柔曼的曲线及肩膀，半边莹白，半边却是鲜血淋漓。房中极暖，但未铺锦毯的地砖却是阴冷异常，赤裸的肌肤毫无阻碍地贴上去，立即就激起一阵剧烈的寒栗。我却丝毫不在意，就这样任凭身体袒露着，像是在刻意糟践自己一样，径直躺在阴冷的地砖上。

　　左肩的痛楚如是轻微了些，我目光空洞，遥遥地盯着头顶的藻井，疯癫地大笑，心底绝望地喊着：我不要这个疤，就算将整块的皮活生生地撕扯下来，我也不要这个疤，这个象征着屈辱和痛苦的伤疤。

"你在做什么？"愤怒而惊恐的女声骤地响起，错乱的脚步声逼近我身侧。我知道是云嬗，但我还是躺在地上动都不动一下。

"颜卿，你这是做什么，原本就是极畏寒的羸弱体质，这样躺在地上可是不要命了？就算心里再痛苦煎熬，又何苦非要糟践自己的身体！"云嬗看到我流血不止的肩膀，焦黄的脸上浮现的神情更加惊愕，她一把将我地上拽起，手忙脚乱地将已滑落到腰际的寝衣，牢牢地裹住我冻得泛出青白的身体。

我如同是一个意识虚无的木偶，任由云嬗摆弄，当她要为我的伤口上药时，我的眼神忽地一寒，将她使劲推开，短促地喊出一声："你不要管我！"

云嬗因受到药物毒害，致使早年的武功全失，眼下竟受不住我一推之力，朝后趔趄着仰面摔倒在地上，她眉心紧蹙，长长地唤道："颜卿……"

满头青丝散乱地披落着，流瀑般逶迤垂地，有几绺混着湿热的血液黏在肩膀的伤口上，我轻轻地一动，坚韧的发丝就抽得伤口极痛。眼眶痛灼得厉害，泪水仿佛一漫出就被蒸干，尽管心里再哀恸，却淌不出一滴泪来宣泄。

推开云嬗后，我用双手撑地，跌跌撞撞地想要站起，却膝盖一软又倒了下去。我却并没有倒在冰冷的地砖上，而是落进一个温柔坚实的怀抱。

"云嬗说得不错，即使再痛苦又何苦要折磨自己。"清冽淡远的声音抵着我的鬓发，就这样融融润润地传进我的耳中，那样安宁，那样熟悉，那样令人贪恋得舍不得放开。

听见这个声音，我的心神如遇雷击般蓦地一震，轰轰隆隆地回响，在心中颤抖着凝成四个字：他是奕析！

我感觉到所有的思想都被冰封住了，唯余下一个念头，就是迫不及待地转过头去。果然，他俊美如昔的脸庞，霎时就这样撞进我清光涟涟的眼眸。

"奕析！"我惊得捂住哆嗦的唇，但还是有一声低呜溢出唇角。

我霎时惊愕地瞪大眼睛，整颗心脏都在震动，是他，我没有看错，就是他。

冀山行宫，在这空寂寥落的深夜，他如同梦中幻影般地出现在我的眼前。而我此时面容苍白，神色憔悴，满脸泪痕，衣衫凌乱，这个样子应是格外落魄狼狈吧，而他依然是昔日那个俊美如斯、湛然若神的少年。我却顾不了这么多，径直扑到他的怀中放声大哭起来，泪水恣意地滑落，仿佛要将这些日子以来的压抑与委屈统统宣泄出来。我极少如此放纵自己的情绪。但是在他面前，我所有的坚强和刚毅都已溃不成军，还要勉强自己再苦苦伪装什么，支撑什么，面对什么，和着滚烫的泪水，就让自己软弱这一次吧。而他亦是无言，只是紧紧地抱住我。

半夜，雪已止。晦暗浓叠的乌云如潮水般退去，月光稀薄却皎然，拨开云烟照在积雪上，将一片银装素裹的大地映成琉璃般清光剔透的世界。

不知哭了多久，我方才缓缓清醒过来，指甲抓伤的肩膀还在慢慢地渗出血，我安静地坐着，任由云嬗为我上药包扎，尽管她指法极轻，伤口还是锐利地作痛，但我暗暗忍着不出声。

奕析半蹲着看我微微发白的脸，似是疼惜地苦笑道："你竟能狠得下心抓这么深。"

云嬗为我包扎好后，就默然退走了。

我朝他虚弱一笑，"你为什么会来这里？太后她……"

"母后她不知道。"提及太后，他的眼神摇曳一下，却是再未说什么。

我深吸口气，转首看着窗外，雪停后，月光将庭院照得一片清明。我的心没来由地抽搐一下，"你不怕被人发现吗？"

他摇摇头，说道："我不怕。"

这一路走下来步步荆棘满地，早知相聚如此短暂，或许我那时就不该百般回避他，甚至做一些过分的事伤害他。人生本就韶华一瞬，竟是还有那么多的时光是被我亲手抛掷，化作蹉跎。

一时间，心底被往事的伤感和再会的欣然充斥着，尽管喉咙里涌起千言万语，我却说不出一句话来。抬首时，目光触及他的面容，他依然神色恬然，唇角含着一抹极浅的清雅笑意。

就在我们静默相对的一刻，忽然听见房外有沙沙的声音，像是雪花打在棉纸上，但是细想又觉得诧异，雪早就停了。再侧耳倾听，似乎是有人在疾速夜行。

我们隐约察觉到有些不对头，我与奕析登时警觉起来，目色狐疑地相视一眼。我刚刚张口欲言，就被奕析的手势挡下。

此时，蹊跷的窸窣声中骤然裹着几道霍霍的锐音，我们闻之色变。夜半雪霁，笼罩在静谧中的行宫，有重重凌厉的杀意毫无预兆地逼上来。

"来人啊！有人行刺！"惊天动地的嘶喊声传来，贴在头皮上犹如鞭炮炸响。

情势陡然生变，奕析一把捉住我的手腕，朝着门外奔去。我们站在宫殿外的高台上，匆忙地俯首看去，只见暗色浓重如雾，根本看不清下面的打斗，也无法估算深夜来袭的刺客人数。夜风异常寒冷，猛不丁地扑在身上如幽魅附身。

奕析眉心微蹙，惊道："这是行宫，怎么会忽然有刺客攻上来？"

我一生中见过的杀戮场面不少，在最初的惊愕之后，我现在倒是并不十分慌张，一个念头在心中冷冷转过，说道："要是精心谋划，皇宫都能神不知鬼不觉地潜进去，更何况是行宫。"

我不禁冷笑道："我仅在行宫中留一日，这些刺客就来了。能这么快得知我不能回宫的消息的人不多，想想大概是冲着我来的吧。"

"有人想要杀你？"奕析眼神一沉，悚然反问。

冷风中裹挟着细小的雪粒子，打在皮肤上有种干裂的痛楚。我无谓地一笑，短促地说出三个字："不知道。"

蓟山行宫中驻守的兵力薄弱，加之我出宫时随行带来的侍卫不多。那些深夜攻上行宫的刺客显然是有备而来，个个武功都彪悍无比，行宫的守兵在这时最松懈，如此仓促迎敌，应对这些不速之客并不见得就占了优势，情况并不乐观。渐渐地，就有几个刺客冲破守兵的包围，挥着刀剑向着我所在宫殿杀来，黑布蒙面下一双恶鬼般森然的眼睛，骤然就看得格外清晰。

"当心！"我看见剑锋在暗色中挑起一簇亮芒，骤然就已劈至眼前。

"大胆！"奕析朝刺客断喝一声，紧紧地护住我周身，趁着高台之势挥出一剑，打退了那名刺客。我被他罩在身后，刚才的情形险之又险，当真让人惊出一身冷汗。

"你没事吧？"他关切地问道。

我摇摇头，抬头看他时，却发觉他的脸上丝毫没有脱险的喜悦，而是透出若月华幽然浸霜般深刻入骨的忧伤，压制着无限的凄苦与无限的无奈，沉沉的哀叹溢到唇边，却化作轻绵地喃喃道："我原以为你会好好的，原以为有些事独自忍受了就可以替你承担，却没想到你还是时时刻刻都深陷在这样的险境中。"

"我……"我看着他凄楚的面容，心底泛起不舍之意。

奕析忽地大力握住我的手，眸心专注地看着我，如是在狠狠地下定决心，朝我说道："我要带你走，绝不会让你再一个人留在这里！"

听他说出这样一句话，我整个人霍然怔住。此刻，周围环伺着那么多如狼似虎的杀手，身陷一片危机四伏中，然而他却坚定决绝地对我说，我要带你走，绝不会让你一个人留在这里。

风声呜咽，盘旋在我们周身，凄厉如孤鬼在呼啸哀号。

我眼泪莹然，这段日子，面对日益险恶的情势，我们曾为了彼此，退让过，妥协过，隐忍过。到如今，听他说出这样一句话，一股豪狠之意自心底涌出，这万事万般，还管它做什么，倒还不如跳出囹圄，挣脱桎梏，纵然下一刻陷入万劫不复，也要为自己活上这一回。

曾经许诺生死相随，更何惧这个？我展露笑颜，用劲反握了奕析的手。与他并肩而立时，面对眼前的险境，亦顿生豁然之意，看着底下攻势甚好的刺客，轻蹙眉道："可是现在这么多刺客，我们未必就能轻易出去。"

"我再不会让你独自留在险境中，无论要付出什么代价。"

我回首看他，他眼中有与我同样的担忧，眼下皇宫定然已收到这里的情报，若是御林军赶来，反倒于我们更不利。

"不好！"我猛地想起一件事来，惊得语不成调道："皓儿，皓儿他……"

我未说完就转首，急忙往回跑去，心焦如焚，我怎的偏偏疏忽了，此时攻上行宫的刺客，极有可能是冲着我而来，但也有可能是为了杀掉皓儿。我暂时无虞，但皓儿仅是一名孤弱稚子，眼下这样的情形哪有半分保护自己的能力。

"皓儿！皓儿！"我顾不得裙裾勾绊，一壁喊着他的名字，一壁匆匆地奔向皓儿所在的房间，奕析紧紧地跟在我身后，一路心神警惕地护在周身，为我挡开杀手的伏击。

"皓儿！"我步履凌乱，冲进皓儿的房间，略略定神，飞快地扫过房中事物，触目就见到一人满身鲜血地横躺在地上，惊诧之余细看容貌，竟是贴身伺候皓儿的侍女青萍，腰腹处被利器划破一个狰狞的血口，已然气绝。而床榻上半幅锦被软软地掀开着，但床上却空无一人，根本找不到皓儿的影子。

我整个心房倒抽一口冷气，抑制不住地惊惶起来，皓儿他竟然不在房中，难道，难道，下面的猜测让我简直不敢去想。

我一时分寸大乱，情知此刻千万要冷静，但我还是揪着头发，漫然无绪地来回踱步，自语道："怎么办？皓儿要是有什么事，我如何对得起紫嫣……"

"你先冷静一点。"奕析宽慰我道，话音未落，就有在房中搜索尚未离去的黑衣刺客，犹如两道黑影般地蹿了出来，眼睛幽森如狼，他们都是穷凶极恶之徒，见到活口挥刀就杀。

奕析面色沉静如水，用一臂将我挡住，道："颜颜，你先躲开。"

那两名黑衣人轻地哂笑一声，就正面迎了上来。我心惊胆战地看着，自经脉受损后，奕析的武功已大不如前，要牵制住两人并非易事。但奇怪的是，刺客次次出招看似凌厉，但并不攻其要害，仿佛不想再缠斗下去。忽闻外头传来尖厉的啸声，蒙面的两人相视一眼，如是闻听撤退的讯号般，身形齐齐朝后掠去。

"援兵已到，我们撤！"

因为有奕析护着我，我一直站在离他们三尺远的地方。当刺客意欲退走之际，我心底闪过异样的感觉，突然冲破了奕析的保护，鬼使神差地朝前大跨一步，清喝道："慢着！"

正要夺门而出的两人显然一惊，料不到我一个娇弱女子，竟敢拦住他们的去路。

"颜颜！"奕析看到我惊人之举，惊得声音嘶哑。

他们的眼神在短暂的愕然后随即阴冷，但似乎并无心伤我，而是蓦地挥力一掌，想要将我拂到旁边，我却不避不闪，任凭他掌风堪堪擦过，迎身而上，伸手就去揭那人脸上的黑布，那人顿时神情大骇，狼狈地转身躲过，夺身逃了出去。

我盯着远去的黑影，瞳孔有一瞬的紧缩，奕析冲到我身边，扣着我的肩膀，忧急万分地查看我是否有受伤，半是关心半是责怪道："你怎么了，好端端的做这么危险的事？"

我轻咬着唇，暗自摇头。

奕析还想再问，我挥手止住他说话，耳朵一尖，好像听见有细细碎碎的啜泣声，我心头一时又忧又喜，折身朝房中疾步跑去，手忙脚乱地撩起床幔，果然看到一个弱小身影蜷缩着，他像是受到极大惊吓的小兽，浑身发着抖，脸埋在两个膝盖间，正在呜呜咽咽地小声地哭。

皓儿，我感到心里一松。侍女青萍死了，还好他无恙。

我勉强露出一个舒心的笑意，朝那个惊恐不已的孩子伸开双臂，"皓儿，没事了，到母后这里来。"

皓儿见到是我，从床底跌跌撞撞地爬出来扑到我怀里，两只小手紧紧地揪着我的衣服，哭得更加厉害，"母后……母后……皓儿好害怕……皓儿好害怕……青萍姑姑死了……"

我轻柔着拥着那个不住颤抖的小小身体，一手挡住他的眼睛，不让他去看青萍躺在地上的惨状，口中喃喃道："不要怕，没事了，没事了……"

"援兵快要到了。"奕析侧目望向外面，朝我声息平淡地说道。

我当然知道奕析的言下之意，现在刺客虽然已经退了，但如果宫中的人一到，我们无论如何都走不了，想都未想地脱口而出，"我们走了，那么皓儿怎么办？"

我看着怀中惊吓过度的孩子，他此时此刻是这般依赖我，我也实在不忍心将他一个人撇下，留在这个血腥恐怖的环境中，而自己一走了之。

"将一个六岁的孩子独自撇下在这里，确实有些残忍，但我们难道还能带走他吗？"奕析比我冷静得多，说道，"何况皇宫的人随后就到，他至多再等片刻工夫，来援救的人立刻就能找到四皇子。"

我情知他说得在理，也找不到理由反驳他，看着皓儿沾满泪珠的小脸，满是委屈地喊着我母后，尽管再不忍，我还是狠狠心，掰开皓儿揪住我衣衫的小手，与奕析两人朝外面走去，走到房门时，听到身后孩子的哭声，却拼命让自己硬着心肠不回头看。

匆忙赶至的皇宫援兵，正在剿灭那些袭宫的刺客，我们趁着空隙出去倒不难。当与奕析一同逃出行宫时，我骤然感到一种从未有过的畅快，看着身侧之人，一颗心虽是慌乱却也笃定，两人相视之际，均是不由洒脱大笑。

我如是自嘲道："难怪当年爹爹老是不喜欢我，说我纵然生得灵明聪黠的心性，但空有小慧难成大德，恐其失行为祸，现在想想他倒是一分都未说错。"

"后悔吗？"奕析笑道。

"悔倒是没有，只是觉得对不住爹爹罢了，毕竟他耗费多年心思，严格督促我修习闺礼，自幼不知抄写了多少《涑水家仪》《闺阁训言》，统统都没有用。"我朝他轻俏而笑，语意中掺着戏谑道："韶王殿下胆大妄为拐走当今皇后，既然弥天大祸已经闯下了，我们现在怎么办？"

他笑得甚是轻松，目光向着北方一点，漫不经心地道："还能如何？我们私奔吧。"

说到这里，他微微正色，"但我们要赶紧与景平、徐碣他们会合，首要的还是先远离了帝都。"

我知道景平是他自幼一同长大的侍从，而徐碣又是极可靠的属下，于是点头说好。

见到徐碣还算顺利，但景平却是晚了一步，他来时神色满脸惊惶，谨慎地附在奕析耳边道："皇上忽然下了手谕宣王爷进宫，恐怕眼见着要不好，王爷您去还是不去？"

奕樘深夜召见奕析，我听到这个消息就生生地打了个寒噤。

我踌躇不已，但奕析却是从容而笑，沉沉道："去，当然要去，至多不过是一场鸿门宴，但我与皇兄之间，有些话却是不得不说清楚了。"

就中更有痴儿女

现在已过子夜，皇上设宴于观贤殿中，命使者邀韶王进宫一叙。我初一听到观贤殿三个字，心里轻微地咯噔一声，隐隐觉得不祥，但又道不明不祥在哪里。

我与奕析，既然已经许诺了同生死、共进退，莫说一场宫宴，就算前面是龙潭虎穴，我也要陪着他去闯一闯。眼下冀山行宫遭袭，四皇子受惊过度，皇后又神秘失踪的事，宫里应该知道了，我陪着奕析一同进宫，我的身份就不宜宣扬，于是乔装成不起眼的小厮模样，低调地跟在一行人的队列中。

当我们的身影被巍峨的帝都城吞没，我仰首看天，月辉已隐，只见朗星点点，清冷如一把碎钻撒在湛蓝天幕，不禁暗叹，今夜注定动荡无眠。一入宫门深似海，也不知我与他能否全身而退，收回视线之际，却蓦地撞上他清润恬和的目光，融融若此时隐去的月华，拂开夜色重重，毫无曲折地落在我的身上，我顿时感到心里安宁，那个能为我遮风挡雨，给我四时明媚的男子，只要有他在，我还有什么可担忧。

原是万籁肃静的后半夜，位于皇宫西侧位地观贤殿中却是宴席大开，珍馐野味，美酒珍醴，但宴席间无丝竹管弦助兴，亦无娥髻参差的舞姬增乐。奕槿居于正中的金龙主位，右下首唯有韶王一人，左下首依次坐着新晋丞相李生赫、刑部尚书敷昌弼、大理寺少卿秦橺寥寥三人，一干君臣就这样无言相对地坐着，自斟自酌，席间的气氛颇为压抑，无不透出一种近乎诡异的死气沉沉。

我易装成小厮立在离奕析约三尺远的地方，抬首的一瞬，眼角的余光飞快地扫过宴上的诸人，奕槿今日的气色较之往日好了很多，眼神疏离冷冽，透出一丝不易察觉的阴鸷，而其余在座的几位朝廷重臣，尽管表面上极力维持着平静，但从他们生硬矫作的表情中能看得出内心的惴惴不安。

在自断经脉、废去武功之后，奕析真正的伤势还是秘密，并无多少人知晓。他今晚进宫时特意坐着轮椅，由侍从推着一路进了观贤殿。右侧唯有他一人入席落座，不免显得有些孤落伶仃。他面前的一张宴桌极其宽大，铺着华贵的紫绒锦，描金绣银地流闪着的光泽一拖垂地，紫绒锦的质感厚重，风吹不动，将云檀木的四只桌角都严实盖住。宴桌上满满地摆着生烤狍肉、福字瓜烧里脊、山珍刺龙芽、砂锅煨鹿筋等宫廷御用菜品，皆是上上之选，色香味俱全，然而自奕析入席后，一筷都不曾动过，就连喜鹊衔梅金壶中的酒也未饮过一口，浸在注有清水的铜锅中，底下有红炭哔哔地烘焙着，任由一桌的珍馐美酒如同摆设般空放着，等到菜冷香减，但一直保温着的酒还是散发道劲甘醇的幽幽香气。

双方静静地对峙良久，看谁沉得住气，也看谁沉不住气。

奕槿的眼神中蓄着隐晦的笑意，瞥过奕析面前未动过分毫的一桌酒水菜肴，声音温和但隐见不悦，"七弟为何不用，难道在皇兄这里还不放心？"

奕槿的话虽无明显的指责之意，但对面三位大臣无不是个个屏息敛神。

"皇兄明鉴，臣弟绝无此意。"奕析依然是云淡风轻的神情，指骨修长的手将浸在温水中的酒壶拎起，直接搁到炭火上去烧，说道："只是觉得这酒不够热罢了。"

三位大臣同时面面相觑一眼，不约而同地看向韶王此时的意外之举，一直保温着的酒还不够热，韶王这样岂不是要将一壶酒都烧得滚沸了？

奕槿高高地坐在龙座上，今日身上穿着玄色赤龙纹龙袍，身后是两列气势威仪的交叠蓝黑雉尾方扇，愈加显得他身形孤冷阴郁，如栖落在九重华绣上覆着漆黑羽翼的雕鹰。此时，他扯动唇角，漠漠笑道："七弟一定觉得很诧异，为何朕深夜召你来此。"

奕析手中还是拿着那壶酒，在炭火上徐徐地转动着，想让酒受热均匀。他容色澄静无澜，仿佛全然看不见眼下这暗箭周藏、步步险着的鸿门之宴，仅仅是约友在竹林篁间悠闲煮酒而已。

炭火吐出融融的红色火舌，舔着金壶上雕琢精细的喜鹊衔梅图案，烈红映着金黄，那是一种极端明丽而凄艳的颜色，互不混淆地投射在奕析两点深湛的眸子中。

"诧异？"他如是在细细地回味这两个字，浅笑道："如果是在别处，臣弟或许会，但若是在观贤殿，臣弟则不会。"

奕析微微抬首，点尘不惊的眼眸，正视着高坐在御位上的男子，那袭龙纹狰狞的黑袍象征着皇权，亦是象征不可侵犯，奕析却浅叹道："皇兄不用再说任何话，只因为这'观贤殿'三个字已经替皇兄将所有的话都说了。"

奕槿闻言一掌击在龙案上，尽管力道下得很轻，但在寒容萧肃后，薄怒的情绪已

第三十二章　就中更有痴儿女

是显露无遗，奕析此时说话的态度，在他看来应是既轻慢又倨傲。

"皇兄，您愿意听臣弟讲几件关于观贤殿的往事？"奕析的神色静谧，落落风华如皓月高绝，任由外力都无法折损丝毫。

奕槿略一沉吟，并未说不可。

奕析颔首时，执起手旁的一只金樽，滚沸的酒在壶口凝成白气蒸腾的一线，顷刻就温温地注满了金樽，原本清光鉴人的绝佳酒液，在煮沸后有白蒙蒙的热气缭绕，他随意地勾在两指间，宛如手执着一颗大而无芒的黯淡星辰。

"好多人都说观贤殿不祥，但自臣弟有记忆以来，很多事都是发生在观贤殿中。"奕析神色中那抹恭谦，将分寸拿捏得恰到好处，他说道，"皇兄以垂髫之年登临太子之位，当年立储圣旨就降在这观贤殿中，不过臣弟那时尚在襁褓，只是无缘看到罢了。"

奕析话落，手腕一翻，将金樽中的酒尽数倾倒，三位朝臣皆是齐齐一惊，每个人都凛凛地倒抽一口冷气。以酒倾地，那是在祭祀亡人，韶王好生狂傲放诞的胆子，居然当着圣上的面行如此大逆不道之举。

我在一旁看着，却察觉出奕析倒酒的姿势有些奇怪，他并不倾倒于地，而是将一杯烧得滚烫的酒水，顺着铺有紫绒锦的桌角缓缓地浇下去。

奕槿见到眼前一幕，盯着桌角的双目有一瞬的呆直，竟忘了追究奕析的不敬之罪，随即顾自干笑两声掩饰过去。

奕析旁若无人，接着斟满了第二杯酒，在历数往事时，他的声音平澜无波，然而，这过分的平静中，却隐约透出平日从未有过的清寥和落寞，这种情绪藏得极深，令人难以捉摸。

"皇兄十五岁那年，父皇计远日后，在四海内广发思贤帖，为皇兄招纳天下贤士。慕名而来的俊贤济济一堂，也是在这观贤殿中。当年臣弟年满十岁，正是牛犊初生，男儿豪情始萌，原本母后只允许让臣弟看一眼，看到父皇在宴请群贤，竟一时忍不住跑到殿中，当着父皇和群贤的面，学那些大人的腔调喊道：'儿臣日后也要辅助太子哥哥，为哥哥倾其所能，尽心竭力，忠禀一世，绝无二心'……"

听到这里，奕槿眼中的怒意再也抑制不住，手掌大力地挥落摆在面前的一套玉碗玉箸，质地优良的玉器在地上霎时掷得粉碎，眉心深凝，愈加显得他面色乌沉如狂暴的雷雨压境，他朝着奕析，厉声质问道："好啊好啊，什么'忠禀一世，绝无二心'，朕的皇弟说得可真好，话是你说出，但你又是怎么做的！你存的什么心？太后又存的什么心？"

"皇兄今日的怒气若是仅为臣弟一人，请不必迁怒母后。"奕槿的话音未落，奕析就不卑不亢地接上声说道。

被韶王毫无顾忌地顶了一句，奕槿此时心中定然极不痛快。

观贤殿一时陷进死寂，在场的每个人俱是战战兢兢，大气都不敢出。然而就在这样的死寂中，一道细细幽幽的溅水声传来，转眼间，奕析已将第二杯酒倒下，悠淡的神色若水墨画漫意勾勒出一阕宛转的流云泼墨，有着说不出的宁静与闲雅，仿佛与世无争，就连奕槿刚刚的盛怒威压，不过是看不入眼的一颗尘埃。

远些的人看不出，但离得近些，就能发觉奕析的神情虽泰然自若，但那只执杯的手在不经意地微微颤抖，第二杯冒着腾腾白气的酒水恰好顺着刚刚的位置，一分一寸都未移动过，奕槿掷碎玉器之声固然骇人，但是水声溅地，如冰粒落玉盘，在他们听来亦是格外的惊心动魄。

"皇兄，我们是同父异母的兄弟，母亲亦是一双出身王家的嫡亲姐妹，除了同父同母的兄弟，还能有谁比我们拥有更相近的血缘？"奕析在倒第三杯酒的时候，垂首端详着不盈一握的手中杯，轻轻叹息道："二心吗？母后在执掌凤印以来，每每以继后自居，事事以已故恭淑贤德皇后为尊，何来二心？臣弟虽为中宫嫡出独子，但时刻牢记皇兄才是皇室正统，亦是事事以皇兄为尊，何来二心？"

"幼年时的无心一诺，臣弟没有违背，至少时至今日，还没有违背。"奕析的眼眸如湖心生烟，又如三尺碧潭敛尽重华，前半句轻邈，但后半句话几乎是一字一字咬着说完。

"时至今日？"奕槿薄削的唇锋间玩味着这四个字，含着一丝阴冷笑道："难道今日过后，你就要破了当年之诺？"

就是这一句话，让今晚观贤殿中的气氛变得异常尖锐，仿佛冷冷七弦琴上迸出一声撕天裂地的破音。等待着，在场之人都在等待着，包括殿中那些看得见的人，还是藏身于暗处看不见的人，都在静静地等待着韶王的回答。

奕析的面容一如深秋荷叶凝结白霜的清冷，水声幽寂，已将第三杯酒倒了下去。倒完三杯酒后，奕析将金樽率性地扔在桌案上，任由猩红如桃花的酒液，在华贵比金的紫绒锦上染下一圈污渍，用三根手指支着额角，他明明滴酒未沾，此时恹恹慵慵的神态却如同是醉了，疲倦了。

在这一刻，忽然从里间闪出一道绯红色的袅娜身影，她意态娴雅，手执一物，就这样在众人惊愕的目光中，步步生莲地走到了观贤殿的正殿。

当我看清那人的容貌时，惊得险些就要叫出来，她是凝玉。对，我没有看错，双手执赤金酒壶，眉目盈盈地立在宴席正中的女子就是凝玉啊。凝玉今日似乎刻意地打扮过了，她平日素爱清简，常穿着青碧之色，今日却穿着一件霞绯色金凤络云长褙裙，其中浅金近乎银色丝线绣着花团锦簇与双双鹧鸪，行走间流光涟涟，华美却不张扬，臂间挽着嫣色古烟纹软纱，一左一右地垂在身侧。乌发梳成流云髻，前面的头发尽数拢起，唯余高髻上一缕青丝，若流云般飘逸披落，斜簪双鸾衔寿钗，顺着乌亮的鬓角垂落九颗玉蝉珠，眉如远黛，眸似明星，一双红唇如鲜妍饱满的初绽花瓣。

我平常见惯了她穿得素净，青碧之色适宜她清丽婉秀的容貌，也适宜她温静柔软的性子，不想她穿着娇娆的绯红色亦是十分好看。其实凝玉论容貌算是中上，比灵犀输了一段灵气，更不足与紫嫣和我相较，但是她今日盛装丽容而来，竟令人由衷地感到一种惊艳，惊艳四座。

大殿之上波谲云诡，本是男人之间剑拔弩张，本是朝堂之上的钩心斗角，而她此时出现在这里，犹如绯红水莲般单薄秀美的女子，与殿中渐渐凝重起来的肃杀之气，柔弱对上铿锵，温婉对上冷血，人们除了能想到"格格不入"这四个字，霎时空白的脑中再也想不到什么。

"臣妾参见皇上，皇上在观贤殿设宴，臣妾资质粗陋，身无所长，但愿为皇上、王爷和诸大人斟酒。"凝玉神色恭敬，施施然地朝身居高位的奕槿屈膝行礼，奕槿默然颔首，只是微微惊讶地盯了她身上的绯衣一眼，但似乎对她的到来并不惊讶，凝玉旋过身，向着奕析行礼，如是不经意的目光，在奕析身上多停驻了半分，然后若无其事地转身，向着那三位朝臣福了一福。

我远远地看着凝玉，短短几日不见，她还是昔日的她，只是身上的气质竟已悄然改变，她原来胆小怯懦，事无主见，见到生人就不知如何应对，所以紫嫣提及凝玉就会面露轻蔑，甚至还不值得她一哂。但是现在，凝玉从从容容地站在众人眼前，为众人斟酒时优雅端庄，颇有几分雍容沉静的气度，何见平日的胆怯。

奕槿面容隐在平冕十二琉的白玉珠珞下，阴阴的影子在他脸上晃来晃去。凝玉紧紧地攥着手中的赤金酒壶，一步步朝着奕析走来，她步履踏得有些紊乱，没有刚刚那般从容，走到奕析的宴桌前时，她抬眸看到他身后的轮椅，忽然又将目光移开，来不及收拾的神色中透出窘迫之意。

我将她这些微小的失态尽收眼底，一口将吐未吐的气沉了下去。

"妾身为王爷斟酒。"凝玉不敢看奕析的眼睛，深吸口气，平稳了声息说道。

奕析浅浅地勾唇一笑，却是五指分开将酒杯罩住，那架势根本就不让凝玉倒酒。

凝玉一时左右为难，旁侧的人都看得脸上阴云堆起，帝妃亲自斟酒，掩杯不受岂不是摆明了要拂皇上的面子？奕析此时却是潇洒笑道："你今日的发髻倒跟她很像，她平日里常梳流云髻，只是这身绯衣怕是你自己的主意吧？本王记得她穿红色的次数屈指可数。"

凝玉执着酒壶的手僵硬在半空中，紧紧咬着唇，却不知道该说什么，她在他人面前已能做到言谈晏晏，但是却因为他的一句话，重新变回那个怯弱胆小的女子。

奕槿因隔得远，且凝玉正好背对着他，自然听不清奕析对凝玉说了什么，他喉结滚动时严厉地咳了一声，凝玉方才如梦惊醒，手中的酒壶差点就掉了下去。

奕析看着御座的方向，眼眸中清隽的光芒渐渐缩成一线锐利，"皇兄，关于观贤殿还有一件旧事，不知皇兄可愿闻之？"

"当年也就是在这观贤殿中，父皇借宴会之由毒死了晋王叔。"奕析话中的每一个字都清朗无比，气贯丹田徐徐送出，当真是掷地有声。

殿中之人霎时个个惊悚不已，肝胆俱裂，说出这种话，可是比仰天覆酒更要来得大逆不道！

"竖子！"奕槿闻言暴怒而起，用手直指着奕析，厉叱道："你竟敢口出狂言玷污先皇清誉，枉为人臣！亦枉为人子！"

面对奕槿一连串强悍逼人的质问，奕析仅是哑然一笑，轻松道："做了就是做了，我并不会因此，而折损了半分对父皇的景仰。"

奕析这话说得理直气壮，语锋陡然一转，薄唇上挑起一抹冷峭道："皇兄何必如此气急败坏，这么快就把'不配为人臣，不配为人子'的罪名给臣弟扣上？臣弟倒想问了，皇兄刚刚的气急败坏是为了臣弟冒犯了父皇，还是皇兄今日要仿效父皇当年之举，唯恐被天下人指摘说是失仁失德，所以事未成倒先自己心虚了？"

奕析性格向来如此，若是说话犀利起来，一丝回转的余地都不留。

"高奕析，光凭你上面的这些话，朕就可以治你死罪！"奕槿何时被这般顶撞过，登时怫然大怒，一掌拍在御案上，震得那红檀木桌嗡嗡作响。

奕析却是全然不在意，微微上扬的唇角勾起一缕邪魅之笑，随即斩钉截铁道："皇兄，你要效法父皇，但是臣弟并不打算做晋王！"

奕槿阴恻恻地说道："今晚要不要做晋王，根本由不得你！"

他击了两下掌，顿时，潜伏在殿中多时的侍卫从暗处走出，一个个都是面色阴寒如霜，眼中闪着利芒，面相比行宫中遇见的刺客更凶狠三分，而韶王此次进宫，身侧仅带了寥寥几人，若是与这般的强旅硬对，简直同以卵击石无异。观贤殿占地极空阔，一下子增了那么多人，倒是并不拥挤。

话说到这一步，在场的人都看得出，皇上与韶王已是彻底地决裂了。凌晨将尽，明日的阳光在等待着喷薄而出的一刻，但是势如绷弦的观贤殿中，今晚的结局只能是两个：一个就是重演三十年前的一幕，就像丰熙帝杀掉晋王那样，轩彰帝今晚将杀掉韶王；另一个，就是韶王能侥幸逃出宫去，或是起兵造反，或是当成朝廷要犯被一生通缉。

绝不会再有第三个结局，绝不会！

但是看眼前的力量对比如此悬殊，出现第二种结局的可能怕是微乎其微。几乎是同时，众人头脑中都凛冽地塞进这样一个念头，那就是，韶王必死！

"皇兄，你要杀我吗？"奕析神情宁静，仿佛是在谈论他人的生死，与己无关，"在皇兄眼中，我非死不可，是因为颜颜，还是别的？"

"闭嘴！"奕槿额角青筋累累暴起，一字一顿地从牙缝中逼出，"朕不允许你叫她颜颜。"

奕析仅是浅浅而笑。他虽未说话，在奕槿看来，却是一种无言的挑衅。奕析得到的是我的整颗心，乃至整个灵魂，他永远都无法插足。想通的一刹那，奕槿阴晦的面容变得赤红泛紫，犹如充血。

"我从未想过要跟皇兄抢过什么，包括皇位，包括颜颜。颜颜十六岁时选择了皇兄，当她对我说出那句'先入为主'的时候，我就决定放弃了，因为我尊重她的选择，也因为我相信皇兄能给她想要的幸福。但是一转身你就把她推到别人的怀中，她生得这等刚烈的性情却被迫和亲，内心是怎样的屈辱和不甘？你可知道她在北奴先是割腕拒婚，后又一病四年，以及后来遭受的种种磨难？"

奕析的声音无悲无喜，"后来我与她失散，再会时她却成了宸妃。我没有怨过皇兄，只因为皇兄并不知情，她失忆后更不知情，所以我情愿再次选择退出，可是皇兄扪心自问，你做了什么？利用安福郡主陷害我谋逆？令我自残经脉武功尽失，下半生如同废人？这些我都忍受了，可是皇兄再扪心自问，你又做了什么？"

奕槿一时语塞，竟是说不出话来反驳他。

"皇兄你竟如此逼我！"奕析淡然扫视四周，风云不惊地看着自己身陷重重包围中，在身形矫健的侍卫手中，一柄柄寒光凌厉的刀剑举起，只等着高位上的人一声令下，他们就会磨刀霍霍，向着金龙御案的右下首，向着那个长相俊秀的男子杀去，他武功尽失，双腿残废坐在轮椅之上，旧日的重伤还未痊愈，面容和身形显得那么苍白羸弱，杀他，简直易如反掌。

每一分晃晃的刀光，都堪堪地折射在奕析寒星般的眸子中，仿佛要将什么东西彻底铰碎，他顿时喟然长叹，语意间不经意地浸染了哀恸与悲凉，将近三十年的手足情谊竟这般不堪一击，那些说出口的话与其是对兄长的指责，倒不如是在说服自己，放下对亲情的最后一点幻想，放下吧，狠狠心放下吧。

"皇兄你竟如此逼我。"

在场诸人，有颇受奕槿倚重的朝廷重臣，也有效忠于奕槿的绝命死士。他们此刻目不转睛地盯着韶王，韶王说话一贯犀利简洁，但今日将这话整整重复了两遍，皇兄你竟如此逼我？谁都不知道韶王这话有何深意，只当他是困兽之叹，在命途将要了结之际，将一腔悲愤与激昂统统化作这八个字。

"奕析隐忍至此，自认无愧于父皇，也无愧于母后，于兄弟情分上也是做得足够了。"奕析重重地咬了下唇，他容色极其苍白，仅有唇因用劲噬咬而鲜红如血，"既然皇兄非要走到煮豆燃萁的一步，也就莫怪臣弟不再念着往日的情面。"

此言一出，四座哗然，多是鄙薄不屑之声。奕槿阴鸷的脸上亦是扯出一丝讥诮的冷笑，韶王已陷入重围，仅凭着身后那几名貌不惊人、力不压众的侍从，他难道还会有反扑的机会吗？

然而，韶王俏拔的眉峰挑起清冷之意，修长而苍白的手掌轻轻拍在面前的宴桌上，那一掌无丝毫的霸力，兼之面目温和，倒像是在轻柔地呼唤钻在桌底下的小动物出来，"鬼鬼祟祟地做什么？还是出来吧，被本王当头淋了三杯滚烫的热酒，滋味应是不错吧。"

此言一出，四座再次哗然。韶王所在的宴桌之下，竟然藏着人，难怪整张宴桌从头到脚都要用紫绒锦盖得严严实实，但还是被韶王敏锐地察觉了。韶王先时用炭火将酒煮沸，又仰天覆酒，这些看似无理至极的举动，只是因为韶王发现他的宴桌下，窝藏着一个意欲趁其不备而偷袭他的人。

这果然是韶王的性格啊，明知有诈，索性将错就错，用滚烫的热酒狠狠地挫了一挫暗伏杀手的锐气，同时，也挫了一挫皇上的傲气。自韶王进这观贤殿起，韶王与皇上间一场不着痕迹的暗斗中，皇上虽未落下风，但此时被揭露出来，皇上的颜面上挂不住是肯定的了。

奕槿的脸色霎时变得难看了，就在这时，听见利器清啸的声音，宴桌一侧的紫绒锦被霍然划开，一个精悍的人影如离弦之箭朝着奕析射去，那人目光如电，手执一枚三寸短刃，此招暗潜已久，是舍命一击，是必死之技。

奕析谈笑自若，说道："看看你这满头的火燎泡，还真是一块难得的硬骨头，明明烫得很疼，就是死咬了牙不肯哼出一声。"

我心底一惊，但是想到奕析既然放任那人在他桌底下钻了那么久，就必然有应对他舍命一击的办法，心里倒也安定几分。只见奕析面色沉冷，借着袖口一掩，已将随身防卫的一柄短剑握在左手中。

但是，令我想不到的是凝玉啊，凝玉自斟酒后就一直站在奕析身边，不曾离开，那人突袭奕析的时候，她忽然尖叫一声，竟伸手在奕析的轮椅扶手上一推。轮椅带着奕析的整个身体都偏转了方向，他原本是正面迎敌，剑在左手，格挡住他的三寸短刃应是不成问题。而如今被凝玉猛地一推，他已是侧身迎敌，远不如从前灵活的右手，就这样暴露在突袭者的短刃之下，这本是电光石火一瞬间的事，奕析显然已失去先机，突袭者阴恻惨笑，手中刃破空而至，纵然反应再敏捷也是枉然了。

我不禁瞳孔紧缩，愣愣地看着面前这一幕。

与此同时，宴桌的另一侧，竟又有一名精悍的人影冲出，手握一枚三寸短刃朝奕析刺去，动作与刚才那人一样快、一样猛，这回奕析是真正的腹背受敌了，后起的那名突袭者正好迎面攻来，奕析此时已不能多想，顺势挥出短剑将其格挡，第二人被割中手腕而一击打退，但是第一人却迟迟不刺上来。

奕析顿时觉察不对，转首时，却看到那抹绯红的纤细身影，宛若劲风拂落的花瓣朝着他的方向缓缓倒下，而她的胸口正好插着那柄短刃，殷红的血流不住地涌出，胸口的血晕渐次四散扩大，比她身上的绯衣还要鲜红。

奕析的脸色瞬时煞白如纸，为什么那枚先至的短刃没有刺进自己的身体，是因为这个体态柔弱的女子在千钧一发之际，冲上前用血肉之躯为他挡下了一剑。

"杀！"御座上的人面无表情地下令，原本严阵以待的侍卫统统冲了上来。这时，殿中响起一阵风声呼啸，平白又多了不少人影，都是奉命保护韶王，与那些人冷冷地对峙着，片刻间大殿中就亮起一片刀光剑影，双方的人缠斗在一起。奕析今晚既然敢来赴这个鸿门宴，就必然做好了万全的准备。

然而，看着凝玉重伤倒地，我头脑里轰的一声，再无暇顾及其他事，也顾不上会因此暴露身份，只知道疾步朝着凝玉的方向跑去，"凝玉！凝玉！"

就在凝玉坠地的刹那，奕析从轮椅上站起将她扶住，韶王的双腿并没有残废，而且韶王阻挡下那一击狠辣的偷袭时，剑招凌厉准密，哪里有半分武功尽失的样子。可是，眼下观贤殿中杀声不止，兵器相见，情势亦是足够混乱，已没人有心思再去管韶王伤势的真假了。

"凝玉，凝玉！"我惊慌失措地跑到他们跟前，看了一眼就吓得怔住，那枚短刃不偏不倚正好插在凝玉胸口的位置，而且尽没而入，只余剑柄还在体外。她伤得太过严重，鲜血从那个致命性的伤口中源源不断地激涌而出，如此大量的失血，她的脸色应是极其苍白，但是她消瘦的脸颊上却浮起朵朵绯红，就如她身上的衣衫般，就如她心口涌出的鲜血般，绯红欲燃，仿佛是碧落之上盛绽出的绝世火烧云。她吃力地睁眸看着奕析，唇瓣颤颤地勾出一缕笑来，极是安心，极是满足，极是释然，就如春风回暖，暖阳融然，菩提花开。

我霎时愣住，这一刻，我终于明白，这一刻，以往那些呼之欲出的疑惑终于找到了答案。

为什么她多年来自甘寂寞，情愿将绮年玉貌空空抛掷，也不愿拿出一分心力去求取君王的宠爱？

为什么在他在太极宫中遭遇险境的一夜，向来最胆小怯弱、事无主见的她，能一下子拿定那么大的主意，冒着重罪擅自出宫去请太后？

为什么她不惜以血肉之躯，为他挡下那一枚夺命的三寸短刃，纵然身受重伤，睁开眼后想做的第一件事，就是朝他无怨无悔地微笑？

这么多匪夷所思的为什么，答案却只有简简单单的一个，只因为她爱他，颜凝玉她爱高奕析这个人啊！

凝玉艰难地看向我，笑道："姐姐刚刚一定被凝玉吓坏了吧？以为凝玉要帮着皇上谋害王爷，是因为宴桌下的埋伏设了两处，王爷纵然能避过一个，也断然避不过第二个，所以……"她忽然咳了起来，后面的话已是说不下去。

奕析神色沉痛，缓声道："就算刺中又怎样？那也不值得你用身体来挡。"

我慢慢觉察出凝玉的不对来，她脸上最初火烧云般的红晕退去后，整张纤秀小巧的瓜子脸显得异常惨白，更加骇人的是，眼角和唇角竟然泛出幽森的浅碧色。不好！原来短刃上有剧毒。

"短刃上有剧毒。"果然，凝玉将我的猜测给真真实实地说了出来，目光悠悠地看着奕析，因为伤重加上毒发，她现在连开口说话都变得格外费力起来，但是这句话，她说得极其肯定，一字一字地回答他："值得，我曾向上苍祈求，愿折寿十年换你的平安，愿牺牲一己之身换你的命。只要是为你而做，都是值得的。"

我想起那日不经意间撞见凝玉在祈祷上苍，她支吾着说是为皇上而求，我心知她有意隐瞒，也就不刻意去追索，直到今日才知道，那个值得凝玉甘愿为他折寿易命的人，就是奕析。

我怔怔地看着眼前这张柔弱的脸庞，绣面芙蓉般清丽皎然的容颜，一双黑白分明的莹莹眼眸，凝望奕析时流露出无限眷眷温婉的情意，让她消瘦的脸庞在刹那间迸发出妩媚娇妍的美丽，那种因爱而生的美丽明艳到令人无法直视。

我抱着凝玉的手臂渐渐有些僵硬，谁能想得到呢，这个外貌纤弱如一朵水间绯莲的女子，一旦爱了，骨子里竟也藏着这般坚强刚硬的心性。可是现在，我不在意这个了，心里唯一想的就是凝玉的安危，我焦急道："凝玉，你伤势极重，再不就医就危险了，我要马上带你去找云嬗，她一定有办法的。"

凝玉朝我摇头，黯然说道："姐姐，剧毒入心，已没有办法了。"

奕析蹙眉道："先不要说话了，所有的话等到救回你再说好吗？"

凝玉看着奕析，她的声息如叶尖沁着凉意的脆弱露珠，哪怕一丝光一丝热都会令她形神消散，凄凉地笑道："王爷，凝玉已经没有来日了，为了让凝玉死后无憾，你让我把话说完好吗？"

凝玉此时的样子任谁都不忍心拒绝，我们短暂地相视一眼，奕析点点头，和声道："你说吧，我都听着。"

凝玉的脸色愈加惨白，躺在我怀中就如一团白雾凝成的幽灵，她幽幽说道："王爷你不知道吧，自从十多年前，在颜家的后院中见过你第一面后，我的心便属意于你了……但是我知道，你心里只有姐姐。姐姐当年不过是一句跟你赌气时的戏言，我却从此一头栽进去，再也出不来。"

我与奕析的目光在空中相遇，倏然一震，我们都清楚地记得当年的事，凝玉刚领进颜氏家门之时，底下人都说她的眉目生得有些像我。我在回绝奕析待我的情意后，不知是心存愧疚还是想要补偿，曾半开玩笑说过要将这位与我有一分相像的妹妹嫁给奕析，没想到就是这样的一句无心之言，竟然误了一名女子的终身。

我感到喉咙一时喑哑，而凝玉还在继续说，带着轻悄的哀愁，"姐姐远嫁后，太后曾在一次府眷的宴席上偶然看到了我，太后当时就十分惊异，说我竟长得有些像颜卿姐姐。太后曾有意将我许给你，但是你却拒绝了。"说罢，她眼底涌出莹然的泪光，因中毒已深而染着浅浅的碧色。

奕析讷讷半晌，面对一名女子这般磅礴似海的情意，他还能躲得到哪里去？轻叹着开口道："我当年若娶你，也不过是把你当作颜颜的影子，从略微相似的眉眼中寻求一点对故人的追忆。于我而言，或许是能缓解一时的痛苦，但是于你，却是误了终生，所以我那时才会劝你，与其跟着我空耗一生，倒不如另觅好儿郎，只是不想误了你。"

“没有人误了我，是我自己的痴念，误了自己。”凝玉低泣着，泪珠顺着她姣好的脸滑落，悬在尖尖的下颌上一坠一坠，“我回拒了许多上颜府提亲的人，后来慧妃要我进宫，我心里并不想去，但还是鬼使神差地答应了，我当时想着，如果我嫁入官宦府门，或许一辈子都见不到你了；我想着如果能进宫，我好歹都能在每年的中秋、除夕看到你，尽管说不上话，尽管有时只能远远地瞧见一眼，但是我已经很满足了。”

我不禁为她这种天真又卑微的想法感到心痛，情之一字，到底是世间人最看不透之物，人们宁愿为它疯狂，宁愿为它倾其所有，宁愿为它付出任何代价，这么多年来，凝玉一直活得都很隐忍，极力地隐藏着心底的秘密，她小心翼翼地爱着，明知悖逆礼法，却仍然不得不爱着。

凝玉眼角含着泪，喃喃道：“我晓得自己这样太傻，太痴狂……但是我就是控制不了我自己。”

奕析沉默着，却是不知道该怎样说，他神色为难，就算刚刚面对奕槿的步步紧逼，以及藏在宴桌下的一双招式凌厉的伏击，他都不曾这般为难。

而我亦是沉默着。

“姐姐，”凝玉是心细的女子，她察觉得到我的失神，她看着我，唇瓣吃力地翕合，说道：“凝玉确实喜欢王爷，但是凝玉从未想过要取姐姐而代之，凝玉也从未因此而怨恨过姐姐，因为在王爷的眼里，姐姐是没有任何人能替代的。”

我感到胸口疼痛得将要窒息，下意识地拥住她纤细伶仃的身躯，冰凉的额与她的额贴在一起，一时涕零道：“我知道，我都知道。”

凝玉诚然深爱奕析，她的用情，她的执着，她的坚韧，甚至她的牺牲，无一不令我感到震撼。但是她真的从未做过一件伤害我的事情，以前，诸如薛旻婥、绮娅、芙娜、丹姬，她们都对我怨毒至极，恨不得亲手杀死才好，但是凝玉始终以她的善良陪在我的身边，静静地为我们做着一些事，却从不为自己索求一丝一毫。

想到这里，我益发觉得心里大恸，我记得她曾说过一句话，落寞消极中却透着一种禅意：要知道这世间两心相悦尚不能在一起，更何况仅是一厢情愿。

两心相悦尚不能在一起，她是在感慨我与奕析；更何况一厢情愿，她是在感慨自身。她是如此性灵之至的女子，她看透了，所以从一开始她就将自己的感情划定为是一厢情愿，但她又看不透，情愿在这一厢情愿中沉沦下去。

凝玉的心脉越来越微弱了，刚刚那么多话，再加上情绪的大起大落，使体内的毒素更加快速地消耗她为数不多的生命，她目色微莹，就这样痴痴地注视着奕析。

"王爷，凝玉就要去了，凝玉知道你这一生都无法爱我，你的心已让姐姐占满了，哪怕一点点都不能再给我。可否请王爷在凝玉弥留之际，抱一抱凝玉，让凝玉在你的怀里安然死去，也算是偿还了今生的心愿。"

凝玉的要求并不过分，她爱了奕析一生一世，甚至舍身舍命去救他，到头来仅仅要的是他的一个怀抱，让她能在他怀中安憩片刻，然后不留遗憾地死去，她临死前最后的愿望，一如她以前的那些愿望，卑微而单纯，令人觉得心里酸涩得难受。

在我们的周围，双方兵力正在猛烈交战，厮杀声不断，刀光剑影无处不在，这里已不是雍华富饶的宫殿，而是残忍的修罗场。在高高的御座之上有奕槿，殿中还有丞相李生赫等人，奕槿将我们看得一清二楚，丞相李生赫等人亦是将我们看得一清二楚，说是众目睽睽也不为过。

凝玉倚在奕析怀中，将头轻轻地靠在他的肩膀上，她的脸上如水晕般漾起的七重光彩，令那张秀丽的脸霎时美得异常炫目。她身上绣纹繁复的衣衫迤逦散开如云，宛如从青玉地砖上凌空升起一朵盛放到极致的绯色水莲，穷其一生，终于寻找到了暂时的归依，这种极致的美丽唯有一瞬，这归依亦是唯有一瞬，但她的神色依然满足，若是不明真相，谁又能想到这般幸福愉悦的表情，会出现在一个垂死之人的脸上。

凝玉深吸口气，像是在凝聚体内最后的精气，说道："樱若郡主已被我安全地送出宫，你们从此将不再有掣肘……一起逃出皇宫……逃出帝都去吧……颜澈和芳芷他们会在……"

我看着她这种体力已消耗到极限却仍在勉强支撑的模样，心疼得直掉眼泪，忍不住道："好了，好了，凝玉你不要再说话了。"

"还有最后一句。"凝玉朝我虚无一笑，她眼角滚落的眼泪此时已是碧色。她靠在奕析肩头，再次深深地吸了口气，使尽了残存的最后一丝力气，说出口道："凝玉愿姐姐与王爷能够圆满……"

话落，莲枯，蕊殇，香魂已远。她靠在奕析肩膀上头缓缓地滑落，追寻了一世的眷恋，在得到之后，却也不得不放弃了。

"凝玉！"我喉底发出一声凄厉的叫喊，她再也听不见了，她死了！凝玉死了！

而奕析，他亦是神色哀凉，辜负一个女子如此浩瀚的深情，他心里又怎能好受。

此时，观贤殿中的情势已越来越危急，我们这边的人已慢慢要撑不住了，忽然有人大声喊道："王爷，你们赶紧出宫去！"

紧接着催促声就不绝于耳，"请王爷赶紧出宫。"

"再不走就来不及了！"

"快走啊！"

我置若罔闻，依然紧紧抱着凝玉已逐渐冷却的身体，眼泪止不住地落下来，奕析却是要比我冷静得多，他也知道我此时的心痛与不舍，他俯下身在我耳边柔声道："颜颜，我们走吧。"

我将脸上的泪一把抹去，换作坚毅的神色，清光涟涟地看向他，"你不必劝我，我都知道的，我们要对得起凝玉的牺牲。"

我与他携手立起，朝着高峻嵯峨的宫殿看了最后一眼，然后决然离去。

我心底油然而生豁达之情，索性什么都不顾，索性什么都不管，就让我彻彻底底地疯上这样一回，让我彻彻底底地任性一回，让我彻彻底底地放纵自己一回。此时此刻，我唯一的念头就是要跟奕析生死与共。无论是谁，是天是神都拦不住我们。温静坚忍如凝玉，都不惜性命要成全自己的一回疯狂，任性，甚至放纵，更何况是我们。

于我们而言，世上最悲哀的事莫过于分离，纵使相见不相识，最难的事我们都一起挨过来了。在跟奕槿和皇宫决裂之后，若天不假年，我们就死在一起，纵然这世间的种种阻力，能拘围住我们的躯壳，但是绝对无法左右我们的魂魄，如此一想，心里坦然无惧，比之先时从冀山下来时，心神愈加舒泰豪迈，当时还问他我们应何去何从，现在我什么都不想问了，只要有高奕析在，就有颜卿在。我曾经最大的畏惧就是失去他，现在有他在，我还畏惧什么。

出帝都城门的时候并不顺利，皇宫里派出的飞骑已火速赶到，传令城门捉拿逃逸出宫的韶王与同行女子。当我们被困在一道城门里面时，看着四周高高的城墙上渐次燃起明明灭灭的火把，将透出青黯色的古老城墙照得蒙昧不清。

我环视四周犹如铁桶一般的城墙，凄然道："我们这回怕是逃不出去了。"

"怕什么？"奕析挑了挑俊秀的眉，在一重灯火的映照下，他的五官越发挺拔英俊，意态湛然，宛若神祇，他指着浪声涛涛的护城河给我看，神色中依稀带着少年时的飞扬与狡黠，喊道："大不了我们两个一起投河，这条护城河深有六丈，里面泥沙滚滚，我们跳下去，若是捞不上来，咱们就葬身河底，死能同穴。若是捞上来了，两人的骨和肉都混在一起，谁也分不开咱们，算是真正的死能同穴了！"

奕析喊的嗓音极大极响，好像恨不得让每一个人听见，我们要一起殉情。我忍不住苦笑道："好好好，韶王殿下，我这辈子注定只能跟你合葬了！"

"报！"一声尖厉的啸声划过中空，只见一名朱紫官服的人策马赶到，声音洪亮地命令道："快开城门！"

"不行，宫里下令不准开城门！"城头守军斩钉截铁地回拒了。

"是吗？我乃侍郎大人，叫你开你就要开！"城楼上雷霆万钧的怒吼响起，看见一颗被利剑斩落的头颅，从断颈处扬起一丛赤红的鲜血，然后从高高的城墙上抛落下来，其状甚是狰狞恐怖！

"违令者如此！谁还敢不开城门！"

就在这时，约三丈高嵌满磷磷铜钉的城门轰然打开，四野晨曦的幽微，混着城中昏暗的天色一齐在城门迸发。我与奕析皆难以置信地看着眼前这一幕，这般的绝境都能出现转机，难道我们真的如有神助吗？

城门缓缓打开后，在成群的火把照出的一重一重浓墨艳色中，立着两个人的身影，一个高大如男子，一人娇小如女子。

我走近后看他们，不由惊呼："颜澈！芳芷！"

我绝没有看错，此时出现在我眼前的一男一女就是已结为夫妻的颜澈与芳芷，看到颜澈身上尚穿着朱紫官服，想来刚刚英勇地斩下守军头颅，迫之以威慑后使城门大开的人，就是颜澈啊。我吃惊地看着面前这个男子，想当年腼腆害羞的小男孩已成为堂堂七尺须眉，举止行事间已有了如此魄力和霸气。

颜澈看我们安然而出，眸心顿时一亮，欣然道："姐姐，王爷，你们总算安全出来了。"

芳芷紧紧抿着唇，眉间依然含着忧色，她不住地朝着我们的身后左顾右看，终于忍不住问道："姐姐，凝玉姐姐呢，她为什么没有跟你们一起出来？"

听到芳芷问起凝玉，我心里如被蜂蜇般的一痛，奕析亦是无言，仅是用手掌轻拍我的肩膀，在无形中给我安慰和支持。

"凝玉她……她……"我尝试着张了好几次口，就是陆陆续续地说不下去，脑海中接连不断地浮现凝玉如同凄艳绯莲的身影，她奋不顾身地冲上去为奕析挡了一剑，性命垂危之际她眼角悬着碧莹莹的眼珠，还有她最后倚在奕析怀中时幸福愉悦的表情，纷杂繁多的画面重叠在一起，细细搅碎成一颗一颗的盐粒，撒在心底撕裂开的那个伤口上，一遍一遍地重复着，直到痛彻心扉。

芳芷怔怔地看着我们两人沉默不语，也怔怔地看着我们身上大团大团触目惊心的血迹，那是凝玉中剑后鲜血喷涌而出留下的。芳芷明明已经猜到，但她始终摇着头，用手掌猛地捂住嘴唇，如是一时难以接受这个事实。

"凝玉姐姐已经死了吗？"芳芷面色凄然，声音发着颤问道。

我艰涩地点头。

芳芷用力抽了一下鼻子，死咬着嘴唇不让自己哭出来。她到底还是心性中有几分坚强的女子，硬生生地压制住了内心澎湃的哀痛，她握着我的手臂，一字一字坚定地说道："能为姐姐和王爷而死，凝玉姐姐死得其所！"

我心间一抖，芳芷在说"王爷"二字时，语音顿得极重，颇有咬牙切齿之恨。看来芳芷是知道凝玉苦恋奕析的事情，凝玉如海情深地爱了他一生一世，但奕析未能给凝玉任何的回复。虽说感情之事，并非也要遵循"投之以木桃，报之以琼瑶"，但多少有些怨恕。

芳芷说话时眼锋含怒含悲地剐向奕析，奕析自觉愧对凝玉，木然站在原地，无言以对。

场面略略僵持了一下，颜澈见状咳了一声，说道："姐姐，现在情势危急，你们还是赶紧出城吧。"

城门上密不透风地围着冲天而起的融融火光，气势岿然如塔。清晨的寂静与宁谧被号角撕得零落，嘶喊声、马蹄声排山倒海地袭来。我心底一沉，心知颜澈此番违抗皇命，擅自放我和奕析出城，已是犯下滔天大罪。

清冷的晨风拂乱鬓发，我道："颜澈，你私斩守军放我们出城，我们的确可以一走了之，那你跟芳芷怎么办？"

颜澈此时神色坚毅，说道："私斩守军又怎样？违抗皇命又怎样？颜澈大不了今生都不做胤朝官吏，大不了赔上一条命。但是姐姐于我们两人的恩情，就算赴汤蹈火也要报答！"

我闻言，心中一时大恸。想起当初让芳芷改回本姓，令相爱的两人不再受到名分的拘束，他们曾在我面前郑重立誓，说日后定当报答。但是促成他们的婚事，我不过是无心之功罢了，哪里值得他们甘冒大险，以命相搏地来偿还！

"若不是姐姐，我与颜澈此生都不能结为夫妻，今日就当是报答姐姐当初的恩情。请姐姐安心走吧，不要再管我们了！"芳芷直视着我的眼睛说道，倏然，她回首，与颜澈对视一眼，白皙的面容映着火光顿生一分娇俏，口气坚定地道："请姐姐走吧，上天若眷顾我们夫妻二人，定不会让初结连理的我们命绝于此；若不眷顾，就让我与颜澈死在一起，也算是此生无憾！"

芳芷眉目肃然，字字说来透着一股斩钉截铁的决绝和锐意，令人难以相信，这般气魄十足的话竟是出自一名年轻的柔弱女子口中，当真要令天下须眉汗颜！

看着他们二人，我大为感慨，心间情绪翻涌如海，喟叹道："颜卿何德何能，能得到三位弟妹，以如此的真挚之心待我？"想想颜氏中人员凋敝，我有一姐却是形同虚设，与表妹紫嫣自小相识至今，却始终是算计多于坦诚，长久处之，彼此都劳心劳神。

凝玉等三人仅是我的义弟妹，但他们今日为我所做的一切，这般深厚情意，纵然是血脉相连的亲生手足，我想也不过如此，怎能不令我震撼！

星垂四野，东方的天际渐渐隐现一抹胭红。帝都城就这样蛰伏在将褪未褪的夜色中，横亘数里的城墙越发显出清寒和孤峭，刀削斧劈的墙砖如金属泛着冷光，出帝都城中，我感到心口忽地凝滞一下，随即又大感舒坦，终于逃离了那个堆金砌玉、脂毒粉艳的禁锢。回首时，看着城墙上并立的一对人影缩得越来越小，我的心被晨风吹得心神凛冽。

行至中途，奕析骤然勒马朝着西面的阴山眺望，我看了一眼就明白了他的心意。两人下马后，齐齐朝着阴山的方向跪下，迎着寂寥孤清的风，俯首拜了三拜，那是我们对太后最后的辞别，我默然起身，他却是面容凝肃，如是藏着无尽的悲凄与不舍，嘴唇嚅动几下，终于长声喊道："母后，儿臣对不起您！"

帝都西郊，阴山行宫。

整夜的皇城闹得惊天动地，然而这里却依然安静。冬日凄凄，万木簌簌凋尽，熹微的晨光照在松柏上，风声飘摇中披落了一院墨绿森凉的冷色。

一室的宫殿明烛高烧，金须凤纹烛台上积满银蜡。已是彻夜未眠，太后孤身一人，正神色焦虑地来回踱步。忽然听见笃笃的脚步声，太后即刻抬头，急声问道："尔容，怎么样了？"

高嬷嬷来不及喘一口气，就急匆匆道："七殿下已逃离帝都城。"

"真的？"太后顿时神情一松，如是压在心口的巨石落地，眼中溢出难以置信的欣然，"真的吗？消息可信吗？"

"可信、可信！"高嬷嬷连连点头，笃定地说道。她突然仰面朝天，双手合十，喜道："谢天谢地，一旦出了这帝都城，皇上就再也奈何不了七殿下了。"

但是，太后刚刚舒缓的神色又沉重起来，低首时白发抵住褶皱深浅的鬓角，她不由哀叹道："纵然今夜能逃出帝都城又能怎样？他与皇上算是彻底翻脸了，除了起兵反抗之外，已无另一条路可走。看来皇族内部一场同室操戈是免不了了。劫数啊劫数，三十年前躲不过，如今亦是躲不过。"

"太后……"高嬷嬷欲言又止，暗自沉默着。

太后略略收敛了情绪，想起另一件事，问道："对了，静妃怎样了？"

问及静妃，高嬷嬷的神色倏然就黯淡下去，低声道："静妃娘娘重伤而亡……"

"这个哀家知道。"太后目光一动，"哀家问的是，皇上会怎样处置静妃？"

高嬷嬷垂下眼睑，悲切道："还能怎样？静妃的身份是帝王妃嫔，居然当着皇上的面，在宴会上为亲王挡剑而死，这对于皇上而言是何等的难堪！可想而知，皇上又是何等的震怒！"

"唉，可惜了凝玉，原先是一个多么好的孩子。"这是意料之中的结局，然而，太后却是整个人一愣，面容瞬时失去了往日的雍容宁静，她紧闭着双眼，嘴唇哆嗦着，神色极其纠结痛苦，细瘦的手指一根根地探入斑白的发丝中，喉咙如同被掐住，发出的声音苦涩而喑哑。

"今日是皇上要杀韶王，静妃她挺身而出为他挡了一剑，这跟三十年前的情形何其相似，当年先帝要杀晋王的时候，我却没有勇气冲出去救他！"

太后用的是我，而不是哀家，也在无言中昭示着，此刻的她仅是一个彷徨无助的年迈妇人，而不是世间尊贵无匹的太后，她眼角滚落两滴浑浊的眼泪，愈加悲凄道："我没有凝玉勇敢……"

高嬷嬷闻言，蓦地一震，当年那一场观贤殿政变，尽管已经过去三十年了，但是太后依旧耿耿于怀，是整整笼罩了太后大半辈子的阴影，只要她还活着，这件事就注定成为心魔，在她生命中挥之不去。

太后兀自怔怔地流泪，干瘪的唇角却扯开一丝凄然的笑，她眼睑空洞地盯着前方，喃喃道："我不怪嘉瑞，虽然当年是她拦下我，但是就算没有她，没有她打我的一巴掌，以我这种懦弱的性格，未必就敢冒着与整个家族决裂的风险去救他，我不怪嘉瑞，也不怪长姐，只怪自己……"

高嬷嬷自幼在太后身边服侍，见到太后如此愧疚，她亦是心痛如绞，轻声劝道："太后您何苦如此？三十多年来难道折磨得自己还不够吗？"

太后她恻然笑道："我真恨不得自己当年死了，就像凝玉那样，为他死了也就罢了，何必顾虑那么多，何必为了嘉瑞的几句话而畏缩？嘉瑞和长姐都是性情刚烈、敢作敢当的人，偏偏我这么优柔寡断！这三十年来，从德妃到皇后，再到太后，难道我对它们有一丝一毫的稀罕吗？有一丝一毫的稀罕吗！"

"太后……"高嬷嬷深深皱眉，她在太后尚是王家小姐的时候就陪侍身侧，极少看到一向温和端庄的太后这般情绪激烈的时候，像是在心底淤积了三十年的恨与恸，在不堪重负后统统迸发，仿佛残烛拼尽胸口的最后一丝余热，不惜毁灭地肆意燃烧一次。

高嬷嬷看着太后，肺里像是压着铅块，无端地生出一种不祥的预感。

"罢、罢、罢。"近乎歇斯底里的嘶喊后，太后反倒安静下来，她朝着虚空一笑，眼纹如鱼尾舒展，一丝一缕都镂刻着深切的寂寥与落寞，然一颗心却是陷在悲伤中难以自拔，她道："尔容，你觉得哀家很失败吧？端霁是哀家亲生，但她现在生死不明。小七是嘉瑞托付给哀家，奕槿是长姐托付给哀家，哀家今日却要眼睁睁地看着他们反目成仇，既愧对嘉瑞，也愧对长姐……"

高嬷嬷听太后话中有消极之意，心中一急，忙不迭劝道："太后，不是这样的，皇上和七殿下决裂之事，绝非您的过错！"

太后神色木然，木然得近乎一种死寂，道："尔容，你替哀家传话出去，将静妃厚葬了吧。"

高嬷嬷惊愕，"这个？恐怕皇上……"

"就说是太后的遗愿，皇上会答应的。"太后语意寂然。

"不！"高嬷嬷登时大骇，"不行！太后您……"

"我心意已决，你不用再劝了。"太后的面容清冷，苍白失血，她仰首望着悬在殿脊上飘飘荡荡的白绫，慢慢地露出一丝笑，如是寻到毕生归宿时那种心身释然的微笑，"尔容，你要为我高兴，这么多年，终于找到解脱了。"

高嬷嬷情知决计拦不住，看着这位自己服侍了大半辈子的主子，不禁老泪纵横，失魂落魄地跪倒在地上。

轩彰十二年十二月十七日，温宪太后卒于阴山行宫，驾鹤西去，享年五十，追封谥号"温宪肃成瑞和皇后"。高嬷嬷奉主一世，这位忠仆亦是触柱而亡，陪着太后一同去了。太后临终前留下遗命，请皇上厚葬静妃，并让静妃的梓宫停在太后的礼陵之侧，令静妃得以长伴。嫔妃之流随太后入葬礼陵，这种无尚尊荣，历朝以来，仅此一例，可见太后对静妃的厚爱。

浮生长恨欢娱少

轩彰十二年末，年关将近，奈何风过天地肃杀、雪落万物苍茫，却是再无人能安心沉浸在更岁的喜悦中。皇上与韶王之间积怨日久，最终在这个凄冷荒芜的冬日中一触而发。再者太后崩殂，已经决裂的两人之间无一丝回转的可能。阵云密布，战事纷起，正值多事之秋的东胤皇朝，在经历深秋的饥荒、初冬的伤寒恶疾，又将面临一场皇族内部刀剑相向的动乱。

据说丰熙先帝对幼子韶王甚是钟爱，亲赐其两省都会的兵权。当年挥兵北奴之际，当今皇帝对其亦是委以重任，自立下攻占北奴的赫赫战功后，更是信任有加。后韶王因涉嫌滇南叛乱，被处以酷刑，但皇上因一念之差而放弃捣毁宁州王府。现韶王身边有一众悍将、亲信拥护，再者得到定南王的虎贲军相助，如今纵然反戈整个朝廷，已逐渐显现出分庭抗礼之势。

我曾问起奕析定南王之事，他看着我，点头道："当年确实是我擅自救走安福两姐弟，但是我并无暗助定南王叔。"

"既然是你救了安福，为何她还要陷害你？"我道。

奕析道："不知道，安福或许是受了他人蒙蔽吧，我当时远在帝都，与宁州音讯不通。其实皇兄自雪芙殿刺客一事后就已生疑，他表面不动声色，暗中却派人搜查缉拿滇南叛乱中的幸余之人。安福大概认定我是为了避祸而将他们姐弟两人出卖给兄长，恼恨之下，所以才要不惜一切地要跟我同归于尽。"

雪下得如同扯絮撕棉，愈到北地，雪就愈加阴冷，凭空搅着阴戾之气，北风兜头兜脑地一吹，那雪花纷扬地黏在脸上，像是一朵风干后枯萎的柳絮。

此时，奕析已离开宁州，率兵南下，直逼帝都而去。我知道走到这一步，谁都不再有退路。这一场以成千上万的鲜血为代价的豪赌，若他赢了，我们则生，若他输了，我就与他共赴死。

当初尚在宁州时，我们得知太后死讯后，奕析一度感到愧疚和自责，他常常默然哀伤，看到我时就重复着一句话，"我们害死了母后。"

我们害死了母后。

我悒悒无言，我能懂得他此时内心的悲恸，毕竟太后是他的母亲，是他最亲近的人。母子情意深厚，现在太后猝然离世，虽说并非全部是奕析的过错，但他心里又怎会好过？同时，我也隐约有几分明白太后的心境，无论是奕權还是奕析，她皆视为己出，要她如何眼睁睁地看着他们两人反目成仇，不管日后谁胜谁败，都是要分出一个你死我活的局面。盛年失夫，晚年失子，于女子而言最残忍的事莫过于此。

当年滇南叛乱很快就被镇压下去，朝廷对于韶王一事并未过多地放在心上。而韶王自宁州起兵后，一路势如破竹，终于引起朝廷的恐慌。但朝中一时寻不出足以与韶王抗衡的将才，后经人举荐，皇上决定启用昔日的大将军林桁止，林桁止因族人之事而连坐获罪，被罢免职位，并流放到蓝源矿山充当苦力。现在国难当头，所以皇上才不计前嫌，临危授命，令其戴罪立功，剿平叛乱。皇上要倚仗林家，对林家亦是百般笼络。废妃林紫嫣已被接回宫中，不仅恢复了往日的位阶，还进了一位，由六妃之一的慧妃晋封为紫慧夫人，其尊荣显赫比起灵犀也是分毫不让。林氏一时风光无限，虽还比不得旧日的烈火烹油，鲜花着锦，但也惹得帝都中的权贵纷纷侧目。

要说谁在韶王起兵一事中获益最大，明眼人都看得出是林氏，原本林氏遭圣上厌弃，谁能想到人人都道已失势的林氏，竟然这么快就能时来运转，借着平乱这次千载难逢的良机，重新在波谲云诡的朝廷中占得一席之地？这般惊人的运势，令人不得不感叹，看来林氏的气数未尽，还不到没落的时候。

我每每想到这里，脸上总是隐着一丝冷笑，紫嫣啊紫嫣，你果然不会让人失望。我当时还担忧灵犀算计她输掉整个林家后她会一蹶不振，现在看来这种担忧委实多余。紫嫣是怎样的人，她怎么可能被人轻易扳倒？眼下林家执掌兵权，紫嫣又以夫人之尊重回宫廷，凭着紫嫣的个性，恐怕灵犀往后在宫中，休想再有高枕无忧的日子。

在林家重掌大权五六天后，我接到了由紫嫣从帝都寄来的密函，将封口火漆拆开后，里面唯有八个字：速来帝都，共谋大事。用的是紫嫣平日素喜的草书，龙章凤姿，霸气昭显，气势凌云，每个字中的笔画都挥洒得如剑刃出鞘般锋利。

我无声地叹了口气，这确实是紫嫣的字迹，就算字形可以模仿，字意中的那股狂傲却模仿不来。

此时云嬗在我身边，她看了紫嫣的密函之后，忧心忡忡地问我："她为何非要你去帝都？"

"因为我是皇上正式册封的皇后，哪怕皇上有一日山陵崩，纵我一无所出，也是要理所当然地成为皇太后，紫嫣并非看重我这个人，而是看重我的身份。若是帝都一旦出现什么风吹草动，时局变动，就能把她的儿子名正言顺地扶上皇位……"

我一时噤声，不再说下去。因为这时，我听到有窸窣的衣裙摩擦声传来，伴着女子轻曼的步调。我扣着瓷杯的手指轻轻一动，下意识扬起下颌，就看到韶王妃庞徵云正站在离我们约有一丈的地方。她身后跟着一名侍女，我看得眼熟，竟是碧桃儿，她手中拿着一个看似食盒的物什，垂首跟在庞徵云身边。

云嬗亦是一愕。

只见她款款地立在那里，眉目清婉如昔，自然流露着出身高门世家而独有的端雅清韵，就如同第一次在上林苑中遇见。她脸上依然含着合宜得体的笑意，当看到我时，神色间淡淡地无一丝异样，仿佛我就是应该处在这个位置，而她今日仅是凭一个旧识的身份来拜访我罢了。

我略一沉吟，正犹豫着要如何称呼庞徵云，她走近几步，落落然笑道："妾身私自以为，称呼庞六小姐或许更合娘娘的心意。"

庞徵云这话中隐约有块垒，我不会听不出，但她看似无心的娘娘二字似乎蕴含深意。

她在我对面旁若无人地坐下，命侍女将携来的美酒端出，正是尚好的玫瑰醉，她亲自斟满了两杯，含笑道："娘娘来宁州多时，妾身迟迟未来拜见，真是失礼。但知娘娘素喜小酌，妾身于酒所知甚少，但还是有些酒量，今日欲邀娘娘对饮，不知可有雅兴？"

我执起酒杯喝了一口，漫然赞道："酒很好。"

庞徵云说的是客套的场面话，但她真正的来意怎会仅仅如此。我不想跟她绕圈子，于是幽幽道："庞六小姐既然来了，可有什么话要说？"

话已说到这一步，她也不再回避，目光定定地凝在我脸上，深敛声息道："妾身早年未嫁与王爷时，曾听闻王爷已有心仪之人，亦是郡主之母，外头的人都称她为秦娘子。妾身今日想问，这位秦娘子可是娘娘？"

这一刻静得针落可闻，我却是眸色淡然，说出口的字极尽精练，无一丝冗余，答道："正是。"

"果然是你。"庞徵云神色倏然一震，惊得脱口而出，她整个人从石凳上站起来，难以置信地指着我道："你先是跟王爷在一起，后成了皇妃，乃至皇后。这是为什么？难道单单为了女子的至尊之位，不论旧情，就连当时年仅周岁的女儿都能抛弃？"

我笑得风轻云淡，也懒得解释，自我揶揄道："我贪慕荣华与虚名，庞六小姐觉得呢？"

庞徵云看着异常平静的我，目光越发深，长长叹息道："我倒宁愿如此，可惜事实绝非这样简单。"

"我知道你有很多疑问，但是恕我不能一一回答。"我面容一肃，语意清冷地将她所有呼之欲出的问话，统统都压了下去，说道："庞六小姐是聪明人，有些事自己能想明白，但有些事知道得太明白了，对自己没什么好处。"

话音甫落，我们之间气氛微微一滞，庞徵云蹙眉，低首思索着，忽地问出一句："那么你要回帝都去了？"

"是。"我抿唇一笑，"你既然听到了，何须再问我？"

她显然微惊，说道："朝廷已经重新重用林家，林桁止将军挂帅出征，林将军非寻常庸将，现与王爷隔着景江相持不下，林将军这道藩篱怕是不好过。"

"我知道。"我道。

"那你为什么还要回帝都？"我一味保持着平静，倒是她愈加沉不住气，一时圆睁了杏眼道，"你若这般，与盘桓观望、投机取巧之辈有何两样？当初眼看着皇室倾颓，你跟从王爷而走；现在起兵受阻，你又要重回帝都。"

我淡然而笑，庞徵云的话虽字字尖锐如针，但我并不在意。我知道此时是非常时期，我若离开宁州，前往帝都，我本来就身份特殊，如此一来，他人的误会是决计免不了，就像庞徵云所说的盘桓观望、投机取巧，在韶王与皇上之间摇摆不定。

"你可不可以不要去帝都？"她睁大眼睛问道，缓缓地向我走近几步。

我摇头，说道："此去帝都，势在必行。"

我骤然感到脖子一凉，像是让一朵雪花猝不及防地钻了进去，侧首警见一柄出鞘的匕首抵住了我的脖子，庞徵云趁着说话的工夫借机靠近我，现在她一手扳住我的肩膀，一手用匕首抵住我的要害。

"你！"云嬗和碧桃儿见到眼前这一幕，皆是震惊，云嬗更甚，竟是要抢身上来救我。

"退下！"庞徵云一名手无缚鸡之力的柔弱女子竟无一丝胆怯，喝道，"你若再进一步，就休怪我手中的匕首也再进一分！"

"酒有问题。"我勾动唇角，若有若无地笑道。

她不予否认，这名自小生长在士族的女子，显然有些紧张，但还是努力地迫使自己冷静下来，对我说道："你答应不要去帝都！"

我坦然无惧，说道："不可能。"

庞徽云一时羞恼，握着匕首的手抑制不住地颤抖，但她声音一厉道："那我今日就杀了你，也不会让你对王爷不利。"

我眯起眼睛，笑道："你为什么就能那么确信，我去帝都就必定是投靠皇上，而对王爷不利？"

她的脸因愠怒而透出红晕，"是的，我不相信你。韶王不是负心之人，你们之间若有人负心定然是你。既然你当年背弃韶王，进宫成为帝妃，就连年幼的女儿都不要，足可见你是一个冷心冷肺、不择手段的女人。能背弃一次，就能背弃第二次。我绝不能放走你，若你真的心怀叵测，我让你出了宁州，岂不是陷韶王于险境？"

"好、好、好。"我连说了三个好，心底却触得轻微发痛，低低一叹道："你说得很好，若有负心定然是我，但你哪里知道当年离开非我本意，进宫为妃也非我本意。"

她闻言微愣，我却是乘势，在她失神的瞬间，一手打落了她手中的匕首，一手飞出白绫缠住她的脖子，手腕翻转用力一扯。她登时惊呼一声摔倒在地上，情势陡然逆转，原先是她挟制住我，但在电光石火间，我已是居高临下地挟制住了她。

我掌心牵住白绫，冷冷道："真是可笑，你觉得那杯酒我会喝下去吗？若是连这点警觉都没有，这十数年来我不知死过多少回了。"

庞徽云惊骇得面无血色，随即不再挣扎，诮然笑道："原来妾身在娘娘面前班门弄斧了。"

云嬷此刻见我脱险，不由松了口气，但碧桃儿依旧脸色苍白。

我静静地看着这个面容清丽的女子，说道："庞六小姐一句冷嘲热讽的班门弄斧，我安心领受了。庞家的人算是有些胆色，但是你要杀我，多少还欠了几年工夫。"

庞徽云笑了一声，却不见畏惧，反倒挑衅道："怎么，娘娘敢杀了妾身吗？"

"你要是以为我不敢，就大错特错了。"我冷笑，面无表情地将手中白绫一点点收紧。渐渐地，她双手抓着脖颈，脸因呼吸困难而透出潮红色。

"夫人，住手！"碧桃儿发出一声裂帛般的叫喊，扑通跪在我的身边，她脸上半分血色也无，涕泪俱下地道："这些年，奴婢皆是看在眼里，王妃是极好的人，求求夫人，放了王妃吧！"

我料不到碧桃儿会这般求情，而且我也不想伤一个无辜之人的性命，一时已收了手，脖子上的桎梏解脱后，庞徽云缓了过来，她身形踉跄，幸好碧桃儿扶住她才未跌倒，只是抚着前胸大口大口地喘息。

"庞六小姐，你杀不了我的。"我冷眼看着，说道，"你走吧，我就当你没来过。"说罢，顿了顿又道："我与韶王之间种种是非你不清楚，但你放心，我绝不会做出于他不利的事。"

"你能发誓吗？"

"没这必要。"我对上她略微带着希冀的眼睛，胸口蹿出一股幽凉的气息，怅然自问，我与奕析为什么走到这一步，我们的感情在旁人看来脆弱到不堪一击，甚至连无关之人都可以来质疑我，要我发誓我不会对奕析不利。

我想到了奕析被宣召进宫的那一晚，这个看似柔弱的女子，义无反顾地挡在韶王前面，不惜以整个家族起誓，也要证明韶王和宸妃之间并无私情，这是何等的勇气，何等的深情。

我冷然一笑，说道："六小姐对王爷的感情应是极深吧。"

她愣在原地一动不动，半晌道："我既已嫁给王爷，这一生一世就是韶王府的人，哪怕是为他死了，亦是在所不辞。"宛若誓言般，字字顿顿地说出，仿佛融入了这个女子一生的精魂和鲜血。

等到庞徽云走后，我才长长地吐出一口气，看到云嬗立于一旁，我的唇角不由泛起一丝苦笑，"她有句话，虽是一时偏激之言，但说得还真不错，她说'你们之间若有负心者定然是你'，这么多年来，确实有太多时候都是我对不起他。"

我神情寂然，仿佛迎面的风中夹着阴寒彻骨的雪粒子，一张口就将每个字都冷冷地冻住，碎成细小的冰凌，淡倦道："我不如凝玉，也不如徽云。你说若是韶王此生不遇到我，或许于他而言反倒是件好事，世上不乏能不惜性命、真心为他的好女子。无论是凝玉，还是徽云，或者还有别人，都比遇到我好吧。"

云嬗仅是摇头，"你若真的这样想，就是真的对不起韶王了。"

帝都城，高峻孤峭的城头上，盘旋着萧索的寒风，砌筑帝都城墙的白石，全部来自东郊七百里外的严楞山。严楞山的白石素来以质地坚硬著称，但历经长年累月的风霜侵蚀，岁月的印迹终究沉淀在灰白的岩石表面。严楞山亘古不变地耸峙着，也记录着一季一季的变迁与更迭。

眼下的帝都外有动乱，内部的局势亦是错综复杂，皇上自受丹毒侵害而重病后，龙体每况愈下，对于朝中许多大事的操控亦是有心无力。今年国中事端频发，饥荒之后紧接着一场伤寒恶症，民不聊生，饿殍遍野。而林家却在此时临危受命，借着平乱之机将兵权全把握在自己手中，一时间权倾朝野。林家在朝廷中重新确立声威后，那些在林家失势时落井下石的官员，现在一个个都成了惊弓之鸟，唯恐林家挟私报复。在林家锋芒正盛之际，无不是夹紧了尾巴做人。而帝都中的权贵巨室，在太后薨逝的消息传出后哗然一片，但多数是怀着隔岸观火的态度，现在情势混乱，皇上与韶王之间谁胜谁负尚无定数，又冒出一个林家擅权独大，行事手段变本加厉，比之从前有过之而无不及。

外头的战事打得热火朝天，而皇宫中对于储君之位的争夺亦是激烈异常。正值内忧外患之际，朝廷中不乏有人进谏皇上，宜早立储君，以绝韶王不轨之念。当今圣上的四皇子，乃是林氏的紫慧夫人所出，照目前的情形来看，四殿下身后的林家势力庞大，眼下皇室正倚重林家，理应封四殿下为太子对林家加以笼络，再加上平乱后林家居功甚伟，册立拥有一半林家血统的四殿下，那更是实至名归。但皇上的皇子不止一位，尤其是以三殿下为首的一干人等在旁边虎视眈眈，三殿下本身不足一提，但其后台却是灵犀夫人。灵犀夫人绝非等闲之辈，苦心经营多年，现朝中有不少官员都听命于她，掐住六部三辅的要脉，其中还不包括她暗中培植的势力。林氏再怎么擅权，但若不能彻底拔除灵犀的党羽，在朝廷仍然做不到一手遮天。

太极宫。夜幕拢合后，残雪积在湛碧色的琉璃飞檐上，青白斑驳，如是凌空露出一口冷森森的青面獠牙，趁着暗色看一眼，直令人毛骨悚然。

戌时过后，雪簌簌落下。宫室间晕黄的灯光暖暖地一烘，如是脆薄的帷幔撑开一射之地的光亮，明明灭灭地摇晃着，仿佛随时会融化殆尽。

太极宫是皇上独居的寝宫，在里面服侍的宫人，除却守夜的几人都退去了，此时静寂无声，针落可闻。通天落地的龙傲九天屏障后，忽然斜斜地拖出一痕纤细幽柔的人影，越发柔和的光线疏疏地勾勒出她姣好玲珑的身段，纯白素罗长裙，袖口、襟前用丝线绣了朵朵素雅精致的梨花，浅蓝色丝带束腰，越发显得身段纤细，如柔柳般迎风欲折，青丝绾作闺中女儿的双鬟髻，别着一支水晶新月发钗，一袭衣衫质地轻密单薄，穿在她身上极美，但这如同梨花般清丽娇软的颜色，在严寒冬日中却显得格格不入。

她步履极轻，素简的衣衫上未缀任何坠珠和碎钻，发饰也不用容易丁零出声的璎珞流苏，故行走时除衣料轻柔的摩擦窸窣，无声无息得宛若一只慵懒的猫儿。拂开重重逶迤及地的鲛绡，她已走进宫室的最深处，是皇上卧寝之处。

夜深后，主人已安置，两侧壁角立着一对玉勾连云纹多枝灯，烛台上的光亮如星子般跳动，前面那张黑沉沉檀木大床如是苍茫海面上的一艘沉船，以落寞的姿态浸在满屋的幽暗中，仅在微弱的烛光中露出模糊的轮廓。地炕烧得很足，但人走进这里还是觉得一股幽凉之气迎面而来，一会儿被地炉蒸得渗出汗意，一会儿背上薄汗又凉透了，贴在身子上有种说不出的难受。

"皇上，该服药了。"婉丽的声音响起，她落落站定，一双纤白的素手小心地端起那碗药，墨黑黏稠的药汁盛在白玉碗中，又浓又深，色泽惨白的玉碗像是翻出的眼白，而里面的药就像是一丸看不见底的眸子。

黑檀木大床的方向，似乎有人轻咳一声，他的嗓音粗噶，透着疲惫，"先放着。"

她不经意地皱了眉，好像根本未听见他的话，双手端着药碗走近一步，依旧道："皇上，该服药了。"

"你……"龙榻上的人看到她的面容时，整个人霎时惊得屏住呼吸，甚至连她刚刚的违逆都忘记了，她在面前盈盈而立、纯白素罗若春日的梨花初绽，容颜娇妍鲜嫩，恍若十六七岁的少女，眸子黑澈漾漾如碧潭，澄明洁净得未蒙染一丝尘埃。仿佛是养在深闺绣阁中的东家之女，从未经历过世间是非，那种由内而发的纯粹温华，任谁都不能夺去一分，而岁月的阅历只会消磨一分。

她极像一个人，容貌极像，神情极像，就连藏在眼眸深处一缕隐匿的笑意亦是极像，简直就是像到骨子里。可以说这不仅仅是一种相像了，这是一种纤毫无遗的完美镜像。

"呵呵……"她轻笑，忽然间，叮的一声将玉碗扣在桌面上，里面的药汁已经干了，有零星的几滴溅出来洒在桌布上，登时染出一圈细碎晦暗的小花。

"好看吗？"她缓缓地蹲下身，伸出一根尖笋般的手指点着自己的脸，笑道："是不是很像颜卿？难怪你会看得失神。记得你们当年在青阳寺初次相遇的时候，她穿的就是这身衣服。"

"紫慧夫人？"奕樘的眼眶倏然放大，因病重而缠满淡薄血丝的眼球，现在正极力外凸着，像是要将她的身影完全映在黑白浑浊的瞳仁中。

她脸上顿时收敛了少女独有的纯真笑意，而飞翘的眼角衔着的那抹桀骜与冷峭，却是愈加分明，咄咄逼人地昭显着自己的身份。这张绝美殊伦的面皮，多少年了，依然保持着十六七岁时的娇妍与鲜嫩，脸极像一个人，但一双眼睛里浓烈迫人的阴戾完全是她自己的。

讷讷半晌，奕槿叹了口气，黯然道："这么像，但你不是她。"

"呵呵……"紫嫣的笑音清脆得如同流云相逐，她曼然踱步，轻声道："我当然不是她。而且我就是我，为何非要像她呢？你想不到吧，如果我愿意，我可以模仿得这样像她，但是我不愿意。"

龙榻上的人似是极疲惫，体力透支得连说话都怠懒，从明黄帷帐中缓缓伸出一只筋骨嶙峋的手，朝她挥了一下，恹恹地道："你下去吧。"

紫嫣没有一分要退下的意思，她驻足原地，粉靥上那抹完美得无可挑剔的笑意，在勾唇的瞬间愈加从容，她道："皇上这样急地让臣妾退下，难道就不问问臣妾今日为何而来？"

奕槿轻哼一声，他的话音不冷不热，仅仅传出一个字："说。"简单得不能再简单的话，语意中透出毫不掩饰的厌烦。

紫嫣佯作未听懂他话中隐隐的不悦，顾自眼波盈盈流转，含娇含妖，一笑间绽出万千妩媚风情，她刻意压低着声音："皇上，是否曾听过美人诱之说？"

"什么？"重重明黄帷帐间传出的声音惊疑不定。

"很久以前的事了。我和颜卿的母亲并非出身江南的慕容氏，而是北奴的萧家，当年奉了主上的命令以美人诱的身份来到胤朝。"紫嫣说着，她清亮的眸光忽地一凛，剐刀般直直地逼向躺在龙榻上的人，声势赫赫道："这么多年，皇上也是时候知道真相了，我们的母亲都不是胤人，而是北奴密宫派出的细作，目的就是颠覆你们高家的江山！"

紫嫣的眼神高傲而孤峭，她秀顸而立，就这样居高临下地看着，始终含着一缕寡淡的冷笑，"你想不到吧，这一切都是局。当年浣昭姨母奉命来到帝都，以美人诱的身份离间丰熙帝与晋王，借此挑起高家皇室的内乱，更者削弱整个胤朝的实力。同样地，如今我的姐姐颜卿，亦是奉命来离间你与韶王。但不同的是，姐姐的手段要比姨母高明多了，事情做得也漂亮多了，眼下韶王起兵叛乱，帝都城若无林家守卫就岌岌可危，这难道不是姐姐的功劳吗？"

"闭嘴！"这一声怒喝犹如雷霆之势，震慑了他人的同时，亦是强烈地榨干那人体内为数不多的精神气脉。奕槿霎时怒意上涌，历历暴凸的青筋撑起额角一层惨白阴晦的肌肤，纠结如乱蛇，嘴唇因愤怒而泛紫，显然紫嫣刚刚的话对他刺激极大，他张皇失措道："不可能！她绝不可能像你说的那样！"

"事实就是如此，到了眼前这一步，皇上若再自欺欺人岂不是太可笑了。"紫嫣漠然看着他，唇扬起冷冽的弧度。她的声音清靡，却冷绝如刀，无坚不摧地袭向她所要毁灭的东西，她的话是要说给一个人听，是的，要他听，一字不漏地听得清清楚楚。

"你……你们……"奕槿霍地从靠着的软枕上挺起身，指向紫嫣的手指震颤不已，神情间充斥着难以置信，喑哑道："你……和她也是北奴派出的人？！"

紫嫣冷哼一声，"北奴算什么？我们的母亲老早就跟密宫一刀两断了，我们自然不会听密宫的号令。臣妾今日告诉皇上这些事，只是为了告诉皇上，当年我们母亲做不到的事，如今我和姐姐能做到！"

她一双朱唇中吐出的气息幽幽细细，仿佛寸寸揉碎的玫瑰花瓣滴淌成一地宛若血腥的殷红，有着说不出的残艳与凄厉。

在先时的震怒之后，奕槿此刻反倒冷静了几分，喉结滚动，低声厉叱道："怎么？你要篡夺皇位？"

"不是我，是我们。"紫嫣轻叹口气，耐心地纠正道，黑白分明的眼珠沁出一缕俏煞，毫无顾忌地说道："皇上的龙体现受丹药流毒太深，恐怕已是时日无多了。但国不可一日无君，皇上请放心，若是皇上龙驭宾天，臣妾自会将四殿下扶上皇位，并且尽心竭力让他当好这个皇帝。"

"皓儿？"话音中小小的愕然。

紫嫣眼中笑意越发深，深不见底，纤纤玉指按着青丝蓬松的云鬓，"忘了告诉皇上，皓儿是臣妾与萧氏之人所出，高家气数已尽，这天下是该换个主人了。"

深夜寂静得心生怖意，她绯薄的唇瓣轻动，一字一字说得极慢极清晰。

砰的一声，像是有什么东西激烈碰撞后破碎，紫嫣蛾首低婉，看到脚边滚出一地玉器碎片，床畔搁置的狻猊雪球玉熏炉，在盛怒之下被大力地拂落，力道用得太大，玉器碎后露出的锋利切口犹自染着殷红的血丝。

"林紫嫣，你居然包藏如此祸心，妄图窃国大胤！"这些字如是从牙缝中森森迸出，奕槿霎时双眼圆睁，牢牢地盯住紫嫣，那怒发冲冠的模样，像是恨不得将面前巧笑嫣然的女子给狠狠地生吞活剥了，但是无奈他身体太虚，刚一猛地坐起就眼前一黑跌倒在床褥上，精力不济，但口中仍是骂道："你不仅是心如蛇蝎的毒妇，更是人尽可夫的荡妇！"

"窃国大胤又怎样？皇上你就看着吧，这天下很快就不再姓高了。"紫嫣从从容容地退后一步，避开了奕槿意欲抓住她的手，她轻蔑地一笑，说道："皇上说得对，我就是一个蛇蝎毒妇，这荡妇之名也自认担得起，但是'人尽可夫'四个字，皇上可要用得当心，这夫难道你不是其中之一？"

"朕绝不会将皇位传给舒皓,你休想!休想!"奕槿死死地揪着寝衣的前襟,他狼狈地喘了几口气,眼眶暴怒得几近充血,他急忙环顾四周,刺刺刺地扯开嗓门道:"来人!马上来人!朕要将林氏罪妇连同其子一起打入天牢!打入天牢!"

"皇上还是省省力气吧,如此气急败坏,要是伤了龙体怎生是好?"紫嫣淡挑着娟秀的眉,话锋中带着清冽的讥诮之意,她尖尖的指端衔了一缕青丝在鼻尖轻嗅,眼眸中流露出媚意荡漾。

"呵呵……"她笑起来,衣袖掩面之际,顷刻就换了一副情态,晶莹剔透的容颜愈加楚楚怜人,含着若有若无的幽怨道:"你如此冷落人家,可人家正值绮年玉貌,哪里肯就这样空掷了大好芳华,青灯冷帐地过日子?说来这也不能全怪我,我的确是滥情放荡,耐不住闺中寂寞。但你的灵犀夫人又怎样,人人都说她跟仙女似的,那就真的不食人间烟火了?还不是暗中与我那不成器的小侄眉来眼去,侬道婉娩容与,又道修秀神皋,这郎情妹意,还真是情深似海呢,羡煞旁人啊!"

"唉,若说这些事,我做过,灵犀也做过,又不是唯独姐姐一人。但我和灵犀却是安然无恙,倒是可怜了姐姐,因此受了皇上多少的罪罚和责难。"紫嫣轻轻叹了口气,连连摇头道,"其实仔细想想,还是姐姐对皇上最忠心,就算她曾经跟韶王生下一个女儿,这都是过去的事了。您说呢,皇上……"

奕槿的声音已气得发颤,嘶哑的音调,那种粗糙的感觉就像是一把布满缺口的镰刀,正贴着人的耳膜砍来砍去,"你你……"

紫嫣鼻翼轻动,冷视道:"皇上放心,姐姐此生此世都不会忘了你。毕竟你当初打姐姐的一巴掌,打得真是好啊,太好了。我想姐姐这一辈子都没有挨过打,颜姨父不曾打过她,耶历赫虽是异族蛮人,但哪里舍得动她一根指头。韶王殿下就更不用说了,把她护得跟什么似的。算来算去,也只有皇上您不懂得怜香惜玉,当着众人的面打了她一个巴掌,这怎不令姐姐刻骨铭心,足以记着一生一世?"

紫嫣的言辞极尽曲折婉转,绵里藏针,这种半含不露的话才是最有杀伤力。她远远地站着,任由蒙昧的烛光照在身上,勾勒出半幅水墨般的纤细剪影,也照出她一脸的桀骜与狂狷。

"来人……朕要赐死林氏罪妇……"在连番刺激之下,奕槿体内残存不多的精力已濒临殆尽,气息愈来愈急,那声来人虚弱无力,但犹自不肯甘心。

紫嫣冷眼看着那个还在兀自挣扎的人,狠命地敲着床沿企图将人叫来,但她却是慵慵一笑,放柔了声音,说道:"臣妾还是那一句良言,皇上省省力气吧,就算叫来了人又能如何，还真能将臣妾……"

"皇上叫人吗？人在这里！"一把轻凌的女声骤然隔空撒入，硬生生地截断了紫嫣后面的话。紫嫣眯起眸子，在这一罅隙，正好看到灵犀夫人疾步走了进来。

"臣妾参见皇上。"灵犀朝龙榻虚虚地行了一个礼，恭声道，"婉辞在此，请问皇上有何吩咐？"

龙榻那头没有回音，而紫嫣的目光冷冷地在灵犀上徘徊，似笑非笑道："妹妹来得真巧，本宫刚刚还跟皇上提起你跟我那不成器的小侄的那段往事，不过本宫笨嘴拙舌，说得也平板枯涩，既然妹妹亲自来了，不如由妹妹自己说给皇上听听。"

灵犀乍一听闻紫嫣的这些话，并不十分惊讶。她只浅浅一笑，摆出一副虚心受教的谦逊样子，说道："娘娘刚刚那一番话可谓是精妙绝伦，论言辞犀利刻薄，婉辞真是自愧弗如。在娘娘面前，婉辞哪里敢说嘴，反倒让高人耻笑了。"

她刻意在"高人"二字上落重了口气，漫意笑道："真是想不到，原来娘娘的身世这般不简单。"

"夫人都听见了？"紫嫣笑得隐晦，沉声道，"那么请问夫人想怎样？"

灵犀右眼角的堕泪痣漆黑如墨点，如眸子般深不见底，低低地呵气道："娘娘想做的，亦是婉辞想要做的；娘娘想争夺的，亦是婉辞想要争夺的！"她的声音虽轻，但是掷地有声。

紫嫣闻言神色一凛，低低地威胁道："你这不是自找死路？"

"不见得，不见得。"灵犀低首时，慢条斯理地整着袖口的碧绿流苏，恍若天真烂漫的小女孩，细声细气地笑道："娘娘还记得那晚在太极宫外的事吗？婉辞当时一心急，下手也没个轻重，不慎抓伤了娘娘的手臂，不知道现在好了没有？娘娘可是高人，还请娘娘原谅婉辞年轻莽撞，莫要跟婉辞计较。"

紫嫣下意识地握住右臂，伤口早已愈合，不过灵犀那时下手过于狠厉，五道尖细如刀的指甲入肉半寸，所以疤痕一时半会还消不掉。她知道婉辞说这些话的用意，就是在故意激怒她，提醒着那晚的较量中她武功不敌的耻辱。

"劳夫人挂心，一点小伤早就好了。"紫嫣笑意凄冷，略略靠近灵犀道，"当时若不是为了不让夫人夺走证据，本宫也不会让你偷袭得手。不过你要晓得，你并不是每一次都那么走运。"

"是娘娘更要晓得，并不是每一次都那么走运！"灵犀眼底透出一星如利剑出鞘的寒芒，清叱一声，"今日可不会那么轻易再让娘娘逃脱了！"

话落，灵犀纤指紧扣，剑亦如灵蛇般迅猛滑出，锋芒直夺向紫嫣的眉心。

"上官婉辞，我们之间的账是应该好好算算了！"紫嫣话虽这样说，但并不敢大意，她身形疾速后退，飞出一掌推倒了一座玉勾连云纹多枝灯，灯座轰然倒地，玉脂倾溅，瞬时砸出无数明明灭灭的火星，挡住了灵犀的去路，这一招猝不及防，灵犀扬起衣袖拂开乱蹿的火星，紫嫣冷哼一声，趁势奔向外殿。

不同于寝宫内部的阴暗，外殿燃着成排的宫灯，一时眼前光芒大盛。灵犀武功极好，纵然先时有片刻分神，此刻也已追上紫嫣，笑意嘲弄道："婉辞还在兴头上，怎么娘娘想走了？"转眼间一招袭来，紫嫣堪堪躲过，剑势打碎了一盏琉璃宫灯。

明亮如许的烛光映在光洁的墙壁上，如倒映着一池漾漾生辉的碧波星辰。灵犀娇怯纤弱的身子裹在湖绿色连枝暗纹锦衣中，重叠的裙衫掩不住五月的身孕，看得出小腹微微突起，她手中执剑，一脸傲然地看着紫嫣。

紫嫣看了一眼，语意中竟是说不出的温和，她笑道："夫人既然已有身孕，怎还好舞刀弄枪的，可千万要小心动了胎气。"

灵犀听后，仅是粲颜一笑，两指缓缓地抚过三尺剑锋，道："就算让孩子眼睁睁地看着他母亲杀掉一个人又如何？权当胎教了。"

灵犀这话说得心不在焉，但话中透出的浓烈杀意，足以令人毛骨悚然。

紫嫣微愣一下，她的手悄悄地伸向背后，若无其事地笑道："说得对，权当是胎教了。有这么强悍的母亲，你的孩子岂能柔柔弱弱地犯娇情！"

"有刺客！保护圣驾！"殿外守卫的人听到里面的动静，更兼有刀剑相击之声，俱是吓得心惊胆寒，眼下急匆匆地陆陆续续赶了过来。领头的人正是在太极宫中当值的太监小刘子，他尖着嗓门喊道："快快，保护圣驾，保护圣驾！"

刘公公领着人刚一冲进来，就撞见灵犀夫人与紫慧夫人，这两位胤朝后宫最尊贵的帝妃正冷冷对峙着。看到两人，身后那群侍卫个个惊得呆若木鸡，他也登时傻了眼，刚刚那句保护圣驾像根坚硬的鱼骨头般卡在喉咙里，咽下也不是吐出来也不是。

"闭嘴！"灵犀眸色发寒地扫视了众人一眼，刘公公身后站的是甲胄分明的侍卫，都是奉命护驾而来，她陡然暴怒道："还保护什么圣驾，你的圣驾早就让紫慧夫人送去见鬼了！"

灵犀一言既出，石破天惊，殿中之人在此刻无不是震悚万分，狐疑而惊愕的眼锋一时间刺呼呼地刷向那名身处风暴中心却依旧眉目安然的殊美女子，难道是紫慧夫人在谋刺圣上？

"你还想妖言惑众吗？"紫嫣的神色波澜不惊，她优雅地站在那里，通身散发的气质令她不怒自威，"灵犀夫人炼制金石丹药毒害皇上龙体，令皇上一度气血两虚，心脉枯竭，才会导致现在药石无灵，龙驭宾天。灵犀夫人犯下弑君之罪，罪不容诛！你们还愣着做什么，替本宫拿下这乱臣贼子！"

"哈哈……"灵犀顿时骇然而笑，清致婉丽的面目透出一线迫人的狠绝，"紫慧夫人似乎很懂得恶人先告状，到底是谁罪犯弑君？"

刘公公左右为难地看着眼前的这两位主子，前额渐渐渗出一层亮晶晶的汗，紫慧夫人和灵犀夫人，这宫中除却皇后，就属她们的地位最为显赫。正在思虑之际，灵犀秀眸一抿，霍然出手，一柄长剑朝着紫嫣卷去。

紫嫣此时也不是手无寸铁地仓促应敌，举剑格挡下她的进攻之势。灵犀自幼跟随清虚子习武，而紫嫣是日后方经人指点，论武功灵犀的确要高过紫嫣许多，但论气势紫嫣亦是分毫不让，而且灵犀怀有身孕，纵然素日里武功再好，此时身形的灵活必然受到牵制。紫嫣凭借轻功朝后蹬上龙案，灵犀的剑即刻追来，剑光森寒扫过紫嫣下盘，刺啦声清脆，瞬间就搅碎了龙案上的一沓奏折和手本。

刘公公这辈子哪里遇到过这样的事，这两人身为帝妃竟然这般肆意妄为，在皇上的太极宫中大打出手，他一时间急得心肝都要绞在一起，但又慑于她们的威势，不敢命身后的侍卫上前阻止，只顾着扯开嗓子来喊："两位娘娘，不要打，千万不要打！"

"这是御用的东西，可是碰不得啊！"

"紫慧娘娘您住手啊！"

"灵犀娘娘您当心皇嗣啊！万一伤到皇子就了不得了！"

"多嘴的奴才！"灵犀嫌恶地皱皱眉，剑锋一偏，已削断了刘公公的半截脖子，他临死前还是圆瞪着眼珠子，有半截话还未说出，那副高大的身子霎时就如失去了丝线牵引的木偶般坍塌在地。

真真切切地看到有人死，围聚殿中的人皆是惊恐地躁动起来。紫嫣此时已无心恋战，灵犀的武功之高，不是她可以匹敌，若勉强再战，只会陷自己于不利之位。想明白这一层，紫嫣趁灵犀一剑击毙刘公公的工夫，催动轻功与灵犀拉开一段距离。

灵犀怎能容得紫嫣有脱身的机会，亦是密不透风地追上来，讥笑道："娘娘方才如何的气势夺人，怎么现在胆怯了？"

紫嫣早料到如此，混进侍卫群中，犹如鹊入鸦群，随手捉住一个就朝着灵犀的剑锋推去。眼前人墙重重，灵犀一时间避闪不及，连斩数人之后，已然让紫嫣借机逃了出去。

还未来得及喘一口气，紫嫣冷傲的声音就远远地传来，"上官婉辞，我们之间的账还没算完，你等着，这一回我们非要斗个你死我活，决不罢休！"

江头未是风波恶

　　轩彰十二年腊月廿七夜，轩彰帝驾崩于太极宫，享年三十四。那一晚被人铭记不仅仅是因为帝王的薨逝，而是那晚爆发了震惊胤朝史册的"宫妃乱"，两位居于深宫的嫔妃，为争夺帝位而掀起一场腥风血雨。多少年后，世人再提及轩彰帝驾崩的夜晚，许多记忆都被刀光剑影冲刷得异常模糊，许多真相已是斑驳陆离。两派争夺皇位的势力，拥护四殿下高舒皓继位的一派以紫慧夫人为首，而拥护三殿下高舒皤继位的一派以灵犀夫人为首。双方在同一晚发动政变，率兵逼宫。原本龙楼凤阁、祥瑞鼎盛的皇宫，顷刻间就杀得尸骸满地，血流漂杵。

　　我和云嬗匆匆地赶到帝都，听到的第一个悚动无比的消息，就是轩彰帝驾崩了。

　　我当时心神一震，却说不上悲喜，只觉得整个人都是木然，仿佛全部的情绪都被滤空了，空茫的头脑中反反复复地涌现着四个字：奕槿死了。我该难过吗？还是该高兴？还是该觉得解脱？

　　我想起在太极宫中，奕槿曾声色俱厉地问我，朕的皇后，如果朕死了，你会流泪吗？

　　那段日子里，奕槿的性情暴虐异常，他用散发着森森寒意的眼神看着我，抓住我肩膀的力道几乎要将我的骨骼生生捏碎，你在咒朕死吗？如果朕死了，你就又可以跟他在一起了！朕告诉你，不可能，永远都不可能！

　　但是如今，他真的死了，真的死了。

　　我有一瞬的恍惚，迎面对上紫嫣的眼睛，她的目光冷而厉，令人凛凛生寒，"皇上怎么死的？"我的声音是强撑出来的平静。

　　但紫嫣的声音却是杀意腾腾的冷寂，利落地抛出几个字，"是灵犀。"

　　我哑然，"真的是灵犀？"

　　紫嫣的眼锋似是从我脸上剐过，每一个字都是从齿缝间狠狠地咬出，透着切金断玉的刚绝，"我说是灵犀，就是灵犀！这弑君的罪名注定了要她来背！"

　　我神色寂然，仅是沉默着。

　　那一晚的政变，通彻黎明的鏖战，最终还是由紫慧夫人控制了整个皇宫及帝都城。灵犀夫人虽退出帝都城，但并未损伤根本，且事先在曲源一带做了布置，紫慧夫人手下的人马在追到曲源城时，遭遇奇门遁甲之阵，竟无法趁着大好形势再行攻克，令灵犀夫人暂得喘息之机，在退守曲源城，立稳脚跟之后，有卷土重来之势。

　　啪！紫嫣将茶盅狠狠地掷碎在地上，她那晚就通宵未眠，又接连几日的督战，但她脸上却未见分毫疲惫之色，冷哼道："真想不到信王竟会襄助灵犀，害得我不能将其一举歼灭！"

　　紫嫣盛怒未消，话锋冷刻地讥诮道："我现在都不得不佩服灵犀了，论长相不是特别出挑，但凭着一招美人计而百试不爽，蛊惑得林庭修背叛我不说，现在竟然还笼络上了六王爷，让他愿为鹰犬帮她夺取帝位。"

　　我神色平静，指尖轻扣着木桌道："这倒不是最要紧的。不过端仪公主与那六王爷可是一丘之貉，既然六王爷的意思是站在灵犀那边，端仪就算现在还未表态，但多半也是默认了。"

　　我知道紫嫣此时定是心火旺盛，对付灵犀之事，宜一鼓作气方能势如虎，在宫中就彻底地剿灭灵犀的党羽，但想不到她身后亦有助力。现在曲源城凭借兵家奇阵，一夫当关万夫莫开，曲源城与帝都城之间相持不下的形势日渐眉目分明。眼下虽是紫嫣占据了有利位置，但灵犀的实力尚存，况且时间拖得越久，就越容易产生变数。目前林桁止与韶王隔着景江对峙，是远水救不了近火。但反观灵犀那里，信王受封南地，掌握一定兵权，而端仪公主亦是把持着整个庞家，庞家的势力亦不容小觑。若是他们三方势力汇合，以我们目前的情况来看，前景并不乐观。

　　我淡淡凝眉，说道："如果再这样拖下去，等到端仪那头的人一到，恐怕就不妙了。"

　　"端仪没那么轻易能来！"紫嫣闻言一掌拍在案上，切切地道，"虽然我们占据皇宫，但这天下的形势变幻莫测，只要灵犀不死，终归让人不安心！"

　　我点头，曲源城久攻不下确实是块心病，占据一时的有利位置又能怎样，强劲的敌人正在不远处虎视眈眈，磨牙擦爪着准备随时要取而代之，到底是令人食不甘味，寝不安席。

　　"灵犀现在手上捏着你林氏族人三十余口的性命，你打算怎么办？"我问道，紫嫣懂得要先下手为强，但这个道理灵犀同样懂得，她趁着那晚紫嫣进宫与奕槿周旋之际，暗中下令劫走林氏族人，作为有朝一日拿来要挟紫嫣的筹码。

紫嫣脸色发寒，冷声道："那些人她要杀便杀，想要借此来挟持我，想都别想！"

我轻蹙眉，手背抵住前额，其实我早猜到紫嫣会这样说，"这话说得倒是很合你的性格。"

灵犀逼宫不成，棋错一着失去先机，但她并未放弃对帝都的争夺，始终还是算计着要扳回一局，重临皇宫，扶持她所认可的新君继位。紫嫣在曲源城屡次受挫后，现也是按兵不动，尽管选择拖延是不明智的，但就算拖延着，灵犀对帝都有所图谋，不见得她就能沉得住气。灵犀现在就是倚仗着曲源城外得天独厚的阵法，意欲引得紫嫣再次来攻，以此削弱紫嫣手中的实力。

盘桓在天地间的风声萧瑟，我与紫嫣并肩登上城楼看去，隔着寒冬晨间稀薄的雾气，看得清对面城楼影影绰绰地露出几处人形，似乎是被绳索全身束缚着，列成一排跪在城楼上。

风愈紧愈冷，吹散城头缭绕的雾气，跪着的人中有白发老者，有壮年人，还有少妇和孩童，一概穿着单薄的衣衫，在瑟瑟的寒风中冻得缩头缩脚。

我侧首看向紫嫣，紫嫣绷着一张脸，神色冷硬如石，就连挑动一下眉尖这样细微的动作也没有，察觉到我在看她，紫嫣漠然道："我知道灵犀此举是在激我，但她要杀便杀，在未找到兵阵破解之法前，我可不敢再去硬碰曲源城的厉害了。"

她话落，对面城楼上一颗白发苍苍的人头，也在同时落了下去，喷出一丛火热的颈血洒在城墙上。周遭皆是寂寂，唯有猎猎的风声在呼啸哀号，将这骇人的修罗场面，裹着漫天飞舞的雪粒吹成一枚枚冰冷的楔子，深深打进每一个人震颤的内心。

眼下曲源城的守卫犹如天堑，若贸然攻之只会折损人马。灵犀越是刻意激将，我们越是要冷静。一颗一颗被斩下的人头滚落城楼，掉进底下的滚滚飞扬的三尺黄尘中。紫嫣依然面无表情地站在城头，忽然听见对面传来几下清脆的击掌声，随即看到一名少妇被推搡着押到铡刀下，那名女子衣裙褴褛，蓬头垢面，但看身形似乎年纪不大，她颤巍巍地抬头，刚瞧了一眼冷光豁亮的铡刀，就双膝一软差点昏过去，嘴里哆哆嗦嗦地呼喊着："姑姑救命，姑姑救命！"

我瞥见紫嫣的神色不经意地触动一下，微疑问道："那名女子是谁？"

"林庭修的遗孀。"紫嫣声音平缓地说道，话语中听不出一丝波澜。

我略略一惊，再次看向那个跪在地上早吓得花容失色的女子，细瘦的脖颈袒露在铡刀下，只要行刑的人手指头一动，她就会成为刀下亡魂。

紫嫣目不转睛地盯着对面的一举一动，绯色的唇瓣紧抿。尽管在表面看来她依然不动声色，但我与紫嫣相处多年，能敏锐地察觉出，紫嫣此刻已不像刚刚那样冷静。

忽然间，袅娜娉娉的身影一闪，灵犀出现在我们的视线中，她双臂中似有怀抱，应该是个小小的婴孩，正哇哇啼哭着。林夫人一听到哭声，那让死亡的恐惧折磨得迟滞呆板的神经仿佛是被针刺了一下，挣扎着要起身朝婴孩跑去，但是身体被严严实实地捆着，脚步一迈，整个人就狼狈地跌倒在地上。

紫嫣的瞳仁缩了一缩，她抬手指着灵犀抱在怀中的婴孩，喉音艰涩地说道："那个是林庭修刚刚满月的儿子。"

我愈加惊愕，一句话未经思索就脱口而出："灵犀她想要做什么？"

四周一片死寂，好像每个人都刻意地屏住呼吸，而林夫人凄厉的哭号声在这样的安静中显得更清晰，掏出一种撕心裂肺般的痛楚，如是要将喉咙生生地扯出鲜血般喊道："姑姑救命！姑姑救命！"

灵犀面朝我们而笑，原本就隔得远，她发髻间煌煌的珠芒金光将一张容颜映得越发模糊不清，她抱紧怀中的孩子，那样的抱法像是在发着狠，将幼弱的孩子箍得全身极痛，婴孩顿时哭得更加竭力，摧心摧肝，令在场之人闻之皆是不忍。

灵犀的目光扫过一眼林夫人，又扫过一眼正在啼哭的孩子，口气中满含戏谑地道："喊啊喊啊，使劲喊啊，最好喊破了喉咙，看看你那铁石心肠的姑姑会不会来救你。还有你，哭啊哭啊，使劲哭啊……"

紫嫣面沉如水，灵犀话中的挑衅之意再明显不过，骂道："上官婉辞，你这手段卑劣的小人！"

"论手段卑劣，在娘娘面前，婉辞可是甘拜下风。"灵犀伶牙俐齿地啐道，"紫慧夫人，若是你再坐视不理，你的这位宝贝侄媳妇和宝贝侄孙，可就要命不保矣了。"

"他们是林庭修的妻与子，你居然也下得了手！"紫嫣眼角微地抽搐，即使她表面上极力维持着平静，但神情间流露的震骇依然清晰可见。

"呵呵……"灵犀仰首放声而笑，反唇相讥道："我为什么会下不了手？正是因为他们是林庭修的妻与子，我才会更欲除之而后快！"

她面冷如霜，朝身侧之人做了个手势，铡刀劈下，刚刚还哀号不止的林夫人，此刻已是尸首分离，一抛鲜血扬起又坠落，若青青篱笆间一朵早开的红色蔷薇，在倒春寒中又匆匆萎谢。我不由瞪大眼睛，手起刀落间，灵犀眉目间毫无一丝的动容，其狠绝与利落，令人心胆俱寒。

林夫人死后，灵犀轻蔑一笑，又慢慢地抬起手，举着一个匕首般的物什抵住婴孩脆弱的胸膛，她垂眸看向孩子的脸庞时目色格外温柔，一双朱唇翕合，如在吐露着侬言软语。

紫嫣见到眼前一幕，她咬着下唇，手指紧握成拳，最终还是无可奈何地道："那是庭修留在世上唯一的儿子，你若杀了他，就是断了庭修最后的血脉。"

灵犀眼神迷离而轻妩，说出的每一个字都浸渍着毒蛇的汁液，隐隐约约地透出一种疯狂的嫉妒道："若是林庭修在世间最后的血脉，是那个女人所生的，倒不如断了好！"。

说罢，灵犀手中的匕首已完全没入婴孩的心口，孩子停止了哭声，那一瞬仿佛天地都静止了。然后，灵犀将匕首狠狠地抽出，然后将怀中的小小稚子一扔，像是遗弃一件废物般地抛下了万丈城楼，朝下看，风扯落叶般的身躯霎时就湮没在滚滚黄尘中。

紫嫣脸色湛青似有雷霆之云浮动，她一时积愤难当，顾不上其他，冲开身边人的重重守卫，攀上城墙厉声喊道："你这个疯子！这个丧心病狂的女人！"

巨怒攻心之下，紫嫣全身都暴露在敌方视野中，极其危险，对面冷不防飞来一星流矢就能置她于死地。

"快回来！"我阻止她，顿时就有士兵执盾牌林立地围在紫嫣四周，将她严严密密地护住，登时一蓬激射而来的箭雨噔噔地打在盾牌上，而紫嫣站在正中，恍若未闻，我伸手将她拽回，她神情间被愤怒与悲恸蚕食出一个空洞。她见我走来，木然抬头，扯动唇角挤出一弧冷冽的惨笑，"姐姐，我见死不救，是不是太心狠？"

我只是默然。

"林庭修当初为我抵罪而死，我枉做了姑姑，连他的最后一点骨血都不能为他保住。"紫嫣黯淡叹道，深沉的眸心霎时迸出刀剑般的簇亮，连连冷笑，"他临死前还求我放过上官婉辞，现在看来绝不可能，我一定要把她五马分尸，挫骨扬灰！"

我俯视城楼蓬勃如雾的黄浊尘烟，紫嫣却已走下了城楼。我独自静静地站了一会，也缓缓地走了下去。在城楼下，一个侍卫上前拦住我，双手毕恭毕敬地呈上一个木匣，回禀说有人留言一定要交到皇后手上。我心中惊诧，环顾四周，哪里还有什么人影。打开木匣，里面只有一张印满墨字的纸，我匆匆扫视一眼，面露欣然，问道："那人什么模样？"

侍卫不敢怠慢，答道："五十多岁的老道士，看起来面目清瘦硬朗，别的倒没什么特别。"

我神色略略一动，如是不经意地想起些什么，问道："留木匣的人还说了什么？"

"好像还说了一句什么话吧，但文绉绉的属下也记不住。"侍卫拧着眉毛，思忖着好大一会工夫，结结巴巴地说道："他说什么唯有不仁之人……才以万物为刍狗柴薪……还说到杀戮什么，还有不忍见累及无辜……"

那侍卫还在犯磕巴，我的心底却愈来愈沉，积压在脑海深处原已黯黄的回忆，一点点滋生出鲜活的色泽，这一字一句这般的熟悉，低喃道："唯有不仁之人，才以万物为刍狗柴薪，杀戮任予，擢刈任至。宵辈何罪，悯其无辜。"

那天侍卫转将木匣转交给我，里面的密函上详尽地记录着曲源城外围的破阵之法，以及城内兵力的具体分布，并仔细地罗列了防卫疏漏之处。这样一来，于我方可谓是有大大的裨益，此乃天助我也，紫嫣对此甚为欣悦，我却依然淡淡以对，未表现出过多的喜色。

若是我的猜想不错，递这封密函的人，应该就是我早已遁入道门的父亲，曾经的胤朝右相颜聂，在母亲病逝后了断红尘，随谪仙人清虚子入道，摒弃俗念，以玉修之名潜心修习道法。掐指细算，我们父女已是六七年未见，自从母亲死后，我就形同孤女，虽有父尚健在，但父女感情始终淡薄，他决意撒开尘世牵绊撒手一去，我们之间倒真如同陌路人一般。自父亲入道后，我依稀记得他来见过我两回，第一回还是十二年前，他劝我同意北奴王的求婚，以和亲公主的身份嫁往北奴。第二回我嫁到北奴后独居繁逝，他劝我依从女子贞顺与操节的古训回到耶历赫身边。要是这次留木匣也算上，就是第三回了，他不会轻易来找我，每一次来都是为了自己心中的大仁大义。

想到这里，我不禁觉得厌倦，如是被一层干涸的黏膜附在心壁上般难受。灵犀是他的同门师姐，两相对抗之下，凭他一贯寡淡处事的态度，就算是袖手旁观，也不能反戈来相助我与紫嫣。或许灵犀当众屠戮无辜之人的酷烈行径令他感到心寒。唯有不仁之人，才以万物为刍狗柴薪，杀戮任予，擢刈任至。宵辈何罪，悯其无辜。这句话是他当年亲口说给我听，纵然时隔多年，我还是不会忘记。

根据密函中的指示，我们在暗中瓦解了曲源城的防御，不出三四日那里就会成为一座孤城。若所料未差，不出明日，灵犀与其同党就会沦为阶下囚。紫嫣早就属意皇位，林氏多年掌控朝政，其中秘密培植了不少力量，尽管林氏遭劫后折损过半，但仍有部分保存，此番弒君逼宫之计，亦是策划经久。论根基人脉，后起之秀的灵犀到底是稍逊一筹，紫嫣谋动政变之日，灵犀虽闻风声，当下奔赴太极宫有意争夺先机，毕竟是仓促应对，她现在全权倚仗六王，虽暂时克制了紫嫣，但不得不说也是孤注一掷。

此时此刻，灵犀败局已定，狂澜难挽。

是夜，曲源城门已破，火把熊熊，冲天之势，岿然如塔。城楼上空无一人，人心散乱后皆是四处逃逸。我们收到前方捷报后而至，恰好接到灵犀留下的信函，不是降书，而是邀我与紫嫣赴城中官邸一聚，信中字意轻扬，半点都看不出她已是四面楚歌，倒像是仅仅在邀请几位熟稔的旧友。

我心中微诧，眼下灵犀深陷困厄，这定是缓兵之计无疑。沉思细想，灵犀何等的要强，让她向对手俯首乞命，简直比千刀万剐了她还难。所以我料定其中有诈，或许就是她最后的反戈一击。我劝紫嫣莫要赴约，灵犀已是瓮中之鳖，她既然退到官邸，其随从必在身侧，与其孤身直入，冒险以探虚实，不如即刻派出人马强行攻占官邸，将其一举剿灭，铲除后患。

紫嫣将信上的内容一眼扫过，狠狠地揉碎了扔在地上，冷声道："就算是困兽之斗，又能怎样？这只畜生在爪牙尖利、气焰嚣张的时候，也不过尔尔，我难道还会怕她现在的样子？不去，倒是让她小视了！"

她话落，就御马而去，众人布列整齐地尾随。我在原地停滞片刻，看着她的背影，默然叹道："都是争强好胜的人，你说过不会受她激将，但性格注定如此，到底还是躲不过去。"

乱云垂幕，天阴欲雪，一路弃辇策马而来，寒风刮得眼睛生疼。等到我追上紫嫣时，差不多赶到官邸了，敞开的府门如同蛇腔，里面咝咝地喷出阴恻恻的冷风，随行之人寸步不离地跟着我们。灵犀正等着，与旁侧正襟危坐的众人截然不同，她眉目安然，恍若还是昔日一举一动间都流露出高华意态的帝妃。那些追随灵犀官员，都心知今晚已是末日。灵犀夫人败北，三皇子登基无望，待到紫慧夫人一党掌握帝权，他们这些人皆是死罪难逃。所以一见到紫慧夫人进来，一个个都战战兢兢。还有几个耷拉着眼，余光不时地看向紫嫣，恨不得立即就扑到紫嫣的脚下，痛心疾首地陈述一番弃暗投明的忠心，只是碍于旧主在场，灵犀虽是强弩之末，但往日的积威犹在。一些官员即使有观望之心，却一个个都生根似的站在原地不敢动弹。

外面已是血战乾坤赤，而灵犀端坐在那里，依然衣饰修洁，纤尘不染，仿佛外头城破血流的战事与她毫无关系。她唇角含着一点淡薄的笑意，轻灵出尘的容颜，宛若玉琼栀子徐徐盛绽在金风玉露中。眼角一颗漆黑的堕泪痣浑然天成，点在她白皙的侧脸上，凝作一线旁逸的锋芒，含而不露地藏在柔静的目光中。若仅仅是看她现在的样子，根本想不到那日在城楼上，就是她冷酷地下令杀了林氏三十余名族人，并且面无表情地将锋利的匕首刺进刚刚满月的婴孩的胸膛。

但此刻，她温婉宁静地笑着，慢慢地看过每一个人。

亲手种下无数罪孽，却仍旧能笑得比谁都清纯无害，好像所有的血腥都沾染不到她的一片裙角。

紫嫣最厌恶看到灵犀这种样子，径直冷喝道："上官婉辞……"

"嘘。"灵犀将一根纤指抵在自己的唇瓣上，吐息温柔。她若无其事地打断紫嫣后面的话，眼神先落在我身上，后移向紫嫣，悠悠叹道："婉辞今夜已败，皇后、紫慧夫人，到底还是你们赢了。"

灵犀不是肯轻易认输的女子，她能这样说，倒是让我觉得有些惊讶。

"成王败寇，自古如此。"她淡淡的目光落在虚空的某处，轻缓的语意中染着一丝幽怨，"大概是在明天，皇宫中就会对外界放出灵犀夫人伏法身亡的消息，毒害先帝，勾结藩王，暗蓄兵马，逼宫篡位。"

她将视线收回，看着紫嫣问道："这一桩桩欺世背主的罪名，你会一个不落地全扣在我头上，是吗？"

我心底一片澄明，不禁感慨，但事实就是如此，就像灵犀所说的成王败寇，赢者享受登峰造极的荣耀，输者则要背负欺世背主的罪名。所以，这是一场豪赌，一起赌上的不仅是当下的身家性命，还有身后的千秋万世之名。

同样地，若是今晚赢的人是灵犀，那么史书后世所记录的，就是颜皇后和紫慧夫人弑君夺位，而灵犀夫人在危难之际，匡扶正义，惩恶除暴，辅助先皇幼子登上帝位，创下流芳百世的赫赫功绩。

待到多年之后，旧事沉湮，孰是孰非，后世之人又怎会知晓其中曲折。

"乱臣贼子，人人得而诛之。"紫嫣低低地哼笑一声，她神色倨傲地看着灵犀，那样犀利的目光来回逡巡，像是要在这张宁静如斯的完美脸庞上挖掘出一点点属于恐慌失措的破绽。好让紫嫣知道灵犀在害怕，在畏缩，紫嫣已在实力上打垮了灵犀，若是能发现她强大的内心亦是面临崩溃，这样才算是彻底地击败一个对手。

"乱臣贼子？"灵犀浅笑吟哦，暗藏嘲弄的口气，"谁会知道其实乱臣贼子与千古功臣，仅是一线之差。"

紫嫣对此置之不理，只是冷冷问道："你说我应该怎样处置你？"

这是一句冷硬至极的话，提醒着现在谁是不可一世，高高在上，谁是命如蝼蚁，卑微在下。

灵犀柔柔一笑，将手覆上已微微隆起的小腹，气息细细地说道："只要你不怕一尸两命。"

此言一出，在座之人俱是震惊。但很快就有人反应过来，恍然大悟，一时间在底下啧啧窃语，灵犀夫人身怀六甲，肚子里是先皇的遗腹子，是皇家的嫡亲血脉。纵然灵犀眼下兵败，受制于人，紫慧夫人也只能将她先囚禁起来，等到十月怀胎瓜熟蒂落之时，再另行处理。若当即就杀了灵犀，相当于杀了先帝留下的遗腹子，到时候，紫慧夫人不仅会失义于整个高氏皇族，还会成为天下人眼中的众矢之的。

灵犀此人狡诈诡谲异常，若此时不能斩草除根，让她得以喘息之机，一旦伺机反扑，必是心头大患。

就在众人的眼光惊疑不定的时候，紫嫣轻轻击了两下掌，忽地笑出声来，说道："这未出世的皇嗣倒是你的一件利器……"

"你说得没错，只要你有龙裔在，我就奈何不了你。不过那是先前，现在……"她语调陡然一厉，"现在本宫只需要昭告天下，灵犀夫人与六王私通，致使珠胎暗结，实非先帝之子。本宫不在乎多下一道诏书，夫人应该也不在乎多出一条淫乱宫闱的罪名！"

砰，砰。杯盏破碎的声音乍响，但也抵不过紫嫣的话语，一字一字的铿锵有声。

"哈哈……"灵犀顿时笑了起来，如是听到了世上最好笑的事。她笑得伏在桌案上，钗环丁零，蛾鬓微倾，随着她略显夸张的动作，耳垂上穿着长长的银线虎睛珠子簌簌地打着桌面。在座之人见状诧异无比，我亦是微微蹙眉，灵犀自幼追随清虚子道长，对世间礼法自然也看得比较淡，但她在人前一贯端庄优雅，从未像今日这样，笑得这般放浪形骸，无所顾忌。

灵犀放声大笑，笑得整个人都软软地伏倒在桌上，好像直不起身来，"哈哈……淫乱宫闱……也亏紫慧夫人您能说得出，淫乱宫闱？哈哈……这么光彩的好事，谁敢说谁没有做过？"

"紫慧夫人这话说得真好，淫乱宫闱，这四个字，哪是灵犀一人能承担得起的？"灵犀细眯着眼，满含戏谑的目光扫过我和紫嫣，刻意拖长声音，"皇后……紫慧夫人……你们哪一个不曾淫乱宫闱？"

"疯子。"紫嫣神色愠怒，切切地咬出这两个字。灵犀现在是索性拼个鱼死网破，什么礼义廉耻统统都不要了，就算要受天下人的唾弃，她也要拖着别人一起，休得只手遮天，让他人一言定是非！

这时，我脑海中有隐秘的微光一闪而过，当即想到些什么，正要对紫嫣说，可是紫嫣的全副心神都在对付灵犀上，未在意到我的异样。

灵犀轻轻咬唇，笑音细若浮云踏冰，顷刻间恢复了先时的一副"泰山崩于前，安然处之"的模样。她纤白若新葱的手指执起酒杯，摇碎了凝在里面的一道涟涟烛光。

有剑戟破空传来霍霍的声音，重重整齐的步伐由远及近，整个曲源官邸都被密不透风地包围了。抬首看去，庭院外郁郁密密的枝叶间偶尔闪现出刀刃支离的寒光，被围困的众人虽早已料到有这样一刻，但看见货真价实的刀剑快要擦到眼皮子底下时，还是惊吓得心胆俱摧。

有侍从为在座的每一人斟上酒，灵犀看着众人，仰首率先一饮而尽。

"此酒为诸君饯行。"她笑靥如花，看着曾经跟随她的那些人，笑道，"紫慧夫人生性阴鸷多疑，对于敌人宁错杀不可放过，你们这些人既然有过异心，紫慧夫人就绝不会再用，想必今夜死期也到了。"

灵犀说得漫不经心，就好像数十人的生死都是无足轻重的小事。那些人一个个惊骇得面色如土，双手剧烈颤抖着，连只小小酒杯都握不住，掉落在地。

灵犀摇摇头，叹惋道："可惜了好酒。"说罢又自顾着饮酒。

一杯饮尽后，她又转首看向跟随我们而来的人，遥遥抬手，笑道："此酒祝诸君在皇后与紫慧夫人麾下，将来辅助新君登位，步步高升，前程似锦。"

那一笑间，虽不是倾城倾国，但柔柔曼曼如溪流清涧，带着一种足以动摇人心的力量。

紫嫣早已看不惯灵犀，当侍从将酒端到她面前时，她嫌恶地一挥手，连酒杯都不想去拿，就将盛满酒液的金杯连同端盘一齐打飞出去，嗤之以鼻道："上官婉辞，你往日那些眼花缭乱的手段，难道现在就只剩下在酒里下毒了？"

看到紫嫣如此，跟随我们而来的人霎时士气一振，目眦欲裂地看向灵犀，纷纷将手中的酒杯狠狠地掼在地上。

放眼看去，只有我与灵犀还是执杯，转眼间，她又是饮了一杯，这回喝得有点急，一痕酒渍顺着唇角滑落，如花苞上沁着冷意的露珠。

灵犀凝视着我，眼神凄离，雪白的一张脸，衬得眼角一颗堕泪痣愈加皎皎漆黑，她不时地眨眼睛，那颗堕泪痣就如悬在夜空的星辰般摇摇欲坠。

"皇后姐姐，您喝啊。"她朝我睁着一双明澈而无辜的眼睛，纯粹干净的神色，一如我当年在金莱城医馆中遇到的，那个容颜韶秀的少女。

我仿佛受到某种蛊惑，无意识地拿起酒杯朝唇边送去。

"姐姐，不要喝！"紫嫣侧眸瞧见我这里的情况，登时大叫一声，抢身过来要打落我手中的酒杯。可她连我的手指都还没有挨到，我就松了手，那只酒杯砰地碎在地上，但我的嘴唇已经沾到酒水了，冰凉的触觉蔓延进唇齿之中。

紫嫣紧张地盯着我的脸，疾声问道："姐姐，你怎么样？"

"她没事。"一把清凌的女声横插而入，开口说话的人正是灵犀，她漠然瞥过在场的其余人，淡淡吐出，"有事的是他们。"

灵犀话音刚落，那些人接连倒在地上，先时脸上皮肉扭曲，之后全身肌肉都痛苦地抽搐起来，呻吟哀号声不断，其状甚是骇人恐怖。

我与紫嫣俱是大惊失色，灵犀冷笑不止，眼中隐现一丝狠绝之色，说道："杯子上有毒，但酒中掺了解药。执杯中毒，但饮酒立解。你们这些人自己将解药打翻了，也就怨不了我了。"

紫嫣根本就没碰到酒杯，我拿过酒杯但也饮了酒，所以我们两人都是安然无恙，隐隐有点庆幸，但同时也感到一阵心底抽寒，灵犀不仅动手杀了我们的人，还动手杀了自己的人，其毒辣利落的手段实在令人发指。

这时，一名锦袍玉带的男人正朝着灵犀的方向艰难爬去，伸出一只痉挛的手想要抓住灵犀的裙角，他的声息已是极弱，但口气中的震惊依稀可辨，"你这个女人，居然连本王也杀！"

若我看得不错，那人应该就是信王，亦是奕析的六哥。灵犀看着匍匐在地的人，仅是轻哼一声，她神色冷漠，夹着毫不掩饰的嫌恶，如是居高临下地看着一件废弃的物什，"没有利用价值的东西，都该死！"

"这样真好，先让无关的人都死了。"灵犀点点头，看着满地伏尸。她面朝我们，眼锋薄削如刀，"既然这样，该轮到我们之间好好地算账了。"

紫嫣的眸心亦射出两道精芒，意态狂傲地指着灵犀，厉声道："我倒想看看你还能怎样，总之今日你必死无疑！"

"你错了。"灵犀分毫不为她的气势所震慑，慢慢地道："今日要不你死，要不我们同归于尽。"说完她身形一退，就朝着后院而去。

夜幕清落空寂，郁积凝滞的寒冷化作一场雪。抬首看去漫眼飘旋的雪花，在疾风中激荡如无根的纤尘，静静地落着，覆盖了不可一世的喧嚣。

皓皓洁白中，一名女子躺在雪地上，她全身裹在白色狐裘中，连一头墨黑柔婉的秀发也藏在风帽中，双眸紧闭，脸色异常苍白。她一动不动地躺在那里，似乎整个人都要与白雪融为一体，除却左胸的位置插了一支箭，箭头半没入体，殷红的鲜血汩汩地流淌，从体内滚出温热的液体，在雪地上灼烧出一道蜿蜒的赤色沟壑。

箭伤并不严重，但她还在流血，点点从天而降的飞花，一触及红色就顷刻融化，无影无踪。她艰难地睁开眼，看着无数雪花消融在自己的血里，仿佛飞蛾扑火般的悲壮，无声无息地笑了。

我在她的身侧缓缓蹲下身，说道："原来你说的'要不你死，要不我们同归于尽'，并不是在危言耸听。"

灵犀慢慢地侧过脸，看着我，淡漠的眼神里无悲无喜，轻咳一声道："我有必要危言耸听吗？罢、罢、罢，不过终归是输给你们了。"

我闻言清冷一笑，她在这座官邸中四方八角都事先埋下了炸药，一旦引爆，官邸中的所有人都逃脱不了被炸得灰飞烟灭，这就是灵犀的反戈一击，但到了最后一刻，却恰恰是她自己，亲手捣毁了火药的机制。

"兵不厌诈的道理，说来最容易，但真正懂得的又有多少？"灵犀神色间透出一抹凄然之意，"棋错一着满盘皆输，我真是愚笨，师父在这时候怎么会来帝都？当时只远远地看到一眼，我就应该想到是玉修师弟假扮，但还是怕有那个万一啊。"

我浅笑道："你本是不用上当，但难得的是你这般看重师徒情分，终究不肯冒险。"

今夜若是官邸爆炸，我与紫嫣的结局皆是必死。但事情却有转机在，我的父亲玉修道长来了一招疑兵之计。灵犀不知是玉修，以为是师父清虚子亲临此地，唯恐祸及师尊，匆忙之下捣毁机制，不料却是中了计。

这几日来，亲眼看着灵犀杀了那么多人，我原本觉得她身上的那股嗜杀好斗，已成心魔，任谁的命她都不会放在眼里，想不到她毕竟还是有所顾忌，宁愿放弃全盘计划，令自身的生死陷于人手，也不愿拿着师父的性命去冒一次险。

灵犀低低垂下羽睫，问道："玉修是你的什么人？"

"正是家父。"我淡淡答道，伸手轻轻弹去鬓角的一朵雪花。

"我明白了。"灵犀喃喃道，她转过头不再看我，仰首望天的瞳孔漆黑而空洞，"林紫嫣想要怎么杀了我？总不会这样一支箭就了结吧？"

那支箭插在她纤弱单薄的身体上，虽未伤在要害，但她此时已经毫无反抗的能力。而且，若是一直躺在冰天雪地里，她迟早也会因阴寒侵体、心力枯竭而亡。

"她是让我静静地等死吗？"她的唇角勾起轻俏的弧度，"这倒不失为一个好主意，面临死亡的一刹那是不可怕的，可怕的是明明知道要死，却拼命逃脱不得的痛苦与折磨。"

我心中意念一动，雪花一朵一朵地飞落在衣袍袖口，都是破碎的，不完整的凋残样子。我想起那时连夜送紫嫣出皇宫，还有在天牢中的那幕。我阖眸，问道："你知道林庭修在临死前，求了他姑姑什么吗？"

灵犀没有说话，或许她在等我的答案。

我眸色淡远地看着她，启唇说道："他求紫嫣，若是有朝一日你落在紫嫣手中，他希望紫嫣能放你一条生路。"

那一瞬间，灵犀身体不经意地颤抖一下，似乎还扯到了伤口，她的眼底似有浓烈的悲恸在滚动，但那些话说出口却是满满的鄙夷，"林紫嫣绝不会放过我，只要我不死，她就永远觉得芒刺在背。"

听灵犀如此平静地回答，我心底微微一愕，叹道："你知道紫嫣是如何回答的吗？紫嫣说你若是落在她手里，她一定要将你五马分尸，挫骨扬灰。"

灵犀冷哼一声，说道："说这种话才符合她的性格，我也相信她能做得出来。"

我正要说话，灵犀抢先一步道："而且就算她这回放过我，我也不会对她感恩戴德。她今日的心软，换来的只能是我今后变本加厉的报复。她最好还是现在杀了我吧，不然我将来也要来杀了她。"

我震惊地看着面前垂死的女子。

"呵呵……"她笑起来，身上一时间褪尽了往日的锋芒，苍白的面容透出一层淡倦，说道："我累了，再不甘心又能怎样？索性让一切就此结束吧。"

我笑意中多少有些隐晦的意思，道："为何你对林庭修一点都不感念？枉费他当初这般苦苦地恳求紫嫣。"

临死之前，林庭修恳求紫嫣的最后一件事，不是为了任何人，而是为了她。就连生命中与他最亲密的发妻稚子，也比不过那个曾经算计过他，欺骗过他，最后还陷他于死地的女子。这究竟是愚蠢，还是痴狂？

"到了这一步，还有什么好说的？他死了，我也要死了，还有什么好说的？"灵犀神色怔忪，眼角渐渐地沁出晶莹的微光，良久，她涩声道："只是……我真的有太多事情都愧对他，害死薛氏满门的人是林紫嫣，他的姑姑，并不是他，我当年有什么资格迁怒在他身上？"

灵犀望着眼前无穷无极的浩大天幕，幽幽地道："你不知道吧，其实我与林庭修早就相识了，早到我还傻傻地以为自己仅是上官家不受宠的女儿，早到母亲还未将这份沉甸甸的遗命放在我身上。当时仅仅十多岁的年纪，满心雀跃地喜欢着一个人。我自幼跟在师父身边，对道学也耳濡目染了不少，初见时他还以为我是道姑，那首《还俗歌》就是为一时嬉闹而作。最后那几句是'想那容颜如花，似锦年华，莫付了青灯黄卷，猛把青衫撒下，不如早早地蓄了青丝发，去嫁个俏冤家'……"

灵犀说着，吐息轻浅地吟唱起来，一缕青丝从风帽中宛转地流泻而出，软软地贴着她冰冷的面颊，她指间拈着青丝，刹那如是有所触动，悠然道："我还记得我那时是怎样回答他的。'婉辞自幼蓄发，已得青丝三尺，郎君觉得可长否？'"

你道我无意，我却是，鬓发如云为君生。

我忽然想起当年，在金莱城的医馆中初次遇见灵犀，她坐在石阶上嘤嘤哭泣，口中正吟唱着什么，细柔的歌声，因哽咽而支离细碎，似乎唱的正是《还俗歌》的最后几句，我不禁想问道："当年在金莱城中，你……"

"金莱城中的那家医馆是属于我和他的，我们曾约定要在那里安家落户，一直过平静生活，我施医救人，而他在医馆里给我帮忙。如果能过那种日子，真的很好，很安宁，也很圆满……"

灵犀将指间的青丝甩开，双手捂住脸庞，细瘦的手指一点点收紧，她极力忍住喉咙的呜咽之声，尽管这样，但还是抑制不住大颗大颗的泪珠从指缝间溢出。

"但是……是我愧对于他，是我最先违背了誓约。我当年一心想着要报仇，是我太自私，一点都不曾为他设身处地想过。当年在金莱城，你与韶王遇到我的那天，原本是我们约定好要一起去隐居的日子，只是那时，我已成为帝妃，他也娶了他人。在那天，我明知他不会来，可我还是鬼使神差地去了医馆，一个人坐在台阶上一直等着，偶尔听见墙外有《还俗歌》的声音，终于忍不住伏在膝盖上哭了出来。也就在那时，恰巧让你们看到了。"

我静静地听完，也就是因为那次仿佛命中注定的巧合，才会使灵犀日后对我身份的怀疑，最终将我、奕槿和奕析三人都牵扯进一段纠葛的命运，当真是剪不断理还乱。

我默然叹道："真是天意，偏偏撞见了你。"

"谁说不是天意？"灵犀仅是无奈而笑，她此时的眼神格外黯淡，如天际泯灭光芒的星子。

"老天在罚我。这么多年来我用尽心机，利用太后对母亲的愧疚之情，而获得太后的怜爱，利用皇上的崇道之心，而获得皇上的信任。我终于扳倒了林紫嫣，并且将林氏家族的势力从朝堂上连根拔起，离报仇雪恨仅有一步之遥。但老天在罚我，我千算万算都想不到林庭修竟然会对他的姑姑愚忠至此，不惜性命地为林紫嫣扛下所有罪名，老天在罚我，我要让紫嫣死，却亲手杀死了他……"

我神色悲悯地看着躺在雪地上的女子，清丽脱尘为容貌，至灵至性为风神，是为世间女子中的翘楚。我想起当初在上林苑中，蓦地回首看到她时的感觉，那种冷然出世之意，若以梨花、广玉兰这等本质洁然的花作比也不能相较，唯有"钟灵毓秀"四字形容可般配，钟天地之灵，毓山川之秀，纵然再美再好，但最终还是逃脱不了命运加诸在心灵上的桎梏。

"这一切又是何必？你，还有紫嫣……"我悠浅地叹道，"为了仇恨，而毁了自己一生，也毁了身边的人，真的值得吗？"

灵犀以手痛苦地抵住前额，泪珠自眼角滑落，一点清光滞留在堕泪痣上，那颗漆点般的黑痣如墨迹被水洇湿，漫漶模糊，她略略沉吟道："这句话在阴山行宫的那晚，你也问过我。当时风头正劲，形势大好。仇人的落魄，甚至仇人的鲜血都令我感到前所未有的满足。你那时问我，我只会斩钉截铁地说值得，但是现在……"

她的眼神在瞬间变得惘然，"我不知道，如果当年能不要进宫，留在医馆中过宁静的日子，在老去后回忆起来，或许也会觉得不甘心？或许……罢了罢了，多说无益……"

不知为何，我此时心中亦是黯然，仿佛触动心事般，漫天的雪花不疾不徐地飘着，千里银装素裹，坐看绿枝变琼枝，泪凝如雪落满衣襟。

忽然间，身后传来急促的脚步声，鞋底踩在雪地上是松软的索索声，我回首，正是紫嫣和林庭茂。

貂裘风帽下露出紫嫣半边脸的轮廓，她身形孤峭地站着，看不清她的神色。但林庭茂看起来却是满脸忧急，他站在紫嫣身侧，虽要比紫嫣高出一个头，但因姿态谦恭而看上去比紫嫣矮，仿佛正在恳求着什么。紫嫣始终漠然注视着眼前的情况，任林庭茂怎么说都一言不发。

林庭茂英眉紧锁，他竟屈膝给紫嫣跪下，低低地求道："姑姑，庭茂求求你了。哥哥最后的骨血，能不能留得下来，全在姑姑的一念之间了。"

如此寂然许久，紫嫣叹了口气，看着跪在地上的林庭茂，抬手轻轻挥了两下，示意已默许。林庭茂见此大喜过望，抽了一口气道："庭茂替哥哥谢谢姑姑。"

这时，林庭茂身后走出几名侍从装扮的人，朝着灵犀的方向走去，林庭茂留心吩咐道："小心些，她身上有箭伤。"

灵犀脸上的泪痕已风干，她冷漠地看着远远站着的那两人，好像不肯示弱般，用手臂死命地强撑着身体坐起来，她的动作无疑牵动了身上的伤口，半凝的血痂裂开，箭伤处有血渐渐沥沥地流出来。

"站住！谁敢过来！"灵犀断然喝止那些要靠近她的人，几个侍从皆是惊愕，愣在原地不敢挪动，眼前这样近乎奄奄一息的柔弱女子，竟然在一时间浑身散发出一种无人能拂逆的威势。

紫嫣冷眼旁观，站在那里一动不动，林庭茂却是急得直搓手，他想要说话，但这七尺壮汉，触及灵犀眸间逼仄而出的一线凌厉眼锋，顿时张口无言。

灵犀挣扎着在地上直起身，纤细单薄的身影与胸口插着的那支箭，一齐投射在皑皑洁白的雪地上。她现在的样子，令人想到巫蛊之术中一个被施以恶毒诅咒的布偶，那枚致命的银针就钉在她的心上，有着说不出的凄离与惨厉。

她笑了，轻灵如飞花逐雾，如是要将在一笑间将她骨子里的柔与媚、清与灵全部绽放而出。

她高傲地扬起下颌，朝着紫嫣连声问道："你想留着我的命吗？你顾忌我腹中的孩子而不敢杀我吗？你宁愿我的孩子是皇上的，是信王的，唯独不愿意是那个人的？你心里明明恨不得立即杀了我，现在却不得不因为那个人而投鼠忌器？我真的想不到，一贯都宁可错杀不可放过的你，居然也有害怕杀错的时候！"

没有人敢这样激怒紫嫣，她满目怒色，霍然上前，逼近灵犀了一步，林庭茂惊呼了声姑姑，将她挡住了。

"哈哈……"灵犀笑得愈加肆无忌惮，她的笑声骤然停歇，咬紧牙关，伸手到胸前，在众人震惊的眼光中，猛地将那支箭拔了出来，锋利的箭镞撕开脆薄的皮肉，顿时血流如注，白皙如玉的掌心浸洇得殷红一片。看到这般血腥而残忍的一幕，每个人都忍不住转过头去，居然没有一个人敢上前阻止她。

我隐隐有不祥的预感，朝着灵犀高声喊道："你把箭放下！"

我想要冲上去夺下她手中的箭，但还是晚了一步，灵犀双手紧握箭杆，用尽全身残余的力道，将箭头狠狠地刺进心脏的位置，一丛艳丽的心血洒在雪地上，如同生长在春日里一枝生机盎然的红藤萝，因鲜血的滋养而益发蓬勃。

我霎时睁大眼睛，她的面容惨白如鬼魅，朝着紫嫣，那笑声也渐渐低弱下去，"你给我的这一箭，杀死了我，也杀死了你们林家的子孙……"

说完，她的身躯倒在地上，瞳孔涣散，已然无救了。我看着死去的灵犀，雪依然未停，仿佛有灵性般地覆盖上她的面容。以前或矫作或痴狂，聪颖慧黠，天真懵懂，有几分是真心，又有几分在做戏，然而这刻，她的神情真正的纯净无邪了，宛若盛绽在茕茕夜色中一枝洁白的木槿花，毫无一丝尘世的气息。

灵犀死了，紫嫣连眼皮都不曾抬一下，她的脚步很稳，一步步朝我走来，她扶着我的手说道："姐姐，我们回去吧。"那种云淡风轻的口气，恍若还是不谙世事的闺中小女儿在亲密地招呼她的姐妹，声音清灵灵地说着，我们回去吧。

但是我感觉得到紫嫣的手加诸在我手臂上的力道，那般地用着劲，那般地发着狠，似乎是蛰伏在身体深处那些无从宣泄的悲与愧，恨与怨。

紫嫣下了一个令所有人震愕无比的命令，将曲源城的官邸封死，然后引燃全部的炸药，将其夷为平地，也就意味着里面的人都要死。

我惊异地去看她，眉梢眼角，锋芒尽现，透着一种愈加迫人心魄的威慑，如同一柄剑，先时仅是见血封喉的锋利，但在经历烈火和寒冰的双重淬炼后，更被赋予了浓重深厚的生死予夺的戾气。

怅望千秋一洒泪

曲源城中兵败的当晚，灵犀举箭自戕，其盟友信王亦是毒发身亡。震惊胤朝史册的"宫妃乱"，两名深宫嫔妃之间掀起的一场权力角逐，多少人的性命都陨落在腥风血雨里，终究还是让紫慧夫人做了最后的赢家。

拥护三殿下继位的一干人等群龙无首，如一盘散沙，不攻而破。眼下胜负已分，自古以来，成者王，败者寇，此时，我和紫嫣以两宫太后的名义向天下昭示上官氏灵犀的种种罪状，包括怂恿帝王沉迷道学，炼制丹药毒害龙体，篡夺皇位，意图不轨等等。其党羽或杀或贬，无一幸免，灵犀一党气数尽矣。现在帝都城中几乎人人心知肚明，由四殿下高舒皓继承皇位已是大势所趋。

先皇驾崩的消息传出后，各地高族皇亲都陆续赶到帝都。皇宫内外挂满了写有奠字的白灯笼，阖宫缟素，百乐齐哀。大行皇帝的身后诸事，正在有条不紊地进行。新君的登基典礼，安排在大行皇帝的丧仪之后。

翌日，先皇遗诏正式颁布天下，传皇位于四殿下高舒皓，我是中宫皇后，乃是舒皓的嫡母，顺理成章地晋为昭宸皇太后，而紫嫣乃是舒皓的生母，晋为昭慧皇太后。新君以六岁稚龄君临天下，两宫太后垂帘听政，在朝廷中确立四位辅政大臣，尽忠新皇，共襄帝业。辅政大臣皆是昔日听命于林氏的旧部，可以这样说，现在整个皇宫都掌控在我与紫嫣，两位年轻的太后手里。

短短半月的时间，从先皇驾崩到新君继位，帝都城中已经历了改朝换代。皇宫中首先传出一道旨意，就是为前朝立定的韶王谋逆之事翻案，以韶王是至亲皇叔为由，命他秉辅政之责，抚之甚厚。望其于景江止戈，莫犯天阙，前嫌概不追究。

超度的法事在通明殿中举行，两宫太后亲自率领后宫诸妃哭灵。通明殿中满地跪着僧侣和主持禅师，木鱼阵阵，伴着肃穆低沉的诵经声。紫金香炉烟雾袅袅，缭绕在镶金朱藻的巍峨殿顶，正中供奉着大行皇帝的灵位，整个通明殿中透出宝相庄严。

我与紫嫣两人因太后之尊，所以能在先皇灵位之前，其余先皇的嫔妃全部跪在通明殿之外，在宫禁内的丧仪自寅时开始，繁文缛节，款项杂多，到了正午都未结束。那些跪在殿外的嫔妃，天蒙蒙亮就起来，在冰天雪地里一连跪上好几个时辰，个个都是苦不堪言，但迫于昭慧太后的威势，任谁也不敢违逆，那些嫔妃就一直这样小心翼翼地跪着。

僧侣的诵经声继续着，如夏日的蝉音嘤嘤不绝，并未令人觉得心境清明，反而无端地生出厌倦之感。还未结束，紫嫣早已跪得耐不住性子，从蒲团直起身来，正在埋头诵经的僧侣，皆是神色微讶地朝着紫嫣看去，不经意间口中的诵经声就低了下去。

我在紫嫣身侧，用眼神轻轻示意她，紫嫣却装作浑然未见，她站在那里，通身素衣，因是持节守孝，故脂粉不沾，钗环不施，青丝绾作高髻，髻后仅饰有两道银白丝绦披垂而下，一直落到腰际。尽管妆容如此素简，但她神色间流露而出的桀骜之意未折损一分，眉梢眼角的锋芒愈加让人不能逼视。

"你们怎么停了？继续诵经，统统不许停。"紫嫣眉峰一挑，扬手指着那群僧侣，宽大如云的衣袖挟着噌的破空声猛地一翻，自有一股不怒自威的气势裹藏在里面，"听到没有？继续念经不许停，咱们这位先帝爷可真是盛世明君，你们这些人三生有幸能为先帝做法事，岂有怠慢的道理！"

僧侣们听了紫嫣的话，一个个都噤若寒蝉，哪里敢违抗昭慧太后的懿旨，埋首拼命地念经。

紫嫣今日说话的口气颇冲，无缘无故，每一句话都是夹枪带棒。但此处是通明殿，当着诸位僧侣和主持禅师，外面还有一大帮嫔妃，她这般言辞无忌毕竟不是太好。

我暗中牵了她的袍角，压低声音劝道："紫嫣……"

紫嫣对于眼前的情形却是毫不在意，她未等我说完，就将我的手一把推开，微微俯下身时，侧脸贴着我的耳畔一擦而过，幽幽说道："到了这时候，我为何还要再跪他？"

"这么多年都忍受过来，难道偏偏忍不了这一时片刻。"我垂下眼睑，"紫嫣，你明白的，不要逞一时意气。"

"姐姐言重了，若是我只会逞一时意气，哪能有今日？就算某一日死了，到阎王殿还不知道要告谁的状。"紫嫣轻笑一声，离我退开两步，高髻后系着的两道银白丝绦，有一条轻飘飘地吹到眼前来，她随手将它拨到一边。

紫嫣说话的语调清亮明晰，唯恐别人听不清楚似的，笑道："咱们的先帝确实是位好皇帝，难道咱们就不该为先帝歌功颂德吗？"

我看着紫嫣，她此时的样子像是怨恨，又带着不可一世的嚣张。她举步直冲到香案前，在那里摆着由象征高贵与圣洁的迦南木所制成的灵位，足有三尺高，其后是镌刻着流云回雪符文的经幢，重重雪幔白绫翻飞不定。

通明殿中的主持禅师见此不由一愣，依循祖训，任何人都不允许靠近先帝灵位，此乃对先帝的大不敬，即使贵为一朝太后，亦是不可以。禅师正要劝阻，然而，紫嫣却做出了令他更加愕然的举动。

紫嫣面无表情地抓起紫金香炉中的一把香灰，哗地五指张开，径直朝着迦南木的灵位洒了下去，香灰顿时四散飞扬。

"啊……"殿中诸人俱是大惊失色，统统忍不住叫出声来。禅师虽是经历世事的老人，但看到眼前这惊世骇俗的一幕，简直难以相信自己的眼睛，骇得怔住在原地。

这是自大胤开朝以来从未有过的事情，皇太后居然朝着先帝的灵位肆无忌惮地洒香灰，此逆天之举，乃是不忠！不敬！不节！不义！

但紫嫣神色狂傲，她肆意大笑着，一点都不在乎他人震惊惶恐的目光。她似乎犹嫌不足，再抓了一把香灰朝灵位撒去。

她一边尽情地撒香灰，一边口中还吟唱着："酒泛恩波，香凝瑞彩，笙歌鼎沸华堂。簪缨济济，拜手祝君王。好是重华盛世，康衢里、争颂陶唐。古今少，圣明相继，交劝万年觞……"

我听出那是一首赞颂帝王贤德的歌词，曾经在雪芙殿的中秋宫宴上，司乐坊的歌女就演唱过此曲。当时在雪芙殿中，阖宫共沐盛世荣光，缓歌慢舞翩跹盈动，钧天之乐近乎要风靡了一池的雪色芙蓉。此曲是宫廷乐师为取悦奕櫂而作，但今日，从紫嫣的口中唱出，竟是说不出的鄙夷和嘲讽。

通明殿的主持禅师，眼睁睁地看着紫嫣行如此荒诞之举，急得面孔泛赤，但是张嘴就磕巴，一句话结结巴巴地怎么都说不下来，"昭慧太后您……您……您……"

"老东西。"紫嫣根本不理会禅师，低低地咒骂了一声。她将头一偏，薄削如刃的眼锋横扫向那群诵经的僧侣，盛气凌人地斥责道："怎么停下诵经了，本宫说过不许停！你们一个个难道都没听到？"

说罢，紫嫣举起手，将一把香灰朝着僧侣兜头兜脑地扔了下去，四散的轻尘呛人口鼻，涕泗横流。左右有不少僧侣都忙不迭举手擦眼，披着华贵的蹙金袈裟的僧人，一时间狼狈异常。原本庄严肃穆的法事，被紫嫣搅得一团糟糕，怎么看都像是一场闹剧，若是传出去，定是滑天下之大稽，成为百姓茶余饭后的笑柄。

紫嫣冷冷地看着，神色一肃，厉声喝道："谁敢擦！谁敢擦先帝灵前的香灰！本宫叫你们沐浴先皇浩大的恩典，拒而不受就是藐视先帝威仪！"

那些安享富贵已久的僧侣，毕生都未见过这种场面，昭慧太后摆明了是在无理取闹，但他们一见到紫嫣动了真怒，俱是吓得胆战心惊，面色灰败如焦土，哆哆嗦嗦地跪在地上，任由香灰劈头盖面地撒下来，也不敢再去擦了。

紫嫣看着以匍匐的姿态，臣服在她脚下的人，她好像感觉到了满足，忽地又笑了出来，笑容娇妩绝艳。她一边四处撒播着皇恩，一边接着下半阕歌词唱道："盛世升平，穷天极地，万民俱沐恩光。锦绣成行，更宫花齐戴。愿捧蟠桃为贺，对瑶宴、一曲山香。尧天近，葵倾心切，相约共梯航。"

我始终冷眼旁观，一动不动地跪在原先的位置上，紫嫣发疯似的乱撒香灰也好，僧侣们的惊慌失措也好，我静静地安然处在其中，仿佛身边发生的事情与我毫无关系。

主持禅师在宫里德高望重，曾得到三代帝王的礼遇，何曾受到过今日这样的轻视和冷落。他满脸忧急地看着昭慧太后的恣意之举，将目光投向了一直保持沉默的我身上，他言辞激切，气得声音都发抖起来，说道："昭宸太后，您看这……您劝劝昭慧太后吧，不能再这样了……昭慧太后如此胡闹，岂不是存心在触先帝的霉头，存心要让先帝的在天之灵不得安息！"

我眼神清浅地看了禅师一眼，如是在顾自思忖着什么，未给他任何回答。

眼看着紫嫣闹得越来越厉害，我终于站起来，疾步走到她身边，一把握住她的手腕，迫使她停了下来。我一尘不惊的面容，仿佛过滤掉了所有的情绪，语意淡淡如无味，仅仅对她说了三个字："你够了。"

紫嫣眼角掠过一线清冽如剑的锋芒，她直视我淡薄的眸子，似笑非笑，口气含着一丝嘲讽道："莫非姐姐看不下去了？莫非姐姐觉得于心不忍？"

我看着紫嫣，眼前的这个人，她是我的妹妹，但她无时无刻不想着要压制我，她明明知道有些事我是极力回避的，她却一而再，再而三地来掀我的旧伤疤，来让我难堪，在她面前要我难堪。

"没有这个莫非。"我勾动唇角，漠漠一笑，将握在她腕上的手收了回来。

紫嫣当着我的面将手指一根根收紧，她意味深长地看着我，冷笑一声转过身去。她眸光骤然发狠，双手抓起那只紫金香炉，狠狠地朝着香案砸去，砰砰的破碎声传来，迦南木的灵位摔在地上，案上的贡品亦是被砸得七零八落。

从清晨开始就跪在通明殿外的嫔妃，撑到现在已经有些熬不住了。她们大概都听到通明殿中传来的异常响动了，每个人的神情都是惊疑不已。但看到昭慧太后寒着一张脸从殿中走出，又吓得战战兢兢地，强打起精神继续在冰天雪地里跪着，唯恐一个不慎，就触怒了这位手段狠绝利落的年轻太后。

我心知紫嫣性格中颇有些阴戾乖僻，但她行事一向冷静缜密，何至于像今日这般不理智。我见到她出殿，匆忙追了上去，拽住她的衣袖，声色诚恳地道："紫嫣，你最好还是收敛一点吧。现在的局势并未完全稳定下来，还不到让你任意耍脾气的时候。"

紫嫣闻言横了我一眼，口气疏远地说道："我需不需要收敛，轮不到姐姐来管；现在的局势如何，也轮不到姐姐来指点我。"

她说罢就甩开我的手，继续朝前走去。而我留在原地，无奈浅笑，一声叹息轻得如柔软蝶翅上滴落的露珠。

紫嫣径直走到跪了好几个时辰的嫔妃面前，她在那里站定，意态倨傲地俯视着她们。她的眼神敏捷如豹，透出一丝戏谑的意味，就像是猎手看到了所属意的猎物，但猎手并不急于杀死已掌控在手里的猎物，而是先饶有兴趣地打量着。

嫔妃们在地上跪了大半天，早已冻得脸庞雪白，嘴唇乌紫，现在又被紫嫣这般犀利的目光一盯，神色愈加惊恐，颗颗冷汗都要沁出额头。

紫嫣微微欠身，看着一个一个瑟缩着跪在她脚下的人，她慵懒地启唇道："你们都是先帝的妃子，一定都很忠于先帝吧？"

四下寂静，无人应声，也无人敢应声。

"先帝龙驭宾天了。"紫嫣淡垂羽睫，依然还是用慵懒的语调说道："你们既然生前深受皇恩，为什么不去殉葬呢？"

这句看似说得柔柔绵绵，却蕴藏着凛冽的杀机。

那些后妃的面色登时变得煞白，她们终于看清楚眼前这位女子，她浑身缟素，却仍旧散发着凌驾于万人之上的气势。她们以卑微低贱的姿势跪在她脚下也好，她们以谄媚阿谀的态度去讨好她也好，昭慧太后仅仅是谈笑风生的一句话，就把握着她们的生死荣辱。

"太后饶贱妾一条性命。"有些胆小的忍不住哭了出来，呜呜咽咽地乞求着。毕竟人还是怕死，当第一个人出声后，接二连三地有人苦苦乞求。

"太后饶命。"

"太后，贱妾不想殉葬。"

"贱妾愿用余生服侍太后。"

"太后您高抬贵手。"

紫嫣面无表情地看着她们，始终维持着仿佛万般不在意的冷漠，佯作惊奇道：

"你们不是一直口口声声地说，对先帝有多么多么忠心，现在让你们去追随先帝，为什么就都不愿意了？"

她说着，漫意地抬手指着其中的一名女子，笑道："你不是说要用余生服侍哀家吗？这份心意真难得，但哀家身边自有服侍的人，倒是先帝孤零零地一人去了，身边最缺的就是个知心体贴的人，你既然有这份心，倒不如去服侍先帝，岂不是更好？"

紫嫣漫不经心地说着，底下跪着的那帮嫔妃，却是吓得哭都哭不出来了，女子们柔弱的娇躯颤抖着匍匐在雪地上，身上的素衣像是覆在地上一大片晦暗的雪花。

紫嫣幽微地叹了口气，说道："哀家并非要将你们逼上死路，你们以前为了名分而费尽心机，争来夺去，从黑发斗到白头都没有结果。但哀家今日就成全你们，你们之中无论是谁，只要能为先帝殉葬，哀家就立刻追封她为太妃，给她上尊号，而且还会厚待她的族人，赐她满门的荣耀。"

此言一出，诸位嫔妃愈加惊愕不已。

紫嫣挑唇一笑，十分满意她的话所造成的效果，她似乎是早有准备，轻轻击了两下掌后，就有侍女用红漆木盘端着华丽贵重的衣冠上来，看样子应是宫中贵淑德贤四妃的礼服鸾冠，镶金缕银，嵌珠佩宝，极尽奢华之能事，侍女一共四人，依次排开站在紫嫣的身后。

"为什么都不说话了？难道哀家的赏赐还不够丰厚吗？"紫嫣的目光缓缓地从四妃的礼服鸾冠上掠过，眼角的锋芒暂时收敛，她娓娓道来，"谁第一个为先帝殉葬，哀家就追封她为贵太妃，第二个哀家追封她为淑太妃，第三个德太妃，第四个贤太妃……"

在皇宫中，除却皇后和皇贵妃，就要数贵淑德贤四妃的地位最尊贵，奕槿的后宫中未封过四妃，但这份显赫与荣誉，对宫中的女子而言无疑是无法抵挡的诱惑，但这是追封，而不是册封，获得这份显赫与荣誉，要用自己的生命去换，很多人最终还是缄默了。

"要知道你们在宫中争得头破血流，甚至赔上性命，都不见得能爬到四妃的位置，现在近在眼前，唾手可得，你们为什么不要呢？"紫嫣淡蹙眉心，她柔魅的声音中透出一种难言的蛊惑，"哀家的耐心是有限的，你们要是错过了今日，以后就都不会再有机会了。"

雪后初霁的冬日，疏散的远云倚着一带高耸的宫墙，阳光很淡，也没有热度，仿佛只足够照亮周围的一圈天空。在一派静谧冷清之下，却是暗藏着任谁也不敢直视的肃杀。

这时，一只白皙细瘦的手臂，怯生生地在人群中举了起来，轻如蚊蚋地道："臣妾愿意。”

"真是有勇气。"紫嫣似是赞许地笑道，侧首示意身后的一名侍女将贵太妃的衣冠拿给那人。

我看那个出声的女子面相陌生，容色平平不怎么起眼。我的身边有极会察言观色的侍女，即刻附在我耳边答道："回太后的话，那位主子是宫里的更衣，娘娘当中最末等的位阶，难怪太后您未看见过。"

紧接着，周围有窃窃的议论声响起，"她倒是难得，竟然不怕死。先帝爷根本不宠她，说不定连正眼都未看过她呢，何必巴巴地为先帝爷殉葬？"

"谁说不怕死，你瞧她手脚都抖得不成样子了，嘴上说愿意，心里不知道怕成什么样呢！"

"你没听见昭慧太后刚刚说了什么吗？只要殉葬就能追封四妃，那位更衣主子也不是真心要陪着先帝一起去，不过就是冲着追封罢了。死她一个人，不仅自己能当上贵太妃，身后家族也是满门荣耀。"

"说得对，她要从更衣的位置爬到贵妃，用上几辈子的时间都不够呢，现在能一步登天，有这样的好事为啥不紧紧抓住？虽说死了，但她这辈子也值了。"

我微阖双眼，这一刻的心境无悲无喜，却无端地感到凄凉与怅然，紫嫣她究竟在做什么？历代宫中册封四妃向来谨慎，但是紫嫣却将其当成一件无足轻重的物什，可以任意赏赐。而且说到殉葬，历代来有妃子自愿为帝王殉葬，也有被迫殉葬。但旷古至今，从未有过现在这样的情况，谁能殉葬，谁就能追封四妃。这简直就像是一场买卖，紫嫣是高高在上的卖主，而那些匍匐在她脚下的人，能选择用自己的命来买太妃之位。

这样闹剧般的一幕，纵观历史，或许也就只有今日一次。

有了第一个人做榜样，紧接着又有了第二个，第三个，第四个，她们在宫中地位低微，就算活在人世也是当一个未亡人，人生已没有什么盼头，只能守着清苦孤寂的日子一直到老，倒不如索性豁出性命，为自己赢得一点儿身后的荣誉，也为自己的家族带来庇荫。

何其可怜，也何其可悲。

我上前走了一步，与紫嫣并肩而立。我深敛口气，将话清晰地送入每一人的耳中，面色端然地说道："哀家口谕，尔等四人即日起，分别册封为贵淑德贤四太妃。你们听清楚，哀家说的是册封，不是追封。"

眼前的情势陡然扭转，接过四妃衣冠的四人面面相觑，神色又惊又喜，简直难以置信。但看到我神色认真，唯唯诺诺地跪在地上，一个劲地朝我磕头谢恩。

紫嫣冷哼一声，"姐姐，你做什么？"

"你应该问问你自己，你又在做什么？"我回首看她，通身的气势与她分毫不让，"这里是皇宫大内，你这般恣意妄行，就算你不怕给自己留下心狠手辣的名声，也要为皓儿考虑。"

"是吗？"紫嫣眸底透出寒意，不冷不热地道，"那么说来，还要多谢姐姐为我着想了。"

"先是在通明殿里砸了灵堂，后来又在这里逼人殉葬！"我不想跟紫嫣起冲突，到现在还是极力忍耐着她，于是放缓声息道："紫嫣，你要闹也应该闹够了。"

紫嫣的面色如覆冷霜，说道："姐姐就这样改了我先前说过的话，岂不是存心要跟我过不去？"

就在我与紫嫣尚在争执之时，一个细弱而轻颤的声音响起，"仔细想想，昭慧太后从慧妃做到紫慧夫人，再到太后之尊，应该说所受先帝的恩典最多。现在昭慧太后要我等殉葬，那么您自己？"

这段话说得断断续续，有时还是破不成句，像是用尽了身体里全部的勇气。

众人嗖嗖地倒抽一口冷气，竟然有人胆敢在这时候，挑衅昭慧太后的威仪！

当场的所有目光在一瞬间，统统凝聚在一名体貌孤瘦的女子身上，她三十余岁的年纪，在后宫佳丽中并非姿容动人的女子，眉目依稀留着往日清秀的轮廓。当我看清楚她的面容时，心底升起小小的愕然，我认得她，她就是皇长子的生母良妃，江青衿。

紫嫣细长的眉倏然一挑，无声无息地笑了出来，四周的人皆是看得心神悚然，紫嫣越是不发怒，越是和颜悦色，在他们眼中才是最深不可测，最令人恐惧。

良妃扶着身后的柱子，仿佛只有这样拼命地抓紧一样能依靠的事物，才能让她勉强支撑住摇摇欲坠的身体，她的脸色干枯灰暗，如同一朵榨干了水分与色泽的花朵，在紫嫣两道威势赫赫的眼光逼迫之下，愈加透出一股子不堪一击的颓败。

然而，她的身体像是有着一脉纤若游丝的力量，让她在独自面对人人望而生畏的昭慧太后时，能够维持着自身不被紫嫣强大的气势所压倒。

"那你说哀家应该怎么做，良妃娘娘？皓儿年仅六岁，身边到底少不了亲娘扶掖襄助。"紫嫣若无其事地笑着，仿佛仅是跟老友在闲闲地扯着家常，前一刻她还是谈笑风生，后一刻却是怫然作怒，掷地有声地逼问道："难道你觉得哀家也应该殉葬，令新皇无母，令国无太后？江青衿你好大的胆子！你莫要倚仗着是皇长子的生母，就以为哀家不能动你！"

紫嫣声色俱厉，旁侧之人吓得连大气都不敢出，唯恐昭慧太后的盛怒波及自己。

江青衿一张脸惨白如斯，凹陷的眼睛黯淡如死鱼，削瘦的身躯眼看着随时就要倒下去，她的双唇剧烈地哆嗦着，咬紧牙关说道："臣妾不才，但偶尔也看过几本史书，里面说过有辽国的述律皇后断腕随葬……"

在场之人统统一片哗然，我当下亦是一惊，良妃口中的述律皇后名为月理朵，是辽太祖耶律阿保机的皇后，据史书记载，辽太祖过世后，述律平以皇后身份称制，女人掌控政权，自然会引起诸多非议。当时就有兆思温等元勋重臣不服管制，为了巩固权力，述律皇后以亲近臣子应追随侍奉太祖为由，命令那些反对她的人为太祖殉葬。几位权臣岂能束手待毙，兆思温就反驳她："亲近之人莫过于太后，太后为何不以身殉？"

述律皇后流传于世就是她的狠，她当机立断，用金刀砍下自己的右手，放在太祖棺内，说道："儿女幼小不可离母，暂不能相从于地下，以手代之。"兆思温等权臣看得心神大骇，逼不得已，只得全部为太祖殉葬。

我想江青衿要说的大概就是这个史实，其实胤朝现在的情势与辽国有些相似，都是先帝驾崩，留下尚年幼的皇子。我再细细思索着一番，不禁暗叹江青衿的勇气和机智。如果紫嫣非要逼着这些无辜之人殉葬，那么她纵然有幼子要照拂，也要效法述律皇后砍断自己的一只手臂，才能服众。如果紫嫣不肯伤残躯体，那么她就必须放过后宫的妃嫔，不得再以死相逼。

江青衿虽然只说了短短的一句话，但是仅凭着这一句话，却足以克制住气焰不可一世的昭慧太后。

"哈哈……"紫嫣闻言拍了两下掌，她笑了出来，笑意肆意张扬，如同尖锐的锥子重重地打在耳膜上，"好一个平日里胆小怕事的良妃，真是不鸣则已一鸣惊人啊！哀家原来还以为良妃娘娘是懦弱，没想到竟是大智若愚，居然也有这样牙口伶俐的时候！"

江青衿脸色僵硬如石，所有的情绪，包括胆怯，畏惧，苦涩，释然，全部冻结在一起，难以分辨。

紫嫣冷笑不止，厉声道："良妃，哀家再说一遍，也是最后一遍，你不要倚仗着是皇长子生母，就以为哀家不能动你！"

紫嫣刻意在"皇长子"三个字上加重了口气，每个人都听得心胆凛冽，像是有一口寒气从脑门烈烈地灌进去，每个人都心知肚明，这是紫嫣发出的最后警告，若是良妃还要这样不识抬举，不仅是她要死，还有她亲生的皇长子也要受到牵累。

江青衿身体内最后残余的力气榨干殆尽，她扶着柱子的手臂一抖，整个人踉跄着跌倒下去。

今日在场的嫔妃，没有一人敢去拂紫嫣的逆鳞，放眼看去也只有她一人敢。我心知她必是触怒了紫嫣，以紫嫣的性格，她是不会轻易放过冒犯她的人，何况众目睽睽之下，她若是让步，还何来的威仪，日后她还凭什么震慑六宫，降伏天下。

我目光淡淡，看着狼狈地跌坐在雪地上的女子，我与江青衿并不算熟识，只是早年有过一些来往。但是看着她现在的样子，不由心生怜悯，算了吧，算了吧，都是可怜的人，她曾是奕槿东宫中的姬妾，后来在宫中十数年，她安安分分，不争也不抢，因诞育皇长子而居妃位，但奕槿对其的恩宠可谓极其淡薄。

但不知道今日，究竟是什么力量支撑着她，让她有勇气能对抗紫嫣的赫赫威势。是因为紫嫣肆意侮辱先帝，毁坏先帝灵堂，还是紫嫣妄自践踏后宫，滥封太妃之位？

"大局为重。"我默默地叹了口气，暗中死死地掐着紫嫣的手臂，极其郑重地说道："今日之事就到此为止吧，她毕竟都是皇长子的母亲，你这样逼死了她，到底是不太好的。"

各地皇亲权贵为先帝丧仪陆续赶到帝都城。大体上来说，高舒皓登基为帝之事已成定局，但是由于新君过于年幼，正所谓"主少国疑"，故权贵朝臣有不少对此持有疑虑。先帝共有四子，皇长子高舒雎十三岁，高舒皤与高舒皓都是六岁，而幼子高舒皦年仅三岁。先帝因身受丹毒而离世，生前未确定东宫人选。照理来说，由一名接近成年的皇子继承帝位，最为合适，但是高舒雎单单有一个皇长子的身份，毕竟非是嫡子，况且背后没有势力支撑。而高舒皓所具备的最大优势，就是其母林紫嫣凭借手中的兵权，以及多年筹谋在皇宫朝廷布下的人脉与暗线，使胤朝的权力枢纽——帝都城全部纳入掌控之中。

关于轩彰先帝的猝然崩逝，皇宫对外界给出的解释是，灵犀夫人觊觎皇位，暗中勾结信王毒死先帝，逼宫夺位，但终因多行不义而被剿灭，证据确凿。尽管如此，这些毫无纰漏的说辞并不能完全服众，灵犀夫人生前的确集结兵力，并与昭慧太后一党有过激烈交锋。但是灵犀夫人是否真的联手信王弑杀先帝？是否真的有过逼宫夺位之举？灵犀夫人是罪魁祸首？还是替罪羔羊？眼下灵犀与信王，及一干知晓内幕之人都已身死，这些疑团统统不得而知。

高氏皇亲与部分大臣，对于幼帝继位和两宫太后的垂帘听政，一直颇有微词。但是迫于把持重权的林家及昭慧太后的铁腕镇压，俱是敢怒而不敢言，其怨怼不满之情可想而知，在看似平静无澜的帝都城，来自各方的盘根错节的势力，汇聚成暗流涌动。

面对眼皮子底下蠢蠢欲动的人，紫嫣根本就不放在眼里，轻蔑道："那些人虽是天潢贵胄，但手无实权。只会混成一群虚壮声威，但中间没一个能真正有决断有能力的人，一点都不足为惧。要说值得担虑的，一来是端仪，灵犀惨败如斯，端仪这位昔日盟友却一直袖手旁观，到如今亦是按兵不动，二来就是……"

紫嫣未将后面的话说完，但我已经猜到了，她想说的是韶王。紫嫣先时就以新君的名义向韶王送出诏书，表明新朝甫立，百废待兴，愿与韶王勾销往日所有恩怨，他是新君的皇叔，依旧是胤朝最尊贵荣宠的亲王。韶王表面是接受了，但回应朝廷的态度暧昧不明，大批军队留驻景江，韶王未撤退，与其对峙的林桁止手下大军，也不敢轻易撤回帝都，还是处于僵持不下的局面。

这些日子来，紫嫣与我若即若离。她虽未挑明，但我早知她定已因韶王之事，与我心生离隙。而且，紫嫣的心思我也是越来越猜不到了。在他人眼中，我和紫嫣两人如今命途相连，但我们自己心里却是最清楚不过，我们彼此防范，彼此疑虑，横亘在我们当中那道隐蔽的裂痕，正不可抵挡地朝着四周蔓延开无数细密的缝隙。

眼下各方势力形成一种微妙制衡，恐中途生变，先皇出殡，新帝登基之事，皆是宜早不宜迟。为此我与紫嫣谋虑多时，最后决定破祖宗先例，将大行皇帝的梓宫提前移入皇陵，服丧结束，即刻着手扶持高舒皓登位，只有等到一切尘埃落定后，才能算是稳定了局面。出殡日期的提早，定会引起八方四面的非议，一石激起千层浪，但到时用雷霆手段加以施压弹制，应该不会出现太大的偏颇。

大行皇帝梓宫移入皇陵的那日，上至新君太后，下至皇亲群臣，都要为先皇的出殡扶柩送灵。皇陵远在城外东郊，相距十余里。送灵的一行人，前后浩浩荡荡地铺开威严肃穆的仪仗，我与紫嫣乘坐白凤轿辇在最前面，队伍一直平稳前行。

我侧首看紫嫣，一身重孝缟素下，衬得她的面容如远山含黛般的冲淡沉静。不禁暗中唏嘘，谁又想得到此刻端庄宁雅的昭慧太后，前几日还在通明殿中情态癫狂用香灰凌辱高僧，砸毁了先帝的灵堂，事后又逼着一干后宫的嫔妃去殉葬？

忽然，听得旷静的平野上传来嘈杂之声，正在缓行的轿子，前行轨迹亦是一滞。我眼中透出微疑，就有侍卫在轿辇外禀报，卑恭地道："回二位太后，是陈公大人前来吊唁先帝。"

我抬首时，与紫嫣的目光倏然撞在一起，"陈公？来人可是沧南陈公？"

侍卫低低地道了声是。

我心底微地一沉，陈公是历经承运、丰熙、轩彰三朝的元老，当今士林硕果仅存的先辈，在天下读书人中雅望甚高。他自致仕后，不问朝政已久。现在为先帝死讯，不辞千里从沧南赶来帝都，只怕会因此生出什么变数。

然而，紫嫣的神色却是漫不经心，纤指弹一弹素衣袖口，颇有三分蔑然地说道："他不是早在轩彰五年的时候就致仕返乡了吗？一把花白胡子的年纪了，老远地跑来凑什么趣。"

我在一旁淡声道："此人身历三朝，素有威望，你莫要无故小看了他。"

紫嫣漠然一笑，"他要吊唁就去吊唁，咱们继续起程。"

"回禀两位太后，眼前这情况，怕是一时半会走不了。"侍卫面露为难之色，"陈公……他……现在挡住了灵车，坚决不同意继续进发。"

"什么！"紫嫣闻言拂袖而起，一时惊怒。

正在说话间，又一个传报的侍卫赶来，兴许跑得有些匆忙，回话的时候都是气喘吁吁，声音中夹着一丝恐慌，说道："陈公大人反对将先帝梓宫提前入葬皇陵……还说立新帝一事过于仓促，需要从长计议……"

说到后面，侍卫的声音就颤巍巍地小了下去，唯恐言辞不顺触怒了主子。

紫嫣的脸色越来越难看，玉容蒙上一层薄怒，声势犹厉地质问道："陈公他反了不成！哀家原敬他是士林耆老，况远道而来是客。他隐没羡里，久不闻朝政，此刻要为先帝哭灵也就罢了，但皇位继承的事还轮不到他来插手！"

侍卫见紫嫣动怒，皆是吓得战战兢兢。

我极目远眺天陲流云翻滚，浅浅叹息，说道："紫嫣，你先冷静一点……"

"甭管他，咱们接着去皇陵。"紫嫣的面容隐隐覆霜，她未理会我，而是干脆利落地下令道。

侍卫将头低垂到胸前，小声嗫嚅道："可是……陈公大人用身体挡在灵车前面……灵车根本就动不了啊……"

紫嫣的秀眉不经意地一拧，疾步走出凤辇，果然原本整齐的仪仗，前面黑压压地围起一堆人，看不清具体面目，但模糊地瞧见灵车的前面站着一名腰杆笔直的人，大义凛然地迎着旷野上的寒风，这样一闹，整个队列都陆陆续续地停了下来。

"太后娘娘您看这……"旁侧的侍卫小心翼翼地看着紫嫣的脸色。

紫嫣冷哼一声，字字铿锵地道："哀家说了，咱们接着去皇陵，谁误了入陵的时辰，哀家就要治谁的罪！"

那侍卫被吓得出了一身冷汗，"可是陈公大人他……"

"不识相的老东西。"紫嫣暗自咬牙切切地咒骂道，阴恻恻地抛下一句话道："传哀家的口谕，让灵车尽管前行，陈公若要拦着，就从他身上碾过去！哀家偏偏就要看看，他那一把老骨头生得有多硬！"

侍卫一听傻了眼，杵在原地不敢挪动。我被紫嫣大胆出格的言辞着实惊了一跳，此举万千不妥，忙不迭握住她的手劝道："紫嫣莫失了分寸，现在不是硬碰硬的时候。"

"硬碰硬又怎样？要是一次一次地纵容，今后还有谁能将我这个太后放在眼里？我心知肚明，底下的人都不过是表面的臣服罢了，真正心服口服的能有几个？现在既然有人要强行出头，我就索性在这里来个杀一儆百，挫一挫那些人的锐气，省得一直不知死活地跟我作对！"紫嫣杏眸一瞪，她一壁使劲地甩开我的手，一壁朝着那侍卫厉声叱道："还愣着做什么！赶紧去传哀家的口谕！"

"慢着。"我喝止那名正欲退下的侍卫，随后从容地对上紫嫣的视线，眉色铿然地道："紫嫣，心服口服不是光靠这样就能得来的。就算要杀一儆百，也断不能拿陈公开刀……"

紫嫣那要强的性子登时激了上来，道："那么照姐姐看来又应该怎么做？任由他这样闹，任由一帮外人看咱们的笑话！"

我们二人尚在争执不休，忽然听见前方传来拖长的一声，"报——"

"两位太后，不好了！"又一名侍卫匆匆赶来，他神色慌张地朝着我们跪下，结结巴巴道："陈公大人一头撞在了先帝的梓宫上，脑门上破了好大一个血窟窿，现在正不省人事……"

陈公触棺！我与紫嫣一时齐齐震惊，谁都想不到事态会发展到眼下这一步。此刻，我稳住心神，朗声下令道："传令下去，先皇丧仪暂停，大队人马到前方驿站稍作休整。"

我听见身后有人阴阴地哼了一声，显然是愤恨至极。

我与紫嫣并肩步入驿站时，恰好看到亦是一身重孝的陈公，匍匐在先帝棺前号啕大哭。他额头碰伤的地方草草处理过了，但还是有血印从凌乱包扎的白布间渗出来。他面容呈现一片颓败的土灰，胡楂花白，气色极差。遍布沟壑的脸上老泪纵横，哭得情难自禁，身后有两名臣子一左一右地拽着他的衣袖，仿佛正低声劝慰着什么，但手中一点都不敢放松，唯恐这位情绪激动的三朝元老，再一头碰到棺上去。

紫嫣进来就见到这一幕，从她眼角轻微的触动看得出，她此刻心里定是厌恶至极，但口头上还是淡淡地，带着三分的疏离和高贵，说道："陈公是我大胤的老臣了，七旬高龄，仍不辞辛苦远道而来。陈公一番热忱的忠君之心，哀家甚感欣慰。尽管如此，还望大人莫因一己之悲痛，放任情绪失控而冲撞了先帝的出殡之礼。"

紫嫣这番话说得极富气势，而且言辞合宜，更难得的是恩威并下，先是在群臣面前给足了陈公体面，然后再旁敲侧击地加以暗示，若是陈公不知进退，一味要倚老卖老，在先帝的丧仪上闹起来，紫嫣对付他时也绝不会手软。

陈公正哭得涕泗横流，两只瘦骨累累的手抚着棺木道："老臣在沧南听闻皇上驾崩，天雷轰顶，五内俱焚。皇上啊皇上，您怎么这样就去了，老臣这腐朽之人尚且活在世上，您正值春秋鼎盛怎么就去了！"

他喊得声嘶力竭，悲痛欲绝，令旁侧之人闻之，皆是神色动容，黯然垂泪。

紫嫣的眉宇间不经意地掠过一痕阴霾之色，一贯淡漠地道："先帝已经去了，诸位节哀。国运动荡，正是多事之秋，尔等俱是大胤的股肱之臣，匡扶幼主，重整朝政的大任都压在你们肩上，切不可过分沉溺于悲恸……"

"慢着！"陈公骤然出声道，他两只眼睛里透出犀利的精芒，那种透辟深邃的目光是久经官场的人特有，"老臣年纪大了，但耳朵尚是好使唤。不知娘娘刚刚的匡扶幼主四字是为何意？"

紫嫣看了他一眼，不愠不火地说道："先帝驾崩，由四殿下高舒皓嗣承大统，新君年仅六岁，尚不能独立执掌国事，身边自然需要人来辅助。"

"依老臣看来此事大大的不妥。"陈公此言一出，当真有石破天惊之效，引得在场诸人纷纷侧目，他站在众人的目光中，义气凛然地说道："历朝祖训，关于嗣承大统之事，向来都是有嫡立嫡，无嫡立长。皇上生前三位皇后皆是无所出，正所谓无嫡立长，那么继承皇位的就应该是皇长子。四殿下非嫡非长，娘娘如此说，恐怕不能服众。"

在场之人均是生生地抽了一口冷气。陈公此言挑明了是在质疑由四殿下继承皇位，而且他对紫嫣刻意不称太后，而依照往日称作娘娘，岂不是要当众驳紫嫣的颜面？

我轻不可闻地叹了口气，该来的终究还是来了。

听闻堂上情况有变，旁边有从命于林氏的臣子察言观色，说道："陈公大人，传皇位于四殿下是先帝遗诏，我等为人臣，本不应非议圣意。"

"若是老臣尚不算是闭目塞听，应该还是知道帝都中传出的惊天动地的大事，世人都知，灵犀夫人勾结信王，做出弑君夺位这等有悖人伦的大逆之事。既然皇上是因遭人毒手而早逝，那么仓促之间哪里会留下什么遗诏？"陈公根本不将那人放在眼里，姜果然是老的辣，一句话就将方才说话的那个臣子噎得死死的。

听到陈公说出如此耸动左右的言论，紫嫣眉心悚然一跳，冷笑道："难道陈公怀疑先帝的遗诏有假？"

"老臣不敢。"陈公此时恭敬地拱手一揖道，"但是娘娘刚刚亲口所说，我胤朝国运动荡，正是多事之秋。这般局势岂是六岁稚龄能挑担得起，不是老臣要非议圣意，而是皇上不会那么糊涂，舍长而立幼，无形中埋下日后主弱臣强的隐患。"

又一人辩解道："陈公此言差矣，皇上如此抉择必有深意，皇长子资质平庸，若为君也不见得有大作为。但四殿下自幼聪明颖悟，他日定不同凡响。"

紫嫣挑了挑纤秀的眉尖，语调间隐然带着压迫："那么依陈公来看，这皇位应该传给谁？"

谁都听得出紫嫣话中的威胁之意，但陈公越发昂起包着层层白布的头，他不答反问："在老臣答复娘娘之前，能否容许老臣冒犯地问娘娘一句：娘娘可有私心？灵犀夫人谋逆，而娘娘与林氏倾尽全力将其剿灭，捍卫帝都，可有私心？"

当着众人的面，陈公这话问得何其辛辣，紫嫣生硬地说道："本宫并无私心。"

陈公傲然看着紫嫣，斩钉截铁地道："依老臣看来，在四殿下之上有两名皇子，非嫡非长，由四殿下继承皇位是断然不合理，若是娘娘能向天下表明无私心，就不可立四殿下为帝！"

让陈公慷慨激昂的言辞挑动，原本一直沉默的亲贵权臣都争论起来，驿站中沸腾般地吵了起来，"四殿下继承皇位是众望所归，先帝的皇子中没有一个能比四殿下更合适。"

"陈公大人说得对，四殿下非嫡非长，的确不合规矩。"

"……"

紫嫣脸色愈加阴沉，低低地咒道："真是该死，这陈公摆明了要跟我作对，先时撞在棺上怎么就没一头碰死了他。"

她说话的声音极轻，唯有在他身边的我听见了，我亦是轻声道："半路杀出个程咬金，皓儿登基之事怕是要受到些阻力，眼前的情形不宜一味争下去，先行压下来容后再议。"

"我倒是那日良妃怎么敢这样大胆，原来身后竟有高人撑腰。"紫嫣恨恨地哼了声，"今日就先听姐姐的，不过让我将皇位拱手让人，想都别想！"

先帝的丧仪上让陈公这样闹了一场，势必难以继续进行。陈公虽是三朝元老，但手无实权，对我与紫嫣现在的地位来说，根本构不成实质的威胁。但是他在天下读书人的心中威望甚高，今日他亲自出面，态度激烈地反对由四殿下继承皇位，若是处理不当，则会落下口实，首先失了士林的人心。帝都城中，一些尚在盘桓观望的高氏皇亲和当朝臣子，原本就对皇位继承之事存有怨言，现在有陈公挑起了头，更有蠢蠢欲动之势。

在那日之后，陈公也有意耗起了时间，每每派人前往他下榻的官栈，延请进宫议事，多半都是用养伤，或是前段日子舟车劳顿故失于调养，或是年迈多病等的理由来推托。

我知道，紫嫣的耐性已渐渐耗尽，已将陈公视为眼中钉肉中刺，偏偏又动不了他。陈公现在人在帝都，在紫嫣的势力范围之内，要是陈公在此刻出了意外，紫嫣第一个脱不了干系。

我为了此事前往紫嫣的宫中，行到中途，穿过御花园的白石假山时，从凋敝的林木间奔出一个人影。事发突然，我不由吓了一跳，随行的侍卫登时警觉，下意识地持兵器护在我周身，厉声喝道："保护皇太后！"

我被侍卫重重护住，瞧见来人身着通白孝服，看体量纤小，应是女子，而且手无寸铁，怎么都不像是行刺之人。我挥手令众侍卫退下，走上前细看容貌，竟是当初在通明殿外忤逆紫嫣的良妃江青衿，只见她满脸泪垢，发髻蓬松，一双眼睛又红又肿，微微凹陷的双颊消瘦不堪，一眼看去较之前几日更苍老了许多。

江青衿看到是我，她什么都顾不上，只管着跪在积雪犹存的石板上，拼命地向我磕头，嘴里还断断续续地呜咽着："太后救命……救命……"

她这样偏激的举动着实让我有些意外，我朝后退了一步，淡淡道："救命？你怎么会忽然想到要求我救命？"

江青衿抬起头，黯淡失色的眼中满是惊恐与慌乱，说道："求昭宸太后救救我们孤儿寡母吧。贱妾发誓，贱妾与贱妾之子从未有过觊觎皇位的念头，这种大逆不道的念头一点点都不敢有啊，只想守着本分规规矩矩地过日子。但是现在让陈公的一句'无嫡立长'，硬生生地给推到了风口浪尖上。昭慧太后恐怕已认定了我们母子与陈公勾结，她深恶陈公，对我们母子也是怀恨在心……"

"昭宸太后……"她枯瘦的手抹了一把泫然欲落的眼泪，接着抽噎道，"天地明鉴，我们母子两人绝对不曾与陈公有过来往，关于相互勾结一事更是子虚乌有……望昭宸太后大发慈悲，可怜可怜寡母弱子，救救我们吧……"

我面上依然淡淡的，心里想着，这江青衿倒也不笨，看得清楚眼前的情形，陈公此番反对紫嫣，表面上集结了许多王公大臣，闹得声势浩大，但根本就是以卵击石。江青衿与皇长子即使不曾参与，但因为陈公用来驳倒紫嫣的那句"无嫡立长"，势必要受到牵连。等到紫嫣收拾好了陈公他们，凭她那种宁可错杀不可放过的性格，江青衿母子怕也是难逃一死。所以她今日才会放手一搏，冒险来求我救她们母子的性命。

江青衿一生平庸无奇，宫人都道良妃胆小怕事，但在深宫中，懂得守拙自保何尝不是一种智慧。在轩彰末年诡云密布的祸乱中，人人自危，但她在宫中素来就是一个不起眼的人，怯弱无能，也因此不会有人想要加害于她，从而得以保全。

只是可惜，在通明殿外与紫嫣冲突的那日，她以史书上皇后断腕殉葬的掌故，来制止紫嫣屠戮后宫，实在是锋芒过露，令紫嫣不得不忌惮。此次先帝的丧仪不能正常举行，又不清不楚地牵扯进来皇长子，紫嫣对她们，怕是更要除之而后快了。

直到现在，我还是不能理解她那日的举动，这跟她一向低调处事的原则大大地相违，也正是因为这个举动，引起了不必要的注意，将自己置于险境。

"良妃，你那日当着众人的面冲撞昭慧太后，她怕是留不得你了。"我漫目看着园中萧肃荒芜的景致，漠然道，"你今日来求我，不过可惜得很，我救不了你们。"

江青衿见我回绝，神情一愕，如五雷轰顶，仍是不肯放弃最后的希望，大声号啕着扑在我脚下，苦苦哀求道："昭宸太后留步，救救我们……救救我们吧……贱妾敢发毒誓，绝对没有一丝一毫的逾越之心，此生能庸碌到老足矣……放眼整个宫中，也只有您能说动昭慧太后，若是您再袖手旁观，贱妾母子就必死无疑了……"

我轻轻地叹了口气，神色淡然地从她身侧绕道而过。

江青衿瞪大眼睛，难以置信地看着我，她如是绝望，但还是不肯放弃地扑上来求我，她被侍卫轻轻松松地架了回去，撕心裂肺地大哭："昭宸太后救命！救命！"

我想起多少年前在东宫，江青衿也是这样跪倒在我面前，哭着求我救救她母子两人，当年的颜卿年轻气盛，任何事都想要搏一搏，只是眼下的情势，我是真的帮不了她。

我的神色平静无澜，听得那哭号的声音渐渐远了，又渐渐地听不见了，在这时，我的唇际溢出一丝无奈。

到了漪澜宫，我见到紫嫣时，她果然是为陈公一事恼恨至极，说道："原本都是顺理成章的事了，不想半途杀出一个程咬金。陈公算什么，明明一个指头就能捏死的人，现在却偏偏动不了他！"

因还是在守孝，衣饰皆是清素，我身上简单地披着件狐毛白裘，指尖随意拨弄着一盆文竹的翠叶，说道："话虽这样说，但若要除了他也不是什么难事。但要紧的是，这人如果不明不白地死在帝都，怕是不好给天下人交代。大业未成而授人以柄，终究是不明智的。"

紫嫣哼了一声，"这个道理我自然晓得。"

我清浅一笑，朝身后的宫人道："传昭宸太后的懿旨，命宫中的太医前往驿站为陈公诊治。"

那名宫人一时未反应过来，愣在原地。

紫嫣亦是愕然，问道："姐姐此举何意？"

我抛了个眼色给紫嫣，示意她莫要出声，我接着说道："陈公前些天撞在棺木上的伤，应该还未复原。而且陈公七旬高龄日夜兼程地赶到帝都，一路车马劳顿，年轻人也吃不消，还真是难为了老人家，帝都中的皇亲和官员几乎挨个探望过了，这宫中也要有所表示。他对外宣称不是病了吗？我就派太医去给他好好看看。否则外头无风起浪，说两宫太后对丧仪上的事耿耿于怀，在刻意挤对陈公。"

紫嫣眸心遽然有光，她今日簪着一双纯银掐丝转珠凤凰步摇，凤凰口中衔着拇指大的明珠，润泽的珠光盈盈而动，她略一沉吟，似是默许了我的做法。

传旨的宫人应声下去后，我屏退左右，问道："还是没有云嬗的消息？"当初云嬗与我同来帝都，但是后来我和紫嫣会合，她却不知所踪。我心里甚是担心云嬗，她如今功夫尽失，与寻常弱质女流无异，孤身在外，我自是担忧。

紫嫣摇摇头，"想来她一个人能到哪去，总会找到的吧。"

我仅是颔首，这段日子来变故不断，紫嫣的性情是越发刚烈冷厉，但是不知为何，她对云嬗确是有几分看重，特意派人去寻找她的下落，一连数日却都是杳无音讯。

翌日，商议由谁嗣承大统的会议定在朝阳殿举行，等到确定皇位的继承人后，就即刻前往太庙，祷告上苍，禀明高氏历代先祖。此次会议重大，陈公没有不来的道理，我与紫嫣早早地就到了，因是接见外臣，服饰严格按照品级。我们皆佩戴紫金翟凤珠冠，身着绛红色金银丝鸾鸟朝凤绣纹朝服，端然坐于朝阳殿正首的紫檀椅上，双手交叠地置于膝上，指端套着数根镂金菱花嵌翡翠粒护甲，仪态威严，高贵雍容。

陈公是由两名侍童一左一右地搀扶着进来，他一露面，紫嫣就觉出有些不对劲，轻轻地说道："姐姐，我觉得这陈公像是哪里不对。"

我依然以原来的姿势坐着，纹丝不动，"你只消看着就行了，管他哪里不对。"

陈公的头是用白布包着，银发从颤得松垮垮的布条缝隙间漏出来，看来那日撞在棺上的伤还不轻，他双目无神，眼皮沉重地耷拉着，愈加显得里面的眼珠子黯淡如死鱼，与那日在驿站中，他目光犀利透亮地跟紫嫣争执时的样子截然不同，而且脸色焦黄，灰暗的嘴唇好像合不拢，就一直哆哆嗦嗦地张着，两只鼻孔也是出气多，进气少，一副奄奄一息、大限将至的样子，要不是两名侍童紧紧地搀着他，怕是连这大殿都上不来。在场的官员见了均是惊诧无比。

"怎么回事？臣上回去看陈公还是精神极好，想不到才短短几日，竟病成了这等模样。"有人在底下窃窃道。

"陈公原本就年迈多病，前些日又碰伤了头，到底是伤了根本了。"

我对底下的议论声一概置若罔闻，微微抬起一只手，语调平稳地道："赐坐。"

陈公眼光迷茫而迟滞，如是不曾听到我说话，仍是像根木头般直挺挺地杵着，倒是他身边的两个侍童机灵，将他扶到椅子上坐下。

陈公本是沉默着，任由侍童服侍，当他刚要挨到椅子的时候，整个人却忽地跳了起来，他动作敏捷得不像是迟暮之人，将两位侍童都唬了一大跳。

刹那间，这殿上群臣的目光都朝他聚拢而去，他全然不顾三朝元老的风仪，神色惊恐，嘴里哇哇怪叫着跑出去，仿佛那把椅子上生满了刺一般，让他碰都不敢碰一下。

群臣见状惊愕，一个个皆是睁大眼睛，面面相觑，一贯处事冷静的陈公怎会突然失态至此？

有一名官员走上前扶住陈公，说道："陈公大人，咱们今日要商议皇位继承之事……"

"皇位继承？"陈公垂首念着这四个字，混沌的眼中闪过一丝清明，脸上的表情霎时又恢复到往日那个睿智的老者。众人看着都松了口气，以为陈公刚刚失常之举，仅是跟百官开了一个玩笑，只见陈公从容地捋着胡子，不住地点头道："是的，是的，咱们今天是来说该由谁来继承皇位的，该由谁呢？"

那名官员见陈公清醒过来，一时大喜，连声说道："陈公所言正是，该由皇长子还是四殿下？"

陈公皱着两道花白蓬松的眉毛，正在若有所思地喃喃自语，他一人孤独立在大殿正中，身子笨拙地转着圈儿，视线在殿中诸人的脸上逐一扫过，如是在寻找着什么。当看到我时，遽然严厉起来，恶狠狠地盯了我一下。

众人狐疑不解，他们都看得出，那两道毫不忌讳地射向我的目光，似乎并不友善。

"你！"陈公大喝一声，他的双眼圆瞪如铜铃，霍然挥起衣袖，手指的方向正是我，群臣登时变色，但他后面的话更是令人震骇不已。

陈公的神色愈厉，指着我质问道，言辞激烈，"你是慕容浣昭，先帝曾允诺过绝不会令慕容氏女进宫，你又如何能进宫来，媚惑圣上，一举成为皇后，现在又妄想着让你儿子当皇帝，自己好做太后！"

陈公这番话说得语无伦次，话中字字句句虽不针对我，但他这样跟我说话已然是冒犯了。对此，我依然合宜微笑，保持着一名后宫女子应有的优雅得体，但旁侧的那些官员都吓得冷汗直冒，双眼呆直。

这时，在人群中走出一名胆大的官员，他急忙一把扯住陈公的袖子，忙不迭劝道："陈公大人您认错了，这位不是浣昭夫人……"

"老夫没有认错！"陈公粗暴地将那人推开，吼道："她就是慕容浣昭，老夫怎么可能认错？"

去拉住陈公的那人，想不到这老人的力气那么大，冷不防就摔了个跟头。

陈公那干瘦的身躯挺得笔直，在殿中如同一棵桦树般屹立着，说道："当年嘉瑞大长公主远嫁北奴之时，曾让先帝许诺，此生绝不纳慕容氏女进宫。公主唯恐先帝弃约，临行前又让先帝将此写成手谕，以示警醒，不可忘却当日之约。此谕一式三份，其中一份正好由老臣保存。"

唏嘘之际，陈公泪眼汪汪，仰首长啸道："先帝啊先帝，慕容氏女实乃祸水，您为何就不肯听公主的劝告，执意要纳此女，给以皇妃、皇后之尊位？现在可好了，您撒手一去，此女包藏祸心，欲意挟持幼主，把持朝政，毁坏纲纪。先帝啊，您在天上睁眼看看啊，难道我大胤真的躲不过这场祸事吗？"

陈公顾自捶胸问天，声声凄厉。

我冷眼看着，仅是淡淡而笑，此时有三四名官员冲出来，神色惶恐拉住陈公，七嘴八舌地说道："陈公大人，您糊涂了，现在殿上坐着的那位真的不是浣昭夫人。而且丰熙先帝早已仙游多年，这刚刚故去的是轩彰先帝啊。"

"你们才是糊涂了！老夫清醒得很！"陈公对那些拦住他的人瞪目而视，气鼓鼓地吹着一把白胡子地大骂道，随即又深深感慨，"嘉瑞大长公主真是深谋远虑，早料到会有这么一天，所以在离开胤朝前，请求先帝留下这份手谕，以便日后约束之用。"

陈公一时暴怒，发起狂来甩开身边那些苦苦解释的众人，他伸手掏向衣襟深处，摸出一张皱巴巴的发黄的纸，哗地在半空画出一个半弧，气势赫赫地朝我指来。

他双眸凸起，目光如电，隐约有雷霆之势，挟着一股肃清天地的煞气，厉声呵斥道："先帝的手谕中所言，若是慕容氏女有异心，企图窃国大胤，我等即可将此女诛杀，捍卫皇室，以绝后患！"

此言一出，殿中之人个个骇得瞠目结舌，如是一阵狂风暴雪刮过之后，每个人心中都木讷地剩下一个念头：陈公疯了，他一定是疯了，他居然对昭宸太后说出这样的话，没有其他原因，他只能是疯了。

"公主啊，承蒙您当年这般看重，老臣终究未辜负了您的厚望！"陈公激动得满脸通红，尽管到了此时，他还是浑然不知自己认错了对象。如醉汉般跌跌撞撞地朝我的方向扑来，脸上满是凛然无惧的神色，仿佛我就是祸国妖孽，而他是斩妖卫道的大义之人，他手中拿着的那道手谕，就是能令我灰飞烟灭的强大符咒。

我身边的侍卫见有人靠近凤座，他们都是机警之人，须臾工夫，已是站成半圈将我密不透风地护在中间。

"陈公疯了。"我落落然站起身，在大殿之上说了这样一句话，声音如风卷流云清，水拂烟波淡，清淡得无一丝旁杂的感情，只是在陈述着一个有目共睹的事实，仅此而已。没有一个人能反驳，也没有一个人敢反驳，只因为他们都眼睁睁地看到了，陈公疯了，彻头彻尾地疯了。

我眼神略略示意，旁侧就有侍卫冲上去，将狂病发作的陈公一把制住，并且夺下了他手中所谓的手谕。

"放手！你这妖后，休想染指我大胤江山！老夫要奉先帝之名将你就地正法！"陈公双眼血红，恨恨地盯着我，但他很快就被侍卫架着押了下去，他拼命地喊着先帝跟公主，拼命地反抗，但在身强体健的侍卫面前根本不堪一击，前后不过须臾工夫。

我眼神清冷地瞥过殿中的人，经历刚刚的一幕，他们俱是噤若寒蝉，我站在高处，俯视着底下的一切，语意亦是如浸霜淬雪的冷，"现在，你们对由四殿下继位一事，还有何异议吗？"

这场关于帝位定夺的会议在预期中结束，等到所有人都退下后，我仍旧还是坐在原来的位置，陪着我的还有紫嫣，我们彼此沉默着。

不知过了多久，殿外西边的天空映出一抹胭红，侧首看去，紫嫣白皙细腻的脖颈与脸颊亦是镀上一层迷离的暖色，紫嫣慵慵地靠在搭着金钱蟒绣的椅背上，两点星眸光定如静水，"姐姐，陈公这场突如其来的疯病，倒是好得很。"

我极浅地一笑，就如一掬迷蒙虚无的月光，顺着她的话道："自然是好得很。"

我眼神澄澈而深邃，坦然地回视她，她洁白的耳垂上两颗质地透明的猫眼珠子簌簌地跳动，一点微光摇曳上我的眉心。

有些话，我们心照不宣，自然不必说出来了。

一身功成众亲离

第二日，皇宫颁示诏书，陈公神志疯愤，朝阳殿上冲撞太后，但念年老体敝，功树二朝，先帝之死令其痛极心殇，人情之至，故不予重责，遣回故里沧南，永不入帝都，仅此而已。

平息陈公之事，本是不值一提，但重要的是，对底下那些蠢蠢欲动的高氏宗亲，起到了敲山震虎的作用。此事之后，接踵而来的就是良妃病死，皇长子意外身亡，不出我所料，这确实是紫嫣一贯的行事风格，陈公身后是天下的士族清流，她有所顾忌，故放走疯了的陈公，但是良妃与皇长子，绝不能留。陈公等人的前车之鉴就在眼前，玩弄朝政，翻云覆雨等闲间，赌的就是谁的手段更狠更绝。

雷霆镇压之下，继承皇位一事，有谁还敢质疑！

看眼下的情势，高舒皓嗣承大统，已是尘埃落定。三日后，在御龙台举行登基大典，正式君临天下。礼部拟定年号"襄和"。我看到这两个字时微微一笑，其中定有紫嫣的授意，就算不是她的授意，也是礼部的人在有意献媚，企图讨好皇太后。襄之意为助也，新帝年幼，冲龄登基，身边少不了要有托孤大臣从旁辅政，自然更少不了要有皇太后垂帘听政。然而，帝都城中人人心知肚明，这个年号中的"襄"字，更侧重的是"垂帘听政"。

我不知道皓儿他作何想，但是这个襄字，对一名帝王来说恐怕不算是好事。

今日倒是有一件不寻常的事，就是云嬗找到了，她被人带到我宫中来时，神色悲恸，甫一见面，就已是泪流满面。我从未见过云嬗这个样子，倒是唬了一跳，看着她焦黄颓败的脸上，接连不断地滚下泪珠。

我心里越发急了，云嬗似是哀痛得难以自矜，扑通一下跌坐在地上，我蹲下身去扶她，声音焦虑，"云嬗，到底出了什么事？"

云嬷的目光中含悲含愤，良久，一句话恨恨地切齿而出，"她这辈子做的孽算是够多了。"

我听得一阵心悸，短促地道："谁？"

云嬷附在我耳边轻轻说了句话，我不由得瞳孔骤然一缩，那一瞬间的震愕竟是难以言喻，我原先是握着云嬷的手，手指扣得有些紧，在她手背的皮肤上抠出分明的印子。

就在这时，一名侍女神色惊惶地跑了进来，急声道："回禀太后，皇上的寝宫那里像是出了点事，您快去看看吧。"

"知道了。"我声音疏淡地道，不着痕迹地将方才的失态掩饰过去，带着云嬷一起，命人摆驾过去。

我扶着宫人的手从凤辇上下来，才走了几步，就听见皓儿的寝宫那头传来噪杂的吵嚷声，像闹得甚是厉害。我心一急，就走得快了些。

眼前的一幕，令我一时惊愕。寝宫中的太监宫女都被赶了出来，他们脸色忧惧，大气也不敢出，颤抖着立在外面。有些东西从殿中扔了出来，诸如花瓶与玉器碎片，还有砸破的砚台，撕烂的玉帛纸，横斜的笔管，总之殿门前一塌糊涂。殿里还时不时地传出侍从苦苦哀求的声音，还夹着孩童愤怒而清脆的斥骂声。

"怎么回事？"我不禁眉尖一蹙，低头时，眼光落在一样明黄色的物什上，明黄本来就耀目的颜色，颓萎地散落在一堆零落的杂物之间，依然让人一眼就看到了。

身旁眼明手快的侍从早将它捡起，双手奉到我面前。我看到这是一件龙袍，小小的样式，是尚衣局的宫人专门按照皓儿的身量制作，不过被剪子铰成一条一条，破破烂烂地当成废物扔在地上。

有位老太监出列，他不敢抬头看我，瘪着嘴道："皇上不肯试穿龙袍……将袍子剪了，又砸了好些东西……现在正吵着闹着不要当皇帝……"

"什么！居然有这种事！"一把冷冽的女声传来。紫嫣晚我一步，现在也已经到了。她玉面含威，绯唇微抿，显然是听到了那名老太监的话，心里大为不快，通身透出一种不怒自威的气质，令旁侧之人不寒而栗。

那名老太监愈加惊恐，两个肩膀都要缩在一起，道："太……太后……两位太后这……这……"

紫嫣没有再说什么，也没有跟我礼仪性地打个照面，就一把扯过那件铰烂的龙袍，怒气冲冲地朝着内殿冲了进去。

我心道不好，亦是同紫嫣一起进去，看到这大冷的天，皓儿那小小的人儿，仅着一身单薄的白色寝衣，蛮横地将那些御用的东西全部掷在地上，口中还大喊大吵着："拿走，拿走，这些东西我都不要……"

有两名太监跟在他身边，面色为难地劝道："小祖宗诶，这些都是皇帝应用的东西，您就要登基了，怎么还说这种话？"

"我要是做了皇帝，那么父皇呢？"皓儿一张小脸雪白，腔调中带些凄楚地问道。

太监哭笑不得，"我的小祖宗，怎么到了这时候，您还问这种傻话？先帝驾崩了，所以眼下要您当皇帝了。"

"你胡说！父皇怎么会死了？我不相信父皇死了！"听到太监说出驾崩两个字，皓儿如是受到极大的刺激，原本温顺的孩子顿时暴怒起来，像头小豹子勃然跳起，冷不防就把面前比他足足高了半个身子的太监推倒在地。

仰面栽倒的太监吓得半晌说不出话，只见皓儿一双乌黑的眼珠瞪得浑圆，放开嗓门尖叫道："我不要登基！我不要当皇帝！"

"要不要登基，要不要当皇帝，统统由不得你！"紫嫣的面容如凝冰覆霜，攥着龙袍的纤指骨节隐隐泛白，她一扬手将袍子扔在皓儿面前，裁制龙袍的明黄锦缎质地柔软轻密，但龙袍上用金线绣了密密的龙纹，灿灿的金线使这件袍子有了不一般的重量，被紫嫣扔在地上的时候，竟撞击出有如金属的琮鸣声。

我有几分明白紫嫣此刻的心情，为了九五之尊的皇位，她谋虑了多少年，付出了多少心血，最后，承担全部的荣耀和尊崇的这个人，她的儿子，他偏偏说不要！

紫嫣看着皓儿，说出的话冷冷清清，仅仅是在命令般，"把袍子捡起来。"

"不要！"皓儿幼弱的身子挺得笔直，声音稚气却带着强硬，他赌气般一脚将龙袍远远地踹开，"我就是不要穿这件袍子！"

我看着对峙的两人，他果真是紫嫣的孩子，不仅五官酷肖，就连眉宇间流露的那股不可摧折的倔强，和身上那种与生俱来的凛冽气势，也与紫嫣如出一辙。

有名太监小心翼翼地跪在地上，暗地里拽皓儿的衣角，"皇上，您千万不要跟太后怄气……"

皓儿根本不听那人的话，径直走到紫嫣的身边。经过刚刚一番吵闹，原本修洁的寝衣有些皱巴巴，他未着鞋袜，现在是冬日，殿中虽暖，他一个小孩子，也经不起赤足站在冰冷的地砖上，白嫩的脚趾冻得微微发紫。

生气归生气，紫嫣终归还是心疼这个儿子。她的目光温暖几许，俯下身将双手放在皓儿薄削的肩膀上，尽量柔声道："皓儿，莫要胡闹了。"随即朝服侍的人吩咐，

"去将皇上的外裳拿来，大冷的天穿得这样单薄，也不知道你们这些人是如何伺候的。"

皓儿清秀纤白的小脸扬起，黑白分明的眸子盈着一汪眼泪，两只手紧紧地抓着紫嫣裙裾问道："父皇呢？父皇怎么了？"

紫嫣闻言，刚刚泛起暖意的目光，霍然又冷了下去，从牙缝里生硬地挤出两个字，不带任何感情的，"死了。"

我静静地看着，皓儿毕竟还小，紫嫣那句直截了当的"死了"，未免伤了稚子的心。于是缓步走近她身边，说道："皓儿尚是孩童，你是母亲，何必用这等严厉的口气跟他讲话。"

皓儿哭了起来，小脸上沾满晶晶的泪珠，呜呜咽咽地抽泣起来，"为什么父皇会死？皓儿不要父皇死……"

"死了就是死了，活不过来了。"紫嫣的神色一沉，她握着皓儿纤细的手臂，似乎尤其不喜看到皓儿哭泣的样子，冷言冷语道："不许哭！我的儿子，这天下未来的帝王，怎么能是这般一副哭哭啼啼的软弱样子！"

皓儿神色极其清拗，泪水还在眼眶里打转，他固执地大喊道："皓儿不要当皇帝！皓儿要父皇！"

紫嫣面容阴郁，湛青若乌云积雨，听到皓儿喊一次父皇，她眼中嫌恶之色就加重一分，大声叱道："哀家说过了，当不当这个皇帝由不得你！"

我看得出，紫嫣是在强行按压住心头怒火。面前的这个人，三番两次地顶撞她，若不是她的亲生儿子，那还能到现在还是安然无恙？

我心底隐忧，宫人都在暗地里道，紫嫣是皓儿的生母，但皓儿就是不与她亲近，倒是愿意亲近他一年见不上几面的父皇。我看了看紫嫣，又看了看皓儿，忍不住黯然默叹，真是冤孽啊。

眼看着他们母子两人剑拔弩张，气氛厉如绷弦，若是再争执下去，谁都不肯退让一步，势必难以收场。

我拿起外裳裹住皓儿的身子，温言道："皓儿，你听话，你的父皇确实已经去了，再执拗，再难过也是没有用……"

皓儿的眼中透出恐惧之意，犹如受惊的小兽般瑟缩在我的怀里。他的双臂抱住脑袋，无助地摇着头，像是想起了什么最不愿意想起的事。他长长的黑睫毛覆在略略苍白的眼睑上，一双泪光盈盈的眼睛愈加显得清澈而无辜。

看着皓儿反常的样子，我一时愕然，柔柔地抱着怀中温热又微凉的身体。然而，他后面喊出的那些话，才是真正的石破天惊。

"父皇是被人害死的……"

"父皇喝了那碗药……他就死了……"

"我亲眼看到的……"

紫嫣的面容煞白，如是被人狠狠掐住脖子后，脸上血色顿失的模样。

我闻言，心神大震，险些就抱不住皓儿，他使出全身的力气，想要挣脱我的怀抱，朝着紫嫣冲去，手脚拼命地踢打着，撕心裂肺地喊道："母妃……是母妃你……"

"皓儿住嘴，不可乱说！不是这样的，不是……"我顿觉事态的严重，下意识地捂住皓儿的嘴，不让他再出声。皓儿是倔强的性子，他在我手掌上用力地咬了一口，迫使我松开了手。

"母后……"皓儿转首，那双汪汪的眼睛看着我，青稚的嗓音中带着不解，"父皇对母妃确实不好，但是父皇对你很好，为什么父皇死了，母后竟也是无动于衷……"

我大脑轰的一声，一贯维持的冷静和镇定，在稚子几句天真的质问面前，竟是不堪一击，在一瞬间，我甚至不敢去看他纯真无邪的眼睛，手臂一松，让他挣脱出去。

"我亲眼看到……母妃你把药端给了父皇……"皓儿小小的身子摇摇晃晃，眼角有一丝恨意沁出，但他还是咬紧牙关，挺直脊梁指着紫嫣喊道。

"够了！"紫嫣怒声喝止了他的话，明眸中如两团碧莹的磷火在烧，白皙光洁的额角青筋隐约。相处至今，我从未见过紫嫣如此，已是怒到极致的标志了。

她疾步走到皓儿面前，青丝高髻间金凤纤纤的羽翎兀自颤颤抖动，影子兜头兜脑地洒在他幼小的身上，她居高临下地看着这个孩子，与她血脉相连的孩子，现在他，竟然视她如仇人，为了他那个所谓的父皇，视她如仇人！

一向心高气傲如紫嫣，这让她如何忍耐？

"我今日就告诉你……"紫嫣浑身迸出冷厉光芒，盛怒攻心之下，现在的她，完全被满腔满肠的怒火控制了，不知道自己在说什么，"高奕槿他根本不是……"

"紫嫣！"我惊惧万端，出声截断紫嫣后面的话，我一个箭步跑向她，压低声音道："你疯了，这种话也要在他面前说吗？"

见到这样的情形，紫嫣身边的心腹宫女绛雪，不由分说地将皓儿抱起，带进内室去了。殿中寥寥几名侍从也都撤了下去，临行前，我看了那几个侍从一眼，听到那样的话，他们的命怕是也只有这一时半刻了。

紫嫣一把甩开我，那表情如是发着狠，双手痛心疾首地捶向胸前，笑意凄凉地道："姐姐明白我的心情吗？我的亲生儿子，居然为了他的父皇，他那位所谓的父皇，这般地恨我！"

"紫嫣！"我难以置信地看着她，目光直直地钉在她身上，"皓儿说的话可是真的？是你毒杀了皇上？"

自从听到皓儿喊出那句话，我就觉得心腑间一阵阵地发冷。当初我问紫嫣，奕樘是为何而死，紫嫣斩钉截铁地告诉我，是被灵犀所害。那时我已隐隐地猜到了一点端倪，但是想不到，这一刻真相赤裸裸地揭露在眼前，竟是这般的狰狞喋血。

紫嫣尚是余怒未消，朝我说话的口气颇冲，挑衅一般地道："是我又怎样？但是如今天下人却只知道弑君的人是上官婉辞！今后千秋万世的人，也只知道轩彰帝是死于上官婉辞之手！"

她此时的神情是如此的狂狷，如此的恣肆，我和云嬗俱是震惊。

我不去看她，恓恓垂眸，亦是掩藏不住那一分的沉痛，语调中蕴了辽远的苦涩，"紫嫣，皓儿他只有六岁啊。在你眼里，皇上他算不得什么，但是在小小稚童的眼里，却是他最敬仰最倚仗的父皇。"

紫嫣睨着我，咄咄逼人地道："皓儿是只有六岁，但是他迟早都要成长为一个男人！作为男人，就要有所担当！"

"呵呵……"我听到紫嫣的话，踉跄地后退几步，连连冷笑，"担当？不是所有的人都像你这么有担当！"

紫嫣察觉我神态有异，一动不动地盯着我。

我看着那张与我极相似的脸庞，心中没来由地升腾起厌倦和失望，我转头朝着一脸错愕的云嬗，极力平息着胸臆间的激荡，说道："云嬗，你跟她说了吧。我倒要看看，你是要有怎样的担当？"

云嬗瞪大眼睛看着我，自容貌毁后，她的脸本是有些骇人，如今更是扭曲得透出一分诡异，张口结舌道："萧隐……死了……"

闻言，紫嫣一双黢黑的瞳孔猛然紧缩，趔趄着朝后退了一步，撞上了紫檀木桌，震得上面的茶盏碰撞出一阵脆响，她发狠般地将其尽数拂落在地上，嗓音尖厉无比，"你说什么？"

云嬗的脸上反倒呈现出一种消尽悲喜的漠然，"萧隐哥哥就死在曲源城中，你想不到吧，他也在那里，当你下令封死官邸，用火药将其夷为平地的时候。"

"你为了一时屠戮之快，所有违抗过你的人，统统不得好死，连个全尸都不给留下。"云嬗一时悲恸，如是崩溃般地且哭且笑，但看向紫嫣的目光却是灼热地要烧出火来，"我劝过哥哥不要去曲源城找你。你是何其厉害，只会是你杀了别人，别人哪里杀得了你？但是他太傻，还是去了……"

紫嫣的面色倏地一白，脊梁依然挺得笔直，明明是身形纤细单薄的女子，却给人一种渊渟岳峙的错觉，乌黑的发，乌黑的眸，衬得那一张雪白脸越发清冷矜贵，难以触及。

我想到了云嬗先时说的一句话，她这辈子做的孽够多了。走到这一步，真当是无可奈何了。

我扶着云嬗的手，朝着殿外走去，跨出大殿的时候，我加在云嬗手上的力道一重，险些跌倒而去，此时我的脸色亦是惨白得无一丝血色，回首看到敞开的殿门里黑洞洞的，如是深不见底。

大概过了很久，我看到紫嫣走了出来，她此刻的神色，跟先时进去时别无二致，依然雍容端庄，风仪高华，或许任何的情绪，都掩藏在一袭看似无懈可击的冷傲之下。

她说道："三日后的登基大典如期举行。"

候在殿门外的那个老太监似乎还有迟疑，紫嫣如是看穿旁人的心思，眼中厉芒犀利地扫向一行人，掷地有声地道："他若不愿意，绑都要给哀家绑到龙座上去！"

宫室之外，终年不落的繁木森森，九鬟错落的窗格笼着支离的暗影。空气依稀弥漫着烟草衰微时独有的清冷孤寂，夜凉如水沉沉地漫上肌肤。我的步伐极轻，落在铺地的厚厚锦毡上悄无声息。

未点灯，殿中那些富丽堂皇的摆设在地上落成一团团灰墨色的影子，狰狞地纠缠在一起，长夜无月亦无星，唯有积雪上的反光漏进来。

尚在守孝期间，通体缟素未曾除下。她背对着我，伶俜地站着。下颌尖尖，半边侧脸让迷蒙的暗色渲染得如虚如幻。纤细清瘦的身量如崖底幽花，仿若一缕微风就能吹折单薄无力的茎秆。但她站在那里，偏偏纹丝不动，就连衣袍上细微的褶皱都无。

我驻足良久，朝前迈了一步。紫嫣眼角余光一侧，冷然道："你不要过来。"她的话意柔柔淡淡，不是严厉生硬的口气，却透出冷漠、淡倦。

我一怔，刚刚迈出的步子又收了回来。我站在她身后三尺远的地方，从背影看去，她的肩膀似乎轻微地颤动，如是在极力克制着，呜咽如风间碎笛的声音自喉间溢出，却紧咬着唇不让我听见。

这样彼此不知沉默了多久，她朝前走去。自始至终，她一直背对着我，离去时将背脊挺得笔直，长长的裙裾蜿蜒拖在身后犹如凤凰羽翎，骄傲的姿态，高华的气质，不见丝毫的狼狈。

就在她离去的那刻，我看到一点晶亮的光芒从她垂落的云袖间落了下来，宛若坠落的小小流星。我走上前将它捡起，原来是一颗仅有指甲般大小的珍珠，润白光泽，极普通，看色泽和形状都不见得有多贵重，而且表面粗糙，颜色带些黯黄，应该是经年旧物了，握在手心里有温温的触感，如是被人的体温焐热了。

我心间微诧，方才我看得清清楚楚，这颗珍珠是紫嫣遗落的。紫嫣向来食必精，器必工，她怎么会随身带着这样一颗不起眼的珠子。我将珠子拈在指尖端详，看到两侧穿了孔，大概先前是用作衣裳扣子，或是束发的珠子。

发珠，我脑中激灵地闪过光亮。

蒙晦沉湮的回忆霎时被撬开一道缝，那时她尚是骄蛮任性的小女子，调皮地朝着对面屋顶上的鹘鹰做拉弓的动作，被激怒的鹰冷不防化作白影俯冲下来，尖喙啄落了她束发的一颗珍珠。

"这是谁家的鹰，这般不好好调教？"她嗔怒道，乱了的青丝幽婉如瀑地披在肩上。

"我家的鹰有冒犯姑娘的地方，请姑娘原谅。"

在众人面前失了姑娘家矜贵的面子，她不依不饶道："这扁毛畜生也太凶猛了。"

鹘鹰的主人依然笑得温文尔雅，"定是姑娘做了什么激怒了它，否则它不会这样无礼的。"

我的心思豁然明朗，原来如此，原来如此。不觉间我轻轻叹息，紧紧地攥住那颗珍珠，攥得太紧，圆润的珠子如棱角分明的石子般硌得掌心有些痛。

三日后就是新皇的登基大典，但是皓儿仍旧不愿意接受皇位，他成天大吵大闹，执意喊着要他的父皇，还将内务府送去的龙袍全部剪破。皓儿身边的宫人都胆战心惊地伺候着，小心翼翼地秉承着昭慧太后的意思，绝不可在登基之前出一点的纰漏。

对于皓儿，软语安抚、婉言哄慰都不奏效，紫嫣索性是硬了心肠，下令将皓儿禁足在寝宫中，不到登基的那日就不准踏出半步。皓儿的性格像极了紫嫣，刚烈，倔强，外部越是压迫，就越不肯屈服低头。他现在摆明是同他母亲杠上了。紫嫣将他软禁起来，他就绝食反抗，不管是谁来劝，他就是水米不进。

众人眼下一个个忧急如焚，皓儿毕竟是年幼稚子，要是这样下去，柔弱的身子哪里吃得消？肯定熬不到登基的那日就拖垮了。

今晨就有太监来回禀，说是皓儿一整日未进食，兼之情绪起伏，体力消耗过大，早上竟昏了过去，好几名宫人七手八脚地撬开牙关灌了白粥，才好了过来。

听到这消息，紫嫣身为亲娘，心痛程度自然要数倍于旁人，同时，对于皓儿的犟脾气亦是恨得牙痒痒。尽管这般，她在人前依然还是一副无动于衷的样子，自顾着冷声冷气地道："真是哀家的好儿子，居然敢用这种方式来要挟哀家！你们都听着，就让他绝食，谁也不许去劝！人人都道富贵里长成的孩子不知道天高地厚，现在正好给他尝尝厉害，吃点苦头，若是这一次依了他，日后还不晓得会有多无法无天！"

皓儿那一分骨子里的强硬，真是像极了紫嫣，他们是亲生母子，但此时相见如仇，或许这就是冤孽吧。

不知是跟皓儿的关系日趋紧张，还是萧隐的猝死对她刺激极大，紫嫣近来的脾气越来越反复无常，猜疑心亦是益发深重起来。她视宫人为草芥刍狗，生杀予夺玩弄于股掌之上。而且，她现在重权在握，帝都中的高氏皇亲和朝廷官员，只要稍稍露出一点可疑的迹象，她就下令将其逮捕入狱，甚至不由分说地处死。其中丞相李生赫就因与湘王来往过密，疑其意图不轨，落得满门抄斩的罪名。在昭慧太后铁腕冰容的统治之下，现在的帝都城，正是风雨如晦的时候，说是人人自危，也丝毫不为过。

深冬寒气至，北风何惨栗。

这皇宫中，灵犀已死，良妃已死，皇长子高舒皦已死，从宫外寻回的那位皇子亦是因坠马而意外身亡。昔日的眼中钉，肉中刺逐一拔除，这一场手段凌厉的秋后算账，接下来又要轮到谁了？

我仰首，青郁沉沉的天幕间或飘着细雪，宛若无数阴灵舒展着虚无的翅膀，恍恍惚惚地飞向邈远而未知的空间。

环翠宫，正是紫嫣的侄女，毓妃林衡初所居的宫殿。

当我和紫嫣进到宫中的时候，着实大大地惊了一大跳。毓妃身上仅穿着一条轻薄的玉黄色洒银丝长裙，宝髻松绾，珠钗轻摇，粉面凝露，杏眼微饧，正与三四名体型健壮的男子言欢饮酒。她旁若无人地拈着酒樽，笑靥如花地在男子间游走，如到了动情处，就娇笑不止，衣襟肆意地敞开着，露出肤色姣好的雪脯和温润细腻的肩膀手臂，毓妃神情妩媚入骨，轻佻地坐在其中一名男子的大腿上，双臂圈住对方的脖颈，樱唇晶莹浅含酒露，把酒言笑之时，衬得柔软重叠的衣衫间，曼妙的双峰若隐若显。眼前的场面，暧昧靡艳，春光满室，令人感觉像是误闯进了烟花之地。而且，其举止风骚，言辞放浪，简直与倚楼卖笑的娼妓无异，看得每一个进来的人都是目瞪口呆，大为震愕。

这种情形，要不是亲眼所见，谁都不敢相信这里居然是一名妃子的宫殿。

看到两宫太后进来，里面的人无不是大惊失色，扑通地跪倒在地上。我扫了他们一眼，瞧见敏妃梁沛吟竟也在环翠宫中，她倒是没有同毓妃一起厮混，现在正战战兢兢地跪着。

毓妃故意装作看不见紫嫣，脸上露出一点天真，端着酒樽疑惑地娇声问道："怎么了？你们为什么都不喝了？"她双颊晕红，如是不胜酒力，脚步虚浮，身姿摇晃，自有一种柔媚之意，犹若翩跹蛱蝶在穿花拂柳。

紫嫣见状，眉峰不经意地拧起，声音轻慢却隐隐透着压迫，"林衡初，你这是在做什么？"

毓妃口中惊讶地咦了一声，好像这时才看到了紫嫣。她将雪藕般的手臂搁在一名男子的肩上，姿势极其轻浮，咯咯笑道："姑姑看不到吗？人生苦短，及时行乐啊。"

毓妃身边的男子因畏惧紫嫣，早就吓得面色如土，现在看到毓妃柔曼如蛇地缠上身来，唯恐触怒紫嫣，一时间急着躲避，毓妃却是容不得他躲，也不忌讳是在人前，顾自将手臂缠得更紧了。

紫嫣看着眼前这个女子，她一手栽培起来的侄女，亦是她在宫中最得力的帮手。

"你看看你现在这种样子，跟娼妓又有什么两样？"紫嫣冷哼，她看向毓妃的目光中带着毫不掩饰的厌弃和嫌恶。

"娼妓？呵呵……"毓妃听到这两个字，笑得越发花枝乱颤，她手一抖，将酒樽使劲地摔在地上，猩红的酒液霎时暴溅，洒在她玉黄色的裙裾上，点点若落梅残影。

"姑姑是在教训我吗？"毓妃一改刚刚的颓萎不振，神情一下子犀利明亮起来，眉梢眼角锋芒毕露，白玉般的眼睑飞翘着根根黑色睫毛，衔着一抹凛冽若冰的傲然。她就是这样，从容不迫地与她的姑姑——紫嫣对视着。

毓妃是紫嫣亲自调教出来的人，长年带在身边，耳濡目染，她的性情跟紫嫣竟也有了几分肖似。

"哈哈……"毓妃放肆地大笑，将缠绕在唇舌间的秀发拨到颈后，口气中含着如火药般浓烈的讥诮，"姑姑自己做了什么好事？觉得还有脸面来教训我吗？"

紫嫣闻言一愣，毓妃就像一头敏捷的猎豹般，死死地盯紧了紫嫣眼中一瞬而过的动容，她脸上讥诮的意味更加深刻，深刻得潜入唇畔一丝微妙的笑纹中，一壁笑一壁摇头道："我的姑姑呀！您说这湘王也真是的，都到这时候了，还眼巴巴地想着鱼雁传情，他哪里知道，姑姑现在怎么还会有闲心情去理他？"

我心道不好，侧首看紫嫣，她却依然还是一副波澜不起的样子，只是冷冷地，冷冷地看着毓妃借酒发疯。

"湘王他确实是不识相，姑姑现在就算守了寡，也有不少人，等着姑姑去轻怜密爱呢，怎么都不见得能轮得到他！"毓妃尖细着嗓音喊道，在"不少人"这三个字上刻意落重了语气。

毓妃酒意上来了，她晃晃地扶着额角，但神色忽然变得极其认真，伸出一只指骨纤纤的手，郑重地扳起手指来，双眼笑得弯弯如细月，白牙咬着嫣红的唇瓣，益发婉媚撩人，她露出一点懵懂，说道："姑姑，屈指算来，湘王都是您旧爱的旧爱了，要说那位名满天下的庞家大才子，才是您的旧爱啊，不过这也不算什么，说起这新欢，可就更加了不得了……"

旁侧跪着的那些人，看到毓妃这般放纵大胆，惊惧万分，个个都是汗如雨下。

紫嫣眸心掠过一丝愠色，森冷地从齿缝间挤出两个字："闭嘴！"

简短至极的两个字，挟着雷霆万钧之势，令在场之人无不心惊！

毓妃今日却像是决意豁出去了，神情坦荡，眉目间愈加凛然无惧，她捂着胸口恣意地大笑了一阵。她抬起头时，又佯作迷惑道："怎么了姑姑？我为什么要闭嘴，又何必闭嘴？其实跟姑姑相比，初儿不过就是学了姑姑的一点皮毛罢了，又何足道哉？"

毓妃的字字句句刻薄如刀，蘸着主人浓郁的怨毒向紫嫣袭去。这时，她莲步轻转，柳腰纤纤，宛若蝴蝶折翅般娇柔无力地倒在一人的怀里，一双迷离的眼眸狐媚漾漾，摄人心魂，红泽的柔唇裹藏着丁香小舌半吐未吐，玉笋般的指尖划过那人的脸庞，裙衫半掩玉体，其场景当真是淫荡不堪。

此时，紫嫣神色深凝，只是隐忍未发。

毓妃吐息如兰，桃腮微红，眼眸顾盼流转格外的娇妍。她低垂羽睫，似是蕴着一腔盈盈欲落的委屈，"姑姑只准自己州官放火，怎么就不许初儿百姓点灯了？要想想，咱们都是女人嘛，风华正茂，可惜这绮年玉貌无人怜。姑姑耐不住寂寞，初儿怎的就能耐住寂寞了？姑姑不在意皇上是否宠爱，那么初儿呢？"

毓妃犹嫌不足，一脉拖长了慵慵的语调说道："姑姑自己跟人家恋奸情热的时候，怎么就不能可怜可怜初儿闺中冷清呢？"

她的这些话说得实在过分，恋奸情热这等市井下流的言语，从她口中说出就像是再平常不过，任谁都听不入耳。

紫嫣面容冷冽，指着林衡初厉声道："你自己淫荡就不要硬拖上别人！"

"淫荡？站在这里的人谁不淫荡？或者这个宫中人谁不淫荡？"毓妃顿时笑得捶胸顿足，如同听到一个天底下最好笑的笑话，眼角都有泪水沁了出来。

她双眼圆瞪，目光诡魅而幽森地扫过殿中的每一个人。

"你！"她的目光从我身上剜了过去。

"你！"她又看向紫嫣。

一直胆怯地瑟缩在旁边的敏妃，看着近乎心智失常的毓妃，眼见着事情越来越不可收拾，扑上来扯住她，"毓妃……"半句劝阻的话还未说出，就被毓妃浑身散发的凛冽气势压了下去。

"还有你……"她扬手抽了碍手碍脚的敏妃一个耳光，将其远远地扇了出去。

"还有被当成替罪羔羊死了的灵犀！"毓妃怒视着我们所有的人，撕心扯肺地大叫道，"咱们这宫中谁敢说不是荡妇？这淫乱宫闱的事难道做得还少吗？呵呵……别的不敢说，这宫中有的是荡妇！"

如此惊世骇俗的一言既出，简直犹如天崩地坼，每个人的表情都是不能仅仅用惊愕来描述了。

"放肆！"紫嫣将案几上一套粉光绿石杯盏拂落在地上，她已是怒不可遏了，转向左右，"来人！将这个疯子拖出去……"

"慢着……"我忽然出声一阻。

毓妃见到紫嫣发怒，唇角依然含着一缕从容不迫的笑意，她今日敢说这些话，就是做好了破釜沉舟的打算，莞尔失笑，如是深深地感慨道："姑姑，难道初儿说错了吗？要想想，就连平日看似最规矩本分的颜凝玉妹妹，都是心有旁骛。咱们这些人就更加做不到清心寡欲，也别说守身如玉了。"

听到毓妃用如此轻浮的语调提起凝玉，我不由得眉心一蹙，林衡初今天是疯了，无论她怎么说我，于我而言皆是无关痛痒，但是我不容许她这般诋毁凝玉。

"说到凝玉……"毓妃密密的长睫一舒，柔冶如春水的眸光荡漾到我的身上，媚意入骨，销魂，她笑道："昭宸太后一向胸襟广博，对姐妹也友善。但是，您怎么就不能再大度一点？这皇帝夫君都可以跟这些姐姐妹妹的分享了，为什么情人韶王就不能分呢？"

"可怜了凝玉啊，她那点心思藏得也真深，到头来为了韶王连性命都赔了进去，但又得到了什么？"毓妃惋惜道，"昭宸太后若是能再大度一点，自己跟韶王郎情妾意的时候，也能想着自家的妹妹，将甜头分给妹妹一点，如此一来，才不枉费姐妹情深一场，您说是吗？"

我对毓妃的话置若罔闻，一动不动地站着。

紫嫣眸间泛起阴戾之色，却是再也忍不住。她箭步冲到我面前，狠狠地掴了毓妃一个巴掌，紫嫣手指上戴着镂金菱花嵌翡翠粒护甲套，而且打下去的时候，未留一分力气。毓妃娇嫩的脸庞霎时高肿，暴凸出数道血痕。

"我当初不该让你进宫的！"紫嫣看着毓妃，一字一顿地说道。

毓妃愣愣失神，"是的，你不该让我进宫的！我叫你一声姑姑，其实你仅仅是将我当成一件帮你争权夺势的工具而已，好用你就留着，不好用就随时能抛弃到一边。这么多年来，人人都道你对我不薄，人人都道我活得风光，可是他们哪里知道，要不是我一直谨小慎微地迎合你、讨好你，揣摩着你的心思为你办事，为你除掉你不喜欢的人，我怎么可能在你身边留那么久？"

"你不该让我进宫来的！"毓妃遽然大笑起来，声音中藏着悲恸和怨恨，"你为了你自己的利益，而牺牲了我！如果我不进宫，我的人生又会是另外一番光景，是你毁了我……"

紫嫣俯首看着狼狈跌坐在地上的毓妃，有深深的笑意匿在唇角，平淡地吐出一句话，"你果然因为当年之事而怨我。"

"难道我不能怨吗？"毓妃眼中细细的恨意如针芒。

紫嫣转着拇指上一枚浑圆碧绿的玉戒，道："你要那个男人陪着你，我成全你了，提出的唯一条件就是他必须净身。"

"我要对你的恩典感激涕零吗？"毓妃忍不住冷笑，"你这样跟杀了他，毁了我，又有什么两样？"

"我就知道，自从那次之后，你对我一直心存怨念。尽管表面上还是一如既往的毕恭毕敬，但是心里却是恨死了我。"紫嫣的眸子眯得狭长，蕴着冷峻的光芒，"初儿，有件事姑姑心存疑问，颖妃的儿子当年明明就死了，后来怎么又会冒出一个流落民间的皇子？是不是你暗中做了手脚？"

毓妃略微沉吟，她也不回避，承认道："当年你用调包计置颖妃于死地，殊不知我也在你背后使了一招调包，将真正的皇子送出皇宫，交到了端仪公主的手上。"

紫嫣哑然一笑，说道："难怪这些年端仪一直有恃无恐的样子，原来她手中拿捏着我的把柄。"

"你恨我，所以不惜一切地要报复我，但是你的力量不够，所以想到了假借端仪之手。"紫嫣眼底滑过一线荫翳,声音中说不出任何情绪,语意玩味地道:"你果然是哀家调教出来的好侄女,心机手段都跟哀家这样像。"

"姑姑,初儿还有最后一事要禀明。"毓妃虚虚地扶着发髻上的银錾梅花簪,朝着紫嫣嫣然一笑,那张血痕纵横的脸显现出三分娇妖,"那日就是我领着四殿下去了太极宫,让他亲眼看到他的母亲,毒死了他的父皇。"

"你……"紫嫣脸色微微一变,数年宫闱沉浮练就的一身风云不惊、滴水不漏的涵养功夫,竟抵不过毓妃此刻软绵绵的一句话。

毓妃的眼光如毒蛇般盯着紫嫣,看似刀枪不入的紫嫣,竟然能被她生生地撕扯出强悍的性情中一丝软弱,这令她感到无比畅快,重重地咬着字,每个字仿佛都带着咬碎血肉的力度。

"姑姑,除此之外,我还跟四殿下说了说他那早夭的姐姐,娉婷公主真是可怜啊,死的时候还不足周岁。不过她也怨不了谁,谁让她有这么一个狠心的娘?"

毓妃笑得披头散发,如是疯癫了般,"被自己的亲生儿子仇恨一定不好受吧,我就是要让你尝尝众叛亲离的滋味。"

紫嫣朝后退了一步,眸心溟溟,宛若碾碎一池清粹冷冷的秋霜,紧攥的指骨泛着惨白的颜色,微带着沉沉的鼻音道:"来人……"

"何必来人?省得脏了姑姑的手!"毓妃的面容冷煞如鬼,她拉拢了衣衫,慢慢地将蓬乱松散的发丝梳理得一丝不苟。

正在这时,有稚嫩的童音传来,跑来一个身着宝蓝襦袄的三四岁的男孩,看模样是毓妃的儿子高舒皦,他跑到毓妃身边,肉鼓鼓的小手抓着母亲的衣襟,喊道:"母妃,母妃……"

毓妃将孩子柔软的身躯揽在怀里,看着他的眼神温柔而慈爱,喃喃道:"孩子,母亲要走了,你还这么小,母亲实在不忍心带着你一起去,但是更不忍心留你一人,落在仇人手中受尽凌辱,倒不如跟着母亲一起去吧!"

我觉得不祥,一声惊呼遏在喉头,尚来不及阻止,就看到毓妃狠心地将稚子一推,高舒皦骇声尖叫,迎头撞在金红剔珠的柱子上,额头登时破开一个血窟窿,小小的身子抽搐着倒在地上。

高舒皦是毓妃的亲子,她竟能下此辣手!刹那间,殿中诸人俱是惊得杵若木石。

林衡初疯癫地大笑,在众人怔忪失神的一瞬,她冲向雕花长窗,没有丝毫的犹豫,目光决绝如死,我们就眼睁睁地看着一抹黄影自窗口坠落下去。

她抱着必死之心,坠楼时毅然是头颅冲下,等到有人赶到时,她颈骨折断,殷红的鲜血流了一地，当场气绝身亡。

须臾之间，已是两条人命去了。

这一幕幕皆是猝不及防，紫嫣听到侍从禀报林衡初的死讯时，她低低地应了一声，神情漠然地转向泣不成声的敏妃。

敏妃梁沛吟察觉到紫嫣的目光落在她身上，激得浑身打了个寒噤，瑟瑟缩缩地跪着，带着破碎惊惶的哭腔求道："娘娘饶贱妾一条性命吧，看在贱妾多年来为娘娘做牛做马的分上……而且明蕙还那么小……娘娘……"

紫嫣笑了，笑得和颜悦色，这般的和颜悦色却令人看得益发毛骨悚然，缓缓地说道："沛吟，你为哀家做的事再多，难道还能多得过林衡初吗？背主弃义的叛徒留不得，这个道理她通彻得很，为什么你就不明白？"

"娘娘……娘娘……"梁沛吟只顾着磕头如捣蒜，颤颤地连话都说不出来。紫嫣既然这样说，相当于就是判了她死刑。林衡初尚且能自我了断，留得最后一分尊严，而她的下场，或许连林衡初都不如。

"你现在知道了吗，为什么这些年来，哀家看重衡初一直要多于你？"紫嫣的目光中含着冷冷的厌恶，仿佛连再看一眼都是多余，声如断铁地道："宁死不辱，宁折不屈！而你，就是没有衡初来得有骨气！"

"哀家在宫中这么多年，可谓是大开眼界，只是唯有一样东西未见过。"紫嫣唇角轻轻一勾，她眼中的戾气浓烈迫人，口气森森地下令道："来人，将梁氏带出去，连同薛旻茜，处以人彘极刑。"

敏妃听到这个结果，登时一张粉面变作土灰，见到身形彪悍的侍卫来拖拽她下去，骇得尖叫一声昏了过去。

而此时的薛旻茜，不知是恐惧，还是激愤，整个人都在剧烈地颤抖，她抬头触到紫嫣寒彻而轻蔑的目光，心知今日绝无活路，索性豁出性命，嘶声斥骂道："林紫嫣，你这个毒如蛇蝎的女人！你当年为了逼死大姐，不惜牺牲亲生的女儿！为人母而恶毒至此，简直丧尽天良，禽兽不如！还有，你居然还用那种龌龊卑劣的手段害死了二姐！"

那些在旁侧待命的侍卫，见到这般情景，立即上前制住状若疯狂的薛旻茜。刚刚林衡初也提及了颐清公主高娉婷，如今薛旻茜又说了出来，我心间凛然，宫中传言娉婷公主幼年早殇，难道真的是因为……

紫嫣仅是冷眼看着。

"不止如此，你跟灵犀应该已经相认了吧？她亦是死于我手，而且她还为我背了千秋万世的罪名。"紫嫣依然是风云不惊地立着，唇际若有若无地含着一缕清冷的笑，居高临下地睨着已是穷途末路的薛旻茜，"今日——你也是！"

薛旻茜瞠目怒视，神色狰狞，张牙舞爪地要冲向紫嫣，却被侍卫左右架住，动弹不得。她忽然笑起来，笑声中透着凄厉与落寞，"可恨我们薛家四个女儿，无一例外地败在你的手里！"

紫嫣的眼神寒了寒，逼问道："当初在永巷的人是你派去的。"

薛旻茜微微一愣，随即大笑，斩钉截铁地道："是的！就是我！你当年加在二姐身上的凌辱和痛苦，我要你自己也尝试一遍！"

"昭慧太后，对臣妾派去的几个假太监还满意吗？哦，臣妾忘了，让那个叫黄绡的侍女替你全部生受了。"她笑得愈加放肆，声音忽地一厉道："黄绡她为人爪牙，不得好死，但这本该是你受的罪！我不仅要你死，更要你在死之前受尽不堪！"

这般怨毒凌厉的话，好像幽森的蛇口中咝咝喷出的寒气，令人闻之心神悚然。我大概猜到几分，当初紫嫣因颖妃一事而被废黜妃位、贬居永巷之时，她身边最得力的侍女黄绡一夜之间暴病而亡，我那时还觉得此事蹊跷，今日方知竟是如此内情，我亦是不禁一愕。

"我就知道那是你的主意，灵犀不会做这么鲁莽的事。"紫嫣仿佛心不在焉地说着，然而，谁都无法忽视，她的眼底渐渐腾起戾气，以一种近乎冷血、不带任何表情的语调说道："你是薛家的人，该死；你杀我手下一名爱将，该死。不过你放心，我不会再用那些用滥了的手段，你姑且好好地去享受被削成人彘吧。"

说罢，她转身，连再多看一眼都是嫌恶，立马有侍卫拖着犹是破口大骂的薛旻茜，和昏死得不省人事的敏妃，动作利落地下去了。

我看着被拖出去的两人，不由得蹙眉。看到紫嫣的双手在袖笼中交握着，她神色平静，任是大风大浪也不能刮起一道水纹，她似乎意料到我想说什么，抢先我一步，懒懒地堵上一句话道："玉笙为你触柱而死，我的黄绡也算是一个难得的忠仆。"

听到她说这样一句话，我不由得倒吸一口凉气。

相识多年，我对紫嫣颇有几分了解，她不是不能容忍正面相抗的敌人，就像当日在曲源城中，灵犀败势已定，她目睹灵犀亲手拔出插在胸膛上的箭，毫不迟疑地刺进咽喉，那种对自己下手时的狠绝与决断，宁可自我了断，也不愿苟且偷生，见辱于敌手的铮铮硬骨，还是令紫嫣感到一丝震撼和敬佩。但是，她唯独容不得叛徒，在背后放她暗箭的叛徒，在紫嫣眼里，这种人比灵犀还要可恶可恨，还要值得千刀万剐，挫骨扬灰。

林衡初跟在紫嫣身边的日子最长，她心思聪颖，想必是看透了这点，所以在尽情肆意地放纵之后，选择了坠楼自尽。而梁沛吟却心存侥幸，但她等来的不是网开一面。

　　看着侍卫凶蛮地架着已是面无人色的薛旻茜两人下去，我当下心念如电转，疾声道："紫嫣，此事不可。"

　　"姐姐，你这是第几次阻止我了？"紫嫣侧首睨了我一眼，神色中含着一股拒人千里的漠然和疏离，甚至还有敌意和挑衅，她尖声回驳道："我做什么事自己心里有数，轮不到姐姐事事来提醒！"

　　紫嫣的性格冷毅偏激，一旦执拗起来，其阴狠和嗜血都是无法想象的。但是人彘之刑过于残酷，若是真的在宫中施行，在这个异常敏感而动荡的时期，不知会导致多么难以预计的后果。

　　我说道："紫嫣，现在局势未稳，你若在此刻屠戮后宫，定会尽失人心，你纵然不为自己，难道也不为皓儿想想吗？"

　　想当年西汉之时，吕后因泄私愤将戚夫人削成人彘，为汉惠帝刘盈所见。后刘盈盛年而忧郁离世，除却自身体弱之外，与其母的残忍狠毒脱不了关系。

　　紫嫣却是锋芒不让，"薛旻茜是薛家的余孽，不得不死，而梁沛吟背叛于我，更是罪无可恕，我若不施严惩于二人，又如何震慑后宫？"她眼中有一闪而过的阴鸷与冷绝，"至于皓儿，姐姐言重了，我纵然今日做了吕后，他未必就是懦弱无用的汉惠帝！"

　　我听到紫嫣这样说，心底一沉，知今日之事势在必行。当初在通明殿外，我阻止她逼迫一干后妃殉葬，几乎已是抵及她最后的底线。现在关于处决敏妃等人之事，她心意已决，是无论如何都不会再向我让步了。

　　想通了这点，我的神情倒是平静下来。

　　在她与我擦身走过的瞬间，唇间吐出的轻淡声息几乎是萦在彼此的肩头，我寂然道："紫嫣，你觉察到了吗？自从萧隐之事后，你的性情变了许多，变得越来越暴虐无常，恣意妄为。"

　　这是我第一次在紫嫣面前提起萧隐，而且，直截了当，"误杀了萧隐，你心里定然不好受，只不过表面上撑着强硬罢了。这段日子来，整个帝都城人心惶惶，前朝后宫中不少人都是因无妄之灾而死，甚至祸及满门。你不好受，难道非要杀得血流成河方能痛快？"

　　紫嫣闻言，如是刺到痛处般身体微微一震，充满戒备地紧紧地盯住我。这般良久，她的手在袖底牢握成拳，神情骇然，忽地笑出声道："是又怎样？不是又怎样？姐姐莫非现在才看出来，我就是如此的自私褊狭，杀人才能让我觉得痛快！"

她用力地一拂衣袖从我身旁走过，长长的袂角打到了我腰间垂下的白丁香含蕊玉饰，一阵清脆错乱的丁零作响，此举无异于在示威。

紫嫣朝前走了两步，悠悠地转过身，"姐姐，我还有一句话想说。"

"是关于韶王殿下。"出人意料地，她的口气一改咄咄之态，如是漫不经心地笑着："待到登基大典那日，无论君臣，还是叔侄，韶王都应该到吧。"

叔侄，她刻意将这两个字咬音极重，在舌尖与牙齿间撕扯出一丝刺耳的尖锐。

我遽然抬首撞见紫嫣的笑意，她眉黛纤纤，黑眸深湛如寒泉浸明玉，还藏匿着一股震人心魂的威胁，我看着她，只觉得那深埋于心的隐忧和惊惧，在瞬间被狠狠地、毫不留情地挖了出来，曝晒在面前这人犀利如电锥的眼睛之下。

仿佛被人一击而中了致命的软肋，还有什么能瞒得过她？

行刑之时，我未去看，却听得侍女回禀了几句，昭慧太后下旨，六宫之中定要观看人彘，若有违者，严惩不贷。宫中的嫔妃哪个不是养尊处优，触目皆是金玉锦绣，何时见过这等血腥可怖的场面，据侍女说，那些花容月貌的女子，一个个都吓得面色惨白，双股战战，有些人呕吐不止，更有胆小的当场就昏了过去。然而，昭慧太后始终面冷如铁，没有丝毫放行的意思，她们慑于昭慧太后的威势，不敢有半句怨言。

转眼临近二月，夜间的风却依旧阴冷砭骨。僻静的甬道，未化的积雪萎靡成一团一团，在暗色重重中露出些许狰狞。

后日就是登基大典，我特意来看看皓儿。挟着外面的寒气走进内殿，冰凉的脸颊让迎面扑来的热气熏得有些麻，有些痒。夜已深了，房中的角落里疏疏地挑着几盏薄纱宫灯，皓儿还未就寝，他坐在榻上，胳膊抱着双膝，小小的身子蜷缩着，在墙上投下一片小小单薄的影子。

我的脚步既轻又缓，皓儿闻声，充满戒备地朝着来人看去。短短几日来，这孩子清瘦了许多，原本腴润的小脸，现在两颊明显凹陷了下去，下颌尖尖得令人心疼，苍白的脸色，衬得一双眼睛愈加大而亮，黑白分明的眸子间透着迷惘和忧惧，还有一股子无可摧折的倔强。

这双眼睛，无论是形，还是神，真是很像他的母亲。

皓儿看到是我，眼中的戒备一松。

"皓儿，母后来看你了。"我目色柔静地看着他。

这些天来发生了太多事，皓儿的心神近乎消耗到极限，他的面容疲倦而脆弱，如同受伤的小兽般，他抱着膝盖断断续续地说，淡粉泛白的唇抑制不住地颤抖，伴着沉重的抽泣，"母后，父皇死了……大皇兄死了……从宫外来的三哥哥不慎坠马身亡了……后来舒皦弟弟也死了……他们说母亲不能饶了敏妃娘娘，所以明蕙皇姐也……"

皓儿的眼底涌出两汪楚楚的晶莹，他像是说不下去，睁大泪光明闪的眼睛看着我，带着破碎的哭腔道："母后，他们是不是都死了……"

最是烂漫童真时，本是纯然无邪的孩子，何必非要承担这些难以忍受的痛苦。我心中苦涩，挨着他坐下，见他并没有抗拒的意思，便轻轻地搂着他薄削的肩膀，想宽慰这个柔弱无助的孩子，开口却是缄然，柔柔地叹息道："皓儿，母后知道你心里难过。"

皓儿挣扎着从我怀中抬起头，大滴大滴的泪珠落下来，他摇着脑袋，不理解道："就算毓妃娘娘和敏妃娘娘做错了事，那么弟弟和皇姐，他们又有什么错呢？于母亲而言，他们即使不是亲生，但也是看着长大的，难道就没有一丁点情分？"

我默然，无从解释他的疑问，抚着他乌黑的发，良久，沉沉地道："皓儿，你的母亲她现在也不好受。"

皓儿鼻翼轻扇，勉强自己止住眼泪，像是赌气地嚷嚷道："我才不相信她会不好受！她杀了那么多人，害了那么多人。父皇与她好歹有夫妻之义，她顾虑过吗？毓妃和敏妃跟着她那么多年，她可有念着往日的情分？皇姐他们怎么也算是她的半子半女，她下手时有过留情吗？"

小小的孩子将一双眼睛睁得大大的，禁不住两行眼泪流出，语意凉薄，"我是她亲生的孩子，娉婷姐姐不是吗？她既然能杀了娉婷姐姐，等到我没有用处的一日，她也会杀了我吧……"

"皓儿！"我惊叫一声打断了他，毓妃林衡初跟在紫嫣身边那么久，她不愧是最了解紫嫣心性的人，她晓得什么才是对紫嫣最严酷、最惨烈的报复。

就是让她唯一的儿子，去这样强烈地恨着她。

皓儿狠狠地抹了一把脸上的泪水，一副心灰意冷的样子，说道："我虽是她的亲儿子，但若不是她现在正好需要一个年少无知的孩子，把他扶上皇位，来做她可以任意操纵的傀儡，让她借着皇太后的身份来顺理成章地号令天下，我还会有用吗？她还有必要留着我吗？"

我蓦地一凛，惊愕于他一个幼弱的稚子，竟然能说出这样一番与年纪完全不相称的话来，说是惊心动魄亦不为过，想必这段风波激涌的日子，让他的一颗心蜕变得坚韧而成熟，他已不是当初一无所知的天真孩童。

我眉间笼起一层薄愁，愈加抱紧了怀中的孩子，侧脸贴着他略微冰凉的额头，"皓儿，不是这样的，你怎么会有这种想法呢？你的母亲是真心真意地要将天下交到你手上，辅佐你成为一代贤君，怎么会将你当成傀儡？"

"母后……"皓儿像是累极了，身子颤巍巍地缩在我的臂弯中，他紧紧地咬着嘴唇，直到唇瓣被啮出一痕血色，眼神因泪光而显得迷离，宛若风间露珠，黯然道："皓儿的亲人都死了，剩下皓儿孤零零的。天下，贤君，皓儿要这个有什么用？"

相对无言，我抱着皓儿直到他迷糊地睡着，然后仔细嘱咐了为皓儿看夜的宫人后，就回去了。

安寝的暖阁中融融燃着银炭，我披着香色轻裘，倚在殿中的软榻上，室内荡开一壁温盈冲淡的檀香，但是我的心却像是沤着一块冰，老是暖不起来，我不由叹道："毓妃这次真是点到紫嫣的死穴上了，看这个样子，怕是他们母子的心结一辈子都难解。"

云嬗听了亦是摇头。

我神色淡倦，道："现在的时局看似平静，但说是危机四伏，却也不为过。高氏一族虽被挫，但实力犹存，尤其是往日的一干亲王权贵，眼下的臣服都是表面文章，心里对幼帝登基大大不满。他日若反扑，尚不可预计。据线子来报，端仪公主已秘密潜入帝都。要知道端仪和紫嫣有过旧仇，此次定是来者不善。若是借机与帝都中怀有异心之人内外联通，发动政乱，其后果更是不堪设想。"

云嬗在我身侧，双眉微蹙地看向我，她叹道："她偏偏在这时大肆发泄私愤，确实是不妥。往日她虽行事极端，但自有分寸，何至于像近日来这般暴虐，一味嗜杀。"

云嬗不曾再往下说，紫嫣这段日子为何一反常态，我们彼此都心知肚明。

我的神色平静如常，启唇却是无比的艰涩，说道："你说，等到紫嫣安定了帝都这边，下一个要对付的人是不是韶王？"

云嬗的脸骤然白了几分，结舌道："可……可能吧。"

我笑得无奈，说道："当年母亲过世的时候，她跟我说要照顾妹妹，忍让妹妹。我当年不解母亲的意思，失去家族的庇护，我们两人相为依靠，我作为姐姐，照顾她、忍让她都是应该的，何须母亲反复的叮嘱，如今我倒是有些懂了。"

"若有朝一日，紫嫣和他相争这天下的至尊之位，我又该如何？"

紫嫣是我的妹妹，奕析是我今生最爱的人，我何其忍心，看到他们斗个你死我活，彼此都拖累进一场万劫不复的血孽？

云嬺神色一震，我看得出，她在思索，她在犹豫，她在逐字逐句地琢磨着她将要说出口的话，"如果真的有那一日……"

我止住她再说，面容间流露出一瞬的冷意和漠然，幽幽道："云嬺，我可否信你，信你能帮我这一次？"

云嬺的眼底闪过一线坚毅之色，我们谁都没有说话，彼此之间却像是有了一种无言的默契。

我缓缓地开口说道："我这里有先太后留下的一封手札，太后薨逝后，高嬷嬷想尽办法将其转送到我手中，做完最后一件事，嬷嬷已随着太后去了。如今手札在我这里，我却拿捏不定应如何处置。"

我看着云嬺，而她的眼神亦是剧烈地变幻着。

……漠北荒悒，强敌环伺，此去祸福难测。旖尘为胤朝公主，血缘也，命数也，断无为一己之幸愉而弃皇族于危难。辞别之时，幼婴托暮语姐嫂照拂，若妹身遇不幸，余生无缘归于故国。望姐泯弃旧怨，念其稚子无辜，代为抚育成人……于其出身，宥妹苦衷，无法尽述。谨姐一言，如有造化，令其重拾萧氏为姓，妹甚欣慰之……

"我是应该烧了，还是应该留着？"我默然地问道，面前的火盆中炭正烧得红亮，不时地暴溅出一粒火花，若是我扔进去，灵蛇般的火舌舔舐着优质光洁的纸质，将白字黑字一齐化作脆薄的灰烬。

荣极天下一朝间

　　自大胤开朝，始定阳京之地为帝都，东郊崀山横亘如卧龙横倒，西面阴山盘踞如猛虎伏卧，是龙盘虎踞、祥瑞蒸腾之地。新皇登基定在二月初二，于御龙台举行，历代胤朝帝王于此承上命，柄天极，踏上九百九十九级汉白玉台阶，九为至尊之数，同时亦是向天下宣布，皇权的统治。

　　此日风清日朗，万里无云，是连绵的阴霾之后难得的好天气。新皇登基在即，满朝的文武官员，宫廷内侍，自是忙碌。在胤朝西南、东北一带的附庸小国，如琉球、蛮率等，亦是遣使者携贡品朝贺，贺新皇君临天下。全部高氏皇族成员前来观礼，御龙台一派热闹吉庆的场面。

　　我与紫嫣顺理成章地成为嫡母皇太后和圣母皇太后，在御龙台接受百官与万民的朝觐。

　　我与紫嫣今日皆是按品级大妆，佩戴太后体制的赤金缀玉凤凰十六翅宝冠，在肩背上淅淅沥沥地垂下颗颗龙眼大小璀璨夺目的明珠，梳着华丽的凤翔髻，项配冰璃螭吻圈，广袖的赤金通体描绣百凤朱紫礼服，正红色绣刻瑞草祥兽的流苏金缕裙拖摆至地，长长的裙摆下垂的线条平缓柔顺，无一丝多余的褶皱，织金刺绣的霞帔上垂落华丽的流苏，衬着深紫金黄宝相纹的纱质。如此妆饰后，整个人都透出庄和雍容之意。

　　紫嫣目光淡淡地看着来人，"怎么回事？"

　　"回禀太后娘娘，皇上已穿戴好吉服，即刻就至。"那名鬓角花白的老太监福了一福，态度恭顺地答道，他脸上沟壑横生，却看不出哪里是笑纹，哪里是皱纹。

　　我认得他，是陪在皓儿身边最得力的那位，然而此时，老太监脸上是为难的神色，附在紫嫣身边轻言道："太后娘娘，皇上年幼，身子骨太弱，但这登基大典，一路下来，少说也有三个时辰，老奴怕皇上的身子到时候撑不住。"

老太监这话说得委婉，但我和紫嫣听得出里面的意思，那头紫嫣闻言，一张妆容精致绝美的脸已是阴沉下来。皓儿前些日子为拒绝登基，曾以绝食反抗，虽说身边有太医、内侍团团地看护着，未弄出什么大病大症，但这样一折腾，原本就不结实的身子，确实又比以前弱了不少，典礼诸如祭天酬神的繁文缛节众多，一来怕他的身体扛不住，二来到如今，他对于称帝之事仍是心怀强烈抵触，若是万一当着那些友邦邻国的使臣、高氏皇族和满朝官员的面，出点什么岔子，不得不说是件棘手的事。

那名老太监服侍在皓儿身边多年，不同于一般的内侍，是个眼明心亮的老人尖。他不敢当着紫嫣的面来明说，只敢稍稍地露出点意思，请求紫嫣示下。

紫嫣对于此事甚感恼怒，原本预想着船到桥头自然直，但皓儿的性格也真真倔强得很，那种倔强的程度，实在不像是一个年仅六七岁的孩子，不肯低头就是不肯低头。

她目不斜视地看着在空中烈烈翻飞的金龙大旗，面无表情地说道："皇帝虽还小，但堂堂男子汉怎么会熬不过几个时辰？你既然知道该怎么做了，就下去吧。"

我站在紫嫣身边，静默着，始终不发一言。

而紫嫣，踌躇满志地扫视了一眼底下黑黑麻麻的人影，眉宇间衔着一抹孤傲和清贵，富丽堂皇的峨冠礼服都缩得如蝼蚁般渺小，晃晃的日光一照，愈加犹如尘芥一般。只有站在至高处的人，才能不可一世地俯视他们。

我早料到这结果，无奈说道："原来一直以为他是小孩子，拗上几日也就罢了，没想到脾性那么犟。你今天能用强将他绑到龙位上去，但他总要长大，难道还绑得住一世？"

紫嫣瞥了我一眼，此日尤为特殊，她并不想与我过多争执，只是漠然地抛下一句话，"姐姐，莫做出一副点尘不沾身的态势，既然今日你我并肩站在这里，也就意味着不仅是我一人的事，登基典礼中若是出了什么差错，我脸上不好看，姐姐也要被驳了颜面。"

紫嫣这话说得不咸不淡，却力道施得恰到好处地提醒了我，我与她就算往日有多少龃龉与不和，至少眼下这一刻是在一条船上。

这时，众多侍从簇拥着一道明黄色的人影而来，正中身着龙袍的是皓儿，后面跟着刚刚回话的老太监，旁侧穿松绿仙鹤官服的是他的授业太傅。

见得皓儿走近了，我看他的脸色依然有些苍白，但尖尖若削的下颌略微扬起，一脸不情不愿的倔强模样，他看紫嫣的眼神透着生疏，甚至还有一丝怨恨和不理解，两人在面上都是冷冷，根本不像是亲生母子相见。

碍于现在是隆重场合，彼此间不便说话。但是旁侧的人见到这情景，心里大都揣摩出来了，皇帝与太后之间大概有几分不寻常。

长长的金铜朝阙号角响起，冲破云霄，一时间鼓乐齐鸣，司礼太监高亢地宣布道："吉时已到。"

皓儿立于正中，我与紫嫣一左一右地站在他的两侧，在我们面前是九百九十九级的汉白玉台阶，抬首望去，銮仪卫和羽林护军守卫，红锦金毯蔓延至宝相巍峨的御龙高台，仿佛深入缥缈云海，直通仙瑞天界，令人陡然心生一个恍惚，似乎穷尽一生，都走不完这九百九十九步。

我的面容静如止水，侧首看向紫嫣，她却是流露出一股激动和欣悦，仿佛是贲张在血管中的热情和执着，随着滚烫流淌的血液映透了每一寸肌肤，使她此刻的整个人都容光焕发，就像沐浴在煌煌明粹的光芒之中。

我能懂得她的心情，她为了这一天，已经等得太久了，同时，牺牲得也够多了。

一名玄冠红袍的司仪官翩然出列，恭身立于旁侧为我等指引，我瞟了那人一眼，一张平常无奇的脸，含着庄重肃穆的神色。而紫嫣此刻正是壮志满怀的时候，根本不会留意一个不起眼的小角色。

"慢着！"我蓦地感到心弦一紧，是十余年历经风浪而独有的敏感，令我下意识地低呼而出。

那名红袍司仪惊得转首，眼光阴恻恻地扫过我，他现在离紫嫣最近，瞬息间已飞身朝紫嫣的方向夺去。

两侧的侍卫被惊动，霍霍声响过，纷纷亮出兵刃，应对这登基大典上突发的状况。就在侍卫亮刃的同时，潜伏在御龙台周围等处的数十道人影跃出，快如鬼魅地向着中心袭来。

我心念如电转，这是一场谋划已久的夺权动乱，抬眸看向那些静观事态的高氏宗亲，神色间无不流露出鲜明的狠厉和决然，他们看来是下定决心，要跟我们在御龙台放手一搏了，宁为玉碎，不为瓦全。此举若成，则胤朝的江山能重新掌握在高氏皇族手中；若不成，凭紫嫣的行事风格，此后一定会以肃清逆贼为由，将幸存高氏皇族中人屠戮殆尽，一个后患也绝不能留。

紫嫣对于突袭之事已有预料，事先就曾设下严密的防备，此刻的她面不改色，意态端然高华地立着，沉稳的气势犹如渊渟岳峙，英秀的眉目间依然衔着一缕仿佛睥睨一切的冷笑。她早就猜到高家的人不甘心就此臣服，定是要做困兽之斗，不过这样也好，在外人看来，他们这是以卵击石，无所谓的牺牲；但在紫嫣看来，如此正好，正好让她有理由，而且是名正言顺的理由将那些碍眼的刺一根根地拔除。

相比于紫嫣，我亦是神色淡漠，如一潭秋日静湖。这种刀光剑影的场面，我一生中不知经历过多少回，比今日更惊险更危急的都有，倒还不至于维持不了冷静。

　　皓儿到底是不同寻常的孩子，此时并未惊恐慌张，而是安安静静地站在我与紫嫣身边，如同一只沉默而驯服的猫。

　　紫嫣凝神地指挥手下击退来敌，然而掌心中攥着他一只手，对于亲生儿子的安危，她还是感到几分紧张和谨慎，就这样牢牢地牵着，笼在视线之内，不让他离开身边半寸。

　　我瞥过时，眸心若有若无地掠过一重深邃的光芒。

　　就在这时，冲上御龙台的人来势陡然一猛，底下那些奋力抵挡的侍卫竟然敌不住，令原本风雨不透的防线撕出一道裂口。

　　"太后娘娘当心！"

　　"皇上当心！"

　　一片纠缠得难解难分的混战，骤然有人疾声呼喝，撕心裂肺。

　　紫嫣霎时脸色沉肃，一名攻势凶猛的士卒，虎臂雄雄有力地挥刀直向紫嫣所立之处砍来，刀锋带起厉风，咻咻地刮上人面。紫嫣事先未料到中途有这等变故，不过她素来机敏，身上功夫尚可，急忙侧身避过，倒是未伤到分毫。

　　但是她的紧握着皓儿的手却被迫放开，方才出其不意的突袭时，皓儿被冲力远远甩开，我在混乱中一把拽住皓儿，顺势将他护在身后。

　　此时，紫嫣冲开我们有一段距离，但是眼下情势紧急，她一时顾不上皓儿，匆匆地扫过一眼，看到皓儿与我在一起，也就全神贯注于指挥底下人全力御敌。

　　我有意地退后几步，仍然紧紧握着皓儿的手，掌心莫名地沁出一层黏腻的冷汗，倒不是为这眼前的战局，心思摇曳如乱旌。反观皓儿却是低着头，看不清他的面貌与神情，他在我身边一声不吭，难得居然会是乖巧而顺从的样子。

　　片刻之后，乱党已被尽数拿下，因为早有布置，镇压下这整场动乱甚至还不到一个时辰。朝着连接天际的汉白玉阶看去，经历激战，玉阶上蓬蓬簇簇地洒满了鲜血，半凝未干，妖异而凄厉的红色，比铺着的红毯还要鲜明夺目。

　　我不由得轻蹙眉头，这种场面，何其残忍，又何其真实，通向帝位的路，原本就洒满了血，他人的血，要走到至尊之位，就注定了要踏着一路血腥。

　　"吉时过了，但是于一个胜利者而言，要的是最后的结果，无所谓吉时。这玉阶脏了，不过鲜血铺成的红毯，但能踏血继位，岂不是更令人有成就感？"紫嫣神情高傲而冷冽，她将每一字都说得极慢，目的就是要让那些敢藐视她威仪的人，听得清清楚楚。

我深吸一口气，渐渐涌起的血色遮掩了脸颊的苍白，紫嫣朝我施施然走来，说道："姐姐，我们可以开始了。"

我默然颔首，身边的孩子将头垂得更低，下颔抵住衣裳的前襟，令人看不清他的面貌与神情。

紫嫣眼光中飞掠过一丝异样，疾步上前，在看清的一刻，整个人如罹雷殛，一向城府深厚、才智卓越的她，竟然张口结舌道："他……不是皓儿！"

我的眸心寂淡如水，却是波澜不起，将皓儿交还到紫嫣的手上，面对她一脸难以置信的震愕，我若无其事地道："昭慧太后，莫要辜负了这千百人的血铺成的红毯，登基大典可以开始了吗？"

轩彰一朝历时十二年，如今已是襄和元年。这段日子来，我身上的病发作得越来越严重，我心知这宿病已成体内痼疾，只怕是时日无多。当下是初春时令，寒意料峭，倒不似冬日时的肃杀，残雪未化，昔日的皓白混淆着泥泞，有些令人于心不忍。黄泥墙角的花木开始疏疏落落地绽开一星点的绿意，掩盖在重重虬黑色的枯枝朽木间，格外微弱，而易被吞没。

我与云嬗一起去了紫嫣那里。一路上我想了许多事情，飘忽的回忆与思绪灵诡如蛇，依稀浮现，却总让人抓不住。到天颐宫，听得宫中的首领女官绛雪回禀，说昭慧太后不在殿中，而在御园的梅林久候多时，绛雪是紫嫣的近身侍女，自黄绡死后，成为紫嫣在宫中最信任倚重的心腹之人。

绛雪对我回话时，神态极其恭谨，但看得出目色间有两分异样。我故意装作看不出，轻轻应了声，就顺着她的指引朝梅林去寻紫嫣。

梅在二月早已过了鼎盛的时令，昔日云蒸霞蔚的嫣香蕊黄，放眼看去，枝干参差，唯有些残瓣余香，萦萦绕绕的云雾纤薄洁白若蝉翼纱。而在梅树下，衬着一靥如雪梅般清冷的面庞，紫嫣的视线落在我身上，眼神中经过极力克制，仍然鲜明若许的恼怒和激愤。

她微扬起下颔，冷硬的口气近似是在质问，没有任何铺垫，直截了当地问："皓儿人在哪里？"

"怎么了，妹妹？"我的面容风轻云淡，笑若轻喟。

在登基大典之上，我趁乱将皓儿换走的事，她应该是知道了。当时她正全力镇压动乱，做梦都想不到，我竟然敢在这青天白日之下，甚至于在她的眼皮子底下，做出此等调包之事。同时，我能够理解紫嫣此时此刻的心情，她为了这个登基大典耗尽心机，结果本该最意气风发的一刻，登上御龙台祭天酬神，坐上九龙盘空金座，接受百官万民山呼万岁的人，却不是她的儿子，是一个替身，用来鱼目混珠的替身。

对此，她明明恨得要命，在那个隆重而正式的场面，她却是什么都不能说，什么都不能做，心知被人算计，还是必须维持着作为皇太后而应有的雍雅端庄的笑容，直到典礼结束。

"皓儿人在哪里？"紫嫣又重复了一遍，这一次，她的声音明显拔高了些。

我的手指漫不经心地转着佩戴在腕间一串颗颗浑圆饱满的蝉珠，眸光中堪堪折射进枝杈错落间一痕蒙昧的日光，我道："他自然在一个安全的地方，只是你会有段时间看不到他而已。不过你放心，等到韶王入朝觐见，安然退出帝都之后，我保证将他毫发无损地还给你。"

紫嫣闻言一怔，霎时连连冷笑，"好啊好，我早就应该想到了，你是为了韶王？你怕我会抓住入帝都朝见的机会，乘机对他不利，所以想到事先控制住皓儿，借此来挟制我是不是？"

我的神色平静到发沉，一根指甲压住的蝉珠有如檀木般的纹理致密，简洁地抛出一个字，"是。"

此事是我所为，我也就不再遮掩，坦坦荡荡地承认了。

紫嫣齿间充斥着一口凉气，怒视我道："当初高奕樘用樱若来要挟你跟韶王，难道你忘了吗？而你现在居然也和他一样，耍这等卑鄙下作的手段！"

"挟持一个毫无还手之力的稚童，来达成自己的目的，我承认我这次的手段确实是卑鄙下作，但是……"我站在原地，一动不动，"有些时候，对你不需要光明磊落。"

紫嫣是个深谋远虑的人，对于潜埋在皇位周围的隐患，她处理的一贯手段，就是将其利落剪除，对谁都不会例外。

我迎风而立，发髻上一枚金累丝碧吐凤凰长簪垂下的流苏娓娓摇晃，摩挲着耳畔的肌肤。我是在害怕，真的害怕，要是紫嫣和奕析真的走到那势如水火的一步，我夹在他们中间，又该如何自处，我断然做不出伤害奕析的事，对紫嫣却又是狠不下心。

如今，我尚没有十分把握，确定奕析是否有与紫嫣一竞之心，但越来越多的迹象表明，紫嫣已是越来越容不下奕析，并且笃定决心，此次绝不再让他全身而退。否则，一位手握重权、偏居边境的皇叔，迟早会是这个冲龄登基的小皇帝的最大威胁，前朝的定南王就是活生生的例子。紫嫣她做不到，也绝对不会。因为在她看来，在此时放过韶王一马，无异于纵虎归山留后患。

她现在根本动不了奕析分毫，按照我的推测，她定是要先以觐见新帝之名，诱奕析进帝都，进到她的势力范围之内，然后将他一举格杀，有些类似于当年吕后杀韩信的法子。众所周知，这明明是个圈套，却是其名由大过天，不得不来。

紫嫣目光触到我疏离又坚决的面容，她的声色缓和些，犹然不遮掩咄咄之态，"我再问一遍，皓儿他究竟在哪里？"

"你怕什么？"我笑意宁和，白狐手抄的双手换了个更舒服的姿势，"我好歹都是皓儿的嫡母，难道还会伤他分毫吗？"

紫嫣冷哼，她心中已明了我的言下之意，等到韶王安然出帝都之日，我就自会将皓儿交还于她。

此刻，紫嫣盯着我，盛怒之下，光泽幽深的眸心如有青碧色的磷火跃动，嗓音骤然变得尖细，尖得有些刺耳，"原来你这么帮着韶王，为了他不惜来如此算计我。但是……姐姐你想过没有，这是否值得！"

最后一句话她咬音极重，回响在冬末春初的寂静梅林中，惊破一树消融的冰雪。

我倏尔一震，被紫嫣冷澈的目光盯着，觉得一股寒气如蛇顺着背脊渐渐地爬上来，却还是稳住心神，一字一顿地说道："他值得。"

紫嫣哑然笑道："姐姐竟然这般相信他，难道姐姐觉得韶王没有一点争霸天下的野心？"

我目光疏离地看着她。

但面前的女子遽然笑起来，原本眉目如画的五官，在展颜一笑间愈加盈盈灵动，清艳冶冶，眸子深得仿佛要将一切都吸进去，澄明黢黑中透着三分难以捉摸，"姐姐，韶王并不简单。在我看来，他城府反倒是深得很。"

"姐姐你记得吗，当初诬陷韶王谋逆，灵犀、信王，及朝中的几位要员就是罪魁，如今他们都绳之以法。于韶王而言，往日在轩彰一朝所受的冤屈，都已经雪清，我自认也算是给了他一个交代。"紫嫣曼然移步，纤纤素手折下一段梅枝，梅已凋敝，唯有梢顶稀落的点缀着三四片梅瓣，早日鲜亮轻妩的玉黄色如今亦是蔫蔫，了无生机，却衬得她一双未经丝毫修饰的手，越发惊心动魄的洁白，而生在尖尖的指端上，一管管长葱般的指甲莹然有光，正慢悠悠地将梅瓣一片片撕扯下来。

"朝廷对韶王加恩若此，但是韶王又是如何回报的呢？眼下新帝继位，襄和元年，韶王作为皇叔，本应即刻撤兵，致力于镇守边境，以防外敌侵扰。韶王倒好，依旧屯兵景江，重戟严阵，窥测帝都，如此之举，说他并无野心，恐怕连三岁孩童都蒙混不过。"

紫嫣的唇际衔着一抹若有若无的笑意，眸心凝成的一簇光磨砺得犀利异常，在我冷静淡漠的面庞上逡巡着，企图寻找一丝细微的痕迹。

　　"这是其一，而其二，灵犀他们借定南王之事，以连坐之由陷害韶王，将他逼入绝境。这里面纵然是灵犀陷害，但是韶王敢说他是完完全全的清白无辜吗？首先是知情而不报，其次是藏匿定南王的家眷，再三是私纳虎贲军，这难道还构不成一条罪名？"

　　我仅是漠然地看着她。

　　"韶王此番举兵起事，身为臣子而以下犯上，自古以来就被视作大不义，然而，天下人又怎么说呢？都道是先皇不顾手足之情，逼之太甚，于母失孝，于弟失仁，而韶王就算起兵也是无可奈何。姐姐你看，韶王他轻轻松松地就收揽了天下人心，连朝中一干老臣也多数偏向于他，这种兵不血刃的好计谋，真是令我也不得不佩服。"

　　"够了，紫嫣，我信任他的。"我轻蹙纤修的双眉，冷然道，"这么多日子以来，我对你已是一再忍让，但是并不意味着我就能容许你对他的任意诋毁。"

　　"信任？有多信？能信到盲目盲从吗？"紫嫣冷笑一声，锁住我的眸子连珠炮般逼问道，两指间的玉管一错，生生将一瓣嫣香掐碎，薄施金粉的眼角弧线被刻意勾画得扬起，此刻映着她冷冽的眼波，竟流转出一线如刀锋般的夺目凌厉，挟着无坚不摧的锐利，直直地砍斫在人心的深处。

　　"姐姐你不觉得奇怪吗？当年你好端端的与韶王在一起，帝都中的所有人都不知道你还活着，但是后来，你怎么会莫名其妙地回到高奕樟身边？又被带回帝都？"紫嫣语调幽幽地说道，"你那时身中剧毒，而且宿疾复发，最是不省人事的时候，你自己当然不知道发生了什么事。但是你想过没有，你疑惑过没有，究竟是谁，是谁把你送到高奕樟那里的？"

　　听闻紫嫣气势迫人的发问，我心底蓦地一颤，摇首道："我不知道。"

　　"呵呵……"紫嫣笑意清雅，化解了不少蕴在眉梢眼角的锋利，她朝我走近两步，徐徐柔曼地吐出一口气，"如果……我是说如果……"

　　紫嫣的眼眸清澈若冰，黑白分明，温软宝石般的瞳仁纯粹得无一丝瑕疵，刻意拖长了声音，乖顺地附在我耳边道："如果当年送你到先帝那里的人，是韶王呢？"

　　她的口气并不是斩钉截铁的肯定，而是欲说半掩的试探，甚至还带着一点慵懒的商榷，然而，这样更带着一种令人难以自拔的蛊惑。

　　"你……"我惊道。

　　紫嫣早料到如此，她根本就不给我回驳的机会，抢先一步道："其实仔细想想，这也不是没有可能。你跟韶王之间的关系迟早是纸包不住火，而且当年先帝对韶王猜忌之心益重，不如以前那般信任，帝心渐失，韶王的地位一时间岌岌可危。如果那时他能亲自将你献给先帝，这岂不是能重获宠信的最佳捷径？”

“而你醒来之后，因受药力侵害而全然想不起以前的事，韶王正好能顺水推舟，也不必担忧你们的事会败露。”紫嫣顾自娓娓道来，“这三年来，韶王暗中有意经营，聚敛兵力，他能在短时间内起兵反抗，显而易见，其图谋帝都、取而代之的心思绝非一朝一夕。机关算尽，费尽心思，说穿了，只不过为了能让出兵有一个正当的理由，让天下的老百姓都知道，是当今的圣上昏庸荒诞，痴迷虚妄道学，佞幸奸妃馋臣，做出种种迫害手足、屠戮忠良的荒唐事，而他不过就是逼不得已罢了。到时候，他攻克帝都，将帝位收入囊中，就会顺其自然。”

紫嫣走动时，羊皮软靴踩着冰雪和泥的地面，发出沉闷的吱嘎声，偶尔踩到落地的枯枝，清脆地哗剥一声响，她说：“等到整个天下都被他掌控时，姐姐自然又会重新回到他身边，而且对他一丁点的疑心都不会有。”

“就像姐姐刚刚所说的信任。”紫嫣说这句话时，语调中是说不出的嘲讽。

我无声无息地笑道：“紫嫣，难得有人能将猜测说得这么绘声绘色。”

“如果这猜测有万分之一是真的呢？”紫嫣的面容姣好而高傲，好整以暇地道，“如果这猜测有万分之一是真的，同样是背弃，想当年高奕樘送你远嫁北奴，而韶王送你回帝都。对于高奕樘，你是一生一世都不肯原谅了，而对韶王，你到现在还是这般维护他，固执地相信他。同样是背弃啊，却是迥然不同的结果，不知是他太聪明，还是你偏偏犯了傻？”

她的话语看似轻飘无力，我却感到如一枚楔子火热地打进心头，复杂的情绪如波涛翻涌，面对她的咄咄逼人，张口竟是无言。

“不是！不是这样的！”突然间，有人凄厉地长呼一声，在寂然若死的梅林中回荡，一个瘦小的人影跌跌撞撞地横闯而入。

那人跑得很急，冲到我与紫嫣之间时，因脚下滑溜的雪水，还狼狈地摔了一跤，灰头土脸地爬了起来，我看清来人的面目，不由一愕，那人是随我而来的云嬗，她为人一贯清冷自持，相识多年，我何时见过她如此张皇失措的样子。

紫嫣看着她，眉尖微微一挑。

云嬗忧急如焚，她顾不得满地的泥泞，居然朝我直挺挺地跪了下来。

我哎哟一声，忙阻止道：“云嬗，你这是做什么？”

“我对不起你……”云嬗扑上来紧紧抓住我的手腕，我下意识地要挣脱，但她的力气极大，几乎要掐出十道红印，她看着我，清清泪珠簌簌地落，片刻已是泣不成声，撕心扯肺地大叫道："当年是我将你私自带离王府，是我将你送往高奕槿身边，是我害得你跟韶王日后相见不能相认！"

我大怔，整个人像是被重重当头击了一锤子般，霎时愣住在原地。

"是我做的，都是我做的……"云嬅的神情近乎崩溃，像是要生生地掏空心里的一切，不停地低吼道，"是我害了你们，但是请你不要误会韶王，他是真的一点都不知情！这些年来，我不惜毁坏容貌，废去武功，也要找出素魇的解救之法，就是为了弥补当年的罪过啊！"

紫嫣眼眸不经意地微张，无论如何，她都料想不到中途会出现这样的变故。

许多事在我毫无准备的状态下，如乱雨般纷至沓来，令我一时回不过神来。我想说话，却感到咽喉像是塞着一块滚烫火炭，发出每一个音都痛灼得要命，而且，耳边又充斥着云嬅悲执欲绝的嘶喊，更加令我无法思考。

听得云嬅一番坦白，往日心间的疑惑尽数去了。我的步伐有些虚浮，将一只手颤颤地放在云嬅肩头，但我的声音很稳，朝云嬅轻声道："你喜欢他，是吗？"

云嬅霍然抬头，难以置信地看着我。

"其实你一直喜欢他吧？"我心里有着说不出的恻然，悠悠地道，"你当初以身试药，弄得武功全废，容貌尽毁，不仅仅是因为对我的愧疚，更是因为你喜欢他吧。"

"你……"云嬅一双眼睛睁得极大，尽是惊骇之色。

我看着她，说道："当初北奴王陵崩塌，我们两人被压在下面，脱困不得，而他身受重伤，一分一刻都延误不起，我当时说用火药炸开巨石，只管救出他，别管我的死活。"

"当时在那里，徐碣将军和景平都是韶王的人，他们自是一心为主。可是当我说出舍我而救他的时候，你一句话都没有为我说，我就隐约猜到了你喜欢他。"

云嬅颓然跌坐在地上，眼眶中溢出滚烫的泪水，顺着她枯黄干燥的脸颊流下来，哽咽道："我……对不住你……"

我笑意极淡，扶起她，"过去的事了，就不要再说了。这些年，你也很痛苦，不是吗？"

我转首向着紫嫣，她的瞳孔中映出两泓苍白纤细的身影，我深深地叹息一声，视线却是落向不知名的某处，透着一缕恍若纷纷杨花过庭落般的疲倦，"紫嫣，记得当年我和奕槿之间，或许爱得真的不够坚定吧，也不够信任彼此，所以来自旁人的几番挑唆，就足以让我们走到恩断义绝的一步，但是现在……"

"没有什么可说的……"我话锋陡然一转，掷地有声地道："只因为我愿意毫无保留地信任他。"

梅林中，风沿着亘古不变的轨迹吹拂而过，哪管芸芸众生是喜是悲，那些交错纵横的枝杈宛如美丽的珊瑚数枝，交织成疏疏密密的一张网投影在我们身上。

"紫嫣，我早已不是当年那个我了，现在绝不受你的离间。"我的话音袅袅不散。

紫嫣瞪着我，眼中的震惊渐渐变成激恼，她沉沉地叹了口气，偏过脖颈时，半边青丝零零落落地遮住了一侧的脸，那样的神情仿佛是在发着狠，下达了最后通牒，"你把皓儿还给我。也是最后再说一次，我绝对不可能放任皓儿当你的人质！"

我唇角扬起清冽的弧度，"对不起，妹妹。"

林间静谧，四周流淌的气流骤然一紧，云嬗的眼睛直直地盯着我的身后，一时腾起惊恐之意，尖声高喝道："住手！"

我尚未反应过来，整个身子被云嬗大力地拽过，踉跄地站稳之际，回首恰好瞥见，紫嫣快如惊鸿的身影与我们交错而过，在梅林下旋身一转，一记凌厉的出招已是扑了个空。

敏锐地触感危险逼近，我几乎是本能地出手自卫，在那一瞬，云嬗却是横身挡在我们中间，声色沉痛地道："够了，难道你们两人之间，也要做出彼此伤残的事吗？"

她的话说得甚急，我们在对峙之时，皆是沉默了。

紫嫣极是不甘心地收手，怅恨地转过身，留下一个孤峭的背影给我，"姐姐，你绝不可以伤到皓儿分毫。"

我心里霎时释然，她既然如此说，就是意味着肯做出让步。

她背对着我，右手轻轻地拭过脸颊，"我知道走到今天这一步，往日的姐妹之情早已名存实亡，所以请姐姐好生顾着皓儿，不是看在我的分上，而是看在他是萧隐留在世上唯一的骨血的分上。"

我听她如此说，不由动容，心底亦是如被掐了一把般痛起来，还是平稳情绪道："我说过这天下，他不会与你争，但也请你不要对他不利。同样的，不是看在我的分上，而是看在他和萧隐同属萧家一脉的分上。"

"好、好、好。"紫嫣似是怔松，狠狠地咬着下唇道："姐姐可敢跟我打个赌？"

"你输定了。"我淡淡地道。

"姐姐，"紫嫣骇笑，"我还未说这个赌是什么。"

我心中犹如明镜般了然，原本纷纭错乱的心绪，在我笃定地说出"只因为我愿意毫无保留地信任他"时，刹那变得脉络清晰，所有的迟疑和迷惑全部不存在了，"我会即刻前往景江，劝说韶王退兵。"

拱手河山讨你欢

　　我连夜出帝都，赶往景江。此时此刻，再神骏千里的马也承载不了我焦急欲燃的心情，简直恨不得能插上一双翅膀飞到他的身边。自宁州匆匆分别后，我与奕析已有数月未见，这段日子来经历了太多的事，人世间跌宕沉浮，累累诸事重压在心头，原先就孱弱的身躯愈加不堪重负，唯有在思念他时，能从压抑中感到一丝轻松与些许快乐。

　　一别数月，不知他现在怎样，我当初擅作主张，离开宁州，他是否会生气，数月来音讯鲜通，他是否忧心过我的处境。他气也好，忧也好，都抵不过如今相见时的欣喜。

　　迈入大帐的一刹那，我几乎就要管不住自己的心跳，而正伏案疾书的他抬首，眸色清浅宁和地看着我，他与往日没什么变化，五官挺秀，面容清俊如斯，只是多日的行军奔波，令他此时看上去黑了些，也瘦了些，但精神极好，饱满若皓月般熠熠生辉。

　　奕析浅笑着，朝我展开双臂，长久累积下来的默契，不需要太多言语就能了解彼此，我钻进他的怀中，感觉他衣襟间尽是熟悉而冲淡的气息，有着说不出的安心。

　　奕析将我的一缕发丝温柔地拂到耳后，语意漫然，"颜颜，你还是来了，我就知道你不会安安分分地留在宁州。"

　　我在他身边，素日来紧绷的心弦也松弛下来，笑容看似随意，却是透着三分酸道："若不是庞王妃愿意假道雍州，我怎么能这般顺利地抵达帝都。幸好端仪公主顾着姑嫂之情，未对王妃如何，否则我岂不是又要背上一份歉疚？"

　　奕析见我提起庞微云，神情如常，对待我话中揶揄亦仅仅是无奈一笑。但听到端仪公主四个字时，不经意地面色微微一变。

我现在没有兴致去追究他神情间的细微之处，心知眼下这样的局势，不允许让我们有宽裕的时间来叙旧。我想起今日赶来的重任，索性就开门见山地道："奕析，你退兵吧。"

我徐徐道来，"现今帝都易主，由四皇子高舒皓继位，改元襄和，君临天下，木已成舟，是无可更替的事实。作为亲王，你就应即刻入朝觐见，然后率兵返回封地。"

"继位？"奕析只是安静地听着，然而，冒出的两个字有些没头没尾，还含着一点深藏的意味。

我知是瞒不过他，于是道："当日登基大典之上，登上御龙台，接受万民朝贺的人，并非皓儿，而是我事先就准备好的一个替身。"

奕析对于我的坦白，并不觉得十分意外，说道："你拿鱼目换了珍珠，那么真正的小皇帝莫非在你的手中？"

我张口欲言，他却将一指压在我的唇上，止住我下面要说的话。他愈加紧地揽住我，微凉的鼻尖抵住我的额角，目色款款，轻喃道："你什么都不必说，我明白你为什么要这样做。"

我略略侧过身正视他，一双眸子黑亮而温润，星芒般执着而闪耀的希冀，我无比郑重地看着他，我敢说，这一生，或许就这一次是最郑重其事，终于深吸口气，问道："既然你都明白，那么……那么我要你退兵，你可答应？"

在来的路上，这句话在我心中已经流转过千遍万遍，如同一匹绸绢般抚得平顺到极限，但在问出口的一刹那，不知为何，语音还是小小地停顿了。对于这句话，我也预想了他有可能的数种回答，我这般地信任他，所以此时此刻，我多么希望，热切地希望，像一团在心底燃烧般的希望，他能毫不犹豫地回答我，我们彼此心有灵犀，他一口就说出我期待着的那个答案。

时间一分一刻地过去，偌大的帐内，悄然无声。

"退兵很难吗？"见他还是未有主动开口的意思，我勾起的唇角，极力维持着先时的笑意，眉宇间满满漾着的热忱却是遮掩不住地，一点一滴地冷了下去。

奕析觉察出我的异样，他俯身轻点我的前额，一任脉脉地道："颜颜，你是我此生的至爱，无论如何……"

他怀中的温存依然令人留恋，我抬起头，看着他的双眼，墨色湛湛地沉淀在眸心，缓缓地说道："我能等，但是有些话，你要想好了再告诉我。不曾说出口的话，我会一直当作不知道；但若是一旦说出口了，想要再退回去就难了。"

我说得极慢，而且说每一个字的时候，都定定地看着他的眼睛，尽管言辞隐约，但是奕析一定能明白我的意思。

当日在御苑的梅林中，虽然表面上，我始终装作一副若无其事的样子，但紫嫣那些咄咄逼人的话，扪心自问，难道我听后没有丝毫的动容？

紫嫣她太了解我了，她洞察世情素来犀利，不留余地，她能看透一个人的心，尤其是我的。她知道我怕什么，她知道我担忧什么。那日，她说的每一句话，每一个字，都像是锥子般刺在我深藏在心底的忧虑和不肯轻易示人的软弱上。是的，十六岁那年的背弃，是我一生最碰不得的伤疤，我情愿这辈子都不要再想起，同时，我格外地害怕再一次背弃。

我觉得自己在此刻变得敏感异常，甚至维持不了往日的冷静，什么深思熟虑，什么家国大事统统抛到脑后，我现在要任性一回，说是女子的天性褊狭也好，说是不识大体也好，我现在就想问他，唾手可得的江山，还有我，他会选择哪个？

"颜颜，"奕析眼神深沉地看我，"你知道的，昭慧性情冷硬，一贯是铁腕御下，自她夺得权柄以来，屠戮之事不断，帝都城中人人自危。那些受诛之人不知是真有其罪，还是无辜，但是昭慧借此打击政敌，挟报私仇。别的不说，御龙台那次，她不仅处置了几位领头的人，就连府上的妇孺老人也是一概不留，按照律例这些人尚且能有一条生路，历朝律典昭彰，怎能容得她这般肆意行刑？而且，昭慧热衷权势，刚愎自用，如今更是能借皇帝年幼之由，名正言顺地把持朝政，日后是否能归皇权于正统，尚还不一定。但是如此一来，她一人独断朝纲，不是我杞人忧天，难保于胤朝又是一场女主之祸。"

"我不想听这些，紫嫣的手段的确过于强硬，但是我保证，她不是一味嗜杀之人。"我兀地打断了奕析的话，我承认，他说的话不无道理，这段日子来，紫嫣的暴虐寡仁我亦是亲眼目睹，为此我还曾数次与她起冲突，但是，我不想在这方面深谈。我柔柔地握住他的手，诚挚地恳求道："算我求你，让了吧。"

奕析道："就算我能退让，但是她也定然容不得我安然无恙地离开帝都。你现在是兵行险着，控制住她的儿子，令她不敢轻举妄动，但是你还能挟制着舒皓一辈子？一旦她没了忌惮，你认为她还会放过我吗？"

我说道："我是说过，等到朝觐结束，你我安然退出帝都，就将皓儿毫发无损地还给她。紫嫣会不会日后反悔，我不知道，也没有把握，就算是我想赌上一赌。况且，我们走了之后，山长水远，天地高阔，只要与她所行之道再无牵扰，又何必忧虑？我只问你，你现在到底是选择我，还是选择进军帝都，与她一争天下？"

奕析的手箍住我两侧的肩膀，他的目光闪烁一下，声音却是沉稳入耳，"颜颜，这两者之间并不对立……"

"高奕析！"我猛然挣脱了他，呼吸略略急促，高声道："但是只要你选择后者，也就意味着要跟她刀剑相见，你们势不两立，我夹在中间，到时候你又让我如何自处？"

他远山般清朗的眉蹙起，蕴着些许沉痛，他一向以云淡风轻的意态示人，这是我从未见过的，"颜颜，回想这十余年来，我们明明相爱，却是一直聚少离多。记得当年你被迫远嫁北奴，我明明知道你此去一路凶险，却只能眼睁睁地看着你被送入虎狼之地。再后来，你重伤失忆，被皇兄册立为妃，我明明知道宸妃就是你，但是相见之时，心里再煎熬再痛苦也是什么话都不能说。你知道每当这时我有多痛恨自己吗？痛恨自己的无能为力，无法将你留在身边，让我失去你一次，又一次。我现在不想这样了，我希望我有能力保护你，留住你，这世间无论什么力量都不能将我们再分开，颜颜你懂吗？"

"那你想怎么做？"我心里乱成一团，有些急躁地反问道，"无论世间什么力量都不能将我们分开？所以你要皇位，要皇权，要九五之尊的无上权力，那么我呢？你是否会要我做你的皇后？呵呵……"

我无奈地笑出声，整个人有些失控般，撕心扯肺地大喊起来："颜卿从皇妃，做到皇后，再成太后，你觉得我还会稀罕那个凤座吗？那个藏满不堪记忆的皇宫，我还会愿意再回去吗？"

看到他愣住，我心绪亦是慢慢平复下来，觉得刚刚说话太急太快，口气和措辞都有点过分，叹了口气，将头抵着他的肩胛，声息缓缓地道："奕析，你退一步，将天下让给她；而我们从此远离红尘，归隐林泉，这是我如今唯一能想到的两全之法。你是我至爱的人，我不忍心让你遇到半点危险。紫嫣她毕竟是我的妹妹，当年我的母亲过世前，反复叮咛我要照顾她，迁就她，我对她始终狠不下心，而且我也不能违背母亲的临终遗命。"

见他沉默，我心间有些发凉，如碧叶上冷冷滚过无数沁冷的露珠。

我僵直着脊梁站起身，艰涩说道："从这里离帐门大约有十步，十步之内你唤我都来得及。"

一步。

紫嫣的话在耳边回响，清晰无比地，还有她鼻翼间发出的冷冽笑声，"姐姐怎么就能这样确定，韶王一点都没有争雄天下的野心？"

两步。

紫嫣尖刻地说道："信任？有多信？能信到盲目盲从吗？等到整个天下都被他掌控时，姐姐自然会重新回到他身边，而且对他一丁点的疑心都不会有。"

三步，四步，五步。

紫嫣笑得愈加不屑，姣好的面目若覆寒霜，她倨傲地看着我，"同样是背弃，想当年高奕槿送你远嫁北奴，而韶王送你回帝都。对于高奕槿，你是一生一世都不肯原谅了，而对韶王，你到现在还是这般地维护他，固执地相信他。同样是背弃啊，却是迥然不同的结果，不知是他太聪明，还是你偏偏在这回犯了傻。"

此时此刻，他还是没有挽留。我勉强自己不回头，一口气跑完接下来的路，硬生生地挺住最后的一分骄傲，冲出帐去。

长夜寂然，残星寥落。

暗幕低敛之下，景江水声滔滔。隔江朝北看去，重重落落的千帐万帐，灯火明灭。朝南望去，亦是如此光景，在迷蒙夜雾中抽离得有些不清晰。

我策马缓行，一路悒悒无言。裘毛斗篷下露出小半边脸，风拂过鬓角的发丝，如一把细细密密的篦子清亮地梳过去，一下比一下用力，仿佛这风也通灵，要将我纷乱的心绪也抚顺了。

世间之事，人生茫茫叹尘劫，浮华若梦拟寒开。

随行的数十名侍从，都懂得察言观色，见此皆是一言不发，埋头顾着赶路。我握着缰绳，遥望逼仄成湛蓝一线的天际。云嬗亦在随行之列，她因长期受药力侵蚀而消褪的容颜，此刻看来更如枯槁一般，肌理黯然，了无生机。

"颜卿。"一个声音打破了维持已久的静默，云嬗唤了我一声，冲上来抓住我的马辔头，我被她冷不丁的举动略地一惊。

只见她看着我，眼神满满是自责，喉咙干涩地滚动几下，道："是我对不住你，你跟韶王弄成今日这样的局面，是我的错……"

我正是心思烦乱的时候，语意疏淡地打断她道："不要再说了……"

但心想云嬗此时已是不好受，我清冷的态度，难免令她更加愧疚，于是随即温声道："我不怪你，毕竟，如果不是你，我也活不到现在这个时候。"

"颜卿，你是在宽慰我吧，设身处地想想，若我是你，我定然也会怨恨当年那个令你们被迫分离的人。"云嬗勾起唇角，惨淡地一笑。

这时，她袖口一动，掌心像是覆着一个瓷瓶似的物什。我眼尖看到了，心下转念道不好，莫非她是想不开，要以死谢罪。我飞快地出手，扣住她的手腕，低声质问道："你这是做什么？"

"有人追击！"就在这时，听得守护在四周的侍从高喝一声，直如山呼雷动，我与云嬗已是蓦地惊动。

放眼看去，前来追击我们的人俱着兵服甲胄，夜色下粗粗一看就有百余人，挟势汹汹。随行的侍从都是大内好手，以寡敌众的情势之下，还是临阵不乱，立即动作敏捷地围成一个圈，将我层层保护在中间。

脚下的土地仿佛在震颤，幅度细微，我座下的马亦是受惊，马蹄不安分地踢动着，我极力地勒紧缰绳，令它镇定下来。

侍卫中的头领冷静地分析现在情势，恭声道："回禀太后，这些人好像早已知道我们的行踪，特意来此截杀。"

"怎么这样？"我表面是冷静，心底却划过一丝忧虑。我此行极其机密，且所选定的路线亦是偏僻安全，甚少有人得知，怎会泄露出去，平白无故地冒出这么多半途截杀之人？况且这里尚在景江一带的范围以内，高奕析和林桁止屯重兵于此，还有谁会有这么大的胆子，敢在这两人的眼皮子底下动杀机。

侍卫首领低沉的声音传来，"太后，那些人似乎是从北边来的。"

此言一出，周围之人皆是哗然，口舌嘈嘈地争嚷起来，又刻意压低着，"我的天，北边，岂不是韶王殿下那里的人？"

"难不成韶王殿下他不想让太后回去？"

底下议论之声无不透着惊恐，然而，我挺直着背脊坐在马上，宽大的风帽下松垮垮地遮着半边脸，清铅素靥，恍若不食人间烟火，同时，也平静得看不出一丝一毫的动容，仿佛我置身事外，眼前的这一切都与我无关。

"闭嘴！"云嬗却是又急又怒，用甚少有的严厉口气呵斥道，"绝对不会是韶王！他怎么可能对……"话说到后面，她脸颊通红，不知是气息太急，一时缓不过来，还是激愤至极，那句话卡到一半就说不下去。

双方兵刃砍斫时，发出的刺耳鸣声四处响起。我拼命勒住马，不让马受惊乱跑。我们人手太少，而对方正猛烈地一轮轮攻来，这样拖下去，势必是寡不敌众，然后退路亦被包抄，如此一来，我真的是进退两难。

近乎在陷入绝境之时，忽然间，我看到一骑如流星般冲进乱了阵中，其胯下之马极为神骏，御马之人亦是威风凛凛，刀剑不入的锁子铠，长臂抡着一杆长枪，铁盔上一顶红缨随着悍勇的动作，烈烈舞动，来敌的攻势霎时就被生生遏制住。

施压当场之后，紧随他而来的士卒加入战团，局面在片刻之间扭转。我不动声色地看着，那个在千钧一发之际救了我的人，稳住情势后，他即刻掉转马头，朝我疾奔而来，沉重的铁盔下，露出一张英健的脸，掩饰不住地满是喜悦和兴奋。

而云嬺转首看我，神情有些疑惑。

"卿儿！"他眼中闪着异样的晶芒，高呼我的名字，欣喜得声音有些颤抖。

我淡淡地道："桁止表哥。"

眼前这个一身戎装的男子正是林桁止，居然能在这里见到我，他简直是难以置信，原本面临百万雄师，都能面不改色、泰然自若的林将军，在此刻竟是连说话都不利索，"颜颜……真的是你，想不到……我们还会再见面……"

桁止根本不在意我不冷不热的态度，一把抓紧我的缰绳道："这里太危险，我先带你回到胤军大营。"

"不，我不走。"我骑在马上一动不动，口气生硬地说道。

桁止见到我固执，一眼瞥过两边愈来愈激烈的交战，忍不住发急道："卿儿，他都能派人来杀你了，你还执拗什么？在这里等着他吗……"

"住口！"我清冷的目光剐过他的脸庞，"我们之间的事，不需要表哥操心！"

四野静谧，一声长长的呼啸传来，刺人耳膜，抬头就看到一道炫目的焰火直窜上云霄，在雾霭蒙蒙的空中散开一朵五色烟花，这定是联络信号无疑。

"大胤的后援军即刻便至。"桁止看着那道焰光，面容顿时变得冷峻。

"你说什么？"我惊愕道。

桁止语气中隐着一丝怒气，指骨有力的手掌扣住横在腰间的长枪，定定地说道："卿儿，韶王他实在欺人太甚，两军对峙了将近两月，是到了该有一战的时候了。"

我听得桁止的话，感觉像是一瓢冰水朝着天灵盖泠然淋下，霎时间，整颗心都抽搐得凛冽起来，所有的意识在惊涛巨浪中翻滚，唯剩下一个念头：不行，绝对不行，不能让他们开战！

"不行！你们不能开战！"我骇声大呼，想要阻止。我心知此刻他们若是开战，猛虎相争，必然会对已经初步稳定的胤朝格局，造成难以预计的撼动和冲击，其后果不堪设想。我绝对不能亲眼看着这种事发生在我眼前。

桁止看着我的眼神是万般诧异，混合着一丝莫名的痛惜和痛楚，朝我低喊道："卿儿，他都要杀你了，你都这样维护他？"

在那一刻，我近乎是失去控制，带着飞蛾扑火般壮烈的勇气，凝聚起全身的力道，每一根骨骼，每一寸经络，甚至一息一注的吐纳呼吸，倾尽一切地大喊道："林桁止你听着，我爱他，无论如何，我都爱他，爱他超越了自身一切。如果他选择皇位放弃我，我也绝不会怪他分毫，如果他要我死，我宁愿双手将项上头颅奉上！你听懂了吗？你今日要过去，可以，除非让这铁蹄踏过我的身体！"

桁止因我一番话而震撼得愣住，石化般僵在原地。

而我在这个罅隙，倏然跳下马，不管不顾地冲到桁止的马前，用整个身体挡住他的一人一马，我的双手牢牢地抓紧他的缰绳，明亮而清冽的双眸，不屈不服地对上他的视线。这意图十分明显，若是他想要策马过去，就必须踏过我的身体。

也在那一刻，我思绪如同拨云见日般的明朗，是的，我爱他，无论如何，我都爱他。明明在走出大帐的一刻，我对他就已是绝望透顶，亦是暗暗下了狠心，既然这般，不如断绝瓜葛，就当作这半生的情爱都错付了，颜卿这辈子从未爱过任何人。然而，这绝望，这狠心，这用冷漠筑起的一道心墙，在瞬间就土崩瓦解了，全都抵不过一句，发自肺腑的我爱他。

"颜颜！"一声呼唤穿越重重阻隔而来。

人潮如被刀斧劈过一般，朝着两侧徐徐散开，一骑银甲飞奔而来，飒爽俊朗的姿态，高洁若皓月，听到这个熟悉的声音，我心底轻颤，抑制不住激动地向他跑去。

"别……"桁止的阻止还未说出口，就被云嬗冷冷地拦下了。

奕析翻身下马，也不顾是在众人面前，将我拥入怀中，我靠在他的肩头，感觉他温热的气息在耳畔，"颜颜，我……"

"我相信你。"我仅是朝他婉然一笑，所有的话我都明了，都不用解释。

奕析目色温柔而坚定地与我对视一眼，提起一口气，长啸道："统统住手！"

与此同时，桁止也下令休战，原先混乱不已的场面总算是平稳下来。奕析的眼角余光向旁侧一扫，就有人押着几名虎背熊腰的武将上前，一个个扑通跪倒在地上，我细看了他们，依稀记得跪在前头的那人是叫徐碣，后面几人的面孔也不生疏，都是长年跟随在奕析身边的得力副将。

"你们擅作主张，调动军队追杀帝都来使，还险些闯下大祸，可知罪吗？"奕析淡雅的声音听不出喜恶。

他们都是生性粗犷的武将，现在人虽跪下了，可是一身铮铮铁骨还未跪下，尤其是跪在前面的徐碣，充满敌意地睨了我一眼，就像是在置气般地大声嚷嚷道："什么帝都来使？王爷也不必遮掩，她是谁咱们都认得。我老徐自作主张，调用军队，是有罪！我害得两军差点开战，是有罪！但是为王爷杀这个女人，我没罪！咱兄弟们商量好了，就算豁出这条命，也不能让这女人回到帝都。"

我心头一凛，这个徐碣字字句句都是在针对我。

我暗中反握了奕析的手，示意他莫动声色，让我自己出面即可。我走上前一步，问道："徐副将，你能说说，为什么非要杀我？"

徐碣撇过头，冷哼一声："你跟你的妹子两人狼狈为奸，通过操纵个小皇帝，把整个胤朝都差不多收入囊中了。现在你妹妹是昭慧太后，你是昭宸太后，泼天的权势都在手掌心里握着，哪里还会舍得从太后的宝座上下来？所以你们千百万计，想要诱骗王爷入帝都，好让你们束手就擒是不是？"

我依然是一副和颜悦色的表情，"你为什么就认定了我会害你的王爷？"

一问之下，徐碣顿时怒火冲起，索性大大咧咧地骂道："你做过什么自己心里清楚！"他的眼光上下打量着我，冷言冷语地讽刺道："末将如今还真不知应该尊称您一声什么，太后娘娘？您早年跟随了王爷，怎么后来一转眼又做了皇帝的妃子。你要贪慕虚荣，要攀着高枝去也就罢了，可是你偏偏在皇帝和王爷之间摇摆不定，还差点因此害死王爷。如今你又不声不响地当了太后，还来这里做什么？分明不怀好心，难不成你们姐妹两非要王爷死了，你们才能高枕无忧？你根本就是天生狐性、野心勃勃的女人！"

徐碣这些话说得极其刺耳，旁侧之人听闻后，都微微变了脸色，桁止整张脸都阴沉了下来，而奕析的涵养功夫向来滴水不漏，此时神情也是有些难看。

"好、好、好。"我的面容一派点尘不惊，反而轻拊了两下掌，在旁人惊诧的目光中，话锋若寒水凝冰一转，迫牢他道，"说！是谁给你说的这些话？又是谁挑唆你来截杀我？"

众人愈加惊愕，目光纷纷聚集在我身上。

"你不可能想到这些，说罢，到底是谁？"我通身散发的气质清冽如霜，无形间将他身上那股悍横之气压倒。

徐碣对上我的眼，又蔫蔫地低下头，小声嗫嚅道："是……端仪公主。"

我低低地应了声，"果然是她。"随即想到些什么，霍然转身去问桁止："表哥，是谁告诉你我遇险的事情？"

桁止见到我主动跟他讲话，竟有些反应不过来，半晌才道："端仪公主。"

他话音刚落之际，就听见远处传来勒马时尖锐的嘶啸，一名报信的士卒惶惶张张地跳下马，屈膝半跪在地上，急声忽道："大将军，不好了！趁您不在，军营中有人造反了，窃取了兵符不说，还杀了几位不肯屈从的副将，现在正在拔营，全军挥师帝都城。小的杀出来给大将军报信，请大将军快回去主持大局吧。"

听到这个突如其来的消息，我们在场之人无不是抽了口冷气。这个变故来得让人猝不及防，若是真的照这个小兵所说，现今胤朝军中易主，倾尽全营之力向帝都发起攻势，帝都岂不是岌岌可危！

桁止一生身经百战，遇到这种情况，表现出常人所不及的镇定和冷静，他弱冠封将，十余年来统筹百万兵马，虽在有些事上免不了要冲动，但确实不是寻常人可比。他立即上马，回首看了我一眼，狠狠地一鞭抽在马臀上，就领着部下朝着胤军大营飞驰而去。

我与奕析相觑一眼，如今我们都明白过来。今晚所有的事就是端仪设下的一个局，她事先不知从何种渠道，探得我有此一行。她先是利用徐碣等人对奕析的赤忠之心，唆使他们来半途截杀我，后来故意放出消息给林桁止，让他得知我遇险而前来相救，一来能挑拨起两军间的矛盾，甚至两相开战；二来对桁止使出一招调虎离山，想必胤军中突然叛变的几人，都是她早就有所安排，一旦主将离位，那些人就乘机夺下兵权，控制军队；三来奕析和桁止都脱不开身，她就能抓住这个天时地利的难得契机，趁热打铁，向着守备相对薄弱的帝都城，发起猛烈地突击，若是顺利，夺下皇宫也是不在话下。

这番缜密的计谋，一环扣着一环。我自认曾遇见过不少聪慧的女子，但是能像端仪这样的，实在是罕见，不得不佩服她富有心机、城府深沉。不过再想想，她能与紫嫣相与交好那么多年，必然不会是泛泛之辈。

"颜颜，你是不是在怪我？"奕析扳过我的肩膀，令我正视着他，我明知他的歉意，却是赌气不去看他，其实他的眼神，铺天席地，如一泓清流般脉脉漫漫，又哪里是我能避得开的？

"你晓得我刚刚有多害怕，害怕就要失去你了。我拼命地往南赶，一刻都不敢停下来，无数念头在脑中闪过，怕就怕我会晚了一步，铸成终生的大错。"奕析吻了我的眉心，他温润清凉的唇触得肌肤有些发痒。

"我先时说的，你都答应？"我轻俏地挑挑眉尖。

奕析颔首，郑重其事，贴着心口，一字一顿道："除了你，这世间再没有任何人事，能让我舍不得。"

我心底涌出的喜悦芬芳而柔软，一时间百感交集，还是略略整理思绪说道："眼下诸事大都尘埃落定，但你再等我几日，等所有的事完结，我们就能无牵无挂地离开这里。"

"我等你。"奕析定定说出三个字，他的怀抱温暖而宽容，好长时间，我都停在他怀中肆意贪恋。这一刻，时光宁谧静好，我们暂且抛开一切尘事，手指紧扣，相携着并肩而立，仿佛世间最平凡的一对爱侣。身处野外，幽冽的芳草香气悠悠地萦纡在鼻间，宛若一顷流波般蔓延开去，令人心旷神怡。

待到天亮时分，帝都传来消息，制造军队哗变，夜袭帝都城的动乱已被彻底平定，端仪公主当场毙命，其余党羽一概诛杀不论。

这一切似乎过去得太轻易了些，虽说我并不希望紫嫣及紫嫣一手建立的政权会有什么闪失，但是我也不相信，端仪会这么不堪一击。当我回宫见到紫嫣身边，恭顺地立着的一名清秀少年，而他开口叫紫嫣姑姑的一刻，我就全想明白了。

那少年名为甘霖，就是端仪多年来最宠爱的娈童。若是我所料不差，应该就是紫嫣赠与她的。端仪是有难得的谋略和远见不假，但她致命的弱点是为美色所惑，千算万算都想不到，她最宠爱的少年，竟是紫嫣事先设在她身边的一颗棋子。螳螂捕蝉，黄雀在后，到底是谁的手段更加高明，难怪端仪会输得一败涂地。

当时，紫嫣眼角的余光已瞥见我进来，她却是佯作不知，顾自朝着桁止说话，不冷不热地奚落道："哥哥，你如今让我说什么好呢？颜卿姐姐遭到伏击，韶王殿下都不急着去救，怎么偏偏你就急了？扔下大军在那里，就只顾着自己去逞英雄、救美人，让心怀叵测之人钻了空子，乘机发动兵变，指派着咱们手下的军队，来攻打咱们自家的城门。要不是妹妹对端仪早有防范，恐怕今天的太阳升起来后，这座皇城的主人就要换了。"

"妹妹最后奉劝一句，你该清醒点了，姐姐纵然有什么事，也有韶王在。哥哥就不必操那份心了，省得弄得两头都不落实！"

紫嫣的这些话与其说是给桁止听，还不如说是给我听。自从军队哗变，端仪发难的事情之后，我与紫嫣之间的关系，想必是更僵冷了一层。不过算了，我也没有想过和解，毕竟，要回到当年那心无芥蒂的时候，已是不可能了。我所能做的，就是在我离开之前，尽量维持表面上的相安无事吧。

我悄无声息地退了出去，仿佛没来过一样。漫无目的地走在宫径上，想着与紫嫣之间的心结，又想着奕析即将来朝觐见，不出数日就能与他双双退出红尘，又想到我如今日益堪忧的身体状况，不知还能撑到几时，我又该如何向他开口解释，我一直以来所隐瞒的，我剩下的寿命已为数不多，心里满满地装着事，暂时离开了他，所有的事又要独自一人面对，一人肩负，一人承担，只觉得满心都是难言的苦涩和伤感。

就在这时，我忽然撞见一人，定神一看，正是桁止。

从少年时光之后，我很多年都未见过桁止，在端雯的公主府，也不过寥寥几面，但是就算相见，我们也不会说话。今日在左右无人的情况下，猝然遇见，不仅是桁止，我也感到一丝失措，生硬地道了声："桁止表哥。"

桁止与我有意拉开两三步的距离，他只看了我一眼，就将视线拨向别处，仔细地揣度着言辞，半晌才讷讷道："阿紫的那些话，还请你不要介意。"

我轻轻一笑，以示我全然不放在心上。我的记忆中关于桁止的部分很少，但记得他对我的关心与照顾，好得有些超过了表兄妹间的情分。这些年来，岁月在他身上留下不少沧桑的痕迹，发妻端雯至今离走未归，生死难卜，而他先是因端雯之事，从实权在握的大将军贬到一个赋闲的文职，后来又因林家的垮台，而发配蓝源矿山做苦力，后为了对抗韶王，又对他委以重任，重新启用。桁止这一路而来，也算是大起大落。

我也知道，紫嫣和桁止虽是亲生兄妹，但感情一向淡薄。紫嫣素来视桁止敦厚温和的性格为懦弱无用，而桁止也看不惯紫嫣的强势和跋扈。

桁止无奈地苦笑道："阿紫要我解了兵权，将兵符等物都交给她，把我调去做闲职了。我现在总算是无官一身轻。"

我仅是浅笑，这很符合紫嫣的行事风格，经历此事，她决计不会放心再让桁止统领六军，这兵符还是掌握在自己手中最为踏实。

桁止一派轻松的口气，"反正从大将军的位置上调下来，也不是第一次，那位置坐了那么久，也没什么可留恋的。只是觉得无论是先帝，还是自家的妹子，都是觉得有用的时候，给你放到将军的位置上去，等到用完了，就当成无用之物扔在一边。"

他最后一句话说得有些自嘲，我听得一下心惊，不由叫道："桁止。"

我想着那夜他撇下大军，冒着奇险来救我。我晓得他对我的感情，绝不仅是兄妹之情，但我从前是如何应对他的，今日亦是如何，擦身而过的瞬间，我道："哥哥，端雯公主是个好女子，只可惜哥哥终究辜负她了。"

桁止目色含悲，"公主的确很好，但她今生最大的错就是嫁我。而我今生最大的错，就是爱了一个永远都奢求不到的人。"

话音邈邈而散，我看着他走远，背影寥落孤寂。

后来几日，我因身上不好，也越发懒惰，懒得理事，懒得见人，终日就是足不出户。龙抬头的日子过后，天气渐渐有回暖的迹象，侍女时而将一束新绽的迎春插在花瓶中，养在花房中早开的花，嫩黄明快的色泽，花瓣丝绢一般的薄，置在屋中添一点生气，心情也舒畅不少。不过早开的花也早谢，搁不过一日就出现萎靡的样子，服侍我的那些人也算是有心，日落时分就记得将花换掉，插进来几株洁白的水仙，倒也是沁人心脾。当夜了的时候，窗纱滤下丝绸般的一匹嫣红姹紫的霞光，流转在花瓣上，愈加润泽生辉。

我正托腮想着，明天就是奕析觐见的日子，瞧见今日的守卫似乎莫名多出许多，我拿着一枚小金簪，闲闲地拨弄着一串饱满的花穗子，问道："宫里可是出了什么事？"

一名侍女应声出去问了，又回来禀报道："回太后的话，好像是哪里的宫人有些不太平，整出了些动静，但是不要紧，请太后宽心。"

"好，哀家知道了。"我听得出那言下之意，不过大风大浪都过来了，这点小闹腾还不是闭着眼睛都能过去的事。

看天色渐晚，我也有了歇息的意思。忽然间，就有侍从急匆匆地来报，说是一帮宫人聚众动乱，现已平息下来，领头在贤女祠守护香火的绿萝嬷嬷，如今正在贤女祠那里相持不下。我听到绿萝二字，不管旁人惊诧的目光，简单地拾掇一下，就片刻都不耽误地赶去贤女祠。

贤女祠，顾名思义就是供奉历代贤德女子之处，嘉瑞公主的牌位亦是在祠中盛飨香火，我记得先时曾去过那里一次。等到我赶到时，看到这架势也不由一惊，皇宫的御林军已将那座覆着黛青色琉璃瓦的小巧院落密不透风地重重围住，周围还有蓄势待发的弓弩手，俨然一副如临大敌的阵势。紫嫣似乎来了有一会了，她身姿秀颀地立在中间，指挥着众人，从容不迫，面色肃然。

其中有名看似是将领，正恭敬地向紫嫣汇报，朗声说道："这就是一些老宫人因不服新朝，合谋起来造反，根本不成气候，要知道之前多厉害的政乱都镇压下来，这出动御林军片刻工夫就能摆平。据说这次挑起宫人动乱的首领是一个名叫绿萝的嬷嬷，是长年在贤女祠中守香火的，现在同伙都已被拿下，就是这绿萝暂时躲进了贤女祠。这贤女祠是前朝所建，向来尊贵，末将担心要是贸然闯进去，担心万一冲撞了什么，弄坏了什么，所以迟迟未叫人攻进去……"

紫嫣没有说任何话，只是淡淡地瞥了他一眼，那名将领就生生打了个寒噤，忙不迭地改口道："这绿萝已是瓮中之鳖，只要昭慧太后一声令下，末将就马上下令，将她活捉出来！"

"都督慢着，你可确信那人名叫绿萝？"我忽然插进一句话问道。

"回禀昭宸太后，的确如此。"那人答道。

当确定是绿萝时，我心间蓦地一紧，不过旁人都全神贯注于如何攻进贤女祠，拿下罪首，都未留意到我的变化，紫嫣的目光却是一斜，从我身上不经意地掠过去。

"奴才有事回禀！"一个太监腆着滚圆的肚子，气喘吁吁地跑来，朝着紫嫣跪下说道，"回昭慧太后，那人她软硬不吃，守在里面不肯出来，咱们也拿她没辙。而且，她放狠话出来了，她手里正拿着浣沁夫人的牌位，要是外头的御林军敢强攻进来，她就毁了牌位，让浣沁夫人魂魄不安。"

"什么？她还说了什么？"紫嫣沉声道，凛然的口气，让回话的太监都吓得双腿一软跪在地上，唯恐说错什么会惹怒昭慧太后，哆嗦着磕了个头才答话，"她说要太后亲自进去……"

我微阖着双眸，浣沁姨母是紫嫣的生母，殉夫自尽后，牌位得以入烈女祠中供奉。绿萝这招实在是狠而准，逼得紫嫣不得不受其胁迫，若是再要强攻，生母牌位遭毁，生魂不宁，这可足以令紫嫣担上不孝的名声，若是顾忌母亲，还想要这个孝名，就必须要答应绿萝的条件。

紫嫣恨恨地吐了口气，说道："好，哀家就进去，看她还能怎样！"听她这样说，旁侧之人都若有若无地松了口气。

"我跟你一起去吧。"我追上紫嫣道，她没有任何表态，我们就并肩走进贤女祠。

贤女祠中的布置秉承一脉清丽雅致的风格，素简而不奢华，我们一脚踏进的屋子，正中摆放着一座近乎触顶的桁架，依着桁架而放的是盘旋而上一排一排的牌位，粲然金笔描写着历代女贤的名字，更加别致的是，每个牌位前都有一盏莲花状长生灯，里面盛着清澈的玉脂，袅袅烛烟中漾着一嗅沉香的清悠。

绿萝身着缁衣盘腿坐在一个蒲团上，她眼窝凹陷，两颊也是瘦削不堪，披着宽大的缁衣，整个人如一把干柴，但是一双眼睛却是精亮，好像等了我们很久了。

紫嫣一生极为要强，最不甘心的就是被胁迫，尽管人是进来了，但心情的恶劣可想而知，一开口便冷声道："你要哀家亲自进来，哀家已经来了，请问到底有何指教？你心里清楚，你不可能死守在贤女祠一辈子，早晚都要落在哀家手里，任凭哀家发落，哼！没想到你事到如今，还是这般不知好歹。在宫中唆使生事已是死罪，你再触怒哀家，难道真的不怕连个全尸都没有？"

面对紫嫣眼中透出隐隐压迫之意，绿萝并不如一般人那样战栗害怕，她的平静就如一口无澜无波的古井，再多的石子扔下去，也激不起半点水影。

她不卑不亢地说道："老奴早知道是死罪了，太后这给个全尸的恩赐，老奴领受不起，也不想领受。但是太后要是不给全尸的话，又打算怎么处理这把老骨头？也是像敏妃她们那样削成人彘，然后扔在臭水沟里给后宫里的人看，顺便还能帮太后立威？"

绿萝在说这些话的时候，缓缓地将腰板挺得笔直，她小心地为每盏长生灯添满玉脂，把不亮的灯芯用小银剪子修修，再剔得明亮起来，像是在做一件大事，神情极其郑重。

"呵呵……"听到有人胆敢如此拂她的逆鳞，紫嫣居然不怒反笑，说道："还有什么好话要说来听听吗？你既然料到自己难逃一死，这么千方百计地要哀家进来，定然还准备了不少好话要说给哀家听。"

紫嫣朝前一步，数根纤葱指尖划过鬓发，眼底隐藏着幽暗若锋刃的犀利杀机，"你既然知道敏妃的事情，就更应该晓得，放眼宫中，跟哀家作对的人，无论是上官婉辞、江青衿，还是林衡初、梁沛吟、薛旻茜，甚至是端仪，全都没一个有好下场。"

紫嫣面容俏煞，不带任何感情、舌齿冷冽地报出一个个名字，那些人，无不是凄惨而死。

"老身这条命本就如同草芥，这么多年，早就活腻了。"绿萝板直的面孔，却是一点不动容，她冷漠地看着紫嫣的盛气凌人，抬手指着她斥道："倒是你，多行不义必自毙！先帝离奇暴死，此事在宫中朝野本就多有疑虑。而昭慧太后你信誓旦旦地向天下宣布，是灵犀夫人联手信王图谋不轨，弑君夺位，但到底是谁图谋不轨、弑君夺位，天下人又从何而知？"

紫嫣在宫中一贯雷厉风行，凭着强劲的手腕统治御下，人称铁腕冰容，长久以来，积威甚重。甚至漫不经心的一个眼神，就能让旁人骇得肝胆欲碎。而眼前这位半老的妇人，竟是毫无惧色，反而越说越激愤，越说越痛恨得咬牙切齿。

"昭慧太后，你好歹是先帝的妃子，先帝对你不薄，但是你又是如何回报先帝厚恩的？先不提先帝之死与你是否有关，你当日毁坏灵堂，无理取闹地阻挠法事，还有在守孝期间，不服缟素，不戒荤腥，恣意享乐，就已是对先帝的大不敬了。你在先帝驾崩期间的种种作为，不仅不符合身为妃嫔应有的修养品德，而且违背了最基本的伦理纲常。"

紫嫣神情深敛，含而不露，我们两人站得极近，她在我耳边揶揄了一句，"又是一个死守三纲五常的顽固东西，真真令人烦腻得很。"

"祖宗规矩，后宫不得干政。你仗着是皇太后，仗着皇上年幼不能亲政，你就把持大权，在朝堂上为所欲为，翻云覆雨！"绿萝慢慢地平复急促的呼吸，痛心疾首道，"更加令人发指的是，先帝尸骨未寒，你就大肆屠戮后宫，将后宫的人命视为刍狗柴薪，任凭你的意愿和喜恶随意屠杀，绞杀、人彘，无所不用其极，将宫廷变成血腥残酷的修罗场，你当真就是泯灭人性！其为人也狠毒如斯，如此不忠不孝、不节不贞、不情不义，你难道不怕报应吗？"

不忠不孝，不节不贞，不情不义，这对于一名女子而言，已是极端严厉的指责。

然而，紫嫣还是闲闲地转着她手指上流光若滴的红翡戒指，纯净剔透的红光，映在她的光洁细腻的脸颊上，愈显明丽迫人，艳重天下。

面对绿萝那一番声色俱厉的痛斥，她却心不在焉，许久，慵懒地开口说道："姐姐，妹妹记得你跟绿萝姑姑是旧相识了，当年在北奴的繁逝，也算是有过几年交情。"

我默然不答，其实，我与绿萝哪里仅仅是相识这么简单？要知道当年绿萝还舍身救过我的命，这份大恩我一直记得，却也一直没有机会偿还。宫中此次风波再起，我本是打算袖手旁观，不蹚这浑水。但当我得知犯事之人是绿萝时，我却是一改常态，决定插手此事，只因为我想在适当的时机，救绿萝一命，算是还得当年的恩情。

但是自我踏进贤女祠之后，绿萝看我的眼神始终是疏远而陌生，怀着一种拒人千里之外的冷漠，仿佛根本不曾认识我。

紫嫣拿手肘轻轻地顶了我一下，顾自说道："姐姐，你那时可知道，这位平日里沉默寡言的老嬷嬷，说起话竟也是一套一套的，好像读过不少书的样子，咬着满口纲常不放，真不愧是曾经服侍过嘉瑞大长公主的人。"

"闭嘴！你没有资格提公主！"绿萝听紫嫣提起嘉瑞，整个人好像是爆竹般一点就着，怒不可遏地阻止道。

"是吗？哀家怎么就没有资格了？"紫嫣依然笑靥如花，她骨子里就是藏着一股子要强和叛逆，别人越是不许，她就偏偏要提，一旦捉住别人的痛处，非要狠狠地踩上去她才觉得畅快，说话间，她慢步走上前去，以她的角度，抬首正好能仰望到嘉瑞的牌位，高高在上，稳如磐石，耸立在香烛弥散开的一片薄薄轻烟漫雾里，平添几分超逸世外的仙瑞缥缈之气，而一茎挑起的莲花灯幽幽地燃着，里头一汪玉脂清澈如水，透出纤尘不染的圣洁和清嘉。

"不许碰！"绿萝扑上前去，挡在紫嫣面前，如同护雏般牢牢地护住身后的牌位，她充满戒备地看着紫嫣，一字一句，刻薄如刀刃，"公主一生高风亮节，而你这种女人，就连提到公主，都是对公主的侮辱！"

"呵呵……"紫嫣的笑意极尽鄙夷之态，抬起手遥遥地指着嘉瑞的牌位道："世间多流传嘉瑞公主的美名，盛赞她的绝世容貌，盛赞她的高妙才华，也盛赞她的和亲义举，凭一己之身保得边疆十年的安宁，嘉瑞公主一生，令人高山仰止。但是世人大多愚昧，人云亦云，谁又晓得这一切的荣耀和光华之后，真正藏着的是什么？"

"不要以为史书不曾记下来，后人就不得而知了。嘉瑞公主的丰功伟绩，又何止这些？"紫嫣的眼神很冷，而这冷中还含着一丝戏谑，如一石激起千层浪般溅出无数锋芒碎冰，"想当年嘉瑞公主和丰熙帝两人兄妹联手，在一夜之间，就将晋王一党尽数歼灭，其手段狠绝利落，令人不得不佩服，要知道杀晋王的时候，还是公主亲自动的手，唉，好歹都是同父异母的亲哥哥，公主竟如此狠得下心肠。"

紫嫣轻哼一声，居高临下地看着绿萝，朝她说道："你刚刚还痛骂我图谋不轨，但比起嘉瑞公主的屠杀手足，逼死先皇，同样以女子之身干预朝政，左右大局，相比公主，哀家的所作所为又算得了什么？"

"住嘴！你胆敢如此对公主不敬！"绿萝听得紫嫣对嘉瑞言辞上诸多不恭，她向来敬重嘉瑞如神明，此刻哪里忍得住，瞪着紫嫣的两只眼睛直勾勾得要冒出怒火来，恨不得将面前的女子烧成灰烬。

紫嫣却是犹嫌不足，慢条斯理地抚着滚在袖口繁复精致的蹙金刺绣，说道："而且，就连深受世人称道的远嫁义举，亦是有不可见人的秘密。嘉瑞名为和亲的公主，实则是丰熙帝派去北奴的内应，她真正的目的是要和丰熙帝里应外合，诛杀歌珞，攻破北奴。公主真的是病逝吗？这种拙劣的措辞，也就只能瞒得过愚人，她是在北奴内部发动政变失败，谋刺亲夫不成，反倒毙于北奴王之手！"

说到这里，紫嫣冷漠地瞥过绿萝愤慨的表情，她频频摇头，如是叹惋地道："枉你曾经也算是公主的侍婢，竟然对公主的事一无所知。不过这也难怪，自古皇室中就大都藏污纳垢，同时，这皇室遮掩家丑的本事也是绝顶的好，外人只看得见光鲜美丽的表象，怎么晓得那些不堪入目的里子？"

"想当年嘉瑞公主和人私定终身，甚至未婚生子，这种事足够令人瞠目结舌了吧？就算是不曾受过教养的乡野女子也做不出来，更何况芸芸万民眼中如天降圣女般高洁的公主？"

满室的莲花灯漾开一壁点点簌簌的迷离光芒，明明灭灭的烛火照在紫嫣脸上，衬得五官的轮廓愈加玲珑秀致，同时也愈加分明地凸显着纤秀的眉间，扬起的一分讥诮和冷嘲，"说起来真是可笑至极，公主撰写《闺阁训言》来规范天下女儿的言行举止，自己又做了什么好榜样？"

"你……不配与公主相提并论！"绿萝的脸颊赤红，指着紫嫣恨得说不出话来。

紫嫣的脸色陡然一沉，"先时嬷嬷还骂哀家是不忠不孝，不节不贞，不情不义。可是如今看来，公主罔顾手足之情，为人子女而忤逆犯上，其为不忠不孝；公主不循礼法，与人私通生子，其为不节不贞；后嫁去北奴，却是心怀旁骛，做出谋刺亲夫之事，其为不情不义。哼哼，如此说来，你给哀家的每一句指责，似乎公主也都担着。况且，公主所为之事，哪一件不是惊世骇俗？在公主面前，我哪有胆子来班门弄斧？

公主乃是前辈高人，我当然是甘拜下风了，什么相提并论，岂不是折杀了我？"

这时，紫嫣身姿轻巧地一避，冲过来的绿萝就扑了个空，听见闷响一声，身子撞在紫檀供桌上，霎时间，零零落落地碰翻了一桌的烛台和供品。莫说紫嫣是身怀武功之人，就算紫嫣是寻常手无缚鸡之力的女子，凭绿萝的老弱之躯，也休想伤得到紫嫣。

鎏金烛台滴在地上滚了一圈，洒落不少珊瑚珠般的红蜡，绿萝形容狼狈地半支起身子，厉声道："昭慧太后，你作恶多端，逆行倒施，定会留下千古的骂名！"

"骂名？"紫嫣的笑越发明艳，像是听到一个极好笑的笑话，切金断玉地道："历史是由胜利者来书写的，将来的史书上只会留下这样的篇章：昭慧太后于国运衰微之际，果断地挺身而出，挽历史之狂澜，扶大厦之将倾，连挫乱党，安定朝堂，稳固江山，匡正社稷，扶掖幼帝，一生为天下苍生而鞠躬尽瘁，此乃震铄史书的千秋功绩！哀家身后百年，何愁不能流芳百世！"

一番豪言壮语，紫嫣满心踌躇地顿了口气，不屑地道："而你所说的那些残忍嗜杀，统统都是历史的湮尘，不会再被人记起。"

紫嫣叹了口气，神色收敛了几分凌厉的霸气，但咄咄的言辞却是极尽尖刻挖苦之能事，"嬷嬷还担心什么？经过史官的妙笔生花，淫娃荡妇可以变成贞洁烈妇，窃国大盗可以变成千古功臣。公主生前做了多少好事，死后照样还是享尽世间香火，饱受万民敬仰，这难道不是活生生的例子？"

绿萝恨恨地盯着紫嫣，伸出的手如同老树遒劲的枯枝，在半空中扭成一个荒凉的姿势，半晌仅是一句话，"你是你，不要拿你所做的事来辱没公主。"

紫嫣还想再说，始终沉默不言的我，一把暗中拽住她的臂膀，眼神清冽地扫过她的脸，音调压得极低，我肃然沉声道："不要再说了，那些话，我听了也不喜欢。"

"那些话难不成刺到姐姐的耳朵了？"紫嫣与我对视，她抑制不住地轻笑两声，朝我靠近了些，将尖俏的下颌以一个虚虚的姿态搁在我的肩膀上，她的呼吸绵绵柔柔地吐在我的耳畔，声音如抹着蜜糖般的慵甜懒散，颇带着几分意味地说道："姐姐……还真是护着这位璋姑。"

我眉心染上一层阴霾之色，紫嫣这分明就是在挑衅，不惜手段地激怒我。我极力不想再与她起冲突，她却屡屡欺人太甚。与她靠得这么近，我骤然生出一种抵触，下意识地将她一掌推开，挟带着一股柔韧的力道，紫嫣的武功绝不弱于我，那日在梅林中的短暂交锋，其实就已经分出高下，此刻虽是仓促避闪，毫不费力。

紫嫣轻盈地转身，足尖立定，眉目间透着倨傲和冷艳。

绿萝惊愕地看着我们，想要站起时，掌底忽然压到一个坚硬冰冷的物什。

我看到紫嫣身后有个人影朝她发狠地撞去，其余什么事都顾不上了，惊呼一声道："紫嫣小心！"我不知何处来的力气，疾步冲上前抓紧她的胳膊，用力拽着她脱离开去。就在惊鸿一瞬间，眼皮底下微弱的一道金芒极快地掠过，接下来觉得小腹处一凉，伴着锐利的痛楚，仿佛被什么尖细的东西嵌进体内，低首时，看到腰带下的锦衣已被鲜血洇湿了一块。

"姐姐！"紫嫣拂袖甩开绿萝，将我抱住。她朝绿萝厉叱道："好你个嘉瑞公主的忠仆！你若伤了她，再多的忠心恐怕都枉费了！"

绿萝受了紫嫣重重一掌，仰面朝天地摔在地上，她匆匆扔掉手中的物什，叮当一声，原来是鎏金烛台，刺中我的正是烛台上用作固定蜡烛的金针，她看到不慎误伤了我，整个人霎时都张皇失措起来，"宜睦公主……老奴我……"

我不禁想笑，她竟然还叫我宜睦公主，这不知是我多少年以前的封号了。

"来人！宣太医！还有，将这个女人拖出去，乱棍打死！"紫嫣冷静下令，她紧紧捂住我小腹处的伤口，朝我忧急地问道："姐姐，你的脸色怎么这样难看？你坚持着，太医马上就到。"

我感觉肺部痛如刀绞，喉咙间腥气上涌，忍不住一口血从唇齿间喷了出来，我拼命咬了下唇，目光示意绿萝的方向，勉强自己支撑住，极慢地说道："紫嫣，你放过绿萝姑姑。"

紫嫣睁大眼睛看着我苍白如雪的脸庞，宛若十一月初降的新雪般带着恍然的透明之色，呵气即化的脆弱，我的身体向来孱弱，哪里还经得起这样的损伤。她难以置信地问道："她害你成现在的样子，千刀万剐都不为过，为什么还要放了她？"

我虚浮一笑，握住紫嫣的手，"伤口极浅，只是皮外伤，绝无性命之虞。而我现在如此，是旧疾发作的缘故，与她没有关系。"

这一句话说完，我已是气若游丝，咳得越来越厉害，抠心掏肺，殷红的血丝沁出唇瓣，像是要将五脏内腑都搅碎了咳出来。这肺疾不是一日两日了，但是我从来都没有感觉，以前哪次发作都没有今天这么难受过，整个身体蔓延开窒息般的痛楚。我软软地靠在紫嫣怀中，血腥气好像要将我的全部呼吸都蒙住，脑中的意识空茫，眼中所有的事物都在天旋地转。

"姐姐，我答应你，你说什么我都答应你。"紫嫣看着我，眼中显露出难言的害怕和恐惧，心思灵敏的她，似乎已感觉到什么不祥的预感，手臂愈加紧地抱住我，脸颊贴近我冰凉的额头，素来以冷静著称的昭慧太后，在这一刻竟然也慌张失措，声音在发颤，骤然朝外面大喊道："快！来人！快去召韶王进宫！一定要快！"

漫飘柳絮祭芳魂

夜静谧而不安宁，九重殿宇，明烛高烧。我躺在床榻上，双眼空茫地睁着，逶迤委地的湖蓝弹珠纱帐流波般晃来晃去，原本是极柔和淡雅的颜色，在此时却晃得人眼睛刺痛。我感到整个人昏昏沉沉，意识渐渐有些涣散，精神越来越差，像是要虚脱过去。但我还是在剧烈地咳嗽着，五脏六腑都在痛苦地痉挛。单薄的身体颤抖着，仿佛是一瓣在暴雨中被凶猛的雨水抽得直打转的残花，唇际有血丝沁出，侍女们手忙脚乱地拿着素绢为我擦拭。

我佝偻着身子咳了好一阵，又觉得胃底发沉，像是吊着阴冷的铅块，素白的指甲紧紧地抠着床沿上坚硬的木质，终于忍不住哇的一声，吐出一大口黏稠的鲜血。

紫嫣的神情充满了焦灼和伤痛，她坐在床边，让我靠在她的肩上，耳中充斥着无数纷乱嘈杂的步伐。太医院倾巢而出，好几人正在满面愁苦地商讨计策，一个个上来为我把脉，皆是道无能为力，又一个个跪在地上等候降罪。

"你们倒是治啊！都跟石头一样跪在那里做什么？"紫嫣大声呵斥道，她眸底发凉，如同压着千年玄冰，冷飕飕地抛出一句话，"要知道太后的礼陵可大得很，你们治不好，哀家要你们统统进礼陵去陪葬！"

这时，我的一只手无力地按在紫嫣的腕上，轻声道："算了，我的身子已是不可救药了，你无须再为难他们。"

"姐姐……"紫嫣看着我，性格坚毅如她，此刻眼底亦是清光涟涟，却是始终盈在眉睫不肯滑落。

"叫屋子里的人都下去。"我道，拼命地提起一点残余的力气，让自己的声音听起来不那么揪心，"我的大限怕是要到了，其他人都出去吧，我想再和你说说话。"

须臾间，内殿中退得只剩下我们两人，彼此依偎着，没有一点芥蒂，没有一点隔阁，我与紫嫣之间更多的时候都是在相互戒备、相互提防、相互算计，究竟有多久不曾像现在这样相处了，大概是很久很久了吧，依稀还记得我们年少的时候，就是这般的无间无隙，坦诚以待。

四周很安静，静得令人有些害怕，静得仿佛时间都不存在了，忘记了今夕是何年，恍然记起遥远的当年，我们还是养在深闺的小女儿，满心是不知愁为何物的懵懂情怀，娇嫩如花的年纪，同样如初绽花苞般娇嫩鲜妩的容颜，眉不描而黛，唇不点而红，天生丽质，韵致天然。

我和紫嫣有着令人惊叹的美貌，娉娉袅娜的少女，宛若莲开并蒂，那些见过我们姐妹的人，都交口称赞我们是一枝并蒂双生花。

闺阁中漫漫无尽的辰光，是一生中最无忧无虑的时候，相携着在庭院中嬉戏，夏采莲花，悠然坐在小舟上，纤葱般的指甲拨着新鲜的莲蓬；冬折蜡梅，看漫天飘絮般的飞雪落满肩头；待到金风玉露，七夕乞巧之夜，姑娘家凑在一起，毫无顾忌地说着些闺中的私语，不时频传笑语。高门士族中的女儿读书极为严格，翻来覆去地教导几本讲求闺礼妇道的书，日日如此，无趣乏味得紧，我们瞒着夫子悄悄地躲在底下一起看五代的骈文诗词。

那段时光如此美好，年轻的心张扬欲飞，没有那么多沉重的心事，但终究都是过去了，再也回不去了。

我的面容宁静，眼眸间透出一种看透生死的淡然，幽邈的声音穿过往日重叠的空灵时光，轻轻吟道："笑随戏伴后院中，秋千架上春衫薄。"

这十四个字这么轻，却也这么重。仿佛还是十几年前，随意衔在嘴边，满满都是明快和欢乐，娇俏的女儿家坐在秋千架上，披了一身浅金色的阳光，发丝上是，睫毛上也是，垂眸间，柔柔的眼波似乎都染着明媚的流金之色。如今再吟出，竟是这般厚重而苦涩。

听到这一句诗，紫嫣再也抑制不住，泪珠霎时交替而下，断了线般。我感到一痕清凉的湿意渗入发际。她抱着我，垂泪不已，低哑地道："姐姐，是我对不起你，这么多年，一直是我对不起你。"

我此时的脸色定是惨白如鬼魅，唇亦是干涩透明，些许残留的血，令唇看去触目惊心的红，我依然柔声道："都过去了，也都不重要了。"

紫嫣一怔，轻轻地摇头。多年来，她习惯了戴着伪装的面具去面对别人，久居宫闱而磨砺出来的深厚的涵养功夫，使她的喜怒向来不形于色，谁都不能料到她下一刻是高兴还是雷霆震怒。但我知道，现在的她是真实的，悲戚是真的，眼泪也是真的。想不到在临终之前，我们还能寻回一点年少时的心境和默契。

"姐姐，数十年的姐妹情谊，终究还是我亏欠你的多。姐姐一再地迁就我，一再地忍让我。我知道，这世间再不会有人像你一般对我好。"紫嫣的泪止不住地滴落，她一向强势，此刻却表现出从未示于人前的脆弱和无助，如同迷茫的小女孩。

我在唇角绽开一点恬静的笑意，慢慢地伸手去拭她的泪，说道："阿紫，事到如今，不要再说什么亏欠不亏欠了。你现在是太后，一举一动关系重大，切记不可再任性妄为，好好抚养皓儿，让他成为一代圣明的君主。"

我的口腔中满是血液的腥气，黏稠的血似乎将喉咙都黏起来，呼吸也渐渐有些艰难，还是努力提起一缕精神，将后面的话说完。

"姐姐，你不要再说话了。"紫嫣看着我愈来愈惨白骇人的容颜，泣不成声地道，"姐姐，是我的性格过于要强，也因此做错了太多事。回想阿紫这一生，无论深恨的，还是深爱的，都被我亲手毁了，若是你也走了，就真的只剩下阿紫孤身一人，茕茕孑立地活在这个世上……"

我的意识混混沌沌，这耗竭到极限的身体，在此时痛楚却莫名地减轻了些，我想要抚摸紫嫣鬓角的发，觉得手完全脱力般，一点都举不起来，就连弯曲一下手指这么细微的动作也做不到，眼前之景愈来愈迷糊，苦苦支撑多时的心绪一个恍惚，魂魄仿佛都要荡出体内。

"姐姐，你支撑住！你一定要支撑住！"紫嫣的神情越发惊恐，脸上泪痕交错，顾不上任何仪态高声喝道："韶王人呢？怎么还不到？你们去，传韶王来得快一点！快一点啊！"

我的气息已是弱不可闻，如同一缕纤细单薄的轻烟，任何一丝风都能将它吹散，我附在紫嫣耳边轻轻地道："替我转告他，亦既见止，我心则夷。情牵一世，唯君而已。颜卿此生愧对于他，今生只能执子之手，愿来世能完成与子偕老的心愿。"

紫嫣看着怀中一抹苍白寂灭的容颜，心里狠狠地抽搐着一痛。她拼命地抱紧，"姐姐，你自己跟韶王说，他快要来了，你好歹撑住，撑到见他最后一面。"

殷红的鲜血吐满雪白的衣襟和床褥，鲜亮刺目的颜色中带着一点沉沉乌黑，纵横斑驳的痕迹，宛若一树盛开到颓靡的赤梅，以血液为养料，燃烧着最后的凄艳和娇妖，在冬逝之后，亦是旋即湮灭。

这不是第一次，离死亡那么近，离魂飞魄散仅有一线之隔。今生溘然已末，而我，终究还是等不到，这一生最眷恋不舍的那个人。

空气如同凝结住了，死一般的静，断断续续的哭泣散若游丝，也在空气里凝住了。偶尔，觉得冷浸浸的寒风从窗缝中吹进来，整颗心，角角落落荒芜地冰凉着。

殿门打开的瞬间，逶迤委地的湖蓝色床幔，如船帆般吹得饱满地鼓起。

紫嫣此时的样子就如同木刻，眼珠无神地滞在眼眶中一动不动，脸上也无一丝的血色。她看着韶王衣袍带风地飞奔进来，仅是抬了一下头，神色间消尽了悲恸和痛楚，淡漠至极，吐出三个字："太迟了。"

韶王一言不发，走到床榻前，目色温存地，凝视着那张已了无尘世气息的绝世容颜。他的眼睛里无一丝一毫悲哀的神色，一切如常，就好像他根本没有收到那个消息，从帝都快马加鞭传来的她病危的消息。他今日来，仅是最寻常不过的赴约。而约他的那个人，也是好好的，安然无事的，只是她等得久了，倦了，倚在榻上熟睡了。

再过一天，就是朝觐之日。那一晚景江之畔，他的话言犹在耳，等到所有的事完结，我们就一起无牵无挂地离开这里。

天意弄人，却是偏偏只差了一日。

这时，他动作轻柔地将她抱起，蕴满深情的眼眸淡淡生辉，阔步朝着殿外走去。

站在紫嫣身后的心腹侍女绛雪，口中轻"咦"一声，朝四周环视，凑近紫嫣耳边说了几句话。紫嫣的面容疲倦而颓然，挥手制止了绛雪，哀叹道："随他们吧。"

昭慧太后已表态默许，此举虽不合礼制到了极点，但无人敢出来阻拦，就这样一路任由韶王抱着她，走出了寝殿，走出了天颐宫，一直走出了皇宫。

彻底看不到人影之后，绛雪方才不掩饰焦灼的神色，朝紫嫣说道："太后，您看这样合适吗？这让那些朝廷官员，黎民百姓都看到，岂不是……"

紫嫣冷冷地觑了绛雪一眼，她就猛然噤了口，不敢再多说一个字。

"报——"就在这时，长长的凄厉传喊声穿越了千里红墙、九重殿宇，简直要刺穿耳膜，一重一叠地传到昭慧太后的面前，饱含着悲泣，"回禀太后，韶王殿下用内力震断经脉，薨。"

紫嫣大惊失色，一时顾不上其他，匆匆地敛着衣裙，疾步冲到天颐宫前的丹墀，遥遥地眺望，远处连绵的宫阙楼台如山峦重叠，起伏不绝，如今都安静地伏在一派夜色迷离中，琼楼玉宇，层层地阻断了视线，哪里还能再望得见。

如此宁谧静好的夜，而那最后一字"薨"的余音还是袅袅不绝。

空洞的心间霎时有凄凉之意流水般地漫上来，渐渐地漫过胸膛，漫过脖颈，像是要将人死死地拽进万劫不复的窒息。

夜如晦，无数洁白的小雪朵乘着暗色翩跹而来，紫嫣怔怔地伸出手掌去接，那触感不冷，绒绒地呵得手心有些痒，这个季节怎还会再下雪，那是宫中的柳树开始飘絮了。不经意间，一天一地都是纷纷扬扬，轻盈的飞花过影无痕，漫飘柳絮祭芳魂。

谁悟此生同寂灭

　　轩彰末年发生的一连串惊天动地的大事，在日复一日的光阴消磨之下，渐渐被人遗忘。

　　关于轩彰帝暴病身亡一事，在街头里巷流传着三种说法。一种是正史上的记载。上官氏灵犀夫人妖邪成性，怂恿帝王沉迷道学，炼制丹药毒害龙体。此女在宫中一手遮天，仍不餍足，野心勃勃地觊觎皇位，聚众逼宫，先帝因此而深受刺激，病发离世。第二种是野史上的说法。说真正有野心的人是紫慧夫人，也就是后来的昭慧太后。紫慧夫人夺得大权之后，自诩清白，将罪责全部推卸在灵犀夫人身上。所谓胜者为王，败者为寇，可怜了灵犀夫人卒于绮年玉貌之时，还要为昭慧太后背着千秋万世的骂名。最后一种就比较唯美。据说轩彰帝致力于道学多年，赤诚之心感天，最后功德圆满，与他最爱的女子宸妃一道脱离凡体，位列仙班，成为一对神仙眷侣。这种说法是后人纯粹的想象，不提也罢。

　　那些宫廷秘事，绝无外传之理，都是被封存在黑暗中，沉淀为永远的秘密，不为任何人所知。而老百姓说起这些也是凭着自己的一点臆测，最终嚼烂成茶余饭后用作消遣的闲话。

　　襄和帝继位后，长居于明泰宫。历朝历代的规矩，太极宫方是帝王寝殿所在，但是不知为何，襄和帝就是执意不肯入住。

　　韶王英年早逝，膝下无子，唯有一名年幼的女儿，闺名樱若。昭慧太后怜悯稚子孤弱，收其为义女，破例封为韵淑公主，并将她从封地接到身边，亲自抚养。昭慧太后对韵淑公主格外疼爱，当成亲生女儿看待，只是韵淑公主自从这次来到皇宫后，就一直郁郁寡欢，跟从前爱说爱笑的顽劣模样，简直判若两人。宫人们都暗自叹息，那个古灵精怪的小女孩消失了。韵淑公主生母早逝，韶王过世对她的打击一定极为沉重，才会致使如今性格大变。可怜她不过是六岁稚龄，无父无母，纵容得了公主这个无上荣耀的地位，又能如何？

正值暮春，御花园中开得一派姹紫嫣红，凝霞铺锦，蓬蓬的金色丽阳下，依桃夭夭，翠柳依依，茂盛的碧萝从假山顶上一路如瀑布般倾泻而下，微小零落的粉花如星芒般点缀其中，映衬得愈加生机盎然。一驾凤辇穿花拂柳，朝着明泰宫的方向而去。

黄绡过世后，绛雪就是昭慧太后在宫中最倚重的心腹。到了明泰宫，绛雪扶着昭慧太后下辇，她细俏的眉毛一弯，将心里斟酌已久的话说出，"太后，刚刚传来的消息，韶王妃没了。"

紫嫣眼皮都不抬一下，淡淡地问道："怎么回事？"

绛雪恭谨地答话道："说起这韶王妃也真是烈性子，得知韶王死讯的时候，不哭不号，现在等到四十九日守灵期满，她就吞金自逝了。王妃身边的侍女，早间去伺候的时候，发现她气息已经没了，那身子还是温的。"

紫嫣的语气还是一贯的疏离，"那就吩咐下去，好生安置王妃的身后事吧，办得体面些。"

"太后，奴婢还有话未完。"绛雪谨慎地扶着紫嫣，走过一道道高高的门槛，又道："王妃也算是殉夫而死，庞家的人上奏陈情，要求将王妃和韶王合葬。"

骤然听得这样一句话，紫嫣的步伐停了下来，绛雪小心翼翼地将头抬起一点，觑着紫嫣的脸色，只见紫嫣神情如常，唇间漠漠地吐出四个字："哀家不准。"

绛雪早先就料到这结果，还是不痛不痒地劝上一句，"太后，您看这韶王妃好歹都是韶王的正妻，死后合葬，这怎么说都是顺理成章的事。照实话说，庞家的请求合情合理，没有什么过分的地方，太后您这样就驳回去，恐怕难让庞家心服。"

"这道上疏哀家是不会准的。若是允了庞家，那么殊妃的贺家也定是不甘落后。"紫嫣接着朝前走去，她轻轻地叹息，如柔软的落花坠地，"生，不可以在一起，死，总应该成全了吧。好不容易能在一起，我怎么能容许，再有那么多的无关之人去打扰他们？"

绛雪沉重地点点头，紫嫣此刻的神情怅然若失，满园娇秾的春色亦是抹不去她眼底的黯淡。绛雪长伴于紫嫣身边，极少看到紫嫣如此，也唯有在思念已故的昭宸太后之时，才会不经意地流露出来。

那般惊世绝俗的人，竟是人间留不住。

明晃晃的日光一寸寸地偏移过去，紫嫣在明泰宫的书房中等候多时，迟迟未看见襄和帝的影子，几名授业的太傅垂手立在旁边，他们皆是博学之人，好多都顶着大学紫嫣端然坐着，气质高贵雍雅，她漫意地拿起一本桌案上摊开的书，是本《论语》，但扉页上用墨汁涂满了歪歪扭扭的笔迹，明显是顽童恶意为之。

她将书放下，朝着那些官员说道："这么说来，皇帝不喜读书，倒是件棘手的事。"

不热的天气，太傅们的额头上却都冒着晶晶的汗，听得太后开口，忙不迭应承着，"太后明鉴，老臣等也为这事犯难，要说起皇上的资质那可是聪明绝顶、万里挑一的好料子。可皇上就是不肯学，授课时嬉笑打闹不断，现在又不见了人影。"

紫嫣将话听完，不动声色。

大概又等了一个时辰，才看到如今已贵为帝王的高舒皓进来，他一眼就瞧见了太后坐着，但是他佯作看不到，也不向紫嫣按着礼节请安。太后和皇帝之间母子失和，也不是一天两天的事，所以当场之人对于这种情况，早已是司空见惯。

但是令他们瞠目结舌的是，高舒皓现在的样子，说是灰头土脸一点都不为过，白皙的面孔上还有泥印子，细看之下，左脸颊靠近耳朵的一块皮肤有些肿，微微发红，像是不小心蹭破了。束发的金冠歪斜，乌黑的头发里藏满了草屑，今日他穿了件日常便服，衣领袖口处刮了好几个口子，一小片撕开的布料还耷拉着挂下来，不用猜就知道，先时定是上别处疯玩去了。但这副邋遢狼藉不成体统的样子，怎么看都像是街巷口流荡的游侠痞子，哪里有半分帝王的威仪气度？

明泰宫中的宫人见皇帝回来，急忙上前为他清理，洗净了脸，用药膏抹了伤口，又换上整洁的衣服，宫人们动作娴熟流畅，显然不是第一次遇见这种情况。

旁人见了，都道是皇帝年幼，难免有顽劣淘气的时候，现在爱玩好动，心思不在读书上，等到再大几岁，就能安定下心来读书了。但是紫嫣心里明镜似的清楚，高舒皓是在跟她作对，故意跟她作对。紫嫣为他精心遴选饱学之士当他的老师，他偏偏就不肯用功，有意荒废学业。还在授课时间偷跑出去，跟一些库房的小太监混在一起，一群人围着摔跤厮打，他也从不爱惜自己，每次都弄得一身擦伤回来。

紫嫣看着高舒皓，一时默默无言。自她掌权以来，以太后之尊，垂帘听政，宫中朝廷，无不是对她俯首帖耳，跪地称臣。但唯有这个孩子，她的亲生儿子，竟然一次又一次地违逆她。

高舒皓梳洗完毕后，就一屁股坐在椅子上，将两条腿往书桌上随意一搁，态度傲慢，没有一点尊师重教的样子。

紫嫣并不与他计较，而是尽量放缓声色，以一个长辈的身份语重心长地规劝道：

"皓儿，你如今已是皇帝，正应该勤奋好学才是，怎能任意荒废学业？母后为你特意选了几位好师傅来教你，他们都是才识渊博之人，就是希望你能虚心向师傅们学习，将来有能力独当一面，做一名圣明的好皇帝。"

"母后何必要费这个苦心，这四书五经儿臣不读也罢。"高舒皓对紫嫣这番话嗤之以鼻，连声地反问道："何必要勤奋？何必要学着独当一面？何必要当一个圣明的好皇帝？如果儿臣一直愚顽懵懂，不受教化，母后不就能永永远远地把持着朝政了吗？母后如此喜欢权力，为了权力可以牺牲一切，那么儿臣就成全了母后，儿臣心甘情愿地当一个傀儡皇帝，反正儿臣也不想亲政，这样一来，岂不是两头欢喜？"

高舒皓的这些话说得极其戳心，人人都道是童言无忌，但这童言有时却是最伤人的，紫嫣深深地吐出一口气，耐着性子说道："皓儿，母后绝对没有想过要让你当一个傀儡皇帝。母后想要好好地栽培你，好好地辅助你，等到你有能力统治整个天下的时候，母后就会将天下毫不犹豫地交给你。如今母后叫你读书，还让人拿以前的奏折给你看，就是希望你能从一点一滴学起，学会怎么治国。"

高舒皓根本不肯领情，轻哼一声，嘴巴上强硬着道："儿臣学治国做什么？国家大事自有母后来管，儿臣只管一切依从母后安排。"他的最后一句说得极慢，刻意拖长了声音，带着再明显不过的嘲讽意味。

紫嫣一忍再忍之后，似乎已处于被激怒的边缘，忍住不发作道："这几位师傅连最起码的礼仪都教不好，又怎么能担负起皇帝日后的功课！如果母后说要换掉他们？"

"儿臣一切依从母后安排。"高舒皓面无表情地将刚刚的话，原封不动地重复了一遍，这样的神态充满着挑衅。

紫嫣眉心一蹙，脸色沉郁如水，殿中之人敏锐地嗅到情势不对，一个个都知趣地退了出去。

"皓儿！"紫嫣一掌用力地拍在桌上，激得几支毛笔颤颤地一跳，这个孩子的倔强脾气跟她真是像，而紫嫣此时也暗暗跟高舒皓较上了劲，进一步探问道："如果母后要革去樱若公主的封号，将她送回封地？"

高舒皓顿时愣住，随即像是下了决心，一字一字坚定地说道："那么请母后也一道革除儿臣的皇帝称号，儿臣要跟樱若一起去。"

紫嫣听到这一句话，愈加生气。事到如今，他还是将这个用无数人鲜血换来的皇位，看做是一件最轻贱的东西，可以说抛弃就抛弃。

盛怒之下，紫嫣将流云泼墨的玉质笔筒狠狠地掼在地上，碎玉片四溅零落，还是余怒未消，耳垂戴着的一双银叶金珠坠子犹自不住地震颤。

母子两人都顾着自己说话，谁都没有留意到一个娇小的身影，站在敞开的殿门前，已是站了许久。她五六岁的年纪，一张白皙甜美的瓜子脸，浅色的纤纤细眉，一双大眼睛水意莹莹，不是樱若是谁？

以前的小郡主樱若，就如初绽的樱花般娇妍可爱，现在性子变得闷闷的，也不像以前那么活泼，她似乎听见了紫嫣怒极之下说出的话，神情木讷，轻轻地道："太后娘娘就送樱若回去吧，至于公主，樱若也不想当了。"说完，那个小女孩迟滞地转过身就走了。

"樱若，樱若！"高舒皓焦急地大喊她的名字，正要追上去，却被紫嫣拦住。

紫嫣看着他的眼神似是沉痛和恳求，激动地道："皓儿，你对樱若都能如此关心，但对哀家呢？我是你的母亲啊！"

高舒皓仅是冷漠地看着她，像是在看一个陌生人，从嘴中说出的话更像是含着一口碎冰子，直冷到心窝深处。他拼命地抑制汹涌翻滚的情绪，拼命地不让自己的泣声太明显，恨恨地道："我当然知道，面前这个毒死我父皇、杀尽我手足的人，是我的母亲！"

说罢，他死死地咬着嘴唇，俊秀的脸上闪现一丝痛苦，他用力地抹了一把自己早已泪意滂沱的脸，头也不回地，朝着樱若刚刚远去的方向追去。

紫嫣整个人还是怔怔地站在原地，如同是被冷水猛地一冲，从头到脚地冰到了极点。这难道不是冤孽吗？高舒皓，她的亲生儿子，真是命中注定来惩罚她，惩罚她之前的罪。

绛雪见到紫嫣神色凄然，上来柔声安慰道："太后，皇上还小，他的话您若是放在心上，就是跟自己过不去了。"

紫嫣颓然地摆摆手，有些失神地喃喃道："他不小了，真的不小了，他都已经晓得恨我了。"

绛雪知道太后和皇上之间的心结，也不是三言两语能化解得了，于是收拾好低落的心情，朝紫嫣回禀了一件事。

紫嫣听完后，表情先是难以置信，后来渐渐露出一点释然和欣喜，吩咐绛雪道："你即刻为哀家把木毅传唤进宫。"

天颐宫。

午后，和煦的阳光下，花木被热气氤氲出甜腻的香气。徐徐惠风从雕花长窗吹进来，袅袅地拂开一室幽香。

殿中除了昭慧太后和急召而来的木毅夫妇，还有一位身着银灰道袍的垂髫老者，素发披两肩，但面容甚是年轻，且形貌俊逸，是世间罕有。那一双眼睛更是漆亮如黑曜石，目光矍铄，透着看破尘世的沧桑，而道袍上绣着的仙鹤一翎一羽无不鲜活，展翅欲翔，整个人一派仙风道骨，正是谪仙人清虚子。

众人对清虚子出现在天颐宫，并不感到十分惊异。此时目光都聚于一处，云锦薄被中包着一个白白胖胖的婴孩，正酣然熟睡着。紫嫣小心地抱起这个孩子，动作轻柔，看着这张与他的父亲有几分酷肖的小脸，不禁感慨万千，说道："哀家一直以为那日在曲源城中，灵犀是真的杀掉了庭修的儿子。没想到那仅是障眼法，她到最后还是手下留情了。原来她老早就将这个孩子托付给道长，就等着有朝一日再送回林家。"

清虚子捋着白须，淡然点头。

这木毅正是昔日的林庭茂，他今日携妻子来此，看到兄长林庭修的儿子一切安好，兄长那一脉的骨血不至于断绝，他亦是心头扬起喜悦，喜极而泣地说道："谢天谢地，哥哥总算还是有后人。看来灵犀到底也是感念着哥哥当年对她的好。"

紫嫣叹了口气，再亲热地抱了抱那孩子，随后再交给木毅，正色说道："木毅，庭修夫妻双亡，这个孩子从此交给你抚养，你一定要将他好好地养育成人。"

木毅一听，神情变得郑重无比，拉着妻子的手一起朝着紫嫣跪下，认真地发誓道："姑姑放心，这个孩子是哥哥留在世上的最后一点骨血，我们夫妻二人定会将他当作亲生儿子看待，尽心竭力地把他养育成人，也算是对得起我早逝的哥哥。"

紫嫣听后，深深颔首，已然放心，这个孩子终究是有个归宿了。

"稚子已安然交托，本道也功成身退。"清虚子面容清绝，望不到底的眸心亦是深邃如海。

"道长能否稍稍留步，跟哀家再说几句话？"紫嫣收敛神色，恭敬地朝清虚子施了一礼。

清虚子未多言，但态度是默许。

紫嫣屏退左右，直到殿中唯有她和清虚子两人，才启唇道："有两样东西一定要交到道长手上。"说罢，紫嫣呈上两件物什，一件是八尺见方的玉帛纸，上面是密密麻麻的文字。如是积久之物了，纸张的边缘有些泛黄，中间被撕开一道极长的口子，即使被精心地修补过，还是留有明显的痕迹。

"这是嘉瑞公主生前的绝笔《离殇》，当年姐姐在北奴将其抄录下来，后托人带回了胤朝。"紫嫣的话音极其平静。

清虚子的目光触及回文诗，静如古潭的眼眸似是荡起一道涟漪。紫嫣若有若无地叹了口气。

另一物是一封手札，看似年代更久一些，纸张发黄发脆，仿佛用指头一戳就会碎，"这是温宪先太后留下的手札，本是在姐姐那里，后来又到了我这里，道长看看吧，看了之后就焚了它。"

清虚子默然地接了过去，他是世外之人，纵然红尘滚滚，他的衣袍亦是不会沾惹到一片尘灰，那封手札他看得极仔细，一双本是将人间的悲喜统统消磨殆尽的清绝眼眸，如今透着刀锋般的决然，似乎要将每一个字都深深地镌刻于此。

然后，清虚子的手一松，将那一片薄薄的纸，轻轻撂下。他落落然起身，银灰道袍上一丝褶皱都无，还是一贯点尘不惊的谪仙模样，语气亦是一贯的清和"你要说的事，我晓得了。"

紫嫣眉心耸然一跳，清虚子自称是我，而不是清贵疏离、高远尘世的本道。

紫嫣看着清虚子，眸底隐隐含着一线恻然，"除了一句晓得了，道长难道就没有什么想说的？"

"逝者已矣。"他仅是叹了四个字，"人都已不在了，亦是无话可说，万事已成了定局，只能道一声晓得。"

紫嫣清冷而笑，喃喃地重复道："对啊，人已不在，是无话可说，万事已成定局，只能说声晓得。"她眸心光芒一聚，直直地盯住眼前之人，"若是公主晓得会有今日，不知会不会怨你。"

清虚子的脸上看不出喜怒，眸色淡然。

紫嫣蓦地觉得心寒，舌尖都发冷似的冻住，深深敛息道："道长可知道姐姐那日为何去得那么快，连七王的最后一面都见不上？"

她的眼眸清若冰雪，泠泠地迫向眼前之人，"除了宿疾发作，还有很大一个原因，就是先帝曾逼着姐姐与他一起服丹……"

说到这里，她从喉咙底滚出一声干笑，极刺耳尖细，笑声兀地停顿，接着道："先帝炼丹是由灵犀挑唆，而灵犀又是道长教出来的好徒弟。世事相扣，因果循环，终是要应在自己身上，这个道理，道长恐怕如今比谁都要晓得。"

"世事相扣，因果循环？"清虚子如是玩味地重复了这八个字，神色有一瞬间的凝滞，但旋即如常，道了声告辞就要走。

紫嫣小指上的银凤镂花护甲一下一下点着木质温腻的桌面，看着那个人的背影愈来愈远，遽然出声，"堂舅！"

极轻的两个字，但是由于殿中极静，衬着两人沉默隐晦的心境，竟是不啻惊雷滚落。

清虚子挺得笔直的脊背一震，随即又恢复常态，淡淡谦恭的口气，"太后唤错人了。"

紫嫣的目光看向虚空中的某处，仿佛在追逐着飘忽不定的游尘，"算了，一时失言，请道长见谅。"

清虚子面如静湖，走出殿门的一刹那，他留下一句话，"如今你已坐拥了天下，也算是应验了当年。当年在集州的青阳寺，抽中凤签的人是你，而不是颜卿。"

紫嫣惘然而笑，十几年光阴若逝水，挟着磅礴的势头在指缝间穿流而过。那些早日的情怀，在强大的时间中被销蚀，留下些许斑驳泛白的影子。紫嫣惘然而笑，恍惚带着一抹看透喜乐悲苦的凄凉，这么多年，终究是她错了，从一开始就错了。她一直争强好胜，不满跟表姐颜卿共称"莲开并蒂"，更不满屈居在颜卿的盛世光芒之下。到最后才知道，这凤签上所预言的凤翔九天的女子，居然就是她自己。

争了一世，斗了一世，谋算了一世，现在看来竟是了无意义。

萧隐死了，颜卿也死了，这世上能包容她、理解她的人，统统都不在了。林桁止是她的亲兄长，却与她形同陌路，高舒皓是她的亲儿子，却视她如仇敌。

如今，除却一个太后的位置，除却手上的权力，除却高处不胜寒的凛冽，她已是一无所有，回首这刀光剑影走来的一生，还有什么可剩下的？在此刻，一生强势的昭慧太后，感到深藏在心底的悲戚，亦是不可抑制地汹涌起来，将整个人兜头兜脑地埋进去，这才是真正的孤家寡人啊！

孑然一身，形影相吊。

而这时，那个小小的孩子犹然熟睡着，睡着时有些不老实，伸出一条白嫩嫩的小胳膊揉揉眼窝。小小的孩子，无忧无虑的模样，但他哪里知道，他的亲生父母其实早已双双过世，他也还不知道人世间的沧桑与无奈。

窗上镂刻合欢缱绻的图案，蒙着一色青青葱葱的雨过天晴纱，看外头的景致，枝繁叶茂的梧桐树蓊蓊郁郁，古树上绕满野花藤萝，花卉娇娆而不张扬地盛开着，暖暖的日光洒下来，给细长的瓣儿抹上一重浓艳的色泽。透过树荫，还漏下碎碎的光点落在清凉的青石地面上，如一地泛着金光灿灿的铜钱。

岁月绵长如斯，花开寂静无声。

（全文完）

第四十章　谁悟此生同寂灭

665